W0086959

BASTEI LÜBBE
JASON DARKS SONDERAUSGABEN IM TASCHENBUCH-PROGRAMM:

JASON DARK

JOHN SINCLAIR

Komplizen des Satans

**Acht
spannende
Grusel-
Abenteuer**

BASTEI
LÜBBE

BASTEI LÜBBE TASCHENBUCH
Band 73 934

1. Auflage: Januar 2002

Vollständige Taschenbuchausgabe

Bastei Lübbe Taschenbücher
ist ein Imprint der
Verlagsgruppe Lübbe

Lektorat: Hans-Ulrich Steffan
Titelillustration: Maren /Bassols, Barcelona
Umschlaggestaltung: QuadroGrafik, Bensberg
Satz: QuadroPrintService, Bensberg
Druck und Verarbeitung:
AIT, Trondheim, Norwegen
Printed in Norge

ISBN 3–404–73934–5

Sie finden uns im Internet unter
http://www.bastei.de
oder
http://www.luebbe.de

Der Preis dieses Bandes versteht sich einschließlich der gesetzlichen Mehrwertsteuer

Inhalt

Des Satans Tätowierer

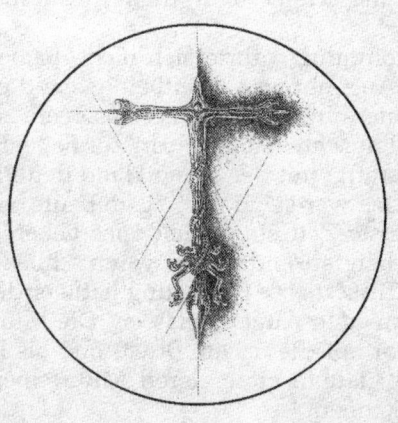

Der Tritt sprengte mit ungeheurer Wucht die Tür aus dem Schloss, schleuderte sie zurück und schmetterte sie gegen die Wand, von der sie abprallte, um von einem hochgestellten Fuß gestoppt zu werden.

Graues Dämmerlicht sickerte in den Raum, wo ein Mann vom Boden her in die Höhe schoss, seine Decke zur Seite schleuderte und zu seinem Revolver griff.

Es waren Reflexbewegungen, hundertmal eingeübt und einstudiert. Die Waffe deutete auf das Ziel und damit auf einen breitschultrigen Mann, der auf der Schwelle stand.

Er war waffenlos!

Und er trug nur eine lange Hose und ein paar Schuhe. Sein Oberkörper war nackt.

Der Mann mit der Waffe schoss nicht. Er wartete lauernd ab und stützte sein rechtes Handgelenk. Bisher hatte er keinen Mord auf seinem Konto stehen, und für die Raubüberfälle auf die beiden Banken würde man ihn nicht lebenslänglich einbuchten. Zudem glaubte er, dass der andere kein Polizist war, denn die Bullen traten nicht mit bloßem Oberkörper auf, sondern stürmten in ihrer Berufskleidung heran.

»Bleib ja stehen«, zischte Zack Ival, »und rühr dich nicht vom Fleck! Ich habe hier einen Bullenkiller auf dich gerichtet. Eine Kugel haut dich für immer von den Beinen!«

Der Ankömmling rührte sich nicht. Er bewegte nicht einmal die Augenbrauen. Breitbeinig stand er da, starrte in das Zimmer hinein und schien ins Leere zu blicken.

Zack Ival huschte einen Schritt zur Seite. Dann bückte er sich und raffte mit der freien Hand den Plastiksack in die Höhe. Das war seine wichtigste Beute, sie sollte ihm für die nächste Zeit ein sorgenfreies Leben verschaffen. Achtundsiebzigtausend Pfund waren schließlich nicht zu verachten. Trotz dieser Bewegung hatte er den Eindringling nicht aus den Augen gelassen. Die Mündung zielte nach wie vor auf die nackte Brust, und als Ival genauer hinschaute, glaubte er in deren Mitte einen seltsamen Fleck zu erkennen.

Er dachte nicht weiter darüber nach. Wichtiger war seine Flucht, denn er hatte nicht damit gerechnet, dass man das Versteck so rasch entdecken würde.

Zack Ival gelang es, den Beutel an seinem Griffende um das Handgelenk zu wickeln. So hatte er einen sicheren Halt, und er bewegte blitzschnell die Waffe.

»Los, geh zur Seite!«

Der andere rührte sich nicht.

»Weg von der Tür, verdammt!«

Jetzt erst gehorchte der Eindringling. Er wandte sich nach rechts, musste dann stehen bleiben und sich umdrehen.

»Ich mache es jetzt wie die Bullen!«, flüsterte Zack Ival. »Einen Schritt zurück, die Arme hoch, und dann kannst du dich fallen lassen. Stütz dich an der Wand ab!«

Der Mann gehorchte. Überhaupt tat er alles, was ihm Zack Ival befahl. Bei dem Bankräuber verschwand allmählich die Angst. Er schalt seinen ungebetenen Besucher sogar innerlich einen Trottel. Wie kam der Typ überhaupt auf die Idee, einfach in dieses Versteck einzudringen? Vielleicht suchte er selbst eins.

Als Zack daran dachte, begann er zu kichern. Ja, so musste es sein.

Danach bewegte er sich mit schleichenden Schritten auf den Rücken des Mannes zu.

In die Augen des Bankräubers trat ein kaltes Leuchten. Was jetzt kam, musste sein. Daran führte kein Weg vorbei. Einen Schritt hinter dem Mann stoppte er und bedeutete ihm noch einmal, sich nicht zu rühren. »Was jetzt folgt, wird wahrscheinlich wehtun, Meister, aber du hast es dir selbst zuzuschreiben!«

Während dieser Worte hatte er seinen rechten Arm angehoben, um mit dem Waffenlauf zuzuschlagen. Er wollte den anderen ins Reich der Träume schicken.

Der Hieb kam.

Sogar ein pfeifendes Geräusch war zu vernehmen. Danach erfolgte ein dumpfer Schlag, als hätte jemand mit der Hand in eine weiche Knetmasse geschlagen.

Zack Ival sprang zurück. Er wollte sehen, wie der

andere kippte. Und er riss die Augen auf, als das nicht geschah.

Der Kerl mit dem blanken Oberkörper blieb stehen. Trotz des fürchterlichen Treffers.

Zack Ivals Gesicht verzerrte sich. Unglaube stahl sich in seine Augen. Er schüttelte den Kopf, als hätte er selbst einen Schlag erhalten. Das war doch nicht möglich, das durfte es nicht geben, konnte einfach nicht wahr sein!

Ival war durcheinander. Der Kerl vor ihm stand wie ein Baum. Vorgebeugt, die Hände gegen die Wand gelehnt, er fiel einfach nicht um.

Zack überlegte, ob er einen zweiten Versuch wagen sollte. Es gab ja Typen, die konnten unheimlich viel einstecken, und noch bevor der Gedanke richtig Gestalt angenommen hatte, warf sich der Mann schon vor und hämmerte zu.

Diesmal von der Seite.

Wieder traf er genau.

Abermals hatte er das Gefühl, gegen eine Wand aus Gummi geschlagen zu haben. Der Typ wurde zwar durchgeschüttelt, er fiel jedoch nicht von den Beinen.

Zack hätte vor Wut heulen können. Er stierte auf den Waffenlauf, in seinem Kopf überschlugen sich die Gedanken, und plötzlich wurde ihm klar, dass er es bei dem Typen nicht mit einem normalen Menschen zu tun hatte.

Das war ein Roboter oder ein ähnliches Geschöpf. Man hörte und las ja schon so viel von einer Robot-Generation. Vielleicht hatte er hier einen Spezi vor sich.

Der Bankräuber hatte angenommen, sich den Eindringling vom Hals schaffen zu können. Nun war der umgekehrte Fall eingetreten. Ival war der Verlierer, der Geschockte.

Und er wollte weg!

Plötzlich zitterten seine Knie. Er merkte es, als er sich zurückzog. Auch die Hand mit der Waffe blieb nicht mehr ruhig. Ival empfand es als ein Wunder, dass sich der Schuss noch nicht gelöst hatte, wo er doch so bebte.

Er ging auf die Tür zu.

Der andere stand weiterhin an der Wand, ohne sich zu

rühren. Seine vorgestreckten Hände schienen mit ihr verwachsen zu sein. Wie es aussah, würde ihn niemand da wegkriegen.

Selbst mit einer Kugel nicht.

Roboter konnte man damit nicht umlegen.

Kaum hatte Zack den Raum verlassen, als er sich über die verbarrikadierten Türen ärgerte. Bei seiner Ankunft hatte er das Versteck noch als ideal empfunden, nun fühlte er sich wie in einer Rattenfalle. Er musste den gleichen Weg zurück, auf dem er hier eingedrungen war.

Über das Dach.

Das lag zwei Etagen höher. Es war ein Flachdach. Eine rostige Feuerleiter führte von seiner Kante an der Nordseite bis zu einem alten Schuppen hinunter, den Ival springend erreichen konnte.

Er hastete durch das Treppenhaus. Überall zeigte sich der Verfall. Auf den Stufen, an den Wänden. Die Decke war mit Rissen und Spalten übersät, Mauerwerk lag herum und bildete Stolperfallen. In wenigen Wochen wollte das Abrisskommando das Haus platt machen. Es war einmal besetzt gewesen. Polizei hatte es räumen müssen.

In der letzten Etage stolperte er fast über das Becken einer Toilette. Man hatte es aus einer kleinen Kammer herausgeschleudert, wie auch das Handwaschbecken.

Noch ein Treppenabsatz.

Zack Ival keuchte. Er warf manchmal einen Blick zurück, doch der andere verfolgte ihn nicht.

Das war gut.

Er sah das Dach. Und gleichzeitig auch die Leiter, die bis zu der offenen Luke reichte. Man hatte die Decke kurzerhand mit einer Hacke eingeschlagen und somit eine Öffnung geschaffen.

Die Leiter hielt sein Gewicht. Mit einer Hand nur konnte sich der Bankräuber festhalten, da er mit der anderen die wertvolle Beute an seinen Körper presste.

Hauptsache, sie erwischten ihn nicht. Wenn er das hier hinter sich hatte, konnte er aufs Land fliehen und sich in irgendeiner Hütte für eine Woche verstecken.

Sein Kopf stieß durch die Öffnung. Er schaute erst gar nicht in die Runde. Nur raus aus diesem verdammten Haus, wo ihm seiner Ansicht nach das Grauen begegnet war.

Dann kletterte er über den Rand, warf sich erschöpft zu Boden, blieb für einen Moment liegen und stützte sich erst dann hoch. Gleichzeitig hob er den Kopf.

Zack Ival sah die beiden Säulen schräg vor sich.

Zuerst glaubte er wenigstens an Säulen, bis er sie als die Beine eines Mannes identifizierte. Sein Blick wanderte höher, er sah einen nackten Oberkörper und auch ein Gesicht, das er sich noch vor Minuten genau angeschaut hatte.

Ein Eissplitter schien sich in seine Brust zu bohren. Der Mann vor ihm war derselbe wie aus dem Zimmer!

Wahnsinn, irre, verrückt!

Diese Begriffe schossen durch Zack Ivals Kopf. Das konnte nicht möglich sein. Er hatte bewusst auf Verfolger geachtet, aber keine gesehen. Und jetzt stand er vor ihm.

Spuk? Eine Geistererscheinung? Eine Halluzination?

Ival konnte es nicht sagen. Er dachte nicht mehr an seinen Revolver, sondern bewegte sich zur Seite, um von diesem schrecklichen Kerl wegzukriechen.

Der ließ Zack in Ruhe.

Der Typ stand breitbeinig wie eine Gestalt, die in schlimmer Kälte eingefroren war. Nichts rührte sich bei ihm, nur der Wind spielte mit dem Stoff der Hosenbeine.

Jedenfalls traf der andere keinerlei Anstalten, Zack Ival anzugreifen, und das empfand der Bankräuber als günstig. Über die näheren Umstände wollte er erst gar nicht nachdenken. Gründe hätte er sowieso nicht benennen können, er nahm die Gestalt einfach hin und kroch vorsichtig zur Seite.

Auf dem Dach war es dunkel. Der Widerschein hoher Industrieleuchten reichte nicht einmal mit seinen Ausläufern bis an dieses Gebäude, sodass dieses Hausdach wie eine düstere Insel wirkte.

Zack Ival kroch weiter. Er selbst verursachte kaum ein Geräusch, dafür der Plastiksack mit der Beute, als er über das Dach schleifte. Der Bankräuber beobachtete die Gestalt mit dem nackten Oberkörper aus den Augenwinkeln.

Noch immer stand sie auf dem Fleck. Sie ähnelte tatsächlich dem Kerl, den Zack in dem Haus gesehen hatte. Vielleicht waren die beiden sogar identisch, obwohl er sich bei aller Liebe nicht vorstellen konnte, wie der Typ aus dem Zimmer auf das Dach gelangt sein sollte. Da hätte er schon an der Hauswand hochklettern müssen. Auch das traute Zack ihm mittlerweile zu. Wenn jemand schon Schläge mit einem Revolverlauf überstand, war eigentlich nichts unmöglich.

Nach etwa zwei Körperlängen riskierte der Bankräuber es und richtete sich auf.

Es kostete ihn Nerven, die Bewegungen langsam durchzuführen und nichts zu überstürzen. Sehr vorsichtig ging er zu Werke, erhob sich und zog wieder seinen Revolver, den er vorhin weggesteckt hatte. Die Mündung richtete er auf den Mann.

Der andere drehte sich um.

Zack kümmerte sich nicht darum. Solange ihm der Kerl vom Hals blieb und nicht angriff, war ihm das egal. Der Gangster schlich rückwärts. Er hatte sich die Stelle mit der Feuerleiter ungefähr gemerkt. Dort würde er wieder nach unten klettern, und sämtliche Vorzeichen wiesen darauf hin, dass der Typ mit dem bloßen Oberkörper nichts dagegen hatte.

Zwei Schritte weit ließ er Zack kommen, als er die beiden Worte aussprach. »Bleib stehen!«

Zack Ival zuckte zusammen, als hätte er einen Schlag mit der Peitsche erhalten. Im ersten Augenblick wollte er wegrennen. Leider war die Entfernung zum Dachrand zu groß, der andere hätte ihn sicherlich eingeholt.

So gehorchte er.

Aber er hatte den Revolver. Darauf verließ er sich.

Er würde schießen, wenn er keine andere Möglichkeit mehr sah. Das hatte er sich fest vorgenommen.

Der Blick des Mannes brannte in Ivals Gesicht. Die Augen schienen zu Lanzen zu werden, die ihn durchbohren wollten. Dann sprach der Mann. Seine Stimme klang kalt, ohne Gefühl, als er sagte: »Du hast keine Chance, überhaupt keine …«

Zack holte ein paarmal tief Atem. »Was willst du überhaupt?«, flüsterte er. »Verdammt, lass mich in Ruhe!«

»Komm her!«

»Nein!«

Der andere lachte leise. Es war ein gefährliches Lachen; es durchdrang die Stille und hörte sich gespenstisch an.

Zack Ival konnte nicht vermeiden, dass ihm eine Gänsehaut über den Rücken kroch. Er fühlte so etwas wie Angst vor der eigenen Courage, sein Mund bewegte sich, die Lippen hatte er zurückgezogen, und er musste mit ansehen, wie sich der andere in seine Richtung wandte und in Bewegung setzte.

»Ich schieße, wenn du nicht stehen bleibst!«

Der Mann mit dem bloßen Oberkörper kümmerte sich nicht darum. Nichts hielt ihn auf.

Ival war so konsterniert, dass er einen Schritt zurückging, auch noch einen weiteren, sodass die Distanz zwischen ihnen gleich groß blieb. Dann jedoch blieb er stehen und zielte mit seinem Revolver auf die breite, bloße Brust des anderen.

»Wenn du noch einen Schritt machst, schieße ich!«, drohte er. Seine Stimme klang krächzend. Ein Beweis, dass er sich nicht sicher fühlte.

»Du kannst es versuchen!«

»Willst du sterben?«

»Finde es heraus!«

Der Kerl ist lebensmüde, dachte Zack. Aber war er das wirklich? Seine Stimme hatte so verdammt sicher geklungen, als würde ihm das alles nichts ausmachen.

Zack wurde nervös.

Er schaute sich um, obwohl es nichts zu sehen gab. Es war einfach die Folge seiner überreizten Nerven.

Okay, er hatte Banken ausgeraubt, aber einen Mord

hatte er nicht auf dem Gewissen, das war ihm immer zu brisant gewesen.

Hier blieb ihm wohl nichts anderes übrig. Diesen Kerl musste er mit einer Kugel erledigen. Zudem gab es weit und breit keine Zeugen. Wenn er den Typ erschossen hatte, konnte er verschwinden. Eine letzte Warnung wollte er ihm noch zurufen.

»Geh nicht mehr weiter!«

Der andere schüttelte nur den Kopf. Er tat genau das Gegenteil.

Jetzt gab es für Zack Ival kein Halten mehr. Für einen Moment verzerrten sich seine Gesichtszüge. In den Augen flammte es auf, und er drückte ab.

Die nächsten Sekunden erlebte er wie im Traum. Es war allerdings ein böser, unbegreiflicher Traum, und zwei Ereignisse liefen innerhalb von Sekundenbruchteilen zusammen.

Als Zack Ival abdrückte, veränderte sich die breite Brust des Kerls vor ihm. Auch bei diesem Typ war Zack der seltsame Fleck auf dem Oberkörper ins Auge gestochen. Der leuchtete auf einmal blau auf. Genau auf diese Stelle hatte er gezielt. Und getroffen.

Trotz des Knalls vernahm Zack Ival ein hohes, singendes Geräusch, als das Geschoss ins Ziel schlug. Den abgeprallten Querschläger konnte er nicht mehr erkennen, er sah nur, dass der andere nicht zu Boden fiel, sondern auf den Beinen blieb.

Er stand wie eine Eins!

Nur das Leuchten blieb. Es verstärkte sich sogar noch, und Zacks Blick wurde von diesem Fleck auf der Brust magisch angezogen. Er schaute sehr genau hin und erkannte die Umrisse eines Gesichts.

Nein, das war schon eine Fratze. Widerlich anzusehen. Alle Bosheit ausströmend, die es überhaupt gab, und Zack wurde plötzlich klar, dass er gegen diesen Gegner den Kürzeren ziehen würde. Der war selbst gegen Kugeln immun.

Zack spürte, dass seine Knie weich wurden. Er sackte ein wenig ein, zielte noch einmal und schoss abermals.

Wieder traf er punktgenau. Das Geschoss hieb in das Zentrum, aber es zerstörte nicht, sondern jagte als Querschläger davon.

Jetzt drehte Zack durch. In einem Anfall von Raserei begann er zu brüllen und schleuderte dem Kerl den seiner Ansicht nach wertlos gewordenen Revolver entgegen.

Er traf die Schulter genau in dem Augenblick, als sich der andere in Bewegung setzte,

Er wollte Zack Ival!

Wer zwei Revolverkugeln widerstand, der konnte auch nicht mit bloßen Fäusten besiegt werden. Das stand fest. Für Zack galt es nun, sein Leben zu retten, auch die Beute, wenn es ging. Noch rannte der andere nicht. Zack musste es einfach packen! Zudem hatte er einen Vorsprung, und bis zum Dachrand war es nicht mehr weit.

Er startete.

Große Schritte brachten ihn voran. Er lief federnd, zudem vibrierte die Unterlage unter seinen Füßen, und die Feuchtigkeit lag wie ein leicht glitschiger Schleier auf dem Dach.

All das störte den Mann nicht. Zack Ival wollte nur weg und diesem Schrecken entfliehen.

Gefährlich nahe tauchte der Dachrand vor ihm auf. Jetzt musste er stoppen, sonst würde er in die Tiefe fallen.

Ival warf seinen Körper zurück. Er hatte Mühe mit dem Gleichgewicht, riss die Arme hoch und suchte mit den Beinen einen sicheren Stand.

Er hielt sich.

Aber wo war die Leiter?

Sein Blick flog nach rechts und links. Durch die hastige und überstürzte Lauferei hatte er den eigentlichen Zielpunkt verpasst, erreichte dann die Stelle und wunderte sich erst jetzt, dass er keine Schritte hinter sich gehört hatte.

In gebückter Haltung drehte er den Kopf. Trotz der Angst war Zack Ival neugierig genug, um sehen zu wollen, was der andere tat und weshalb er ihn nicht verfolgte.

Der Mann mit dem bloßen Oberkörper hatte sich tatsächlich nicht gerührt.

Doch er reagierte!

Von einem Augenblick zum anderen schien seine Brust in Flammen gehüllt zu sein.

Blaues Feuer!

Zack riss die Augen weit auf. Er glaubte, verrückt zu werden, schüttelte den Kopf und merkte, dass er unter einem schrecklichen Bann stand. Er schien innerlich zu brennen. Das blaue Feuer, das der andere ausströmte, erfasste ihn.

Wenn auch nicht sichtbar.

Noch nicht, musste man sagen.

Einen Lidschlag später verlor Zack Ival, der Bankräuber, fast den Verstand, als er sah, wie aus seiner Kleidung kleine Flämmchen schlugen.

Es waren bläuliche Finger, die sich in zuckender Bewegung befanden, auf jedem Flecken des Körpers einen wilden Tanz aufführten und ihn von Kopf bis Fuß einhüllten.

Zack Ival verbrannte in einem blauen Feuer!

Erst jetzt löste sich der Schrei!

Das Gefühl des Schmerzes, der Überraschung und des Grauens vermischten sich, und dieser Schrei jagte in den dunklen Nachthimmel. Wie eine Puppe stand er am Rand des Daches, hob die beiden von winzigen Flammen umloderten Arme und sah seine Umgebung durch den glosenden Schleier, der alle Perspektiven verzerrte.

Dem Bankräuber wurde in diesen Augenblicken klar, dass er sein Ende gefunden hatte.

Er schrie!

Es waren wahnsinnige Schreie, weit zu hören, und er warf sich in wilder Panik vor, wobei er zwangsläufig ins Leere trat, da er dicht am Dachrand stand. Dann fiel er.

Ein von kleinen, blauen Flammen eingehüllter Mensch, der nicht einmal die Hitze des Feuers gespürt hatte und als er zu Boden schlug, schon tot war.

Aus, vorbei …

Es gab keinen lebenden Zack Ival mehr!

Dem Bankräuber war bei seinem letzten Überfall ein Missgeschick unterlaufen, er hatte seine Fingerabdrücke hinterlassen. Als Vorbestrafter war er natürlich registriert, und die Polizei hatte keine Mühe, herauszufinden, wer für den Überfall verantwortlich war.

Die Fahndung lief.

Man hatte Routine. Es war keine öffentliche Großfahndung, sondern eine stille Ermittlung. Schnell fanden die Verantwortlichen heraus, in welcher Gegend sich Zack Ival herumtrieb.

Eine Polizeistreife erkannte ihn. Leider so spät, dass sie nicht mehr eingreifen konnte, aber sie schlug Alarm. Bald war durch die weiten Nachforschungen Zack Ivals Versteck bekannt.

Das war natürlich Wasser auf die Mühlen der Häscher. Sie sorgten dafür, dass man das Haus umstellte, und der Ring wurde sehr eng gezogen, sodass Zack Ival keine Chance mehr hatte, sich abzusetzen.

Er hörte nichts, er sah nichts. Die Polizisten glitten lautlos näher. Der Einsatz wurde zentral geleitet.

Zehn Männer hielten das alte Abrisshaus umstellt. Sie griffen noch nicht ein, denn sie wollten die Sache möglichst unblutig beenden. Ival würde bestimmt um sich schießen, wenn er sich in die Enge getrieben fühlte, und Tote wollte man vermeiden.

Der Einsatzleiter war ein Mann der Praxis und einer mit Nerven.

»Den machen wir psychisch fertig«, hatte er gesagt, und sein Gesicht verzog sich dabei in die Breite. Er hieß Nick Preston und galt als Haudegen.

»Sollen wir die Bude stürmen?«, fragte sein Assistent.

»Noch nicht.«

»Sie geben das Kommando?«

»Klar.« Preston grinste. »Außerdem ist Zack ein alter Freund von mir. Der wird sich freuen, wenn ich neben ihm stehe.«

»Das glaube ich auch.«

Die Beamten hatten die umliegenden Dächer nicht besetzt. Bei einem Mann wie Zack Ival hielten sie das nicht für nötig. Außerdem waren es keine Flachdächer, außer dem Haus, das von dem flüchtigen Bankräuber besetzt war.

Preston starrte durch die Dunkelheit. Es war unangenehmes Aprilwetter. Nasskalt, neblig, regnerisch. Da blieb man lieber zu Hause, als sich mit Typen wie Ival herumzuschlagen.

Preston schaute auf seine Uhr. Er nickte. Ja, die Zeit war gut. In den Stunden nach Mitternacht ließ die Wachsamkeit eines Menschen zumeist nach, da konnte man was riskieren.

Über Funk informierte er seine Mitarbeiter. »In einer Minute gebe ich den Einsatzbefehl.«

Die Okays erfolgten prompt.

Nick Preston grinste. Er konnte sich auf seine Crew verlassen.

Die Minute war noch nicht verstrichen, als sich sein Gerät meldete. Einer seiner Leute berichtete, dass sich auf dem Dach etwas tat.

»Was genau?«

»Kann ich nicht sagen, Sir.«

»Schon gut, Jim, ich schaue selbst nach.«

Preston gab seinem Assistenten Anweisung, die Stellung zu halten. Danach verließ er seine Deckung und huschte geduckt zu den Männern in vorderster Linie.

Sie saßen am dichtesten am Zielobjekt.

»Haben Sie was erkennen können, Jim?«, fragte Nick Preston.

»Nein, Sir, nicht mehr.«

»Was war es denn überhaupt?«

»Ein Schatten, glaube ich.«

»Glauben ist nicht wissen.«

»Klar, Sir, aber da war auch eine Stimme – und eine zweite, die …« Er sprach nicht mehr weiter, denn auf dem Dach wurde plötzlich geschossen.

Ein Schuss fiel nur.

»Das war ein Revolver«, sagte Preston, der alte Praktiker. Er lauschte dem Echo nach, das über die Hausdächer rollte, um in der Ferne zu verklingen.

»Sollen wir stürmen?«

Preston schüttelte den Kopf und peilte zum Dachrand hoch. »Nicht so hastig, mein Junge.«

»Aber …«

»Es ist nur ein Schuss gefallen. Auch für den muss es einen Grund geben. Da Zack Ival nicht auf sich selbst schießt, können wir damit rechnen, dass zumindest ein zweiter Mann dort oben lauert. Und ich will nicht wie ein Halbblinder in die Falle rennen. Ist das klar?«

»Sicher.«

Das Sprechgerät meldete sich. Auch die anderen warteten auf den Einsatzbefehl, doch Preston hielt sie zurück.

Und ein zweiter Schuss peitschte auf.

Wieder zuckten die Männer zusammen. Preston wollte nicht länger warten. Er gab den Leuten Anweisung, sich bereitzuhalten. Die Okays kamen durch. Ein jeder, der günstig stand, sah plötzlich die Gestalt des Mannes am Dachrand erscheinen.

Das war Zack Ival.

Als Schattenriss zeichnete er sich ab.

Besser zu erkennen war der Plastiksack mit der Beute, und es sah aus, als wollte Ival über die Feuerleiter absteigen.

»Die Suppe versalzen wir ihm!«, flüsterte Preston und verzog sein Gesicht zu einem Grinsen.

Dann geschah es. Jeder Beamte wurde davon nicht nur überrascht, sondern auch schockiert.

Zack stand in Flammen!

Das ging blitzschnell. Innerhalb eines Atemzugs umtanzten blaue Flämmchen seinen Körper, hüllten ihn ein wie einen Mantel, wobei sich die Gestalt deutlich abhob.

Dann erklangen die Schreie.

Grauenhaft, markerschütternd, schrecklich. Keiner der Polizisten hatte je in seinem Leben einen Menschen so schreien hören.

Die Leute waren gebannt. Sie konnten nichts für den Mann tun, der am Dachrand einen so makabren Tanz aufführte. Es kam, wie es kommen musste. Ein falscher Tritt, der Schritt ins Leere, dann der Fall nach unten.

Ein von Flammen Umloderter jagte dem Hinterhof entgegen, wo er hart aufschlug.

Die Beamten hörten das Geräusch. Sie zuckten zusammen, es schnitt ihnen durch Mark und Bein, und ihre Blicke richteten sich auf den Punkt, wo Zack Ival lag.

Die Flammen waren nicht erloschen. Wie winzige blaue Zungen huschten sie über seinen Körper, und sie wollten einfach nicht verlöschen. Die Männer standen startbereit. Einer hatte sogar eine Decke besorgt, aber Preston hielt sich zurück.

Normalerweise wäre er längst vorgesprungen und hätte etwas unternommen, aber diese kleinen Flammen waren ihm nicht geheuer. Das konnte kein normales Feuer sein, nein, es sah anders aus.

Preston hatte die Verantwortung für den Einsatz, und er war bereit, diese Verantwortung zu übernehmen. Er wollte das Leben seiner Männer nicht aufs Spiel setzen, deshalb näherte er sich allein dem Mann.

Als er sich nur noch einen Schritt von dem Zielobjekt entfernt befand, stutzte er. Normalerweise hätte er Hitze spüren müssen. Dies allerdings war nicht der Fall. Nicht die Spur eines wärmenden Hauchs streifte seine Haut.

Und das irritierte ihn.

Nick Preston drehte sich um. Er winkte dem Mann mit der Decke, ließ sich den Gegenstand geben und breitete ihn über den am Boden liegenden Körper aus.

Dabei hoffte er stark, dass die Flammen ersticken würden, und er wartete ab.

Eine halbe Minute kann sehr langsam vergehen, das merkte auch Nick Preston. Er sah keine Flammen aus der Decke springen und tanzen. Schließlich bückte er sich und hob die Decke an.

Zack Ival brannte nicht mehr.

Eine Leiche lag vor dem Mann.

Aber was für eine!

Geschrumpft, verkohlt und zusammengekrümmt. Der Polizist musste sich überwinden, um den Toten auf den Rücken zu drehen, damit er in dessen Gesicht schauen konnte.

Er tat schon lange Jahre Dienst, hatte Brandopfer gesehen, aber so etwas wie hier hatte er noch nicht erlebt.

Das Gesicht des Toten und die Haut zeigten keine Spuren von normalen Verbrennungen. Im Gegenteil, die Haut war glatt geblieben, allerdings hatte sich ihre Farbe verändert.

Sie schimmerte in einem kalten Blau!

Es war nicht dunkel und auch nicht hellblau, sondern ein Zwischenton. Auf Preston wirkte das Gesicht wie eine angestrichene Maske, in der die Augen weiß leuchteten.

Nick Preston schüttelte den Kopf. So etwas hatte er noch nie in seinem Leben gesehen. Er schluckte ein paarmal und spürte, wie sich Schweiß auf seiner Stirn ausbreitete. In einer hilflos wirkenden Geste hob er beide Schultern.

Das begriff er nicht.

Obwohl der Tote stark geschrumpft war, hatte sich die Haut nur in der Farbe verändert.

Die anderen Beamten traten näher. Auch sie waren sprachlos und schockiert. Eine Erklärung konnte niemand geben, zudem fragte Preston nicht danach.

Sein Blick glitt an der hinteren Wand des Abbruchhauses in die Höhe. Als Zack Ival noch gelebt hatte, da war zweimal auf dem Dach geschossen worden.

Grundlos ballerte niemand in der Gegend herum. Welchen Grund konnte der Bankräuber gehabt haben?

Das wusste Preston nicht. Er wollte es jedoch herausfinden und gab den Befehl, das Haus zu stürmen. Zwei Leute blieben als Wachen bei dem entstellten Toten zurück.

Die Türen mussten erst aufgebrochen werden. Das schafften die Polizisten mit ihren Äxten und Brecheisen. Bretter brachen aus dem Mauerwerk, und die Männer stürmten das Haus und durchsuchten es vom feuchten, rattenverseuchten Keller bis hoch zum Dach.

Unrat fanden sie. Abfall, Müll. Herausgerissene Toiletten, aber keinen Menschen, vor allen Dingen kein Ziel, auf das der Bankräuber hätte schießen können.

Nick Preston war überfordert. Er stand auf dem Dach,

zündete sich ein Zigarillo an und sagte zu seinem Assistenten: »Wissen Sie was, Jim? Das ist mir zu hoch.«

»Wieso?«

»Ich verfolge den Fall nicht mehr weiter. Soll sich Scotland Yard deswegen die Köpfe zerbrechen.«

»Wie Sie meinen, Sir.«

Irgendwie fühlte ich mich nicht wohl. Vielleicht lag es an dem Flug von Sizilien nach London, möglicherweise auch an dem Wetterumschwung. Wir kamen aus dem Frühling und trafen in England noch fast winterliche Temperaturen an.

Wie dem auch war, große Lust, irgendetwas zu tun, hatte ich nicht. Dabei hätte ich vorsichtig sein müssen, denn sicherlich sann Logan Costello, der Mafia-König von London, auf finstere Rache.

Er hatte eine Niederlage erlitten.

Da wir einen Fall in seiner Heimat gelöst und er sicherlich davon erfahren hatte, aktivierte er seine hervorragenden Verbindungen zu dem Capo von Palermo, damit der uns killen ließ.

Das hatte er sicherlich auch vorgehabt, nur war ausgerechnet seine Tochter Carla in den schrecklichen Fall mit dem Kristalldämon Gorgos verwickelt, und der Mafioso war auf unsere Hilfe angewiesen. Wir hatten Carla befreien können, und Luigi Bergamo löste sein uns gegebenes Versprechen ein, uns nicht töten zu lassen, wenn wir ihm die Tochter heil zurückbrachten.

So konnten wir nach London fliegen.

Im Büro war niemand. Suko hatte sich einen Tag Urlaub genommen. Glenda war ebenfalls nicht zu sehen. Auf meinem Schreibtisch lagen einige Unterlagen, und ein Blatt Papier stach mir besonders ins Auge.

Ich erkannte Glendas Schrift. Sie hatte mir eine Kurznachricht hinterlassen. Eine Telefonnummer war ebenfalls angegeben.

Was dieser Mann von mir wollte, hatte Glenda nicht notiert. Den Hörer hielt ich bereits in der Hand, als

Glenda die Tür aufstieß und mit der Kaffeekanne erschien. Sie hatte Wasser geholt.

Ich legte den Hörer wieder hin und winkte ihr zu. Glenda setzte in ihrem Büro die Kanne auf die heiße Platte und kam zu mir. »Na, du Weltenbummler?«, begrüßte sie mich.

»Wieso Weltenbummler? Ich war nur in Sizilien.«

»Andere fahren dorthin in Urlaub.«

»Für uns war es das Gegenteil.«

»Kann ich mir vorstellen.«

Ich erhob mich und legte meine Hände auf ihre Schultern. Unter dem dünnen Angora-Pullover fühlte ich die warme Haut. Glendas Gesicht sah ich dicht vor mir, ihr Mund lächelte mich an, und ich nutzte die Gelegenheit, sie kurz zu umarmen. Mit Glenda verband mich ein besonderes Verhältnis. Wir waren intim geworden, es hatte sich halt so ergeben, und beide wollten wir es gern wiederholen.

Glenda hatte gegen meinen ›Angriff‹ nichts einzuwenden. Sie bewegte sich leicht, ich spürte deutlich die Rundungen des Körpers, und sie flüsterte an meinem Ohr: »Wann hast du denn mal wieder Zeit?«

»Das darfst du mich nicht fragen.«

»Wen dann?«

»Die Dämonen.«

Sie löste sich von mir und strich durch ihre schwarzen Locken. »Hör auf, John. Immer bist du auch nicht beschäftigt.«

»Das nicht …«

»Aber?«

Ich schaute sie an. »Es ist so, Mädchen. Wenn wir zu oft zusammen sind, wird das irgendwann auffallen. Bisher haben wir es geheim halten können. Ich möchte nur nicht, dass man sich im Yard die Mäuler über uns zerreißt.«

Glenda nickte. »Dies ist sogar verständlich. Einen anderen Grund hätte ich auch nicht akzeptiert. Nur …« Sie hob die Schultern. »Ich bin auch ein Mensch, weißt du?«

Ich schüttelte den Kopf. »Nein.«

»Mach's mir doch nicht so schwer, John. Auch ich habe Bedürfnisse.«

Ich nickte heftig. »Jetzt ist mir alles klar. Du willst nicht mehr so allein sein.«

»Genau, John.«

Ich senkte den Kopf. Das war ein Problem, für das ich keine Lösung hatte. Glendas Reaktion war für mich verständlich, andererseits konnte ich nicht aus meiner Haut, und der Job ließ mir für die Liebe oft keine Zeit. Damit musste ich mich leider abfinden.

Sie wechselte das Thema. »Ich habe dir übrigens eine Nachricht hinterlassen, John. Da ist ein Sergeant Preston, der um deinen Anruf bittet.«

»Um was geht es?«

»Keine Ahnung, wirklich nicht.«

»Wir werden sehen.« Ich nahm wieder Platz. »Bringst du mir einen Kaffee?«

Sie nickte, drehte sich schnell um und ging hinaus. Ich glaubte sogar, sie weinen zu sehen.

Wie ich Dämonen und andere Wesen der Finsternis zu bekämpfen hatte, das wusste ich, aber bei enttäuschten Frauen war ich hilflos.

Mit diesem Gedanken ergriff ich den Hörer.

Diesmal kam ich dazu, mir die aufgeschriebene Nummer einzutippen. Schnell wurde abgehoben.

Sergeant Preston war nicht am Apparat, sondern ein Kollege. Ich sagte meinen Namen. Der Mann wusste Bescheid und verband mich sofort weiter.

»Ja, hier Preston.«

»Sinclair.«

Der Sergeant lachte. »Sind Sie der Geisterjäger, von dem man hin und wieder etwas hört?«

»Volltreffer.«

»Dann habe ich einen Fall für Sie, Mr. Sinclair.«

»Es geht um …«

» … einen Toten«, ergänzte er.

»Wo kann ich ihn finden?«

»Ich habe ihn in ein Schauhaus bringen lassen.« Er fügte die Adresse hinzu.

»Das ist ziemlich weit im Norden.«

»Wir sind nun mal in Islington. Kennen Sie das Royal Free Hospital?«

»Klar.«

»Dann finden Sie auch das Schauhaus. Es liegt zwischen dem Krankenhaus und der Camden Passage, wo es die zahlreichen Antiquitätenläden gibt.«

»Okay, ich komme.«

»Gut, ich erwarte Sie.«

Eigentlich hätte ich noch ein paar Fragen stellen müssen, aber der Sergeant hatte mir am Telefon einen sehr sachlichen Eindruck gemacht. Ich glaubte nicht daran, dass er ein Spinner war.

Glenda brachte den Kaffee. Die Tasse jetzt nicht zu leeren wäre schon einer Majestätsbeleidigung gleichgekommen. Deshalb trank ich die Tasse rasch leer, was bei Glenda wiederum Missbilligung auslöste.

»Tut mir Leid, Glenda, aber ich habe es eilig.«

»Das sehe ich.«

Ich nahm den letzten Schluck im Stehen. »Ich bin dann weg«, erklärte ich ihr.

»Und wo kann man dich erreichen?«

»Ach ja, stimmt.« Ich nannte ihr die Adresse. »Auf jeden Fall über Sergeant Preston.«

»Gut, viel Spaß.«

»Ob das ein Spaß wird, weiß ich nicht.«

Minuten später wühlte ich mich durch den Londoner Verkehr. Er war heute besonders dicht. In den Nachrichten hatte ich erfahren, dass man mitten in London noch eine nicht entschärfte Bombe aus dem Zweiten Weltkrieg gefunden hatte. Straßenzüge waren gesperrt worden, der Verkehr wurde umgeleitet, ich blieb mehrmals stecken, und erst auf der Roseberry Avenue ging es besser.

Anschließend bog ich in kleinere Straßen ab und erreichte bald die Noel Road, wo mich der Sergeant erwarten wollte. Man merkte hier die Nähe des gewaltigen Antik-Centers. Fast in jedem Laden wurden alte Dinge angeboten. Ob echt oder nicht, das wagte ich nicht zu deuten.

Das Leichenschauhaus lag in einem grauen Gebäude. Davor parkte ein Streifenwagen. Hinter ihm gab es eine Lücke, in die ich meinen Bentley lenkte.

Ich hatte kaum angehalten, als ein großer Blonder den Wagen verließ und auf mich zukam. »Ich bin Sergeant Preston«, sagte er und begrüßte mich mit Handschlag.

»John Sinclair.«

»Schon allerhand von Ihnen gehört«, meinte er, als wir nebeneinander die Stufen zur Eingangstür hochschritten und der Sergeant klingelte.

»Hoffentlich nur Gutes.«

Er grinste. »Immer.«

Es wurde geöffnet. Ein bebrilltes Männchen schaute uns entgegen. Er trug einen grauen Kittel und roch nach irgendwelchen Desinfektionsmitteln. »Da sind Sie ja«, sagte er und ließ uns eintreten.

Die Halle war kühl. Sie wurde von einer einzigen Deckenlampe ausgeleuchtet.

Ich sah mehrere Türen. Alle in Dunkelbraun.

»Liegt der Tote noch unten?«, fragte Preston.

»Der Blaue?«

»Ja.«

»Klar, den fasst doch keiner an.«

Ich war stutzig geworden.

Was hatte der Knabe da gesagt? Der Blaue? Wie kam er denn darauf?

Preston sah mir an, dass ich mir über die Antwort Gedanken machte. Er grinste schief. »Sie werden ihn gleich sehen, Sir. Dann wissen Sie, weshalb ich Sie angerufen habe.«

»Bin gespannt.«

Mit einem Lift fuhren wir nach unten. Es war ein Transportfahrstuhl, breit und geräumig. Er ruckte ein paarmal, bevor er im Keller anhielt.

Als wir ausstiegen, fröstelte ich. Hier unten war es ziemlich kalt. Wir mussten uns nach rechts wenden und schritten durch einen gekachelten Gang.

Der kleine Mann im grauen Kittel eilte vor uns her. Er redete mit sich selbst, erreichte eine große Tür, die in der oberen Hälfte einen schmalen Glaseinsatz aufwies, öffnete sie, ging einen Schritt und begann fürchterlich zu schreien.

Im nächsten Augenblick stand er in Flammen!

Die Frisur des alten Mannes ähnelte der eines Punkers. Vielleicht war er früher mal blond gewesen, jetzt allerdings schimmerten seine Haare in einem gelblichen Farbton und standen wirr vom Kopf ab.

Darum kümmerte sich niemand, und ihm selbst war es völlig egal, wie ein Mensch aussah. Ihn interessierten andere Dinge bei den zweibeinigen Geschöpfen.

Der Mann lebte schon seit Jahren in London. Er war ein Niemand. Tagsüber sah ihn kaum jemand. Wenn er sein altes Hausboot an der Themse verließ, geschah dies in der Nacht.

Dann allerdings suchte er Opfer.

Und er hatte sie gefunden. Die Zwillinge Basil und Lester Bean!

Normale Menschen, bis sie in die Klauen dieses Mannes gerieten. Von diesem Zeitpunkt an hatte sich ihr Leben völlig verändert. Der Alte bestimmte ihr Sein, er sorgte dafür, dass sie sich seiner Kontrolle nicht mehr entziehen konnten.

Das Versteck war gut gewählt. Wen interessierte schon das alte Hausboot am Ufer der Themse? Niemanden. Es sei denn, ein paar Halbstarke wollten hier übernachten. Sie wurden sehr schnell verscheucht, denn der Alte war rabiat.

Selbst am Tage hatte er die Luken und kleinen Fenster verhängt, sodass nur graues Dämmerlicht in die Kajüten sickerte.

Auf dem Deck sah es schlimm aus. Ein Wirbelsturm schien dort gewütet zu haben. Vom Ruderhaus stand nur ein Teil, ein Mast war umgeknickt, Bohlen gebrochen.

In Ordnung war nur der Steg. Er verband das Boot mit dem Ufer. Der alte Mann trug natürlich einen Namen, doch der war nur wenigen Menschen bekannt. Auch die

Zwillinge wussten nicht, wer er tatsächlich war. Das spielte auch keine Rolle. Irgendwann einmal würden es die Menschen sowieso erfahren, sie mussten es sogar, daran glaubte er fest.

Auf sein Äußeres legte er wie gesagt keinen Wert. Er schien nur einen alten Anzug zu besitzen, denn alle hatten ihn immer nur in der schwarzen Jacke und der dunklen Hose gesehen. Darunter trug er oft schmutzige Hemden, aus deren Manschetten seine Hände wie die Krallen von Geiern hervorlugten, während man die dünnen, beweglichen Finger fast mit Spinnenbeinen vergleichen konnte.

Einen ersten Erfolg hatte Gregg errungen. Die Zwillinge waren von ihm losgeschickt worden. Jetzt wartete er auf ihre Rückkehr. Sie mussten bald da sein, denn er stand mit ihnen in einer telepathischen Verbindung und wusste, dass der Plan geklappt hatte.

Die Magie des Stifts funktionierte noch.

Der Stift allein war das A und O.

Ihn trug er immer in der Tasche seines alten abgetragenen Anzugs. Dieser Stift verlieh Macht, war magisch aufgeladen und stammte aus einer Zeit, die längst finstere Vergangenheit war.

Gregg kicherte, als seine Hand in die Tasche fuhr und den kleinen Stift umklammerte. Niemand wusste, dass er ihn besaß. Niemand ahnte, dass es ihn überhaupt noch gab, aber er hatte Nachforschungen angestellt und ihn schließlich gefunden.

Oder auch nicht.

Denn wie er in seinen Besitz gelangt war, konnte er nicht so recht sagen. Auf jeden Fall war es in der Nacht gewesen, da hatte er die Veränderung verspürt.

Noch deutlich erinnerte er sich an das blaue Licht, das auf dem Wasser des Flusses schwebte, sich näherte und das am Ufer dümpelnde Hausboot erfasste.

Von diesem Moment an war alles anders gewesen. Sein Leben hatte sich verändert, und zwar schlagartig. Dennoch fand sich Gregg nicht zurecht. Er hatte kaum eine Erinnerung, irgendwie jedoch war ihm klar geworden, dass er eine Doppelexistenz führte. In seiner Brust oder in seinem Körper lebten zwei Seelen.

Nur wusste er von seinen beiden Leben relativ wenig. Sein Erinnerungsvermögen hatte arg gelitten.

Sehr seltsam.

Aber Gregg gehörte zu den Typen, die sich mit neuen Situationen rasch abfanden. Irgendwie gefiel ihm die Existenz sogar, deshalb ließ er sich auch durch einige Ungereimtheiten nicht aus der Ruhe bringen. Er fasste es als Schicksal auf und sah dies durchaus positiv.

Besonders eine Fähigkeit hatte sich bei ihm wieder eingestellt. Gelernt hatte er in seiner Jugend eigentlich nichts, bis auf das Tätowieren!

Schon als Kind hatte er sich dafür interessiert und überall seine Spuren hinterlassen. Später funktionierte er diese Begabung dann zu einem Beruf um und konnte davon sogar einigermaßen leben.

Schließlich kam eine Zeit, wo das Tätowieren nicht mehr ›in‹ war. Die Geschäfte gingen schlechter, und Gregg musste seinen Laden schließen.

Jahre vergingen. Mehr schlecht als recht hielt er sich über Wasser, verkroch sich in seinem Hausboot, das er einmal im Spiel gewonnen hatte, und stieg auch nicht mehr ins Geschäft ein, als es bei gewissen Schichten wieder zur Mode gehörte, tätowiert herumzulaufen.

Bis zu dem Zeitpunkt, als er den Stift fand. Da war es über ihn gekommen, und zeitlich fiel dieser Fund genau mit dem Sichten des blauen Lichts zusammen, das über der Themse schwebte.

Dieses Licht hatte bei ihm wie eine Initialzündung gewirkt.

Plötzlich wollte er wieder arbeiten. Nur ging dieser Wille nicht von ihm selbst aus, sondern wurde ihm eingeimpft. Da war eine andere Stimme, die ihm sagte, was er zu tun hatte. Und Gregg gehorchte.

Wie auch jetzt, als er den Stift aus der Tasche holte.

Gregg trat ans Fenster, schob den alten Lappen von Gardine ein wenig zur Seite, sodass Licht auf seine Hand und den Stift fiel.

Er konnte die graue Farbe erkennen, die bei genauerem Hinsehen einen türkisfarbenen Einschlag hatte.

Ja, dieser Stift war etwas Besonderes. Manchmal hatte Gregg das Gefühl, als würde er nicht einmal von dieser Welt stammen.

Er hustete trocken und sah, dass seine rechte Hand zuckte, ohne dass er sie selbst bewegte.

Abermals hatte das Fremde in ihm die Regie übernommen. Seine dürre, hagere Gestalt straffte sich, ein Strom schien durch seine Adern zu fließen, der ihn aufblähte.

Und gleichzeitig begann das Messer zu leuchten. Nicht das Metall an der Spitze, sondern der Griff des Stifts. Die eingeschossenen türkisfarbenen Schlieren übernahmen das Kommando und überdeckten alles andere.

Ein Zeichen?

Gregg stand still da. Er wusste, dass etwas passiert war. Mit jeder Faser seines Körpers spürte er dies, und plötzlich hatte er das Gefühl, als würde ihn die Kraft wegtragen.

Er schwebte im leeren Raum. Die Innenwände des Schiffes verschwanden vor seinen Augen, eine völlig andere Umgebung erschien: Flammen, Licht, Kälte.

Dann der Schrei!

Mein Gott, damit hatte ich nicht gerechnet!

Der Angestellte des Schauhauses stand nur zwei Schritte von mir entfernt. Die kleinen blauen Flammen führten wie dünne, gespenstische Finger einen makabren Tanz um seine Gestalt aus. Seine Gesichtszüge konnte ich wie durch einen Schleier erkennen. Sie wirkten auf eine seltsame und sehr blasse Weise verzerrt.

Nick Preston sah ich neben mir. Er war zusammengezuckt, schüttelte den Kopf und flüsterte: »Wie bei Zack Ival. Verdammt, die gleichen Anzeichen. Auch er hat gebrannt!«

Die Worte verstand ich zwar, aber ich reagierte nicht darauf. Der brennende Mann war jetzt wichtiger, denn ich musste unter allen Umständen versuchen, ihn zu retten.

Zwar wollte mich Preston aufhalten, doch ich stürzte vor, riss die magische Kreide aus der Tasche und zeichnete gedankenschnell um den brennenden Mann einen Kreis.

In ihn hinein legte ich mein Kreuz.

Gleichzeitig aktivierte ich es mit dem Spruch, den man mir beigebracht hatte.

»Terra pestem teneto – Salus hic maneto!«

Zwei Magien vereinigten sich. Die des Kreuzes und die der magischen Kreide.

Wurden sie auch Verbündete?

Auf einmal brachen die Flammen zusammen. Sie verschwanden vom Körper des Mannes wie die ausgeschalteten Gasflammen eines Herdes. Normal stand er vor uns.

Er schaute uns an, wir blickten ihm ins Gesicht, und wir sahen seine veränderte Haut. Verbrannt war nichts. Nur die Haut hatte einen dunkleren Farbton angenommen. Sie schimmerte bläulich und hatte einen starken türkisfarbenen Stich.

Preston wollte vorlaufen. Er war schon fast an mir vorbei, als ich ihn zu fassen bekam und zurückriss. »Nicht berühren!«, rief ich.

Er blieb stehen. Sein Gesicht zeigte Fassungslosigkeit, während ich vorschritt.

Behutsam näherte ich mich dem magischen Kreis. Er bestand noch immer, das Feuer hatte ihn nicht auslöschen können. Mein Kreuz lag in der Mitte. Als ich mit der ausgestreckten Hand über die Kreisgrenze reichte, erfasste die magische Strahlung meine Finger. Ich spürte ein Kribbeln wie bei einer Gänsehaut, griff nach dem Kreuz, holte es aus dem Kreis hervor und sprach den Mann erst danach an.

»Kommen Sie vor!«

Er bewegte sich nicht.

»Na los, machen Sie schon! Ihnen passiert nichts.«

Er öffnete den Mund. Ich rechnete damit, dass er mir etwas sagen wollte, ein Irrtum. Zwischen seinen Lippen drang nur ein Seufzen hervor. Im nächsten Augenblick verdrehte er die Augen und brach zusammen.

Halb im Kreis blieb er liegen. Die Beine lagen im Innern, der Oberkörper außerhalb.

Preston und ich sahen, wie sich seine Haut auf seltsame Weise veränderte.

Sie wurde dunkler, das Blau blieb, nahm jedoch einen stählernen Farbton an.

Sein Körper bewegte sich.

Als würde er von unsichtbaren Händen berührt, so krümmte er sich. Er wurde kleiner, und Sekunden später rührte er sich nicht mehr.

Ich fasste ihn an.

Er war kühl. Zwar nicht starr, dennoch auf schaurige Art temperiert, sodass ich mich schüttelte. Es war nur eine Routinekontrolle, dass ich nach seinem Puls fühlte. Das Herz schlug nicht mehr.

Der Mann war tot.

Wenigstens auf den ersten Blick.

Langsam erhob ich mich. Neben mir stand ein fassungsloser Nick Preston. »Haben Sie eine Erklärung, Sir?«, fragte er mich mit einer Stimme, die vor Heiserkeit kaum zu verstehen war.

»Nein«, erwiderte ich. »Tut mir Leid. Ich kann Ihnen noch nichts sagen.«

»Das ist alles so unwahrscheinlich.«

»Da sagen Sie was. Aber bleiben Sie hier, Sergeant. Ich werde mir diesen Bankräuber mal anschauen.«

Preston nickte.

Man hatte den Körper auf einen Tisch gelegt und mit einem grauen Tuch zugedeckt. Neben dem Holztisch blieb ich stehen und runzelte die Stirn. An der Haltung des Tuchs war mir etwas aufgefallen. Normalerweise zeichnen sich unter diesen Decken immer die Umrisse eines Körpers ab. Das war hier nicht der Fall.

Hier präsentierte sich die Decke eingedrückt, als hätte jemand ein paarmal mit der flachen Hand darauf geschlagen.

Ein seltsames Gefühl erfasste mich, als ich mit einer Hand einen Deckenzipfel fasste und das Tuch mit einem heftigen Ruck zur Seite schlug.

Da lag er vor mir.

Oder zumindest das, was von ihm übrig geblieben war.

Ich erstarrte. Eine dunkle, leicht glänzende Masse. In der Form eines Ovals.

Der Rest eines Menschen!

Keine Augen, keine Nase, kein Mund und keine Ohren. Das hatte mir der Sergeant sicherlich nicht zeigen wollen. Ich glaubte fest daran, dass die Verwandlung erst in den letzten Minuten oder Sekunden eingetreten war.

Hart musste ich schlucken.

Der andere Mann hatte plötzlich in Flammen gestanden. Dieser hier, der Bankräuber, war verkohlt. Wie passte das alles zusammen? Wie konnte ich die Teilchen des Mosaiks zusammensetzen? Irgendein Motiv musste es geben, denn es geschah nichts ohne Grund, auch nicht bei dämonischen Aktivitäten.

Meine Sorgen wurden keinesfalls geringer. Wir hatten es hier mit einem unheimlichen Gegner zu tun, der sich geschickt zurückhielt und seine Fäden einer für uns unerreichbaren Weise zog.

Aber wer konnte dahinter stecken?

Ich hätte natürlich raten können. Es gab zahlreiche Dämonen und Feinde des Lichts, die gern so einen Anschlag provozierten. Aber geraten hatte ich nie gern, ich hielt mich lieber an Tatsachen.

Nick Preston trat näher. »Sieht verdammt mies aus, nicht wahr?«, sagte er leise.

»Da haben Sie Recht.«

»Und?«

»Keine Ahnung«, erwiderte ich wahrheitsgemäß. »Ich stehe ebenfalls vor einem Rätsel.« Noch einmal hob ich die Decke an. »Hat er so ausgesehen?«

Nick Preston erschrak. Er schluckte dabei. Sein Gesicht versteinerte regelrecht. »Nein, nie!«

»Dann ist es geschehen, als der Angestellte brannte.«

»Wieso konnte das passieren?«

»Das werde ich zu klären versuchen«, sagte ich.

Für mich war der andere Tote von Interesse. So wie er hatte auch dieser Zack Ival ausgesehen. Konnten wir viel-

34

leicht davon ausgehen, dass mit dem anderen das gleiche passieren würde?

Ich ging wieder zu ihm.

Noch immer lag er verkrümmt und regungslos. Türkisfarben schimmerte seine Haut.

Diese Farbe bei einem Toten war mir nicht neu. Ich hatte sie schon einmal gesehen. Und zwar bei den Totenpriestern aus Atlantis, die damals in Los Angeles von sich reden gemacht hatten. Und dies auf schaurige Art und Weise.

Deren Gesichter hatten ebenso geglänzt wie das der vor mir liegenden Leiche.

Gab es Parallelen?

Es war ein sehr hypothetischer Gedanke, das gab ich zu, aber in meinem Job musste ich oft über Dimensionen hinwegdenken, sonst konnte ich gleich einpacken.

Neben mir stand Nick Preston. »Aus dem kriegen Sie nichts mehr heraus, Sir!«

Diese Worte waren ein Zeichen. Als hätte der Tote sie ebenfalls gehört, zuckten auf einmal seine Lippen. Zuerst war es nur ein leichtes Zittern, dann öffnete er den Mund, und auch die Lider klappten auf.

Er starrte uns an.

Es waren zwei blaue Kugeln, die wir statt der Pupillen sahen. Aus seinem Mund drang plötzlich eine Stimme. Ich hatte sie noch nie gehört, achtete jedoch auf jedes Wort.

»Hütet euch vor Arkonada! Er ist nicht tot. Er kehrt zurück. Der Magier ist zu mächtig. Er wird seine Nadel führen und euch die Zeichen einstechen, euch allen …«

Nach diesen Worten bäumte sich der Körper noch einmal in die Höhe, sodass ich erschreckt zur Seite zuckte. Dann fiel er zusammen und blieb starr liegen.

Das endgültige Aus!

Ich schüttelte mich, denn ich musste mit ansehen, wie sich die Haut veränderte. Da verschwand die blaue Farbe, das Schwarze, ölig Glänzende ergriff davon Besitz, und ich sah fast den gleichen Körper vor mir wie bei der Leiche auf dem Tisch.

»Jetzt ist der Geist aus seinem Körper gefahren«, murmelte ich während des Aufstehens.

Der blass gewordene Sergeant Preston fragte flüsternd: »Welcher?«

»Haben Sie den Namen nicht gehört? Arkonada!«

»Den kenne ich nicht. Sie?«

»Ich auch nicht.«

Preston schlug sich gegen die Stirn. »Verdammt!«, rief er. »In welch einem Irrenhaus bin ich hier gelandet?«

»In einem gefährlichen.«

»Ja, das merke ich. Und was geschieht mit den Toten?«

»Begraben Sie die Männer.«

»Und was tun Sie?«

Ich lächelte schief. »Haben Sie den Namen Arkonada nicht gehört? Den werde ich suchen.«

»Wie wollen Sie das denn anstellen?«

»Keine Ahnung, aber er war hier, auch wenn wir ihn nicht gesehen haben. Sein gefährlicher Geist hat den Raum und die Toten regelrecht ausgefüllt. Zudem hat er sich gemeldet. Der Angestellte des Leichenschauhauses sprach mit einer fremden Stimme.«

»Und Sie meinen, dass es die Stimme dieses Arkonada gewesen war?«, hakte Preston nach.

»Ganz bestimmt.«

»Ich komme da nicht mit. Ehrlich nicht.« Er schüttelte den Kopf. »Nur gut, dass ich Sie eingeschaltet habe, so kann ich mich um andere Dinge kümmern.«

Ich nickte. »Haben Sie hier ein Telefon in der Nähe?«, fragte ich ihn.

»Ja, kommen Sie mit.«

In einem kleinen Büro fand ich den Apparat. Sukos Nummer kannte ich auswendig. Obwohl der Inspektor Urlaub hatte, wollte ich ihn dabeihaben.

Manchmal steht auch mir das Glück zur Seite. Suko war nicht nur im Haus, er hob auch selbst ab.

»Rate mal, wer dran ist«, sagte ich.

Ich hörte seinen Schrei, erschrak zuerst, dann dröhnte mir seine wütende Stimme ins Ohr. »Sag bloß, du willst meine Ruhe stören?«

»Und wie!«

»Was ist denn los?«

»Vielleicht die Hölle«, erwiderte ich und meinte es nicht einmal im Scherz.

Es war vollbracht. Die Zeugen lebten nicht mehr. Gregg alias Arkonada war zufrieden.

Und die Umgebung zeigte sich ihm vertraut. Plötzlich war wieder alles vorhanden. Der düstere Raum unter dem Schiff, die Decken vor den Fenstern, in der Ecke der Tisch, die beiden Stühle, es war alles noch da. Nichts hatte sich verändert.

Und Gregg gab es ebenfalls.

Ein alter Mann, voller Hass und Rache im Herzen, mit diesen gelblichen Haaren, gebückt dastehend, den Mund offen und pfeifend Atem holend, wobei er noch lachte.

Er hatte gewonnen.

Die Spuren waren verwischt.

Dann drehte er seinen Kopf nach rechts und schaute nach unten auf seine rechte Hand.

Die Finger umklammerten noch immer den Stift. Hart lagen sie um den Griff, der seine türkisähnliche Farbe verloren hatte und wieder völlig normal aussah.

Er war so normal wie Gregg.

Keine Spur von Arkonada.

Der alte Mann ließ sich auf einen Stuhl fallen. Den Oberkörper beugte er vor, der Kopf machte diese Bewegung zwangsläufig mit, und er richtete seinen Blick starr auf den Stift.

»Dir«, flüsterte er, »dir habe ich alles zu verdanken. Nur dir …«

Nach diesen Worten schwieg er, lauschte gleichzeitig und schien auf eine Antwort zu hoffen.

Der Dolch blieb stumm, und auch der seltsame Geist des Arkonada meldete sich nicht mehr.

Er hatte seine Pflicht getan.

Gregg atmete tief durch. Völlig befreit fühlte er sich allerdings nicht, denn da gab es noch ein Problem.

Die Zwillinge Basil und Lester Bean!

Es waren seine Versuchskaninchen. Er hatte sie ausge-schickt, um das Grauen zu verbreiten. Sie hatten ge-horcht, doch dann waren sie entdeckt worden.

Er schüttelte den Kopf. Nein, nicht sie hatte man ent-deckt, sondern ihre Opfer.

Wo befanden sich die Zwillinge nun?

Er stand auf und lauschte in die Stille. Für ihn jeden-falls war es Stille, da er nur die auslaufenden Wellen gegen die Bordwand klatschen hörte. Andere Geräusche waren nicht zu hören.

Gregg/Arkonada reckte sich. Er hätte gern gewusst, was es genau mit seiner Doppelexistenz auf sich hatte. Wie war es gekommen, dass sich ein seltsames Wesen für seine Person interessierte? Ein Wesen, das aus einer frem-den Umgebung, einer anderen Zeit kam, die sehr, sehr lange zurücklag.

Plötzlich hörte er Schritte.

Es waren mehrere Personen, die da über den Steg auf sein Boot zuliefen. Mindestens zwei.

Sollten die Zwillinge den Weg zu ihm zurückgefunden haben? Gregg schlich zum Ausgang. Eine neue starke Tür hatte er selbst eingebaut, und die öffnete er nun.

Sie schwang lautlos zurück. Mit einer Hand hielt er seine Tätowiernadel umklammert, denn das gab ihm Sicherheit. Er wusste von Arkonada, dass er sich auf die Nadel voll und ganz verlassen konnte.

Unter Deck gab es einen Gang. Dort stank es nach Öl und abgestandenem Wasser.

Am Ende des Ganges fiel von oben her ein heller Fleck nach unten. Dort verwischten die Konturen, wurden wenig später schärfer, als eine Gestalt von Deck her nach unten kletterte.

Gregg verzog das faltige Gesicht zu einem breiten Grinsen. Er hatte einen der Zwillinge erkannt, wusste jedoch nicht, wen er vor sich hatte. Die Entfernung war zu groß.

Die beiden überragten ihn um Haupteslänge. Deshalb mussten sie die Köpfe einziehen, als sie durch den Gang schritten, um mit den Haaren nicht an der Decke entlangzustreifen.

Gregg huschte wieder zurück. Er erwartete die beiden in seiner Kabine. Hintereinander traten die Zwillinge ein. Als der erste seinen Fuß über die Schwelle setzte, hörte er bereits das Schaben eines Zündholzes auf einer Reibfläche. Die Flamme flackerte auf und fand rasch Nahrung am Docht einer Petroleumlampe, sodass ein Teil des Raumes ausgeleuchtet wurde.

Die Zwillinge blieben nebeneinander stehen und blickten sich um. Sie hatten harte, kantige Gesichter. Die dunkelblonden Haare waren ein wenig nach hinten gekämmt, sodass die hohen Stirnen noch mehr zur Geltung kamen.

Farblos wirkten ihre Augen. Wie Knöpfe, tot, ohne jegliches Leben, doch nicht nur die beiden wussten, dass sich das blitzschnell ändern konnte. Auch Gregg war es klar. Schließlich trug er für die beiden die Verantwortung.

»Setzt euch«, sagte er.

Die Zwillinge gehorchten willig. Sie nahmen auf den beiden Stühlen Platz, drückten ihre Rücken gegen die Lehnen und legten beide Hände auf die Oberschenkel.

Gregg blieb vor ihnen stehen. Jetzt fühlte er sich besser, denn er konnte auf sie hinabschauen. Seine Unterlippe war vorgeschoben, die Augen zu Sicheln verengt.

»Ihr habt es geschafft, nicht?« Es war mehr eine Frage. Beide nickten.

Gregg war zufrieden. Wenn er daran dachte, wie mittelmäßig er früher gewesen und welche Macht ihm jetzt in die Hände gegeben war, konnte er nur noch über das Gestern lachen.

Sein Blick wechselte zwischen den beiden. Er musste genau hinschauen, um sie unterscheiden zu können. Welcher war nun Basil, und wer war Lester Bean?

Es war schwer, dies festzustellen, und er musste fast raten.

Lester hatte an der rechten Unterlippe eine kleine Narbe. Sie schimmerte weißlich. Nur daran konnte man die beiden Männer unterscheiden.

»Wie seid ihr entkommen?«, wollte er wissen.

»Durch die Fenster.«

Über Basils Antwort war Gregg beruhigt. »Und man hat euch wirklich nicht gesehen?«, hakte er sicherheitshalber noch einmal nach, wobei er lauernd stehen blieb.

»Nein.«

»Das ist gut, meine Freunde, das ist sogar sehr gut!« Er nickte heftig. Dann atmete er tief ein und zog blitzschnell die Nadel aus der Tasche. »Und doch ist uns ein Fehler unterlaufen«, flüsterte er, während er seinen Arm vorschob und die Spitze der Nadel gegen den Hals des Lester Bean drückte. »Ein böser Fehler sogar ...«

Gregg schüttelte den Kopf. Die Hand nahm er nicht zurück. Er sah jetzt aus wie ein kleiner, alter böser Teufel, dessen Augen hasserfüllt leuchteten. »Ihr wisst genau, dass ihr für größere Aufgaben vorbereitet werden sollt. Da dürfen wir uns keine Fehler erlauben. Habt ihr das verstanden?«

»Ja.«

»Ihr solltet üben. Das habt ihr getan, aber man durfte euch nicht erwischen. Wie konnte das geschehen?«

»Das wissen wir nicht«, erklärte Lester.

»Redet!«

»Nein, wir konnten ihn nur töten. Die Flammen haben ihn vernichtet. Dann waren plötzlich die Polizisten da. Wir hatten sie zuvor nicht gesehen, es war unser Pech.« Diese Worte sprach Basil, und sein Zwillingsbruder nickte heftig.

»Können Sie uns auf der Spur sein?« Gregg murmelte die Worte. Er richtete sie mehr an sich selbst und legte seine Stirn dabei in starke Falten. Angst verspürte er zwar nicht, dennoch ein drückendes Gefühl. Bisher war alles glatt über die Bühne gegangen, und dies sollte so bleiben. Er durfte sich auf keinerlei Experimente einlassen. Den Fehler hatte er ausradieren können. Die Spuren, die auf ihn hingedeutet hätten, waren gelöscht.

Dank seiner Doppelexistenz.

Aber – man wusste jetzt von ihm. Das gefiel ihm überhaupt nicht, denn die große Aufgabe sollte erst noch in

Angriff genommen werden. Nun galt es, den Zeitplan einzuhalten.

»Zieht die Hemden aus!«, befahl Gregg.

Die Zwillinge schauten ihn an und nickten. Sie gehorchten ohne Widerrede. Nie wäre es ihnen eingefallen, diesem Mann zu widersprechen, denn sie befanden sich in seiner Gewalt. Sie knöpften die karierten Hemden auf und streiften sie ab. Achtlos ließen sie den Stoff neben sich zu Boden flattern.

Gregg nickte zufrieden. Das Licht der Lampe fiel so, dass es die Brust der Männer berührte. Und es strich deutlich das Wichtigste hervor, das die Männer auszeichnete.

Greggs Zeichen.

Oder Arkonadas Male!

Es spielte keine Rolle, um was es sich genau handelte, aber die tätowierte Fratze auf ihrer Brust musste vorhanden sein. Sie gab den Männern die Kraft, die sie brauchten, um die Aufgabe zu erfüllen.

Gregg ging in die Knie. Er verzog den Mund und schaute genau nach. Dabei schüttelte er den Kopf, denn etwas gefiel ihm nicht an diesen Männern.

»Ihr habt verloren«, sagte er mit leiser Stimme. »Ihr habt einfach zu viel verloren.«

»Was?«

»An Kraft und Energie. Das Zeichen ist bei euch schwächer geworden. Ich muss es stärken.«

»Nein, nicht!« Basil wollte aufbegehren, doch Gregg stoppte ihn mit der Nadel, indem er sie ihm genau vor die Kehle hielt. Der Mann rührte sich nicht mehr.

»Ja, ihr seid nicht mehr so stark wie zu Beginn«, flüsterte der Mann. »Ich muss nachhelfen. Bleibt ruhig sitzen, ihr beiden, denn jetzt kommt eure große Stunde.«

»Aber wir können ihn doch töten.«

»Nein!« Gregg schüttelte den Kopf und schaute auf die Nadel, deren Spitze zu glühen anfing. »Nein, ihr schafft es nicht.«

»Wir haben es bewiesen. Wir …«

»Er ist ein anderer und gefährlich.«

»Nenn uns den Namen!«, schrie jetzt Lester.

»Gut, ihr sollt ihn wissen.« Gregg atmete noch einmal tief durch, und mit der fremden Stimme des Arkonada gab er die Antwort, in der Hass mitschwang. »Es ist Myxin, der Magier ...«

Es war bedrückend. Da lief jemand in London umher, der sich auf uns, auf Menschen fixiert hatte. Er wollte sie töten oder auf grausame Art und Weise in seinen Bann ziehen, und er tat es mit eiskalter Präzision.

Und mit Hilfe der Hölle!

Arkonada!

Wir hatten eine Spur, einen Namen. Arkonada, der Magier. Ein Wesen mit einer Nadel, mit der er Zeichen oder Symbole einritzen wollte.

In was einritzen?

In Baumrinde, in Haut, in Hauswände?

Wir wussten es nicht. Und wenn ich wir sage, dann meine ich auch Suko, mit dem ich mich in unserem gemeinsamen Büro getroffen hatte.

»Das blaue Licht könnte auf Atlantis hindeuten«, meinte mein Freund. »Erinnere dich nur an den Schlüssel zur Leichenstadt, John. Auch bei diesem Kristall haben wir das seltsame Licht gesehen.«

»Oder an die Totenpriester.«

»Genau.«

Ich schlug mit der flachen Hand auf den Schreibtisch. »Da wir nicht weiterwissen, müsste uns eigentlich Myxin helfen können. Wenn einer über Atlantis Bescheid weiß, dann er.«

»Hol ihn doch.« Mein Freund grinste ein wenig spöttisch. Das zu Recht, denn wir wussten nicht, wo sich Myxin aufhielt. Er war meist unterwegs. Zusammen mit Kara, seiner Gefährtin. Myxin wollte unter allen Umständen ein Mittel gegen den Todesnebel finden. Es wäre ihm fast gelungen, doch dann war die andere Seite schneller gewesen.

»Sonst haben wir keine Spuren, nicht?«

Ich schüttelte den Kopf. »Nein, Suko, nur verbrannte.«
Ich stützte mein Kinn in die Hand. »Irgendwie habe ich
das Gefühl, dass diese Nadel, die der Sterbende erwähn-
te, eine ganz besondere ist.«

»Also Zeichen setzen?«

»Genau.«

»Und wo setzt man Zeichen?«

Ich schaute Suko an. »In Holz, auf Wände, in Baumrinde, man unterschreibt auf Papier. Man ...«

»Kann auch woanders sein Zeichen hinterlassen«,
sagte mein Freund plötzlich.

»Wie meinst du das?«

Er legte die Stirn in Falten. »Denk mal nach, John.
Wenn ich eine Nadel habe und du mir deine Hand gibst,
ist es doch möglich, dass ich dir mein Monogramm in die
Haut ritze.«

Ich pfiff durch die Zähne. »Du sprichst von einer Tätowierung?«

»Ja. Von einem magischen Zeichen, einem Sigill.«

Da hatte mein Freund gar nicht mal Unrecht.

Eine magische Tätowierung konnte durchaus die
Lösung sein, und damit war es auch möglich, andere in
einen gewissen Bann zu ziehen und Zeichen zu setzen.

»Kennst du solche Typen?«, fragte mich der Chinese.

»Nein.«

»Wie viele wird es davon in London geben?«

Ich lachte auf. »Das geht sicherlich in die Hunderte.«

»Die wir fragen müssten.«

Ich wurde blass. »Himmel, das wird eine Arbeit. Fragt
sich nur, ob wir so viel Zeit haben. Aber«, ich erhob meine
Stimme. »Alles ist ja in unserem Staat geordnet. Es ist
möglich, dass sich die Tätowierer unter einem Dachverband zusammengeschlossen haben. So etwas gibt es für
viele Gruppen. Für Sänger, Zauberer und so weiter.«

Suko stand auf und holte die Telefonbücher herbei.
»Das kriegen wir raus.«

Für uns begann die große Sucherei. Das heißt, so groß
wurde sie nicht, denn wir fanden schnell heraus, dass es
tatsächlich so etwas wie einen Dachverband der Täto-

wierer gab. In England existierten eben sehr viele Clubs, Vereinigungen und Vereine.

Ich rief sofort an, erhielt auch eine Verbindung und erkundigte mich danach, wie viele Tätowierer es in London gab.

»Sir, das ist eine sehr schwierige Frage«, erklärte mir die Frau am Telefon. »Täglich kommen neue hinzu, andere verschwinden wieder. Manche lassen sich überhaupt nicht registrieren.«

»Ich brauche nur die ungefähre Zahl.«

»Die kann ich Ihnen geben. Wenn Sie sich einen Moment gedulden ...«

»Natürlich.«

Ich hockte auf der Schreibtischkante und wartete. Dabei rauchte ich eine Zigarette und schaute zum Fenster hin. Es war freundlicher geworden. Wind hatte die dunklen Wolken vertrieben. Blauer Himmel über London. Der Frühling ließ sich nicht mehr aufhalten, und das Wetter steigerte auch meine Laune, trotz der Bedrohung, die von Arkonada ausging und unsichtbar über unseren Köpfen schwebte.

»Sind Sie noch dran, Sir?«

»Immer.«

»Ich habe jetzt die ungefähre Anzahl der Tätowierer herausgefunden. Bei uns sind dreiundachtzig registriert.«

»Mehr nicht?«, fragte ich. Und diese Frage war nicht einmal spöttisch gemeint.

»Nein.«

»Dann hätte ich noch eine Frage. Sie haben bestimmt eine Liste der Personen. Könnten Sie mal nachschauen, ob sich darunter ein Mann mit dem Namen Arkonada befindet?«

»Augenblick bitte.«

»Ich habe Zeit.«

Es dauerte nicht sehr lange. Dafür war das Ergebnis dann auch negativ. Ein Tätowierer mit dem Namen Arkonada war der Frau nicht bekannt.

»Das ist Pech«, murmelte ich.

Die freundliche Dame versuchte mich zu trösten.

»Wissen Sie, Sir, es ist so. Wir haben ja nicht alle erfasst. Nur die bei uns registrierten. Wie ich schon sagte.«

»Wo könnten wir ihn finden? Vorausgesetzt, es gäbe ihn.«

»Vielleicht fragen Sie mal in den Hafenkneipen nach. Aber auch im vornehmen Londoner Westend gibt es zahlreiche Tätowierer. Im Augenblick ist es wieder modern, sich ein Mal auf den Körper ritzen zu lassen.« Sie kicherte plötzlich. »Ich habe auch eins.«

»Wo?«

Das Kichern wurde lauter. »Sir, das sage ich Ihnen nicht. Nein, auf keinen Fall.«

»Vielleicht komme ich mal vorbei und suche es«, erwiderte ich. »Wenn ich Zeit habe.«

»Sie würden sich wundern.«

»Wieso?«

»Mein Mann ist Boxer. Ich trage sein Bild immer bei mir. Verstehen Sie, Sir?«

»Dann will ich nichts gesagt haben. Und vielen Dank noch.«

»Bitte sehr.«

Ich legte auf, rutschte von der Schreibtischkante, hob die Schultern und sagte: »Pleite auf der ganzen Linie. Sie kennt keinen Tätowierer namens Arkonada.«

»Was nicht heißen muss, dass es ihn nicht gibt«, fügte Suko hinzu.

»Das meine ich auch.«

»Was tun wir also?«

»Hafenkneipen, hat sie gesagt. Dort würde man uns mehr sagen können. Wir fragen mal die Kollegen von der Fahndung, die sich da auskennen. Sie haben sicherlich Material und werden uns weiterhelfen können. Es muss doch Kneipen geben, wo sich die Tätowierer treffen. Das ist wie bei den Taubenzüchtern und Bingospielern.«

Suko nickte. »Ich bewundere deine Aktivitäten.«

»Ja, daran ist der Frühling schuld, mein Lieber. Nur der Frühling ...«

Arkonada!

Welch ein Name, welch eine Gestalt! Welch eine Umgebung, welch eine Vergangenheit!

Unerforscht, rätselhaft, geheimnisvoll und eingeprägt in den Kreislauf einer nicht fassbaren Magie.

Arkonada!

Jahrtausende hatte man nichts von ihm gehört, war er verschwunden in den Tunnels der Zeiten, weil seine Welt zerstört worden war.

Atlantis starb – Arkonada ging mit.

Aber er lebte. Nicht umsonst hatte er den unheilvollen Göttern gedient, wusste umzugehen mit Begriffen wie Leben, Sterben, schwarze und weiße Magie. Oft hatte er sein Zeichen hinterlassen, denn wer einmal unter seinen magischen Einfluss geriet, kam nicht mehr davon los.

Im Mittelalter der Menschheit war er zurückgekehrt, hatte ein kurzes Gastspiel auf der Erde gegeben, war jedoch mit dem Teufel in Konflikt geraten und wieder verschwunden.

Sein Geist kehrte in die Dimensionen des Schreckens zurück, wo er sehr lange wartete und nach einer neuen Anlaufmöglichkeit suchte. Er selbst war ›behindert‹, denn seine vollen Kräfte hatte er nicht zurückbekommen. Er musste sich stets einen Gastkörper suchen, damit er seine finsteren Pläne auch durchführen konnte.

Und er fand den Körper.

Gregg, der Tätowierer, war genau der richtige. Ihn konnte er leiten und für seine Pläne ausnutzen. Gregg gehorchte ihm, denn er schaltete dessen Willen aus.

Und Arkonada hatte mit der neuen Zeit Glück. Als er vor einigen Jahrhunderten auf die Erde zurückgekehrt war, da hatte es seinen alten Feind noch nicht gegeben. Da lag er noch in einem tiefen magischen Schlaf am Grunde des Meeres.

Inzwischen jedoch war er erwacht. Und er hatte seine Spuren hinterlassen, denn Myxin, den Magier, konnte man einfach nicht übersehen. Zudem war es ihm gelungen, sich auf eine andere Seite zu stellen. Er diente jetzt den Kräften des Lichts, und das nahm ihm Arkonada übel. Sie waren schon früher Rivalen gewesen. In der heutigen Zeit zählte Arkonada den Magier mit der grünlich schillernden Haut zu seinen Todfeinden, die es zu vernichten galt.

Er hatte genügend Informationen gesammelt und wusste genau, dass Myxin nicht allein stand.

Kara war bei ihm. Die Schöne aus dem Totenreich und die Tochter des großen Delios, der einst in Atlantis ein Gegner aller Schwarzblüter gewesen war.

Sie musste ebenfalls ausgeschaltet werden, wie auch die Menschen, die sich zu den Freunden des kleinen Magiers zählten. Da gab es einen Mann namens John Sinclair. Er nannte sich Geisterjäger, war sehr gefährlich, aber eben nur ein Mensch.

Darüber lächelte Arkonada, wenn er daran dachte, welche Macht er besaß. Menschen kamen da nicht mit. Die träumten höchstens davon, einmal so mächtig zu sein.

Deshalb war Arkonada ja so optimistisch.

Und doch ließ er eine gewisse Vorsicht walten. Er hatte viel über Myxin gehört, kannte jedoch nicht dessen genaue Stärke. Direkt wollte er sich ihm nicht nähern, sondern über einen Mittelsmann, den er in Gregg gefunden hatte.

Er war ebenfalls ein Tätowierer und dem Bösen sehr zugetan. Bei ihm hatte der mächtige Arkonada leichtes Spiel gehabt. Gregg befand sich voll unter seiner Kontrolle. Arkonada hatte ihm das Wichtigste gegeben, das er zu vergeben hatte.

Den magischen Stift. Die Nadel für die Haut. Dieser Stift trug seine Handschrift. Er gehörte ihm, war von seinem Geist beseelt, und er würde dafür sorgen, dass alles klappte.

Wenn Arkonada richtig darüber nachdachte, hatte er allen Grund, optimistisch in die Zukunft zu blicken, wobei er hoffte, dass er bald einen großen Sieg erringen würde.

Gab es Myxin nicht mehr, war die Bahn für ihn frei.

Gregg/Arkonada stand vor den Zwillingen und schüttelte den hageren Schädel. Nein, das passte ihm überhaupt nicht. Die Tätowierung auf den nackten Oberkörpern der beiden war verblasst. Um den großen Auftrag jedoch erfüllen zu können, mussten sie stark sein. So stark wie nie. Stärker als alle Gegner, mit denen sie es zwangsläufig zu tun bekommen würden.

»Jaaa!«, sagte er und ging dabei vorsichtig in die Knie, wobei seine alten Knochen hässlich knackten. »Ich muss es tun, ihr seid zu schwach. Zu viel Energie habt ihr verloren, aus diesem Grunde werde ich euch wieder auffrischen und auffüllen.« Er lachte dumpf und strich dabei mit der freien linken Hand über sein blank gescheuertes Hosenbein.

Die Zwillinge saßen wie zwei Steinfiguren vor ihm. Sie zuckten mit keiner Wimper. Auch dann nicht, als sich Gregg vorbeugte, den Arm ausstreckte und die Spitze der Tätowiernadel in die Nähe der Brust des Basil Bean brachte.

Der senkte seinen Blick. Von oben herab starrte er auf das Instrument. Sein Mund öffnete sich ein wenig. Ein Zischen war zu hören, als er scharf den Atem ausstieß, denn im Gegensatz zu manchen Zombies atmete er, ebenso wie sein Bruder.

»Es tut gar nicht weh!«, hechelte Gregg, beugte sich noch näher, wobei sein scharf geschnittenes Gesicht vom Schein der Petroleumleuchte erhellt wurde und einen rötlichen Anstrich erhielt. Auch die nach oben stehenden Haare änderten ihre Farbe. Sie sahen aus, als hätte man sie mit verdünntem Blut angestrichen.

Niemand sprach mehr.

Die Atmosphäre innerhalb des alten Schiffes hatte sich verdichtet. Ein unseliger Geist schwebte in dem Raum, und er hielt alle Anwesenden in seinen Klauen.

Das Irdische war nur noch eine äußere Hülle. Arkonada hatte das Boot besetzt.

Nur schwach waren die ersten Tätowierungen auf den beiden bloßen Oberkörpern zu sehen. Das jedoch würde sich bald ändern, denn Gregg setzte seine Nadel an.

Er stach in die Haut und dabei genau in die Rinne. Für einen winzigen Moment zuckte Basil zusammen. Er zitterte, dann hatte er sich wieder beruhigt, seine Schultern fielen nach unten, und er ließ alles über sich ergehen.

Gregg atmete hechelnd. »Ja!«, hauchte er. »Ja, das ist okay, das ist wunderbar. Wir schaffen es. Arkonada und ich bringen euch dahin, wo wir euch haben wollen. Ihr sollt dem Druck verfallen, ihr werdet uns immer gehorchen.«

Und er zeichnete während dieser Worte. Tief stach er in die Haut, während der Griff der Nadel dabei aufleuchtete, seine Magie abgab und sie auf den anderen übertrug.

Ein Gesicht entstand. Ein Zerrbild – aber die Züge wiesen trotzdem eine frappierende Ähnlichkeit mit denen des Tätowierers Gregg auf. Sie wirkten wie eine hässliche Karikatur, doch es würde wohl kaum jemanden geben, der über dieses Gesicht lachen konnte.

Zu bösartig war es auf die Brust des Mannes gezeichnet worden.

»Na?«, flüsterte Gregg heiser. »Spürst du es schon? Bemerkst du die Magie des alten Atlantis?«

»Ja!«, ächzte Basil.

»Dann nimm das!« Gregg schrie die Worte, zog den Stift zurück und drückte ihn zweimal vor.

Jetzt hatte er die Augen nachgezogen.

Basil Bean begann zu schreien. Er schüttelte sich. Schmerz und Grauen kamen über ihn. Plötzlich zeigte er Gefühle, seine Haut nahm die bläuliche Farbe an, dann sackte er auf dem Stuhl zusammen, während sich die Tätowierung deutlich von seiner Brust abhob. Sie hatte jetzt wieder die richtige Stärke.

Gregg rieb sich die Hände. Er konnte zufrieden sein, zog den Arm mit der Nadel zurück und drehte seine rechte Hand so, dass er sich die Spitze anschauen konnte.

Dort schimmerte ein blauer Tropfen. Während des Tätowiervorgangs wurde die Farbe in die frische Wunde gedrückt. Woher sie kam, war Gregg schleierhaft.

Er gönnte Basil Bean noch einen knappen Blick. Viel

war mit dem Mann nicht mehr los, aber er würde sich erholen, das stand fest. Nach einigen Minuten war er wieder so fit, dass er mit neuer Kraft in den Kampf ziehen konnte.

Ruckartig drehte er den Kopf, um Lester Bean anzublicken. »Auch du bist jetzt dran!«, flüsterte Gregg, beugte sich vor und zielte mit der Nadel auf die Brust des zweiten Mannes. »Keiner kommt ungeschoren davon!«, zischelte er. »Keiner! Und ich hoffe, dass ihr die anderen auch nicht verschont, denn sie müssen sterben!«

»Ja!«, ächzte Lester. »Sterben – wir werden ihn töten …«

Nach diesen Worten war Gregg/Arkonada fest davon überzeugt, dass die Lebensuhr des Magiers Myxin allmählich ablief.

Erst raschelte es, dann wurde Papier zur Seite gedrückt, und im nächsten Moment erschien eine gichtkrumme Hand, die mich an die Klaue eines Zombies erinnerte.

Es war kein Zombie, sondern ein Mensch, den wir sprechen wollten. Nur hatte er sich einen besonderen Platz ausgesucht. Er lag nämlich auf einer Parkbank.

Nach zwei Prügeleien in finsteren Hafenkneipen und drei weiteren Fragestunden hatten wir das lauschige Plätzchen endlich gefunden. Auf dieser Bank nächtigte Hump Huxley, ein King unter den Arbeitsscheuen, aber ein Mann, der ausgezeichnet informiert war und praktisch über jeden im Hafen Bescheid wusste.

Wir wollten ihn nach den Tätowierern fragen.

Die Finger winkten uns zu. Wir sahen die breiten Trauerränder unter den Nägeln und hörten im nächsten Augenblick seine kehlige Stimme irgendwo unter dem Zeitungspapier, mit dem er sich zugedeckt hatte. »Wer wagt es, mich zu stören?«

»Die Polizei«, antwortete ich.

»Bin nicht zu Hause.«

Ich lupfte die Zeitung an. »Kuckuck«, sagte ich und flötete zudem. »Du müsstest deine Mauern stabiler bauen, Hump.«

Huxley verzog das Gesicht. »Sinclair«, brachte er mühsam hervor, »dann ist dieser Chinese auch nicht mehr weit.«

»In der Tat«, sagte Suko.

Jetzt kam Huxley in die Höhe und schüttelte sein fast schulterlanges Haar. Wir traten vorsichtshalber zwei Schritte zurück. Was da aus den Zotteln herausflog, war nicht gerade hygienegetestet. Unter dem Busch sahen wir ein noch relativ junges Gesicht mit wachen, klaren Augen.

Huxley nickte. »Womit habe ich das verdient?«

»Wir wollen nur etwas von dir wissen.«

»Keine Ahnung.«

»Hump, reiß dich zusammen!«, sagte ich. »Du kennst uns und weißt, dass wir nicht lockerlassen.«

»Ja, das weiß ich.« Er nickte betrübt. »Aber ich kenne nun mal keine Dämonen.«

»Darüber wollen wir von dir auch nichts wissen«, beruhigte ich ihn.

»Wunderbar. Dann kann ich ja verschwinden.« Er schwang schon die Beine von der Bank, stemmte sich hoch und blieb in Sukos Griff hängen. Mein Freund lächelte freundlich, während Hump das Gesicht verzog, als hätte er Essig geschluckt.

Ich bohrte die Hände in die Taschen. »Du machst erst die große Flatter, wenn wir es sagen.«

»Ich beuge mich der Gewalt.«

»O je, Gewalt, wenn ich das schon höre. Nein, mein Lieber, das ist keine Gewalt, die haben wir hinter uns, als wir nach dir fragten. Jetzt komm mal zur Sache. Wo finden wir einen Tätowierer, der sehr gut ist, aber schwarz arbeitet, nicht gemeldet ist.«

Hump Huxley schüttelte wieder seinen Kopf. »Also, damit dürfen Sie mir nicht kommen.«

»Wieso?«

»Was habe ich mit Tätowierern zu tun?«

»Du kennst dich aus.«

Er winkte ab, kletterte auf seinen ›Schlafplatz‹ und setzte sich auf die Lehne. »Die Jungs, die euch sagten, wo ihr mich finden könnt, haben mich überschätzt.«

»Du bist doch hier der King, Hump!«

»Nein.«

»Also, raus mit der Sprache! Wir haben nicht viel Zeit. Wir wollen wissen, wer hier der große Tätowierer ist und wo er lebt.«

»Da gibt es viele.«

Suko nickte. »Das wissen wir. Aber wir meinen einen bestimmten, der sich Arkonada nennt.«

»Hä?«

Suko wiederholte den Namen.

»No, Sir, den kenne ich nicht. Komischer Name. Nadel-Willy kenne ich, dann den bunten Paul, aber Arkonada habe ich nie gehört.«

»Es kann ein Zweitname sein.«

»Dann weiß ich ihn erst recht nicht.«

»Du hast noch gar nicht richtig überlegt«, hielt ich ihm vor. »Denk nach, Hump.«

»Ihr macht mich wahnsinnig, Mensch!«

»Es ist immer besser, wenn man Freunde bei der Polizei hat.«

»Darauf kann ich verzichten, ehrlich.«

»Würde ich nicht so sehen.«

Er wühlte mit beiden Händen in seinen Haaren herum, murmelte mehrmals den Namen und schüttelte den Kopf. »Ihr seid bei mir auf dem falschen Eimer, ehrlich.«

»Hat sich in letzter Zeit jemand aus dem Geschäft zurückgezogen?«

»Da gibt es einige.«

»Ich meine einen besonderen. Einen richtigen Künstler, wenn du verstehst, Hump.«

Er dachte nach und senkte dabei den Kopf. Er schaute auf seine schmutzigen Treter und lachte plötzlich auf.

»Ist dir die Erleuchtung gekommen?«, wollte ich wissen.

»Wahrscheinlich. Ich würde vorschlagen, dass ihr euch mal um Gregg kümmert.«

»Wohnt der in der Nähe?«

»Er hat ein altes Boot. Da haust er, seitdem er sich aus dem Geschäft zurückgezogen hat.«

»Ist das weit von hier?«

»Nein. Geht dahin, wo die abgewrackten Schiffe stehen.«

»Davon gibt es viele. Wie erkennen wir den Kahn?«

»Ganz einfach. An Deck ist nichts mehr heil. Da liegen nur noch Trümmer.«

»Ich danke dir«, sagte ich und schlug ihm so kräftig auf die Schulter, dass ganze Staubwolken von dem Stoff aufstiegen. »Du hast uns wirklich einen großen Dienst erwiesen.«

»Ach, geht zum Teufel!«

»Dann nehmen wir dich mit.«

Mit diesen Worten ließen wir ihn stehen und gingen davon. Vorbei an Rohstofflagern und großen Tankkesseln, näherten wir uns dem Platz, wo der Bentley stand.

»Glaubst du ihm?«, fragte Suko.

»Ich muss ja.«

»Wir könnten zu Fuß dorthin gehen«, schlug mein Partner vor.

Die Idee war nicht schlecht. Hier stand unser Bentley eigentlich ganz gut. Er wurde von mehreren Tanklastzügen gedeckt. Wer konnte schon wissen, wie es weiter unten aussah?

»Ich nehme aber noch meinen Bumerang mit«, sagte ich und öffnete bereits die hintere Haube.

»Glaubst du, dass es zum Knall kommt?«

»Möglich.« Ich schlug die Haube wieder zu und nickte. »Komm, lass uns verschwinden!«

Es war ein Weg, der eine gewisse Trostlosigkeit zu bieten hatte. Wir sahen keine schöne Landschaft. Hier wurde gearbeitet oder standen die Reste, die nicht mehr benötigt wurden.

Die Hausboote, das wusste ich, liegen nicht direkt am Ufer der Themse, sondern in kleinen Seitenkanälen, die vom Strom abzweigen. Da uns Hump den Weg ziemlich gut beschrieben hatte, würden wir die Stelle auch finden.

Die Boote lagen nicht alle im Wasser. Einige lagen kieloben am Ufer. Wir sahen die Löcher im Rumpf und den Rost. Um diese Kähne kümmerte sich niemand.

Zum Wasser war es nicht weit. Einige Schritte nur. Das

Klatschen der Wellen begleitete uns. Manchmal liefen wir über feuchte Uferwiesen und sahen dann die ersten Boote.

Sie schaukelten auf den Wellen.

Die meisten waren durch Stege mit dem Ufer verbunden. Bei anderen Booten konnte man direkt von der Bordwand an Land springen. Menschen sahen wir kaum, hörten allerdings Kindergeschrei und entdeckten einmal eine Frau, die auf einem Hausboot mit Wäsche aufhängen beschäftigt war.

Den Fluss hörten wir nur. Eine schmale, mit Bäumen bewachsene Insel verwehrte uns den Blick darauf.

Trotz der vom Himmel herabscheinenden Frühlingssonne wirkte die Gegend grau und mies. Ebenso schlimm sahen die Boote aus. Manche waren wirklich nur noch Wracks.

Wir erkannten dies deshalb so gut, weil wir uns dicht am Ufer aufhielten.

Suko entdeckte das Objekt zuerst. Er streckte seine Hand aus und zeigte auf ein Boot, auf dessen Deck wirklich alles kreuz und quer herumlag. »Das muss der Kahn sein.«

Ich blieb stehen. Auf dem Schiff rührte sich nichts. Es sah tot aus, verlassen und verkommen. Ein Steg verband es mit dem Ufer, sodass wir es trockenen Fußes betreten konnten.

»Er scheint nicht da zu sein«, murmelte ich.

»Warte es ab.« Suko schaute aus leicht verengten Augen zum Kahn hin. Er atmete nur durch die Nase, sein Blick war lauernd, mit der Zungenspitze fuhr er leicht über die Lippen.

Ich krauste die Stirn.

»Hast du was?«

»Vielleicht ist Gregg nicht allein«, vermutete ich. »Kann ja sein, dass er Helfer hat.«

»Und was bedeutet das für uns?«

»Dass wir mit allem rechnen müssen«, erwiderte ich. »Los, ich will hier nicht festwachsen.«

Ich hatte es wirklich eilig. Die Gefahr, die uns bedrohte,

war mehr als unheimlich. Bisher hatte ich sie nur in ihren Auswirkungen erlebt, und sobald etwas in unser Leben eingriff, das unmittelbar mit Atlantis zu tun hatte, wurde ich vorsichtig.

Wir hatten da die größten Überraschungen erlebt. Das Erbe dieses versunkenen Kontinents war so gefährlich, dass es oft genug kaum Gegenmittel gab.

Wenn wir das ferne Grauen nicht im Keim erstickten, konnten wir es anschließend kaum mehr unter Kontrolle bringen.

Ich erreichte als Erster den Steg und setzte meinen Fuß auf die Planken.

Wenn jetzt jemand vom Schiff herschaute, konnte er mich deutlich sehen, denn meine Umrisse hoben sich klar und scharf vom dunkleren Holz des Stegs ab.

Wie auf dem Präsentierteller kam ich mir vor und fühlte mich als langsam vorangehende Zielscheibe verdammt nicht wohl. Aber es ging alles glatt.

Ich hüpfte an Bord und wäre fast über eine querliegende Bohle gestolpert, aber es ging alles glatt; auch Suko hatte keinerlei Schwierigkeiten, an Deck zu springen.

Er blieb neben mir stehen und schaute sich um. »Jetzt müssen wir ihn nur noch finden.«

»Erst einmal den Niedergang.«

Das Chaos an Deck konnte man wirklich als total bezeichnen. Es gelang uns nicht, einen normalen Schritt zu tun, ohne dass wir über irgendetwas stolperten.

Wenn sich jemand unter Deck aufhielt, würde er unsere Schritte hören, die als dumpfes Echo nach unten klangen. Das gefiel uns überhaupt nicht.

Wo befand sich der Niedergang?

Ich entdeckte ihn schließlich. Hinter vergammelten, zusammengerollten und mit grünweißem Schimmel bedeckten Taurollen befand sich die Klappe, die den Eingang in den Bauch des Schiffes bildete.

Da mussten wir runter.

Während Suko vorging, blieb ich mit gezogener Beretta neben ihm.

Die Scharniere quietschten und ächzten, als der

Inspektor die Klappe öffnete. Staub rieselte in die Luke, und ein muffiger Geruch strömte uns entgegen.

»Da scheinen Lumpen zu vergammeln und zu verschimmeln«, sagte ich, wobei ich mich hütete, meine kleine Lampe einzusetzen. Das durch die Luke fallende Licht reichte aus, um ein helleres Viereck auf den Schiffsboden zu zeichnen.

Ich ging in die Knie, streckte ein Bein aus und stellte den Absatz auf die oberste Sprosse der nach unten führenden Leiter.

Sie hielt mein Gewicht, und ich konnte es wagen, in den Schiffsbauch zu steigen.

Suko wartete oben, um mir Rückendeckung zu geben. Am Leiterende landete ich in einer Wasserpfütze, die sich in einer kleinen Mulde im Holz gesammelt hatte.

Ein schneller Blick nach vorn zeigte mir, dass ich nicht erwartet wurde.

Licht sah ich nicht. Nach ungefähr zwei Yards verschwanden die Konturen in der Dunkelheit.

Ich schnippte mit den Fingern. Für Suko war es das Zeichen, mir zu folgen.

Der Inspektor kletterte geschmeidig die Leiter hinunter und atmete auf, als er neben mir stand.

Wir fühlten uns wie zwei Wachhunde, die irgendetwas entdeckt hatten, aber nicht wussten, was es war.

Mir gefiel das Schiff nicht. Meine warnenden Instinkte und Gefühle hatten sich im Laufe der Zeit gut entwickelt. Und jetzt klingelte es bei mir leise Alarm.

»Merkwürdig«, hauchte auch mein Freund, als wir vorgingen.

Der dunkle Bauch des Schiffes schluckte uns. Suko fiel der Vergleich mit der Teufelsdschunke ein. Da hatte er sich auch in einen Schiffsbauch begeben, um Shao zu retten.

Zum Glück liefen wir nicht mehr durch Wasser. Das Platschen hätte uns leicht verraten können.

Ein Schiffsbauch enthält Lagerräume. Sie sind im Normalfall durch Schotten oder Luken miteinander verbunden. Hier suchten wir so etwas vergebens, erreichten allerdings eine Tür. Als wir sie uns näher anschauten, stellten wir fest, dass diese Tür nachträglich eingebaut worden war.

»Sieht stabil aus«, flüsterte Suko, als er seine Finger über das Holz gleiten ließ.

»Das ist sie sicherlich auch.«

Suko suchte nach der Klinke, fand einen Knauf und konnte ihn herumdrehen.

»Das Ding ist offen«, wisperte er.

»Dann mal rein!«

Ich hielt meine Taschenlampe bereit. Aber nicht nur sie, auch die Beretta.

Sukos Waffe lag ebenfalls in seiner Rechten. Er trat über die Schwelle, und wir schauten beide in einen Lagerraum, der zum Wohnraum umfunktioniert worden war.

Nur schwach waren die Umrisse zweier Stühle zu erkennen. Das gleiche galt auch für einen Tisch. Graue Flecken hoben sich rechts von uns an der Wand ab.

Verhängte Fenster oder Luken.

Und Menschen?

Aus der Dunkelheit vor uns hörten wir eine höhnische Stimme. »Kommt ruhig näher, wir haben euch schon erwartet.«

Damit hatten wir nicht gerechnet, reagierten aber wie abgesprochen.

Blitzschnell huschte Suko nach rechts weg, ich nach links. Die Mündungen der Pistolen zielten in das graue Dämmer hinein, wo wir leider keine Ziele sahen.

Aber die Stimme blieb.

»Ich bin Gregg, des Satans Tätowierer«, hörten wir ihn reden. »Und ich werde dafür sorgen, dass ihr die Hölle erlebt und nie mehr zurückkehrt.«

Drohungen, die ich schon oft gehört hatte und deshalb auch nicht so ernst nahm.

»Zeig dich, wenn du Mut hast, Gregg!«

»Sicher!«

Wir warteten. Noch tat sich nichts. Alles blieb düster. Wir sahen den Sprecher nicht. Er musste meiner Ansicht nach irgendwo am Boden kauern, denn im Dämmerlicht hob sich seine Gestalt nicht ab.

»Schaut genau zu«, vernahmen wir wieder die Stimme des Unsichtbaren. »Ihr wolltet mich sehen, das könnt ihr jetzt. Aufgepasst!«

Wir rechneten damit, dass sich eine Gestalt aus der Dunkelheit erheben würde.

Dies geschah nicht.

Stattdessen sahen wir vor uns einen seltsamen blauen Schein, der einen Stich ins Türkisfarbene hatte.

Der Schein war erst nur ein schwaches Leuchten, nicht viel größer als ein Rad, wobei es an den Enden flimmerte. Doch er wurde von Sekunde zu Sekunde größer, hatte plötzlich die Hälfte des Raumes ausgefüllt und ihn auf eine merkwürdige Art erhellt, denn wir konnten endlich unseren Gegner erkennen.

Einen Gegner?

Nein, das war nicht nur einer, das waren zwei Gestalten, die da vor uns standen.

Unheimlich anzusehen. Beide wirkten sie geisterhaft, sie konnten einem Angst einjagen.

Da war einmal der Alte, der geduckt dastand, den Kopf geierartig vorgereckt. Sein Gesicht war zu einem grausamen Grinsen verzogen. Die Hände waren gekrümmt, die Finger wirkten wie die Krallen eines Vogels, so mager waren sie. Mit spitzen Nägeln, und sie zitterten ebenso wie die Gestalt des Alten.

Ja, das war des Satans Tätowierer.

Die zweite Gestalt entdeckten wir ebenfalls. Sie war nur ein Schemen und schwebte hinter ihm.

Ein Geist?

Vielleicht. Ebenfalls bläulich schimmernd, leicht durchsichtig, in den Umrissen eine menschliche Gestalt zeigend mit einem Kopf und langen Haaren.

Gregg und Arkonada!

Ja, ich war mir plötzlich sicher, beide vor mir zu sehen. Wobei Gregg durch Arkonada geschützt wurde.

Ich wollte mein Kreuz hervorholen. Vielleicht konnte ich damit die Magie bekämpfen und stoppen.

Aber dazu kam es nicht.

Plötzlich war das Licht da.

Wie eine gewaltige Decke, und blitzschnell war es über uns. Es erfasste unsere Körper. Wir wollten wohl beide etwas dagegen tun, schafften es jedoch nicht und erlebten mit, wie uns Kräfte aus einer uralten und unheimlichen Welt zu Spielbällen degradierten …

Basil und Lester Bean hatten einen klaren Auftrag erhalten. Sie sollten Myxin, den Magier, vernichten!

Durch die Kraft der neuesten Tätowierung fühlten sie sich ungemein stark. Aufhalten konnte sie nichts mehr.

Sie dachten nicht mehr menschlich, denn in ihnen steckte der Geist einer uralten Zeit, als es noch keine Technik, noch keine Flugzeuge oder Autos gab. Dafür jedoch etwas anderes.

Schwarze Magie!

Und diese war stark. Sie stemmte sich gegen die Naturgesetze. Hob, wenn sie wollte, diese Regeln auf, und die beiden Männer waren durch diesen Geist beseelt.

Er spornte sie an, und er hatte ihnen das Ziel klar eingegeben. Während Gregg alias Arkonada zurückblieb, gingen die Zwillinge ihren Weg.

Sie kannten das Ziel, und sie wussten, dass der unheimliche, aber ungemein starke Geist sie dorthin schaffen würde.

Das Ziel waren die Flammenden Steine!

Flaming Stones!

Ein Gebiet irgendwo in England. Uralt, geheimnisumwittert. Vielleicht sogar unheimlicher als die bekannten Steine von Stonehenge. Eingebettet von bewaldeten Hügeln standen sie als stumme Wächter einer Zeit, die längst vergangen war.

Aber die Steine lebten. Sie waren mächtig, sie glichen empfindlichen Sensoren, die magische Störungen auffingen. Ihre Kraft glich der einer sprudelnden und nie versiegenden Quelle, und sie gehörten zu denen, die ebenfalls aus einer anderen Zeit stammten.

Myxin und Kara!

Die Flammenden Steine waren ihr Gebiet. Ihre Heimat und gleichzeitig ihre Forschungsstätte. Die Steine sagten ihnen oft genug, wann Gefahr im Verzug war. Sie warnten vor schlimmen Dingen, und sie waren gleichzeitig die Wegweiser in andere Welten.

Der kleine Magier und die Schöne aus dem Totenreich hielten sich oft bei den flaming stones auf. Wenn sie ihr Geheimnis enträtselten, hatten sie viel gewonnen.

Vor allen Dingen Myxin glaubte fest daran, dass er mit Hilfe der Steine auch den Todesnebel besiegen konnte, der von dem Würfel des Unheils produziert wurde.

Dieser Nebel war sein großes Problem. Er hätte es vor kurzem fast geschafft, ihn zu vernichten, aber die andere Seite war schneller gewesen.

Nun musste er wieder von vorn beginnen, zusammen mit Kara, die das Schwert mit der goldenen Klinge besaß.

Beide, Myxin und Kara, wussten von den Großen Alten. Diesen Urgötzen oder Urdämonen, die vor Äonen existiert hatten und das Grauen verbreiteten.

Sie wollten zurückkehren und dort ansetzen, wo sie nach dem Untergang des Kontinents gestoppt worden waren.

Es gab zahlreiche Stellen auf der Welt, die auf die Großen Alten hindeuteten, man musste sie nur finden. Wobei diese Urgötzen selbst oft Menschen fanden, die sich in ihre Dienste stellten. Wie viele Diener es damals gegeben hatte, die den Großen Alten Tribut zollten, wusste selbst Myxin nicht, obwohl er in Atlantis ebenfalls zu den Schwarzmagiern gehört hatte.

Myxin und Kara hatten unter den Menschen Freunde, die sich gegen die gefährliche Magie aus der Vergangenheit stemmten. Da stand ein Mann wie John Sinclair mit an der Spitze, dennoch hatte es Myxin nicht so gern, wenn er sich um Fälle kümmerte, die die Großen Alten berührten. John hatte genug mit der Hölle und deren Abgesandten zu tun. Die anderen Dinge sollte er ruhig Myxin und Kara überlassen.

Im Laufe der Zeit war der kleine Magier wieder erstarkt. Er stand nicht mehr hinter Kara zurück, die beiden ergänzten sich großartig. Myxin beherrschte vor allen Dingen wieder seine geistigen Kräfte. So waren Telepathie, Telekinese und Teleportation kein Problem für ihn.

All diese Kräfte aktivierte er zwischen den Flammenden Steinen, wo er sich zumeist aufhielt.

Es war ein sonderbarer Platz. Er lag irgendwo in England. Eine magische Zone, die von äußeren Einflüssen relativ unabhängig geblieben war, und Menschen entdeckten sie kaum. Irgendetwas leitete sie immer daran vorbei, sodass Kara und Myxin ungestört blieben.

An diesem Tage war der kleine Magier allein bei den Steinen. Er hatte sich über Kara gewundert. Die Schöne aus dem Totenreich spürte bereits die gesamte Zeit über eine gewisse Unruhe, für die sie keinerlei Erklärung hatte.

Sie war schließlich gegangen und hatte Myxin allein zurückgelassen.

Auch der kleine Magier merkte, dass etwas nicht stimmte. Er stand zwischen den Steinen und wirkte inmitten der hohen Felsklötze fast winzig, aber das täuschte. Myxin war von der Körpergröße her nicht so groß wie ein normaler Mensch, doch unterschätzen durfte man den Magier in seinem langen Mantel und der stets leicht grünlich schimmernden Gesichtshaut beileibe nicht.

Er konnte kämpfen und hatte manch mächtigen Dämon das Fürchten gelehrt. An mächtige Dämonen dachte er in diesen Augenblicken auch. Myxin wunderte sich darüber, dass er so seltsam fühlte. Es waren Zeichen, Vorboten, dass irgendetwas in der Luft lag, von dem er nichts Genaues sagen konnte.

Er wollte es noch nicht als Gefahr bezeichnen, aber da

existierten Kräfte, die ihre Fühler ausstreckten und auch die Flammenden Steine nicht verschonten.

Myxin drehte sich und schaute zum Himmel. Er sah die blasse Aprilsonne, deren Strahlen auf die bewaldeten Hügel in der unmittelbaren Umgebung tupften. Er hörte das Murmeln des Bachs – eine insgesamt sehr friedliche Stimmung, und auch das Zwitschern der Vögel trug dazu bei. Trotzdem traute er der Ruhe nicht.

Etwas war da …

Eine Gefahr!

Myxin stand immer auf der Lauer. Seine aus alter Zeit stammenden mächtigen Gegner schliefen nicht. Diese unheimlich starke Magie hatte ebenso überlebt wie er, und sie war dabei, sich auf der Erde einen Stützpunkt aufzubauen.

Wenn sie das schaffte, mussten Hindernisse aus dem Weg geräumt werden. Diese Hindernisse waren nicht nur Menschen, sondern auch andere Dinge, zum Beispiel die Flammenden Steine.

Zahlreiche mächtige Dämonen aus der alten Zeit würden viel dafür geben, wenn die Steine nicht mehr existierten. Das wusste der kleine Magier, und deshalb war er so wachsam.

Es gefiel ihm nicht, dass Kara verschwunden war. Zu zweit waren sie mächtiger, und er versuchte sich zu konzentrieren, um mit der Schönen aus dem Totenreich in geistigen Kontakt zu treten. Wenn er ihre Gedanken empfing, konnte sie ihm auf telepathischem Wege mitteilen, wo sie sich befand.

Genau in der Mitte zwischen den Steinen sank der kleine Magier zusammen. Er setzte sich auf den weichen Grasboden, seinen Kopf senkte er nach vorn. Er schaltete völlig ab und konzentrierte sich auf Kara. Im Normalfall war dies für ihn kein Problem. Die beiden standen stetig in einer gewissen Verbindung. Kara würde ihn hören, sie musste ihn hören, aber sie rührte sich nicht.

Myxin kam nicht durch!

Es war eine schlimme Tatsache, die er nicht wegleugnete. Irgendwo gab es da eine Barriere, die seinen

Gedankenfluss stoppte oder zurückschleuderte wie ein Spiegel das Licht, sodass er einfach keine Chance hatte, Kara zu erreichen.

Man konnte den kleinen Magier nicht als ein ängstliches Wesen bezeichnen, in diesem Falle jedoch verspürte er Furcht.

Wenn es um Kara ging, reagierte Myxin sehr sensibel. Zudem wusste er nicht, wo sie steckte, und auch jetzt bekam er keinen Kontakt.

Was war mit ihr geschehen?

Verzweifelt stellte sich der kleine Magier diese bange Frage.

Auch Kara dachte an Myxin. Allerdings trafen bei ihr die gleichen Bedingungen zu. Es gelang ihr einfach nicht, eine geistige Brücke zu dem kleinen Magier herzustellen.

Irgendwo war eine Sperre.

Kara hatte die flaming stones verlassen, weil sie spürte, dass sich etwas tat. Allerdings konnte sie darüber nichts Konkretes mitteilen, deshalb hatte sie Myxin nicht eingeweiht und war allein gegangen.

Das Gebiet der Flammenden Steine lag jetzt hinter ihr. Der Wald hatte sie geschluckt. Kara ging davon aus, dass sich die Gefahr dem Zentrum erst noch nähern würde und sich zwangsläufig erst einmal irgendwo konzentrieren musste.

Das konnte durchaus der die Flammenden Steine umgebende dichte Wald sein. Aus diesem Grunde war sie in ihn eingetaucht und bewegte sich vorsichtig über die auch tagsüber düster wirkenden schmalen Wildpfade. Hin und wieder schimmerte die Sonne durch. Dann warf Kara einen Blick in die Höhe, schaute durch das Filigran der Äste und sah zum Greifen nah die doch so weit von der Erde entfernte weiße Scheibe, die am blassblauen Himmel schwebte.

Sonne gibt Wärme. Sonne bedeutet Leben. Doch das spürte Kara in diesen Augenblicken nicht.

Sie meinte sogar, eine gewisse Kälte zu empfinden, die jedoch keinen normalen Ursprung hatte.

Auf einer kleinen Lichtung blieb sie stehen. Von hier

aus konnte sie die Steine nicht mehr sehen. Zu dicht war der Wald, der den Abhang bedeckte.

Kara schleuderte das blauschwarze Haar zurück. Sie blieb in dieser Haltung stehen und legte ihre rechte Hand auf den Griff des Schwerts mit der goldenen Klinge.

Diese Waffe war ungemein wichtig für sie. Ihr Vater hatte sie der Schönen aus dem Totenreich vererbt. Kara konnte mit dem Schwert nicht nur kämpfen, es diente gleichzeitig als Katalysator für andere Welten. Und wenn sie jetzt noch den Trank des Vergessens gehabt hätte, wäre sie zufrieden gewesen. Aber den besaß der Spuk, und der würde ihn auf keinen Fall herausgeben.

Auch ohne Trunk wusste sich Kara zu wehren. Sie hatte sich eben darauf eingestellt, und da war es besonders das Schwert mit der goldenen Klinge, das ihr die großen Dienste erwies.

Angespannt war ihre Haltung. Nichts regte sich in dem schmalen Gesicht mit den hochstehenden Wangenknochen. Sie glich in diesen Augenblicken einem witternden Waldwesen, das sich auf eine allmählich heranschleichende Gefahr einstellen will.

Die Stille fiel ihr auf.

Eine Ruhe, die es eigentlich nur in der Nacht gab. Für den Tag war sie mehr als ungewöhnlich, wobei sich Kara den Grund auch nicht erklären konnte.

Noch nicht …

Sie war allerdings sicher, dass sie mit ihrer inneren Unruhe zusammenhing, die sie so plötzlich spürte, als sie das Gebiet der magischen Steine ohne große Erklärung verlassen hatte. Es war sicherlich nicht richtig gewesen. Myxin machte sich Gedanken, und sie spürte ein heftiges Rauschen im Kopf, das nur allmählich schwächer wurde.

Kara wankte.

Für einen Moment nur hatte sie diesen seltsamen Schmerz gespürt. Sie streckte den Arm aus und hielt sich an einem Baumast fest, wobei sie darüber nachdachte, was dieses Phänomen zu bedeuten hatte.

Ihr fiel die Lösung nicht ein. Ihr Gehirn wollte nicht mehr arbeiten. Kara verspürte eine eigenartige Leere.

Es ging vorbei.

Sie schüttelte den Kopf und stellte fest, dass sie nun wieder klar denken konnte. Auch die Umgebung nahm sie besser auf. Dies war wichtig, denn sie bemerkte, dass sich der Wald noch mehr verdunkelt hatte.

Da die Sonne noch längst nicht gesunken war, musste dies einen anderen Grund haben. Kara, sehr misstrauisch, begann, nach dem Grund zu forschen.

Ihre Blicke ertasteten und durchstreiften die nähere Umgebung, und sie stellte fest, dass die sie umgebende Dunkelheit nicht normal war.

Da waren Schatten entstanden. Seltsame, lange, dunkle Dinger, die nicht nur über den Boden huschten, sondern auch an den Stämmen hochkletterten, bis sie den Wirrwarr aus Zweigen und Ästen erreicht hatten, wo sie an einigen Stellen das Sonnenlicht verdunkelten.

Die Schöne aus dem Totenreich konzentrierte sich auf die Schatten. Normal waren sie nicht. Die stammten weder von den Bäumen noch von irgendwelchen Büschen. Ihre Quelle lag woanders.

Leider befand sich Kara nicht in der Lage, sie zu orten.

Und war es nicht auch kälter geworden?

Über ihren Rücken rann eine Gänsehaut. Die Lippen zuckten, denn sie spürte die Kälte genau, und sie war fest davon überzeugt, es nicht mit einem normalen Temperatursturz zu tun zu haben.

Da steckte etwas anderes hinter!

Kara war eine sensible Person. Sie merkte Veränderungen der unmittelbaren Umgebung sehr schnell, und sie streckte wie ein Insekt ihre Fühler aus.

Wo hockten sie?

Kara schluckte. Ihre Hände bewegten sich. Manchmal berührten die Fingernägel das Fleisch der Handballen, und sie stachen in die Haut wie kleine Messer.

Die Schatten bewegten sich.

Plötzlich begannen sie zu tanzen, warfen ein zuckendes Muster auf den Boden, und Kara, die sehr genau hinschaute, erkannte, dass sie nicht schwarz waren, sondern violett.

Ja, eine Mischung zwischen Violett und Blau.

Seltsam, diese Farbe ...

Über ihren Körper rann es weiterhin kalt. Sie stand im Wald, Äste und Zweige der Bäume bildeten ein schützendes Dach über ihr.

Aber schützte es auch?

Darauf wollte sich Kara nicht verlassen. Es konnte auch ein Gefängnis sein, das sie nicht mehr freilassen würde. Dieser Wald war von irgendetwas magisch beeinflusst worden, und als ein Schatten langsam auf sie zukroch, da blieb sie einfach stehen.

Bis der Schatten sie berührte!

Kara durchzuckte es, als habe ihr jemand einen Schlag mit der Peitsche versetzt. Sie schüttelte sich, ihre Haare begannen zu knistern, und hastig sprang sie zurück.

Die Schatten waren gefährlich!

Durch die Berührung hatte die Schöne aus dem Totenreich den Beweis erhalten, dass es in diesem Wald nicht mit rechten Dingen zuging. Hier lauerten andere Kräfte, Gegenkräfte, und sie hielten das Gebiet besetzt.

Kara wich zurück. Dabei warf sie einen Blick über die Schulter. Auch hinter sich entdeckte sie die langen Finger der blauvioletten Schatten, die immer näher krochen und sie umfangen wollten.

Kara sah sich eingekreist.

Auf keinen Fall durfte sie noch länger an dieser Stelle verweilen. Sie musste so rasch wie möglich weg und das Schutzgebiet der Flammenden Steine erreichen.

Kara stieß sich ab.

Ihr Sprung war gewaltig, sie schnellte über den vor ihr zitternden Schatten hinweg und befand sich noch in der Luft, als sie bereits den Schlag verspürte.

Heftig war er geführt worden. Er schüttelte sie durch. Kara schrie, obwohl sie es nicht wollte; ihr Gesicht verzerrte sich dabei, sie fühlte für den Bruchteil einer Sekunde den Schatten wie gierige Hände, die ihren Körper streiften.

Dann hatte sie es geschafft!

Mit beiden Füßen erreichte sie den Boden, fand Laub

und Moos unter ihren Sohlen, und die Schmerzen vergingen. Ein wenig rutschte sie noch vor, hielt sich an einem tief hängenden Ast fest und zog sich an diesem wieder in die Höhe.

Endlich stand sie – und hatte die Schatten hinter sich gelassen.

Ein anderer wäre geflohen, nicht Kara. Sie blieb stehen und zog ihr Schwert.

Die Schöne aus dem Totenreich wollte kämpfen. Obwohl sie wusste, dass ihre Chancen nicht gut standen, denn gegen die Schatten würde sie kaum bestehen können. Wie sollte sie einen Gegner vernichten, der sich nicht körperlich zeigte?

Aber Kara wollte nicht aufgeben. Und eine Flucht wäre wie eine Kapitulation gewesen.

Sie suchte die Schatten!

Momentan entdeckte sie ihre »Gegner« nicht. Sie hielten sich irgendwo verborgen, auf dem Boden versteckt, gut gedeckt durch dicht wachsendes Unterholz.

Dann huschte der erste heran.

Er war schnell. Mit normalen Blicken kaum zu verfolgen, und er war so rasch bei Kara, dass es ihr kaum gelang, ihn abzuwehren. Trotzdem riss sie ihr Schwert in die Höhe und führte einen Streich, der einen Halbbogen von oben nach unten schnitt, mit der spitzen Klinge den Schatten berührte und ihn durchtrennte.

In der Tat wurde er geteilt, und Kara, die schon lächeln wollte, unterdrückte ihr Triumphgefühl, denn sie spürte den jähen Schmerz, der sie urplötzlich packte.

Da sie den Blick dabei gesenkt hielt, konnte sie genau erkennen, was geschehen war.

Der Schatten griff das Schwert an!

Er war nicht weitergewandert, sondern von der Klinge aufgesaugt worden. Ihr goldener Schimmer veränderte sich plötzlich, wurde dunkel und zeigte ein tiefes Blauviolett.

Das brachte die Schöne aus dem Totenreich völlig aus der Fassung. Das hatte sie noch nie erlebt. Bisher war es der goldenen Klinge gelungen, allen Gefahren zu trotzen, nun aber wurde das Schwert selbst in Mitleidenschaft gezogen, und es ging auf die angreifende schwarze Magie ein.

Als Kara sich von dem ersten Schrecken erholt hatte und mit der Schwertspitze eine Furche in den Waldboden zog, da merkte sie, wie weich das Metall geworden war.

Es hatte sich tatsächlich verändert.

Kara schluckte. Sie taumelte zurück und warf sich dann herum, um zu fliehen.

Kara konnte es in diesem Wald nicht mehr aushalten. Er war ihr unheimlich geworden. In ihm steckten Kräfte, denen sie auch mit dem Schwert nichts entgegensetzen konnte, und sie rannte weg, als wären Furien hinter ihr her.

Kara floh nicht allein aus Furcht. Sie dachte an die Flammenden Steine, denn sie hatte plötzlich das Gefühl, dass dieser Angriff nicht nur ihr galt, sondern auch den Steinen. Sie war in die Ausläufer der Attacke hineingeraten und musste nun zusehen, wie sie da wieder herauskam.

Das warnende Gefühl hatte schon seine Richtigkeit gehabt. Die anderen Kräfte lauerten nicht nur, sie schlugen bereits zu. Während sie rannte, waren ihre Gedanken nicht nur bei der sie bedrohenden Gefahr, sondern auch bei ihrem Partner Myxin, den sie allein bei den flaming stones zurückgelassen hatte.

Wenn ihre Gegner angriffen, wollten sie nicht nur einen vernichten, sondern beide.

Konnte sich Myxin wehren?

Kara beschleunigte ihre Schritte. Es war für sie nicht einfach, durch den dichten Wald zu laufen. Sie musste oft genug tief hängenden Zweigen, Ästen oder ganzen Bäumen ausweichen, lief einen Zickzackkurs, wobei ihre Füße manchmal tief im weichen Boden versanken.

Die Angst stachelte Kara an.

So etwas war ihr selten passiert. Sie hatte den Kopf in den Nacken geworfen, schaute in die Höhe und sah über sich das Netz der Zweige, hinter dem die Sonne als glühender Ball stand.

Dieses schwarze, vor der Sonne stehende Muster aus Zweigen begann zu tanzen. Es bewegte sich im Rhythmus ihrer Schritte, wischte einmal nach links, dann nach rechts, hob und senkte sich und verwandelte sich manchmal in eine regelrechte Spirale.

Ihre Beine behielten das Tempo bei, zudem senkte sich das Gelände jetzt, sodass Kara Mühe hatte, überhaupt auf den Füßen zu bleiben. Wenn sie stürzte, war sie verloren, das wusste sie genau.

Deshalb konnte sie das Tempo nicht beibehalten. Sie stemmte sich manchmal dagegen an, drehte ihren Körper zur Seite, um die Geschwindigkeit zu verringern, und hatte das Pech, in ein unter altem Laub verstecktes Loch zu treten.

Diesen Fehltritt konnte sie nicht ausgleichen. Ihre eigene Geschwindigkeit schleuderte sie nach vorn und zu Boden.

Jetzt erwies sich das Schwert als hinderlich. Sie kantete es noch herum, die Spitze raste dem Boden entgegen, drang ein, doch als Stütze war es trotzdem nicht zu gebrauchen.

Kara stürzte zur Seite und blieb liegen.

Sie war erschöpft. Unter sich fühlte sie den kühlen Grund. Eine Wohltat, wie sie zugeben musste, und sie war soweit, dass sie einfach liegen bleiben wollte.

Das gestattete man ihr nicht, denn die Schatten waren da! Und wie!

Kara hatte kaum den Kopf ein wenig zur Seite gedreht und angehoben, als sie von den langen, düsteren Armen erreicht wurde. Plötzlich verdunkelte sich ihr Gesichtsfeld, sie wälzte sich jetzt auf den Rücken und sah sich eingehüllt.

Jetzt konnte sie sich nicht mehr bewegen. Steif lag die Schöne aus dem Totenreich auf dem Boden. Sie erlebte eine Hölle, obwohl sie keine Schmerzen verspürte, aber ihre Gedanken waren nach wie vor klar. Und sie empfand diese Schatten schlimmer als die fressende Dunkelheit der Dämonengöttin Alassia, die ihr damals so viel Schaden zugefügt hatte.

Noch immer hielt sie den Schwertgriff fest. Durch die Drehung hatte sich die Waffe verkantet. Zum Griff hin bildete Karas Arm eine schiefe Ebene. Längst war ihr Blickfeld nicht mehr klar. Getrübt durch den violetten Schein, sah sie die Bäume nur noch verschwommen. Vergeblich versuchte sie, ihre Kräfte zu mobilisieren. Vielleicht hätte ihr gerade jetzt der Trank des Vergessens helfen können, den allerdings besaß sie nicht.

Wer war der Gegner?

Trotz der magischen Lähmung, die Kara umfangen hielt, musste sie daran denken, und sie erinnerte sich wieder an den Spuk, denn er stand ebenfalls nicht auf ihrer Seite.

Hatte er vielleicht die Schatten geschickt? Oder war er es selbst, der sich ihr näherte?

Nein, die Schatten des Spuks waren dunkler. Sie vermittelten einen noch gefährlicheren Eindruck, aber es täuschte. Die andere Kraft, die sie hier umfangen hielt, war ebenso schlimm.

Dann sah sie die Bewegung.

Vor ihr, genau zwischen zwei dicken Bäumen, deren Astwerk ineinander überging, zitterte etwas.

Der Gegner! Vielleicht doch der Spuk?

Ein Irrtum! Da stand ein anderer, und Karas Augen wurden weit vor Entsetzen.

Der Kontakt zu Kara war abgerissen!

Myxin konnte es drehen und wenden, nach Erklärungen und Ausreden suchen. Es war eine unumstößliche Tatsache: Er hatte keinerlei Verbindung mehr zu seiner Partnerin.

Schluss …

Es gab zwei Möglichkeiten für den kleinen Magier. Er konnte gehen und Kara suchen, dann musste er das unmittelbare Gebiet der flaming stones verlassen. Doch das wollte er nicht, denn wenn es eine Rettung gab oder geben konnte, dann vielleicht nur durch die Flammenden Steine. Über sie wollte er Kontakt aufnehmen.

Bisher war es so gewesen, dass es Kara zumeist gelang, die Steine zu aktivieren. Wenn sie, ihr Schwert und die Steine eine Dreiecksverbindung eingingen, wurde ein magisches Kraftfeld heraufbeschworen, das von den Schwarzblütern so gefürchtet war.

Aber Myxin stand allein.

Abermals versuchte er, Kontakt zu Kara herzustellen. Er konzentrierte sich auf sie. Sein Gesicht schien dabei einzufrieren. Myxin sammelte seine Para-Kräfte, ließ ihnen freien Lauf und suchte die Verbindung. Kara musste sich rühren! Und wenn es nur ein winziger Kontakt war.

Da existierte eine Mauer! Eine magische Sperre, die Myxin nicht überwand. Sie reflektierte seine Kräfte zu stark, schleuderte sie auf ihn zurück, sodass ihm der Kontakt mit der Schönen aus dem Totenreich versagt blieb.

Der kleine Magier ächzte.

Wenn er nicht wusste, wo sich Kara befand, konnte er sich auch nicht zu ihr teleportieren. Aus diesem Grunde war es zwecklos, weiterhin seine Kräfte zu mobilisieren, er würde immer nur ins Leere stoßen.

Myxins schmale Schultern sanken noch mehr zusammen. Für einen Moment wirkte es so, als könne er sich nicht mehr auf den Füßen halten, dann ging ein Ruck durch seine Gestalt.

Nein, er würde es weiter versuchen. So schnell gab er nicht auf.

Seine Gedanken stockten. Plötzlich dachte er nicht mehr an sein Vorhaben, denn etwas geschah um ihn herum.

Die Steine meldeten sich.

Hatten sie ihren Namen flaming stones wegen ihrer flammenden roten Farbe erhalten, so straften sie in dem nächsten Augenblick diesen Begriff Lügen.

Die Steine veränderten sich nicht zu roten Feuersäulen, blieben auch nicht grau, sondern nahmen eine andere Farbe an. Aus den Tiefen des Gesteins drang etwas hervor und erreichte die Oberfläche der vier nach oben stoßenden Blöcke.

Myxin stand wie festgenagelt auf dem Fleck. Er konnte sich die Veränderung der Steine nicht erklären und war Zuschauer bei einem unheimlichen Prozess.

Etwas Dunkles war im Innern der Steine aufgeflammt, es breitete sich wie ein Tuch aus, und es drang gleichzeitig so weit vor, dass es auch an der Oberfläche zu sehen war.

Nein, das war kein rotes Schimmern, kein geheimnisvolles Glühen wie sonst, sondern eine kalte, violette Farbe, die einen seltsamen Stich ins Blaue hatte.

Myxin war fasziniert und gleichzeitig erregt. So etwas hatte er noch nie erlebt. Er hätte es kaum für möglich gehalten, dass sich die Steine nicht in seinem Sinne veränderten. Sie standen gegen ihn, denn wenn er sie aktivierte, wurden sie nicht blau.

In der Farbintensität war dies zu vergleichen mit dem Rot, der sonstigen Aktivierung. Und sie sandten magische Strahlen aus.

Unsichtbare Wellen liefen von ihnen aus, um Myxin zu erreichen. Sie tasteten sich vor, berührten ihn, drangen in seinen Körper und versuchten, Myxins Geist zu beeinflussen.

Fremde Gedanken schwirrten in seinem Kopf herum. Und er identifizierte sie trotz des gewaltigen Durcheinanders. Diese Gedanken stammten nicht von dieser Welt, auch nicht aus dieser Zeit, sondern aus einer, die weit zurücklag.

Atlantis!

Wieder griff der unheimliche Zauber dieses längst versunkenen Kontinents hart in die Gegenwart hinein, um das Grauen zu erwecken. Die Vergangenheit wollte auferstehen, sie kroch durch die Steine heran und benutzte diese als Katalysator.

Wenn sie das schaffte, mussten die Flammenden Steine aus Atlantis stammen. Dann waren sie ein Rest dieser gefährlichen Zeit, die für zahlreiche Menschen im Dunkeln lag.

Myxin schaute zu.

Fassungslos, wie er sich selbst eingestand, und er sah,

dass die vier Steine durchsichtig wurden, obwohl das kalte blaue Licht in ihrem Innern blieb.

Ein kaum zu erklärender Vorgang. Die Steine erinnerten Myxin jetzt an gläserne Denkmäler.

Der kleine Magier ging zurück. Er setzte nur zwei kleine Schritte, zitterte dabei und blieb schließlich so stehen, dass er alle vier Steine beobachten konnte.

Wie blau leuchtende, gläserne, kalte Stempel sahen sie aus. Unheimliche Wächter, die ein quadratisch angelegtes Gebiet abgrenzten und bestrahlten.

Wie bei der normalen Aktivierung der roten Strahlen von den Steinen Magie abgegeben wurde, so geschah dies auch mit den blauen. Von den Unterkanten der Steine aus liefen breite Streifen aufeinander zu und trafen sich in der Mitte, wo sie ein Zentrum der Magie bildeten.

Die erste Phase war erreicht.

Nun folgte der zweite Teil.

Myxin wollte seinen Augen nicht trauen, als er innerhalb des durchsichtigen Gesteins Bewegungen sah. Zuerst glaubte er an schlierenförmige Einschlüsse, wurde sehr schnell eines Besseren belehrt, denn die angeblichen Einschlüsse nahmen Gestalt an.

Und es waren Menschen, die in den Steinen standen. Zwei Unbekannte, die jedoch gleich aussahen, sodass Myxin an Zwillinge erinnert wurde.

Und zwei weitere Männer hielten sich in den Steinen auf.

Die kannte der kleine Magier sehr gut.

John Sinclair und Suko!

Auch wir hatten uns gegen diese fremde, unheimliche Magie nicht wehren können. Das Boot verschwamm vor unseren Augen. Wir sahen keine inneren Bordwände mehr, hörten nicht das Klatschen des Wassers, und auch Gregg verschwand. Zeit und Raum nahmen uns auf. Andere Dimensionen wurden für uns der Aufenthaltsort.

Ich fiel in einen Schacht.

Er war von einem tiefen Blau erfüllt, sodass ich das

Gefühl hatte, mich in einem gewaltigen Tintenfass zu befinden. Der Schacht schien bodenlos zu sein, denn ich fiel und fiel, konnte nichts dagegen tun und mich nicht einmal bewegen. Das andere war stärker.

Zu Beginn hielt mich das heiße Gefühl der Angst in den Klauen. Eine schlimme Sache, denn man glaubte bei diesen Gelegenheiten immer, das letzte Stündlein habe geschlagen. Wenn dieses Gefühl vorbei ist und die Reise weitergeht, kann man sich auf sie konzentrieren, so gespenstisch und unheimlich sich dies auch anhört.

Ich konzentrierte mich.

Dass ich so etwas wie eine Dimensionsreise unternahm, war mir längst klar geworden. Nur das Ziel kannte ich nicht, sollte es aber sehr bald kennen lernen, denn ich spürte nicht nur Widerstand unter meinen Füßen, auch die Umgebung veränderte sich.

Sie wurde heller!

Das Blau blieb zwar nach wie vor, doch mein Blick öffnete sich, und ich schaute in ein Gebiet hinein, das ich kannte.

Es war das Quadrat der flaming stones!

Im ersten Augenblick hätte ich lachen können, denn hier fühlte ich mich sicher. Das Quadrat zwischen den Steinen gab mir ein Gefühl der Geborgenheit, was im nächsten Moment radikal zerstört wurde.

Als ich die Hand ausstreckte, fühlte ich Widerstand an meinen Fingern und stellte fest, dass ich ein Gefangener war.

Aber wo?

Ich schaute nach vorn, sah einen blauen Schein auf dem Boden flimmern, der sich mit anderen Strahlen traf, bevor er auf sein eigentliches Ziel hin weiterwanderte.

Und das war die viereckige Steinsäule mir genau gegenüber!

Sie sah seltsam aus. Ich hatte sie größer in Erinnerung, auch nicht so scharf konturiert. Über dieses Phänomen dachte ich nach und gelangte zu dem Schluss, dass ich selbst die Welt wie durch eine Linse betrachtete. Demnach musste der Stein seinen Zustand verändert haben.

Bestand er jetzt aus Glas?

Atmen konnte ich, ich hörte auch meinen Herzschlag als dumpfes Klopfen. Organisch war also alles okay, deshalb konnte ich mich auch auf die Umgebung konzentrieren.

Der Stein mir gegenüber war ebenfalls besetzt. Suko hatte ich erwartet, jedoch sah ich eine andere Person innerhalb des Steins.

Einen Mann ungefähr so groß wie ich. Trotz des eingeengten Sichtfeldes fiel mir auf, dass der Mann mit bloßem Oberkörper umherlief, jedoch auf seiner Brust etwas eingebrannt hatte.

Eine Tätowierung!

Genau das war es. Dieser Mensch war tätowiert worden! Da hatte ich bereits den Beweis der Verbindung zu Gregg und Arkonada.

Sie und die Flammenden Steine hingen irgendwie zusammen. Mein Blick wanderte nach rechts zu dem zweiten vor mir stehenden Stein. Er war ebenfalls nicht leer. In ihm befand sich genau das Abbild des Mannes, den ich zuerst gesehen hatte.

Ein Zwillingspaar!

So genau liefen meine ersten Eindrücke ab. Schon des Öfteren hatte ich das Gebiet hier betreten. Es war zu einer Art Heimat geworden, jedoch nicht für mich, sondern für meine beiden Freunde Myxin und Kara. Sie wollte ich suchen, denn sie mussten einfach da sein und gemerkt haben, was hier vorging.

Kara sah ich nicht, sosehr ich mich auch bemühte. Als ich mich zur Seite drehte, um sie rechts von mir zu suchen, erkannte ich innerhalb des vierten Steins meinen Freund Suko eingeschlossen.

Er hatte im selben Augenblick zu mir hingeschaut. Unsere Blicke trafen sich.

Optimistisch waren sie nicht gerade. Suko hob sogar die Schultern. Eine deutliche Geste.

Ich drehte mich wieder und sah in diesem Augenblick Myxin. Der kleine Magier stand außerhalb des Quadrats, hielt die Arme halb erhoben und die Hände gespreizt.

War er machtlos?

In dieser Haltung hatte ich ihn bereits öfter gesehen. Wenn ich ihn mir allerdings jetzt anschaute und erlebte, dass nichts geschah, musste ich zu der Überzeugung gelangen, dass Myxin mit dieser Magie nicht fertig wurde.

Meine Hoffnungen setzte ich auf Kara. Die allerdings war überhaupt nicht zu sehen. Sollte sie ausgeschaltet worden sein? Hatte es sie bereits erwischt?

Ich wusste es nicht, mir blieb nur die Hoffnung, dieses Gefängnis wieder verlassen zu können. Deshalb streckte ich meine Arme aus, aber der Widerstand war einfach zu groß. Ich kam nicht hindurch.

Die Steine waren für Suko und mich zu Gefängnissen geworden. Für die anderen beiden allerdings nicht, denn sie konnten völlig normal aus den Steinen hervortreten.

Wie Tänzer bewegten sie sich. Zuerst drehten sie ihre Schultern vor. Dies geschah geschmeidig, zu vergleichen mit den Bewegungen einer Schlange, gleichzeitig setzte der Erste sein rechtes Bein vor und konnte dem veränderten Stein entsteigen.

Daran hinderte ihn niemand. Dass Myxin ebenfalls zuschaute, bewies mir, dass er wirklich machtlos war. Der kleine Magier musste auf seinem ureigenen Gebiet eine Niederlage einstecken.

Bisher waren die flaming stones – von einigen Ausnahmen mal abgesehen – ein Refugium weißer Magie gewesen. Nun aber zerstörte jemand diesen Nimbus, degradierte den eigentlichen Herrscher zum Statisten, und ich konnte mir ungefähr vorstellen, wie es im Innern des kleinen Magier aussah.

Der Mann stieg aus dem Stein.

Zwei Schritte davor blieb er stehen, drehte den Kopf und schaute auf seinen Partner oder Bruder, der ebenfalls Anstalten traf, das Gefängnis zu verlassen.

Auch ihm bereitete dies keinerlei Schwierigkeiten. Er stieg aus dem Stein, als wäre der überhaupt nicht vorhanden, und wandte sich nach links, seinem Bruder zu.

Die beiden schauten einander an.

Wir aber mussten zusehen.

Ich ahnte, dass Arkonada oder Gregg die beiden nicht umsonst hergeschafft hatte. Sie hatten eine Aufgabe zu erfüllen, und ich dachte mit Schrecken daran, dass es sich letztendlich um die Vernichtung der flaming stones handeln konnte.

Und damit auch um das endgültige Ausschalten von Myxin und Kara!

Ein schlimmer Gedanke, den ich momentan nicht weiterspinnen wollte. Ich fragte mich fieberhaft, ob wirklich dieser geheimnisvolle Arkonada dahinter steckte.

Eine Antwort konnte ich mir selbst geben. Mehr als ein Raten war es aber nicht.

Tatsache blieb, dass wir gefangen waren!

Suko und ich steckten in den Steinen und sahen keine Möglichkeit, sie zu verlassen.

Wenn man von außen hinschaute und meine Bewegungen verfolgte, musste ein Betrachter uns für Tiere in einem Käfig halten.

Ich suchte nach einer porösen Stelle im Gestein, doch meine Hände glitten nur über glatte Wände. Schwachstellen gab es nicht.

Was konnte mir helfen?

Meine Waffen hatte man mir gelassen. Ich dachte natürlich an das Kreuz und holte es hervor.

Wenn ich es aktivierte, würde es dann den Stein sprengen oder die Magie aufheben?

»Terra pestem teneto – Salus hic maneto!«

Die Worte flossen über meine Lippen. Ich hatte mich inzwischen daran gewöhnt, und ich sah auch die Reaktion.

Ein Strom der Kraft fuhr aus dem Kreuz. Er entlud sich in grünlich blau schimmernden Blitzen, und von meiner Hand aus jagten sie in die verschiedensten Stellen der Steinwand.

Klappte es?

Mein Herzschlag trommelte. Ich hatte plötzlich das Gefühl, es trotz allem zu schaffen, denn ein Knirschen drang an meine Ohren.

Meine Hoffnung kehrte sich im nächsten Augenblick genau ins Gegenteil um.

Nicht der Stein wurde aufgerissen oder zerstört, nein, eine andere Veränderung begann.

In meinem Gefängnis veränderten sich die Stellen, die von den Strahlen getroffen worden waren.

Zwei Magien waren aufeinandergeprallt. Beide ungemein stark. Wie Säure und Lauge.

Bei diesen beiden so gegensätzlichen Chemikalien bilden sich Salze. Hier jedoch entstanden keine Salze im direkten Sinne, sondern lange, scharfe Kristalle, deren Wuchs nicht zu stoppen war.

Ich begriff sofort.

Durch meine Aktivitäten hatten sich die rasch wachsenden Kristalle gebildet. Und es war nur eine Frage der Zeit, wann sie das Innere des Steins vollends ausfüllten.

Niemand kann das Rad der Zeit zurückdrehen. Auch Kara nicht. Sie konnte zwar durch magische Einflüsse in die Vergangenheit hineingerissen werden, aber das war bei ihr momentan nicht der Fall. Sie befand sich nach wie vor in der Gegenwart, obwohl sie Vergangenheit erlebte.

Eine Erinnerung aus der weit entfernten Vergangenheit. Die konnte ihr keiner nehmen.

Kara erinnerte sich.

Trotz der Starre, in der sie lag, arbeiteten ihre Gedanken bestens. Sie starrte dabei auf die Gestalt, die sich allmählich aus dem Wald löste und von einem blauen Lichtschein umgeben war.

Dieses türkisfarbene Schimmern huschte über den Boden. Es kroch an Bäumen, Sträuchern und Unterholz hoch, deckte alles ab und wurde größer, je näher die Gestalt kam.

Sie schritt lautlos.

Es war kein Geräusch zu hören. Sie verbreitete eine Atmosphäre der Beklemmung und etwas von einem unheimlichen Erbe, das sie aus der Vergangenheit mit in die Gegenwart gebracht hatte.

Es traf Kara wie ein Blitzstrahl. Plötzlich wusste sie Bescheid. Ihr war nun klar, wer diese Gestalt war.

Ein Dämon.

Arkonada!

Ihr Herz raste plötzlich, als sie daran dachte. Selbst ihr Vater Delios, der sich mit den Kräften weißer und schwarzer Magie auskannte, hatte vor Arkonada immer gewarnt. Und nicht nur das. Kara erinnerte sich, dass er auch seine Angst zugegeben hatte.

Nie hatte er diesen Dämon besiegen können, denn Arkonada war in Atlantis ein finsterer Magier gewesen, der seine Stärke auf andere übertragen konnte.

Denn er besaß die magische Nadel!

Eine gefürchtete Waffe. Nicht nur weil sie besonders spitz war, nein, dieses Werkzeug hatte die Kraft einer unheimlichen Welt. Es konnte, wenn Arkonada einmal die Tätowierungen bei Menschen vorgenommen hatte, diese verändern. Durch die Tätowierung wurden sie zu anderen Menschen, zu Robotern, zu Puppen, die in den Händen ihres Meisters Wachs waren.

Das war in der Vergangenheit so gewesen, und es hatte sich in der Gegenwart sicherlich nicht geändert.

Mit jedem lautlosen Schritt, der Arkonada näher an Kara heranbrachte, steigerte sich die Angst der Schönen aus dem Totenreich. Auf sie kroch das lautlose Grauen zu, das Gestalt angenommen hatte. Arkonada befand sich im Zentrum des bläulichen Scheins. Seine Gestalt hob sich deutlich ab, sogar die Umrisse traten scharf und klar hervor. Er war ein Wesen mit menschlicher Gestalt. In dem türkisfarbenen Licht schien er aufzugehen, denn es umgab ihn wie ein schützender Mantel.

Auf der Körperfläche konnte Kara kaum Konturen sehen. Es gab zwar welche, doch die verschwammen zumeist, als würde jemand mit einem großen Radiergummi über die Gestalt streichen.

Und er veränderte sich plötzlich. Bevor Kara es richtig erfasste, war der Spuk aus Atlantis vergangen.

Stattdessen kam ein anderer auf sie zu.

Ein alter Mann mit wirrem Haarschopf. Er ging gebückt, hielt den Kopf vorgebeugt und hatte den rechten Arm ausgestreckt. Seine langen, knochigen Finger umklammerten den Griff eines Stiftes.

Als Kara diesen Stift sah, da begann ihr Atem zu stocken, denn es war genau die Nadel, von der ihr ihr Vater damals in Atlantis erzählt hatte.

Sie hatte sie nie gesehen. Heute wurde sie ihr zum ersten Mal präsentiert, und sie konnte sich vorstellen, was der andere mit der Nadel und zwangsläufig auch mit ihr vorhatte.

Auch der alte Mann wurde von dem seltsamen blauen Licht umgeben. Es wirkte wie eine Wolke, die seine Figur umschmeichelte, während er Schritt für Schritt auf Kara zutrat und sie aus seinen kalten Augen fixierte. Er suchte jeden Zoll ihres Körpers ab, seine Augen glichen Sensoren. Als er nickte, bewegten sich die nach oben stehenden Haare wie ein Hahnenkamm.

Ja, er konnte zufrieden sein.

Kara lag bewegungslos. Die Schatten hielten sie wie Fesseln. Sie sah keine Chance, dem Unheil zu entrinnen, verdrehte die Augen und warf einen verzweifelten Blick auf die Schwertklinge, die nach wie vor im Boden steckte.

Seltsam fahl sah die goldene Klinge aus. Sie hatte sich zu Karas Schrecken verändert und wirkte nun wie ein leicht gebogenes Stahlband, das die Verbindung zwischen Erde und Hand darstellte.

Vor ihr blieb der Alte stehen. Er blickte aus seinen kalten Augen auf sie nieder und flüsterte: »Ich bin Gregg!«

Kara konnte mit diesem Namen nichts anfangen. Dennoch wunderte sie sich: »Nicht Arkonada?«

»Auch das.«

»Ich verstehe nicht …«

»Das brauchst du auch nicht, Mädchen. Ich und meine beiden Helfer haben von Arkonada den Auftrag erhalten, euch auszuschalten. Für alle Zeiten zu vernichten, euch hineinzustoßen in das absolute Nichts, in die Unendlichkeit der dämonischen Dimension, wo ihr als Schwarzblüter über euer vorheriges Leben nachdenken könnt. Eure Körper werden vernichtet. Diese Nadel hier«, seine

Hand zuckte plötzlich vor, und Kara sah die Spitze dicht vor ihren Augen, »macht es möglich. Die magische Nadel des Arkonada, aus einer fernen Zeit stammend, hat von ihrer Wirkung nichts verloren.«

Wenn Kara gekonnt hätte, sie hätte ihm den Stift aus der Hand geschlagen.

So aber musste sie mit ansehen, wie die freie Hand des Alten vorschoss, den Stoff ihrer dunklen Bluse fasste und dann mit der Nadel gedankenschnell zustach.

Er hatte es so raffiniert angestellt, dass im Stoff eine große Lücke klaffte, als er ihn wieder fallen ließ.

Kara schämte sich vor den gierigen Blicken des alten Mannes. Das Leuchten in seinen Augen sagte ihr genug, und sie presste so hart die vollen Lippen aufeinander, dass sie blass vor Blutleere wirkten.

»Du hast einen schönen Körper«, flüsterte der Alte. »Einen wirklich schönen Körper. Ich habe schon viele in meinem Leben gesehen. Die von Frauen und die von Männern. Deiner gehört zur Spitzenklasse, und es soll eine Ehre für ihn sein, wenn ich ihm das Zeichen des Arkonada einritze.«

Nach diesen Worten veränderte Gregg/Arkonada seine Stellung ein wenig und stützte sich mit der linken Hand neben dem Körper der Frau ab.

Die andere senkte er ebenfalls, ließ die Spitze der gefährlichen Nadel noch für die Länge eines Lidschlags über dem weiß schimmernden Dekolleté schweben und stach in die Haut hinein …

Myxin fühlte sich leer, ausgebrannt. Er fühlte sich wie eine Hülle, der man die Luft entnommen hatte. Seine Energie war weg, verschwunden, die magischen Steine standen nicht mehr auf seiner Seite. Sie gehorchten ihm nicht.

Und dennoch gab es für ihn eine Hoffnung.

John Sinclair und Suko. Er sah sie vor sich. Als normale Menschen. Gefangen in den Steinen und sicherer als im besten Gefängnis der ganzen Welt.

Sie kamen nicht mehr raus.

Dafür die anderen. Beinahe lässig wirkte es auf den kleinen Magier, wie sie Arme und Beine bewegten, um ihre Gefängnisse mit den gläsern wirkenden Mauern zu verlassen.

Auch John Sinclair und Suko versuchten es. Beide gaben sich große Mühe, doch umsonst. Sie konnten die Steine einfach nicht verlassen.

Eingeschlossen …

Myxin wusste damit, dass er nicht auf Hilfe rechnen konnte. Er musste sich allein gegen die beiden Männer verteidigen. Sie glichen sich wie ein Ei dem anderen, und auf ihren nackten Oberkörpern leuchtete jeweils ein Zeichen.

Das Gesicht war eingebrannt, eintätowiert. So fratzenhaft sah nur einer aus.

Arkonada!

Jetzt, wo Myxin die Männer aus der Nähe sah, erkannte er den Dämon. Sein Gesicht gehörte zu den Dingen, die selbst einem Magier wie Myxin Albträume verursachten. Er schüttelte sich wie ein Mensch, der Fieber hat. Seine Augen glühten, die Gefahr wuchs mit jedem Schritt, den die beiden zurücklegten, denn sie hatten sich ihn als Ziel ausgesucht.

Noch waren sie nicht so nahe, dass für Myxin akute Lebensgefahr bestand. Er konnte sich weiterhin auf John Sinclair und dessen Freund Suko konzentrieren.

John versuchte es mit dem Kreuz. An den Bewegungen seines Mundes merkte Myxin, dass er die magische Formel rief, um die Kräfte des Kreuzes zu befreien.

Das silbrig grüne Leuchten des Kreuzes ging innerhalb des Gesteins unter. Da wurden Blitze ausgeschickt, die wuchtig in die Innenwände hieben.

Die magischen Entladungen sprengten sie nicht. Myxin stellte dies mit Entsetzen fest. Die beiden starken, fremden Magien prallten aufeinander, wobei sie sich nicht aufhoben, sondern etwas Neues, Schreckliches bildeten, das Myxin nicht genau erkennen konnte. Jedenfalls war die äußere Hülle des Steins, in dem John Sinclair steckte, nicht mehr so durchsichtig wie das Gefängnis des Chinesen Suko. Ein milchiger Schleier schien sich vor das Glas an der Innenwand gelegt zu haben, und Myxin stellte mit Entsetzen fest, dass sich die Kristalle ausbreiteten und das Innere des Steins sehr schnell ausfüllen würden.

John war verloren!

Erst war Kara verschwunden, Suko gefangen, John Sinclair auf dem Weg in einen schrecklichen Tod, und er, Myxin, war so gut wie wehrlos.

Es war verdammt viel, was Myxin in den letzten Stunden zu verkraften hatte.

Für seine Freunde konnte er nichts tun, er musste zusehen, dass er sich die Zwillinge vom Hals hielt.

Sie sahen nicht nur gefährlich aus, sie waren es auch. Nur allmählich näherten sie sich, durchmaßen den auf dem Boden liegenden blauen Schein und ließen sich Zeit.

Starr waren ihre Gesichter. Die Augen wirkten leblos wie Steine. Die Blicke frostig. Unter der Haut spielten an den Oberarmen die Muskeln. Ein Beweis dafür, dass die Männer auch mit körperlicher Kraft ausgestattet waren, nicht nur mit magischer.

Sie hatten sich links und rechts von Myxin aufgebaut, um ihn zwischen sich zu haben. Je näher sie kamen, umso stärker spürte der kleine Magier ihre Kraft.

Sie ging allein von den Fratzen auf ihren Oberkörpern aus. Arkonada hatte dort sein Zeichen hinterlassen, es in die Haut hineingeätzt, und er würde diese Menschen für immer und ewig unter seiner Kontrolle halten.

Mit normalen Waffen konnte Myxin sie nicht bekämpfen. Er musste es mit Magie versuchen, und dazu brauchte er seine alten, wieder erstarkten Kräfte.

Kaum hatte er sich auf die beiden konzentriert, als der erste Angriff erfolgte. Das Leuchten auf der Brust des Basil Bean nahm für einen Moment zu, bevor der Strahl in Myxins Richtung zielte.

Der kleine Magier war schneller.

Sein Körper löste sich noch in derselben Sekunde auf und entstand an anderer Stelle neu.

Der Strahl verfehlte Myxin. Er jagte an einem Felsen

vorbei, traf weiter hinten einen Baum und sorgte dafür, dass dieser zu einer klumpigen, schwarzen Masse wurde.

Myxin stand in Deckung eines Steins. Er hatte sich natürlich nicht aufgelöst, auch wenn es so ausgesehen hatte. Verantwortlich für diese Täuschung war die Teleportation.

Hinter dem hohen Stein wartete Myxin ab.

Er konnte hindurchschauen, sah seine Gegner seltsam verzerrt und spürte die Ausstrahlung des Steins. Das war eine Magie, die ihm überhaupt nicht behagte, und er hatte dasselbe Gefühl wie damals in Atlantis, als er Arkonada gegenübergestanden hatte.

Zu einer direkten Auseinandersetzung war es nie gekommen. Arkonada hatte ein anderes Gebiet besetzt, und beide standen schließlich auf der schwarzmagischen Seite.

Hier jedoch und auf der Erde sahen die Verhältnisse anders aus. Myxin war zum Seitenwechsler geworden! Arkonada wusste das und wollte ihn deshalb vernichten.

Allerdings hatte er seine Diener vorgeschickt.

Wieder huschte Myxin davon, als er einen Strahl auf sich zurasen sah. Diesmal hieb der Strahl in den bläulich leuchtenden Stein und wurde von ihm absorbiert.

Dem nächsten und übernächsten Angriff konnte er ebenfalls entwischen, indem er sich wegteleportierte. Myxin musste wissen, was mit Kara geschehen war. Um sie machte er sich die größten Sorgen.

Myxin fühlte sich nicht mehr so deprimiert wie zu Beginn. Er hatte Erfolge errungen. Seinen Gegnern war es nicht gelungen, ihn in die Falle zu locken und zu vernichten.

Vielleicht konnte er jetzt zum Gegenangriff übergehen.

Der kleine Magier ließ sich auf die Knie fallen. Ein Zittern durchlief seine Gestalt, er schien in den nächsten Sekunden ein anderer zu werden.

So wie jetzt hatte er sich seit langem nicht angestrengt. In seinem Körper spalteten sich Kräfte ab, die im alten Atlantis geboren waren, danach in der Versenkung schlummerten und jetzt wieder hervorgeholt wurden.

Myxin wurde zu einer magischen Bombe!

Und sie schlug in das Quadrat der Flammenden Steine ein. Plötzlich wurde der blaue Schein durch Blitze gespalten. An den verschiedensten Stellen riss er auf, und zwischen den Steinen sowie über den Köpfen der beiden Brüder tobte ein lautloser, erbarmungslos geführter Kampf zweier uralter Magien.

Myxin gab nicht auf. Als Bündel magischer Energie hockte er auf dem Boden, strengte sich an. Die Wellen liefen in alle Richtungen davon, suchten, tasteten, denn Myxin wollte auch Arkonada haben.

Und er fand Kontakt.

Ein gedanklicher Schrei erreichte ihn.

Nicht Arkonada hatte ihn gerufen.

Jemand anders.

Kara!

Im nächsten Moment war Myxin verschwunden.

Ich aber kämpfte innerhalb meines Gefängnisses ums nackte Leben!

Mein Kreuz hatte ich aktiviert, es hatte auch reagiert, aber sollte dieses Wissen um das Geheimnis des Kreuzes jetzt zu einem Bumerang für mich werden?

Was mit Myxin und den Zwillingen geschah, sah ich nicht, weil ich viel zu sehr mit mir selbst beschäftigt war.

Die seltsamen Kristalle wuchsen von innen auf mich zu. Sie erinnerten mich an grünblau schimmernde lange Schwerter, und sie wurden von Sekunde zu Sekunde größer.

Der Stein war zwar hoch, seine Breite jedoch ließ einiges zu wünschen übrig. Viel Platz zum Ausweichen hatte ich nicht. Ich wusste aber nicht, was geschah, wenn mich diese Kristalle berührten, jedenfalls wollte ich es nicht darauf ankommen lassen.

Die Sicht nach draußen war mir versperrt, da die äußere Hülle eine starke Trübung angenommen hatte. Deshalb konnte ich auch nicht sehen, was Suko trieb.

Dem ersten spitzen Kristallarm wich ich aus. Ich drehte

mich zur Seite, und er wuchs an mir vorbei. Gleichzeitig knisterte und knackte es unter meinen Füßen. Dort war der Strahl aus dem Kreuz auch hingefahren und hatte die Umgebung verändert.

Als ich einen Blick nach unten warf und dabei heftig erschrak, weil meine Füße auf einmal nicht mehr zu entdecken waren, hörte ich plötzlich die Geräusche über meinem Kopf.

Angst schoss in mir hoch!

Wenn der Stein von innen immer mehr zuwuchs, würde ich irgendwann nicht mehr atmen können, was bisher immer noch geklappt hatte. Der Stein würde mich nicht nur erdrücken, ich würde auch elendig ersticken.

Noch konnte ich mich bewegen und versuchte alles, um diesem grausamen Gefängnis zu entrinnen.

Jetzt zählte jede Sekunde.

Ich zog meinen Dolch aus der Scheide. Die Klinge war sehr spitz, zudem beidseitig geschliffen. Vielleicht würde es mir mit ihr gelingen, das Gestein aufzuhacken.

Weit konnte ich nicht ausholen, denn ich spürte einen Druck, der sich rasch verstärkte.

Aus diesem Grunde musste ich eine krumme Haltung einnehmen. So stand ich halb gebückt da und hatte meinen Körper nach rechts gedrängt.

Mit dem Dolch hackte ich zu.

Wenn jemand mit einem Pickel in Eis schlägt, entstehen ähnliche Geräusche, wie ich sie hörte. Immer wieder stieß ich mit der Spitze gegen das gläsern wirkende Gestein und versuchte so, eine Lücke zu schaffen.

Der Dolch verbog sich nicht, das Silber war hart genug, aber ich erzielte auch keinen Erfolg.

Die Wand hielt!

Da konnte ich zustechen, so oft ich wollte, nichts half mir gegen diese verfluchten Wände. Es war zum Verzweifeln. Nur Kratzer ritzte ich hinein.

Und die Kristalle wuchsen weiter.

Von innen drangen immer mehr kristallene Arme gegen mich vor. Sie entstanden an den vier Wänden und versuchten, eine Verbindung zu schaffen.

Ich steckte den Dolch wieder weg. Nein, so schaffte ich es nicht. Mittlerweile war mir der Schweiß ausgebrochen. Mein Atem ging keuchend. Verzerrt war mein Gesicht.

Die Angst nahm zu.

Trotz dieses Gefängnisses bemerkte ich, dass draußen ebenfalls eine Auseinandersetzung tobte.

Ich schaute durch eine freie Fläche im Gestein und sah das Aufzucken der Blitze. Da wurde heiß gekämpft. Magische Entladungen fanden statt. Hin und wieder huschte jemand vorbei. Anhand des Schattens glaubte ich, Myxin, den kleinen Magier, zu erkennen. Er hatte seine Kräfte zurückerhalten und ging gegen die beiden tätowierten Gegner vor.

Mir nutzte das nichts. Ich saß in meinem Gefängnis, das zwar von den Blitzen getroffen wurde, aber hielt.

Es wankte nicht einmal, die Wände verschmorten nicht, und für mich wurde die Zeit immer knapper.

Sollte Arkonada es tatsächlich schaffen?

Wieder dachte ich an das Kreuz. Himmel, es war eine starke Waffe. Ich hatte es schon oft genug eingesetzt, auch aktiviert, und es hatte mir geholfen.

Wieso hier nicht?

Die vier Buchstaben an den Seiten rührten sich nicht. Die Insignien der Erzengel blieben stumm. Gegen diese Magie kamen auch sie nicht an.

Inzwischen war das Innere des Steins schon so weit zugewachsen, dass ich mich kaum noch bewegen konnte. Die Luft wurde mit jeder Sekunde knapper. Ich lehnte mich nach hinten, hatte den Mund weit aufgerissen, mein Gesicht war verzerrt, und ich merkte plötzlich die Erschütterungen, die den Stein trafen.

Es waren die Blitze, die Myxin absandte. Er versuchte, mit seiner Magie die Steine zu zerstören.

Etwas Unglaubliches, denn sie waren schließlich das Refugium für ihn und Kara!

Die Erschütterungen pflanzten sich fort. Ich bekam sie ebenfalls zu spüren. Manchmal hatte ich das Gefühl, als würden die Steine anfangen zu schwanken. Vielleicht kippten sie auch – und dann ...

Ich durfte mich nicht aufgeben. Noch lebte ich, und deshalb wollte ich nicht anderen meine Befreiung überlassen, solange noch ein Funken Energie in mir steckte.

Eine alte, nicht christliche Mythologie war die Basis, aus der diese Magie entstanden war. Mit dem Kreuz direkt konnte ich sie nicht bekämpfen. Aber in ihm waren Zeichen eingraviert, die mit der christlichen Mythologie nur bedingt zu tun hatten.

Ich wusste, dass die alten Ägypter einiges von der atlantischen Magie unbewusst übernommen hatten. Zudem dachte ich an einen Fall, der sich in der Viamala-Schlucht zugetragen hatte, als mir das Allsehende Auge geholfen hatte.

Konnte es mich auch hier retten?

Es war mühsam für mich, die magische Kreide aus der Tasche zu holen. Ich trug sie zum Glück immer bei mir, brachte auch den Arm hoch und streckte die Hand vor, um mit der Kreide an die Innenwände des Steins das Zeichen zu malen.

Meine Hand zitterte. Das Allsehende Auge wollte nicht so recht gelingen, mir fehlte die Luft und die nötige Konzentration, aber ich durfte jetzt nicht aufgeben.

Mit zittriger Hand zeichnete ich es mit Hilfe der magischen Kreide auf die Innenwand des Steins.

Dieses Allsehende Auge, das später von der christlichen Mythologie übernommen wurde, bedeutete das Leben.

Mehr wollte ich nicht.

Wieder nahm ich mein Kreuz.

Keuchend drang der Aktivierungsspruch über meine Lippen. Ich musste dabei Pausen einlegen.

Die Chancen standen fünfzig zu fünfzig!

Das Kreuz würde reagieren und den Kristallisierungsprozess im Steininnern noch beschleunigen. Aber …

Weiter dachte ich nicht, sondern schaute zu.

Blitze umgaben mich.

Lautlose Explosionen fanden statt. Das Kreuz kämpfte gegen die andere Magie, es strahlte ab, fand seine Ziele, und es war auch das Allsehende Auge dabei.

Kontakt.

Die Brücke stand!

Diesmal blendete mich das Rot. Es füllte das Dreieck um das Allsehende Auge völlig aus, während das Auge dieselbe Farbe angenommen hatte wie die übrige Umgebung.

Ein bis ins Blau hineingehendes Violett. Kaum zu beschreiben dieser Farbwirrwarr.

Im nächsten Augenblick war ich nicht mehr Herr meiner Sinne. Andere Kräfte übernahmen die Kontrolle. Sie machten mit mir, was sie wollten. Ich wurde geschüttelt, spürte Stiche durch meinen Körper tanzen, der Druck löste sich, und irgendetwas explodierte um mich herum, wobei ich nicht wusste, was es war.

Ich umklammerte mein Kreuz wie einen Rettungsbalken. Beide Hände hatte ich um dieses wertvolle Kleinod geschlungen, während sich um mich herum alles veränderte.

Wie damals in der Todesschlucht hatte sich auch hier eine magische Brücke gebildet. Und sie wurde nicht nur stärker, sie war auch stärker als der veränderte Stein.

Ich kam frei!

Dabei konnte ich im Gegensatz zu den Zwillingen nicht normal gehen. Nein, mich packte eine nicht erklärbare Kraft und drückte mich nach vorn. Gleichzeitig wurden meine Füße leicht angehoben, und im nächsten Augenblick schleuderte es mich nach draußen.

Wie ein Stuntman die Scheibe eines Fensters durchbricht, so ähnlich wurde ich aus dem Innern des Steins katapultiert. Ich vernahm ein gewaltiges Knirschen, hörte das splitternde und knackende Geräusch, als die Umgebung zerbrach. Mir flogen die Brocken buchstäblich um die Ohren, und im nächsten Augenblick befand ich mich im Freien.

Ich merkte es zuerst an der frischen Luft, dann erhielt ich einen heftigen Schlag, als ich zu Boden prallte und mich ein paarmal um die eigene Achse drehte.

Luft!

Verzweifelt versuchte ich zu atmen. Schwindel packte

mich, ich rollte mich einfach weiter, hielt mein Kreuz fest, und die Welt um mich herum verschwamm in türkisfarbenen Explosionen.

Im Zentrum einer starken Magie befand ich mich. Es war eine Magie, die mich vernichten, aber auch retten konnte.

Irgendwann kam ich zur Ruhe.

Dabei stellte ich fest, dass ich auf dem Rücken lag.

Die Augen hatte ich weit aufgerissen. Über mir sah ich den Himmel. Klar und sauber. Nicht durch irgendein Glas gebrochen.

Mein Gott, ich lebte!

Ich konnte wieder atmen, mich frei bewegen und auch kämpfen. Gerade der letzte Gedanke gab mir den nötigen Mut, mich wieder auf die Füße zu erheben.

Durch die Magie des Kreuzes hatte ich mein Gefängnis zerstört. Zusammen mit einer anderen war sie doppelt so stark geworden, sodass ihnen auch Mauern nicht widerstehen konnten.

Ich hatte es geschafft.

Auf die rechte Seite rollte ich mich, stemmte mich hoch und stand wieder auf den Beinen.

Fast wäre ich noch eingesackt, denn ein Schwächeanfall packte mich. Aufgeben wollte ich nicht, nicht jetzt, wo die Gefahr noch längst nicht gebannt war.

Beim zweiten Anlauf klappte es richtig. Ich stand wieder fest auf den Beinen und drehte mich um.

Ich befand mich genau zwischen den Flammenden Steinen.

Drei Steine waren leer. Sie leuchteten nach wie vor in dieser seltsamen Farbe. Die Magie hatten sie nicht abgegeben. Das andere, das Fremde steckte nach wie vor in ihnen, und ich stellte fest, dass ein Stein noch immer besetzt war.

Suko hatte sich nicht befreien können.

Er winkte mir zu. Ich lief zu ihm, konnte sogar sein Gesicht sehen und erkannte darin den erschreckten und warnenden Ausdruck.

Gleichzeitig hörte ich hinter mir dumpfe Schritte.

Suko musste warten. Ich fuhr herum und sah einen der Brüder auf mich zuhetzen.

Er kam schräg von der Seite. Auf seiner Brust leuchtete die hässliche Fratze, die im nächsten Moment zu explodieren schien, als sie ihren grünblauen magischen Strahl ausschickte, um mich zu vernichten.

Wegtauchen konnte ich nicht mehr. Mir blieb nur noch die Chance, den Strahl mit meinem Kreuz abzuwehren.

Das riss ich in die Höhe.

Treffer!

Er schüttelte mich durch. Für eine mir schrecklich lang erscheinende Zeitspanne glaubte ich, in ein Stromfeld geraten zu sein, das meinen Körper auflöste. Hätte ich mein Kreuz nicht gehabt, das noch immer ein Bollwerk gegen die Kräfte der anderen Magie bildete, wäre alles verloren gewesen.

So aber blieb ich stehen.

Breitbeinig hatte ich mich aufgebaut. Ich wollte dem Ansturm trotzen, und der magisch beeinflusste Mensch griff mich an.

In diesem Augenblick wuchtete ich meine rechte Faust vor und damit auch das Kreuz in meiner Hand.

Beides traf.

Ich hörte einen Schrei. Ein Hitzeschleier fuhr über meinen Handrücken. Für mich ein Zeichen, dass ich ins Zentrum getroffen hatte. Ich sah, wie mein Gegner zu einem wirbelnden Kreisel wurde. Die Fratze auf seiner Brust leuchtete auf. Sie sprühte gleichzeitig. Beginn der Auflösung. Das Kreuz war stärker gewesen.

Basil Bean taumelte zurück. Er bewegte seine Beine rhythmisch nach hinten. Ich wollte ihn nicht in Ruhe lassen, verfolgte ihn und hämmerte noch einmal zu.

Er nahm den Hieb voll. Dabei wurde er so weit zurückgeschleudert, dass er genau gegen den Stein krachte, in dem mein Freund Suko gefangen wurde.

Plötzlich passierte etwas Unfassbares.

Die Magie erlosch!

Der Stein, in dem Suko stand, wurde binnen einer Sekunde blasser, verlor die grünblaue Farbe, ich sah das natürliche Grau hervortreten und entdeckte noch mehr.

Den rosafarbenen Streifen, der von unten nach oben wanderte, und den Stein blitzschnell in seinen Besitz nahm.

Flaming stones!

Sie hatten einige Zeit diesen Namen nicht verdient gehabt. Nun bewiesen sie, wozu sie wirklich geschaffen waren, und es reagierte nicht nur einer, sondern alle vier!

Rot leuchteten sie. Eine grelle Farbe blendete uns.

Die Flammenden Steine!

Hier zeigten sie, wozu sie fähig waren. Mir kam es vor, als würden sie sogar mit einer doppelten Intensität strahlen, um all das wieder gutzumachen, was sie verpatzt hatten.

Meine Augen strahlten.

Ein Lächeln lag plötzlich auf meinen Lippen. Ja, ich konnte wieder lächeln. In den letzten Stunden hatte ich es buchstäblich verlernt.

Es waren Steine. Schwere Brocken, wahrscheinlich aus der Urzeit, und Steine sollten sie bleiben. Sie brauchten kein Lebewesen in ihrem Innern.

Erst recht keinen Menschen!

Suko merkte ebenfalls die Veränderung. Ich sah, dass sich mein Partner bewegte, und plötzlich ging er vor.

Kaum wollte ich meinen Augen trauen, als der Inspektor diesen verdammten Stein verließ.

»Geschafft«, sagte er nur, während seine Augen leuchteten. Fragen stellten wir beide nicht. Dazu war nicht die Zeit, denn wir hatten nach wie vor einen Gegner.

Einer jedoch verging.

Es war der, gegen den ich gekämpft hatte. Er war voll in diese veränderte Lage hineingeraten und wurde jetzt von den wahren Kräften der Steine erfasst.

Sie vernichteten ihn.

Dies geschah auf eine schreckliche Art. Obwohl wir keine Hitze spürten, merkte sie der andere, denn er löste sich auf. Vor unseren Augen zog sich seine Gestalt zusammen, wurde dunkel, fast schwarz und erinnerte zum Schluss an das, was ich im Schauhaus des Polizeireviers gesehen hatte.

Suko und ich schauten uns an. Auf unseren Gesichtern lag nicht nur eine Gänsehaut, sondern auch der Widerschein der feurigen Scheine. Sie waren beide mit einem roten Schleier überzogen worden.

»Das war's dann wohl«, flüsterte Suko.

»Es gibt noch einen zweiten.« Ich dämpfte mit dieser Antwort seinen Optimismus ein wenig.

»Und auch Myxin.«

»Sowie Kara«, fügte ich hinzu.

»Weißt du, wo sie sind?«

Ich schüttelte den Kopf.

»Myxin hat gekämpft wie ein Berserker«, erklärte Suko. »Ich konnte ihm zuschauen, konnte jedoch mein verfluchtes Gefängnis nicht verlassen.«

»Wo ist er denn hin?«

»Weiß ich nicht. Er war einfach weg. Verstehst du? Verschwunden.«

»Kara habe ich bisher nicht gesehen«, fügte ich hinzu und zog ein nachdenkliches Gesicht. »Ob Myxin zu ihr wollte?«

»Das nehme ich an.«

»Dann suchen wir sie doch!«

Kaum hatte ich den Vorschlag ausgesprochen, als ich zwischen den Steinen und nahe am Bach eine Bewegung wahrnahm. Da war jemand!

Ich machte Suko darauf aufmerksam, und beide huschten wir auf die Stelle zu.

Wir waren schnell, jedoch nicht schnell genug. Der andere hatte uns kommen sehen.

Wie ein Irrwisch huschte er weg. Für einen winzigen Moment sahen wir seinen nackten Oberkörper und wussten nun, dass wir es bei ihm mit dem zweiten Tätowierten zu tun hatten. Wie ich ihn einschätzte, würde er versuchen, die Scharte wieder auszuwetzen.

»Du rechts, ich links«, sagte Suko.

So rasch es ging, drangen wir in den Wald ein und hörten beide den wilden Schrei.

Er war vor uns aufgeklungen. Wir hoben unsere Köpfe und sahen über den Bäumen ein blaues Licht schimmern.

»Da sind sie!«, schrie Suko.

Der Stich war grausam!

Gregg/Arkonada dachte überhaupt nicht daran, die Stelle, die er tätowieren wollte, zu vereisen. Er kannte bei Kara keinen Pardon. Für ihn zählte allein der Erfolg.

»Du wirst eine Dienerin des Arkonada!«, zischte er. »Es gibt keinen Ausweg mehr. Ich brenne dir sein Zeichen ein!«

Seine Augen leuchteten wild, die Finger der rechten Hand umklammerten den Griff der magischen Nadel, und er stach damit zu.

Wie tot lag Kara vor ihm. Noch immer umklammerte sie den Schwertgriff, aber die Waffe konnte ihr in dieser Situation nicht helfen. Niemand konnte es.

Sie dachte daran, dass sie einmal fast einen Mord begangen hätte. Sie wollte einen Freund mit dem Schwert töten, doch da hatte sich ihr längst verstorbener Vater gemeldet. Sein Geist, der in der Unendlichkeit des Raumes schwebte, hatte mit ihr Kontakt aufgenommen und sie von diesem Mord abgebracht.

Hier blieb ihr Vater stumm. Er konnte ihr nicht helfen. Gegen die Magie des Arkonada konnte auch er nichts ausrichten. Die Sperre war zu dicht. Was hätte er auch tun können? Nichts! Er lebte nicht mehr. Nur sein Geist schwebte dort, wo alles wieder vereinigt wird.

»Auf dich hat Arkonada gewartet«, sagte Gregg voller Überzeugung. »So etwas wollte ich schon immer haben!« Bei diesem Satz wechselte er die Stimme, und Kara wurde klar, dass nicht Gregg zu ihr gesprochen hatte, sondern der andere Teil seiner Existenz, Arkonada!

Es war seltsam. Sie nahm alles wahr, was um sie herum vorging. Und doch konnte sie sich nicht bewegen, sie war diesem Unhold hilflos ausgeliefert.

Er bewegte seine Nadel mit den geschickten Händen eines wahren Künstlers. Die seltsam geformte Spitze stach in die Haut. Wo sie ihren Weg bereits gefunden hatte, hinterließ sie ein blaues Zeichen, eingedrückt in die Haut, aus der allerdings nicht ein Tropfen Blut strömte.

Die Umrisse des Gesichts hatte Gregg fertig gezeichnet. Er musste nur noch die beiden Hälften verbinden.

Ziemlich weit hatte er sich vorgebeugt. Sein Mund stand offen. Auf seiner vorgeschobenen Unterlippe hatte sich Speichel gesammelt, der tropfte manchmal nach unten, wobei er Kinn und Hals der Kara nässte.

Sie rechnete nicht mehr mit Hilfe. Kara hatte sich in ihr Schicksal ergeben. Myxin musste ebenfalls ausgeschaltet worden sein, sonst wäre er längst erschienen. Wahrscheinlich war ihm das gleiche Schicksal schon vorher widerfahren.

Eine Niederlage auf der ganzen Linie.

Damit hätte Kara nicht gerechnet. Nicht die Großen Alten hatten sie geschafft, sondern dieser alte Mann, dessen Gesicht dicht über ihr schwebte.

Er würde sie zu einer Dienerin eines finsteren Magiers machen, und sie würde all das bekämpfen, was ihr zuvor heilig gewesen war.

Auch die Freunde.

John Sinclair, Suko. Und wenn Myxin lebte, auch ihn.

»Jetzt brauche ich nur noch die beiden Hälften zu schließen«, erklärte Gregg mit rauer Stimme, »und das Gesicht ist fertig.« Er fügte ein zufriedenes Nicken hinzu.

»Das glaube ich kaum«, sagte plötzlich eine Stimme dicht hinter ihm.

Mit einem überraschten Schrei fuhr Gregg in die Höhe. Er wirbelte herum und sah Myxin, den Magier, vor sich.

Wäre es Kara möglich gewesen zu sprechen, bei Gott, sie hätte den Namen des kleinen Magiers geschrien! So aber lag sie auf dem Waldboden, hielt ihr Schwert und starrte an Gregg vorbei, um einen Ausschnitt der Gestalt des kleinen Magiers zu erkennen.

Er war nicht vernichtet, nicht tot, er lebte, und er würde sie retten. Aber reichte seine Kraft aus, um gegen Arkonada zu bestehen?

Kara befürchtete das Gegenteil. Ihre Angst wuchs noch, denn die um Myxin kam hinzu.

»Du bist nicht erledigt«, stellte Gregg nickend fest.

»Nein, deine Diener waren zu schwach, Arkonada!«

Gregg lachte. »Arkonada sagst du?«

»Ja, bist du das nicht?«

»Doch, das bin ich.« Gregg nickte.

Myxins Gesicht blieb unbewegt, als er seinen Feind anschaute. Er fühlte sich wieder um eine lange Zeitspanne zurückversetzt. Um mehr als zehntausend Jahre. Es spielte jetzt keine Rolle, ob sie sich in Atlantis gegenüberstanden oder hier.

Feinde waren sie sowieso!

»Du hast eine Wandlung durchgemacht!« Die tiefe, leicht grollende Stimme des Magiers Arkonada drang aus dem Mund des Alten. »Damit hätte ich nie gerechnet.«

»Ja, ich sah ein, dass es keinen Sinn hat, die Menschen zu bekämpfen. Als man mich aus meinem tiefen Schlaf holte, den ich dem Schwarzen Tod zu verdanken hatte, wurde mir klar, dass ich mich entscheiden musste. Ich habe mich entschieden.«

»Gegen uns, nicht?«

»Ja, gegen euch. Ich sah ein, dass der Schwarze Tod nur Elend über die Menschheit gebracht hatte. Atlantis ist nicht umsonst untergegangen. Es gab damals einfach zu viele von deiner und seiner Sorte, die mit Kräften gespielt haben, die sie lieber hätten in Ruhe lassen sollen. Vielleicht hätte es noch heute diesen Kontinent gegeben, aber die Zeiten haben sich geändert. Ich weiß auch, dass viele überlebt haben, doch ich werde alles tun, damit sie nicht da fortfahren können, wo sie einmal aufgehört haben. Hast du mich verstanden?«

»Du hast laut genug gesprochen!«

»Dann richte dich danach, Arkonada!«

»Wir sind also Feinde?«

»Natürlich. Zudem hast du versucht, Kara in deinen Bann zu ziehen. Das kann ich nicht zulassen. Sie gehört zu mir, sie steht auf meiner Seite und hilft mir im Kampf gegen Kreaturen wie dich!«

Der alte Gregg öffnete den Mund. Er lachte mit der Stimme des Arkonada. »Denk lieber zurück, Myxin. Du hast es damals schon nicht geschafft, und du wirst es auch heute nicht schaffen, das schwöre ich dir. Wir hatten unsere Gebiete abgegrenzt. Niemand kam dem anderen in die Quere. Willst du dich nicht auch heute daran halten?«

»Wobei du eines vergisst«, gab Myxin zur Antwort. »Erinnere dich daran, dass du mich angegriffen hast. Du wolltest Kara und mich vernichten, die Steine, unser Refugium, zerstören. Es ist dir nicht gelungen.«

»Aber es wird mir gelingen!«, zischte Gregg. »Damals haben wir uns nicht gegenübergestanden. Es mussten erst zehntausend Jahre vergehen, um das nachzuholen. Ich werde dafür sorgen, dass du es nicht schaffst, Myxin. Nie und nimmer. Du hast dich entschieden, ich ebenfalls. Wir sind Todfeinde. Merke dir das! Ich lasse mir meinen Plan nicht zerstören. Lange genug habe ich nach einem entsprechenden Körper gesucht. In diesem hier, in Gregg, habe ich ihn gefunden. Er führt die Nadel geschickt und wird mir zahlreiche Diener bringen.«

Myxin wusste genau, dass Arkonada kein Sprücheklopfer war. Schon in vergangenen Zeiten hatte er durch Taten bewiesen, wie sehr er sein Gebiet beherrschte. Über einen Gegenzauber hatte Myxin damals nicht nachgedacht, sie hatten ja einen Burgfrieden geschlossen, keiner kam dem anderen in die Quere. Nun aber musste er sich damit abfinden, da sie Feinde waren. Einer nur würde überleben.

Ähnliche Gedanken hatte auch Gregg.

Er ging sogar einen Schritt zurück und verwandelte sich dabei innerhalb eines Sekundenbruchteils.

Myxin schaute nur in das blaue, türkisfarben schimmernde Licht und reagierte ebenfalls.

Bevor sich sein Gegner versah, drang aus Myxins Mund ein gewaltiger Schrei. Dann sprang er vor, huschte an Arkonada vorbei und hielt einen Augenblick später Karas Schwert in der rechten Hand.

»Jetzt stell dich!«, schrie er.

Die Wälder um das Gebiet der flaming stones waren ziemlich dicht. Eine Orientierung fiel uns auch bei Tageslicht schwer.

Wir mussten uns durch die intakte Natur kämpfen, einen anderen Weg gab es nicht.

Suko ging vor. Getrennt hatten wir uns nicht mehr. Es lauerten noch Gefahren, und denen wollten wir uns gemeinsam entgegenstemmen. Als Einzelpersonen waren wir zwar ebenfalls nicht schwach, dennoch nicht stark genug, um die andere Seite zu stoppen.

Die atlantische Magie ist ungeheuer gefährlich, das wussten wir nicht erst seit heute.

Obwohl wir es eilig hatten, ließen wir uns Zeit. Dann blieben wir stehen und lauschten. Die Kampfgeräusche wiederholten sich bestimmt. Jetzt, wo wir näher am Schauplatz waren, würden wir sie auch deutlicher hören, wenn sie aufklangen.

Sie blieben stumm.

Auch von dem Tätowierten sahen und hörten wir nichts. Wenn er weiter floh, musste er sich lautlos wie eine Schlange bewegen, sonst hätten wir etwas vernommen.

Der Wald war mir unheimlich. Ich musste daran denken, dass ich hier schon gegen Asmodina und die Mordliga gekämpft hatte. Es lag einige Zeit zurück, als man Myxin entführen wollte.

Wir hatten es verhindern können.

Die Zweige über unseren Köpfen zeigten ein vielfältiges Muster. Manche Baumkronen waren miteinander verwachsen. Es sickerte nicht sehr viel Licht durch. Nur ab und zu sahen wir hellere Inseln.

Und hörten das Knacken.

Über uns.

Nach rechts und links fegten wir weg. Ich landete im Unterholz und hatte Pech, dass die Zweige Dornen hatten, sodass ich mich mit meiner Kleidung darin verfing.

Suko erging es besser. Er konnte sich gut abrollen, außerdem wandte sich der Tätowierte nicht ihm zu, sondern mir.

Ich hatte Mühe, mich zu befreien, rechnete mit dem Schlimmsten, als Suko seine Kräfte einsetzte.

Der rechte Fuß des Chinesen schnellte hoch, und er traf den Nacken des Tätowierten.

Dieser Kraft hatte er nichts entgegenzusetzen. Der Treffer wuchtete ihn nach vorn. Auf den Beinen konnte er sich nicht halten, er krachte zu Boden, wollte sich wieder herumdrehen, da war Suko bereits über ihm, drehte ihn auf den Rücken und feuerte genau in das Mal auf seiner Brust.

Ich hörte das helle Singen, als Sukos Silbergeschoss von der Brust abprallte. Ich vernahm auch das Lachen unseres Gegners und konnte erkennen, dass sich die Fratze zwar verfärbte, aber nicht verblasste.

Suko sprang zurück.

Dabei zog er die Dämonenpeitsche, schlug einmal einen Kreis über den Boden, und die drei Riemen rutschten hervor.

Ich war inzwischen soweit, dass ich an meine Waffen rankam. Ein Risiko wollte ich nicht mehr eingehen, deshalb schleuderte ich den Bumerang.

Er war schneller als die Riemen der Peitsche, und er traf den Tätowierten voll.

Plötzlich kippte sein Kopf weg. Es hatte ihn in der Drehung erwischt, sodass der Schädel zur rechten, der Torso aber zur linken Seite fiel. Beides blieb auf dem Waldboden liegen.

Und beides veränderte sich.

Die Magie des Bumerangs hatte dafür gesorgt. Wieder wurde aus dem Menschen eine schwarze Masse, und wir wandten uns ab.

Einen Großteil der Gefahr hatten wir bereinigen können, das Finale aber stand uns noch bevor.

Myxin kämpfte mit Karas Schwert.

Eigentlich zum ersten Mal, seit die beiden sich kannten, geschah dies. Sie hatten sich sonst immer auf ihre unterschiedlichen Waffen verlassen, nun aber musste

Myxin seinen Gegner mit der goldenen Klinge attackieren. Eine Klinge, die ebenfalls das Erbe des versunkenen Kontinents in sich trug und als eine besondere Waffe für die Bekämpfung dämonischer Wesen galt.

Arkonada selbst tat nichts, um den kleinen Magier zu stoppen. Er hatte wohl gesehen, dass sich Myxin bewaffnete, aber es interessierte ihn nicht.

Seine Gestalt hüllte er in die blaue Wolke ein, die hochstieg und sogar die Kronen der Bäumen erreichte.

Myxin sah seinen Gegner nicht.

Er hielt sich innerhalb des seltsamen Schleiers versteckt. Es war der Schleier, den er auch schon im alten Atlantis getragen hatte, denn dafür war er berühmt gewesen. »Zeig dich, Arkonada!«, forderte der Magier. »Los, komm aus deinem Versteck, damit du mich besiegen kannst!«

Der Dämon dachte überhaupt nicht daran, Myxins Aufforderung Folge zu leisten. Er spielte sein eigenes Spiel, und es gelang ihm, die Wolke noch weiter auszubreiten, sodass sie Myxin erfassen konnte.

Der kleine Magier blieb stehen.

Mit dem Schwert in der rechten Hand stellte er sich seinem Feind, wobei er dessen Gedanken spürte, die durch die Wolke in sein Gehirn drangen. »Atlantis ist weit, Myxin, ich aber bin nah. Sehr nah sogar, und auch du wirst es spüren …«

Kaum waren die Worte verklungen, als es im Zentrum der blauen Wolke aufleuchtete.

Arkonadas Fratze entstand!

Ein widerliches, ein verzerrtes, grausames Höllengesicht. Mit scharfen Falten, Runzeln und Linien, die wie festgebrannt in der Fratze standen.

Das Gesicht zeigte keine normale Größe. Es war übergroß, flächig und gleichzeitig tief, umwirbelt von den Schatten der blauen bis türkisfarbenen Zentrums-wolke.

Wie Spiralnebel umkreisten die Schatten das Gesicht. Sie verzerrten es, zogen es in die Länge, dann in die Breite, sodass es immer andere Formen annahm.

Myxin wollte nicht mehr warten. Es war die reine

Todesverachtung, mit der er vorstürmte und sich in die verdammte Wolke hineinwarf, wobei er auf das Zentrum zielte.

Er musste das Gesicht zerstören!

Myxin glaubte, sich in einem tiefen Schacht zu befinden. Etwas presste seinen Körper zusammen, und im nächsten Augenblick rammte er mit voller Wucht die goldene Klinge nach vorn.

Er traf.

Ein Schrei!

Grell und markerschütternd. Dieses Geräusch trieb den kleinen Magier zurück. Seine Augen leuchteten. Hatte er es geschafft? War es ihm gelungen, Arkonada bereits mit dem ersten Streich zu vernichten?

Fast wollte er es nicht glauben, als er innerhalb des blauen Zentrums eine Bewegung wahrnahm.

Jemand tauchte hervor.

Arkonada?

Nein. Gregg war es!

Doch wie sah er aus?

Nicht Arkonada hatte die Schwertklinge erwischt, sondern Gregg. Voll ins Schwarze war sie gestoßen, und Myxin sah auf der rechten Brustseite des Tätowierers einen dunklen Fleck.

Blut!

Gregg hatte die Arme halb erhoben. Auf seinem Gesicht spiegelten sich Schmerz und Schrecken wider. Der Mund stand offen, die Augen waren weit aufgerissen, und hinter ihm erklang das Lachen des Dämons Arkonada.

»Du wolltest mich erwischen, Myxin!«, rief er lauthals in das Lachen hinein. »Du hast dir den Falschen ausgesucht. Ich bin von dir nicht zu töten. Ich war es in Atlantis nicht und werde es auch jetzt nicht sein. Du kannst zuschlagen, wann immer du willst, aber mich packst du nicht. Ein Wesen wie Arkonada ist unsterblich, Myxin, das solltest du dir merken.«

Verzweifelt versuchte der kleine Magier, den blauen Wirbel mit seinen Blicken zu durchdringen. Er wollte ein

Ziel haben, einen Punkt, den er angreifen konnte, aber er sah nur die Wirbel. Arkonada selbst hielt sich zurück.

Gregg taumelte weiter. Tot war er nicht. Er wollte kämpfen, hob eine Hand und presste sie auf seine Verletzung. Erst jetzt entdeckte Myxin in seiner anderen Hand den Stift. Er gehörte Arkonada, das wusste Myxin ebenfalls, und er sprang vor, um die magische Nadel an sich zu reißen.

Im selben Augenblick warf sich der schwerverletzte Gregg zurück. Myxin griff ins Leere, aber er hätte den anderen auch so nicht erwischt, denn die Kraft des alten Magiers aus Atlantis riss ihn in den kreiselnden blauen Wirbel hinein. Gregg wurde verschluckt.

Myxin sah ihn nicht mehr. Er schaute nur in den Strudel hinein und hörte die fürchterlichen Schreie. Der kleine Magier erlebte, was Arkonada mit dem anstellte, der ihm nicht mehr gehorchte oder seiner nicht würdig war.

Er vernichtete. Etwas anderes konnten die Schreie nicht zu bedeuten haben, das war Myxin klar.

Sekunden später sah er seine Annahme bestätigt. Während er noch immer unschlüssig in den rasenden Wirbel starrte, sank die Geschwindigkeit, dafür jedoch begann es zu brodeln und zu kochen. Blauer Dampf wölkte Myxin entgegen, und im nächsten Augenblick flog ein dunkler Gegenstand aus dem sich bewegenden Schacht. Ein Mensch!

Oder das, was von einem Menschen übrig geblieben war. Dass es sich dabei um Gregg handelte, konnte Myxin noch an dem Rest der seltsamen hellen Haare erkennen, alles andere war nur mehr ein schwarzer Klumpen. Arkonada hatte sich schrecklich gerächt!

Fast wäre Myxin noch getroffen worden. Die Masse verfehlte ihn nur knapp, prallte hinter ihm zu Boden, und als sich Myxin umdrehte, da verschwand auch das blaue Licht.

Im selben Augenblick betraten zwei ziemlich abgehetzt wirkende Männer die kleine Waldlichtung ...
Die Männer waren wir!

Obwohl wir uns beeilt hatten, war es unmöglich gewesen, schneller zu sein.

Als wir Myxin erkannten, verschwand das Licht. Es ging so schnell, dass man es kaum mit den Blicken verfolgen konnte. Als würde es in der Erde versickern und gleichzeitig entgegengesetzt nach oben stieben. Auf jeden Fall war von dem blauen Licht im Nu nichts mehr vorhanden. Nur die Bäume mit ihren frisch erblühten Zweigen sowie das Gras wirkten verbrannt. Nur noch verkohlte Flecke.

»Myxin!«, sprach ich den Freund an, der nicht hörte, sondern neben seiner Kara kniete und auf sie schaute.

Auch wir riskierten einen Blick.

Kara lächelte. Wir schauten auf ihre bloße Brust. Kein Zeichen zu sehen, sie sah völlig normal aus. Mit Arkonadas Verschwinden war auch dieser Bann gebrochen. »Ich glaube, Freund, dass ich diesmal Glück hatte«, sagte Kara, während wir ihr auf die Füße halfen.

»Das kannst du laut sagen«, erwiderte ich. »Glück ist gar kein Ausdruck. Aber mach dir nichts draus, es kommen auch bessere Zeiten.«

Der Scherz kam weder bei Kara noch bei Myxin an. Der Magier schaute ziemlich deprimiert. »Ich hätte nie gedacht, dass er überlebt«, murmelte er. »Aber wir müssen uns damit abfinden.«

»Wie gefährlich ist er?«, wollte Suko wissen.

Myxin lachte auf. »So gefährlich, dass er die Steine unter seine Kontrolle bringen kann. Reicht das?«

Und ob das reichte. Wir hatten schließlich erlebt, was geschehen konnte, wenn so etwas eintrat.

Ich atmete tief ein.

»Sag jetzt nichts, John«, murmelte Myxin. »Ich kann keinen Trost gebrauchen und würde sowieso nicht auf ihn hören. Aber die Probleme werden für Kara und mich nicht weniger. Das ist wie bei Suko und dir.«

Da hatte Myxin Recht. Sogar absolut, wie ich meine.

Der Grachten-Teufel

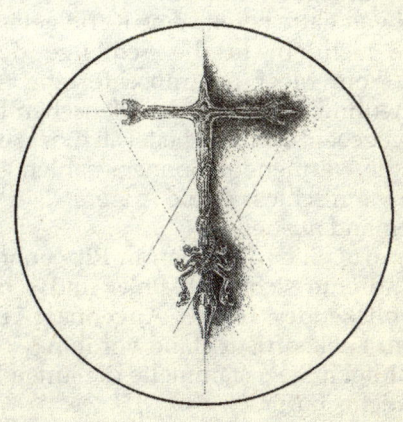

Eine herrliche Frühlingssonne schien auf das gläserne Dach des Ausflugsbootes. Der Himmel über Den Haag zeigte sich von seiner sonnigen Seite. Die Straßen und Gassen der alten Stadt waren von unzähligen Menschen bevölkert. Einheimische, Fremde, die nicht nur die Stadt sehen wollten, sondern auch das berühmte Seebad Scheveningen, ein Nachbarort Den Haags.

Wenn man von Holland, den Grachten und den so typischen Ausflugsbooten sprach, meinte man eigentlich immer Amsterdam. Dass es diese auch in Den Haag und vielen anderen Städten der Region gab, vergaß man oft. Dieter Hoven hatte es nicht vergessen. Er hatte Amsterdam genossen und wollte sich in den drei Ferientagen auch Den Haag ansehen.

Es war für den ehemaligen Unteroffizier der DDR-Armee ein Vergnügen, frei reisen zu dürfen. Er stand nicht unter Druck, fühlte sich nicht beobachtet, brauchte keine Angst zu haben und hatte sich fast wie ein Kind gefreut, als er seinen ersten Urlaub antrat.

Er hatte bei einer großen Versicherung Arbeit gefunden, und dort fühlte er sich sehr wohl.

Die größte Gracht, von der die meisten Schiffe abfuhren, war der Afvoerkanal. Er begann in der Nähe des Binnenhafens und stach wie eine lange Lanze in die alte City von Den Haag hinein.

Dieter Hoven hatte bereits eine Karte gelöst.

Er reihte sich ein in die Schlange der vor ihm Wartenden. Vom Meer her rauschte eine frische Brise heran und wühlte die Haare der Menschen hoch. Dieter hatte es aufgegeben, seinen Scheitel abzudecken. Er dachte nur daran, die wärmenden Sonnenstrahlen zu genießen. Und irgendwann schloss er die Augen.

Bis ihn jemand anstieß.

Hoven spürte einen Ellbogen in Rippenhöhe, riss die Augen auf, drehte sich nach links und schaute in ein erschreckt blickendes blaues Augenpaar. Ein blondes Mädchen mit Lockenfrisur stand vor ihm.

»Entschuldigen Sie«, stammelte die junge Frau. »Aber ich konnte nichts dafür.«

Dieter hob die Schultern, während er lächelte. »Schon gut, macht ja nichts.«

»Ach, Sie sind Deutscher?«

»Ja.«

»Man hört es.«

»Carla, bitte …« Die Stimme eines jungen Mannes erklang. Er war ein paar Schritte vorgegangen und stand schon fast am Steg.

»Sie entschuldigen mich, aber mein Bekannter …«

»Klar«, sagte Dieter, obwohl er es bedauerte, dass dieses blonde Mädchen in Begleitung war. Die Kleine hätte ihm wirklich gefallen können. Er schaute ihr nach. Sie trug eine hellblaue Hose aus Leinenstoff, einen blau-weißen Pullover und setzte nun noch einen blauen Hut auf.

Dieter musste lachen, löste sich von seinem Platz und ging ebenfalls vor, denn der Fahrer hatte bereits die Türen an den beiden zum Land gelegenen Einstiegen des Bootes geöffnet.

Die Vergnügungsfahrt konnte beginnen. Keiner der zahlreichen Passagiere ahnte, dass es für sie eine Reise ins Grauen werden sollte …

Es lauerte in der Tiefe!

Unheimlich und grauenhaft. Ein längst vergessener Rest einer schrecklichen Zeit. Lange hatte es sich nicht gerührt, doch nun erreichte es der Ruf.

Ein lockender Ruf …

»Komm!«, hieß es da nur. »Komm hervor, die Zeit ist reif. Du wirst gebraucht.«

Und es gehorchte.

Bedeckt von Schlamm, Teer, Schlick und Erde hatte es bisher geschlafen. Nun war die Zeit reif. Jetzt endlich konnte es auferstehen. Raus aus dieser Tiefe, die graue Vorzeit verlassend und in ein Zeitalter hinein, das es nicht kannte.

Doch es würde diese Zeit kennen lernen. Wehe denjenigen, die sich ihm entgegenstellten. Der alte Zauber bestand noch immer. Bereits damals waren ihm Opfer gebracht worden.

Menschenopfer!

Das sollte wieder so werden …

Der Zufall wollte es, dass sich Dieter Hoven und das holländische Mädchen Carla gegenübersaßen. Nur der Gang trennte sie. Und für den ehemaligen DDR-Unteroffizier hatte die Fahrt nun noch einen zusätzlichen Reiz erhalten.

Ob er sich allerdings auf die Sehenswürdigkeiten der Gracht würde konzentrieren können, war fraglich. Carla gefiel ihm da viel besser.

Auch sie schien nicht abgeneigt zu sein, denn hin und wieder warf sie Dieter einen verstohlenen Blick zu, allerdings so, dass ihr Freund es nicht bemerkte. Der war im Moment mit seiner Kamera beschäftigt.

Das Boot legte ab, und Dieter Hoven lehnte sich behaglich zurück. Er hörte über Lautsprecher die Stimme der Fremdenführerin, die alle Gäste in mehreren Sprachen begrüßte.

Darunter befand sich auch die Heimatsprache Dieter Hovens. Er lauschte den freundlichen Worten, legte den Kopf in den Nacken und schaute durch das gläserne Dach zum blauen Himmel mit den hellen Wolkenstreifen und der Sonne, die als goldener Ball am Firmament stand. Die Fahrgäste unterhielten sich in mehreren Sprachen miteinander, dazwischen war das Klicken der Kameras zu hören.

Manchmal schaukelte das Boot, wenn es einen Wellenkamm durchschnitt. Diese Bewegung wurde stets vom Gelächter der Fahrgäste begleitet.

Neben Dieter Hoven hockte ein dicker Kerl. Seine Kleidung wies ihn als Amerikaner aus. Längs gestreifte Hose, die Jacke passte farblich nicht dazu, und die helle Mütze mit dem grünen Plastikschirm schien auf seinem Haar zu kleben. Vor seiner Brust hing eine Kamera. Sie hatte ein gewaltiges Objektiv, das sicherlich ein kleines Vermögen gekostet hatte.

Der Ami knipste fast ununterbrochen. Was er da fotografierte, war Dieter nicht klar. Vielleicht das Wasser oder die am Ufer liegenden Kähne. Es konnte auch die breite Uferstraße sein, an deren Rand die alten Häuser standen.

Auf den Gehsteigen und der Straße selbst herrschte viel Betrieb. Von einer Brücke winkten Kinder. Eines war besonders frech und spie auf das Glasdach. Dort vereinigte sich der Speichel dann mit dem Kot der Tauben.

Rechter Hand tauchte ein Park auf. Seine Grünfläche reichte bis an die Uferstraße heran.

Wieder unterquerten sie eine der schmalen Brücken. Für einen Augenblick durchmaß ein schattiger Streifen das Boot in seiner Breitseite. Nach der Brücke schien wieder die Sonne.

Dieter Hoven schielte nach rechts. Der Ami kümmerte sich zum Glück nicht um ihn, sodass er sein Augenmerk auf Carla richten konnte. Sie schaute in dem Augenblick ebenfalls herüber, als hätte sie es geahnt, und um ihre Lippen zuckte ein feines Lächeln.

Dieter fühlte sich glücklich. War es nur ein Lächeln, das eine Entschuldigung für den Rempler vorhin sein sollte, oder steckte mehr dahinter?

Möglich war alles. Vielleicht brachte sie ihm auch so etwas wie Sympathie entgegen, aber neben ihr saß ihr Freund. Ein schwarzhaariger junger Mann, der aus dem Fenster schaute.

Dieter lächelte abermals. Stärker jetzt, auch fordernder. Er hoffte, dass sie es verstehen würde, und ihre Augen weiteten sich für einen kurzen Augenblick der Zustimmung.

Also doch!

Auf einmal fiel es Dieter schwer, Atem zu holen. Trug das Blut daran die Schuld, weil es schneller durch seine Adern pulsierte? So etwas war ihm seit seiner Flucht aus der DDR nicht mehr passiert. Sicher, er hatte im Westen ein paar Mädchen kennen gelernt, aber das war nie tiefer gegangen.

Hier spürte er plötzlich etwas. Und er hatte das Gefühl, dass die anderen Menschen überhaupt nicht mehr vorhanden waren. Wie auf einer Insel fühlte er sich. Allein mit dem Mädchen Carla …

Jäh wurde er aus seinen Träumen gerissen, als er ihre Stimme hörte, wobei sie ihn nicht ansprach, sondern ihren dicht neben ihr sitzenden Freund.

Der brummte seine Zustimmung und erwiderte etwas, das sich nicht sehr fein anhörte.

Carlas Gesicht verschloss sich. Jetzt schaute sie auch nicht mehr zu Dieter hin, sondern starrte vor sich auf die Knie.

Sie tat Dieter Leid. Den Typ an ihrer Seite hätte er am liebsten in die Gracht gestoßen. Wut keimte in ihm hoch. Wie konnte man ein Mädchen wie Carla nur so demütigen oder zur Seite schieben? Das verstand er nicht.

Etwas Tröstendes zu sagen fiel ihm auch nicht ein. Er hatte sich außerdem nicht einzumischen. Was die beiden miteinander auszumachen hatten, ging nur sie etwas an.

Wieder sprach die Reiseleiterin. Sie redete von Sehenswürdigkeiten, erzählte etwas aus der Geschichte Den Haags und über das Königshaus, die Oranier.

Es konnten Fragen gestellt werden, und jemand fragte nach dem deutschen Ehemann der Königin, der krank war. Die Reiseleiterin drückte sich geflissentlich um eine Antwort, während sich Dieter Hoven für seinen Landsmann, der so indiskret gefragt hatte, schämte.

Wenn sie keinen Begleiter hätte, ich würde sie glatt zum Essen einladen, dachte er. Schade, so …

Seine Gedanken wurden unterbrochen, weil der Freund etwas zu Carla sagte.

»Wie?«, fragte sie.

»Ich muss aufstehen.«

»Jetzt?«

»Klar.« Der junge Mann nickte heftig. »Ich kann einfach nicht länger warten.«

»Worauf?«

»Wirst du schon sehen.«

»Piet, ich …«

»Lass mich durch! Ich muss zu ihm.«

»Von wem redest du?«

Piet gab keine Antwort mehr. Er hatte sich bereits erhoben und musste geduckt stehen, um nicht gegen die Decke zu stoßen. Auch die anderen Fahrgäste waren aufmerksam geworden. Ihre verwunderten und erstaunten Blicke folgten dem jungen Mann, der sich in Richtung des Ausstiegs bewegte.

Dieter Hoven schaute Carla an. Ihre Wangen hatten sich gerötet. Ihr war die Szene peinlich. Verständlich. Sie krauste die Stirn, und Dieter Hoven glaubte, einen hilflosen Ausdruck in ihren Augen zu entdecken. Aber konnte er ihr helfen?

Kaum. Er befand sich in einem fremden Land, dessen Sprache er nicht beherrschte. Außerdem …

Er drehte sich um. Dieter wollte sehen, was der andere vorhatte. Vielleicht brauchte er auch nur einen besseren Platz, um interessante Motive zu knipsen. Schließlich war er nicht der Einzige, der sich ab und zu von seinem Sitz erhob. Fast alle, die fotografierten, standen hin und wieder mal.

Es war nur seltsam, dass er sich Richtung Ausgang bewegte.

Zwei kleine Stufen führten bis dicht an die Tür, die auch während der Fahrt nicht verschlossen war. Allerdings durften keine Kinder in ihrer Nähe sein.

Die Mehrzahl der Fahrgäste interessierte sich nicht mehr für den jungen Mann. Carla war es unangenehm. Sie hatte sich nach außen gebeugt, um besser in den Gang hineinschauen zu können.

Da sich Carla für das Verhalten ihres Freundes so sehr interessierte, wurde auch Dieter Hoven aufmerksam. Er glaubte einfach nicht mehr, dass der junge Mann nur fotografieren wollte. Nein, der hatte etwas anderes im Sinn.

Die Reiseleiterin redete und erklärte wieder. Dieter hörte die Worte nicht. Dafür fing er einen hilflosen Blick der jungen Frau auf und hob selbst die Schultern.

Was sollte er tun?

»Er will weg«, sagte Carla leise.

Diese drei Worte waren für Dieter Hoven das Alarmsignal, und er sah seine Annahme in den nächsten Sekunden bestätigt, denn Piet tat etwas Ungeheuerliches.

Er wollte die Tür öffnen.

Normalerweise konnte dies nur einem Verrückten einfallen. Niemand dachte daran, während einer Grachtenfahrt auszusteigen und ein Bad zu nehmen. Die Kanäle waren dafür viel zu schmutzig. Dieser Piet aber wollte es wissen, denn seine Hand lag bereits auf dem Griff.

»Piet!« Carla rief den Namen ihres Begleiters, doch der junge Mann hörte nicht.

Die in der zweiten Hälfte des Bootes sitzenden Fahrgäste hatten die Köpfe gedreht. Sie waren aufmerksam geworden und wollten sehen, was los war.

Erregte Stimmen klangen auf. Auch die Reiseleiterin griff nun ein. Sie löste sich von ihrem Platz und drängte sich durch den Mittelgang. So lange wollte Carla nicht warten. Wenn sie es mit Worten nicht schaffte, dann eben mit Taten. Sie konnte nicht zulassen, dass ihr Freund irgendwelche Dummheiten machte.

Auch Dieter Hoven dachte ähnlich. Ihn jedoch interessierte der Mann nicht so sehr. Carla war ihm wichtiger. Wenn er half, tat er ihr vielleicht einen Gefallen.

Da sich Dieter Hoven etwa eine Sekunde eher entschlossen hatte, ging er auch vor Carla. Zudem war er schneller am Ziel als das holländische Mädchen, doch zurückhalten konnte er Piet auch nicht mehr. Der stand schon auf dem schmalen Rand nahe der Tür, hatte sich vorgebeugt und löste soeben seine Hand vom Rand, als Dieter Hoven zugreifen wollte.

Dann sprang er.

Hinter sich vernahm der junge Deutsche den entsetzt klingenden Schrei Carlas. Er sah Piets Körper in der Luft. Dies dauerte nur Sekunden, dann klatschte der junge Mann ins Wasser.

Er ging sofort unter.

Die schmutzigen Fluten der Gracht glichen gierigen Armen, die ihn in die Tiefe zogen.

Eine Alarmklingel schrillte auf. Das Boot stoppte. Die Menschen hatte es nicht mehr auf den Sitzen gehalten. Jemand rief mit lauter Stimme: »Mann über Bord!«

Es herrschte das Chaos.

Dieter spürte auf seiner Schulter schmale Hände. Als er einen Blick zurückwarf, sah er Carla dicht hinter sich stehen. Sie schaute an ihm vorbei, die blauen Augen weit aufgerissen, das Gesicht mit einer kalkig wirkenden Blässe überzogen.

Auch sie konnte nicht begreifen, dass ihr Freund so reagiert hatte. Das war ihr deutlich anzusehen.

Dieter Hoven wollte es riskieren. Er hatte Piet bisher nicht auftauchen sehen. Vielleicht konnte der andere auch nicht schwimmen. Dann musste man ihn holen.

»Ich werde …« Das nächste Wort blieb ihm im Hals stecken, denn er entdeckte Piet.

Carla sah ihn ebenfalls, genauso wie die anderen Fahrgäste. Und jeder konnte auch die gewaltige schuppige Krallenhand erkennen, die den jungen Mann umklammert hielt.

Es war grauenhaft!

Mit allem hätte man rechnen können, aber nicht mit diesem schrecklichen Anblick. Was da aus der Tiefe an die Oberfläche drang, durfte es nicht geben, und den beiden jungen Zuschauern am offenen Einstieg des Bootes gefror das Blut in den Adern.

Ein Bild wie aus einem Albtraum. Leider war es kein Traum, denn sie hörten die Schreie des Opfers. Es krümmte sich in der schuppigen Hand des Monsters. Die Finger waren mit langen Nägeln bestückt. Sie erinnerten schon fast an kleine Speere, und wer genauer hinschaute, erspähte die blutenden Wunden im Gesicht des Opfers.

Es war nur eine Hand, die aus dem Wasser schaute, sich schüttelte, dabei Wellen hochpeitschte, sich drehte und für einen Moment das Gesicht des Opfers dem Boot hin zudrehte.

Die Züge waren verzerrt. Das blanke Entsetzen hatte

sich darin festgebrannt. Ein markerschütternder Schrei drang noch aus dem weit aufgerissenen Mund. Es war das letzte akustische Zeichen, das man von ihm hörte. Einen Lidschlag später verschwand die Hand in der Tiefe des Wassers, und Piet wurde mitgezogen.

Zunächst geschah nichts. Die Menschen schauten auf die Stelle, wo es geschehen war. Wellen glätteten den Strudel wieder. Nichts deutete mehr auf dieses schaurige Ereignis hin. Das Grauen war verschwunden.

Dieter hörte Carla weinen. Er drehte sich um. Automatisch legte er seinen Arm um sie, und das holländische Mädchen hatte nichts dagegen. Sie wollten wieder zurückgehen, doch die anderen Fahrgäste versperrten ihnen den Weg. Ein jeder wollte schauen, war neugierig. Die Menschen standen wie eine Wand, und ihre Gesichter glichen blassen, verschwommenen Flecken.

Die Reiseleiterin redete hastig auf Dieter Hoven ein, der nur die Schultern hob und auf Carla deutete.

Die Reiseleiterin wusste Bescheid.

Das Boot wurde beigedreht.

Die Erregung der Menschen war nicht abgeklungen. Weiterhin redeten sie durcheinander. Ein jeder hatte etwas gesehen. Schon wurden Vermutungen laut. Man sprach von einem Scherz, andere erinnerten sich an Filme. All das stimmte nicht.

Es war auch keine Halluzination, sondern eine schreckliche Tatsache. Wenig später war das Boot am Pier vertäut. Die Reiseleiterin nahm ihr Mikro und bat um Aufmerksamkeit.

Die meisten Passagiere hatten wieder Platz genommen.

Auch Carla und Dieter saßen. Diesmal nebeneinander.

Carla war bleich. Tränen rannen aus ihren Augen. Sie zitterte und zuckte. Ihr Mund bewegte sich, ohne dass sie etwas sagte. Ihr fehlte die Kraft, um Worte zu formulieren. Sie schaute ins Leere, und auch Dieter Hoven wusste nicht, was er jetzt noch sagen sollte.

Die Reiseleiterin bat um Ruhe. Sie schaffte es beim dritten Anlauf. In ihrer Erregung sprach sie nur in der

Heimatsprache, dazu sehr schnell, sodass Dieter Hoven nur Bruchstücke verstand.

Das Wort Polizei kam mehrmals vor.

Was die Reiseleiterin damit gemeint hatte, war sehr schnell zu sehen. Aus einem schmalen Seitenkanal tauchte ein schnittiges Boot auf. Es war ein Polizeiboot. Eine hohe Antenne wippte auf dem Dach des Ruderhauses und blitzte in der Sonne.

Das Boot näherte sich dem Ausflugsschiff. Es drehte bei. Die Bugwelle sank zusammen, und wenig später sprangen die ersten Uniformierten auf das Ausflugsboot über.

Sie verteilten sich sofort. An die Reiseleiterin und den Steuermann wandten sie sich zuerst.

Der Mann wusste nichts, und die Reiseleiterin verwies die Polizisten an Carla.

»Sie haben alles genau gesehen?«

»Ja.«

»Dann kommen Sie bitte mit auf unser Boot. Wir müssen Ihnen einige Fragen stellen.«

Carla schnäuzte sich und nickte. Dieter half ihr beim Aufstehen. Von zwei Polizisten wurden sie in die Mitte genommen und den Gang hinunter zum Ausstieg geführt. Es war für beide leicht, auf das Polizeiboot zu springen, das von einem zweiten und dritten bereits Verstärkung erhielt. Die Vernehmung begann noch nicht, da die Beamten auf einen ihrer Vorgesetzten warteten, einen höheren Polizeioffizier, der schließlich vom dritten Boot aus den Kahn enterte, wo die beiden Zeugen warteten.

Er stellte sich namentlich vor. Dieter Hoven vergaß den Namen. Er schaute wie hypnotisiert auf das Wasser, als könnte er kraft seiner Gedanken den in die Tiefe gezogenen jungen Mann wieder an die Oberfläche holen.

Aber da gab es nichts mehr zu retten. Die Fluten hatten Piet und das Ungeheuer verschlungen.

Da Hoven der holländischen Sprache nicht mächtig war, hielt sich der Polizeioffizier an die junge Frau.

So erfuhr Dieter auch ihren vollständigen Namen.

Carla van der Laan.

Sie redete, während Dieter nur zuhörte. Hin und wieder beobachtete er den Polizisten, dessen Züge blass und von Unglauben gezeichnet waren. Er konnte das, was er hörte, kaum fassen. Er schüttelte ab und zu den Kopf. Ein ungläubiges Lächeln breitete sich dann auf seinem Gesicht aus, während er sich Notizen machte.

»War es wirklich ein Monster?«, fragte er nach dem ersten Bericht.

Carla nickte heftig. »Ja, wirklich!«

»Ich …«

»Es gibt zahlreiche Zeugen. Wir haben alle die Hand gesehen, die meinen Begleiter umklammert hielt.«

»War es Ihr Freund?«

»Nein.«

»Sagen Sie mir seinen Namen, bitte.«

»Piet Shrivers.«

Der Mann nickte und schob seine Mütze ein wenig zurück. Auf seiner Stirn lag ein Schweißrand, denn er und die Zeugen saßen genau in der Sonne. »Ihr Freund war es also nicht. In welcher Beziehung standen Sie dann zu ihm?«

»Er war mein Patient.«

Nicht nur der Polizist schaute überrascht hoch, auch Hoven zeigte sich erstaunt. Damit hatte er nun wirklich nicht gerechnet. Er dachte, dass Carla van der Laan und dieser Piet …

»Wieso Patient? Können Sie das ein wenig erläutern?«

»Ja, das kann ich. Es geht um Folgendes: Ich arbeite in einem Sanatorium, einer Nervenklinik, um genau zu sein. Und dort habe ich den Patienten Piet betreut.«

Der Mann legte die Stirn in Falten. »Und heute hatte er Ausgang?«

»Das ist nichts Ungewöhnliches. Bei leichteren Fällen.«

»Dürfen Sie über die Krankheit des Patienten sprechen?«, fragte der Polizist.

»Eigentlich nicht. Doch in Anbetracht des merkwürdigen – Unfalls kann ich meine Schweigepflicht brechen. Piet Shrivers litt an Einbildung und Verfolgungswahn. Er sah sich immer von schrecklichen Gestalten umringt, fühlte sich als Mittelpunkt dämonischer Aktivitäten, glaubte an Horrorwesen und sah das Leben sowie die Welt als eine einzige Apokalypse an. Zudem war er schwermütig, aber nicht gemeingefährlich.«

Auch Dieter Hoven hatte den Worten gelauscht. Gleichzeitig schaute er auf das Wasser. Dort sah er die Ankunft eines weiteren Bootes. Es war mit Tauchern besetzt, die genau an der Stelle ins Wasser sprangen, wo Piet von dem Monster in die Tiefe gezerrt worden war.

Ein verdammt gefährlicher Job für diese Männer, dachte Dieter. Wenn sie dem Untier begegneten, hatten sie keine Chance.

»Hat Ihr Patient denn schon einmal Selbstmordabsichten geäußert?«, erkundigte sich der Polizeioffizier.

»Nein, nie.«

»Dann können Sie sich auch kein auslösendes Moment für diesen Selbstmord vorstellen?«

»Überhaupt nicht.«

Der Mann runzelte die Stirn. Dabei hob er die Schultern, eine Geste der Ratlosigkeit. »Ich kann es einfach nicht glauben, dass aus diesem Kanal ein Monster aufgetaucht sein soll. Das geht mir nicht in den Kopf, ist mir unbegreiflich.«

»Wäre es für uns auch«, sagte Dieter Hoven, »wenn wir es nicht mit eigenen Augen gesehen hätten. Und da stehen wir ja nicht allein. Auch die anderen Fahrgäste haben das Monster beobachtet.«

Der Mann nickte. »Wir werden es finden«, antwortete er zuversichtlich.

»Und das Leben der Taucher?«

»Nun, diese Männer sind Profis und einiges gewohnt. Sie werden den Dingen schon auf den Grund gehen, darauf können Sie sich verlassen.«

»Ich weiß nicht so recht …«

»Warten Sie es ab.« Der Polizist steckte seinen Block weg. »Zudem kann es nicht entfliehen. Es bleibt im Kanalsystem gefangen. Wir finden es, falls es existiert.«

»Sie glauben uns nicht, wie?«, fragte Carla.

»Wenn ich ehrlich sein soll, fällt es mir schwer.« Der Polizist lächelte. »Ihnen würde es an meiner Stelle sicherlich nicht anders ergehen, wenn man Ihnen so etwas erzählte – oder?«

»Da haben Sie Recht.«

»Sehen Sie, so ist das.«

»Ich müsste in der Klinik anrufen«, sagte Carla. »Wenn Sie uns nicht mehr brauchen …«

»Wir haben hier auf dem Boot Telefon. Bitte, es steht Ihnen zur Verfügung.«

»Danke.« Carla erhob sich. Sie zitterte noch immer. Ihr Gang war wankend, das Gesicht bleich. Den Schock hatte sie noch längst nicht überwunden.

Dieter Hoven starrte auf das Wasser. In der Sonne sahen die Fluten nicht mehr so schmutzig aus. Die hellen Strahlen zauberten Reflexe auf die Kämme der kleinen Wellen.

Dieter war nach Den Haag gefahren, um sich die Stadt anzusehen. Dass er in solch grauenhafte Ereignisse verwickelt werden könnte, wäre ihm nie in den Sinn gekommen.

»Bleiben Sie noch länger?«, wurde er gefragt.

»Drei Tage hatte ich vor.«

»Dann geben Sie mir bitte Ihren Namen und auch die Anschrift, unter der Sie hier zu erreichen sind.«

Hoven machte die Angaben, während der Polizeioffizier mitschrieb.

»Wahrscheinlich haben wir noch einige Fragen an Sie«, sagte er und schaute Dieter schräg von der Seite an. »Reisen Sie bitte nicht ab.«

»Keine Sorge, ich bleibe.«

Carla kehrte zurück. Der Polizist bat auch sie, Den Haag nicht zu verlassen.

Das Mädchen war einverstanden.

Durch laute Rufe wurden alle drei abgelenkt; sie schallten vom Tauchboot herüber. Die Männer dort schienen irgendetwas gefunden zu haben. Genau konnten sie noch nichts sehen. Aber etwas wurde von einem Taucher an Bord gebracht.

»Nein!«, rief Carla. »Das ist – das ist …« Sie schüttelte den Kopf, konnte nicht mehr hinsehen und drückte sich an Dieter Hoven.

Der schaute hin.

Auch ihn schüttelte das Entsetzen, denn was die Taucher aus der Tiefe geholt hatten, war ein menschliches Bein. Und es gehörte Piet Shrivers!

Zwei Stunden später hatte sich der erste Schock gelegt. Dieter hatte Carla überreden können, mit ihm in ein Lokal zu gehen. Sie setzten sich vor die Gaststätte in die Sonne.

Die Gracht konnten sie von dieser Stelle aus nicht sehen. Das wollten sie auch nicht, denn den Schock hatten beide immer noch nicht überwunden.

Dieter hatte für Carla ein Eis bestellt. Er selbst trank Limonade. Carla schaute ins Leere. Mit dem Löffel rührte sie lustlos im allmählich schmelzenden Eis herum. Ihr Blick war dabei in unendliche Fernen gerichtet, und mit den Gedanken war sie ebenfalls völlig woanders. Sie konnte es einfach nicht fassen.

Die Taucher hatten außer dem Bein des Mannes nichts mehr gefunden. Der restliche Körper war und blieb verschwunden.

»Hör auf, daran zu denken«, sagte Dieter und legte seine Hand auf ihren von der Sonne erwärmten Unterarm.

Carla lachte bitter auf. »Das sagt sich so leicht.«

»Ja, ich weiß …«

Sie aß einen Löffel Eis, ohne es irgendwie zu registrieren. »Weißt du, Dieter, ich war ja mit ihm zusammen. Ich betreute ihn, trug die Verantwortung …«

»Aber du hast nicht versagt.«

»Doch, ich hätte ihn zurückhalten müssen.«

»Das hätte niemand geschafft.«

»Ich schon.«

»Wieso?«

Carla legte den Löffel zur Seite und schaute den

Tauben zu, die Brotkrumen von der Straße pickten. »Er hat schon immer von dämonischen Gestalten und Monstern geredet. Fast jedes Gespräch drehte sich darum, und ein Name tauchte immer auf.«

»Welcher?«

»Du wirst damit nichts anfangen können. Kraal.«

Dieter Hoven schüttelte den Kopf. »Nie davon gehört. Weißt du mehr darüber?«

»Nicht viel. Kraal ist eine Legende, eine Sage. Er soll in früherer Zeit einmal gelebt haben, und man hat ihm Opfer gebracht. So ähnlich muss es gewesen sein.«

»Jetzt ist er wieder aufgetaucht.«

»Das will ich ja nicht glauben. Ich kann einfach nicht begreifen, dass Kraal leben soll.«

Dieter nickte. »Ist schwer vorstellbar, das stimmt. Aber wir müssen uns wohl damit abfinden. Warum hast du dem Polizisten davon nichts gesagt?«

»Der hätte mich doch für verrückt erklärt.«

»Da könntest du Recht haben.« Dieter nahm einen Schluck und zündete sich eine Menthol-Zigarette an. »Aber wie kam dieser Piet denn auf Kraal? Das muss doch einen Grund gehabt haben.«

»Ich kenne ihn nicht.«

»Weshalb wurde er eingeliefert?«

»Wegen seiner Spinnereien.«

»Dass es keine waren, haben wir ja gesehen. Ich überlege nur, was wir jetzt unternehmen.«

»Nichts können wir tun, gar nichts.«

»Aber Kraal darf doch nicht weiterleben. Wenn er existiert, müssen wir ihn vernichten.«

»Kannst du das?«

»Ich nicht, aber …«

»Es hat doch keinen Sinn, Dieter. Das sind alte Geschichten. Die Menschen haben damals schon nichts gegen Kraal ausrichten können, sie werden es heute auch nicht.«

»Das eben bezweifle ich.«

»Dann fühlst du dich stark genug, um gegen Kraal anzugehen? Das glaube ich dir nicht.«

»Brauchst du auch nicht, Mädchen, aber ich habe vor rund eineinhalb Jahren jemanden kennen gelernt, der sich auf so etwas spezialisiert hat. Er ist Engländer, arbeitet als Geisterjäger, beschäftigt sich mit übersinnlichen Fällen, und ich habe ihn in Aktion gesehen. Unwahrscheinlich, kann ich dir sagen. Was ich da erlebt habe, passt in jeden Horror-Roman. War sogar noch schlimmer.«

»Diesen Mann willst du holen?«

»Wenn es geht.«

»Wo wohnt er denn?«

»In London.«

»Ach je.« Carla winkte ab. »Da kannst du lange telefonieren. Der wird etwas anderes zu tun haben, als nach Den Haag zu kommen, um irgendwelche Monster zu jagen.«

»Da würde ich nicht einmal so sicher sein. Nein, John Sinclair wird uns helfen.«

»Aber was soll einer allein gegen ein Monster wie Kraal ausrichten können? Nichts, gar nichts.«

»Das glaube ich eben nicht. Vielleicht kommt er auch nicht allein und bringt seinen Kollegen mit, einen chinesischen Inspektor. Das ist gut möglich.«

»Ich bin trotzdem skeptisch«, sagte Carla.

»Das ist auch dein gutes Recht.«

Wir grübelten noch über den letzten Fall und damit über Arkonada nach, als mich der Anruf erreichte. Zunächst konnte ich mich nicht erinnern, als ich den Namen Dieter Hoven hörte. Dann half er mir auf die Sprünge, berichtete von dem Geistergrab an der Zonengrenze in Deutschland, und ich wusste Bescheid. Hoven gehörte zu denjenigen, die es geschafft hatten. Er hatte nicht nur dem anderen Staat den Rücken gekehrt, sondern war auch den Einflüssen einer schrecklichen Magie entkommen.

Der Anruf hatte mich nach Feierabend in meiner Privatwohnung erreicht. Ich kannte Hoven zwar kaum, doch gut genug, um zu wissen, dass er kein Spinner war. Und als ich von dem Monster hörte, war mir klar, dass Dieter nicht log. So etwas saugte man sich nicht aus den Fingern. Zudem hatte ich mit Monstern, die aus irgendwelchen finsteren Tiefen stiegen, so meine Erfahrungen gesammelt. Ich wusste, dass es sie gab und dass sie stets in einem unmittelbaren Zusammenhang mit schwarzer Magie standen. Deshalb brauchte ich nicht lange zu überlegen, ich sagte zu.

»Und wann kommen Sie?«

»Mit der nächsten Maschine.«

»Ich hole Sie dann …«

»Nein, nein, Dieter, das brauchen Sie nicht. Sagen Sie mir den Namen Ihres Hotels, ich suche Sie dann auf.«

Die Adresse schrieb ich mir auf. Zwar hätten wir uns gern noch näher um das Rätsel der Flammenden Steine und um Arkonada gekümmert, aber der Fall in Holland hatte Vorrang. Es hatte schon einen Toten gegeben.

Natürlich brauchte ich für diese Reise die Einwilligung meines Chefs. Die erhielt ich sofort.

»Nehmen Sie Suko mit?«

»Möchte ich gern.«

Nach einigem Zögern war der Superintendent einverstanden. »Aber sehen Sie zu, dass Sie die Sache schnell hinter sich bringen. Die anderen Gegner schlafen nicht.«

»Das weiß ich, Sir.«

»Dann gute Reise.«

Suko wohnt mit seiner Freundin Shao bei mir nebenan. Als ich klingelte, öffnete die dunkelhaarige Chinesin und erklärte mir, dass Suko in der Badewanne säße.

»Dann setze ich mich dazu.«

Shaos Augen wurden groß. »Ins Wasser?«

»Wenn genug drin ist.«

»John, ich …«

»Keine Angst«, sagte ich lachend und ging an ihr vorbei, um die Tür zum Bad aufzustoßen.

Als Suko mich sah, tauchte er unter. Ich setzte mich auf den Wannenrand, holte mir einen nassen Hosenboden und wartete, bis das Gesicht meines Freundes wieder erschien.

»Je später der Abend ...«

»Umso netter die Gäste«, führte ich den einmal angefangenen Satz fort.

Suko schüttelte das Wasser aus seinem Gesicht. »Was willst du, John? Auch baden?«

»Klar, aber nicht hier, sondern in Den Haag.«

»Da fährst du hin?«

»Du ebenfalls.«

»Davon wusste ich gar nichts.«

»Aber jetzt, Alter.« Ich berichtete ihm von Hovens Anruf – und dass uns Sir James freie Bahn gegeben hatte. »Was dran ist, weiß ich nicht, ich halte den Zeugen allerdings nicht für einen Spinner.«

»Da kannst du Recht haben, John. Okay, wann soll's denn losgehen?«

»So früh wie möglich. Ich rufe mal am Flughafen an und lasse mir die entsprechende Maschine raussuchen.«

»Sprichst du denn Holländisch?«

»Nein, aber die meisten verstehen Deutsch. Wir werden schon klarkommen.« Als ich mich umdrehte, stand Shao in der Tür. Sie hatte unser Gespräch mit angehört. Ihrem Gesicht las ich ab, dass sie nicht gerade begeistert war.

»Das ist eben unser Job«, sagte ich zu ihr und hob die Schultern.

»Manchmal verfluche ich ihn.«

»Ich auch, Shao, wirklich.« Und das war ehrlich gemeint.

Carla van der Laan wohnte in Monster!

Eigentlich zum Lachen, aber dieser Vorort von Den Haag hieß wirklich so.

Er sah so aus, wie sich der Fremde die Niederlande vorstellte. Sauber, gepflegt, mit viel Grün, dazu flach und angefüllt mit buntem Leben, das den Namen Monster Lüge strafte.

Die van der Laans wohnten in einem Reihenhaus. Es lag an einer mit rötlichen Steinen gepflasterten Straße, hinter Grünstreifen, Gehsteig und Vorgarten. Carla war mit der Bahn nach Hause gefahren, und den Weg in diesen kleinen Ort hatte sie wie in Trance zurückgelegt.

Ihre Eltern waren mit den Geschwistern für drei Tage weggefahren, Verwandte in Arnheim besuchen. So musste Carla allein im Haus wohnen. Sie hatte sich noch mit der Klinik in Verbindung gesetzt und mit dem behandelnden Arzt gesprochen.

Der war natürlich geschockt gewesen und suchte vergeblich nach Erklärungen.

Erst hatte Carla daran gedacht, Dieter mit nach Hause zu nehmen. Von diesem Gedanken hatte sie Abstand genommen. Erstens kannte sie den jungen Mann erst einige Stunden, und zum zweiten hatten die Nachbarn große Ohren und noch schärfere Augen.

Es ging schon auf den Abend zu. Die Sonne war verschwunden, die Dämmerung würde bald hereinbrechen, und von der See her wehte eine frische Brise.

Vor dem Haus traf Carla eine Nachbarin. Sie schnitt Tulpen in ihrem Vorgarten.

»Du kommst aber spät«, sagte die Frau.

»Ja, wir hatten viel zu tun.«

Die Nachbarin erhob sich aus ihrer gebückten Stellung und wischte mit dem Handrücken den Schweiß von der Stirn. »Ziemlich blass siehst du aus. Soll ich dir etwas kochen?«

»Nein, danke, ich habe schon gegessen.«

»Und das Telefon hat bei euch auch ein paarmal geläutet. Waren sicherlich deine Eltern.«

»Möglich. Gute Nacht, ich bin hundemüde.«

»Ja, schlaf gut.«

Neugierige Pute, dachte Carla, als sie die Haustür aufschloss. Die Frau mischte sich in alles ein. Sie war eine richtige Ratschtante. Aber noch besser als die Stille, die innerhalb des Hauses herrschte. Da war kein Laut zu hören, sodass Carla die Ruhe schon als bedrückend empfand. Sie wollte lüften und öffnete weit die Tür zur Terrasse. Dahinter lag ein kleiner, sorgfältig gepflegter Garten. Der Stolz ihres Vaters.

Carla fühlte sich down und gleichzeitig aufgedreht. Verschwitzt war sie auch, deshalb wollte sie duschen.

Das Telefon meldete sich. Es war ihre Mutter.

»Endlich«, hörte Carla die Stimme. »Wir hatten schon angenommen, es wäre etwas passiert.«

Ist es auch. Das dachte Carla nur. Sie sprach die Worte nicht aus, weil sie die Mutter nicht beunruhigen wollte. Diese Sache musste sie allein durchstehen.

»Was war denn los, Carla?«

»Ich musste länger bleiben.«

»Gab es Ärger?«

»Nein. Eine Kollegin ist ausgefallen.«

»Ach so. Und sonst alles in Ordnung?«

»Sicher.«

Ihre Mutter atmete scharf aus. »Ich weiß nicht, Carla, deine Stimme klingt so seltsam.«

»Ich habe aber nichts.«

»Na ja, man hätte ja meinen können, dass du irgendwelchen Ärger in der Klinik hattest.«

»Mutter, bitte, ich bin erwachsen, denk daran. Und euch geht es gut?«

»Wir fühlen uns wohl. Das Wetter ist ja auch herrlich. Dann will ich es nicht zu teuer werden lassen. Schöne Grüße auch von Vater und den Geschwistern.«

»Danke.« Carla hängte ein. Ihre Mutter war immer ein wenig hektisch. Zumeist machte sie sich Sorgen, die in diesem Falle ja begründet waren. Hätte Carla von dem Untier berichtet, ihre Mutter hätte vor Aufregung einige Nächte nicht geschlafen.

Carla hoffte, durchzuschlafen. Die Ereignisse hatten sie doch stärker mitgenommen, als sie zugeben wollte. Sie schloss die Terrassentür wieder und ging die schmale Holztreppe in die erste Etage hoch, wo mehrere kleine Zimmer und auch das Bad lagen.

Während sich Carla auszog, dachte sie an das Monster in der Gracht. Immer wieder tauchte das Bild vor ihren Augen auf, und sie sah die Gänsehaut auf ihrem Körper.

Die Angst war noch vorhanden. Sie konnte das Gefühl einfach nicht verdrängen, zudem befand sie sich allein im

Haus, und da hatte sie sowieso immer ein so seltsames Gefühl.

Nach dem Duschen ging es ihr auch nicht besser. Mit dem Handtuch frottierte sie sich ab, während sie gegen die Milchglasscheibe des Fensters schaute, hinter der in einem dunklen Grau die Dämmerung lag.

Man hatte das Bein gefunden. Carla van der Laan schüttelte sich, als sie daran dachte.

Ein grauenhafter Anblick, wie der Taucher es in der Hand hielt. Schlimm. Sie schlüpfte in den Bademantel. Der Stoff war warm, er saugte die restliche Nässe von ihrer Haut ab, und trotz des Schreckens der vergangenen Stunden spürte sie ein Hungergefühl.

Das Essen stand im Kühlschrank. Ein paar Pfannkuchen waren noch übrig. Sie hatte sie am vergangenen Tag gebacken und mit Apfelscheiben belegt.

Einen Pfannkuchen würgte sie hinunter. Dazu trank sie Mineralwasser. Beides schmeckte nicht.

Draußen war es jetzt dunkel. Da sie in der Küche saß, konnte sie auf den Gehsteig schauen.

Die Straßenlaternen brannten bereits.

Zwei Autos rollten durch die Lichtinseln. In dieser stillen Straße fuhren meist nur Anlieger.

Carla beschloss, ins Bett zu gehen. Sie wollte noch etwas lesen, vielleicht lenkte sie das ab. Einen historischen Liebesroman hatte sie sich vorgenommen. Das Buch umfasste einige Hundert Seiten. Eine Woche würde sie bestimmt darin lesen.

Carla streifte das dünne Nachthemd über und begab sich in ihre Kammer mit den schrägen Wänden und der holzvertäfelten Decke. Die Fenster waren nicht sehr groß. Sie spürte jetzt noch die Wärme des Tages. Die Sonne hatte das Zimmer aufgeheizt, und so schnell kühlte es nicht ab.

Carla knipste nur die Nachttischlampe an.

Der milde Schein breitete sich nicht nur im Raum aus, er fiel auch auf das ausgebreitete Buch. Das erste Kapitel hatte sie bereits gelesen. Sie nahm sich das zweite vor, doch nach wenigen Seiten legte sie das Buch weg. Es war ihr einfach nicht möglich, sich auf das Geschriebene zu konzentrieren. Zu sehr spukten die Ereignisse des Tages in ihrem Kopf herum.

Und nun merkte sie auch, dass es im Haus nicht so ruhig war, wie sie angenommen hatte. Irgendwelche Geräusche gab es immer. Und wenn es nur ein Knacken oder Summen des Kühlschranks unten in der Küche war.

Dann schlug die kleine Wanduhr an. Zehn Schläge.

Noch zwei Stunden bis Mitternacht …

Seltsam, welche Gedanken da auf einmal kamen. Carla hatte über so etwas nie nachgedacht, jetzt erinnerte sie sich an die Tageswende, auch Geisterstunde genannt.

Etwas rann kalt über ihren Rücken. Gleichzeitig begann sie zu schwitzen. Die Unruhe und die Angst ließen sich einfach nicht wegleugnen, und es gelang ihr nicht, Schlaf zu finden.

Zu oft dachte sie an die Schrecken.

Allmählich erstarben die Geräusche von der Straße. Es fuhr kein Wagen mehr vorbei. Letzte Nachzügler waren nach Hause gekommen, die Nachtruhe hielt die kleine Straße umfangen.

Je stiller es wurde, umso stärker wurden die Nerven der einundzwanzigjährigen Holländerin beansprucht. Jetzt lauschte sie auf jedes Geräusch. Sie wartete förmlich darauf und war auf gewisse Art und Weise enttäuscht, wenn sich nichts tat.

Noch blieb die Ruhe …

Wieder verging Zeit. Carla überlegte, ob sie alles abgeschlossen hatte. Sie führte eine geistige Hausinspektion durch, begann im Keller, und ihr Gedankengang endete erst unter dem Dach.

Eigentlich war alles klar.

Aber nur eigentlich …

Carla wollte es jetzt genau wissen und schwang ihre Beine aus dem Bett. Die Füße rutschten in die offenen Pantoffeln. Auf leisen Sohlen schlich sie zur Tür und schaltete in der oberen kleinen Diele die Beleuchtung an. Das vertraute Licht gab ihr ein wenig Sicherheit. Sie schaute in jedes Zimmer.

Bis auf das im Bad waren die Fenster überall geschlossen. Letzteres stand auf Kippe. Sie hatte die Duschfeuchtigkeit hinauslassen wollen.

Carla schloss das Fenster. Jetzt fühlte sie sich ein wenig sicherer. Allerdings wollte sie noch die unteren Räume durchsehen, und sie stieg die schmale Treppe hinab.

Überlaut hörten sich ihre eigenen Schritte an, und sie erschrak. Später hatte sie sich daran gewöhnt, erreichte die unteren Räume, schaute in der Küche nach, war beruhigt, dass dort nichts zu finden war, und betrat dann den Wohnraum.

Eigentlich fürchtete sie sich nur vor alten Häusern oder düsteren Ruinen. Sie hätte nie gedacht, dass ein modernes Einfamilienhaus ihr ebenfalls diese Furcht eingeben könnte. Besonders dann nicht, wenn alles vertraut war.

In der Dunkelheit sahen die Möbel seltsam fremd aus. Sie machte auch kein Licht, sondern ging auf die Terrassentür zu, um die Außenbeleuchtung einzuschalten.

Die Lampe gab zwar Helligkeit, sie leuchtete jedoch nicht den gesamten Garten aus.

Der größte Teil lag im Schatten.

Und was das plötzlich für Schatten waren! Die kleine Hecke an der rechten Seite schien zu einer unheimlichen Mauer geworden zu sein. Die Äste der Ginsterbüsche hatten sich in gefährliche Arme verwandelt, die nach ihr zu greifen schienen, wenn der Wind zwischen sie fuhr und sie bewegte.

Noch nie hatte der Garten auf sie einen so schaurigen Eindruck gemacht.

Erst jetzt fiel ihr auf, dass er genügend Versteckmöglichkeiten für jemanden bot, der sich verbergen wollte. Da konnten mehrere Personen lauern, ohne vom Zimmer aus gesehen zu werden.

Aus der Schublade eines kleinen Schranks holte Carla eine Taschenlampe. Sie hatte sich entschlossen, auch im Garten nachzuschauen, trotz des seltsamen Gefühls.

Der Griff war schnell umgelegt. Sie öffnete die Tür. Kühler Wind fächerte ihr entgegen. Wenig später stand sie bereits auf dem schmalen Weg und schritt ihn entlang, bis zur Rückseite des Grundstücks. Sie selbst wirkte in dem hellen Nachthemd wie ein Gespenst. Der Wind drang unangenehm kühl durch den dünnen Stoff.

Carla schielte zum Nachbarhaus hinüber.

Dort war alles dunkel. Die Menschen schliefen längst, sie war allein auf sich gestellt. Auch allein im Garten?

Carla blieb in der Nähe des Hauses stehen und schwenkte die Lampe. Der Strahl wanderte zuerst über den Boden und verlieh dem sonst grünen Rasen geisterhafte Streifen. Er berührte auch die Büsche und ließ sie noch schauriger erscheinen als in der Finsternis.

Diese Büsche erinnerten sie an Gestalten aus den Märchenbüchern. Sie glaubte, Wesen darin zu sehen, die es nur in tiefen, dunklen Wäldern gab, aber nicht hier.

»Mach dich nicht verrückt!«, flüsterte sie selbst. »Der Garten ist normal. Es sind nur deine Nerven …«

Da hörte sie ein Geräusch!

Es war ein Schlurfen, als würde jemand mit dem Schuh über den Boden schleifen. Eigentlich auch normal, aber in dieser aufgeheizten, für Carla geisterhaften Atmosphäre war es doppelt schlimm.

Sie fuhr herum und mit ihr auch die Taschenlampe.

Scharf schnitt der Strahl durch die Finsternis und fand sein Ziel. Eine schreckliche Gestalt, die nur ein Bein hatte.

Piet Shrivers!

Carla van der Laan konnte nicht einmal schreien. Zu stark hatte sie dieser Anblick geschockt. Sie stand da, unbeweglich, wartete ab und schüttelte den Kopf.

Piet sah grauenhaft aus. Von seiner Kleidung tropften Wasser und Schleim. Das linke Bein fehlte ihm. Um auf dem rechten zu stehen, brauchte er nicht einmal einen Stock als Stütze.

Aus der Wunde rann kein Blut. Wie der ganze Körper war sie mit Algen und Schlamm bedeckt, wobei das Gesicht einen fahlen grünlichen Schein aufwies. Das Haar lag angeklatscht am Kopf und bildete gleichzeitig ein Wirrwarr.

Piet hatte einen Arm ausgestreckt. Es wirkte so, als wollte er nach der jungen Frau greifen.

Carla war starr vor Entsetzen!

Zwar überschlugen sich in ihrem Kopf die Gedanken, doch sie konnte keine Linie hineinbringen. Alles ging durcheinander, bis sich der angebliche Tote plötzlich bewegte.

Er wollte Carla!

Erst jetzt reagierte sie. Im richtigen Moment zuckte sie zurück. Der Überlebensmechanismus hatte sich bei ihr eingeschaltet. Sie warf sich herum und wandte dem Unhold ihren ungeschützten Rücken zu.

Er konnte zwar laufen, das hatte sie selbst erlebt, aber Carla war schneller. Und sie beeilte sich.

Parallel zur langen Scheibe lief sie, jagte auf die offene Tür zu, stieß sie noch weiter auf, stolperte über die Schwelle und fiel lang in den Raum.

Den Schmerz in ihren Zehen ignorierte sie. Carla wusste, dass es für sie ums nackte Leben ging. Noch auf dem Boden liegend wälzte sie sich auf den Rücken, schaute der Tür entgegen und sah ihn kommen.

Carla van der Laan schnellte hoch. Mit der flachen Hand drückte sie gegen die Tür und wuchtete sie zu. Auf den Knien rutschte sie hin, streckte den Arm aus, fand den Hebel und stellte ihn in die Höhe.

Wenn er jetzt in das Zimmer wollte, musste er die Tür einschlagen. Und das würde man in der Nachbarschaft hören.

Piet kam.

Er schlich an der Scheibe entlang. Den rechten Arm hatte er ein wenig vom Körper abgespreizt, sodass seine Finger über das Glas strichen und die Nägel ein kratzendes Geräusch verursachten.

Dann stand er vor der Tür.

Carla hockte nicht mehr am Boden. Sie war aufgestanden, zwei Schritte zurückgegangen und schaute auf die unheimliche Gestalt hinter dem Glas.

Nicht nur die Hände hatte Piet Shrivers gegen das Glas gepresst, auch sein Gesicht drückte er gegen die Scheibe.

Er bot ein grauenvolles Bild.

Durch den Druck gegen das Glas war sein Gesicht noch mehr verzerrt. Es wirkte wie ein nasser Schwamm, den man in die Breite gezogen hatte.

Dabei bewegte er seinen Kopf. Das Gesicht nahm von Sekunde zu Sekunde andere Formen an. Sie alle stießen Carla ab.

Da Piet Shrivers sein Gesicht bewegte, blieb an den Stellen, wo es zuvor gewesen war, eine lange Schleimspur zurück, die grünlich gelb schimmerte.

Lange Tropfen flossen dabei am Glas herab, die ausgebreiteten Hände fassten in sie hinein und verwischten sie zu einer milchigen Masse.

Er ging weiter. Dabei blieb sein Gesicht gegen die Scheibe gepresst. Es bewegte sich wie eine Gummimaske. Menschliches hatte es kaum noch an sich.

Aber war Piet noch ein Mensch?

Carla konnte es nicht glauben. Nein, das musste ein Unhold sein. Ein hinkender Zombie, der jetzt die Tür erreichte und durch deren Scheibe in das Zimmer blickte.

Natürlich sah er Carla. Sein Blick klebte auf ihr. Die Augen erschienen dem Mädchen wie helle Kugeln, die man ein Stück aus den Höhlen gepresst hatte. Obwohl kein Gefühl mehr in ihnen schimmerte, glaubte sie dennoch, ein böses Versprechen darin zu lesen.

Ein Omen!

Er hob seinen rechten Arm.

Jetzt, dachte Carla. Jetzt schlägt er die Scheibe ein. Das geschah nicht. Der Zombie klatschte nur seine flache Hand gegen das Glas. Die große Scheibe zitterte zwar, aber sie hielt.

Shrivers fiel gegen das Glas, stieß sich ab und ging zurück. Wie ein unheimliches Phantom tauchte er in die Dunkelheit des Gartens, wo ihn zahlreiche Büsche vor dem Entdecken bewahrten.

Carla blieb noch lange in ihrer steifen Haltung stehen. Sie atmete schwer, ihr Mund stand dabei offen, in den Knien fühlte sie das Zittern, und auf der Haut im Gesicht lag der kalte Schweiß.

Der Zombie war gegangen.

Er kam nicht mehr zurück, aber Carla hatte das Gefühl, als würde er sich irgendwo in der Nähe versteckt halten, von wo aus er das Haus beobachten konnte.

Jetzt hätte sie sich gern Rollos gewünscht. Die gab es aber nicht in diesem Haus.

Das Mädchen wollte nicht mehr allein bleiben. Die Angst machte ihr schwer zu schaffen.

Aber wer sollte ihr helfen?

Wer konnte ihr gegen dieses lebende Ungeheuer überhaupt zur Seite stehen? Gab es da jemanden?

Ihr fiel nur Dieter Hoven ein.

Wenn sie ihn anrief und bat, herzukommen, er würde sicherlich ...

Den Gedanken brachte sie erst gar nicht zu Ende. Sie lief in die Diele, wo das Telefon stand, und wühlte in ihrer Handtasche. Sie suchte den Zettel mit der Telefonnummer, den ihr Dieter Hoven beim Abschied noch zugesteckt hatte.

Endlich hatte sie ihn.

Die Tastatur des Apparats verschwamm vor ihren Augen, als sie mit bebenden Fingern die einzelnen Knöpfe nach unten drückte. Eine schier unendliche Zeit dauerte es, bis abgehoben wurde, dann hörte sie eine brummige, fremde Männerstimme.

Sie entschuldigte sich und bat den Mann, Dieter Hoven zu wecken. Erst wollte er nicht, doch die Hektik und Dringlichkeit, die Carla in ihre Worte legte, überzeugten ihn dann schließlich doch.

Dieter Hoven meldete sich sofort. Er schien noch nicht geschlafen zu haben. Auch seine Stimme klang sehr wach, und sie wurde noch wacher, als er hörte, dass Carla am Apparat war.

Die Worte sprudelten nur so aus ihrem Mund.

Für Dieter war alles klar. Er würde so schnell wie möglich kommen.

Carla van der Laan jetzt allein zu lassen, brachte er nicht fertig ...

Es war kaum vorstellbar, dass so ein gepflegter und netter kleiner Ortsteil den Namen Monster trug.

Aber das war so, und ich hatte mich inzwischen daran gewöhnt.

Ich ließ den Leihwagen durch die sauberen Straßen rollen, freute mich über die Sonne und sah bei den Menschen fast nur fröhliche Gesichter, denn der Frühling hatte den Winter endlich abgelöst.

Dieter Hoven hatte uns in seiner Pension erwartet. Er sah kaum verändert aus. Noch immer trug er seine Brille mit den abgedunkelten Gläsern und rauchte Menthol-Zigaretten. Nur seine Gesichtsfarbe war grauer als sonst. Verständlich, denn er hatte einiges hinter sich.

Er erzählte uns, wie es ihm nach seiner Flucht aus der DDR ergangen war, von seinem Job bei einer Versicherung und der Urlaubsreise nach Holland.

Er musste auch von dem Fall berichten, der uns hergeführt hatte. Wir waren rundum informiert, als ich den Ford Sierra vor dem Haus der Familie van der Laan stoppte.

Carla wartete bereits in der offenen Tür. Wir lächelten freundlich, als wir über den schmalen Weg schritten und von Dieter Hoven vorgestellt wurden.

Das Mädchen machte einen übernervösen Eindruck. Es war verständlich, nach allem, was hinter ihr lag. Die vergangene Nacht war zu einem Horror geworden.

»Bitte, kommen Sie doch herein«, sagte sie leise und führte uns unter den neugierigen Blicken einer Nachbarin ins Haus.

Drei Männer und ein Mädchen!

Himmel, was musste sie wohl denken! Bestimmt begann in der großen Nachbarschaft jetzt der Klatsch. Mir war es egal. Wir wurden in den Wohnraum geführt. Vor dem Fenster hingen Gardinen, sodass man vom Garten her nicht ins Zimmer schauen konnte.

In dunkelgrünen Sesseln ließen wir uns nieder. Carla van der Laan bot uns etwas zu trinken an.

Wir stimmten alle drei zu. Es gab Orangensaft, keinen Alkohol. Wer Carla und Dieter beobachtete, konnte sehr schnell feststellen, dass es zwischen ihnen gefunkt hatte.

Nachdem wir getrunken und unsere Beine ausgestreckt hatten, begannen Carla und Dieter zu erzählen. Sie saßen nebeneinander auf der Couch. Dieter sprach abgeklärter, seine Stimme klang leidenschaftslos, während Carla doch mehr Temperament mit hineinlegte und auch Gefühle zeigte, denn sie wurde manchmal rot im Gesicht und kriegte eine Gänsehaut. Besonders, als sie über die Ereignisse der vergangenen Nacht sprach.

Nachdem sie ihren Bericht beendet hatte, lag es an uns, Fragen zu stellen.

Das taten wir auch. Ich begann damit und erkundigte mich nach dem Patienten Piet Shrivers.

»Er war nicht gefährlich«, erwiderte Carla. »Wirklich nicht. Nur ein wenig überspannt. Zudem fühlte er sich stets verfolgt. Von Dämonen!«

Zum ersten Mal mischte sich Suko in das Gespräch. »Es muss einen Grund gehabt haben, finden Sie nicht auch?«

»Sicher.«

»Können Sie uns den nennen?«

Carla van der Laan schwieg. Erst als Dieter Hoven sie auffordernd anschaute, bequemte sie sich zu einer Antwort. »Man hat natürlich herauszufinden versucht, worin der Grund liegen könnte, und man hat es schließlich dem Rauschgift in die Schuhe geschoben.«

»Er hat Drogen genommen?«

»Leider.«

»Und wo hat er die Drogen herbekommen?«

Carla lächelte sparsam, als sie mich anblickte. »Wissen Sie, Drogen kriegt man hier fast an jeder Straßenecke, das können Sie mir glauben.«

»War das auch bei Piet so?«

»Nein, bei ihm verhielt es sich anders. Wir haben ihn aus einer Kommune geholt. Er hatte da durchgedreht.«

»Inwiefern?«

»Er griff seine Kommunarden mit dem Messer an. Zwei hat er verletzt. Ein Mädchen musste sogar ins Krankenhaus.«

»Kennen Sie diese Kommune?«

»Ich war da. Alles im Rahmen der Betreuung. Man darf die Wohngemeinschaften nicht über einen Kamm scheren. Es sind welche darunter, die braucht man einfach. Da finden Menschen Zuflucht, empfangen Wärme und Geborgenheit. Andere allerdings sind nur auf Drogenkonsum aus und ergehen sich hinterher in Sexspielen. Auch eine dritte Kategorie existiert. Zu der möchte ich Piet Shrivers einmal zählen. Das sind die Clubs der Okkultisten.«

Aha. Jetzt kamen wir der Sache schon näher. Okkultisten, Dämonen, Verfolgung, Gewalt – zeichnete sich da vielleicht eine Verbindung ab?

Carla bemerkte meine Reaktion und winkte ab. »Das ist aber alles harmlos, Herr Sinclair.«

»Glaube ich nicht. Erzählen Sie mal von der Kommune, aus der Sie Piet geholt haben.«

»Die hausen in einem alten Gebäude und auf einem Hausboot.«

Ich verzog das Gesicht zu einem schiefen Grinsen, als ich das Wort Hausboot hörte. Unser letzter Fall hatte ebenfalls auf einem Hausboot begonnen, als es gegen Gregg/Arkonada ging.

»Und was machen die Leute da?«, fragte Suko.

»Auf dem Boot bauen sie an. Sie haben es zu einem Garten umfunktioniert.«

»Bestimmt zu einem Gemüsegarten«, sagte Suko.

»Sie haben Recht. Es geht aber auch um Mohn und ähnliche Pflanzen. Sie beschäftigen sich mit dem Okkultismus der Vergangenheit. Das heißt, mit gefährlichen Zauberriten, die aus finsterer Urzeit angeblich übermittelt worden sind.«

Ich nickte. »Das Wort angeblich hätten Sie streichen können, Carla. Sie haben selbst erlebt, dass ein Monster aufgetaucht ist.«

»Jetzt, wo ich länger darüber nachgedacht habe, kann ich mir den Grund auch erklären.«

»Wir sollten uns auf jeden Fall diese Kommune einmal anschauen«, schlug Suko vor.

Da stimmte ich zu. »Können Sie uns den Weg beschreiben?«, wandte ich mich an die Holländerin.

»Nein.«

»Wieso?«

»Den finden Sie nie. Das ist alles so verwinkelt. Es gibt da alte Straßen, schmale Kanäle, Grachten, Abwässerbäche, sodass Sie sich mit Sicherheit nicht zurechtfinden werden.«

»Das heißt also, Sie wollen mit?«

Carla hob die Schultern. »Ich will eigentlich nicht. Aber ich muss mit, um Ihnen das zu zeigen. Es sei denn, Sie schalten die Polizei ein. Das würde jedoch nicht viel nützen. Wenn das Auge des Gesetzes antanzt, schließen sich sofort die Klappen. Ich habe das einmal erlebt. Polizisten kriegen bei denen nichts raus.«

»Wir gehören auch zu dem Verein«, klärte ich Carla auf.

»Sicher. Nur sind Sie anders. Zudem haben Sie bestimmt andere Methoden, nach denen Sie vorgehen.«

»Das kann stimmen.«

Carla schaute auf ihre Uhr. »Ich werde mich nur eben umziehen. Dann fahren wir. Am besten ist es, wenn wir die Wasserstraßen nehmen. Ein Boot können wir uns überall leihen.«

»Sehr gut.«

»Und ich bin auch dabei«, meldete sich Dieter Hoven. »Carla lasse ich nicht mehr allein.«

»Wir sind doch …«

»Nein, Sie können mich nicht abhalten, John.«

Ich verdrehte die Augen. »Okay, okay, tun Sie, was Sie nicht lassen können.«

»Das auf jeden Fall!«

Die anderen waren unterwegs. Sie wollten Besorgungen machen, und Liane, die Zurückgebliebene, wusste genau, was damit gemeint war. Wenn sie etwas besorgten, kam das einem Stehlen gleich. Aber das war Liane egal. Sie war als Wachposten eingeteilt worden und musste sich fügen.

Das Leben gefiel ihr. Zusammen mit den anderen waren sie sechs. Mit Piet wären sie sieben gewesen, aber der war abgeholt worden, ihn hatten die Dämonen gepackt.

Liane musste oft an Piet denken. Er war eigentlich der Förderer gewesen, denn die Beschwörungen hatte er ausgeheckt.

Woher er die Formeln wusste, konnte sie nicht sagen, aber er war davon überzeugt gewesen, dass tief in der Erde unter den Grachten etwas lauerte, das geweckt werden musste.

Dazu kam es leider nicht mehr, denn Piet drehte durch. Mit einem Messer lief er Amok. Es war ein Wunder, dass es keine Toten gegeben hatte. Nach diesem Vorfall hatten die anderen die Finger von der schwarzen Magie gelassen.

Der Keim allerdings steckte zu tief. Zudem war die Neugierde geweckt worden. Was ihr Freund Piet oft mit nur wenigen Worten angedeutet hatte, machte sie heiß. Sie sollten, wenn sie die Zauberformeln richtig sprachen, in der Lage sein, Geister der Erde zu beschwören. Unter anderem auch Kraal, ein gewaltiges Monster, das im Schoß der Erde lauerte und aus der Urzeit stammte.

Auf Kraal waren sie fixiert. Sie alle hatten sich ausgemalt, welch eine Panik es geben würde, wenn Kraal plötzlich erschien und von den Grachten Besitz ergriff.

Das würde den perfekten Horror auslösen.

Und so etwas wollten sie.

Liane, die bisher auf dem Hausboot gesessen hatte und die Beine baumeln ließ, blickte auf. Ihr Gesicht wurde von den Sonnenstrahlen umschmeichelt, die Wärme tat gut, und Liane schleuderte ihre langen, schwarzen Haare zurück, sodass sie zu beiden Seiten des Kopfes mit den Spitzen bis auf die Schultern fielen.

Sie hatte sich schon das dünne Kleid übergestreift. Es zeigte eine violette Grundfarbe, hatte aber dunkelrote, wellige Querstreifen, die der unteren Hälfte des Kleides ihr Muster gaben.

Wann die anderen fünf zurückkehren würden, wusste

sie nicht. Es spielte auch keine Rolle. Zeit existierte für sie nicht. Sie richteten sich nach dem Sonnenauf- und Sonnenuntergang. Ansonsten schlug ihnen keine Stunde. Wenn Liane nach rechts zum Bug schaute, sah sie die Hälfte des alten Kahns, dessen Deck bepflanzt war. In mühseliger Arbeit hatten sie hier den Garten angelegt und Gemüse angebaut. Dazu zählte natürlich auch ein wenig Hanf, schließlich wollten sie sich mal einen Joint drehen, und niemand hatte etwas dagegen.

Möhren, Kohlrabi, Wirsing, sogar mit Spargel hatten sie es versucht, und auf ihre saftigen Tomaten waren sie besonders stolz. Sie hätten die Früchte sogar zu einem guten Preis verkaufen können, aber das wollten sie nicht. Sie aßen sie lieber selbst. Die Vorstellung, die Tomaten auf den Tischen widerlicher Spießer stehen zu sehen, konnte sie wahnsinnig machen.

Es war beruhigend, das Klatschen der Wellen gegen die Bordwand zu hören. Dieses Geräusch empfand Liane wie andere Leute ein schluchzendes Geigenspiel. Es machte sie an, und man konnte so herrlich dabei träumen und die Beine baumeln lassen.

So wie jetzt.

Die Augen schließen, an nichts denken und …

Da zuckte sie zusammen. Unwillkürlich entrang sich ihrer Kehle ein Schrei.

Etwas hatte ihren rechten nackten Fuß berührt. Keine normale Berührung, sondern etwas Scheußliches, Glitschiges, Kaltes. Erst jetzt öffnete sie die Augen. Vorbei war es mit der Träumerei.

Sie starrte nach unten und sah die schmutzig grauen Wellen sowie die schillernden Ölflecke, die auf ihnen schwammen. Mehr nicht. Liane konnte nicht erkennen, wer oder was sie berührt hatte. Zudem hing ihr nackter Fuß nicht im Wasser. Er baumelte dicht über der Oberfläche und stieß hin und wieder mit der Hacke gegen die Bordwand.

Aber sie hatte sich nicht getäuscht. Die Berührung war real gewesen, und Liane wollte Klarheit haben. So weit es ging, beugte sie ihren schmalen Körper nach unten, senkte den Kopf und sah dicht unter der Oberfläche einen Gegenstand.

Er schimmerte durch. Seine Form war normal, trotzdem seltsam, weil er nicht in den Kanal gehörte.

Liane sah ihn deutlich. Sogar die Finger konnte sie erkennen, weil sie gespreizt waren.

Das Mädchen schaute genauer nach. Es entdeckte auch den Arm. Er verschwand jedoch dicht hinter dem Gelenk in der Tiefe des Wassers. Liane sagte sich, dass dort, wo ein Arm war, sich auch ein Mensch befinden musste.

Sie hatte sich nicht geirrt.

Der Mensch existierte. Er trieb aus den schlammigen Tiefen des Kanals der Oberfläche entgegen, und Liane konnte erkennen, dass der Wasserdruck die Kleidung aufgebläht hatte, sodass der Mann wie ein Ballon wirkte.

Ein Toter!

Das Mädchen beugte sich zurück. An ihr Boot war ein Toter angeschwemmt worden! Für sie gab es nach dieser Entdeckung keine andere Möglichkeit, aber Tote können nicht schwimmen.

Der vor ihr bewegte sich aber.

Er breitete seine Arme aus, teilte unter Wasser die Fluten, machte einen Buckel und war verschwunden.

Weg in die Tiefe!

Liane saß sekundenlang starr. Sie hatte keine Angst, nur ein seltsames Gefühl, und sie dachte daran, dass der Schwimmer verschwunden war. Er konnte nur unter das Boot getaucht sein. Was wollte er da? Mit der Steuerbordseite lag der Kahn dicht an der brüchigen Kaimauer. Da passte kaum eine Handbreit zwischen. Er konnte also kein bestimmtes Ziel haben. Es sei denn, er wollte auf den Grund tauchen.

Liane schüttelte den Kopf. Sie wollte es jetzt genau wissen und an der anderen Seite nachschauen. Vielleicht kletterte der komische Schwimmer dort an Land, obwohl er sich anstrengen musste, denn die Kaimauer war hoch und steil.

Das Mädchen lief quer über den Kahn. Es war plötzlich aufgeregt und kümmerte sich auch nicht um die schmalen Pfade, die sie zwischen den Beeten angelegt hatten. In ihrer Aufregung lief sie quer über ein Gemüsebeet und zerstörte dabei einige Pflanzen.

Dann stand sie an der Steuerbordseite. Zwischen der Mauer und dem Bootsrumpf passte wirklich kaum eine Hand. Hier konnte der Kerl einfach nicht hoch.

Einer plötzlichen Eingebung folgend lief Liane zum Heck des Kahns. Da gab es noch das alte Steuerhaus. Sie hatten es vor kurzem frisch angestrichen. Die gelbe Farbe leuchtete hell.

Sie wand sich an dem Ruderhaus vorbei, blieb an der Reling stehen und starrte wieder nach unten.

Nicht weit entfernt wurde das Wasser aufgewühlt. Dort befand sich ein kleiner Abwasserstrom, der aus einem runden Loch in der Mauer in den Kanal strömte und das sonst ruhige Gewässer schaumig quirlte.

Von dem Schwimmer entdeckte sie nichts.

Trotzdem blieb sie stehen, suchte die weitere Umgebung mit ihren forschenden Blicken ab, schaute wieder zu der Öffnung in der Kanalmauer und sah die Bewegung.

Er war noch da! Unter Wasser befand sich sein Körper. Die Umrisse verschwammen, dennoch konnte Liane erkennen, dass der Schwimmer ein Ziel hatte.

Es war die Öffnung des Abwasserkanals!

Liane begriff nicht. Was wollte dieser Verrückte am Kanal? Und weshalb tauchte er nicht auf, sondern blieb stets dicht unter der Oberfläche? Zudem wunderte sich das Mädchen über die seltsamen Schwimmbewegungen. Sie wirkten überhaupt nicht flüssig und besonders bei den Beinen ziemlich abgehackt.

Beinen?

Da sah sie es genau.

Nein, der Schwimmer bewegte nur ein Bein. Das andere konnte er nicht bewegen, weil es nicht vorhanden war. Er verließ sich auf ein Bein, auf seine rudernden Arme und kämpfte sich so bis an die Stelle vor, wo das Abwasser in den Kanal floss und die Flüssigkeit zu einem schmutzigen Schaumsprudel hochquirlte.

Der Schwimmer wurde erfasst, um die eigene Achse gewirbelt, nach unten gedrückt und wieder in die Höhe geschoben. Er hatte es wegen seiner Behinderung besonders schwer, den Weg in die Abwasserröhre zu finden. Dass er dort hineinwollte, stand fest.

Liane wischte sich Haare von der Stirn, die ihre Sicht behinderten. Sie war perplex, auf gewisse Art und Weise fassungslos, denn damit hätte sie niemals gerechnet.

Die Abwasserrinne lief genau an der Mündung des Kanals aus. Wenn der Mann in sie hineingleiten wollte, musste er Kraft aufwenden. Das tat er auch.

Er streckte seine Arme aus. Seine Hände glitten über die raue Oberfläche der Rille. Er zog seinen Oberkörper hoch und produzierte einen Buckel, sodass Liane Gelegenheit hatte, mehr von ihm zu sehen als zuvor unter Wasser.

Sie glaubte, von einem Schlag getroffen zu werden.

Dieser Schwimmer mit dem einen Bein war ihr ehemaliger Freund Piet Shrivers!

Der Schock war so groß, dass sie das Gefühl hatte, jemand würde ihr einen dunklen Sack über den Kopf streifen, und sie bekam nicht mehr mit, wie Piet in der Röhre verschwand.

Als sie wieder hinschaute, war er nicht mehr zu sehen.

Für Liane begann die große Angst …

Wir waren unterwegs.

Ein Boot hatten wir gemietet. Einen kleinen Flitzer, ziemlich flach, elegant geschnitten. Man konnte ihn schon als einen Wellenhüpfer bezeichnen, und als ich etwas mehr Gas gab, da schob sich der Bug aus dem Wasser, die Heckwelle wurde zum schaumigen Streifen, und wir schienen nur so über die Wellen zu schweben.

»Geben Sie Acht, John!«, rief Carla van der Laan. »Zu schnell dürfen wir nicht fahren. Es gelten auch hier Geschwindigkeitsbegrenzungen. Wie auf den Straßen.«

Ich wischte mir Gischt aus dem Gesicht und drehte den Kopf. »War auch nur ein kleiner Test.«

Wir waren mit dem Wagen von Monster aus in das Gebiet gefahren, wo in kleinen Grachten oder Seitenkanälen die bewohnten Hausboote lagen. Es war ähnlich wie in Amsterdam, nur gab es hier nicht so viele Boote.

Die Kanäle schlossen praktisch ein Wohn- und Parkgebiet ein. Die Bäume im Park standen in voller Blüte, am Himmel lachte die Sonne. Es war ein herrlicher Tag, nur merkten wir nicht viel davon, weil wir mit unseren Gedanken woanders waren.

Der Park wurde von zahlreichen Wasserstraßen durchzogen, die zumeist in Seen oder Teichen mündeten, diese durchflossen und sich danach wieder mit anderen Kanälen vereinigten.

Uns fielen die zahlreichen Polizeiboote auf, die unterwegs waren. Der schreckliche Vorfall hatte sich natürlich herumgesprochen, was aber die Ausflugsboote nicht von ihren Touren abhielt. Die meisten Boote waren bis auf den letzten Platz besetzt. Die Sensation, mochte sie auch noch so schlimm sein, zog eben Neugierige und erlebnishungrige Leute an.

Carla stand neben mir und dirigierte. Hin und wieder musste sie selbst schauen, denn sie kannte sich auf den normalen Straßen natürlich besser aus.

Wir sichteten die Nordgrenze des Zuiderparks. Wie Carla schon zuvor gesagt hatte, mussten wir um den Park herum, und das gelang uns an der Ostseite, indem wir durch eine der breitesten Grachten fuhren.

Es waren sehr malerische Straßen, die über uns abzweigten. Wir konnten sie nur hin und wieder sehen, wenn die Kanalmauern niedriger wurden.

Manchmal entdeckten wir auch parkende Autos. Sie schoben ihre breiten Schnauzen so weit vor, dass die Vorderräder dicht an der Begrenzung standen.

Einmal wurden wir von einem Polizeiboot angehalten. Eine kurze Überprüfung der Personalien fand statt. Suko und ich zeigten unsere Dienstausweise nicht, nur die normalen Papiere. Wir wollten kein Aufsehen erregen.

Durch geschicktes Fragen fand Carla bei der Kontrolle heraus, dass die Polizeiboote tatsächlich unterwegs waren, um dieses Ungeheuer zu suchen. Wir wurden entsprechend gewarnt. Man riet uns, in den nächsten Tagen nicht zu fahren. Bis dahin, so erzählten die Polizisten, hätten sie das Monster gefangen.

Ich war skeptisch. Wenn tatsächlich schwarze Magie an der Entstehung oder Rückkehr Kraals die Schuld trug, dann ließ er sich nicht so einfach fangen.

Carla van der Laan hatte von einem Fortuyn Weg gesprochen. Wo er in den Park hineinstieß, mussten wir die breite Gracht verlassen, um direkt in das Gebiet der Hausboote zu gelangen.

Das taten wir auch.

Die Gegend wurde malerisch. Ich sah alte holländische Stadthäuser, wie ich sie nur von Postkarten her kannte.

Wunderhübsche, zum Teil sehr gepflegte Fassaden, dann auch wieder Gebäude, die aussahen, als würden sie nur von den beiden Nachbarhäusern in der Senkrechten gehalten.

Auch die ersten Hausboote sahen wir. Sie lagen in den schmalen Kanälen wie große, dunkle Kästen.

Das allerdings täuschte, denn auf den Decks blühte nahezu eine verschwenderische Natur. Ein jeder, der ein Boot bewohnte, hatte hier seinen kleinen Garten angelegt.

Die Kanäle verliefen nicht immer gerade. Oft genug führten sie in eine Kurve oder wurden von anderen kleinen Grachten gekreuzt.

Carla gab sich sehr konzentriert. Sie kannte sich nicht so gut aus und suchte nach markanten Punkten am Rand der Kanäle, um sich orientieren zu können.

»Da muss gleich eine kleine Kirche zu sehen sein«, sagte sie. »Die Kirche hat einen sehr schönen Turm.«

»Soll ich Gas wegnehmen?«

»Wäre vielleicht besser.«

Ich fuhr langsamer. Das merkten auch die beiden im Heck des Bootes hockenden Männer.

»Was ist los?«, rief Suko. »Sind wir schon da?«

»Bald«, antwortete Carla van der Laan an meiner Stelle. »Kann sich nur noch um Stunden handeln.« Sie lachte.

Ich war froh, dass sie ihren Humor nicht verloren hatte, und steuerte die Flunder auf eine Wasserstraßenkreuzung zu.

Carla stellte sich auf die Zehenspitzen, um besser sehen zu können. »Wir müssen geradeaus weiter«, erklärte sie und schielte über die Kronen der Bäume hinweg.

Auf dem rechten Kanal näherte sich tuckernd ein altes Boot. Es war mit Gemüsekisten beladen. Wir huschten an der schäumenden Bugwelle vorbei, glitten in eine weite Kurve und sahen vor uns eine Steinbrücke, durch deren Halbbogen wir fahren mussten.

Ich nahm Gas zurück und hörte Carlas Schrei. »Da ist die Kirche!«, rief sie.

Jetzt schauten auch Suko und Dieter Hoven nach links. Ich wandte ebenfalls den Kopf und sah die Turmspitze über die grünen Flächen der Bäume hinwegragen.

»An der Kirche müssen wir noch vorbei«, erklärte Carla, »dann haben wir es fast geschafft.«

Ich nickte.

Erst einmal glitten wir unter der Brücke hindurch. Das Wasser schimmerte hier grünlich, denn die Kronen der Bäume spiegelten sich auf seiner Oberfläche.

Wir waren allein innerhalb dieser schmalen Gracht. Im Laufe der Zeit hatte ich die Fahrt genossen und das Monster dabei völlig vergessen. Brutal wurden wir daran erinnert. Denn das, an was wir kaum glauben konnten, trat plötzlich ein.

Vielleicht hundert oder hundertfünfzig Meter vor uns wurde das Wasser plötzlich aufgewühlt, und im nächsten Augenblick schossen zwei gewaltige Arme mit gierigen Händen durch die Wasseroberfläche in die Höhe.

Eine Sperre!

Ich bremste sofort. Keine Heckschraube wühlte mehr das Wasser auf, und mit der Restgeschwindigkeit glitten wir noch ein Stück näher, sodass wir die beiden Arme des Monsters genau erkennen konnten.

»Das ist es!«, rief Dieter Hoven. »Verdammt, das ist es!«

Carla nickte heftig, während die Farbe aus ihrem Gesicht wich. Sie wurde blass vor Angst.

Auch mir war nicht wohl, denn so gewaltig hätte ich mir Kraal nicht vorgestellt.

Die Klauen konnte man in der Größe schon mit Baggerschaufeln vergleichen. Dementsprechend lang waren die Finger, deren Nägel unangenehm spitz aussahen. Die schuppige Haut schimmerte in einem grünvioletten Farbton, und die Handgelenke sahen aus wie gewaltige Stempel.

Ein unheimliches Bild. Im Gegensatz zu dem Monster kamen wir uns wie Zwerge vor. Nein, Kraal konnten wir nicht so einfach besiegen.

Unser Boot trieb näher.

Das Monster rührte sich nicht. Nach wie vor hielt Kraal nur seine Arme aus den Fluten gestreckt. Sozusagen als gefährliche Warnung, sich ihm nicht weiter zu nähern.

Suko hatte es am Heck nicht mehr ausgehalten. Er kam zu mir, blieb hinter mir stehen und fragte: »Greifen wir es an?«

»Möglich.«

Ich wandte mich Carla zu und sprach die nächsten Worte so laut, dass auch Dieter Hoven sie hören konnte. »Ihr müsst von Bord«, sagte ich ihr. »Zu eurer Sicherheit, glaubt mir.«

Diesmal widersprachen beide nicht. Darüber waren Suko und ich froh. Rasch startete ich und lenkte das Boot auf das Ufer zu, ohne allerdings das Untier aus den Augen zu lassen.

Die Kaimauer war an dieser Stelle ziemlich hoch. Ich konnte das Boot nicht immer in der Nähe halten, es schwankte sehr, wurde auch mal abgetrieben, sodass es schwer für Carla und Dieter war, den Kahn zu verlassen.

Zudem wollte ich Kraal im Auge behalten. Ich hatte das Gefühl, dass sich die beiden gefährlichen Pranken näherten. Sie bewegten sich auf uns zu.

Suko hatte die rettende Idee. Er fragte erst gar nicht, sondern handelte.

Ich sah Carlas erschrecktes Gesicht, als sie sich von zwei kräftigen Händen an der Hüfte umfasst fühlte und hochgehievt wurde. Suko blieb noch in der Haltung, wartete einen günstigen Moment ab und beförderte das Mädchen dann auf die Kaimauer. Sanft ging er nicht mit ihr um. Dazu war auch jetzt keine Zeit.

Carla landete sicher. Wir waren eine Sorge los.

»Jetzt Sie, Dieter!«

Hoven wollte keine Hilfe. »Das schaffe ich schon«, sagte er, schielte an der Mauer hoch, nahm Maß, federte in den Knien und stieß sich dann ab. Es hätte geklappt, doch genau in diesem Augenblick wurde unser Boot abgetrieben. Ausgerechnet von der Mauer weg, sodass Dieter Hoven die Krone verfehlte.

Seine flachen Hände klatschten gegen die Mauer, die nicht nur glatt, sondern auch feucht war. Hoven fand keinen Halt mehr, rutschte ab und klatschte ins Wasser.

Ausgerechnet jetzt, wo ein paar Meter weiter das Scheusal lauerte. Von nun an überstürzten sich die Ereignisse, denn auch Carla van der Laan hatte gesehen, was passiert war. Sie hockte auf der Mauer, starrte nach unten und begann zu schreien.

Das weckte Suko.

»Rein!«, schrie ich.

Er brauchte nicht in die Fluten zu springen. Dieter Hoven konnte schwimmen. Wie eine Bleiente paddelte er auf das Boot zu und fasste dankbar Sukos Hand, um sich von dem Chinesen an Bord hieven zu lassen.

Das wurde auch Zeit!

Kraal hatte längst gemerkt, dass wir in Schwierigkeiten waren, und er walzte weiter.

Noch immer ragte er nur wenige Meter aus dem Wasser. Die gewaltigen Füße mussten Schlamm aufwerfen, denn dort, wo er ging, stiegen dicke Wolken gegen die Oberfläche und färbten sie in einem schmutzigen Grau.

Er bewegte viel Wasser. Wellen entstanden, rollten uns entgegen. Carla rief den Namen des Deutschen, der inzwischen nichts mehr dagegen hatte, von Suko untergefasst zu werden.

Diesmal schaffte es der Chinese. Trotz der anrollenden Wellen waren die Bedingungen günstiger. Er schleuderte Hoven hoch, der die Kante zu fassen bekam und in Sicherheit kletterte.

Auf dem Kai drehte sich Hoven um, starrte zu uns hinab, und wir sahen, dass er seine Brille verloren hatte. Sie musste irgendwo im Schlamm stecken.

»Haut ab!«, schrie der triefnasse Mann.

»Das sagt sich so leicht«, erwiderte Suko, streckte seinen Arm aus, berührte mit der flachen Hand die Mauer und sorgte so dafür, dass sich das Boot lösen konnte.

Wir trudelten der Kanalmitte entgegen.

Kraal kam.

Er walzte heran, bewegte das Wasser. Unser Boot geriet ins Schaukeln, wir mussten uns festhalten, um nicht über Bord geschleudert zu werden.

Es hatte keinen Sinn, auf Kraal zu feuern. Wenn wir Erbsen gegen ihn geworfen hätten, wäre das sicherlich der gleiche Effekt gewesen, als mit geweihten Kugeln zu schießen. Da hatten wir unsere Erfahrungen, denn nicht zum ersten Mal standen wir einem Monster dieses Kalibers gegenüber.

Ich brauchte da nur an den Todessee von Darkwater zu denken. Dieter Hoven hatte Recht gehabt. Wir mussten dem Monster zunächst einmal entkommen.

Mit sicherem Griff fand meine Hand den Zündschlüssel, drehte ihn herum, und zum Glück sprang die Maschine sofort an. Ich gab einen Moment nicht Acht, die flache Flunder ruckte vor, sodass wir ziemlich nahe an Kraal heranglitten und es kritisch wurde.

Im letzten Moment schaffte ich die Kurve. Der Kanal war nicht breit. In meiner Aufregung nahm ich die Kurve zu stark, und fast wäre die Flunder wie ein Flugzeug noch weggeschmiert.

Glücklicherweise konnte ich das Boot wieder unter Kontrolle kriegen, und im nächsten Augenblick hatten wir Kraal in unserem Rücken.

Ich gab Gas!

Diesmal konnte ich mich an keine Geschwindigkeitsbegrenzung halten, für uns ging es ums nackte Leben! Wenn Kraal mit seinen Pranken unser Boot erwischte, gab es nicht nur Trümmer, sondern auch Tote.

Deshalb die Eile!

Wieder jagten wir auf die Brücke zu. Die Wellen holten uns ein. Das Boot wurde zu einem wild hüpfenden Gegenstand. Wir wurden vorangeschoben, Wellen schwappten über, und die feine Gischt umspritzte uns wie ein Nebel.

Suko stand zwar bei mir, er hatte sich jedoch umgedreht, um das Monster zu beobachten.

»Verdammt, John, es kommt!«

»Schnell?«

»Und wie!«

Ich konnte keinen Blick über die Schulter werfen, weil ich mich zu sehr auf das Steuern konzentrieren musste, aber ich merkte am heftigen Wellenschlag, dass Kraal weiter aufgeholt hatte.

Er konnte uns gefährlich werden.

Tödlich gefährlich!

Die Brücke!

Ihre geschwungene Durchfahrt erschien vor uns. Auf ihrem Rand sah ich ein Gitter. Die beiden tragenden Säulen standen rechts und links am Ufer und wirkten wie Stempel aus Stein.

Sie sahen sehr haltbar aus, doch Kraal spielte uns einen gefährlichen Streich.

»John, verdammt, er ist da!« Suko schrie es, wobei er nicht Kraal meinte, sondern den rechten Träger der Brücke.

Kraal hatte sich nach außen bewegt und mit einem seiner langen Arme zugeschlagen.

Wir hörten das Krachen, das Knirschen und das Donnern. Plötzlich wankte die Brücke, führte das Geländer vor uns einen Tanz auf, und im nächsten Augenblick kippte sie, von uns aus gesehen, nach rechts weg …

Liane hätte viel darum gegeben, die anderen fünf bei sich

zu wissen, aber sie war allein, und herbeirufen konnte sie ihre Freunde nicht. Gegen das Alleinsein hatte sie nie etwas gehabt, momentan jedoch bereitete es ihr Sorgen.

Und Angst ...

Ja, sie hatte etwas erlebt, das sie nicht begreifen konnte. Sie wusste mit dem Auftauchen des jungen Mannes nichts anzufangen. Sie alle wähnten Piet Shrivers in der Anstalt. Dass er es nicht war, hatte er hinlänglich bewiesen, wobei sich Liane sicher war, keiner Täuschung erlegen zu sein. Sie hatte Piet gesehen.

Einen einbeinigen Piet.

War er ausgebrochen?

Sie nickte, als sie daran dachte. Eine andere Möglichkeit gab es nicht. Piet musste bei Nacht und Nebel aus der Anstalt verschwunden sein. Aber was wollte er dann bei ihnen?

Ein alter Spruch fiel ihr ein. Den Verbrecher zieht es immer an den Ort seiner Tat zurück.

Und Piet hatte seinen Amoklauf hier in der Nähe begonnen. In ihrem alten Haus, das sie zumeist in den Herbst- und Wintermonaten bewohnten, weil es dort wärmer war.

Das Gebäude befand sich nur einen Katzensprung vom Boot entfernt. Liane brauchte nur über das Gitter der Kanalmauer zu klettern, die schmale Straße zu überqueren und hatte es schon geschafft.

Es war fast wie überall in Den Haag. Auch die schmalste Straße in der Innenstadt war noch vollgeparkt. Die Wagen standen Stoßstange an Stoßstange. Man fragte sich, wie die Fahrer sie hinausmanövrieren wollten.

Die Tür des Hauses ließ sich schon seit einiger Zeit nicht mehr abschließen. Liane drückte sie einfach auf und tauchte in den düsteren Flur. Es roch wie immer feucht. Von der Feuchtigkeit sprach auch der Schimmel an den Flurwänden. Er klebte dort als grüngelbe Schicht.

Die Mitglieder der Kommune hatten immer Parterre gewohnt. Weiter oben lebten andere, die waren aber vor kurzem ausgezogen, sodass den Kommunarden das Haus praktisch allein gehörte.

Und natürlich der Keller!

Für sie besonders wichtig. Ein finsterer, unheimlicher Keller, in dem sie zum ersten Mal mit schwarzer Magie konfrontiert worden waren. Hier hatten sie sich im Schein der Kerzen über die Vergangenheit der Erde unterhalten, von einem finsteren Zauber gesprochen, den Dämonen der Urzeit sowie ihren Helfern.

Kraal, zum Beispiel.

Gesehen hatte keiner von ihnen das Monster. Es gab auch keine Bilder, aber Piet hatte Kraal so plastisch beschrieben, als wäre er sein bester Freund.

Allein bei dieser Beschreibung war den meisten von ihnen eine Gänsehaut über den Rücken gelaufen. Kraal musste ein furchtbares Wesen sein. Grauenhaft und zerstörerisch. Außerdem sollte er sich von Menschen ernähren ...

Liane wunderte sich darüber, dass ihr gerade jetzt diese Gedanken in den Sinn kamen. Ändern konnte sie daran nichts. Vielleicht waren es die dunklen Mauern, die Atmosphäre dieses Hauses, die einfach dazu beitrug.

Seit einigen Tagen hatte sie den Keller nicht betreten. Es gab auch keinen Grund für sie. Da Piet nicht mehr bei ihnen war, hatten sie die schwarze Magie sowieso zurückgestellt.

Der Keller war, wie viele andere auch, nur durch eine Mauer und harten Lehm von den Grachten getrennt. Die Nähe des Wassers machte sich bemerkbar. Er war immer feucht. Schimmel gab es sowieso, und die Wände glänzten stets vor Nässe.

Die Tür zum Keller war verschlossen. Jedes Mitglied der Kommune besaß einen Schlüssel. Selbstverständlich auch Liane.

Über der Tür brannte eine trübe Lampe. Die Leitungen lagen auf der Wand und nicht unter Putz. Jeder Sicherheitsexperte hätte sich die Haare gerauft, wenn er die Anschlüsse unter die Lupe genommen hätte.

Liane schloss auf und öffnete die Tür. Wohl fühlte sie sich nicht, als sie über die Schwelle schritt. Zudem musste sie wieder an Piet Shrivers denken, wie er in diesem Abwasserkanal verschwunden war. Der Kanal floss auch in der Nähe des Kellers vorbei. Es gab sogar einen Zugang zu ihm. Eine niedrige Eisentür, durch die man kriechen musste.

Der Keller unterteilte sich in mehrere Räume. In jedem sah es gleich aus. Dicke, feuchte Mauern, ein schmutziger Boden und rissige Decken. Die anderen Räume interessierten Liane nicht. Ihr kam es darauf an, den größten zu betreten.

Dort hatten sie sich immer aufgehalten. Es war ihr Lieblingsraum gewesen. Da waren die Beschwörungen durchgeführt worden, die langen Gespräche, die Versuche, die Aktivitäten der schwarzen Magie zu wecken.

Den Raum steuerte Liane an.

Ein großes Verlies, unheimlich, als sie die knarrende Tür geöffnet und hineingeschaut hatte. Kein Licht, düster, eine seltsame Atmosphäre ausstrahlend, die dem Mädchen einen Schauer über den Rücken trieb.

Auch hier hatten sie elektrisches Licht angelegt. Der Schalter befand sich rechts an der Wand. Liane fand ihn sehr schnell, drehte ihn herum, und es wurde hell.

Im Keller stand noch alles so, wie sie es verlassen hatten. Die Stühle, kreisförmig aufgestellt, glänzten vor Nässe. In der Mitte des Kreises waren die Umrisse der Zeichnung fast verblasst. Sie zeigten ein großes Grunddreieck, in das kleine Dreiecke hineingemalt worden waren. Mehr hatten sie nicht zurückgelassen.

Und doch war etwas verändert worden.

Die Tür zu den Abwasserkanälen stand offen!

Das sah Liane sofort. Sie erschrak heftig und presste ihre Hand gegen die Brust.

Noch heftiger zuckte sie zusammen, als sie angesprochen wurde. Eine männliche, flüsternde Stimme sagte zu ihr: »Willkommen in unserem kleinen Paradies, meine liebe Liane ...«

Sie fuhr herum und schaute in die Ecke, die am weitesten von ihr entfernt war.

Dort löste sich eine Gestalt.

Piet Shrivers!

Er hatte nur ein Bein, trug keine Prothese und musste sich hüpfend bewegen. Es sah nicht einmal komisch aus, sondern machte Liane Angst, denn Piet bewegte sich mit einer schon erschreckenden Sicherheit auf sie zu.

Wie hatte er sich verändert!

Seine Haut schimmerte in einem grünlichen Farbton. Zudem war sie aufgedunsen, als hätte sie zu lange im Wasser gelegen. Die Augen wirkten so kalt wie die eines Fisches. Das Haar war ebenso nass wie der übrige Körper, und in der Kleidung klebten zahlreiche Schmutz- und Algenreste.

Wie eine Wasserleiche kam ihr der junge Mann vor.

Liane ging unwillkürlich einen Schritt zurück. Sie wollte näher an der Tür sein, um, wenn es nötig war, so rasch wie möglich zu verschwinden.

Piet bemerkte ihre Absicht. Er öffnete den Mund, stützte sich mit einer Hand auf die Lehne eines Stuhls und fragte flüsternd: »Hast du Angst vor mir, kleine Liane?«

Sie schüttelte den Kopf.

»Weshalb gehst du dann zurück?«

Liane versuchte zu lächeln. Es war eine Verlegenheitslösung, weil ihr so rasch keine Ausrede einfiel, bis sie bemerkte: »Vielleicht habe ich nicht mit dir gerechnet. Ich, nein, wir dachten alle, dass du noch in der Klinik wärst und …«

»Ihr habt euch verrechnet«, erwiderte Piet. »Alle haben sich verrechnet.«

Liane schwieg. Sie wunderte sich darüber, wie seltsam seine Stimme klang. Monoton, leiernd. So jedenfalls hatte er früher nie gesprochen. Man konnte meinen, es mit einem Automaten zu tun zu haben, statt mit einem Menschen.

»Was ist mit deinem Bein?«, fragte sie plötzlich.

Piet ging um den Stuhl herum, an dessen Lehne er sich festgehalten hatte, und nahm schließlich schwerfällig Platz. Dabei nickte er, und aus seinem nassen Haar fielen zahlreiche Tropfen.

»Du willst wissen, was mit meinem Bein geschehen ist. Du sollst es erfahren, Kleine. Mein Bein hat ein anderer.«

Liane nickte, obwohl sie sich mit dieser Antwort nicht zufrieden gab. »Wieso ein anderer? Hat man es dir in der Klinik abgenommen?«

»Nicht in der Klinik.«

»Bist du überfahren worden?«

»Auch nicht.«

»Was dann?« Ihre Stimme zitterte.

Piet machte dieses Versteckspiel Spaß. Er grinste nur kalt und rückte erst jetzt mit der Wahrheit heraus. »Kraal!«, flüsterte er. »Kraal hat es mir abgerissen!«

»Nein!« Die Antwort glich mehr einem spitzen Schrei, der schrill gegen die Decke stach. »Um Himmels willen, wie kannst du nur so etwas sagen? Abgerissen!«

»Ja, es stimmt, abgerissen!«

»Aber wieso?«

Piet Shrivers behielt sein Grinsen bei. »Ich habe euch doch immer von Kraal berichtet. Lange beschäftigte ich mich mit ihm. Das Untier von Den Haag, wie ich ihn nannte, faszinierte mich, und mir ist es gelungen, ihn zu rufen. Kraal ist da!«

»Nein!«, kreischte Liane entsetzt.

»Doch, er ist unter uns. Er hat sich bereits gezeigt, kleine Liane. Kraal tauchte auf, und zahlreiche Menschen haben ihn gesehen. Auch ich, denn ich wusste, dass er kommen würde. Ich habe auf ihn gewartet. Als er das Wasser verließ, war ich schon bei ihm. Ich sprang vom Boot aus zu ihm, und er hat mich angenommen …«

Liane verstand nichts. »Dein Bein«, flüsterte sie. »Was ist mit deinem Bein?«

»Er war ein wenig wild!«, meinte der andere mit einem Lachen. »Zu stürmisch, weißt du? Vielleicht hat er sich zu sehr gefreut, dass ich zu ihm kam. Da hat er eben zugepackt.«

»Das verstehe ich nicht. Du erzählst mir hier etwas … Ich kann dir einfach nicht glauben.«

»Es ist die Wahrheit. Kraal und ich sind Freunde geworden.«

»Und wo ist er jetzt?«

»Er kommt her!«

Liane war sprachlos. Am liebsten wäre sie weggerannt, doch sie konnte es einfach nicht. Starr schaute sie Piet Shrivers an. Ein wenig komisch war er schon immer gewesen. Er schien nun völlig durchgedreht zu sein und die Übersicht verloren zu haben. Er brauchte nicht Kraal oder die anderen, für ihn gab es nur die Anstalt. Dieser Mensch musste zurück in die Klinik. Das war es! Man konnte ihn nicht mehr unter die Leute lassen. Kraal hatte seinen Geist völlig verwirrt.

»Komm her zu mir«, lockte er.

»Bitte, Piet …« Liane rang die Hände. »Bitte, ich hole jetzt einen Arzt. Du bist verletzt, du musst …«

»Ich brauche keinen Arzt!«, zischte er.

»Aber dein Bein!«

Shrivers legte den Kopf schief und schielte das Mädchen von der Seite her an. »Hast du je davon gehört, dass Tote einen Arzt brauchen?«, erkundigte er sich.

Liane hatte viel zu verkraften gehabt. Den letzten Satz jedoch konnte sie nicht fassen. »Was sagst du?«, hauchte sie. »Du bist …?«

»Ich lebe nicht mehr!«

»Du gehst doch. Du kannst laufen. Du bist bei mir. Du redest mit mir. Du hast …«

»Ich habe das untote Leben in mir. Kraal ist mächtig. Er schluckt seine Gegner und speit sie wieder aus. Sein Körper ist eine schwarzmagische Hölle für sie. Er produziert Zombies. Seine Diener existieren. Verstehst du?«

»Nein!«

»Es ist nicht weiter schlimm. Ich wollte es dir nur sagen. Dir wird es ebenso ergehen. Ich bin zurückgekehrt, um Kraal alle meine alten Freunde zuzuführen. Wir alle werden bald so sein wie ich. Diener des großen Kraals, darauf kommt es an. Kraal ist unser Herr, ihm werden wir in Zukunft gehorchen.«

»Ich werde gehen!« Liane atmete tief ein. Urplötzlich hatte sie sich zu diesem Entschluss durchgerungen. »Keiner kann mich aufhalten. Auch du nicht, Piet. Ich glaube dir nicht, wenn du sagst, dass du tot bist. Wenn einer gestorben ist, kann er nicht mehr solchen Unfug reden.«

»Hast du die alten Kräfte vergessen, die schon waren, als noch keine Menschen existierten? Denk daran. Wir haben sie damals locken wollen, und es wäre uns fast gelungen. Erst in der Klinik, wo ich die nötige Ruhe hatte, fand ich den direkten Kontakt zu Kraal. Ich habe ihm weitere Opfer versprochen. Er wird sie erhalten!«

Liane fürchtete sich vor dem Wort Opfer. Panik durchströmte sie, und bevor Piet irgendetwas unternehmen konnte, warf sie sich auf den Absatz herum und lief auf die Tür zu, die zum Glück offenstand.

Shrivers stand nicht einmal auf. Er hätte sich auch nicht so rasch erheben können, die Behinderung war zu stark. Er packte nur zu und griff den rechts neben ihm stehenden Stuhl. Mit einer spielerischen Leichtigkeit wuchtete er ihn hoch, holte kurz aus und schleuderte ihn dann nach vorn.

Shrivers traf genau. Das Sitzmöbel krachte in den Rücken des fliehenden Mädchens.

Liane stand erst kurz vor der Schwelle. Mit diesem Angriff jedoch hätte sie nie gerechnet. Als sie getroffen wurde, schrie sie auf, taumelte nach vorn, drehte dabei nach rechts ab und fiel nicht durch die offene Tür in den Kellergang, sondern gegen die Wand.

Nicht schnell genug kriegte sie die Arme hoch, deshalb prallte sie mit dem Gesicht gegen das feuchte Gestein. An der Stirn spürte sie die Schmerzen.

Es tat verdammt weh. Sie hatte das Gefühl, in ihrem Kopf würden kleine Sterne explodieren, und sie verlor die Übersicht. Auf die Knie rutschte sie und hörte hinter sich einen seltsamen Schritt. Shrivers humpelte heran.

Das Mädchen sah die offene Tür dicht vor sich. Liane hätte nur hindurchzukriechen brauchen, doch sie konnte die Gelegenheit nicht nutzen, weil Piet zu schnell war. Trotz seiner Behinderung.

Auf einem Bein stehend, bückte er sich. Seine Hände fanden die Kleidung des Mädchens, die Finger wühlten sich fest, dann riss er Liane in die Höhe.

Jetzt hing sie in seinem Griff!

Konnte sie schreien? Ja, sie wollte es, bis der andere sie hart an sich heranriss und ihr eine schwammige, feuchte Hand auf die Lippen presste, wobei er sie mit der anderen Hand in Hüfthöhe umklammert hielt, damit sie nicht wegkam.

»So, meine Kleine!«, flüsterte er dicht an ihrem Ohr. »Jetzt habe ich dich und werde dich nicht mehr loslassen. Du wolltest vor mir fliehen.« Er lachte. »Alles kannst du versuchen, nur das nicht. Ich lasse dich nicht weg, Kleine. Du sollst Kraal gehören. Alle sollen ihm gehören, das schwöre ich dir!«

Er schleuderte sie herum, sodass sie der Tür jetzt den Rücken zuwandte. Im nächsten Augenblick drückte er sie auf die kleine Tür in der Wand zu. Hinter ihr befand sich der Einstieg in die Kanalisation, und Liane hatte schreckliche Angst davor, durch das Loch in diesem stinkenden Tunnel zu verschwinden.

Mit Gewalt drückte er sie nieder.

Diesen Kräften hatte das Mädchen nichts entgegenzusetzen. Liane konnte sich nicht wehren. Sie folgte dem Druck und musste auf die Knie. Dabei fiel sie auf die harten Steine. Ihr Oberkörper wurde nach vorn geschoben, und auf ihrem Rücken spürte sie das Gewicht des Einbeinigen.

Sie hätte ihn keuchen hören müssen. Das war nicht der Fall. Ihr fiel mit Schrecken ein, was er ihr gesagt hatte.

Er lebte und atmete nicht.

Er war ein Zombie!

Liane wusste Bescheid. Sie hatte genug über Zombies gehört und gesehen. Auch als die Zombiefilm-Welle Holland überschwemmte, war Liane des Öfteren ins Kino gegangen und hatte sich die Streifen angesehen. Nie hätte sie damit gerechnet, dass es solche Monster auch in Wirklichkeit gab. Jetzt sah sie sich eines Besseren belehrt.

Ein Zombie hielt sie fest.

Kraals Diener.

Und er drückte sie so weit dem Boden entgegen, dass sie mit der Stirn die feuchten Steine berührte. »Sieh genau hin!«, flüsterte der Zombie. »Schau in die Öffnung hinein. Dort wirst du es bald erblicken. Kraal kommt, Kraal will alles, und er soll es bekommen, dafür werde ich sorgen. Hörst du das Rauschen des Wassers? Es ist die Musik, die Kraal begleiten wird. Ihr habt ihn gewollt. Wir alle haben ihn gewollt, aber nur ich habe ihn gerufen, und er wird meinem Ruf folgen. Er ist bereits aus dem Wasser gestiegen und auf dem Weg hierher ...«

Liane stand unter einem zu großen Schock, um die Situation zu nutzen. Sie blieb auf dem Boden, während sie hinter sich das Hüpfen des Zombies hörte.

Aber noch etwas anderes vernahm sie.

Schritte.

Sie kamen die Treppe herunter und näherten sich dem Keller. Alles lief so, wie der Zombie es vorausgesagt hatte und haben wollte. Auch die anderen fünf liefen in die Falle.

Und sie sollten ebenfalls Kraal gehören ...

Ich habe im Kino schon Katastrophenfilme gesehen. Das lag einige Zeit zurück, und auf der Leinwand sah es immer so spektakulär aus, wenn Brücken einstürzten.

Man konnte bequem im Kinosessel sitzen und zuschauen, vielleicht noch mitzittern, doch so etwas in Wirklichkeit zu erleben war kein Spaß.

Ich wusste nicht, wie lange die Brücke schon gestanden hatte. Die sah stabil aus. Dass Kraal sie mit einem einzigen Hieb zum Einsturz bringen konnte, hätte keiner von uns für möglich gehalten.

Und doch krachte sie zusammen.

Tonnenschwere Steine kippten in die Tiefe. Das Geländer riss kurzerhand weg, als hätte eine gewaltige Kraft es fortgeschleudert. Steine brachen wie Bauklötze. Sie rasten dem Wasser entgegen und verschwanden in den Fluten.

Ich konnte das Boot nicht so schnell stoppen. Es wäre noch mit der Eigengeschwindigkeit in die fallenden Trümmer hineingerast, die uns zerschmettert hätten.

Wenn es für uns noch eine Chance gab, dann mussten wir das Boot verlassen und abspringen!

Ich zog den Flitzer in eine Linkskurve. Hart riss ich dabei das Steuer herum. Zu hart, denn diesmal konnte ich die Flunder nicht mehr abfangen. Sie kippte um. Der Bug verschwand unter den heranrollenden Wellen, während wir die ersten krachenden Einstürze vernahmen.

Sie waren gleichzeitig ein Startsignal.

Suko und ich hechteten von Bord!

Es waren gewaltige Sprünge. Wir flogen durch die Luft, verschwanden in einem Vorhang aus Gischt und tauchten erst dann in die schmutzigen Fluten der Gracht. Ich hatte eine schreckliche Angst davor, von den Trümmern der Brücke doch noch getroffen zu werden, bewegte verzweifelt meine Arme, führte auch mit den Beinen Schwimmbewegungen durch, umso rasch wie möglich an Land zu gelangen.

Ich spürte Grund. Meine Hände versanken in einem widerlich zähen Schlamm. Ich ruderte mich frei und schwamm so, dass ich die einstürzende Brücke schräg hinter meinem Rücken hatte.

In den kurzen Sekunden schossen mir zahlreiche Gedanken durch den Kopf. Ich dachte an das Monster, das uns eingeholt hatte und die Brücke zerstören konnte. Wenn es merkte, dass wir nicht unter den Trümmern begraben lagen, wie würde es dann reagieren?

Gerieten wir vom Regen in die Traufe?

Weit hatte ich die Augen aufgerissen. Sehen konnte ich trotzdem nichts. Der hochgewühlte Schlamm machte eine Sicht so gut wie unmöglich. Er war wie ein dichter, lichtundurchlässiger Vorhang, der uns allen die Sicht nahm.

Bevor ich eintauchte, hatte ich noch einmal tief Luft geholt. So lange es ging, hielt ich sie an. Irgendwann schaffte ich auch das nicht mehr, ich musste einfach auftauchen.

Meinen Oberkörper streckte ich, und es gelang mir, mich der Oberfläche entgegenzuschieben. Die Arme hatte ich weit vorgestreckt, die Hände stießen zuerst hindurch, es folgte der Kopf. Er tanzte plötzlich über dem Wasser! Ich riss den Mund auf, um Luft zu schnappen, als mich die Ausläufer der Wellen erwischten.

Gar nichts konnte ich tun. Sie überspülten mich nicht nur, sondern trieben mich auch noch weg, und das schmutzige Wasser drang zusätzlich in meinen Mund.

Jetzt spielten Kräfte mit mir, denen ich nichts entgegenzusetzen hatte. Ich wurde gebeutelt, abgetrieben, hochgehoben, wieder in ein Wellental geschleudert, dem schlammigen Grund entgegengedrückt, und ich kam nicht dazu, nach Luft zu schnappen.

Ich fühlte mich, als hätte man mich in einen Teppich eingerollt. Verzweifelt kämpfte ich, ruderte mit Armen und Beinen und stieß plötzlich irgendwo gegen. Unbedingt musste ich Luft schnappen, meine Lungen drohten bereits zu bersten.

Ich zog meine Beine an, ließ sie danach wieder kraftvoll nach unten schnellen und schoss in die Höhe. Mit dem Kopf stieß ich aus dem Wasser.

Noch immer rollten Wellen heran. Zwar nicht mehr so hoch, dennoch überspülten sie mich und hoben meinen Körper an.

Ich keuchte, würgte und spuckte. Dazwischen atmete ich hastig ein und sah plötzlich einen Schatten vor mir.

Dann griff eine Hand zu. Finger umklammerten meine Schulter. Jemand schrie meinen Namen.

Suko war da. Er riss mich herum, weg von der Kanalmauer, gegen die ich gestoßen war, und ich bewegte automatisch Arme und Beine, um meinen Freund bei seinen Bemühungen zu unterstützen.

Wir schwammen um unser Leben. Suko hielt sich dicht an meiner Seite. Jeder von uns wusste, dass es auf Sekunden ankam, trotzdem warf ich einen Blick zurück.

Zuerst sah ich unser Boot.

Zum Glück war es nicht explodiert, obwohl die Mauer seine Endstation bedeutet hatte. Als verbogenes Trümmerteil schwamm es auf der Oberfläche des Kanals und würde bald sinken.

Kraal war auch noch da!

Er stand dort, wo sich einmal die Brücke befunden hatte. Ein gewaltiges Monster inmitten des schaumigen und kochenden Wassers und inmitten der Trümmer.

Er war unheimlich anzusehen. Seine schuppigen Klauen stachen aus den Fluten hervor, die gewaltigen Finger bewegten sich, er hielt sogar Steine zwischen ihnen und schleuderte sie uns entgegen.

»Ducken!«, brüllte Suko.

Wir duckten uns nicht nur, wir tauchten unter. Unser Glück, denn die Trümmerstücke pfiffen über unsere Köpfe hinweg und klatschten irgendwo ins Wasser.

Im nächsten Augenblick war von Kraal nichts mehr zu sehen. Er hatte sich verzogen.

Wir traten Wasser und blickten dorthin, wo er eigentlich zu sehen sein musste.

Keine Spur mehr. Unter Wasser musste er seinen weiteren Weg suchen, zu einem Ziel hin, das uns bisher unbekannt war. Zum Glück bewegte er sich nicht in unsere Richtung, das hätten wir am Verlauf der Wellen erkennen können. Kraal verschwand in der anderen Richtung, produzierte auch unter Wasser noch mächtige Wellen, die ihn begleiteten, als würden sie an einem Faden hängen.

Wir hatten keine Lust mehr, noch länger in den Fluten herumzupaddeln. So rasch wie möglich wollten wir die Gracht verlassen und an Land klettern.

In der Nähe fanden wir eine Leiter. Suko hatte sie als Erster erreicht und kletterte hoch.

Wenig später überwand ich die in die Kanalwand eingelassenen Sprossen, blieb neben Suko stehen und schaute zurück auf die Gracht.

Erst jetzt schien man bemerkt zu haben, was geschehen war. Wir vernahmen hektische Schreie. Woher die Menschen auf einmal kamen, wusste ich nicht, sie blieben jedenfalls zu beiden Seiten der zerstörten Brücke stehen und schauten auf die Trümmer.

»Wir müssen Kraal packen«, sagte Suko keuchend, wobei er seinen Oberkörper durchbeugte. »Wenn wir es nicht schaffen, zerstört er noch die ganze Stadt.«

160

»Der ist durch nichts aufzuhalten«, sagte ich abgehackt und schaute zur anderen Seite hin, wo sich eigentlich Carla van der Laan und Dieter Hoven befinden mussten.

Von beiden sah ich nichts.

»Wenn sich unsere jungen Freunde aus dem Staub gemacht haben, ist es das Beste gewesen, was sie tun konnten«, bemerkte Suko.

Ich gab ihm Recht. »Hoffentlich lassen sie die Finger von dem Fall. Kraal ist zu gefährlich.«

»Wem sagst du das?«

»Und was erzählen wir der Polizei?«

Suko hob die Schultern. »Wird man uns glauben?«

»Das ist die Frage.«

»Eben. Wir lassen es einmal so dahingestellt, fahren ins Hotel und ziehen uns frische Sachen an.«

»Am besten einen Taucheranzug«, bemerkte ich.

»Willst du Kraal unter Wasser verfolgen?«, fragte mich mein Freund und Kollege.

»Wenn es sein muss, auch das.«

Carla van der Laan war heilfroh, ihren neuen Freund in die Arme schließen zu können. »Himmel«, flüsterte sie, »dass dies noch einmal gut gegangen ist. Ich dachte schon …«

Dieter Hoven hob die Schultern. »Keine Panik, Carla. So leicht bin ich nicht unterzukriegen.«

»Das hoffe ich.«

Die beiden hatten sich etwas zurückgezogen. Sie wollten sehen, was John Sinclair und Suko gegen Kraal unternahmen.

Zunächst einmal nahm das Monster ihre Aufmerksamkeit in Anspruch. Sie beobachteten, wie es gegen die Pfeiler der Brücke schlug. Danach konnten sie nur staunen.

Allerdings veränderte sich dieses Gefühl zu einem wahren Entsetzen, als sie erkannten, dass die Brücke dem Druck nicht standhielt. Sie begann zu wanken.

Dann stürzte sie ein.

Mit einem Knirschen fing es an. Es folgte ein gewaltiges Reißen und Donnern, die Steine fielen ineinander, und das Boot mit den beiden Männern raste der einstürzenden Brücke entgegen.

»Das ist das Ende!«, flüsterte Carla. Sie konnte nicht mehr hinschauen und barg ihren Kopf an Dieters Brust.

Dieter brüllte sich fast die Lungen aus dem Leib. Er beugte sich dabei vor und schrie immer wieder: »Springt doch ab, verdammt! Los, raus aus dem Kahn!«

Dann schäumten die Wellen hoch. Gewaltige Gischtwolken verdeckten die Sicht. Sie wirkten wie ein gewaltiger Vorhang, den niemand durchdringen konnte.

»Die sind verloren, die sind …« Auch Dieter war der Anblick zu viel. Er hatte das Boot noch in die Gischtwolken hineinrasen sehen. Für ihn bedeutete es das Ende der beiden sympathischen Polizisten. Sie hatten ihren Mut mit dem Leben bezahlen müssen. Die Trümmer der Brücke mussten sie einfach vernichtet haben.

Wenn er und Carla hier länger stehen bleiben würden, dann sahen sie irgendwann in nächster Zeit die Leichen an die Oberfläche treiben, und das wollten sie auf keinen Fall.

Dieter Hoven zog seine holländische Freundin herum. »Komm!«, rief er ihr ins Ohr. »Wir verschwinden von hier.«

»Aber die beiden …«

»Werden es schon schaffen«, sagte Hoven blauäugig. »Wir dürfen uns auf keinen Fall verrückt machen lassen, glaub mir, Carla!«

Carla van der Laan war so durcheinander, dass sie sich willig mitziehen ließ. Sie wollte nicht mehr denken. Es war genug Schreckliches geschehen. Über sie war ein schlimmer, grausamer Schatten gefallen. Es musste auch einmal wieder Licht geben, es konnte nicht nur der Schatten existieren.

Sie merkte nicht, dass Dieter sie immer weiter vom Ort des Geschehens wegzog. Die beiden gingen in den Park hinein. Sie fanden Wege, auch Bänke, nahmen den frischen Blütengeruch wahr und vergaßen das Grauen. An einem Denkmal, das von drei Seiten durch Büsche umschlossen war, sah Dieter eine Bank.

Sie stand genau in der Sonne. Die Strahlen fielen auf den grünen Lack, erwärmten ihn, und der Deutsche zog Carla auf die Sitzfläche. Hier konnte er seine Kleidung trocknen.

Erschöpft lehnte er sich zurück. Ein paarmal holte er tief Atem, während er eine Hand um die Schulter seiner Freundin gelegt hatte. Die Beine streckte er aus, schaute auf seine Oberschenkel und sah sie nicht nur nass, sondern auch von einer grüngrauen Dreck- und Algenschicht überzogen.

Er fingerte nach seinen Zigaretten, fand das Päckchen und warf es sofort in den Abfallkorb neben der Bank. Die Zigaretten waren nur noch eine weiche Masse.

Allmählich nur beruhigten sich die beiden. Sie waren so weit gelaufen, dass sie die Rufe der an der Unglücksstelle zusammengelaufenen Menschen nicht hören konnten. Eine wunderbare Ruhe umgab sie. Nur die Vögel zwitscherten hin und wieder.

Mit einer Verlegenheit ausdrückenden Geste wischte Carla über ihre Augen und drehte dann den Kopf, um Dieter Hoven anzuschauen. »Was ist denn noch alles geschehen?«, fragte sie leise. »Was ist mit dem Monster?«

»Es lebt, glaube ich.«

»Und die beiden Männer?«

Da schwieg Dieter Hoven.

Für Carla war es ein Zeichen. »Die beiden sind tot, nicht wahr? Sag es, Dieter. Sie haben nicht überlebt. Sie konnten nicht überleben. Kraal war zu stark.«

»Ich kann es dir nicht sagen.«

Carla seufzte auf. »›Weshalb lügst du mich an?«

Dieter hob die Schultern. »Du musst mir glauben, ich weiß es wirklich nicht. Ich konnte nichts sehen. Die ins Wasser fallenden Trümmer haben hohe Wellen und einen Gischtvorhang erzeugt, sodass mir die Sicht genommen wurde.«

Carla van der Laan schwieg zunächst. Bis sie nach einer Weile sagte: »Ja, ich glaube dir.«

»Das musst du auch.«

»Dann können wir damit rechnen, dass John Sinclair und Suko tot …«

»Rede nicht weiter.« Dieter beugte sich vor und vergrub den Kopf in den Handflächen. Er war fertig, erledigt. Die Ereignisse hatten ihn geschafft.

Carla dachte anders. Vielleicht deshalb, weil sie sich irgendwie verantwortlich fühlte. Sie gab sich die Schuld, dass Piet entwischt war. Hätte sie nicht so auf dessen Ausgang gedrängt, wäre das alles nicht geschehen. Oder doch?

Noch einmal dachte sie darüber nach, wie es gewesen sein musste, als die Brücke einstürzte. Sie spielte sich die Szene vor. Ahnte, wie es war, als das Boot auf den kochenden Wellen tanzte und hinein in das Chaos der herabstürzenden und zusammenbrechenden Brückenteile raste.

Das konnte niemand überleben!

Sie schluckte. Ihre Augen wurden feucht. Gleichzeitig jedoch dachte sie daran, dass sie etwas gutmachen musste. Vielleicht konnte sie noch etwas retten.

»Dieter!«, sprach sie ihren Freund an.

Der Deutsche zuckte zusammen. Er war tief in Gedanken versunken. Jetzt hob er den Kopf und schaute auf seine neue Freundin.

»Wir müssen gehen!«

»Wohin?«

»Denk mal nach. Erinnere dich daran, was unser eigentliches Ziel gewesen war. Wir wollten dorthin, wo sich Piet immer aufgehalten hat. Zu dem Hausboot.«

»Und was willst du dort?«

»Piet zurückholen.«

Der Mann begann zu lachen. »Das wird dir kaum gelingen. Kraal kann dich vernichten.«

»Sicher. Doch ich werde das Gefühl nicht los, dass er etwas mit dem Monster zu tun hat. Er hat es gerufen, vielleicht kann er es auch wieder vertreiben.«

Dieter hob die Augenbrauen. »Ich will dich ja nicht beeinflussen, aber meinst du nicht auch, dass du dir da ein wenig zu viel vorgenommen hast? Du wirst ihn kaum beeinflussen können. Piet hat sich für das Monster entschieden. Und wenn ich deine Worte so höre, dann gehst du davon aus, dass er noch lebt.«

»Das stimmt.«

»Ich glaube nicht daran. Wir haben ein Bein gesehen, wir …«

»Eine Erklärung kann ich dir auch nicht geben, doch ich habe es im Gefühl. Da ist was passiert. Das Monster kann es normalerweise nicht geben. Es ist jedoch eine Tatsache, dass es existiert. Vielleicht erleben wir noch andere Überraschungen.«

»Danke, ich bin bedient.«

Carla konnte Dieter verstehen. Wahrscheinlich machte er sich ebensolche Vorwürfe wie sie.

Schließlich hatte er die beiden Beamten nach Den Haag geholt, und jetzt waren sie tot.

Das Mädchen stieß seinem Freund die kleine Faust in die Seite. »Jetzt reiß dich mal zusammen. Du hast mir von deinem ersten Leben in der DDR erzählt, das war doch auch kein Zuckerschlecken.«

»Nein, das nicht …«

»Weshalb zögerst du?«

Er schüttelte den Kopf. »Das ist alles so furchtbar schwierig«, flüsterte er. »Trotz allem haben wir bisher Glück gehabt. Doch wenn ich daran denke, dass uns das Gleiche widerfahren kann …« Er schaute ihr in die Augen. »Carla, wir stehen erst am Anfang. Ich möchte dich nicht verlieren, glaub mir. Ich will mit dir zusammenbleiben.«

Die junge Holländerin wurde verlegen. »Wir kennen uns doch erst knapp zwei Tage und …«

»Trotzdem. Ich habe mich entschlossen. Du brauchst nur ja zu sagen, dann nehme ich dich mit nach Deutschland. Ich habe einen guten Job, eine nette Wohnung …«

»Danach habe ich dich nie gefragt. In welche Stadt müsste ich dann ziehen?«

Dieter verstand. »Du sagst also ja?«

Da lächelte sie, und im nächsten Augenblick drückte

Dieter das Mädchen fest an sich. Er spürte, dass sie ihn mochte, trotzdem bestand sie auf der Beantwortung ihrer letzten Frage.

»Wohin also?«

»Wir würden in Meerbusch wohnen …«

»Wo liegt das denn?«

»Bei Düsseldorf.«

»Wo die Kö ist?«

»Auch das. Aber eins sage ich dir gleich: Um dort einzukaufen, fehlt mir das Kleingeld.«

»Darauf bin ich nicht scharf«, fügte Carla hinzu und presste ihre Lippen auf Dieters Mund. »Darauf nicht.«

Unterdessen erlebte ein anderes Mädchen die Hölle!

Liane befand sich in der Gewalt ihres ehemaligen Freundes Piet, und der hatte sie brutal in eine Ecke des Verlieses geschleudert und ihr verboten, sich zu rühren. Sollte sie es trotzdem tun, wollte er sie umbringen.

Liane glaubte ihm.

Im toten Winkel der Tür hatte sich Piet aufgebaut. Mit einer Hand stützte er sich an der Wand ab. Es war nicht einfach für ihn, sich an das eine Bein zu gewöhnen.

Die fünf waren ahnungslos. Lianes Herz hämmerte. Allerdings nicht so laut, als dass es das Tappen der Schritte übertönt hätte, die die Kellertreppe herabkamen und sich der offenen Tür näherten.

Noch hatte keiner der Freunde ein Wort gesprochen. Dann klang plötzlich Rocks Stimme auf. Der junge Mann spielte den Anführer, und er sagte laut: »Verdammt, wer hat die Tür geöffnet?«

»Das war Liane«, antwortete Mona, eine blonde Schwedin. »Was sucht die im Keller?«

»Weiß ich doch nicht«, sagte Rock und rief den Namen des Mädchens.

Liane wollte schon antworten. Sie hätte die anderen damit warnen können, dann schaute sie in das Gesicht des Zombies. Darin stand eine Kälte zu lesen, die sie erschreckte. Nein, sie würde den Mund halten.

»Sehen wir doch mal nach«, schlug Ed, ein weiteres Mitglied der Gruppe, vor.

Die fünf Leute setzten sich wieder in Bewegung.

Rock betrat als Erster das Verlies, dicht gefolgt von Mona. Dann kam der bullige Ed, ihm folgte Ellie, das Mädchen mit der Punkerfrisur, und den Schluss bildete der glatzköpfige Jan, der wie immer einen Trainingsanzug trug.

Sie alle drängten in den Raum, schauten sich um und entdeckten die am Boden kauernde Liane.

Rock sprang zuerst vor. »He, was machst du denn da? Weshalb sitzt du hier rum und lässt das Schiff unbewacht? Wenn die Bullen kommen ...« Seine Stimme stockte, denn er hatte Lianes Gesicht jetzt genauer gesehen. Es zeigte den Schrecken, den sie empfand.

Die anderen begingen den unbewussten Fehler, hinter Rock in den Raum zu drängen. Keiner von ihnen warf auch nur einen Blick über die Schulter zurück.

Deshalb waren sie so überrascht, als die Tür plötzlich mit einem heftigen Knall zuschlug.

Erschreckt zuckten sie zusammen, wirbelten herum und sahen plötzlich Piet Shrivers vor sich.

Er hatte die Tür zugeschlagen, stand davor und lehnte sich mit dem Rücken an das Holz.

Das Lampenlicht fiel auf ihn. Jeder konnte ihn sehen. Die weißlich grüne, leicht aufgedunsene Haut, die zurückgezogenen Lippen, das bleckende Grinsen, den Beinstumpf und das kalte Glitzern in den Augen. Es gab wohl keinen, der nicht eine Gänsehaut oder einen kalten Schauder auf dem Rücken gespürt hätte.

Rock, der Junge mit den langen Haaren, der Nietenweste und der Lederhose, fing sich zuerst. »Was willst du denn hier, Piet?«

»Ich will dort weitermachen, wo wir aufgehört haben«, gab er zu verstehen und nickte.

»Wieso?«

»Kraal!«, flüsterte er. »Erinnert ihr euch an Kraal?«

Rock nickte. »Verdammt gut sogar. Es ist ein Monster, nicht wahr?«

»Richtig.«

Rock senkte den Blick. Was er sagen wollte, dazu brauchte er Konzentration und musste zudem tief Luft holen. »Ich habe gehört, dass in den Grachten ein Monster aufgetaucht ist.«

»Ja, das stimmt.« Piets Gesicht verzog sich zu einem Lächeln. »Das Monster war Kraal. Er hat mein Rufen gehört. Er wird kommen, um selbst an den Beschwörungen teilzunehmen, das kann ich euch versichern. Ich habe ihn gerufen, ich bin sein Diener, und ihr alle werdet ihm gehorchen.«

»Lass uns gehen!« Mona, das Schwedenmädchen, schüttelte sich. Die langen, blonden Haare flogen. Aus den abgeschnittenen Hosen der kurzen Jeans ragten zwei prächtig gewachsene Beine hervor. Mona war zwanzig und hatte mal als Model gearbeitet, bevor sie ausstieg. Ihr wohlgerundeter Körper hatte in Göteborg zahlreiche Männer um den Verstand gebracht.

»Du willst gehen, Mona? Da kann ich nur lachen. Nein, ihr werdet nicht gehen. Ich bin hier, um Kraal die Diener zuzuführen. Er hat lange genug unter dem Wasser in der Erde gehaust. Diesmal wird er hervorsteigen und euch an sich reißen. Wir haben ihn beschworen. Jeder von euch hat mitgemacht. Keiner hat sich geweigert.« Während dieser Worte streckte der Zombie seine rechte Hand vor und deutete mit dem Zeigefinger auf die anwesenden Freunde.

»Er ist ein Zombie!«

Lianes schrille Stimme durchbrach die Stille. Jeder verstand die Worte. Sie flößten Angst ein, das berühmte kalte Gefühl im Nacken tauchte bei den meisten auf, und nicht nur die weiblichen Mitglieder senkten ihre Köpfe.

Bis auf Rock. »Komm her«, sagte er zu Liane.

Piet Shrivers hatte nichts dagegen. Liane stemmte sich in die Höhe. Jan, der Junge mit dem kahlrasierten Schädel, half ihr dabei. Er spürte, wie sie zitterte.

Liane löste sich, schüttelte ihr Haar, ging zu Rock und blieb neben ihm stehen. »Es stimmt, was ich gesagt habe. Wir haben es hier nicht mit einem normalen Menschen zu tun. Piet ist ein Zombie. Kraal hat ihn sich geholt und als lebenden Toten wieder ausgespien. Wir sitzen in der Falle. Uns allen soll es so ergehen.«

Nach ihren Worten war es einen Moment still. »Zombies?«, höhnte Ed, »die gibt es doch nur im Film.«

»Du irrst dich, Ed!«

Der bullige junge Mann warf Liane nur einen knappen Blick zu, bevor er sich in Bewegung setzte und auf den einbeinigen Untoten zuschritt. »Bist du wirklich ein lebender Toter?«, höhnte er.

»Ed, gib Acht!«, warnte Liane.

»Ach, Unsinn. Er – aagggrrhh ...« Plötzlich verdrehte Ed die Augen, sie quollen aus den Höhlen. Die Lippen öffneten sich, die Zungenspitze sprang hervor, und im nächsten Augenblick gab er dem Druck um seine Kehle nach.

Mit einer Hand hatte Piet zugegriffen. Ed kam gegen diese Kraft nicht an.

Er wurde in die Knie gedrückt, schlug verzweifelt mit den Armen um sich, aber er hieb ins Leere.

Dann ließ Piet ihn los.

Für zwei, drei Sekunden blieb Ed in der Haltung, bevor er nach links wegkippte, zu Boden schlug und liegen blieb.

»Der ist tot!«, schluchzte Ellie.

»Nein!«, antwortete Piet. »Er ist nicht tot. Ich hätte ihn töten können, aber ich wollte ihn Kraal nicht wegnehmen. Er wartet auf euch, und er wird euch kriegen.«

Rock mischte sich wieder ein. »Du musst verrückt sein, Junge. Total nervig. Glaubst du denn, du könntest uns hier in dieser verdammten Rattenfalle gefangen halten? Nein, da irrst du dich gewaltig. Nicht hier im Keller. Wir werden dich aus dem Weg räumen, denn alle von uns kannst du nicht vernichten. Verschwinde!«

»Ich warne euch«, sagte der Zombie dumpf. »Ihr schafft es nicht, denn er ist da. Kraal lauert bereits in der Nähe!«

»Zeig uns deinen Kraal«, höhnte Jan.

Piet schüttelte den Kopf. »Ihr braucht ihn nicht zu

sehen. Ihr könnt ihn hören. Seid ruhig und lauscht. Achtet auf jede Bewegung, denn ich spüre seine Nähe. Er wird sich den Ersten von euch holen. Ja, er kommt näher und näher …«

Die Worte des Zombies fielen auf fruchtbaren Boden. Die Mitglieder der Kommune standen tatsächlich still. Niemand rührte sich, keiner wagte, laut zu atmen.

Sie hörten nichts, aber sie merkten etwas.

Zitterte nicht der Boden unmerklich? War da nicht ein seltsames Vibrieren zu spüren, das sich allmählich fortpflanzte, ihre Beine und Körper erfasste und im Gehirn ausschwang?

»Ja, er kommt!«, hechelte Piet Shrivers. »Ich spüre es. Er ist da, genau in meiner Nähe und …«

Mona schrie auf.

Sie hatte sich so hingestellt, dass sie nicht nur auf Shrivers schauen konnte, sondern auch die Wand sah, wo die kleine Tür offenstand.

Zuerst sah sie nur die langen Nägel der Finger. Dann die gewaltige schuppige Hand, einen Teil des Arms, der im nächsten Augenblick trotz seiner Größe hervorschnellte und die Klaue dem entsetzten Jan in den Rücken schlug!

Wir wussten ja, wo Dieter Hoven abgestiegen war, und ich rief von meinem Hotelzimmer in seiner Pension an.

Da meldete sich aber nur die Vermieterin. Dieter Hoven war nicht da, wie sie mir in einem holprigen Deutsch erklärte.

Ich bedankte mich und legte auf.

Suko schaute mich an. »Jetzt ist guter Rat teuer. Oder hast du die Adresse noch im Kopf?«

»Nein. Das Hausboot muss in der Nähe des Parks liegen, wo auch das Monster aufgetaucht war.«

»Wer könnte es denn noch wissen?«

Ich schlug mir gegen die Stirn. »Verdammt, ich hab's. Das Heim oder die Anstalt. Da müsste man doch erfahren können, wo er gehaust hat.«

»Ob die dir Auskunft geben, ist fraglich«, sagte Suko.

»Ich muss es versuchen.«

»Und die Adresse?«

Mist, die wusste ich auch nicht. Nur einen kurzen Augenblick dachte ich nach. Anschließend ließ ich mich mit der Hotelrezeption verbinden. Die Portiers in den Hotels waren extravagante Wünsche der Gäste gewohnt. Dass sich jemand nach einer Nervenheilanstalt erkundigte, kam wohl nicht alle Tage vor, denn unser Portier fragte zweimal zurück, weil er es nicht glauben wollte.

Ich blieb dabei und erhielt wenig später die Adresse, wobei mir der Mann erklärte, dass es nur eine große Anstalt gäbe. Die Telefonnummer war ebenfalls mitgeliefert worden und auch der Name des Chefarztes.

Ihn rief ich an.

Zum Glück hatte er eine Vorzimmerdame, die nicht auf stur schaltete, sondern durchstellte.

Ich schenkte dem Arzt reinen Wein ein. Er konnte zuhören und verstand meinen Wunsch.

»Ich werde Ihnen helfen«, sagte er, »und lasse mir die Adresse aus dem Personalbüro heraussuchen. Allerdings müssten Sie sich ein wenig gedulden.«

»Natürlich.« Ich gab dem Arzt die Nummer des Hotels und verkürzte mir die Wartezeit mit einer Zigarette, während Suko am Fenster stand und auf einen träge an der Rückseite des Hauses dahinfließenden Kanal schaute.

Viel zu langsam verging die Zeit. Schließlich, nach ungefähr zehn Minuten, klingelte der Apparat.

Der Chefarzt war an der Strippe. Er nannte uns die Adresse, und ich atmete erleichtert auf. Ein paarmal bedankte ich mich bei ihm, bevor ich das Gespräch beendete.

»Na denn«, sagte ich und nickte. »Dann wollen wir mal.«

Suko stand schon an der Tür. »Und welchen Wagen nehmen wir? Unseren?«

»Nein, wir kennen uns nicht aus. Geh schon vor, und rufe ein Taxi. Das ist besser.«

Schnell wie der Wind war mein Partner verschwunden. Ich hoffte nur, dass wir diesmal Glück hatten. Wenn Kraal richtig zuschlug, sah ich für die Stadt und deren Menschen schwarz.

Wie gut, dass sich Carla in Den Haag auskannte. Von allein hätte Dieter Hoven die Adresse niemals gefunden. Sie mussten wieder nahe an einen Kanal heran. Beide beschlich ein seltsames Gefühl, doch sie überwanden es und dachten nur an ihre Aufgabe.

Sie erreichten eine Straße, die parallel zu einer Gracht führte. Die Straße war nicht sehr breit und fast zugeparkt.

Bedeckt war die Fahrbahn mit Kopfsteinpflaster. Es schimmerte rötlich, obwohl auf ihm eine dicke Staubschicht lag.

Carla schaute nach links. Sie suchte Nummern an den Altbauten, die zum Teil renoviert worden waren und bunte Anstriche zeigten.

Ein kleiner Flohmarkt wurde gerade abgehalten. Zahlreiche Händler hatten auf dem Gehsteig vor den Häusern Stände aufgebaut und boten alles Mögliche an. Hinter dem letzten Stand war das Haus, in dem Piet Shrivers zusammen mit den anderen Mitgliedern der Kommune gewohnt hatte.

Vor der Tür blieben die beiden Verliebten stehen. »Vielleicht sind sie auf dem Boot«, sagte Dieter Hoven.

»Wir können mal nachschauen.« Carla lief quer über die Fahrbahn und blieb vor dem Kanalgitter stehen. Dieter trat zu ihr. Er ließ sich von seiner Freundin den Kahn zeigen.

»Der mit dem größten Garten.«

»Die bauen ja tatsächlich Gemüse darauf an.«

»Was dachtest du denn?«

»Hasch oder so.«

»Das tun sie auch, klar. In der Mehrzahl wollen sie aber essen. Von Hasch allein kann man ja nicht leben.«

»Stimmt auch wieder.«

Carla wechselte das Thema. »Der Kahn scheint leer zu sein.«

»Sollen wir nachschauen?«

»Nein, erst im Haus.« Sie ging noch ein paar Schritte weiter und blieb dort stehen, wo Abwasser in den Kanal gurgelte.

»Suchst du was?«, fragte Dieter.

»Nicht mehr. Ich werde nur das Gefühl nicht los, dass Kraal hier irgendwo auf der Lauer liegt.«

»Siehst du ihn denn?«

»Nein. Wir haben ihn aber auch vorher nicht gesehen. Urplötzlich tauchte er auf.«

»Noch können wir zurück.«

Carla schüttelte den Kopf. »Auf keinen Fall. Ich habe mich einmal dazu entschlossen und werde weitermachen. Ich könnte nicht mehr ruhig leben, wenn ich wüsste, dass ich nicht alles getan hätte, um wenigstens einen Teil des Schreckens zu verhindern.«

»Das verstehe ich sogar.«

»Du bist lieb.«

Wenig später hatten sie die Straße wieder überquert. Carla schaute sich noch einmal um, bevor sie die offen stehende Haustür weiter nach innen drückte und sich in den düsteren Flur schob.

Dieter Hoven folgte ihr auf dem Fuß. Er sah nicht so gut, die Brille fehlte ihm doch.

»Bis in welche Etage müssen wir denn?«, erkundigte er sich.

»So viel ich weiß, haben sie sich meist in den Kellerräumen versammelt.«

»In solchen Dingern?«

»Ja. Die Vermieter kriegen doch hier alles los. Das ist wie in Amsterdam. Hauptsache, ein Dach über dem Kopf. Alles andere ist unwichtig. So musst du das sehen.«

»Vielleicht hast du Recht.«

Sie hatten sich im Flüsterton unterhalten. Viele Menschen reagieren so, wenn sie ein fremdes Haus betreten.

Da sich Carla in diesem Gebäude auskannte und sie nicht zu viel Zeit verlieren wollte, eilte sie der Kellertür entgegen.

»Du musst vorsichtig sein«, warnte sie ihren Freund. »Hinter der Tür beginnt eine ziemlich steile Treppe.«

»Ich werde schon aufpassen.«

Carla zog die Tür auf. Es brannte sogar Licht, was sie verwunderte. Sie erklärte es sich jedoch damit, dass sich die Mitglieder der Kommune höchstwahrscheinlich in den Kellerräumen aufhielten.

»Wir scheinen Glück zu haben«, sagte sie leise.

Dieter nickte nur.

Nach drei Stufen blieb Carla stehen und schaute zurück. Dieter hatte eine Hand auf das rostige Geländer gelegt. Er zwinkerte ein wenig mit den Augen. »Hast du was?«, fragte er.

»Da sind doch Stimmen zu hören …«

Der Deutsche lauschte und hob die Schultern. »Tut mir Leid, aber ich kann nichts verstehen.«

»Seltsam …«

Im nächsten Augenblick glaubten sie, das Blut würde in ihren Adern gefrieren, denn so schrille Schreie, wie sie sie plötzlich vernahmen, hatten sie noch nie gehört.

»Kraal! Das ist Kraal!«, sagte Carla nur und begann zu laufen …

In der Pranke steckte die Kraft einer mörderischen Kreatur. Sie war fest in Jans Rücken geschlagen, hatte die Kleidung zerfetzt und die ersten Wunden gerissen.

Jan schrie. Er taumelte zurück, seine Schritte waren wankend, unkontrolliert. Die Arme hatte er hochgerissen, das Gesicht panikverzerrt, und der Blick war flehentlich auf die anderen fünf Freunde gerichtet, die das Entsetzen ebenfalls gepackt hielt und die sich deshalb nicht vom Fleck rühren konnten.

Dann wurde Jan zu Boden gerissen.

Jeder hörte das dumpfe Geräusch, mit dem der Hinterkopf aufprallte, und einen Augenblick später zog die gewaltige Klaue das Opfer durch die Tür, wobei es vor den Augen der Anwesenden verschwand.

Die Mitglieder der Kommune lebten seit Jahren zu--

sammen. Sie hatten gute und weniger gute Zeiten durchgemacht, zahlreiche Schwierigkeiten aus dem Weg geräumt, immer zusammengehalten, vor allen Dingen gegen die Polizei, und sich auch mit der Beschwörung finsterer Mächte beschäftigt. Was sie aber nun erlebten, war so schlimm, dass sie überhaupt nicht reagieren konnten und wie angenagelt auf dem Fleck standen.

Bis auf Piet Shrivers. Er fing an zu lachen. Erst leise, kichernd, dann immer lauter werdend, bis er losbrüllte, sodass es sich wie das Schreien eines Tieres anhörte.

»Kraal!«, schrie er. »Kraal ist gekommen. Ich habe ihn geholt. Wir werden seine Diener!«

»Nein!«

Zum erstenmal meldete sich einer der jungen Leute. Es war Rock Geest, der eingreifen wollte. Sein Gesicht war zu einer Maske geworden. Er hatte schon zu lange gewartet und stürzte sich nun auf Piet.

Die beiden prallten zusammen.

Der Zombie wurde von dem Schlag des Jungen von seinem Bein gefegt und krachte zu Boden. Dort überschlug er sich, griff zu, bekam Rocks Knöchel zu fassen und riss den Jungen zu Boden.

Rock kannte einige Tricks aus harten Straßenschlachten. Er wusste, wie man fallen musste, und er zog in der Bewegung eine Waffe. Es war ein Schnappmesser. Bevor sich Piet versah, schoss die Klinge aus dem Griff, schnellte auf ihn zu und kam dicht vor seiner Kehle zur Ruhe.

»Lass los!«, keuchte Rock.

»Nie!«

Da wollte Rock es wissen. Wenn Piet Shrivers tatsächlich ein Zombie war, durfte ihn der Messerstich nicht töten. Aber Rock scheute davor zurück, die Klinge in das Gesicht des anderen zu stoßen, stattdessen rammte er das Messer nach unten.

Bis zur Hälfte verschwand die Klinge in Piets Brust.

Jeder erwartete einen Blutstrom. Der jedoch blieb aus. Stattdessen begann der Zombie zu lachen, drückte seinen Oberkörper vor und stieß mit dem Kopf in das Gesicht des jungen Mannes.

Rock flog zurück, während der Zombie sitzen blieb und das Messer aus seiner Brust riss.

Er kicherte. Im Sitzen drehte er sich und erhob sich ruckartig. Auf seinem Bein blieb er stehen, hielt das Messer in der rechten Hand und sah plötzlich aus wie damals, als er Amok gelaufen war.

»Wisst ihr noch?«, flüsterte er. »Könnt ihr euch noch erinnern? Das hatten wir schon mal, nicht?« Er stand wie unter Strom. Seine Augen leuchteten. Es musste der nackte Irrsinn sein, der ihn gefangen hielt.

Die anderen wichen zurück. Nur Ed blieb liegen. Er erwachte soeben aus der Bewusstlosigkeit. Ein Stöhnen entrang sich seiner Kehle, während er verzweifelt nach Luft schnappte, seine Hände tapsig über die Brust fuhren und er weit den Mund aufriss.

Der Zombie trieb seine Gegner zurück. »Na, ihr feigen Halunken?«, höhnte er. »Versucht es doch einmal. Los, versucht, mich auszuschalten. Bin gespannt, ob ihr es schafft.«

Rock, Mona und Ellie wichen zurück. Nur Liane blieb stehen, streckte den rechten Arm vor und hielt den anderen angewinkelt zurück. »Bitte, lass es sein, Piet! Wir …«

Da stieß der Zombie zu. Es ging so schnell, dass niemand die Bewegung richtig wahrnahm.

Das Messer traf.

Die Spitze schnitt in die Handfläche des Mädchens, und im nächsten Augenblick fiel das Blut in dicken Tropfen zu Boden.

Ein hässliches, widerliches Lachen gellte durch den Keller. »Noch einer von euch?!«, schrie der Zombie und trieb die angststarren, jungen Menschen weiter zurück.

Er hüpfte vor, aber niemand wagte es, wegen dieser Bewegung den Mund auch nur zu einem Lächeln zu verziehen.

Piet war zu gefährlich.

»Bleibt stehen!«, sagte er dann. »Bleibt stehen, und rührt euch nicht!«

Die anderen gehorchten. Vielleicht hätte es Rock noch einmal versucht, aber er dachte an die Mädchen, die er durch unüberlegte Aktionen nicht in Gefahr bringen wollte. Sie mussten geschützt werden. Möglicherweise gab es später noch eine Chance.

Liane hatte um ihre verletzte Hand einen Streifen Stoff gewickelt. Sie hatte ihn aus dem Rock gerissen. Trotzdem drang das Blut durch. Die Wunde war zu tief.

Plötzlich stand Ed auf.

Sofort richteten sich sämtliche Augen auf ihn, und der Zombie befahl augenblicklich, dass er sich zu den anderen stellen sollte.

Ed stierte ihn an.

Er schien nicht recht zu begreifen, jedenfalls machte er nicht den Eindruck, als wollte er gehorchen.

Urplötzlich drang ein Schrei aus seinem Mund, er warf sich auf dem Absatz herum und sprang auf die Tür zu.

Was in der nächsten Sekunde folgte, hätte eher in eine Komödie gepasst, aber es war blutiger Ernst. Die Tür wurde von der anderen Seite heftig aufgestoßen. Ed wurde voll getroffen, flog mit rudernden Armen zurück, knallte zu Boden und sah, wie auch seine Freunde, dass eine junge Frau und ein junger Mann in das Verlies sprangen ...

Zum Glück hatten wir uns ein Taxi genommen, denn sonst hätten wir die Adresse nie oder nur sehr spät gefunden. Wir erlebten den Straßenwirrwarr von Den Haag, gerieten in die Altstadt mit ihren engen Straßen, den malerischen Gassen, den Einbahnstraßen und sahen immer wieder kleine Kanäle, Grünflächen und Miniparks.

Zahlreiche Menschen waren unterwegs, viele davon mit dem Fahrrad. Der Verkehr verstopfte trotzdem oft genug die Straßen, das Durchkommen war mehr als mühsam, und unser Fahrer fluchte das Blaue vom Himmel herunter, sodass wir schon Gewissensbisse bekamen, ihn überhaupt gebeten zu haben, uns zu fahren.

Als wir einmal hielten, drehte er sich um und grinste. »An anderen Stellen der Stadt ist es noch schlimmer«, erklärte er. »Sie brauchen sich keine Sorgen zu machen.«

»Wenigstens ein Trost«, erwiderte ich lächelnd.

Kurze Zeit später hatten wir unser Ziel erreicht. Unterwegs war uns viel Polizei begegnet, aber dort, wo wir ausstiegen, sahen wir keinen Polizisten.

Ich zahlte, legte noch ein knappes Trinkgeld hinzu, und der Fahrer rollte ab.

Wir standen auf dem Kopfsteinpflaster einer schmalen Straße und schauten uns um.

»Haben die beiden nicht auch von einem Hausboot gesprochen?«, fragte Suko.

»Sicher.«

»Da liegt eins.« Mein Freund deutete auf einen Kahn, der ruhig an einer Seite des Kanals lag. Beide sahen wir uns das Deck des Schiffes an.

Man hatte es zweckentfremdet. Zwar gab es noch das Ruderhaus, auch einige andere Dinge, die zu einer Schiffsausrüstung gehören, wie Taurollen und Farbeimer, aber am auffälligsten war doch der gut angelegte Garten, der einen Großteil des Decks einnahm.

»Was sagst du dazu?«

Ich schaute meinen Freund an. »Da könnte man direkt Hunger kriegen. Wenn das Gemüse so schmeckt, wie es aussieht, ist alles klar.«

»Nehmen wir uns das Boot vor?«

Ich war skeptisch. Noch einmal schaute ich mir das Deck genau an. Das Boot schien mir verlassen zu sein. Zudem hatte ich nicht die geringste Lust, mich bei diesem herrlichen Wetter unter Deck aufzuhalten.

»Das Haus ist interessanter«, sagte ich. Meine Worte waren ins Leere gesprochen worden, denn Suko stand nicht mehr neben mir. Er hatte sich klammheimlich verzogen, ein paar Schritte weiter am Geländer aufgebaut und schaute nach unten.

»Was gibt es denn da?«

»In der Mauer befindet sich ein Loch. Da sprudeln Abwässer in den Kanal.«

»Das ist doch üblich.«

»Natürlich …«

Suko hatte die Stirn in Falten gelegt.

Ich kannte ihn lange genug, um zu wissen, dass ihn irgendetwas beschäftigte. »Du hast doch was«, sagte ich.

»Stimmt. Mir gefällt dieses Abwasserloch nicht. Wäre das nicht ein idealer Schlupfwinkel so nahe am Hausboot?«

»Möchtest du da durch?«, antwortete ich mit einer Gegenfrage.

»In der Not müsste ich es wohl.«

Ich schlug ihm auf die Schulter. »Wir haben uns für das Haus entschieden. Dabei bleibt es.«

»Meinetwegen.«

Suko überquerte als Erster die Straße. Ich ließ mir Zeit, denn die Worte meines Freundes hatten mich doch mehr beunruhigt, als ich zugeben wollte. Es war wohl Zufall oder Eingebung, dass ich noch einmal einen Blick an der Kanalmauer nach unten warf.

Genau an der Stelle, wo sich auch der Abwasserkanal befand.

Meine Augen wurden groß.

Wasser schäumte dort hervor, und die Gestalt eines jungen Mannes tauchte auf …

»Suko!«

Mein Ruf holte den Freund zurück. Zwei Sekunden später schaute auch er in die Tiefe, sah die Gestalt ebenfalls und sagte das, was auch ich dachte.

»Der ist tot!«

Das fließende Wasser hatte ihn aus der Röhre geschleudert. Er schwamm jetzt im Kanal, wurde von dem Druck unter die Oberfläche gepresst, geriet in einen auslaufenden Strudel, drehte wieder und erschien erneut an der Oberfläche.

Wir schauten in ein bleiches Gesicht. Selbst die starren Augen konnten wir für einen Moment erkennen, bevor die Welle den Toten wieder überspülte.

Bisher waren wir die Einzigen, die ihn entdeckt hatten. Das nächste Schiff lag ein Stück entfernt, und auch dessen Deck war leer. Keiner zeigte Interesse für die Gracht.

Wir sahen plötzlich, wie der vermeintliche Tote seine Arme hob und nach einem Tau fasste, das an der Heckseite des Kahns baumelte.

Zwei kräftige Hände griffen zu. Sie schimmerten ziemlich bleich, und ich holte tief Luft, als ich den Kopf jetzt genauer sah.

Er war kahl und eingeschlagen.

»Ein Zombie!«, zischte Suko. »Der kann so gar nicht leben. Kraal muss sich in der Nähe befinden.«

Der Meinung war ich auch. »Wer geht an Deck?«

»Ich«, antwortete mein Freund und kletterte bereits über das rostige Gitter.

Also blieb mir das Haus.

Während Suko auf den Planken landete und dabei in ein Gemüsebeet trat, überquerte ich schon mit eiligen Schritten die Straße.

Ich wurde das verdammte Gefühl nicht los, dass jetzt jede Sekunde zählte …

Carla van der Laan und Dieter Hoven hatten es vor der Tür einfach nicht mehr ausgehalten.

Dieter übernahm die Führung. Er wuchtete die Tür nach innen, spürte den Widerstand und hörte den dumpfen Fall, als Ed zu Boden geschleudert wurde.

Dann standen die beiden im Verlies.

Carla kannte sie alle. Schließlich hatte sie mit jedem Einzelnen geredet, bevor sie sich entschloss, Piet Shrivers in eine Anstalt zu stecken.

Für sie waren die Mitglieder der Kommune immer selbstbewusste, manchmal lässige Typen gewesen, die nichts erschüttern konnte und die nach ihren eigenen Regeln und Vorstellungen lebten. Nun aber spürte Carla, dass sie Angst hatten.

In diesem Verlies lauerte die Angst. Und nicht nur die vor Kraal, sondern auch vor einem anderen.

Vor Piet!

Wie hatte er sich verändert! Carla erschrak, als sie den einbeinigen jungen Mann sah. Er sah aus wie eine

Wasserleiche, sein Gesicht widerte den Betrachter an. Die Augen waren groß, wirkten ohne Gefühl, erinnerten an Steine, und die Hände bewegten sich hektisch, wobei sich die Finger hin und wieder zu Fäusten schlossen.

Carla sah die verletzte Liane mit dem durchbluteten Verband. Sie erkannte auch Mona, das Schwedenmädchen, sowie Ellie mit der Punkerfrisur.

Ed lag am Boden. Er stöhnte verzweifelt. Sein Gesicht war blutig, die Tür hatte ihn voll getroffen, und Jan konnte Carla nirgendwo entdecken. Nur Rock Geest, der immer so etwas wie den Anführer spielte. Aber auch er konnte nicht mehr der große Beschützer sein, denn der Zombie hatte die Initiative ergriffen.

Carlas Blick fiel auf die kleine Tür an der Wand. Hoch war sie nicht, dafür breit, und sie glaubte, dass sich hinter der Tür irgendetwas Unheimliches verbergen musste, denn die scheuen Blicke der Anwesenden waren auf diese Tür gerichtet.

Was genau vorgefallen war, interessierte Carla van der Laan im Augenblick nicht. Sie hatte andere Sorgen, denn sie sah in Piet die Wurzel des Übels.

Was genau mit ihm los war, wollte sie gar nicht wissen. Es war vielleicht besser so, wenn sie es nicht erfuhr, aber sie wollte, dass Piet nicht durchdrehte.

Auf die anderen hörte er sicherlich nicht. Carla glaubte allerdings, dass sie immer noch Einfluss auf ihn hatte, und sie sprach ihn an. Dabei hatte sie Mühe, ihre Furcht zu unterdrücken, denn Piet Shrivers hielt ein Messer in der Hand.

Wie damals, als er Amok gelaufen war. Auch jetzt schimmerte Blut auf der Klinge. Er hatte nicht an sich halten können und andere verletzt. Sollte das alles wieder von vorn beginnen?

Dieter Hoven ahnte, was auf ihn zukam. Er kannte Carla zwar noch nicht lange, doch er hatte die missionarische Ader in ihr längst entdeckt, deshalb stieß er sie an und flüsterte: »Bitte, lass es, Carla! Um Himmels willen, du machst dich unglücklich. Wir müssen fliehen, solange noch Zeit ist. Und die anderen auch ...«

Carla war dagegen. »Nein«, gab sie flüsternd zurück. »Ich hätte ihn nicht freilassen sollen. Jetzt werde ich mich dafür einsetzen, dass alles wieder ins Lot gebracht wird. Er hat auf mich gehört, und er wird weiterhin auf mich hören, das kannst du mir glauben.« Demonstrativ nickte sie und bohrte ihren Blick in die glanzlosen Augen des Wesens.

Die Stille nach ihren Worten hatte etwas Unnatürliches an sich. Von der Straße her drangen trotz der offenen Tür keinerlei Geräusche in den Keller, nur das Rauschen des Abwasserkanals war zu hören, darum jedoch kümmerte sich niemand.

Die Mitglieder der Kommune waren wie gelähmt. Sie konnten es einfach nicht fassen, dass sich dem mordenden Unhold jemand entgegenstellte. Rock Geest war der Einzige, der den Mut aufbrachte, etwas zu sagen.

»Vorsicht, er ist ein Zombie!«

Harte Worte, die ihre Wirkung nicht verfehlten. Carla, die ihren rechten Arm bereits vorgestreckt hatte, zuckte zurück. Sekundenlang zitterte sie, und Dieter Hoven war ebenfalls geschockt.

Er kannte Zombies aus Filmen. Dass es sie aber in Wirklichkeit gab, daran wollte er nicht glauben.

Piet selbst gab ihm die Bestätigung. Er sprach zwar nicht Deutsch, dennoch konnte Dieter ihn verstehen.

»Ja, ich bin ein Zombie«, sagte er. »Ein lebender Toter. Ich gehöre zu Kraal. Er hat mich zu dem gemacht, was ich jetzt bin, und ich werde ihm Opfer zuführen. Schön, dass ihr gekommen seid, so hat er zwei mehr.«

Nach diesen Worten ging er vor. Die Distanz zwischen ihm und Carla schmolz zusammen.

Hoven hatte Angst um Carla, das war deutlich seinem Gesicht anzusehen. Zudem stand er auf dem Sprung, um sofort eingreifen zu können, wenn es nötig war.

»Du weißt, wer ich bin, Piet«, sprach Carla den Zombie an.

»Sicher«, erwiderte er und drehte das Messer. Jetzt zeigte die Spitze auf das Mädchen.

Carla spürte, wie sich ihre Bauchmuskeln verkrampften. Es war ein schreckliches Gefühl, die Klinge auf sich gerichtet zu sehen, aber sie hielt sich tapfer. Nichts in ihrem Gesicht zeugte von der Angst, die sie umfing.

Die nächsten Worte kosteten sie Überwindung. »Du weißt, Piet, dass hier nicht dein Platz ist. Komm mit mir. Komm wieder zurück. Ich bringe dich in die Klinik.«

Der Zombie stieß ein girrendes Geräusch aus, was wohl ein Lachen sein sollte. »Zurück, sagst du? Bist du denn wahnsinnig? Ich kann nicht zurückkommen, ich werde auch nicht zurückkommen. Mein Platz ist hier. Ich diene Kraal. Ihm allein bin ich verpflichtet. Ich habe eine Aufgabe übernommen. Kraal schlief zu lange in der Erde. Ich habe ihn erweckt. Meine Formeln, meine Zeichen, die nur ich weiß, brachten Kraal wieder zurück, und ich werde nichts von dem aufgeben, was ich einmal erreicht habe. Hast du verstanden?«

»Ich habe Kraal gesehen«, sagte Carla. »Er ist ein Untier, er kennt keine Gnade. Was du da verehrst, muss vernichtet werden. Kraal darf nicht leben.«

Der Zombie bewegte seine Unterlippe. »Er lebt aber, und er hat sich Opfer geholt, darauf kannst du dich verlassen. Sogar hier hat er einen Jungen an sich gerissen. Du kennst doch Jan, nicht wahr? Er wollte es auch nicht wahrhaben, wie schon die anderen. Dann kam Kraal, und er zog ihn in sein Versteck. Kraal ist ein Zombiemacher. Er tötet und stößt lebende Leichen wieder aus. Wie gefällt dir das?«

»Überhaupt nicht!«

»Kann ich mir vorstellen. Ihr alle seid Ignoranten, aber ihr werdet euch wundern. So leicht kann man Kraal nicht besiegen, und er lässt sich auch nicht verspotten.«

Carla hatte inzwischen eingesehen, dass sie über Piet Shrivers keine Macht mehr besaß. Er würde von seinem Weg nicht mehr abzubringen sein. Das ahnte auch Hoven. Wieder drängte er auf Flucht, aber jetzt hatte Piet etwas dagegen.

»Niemand flieht. Ihr alle gehört ihm, ihr alle!« Und dann warf er sich vor.

Obwohl er nur ein Bein hatte, reagierte er schnell.

Damit hatte niemand gerechnet. Er tauchte vor Carla auf. Seine Gestalt wurde breiter, und Carla sah das Messer, das plötzlich über ihrem Kopf schwebte und mit der Spitze nach unten deutete.

Sie war in einer tödlichen Gefahr. Und sie bannte sie so, dass sie einfach nicht von der Stelle konnte.

Ihr Gesicht verzerrte sich, alle Züge spiegelten den Schrecken wider. Aber da war plötzlich Dieter Hoven, der in den Kampf eingriff. Obwohl es ihm schwerfiel, stieß er seine Fäuste in Carlas Körper und schleuderte sie zur Seite.

Er sah nicht mehr, wie sie auf den Boden schlug, ihn interessierte nur das Messer, das der Zombie nach unten rammte.

Im selben Augenblick schleuderte Hoven seine Arme hoch. Er war kein geübter Kämpfer. Die beiden zusammengelegten Hände glitten in die Stechbahn des Messers, wobei der Deutsche noch Glück hatte, dass die Klinge nicht voll traf.

Sie rutschte am Rücken der linken Hand entlang, riss die Haut dort in Streifen, fetzte den Jackenärmel auf und verschonte auch den Arm des jungen Mannes nicht.

Zuerst spürte Dieter nichts. Er stand so unter Strom, dass er nur daran dachte, den Zombie zu stoppen. Mit seinem gesamten Körper ging er ihn an, prallte gegen ihn, spürte die Klinge plötzlich in seiner Hüfte und fiel mit dem Einbeinigen zu Boden.

Dieter prallte auf seinen verletzten Arm.

Erst jetzt spürte er den wilden, bösen Schmerz. Das Gefühl trieb ihm Tränen in die Augen. Mit verzweifelter Stimme brüllte er: »So helft mir doch, verdammt! Helft mir!« Seine Stimme erstickte. Er konnte einfach nicht mehr.

Die anderen sahen ihn zwar, doch sie trauten sich nicht, den Zombie zu attackieren. Wenn er sich in einem Blutrausch befand, machte er vor nichts und niemandem Halt.

Der Zombie kniete auf seinem Bein. Den Arm mit dem Messer hielt er hoch. Neben ihm lag Dieter Hoven. Hüfte und Arm an der linken Seite waren blutüberströmt, das Gesicht verzerrt. Angst spürte er, eine Todesangst, denn so behindert der Zombie auch war, er würde immer schneller sein als Hoven.

Dem ersten Stich konnte er noch entgehen.

In einem blitzenden Halbkreis wischte die Klinge durch die Luft. Nur fingerbreit verfehlte sie sein Gesicht, und neben dem Kopf schrammte sie über den Boden.

Lächerlich wirkte die Abwehrbewegung des jungen Mannes. Er konnte selbst seinen gesunden Arm kaum anheben. Statt Blut schien flüssiges Blei durch seine Adern zu fließen.

Carla hatte sich wieder erholt. Auch sie wusste, dass sie zu spät kommen würde, denn Piet Shrivers war schnell, zudem befand sich Carla zu weit vom Schauplatz entfernt. Es hätte zu viel Zeit gekostet, bis sie Shrivers erreicht hatte.

Und eine Waffe besaß sie nicht.

Carla drehte fast durch. Da befanden sich zahlreiche Menschen in diesem Verlies, und keiner tat etwas. Auch Rock Geest nicht, der sonst immer der Erste war.

Ed war noch zu benommen, er konnte nicht eingreifen.

Und Piet wollte den zweiten Toten.

Aus seinem offenen Mund drangen blubbernde Geräusche. Mit der linken Hand drückte er gegen Hovens Brust, um ihn sich zurechtzulegen für den Mord.

»Piet, neinnnn!«, kreischte Carla. »Tu es nicht! Du darfst es nicht tun!«

Piet Shrivers lachte nur.

Und in sein Lachen peitschte der Schuss!

Ich hatte geschossen!

Die Verzweiflung des Mädchens Carla und die ausweglose Lage von Dieter Hoven hatten mich dazu veranlasst, und ich war dabei auf Nummer Sicher gegangen.

Die geweihte Silberkugel hieb genau zwischen die Augen des lebenden Toten. Anders hätte ich den Mord nicht verhindern können.

Das Echo des Schusses rollte durch den Raum. Der Untote zuckte nicht einmal. Er kippte nach hinten, als hätte man den Faden durchgeschnitten, an dem er hing.

Sein dämonisches Leben war zerstört!

Piet Shrivers lebte nicht mehr. Ausgebreitet hatte er seine Arme, das Bein war leicht angewinkelt. Das Messer war ihm aus der rechten Hand gerutscht.

Piet würde seinen unheimlichen Morddrang nie mehr austoben können.

Bisher war ich an der Tür stehen geblieben. Nun betrat ich das Verlies und stoppte nach zwei Schritten.

Ich schaute mich um.

Die jungen Leute starrten mich an wie einen Geist. Keiner konnte wohl so recht begreifen, wie ich hereingekommen war, am allerwenigsten Carla van der Laan, während Dieter Hoven von all dem nichts mehr mitbekam, weil ihn eine Bewusstlosigkeit umfangen hielt.

»Sie, Sie leben?«, flüsterte das Mädchen.

»Und wie«, bestätigte ich.

»Aber wieso?«

Ich winkte mit der freien Hand ab. »Später.« Dann wandte ich mich an die anderen, wobei ich gleichzeitig auf Piet Shrivers deutete. »Er war nicht der Einzige. Ich habe am Hausboot einen zweiten gesehen. Der junge Mann trieb im Wasser, und er hatte, soweit ich es gesehen habe, eine Glatze.«

»Das ist Jan«, stieß ein Mädchen mit langen, blonden Haaren hervor. »Mein Gott, Kraal …«

»Was ist mit ihm?«, wollte ich wissen.

Rock Geest antwortete. »Er hat sich unseren Freund geholt. Vor unseren Augen.«

»War er wirklich hier?«

Die Antwort war ein allgemeines Nicken, wobei die jungen Leute zur Seite schielten, wo sich die Öffnung in der Wand befand. Sollte aus ihr Kraal gekommen sein?

Ich konnte es mir kaum vorstellen, denn ich hatte die Größe des Monsters schließlich erlebt. Aber möglich war alles, und die Blicke waren nicht umsonst auf die Öffnung gerichtet gewesen.

Noch hielt sich Kraal zurück. Deshalb hatten die jungen Leute eine Fluchtchance.

Das sagte ich ihnen auch. »Verschwindet jetzt!«, befahl ich und wedelte dabei mit meiner Beretta. »Räumt das Verlies hier. Ich werde …«

Was ich noch alles wollte, konnte ich den anderen nicht sagen, denn fast in derselben Sekunde vernahm ich das Geräusch aus dem Kanal.

Da kam jemand.

Kraal!

Auch die anderen hatten das Geräusch gehört. Ein Reiben und Schaben, gleichzeitig ein Schmatzen, vergleichbar mit dem eines hungrigen Raubtiers.

»Weg!«, schrie ich. »Verschwindet!«

Ich selbst wollte den verletzten Hoven mitnehmen.

Es war bereits zu spät.

Kraal war da!

Einer seiner widerlichen Arme schoss hervor. Dick, schuppig und dennoch geschmeidig wie eine Schlange.

Kaum war er zu sehen, als die Menschen es doch noch versuchten. Monas Schrei zitterte durch den Raum.

Ein anderes Mädchen in Punkerkleidung warf sich nach hinten, prallte gegen die Wand und riss Liane noch mit zu Boden.

Beide entwischten den Klauen des Untiers.

Nicht die Blonde.

Sie wurde plötzlich gepackt, brüllte erschreckt und voller Todesangst, bevor sie im Schacht verschwand …

Das Ruderhaus befand sich in Hecknähe. Dorthin wollte Suko gehen und den Zombie erwarten, wenn er aus dem Wasser an Bord kletterte.

Er wusste noch nicht genau, ob es sich um einen lebenden Toten handelte. Er ging jedoch davon aus, denn sicher war sicher.

Zwischen den Beeten befanden sich schmale Wege, über die der Chinese huschen konnte. Er lief geduckt, wobei er versuchte, so wenig Geräusche wie möglich zu verursachen. Der andere brauchte nicht zu wissen, dass man bereits auf ihn lauerte.

Als Suko das Ruderhaus erreichte, war sein Gegner noch nicht an Bord. Der Inspektor hörte ihn aber.

Während des Kletterns schlug er mit seinem Körper dumpf gegen die Bordwand. Die Geräusche wurden lauter, je höher er sich hangelte und je mehr er sich der Bordwand näherte.

Auf einmal verstummten sie.

Suko wartete ruhig ab. Mit dem Rücken hatte er sich gegen die Wand des Ruderhauses gepresst. Wegen seiner gelben Farbe sah es wie ein großer Briefkasten aus.

Atemlos lauerte er.

Die ersten Schritte. Die Laute ließen sich auf den Bohlen einfach nicht vermeiden, und sie steigerten sich noch, je mehr sie sich dem lauernden Chinesen näherten.

Noch sah er den Zombie nicht. Er konnte dem Tappen der Schritte entnehmen, aus welcher Richtung sich der andere ihm nähern würde.

Von rechts.

Schießen wollte Suko nicht. Wenn es eben ging, sparte er Munition, so hatte er seine Dämonenpeitsche gezogen, einmal einen Kreis über den Boden geschlagen und die Riemen herausfahren lassen.

Jetzt konnte der Zombie kommen!

Und er kam auch.

Anders jedoch, als Suko es sich erhofft hatte. Irgendwie musste sein Gegner gewittert haben, dass jemand auf ihn lauerte, denn er hatte sich zu einem verrückten Plan entschlossen und war, ohne dass Suko es bemerkte, auf das Dach des Ruderhauses geklettert.

Von dort ließ er sich fallen.

Suko bekam dies noch mit. Aber zu spät, denn plötzlich wuchtete der Zombie in seinen Nacken und hieb ihn zu Boden.

Der Inspektor konnte dem Aufprall zwar etwas von seiner Wucht nehmen, dennoch kam er nicht dazu, seine Dämonenpeitsche einzusetzen. Sie bildete die Verlängerung seiner rechten Hand, die Riemen lagen ausgefahren auf den Planken, und Suko spürte die nassen Hände des Untoten, die nach seiner Kehle tasteten.

Instinktiv hatte der Chinese den Kopf eingezogen, sodass es der andere schwer hatte, seinen Hals zu packen. Die Finger glitten ab. Das reichte Suko aus.

Er bockte seinen Oberkörper hoch. Der Zombie hatte nicht damit gerechnet. Er flog über den knienden Suko hinweg und schlitterte über die schmutzigen Planken.

Als er sich umdrehte, hielt Suko seine Dämonenpeitsche schlagbereit. Der junge Mann sah schrecklich aus. Kraal hatte sich seinen Kopf vorgenommen.

Dennoch lebte er.

Für Suko war es endgültig klar, dass er hier einen lebenden Toten vor sich hatte, handelte entsprechend und ließ die drei Riemen der Peitsche durch die Luft pfeifen, sodass sie sich um den Hals des Untoten wickelten.

Der letzte Schrei des Zombies!

Röcheln drang aus seinem weit aufgerissenen Maul, in dem die Zunge wie ein Lappen lag. Er verdrehte die Augen, schlug noch mit den flachen Händen einen rasenden Wirbel auf die Planken und verging.

Suko warf ihm keinen Blick mehr zu. Er kannte die Kraft seiner Dämonenpeitsche.

Einen hatte Suko erledigt. Doch wo einer war, konnte auch ein Nest sein.

Das musste der Inspektor ausräuchern.

Ihn hielt nichts mehr an Bord. So wie der Zombie es getan hatte, hangelte auch er sich an dem Tau nach unten. Dann stieß er wieder in das schmutzige Wasser und wandte sich der Öffnung zu.

Der Zombie war herausgekrochen, Suko wollte hinein …

Der Arm des Monsters war mit dem Mädchen so schnell verschwunden, dass mir keine Zeit mehr blieb, rechtzeitig einzugreifen. Wir alle hörten nur den Schrei.

Es war ein schrecklicher Laut, markerschütternd, ausgestoßen in höchster Todesangst, und dumpfer werdend, je tiefer das Mädchen im Tunnel verschwand.

Jetzt bestand wenigstens für die anderen die große Chance, dem Gefängnis zu entfliehen. Und sie nahmen sie wahr.

Ich brauchte sie nicht mehr anzuschreien, konnte mich allerdings auch nicht um den verletzten Hoven kümmern. Das besorgte Carla van der Laan in einer nahezu bewundernswerten Weise. Sie bückte sich und legte sich den Arm des jungen Manns um ihre Schulter.

»Mona!«, hörte ich das Mädchen mit der Punkerfrisur kreischen. »Er hat Mona!« Sie schüttelte den Kopf. Ihr Gesicht war verzerrt, die Züge wirkten wie zerrissen, aus dem offenen Mund sprühte Speichel.

Ich wusste nun den Namen des blonden Opfers. Mona hieß das Mädchen also.

»Soll ich Ihnen nicht helfen?«, fragte Rock Geest, der mich mit bleichem Gesicht anschaute.

»Nein, weg mit Ihnen!«

Da ging er endlich.

Ich stand längst vor der Öffnung, in der das Untier gelauert hatte. Das Rauschen hatte ich bereits gehört, bevor ich einen Blick durch die Öffnung warf.

Hinter ihr musste ein Teil der Kanalisation der Stadt Den Haag liegen. Ein idealer Schlupfwinkel für Wesen, die nicht gesehen werden wollten und sich nur hervorwagten, um ihre Untaten zu begehen.

Ich fragte mich allerdings, wie es möglich war, dass es ein Scheusal solcher Größe geschafft haben konnte, sich in den doch zumeist ziemlich engen Kanälen zu verstecken. Zwar hatten wir nur die Arme gesehen, setzte man sie jedoch in Relation zum Körper, dann musste er schon gewaltig sein.

Ich bückte mich und schlüpfte durch die offene Tür. Einen Schritt später befand ich mich in einer anderen Welt.

Es war nicht völlig dunkel. Irgendwo brannten Lichter, in irgendwelchen Kanälen, die von anderen gekreuzt wurden. Wer sich da nicht auskannte, musste aufpassen, dass er nicht die Orientierung verlor.

Die Lichtinseln schimmerten in einem seltsam hellen

Blau. Für mich hatten sie die Kraft eines Magneten, denn die erste Lichtinsel suchte ich mir als Ziel aus.

Der Unhold musste sich mit seinem Opfer sehr schnell zurückgezogen haben. Ich entdeckte weder Spuren von ihm noch von dem Mädchen. Sicherlich lauerte er in einem Versteck.

Auch hörte ich keine Geräusche, die auf beide hingedeutet hätten. Kein Schreien, kein Wimmern oder Jammern. Nur die normalen Laute umgaben mich: Das Rauschen des Wassers durch die meist engen Kanäle, das Klatschen dicker Tropfen. Ich nahm auch den Gestank wahr, der mir entgegenwehte. Eine widerliche Kloake tat sich vor mir auf.

Am liebsten hätte ich ein Atemschutzgerät aufgesetzt, wenn ich eins gehabt hätte.

Noch konnte ich geduckt und trockenen Fußes weitergehen.

Feuchtigkeit schimmerte auf den rutschigen Steinen unter mir, und ich sah die grün schimmernde Moosschicht, die sich zwischen den Steinen gebildet hatte.

Der Weg führte ein wenig bergab. Unterirdisch würde er in eine Gracht münden.

Das dachte ich, sah mich jedoch getäuscht, denn schon bald erreichte ich einen der großen Kanäle. Dort brannte ebenfalls eine Lampe. Sie gab das bläulich schimmernde Licht ab, dessen kalte Leuchtkraft von den Wellen des Dreckwassers reflektiert wurde.

Ich verstand die Welt nicht mehr. Kraal hätte sich doch zeigen müssen! Er konnte einfach nicht so rasch verschwinden. Zudem musste man seine Größe berücksichtigen. Es war mir ein Rätsel.

An der Einmündung in den großen Kanal blieb ich einen Moment stehen.

Nach rechts und links ließ ich die Blicke schweifen, sah aber nur das sprudelnde, brodelnde, schaumige Wasser an mir vorbeifluten. Es floss von links nach rechts und verschwand in der Tiefe des Stollens, wo in der Ferne schwach ein Gitter zu erkennen war.

Das Abwasser floss den Kanälen zu. Wenn ich mich

nach rechts wandte, musste ich eine Gracht erreichen. Höchstwahrscheinlich dort, wo das Hausboot lag und wir den Zombie hatten hinausschwimmen sehen.

Durch das Wasser brauchte ich zum Glück nicht zu laufen. Die Strömung hätte mich sicherlich von den Beinen gerissen.

Neben dem Kanal befand sich ein schmaler Fußweg, den die Arbeiter benutzten, wenn sie irgendetwas in der Unterwelt von Den Haag zu reparieren hatten.

Die Decke über mir zeigte eine Wölbung. Hin und wieder brannte eine Lampe. Der Kanal führte nach den Regenfällen des Frühjahrs sehr viel Wasser, sodass es auf dem schmalen Streifen schäumte, über den ich mich bewegte. Als Folge davon waren die Steine ziemlich glitschig. Manchmal hatte ich Mühe mit dem Gleichgewicht, sodass ich mich sicherheitshalber mit der rechten Hand an der feuchten und rauen Wand abstützte.

Dass ich einmal in der Unterwelt der niederländischen Hauptstadt landen würde, hätte ich auch nicht gedacht. Überhaupt war die Jagd auf Kraal zu einem ziemlich nassen ›Vergnügen‹ geworden.

Wo konnte er sich verstecken? Und was hatte er mit dem blonden Mädchen angestellt?

Ich hatte Angst um Mona. Wie ich Kraal einschätzte, würde sie schon nicht mehr am Leben sein.

Die Mitglieder der Kommune hatten mit dem Feuer gespielt. Jetzt erhielten sie die Quittung, denn das Feuer würde sie verbrennen.

Ratten hatte ich bisher nicht gesehen. Das wunderte mich, denn diese Tierchen hielten sich gern in den Kanälen auf. Die Luft wurde nicht besser. Ab und zu hatte ich das Gefühl, mich übergeben zu müssen, aber ich hielt durch.

Es war eine eigenartige Welt, die mich umgab. Nicht unheimlich oder gespenstisch, wie man vielleicht meinen konnte, eher abstoßend, fremd und widerlich.

Tiefer und tiefer schritt ich in den Gang. Manchmal passierte ich schmale Nischen in der Wand. Ich schaute jedesmal hinein, aber niemand hielt sich dort versteckt.

Mein Gehör hatte sich ebenfalls gut auf die Umwelt eingestellt, und wenn ich mich nicht arg täuschte, hatte das Rauschen vor mir zugenommen. Es hörte sich an, als würde das Wasser stärker durch den Kanal schießen.

Die Hälfte der Distanz zwischen Haus und Boot hatte ich sicherlich zurückgelegt, und noch war von Kraal nichts zu sehen. Auch das Mädchen hatte ich nicht entdeckt, dafür sah ich etwas anderes.

Das Rauschen hatte sich weiter verstärkt. Nun erkannte ich auch den Grund.

Innerhalb des Kanals befand sich ein kleiner Wasserfall.

Deshalb dieses laute Geräusch! Vor dem Fall floss das Wasser schneller. Es schäumte und gurgelte, spritzte und sprühte, überspülte die Steine, auf denen ich ging, und quirlte um meine Füße.

Der schmale Steg wurde noch enger, und nach ein paar weiteren vorsichtigen Schritten erkannte ich den Wasserfall.

Die gelbliche Brühe schoss fast zwei Meter in die Tiefe und wurde, bevor sie weitertrieb, zu einem gelblich weißen, quirlenden und rauschenden Schaumberg, der sich anschließend auflöste und das Wasser mit noch höherer Geschwindigkeit weitertrieb, bis an ein Gitter, das nur einen schmalen Durchgang hatte.

Hinter dem Gitter konnte es nicht mehr weit bis zur Grachtenmündung sein. Sehen konnte ich sie allerdings nicht, weil mir Gischt und Schaum die Sicht versperrten.

Ich blieb neben dem Wasserfall stehen.

Hatte es noch Sinn, weiterzugehen?, überlegte ich, während ich auf das schaumige Schmutzwasser starrte.

Dann sah ich die Hand!

Eine schmale, bleiche Hand, die für einen Moment aus dem Wasser ragte, wobei sich die Finger bewegten und ich den Eindruck hatte, sie würden mir zuwinken.

Im nächsten Augenblick war die Hand verschwunden.

Erkannt hatte ich sie trotzdem.

Sie gehörte Mona!

Einer toten Mona. Ich verzog das Gesicht. Die Enttäuschung packte mich, denn ich hatte es nicht geschafft, das Mädchen zu retten. Die Hand war für mich der Beweis, dass Kraal abermals zugeschlagen hatte. Er war da. Sogar in der Nähe, das spürte ich genau. Irgendwo zwischen dem Wasserfall und dem Wehrgitter musste er lauern.

Eine Gänsehaut kroch über meinen Rücken. Ein Zeichen der Spannung, aber auch der Furcht, denn dieses Monster flößte mir Angst ein.

Allmählich verschwammen die Bilder vor meinen Augen. Es war sehr anstrengend, in die schaumigen und wirbelnden Kreise zu starren. Ich sah überall Köpfe, Hände, Klauen, Monster und drückte mich etwas zurück, bis ich mit dem Rücken die Wand berührte.

Im nächsten Augenblick hing ich fest. Durch das Zurücklehnen hatte sich mein Blickwinkel verschlechtert. Ich hatte nicht mehr auf das Wasser achten können.

Aus ihm schoss eine Klaue. Ihr Griff war wie eine Zange, und im nächsten Augenblick wurde mir das rechte Standbein weggezogen …

Da half auch kein Zurückhechten mehr. Der Angriff war einfach zu überraschend erfolgt, und der Stand unter meinen Füßen zu schmal. Ich konnte mich nicht mehr fangen, rutschte zudem mit dem anderen Bein aus und verschwand einen Lidschlag später in den schaumigen, gurgelnden Fluten.

Es war ein harter Schlag, der mich da erwischte. Mit dem Rücken schlug ich auf irgendetwas, spürte das Ziehen bis in den Nacken und schloss den Mund, weil ich von dieser verfluchten Brühe auf keinen Fall etwas schlucken wollte.

Dann schlugen die Fluten über meinem Kopf zusammen. Gleichzeitig rutschte ich weiter nach unten, denn ich war direkt in den Wasserfall gekippt, der mich in die Tiefe drückte.

Ich fiel schräg, hatte einen Arm ausgestreckt, konnte überhaupt nichts sehen, aber fühlen. Meine Hand verschwand plötzlich im Schlamm des Kanals. Er war so hoch, dass er mir bis zum Unterarm reichte, und am Fußgelenk spürte ich weiterhin den Druck der Hand.

Ich hatte oft genug mit lebenden Toten gekämpft und war über ihre Kraft informiert. Man konnte sie mit normalen menschlichen Kräften nicht vergleichen, die Zombies verfügten über Kräfte, die denen eines Menschen immer überlegen waren.

Nicht im Traum würde sich die Hand freiwillig von meinem Knöchel lösen!

Der lebende Leichnam hatte sein Opfer!

Wenn mir nicht sehr schnell etwas einfiel, konnte es sein, dass ich in diesem dreckigen Kanalwasser elendig ertrank. Da gab ich mich keinerlei Illusionen hin.

Noch hielt mich die Gewalt des fallenden Wassers fest. Es schob mich weiter, dann wurde ich herumgewirbelt und nach vorn geschleudert. Automatisch bewegte ich die Arme.

Durch Schwimmen wollte ich an die Oberfläche gelangen, und ich schaffte es auch. Mein Kopf stieß aus dem Wasser und tanzte plötzlich über den Wellen, während die Fluten wie gierige Arme an mir zerrten.

Ein Bein bewegte ich. Es war das rechte. Ich zog es an und trat damit zu, wobei ich in etwas Weiches traf. Es musste der Körper des Zombies gewesen sein.

Auf irgendeine Art und Weise gelang es mir, Halt zu finden und mich gegen die Fluten anzustemmen. Die Klammer am linken Bein war ich plötzlich los, dafür schwemmte vor mir aus dem sprudelnden Dreckwasser etwas in die Höhe und legte sich wie eine Fahne auf die Oberfläche.

Es war blondes Haar. Monas Haar.

Ihr Gesicht sah ich einen Moment später. Es erschien aus dem brodelnden Wasserkreis, war eine grässliche Fratze. Weit aufgerissen die Augen, ebenso der Mund, und am Hals sah ich eine lange Wunde, die die Krallen des Monsters wahrscheinlich gerissen und sie somit getötet hatten.

Nun aber lebte sie.

Als Untote!

Sie ging mich an. Dabei öffnete sie den Mund noch weiter. Ich wusste, was sie vorhatte. Sie wollte ihre Zähne in meinen Körper hacken. Eine Reaktion, die ich von Zombies her kannte.

Dabei tauchte sie unter, verschwand aus meinen Blicken, und ich spürte plötzlich die zweite Hand, die mich festhielt.

Da hatte ich den Dolch schon in der Rechten.

Ich schob den Arm nach vorn. Unter Wasser und gegen die Strömung stieß ich heftig zu.

Einmal, zweimal, dreimal …

Ich spürte den Widerstand, obwohl ich nichts sehen konnte, aber ich merkte, wie sich der Druck lockerte. Niemand hielt mich mehr fest. Der geweihte Silberdolch hatte für das Ende des weiblichen Zombies gesorgt.

Während mich die Strömung gegen den Rand drückte, wurde der vernichtete Gegner an mir vorbei auf das Wehr zugespült. Neben ihm trieben ein paar rosige Schlieren.

Ich holte mit offenem Mund Luft. Keuchte, hustete, spie Dreckwasser aus und stand kurz davor, mich zu übergeben.

Dazu kam es nicht mehr, denn unter mir bewegte sich etwas. Ich wurde in die Höhe gehoben, wollte noch auf den Randstreifen klettern, doch die Kräfte des Monsters ließen es nicht zu.

Kraal war da!

Suko hatte viel Kraft aufwenden müssen, um in den Abwassertunnel hineinzuklettern. Auf dem Bauch liegend hatte er es geschafft und sich gegen die Strömung hochgekämpft. Zudem verlief der Gang etwas schräg, und der Chinese wurde von dem schnell fließenden Abwasser umspült, als stünde er in einer Dusche.

Er kämpfte sich weiter.

Mit Schwierigkeiten hatte er gerechnet. Dass es allerdings so schwer werden würde, war auch für ihn eine Überraschung, denn manchmal drückte ihn das schnell fließende Wasser wieder zurück.

Ans Aufgeben dachte Suko nicht. Er wusste, was auf dem Spiel stand, deshalb machte er weiter.

Die Röhre war ziemlich eng. Dazu auch an den Seiten glatt, sodass Suko nirgendwo Halt finden konnte, aber er sah bereits einen ersten Erfolg.

Weiter vor ihm wurde es heller. Und es schimmerten die Umrisse eines Wehrs. Dieses Wehr staute das Wasser und ließ nur einen Teil hindurch.

War dort das Ende?

Suko rechnete damit, aber er wollte es genau wissen und verstärkte seine Bemühungen. Je weiter er sich voranarbeitete, umso stärker vernahm er das Rauschen. Ein Beweis, dass der große Kanal direkt vor ihm lag.

Es war nicht einfach für ihn, den Kopf immer über Wasser zu halten, aber er schaffte es und erreichte das Wehr, das zur Hälfte geschlossen war und durch dessen obere, vergitterte Hälfte das Wasser strömte.

Wenn Suko sich reckte, konnte er nicht nur über den Wasserspiegel hinwegschauen, sondern auch in den dahinter liegenden Gang sehen.

Er entdeckte John.

Und auch Mona!

Suko wollte etwas sagen, als er Johns Hand sah. Sie tauchte aus dem Wasser auf, hielt den Dolch umklammert und stieß zu.

Suko hatte beide Hände um das Wehrgitter geklammert. Er drückte seinem Freund die Daumen und sah, wie die Wellen plötzlich einen Körper hochwirbelten und ihn mit rasender Geschwindigkeit auf das Gitter zutrieben.

Es war nicht John Sinclair, sondern ein blondes Mädchen. Im nächsten Augenblick hieb es gegen die Sperre. Selbst das Gitter wurde erschüttert, so eine Wucht steckte hinter dem Aufprall, und dann blieb das blonde Mädchen in dieser Haltung hängen.

Der Kopf wurde noch einmal herumgedrückt, sodass die starren Augen auf den Chinesen gerichtet waren. Jedoch nur für einen Moment. Dann packten die Wasserstrudel das Haar und drückten es vor das Gesicht.

Von diesem Wesen drohte keine Gefahr mehr. Aber Kraal hatte Suko noch nicht gesehen.

Das sollte sich bald ändern.

Der Inspektor wollte soeben den Namen seines Freundes rufen, als sich, von ihm aus gesehen hinter dem Wehr, etwas tat. Dort wurden die Wellen plötzlich höher, eine gewaltige Kraft spielte mit dem Wasser, und Suko merkte genau, wie das Wehr in seinen Grundfesten erzitterte.

Jetzt war er da, und niemand konnte Kraal stoppen …

Auch ich nicht!

Es war eine Kraft, gegen die ich mich verzweifelt stemmte, ohne sie aufhalten oder beeinträchtigen zu können. Sie sorgte dafür, dass ich in ihren Sog geriet und gleichzeitig in ihr stecken blieb wie in einem Sumpf.

Mir fiel ein, dass ich beim Untertauchen in etwas Schwammiges, Widerliches gefasst hatte. Schlamm war es wohl nicht gewesen, wahrscheinlich der Körper des Monsters.

Wie sah es aus?

Noch sah ich es nicht. Dafür die gewaltigen Pranken, die dicht nebeneinander lagen, sodass sie sich aus dem nicht sehr breiten Kanal hervorschieben konnten.

Dunkel und schuppig. Wasser rann an ihnen herab.

Die langen Nägel erinnerten mich an gebogene Messer, die genau auf mich zeigten und mich mit Leichtigkeit aufschlitzen konnten.

Ein grauenerregender Anblick. Die Arme streckten sich immer höher, und die langen Nägel kratzten bereits über die Decke. Die Arme fächerten ein wenig auseinander. Es entstand ein freier Raum zwischen ihnen, und der wurde plötzlich ausgefüllt.

Nicht mit Wasser, sondern mit einer gallertartigen, dunklen und nass schimmernden Masse, die mich an ein Zellgewebe erinnerte.

Das also war sein Körper!

Die Masse befand sich weiterhin in Bewegung. Sie

quoll zwischen den beiden Armen höher, sodass sich ein kantiges Gesicht hervorbildete. Ein Gesicht, das mich schockte.

Ich entdeckte ein Augenpaar, sah so etwas wie die Andeutung einer Nase und auch einen Mund, der nur ein Loch in der widerlichen Masse war, aus dem Wasser strömte.

So etwas hatte ich noch nie gesehen. In meinem Kopf überschlugen sich die Gedanken. Ich dachte weit zurück. Vielleicht war es tatsächlich ein noch unfertiges dämonisches Monster der Urzeit, das aus irgendwelchem Grunde in seinem Entwicklungsprozess gestoppt und durch die magische Beschwörung wieder zum Leben erweckt worden war.

Ein Zombiemacher aus der Frühzeit der Geschichte!

Diese Lösung wollte ich akzeptieren, aber ich hatte keine Ahnung, wie ich Kraal besiegen sollte.

Silberkugeln wären lächerlich gewesen, und mein Kreuz hätte wohl kaum ausgereicht. Seine Kräfte tendierten in andere Richtungen.

Was blieb mir noch? Welche weiße Magie hatte es überhaupt in der Urzeit gegeben?

Keine?

Das glaubte ich nicht, wobei ich darüber nachdachte, dass die Grenzen damals fließend gewesen waren. Ich wusste keine Lösung, ich war hilflos und wäre am liebsten geflohen.

Die Wasserverdrängung des Monsters war enorm. Ein gewaltiger Druck breitete sich innerhalb des Kanals aus, der auch mich nicht verschonte.

Ich wurde hochgehoben, überspült, hatte wieder freie Sicht und sah, dass sich die Krallen allmählich senkten, um mich zu zerfetzen …

Genau da brach das Wehr!

Es hatte dem Druck nicht mehr standhalten können und gab seinen Geist auf. Sofort hatte das Wasser freie Bahn.

Wasser hat eine immense Kraft. Das merkte ich am eigenen Leibe, aber auch Kraal blieb davon nicht verschont. Die Fluten rissen ihn mit, die Gallertmasse seines Körpers veränderte sich durch die Kraft, wurde zusammengepresst und nach hinten in die enge Tunnelröhre hineingedrückt, die sich im Nu mit dem Wasser füllte, sodass keine Atemluft mehr vorhanden war.

Auch für mich nicht, denn ich wurde ebenfalls abgetrieben. Etwas riss mir die Beine weg, schäumendes Schmutzwasser überspülte mich, und plötzlich war ich nicht mehr als ein Korken, den der reißende Strom wegriss.

Auch die Trümmer des Wehrs blieben nicht liegen. Sie wurden mitgerissen, durch die Gewalt des Wassers gedreht, und sie schlugen nicht nur gegen die Wände, sondern auch an meinen Körper, aber das spürte ich kaum. Davor hatte ich keine Angst.

Eine andere Furcht war wesentlich größer.

Die vor dem Ertrinken!

Die anderen Kräfte machten mit mir, was sie wollten. Aber eins war sicher: Sie pressten mich nicht nur nach vorn, sondern auch in die Röhre hinein und dem Kanal zu.

Es gibt bei jedem Menschen einen Punkt, an dem ihm alles egal ist. Ich stand dicht davor. Es war so, als wäre die Umwelt überhaupt nicht mehr vorhanden. Mein Körper verlangte nach Luft, doch er erhielt sie nicht; ich konnte den Mund nicht öffnen. Hätte ich es getan, wäre ich elendig ertrunken.

Im Unterbewusstsein merkte ich, dass sich etwas verändert hatte. Vielleicht lag es auch an der Wärme des Wassers, die Temperatur war nicht mehr die gleiche. Ich führte Schwimmbewegungen durch, hatte plötzlich Platz, schoss nach oben, riss den Mund auf, holte Luft, Luft und Luft …

Ich befand mich innerhalb des Kanals, war aber nicht allein, sondern zusammen mit Kraal.

Ihn hatte es ebenfalls aus der Röhre getrieben. Himmelhoch wuchs er vor mir auf. Die Arme, die

Stempeln glichen, konnten mich mit einem Hieb zerschmettern, und zwischen ihnen waberte und zitterte die gallertartige Masse.

Etwas jedoch war anders.

Ich sah es, nachdem Sukos Schrei aufgeklungen war.

Suko stand wieder auf dem Kahn. Das war es nicht, was mich von den Socken haute, sondern etwas anderes, Unglaubliches …

Auch Suko war, als das Wehr brach, von der Gewalt des strömenden Wassers zurückgeschwemmt worden. Er konnte ebenfalls nichts daran ändern, sosehr er sich auch bemühte. Die Kräfte der entfesselten Natur waren zu stark.

Einem Spielball gleich katapultierte die Strömung Suko aus der Röhrenöffnung und hinein in den offenen Kanal, wo das Schiff lag. Dann hatte der Inspektor Glück.

Er wurde gegen das Heck geschleudert – genau dort, wo das Tau von Bord hing.

Reflexartig griff Suko zu. Er spürte es zwischen den Fingern. Die Strömung war hier nicht mehr so stark, sie verteilte sich mehr, und dem Chinesen gelang es tatsächlich, sich gegen sie zu stemmen.

Er hangelte sich an Bord.

Noch nie im Leben war er so schnell ein Tau hochgeklettert, aber er schaffte es, entging dem Horror und damit vorläufig auch dem riesigen Kraal, den die Gewalt des Wassers so zusammengepresst hatte, da er durch die enge Röhre in den Kanal gedrückt worden war.

Auch seinen Freund John Sinclair sah der Inspektor, konnte jedoch nicht erkennen, ob er noch lebte. Zudem wurde sein Blick von einer anderen Gestalt abgelenkt, die sich ebenfalls an Bord des Schiffes aufhielt und die Suko erst jetzt bemerkte.

Es war der Eiserne Engel!

Selten hatte man einen so erstaunten Suko gesehen. Er wollte etwas sagen, doch der Eiserne schüttelte nur den Kopf.

»Willst du ihn töten?«, fragte er.

»Ja!«

»Dann nimm es!«

Der Eiserne warf sein Schwert.

Blitzschnell riss der Inspektor die Arme hoch, packte die Waffe, drehte sich, nahm einen Anlauf von zwei Schritten und sprang mit einem gewaltigen Satz über die Reling, wobei er einen gellenden Schrei ausstieß.

Ich hörte den Schrei, riss den Kopf herum und sah Suko mit dem Schwert in der Hand.

Er hatte die Aufgabe des Eisernen Engels übernommen. Der Freund sprang in einem hohen Bogen über mich hinweg. Was er da tat, war lebensgefährlich, aber er setzte in diesen Augenblicken alles auf eine Karte, um das Monster zu vernichten.

Suko hatte den Sprung so angesetzt, dass er genau zwischen den beiden Armen in der gallertartigen Masse landen würde. Aber er musste schnell sein, denn Kraal konnte ihn noch mit seinen Pranken mitten in der Luft erwischen.

Suko war schnell.

Er neigte sich nach vorn. Die Spitze des Schwerts zielte genau auf die widerliche Masse, und einen Atemzug später drang sie bis zum Heft in Kraals Körper ein.

Es war wie ein Blitzschlag.

Plötzlich veränderte sich die Luft. Eine gewaltige Wassersäule stieg himmelan, sie rötete sich, gleichzeitig schimmerte sie grünlich, und die mörderischen Pranken des Monsters wurden zerrissen. In zahlreichen Stücken klatschten sie in den Kanal, gingen sofort unter und wurden eins mit der zerlaufenden, gallertartigen Körpermasse des unheimlichen Monsters.

Auch ich kriegte meinen Teil ab. Wieder verschwand ich unter den kochenden Wellen, wurde zum Spielball des Wassers, aber es spülte mich hinein in ruhiges Gewässer, und ich fand sogar eine Kanalleiter, an deren Sprossen ich mich festklammern konnte.

An mir vorbei trieben die sich langsam auflösenden Reste des Urzeitmonsters.

Kraal war vernichtet!

An Wunder wollte ich eigentlich nie so recht glauben. Dass der Eiserne Engel erschienen war, galt für mich als kleines Wunder, obwohl er uns vom Gegenteil überzeugte.

Nass und völlig erschöpft hörten wir seine Geschichte.

Gerettet hatte uns das magische Pendel. Es zeigte an, wenn sich in den Tiefen der Erde etwas tat, wenn es dort magische Bewegungen und Strömungen gab, und der Eiserne lag immer auf der Lauer. Sein Pendel reagierte wie ein Seismograph. Es hatte ihm angezeigt, wo das Grauen an die Oberfläche stieg.

Wir wollten wissen, wie es Piet Shrivers gelungen war, Kraal hervorzuholen.

Da musste auch der Eiserne Engel raten. »Wahrscheinlich hatte er die Formeln aus einem uralten atlantischen oder voratlantischen Totenbuch. Genaues kann ich nicht sagen.«

»Gibt es diese Totenbücher denn?«, wollte ich wissen.

»Ja, damit müssen wir rechnen«, erwiderte der Eiserne Engel und senkte seinen ehern schimmernden Kopf. Dann lächelte er und fügte hinzu: »Ich aber werde aufpassen, verlasst euch darauf.«

Es war ein Versprechen. Wir wussten, dass er es halten würde.

Wir flogen noch nicht sofort nach London zurück, denn ein Krankenbesuch stand uns bevor.

Man hatte Dieter Hoven in ein Krankenhaus gebracht. Als wir ins Zimmer traten, saß Carla van der Laan an seiner Seite. Sie sah sehr glücklich aus und hatte strahlende Augen.

»Ist das symbolisch gemeint?«, fragte ich, »dass Sie an der Seite Ihres Freundes sitzen?«

»Ja«, erwiderte sie offen und ehrlich. »Wir werden zusammenbleiben.«

»Dann kann man ja nur gratulieren.«

»Das können Sie, John«, meldete sich Dieter vom Bett her und strahlte glücklich.

Der Hexenwürger von Blackmoor

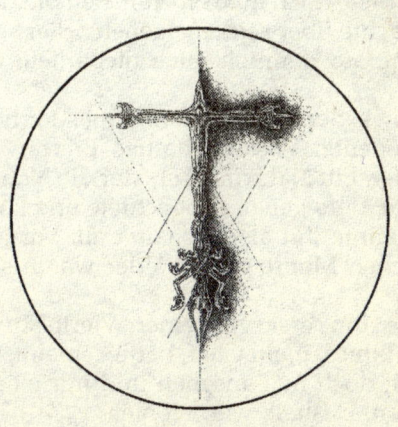

»Kommen Sie, Mr. Sinclair, kommen Sie mit! Nur keine Angst, ich bin bei Ihnen.« Der Mann sprach die Worte flüsternd und gehetzt. Er selbst schien in Panik geraten zu sein, obwohl es keinen Grund dafür gab.

In der Dunkelheit ahnte ich die Bewegung mehr, als ich sie sah, und ich spürte Barrows' feuchte Handfläche an meinem rechten Gelenk.

Nach ein paar kurzen Schritten blieb er stehen. Ich stoppte ebenfalls und hörte ihn tasten. Wenig später quietschte eine Tür. »Bald ist es soweit, Mr. Sinclair«, sagte er. »Sie brauchen nicht mehr lange zu warten. Ganz bestimmt nicht.«

Die Dunkelkammer jedenfalls hatten wir hinter uns. Das Geräusch der sich öffnenden Tür bewies mir dies. Es wurde heller. Das geschah langsam wie im Kino, und in einem kleinen Kinosaal befanden wir uns in der Tat.

Ich sah neben mir einen Projektor auf einem Tisch stehen, ihm gegenüber die dazugehörige Leinwand. Sie war aus dem schwarzen Holzkasten nach oben geschoben worden und der Projektor auf sie eingestellt, sodass die Filmvorführung beginnen konnte.

Vier Stühle hatte der Mann aufgebaut. »Wollen Sie sich setzen, Mr. Sinclair?«

»Ja, gern.«

»Suchen Sie es sich aus. Noch haben Sie die freie Auswahl.« Er lachte über seinen eigenen Scherz.

Der Stuhl, auf dem ich mich niederließ, wackelte ein wenig.

Dr. Barrows, der hinter mir am Projektor hantierte, galt als ein exzellenter Wissenschaftler. Er war Ornithologe, Vogelkundler. Ein Naturmensch, der die Natur und die in ihr lebenden Tiere genau beobachtete und studierte.

Man erkannte ihn als Kapazität an. Vor allen Dingen die heimischen Moore und Wälder waren seine Spezialität.

Ich hatte ihn erst vor einer Viertelstunde kennen gelernt. Sir James, mein Chef, hatte gemeint, ich solle mir den Knaben doch mal ansehen und mir einen Film vorführen lassen. Deshalb war ich hier.

Um welchen Film es sich handelte, wusste ich nicht. Jedenfalls musste er etwas mit meinem Job zu tun haben.

Ich verschränkte die Arme vor der Brust und wartete ab. Hinter mir traf Dr. Barrows weiter seine Vorbereitungen. Dabei sprach er mit sich selbst.

Ich drehte mich auf dem Stuhl.

Barrows sah mich nicht. Zu sehr war er mit dem Filmapparat beschäftigt. Dieser Projektor gehörte noch zur alten Sorte, da lief wenig automatisch, die Vorbereitungsarbeiten mussten mit der Hand erledigt werden.

»Bin gleich soweit«, sagte er. »Bin gleich soweit. Sie werden staunen, Mr. Sinclair.«

»Das tu ich jetzt schon.«

Er lachte meckernd.

Dr. Barrows war ein seltsamer Vogel. Wer ihn so ansah, hätte ihn wirklich nicht für das halten können, was er tatsächlich war. Der Wissenschaftler reichte mir knapp über die Schulter. Er hatte weißes Haar, und ein Knebelbart von derselben Farbe umwucherte sein Kinn. Die übrige Gesichtshaut war sonnenbraun, ein Zeichen, dass er sich oft in der freien Natur aufhielt. Der Anzug mit den zu langen Hosenbeinen schimmerte in einer undefinierbaren Farbe, und die schmalen Hände befanden sich in ständiger Bewegung.

»Ha, jetzt habe ich es«, lobte er sich selbst und nickte beifällig. »Der Film kann beginnen. Sind Sie bereit, Mr. Sinclair?«

»Schon seit einiger Zeit.«

»Dann geben Sie Acht.«

Nach seinen Worten hörte ich auf das Brummen des Projektors. Auf der Leinwand erschien ein Viereck, durch das Streifen zuckten, wenig später eine Zahlenreihe, die rückwärts gezählt wurde.

Vier, drei, zwei, eins ...

Der Start!

Eine Landschaft erschien. Weit, braungrün. Ich erkannte den Sumpf und in der Ferne zahlreiche Wälder. Plötzlich sah ich einen aufsteigenden Vogelschwarm. Die Kamera fuhr heran und zeigte einige Tiere in Großaufnahme.

Ich hörte auch den Namen der Vögel, habe ihn aber inzwischen vergessen.

Viel Landschaft zeigte der Film. Eine trotz des hellen Tages düstere Gegend. Irgendwie bedrückend und beklemmend. Manchmal von Nebelschwaden durchweht, dann bläulich schimmernd und mit den Gerippen abgestorbener Bäume durchsetzt. Der Boden war sumpfig. Er schimmerte dunkel, glänzte an einigen Stellen, als hätte man ihn mit Öl übergossen, und schließlich erkannte ich im Hintergrund ein Gemäuer.

»Sehen Sie die Burg?«, flüsterte Dr. Barrows.

»Ja.«

»Das ist Schloss Blackmoor.«

»Und?«

»Kennen Sie es nicht?«

»Nein, ich war noch nie da.«

»Dann geben Sie gut Acht.« Er senkte seine Stimme. »Um dieses uralte Gemäuer rankt sich nämlich ein Geheimnis«, fuhr er fort. »Ein schreckliches Geheimnis. Ich habe davon gehört, aber ich wollte es nie so recht glauben, bis ich es mit eigenen Augen sah, obwohl ich eigentlich nichts gesehen habe, erst auf dem Film, wie Sie gleich erkennen können, Mr. Sinclair. Deshalb geben Sie acht.«

Während seiner Worte war die Kamera immer näher auf das geheimnisvolle Schloss zugefahren.

Ich kannte alte Schlösser und Burgen zur Genüge, hatte mich bereits in zahlreichen von ihnen herumgetrieben und erkannte sofort, dass dieses Schloss nicht mehr bewohnt war.

Man konnte in den Fragmenten und Resten der Burg nicht hausen. Das waren nur noch Ruinen.

Vor dem Schloss schimmerte der Sumpf. Er führte bis in den Wald hinein, wo die Bäume keine Blätter mehr zeigten, sondern ihre kahlen Äste wie Totenarme in den Himmel reckten. Ein Brand schien gewütet und den größten Teil vernichtet zu haben.

Ich hörte wieder die Stimme des Ornithologen.

»Gleich ist es soweit, Mr. Sinclair. Bisher läuft noch alles normal. Auf Blackmoor Castle und in der näheren

Umgebung sieht es wirklich so aus, wie auf dem Film zu erkennen ist. Eine richtige Schauerkulisse. Passen Sie auf! Sehen Sie die Bewegung da?«

Ich beugte mich vor und schaute genauer hin.

Ja, da sah ich eine Bewegung. Sie gehörte eigentlich nicht dahin, nicht in den Film, denn was meinen Augen präsentiert wurde, war eine Doppelbelichtung.

Zwei Filme übereinander, wobei der erste mit dem zweiten nichts gemein hatte, ihn jedoch dominierte. Beim Betrachten musste ich mich ganz schön konzentrieren.

Im zweiten Film spielten Personen mit.

Wenigstens sah ich ein Mädchen.

Wie ein Schatten huschte es über die Leinwand. Gespenstisch sah dies aus, als es über dem Sumpf schwebte oder durch die Nebelschleier huschte, als wollte es sich mit ihnen zu einer Einheit vereinigen.

Das Mädchen näherte sich. Es schien direkt auf die Kamera zuzulaufen und den Anordnungen eines Regisseurs zu gehorchen.

Ich hörte die Stimme des Wissenschaftlers, kümmerte mich aber nicht darum, was er sagte, denn der Film hatte mich in seinen Bann gezogen.

Und das Mädchen rannte, es huschte über das Moor. Die Kleidung bestand nur mehr aus Fetzen. Sie flatterte wie die Reste einer Fahne um ihren Körper.

Das Haar war dunkel. Wie aufgebläht wurde es hinter ihr hergeschleift. Ich sah das verzerrte Gesicht und erkannte, dass das Mädchen Angst hatte.

Angst wovor? Wer hetzte es? Ich wusste die Antwort nicht, denn ich entdeckte keinen Feind in der Nähe.

»Sehen Sie das Mädchen, Mr. Sinclair?«

»Natürlich.«

»Es gehört überhaupt nicht auf den Film«, flüsterte Barrows. »Überhaupt nicht. Ich weiß nicht, wo es hergekommen ist. Ich habe es bei den Aufnahmen nicht gesehen. Erst als ich den Film abspielte, tauchte es auf dem Streifen auf.«

»Was geschieht jetzt?«

»Warten Sie es ab, Mr. Sinclair. Etwas Schreckliches,

glauben Sie mir. Sie werden sehr starke Nerven haben müssen.«

»Die habe ich.«

Danach verstummte unser Dialog, denn beide konzentrierten wir uns wieder auf das Geschehen.

Das Mädchen rannte noch immer. Jedoch nicht mehr mit der Leichtigkeit wie zu Beginn. Die lange Flucht hatte Kraft gekostet, das Gesicht zeigte deutlich die Spuren der Anstrengung und ersten Erschöpfung. Dies war deutlich bei den Großaufnahmen zu sehen. Die Arme schlenkerten von einer Seite zur anderen. Sie schienen überhaupt nicht zu dem Körper zu gehören, und auch die Beine hatten es schwer, weiter in Bewegung zu bleiben. Zudem bot der Boden nicht genügend Widerstandskraft. Er war weich und zäh, denn es schien, als wollte er jeden Schritt des Mädchens verhindern.

Lange konnte die Kleine nicht durchhalten. Mir fiel jetzt erst ihre Kleidung auf. Sie war völlig unmodern und passte nicht in die heutige Zeit. Obwohl der Flüchtling nur Fetzen am Leib trug, erkannte ich, dass so etwas einmal in der Vergangenheit modern gewesen war, aber das war lange her.

»Gleich passiert es«, flüsterte Dr. Barrows.

»Was?«

»Werden Sie schon sehen, Mr. Sinclair. Geben Sie genau Acht, und erschrecken Sie nicht. Ich habe mit der Kamera einen Schwenk gemacht, wie Sie erkennen können.«

Der Schwenk erfolgte. Ich sah plötzlich rechts am Bildrand eine unheimliche Gestalt.

Wie aus dem Nichts erschien sie. Sie stand plötzlich da und erinnerte an ein Denkmal. Ich hatte sie nicht erwartet, und trotz der Vorwarnung war ich überrascht.

Die Gestalt schien aus dem Sumpf gestiegen zu sein. Sie trug einen langen Mantel, der bräunlich schimmerte und einen Schulterüberwurf hatte, wie er mal in der früheren Zeit modern gewesen war. Der Mann hatte ein hartes Gesicht, sein Haar einen blondgrauen Ton, und von den gespreizten Fingern seiner linken Hand tropfte Schlamm zu Boden.

In der rechten aber hielt er eine Peitsche.

Im ersten Augenblick durchzuckte es mich wie ein Stromstoß. Das durfte doch nicht wahr sein! Die Peitsche, die er hielt, glich Sukos Dämonenpeitsche fast aufs Haar.

War das die Dämonenpeitsche?

Sie hatte einen dunklen Griff und drei Riemen, die eine schlangenartige Verlängerung bildeten. Die Riemen selbst glänzten hell, als wären sie mit einer Silberschicht übergossen worden.

Und das Mädchen rannte genau auf den Unheimlichen zu.

Die Flüchtende sah ihn nicht, sie hatte den Kopf gesenkt und schaute zu Boden. Als sie ihn schließlich hob und den Mann anschaute, verzerrte sich ihr Gesicht. Sie stoppte, riss die Arme hoch, und ich glaubte, den Schrei hören zu können, der aus ihrem weit geöffneten Mund drang.

Dennoch war es ein stummer Schrei. Ein Entsetzen, das sich freie Bahn verschaffte.

Sie taumelte noch einige Schritte auf den Mann zu, bevor es ihr gelang, den Lauf abzustoppen.

»Und jetzt geben Sie genau Acht!«, flüsterte Dr. Barrows. »Passen Sie genau auf, Mr. Sinclair. Gleich erleben Sie einen furchtbaren Vorgang, kann ich Ihnen sagen.«

Ich gab keine Antwort, sondern konzentrierte meinen Blick starr auf die Leinwand, wo das Geschehen in einer gespenstischen Lautlosigkeit ablief.

Der Mann schlug zu.

Er hatte seinen Arm schon zuvor ein wenig erhoben und bewegte eigentlich nur kurz sein Handgelenk.

Das reichte.

Plötzlich wirbelten die drei Riemen durch die Luft und fanden mit einer beklemmenden Zielstrebigkeit das Ziel.

Sie wickelten sich um den Körper des Mädchens.

Ein Ruck ging durch die Gestalt, und ich sah, wie sie fast zu Boden gefallen wäre. Aber die drei Riemen hielten das Mädchen fest, sodass es in einer Schräglage blieb.

Dann geschah das Schreckliche. Ein unheimlicher, lautloser Mord lief vor meinen Augen ab, denn die Peitsche entfaltete eine mörderische Kraft. Sie zerstörte das Mädchen.

An den drei Stellen, wo es getroffen worden war, begannen sich die Riemen in den Körper hineinzufressen, und gleichzeitig zuckten die ersten Flammen auf.

Es waren regelrechte Flammenringe, die sich in die Haut der jungen Frau einbrannten und ein Feuer entfachten, das sich blitzschnell ausbreitete.

Auf einmal war die Frau nur noch ein Flammenbündel. Wie silberne Schlangen zuckten die drei Riemen der Peitsche zurück, und der stumme Mörder rollte sie mit einer routiniert wirkenden Bewegung wieder auf. Danach schaute er zu, wie sein Opfer verbrannte.

Ich erlebte schlimme Szenen. Vielleicht deshalb so schlimm, weil kein Laut zu vernehmen war. Wenn ich einen Schrei gehört hätte, einen Ruf, die Bitte um Hilfe, das alles geschah nicht.

Der Film blieb stumm.

Ich hatte die Hände geballt und fühlte auf meinen Handflächen die Feuchtigkeit. Natürlich war ich viel gewohnt, aber dieses Mädchen so sterben zu sehen und selbst nicht eingreifen zu können, das zerrte schon an den Nerven.

Sie verbrannte. Nur rötlich schimmernde Asche blieb zurück, die sich wie ein feiner Schleier über die Knochen legte, die dem Feuer widerstanden hatten.

Im nächsten Augenblick sah ich auch davon nichts mehr, und der Mann mit der Peitsche war ebenfalls verschwunden. Eine normale Landschaft lag vor uns.

Fast überdeutlich vernahm ich das Surren des Projektors, das von der Stimme des Ornithologen übertönt wurde. »Nun, Mr. Sinclair, habe ich zu viel versprochen?«

Ich starrte auf die Leinwand, wo das letzte Bild plötzlich zusammensackte.

»Nein«, sagte ich, »das haben Sie nicht.«

Dr. Barrows schaltete das Licht ein.

Ich blieb noch für eine Weile starr auf dem Stuhl sitzen. Nicht nur meine Handflächen waren feucht geworden, auch auf meiner Stirn klebte der Schweiß. Ich wischte ihn mit dem Handrücken weg und reinigte die Haut an einem Taschentuch.

Barrows kam zu mir. Er ging langsam, ein wenig schwerfällig. Als ich meinen Kopf drehte, sah ich, dass er den Blick gesenkt hatte. Rechts neben mir ließ er sich nieder und hob die Schultern. »Glauben Sie mir, Mr. Sinclair, ich habe für dieses Phänomen keine Erklärung. Das ist alles so seltsam.«

Ich runzelte die Stirn. »Es sah mir nach einer Doppelbelichtung aus.«

»Klar, daran habe ich auch gedacht. Aber wie war das möglich? Es war niemand in der Nähe, der dafür verantwortlich gewesen wäre. Nein, das Phänomen ist für mich unerklärlich, wenn ich ehrlich sein soll. Oder können Sie etwas dazu sagen?«

»Noch nicht.«

»Die beiden Personen passen einfach nicht auf den Film«, sagte er und stand auf. »Ich hole einen Schluck zu trinken.«

Automatisch nickte ich, während ich mich weiterhin meinen Gedanken hingab.

Was ich in den letzten Minuten erlebt hatte, war wirklich unerklärlich und phänomenal. Okay, ein Streifen war in der Jetztzeit, der Gegenwart, gedreht worden. Wie konnte es aber möglich sein, dass sich noch ein zweiter Film zeigte?

Das sollte verstehen, wer wollte, ich konnte mir darauf keinen Reim machen.

Wie also war es zu erklären? Ich ging erst einmal davon aus, dass ich auf der Leinwand Szenen gesehen hatte, die sich in der fernen Vergangenheit abspielten. Dort musste dieser Vorfall geschehen sein, wenigstens deutete die Kleidung der Menschen darauf hin.

Ich hörte die Schritte des Wissenschaftlers. Er kehrte zurück, setzte sich wieder neben mich und schenkte Saft in zwei Gläser ein. Eins reichte er mir mit den Worten:

»Haben Sie sich schon eine Lösung überlegt, Mr. Sinclair?«

»Tut mir Leid.«

Er nickte, bevor er trank. »Das habe ich mir bereits gedacht. Es ist unerklärlich. Ich sprach mit einem Kollegen über dieses Phänomen. Der wusste sich auch keinen Rat, schlug mir schließlich vor, mich einmal mit Sir James Powell in Verbindung zu setzen. Das habe ich getan. Den Erfolg sehen Sie ja.«

Ich nickte. »Wo haben Sie diese Aufnahmen eigentlich gedreht?«, wollte ich wissen.

»In Mittelengland.«

»Hatten Sie einen Grund?«

»Klar. Dort ist die Natur noch einigermaßen in Ordnung. Ich beschäftige mich mit der Ornithologie, wie Sie ja wissen. Gerade im Frühjahr gibt es Interessantes zu beobachten.

»Das habe ich gesehen«, erwiderte ich ein wenig doppelsinnig.

»Nur keine allmählich erblühende Natur, sondern einen grausamen Mord«, sagte der Wissenschaftler.

Ich trank einen Schluck Wasser. Noch immer dachte ich über das Phänomen nach. Deutlich sah ich den Mann mit der Peitsche vor mir. Der Kleidung nach gehörte er in eine andere Epoche. In die Zeit der Hexenverfolgung. So jedenfalls musste ich die Szene deuten.

»Ich habe keine Erklärung«, gab Dr. Barrows ehrlich zu. »Es ist von mir nichts getürkt worden, und auch eine Doppelbelichtung kann ich mir nicht vorstellen, obwohl es so etwas Ähnliches ja war.«

»Wissen Sie etwas über die Gegend?«, fragte ich.

»Meinen Sie Blackmoor?«

»Ja.«

Er winkte ab. »Da fragen Sie mich was. Es ist grauenhaft, Blackmoor kann man mit normalen Dingen überhaupt nicht messen. Das ist wirklich keine Gegend, um Urlaub zu machen. Da wird man schwermütig, wenn man dort nicht geboren ist. Anders verhält es sich mit mir. Ich liebe das Moor, seine feuchte Fläche, die noch so unberührt ist. Hier können sich die Vögel und Insekten frei entfalten, sie brauchen keine Angst vor den Menschen zu haben, die ihren Lebensraum trockenlegen wollen.«

»Geschieht das nicht?«

»Nein. Dafür haben die Naturschützer gesorgt. Blackmoor soll erhalten bleiben.«

»Und wem gehört das Schloss?«

»Ach, Sie meinen den alten, halb zerstörten Bau?« Dr. Barrows lachte. »Ja, das ist auch so eine Geschichte. Vielleicht würde das Schloss heute noch stehen, doch ein Brand hat leider alles vernichtet. Deshalb stehen nur noch die rußgeschwärzten Außenmauern. Zudem passen sie irgendwie in die Gegend.«

»Waren Sie schon mal drin?«

»Ja, das war ich in der Tat. Ungemütlich, kann ich Ihnen sagen. Richtig ungemütlich. Der Wind pfeift um die kahlen Mauerreste. Da ist nichts, was einen hält. Ich bin einmal in die Keller hinabgestiegen. Schlimm, kann ich Ihnen sagen. Unheimliche Gewölbe, einige sogar eingestürzt ...«

»Jetzt bräuchte ich noch die genaue Lage«, sagte ich.

»Wollen Sie hin?« Überrascht schaute mich Dr. Barrows an.

Ich lachte. »Was dachten Sie denn? Erst erwecken Sie meine Neugier, dann wundern Sie sich. Nein, diesem Phänomen gehe ich auf den Grund, darauf können Sie sich verlassen.«

Er grinste verschmitzt. »Eigentlich hatte ich nichts anderes von Ihnen erwartet, aber nach dem Film war ich mir nicht mehr so sicher. Er war verdammt unheimlich.«

»Das können Sie laut sagen.«

Plötzlich schnickte er mit den Fingern, als hätte er einen besondern Einfall gehabt. »Da ist noch etwas. Ich besitze von der Gegend ausgezeichnetes Karten-material. Wenn ich Ihnen damit behilflich sein soll, sagen Sie es.«

»Das wäre gut.«

Dr. Barrows stand auf. »Kommen Sie, Mr. Sinclair, ich werde sehen, was sich machen lässt.«

Wir verließen den Vorführraum und gelangten in das Arbeitszimmer des Ornithologen.

Der Schreibtisch stand vor dem Fenster. Dr. Barrows bückte sich und suchte in einer der zahlreichen Schubladen herum. Schließlich fand er das, was er gesucht hatte. Das Kartenmaterial steckte in einer Klarsichtmappe, die er mir überreichte.

»So, da finden Sie alles.« Er schaute zu mir hoch. »Wann wollen Sie los?«

»So schnell wie möglich. Gibt es in der Nähe auch ein Dorf?«

»Ja, Blackmoor. Ein Ort wie am Ende der Welt. Die Menschen sind sehr eigen, kann ich Ihnen sagen. Ich bin schon mehr als ein Dutzend Mal dort gewesen, aber Kontakte habe ich zur Bevölkerung bisher nicht knüpfen können. Die Leute sind mehr als seltsam.«

»Wir werden sehen.«

»Und noch eins«, sagte der Mann, wobei er warnend seinen rechten Zeigefinger hob. »Wenn Sie schon da sind, tun Sie mir einen Gefallen, vertreiben Sie mir bitte nicht die Vögel.«

»Keine Sorge.«

Dr. Barrows brachte mich noch bis zur Tür. Er redete ununterbrochen, diesmal allerdings von seinen Vögeln und davon, wie wertvoll sie für die Natur waren.

Am Wagen verabschiedete ich mich von ihm.

»Wenn Sie Erfolg haben, Mr. Sinclair, lassen Sie es mich wissen.«

Ich nickte. »Sie werden der Erste sein, Doktor.«

»Danke, und viel Glück.«

Das konnte ich wirklich brauchen. Der Bentley würde mal wieder eine kleine Reise machen müssen. Es tat dem alten Schätzchen ganz gut, mal ausgefahren zu werden.

Allein wollte ich nicht in die Gegend. Suko musste mit. Der Freund empfing mich auch gleich mit der Frage, wie es denn gewesen sei.

Ich hockte mich auf die Kante meines Schreibtisches. »Wir werden ins Moor fahren.«

»Ist was dran?«

»Höchstwahrscheinlich«, erwiderte ich und griff zum Telefon, um meinen Chef zu informieren, während Suko sagte: »Erst in Den Haag, jetzt im Moor. Allmählich komme ich mir vor wie ein Vertreter.«

»Die platte Nase hast du ja schon«, bemerkte ich.

»Wieso?«

Ich hatte noch nicht gewählt und sagte: »Weißt du denn nicht, dass die Vertreter platte Nasen haben?«

»Ist mir neu. Weshalb?«

»Weil ihnen die Türen so oft vor der Nase zugeschlagen werden, mein Lieber …«

Der Wagen war klein und für die Schlaglöcher der Wegstrecke viel zu hart gefedert, aber das störte die beiden Personen, die in ihm saßen, nicht.

Sie mussten die Strecke fahren, denn sie hatten eine wichtige Aufgabe zu erledigen.

Es waren zwei Frauen, die in dem Spitfire hockten. Er war dunkel wie die Landschaft, die sie umgab. Man hätte meinen können, eine gewaltige Decke wäre über das Moor gehängt worden, die nur ein Loch hatte, durch das bleich und fahl ein fast voller Mond schimmerte.

Natürlich hätten sie auch auf eine andere Art und Weise an ihr Ziel gelangen können, aber das wollten sie nicht. Sie gaben sich bewusst harmlos.

Dabei waren sie brandgefährlich!

Als Töchter der Hölle oder Sklavinnen des Satans konnte man die beiden bezeichnen. Frauen, deren Schönheit einen Mann blenden und ihn gleichzeitig vernichten konnte.

Und sie hielten zusammen wie Pech und Schwefel, denn die eine war die Dienerin der anderen.

Wenn von diesen beiden Personen die Rede war, konnte es sich nur um Wikka und Jane Collins handeln. In der Tat waren sie es, die durch die einsame Gegend fuhren, um zu ihrem Ziel zu gelangen. Es lag mitten im Moor, und sie waren auf dem Weg dorthin. In dieser Nacht wollten sie das Rätsel lösen, dessentwegen sie hier waren.

Die Frau auf dem Beifahrersitz saß dort wie eine Statue. Ihr langes, schwarzes Haar fiel bis auf die Schultern und zeigte einen Mittelscheitel, der eine ziemlich hohe Stirn freigab. Die bot Platz genug für zwei kleine Schlangen, die bei bestimmten Gelegenheiten aus der Stirn wuchsen und sich in höllisch gefährliche Waffen verwandeln konnten.

Diese Schlangen verbanden Wikka mit dem Teufel, dessen Dienerin sie war. Gleichzeitig war sie aber auch die Königin der Hexen. Sie wollte, dass ihr sämtliche Hexen auf der Erde gehorchten, ihr der mächtigsten aller Hexen. Unter ihrer Führung mussten sie zusammengefasst werden, damit man dem Teufel einen günstigen Startplatz gab.

Neben Wikka saß Jane Collins, die das Lenkrad mit beiden Händen festhielt, damit es ihr bei den Unebenheiten des Bodens nicht aus den Händen tanzte.

Jane, ehemalige Detektivin, stand voll und ganz unter dem Bann der Oberhexe Wikka. Sie war ihr hörig, sie würde alles tun, was sie verlangte, und sie hatte es schon getan.

An ihr früheres Leben dachte sie nicht mehr, sie hatte es kurzerhand verdrängt, für sie zählten nur die Gegenwart und die Kräfte, über die sie jetzt verfügte.

Natürlich schloss sie Wikka in den Kreislauf der Dankbarkeit mit ein. Sie hatte sich ihrer angenommen, als der Geist des toten Rippers in Janes Körper gefahren war.

Er hockte noch immer darin und verstärkte das Böse.

Jane Collins war eine gelehrige Schülerin gewesen. So hatte sie sich von Wikka in manches Geheimnis der Hexenkunst einweihen lassen und wendete ihr Wissen auch an.

Sie konnten urplötzlich zuschlagen und ebenso schnell wieder verschwinden. Aber auch harmlos gaben sie sich gern, wie jetzt, wo sie durch die einsame Moorlandschaft fuhren und einen regelrecht ängstlichen Eindruck erweckten.

Der Weg war durch keine Leitplanke gesichert. Es gab auch keinen Mittelstreifen.

Gespenstisch sah die Landschaft aus. Zu beiden Seiten des Pfades breitete sich das Moor aus, in dessen typischer Vegetation sich gefährliche Tümpellöcher versteckten.

Wie in allen Nächten, wenn die Temperatur gesunken war, bildeten sich über dem Moor lange Dunstschleier. Lautlos strichen sie auf der Fläche entlang, erinnerten an die Seelen uralter Geister und drehten sich zu makabren Tänzen, wenn der Wind zwischen sie fuhr und sie bewegte.

Die schaurige Szenerie, die den meisten Menschen Furcht eingeflößt hätte, ließ die beiden Hexen kalt. Sie fürchteten sich nicht davor, ihre Gedanken drehten sich um ganz andere Dinge.

Um den Tod ihrer Artgenossinnen!

Länger konnte Wikka es auf keinen Fall hinnehmen, dass Hexen getötet wurden. Irgendjemand machte Jagd auf die Teufelsdienerinnen, und er tat dies mit einer nahezu grausamen Perfektion. Er tötete eiskalt. Wikka hatte während einer magischen Beschwörung die Todesschreie ihrer Freundinnen vernommen.

Und nicht nur einmal.

In den Nächten hatte sie die Schreie immer wieder gehört. Wikka war wild geworden, sie hatte alle Kräfte eingesetzt, um erfahren zu können, woher die Schreie kamen, denn sie wusste genau, dass diejenigen, die geschrien hatten, nicht mehr lebten.

Der Tod griff nach ihnen.

Und dann war es soweit. Eines Nachts, als sie die Schreie abermals vernahm, beschwor sie das magische Hexendreieck. Diesmal hatte sie Erfolg. Das Dreieck zeigte ihr, wo sie den Übeltäter finden konnte.

Allerdings wusste sie nicht, wer er war. Sie hatte zuerst an ihren Erzfeind John Sinclair gedacht, doch der konnte es nicht sein, denn er befand sich nicht in London, wie sie erfuhr. Ein anderer tötete ihre Schwestern!

Er musste sehr stark sein, denn Wikka kannte die Kraft der Hexen. Sie ließen sich nicht so einfach unterkriegen. Auch sie kannten einen gefährlichen Zauber, mit dem sie ihre Gegner ausschalteten.

Bis aufs Blut quälte der andere sie, und Wikka hatte sich vorgenommen, ihn so grausam zu vernichten, dass es für alle anderen, die ihm folgen wollten, eine Lehre sein sollte.

Sie ließ sich so etwas nicht gefallen.

Blackmoor!

Der Name hatte innerhalb des Hexendreiecks gezittert. In blutroter Schrift sogar, wie es einer Hexe würdig war. Natürlich hatte sich Wikka genau erkundigt, was es mit Blackmoor auf sich hatte, und sie fand heraus, dass dieses Gebiet in Mittelengland lag und bis auf wenige Dörfer völlig ausgestorben war.

Die alte Ruine des Schlosses Blackmoor war noch vorhanden. Ihre geschwärzten Mauern standen im Sumpfgebiet, und von ihnen ging das Grauen aus.

Wikka hatte darauf verzichtet, direkt in das Zentrum zu springen. Sie wollte abwarten, beobachten, lauern, denn vielleicht lief der andere selbst in die Falle.

Noch war nichts zu sehen. Düster lag die flache Landschaft vor ihnen. Vom Himmel schien der Mond, ein paar Sterne funkelten wie vergessene Diamanten, die Nebelschleier drehten sich manchmal über dem Weg und verfingen sich in den eingeschalteten Lichtstrahlen der beiden Scheinwerfer.

Wikka und Jane hatten sich entschlossen, zum alten Schloss zu fahren. Die Zufahrt bestand noch immer. Dort wollten sie dann auf den anderen lauern. Und wenn er erschien, sollte er sein blaues Wunder erleben.

Der Tod war ihm sicher!

»Du musst aufpassen, Jane, wir müssen bald die schmale Abzweigung erreichen.«

»Die zum Schloss führt?«

»Ja.«

»Werden wir ihn dort finden?«

»Ich hoffe es, denn ich will ihn vernichten!«

Während dieser Worte sprühten Funken von den Lippen der Hexe.

»Wer kann es nur sein?«

»Das wusste nicht einmal der Teufel«, erwiderte

Wikka. »Jemand, der uns hassen muss. Vielleicht ein Hexentöter aus der Vergangenheit. Möglich ist alles.«

Jane nickte. Auch sie hatte es während ihrer Zeit bei Wikka gelernt zu hassen. War sie es früher gewesen, die den Geschöpfen der Finsternis den Kampf angesagt hatte, so zählte dies nicht mehr. Jetzt waren die Schwarzblüter ihre Freunde, und sie hasste nun diejenigen, die sie bekämpften.

Auch John Sinclair gehörte dazu.

Irgendwann einmal wollte sie ihn töten …

Als sie an den Geisterjäger dachte, verzog sich ihr Gesicht. Das Lächeln wirkte böse und gemein.

»Was hast du?«, fragte Wikka.

»Ich dachte an Sinclair.«

»Und?«

»Er muss auch irgendwann verschwinden. Trotz allem wird Sinclair zu mächtig, weil wir es nicht schaffen, uns zu organisieren. Wir bekämpfen uns gegenseitig, das hast du ja schließlich erlebt. Nicht einmal gegen die Magie der Frühzeit konnten wir uns vereinigen. Lady X tanzte aus der Reihe und wollte ihren eigenen Weg gehen.«

»Die Quittung hat sie ja erhalten«, erwiderte Wikka.

»Ja, das stimmt!«

Nach diesen Worten schlief die Unterhaltung ein. Beide wussten, dass der kleine Ort Blackmoor existierte. Dort aber wollten sie nicht hin, sondern direkt ins Zentrum.

Mit ihrem sicheren Instinkt hatte Wikka erkannt, dass die alte ausgebrannte Burg eine besondere Rolle spielte. Ihr magisches Hexendreieck hatte auf sie hingewiesen. In dem Gemäuer, vielleicht auch in den noch vorhandenen düsteren Gewölben, musste sich irgendetwas tun. Eine starke Magie hatte sich dort eingenistet, und sie wollte Wikka bekämpfen.

Der kleine Wagen schaukelte weiter und erreichte die Abzweigung, die zur Burg führte.

Jane Collins lenkte den Wagen hinein.

Im auf- und niedertanzenden Licht des hellen Scheinwerferteppichs sah sie Sträucher und hohes Gras, das durch die stetigen Berührungen des Lichts wie mit Leben erfüllt wirkte.

Überall schienen geheimnisvolle Geister und Dämonen zu lauern, die nur darauf aus waren, andere in Fallen zu locken. Die Gegend oder Umgebung bereitete den beiden Hexen keine Sorgen. Der Weg war viel schlimmer. Nicht nur Schlaglöcher machten ihnen zu schaffen, der Untergrund selbst war glitschig und feucht, manchmal sehr tief, sodass die Reifen Mühe hatten, sich wieder freizuwühlen, wenn der Wagen mal wieder stecken blieb.

Irgendwie schaffte es Jane dennoch, den Wagen auf der Bahn zu halten. Sie war eine routinierte Autofahrerin.

Und dann sahen sie ihr Ziel.

Die unheimliche Schlossruine lag vor ihnen.

Da der Mond direkt über ihr zu stehen schien, hoben sich die Umrisse der ausgebrannten Ruine scharf ab.

Sie entdeckten aber auch die dunkle, an manchen Stellen geheimnisvoll schimmernde Fläche, die vor dem Schloss lag. Es war das Moor, der Sumpf, der alles fraß, was sich in seine Nähe wagte. Wer einmal in ihm steckte, war für alle Zeiten verloren.

Im ersten Moment sah es so aus, als würde der schmale Pfad mitten durch den tückischen Sumpf verlaufen. Ein Irrtum, wie die beiden Hexen beruhigt feststellten. Der Weg beschrieb einen Bogen und wurde sogar zu einem Damm, als er am Rand des Moors entlanglief. Den Damm hatten Menschen angelegt. Die schmutzigen Reifen des Spitfire rumpelten über Bohlen.

Waren sie vorhin noch gekrochen, so konnten sie jetzt die Geschwindigkeit erhöhen. Sie näherten sich dem Ziel immer schneller.

Die Bohlen verschwanden. Es war so, als würde der Wagen über eine feuchte Wiese fahren, über der Nebelschleier tanzten.

Die alte Ruine bot ein schauriges Bild. Beim Näherkommen erkannten beide, dass die schwarzen Mauern einen seltsamen Glanz hatten, als wären die Steine mit Öl eingerieben worden. Die Ruine hatte die Form einer Pyramide. Ganz oben ragte ein Turm mit einer Zinne auf der Krone hervor. Er war größer als die anderen kleinen Türme, die in einer seltsam stufenförmigen Anordnung an beiden Seiten in die Höhe wuchsen. Eine wirklich außergewöhnliche Burg. Ein Gemäuer, um das sich zahlreiche Geheimnisse und Legenden rankten, denn dieser Platz, das wussten Wikka und Jane, war als schwarzmagischer Ort lange Zeit verrufen gewesen.

Als eine Wolke vor den Mond trieb, wurde es noch dunkler. Jetzt brauchten sie wirklich die Scheinwerfer, um sich orientieren zu können.

Dann stoppten sie.

Wikka nickte und stieß Jane Collins an. »Los, wir wollen nicht mehr länger warten, sondern uns die Burg einmal genau ansehen.«

Die Frauen verließen den Wagen und drückten die Türen sacht ins Schloss.

Zu beiden Seiten des Spitfire blieben sie stehen, um all die sie umgebenden Strömungen erst einmal in sich aufzunehmen. Der Wind kam von vorn, fuhr in ihre Haare und wehte einmal die dunklen und zum zweiten die hellen nach hinten, wo sie sich wie lange Fahnen aufblähten.

Stumm schauten sie auf das Schloss. Jane und Wikka sahen nicht aus wie Hexen. Sie waren dunkel, aber normal gekleidet, trugen lange Hosen und Pullover.

»Ich spüre es«, sagte Wikka nach einer Weile, ohne die Lippen zu bewegen. »Hier lauert etwas.«

Jane drehte den Kopf. Über das Dach des Spitfire hinweg blickte sie ihre Lehrerin an. »Wer lauert?«

»Der andere.«

»Kannst du herausfinden, wer er ist?«

Wikka schüttelte den Kopf. »Nein, aber er ist hier. Ich spüre seine Ausstrahlung, sie weist auf das Schloss hin.«

»Dann lass uns gehen!«

Wikka kümmerte sich nicht um Janes Aufforderung. Sie hob plötzlich den linken Arm und streckte ihren Zeigefinger aus. Dabei deutete sie in die Dunstschwaden hinein. »Da oben brennt ein Licht«, flüsterte sie. »Schau genau hin, Jane, dicht unter dem höchsten Turm.«

Jane ging einen Schritt vor. Besser konnte sie dadurch

auch nicht sehen, stellte jedoch fest, dass sich Wikka nicht getäuscht hatte. Innerhalb der Ruine schimmerte tatsächlich Licht. Es flackerte rötlich gelb und war durch die Fensteröffnung scharf abgegrenzt.

Stille umgab die beiden Hexen. Selbst die Geräusche des Sumpfs schienen eingeschlafen zu sein. Es war eine Gänsehaut-Ruhe. Nur die Dunstschleier wehten über den Sumpf und streichelten die alten Mauern der Ruine.

»Wir werden nachsehen«, sagte Wikka mit gedehnter Stimme. »Wir werden genau nachschauen, darauf kannst du dich verlassen. Wenn er sich dort oben aufhält, packen wir ihn.«

Diese Sätze waren für die beiden Hexen das Startsignal. Sie gingen los und hatten zuerst Mühe, ihre Füße aus dem weichen Boden zu ziehen, der die Beine festhalten wollte.

Sie nahmen bewusst einen normalen Weg, ließen ihre Hexenkräfte ruhen und betraten hintereinander das alte, unheimliche Gemäuer von Schloss Blackmoor …

Nach einer wahren Horrortour hatten wir Blackmoor erreicht.

Wir waren zwar nicht direkt durch das Moor gefahren, sondern hatten es nur am Rande gestreift, doch das, was wir in der Dämmerung gesehen hatten, reichte aus, um einen eigentlich fröhlichen Menschen trübsinnig werden zu lassen.

Diese Gegend war einfach unheimlich!

Sie hätte eine vorzügliche Kulisse für einen Gruselfilm abgegeben. Da brauchte man überhaupt nichts zu verändern, die abgestorbene Natur sorgte sowieso dafür.

Etwas stach uns besonders ins Auge. Es waren die schwarzen Vögel, die uns fast bis in den Ort begleiteten. Raben und Krähen, die mit träge wirkenden Flügelschlägen über unseren Wagen hinweghuschten und manchmal sogar vor der Frontscheibe des langsam fahrenden Bentley herhuschten und in das Innere starrten, als wollten sie uns hypnotisieren.

Raben und Krähen waren normale Vögel. Ich hatte beileibe nichts gegen sie, nur waren sie mir seit dem Brocken in unangenehmer Erinnerung geblieben. Dort hatte ich Raben und Krähen als verwandelte Hexen kennen gelernt.

Die Vögel flogen tatsächlich nur mit bis Blackmoor, dann verschwanden sie in der Weite des grauen Himmels, der über der Moorlandschaft lag.

Blackmoor!

Dr. Barrows hatte wirklich nicht zu viel versprochen.

Das war kein normales Dorf. Blackmoor konnte man als eine Ansammlung von Häusern bezeichnen, über denen irgendwie noch der Hauch des Mittelalters lag. Ich fragte mich, ob es hier überhaupt Strom gab; eine Fernsehantenne entdeckte ich auf keinem Dach.

»Das ist noch schlimmer als in Dartmoor«, murmelte Suko, der das berühmte Zuchthaus ebenso kannte wie ich.

Und damit hatte Suko ein wahres Wort gesprochen. Nur gut, dass wir noch an der letzten Tankstelle Sprit aufgenommen hatten, denn eine Zapfsäule gab es hier nicht, dafür einen breiten Weg, der nicht einmal Pflaster aufwies.

Menschen sahen wir nicht.

Und dies, obwohl sich das Wetter eigentlich von seiner guten Seite zeigte. Zwar etwas aprilkühl, ansonsten jedoch nicht so, dass es Leute von der Straße fernhielt.

»Ein Geisterdorf«, sprach Suko das aus, was ich dachte.

Ich schwieg. Nach einem Parkplatz brauchte ich nicht lange zu suchen. Ich stellte den Wagen vor einem alten Schuppen ab und drückte die Tür auf.

Auch Suko verließ den Bentley.

Erst jetzt, als wir im Freien standen, merkten wir, welch eine seltsame Luft uns umgab. Sie war mit der einer Großstadt nicht zu vergleichen, auch nicht mit normaler Landluft. Diese Luft roch modrig.

Der Sumpf strahlte sie ab. Ihm musste sie Tribut zollen. Ein kühler Wind fiel in den Ort. Ich schaute nach Westen, hatte über eine Wiese hinweg freie Sicht und sah in der Ferne die Umrisse einer Burg.

»Da ist das Schloss«, sagte ich zu Suko.

Mein Partner drehte sich um. »Sieht ziemlich bedrohlich aus«, bemerkte er.

»Das scheint es auch zu sein«, erwiderte ich, stemmte die Hände in die Hüften und riskierte noch einen Rundblick.

Das Dorf blieb menschenleer. Keine Spur von Leben. Nicht mal ein streunender Hund lief umher. Es war kaum zu fassen, und ich schüttelte den Kopf. Ich fühlte mich wie in eine andere Dimension verschlagen, das jedoch stimmte nicht. Wir befanden uns mitten in England, nur eben ein wenig in der Zeit versetzt.

»Dann lass uns mal gehen«, sagte Suko, setzte seinen Fuß vor und blieb sofort stehen, weil er meinen erstaunten Blick bemerkte.

»Was ist los, John?«

Ich schüttelte den Kopf. »Eigentlich nichts, nur deine Stimme. Sie klingt sehr seltsam.«

»Wie denn?«

»Irgendwie hallend.«

Suko sagte etwas und schüttelte den Kopf. »Du musst dich irren, Alter, wirklich.«

»Vielleicht.« Ich hob die Schultern. Sukos Worte hatten mich nicht überzeugt. Ich war nach wie vor der Ansicht, dass seine Stimme keinen normalen Klang mehr hatte.

Nebeneinander gingen wir über die ›Straße‹, die auf beiden Seiten von sehr alten Häusern gesäumt wurde.

Sie alle machten einen sehr baufälligen Eindruck auf uns. Die Fenster waren zum Teil so schmal, dass nicht einmal zwei Menschen aus ihnen schauen konnten, ohne sich zu berühren.

Ich trat an eine Hauswand heran und wischte mit dem Handrücken ein wenig Schmutz von der Scheibe. Dabei erkannte ich, dass es sich um sehr dickes Fensterglas handelte, das außerdem nicht sehr glatt war, sondern leicht wellig.

Solche Scheiben stellte man heute nicht mehr her.

»Siehst du was?« Suko war dicht hinter mich getreten und hatte die Frage gestellt.

»Ja, eine Wohnungseinrichtung. Einen Tisch, ein Bett, Stühle, noch ein Bett, einen alten Schrank ...«

»Keine Lampe?«

»Doch. Das heißt, nein. Keine elektrische. Mehr eine Kerze, aber keine Petroleumleuchte.« Ich richtete mich wieder auf. »Verdammt, Suko, das verstehe ich nicht. Dieser komische Ort ist nicht nur seltsam, sondern auch unheimlich. Kannst du dir einen Reim darauf machen?«

»Noch nicht.«

»Ich auch nicht.« Leicht stieß ich meinen Partner an. »Lass uns weitergehen.«

»Denk an die Gasthäuser«, sagte Suko. »Da haben wir immer Informationen erhalten.«

»Dahin wollte ich.«

Suko hätte nicht in der Mehrzahl zu sprechen brauchen, denn Gasthäuser sahen wir nicht. Überhaupt gab es keine einzige Kneipe oder Pinte, jedenfalls wies nichts darauf hin, und wir entdeckten auch keine diesbezüglichen Schilder.

Ein Gebäude bestand aus stärkeren Holzbohlen als die anderen, es erregte unsere Aufmerksamkeit. Zwei Laternen schaukelten über der Bogentür. Die alten Scharniere bewegten sich knarrend im Wind, und die Geräusche hörten sich an, als würden zahlreiche Geister unter unsäglichen Qualen leiden und stöhnen.

Mit der linken Hand stieß Suko die Tür auf. Wir gelangten in das, was man mit Mühe und Not als einen Schankraum bezeichnen konnte. Der Boden bestand aus festgestampfter Erde. Rohe Schemel und Tische erregten ebenso unsere Aufmerksamkeit wie die langen Bänke an den Wänden und die beiden großen Holzfässer auf der primitiven Theke. Wahrscheinlich enthielten sie Bier oder ähnliches. Getrunken allerdings wurde es nicht aus Gläsern, sondern aus Tonkrügen, die hinter der Theke mit den Henkeln an kleinen Holzstäben hingen.

Mitten im Raum blieben wir stehen. Suko schüttelte den Kopf, bevor er fragte: »Wo trinkt man denn heutzutage noch aus Tongefäßen?«

»Hier, das siehst du doch.«

Mein Freund verzog die Mundwinkel. »Ich weiß nicht so recht, John, ob ich dir da folgen kann. Mittlerweile habe ich das Gefühl, in einer anderen Zeit zu sein.«

Was Suko da ausgesprochen hatte, war fantastisch. Aber nicht unglaubwürdig, denn ich konnte mir gut vorstellen, dass wir eine Zeitbarriere überschritten hatten, ohne es zu merken.

Und gerade das machte mich stutzig.

Wie war es möglich, dass wir in einer anderen Zeit gelandet waren, ohne es zu merken?

Und wer trug die Verantwortung dafür?

»Du sagst ja nichts, John. Hat es dir die Sprache verschlagen?«

»Ein wenig schon«, gab ich zu. »Aber deine Idee ist nicht schlecht. Es passt eigentlich alles. Die Häuser, die Einrichtung der Wohnungen, überhaupt das ganze Klima. Ich werde das Gefühl nicht los, dass wir uns in einem Dorf befinden, das schon im auslaufenden Mittelalter existiert hat. Mein lieber Freund, wenn das wahr ist …«

»Wo stecken dann die Menschen?«, fragte Suko dazwischen und lauerte auf eine Antwort.

Die konnte ich ihm leider nicht geben.

»Wir müssen sie suchen.«

»Falls sie nicht das Dorf verlassen haben oder von der Pest dahingerafft worden sind.«

»Jetzt siehst du aber verdammt schwarz, mein Lieber.«

»Nein, ich sehe es realistisch«, erwiderte ich und ging an dem primitiven Tresen vorbei. Als ich dahinter schaute, sah ich die durch einen Vorhang abgedeckte Tür und sogar Fußspuren auf dem Boden. Er war mit Sägemehl bestreut. Die Füße hatten Abdrücke hinterlassen. So ausgestorben schien das Dorf also doch nicht zu sein.

Ich schob den Vorhang zur Seite und gelangte in eine Kammer. Düster war es, meine Nase nahm einen typischen Geruch auf. Es roch nach Speck und Schinken.

Hier wurde geräuchert.

Gleichzeitig hörte ich die ersten Geräusche. Das Fiepen und Kreischen kam mir sehr bekannt vor. Ratten meldeten sich auf diese Weise. Ich ging einen Schritt, konnte etwas besser sehen und erkannte, dass sich die aufgehängten Schinken und Würste bewegten. Sie pendelten hin und her. Von allein taten sie das nicht. Schuld daran trugen die Ratten, die sich, wie Fledermäuse an einer Decke, an den Schinken- und Wurststücken festgeklammert hatten.

Da die Tiere bei ihrer Mahlzeit gestört wurden, reagierten sie auch so erregt. Bei diesem Wirt hätte ich freiwillig kein Menü bestellt, das war sicher.

Rückwärtsgehend verließ ich die Kammer wieder.

»Ich habe sie schon gehört«, sagte Suko. »Ratten. Dann frage ich mich nur, ob die Menschen ihr Dorf den Ratten überlassen haben.«

»Lass uns weitersuchen.«

Ich stieß mit dem Fuß gegen einen Schemel. »Hast du die Hoffnung noch immer nicht aufgegeben?«

»Nein. Aber ich will das Dorf durchsuchen, solange es noch hell ist.«

»Ja, das ist gut, okay.« Kopfschüttelnd trat ich hinaus. Wenn alles stimmte, waren wir mit dem Bentley tatsächlich in die Vergangenheit gefahren, ohne es zu merken.

Suko erwartete mich vor dem Haus. Er hatte sich schon umgesehen und auch einen Plan gebastelt. »Eigentlich müssten wir jedes Haus durchkämmen und bei den größeren anfangen. Hast du was dagegen?«

»Nein.«

Das Schicksal wollte es anders. Wir brauchten uns der Mühe nicht zu unterziehen, denn etwas lenkte uns ab.

Stimmen!

Nicht laut, aber vorhanden. Sie durchbrachen die geisterhafte Stille, die über dem Ort lag. Und sie waren so deutlich zu hören, dass wir sicherlich nicht lange zu suchen brauchten.

»Das ist hinter dem Gasthaus«, flüsterte ich.

Suko ging schon vor. Neben dem Haus führte ein schmaler Trampelpfad an der Wand entlang. Er endete auf einer Wiese, die von einem mehrmals zusammengebrochenen Holzzaun umfriedet war, über dessen

Trümmer wir steigen mussten; und dann entdeckten wir ein großes Gebäude aus Holz.

Es hatte ein spitzes Dach, aus dem dicht unter dem Giebel der Galgen eines Flaschenzuges hervorragte.

Er wirkte auf uns wie das Gerüst eines Henkers. Zudem baumelte eine sorgfältig geknüpfte Schlinge nach unten und wurde leicht vom Wind bewegt.

Das Haus sah aus wie eine Scheune und hatte eine große Doppeltür, die nicht völlig geschlossen war, sodass wir hinter ihr die Stimmen vernehmen konnten.

Noch immer waren die Worte nicht zu verstehen, erst als wir uns mit sachten Schritten näherten, hörten wir, wie jemand das Wort Hexe sagte.

Gleichzeitig flogen einige schwarze Vögel in den grauen Himmel. Die Tiere hatten auf dem Dachbalken gehockt. Irgendein Ereignis hatte sie aufgeschreckt. Der Schwarm stob davon. Wir schauten ihm für einen Moment nach.

Schnell und lautlos überwanden wir den Rest der Strecke, standen an der Doppeltür und peilten durch den Spalt in das Innere der Scheune.

Es war zu düster, um etwas genauer erkennen zu können. Wir sahen jedoch die Rücken zahlreicher Männer und Frauen. Sie hatten die Köpfe vorgereckt und schauten auf irgendetwas, das wir bisher noch nicht sehen konnten.

War es die Hexe?

Nur ein wenig brauchten wir den Spalt zu vergrößern, um uns hindurchschieben zu können.

Mit kleinen Schritten drangen wir in die Scheune ein und wurden nicht bemerkt.

Die versammelten Menschen hatten nur Augen für die Vorgänge, die sich weiter im Hintergrund abspielten.

Einen weiteren Beweis dafür, dass wir uns in einer anderen Zeit befanden, erhielten wir, als wir einen Mann sprechen hörten. Er redete in einem Englisch, das heutzutage niemand mehr sprach. So gestelzt mit seltsamen Betonungen.

»Gib es zu, Hexe, dass Ihr es wart, die uns die Felder und das Getier vernichtet habt!«

»Nein, nein!«, hörten wir vom Boden her die Antwort. »Ihr könnt mich foltern und geißeln, von mir werdet ihr kein Geständnis erpressen!«

»Dann wollt Ihr sterben?«

»Versucht es nur, ihr Narren. Versucht nur, mich umzubringen. Ihr werdet sehen, was Ihr davon habt, und ich fürchte mich auch nicht vor Mason Cordtland, dem Hexenwürger. Ich werde …«

Wir achteten nicht mehr auf die weiteren Worte, denn beide sahen wir ein, dass es für uns Zeit wurde, einzugreifen.

Eine Gasse fanden wir nicht, die jedoch würden wir uns schon schaffen. Suko und ich starteten gleichzeitig. Und wir teilten auch die gleichen Stöße aus, die einige Gaffer von den Beinen holten. Nun hatten wir freie Sicht und freie Bahn.

Dann sah ich auch den Sprecher.

Er war ein Hüne von Kerl, hatte rostrotes Haar und eine Bullengestalt und hielt mit beiden Händen den langen Griff einer Mistgabel umklammert, deren rostige Zinken dicht über einer fast nackten, am Boden liegenden älteren Frau schwebten.

Natürlich war unser Weg nicht so einfach. Es gab einige, die sich gegen unsere Attacken wehrten, uns auch festhalten wollten. Doch wir konnten keine Rücksicht nehmen, wenn wir das Leben der Frau retten wollten.

Suko tat sich besonders hervor. Er schleuderte manchmal drei Gegner auf einmal zur Seite und wäre vor mir am Schauplatz des Geschehens gewesen.

Wenn sich die Szene nicht verändert hätte.

Das Gesicht des rothaarigen Mannes verzerrte sich plötzlich. Es wurde zu einer Grimasse der Wut. Nackter Hass sprühte aus seinen Augen, er schrie uns irgendetwas zu, brüllte einfach hinein in das Chaos. Die Frau am Boden versuchte noch, sich zur Seite zu rollen, und plötzlich wirkte sie seltsam durchsichtig.

Wie alle anderen auch.

Im selben Augenblick stieß der Rothaarige zu. Die zweckentfremdete Mordwaffe traf voll!

Ich sah noch das schreckliche Bild vor meinen Augen, glaubte, das Spritzen des Blutes zu sehen, die kleinen, roten Fontänen, doch da war nichts.

Nur der Aufprall.

Und der hatte sich gewaschen. Ich knallte frontal gegen einen abgestellten Traktor, wobei meine Stirn nicht verschont wurde. Für einen Moment sah ich Sterne, taumelte zurück und hörte Suko fluchen.

Auch er lag am Boden. Ein von der Decke herabwachsender Pfosten war ihm im Weg gewesen.

Suko saß da, hielt sich die Schulter und schüttelte den Kopf. Dann fing er an zu grinsen, tippte gegen seine Stirn und sagte: »Ich wusste gar nicht, dass sie im ausgehenden Mittelalter schon Trecker gefahren sind.«

Ich rieb meine rasch anwachsende Beule. »Das war mir bisher auch unbekannt.«

»Und jetzt?«

Eine gute Frage, wie ich zugeben musste. Aber eine verdammt schwere, denn es war nicht leicht, die Antwort zu geben. Was sollten wir tun? Wir waren plötzlich aus der Vergangenheit heraus und wieder in die Gegenwart geschleudert worden.

Es war früher Abend, denn die Dämmerung erreichte allmählich auch das kleine Dorf Blackmoor.

Ich streckte Suko meine Hand hin und half ihm auf die Füße. »Das verstehe, wer will«, flüsterte er, »ich jedenfalls nicht.«

»Und ich auch nicht«, gab ich zu.

Der Trecker war nicht der einzige Gegenstand, der in der Scheune aufbewahrt wurde. Wir sahen noch einen zweiten, erkannten eine Egge und rechts von der Tür einen großen Mähdrescher.

Mein Partner nahm die ganze Sache mit Humor. »Ich bin mal gespannt, ob die immer noch kein elektrisches Licht haben, John. Los, lass uns nachschauen!«

Das taten wir und verließen so rasch wie möglich die Scheune. Vor ihr befand sich ein freier Platz. Wir schauten an der Torseite des Gebäudes hoch.

Da hatte sich schon einiges verändert. Die Scheune sah

jetzt wesentlich stabiler aus. Nur der alte Galgen hing nach wie vor unter dem Dachfirst.

»He, was machen Sie denn hier?«

Hinter mir erklang eine kratzige Stimme, und als wir uns umdrehten, sahen wir einen alten Mann, der auf der Schwelle einer offenstehenden Hintertür stand. Wie zum Hohn hielt er in der rechten Hand eine Mistgabel.

»Wir wollten uns hier mal umschauen«, erklärte ich im Näherkommen.

Die Augen unter seinen weißgrauen Brauen zogen sich zusammen. »Schnüffler aus der Stadt, wie?«

»Haben Sie hier etwas zu verbergen?«

Eine Antwort auf die Frage erhielten wir nicht, denn der Alte verschwand vom Fenster und tauchte in das Innere des Hauses, wobei wir noch seine Stimme hörten. Er rief nach einem Mann namens Rodney.

Wir waren inzwischen ein paar Schritte vorgegangen, als Rodney erschien. Er hielt zwar keine Mistgabel in der Hand, doch unbewaffnet war er nicht. Rodney trug ein Gewehr, und er sah verdammt entschlossen aus. Wir hatten das Gefühl, als wollte er die Waffe benutzen.

War es Zufall, dass er rötlich schimmerndes Haar hatte? Es leuchtete in derselben Farbe wie das des Mannes, den ich als den Mörder der Frau gesehen hatte.

»Wo kommen Sie her?«, fragte er uns.

»Aus dem Stall«, erwiderte ich wahrheitsgemäß.

Rodney stand kurz vor der Explosion. Diese Antwort hatte ihn sauer gestimmt. »Von meinem Vater habe ich gehört, dass ihr zwei Schnüffler seid. Was habt ihr hier zu suchen?«

»Wo können wir in Ruhe reden?«, fragte ich.

»Sagt mir alles.«

»Gibt es hier einen Polizisten?«, wollte ich wissen.

»Nein, so etwas erledigen wir allein.«

Das sah mir alles gar nicht gut aus. Ich schaute einigen Raben nach, die in die Lüfte stiegen und dabei krächzten, sodass ich das Gefühl hatte, sie würden uns auslachen.

»Wer ist dann verantwortlich für alles hier?«, erkundigte ich mich. »Einer muss doch das Sagen haben.«

Der Rothaarige nickte. »Das stimmt. Das ist Cordtland.«

Ich verkniff mir einen überraschten Pfiff. Den Namen Cordtland hatte ich vor kurzem erst gehört. So war doch einer von der Frau genannt worden. Ja, sie hatte den Namen Cordtland ausgesprochen. Das war in der Vergangenheit gewesen, und nun hörte ich ihn wieder.

Zufall?

Wahrscheinlich nicht. Der Name hatte sich innerhalb des Dorfes gehalten. Wer hier einmal wohnte, ging nicht weg. Die Familien vermehrten sich, und bei ihnen spielte Zeit keine Rolle. Die Namen blieben eben.

»Wo kann ich ihn sprechen?«

»Nirgendwo.« Der Rothaarige schüttelte den Kopf. »Cordtland hat nicht für jeden hergelaufenen Strolch Zeit. Ihr seid Strolche und Lumpenpack. Ich werde euch schon zeigen, wo es langgeht. Aus dem Schuppen seid ihr gekommen, nicht? Da werdet ihr auch wieder hineingehen. Ich sperre euch so lange ein, bis ihr mir gesagt habt, was ihr wirklich in unserem Dorf wollt. Wenn nicht, werfen wir euch in den Sumpf.«

»Reizend«, kommentierte Suko.

»Wie?«

»Ich sagte reizend, mein kleiner roter Teufel!«

Der Kerl holte tief Luft. Sein Vater fing auch noch an zu schreien. »Lass dir das nicht gefallen, Rodney, auf keinen Fall!«

Rod schüttelte den Kopf. Er stürmte drei Schritte vor, und genau das hatte Suko gewollt.

Mit der Fußspitze kickte er vor sich in den Boden. Im nächsten Augenblick hechtete mein Freund zur Seite, diesem Rodney jedoch flogen zahlreiche kleine Steine und Dreckklumpen entgegen, und das Zeug traf ihn genau ins Gesicht.

In einem Reflex drückte er ab. Die Kugel traf nicht Suko, sondern die Wand des Schuppens hinter uns. Zu einem zweiten Schuss hatte er keine Gelegenheit mehr. Suko entwand ihm blitzschnell das Gewehr, schleuderte es mir zu und hieb mit der Handkante zu.

Rodney kippte zur Seite. Bevor er schwer zu Boden schlug, fing Suko ihn auf, schleifte ihn zur Hauswand und lehnte ihn dagegen. Die entladene Waffe stellte ich neben ihn.

Jetzt schoss der Alte wieder aus dem Haus. Ich stand besonders günstig und schnappte ihn mir. Zum Glück trug er keine Mistgabel bei sich. Der Mann protestierte, das half ihm aber nichts. Ich nahm ihn mit in das Haus.

Wir betraten eine große Küche. Der Boden war mit roten Fliesen bedeckt. Auf eine Bank drückte ich ihn und befahl ihm, dort sitzen zu bleiben. Er schaute mich wütend an und hatte die Hände zu Fäusten geballt.

»Begrüßen Sie Ihre Gäste immer so?«, erkundigte ich mich.

»Ihr seid Schnüffler. Niemand hat euch gesehen, wie ihr auf den Hof gekommen seid.«

»Das stimmt allerdings. Nur möchten wir gern mit diesem Cordtland sprechen. Wo finden wir ihn?«

»In der Polizeistation.«

»Ist er Polizist?«

»Auch. Er ist alles, wenn Sie verstehen. Bürgermeister, Polizist, Verwalter …«

»Und wo steht das Haus?«

»Auf der Hauptstraße.«

»Dann wollen wir mal«, sagte ich, drehte ab, blieb aber plötzlich wieder stehen. »Eine Frage hätte ich noch. Haben Sie schon mal etwas von Hexen gehört oder einem Mason Cordtland?«

Da zuckte der Alte zusammen. Seine Augen verengten sich. Er beugte sich vor und flüsterte: »Was wissen Sie von Mason Cordtland?«

»Leider nicht genug, aber es hat ihn gegeben, nicht wahr?«

»Ja, er war ein berühmter Mann.«

»Ein Hexenjäger?«

»Auch.«

»Wie lange ist er schon tot?«

»Er starb vor Jahrhunderten. Für uns aber lebt er weiter. Ich will euch einen Rat geben. Verschwindet hier aus

Blackmoor. Es ist besser für Fremde. Wir wollen euch nicht hier haben.«

»Kann ich mir vorstellen.« Ich nickte dem Alten zu und sagte: »Bis später dann.«

Er starrte uns nach, als wir das Haus verließen. Rodney war noch immer bewusstlos. Wir ließen den Alten sitzen und schauten zu, dass wir den Hof verließen, bevor Rod wieder erwachte.

Wir fanden einen Weg. Er war nicht gepflastert. Wir sahen die Spuren der Treckerreifen, die sich tief in das Erdreich gegraben hatten.

»Ein seltsamer Ort«, bemerkte Suko. »Wirklich.«

»Vor Blackmoor und seinen Bewohnern hat mich schon Dr. Barrows gewarnt«, sagte ich.

»Weiß er mehr?«

»Glaube ich nicht. Ich schätze jedoch, dass die Vergangenheit und die Gegenwart in einem ursächlichen Zusammenhang stehen.«

Während wir redeten und weitergingen, war uns gar nicht aufgefallen, dass wir die breite Straße erreicht hatten, wo unser Bentley parkte. Der Silbergraue stand noch immer dort, wo wir ihn abgestellt hatten. Er war von der Vergangenheit wieder mit hinüber in die Gegenwart genommen worden.

»Und nicht einmal gealtert«, sagte ich, als ich auf den Wagen zeigte, der von Halbwüchsigen bestaunt wurde.

Als wir unser Gefährt erreichten, wichen die Jugendlichen scheu zurück. Ich winkte einem zu und fragte ihn, wo wir Mr. Cordtland finden konnten.

Er gab uns Antwort.

»Ist er auch zu Hause?«, wollte ich wissen.

»Ja, Sir.«

»Danke.«

Der Alte hatte von einer Polizeistation gesprochen. Wir fanden sie. Das Haus glich einer Baracke. Die Fensterscheiben waren in der unteren Hälfte überstrichen worden, sodass niemand in das Haus hineinschauen konnte.

Zur Tür führte eine Treppe hoch. Suko klopfte an. Eine Klingel hatten wir nicht gesehen.

Es dauerte eine Weile, bis wir Schritte hörten, die sich der Tür näherten. Eine Stimme fragte: »Was ist denn?«

»Wir müssen mit Ihnen reden, Mr. Cordtland.«

»Wer sind Sie?«

»Wir kommen aus London.«

»Dann fahren Sie wieder dorthin zurück.«

Himmel, waren die Leute verstockt! »Nun, das werden wir nicht sofort tun«, erklärte ich ihm. »Erst will ich mit Ihnen sprechen, und es wäre besser, wenn Sie uns öffneten.«

»Worüber wollen Sie reden?«

»Das sagen wir Ihnen noch.«

»Moment.«

Ich hob die Schultern und warf Suko einen Blick unter hochgezogenen Augenbrauen zu. Wahrscheinlich wurden wir jetzt aus irgendeinem Loch beobachtet und für vertrauenswürdig befunden, denn im Schloss bewegte sich ein Schlüssel.

»Kommen Sie rein!«

Wir traten über die Schwelle und sahen Cordtland. Er machte einen vernünftigen Eindruck. Irgendwie hatte ich das Gefühl, vor einem Waidmann zu stehen. So jedenfalls sah er auf den ersten Blick aus. Zudem trug er eine grüne Kluft, allerdings aus wetterfestem Cord. Das Alter des Mannes schätzte ich auf fünfzig Jahre. Die Haut war sonnenbraun und wettergegerbt, und auf seiner Oberlippe wuchs ein Schnäuzer. Seine kräftigen Hände hatte er übereinandergelegt.

»Was wollen Sie also?«

»Können wir das nicht im Haus besprechen?«

»Nein, ich habe keine Zeit.«

»Sie sollten Sie sich aber nehmen, Mr. Cordtland.«

»Wer kann mich dazu zwingen?«

»Niemand, nur wäre dies in Ihrem eigenen Interesse. Wir sind schließlich nicht zum Spaß hergekommen.«

»Dann gehört Ihnen der Schlitten?«

»Wenn Sie den Bentley meinen, haben Sie Recht.«

Cordtland zog die Augenbrauen zusammen. Sein Mund wurde schmal. »Was wollen Sie bei uns? Land kaufen? Versuchen, hier Wochenendhäuser hinzusetzen? Nein, mein Lieber, damit werden Sie hier kein Glück haben. Wenn Sie deswegen mit mir sprechen wollten …«

»Das ist nicht der Grund«, unterbrach ich ihn.

Jetzt war er konsterniert. »Welcher dann, zum Teufel?«

»Um den Teufel kann es gehen. Wir möchten mit Ihnen über einen gewissen Mason Cordtland und über Hexen sowie deren Verfolgung reden. Das ist alles.«

Der Mann vor uns zuckte zusammen. »Mason Cordtland?«, flüsterte er. »Verdammt, was soll das?«

»Polizei«, sagte ich und zeigte ihm gleichzeitig meine Marke. Suko wies sich ebenfalls aus.

Cordtland starrte auf die Legitimationen und nickte. »Scotland Yard sogar«, sagte er. »Sieh einmal an, damit hätte ich wirklich nicht gerechnet.«

»So kann man sich irren«, entgegnete Suko. »Dürfen wir jetzt reinkommen, Mr. Cordtland?«

Der Mann überlegte noch. Mir schien es, als hätte er irgendetwas zu verbergen. Schließlich hob er die Schultern. »Ja«, sagte er, »kommen Sie rein. Aber ich sage Ihnen gleich, viel Zeit kann ich für Sie nicht aufbringen.«

»Müssen Sie weg?«

»Ja.«

In der Diele sahen wir die Köpfe ausgestopfter Tiere an den Wänden. Ein Hirsch mit prächtigem Geweih glotzte uns aus großen Augen an. Ebenso ein Wildschwein und auch der ausgestopfte Kopf eines Rehs.

Rechts ging es zu den offiziellen Räumen, links in die Privatwohnung.

Wir aber blieben in der Diele, denn es gab dort einige Sitzmöbel, wo wir Platz nahmen.

»Was kann ich also für Sie tun?«, fragte Cordtland und schaute uns der Reihe nach an.

»Erzählen Sie mir etwas über Ihren Ahnherrn, Mason Cordtland.«

»Ist der so wichtig?«

»Für uns schon.«

»Nun, was soll ich da sagen? Die Geschichte oder der Stammbaum der Familie reicht weit zurück. Mason

Cordtland war ein berühmter Mann. Ein Arzt, ein Wissenschaftler, der in seiner Burg Experimente durchgeführt hat. Er hat zahlreiche Menschen geheilt, die Leute schauten mit Ehrfurcht zu ihm auf.«

»Hat er auch getötet?«, fragte ich.

»Wie kommen Sie darauf?«

»Vielleicht Hexen!«

Als ich das Wort aussprach, zuckten die Augen des Mannes vor uns. »Können Sie das genauer erklären?«

»Sicher. Ich habe gehört, dass Ihr Ahnherr ein Hexenjäger gewesen sein soll. Er war zudem mit einer dreischwänzigen Peitsche bewaffnet. Mit dieser Waffe jagte er die Hexen und brachte sie um. Ist es so gewesen?«

»Sie sind gut informiert.«

»Wir haben nur geraten«, erklärte Suko.

»Trotzdem, alle Achtung. Ja, er hat Hexen gejagt und dabei große Erfolge erzielt.«

»In der Vergangenheit?«

»Sicher.«

Ich lächelte. »Und wie sieht es mit der Gegenwart aus?«

»Wieso?«

»Jagt er jetzt auch noch Hexen?«

Cordtland öffnete den Mund und ließ ein meckerndes Lachen hören. »Sie sind lustig. Wie kommen Sie denn darauf? Mein Ahnherr ist längst gestorben.« Wieder lachte er. Es klang ebenso unecht wie beim ersten Mal.

»Genau das, Mr. Cordtland, bezweifeln wir.«

Er spielte den Erstaunten. »Wieso denn? Ich kann Ihnen versichern, dass Mason Cordtland im Sumpf versunken ist. Er kann gar nicht mehr leben. Oder haben Sie schon erlebt, dass die Toten aus einem Sumpf zurückgekehrt sind?«

»Das haben wir in der Tat.« Ich dachte dabei an die schrecklichen Wesen aus den Pesthügeln von Shanghai.

Cordtland schüttelte den Kopf. Sein Gesicht nahm einen ungläubigen Ausdruck an. Ihm war anzumerken, dass ihn meine Antwort irritiert hatte. »Sie meinen das im Scherz, nicht?«

»Nein, im Ernst.«

»Tut mir Leid, aber das begreife ich nicht. Ich wohne seit meiner Geburt hier und bin mit dem Sumpf aufgewachsen, aber das, was Sie behaupten, habe ich noch nicht erlebt.«

»War Ihr Ahnherr ein hochgewachsener Mann mit blondgrauen Haaren, oder war er es nicht?«

»Er war es.«

»Dann habe ich ihn gesehen«, erklärte ich. »Und ich sah noch mehr. Er jagte eine Hexe.«

»Wo soll das gewesen sein?«

»Im Sumpf.«

»Sie irren sich, Mr. Sinclair.« Er schüttelte den Kopf. »Mason Cordtland ist tot. Begreifen Sie das endlich. Und jetzt müssen Sie mich entschuldigen, ich habe noch zu tun.«

»Darf man fragen, was?«

Der Mann schaute Suko an. »Nein, das darf man nicht. Ich gebe Ihnen einen guten Rat. Verschwinden Sie! Auch wenn Sie von Scotland Yard sind. Hier in Blackmoor herrschen andere Gesetze und Regeln. Wir haben sie aufgestellt, wir richten uns danach. Steigen Sie in Ihren Wagen, und fahren Sie ab. Lassen sie die Toten ruhen!«

»Was geht hier vor?«

»Nichts, Mr. Sinclair, nichts geht hier vor. Hier ist alles normal. So wie es immer war.«

Wir hatten keinen Durchsuchungsbefehl für sein Haus. Wenn er uns hinauswerfen wollte, konnte er das. Also erhoben wir uns aus den Ledersesseln und nickten ihm zu.

»Sie können es noch schaffen«, sagte er. »Wenn Sie sich immer an den Weg halten, werden Sie auch in der Dunkelheit nicht im Sumpf versinken.«

»Danke für den Rat«, sagte ich. »Aber was ist eigentlich mit der Schlossruine?«

»Wieso?«

»Wir wollten ihr einen Besuch abstatten.«

»Sie ist ein verfallenes Gemäuer, mehr nicht. Überanstrengen Sie sich nur nicht.«

»Wir sehen uns noch«, sagte ich zum Abschied und öffnete die Tür.

Überrascht blieb ich auf der Schwelle stehen. Vor dem Haus hatten sich Menschen versammelt. Männer und Frauen. Sie trugen Waffen und große Kreuze in ihren Händen. Die Gesichter wirkten starr. Entschlossenheit spiegelte sich in ihren Zügen. Die menschliche Mauer machte einen kalten, abweisenden Eindruck auf uns.

»Was soll denn das?«, fragte ich.

Cordtland war neben uns stehen geblieben. »Es sind Menschen aus dem Ort«, antwortete er.

»Das sehe ich. Und?«

»Sie warten auf mich.«

»Was haben Sie vor?«

Cordtland drängte sich an uns vorbei. Er lief die Treppe hinab. Unten drehte er sich noch einmal um. »Fahren Sie!«, zischte er uns zu. »Fahren Sie schnell!«

Dann winkte er seinen Leuten. Die setzten sich sofort in Bewegung und folgten ihm.

Für uns hatten sie keinen Blick mehr.

Wir schauten ihnen nach. Auch den Alten, der uns mit der Mistgabel bedroht hatte, entdeckten wir zwischen ihnen. Seinen Sohn ebenfalls.

Sie verließen Blackmoor in die Richtung, aus der wir gekommen waren. Ihr Ziel war der Sumpf oder auch das Gemäuer.

»Gehen wir hinterher?«, fragte Suko.

»Später.«

»Was hast du vor?«

Ich deutete über meine Schulter. »Das Haus interessiert mich. Ich weiß nicht, was dort verborgen ist, aber ich habe so das dumpfe Gefühl, dass wir auf etwas stoßen könnten.«

»Wir haben keinen Durchsuchungsbefehl«, gab mein Freund zu bedenken.

»Sicher. Nur schau dir die Tür an. Sie steht offen.«

Da grinste Suko. »Altes Schlitzohr.«

Die Diele kannten wir inzwischen. Wir suchten die offiziellen Arbeitsräume des Mannes ab und fanden nichts Verdächtiges. Keinerlei Spuren, die auf den Ahnherrn namens Mason Cordtland hingewiesen hätten. Auch in den Privaträumen war alles normal. Cordtland hatte sich rustikal eingerichtet. Die Möbel schimmerten dunkel, sie bestanden aus gebeizter Eiche.

»Bleibt der Keller.«

»Du sagst es, Suko!«

Keller üben auf mich immer eine magische Anziehungskraft aus. Wie oft hatten wir erlebt, dass im Keller irgendetwas verborgen wurde. Vielleicht auch hier. Die Kellertür war abgeschlossen.

»Mist!« Suko sagte dies und hatte sein Ohr gegen das Holz gelegt. Er drehte mir dabei sein Gesicht zu, und ich sah, dass mein Partner die Stirn runzelte.

»Hast du was?«

»Seltsam, ich höre so komische Geräusche.«

»Moment.« Auch ich presste mein Ohr gegen das Holz, lauschte und stellte fest, dass sich Suko nicht getäuscht hatte. Da waren tatsächlich undefinierbare Laute zu hören.

Wir konnten sie nicht bestimmen. Auf jeden Fall bestärkten sie uns in dem Wunsch, einmal nachzuschauen und der Sache auf den Grund zu gehen.

Mein Freund schielte bereits auf das Schloss. »Es dürfte keine großen Probleme bereiten«, sagte er.

»Versuchen wir es.«

Suko holte ein kleines Besteck hervor. Jeder Einbrecher hätte glänzende Augen bekommen, wir aber setzten dieses ›Werkzeug‹ nur in Notfällen oder bei besonderen Anlässen ein.

Und dieser Anlass hier war ein besonderer.

Sukos Hände zitterten nicht, als er sich an die Arbeit machte. Ein paarmal drehte er das Wunderwerk der Feinmechanik und hatte die Tür schließlich offen. Wir vernahmen beide das Zurückschnappen des Schlosses.

Ich drückte die Klinke nach unten und zog die Tür langsam auf. Sie war gut geölt. Lautlos schwang sie uns entgegen.

Wir schauten in einen dunklen Keller. Vor uns lag eine

Treppe aus Stein. Fast normal. Feucht und muffig war der Geruch. Die Wände glänzten nass, das sahen wir im Schein der Beleuchtung. Bei dieser Moorgegend war es kein Wunder.

Mit vorsichtigen Schritten bewegten wir uns über die Stufen nach unten. Am Geländer hielten wir uns fest, lauschten dabei und wunderten uns, dass sich die Geräusche nicht wiederholten.

Es blieb still.

Ich versuchte, die Atmosphäre des Kellers in mich aufzunehmen. Kam sie mir unheimlich vor? War sie anders als bei normalen Räumen? Ich wusste es nicht, es warnte mich auch nichts vor einer irgendwo im toten Winkel lauernden Gefahr.

An das Ende der Treppe schloss sich ein Gang an. Drei Türen standen zur Auswahl. Zwei auf der rechten, eine auf der linken Seite. Und hinter ihr hörten wir die Geräusche. Sie waren seltsam krächzend und gleichzeitig aggressiv. Dazwischen vernahmen wir ein Flattern von Flügeln, wenigstens hörte es sich so an.

Suko und ich zögerten keine Sekunde länger. Mein Freund stand als Erster an der Tür, drückte die Klinke nach unten und öffnete.

Ich hatte meine Beretta gezogen. Sicher war sicher …

Sehen konnten wir kaum etwas. Das durch die offene Tür fallende Kellerlicht reichte nicht aus, um den gesamten Raum vor uns auszuleuchten. Der wurde erst hell, als Suko einen Schalter fand und ihn herumdrehte.

Unsere Augen wurden groß.

Mit vielem hatten wir gerechnet, nur nicht mit einem großen, bis zur Decke reichenden Käfig, in dem zahlreiche Vögel flatterten …

Bing Cordtland hatte die Spitze übernommen. Er schritt allein dahin, die anderen folgten ihm mit zwei Schritten Abstand. Sie hatten Zweierreihen gebildet, und sie sprachen kein einziges Wort miteinander. Alles war schon gesagt worden. Jeder hatte seine Aufgabe zu erfüllen, niemand würde sich drücken. Das schrieben die Gesetze des Dorfes und die Vergangenheit vor.

Die Vergangenheit hatte sie wieder eingeholt. Genau das war es, womit die Männer und Frauen fertig werden mussten. Denn sie wussten von dem Schicksal, das über ihnen schwebte. Ein jeder von ihnen war in Blackmoor geboren worden, das Dorf war für sie eine echte Heimat, aber auch die schaurige Umgebung, der Sumpf, das gefährliche Moor.

Im Gegensatz zu zahlreichen anderen Menschen liebten sie es. Sie konnten sich nichts anderes mehr vorstellen, und sie kannten dessen Geheimnisse.

Das Moor nahm und gab. Es war für sie der Lebensraum, und sie wussten von seinem geheimnisvollen Inhalt, der nicht nur aus Wasser, Schlamm oder Erde bestand.

Das Moor verbarg das Grauen!

Sie aber waren bereit, es wieder hervorzuholen. Noch in dieser Nacht wollten sie es wagen. Er hatte sich bereits gezeigt, sein Geist war unterwegs gewesen und hatte dort weitergemacht, wo er vor langer, langer Zeit aufgehört hatte.

Er hatte nicht alle geschafft. Zahlreiche Hexen lebten noch, sie existierten weiter, hatten sich nur verwandelt. Das wussten die Menschen, und er wusste es auch.

Ein gefährliches magisches Kraftfeld hatte sich über den Sumpf, die alte Ruine und das Dorf gelegt. Ein Kraftfeld, das anzeigte, wie reif die Zeit war.

Reif für ihn – für Mason Cordtland!

Jeder wusste von ihm. Seine Geschichte war mit Blut geschrieben. Das Dorf lebte von ihm, und auch sein Nachfolger war da. Er hatte die Führung übernommen, und niemand machte sie Bing Cordtland streitig.

Das Dorf lag hinter ihnen. Vor sich sahen sie den Sumpf.

Unheimlich wirkte er in der Dunkelheit. Eine schwarze, leicht glänzende Fläche, die nie ruhig lag, sondern sich bewegte und von einem geisterhaften Leben erfüllt zu sein schien.

Sie gab Geräusche von sich. Tief in der Erde entwickelten sich Gase. Sie sammelten sich, drängten nach oben, fanden wegen ihrer Elastizität den Weg des geringsten Widerstands, erreichten die Oberfläche und zerplatzten dort.

Sie waren oft kopfgroß, und die beim Zerplatzen entstehenden Geräusche wehten über das flache Moor.

Auch die Feuchtigkeit hielt sich. Sie wurde zum Dunst. Lange, graue Schleier trieben über die Fläche. Unheimlichen Gestalten gleich, die vom Wind bewegt und in verschiedene Richtungen geweht wurden, obwohl es schien, als würden sie mit ihren unteren Enden an der Oberfläche direkt festkleben.

Das Moor atmete, das Moor lebte. Es steckte voller Geheimnisse, und es verbarg unter seiner Schicht nicht nur Fäulnis und Verwesung.

Etwas war da, das lebte.

Die Männer und Frauen gingen schweigend. Die Köpfe hatten sie gesenkt. Nur ihre Schritte waren zu hören und das Schmatzen des oft weichen Bodens, wenn sie die Füße zurückzogen.

In der letzten Zeit war keiner mehr aus ihren Reihen im Sumpf versunken. Sie alle kannten das Moor. Es gehörte zu ihnen, und es war gewissermaßen ihr Lebensraum.

Sie hatten damit begonnen, einen Teil der Fläche auszutrocknen und zu kultivieren, weil sie landwirtschaftliche Erzeugnisse anbauen wollten. Im nächsten Jahr wollten sie ernten.

Links von ihnen stand groß und wuchtig die alte Burgruine. Sie sah unheimlich und drohend aus. Hinter einem Fenster schimmerte es hell.

Es war das ewige Licht. Das sollte immer brennen, solange Mason Cordtland noch existierte. Wenn dieses Licht brannte und er dem Sumpf entstieg, sollte er wissen, dass die Menschen ihn nicht vergessen hatten und auf ihn warteten.

Während der Teil-Kultivierung des Moores hatten die Bewohner von Blackmoor Wege angelegt. Kein Fremder kannte sie. Diese Pfade waren nur ihnen bekannt. Durch dicke Bohlen oft verstärkt, dann wieder in eine normale Wiese übergehend.

Der an der Spitze gehende Bing Cordtland schwenkte ein und betrat den breitesten Pfad, der jetzt durch die angelegten Felder führte, geradewegs auf die düstere Fläche zu.

Irgendwo über dem Moor blitzte es hin und wieder auf. Kleine, gelbe Punkte, die in einem Zickzack-Flug etwa mannshoch über die schwarze Fläche wischten.

Irrlichter.

Entstanden durch abgestorbenes Holz, das wegen seines Gehaltes an Phosphor hin und wieder so leuchtete.

Man sagte den Irrlichtern vieles nach. Sie sollten die Geister der Toten sein, die im Moor versunken waren und keine Ruhe fanden. Daran glaubten die Menschen aus Blackmoor nicht. Sie glaubten nur an einen, an Mason Cordtland.

Sein Nachkomme an der Spitze schritt zügiger aus. Er wollte nicht mehr länger warten. Wenn zu viel Zeit verging, konnten sich die Gegenkräfte formieren, was heute nicht gut war, denn der große Kampf sollte nur einen Cordtland als Sieger sehen.

Manchmal schallte ihnen das Krächzen der Rabenvögel entgegen. Aggressiv hörte es sich an. Die Vögel schienen verrückt zu werden. Manchmal huschten sie im Gleitflug dicht über die Köpfe der Menschen hinweg.

Nein, die Vergangenheit war nicht tot. Immer wieder wurden die Menschen an sie erinnert.

Weit hatten sie nicht mehr zu laufen. Als Bing Cordtland stehen blieb und seine rechte Hand hob, verharrten auch die anderen. Sie befanden sich jetzt am Rand des Moores. Genau am Ende der kultivierten Fläche, die breit genug war, damit die Menschen aus dem Dorf einen Halbkreis hinter ihrem Anführer bilden konnten.

Sie blieben stehen.

Ihre Gesichter zeigten einen grauen Schimmer. In ihnen regte sich kein Muskel. Starr blickten die Augen, die Lippen waren zusammengepresst, und sie holten nur durch die Nase Luft.

Oft hatten sie das große Ereignis herbeigesehnt. Nun endlich war es eingetreten, und sie waren gespannt, ob das alles klappte, was ihnen Bing Cordtland so oft gesagt hatte.

Er hatte schon mit ihm gesprochen. Als Geist war ihm sein Ahnherr erschienen. So jedenfalls hatte er es ihnen gesagt, und sie glaubten es, denn der Sumpf und die gesamte Umgebung verbargen zahlreiche Geheimnisse.

Abermals flog manch scheuer Blick zur Ruine hin. Zum Greifen nahe schienen die Mauern zu sein, dennoch waren sie weit entfernt. In der Dunkelheit täuschten die Distanzen.

Und brannte das Licht oben im Turm jetzt nicht heller? Ja, sie hatten das Gefühl, als wäre die Flamme durch irgendein Ereignis stärker entfacht worden und würde nun den gesamten Raum ausfüllen.

Auch Bing Cordtland schaute hin. Seine Augen verengten sich leicht, die Lippen zuckten.

Es war soweit!

Dann drehte er den Kopf und richtete seinen Blick auf das vor ihm liegende Moor.

Schwarz glänzte die Fläche. Unheimlich schimmernd, fast glatt. Nur der Wind, der über sie strich, kämmte das manchmal hohe Gras und spielte mit dem Wasser der heimtückischen Tümpel, die zu gefährlichen Fallen für denjenigen werden konnten, der das Moor nicht kannte.

Bevor Cordtland sprach, drehte er sich zu den anderen um. Er blickte in die erwartungsvollen Gesichter und spürte wieder einmal die Last der Verantwortung, die auf seinen Schultern lag. Aber er war es nicht anders gewohnt, denn er hatte Zeit genug gehabt, sich darauf vorzubereiten. Bing hob seine Stimme. »Nehmt die Kreuze!«, rief er. »Richtet sie auf. Lasst sie auf das Moor deuten, und gebt ihm so ein Zeichen, damit er weiß, dass seine Stunde gekommen ist. Er soll wissen, dass wir ihn erwarten und ihm zur Seite stehen. Sein Geist hat bereits einige Hexen getötet, aber es waren zu wenig. Die Vergangenheit hat uns eingeholt, wir wollen sie vollenden.«

Niemand widersprach ihm. Ein jeder wusste, was die Stunde geschlagen hatte.

Ein Dorf war von seiner Geschichte eingeholt worden, und die Menschen waren darauf vorbereitet, den Schrecken der vergangenen Jahrhunderte fortzuführen.

Sie wollten die Reste vernichten.

Jemand hatte einmal gesagt, dass Hexen auf gewisse Art und Weise unsterblich sind.

Das würden die Menschen widerlegen.

Bing Cordtland drehte sich wieder um. Es war völlig dunkel geworden. Bleich stand der Mond am Himmel. Eine fast runde Scheibe, die wie ein gelbes, großes Glotzauge alles beobachtete und mit einem fahlen Schleier umgab.

Er sah das Gemäuer, das einsame Licht, aber nicht den flachen Wagen, der im Schatten der Ruine parkte.

So dachte ein jeder, dass keine Gefahr drohen würde …

Zuerst hob Bing Cordtland die Arme, dann streckte er sie aus, sodass seine gespreizten Hände über und auf das vor ihm liegende Moor deuteten. In seine Augen trat ein harter Glanz.

Der Wind brachte den Geruch von Moor und Fäulnis mit, die Luft schmeckte wie brackiges Wasser, das Sumpfgras raschelte, Wasser bewegte sich zu kleinen Wellen, und die dunklen Wolken hoch über ihm am Himmel sahen aus wie eine verängstigte Herde von Schafen.

Eine unheimliche Nacht, in der die langen Dunstschleier ihren lautlosen Reigen tanzten.

»Ich rufe dich, Mason Cordtland, ich rufe dich! Erhebe dich aus den Urtiefen des Sumpfes, um das zu vollenden, wozu du nicht gekommen bist. Töte die Hexen, töte die Brut des Satans, nimm deine Peitsche, und vernichte sie! Mason Cordtland, du Hexenwürger, wir haben dich nicht vergessen und dein Andenken hoch in Ehren gehalten. Jeder wusste, dass die Zeit der Hexen erneut anbrechen würde. Jetzt ist sie da. Sie haben sich wieder versammelt, ich sah die Zeichen, denn die schwarzen Totenvögel sammelten sich. Komm, und zerstöre sie. Wir alle, die wir hier versammelt sind, stehen dir bei. Im Namen der Inquisition, steige aus deinem großen feuchten Grab, und erhöre unsere Bitten!«

Nach diesen Worten empfanden alle die Stille doppelt stark. Die Männer und Frauen schauten an ihrem Anführer vorbei. Jeder versuchte einen Blick auf den schwarzen, ölig glänzenden Sumpf zu erhaschen, wo sich das Licht des Mondes plötzlich wie ein geheimnisvoller Fleck abzeichnete.

Das war die Stelle!

Durch das fahle, blasse Licht wurde sie ausgeleuchtet. Der Umkreis wirkte wie verbrannt. Dort wuchs kein Halm. Kein Strauch streckte seine kahlen, abgestorbenen Arme in die Höhe.

Verbrannte Erde …

Aber keine tote Erde.

Denn sie begann sich plötzlich zu bewegen.

Das Unheil nahm seinen Lauf!

Die beiden Hexen betraten den alten Turm.

Zuerst schob sich Wikka durch den offenen Eingang. Obwohl der Nachtwind nicht stark wehte, fand er genügend offene Ritzen und Spalten im Mauerwerk, um hindurchpfeifen zu können. Deshalb verursachte er manchmal die seltsam hohl klingenden Laute, als würde jemand leicht gegen aufgereihte, leere Flaschen schlagen.

Wikka und Jane ließen sich von den Geräuschen nicht irritieren. Was Menschen Furcht einflößte, war ihnen egal. Sie dachten nur an den Erfolg.

Der Brand hatte damals schwer gewütet. Überall in den Mauern waren Löcher entstanden, große, offene Stellen, durch die das Mondlicht sickern konnte und die alten Mauern mit einem geisterhaften Glanz umgab. Manche Stellen schimmerten, als wären sie mit Silberstaub eingepudert worden.

Um in den Turm zu gelangen, mussten sie eine Treppe benutzen. Beide wussten nicht, ob die Stufen noch soweit in Ordnung waren, um sie ungefährdet hinaufzugehen.

Aus diesem Grund zögerte Wikka und griff zu einer Hexenlist.

»Bleib du hier«, sagte sie zu Jane, wobei ihre Augen plötzlich grün schillerten. Im nächsten Augenblick spreizte sie die Hände, drückte die Fingerspitzen gegeneinander, während über ihre Lippen ein magischer Spruch kam: »Hexenkräfte, die mich laben, sollen mich auch weg hier tragen!«

Für den Bruchteil einer Sekunde glühte es grünrot innerhalb der Ruine auf. Ein Komet entstand, dessen Schweif allerdings nicht nach unten, sondern in die Höhe zeigte.

In seinem Innern fuhr die Gestalt der Wikka dem Ziel entgegen.

Und die veränderte sich dabei. Jane Collins schaute ihr nach. Die Haare der Oberhexe schienen plötzlich mit Elektrizität angefüllt zu sein. Wie Schlangen stellten sie sich hoch, knisterten, sprühten, und im nächsten Augenblick war Wikka verschwunden.

Zurück blieb Jane Collins.

Das grünrote Glühen war erloschen, sodass sich die ehemalige Detektivin im Dunkeln wiederfand.

Jane Collins blieb auf dem Fleck. Wieder einmal bewunderte sie die Oberhexe Wikka. Sie besaß Kräfte, die sie sich gern gewünscht hätte, aber sie war noch immer Lehrling und musste erst einmal abwarten, bis Wikka sie völlig einweihte.

Von ihr war weder etwas zu sehen noch zu hören. Sie musste sich dort oben im Turm völlig lautlos bewegen, und auch Jane Collins begann mit der Wanderschaft.

Dicht vor einer Öffnung in der Mauer blieb sie stehen, beugte ihren Oberkörper nach vorn und schaute durch die offene Stelle über das düstere Moor.

Eine unheimliche Fläche konnte sie erkennen, über die hin und wieder das geisterhafte Aufblitzen der Irrlichter zuckte.

Auf in der Nähe liegenden Grasinseln wuchsen wenige Bäume. Sie reckten ihre kahlen Äste krumm und schief in die Höhe, als wollten sie versuchen, mit den

Enden nach tief schwebenden Nebelschleiern zu greifen und sie festzuhalten.

Jane wollte sich wieder zurückziehen, als sie rechts des großes Moores eine Bewegung wahrnahm.

Dort war etwas!

Sofort stand Jane unter Spannung. Die feinen Härchen auf ihrer Haut zitterten, sie hatte das unbestimmte Gefühl einer sich nähernden Gefahr, und so schaute sie weiter zu, wie sich die Sache entwickeln würde.

Die Gefahr war zwar zu lokalisieren, dennoch konnte Jane nicht erkennen, um was es sich genau handelte. Jane hatte das Gefühl, auf eine breite, kompakte Masse zu blicken, die sich nur langsam bewegte und einem großen Wurm glich.

Eine Menschenschlange?

Ihr scharfer Verstand, den sie als Detektivin gebraucht hatte, war auch in ihrem zweiten Leben nicht verlorengegangen. Instinktiv stufte sie die Menschen als Feinde ein. Die hatten irgendetwas vor, das ihre Kreise stören sollte, denn wer bewegte sich schon bei Dunkelheit ohne Grund durch das Moor? Niemand.

Falls Wikka die Gefahr noch nicht geortet hatte, musste sie gewarnt werden.

Jane wollte mit ihr in Kontakt treten, da bemerkte sie, dass dies nicht mehr nötig war. Wikka gab bereits ihr Zeichen. Abermals fauchte der kometenartige Strahl nach unten, und Jane Collins glaubte plötzlich, wie unter einem bunten Gewebe gefangen zu sein.

Einen Augenblick später war alles anders. Da stand sie Wikka gegenüber, und beide befanden sich innerhalb des alten Mittelturmes, dicht an einem Fenster.

»Gefahr!«, zischte Jane. »Ich habe gesehen, wie sie auftauchten. Menschen nähern sich dem Sumpf. Sicherlich die Bewohner des nahen Dorfes. Sie werden …«

Wikka winkte lässig ab. »Nichts werden sie, gar nichts. Sie können gegen uns nicht bestehen. Wenn wir das Geheimnis der Ruine entdeckt haben und das Licht löschen, dann …«

»Was ist dann?«, fragte Jane.

Wikka schüttelte den Kopf. Sie stand plötzlich steif wie eine Figur auf dem Fleck. Die Hände hatte sie gespreizt, den Mund halb geöffnet, und sie glich einem Sender, der Signale auffangen wollte.

Schlangen ringelten plötzlich aus ihrer Stirn. Widerliche, giftgrüne, fingerdicke Tiere, die ihre kleinen Mäuler aufrissen und die gespaltenen, dünnen Zungen hervorschnellen ließen.

Jane verspürte auf einmal so etwas wie Furcht. Nicht vor Wikka, sondern vor der Situation. So etwas hatte sie noch nie erlebt. Sie hatte Wikka bisher immer als eine überlegene Person gekannt, nun aber zeigte sie sich von einer anderen Seite.

Auf ihren Gesichtszügen spiegelte sich das wider, was sie empfand: Hass, Unglaube, Wut, Feindschaft …

»Was hast du?« Jane Collins fragte es leise. Sie traute sich nicht, ihre Herrin mit einer lauten Stimme zu stören.

»Er ist in der Nähe!«

»Wer?«

Wikka fuhr herum. Jetzt schien ihr Blick Flammen zu werfen. »Wer schon, zum Satan? John Sinclair! Ich spüre ihn«, flüsterte sie. »Ich spüre seine Aura, die einzig und allein von dem verdammten Kreuz ausgeht. Das ist es …«

Die Worte trafen Jane Collins hart.

John Sinclair, der Geisterjäger, in der Nähe!

Immer wieder kreuzten sich ihre Wege. Sie konnten daran nichts ändern. Beide Parteien waren im Netz des Schicksals fest verknotet.

So groß und mächtig der Einfluss der Hexen auch war, einem Zusammentreffen mit dem Geisterjäger konnten sie nicht entgehen. Sie würden immer wieder aufeinanderprallen, ob die Umstände nun günstig für sie waren oder nicht.

Allmählich klang Wikkas Erregung ab. Auch die Schlangen blieben ruhig. Sie schauten nach wie vor aus der Stirn, aber sie bewegten sich nicht, sondern blieben kleine, gefährliche Wächter.

»Sollen wir uns um Sinclair kümmern?«, fragte Jane, und ihre Augen fingen an zu glänzen.

»Nein, noch nicht.«

»Aber er …«

»Ist noch weit«, erwiderte Wikka. »Ich spüre, dass er keine Ahnung hat, in welch ein Karussell des Schreckens er einsteigen wird. Noch sind die Plätze nicht verteilt. Ich jedoch werde dafür sorgen, dass schon bald jeder seinen Sitz hat. Komm mit!«

Sie waren im Turm, jedoch nicht dort, wo sie das Licht hatten schimmern sehen.

Um diesen Raum zu erreichen, mussten sie ein Stück nach unten gehen. Die Stufen der alten Wendeltreppe glänzten ebenso schwarz wie die Fläche des Moors. In der Dunkelheit waren die Risse und Spalten mehr zu ahnen, denn durch die schießschartenartigen Öffnungen in der Turmwand sickerte nur wenig Licht.

Es zeichnete jeweils einen vergrößerten Ausschnitt der Öffnung auf die Stufen. Er wurde jedoch schnell von den beiden Hexen durchschritten. Um in das Turmzimmer zu gelangen, in dem das Licht brannte, musstem sie über im Wege liegende Steine klettern, bevor sie die Öffnung erreichten. Eine Tür war nicht mehr vorhanden. Irgendeine Gewalt hatte sie zerstört oder herausgebrochen.

Das Licht strahlte bereits auf die kleine Plattform vor dem Eingang. Jetzt erst war zu sehen, dass es doch einen anderen Farbton aufwies, als aus der Ferne anzunehmen war. Zwar leuchtete es rötlich, es war jedoch auch ein türkisfarbenes Strahlen darin zu erkennen. Wikka zögerte plötzlich, den Raum zu betreten.

Jane, die dicht hinter ihr stand, legte eine Hand auf ihre Schulter. »Was ist mit dir?«, fragte sie.

»Die Sache gefällt mir nicht.«

»Ist es das Licht?«, wisperte Jane.

»Genau. Ich habe damit gerechnet, dass es völlig normal leuchtet. Das ist nicht der Fall. Mir gefällt der Schimmer nicht.«

»Was hat er zu bedeuten?«

»Es ist wahrscheinlich der Hexenstein!«

Jane Collins konnte mit dieser Antwort nichts anfangen. Sie war noch zu frisch in diesem Geschäft, kannte längst nicht alle Geheimnisse, die mit dem Hexendasein zusammenhingen. Das merkte auch Wikka, denn sie gab eine Erklärung ab.

»Es gibt einen Stein, der aus einer längst versunkenen Zeit stammt. Ein großer Magier soll ihn angefertigt haben. Der Stein hat zahlreiche Hexen vernichtet. Er wirkt nur auf Hexen, und eine jede Hexe trachtet danach, ihn zu vernichten. Doch niemand hat ihn bisher gefunden. Er blieb im Dunkel der Zeiten verschollen. Man spricht davon, dass es ihn bereits bei den Kelten gegeben haben soll. Druiden-Priester bedienten sich des Steins, der Dunkle Gral wird ebenfalls mit ihm in Verbindung gebracht, und große Hexenjäger schöpften aus ihm Kraft. Wieso ich ihn hier finde, weiß ich nicht, aber wir müssen auf der Hut sein.«

»Kann uns der Stein vernichten?«, wollte Jane Collins klipp und klar wissen.

Und sie erhielt eine klare Antwort. »Ja, das kann er!«

Noch nie hatte Jane Wikka so reden hören. Wie sie die Worte sprach, gab sie zu, dass dieser Stein eine große Macht ausübte. Eine Magie gegen die der Hexen.

Jane Collins war auch neugierig. Deshalb fragte sie mit leiser Stimme: »Kann ich ihn sehen?«

»Wir beide werden ihn sehen.« Kaum hatte Wikka die Worte ausgesprochen, als sie einen Schritt vorging und das alte Turmzimmer betrat. Sie drehte sich zur Seite, schuf Platz für Jane Collins, und diese drückte sich an ihrer Meisterin vorbei.

Es war seltsam für sie, vor einem Stein zu stehen, der sie beide vernichten konnte. Bisher hatte sie Wikka immer vertraut. Unter ihrem Schutz konnte ihr nichts passieren. Nun jedoch dachte sie anders darüber, und so etwas wie Todesahnungen überfielen sie.

Der Stein lag in einer Schale. Sie selbst wuchs aus einem steinernen Ständer hervor, der wie ein Arm in die Höhe ragte. Doch nicht eine Hand öffnete sich an seinem Ende, sondern die Schale, die den Hexenstein aufgenommen hatte.

»Siehst du ihn?«, fragte Wikka.

Jane nickte nur. Sie sah ihn nicht nur, sie spürte auch die Kraft. Der Stein schien ein Magnet zu sein, dessen Strahlen in ihren Körper drangen und an den Kräften zehren wollten. Zudem fühlte Jane sie auf ihrer Haut, die sich zusammenzog und über die ein nie gekannter Schauder lief.

Der Stein selbst sah harmlos aus. Das war er sicherlich auch für den, der ihn aufnahm und keine Hexe war. Er hatte eine ovale Form, war glatt und holte seine Leuchtkraft aus seinem Innern und den wie Adern durcheinanderfließenden Einschlüssen, die nie ruhig waren, sondern zitterten, als wären sie mit einer Flüssigkeit gefüllt.

Rot leuchtete der Stein außen, innen jedoch erkannte Jane die grüne Kraft, von der Wikka gesprochen hatte.

»Dann ist es doch keine Kerze«, murmelte Jane.

»Nein, alles ist anders.«

Die Antwort ihrer Meisterin erschreckte Jane. Bisher hatte Wikka immer einen Ausweg gewusst, diesmal jedoch schien sie machtlos zu sein. Dennoch versuchte sie es.

Ihr Körper spannte sich. Die rechte Schulter hob sie in die Höhe, den Arm streckte sie aus, Daumen und Zeigefinger wiesen auf den Stein. Die Schlangen stachen weiter aus ihrer Stirn hervor, zuckten und wanden sich erregt, und im nächsten Augenblick passierte es.

Die beiden Schlangen wischten aus der Stirn und bewegten sich blitzschnell auf den Hexenstein zu. Verstärkt wurde diese Magie durch die beiden Strahlen, die plötzlich aus Wikkas Fingern schossen und ins Zentrum des Steins hieben.

Zuerst erwischte es die Schlangen. Kaum hatten sie den Stein berührt, als sie die schreckliche Magie zu spüren bekamen. Jane hörte nur ein kurzes Zischen, zu vergleichen mit dem Geräusch, wenn ein Wassertropfen auf eine heiße Herdplatte fällt, dann waren die Schlangen nicht mehr zu sehen. Nur noch verkohlter schwarzer Staub wehte durch die Luft und rieselte zu Boden.

Wikkas Attacke wurde für sie zu einem Bumerang.

Kaum hatten die Strahlen Kontakt mit dem Hexenstein, reagierte der wie ein Spiegel und schleuderte sie zurück.

Verstärkt allerdings!

Die Oberhexe wurde von der Kraft des Steins voll getroffen. Vor Janes entsetzt aufgerissenen Augen wurde sie in die Höhe geschleudert, überschlug sich in der Luft, schrie, jammerte und brüllte ihre gesamte Pein hinaus.

Sekundenlang schwebte sie in der Luft. Der zurückschießende Stein schien sie zu tragen, während sie mit Armen und Beinen wild um sich schlug. Dabei veränderte sich die Haut.

Jane Collins sah mit Schrecken, wie Wikkas Haut verbrannte. Bisher hatte sie eine helle, fast schon weiße Haut gehabt, das änderte sich nun.

Auf Gesicht, Armen und Händen breiteten sich schwarze Flecken aus, die immer größer wurden und die Haut schließlich völlig zerstörten.

Dann fiel Wikka.

Schwer krachte sie zu Boden. Mit dem Rücken zuerst schlug sie auf. Die Erschütterung durchtoste ihren Körper. Sie bäumte sich noch einmal auf, bevor sie endgültig zusammenbrach und starr liegen blieb.

War sie tot?

Jane Collins dachte mit Schrecken daran. Nein, das durfte nicht sein! Wikka war so stark. Sie besaß immense Hexenkräfte. Sie konnte nicht so einfach sterben. Der Satan hatte ihr Kraft gegeben, und Jane schaute den gefährlichen Hexenstein mit wuterfüllten Blicken an.

Sie hasste ihn so stark, wie sie selten etwas in ihrem Leben gehasst hatte.

Dann blickte sie auf Wikka.

Bewegungslos lag ihre große Meisterin, ihr großes Vorbild, zu ihren Füßen. Da rührte sich nichts. Verbrannt, schwarz und dünn sah die Haut aus. Weiß glänzten die Augenhöhlen, während die Pupillen ihren dunklen Ausdruck behalten hatten. Die Finger waren zu dünnen, schwarzen Krallen geworden, zu vergleichen mit den Beinen von Hühnern. Lippen hatte Wikka ebenfalls nicht mehr.

Die unheimliche Kraft des Steins hatte sie weggeätzt.

Lag wirklich eine Tote vor ihr?

Jane wollte es nicht glauben. Sie hatte auch keine Zeit mehr, weiter darüber nachzudenken, denn seltsame Ereignisse nahmen plötzlich ihren Lauf.

In ihrem Kopf spürte sie ein kurzes Stechen, dann verschwand die Umgebung vor ihren Augen, und eine völlig andere erschien.

Eine andere Umgebung, eine andere Zeit.

Jane Collins und die leblos am Boden liegende Wikka befanden sich in der Vergangenheit!

Es waren schwarze Vögel, auf die wir starrten.

Raben, Krähen, die mit heftigen Flügelschlägen im Käfig herumflatterten und sich nicht befreien konnten, weil sich in den Räumen zwischen den Stäben ein feines Maschendrahtgitter spannte. Manchmal wuchteten die Tiere dagegen. Dabei verloren sie Federn, die langsam zu Boden segelten.

Mit allem hatten wir gerechnet, damit allerdings nicht. Mit zögernden Schritten betraten wir den Kellerraum und blickten uns scheu um. Suko erging es nicht anders als mir. Von seinem Gesicht las ich ab, dass er keine Erklärung wusste.

Etwa einen Yard vor dem Käfig blieben wir stehen. Die Tiere waren durch unser Eintreten noch aufgeregter geworden. Wild flatterten sie umher. Die Schnäbel hatten sie weit aufgerissen. Aus ihren Mäulern drangen krächzende Schreie. Und sie schauten uns dabei immer an, sodass wir das Gefühl haben konnten, dass sie uns etwas sagen wollten.

»Das begreife ich nicht«, sagte Suko. »Haben wir es hier mit einem Vogelsammler zu tun? Ich dachte immer, dafür wäre dein Freund Dr. Barrows zuständig.«

»Anscheinend nicht nur«, gab ich zurück und bewegte mich nach links. Ich geriet tiefer in den Keller und entdeckte noch mehrere dieser Käfige. Die anderen allerdings waren leer.

Suko hatte die Vögel gezählt. »Es sind genau fünf«, sagte er. »Aber Krähen und Raben kann ich nicht so genau auseinanderhalten. Du vielleicht, John?«

»Nein. Das spielt auch keine Rolle.«

Ich kehrte wieder zu Suko zurück und schaute mir die Vögel an.

»Die sind doch nicht normal«, urteilte mein Partner.

»Siehst du Unterschiede zu anderen?«

»Das nicht, aber irgendetwas müssen sie an sich haben, wenn man sie schon fängt und einsperrt.«

»Sicher«, sagte ich und griff unter mein Hemd, wo ich das Kreuz immer verborgen habe. Ich streifte mir die Kette über den Kopf, behielt sie ebenso in der Hand wie das Kreuz. Vorsichtig näherte ich mich dem Schutzgitter des Käfigs.

Irgendwie schienen die Tiere etwas zu wittern. Sie wurden noch wilder und aufgeregter. Vier flogen zurück, und nur ein Vogel krallte sich am Maschendraht fest.

Den wollte ich.

Er hackte nach mir. Sein Schnabel war ziemlich spitz. Wenn er mich damit erwischte, sah es nicht gut für mich aus. Der Hieb konnte schmerzhafte Wunden hinterlassen.

Und noch etwas stellte ich fest.

Mein Kreuz reagierte auf die unmittelbare Nähe der Vögel. Über die Silberlegierung hinweg schien ein feiner Schleier zu laufen, der unten begann, sich sehr rasch ausbreitete, und auch die Enden nicht verschonte.

Ich warf das Kreuz. Schräg hatte ich den Wurf angesetzt, damit ich mit irgendeiner Ecke durch ein Loch im Gitter traf, um den Vogel zu berühren.

Das gelang mir!

Ein wütendes Krächzen hörte ich. Plötzlich wurde der Vogel zurückgeworfen. Er flatterte noch einmal mit seinen Flügeln und platzte schließlich vor unseren Augen auseinander.

Knochenteile, Federn und Fleischstücke wirbelten durch die Luft. Sie waren jedoch alt und morsch. Bevor sie den Boden berührten, waren sie schon zu Staub geworden.

Ich wich wieder zurück. Ein sprachloser Suko nickte mir zu. »Allerhand, John«, sagte er. »Das haben wir seit den Strigen nicht mehr erlebt. Vögel, die sich auflösen. Ich frage mich nur, in was wir da hineingeraten sind. Ob alle Vögel, die uns unterwegs und im Dorf begegnet sind, so reagieren, wenn du sie mit dem Kreuz attackierst?«

»Das frage ich mich allerdings auch.« Dabei schaute ich die vier restlichen an.

Das Schicksal ihres Artgenossen hatte sie nicht kalt gelassen. Sie gaben sich verrückt, aufgeregt, flatterten durch den großen Käfig, stießen gegen das Gitter, wurden zurückgeschleudert und schrien uns aus ihren geöffneten Schnäbeln an.

»Ich könnte es mal mit der Dämonenpeitsche versuchen«, schlug Suko vor und legte seine Hände bereits auf den Griff.

In diesem Augenblick geschah es. Wir wurden davon wirklich buchstäblich überrollt, denn plötzlich lief ein Zittern durch den Boden. Wie ein kurzer Erdstoß erschien es mir. Der Käfig vor uns wackelte, dann hörten wir ein Fauchen, und vor unseren Augen explodierten die nächsten vier Vögel.

Schwefelrauch wölkte und puffte in die Höhe, nahm uns die Sicht, und wir hörten ein schrilles Lachen.

Wenig später war die Sicht wieder klar. Nur noch letzte Schleier trieben durch den Käfig.

Wir konnten erkennen, dass die Vögel verschwunden waren. Stattdessen starrten uns vier grässliche Hexen an und kreischten um die Wette …

Im Sumpf tat sich etwas!

Gewaltige Kräfte hatten den Ruf des Mannes vernommen, und tief in der Erde wurden sie aus ihrem Schlaf geweckt.

Was das Moor bisher mit seinen zähen Krallen festgehalten hatte, drängte nun an die Oberfläche.

Der Hexenwürger erwachte …

Stille lag über dem Sumpf. Auch die Menschen redeten

nicht mehr, sie starrten gebannt auf den hell schimmernden Kreis aus Mondlicht, wo der Hexenwürger entsteigen musste.

Ein jeder merkte das Zittern. Tief unter ihnen war es entstanden. Es pflanzte sich nicht nur in der Breite fort, sondern auch in der Höhe und erfasste die Körper der Wartenden. Die Menschen gerieten in die Vibrationen und atmeten schon nach wenigen Sekunden auf, als nichts mehr davon zu spüren war.

Eine trügerische Ruhe vor dem Sturm hatte eingesetzt. Und dieser Sturm begann mit Nebel.

Es war nicht der schleierartige Dunst, der sowieso schon über dem Moor hing, sondern ein anderes, neues Gebräu, das aus den unergründlichen Tiefen stieg, seinen Weg durch Spalten und Risse fand und dann als bleiche Arme an die Oberfläche kroch.

In Spiralform drehte sich der Nebel aus dem Sumpf, blieb noch ziemlich dünn, wurde vom Wind erfasst und zerfasert. Dafür bewegte sich der Boden. Zuerst warf er kleine Wellen. Plötzlich stieg Gas hoch, füllte Blasen aus, die, als die Spannung zu groß wurde, mit satten Lauten zerplatzten. Kleine Tropfen stiegen dabei in die Höhe, bevor sie wieder als schmutziger Regen zurückfielen.

Der Sumpf begann zu schmatzen!

Es waren widerliche Geräusche. Sie hörten sich an, als würde ein Ungeheuer Suppe schlürfen. Das Moor warf zudem Wellen. Erst kreisförmige, dann wurde die Unterlage bewegt wie zitternder Schlamm und gleichzeitig in die Tiefe gezerrt, sodass ein Trichter entstand, an dessen Ende sich ein Strudel gebildet hatte.

Bing Cordtland sah sich am Ziel seiner Wünsche. Er war im Geiste oft genug die Beschwörung durchgegangen, und so ähnlich hatte er sie sich vorgestellt. Ja, das war der Ablauf, den er sich immer erträumt hatte.

Wann tauchte Mason Cordtland auf? Sein großer, berühmter, von ihm so verehrter Ahnherr?

Er wartete zitternd auf ihn. Sein Geist hatte bereits in einsamen Nächten im Moor herumgespukt, nun sollte sein Körper folgen, der vor langer Zeit im Moor versunken war, ebenso wie zahlreiche Hexen. Denn unter der dunkel schimmernden Fläche lag noch ein alter Hexenfriedhof, was nur wenige wussten.

Mason Cordtland kam!

Zuerst war es nur eine Hand, die aus dem Trichter ragte. Keine skelettierte Klaue, sondern Finger, die noch mit Haut überzogen waren und sich bewegen konnten. Klumpiger Dreck rollte von ihnen zurück und auch über den jetzt der Hand folgenden Arm, dem sofort die Schulter hinterhergeschoben wurde.

Die Zuschauer wurden unruhig.

Gar mancher bekreuzigte sich. Hart und pfeifend wurde der Atem ausgestoßen. Andere wiederum hielten die Luft an, weil sie sich durch ihr eigenes Atemgeräusch gestört fühlten.

Sie waren fasziniert, gebannt und gleichzeitig auch abgestoßen, denn sie konnten nicht fassen, was sie mit eigenen Augen sahen.

Mason Cordtland kehrte zurück. Er bewegte sich nicht mehr, überließ sich ganz den nicht zu erklärenden Kräften, die ihn aus dem Sumpf in die Höhe schoben.

Ein unheimliches Bild bot sich den wartenden Menschen. Jeder im Dorf hatte von dem Hexenwürger und seinen Taten gehört. Jeder fieberte ihm entgegen. Doch nun, als es soweit war, wurden die Menschen von Angst gepackt. Furcht vor der eigenen Courage. Sie durften nicht darüber nachdenken, wer das war, der aus dem Moor stieg, denn dieser Mann war seit langer Zeit tot.

Und dennoch lebte er. Sie sahen es seinem Gesicht an.

Er trug einen alten Mantel mit Schulterüberwurf. Fast reichte er bis zum Boden, und am Hals war er hochgeschlossen, sodass nicht zu erkennen war, welche Kleidung Cordtland unter dem Mantel trug. Das Gesicht zeigte keinen weichen Zug. Es war hart und kantig, die Augen lagen wie zwei Steine in den Höhlen, ihr Blick glich dem gefühllosen Starren einer Schlange. Wie eine Kerbe war der Mund in das Gesicht hineingeschnitzt worden, während die dunklen Augenbrauen dicht über der Nasenwurzel zusammenwuchsen.

Das Haar fiel über die Ohren, und letzte Schlammreste rannen an ihm herab, fanden ihren Weg auch über das Gesicht und liefen am Mantel nach unten.

Und noch etwas sahen die Menschen. Eigentlich das Wichtigste, die Waffe, die Cordtland so berühmt gemacht hatte.

Seine Peitsche!

Allein ihretwegen wurde er der Hexenwürger genannt. Mit dieser Peitsche hatte er die Hexen getötet, stranguliert, erwürgt, und er hatte sie auch mit in sein morastiges Grab genommen.

Nun stieg er wieder hervor.

Es war die erste heftige Reaktion, die die wartenden Dorfbewohner von ihm sahen. Er bewegte seinen rechten Arm und zeigte seine Waffe den staunenden Zuschauern.

Drei lange Riemen waren an dem ziemlich kurzen und leicht zu führenden Griff angebracht, und die fächerte der Hexenwürger mit gezieltem Schwung auseinander.

Die Riemen breiteten sich aus und blieben auf der Fläche vor den Füßen des Hexenwürgers liegen.

Deutlich hoben sie sich vom dunkleren Untergrund des Moores ab, und jeder Zuschauer sah das helle Schimmern der drei Peitschenriemen.

Ungewöhnlich hell leuchteten sie, aber Bing Cordtland kannte den Grund. Ein feines Lächeln spielte um seine Mundwinkel.

Ja, es war der echte Hexenwürger! Die Peitsche hatte den letzten Beweis gegeben.

Bing Cordtland wusste aus alten Unterlagen und Schriften, dass es mit dieser Peitsche eine besondere Bewandtnis hatte. Wo sie herstammte, konnte nur geraten werden. Der eine sagte, dass sie ein Pfarrer hergestellt habe, doch in weiteren Büchern stand zu lesen, dass die Peitsche überhaupt nicht von dieser Welt stammen sollte.

Wie dem auch sei, das alles spielte keine Rolle. Wichtig war, dass die Peitsche existierte.

Auch Bing Cordtland hatte lange seine Zweifel gehabt. Nun sah er sie mit eigenen Augen, und er sah auch das seltsame Glänzen innerhalb der drei Riemen.

Sie leuchteten silbrig, als wären sie tatsächlich mit diesem Material gefüllt worden. Die Legende besagte, dass es so gewesen sein musste. Die Peitschenriemen enthielten Einschlüsse des geweihten Metalls. Es waren Silberfäden, die man mit dem übrigen Ledermaterial verknüpft hatte.

Ein Phänomen diese Waffe, deren drei Riemen jetzt wie die Körper von Schlangen zuckten, als sie zurückgezogen wurden. Dies geschah mit einer kaum erkennbaren Handbewegung. Der Hexenwürger nahm gleichzeitig seinen rechten Arm in die Höhe, drehte ihn, und dieser plötzlichen Bewegung folgten auch die drei Riemen.

Zwei von ihnen jagten mit einem pfeifenden Geräusch dicht über die Köpfe der wartenden Menschen hinweg; einer jedoch legte sich gedankenschnell zweimal um den Hals des Bing Cordtland und schnürte dem Mann die Luft ab.

Cordtland stand da wie angenagelt. Mit dieser Aktion hatte er nicht gerechnet. Er schaute aus weit aufgerissenen Augen dem Hexenwürger entgegen, der sich sehr langsam in Bewegung setzte und über das Moor ging, ohne einzusinken.

Dabei sah es so aus, als würde er sich am Hals des Mannes allmählich heranziehen.

Die Menschen waren entsetzt. Keiner wagte allerdings einzugreifen. Sie alle hatten vor Mason Cordtland eine schreckliche Angst, und nur das Keuchen seines Nachkommen durchbrach die Stille.

Cordtland blieb dicht vor Bing stehen. Der schwankte bereits. Sein Gesicht hatte sich verfärbt, der Mund stand offen, die Zunge schaute hervor.

Der Hexenwürger begann zu sprechen. Zum ersten Mal hörten die Menschen die Stimme eines Mannes, der schon lange tot war und dennoch auf schreckliche Art und Weise lebte.

»Der alte Fluch wurde gelöscht, die Zeit des Hexenwürgers ist angebrochen. Bisher irrte nur mein Geist über das Moor. Vergangenheit und Gegenwart vermischten sich. Ich konnte die Vergangenheit lebendig erhalten und mit ihr in die Gegenwart eindringen. Doch immer wieder verschwand die Vergangenheit, tauchte in das Dunkel der Zeiten hinab, sodass ich nur von den Erinnerungen lebte. Diese Zeit ist nun vorbei. Ich bin zurückgekehrt, und ich weiß, dass es noch viel zu tun gibt. Die Hexen sind nicht verschwunden, im Gegenteil, sie kehren zurück. Ich aber werde sie erbarmungslos bekämpfen. Sie sollen schreckliche Tode sterben, denn sie allein sind meine Todfeinde. Ich spürte, dass der Hexenstein mit neuem Leben erfüllt wurde. Seine Strahlen haben mich getroffen und wieder erweckt. Mason Cordtland kam frei, und er wird da beginnen, wo er aufgehört hat. Aber der Sumpf will ein Opfer. Ich bin ihm entrissen worden, deshalb muss ich für ausgleichende Gerechtigkeit sorgen, damit die Geister der tiefen Erde beschworen und beruhigt werden können. Ich habe die Jahrhunderte im Sumpf gelegen. Bing Cordtland, wirst mir nun folgen!«

Er hatte die Worte noch nicht richtig ausgesprochen, als er bereits reagierte.

Eine kurze Drehung benötigte er nur, sodass der gefangene Bing mit dem Rücken zum Sumpf stand. Er konnte sich selbst nicht mehr auf den Beinen halten, wurde nur von dem Riemen vor einem Zusammenbruch gehindert, und es war fraglich, ob er überhaupt noch lebte.

Für sein Ende sorgte der Hexenwürger.

Mit einer entgegengesetzten Drehung löste er den Druck und versetzte seinem Nachkommen einen harten Stoß gegen die Brust.

In einer Reflexbewegung riss dieser noch seine Arme hoch, wollte Halt finden. Da war jedoch nichts mehr, und er fiel mit dem Rücken zuerst in den Sumpf.

Als er aufprallte, klatschte es. Wasser spritzte in die Höhe und schimmerte silberfarben im Mondlicht.

Der Hexenwürger streckte seinen Arm aus, während er dem Moor zurief: »Nimm ihn hin als Gegenopfer! Mich hast du freigelassen. Er wird dir an meiner Stelle dienen.«

In diesen Augenblicken hätte noch die Chance bestanden, Bing Cordtland den gierigen Klauen des Sumpfes zu entreißen. Niemand jedoch traute sich.

Die Menschen standen schreckensstarr da und schauten zu, wie einer von ihnen im Moor versank.

Der Sumpf war gierig. Er wollte sein Opfer. Er riss alles an sich, was er bekommen konnte. Ob tote, ob lebende Dinge, es war ihm egal. Da reagierte er wie ein gefräßiges Ungeheuer, und er gab freiwillig nichts mehr her.

Das Moor spielte mit dem Körper. Für Sekunden hatte jeder der Zuschauer das Gefühl, Bing könnte es noch einmal schaffen, weil sich sein Körper aufrichtete, doch es war eine trügerische Hoffnung. Im nächsten Augenblick fiel er wieder zurück, und die gierigen Finger des Sumpfes ließen ihn nicht los.

Stück für Stück zogen sie ihn in die Tiefe.

An den Füßen hatte es begonnen. Schon waren die Beine nicht mehr zu sehen, und von der Ruine her trieben lange Nebelschleier heran, als wollten sie den Tod des Menschen gnädig verdecken.

Der Sumpf schmatzte und schlürfte. Für die Menschen hörten sich die Geräusche wie triumphierende Laute an. Der Hexenwürger hatte den Austausch gewollt, der Sumpf nahm ihn an.

Gnadenlos zog er Bing Cordtland in die Tiefe.

Eine Frau begann bitterlich zu weinen. Scheue, aber auch vorwurfsvolle Blicke wurden ihr zugeworfen, denn keiner wollte, dass die grauenhafte Stimmung gestört wurde. Vielleicht fühlte sich dann auch der Hexenwürger nicht mehr sicher und drehte durch.

Das geschah nicht. Stumm und steif blieb er stehen. Aus seinen leblosen Augen schaute er zu, wie das Moor sein Opfer in die Tiefe zog. Bis fast zum Kinn steckte Bing bereits in der zähen Masse. Nur noch sein Gesicht war zu sehen. Das Mondlicht fiel darauf, ließ die verzerrten Züge deutlich erkennen, und ein jeder sah, dass der Mann plötzlich den Mund aufklappte.

Eine Sekunde später hörten sie den Schrei.

Er hallte über das flache Moor. Markerschütternd, gellend und voller Todesangst ausgestoßen, war er für die Menschen der akustische Beweis, dass sie einen Fehler begangen hatten. Sie hätten Mason Cordtland ruhen lassen sollen. Jetzt war es zu spät. Ein Wesen wie er kannte keine Dankbarkeit. Es erfüllte nur die dunklen Gesetze schwarzer Magie.

Der Schrei erstickte in einem Röcheln, als der zähe Schlamm über die Lippen des Mannes in dessen Mund drang.

Sekunden später verschwand auch der Kopf.

Ruhig, fast harmlos lag die schwarze Fläche vor den Menschen, und nichts wies darauf hin, welch ein grauenvolles Ereignis hier vor Sekunden stattgefunden hatte.

Dafür lebte Mason Cordtland. Er drehte sich um. Die drei auf dem Boden liegenden Riemen der Peitsche machten diese Bewegung mit. Cordtland stoppte, als er mit dem Rücken zum Sumpf stand. Die Menschen aus Blackmoor hatte er jetzt vor sich, und er schaute sie an.

Jeder Einzelne hatte das Gefühl, als würde der Blick des Hexenwürgers nur ihn treffen. Gar mancher war dabei, der unter diesem Blick zusammenzuckte.

»Ihr habt mich geholt, ich werde euch nicht enttäuschen«, sagte er mit tiefer, ein wenig krächzender Stimme. »Schon damals habe ich allen Hexen den Tod geschworen, und diesen Schwur vergaß ich nie. Ich werde ihn halten und einlösen. Dieses Dorf und all seine Menschen gehören von nun an mir. Als ich aus dem Moor stieg, habe ich gesehen, was mit dem Schloss geschehen ist. Nur noch Reste sind da, aber das wird sich ändern. Nicht umsonst hat der Hexenstein überlebt. Er wird auch weiterhin meine stärkste Waffe sein. Dieser Hexenstein kann die Kräfte manipulieren, und ich werde ihn mir holen.«

Nach diesen Worten schweifte sein Blick in die Runde. Es war niemand da, der Cordtland widersprach. Die Menschen hatten eine viel zu große Angst vor dieser Gestalt.

Plötzlich lachte er. »Wie ich sehe, habt ihr Kreuze mitgebracht. Die sind nicht mehr nötig. Ich habe sie früher gebraucht, aber heutzutage nicht mehr. Ich komme ohne die Kreuze aus, denn der Hexenstein wird meine Kraft erneuern, das kann ich euch versprechen. Und ich habe die Peitsche! Sie ist am wichtigsten für mich.« Er legte eine kurze Sprechpause ein, bevor er befahl: »Nehmt die Kreuze, und werft sie in den Sumpf. Los, macht schon, ich will sie nicht mehr sehen!«

Die Menschen zögerten noch. Sie schauten sich an. Jeder wartete darauf, dass sein Nachbar den ersten Schritt tat, doch es war niemand da, der den Anfang machen wollte.

»Zeigt ihr Ungehorsam?!«, schrie der Hexenwürger. »Muss ich erst Gewalt anwenden?« Zur Untermauerung seiner Worte hob er den Arm und ließ die drei Peitschenriemen über die Köpfe der versammelten Dorfbewohner hinwegpfeifen.

Die Leute beeilten sich plötzlich. Dabei standen sie sich gegenseitig im Weg, als sie sich zu bewegen begannen. Jeder wollte der Erste sein, der sein Kreuz oder seine Waffe dem Sumpf übergab. Sie schleuderten die Dinge auf die schwarze Fläche, die sie schmatzend an sich nahm und in die Tiefe zerrte.

Mason Cordtland schaute zu und war zufrieden. Er dokumentierte dies durch ein Nicken. »So ist es gut«, erklärte er. »So wollte ich es haben, denn ich habe jetzt die Führung übernommen. Ich bin euer Herr. Das Dorf und seine Menschen gehören mir. Wie es vor langer Zeit schon einmal war. Verstanden?«

Keiner der Dorfbewohner wusste, wie es vor langer Zeit ausgesehen hatte. Es gab wohl Aufzeichnungen, aber über Einzelheiten war nicht berichtet worden.

Allen war klar, dass andere Zeiten anbrachen, und viele machten sich bereits Vorwürfe. Sie hätten alles so lassen und nicht auf Bing Cordtland hören sollen.

Jetzt war es zu spät.

Mason Cordtland hatte das Kommando übernommen, und er würde es sich nicht mehr aus den Händen nehmen lassen. Dieser lebende Tote regierte mit eiserner Strenge und mit seiner Peitsche, die er gnadenlos einsetzte.

»Ich will den Stein!«, erklärte er. »Den Hexenstein. Wisst ihr, was er bedeutet?«

Die Menschen schüttelten die Köpfe.

Da lachte der Hexenwürger. »Seid froh, dass ihr es nicht wisst. Seid nur froh. Ich jedoch sage euch, die Zeiten werden sich nicht ändern, sie haben sich bereits geändert. Mason Cordtland ist wieder da! Und er wird seine blutigen Zeichen setzen …«

Nach diesen Worten drehte sich der Hexenwürger um und verschwand. Wie ein Geist schritt er davon. Quer über das Moor ging er, und sein Ziel war die alte Ruine, in der sich einiges verändert hatte …

Vier Hexen befanden sich im Käfig!

Von einem Augenblick zum anderen hatten sich die Vögel in diese kreischenden Weiber verwandelt.

Sie waren widerlich, uralt und hässlich. Es war kein normales Alter, sondern eines, das es eigentlich nicht geben durfte. Ich hatte das Gefühl, Menschen vor mir zu sehen, die einmal vor langer Zeit gelebt hatten.

Furienhaft benahmen sie sich. Sie tanzten, sie kreischten, sie schrien, und sie warfen sich machtvoll gegen das Gitter zwischen den Stäben, um es zu sprengen.

Ihre Mäuler hatten sie weit aufgerissen. Wir konnten in die Rachen schauen, die seltsam grau aussahen. Die Hände waren Krallen, die Gesichter eingefallen, knochig, die Haare grau und strähnig, und an ihren mageren Körpern trugen sie nur Lumpen.

Wodurch die Verwandlung geschehen war, wussten wir nicht. Später erfuhren wir, dass ein magischer Nebeneffekt eingetreten war, als der Hexenwürger aus dem Sumpf stieg.

Noch aber waren wir ratlos, doch wir sahen, dass das Maschendrahtgitter dem Ansturm der Hexen nicht mehr lange standhalten würde. Bereits jetzt bog es sich gefährlich durch. Es war nur eine Frage der Zeit, bis es endgültig riss.

So ausgemergelt und mager die Körper der vier Hexen auch waren, über ihre Kraft musste man sich wundern. Und sie schafften es tatsächlich, denn plötzlich riss an einem Stab das Gitter entzwei.

Die größte der Hexen hatte sich dagegengeworfen und sich freie Bahn verschafft. Sie griff an.

Ausgerechnet mich hatte sie sich für ihre Attacke ausgesucht. Mit vorgestreckten Armen, verzerrtem Gesicht und Krallenhänden jagte sie auf mich zu und sah erst im letzten Moment, dass ich mein geweihtes Silberkreuz hochriss.

Das Kreuz war schon in früherer Zeit für echte Hexen ein Grauen gewesen. Ein Mittel der Vernichtung. Dass wir es hier mit einer echten Hexe zu tun hatten, bemerkte ich wenige Sekunden später. Sie wollte noch ausweichen, hatte jedoch zu viel Schwung und rutschte zudem aus, sodass sie praktisch in das Kreuz hineinfiel.

Ihr Todesschrei zitterte durch den Keller!

Plötzlich entwickelte sie sich zu einem Kreisel. Vor meinen Füßen drehte sie sich, wobei ich ihren Körper kaum noch sah, weil er von einer Rauchwolke eingehüllt wurde. Sie stank widerlich, und die Reste der Hexe sanken schließlich zusammen.

Auf dem Boden blieben Asche und Knochen liegen.

Ich warf einen Blick nach links. Suko war weit zurückgewichen, weil er Platz brauchte, um seine Peitsche zu ziehen. Das hatte er bereits getan und auch einmal einen Kreis über den Boden geschlagen, sodass die drei Riemen herausfallen konnten.

Der Inspektor lächelte kalt. Er konnte mit der Peitsche fantastisch umgehen, war ein Meister seines Fachs, und er würde den drei Hexen keine Chance lassen.

Auch sie merkten, was mit dieser Waffe los war. Sie hielten sich zurück. Dann zischten sie sich Worte zu, die Suko und ich nur mit Mühe verstanden.

»Schaut an, schaut an, Schwestern, er hat auch eine Peitsche. Wie unser Freund Mason Cordtland.«

»Aber er ist es nicht.«

»Nein, er sieht so fremd aus.«

»Und seine Augen sind seltsam!«

Die Hexen unterhielten sich, während sie Suko und auch mich dabei anschauten. Ihre Blicke irrten von rechts nach vorn, sie wollten sich keine Blöße geben.

»Und jetzt passt auf!«, rief Suko. Er schlug so, dass die drei Riemen auseinanderfächerten.

Nach rechts konnten die Hexen nicht weg. Da stand ich und lauerte auf sie. Sie wollten unter den Schlägen hinwegtauchen, was ihnen zuerst auch gelang, dann aber fielen die Riemen zurück, und sie klatschten auf ihre mageren, durchgebogenen Rücken.

Zwei Hexen erwischte es zuerst. Als die Riemen auf ihre krummen Rücken droschen, begannen die Furien schrecklich zu schreien. Die dritte Angreiferin hätte mich fast erreicht, wenn Suko nicht das Kunststück fertiggebracht hätte, den Riemen noch einmal durch eine Drehung eine andere Richtung zu geben.

Er erwischte die Hexe in Höhe der Wade und umwickelte sie.

Als Suko an der Peitsche zog, da wurde bereits das Bein der Hexe durchgetrennt. Ich sah noch ihr grauenhaft verzerrtes Gesicht, bevor aus dem Körper der Rauch quoll und sie einhüllte, wie auch ihre beiden Schwestern.

Alle drei Hexen vergingen.

Der endgültige Tod hatte nach ihnen gegriffen und sie gnadenlos an sich gerissen.

Tief atmete ich durch, während Suko die Peitsche sinken ließ, sie dabei umdrehte und die Riemen wieder in die Öffnung stopfte. Sie glitten leicht hinein.

Er grinste mich an. »Das waren sie also.«

»Ja, das waren sie«, bestätigte ich und hob die Schultern. »Weißt du eigentlich, wie viele Vögel uns unterwegs begegnet sind, Alter?«

»Ich habe sie nicht gezählt.«

»Wenn wir im schlimmsten Fall damit rechnen, dass jeder Vogel eine Hexe ist, haben wir verdammt viel Arbeit vor uns. Und ich vermute mal, dass es nicht immer so glatt über die Bühne gehen wird wie gerade.«

»Hast du Gründe?«

»Sicher. Denk mal nach.« Ich begann mit meiner Wanderung durch das Verlies, während ich sprach. »Da fahren wir in ein Dorf und werden plötzlich in die Vergangenheit katapultiert. Das ist doch normalerweise nicht drin, dieser seltsame unerklärliche Wechsel der Zeiten. Noch etwas kommt hinzu. Der geheimnisvolle Hexenwürger, von dem wir gehört haben. Mason Cordtland. Hast du ihn bisher gesehen?«

»Nein.«

»Er wird aber erscheinen, dessen bin ich ganz sicher. Suko, lass dir gesagt sein, wir stehen erst am Anfang. Der große Horror folgt noch, das kann ich dir flüstern.«

»Lass uns was tun.«

»Toll, wie arbeitswütig du heute wieder bist.«

»Ja, in der Nacht werde ich immer munter.«

»Da frage ich mal Shao.«

»Lieber nicht. Wenn sie die Wahrheit sagt, würdest du nur vor Neid erblassen und haltlos weinen.«

»Strunz, geh in die Hütte«, erwiderte ich und verließ den Kellerraum. Bisher hatten wir nur diesen einen durchsucht. Was der Keller sonst noch verbarg, wussten wir nicht, hofften jedoch, Spuren zu finden, die unter Umständen auf Mason Cordtland hindeuteten. Vielleicht hatte Bing, sein Nachkomme, Unterlagen verwahrt. Schließlich musste er sich an irgendetwas orientiert haben.

Wir teilten uns die Aufgabe, doch wir hatten beide Pech. Ein völlig normaler Keller lag vor uns. In den übrigen Räumen wurden alltägliche Dinge aufbewahrt.

Konserven, Wein, Bier und alkoholfreie Getränke, wie sie jeder Mensch besitzt. Auch eine Kühltruhe entdeckten wir. Ich hob den Deckel an und fand sie gut mit Lebensmitteln gefüllt.

Auf dem Flur traf ich wieder mit Suko zusammen, dessen Schulterzucken mir bewies, dass auch er nichts entdeckt hatte.

»Lass uns noch einmal in der Wohnung nachsehen«, sagte ich.

»Was macht dich eigentlich so scharf darauf, unbedingt etwas finden zu wollen?«

»Wenn ich mich schon mit einem Fall beschäftige, möchte ich so viele Informationen über ihn sammeln, wie es eben geht. Das ist alles.«

»Und die findest du hier im Haus?«

»Das hoffe ich.«

Wir standen inzwischen in der Diele, in der wir mit Cordtland gesessen hatten. Dann gingen wir in das Arbeitszimmer. Vor dem Fenster sahen wir einen alten Schreibtisch mit großer Platte, auf der einige Unterlagen ausgebreitet waren. Die Bücher in den Regalen interessierten uns weniger, der Schreibtisch mit den Unterlagen war einzig und allein wichtig für uns.

Interessant und bedeutsam war das aufgeschlagene Buch. Ein alter Wälzer, in seinen Ausmaßen weit über die eines normalen Buches hinausgehend. Ich schaute auf die Seite, blätterte dann zurück und fand einen Hinweis auf der ersten Seite, dass es sich bei dem Buch um ein altes Kirchenregister handelte.

»Siebzehnhundertdrei beendet«, las ich die Zahl laut vor, während Suko die Schreibtischleuchte so hinstellte, dass ihr Licht direkt auf die Seiten fiel.

Ich bedankte mich mit einem Kopfnicken.

Viel geholfen hatte das Zurechtrücken der Lichtquelle nicht, denn die Schrift auf den Seiten war mehr als blass und mit dem bloßen Auge kaum zu erkennen.

Man musste schon eine Lupe zu Hilfe nehmen, die mein Freund unter einem schmalen Hefter fand.

»Nimm die, und fühl dich wie Sherlock Holmes«, sagte er, als er mir das Gerät reichte.

Zunächst einmal nahm ich Platz. Dann blätterte ich einige Seiten zurück und fand als Überschrift einen bekannten Namen.

Mason Cordtland!

Trotz Lupe war nicht sehr viel zu erkennen. Die Schrift konnte man als nicht lesbar bezeichnen. Zahlreiche Buchstaben waren verwischt, manche Worte fehlten, sodass die Leserei mehr einem Ratespiel glich.

Ich blätterte weiter und fand überall das gleiche.

»Nichts zu erkennen?«, fragte Suko, der mir über die rechte Schulter schaute.

»Fast nichts«, schwächte ich ab.

»Zudem in einem sehr alten Englisch geschrieben«,

sagte mein Freund. »Da kann ich sowieso nicht viel lesen.«

»Du solltest dich mehr mit Shakespeare beschäftigen«, stichelte ich.

»Klar, wenn mir der Job und Shao Zeit dazu lassen!«

»Shao zumindest.«

»Hast du eine Ahnung!«

Ich ließ mich nicht mehr stören und las weiter. Hin und wieder waren Sätze vorhanden, dann fehlten wieder welche, und das große Ratespiel begann von vorn.

Als ich das Buch vorsichtig zusammenklappte, war ich nicht viel schlauer.

»Was konntest du denn entziffern?«, fragte mich Suko.

»Nun ja, ich habe etwas über einen Hexenstein gelesen, der angeblich noch existieren soll.«

»Eine Waffe?«

»Gewissermaßen, aber gegen Hexen. Irgendwie muss Mason Cordtland mit diesem geheimnisvollen Stein eine Verbindung eingegangen sein. So lange wie der Stein wird auch der Hexenwürger existieren, das meine ich, aus der Niederschrift herausgelesen zu haben.«

»Wo man diesen Stein findet, stand nicht zufällig dort zu lesen?«, wollte Suko wissen.

»Nein.«

»Das heißt, wir müssten ihn suchen.«

Ich stand auf. »So ist es, mein Freund.« Ich trat an das Bücherregal und ließ meine Blicke über die Rücken der dort aufgereihten Bücher gleiten. »Zuerst hatte ich ja Bedenken, Bing Cordtland einfach laufen zu lassen. Jetzt allerdings meine ich, dass wir uns damit einen Gefallen getan haben.«

»Sonst hätten wir die Informationen nicht«, folgerte Suko.

»Sehr richtig.«

»Dann wird Cordtland uns bestimmt mehr sagen können. Der Kerl wollte nur nicht.«

Ich nahm ein Buch aus der Reihe hervor und schlug es auf. Es beschäftigte sich mit der Geschichte der Inquisition. Sein Inhalt war durch Bilder aufgelockert worden.

Was die alten Holzschnitte an grauenvollen Foltermethoden zeigten, war schon sehr schlimm. Ich bekam eine Gänsehaut, wenn ich daran dachte, dass sich so etwas wiederholen könnte oder wir es in der Vergangenheit miterlebten, falls wir wieder in einen Zeitsprung hineingerieten.

Es war mehr Zufall, dass ich ein Kapitel aufschlug, das sich direkt mit dem Dorf Blackmoor beschäftigte. Der Legende nach sollte es hier besonders viele Hexen gegeben haben. Man hatte für sie sogar einen eigenen Friedhof angelegt, den das Moor allerdings im Laufe der Zeit verschlungen hatte.

Und noch etwas fiel mir auf.

Die Hexen warteten auf irgendein Ereignis. Es wurde immer von einer Königin gesprochen, die einmal erscheinen sollte.

Eine Königin?

Ich berichtete Suko davon.

Er hatte den gleichen Gedanken wie ich. »Ob damit vielleicht Wikka gemeint ist?«

»Die hätte uns zu unserem Glück noch gefehlt. Und wenn sie da ist, kann auch Jane Collins nicht weit sein. Schließlich hängt sie wie eine Klette an ihr.«

»Ich an deiner Stelle würde mit Wikkas Erscheinen rechnen. Zu viel spricht dafür, John. Die zahlreichen Hexen, der Stein, der Hexenwürger, das ist doch ein regelrechtes Karussell. Mich würde es sehr wundern, wenn Wikka da nicht aufspringen wollte. Schließlich sucht sie ihre Artgenossinnen.«

Da hatte mein Freund Recht.

Wir sprachen noch darüber, ob wir das Haus weiterhin durchsuchen sollten, als der Inspektor plötzlich seinen Zeigefinger auf die Lippen legte.

Ich schaute ihn an. »Was hast du?«

»Da stimmt was nicht.«

»Und was?«

Suko hob die Schultern. Genau konnte er mir sein Gefühl auch nicht erklären, jedenfalls hatte ihn etwas gestört. »Es war nicht im Haus, muss von draußen gekommen sein und hat sich angehört, als würde jemand um das Grundstück schleichen.«

»Schritte?«

»Kann sein.«

»Lass uns nachsehen.« Wir gingen zur Tür und hatten sie noch nicht erreicht, als ich ebenfalls etwas vernahm.

Das kam von oben.

»Auf dem Dach«, sagte Suko in derselben Sekunde, riss die Tür auf, stürmte nach draußen und eilte die Stufen der Treppe hinunter. Ich folgte ihm sehr schnell. Nebeneinander blieben wir stehen, legten die Köpfe in den Nacken und blickten an der Hauswand hoch, um das Dach sehen zu können. Es war mit dunklen Pfannen gedeckt. Das konnten wir trotz der schlechten Lichtverhältnisse erkennen. Und noch etwas entdeckten wir.

Es war eine Gestalt, die sich auf dem schrägen Dach fest an die Pfannen geklammert hatte.

Eine Frau – und Hexe!

Wir hätten eigentlich nicht überrascht sein dürfen. Dennoch traf uns der Anblick.

Durch das Auftauchen dieser Person hatten wir den endgültigen Beweis dafür, dass sich noch mehr Hexen in Blackmoor herumtrieben als die, die wir erledigt hatten.

Es war einfach, eine Erklärung dafür zu finden, wie sie auf das Dach gelangt war. Wenn sie tatsächlich in der Gestalt eines Vogels ein Zwischenleben geführt hatte, musste sie sich auf dem Dach sitzend verwandelt haben.

Sie hatte uns ebenfalls gesehen, da sie in einer Schräglage hing und nach unten schaute, wobei sie den Kopf stark drehen musste.

Ihr Gesicht konnten wir nicht genau erkennen, und die Haare waren nur mehr zu ahnen. Allerdings sahen wir ein strähniges Gewirr um ihren Kopf flattern.

Sie fauchte wie ein alter Seemann, als sie uns gesehen hatte und nun höher kletterte. Dabei wand sie sich wie eine Schlange. Der First war ihr Ziel.

Nur mit Mühe erreichte sie ihn, rutschte zwischendurch ein paarmal ab und blieb schließlich hocken, wobei sie einen Arm in die Luft reckte, die Hand zur

Faust ballte und ein meckerndes Gelächter aus ihrem Mund drang.

»Die scheint sich da oben ziemlich wohl zu fühlen«, bemerkte Suko. »Sollen wir sie runterholen?«

»Du kannst sie ja fragen.«

»Witzbold«, erwiderte der Inspektor und griff zu seiner Beretta.

Ich sah dies, legte meine Hand auf seinen Arm und schüttelte den Kopf. »Nein, lass mal, Alter. Wir wollen mal sehen, was sie noch alles vorhat. Die sitzt ja nicht ohne Grund da oben.«

Das stimmte in der Tat. Plötzlich verwandelte sich das Gelächter in ein wildes Heulen. Wind kam auf, wurde zum Sturm, schüttelte uns durch und erfasste die Hexe auf dem Dach.

Es war wie im Schauermärchen. Fehlte nur noch der Besenstiel, auf dem die Hexe ritt. Der Sturmwind trug sie aber auch so fort. Er packte mit seinen unsichtbaren Händen zu, wehte unter ihre Kleidung und schleuderte sie hoch in die Luft, sodass sich die alten Lumpen ballonartig aufblähten.

Dann war sie verschwunden.

Wir standen vor dem Haus und schauten ziemlich belämmert aus der Wäsche.

»Ich hätte sie doch packen sollen«, sagte Suko und blickte mich vorwurfsvoll an.

»Du kriegst noch deine Chancen. Wahrscheinlich mehr, als dir lieb sein werden.«

Am Haus hielt uns jetzt nichts mehr. Wir wollten uns unbedingt in Blackmoor umschauen. Wir waren sicher, dass noch mehr Hexen existierten.

Unsere Blicke glitten nach links. Dort lag das Moor, und in diese Richtung waren die Menschen gegangen, Bing Cordtland an ihrer Spitze. Sicherlich hatten sie den Hexenwürger treffen wollen.

Ob es tatsächlich der Fall gewesen war, würden wir in Erfahrung bringen, denn die Menschen kehrten zurück.

Diesmal gingen sie nicht so gesittet nebeneinander. Sie redeten, drängten sich in mehreren Reihen, wobei uns auffiel, dass sie ihre großen Kreuze nicht mehr trugen.

In Deckung des Hausschattens zogen wir uns zurück. Der Ort lag wie ausgestorben da. Stimmen und Geräusche hörten wir nur von den aus dem Moor zurückkehrenden Menschen.

Als die ersten das Haus fast erreicht hatten, fiel Suko auf, dass sich Bing Cordtland nicht mehr bei ihnen befand. Ich sah es ebenfalls und hörte Sukos erstauntes Flüstern.

»Verdammt, John, der ist nicht mehr dabei.«

Gerade mit Cordtland hatten wir reden wollen. Jetzt mussten wir mit einem anderen sprechen. Ich pickte mir den heraus, der mit Namen Rodney hieß und ziemlich an der Spitze dieser Prozession schritt. Den Kopf hielt er gesenkt, die Hände hatte er zu Fäusten geballt. Er machte auf mich einen wütenden Eindruck.

Heftig schrak der Mann zusammen, als Suko und ich plötzlich vor ihm standen und ihm den Weg versperrten.

Ich beschloss, seine Überraschung auszunutzen und fragte: »Wo steckt Bing Cordtland?«

Eine Antwort erhielten wir nicht. Stattdessen holte Rodney Luft, während sich die anderen hinter ihm versammelten. Ihre Haltung konnte man durchaus als feindlich bezeichnen.

»Sie sind ja immer noch hier!«, zischte er durch die zusammengebissenen Zähne.

»Klar, und wir werden auch bleiben. Außerdem haben Sie mir noch keine Antwort auf meine Frage gegeben. Ich will wissen, wo sich Ihr Anführer Bing Cordtland befindet.«

»Der Sumpf hat ihn gefressen!«, hörte ich aus dem Hintergrund eine dumpfe Stimme und reckte, um den Sprecher erkennen zu können, den Kopf. Er blieb jedoch in der Finsternis verborgen. Da konnte jeder Mann, der hinter Rodney stand, seinen Kommentar gegeben haben.

»Stimmt das?«, fragte ich.

Rod hob den Kopf und reckte mir sein kantiges Kinn entgegen. »Ja, es stimmt.«

»Und wie ist das passiert?«

Da grinste er kalt. »Er hat sich geopfert. Der Sumpf gab einen frei. Aber das Gleichgewicht muss gewahrt bleiben. Deshalb starb unser alter Freund Bing.«

Ich holte tief Luft. »Sind Sie sich eigentlich darüber im Klaren, was Sie da eben gesagt haben?«

»Natürlich.«

»Nein, anscheinend nicht. Ein Mensch hat sein Leben verloren, und Sie sprechen darüber, als sei es etwas völlig Normales.«

Er hob die Schultern. »Die Zeiten haben sich geändert«, flüsterte er. »In Blackmoor wird es bald rundgehen. Wir haben wieder einen Beschützer, der mit der Hexenplage aufräumen wird. Mason Cordtland ist zurückgekehrt. Wir haben ihn aus dem Sumpf geholt, und er wird dafür sorgen, dass es bald keine Hexen mehr gibt.«

»Wo befindet er sich?«

Die einzige Antwort war ein Lachen. »Sie glauben doch nicht, dass ich Ihnen das verraten werde. Nein, Mister, Sie müssen ihn schon selbst suchen. Und wenn Sie ihn gefunden haben, seien Sie nur recht freundlich zu ihm, denn der Sumpf ist groß und tief.«

»Das wäre Mord an zwei Polizeibeamten«, mischte sich mein Freund Suko in das Gespräch ein.

»Bullen zählen hier nicht«, vernahmen wir abermals die Stimme des Sprechers, den wir nicht identifizieren konnten.

Andere nickten bestätigend. Ich brauchte nur in die finsteren Gesichter zu schauen, um zu wissen, dass man hier tatsächlich nicht viel von Polizisten hielt.

Rodney grinste. »Sie sehen also, dass Sie auf verlorenem Posten stehen. Hauen Sie lieber ab. Hier halten alle zusammen, kann ich Ihnen sagen. Ob Bulle oder nicht, das Moor macht keine Unterschiede.«

»Wo finden wir den Hexenwürger?« Ich ließ mich von dem Gerede nicht beirren.

»Kein Kommentar, Bulle. Und jetzt geht uns aus dem Weg, sonst nehmen wir nämlich an, dass ihr die Hexen seid.«

»Ja, los, machen wir sie fertig!«

Das waren die Männer, die schrien, während die Frauen still blieben und in eine völlig passive Rolle hineinschlüpften, denn sie hielten die männlichen Personen nicht zurück.

Im Nu wurde es gefährlich, und wir mussten uns etwas einfallen lassen. Zum Glück stürmten sie nicht allesamt auf uns los, sondern nur die ersten vier Kandidaten.

Suko packte sich zwei von ihnen. Vor allen Dingen Rodney. Schon einmal hatte er durch meinen Freund eine Niederlage hinnehmen müssen, jetzt erlitt er die zweite.

Ich beobachtete aus den Augenwinkeln, wie es Suko gelang, ihn an sich heranzuziehen und in die Höhe zu wuchten. Rodney zappelte und schrie, dann schleuderte ihn Suko gegen die anstürmenden Dorfbewohner und stiftete durch diese Aktion das reinste Chaos.

Plötzlich fielen mehrere Menschen übereinander. Sie wussten nicht mehr, was sie tun sollten und verloren den Überblick. Wir erhielten eine Atempause, denn auch ich hatte mich inzwischen meiner Gegner mit zwei gezielten Aktionen entledigt.

Sie lagen am Boden und bildeten für die Nachrückenden Stolperfallen. Uns blieben zwei Möglichkeiten. Wir hätten es hart machen oder uns zurückziehen können.

Wir entschieden uns für die letztere Alternative, denn wir hatten Menschen vor uns, keine dämonischen Geschöpfe, und darauf wollten wir Rücksicht nehmen.

Ich winkte Suko zu.

Es war ein geordneter Rückzug, indem wir in den Ort hineinliefen und die schreienden Dorfbewohner hinter uns ließen. Sie nahmen noch nicht sofort die Verfolgung auf, sondern blieben erst einmal zurück, wahrscheinlich, um den besten Plan auszuhecken.

Nach etwa hundert Yards stoppten wir unseren Lauf. Wir standen ungefähr dort, wo sich das Gasthaus befand, das wir, als wir in der Vergangenheit gelandet waren, betreten hatten.

Jetzt sah es anders aus. Es brannte sogar Licht. Wir sahen hinter einigen Scheiben die gelben Flecke, der Ort wirkte längst nicht mehr so ausgestorben wie noch vor einigen Stunden.

Und doch war er unheimlich.

Es mochte an der Atmosphäre liegen, vielleicht auch an der Luft, der Aura.

Wir spürten mit jedem Atemzug, dass sich etwas über unseren Köpfen zusammenbraute. Dabei dachten wir nicht mal an die Einwohner, sie waren zurückgeblieben, nein das Dämonische hatte mehr Einfluss genommen.

Die Dächer der Häuser und Ställe schienen sich unter einem gewaltigen Druck zu ducken. Waren die Schatten nicht tiefer geworden? Ich hörte das Miauen einer Katze und sah ein leuchtendes Augenpaar, das in der Finsternis grünlich schillerte.

Die Katze kam näher. Lautlos schlich sie, der Körper passte sich den Bewegungen an. Plötzlich blieb sie stehen. Gleichzeitig riss sie ihr Maul auf, fauchte und machte einen Buckel.

Sie witterte die Gefahr!

Wir aber sahen sie!

Hexen, wohin wir schauten. Auf den Dächern, in den Wohnungen, den Häusern.

Furien, Weiber, wild und grausam, während in der Gaststube eine schrille Stimme schrie: »Kommt zum Hexenmahl! Wir haben zwei gefunden …«

Jane Collins war verzweifelt!

Zum ersten Mal in ihrem Hexendasein spürte sie eine schreckliche Angst. Sie sah Wikka, ihre Meisterin und Lehrerin, vor sich am Boden liegen, schaute in das Gesicht, das überhaupt keine Ähnlichkeit mehr mit dem von früher hatte, und sah die verbrannte, schwarze Haut und die gespenstisch wirkenden weißen Augenhöhlen.

Dann glitt ihr Blick auf den Hexenstein. Wikka hatte es versucht und seine Kraft unterschätzt.

Jane fiel auf die Knie. Was um sie herum geschah und sich alles verändert hatte, bemerkte sie nicht, sie wollte nur endlich wissen, ob Wikka noch lebte.

Mit beiden Händen fasste sie nach der Hexe. Jane schüttelte sie. Schrie und jammerte.

»Gib Antwort, Wikka! Wach auf! Du kannst nicht vernichtet sein. Du musst leben. Der Satan hat dir nicht umsonst seine Kraft eingehaucht, verflucht noch mal!«

Wikka rührte sich nicht. Sie lag steif wie ein Brett auf dem Boden, und Jane Collins verging fast vor Wut und Hilflosigkeit. Sie hob den Kopf.

Da weiteten sich ihre Augen. Erst jetzt stellte sie fest, dass sie sich in einer anderen Umgebung befand. Zwar noch im Turmzimmer, aber der Hexenstein war auf einmal verschwunden, obwohl sie ihn doch vor Sekunden noch gesehen hatte.

Die ehemalige Detektivin begriff nichts. Sie ahnte nicht einmal, dass sie eine Zeitreise unternommen hatte oder in einen Zeitenwechsel hineingeraten war; für sie war alles unerklärlich. Aber es war nichts zurückgenommen worden, denn Wikka lag nach wie vor mit verbranntem Gesicht auf dem Boden.

Eine seltsame Einrichtung umgab sie. Da sah sie ein prächtiges Bett mit einem hohen Himmel darüber. Ein Schrank stand in der Nähe, und eine Waschgelegenheit gab es ebenfalls. Teppiche bedeckten den Boden, eine spanische Umkleidewand war auseinandergezogen worden, und neben dem Bett standen zwei Stühle.

Jane Collins hörte auch Stimmen. Da die Tür nicht geschlossen war, drangen sie durch den Turm nach oben. Ein Mann führte das Kommando. Sie verstand einzelne Worte und hörte Begriffe wie Hexenzauber, Hexenplage und den Begriff Folter.

Da zuckte Jane zusammen!

Folter! Natürlich. Sie hatte oft genug darüber gelesen. Man hatte die Hexen damals gefoltert, zu Tode gequält, einigen sogar die Haut abgezogen und sie dann auf dem Scheiterhaufen verbrannt.

Asche war zurückgeblieben. Nur Asche …

Jane schluckte. Sie fühlte sich auf einmal hilflos. Wikka lag regungslos vor ihr. Sie konnte ihr nicht mehr beistehen, jetzt musste sich Jane allein helfen.

Ihre Blicke irrten durch das Turmzimmer. Rechts und links des Bettes brannten zwei Kerzen. Die Flammen waren durch Glasbehälter geschützt, die zum Großteil den Schein dämpften, sodass das Zimmer eine fast gemütliche Beleuchtung aufwies.

Das alles interessierte Jane Collins nicht. Sie wollte nur raus aus diesem Turm, der für sie ein Gefängnis war.

Und die Stimmen wurden lauter. Jetzt vernahm sie auch schon die Schritte, die sich dem Zimmer näherten.

Sie konnte nicht unterscheiden, um wie viele Männer es sich handelte. Mindestens zwei waren es.

Wohin?

Es gab nur eine Chance. Jane Collins musste sich und Wikka in diesem Zimmer verstecken. Der Schrank kam nicht in Frage. Sicherlich würde derjenige, der den Raum betrat, um zu schlafen, die Türen öffnen und seine Kleidungsstücke in den Schrank hängen.

Also woanders.

Das Unterteil des Bettes stach ihr ins Auge. Es war ziemlich hoch. Da konnte man schon hinunterkriechen. Es war wirklich die einzige sich bietende Chance.

Jane nutzte sie sofort aus. Wikka ließ sie dabei nicht im Stich. Nicht, solange sie nicht wusste, ob die Oberhexe tot oder lebendig war. Jane huschte um Wikka herum, wartete am Kopfende einen Moment ab und bückte sich dann, um ihre Hände unter die Schulter der Oberhexe zu schieben. So zog und zerrte sie Wikka in Richtung Bett.

Unter großen Mühen und auch unter Zeitdruck gelang es ihr, die Meisterin unter das Bett zu schieben. Dann wurde es Zeit für sie, ebenfalls zu verschwinden.

So gelenkig wie eine Artistin verschwand Jane Collins unter dem Bett und blieb dicht neben Wikka liegen.

Jetzt wartete sie ab.

Ein wenig veränderte sie ihre Position noch, da sie unter das Fußende des Bettes hinwegschauen wollte, denn in der Verlängerung dessen befand sich die Tür. So konnte sie erkennen, wer eintrat.

Die Männer hatten die Tür erreicht. Noch standen sie

draußen. Eine tiefe Stimme sagte: »Ihr könnt erst einmal verschwinden. Wenn ich euch brauche, hole ich euch.«

»Gibt es keine Hexenjagd mehr, Sir?«

Das meckernde Lachen ließ abermals die Angst und die Wut in Jane Collins aufsteigen. »Sicher wird es die geben. Und wenn ich Lust habe, auch in der Nacht.«

»Ich wüsste eine kleine Hexe, die ich Euch schicken könnte, Sir.«

»So?«

»Ja, sie ist siebzehn. Stammt aus der Nähe und macht die Burschen verrückt. Sie hat einen Körper, der ...«

»Morgen, Freunde, morgen werde ich mir das Früchtchen einmal vornehmen.«

»Aber gebt Acht, Sir. Sie ist wild.«

»Die Folter hat noch jede gezähmt. Zudem habe ich den Hexenstein gefunden, der gibt mir Macht.«

»Ja, das wird er, Sir.«

Es waren die letzten Worte, die die beiden Männer sprachen. Danach wurde die Tür aufgestoßen, und einer betrat den Raum.

Jane Collins hielt den Atem an. Viel konnte sie von ihm nicht sehen. Sein brauner Mantel reichte zu weit nach unten. Er verdeckte die Beinkleider und fiel mit seinem Saum bis auf die Schuhe.

Der Mann drehte sich um und schloss die Tür. Tief atmete er durch, hustete, bewegte seine Arme und schälte sich aus dem Mantel. Er ließ ihn über dem Arm hängen, als er zu dem Kleiderschrank schritt und die beiden Türen aufzog.

Jane drehte sich unter dem Bett. Sie wollte alles genau verfolgen und sah, wie der Mann seinen Mantel in den Schrank hängte. Als er die Tür schloss, zuckte er plötzlich zusammen.

Die unter dem Bett liegende Jane Collins erkannte, dass seine Beinhaltung steif wurde. Eine Weile geschah nichts. Bis plötzlich die Stimme des Mannes losdröhnte.

»Hier stinkt es nach Hexe!«

Da wusste Jane Bescheid. Jetzt musste sie handeln, sonst war sie verloren.

»Wache!«

Als der Mann das brüllte, rollte Jane bereits an der anderen Seite unter dem Bett hervor, sprang auf die Füße, sah den Hexenwürger und auch dessen Peitsche, die er gezogen hatte. Die drei Riemen schimmerten silberfarben.

Die ehemalige Detektivin war für den Bruchteil einer Sekunde abgelenkt. Die Augen wurden starr, das Hexenblut in ihren Adern schien zu gefrieren. In diesem Augenblick rammten die beiden Wachtposten die Tür des Turmzimmers auf.

Mit schussbereiten Musketen stürmten sie in den Raum, und Jane blickte genau in die Mündungen der Waffen, während der Hexenwürger anfing zu lachen.

Jane Collins drehte den Kopf. Furcht stand auf ihrem Gesicht zu lesen, während das Lachen des Mannes verstummte und er mit höhnischer Stimme fragte: »Wen haben wir denn da eingefangen? Ist das die kleine Hexe, von der ihr mir erzählt habt, Männer?«

»Nein, Sir!« Die beiden Wachtposten schüttelten die Köpfe.

»Na ja, ich werde schon sehen, was ich da gefangen habe!« Er lachte wieder und schwang seine Peitsche.

Jane glaubte, dass alles aus wäre, aber er wollte ihr nur Angst einjagen. Die drei Riemen wischten über ihren Kopf und klatschten gegen die Decke, während Jane zusammenzuckte und sich zur linken Seite hin drehte, bis sie gegen die Mündungen stieß.

»Angst, nicht wahr?«, höhnte der Hexenwürger. »Du hast Angst?«

Jane presste die Lippen zusammen. Sie stand da und zitterte. Selbst in diesen schrecklichen Sekunden dachte sie nicht im Traum daran, Wikka zu verraten. Und die Männer machten sich auch nicht die Mühe, den Raum weiter zu durchsuchen.

Mason Cordtland nickte. »Ja«, sagte er und grinste breit. »So eine Hexe habe mir schon immer gewünscht. Eine Hexe mit blonden Haaren. Die meisten von ihnen sind schwarzhaarig. Aber das macht nichts. Ich höre auch andere gern schreien. Wie bist du überhaupt in mein Schloss gekommen, du Weib?«

»Ich, ich …«

»Rede!«

»Das Tor war offen. Die Wachen haben nicht hingesehen, da bin ich hineingegangen.« Jane hatte sich bei der Antwort blitzschnell auf die Zeit, in der sie sich nun befand, umgestellt. Sie erzählte natürlich nichts von dem Hexenstein und dessen schrecklicher Wirkung.

Cordtland nickte. »So war das also. Nun ja, jetzt bist du hier und wirst mir auch nicht mehr entkommen, dafür sorge ich schon.« Er hob seinen rechten Arm leicht an, sodass Jane Collins die drei Riemen der Peitsche sehen konnte.

»Ich stelle dir jetzt eine Frage, die ich gern von dir beantwortet hätte. Lügen hat keinen Sinn, das sage ich dir vorher. Ich finde die Wahrheit sowieso heraus. Bist du eine Hexe – oder bist du es nicht?«

Jane schaute dem Mann ins Gesicht. Kalt waren ihre Augen. Nichts in ihrem Gesicht regte sich. Die beiden unter den Glasdeckeln brennenden Kerzen warfen einen gelbroten Schleier über ihre Haut.

»Ja«, erwiderte sie mit klarer Stimme, »ich bin eine Hexe!«

Cordtland und die beiden mit Musketen bewaffneten Aufpasser rissen vor Staunen die Augen auf. »Du gibst es zu?«, fragte der Hexenwürger leise und lauernd.

»Weshalb sollte ich es abstreiten? Ich bin eine Hexe!«

Cordtland nickte. »Das ist gut«, flüsterte er. »Das ist sogar sehr gut.« Er schlug mit der Peitsche auf das Bett. »Dann werde ich doch nicht schlafen gehen, denn das andere Vergnügen findet in der Folterkammer statt. Ich habe dir ja schon gesagt, dass ich Hexen nicht mag. Ich töte sie, doch vorher werden sie alle Höllen erleben, da kann ihnen auch der Satan keinen Schutz gewähren!«

»Asmodis wird mich rächen!«

Cordtland lachte, als er diese Worte vernahm. »Der Teufel!«, schrie er. »Ich weiß, ihr alle verlasst euch auf den Teufel. Ihr huldigt ihm, ihr betet ihn an. Aber täuscht euch nicht, verfluchte Hexenbrut. Der Teufel hilft nicht immer. Ich habe ihn schon mehr als einmal ausgetrieben, darauf kannst du dich verlassen. Und bei dir, du kleine Hexe, wird es mir ein besonderes Vergnügen sein, dich auf die Streckbank zu spannen oder deinen Körper auf das Rad zu binden, um dich mit glühenden Zangen zu quälen.« Er redete sich selbst in Rage, wobei seine Augen ein gefährliches Leuchten annahmen. Dann wechselte er das Thema. »Wie heißt du eigentlich? Nenn mir deinen Namen!«

»Jane!«

»Aha, die Hexe Jane. Wie schön.« Er lachte wieder. »Eine Jane hatte ich lange nicht mehr in der Folterkammer.« Heftig nickte er den beiden Wachtposten zu. »Schafft sie nach unten!«

Auf diesen Befehl hatten die Männer schon gewartet. Bevor Jane sich versah, umklammerten sie die Hände der starken und kampferprobten Handlanger.

Die Männer wussten, wie sie mit ihren Opfern umzugehen hatten. Sie kannten die eisenharten Griffe und Tricks, aus denen sich die Frauen nicht mehr befreien konnten.

Jane Collins war zwar keine voll ausgebildete Hexe, allerdings verfügte sie über einige magische Fähigkeiten, die sie schon mehrere Male unter Beweis gestellt hatte. Auch hier wollte sie diese Fähigkeiten einsetzen, doch da bestand plötzlich eine Barriere, ein Hindernis. Jane gelang es nicht. Ihr Zauber verpuffte. Wahrscheinlich, weil Wikka nicht mehr an ihrer Seite stand.

Die ehemalige Detektivin wurde hinausgeschafft, und der Hexenwürger öffnete den Schrank, um seinen Mantel wieder hervorzuholen. »Es ist kalt im Folterkeller«, murmelte er. »Und frieren will ich nicht.« Er warf sich das Kleidungsstück über und verließ das Turmzimmer, ohne es noch einmal zu durchsuchen.

So wurde Wikka nicht entdeckt …

Inzwischen schleiften die beiden Männer Jane Collins die lange Wendeltreppe hinunter. Auch hier nahmen sie keine Rücksicht. Es war ihnen egal, ob ihr Opfer stolperte oder gegen die rauen Wände schlug, das war nur ein Vorspiel. Die richtigen Qualen würden erst noch kommen. Später, in der Folterkammer.

Im Schloss war es ruhig.

Man hatte nicht alle Lichter gelöscht. In manchen Nischen sah Jane Collins brennende Kerzen, deren flackernder Schein auch über die Stufen fiel und sie erhellte.

Sie hatte einen ziemlich weiten Weg vor sich, denn die Wendeltreppe führte von der höchsten Stelle des Schlosses aus bis tief in die Verliese hinein.

Sie endete erst vor einer alten Holztür, die mit einem Kettenschloss gesichert war.

Während einer der Bewacher die Tür aufschloss, hielt der andere Jane Collins in Schach. Er richtete die Mündung seiner Muskete auf die blonde Frau, die abermals versuchte, ihre Kräfte einzusetzen. Sie konzentrierte sich auf das Gewehr. Vielleicht konnte sie es unbrauchbar machen, zudem wünschte sie sich, dass der Mann vor ihr in Flammen aufging.

Das gelang ihr nicht. Die Hexenkräfte, die sie einmal so intensiv gegen Glenda Perkins eingesetzt hatte, prallten bei ihren Bewachern ab. Es gab da ein Umfeld, das Jane Collins störte. Wahrscheinlich hing dies mit dem geheimnisvollen Hexenstein zusammen, den sie ja gesehen hatte und der so plötzlich verschwunden war.

Endlich war die Tür offen. Sie knarrte in den Angeln, als der Bewacher sie aufzog. Mit der Kante schabte sie über den Boden, und Jane konnte in das Verlies schauen, das von einem flackernden Lichtschein erhellt wurde.

Es war der Widerschein der Fackeln, der sich ausbreitete und geisterhaft über die dicken Mauern strich. Als Jane über die Schwelle geschoben wurde, fand sie sich zunächst in einem Gang mit niedriger Decke wieder.

Dort roch es intensiv nach Blut, nach Tod und Vergänglichkeit. Dunkle Flecken an den Wänden zeugten davon, dass hier schlimme Dinge geschehen waren, und es war auch nicht still, denn Jane vernahm das Wimmern der Gefangenen.

Die Laute verstärkten sich, je tiefer sie in den unheimlichen Keller hineinschritt. Sie wurden von den kahlen Steinwänden zurückgeworfen, ein verzweifeltes Heulen und Jammern verlorener Menschen oder Hexen, die sicherlich schon gefoltert worden waren oder im Schandturm gehungert hatten und nun auf ihre Hinrichtung warteten.

Überall steckten die Pechfackeln. Sie gehörten zu dieser unheimlichen Szenerie wie die dicken Mauern und düsteren Gewölbe, hinter denen alle Schreie erstickten.

Die beiden Wachtposten hielten Jane umklammert. Es hatte keinen Sinn, wenn sie Widerstand entgegensetzte, sie würde sowieso weitergeschleift werden.

Dann sah sie die ersten Verliese. Aus ihnen drangen die Schreie.

Die Bewacher blieben extra stehen, damit Jane auch einen Blick nach links werfen konnte.

Wie Tiere waren die Frauen eingesperrt. Sie lagen auf Stroh, waren gezeichnet, verletzt und nur noch dem äußeren Erscheinungsbild nach Menschen.

Ansonsten hatte man sie zerbrochen.

»So wirst du auch bald aussehen«, sagte einer der Aufpasser und lachte laut.

Jane schüttelte sich. Eine Frau war an das Gitter herangekrochen und hatte ihre aufgeschürften, blutigen Hände um die Gitterstäbe des Verlieses geklammert.

»Du bist schön, Mädchen!«, krächzte sie. »Du bist sehr schön. Ich war es auch einmal. Dann fiel ich den Folterknechten in die Finger. Jetzt siehst du, was sie aus mir gemacht haben, schönes Mädchen. Warte ab, es dauert nicht mehr lange, dann siehst du so aus wie ich. Das kann ich dir sagen.«

Einer der Bewacher trat zu. Und sein Fuß traf genau die Stelle zwischen zwei Stäben.

Das schrecklich gezeichnete Gesicht verschwand ebenso wie die beiden Hände.

»Weiter!«

Jane wurde fortgezerrt und gelangte tiefer in die unheimlichen Gewölbe. Die Schritte der Wachtposten hallten von den Wänden zurück, und Jane sah auch das Ziel, das sie anvisierten.

Es war eine große Tür. Sie lief oben zu einem Halbkreis zusammen. Ohne dass es ihr gesagt worden war, wusste Jane Collins, dass hinter der Tür die Folterkammer lag.

Ihre Todeskammer!

»Folterknecht!«, brüllte einer der Männer. »Folterknecht, komm her. Wir haben Nachschub.« Er lachte laut, und sein Lachen verstummte, als die Schritte erklangen.

Aus den Schatten des Gewölbes löste sich eine Gestalt. Sie war zuerst nicht genau zu erkennen, zudem konnte man den Ankömmling als einen Zwerg bezeichnen. Als er näher kam, erkannte Jane, dass der Folterknecht ein kleiner Mensch war, zudem verwachsen. Er hatte einen Buckel. Sein krummer Oberkörper war mit Fellen bedeckt, die in Höhe der Hüfte von einem starken Gürtel gehalten wurden. In dem Gürtel steckten mehrere lange Messer und eine Peitsche.

»Wir bringen dir Nachschub, Folterknecht«, sagte einer von Janes Bewachern und grinste breit.

Der Verwachsene lachte. »Für so einen schönen Nachschub kann man mich in der Nacht wecken.« Er trat nahe an Jane heran und kniff ihr ins Fleisch. »Gut!«, lobte er, »sehr gut. Mal wieder eine schöne Hexe, sogar eine sehr schöne!«

Jane roch den Schnapsatem des Widerlings, der sich nun umwandte, einen Schlüssel hervorholte und von den Männern zurückgepfiffen wurde. »Es ist bereits offen, du Narr.«

»Ja, ja, schon gut.« Der Folterknecht hob den Arm und zog die Tür zu seinem Reich auf.

Jane Collins hatte schon jetzt das Gefühl, das Stöhnen und Wehklagen der Misshandelten zu hören, aber es war nur die Tür der Kammer, die so knarrte und ächzte.

Fackeln brannten auch in dem Verlies der Qualen, das größer als die anderen war.

»Rein mit dir!«, befahlen Janes Bewacher und stießen sie spöttisch lachend vor.

Die Collins taumelte über die Schwelle.

Der Schlag in den Rücken trieb sie in die Kammer, die eine gewölbte Decke aufwies und deren Mittelpunkt das Rad aus starkem Holz war, auf dem die Hexen festgebunden wurden.

Neben dem Rad lagen die Stricke. Sie zeigten zum Teil Blutspuren. Vier lange Fackeln in eisernen Haltern sorgten dafür, dass die Kammer genügend ausgeleuchtet wurde. Jane Collins konnte jedes Instrument erkennen.

Der Folterknecht begann zu kichern, bevor er sagte: »Ich werde nur noch die Kohle anglühen! Wartet einen Augenblick.« Er griff zu einem Blasebalg und trat dicht an das Becken, wo die Kohle noch nicht völlig erloschen war.

Der Verwachsene pumpte Luft hinein, und die Stücke nahmen eine andere Farbe an.

Sie glühten auf und wirkten wie gefährliche Augen.

An den Wänden hingen die Marterwerkzeuge. Es waren schreckliche Dinge darunter. Lanzen, Messer, Zangen, lange Nägel, alles fand man dort, um einen Menschen zu quälen.

Jane sah auch hölzerne Fuß- und Handquetscher, hinzu kam die große Streckbank an der Wand und ein Brett mit aufgestellten Nägeln. Ein schauriges Sammelsurium, gefährlich und grausam. Aber man hatte sich dieser Dinge bedient, um Hexen geständig zu bekommen.

Neben den von der Decke herunterhängenden Eisenketten musste sich Jane aufbauen und durfte sich nicht rühren, während die Mündungen der Musketen auf sie gerichtet waren.

Der Folterknecht nickte zufrieden. »Die Kohle glimmt«, meldete er. »Wir können anfangen.«

»Nein, wir warten auf den Herrn.«

»Ahhh, er kommt selbst.« Der Verwachsene kicherte. »Ich hatte es mir schon gedacht. Schöne Hexen überlässt er mir leider nicht sofort. Er will selbst …«

»Halt deinen Mund!«

Der Folterknecht verbeugte sich spöttisch. »Bin ja schon still, keine Sorge!«

Da erklangen Schritte. Sie hämmerten draußen auf

dem Steinboden, wurden rasch lauter, und wenig später betrat der Hexenwürger die Kammer der Qualen.

Er blieb dicht hinter der Schwelle stehen, schaute auf das Kohlebecken und nickte zufrieden. »Gut«, lobte er seinen Folterknecht. »Jetzt brauche ich nur noch Feuer.«

»Wollt ihr glühende Zangen nehmen, Herr?«

»Wahrscheinlich.«

»Ja, ja, Herr. Ich fache die Flammen schnell an. Ihr werdet zufrieden sein.«

Mason Cordtland konnte sich auf seinen Mann verlassen. Er wandte sich den beiden anderen Kerlen zu, die Jane nach unten geschleppt hatten.

»Flechtet sie auf das Rad!«, befahl er.

Die beiden reagierten sofort. Jane kam nicht dazu, sich zu wehren. Es hätte zudem keinen Sinn gehabt. Sie machte sich nur steif, aber damit rechneten die Männer, so etwas hatten sie im Griff, und sie drückten Jane mit dem Rücken auf das große Holzrad.

Als sie unter ihrem Rücken den harten Widerstand spürte, da schluchzte sie zum ersten Mal auf. Diese Berührung war etwas, das sie störte, und sie sah, wie sich der Hexenwürger bückte, um die Stricke aufzuheben, die er dicht vor ihren Augen baumeln ließ.

Er lachte. »Die Stricke haben schon viel erlebt und gesehen. Aber sie werden halten, das garantiere ich dir.« Er nahm sie zwischen beide Hände und zog heftig daran. »Jetzt!«, zischte er.

Dieser Befehl galt den beiden Bewachern.

Sie hatten ihre Gewehre abgestellt und stürzten sich auf die wehrlose Jane Collins.

Im nächsten Augenblick bewiesen sie, wie gefährlich und routiniert sie waren. Es dauerte nur Sekunden, bis sie es geschafft und die Stricke um den Körper der Hexe gedreht hatten.

Verzweifelt bäumte sich Jane in den Fesseln auf. Ihr Gesicht verzerrte sich. Sie schrie und fluchte. Vor allen Dingen ihr Fluchen machte den Anwesenden klar, dass sie tatsächlich mit dem Teufel im Bunde steckte.

»Satan!«, brüllte sie, dass es laut durch die unheimliche

Folterkammer hallte. »Satan, hilf mit! Komm mir zu Hilfe! Ich bitte dich darum, Satan!«

Auch der Hexenwürger hatte die Worte gehört.

»Nein!«, hielt er dagegen und schüttelte den Kopf. »Nein, verdammt, der Satan wird dir nicht helfen – niemals!«

Jane spie ihn an.

Da schlug Cordtland zu. Hart wurde Jane getroffen. Den Kopf konnte sie noch bewegen. Sie schüttelte ihn wild, während sie schrie: »Die Hölle wird euch besiegen, ihr verdammten Folterknechte!«

»Die Hölle hat uns noch nie besiegt, obwohl man es uns immer angekündigt hat!«, sagte der Hexenwürger nach einem schaurigen Lachen. »Du aber wirst den morgigen Tag nicht mehr erleben und uns all das sagen, was wir wissen wollen. Die Streckbank und die glühenden Zangen haben bisher noch jeden zum Reden gebracht!«

»Ihr werdet mich nicht töten!«, schrie Jane Collins. »Ihr schafft es nicht. Ihr könnt es gar nicht!«

Mason Cordtland ließ sich nicht beirren. Er hob den Arm und ließ ihn wieder fallen. »Folterknecht!«, schrie er. »Fang endlich an, ich will sie wimmern hören …«

Was hatten die verdammten Furien da gesagt? Hexenmahl? Wir glaubten, uns verhört zu haben. Suko war ebenfalls sprachlos und schaute mich an.

Hinter den erleuchteten Scheiben sahen wir die Hexen. Sie tanzten einen wilden Reigen, schrien dabei, lachten und kreischten. Manchmal traten sie auch an das Fenster, pressten ihre Gesichter gegen die Scheiben und drückten sie daran platt, sodass sie schwammig und wie ausgelaufen wirkten.

Von den Einwohnern hatten wir noch nichts gesehen. Sie hielten sich zurück, aber sie mussten inzwischen erfahren haben, dass die Hexen ihren Ort besetzt hielten.

Ich fragte mich, woher sie kamen.

Überhaupt war dieser verdammte Fall mehr als rätselhaft. Wir waren blauäugig in ihn hineingestolpert und mussten nun die Suppe auslöffeln.

Plötzlich hörten wir ein gewaltiges Krachen. Zuerst wussten weder Suko noch ich, wo es hergekommen war. Wir liefen ein Stück zurück, drehten uns und sahen plötzlich den Kirchturm, auf dessen Spitze etwas schwankte.

Es war das Kreuz!

Jemand hatte es mit einem glühenden Lasso eingefangen. Mehrere Hexen schwebten in der Luft, hielten das Lasso an einem Ende umklammert und setzten all ihre Kräfte ein. Das Kreuz hielt nicht mehr lange stand.

Es schwankte noch stärker, dann verlor es den Halt und kippte um. Wir sahen es verschwinden. Mit ihm waren auch einige Steine aus dem Turm gerissen worden, die ebenso dumpf aufschlugen wie das große Kreuz aus Eisen.

In der Luft schwebend stimmten die Hexen ein irres Triumphgeheul an, und in fauchenden Windstößen jagten sie dem Erdboden entgegen.

»Sie nehmen das Dorf in Besitz«, sagte Suko. »Sie wollen es dem Hexenwürger heimzahlen.«

»Ja, natürlich. Dabei frage ich mich nur, wie sie Vergangenheit und Gegenwart miteinander mischen können.«

»Durch ihn.«

»Möglich.«

»Wenn wir ihn finden«, spann Suko den Faden weiter, »könnten wir dem Spuk ein Ende bereiten. Er wird Amok laufen und dabei Unschuldige in den verdammten Strudel mit hineinziehen. Ich glaube kaum, dass die normalen Menschen große Chancen haben.«

Da hatte mein Freund den Nagel auf den Kopf getroffen. Wenn die Bewohner von Blackmoor zwischen die Mühlsteine der sich bekämpfenden Parteien gerieten, sah es für sie böse aus.

»Wir müssen Cordtland haben!«, erklärte ich.

»Und wo willst du ihn finden?«

»In der Ruine.«

»Damit lässt du das Dorf ohne Schutz.«

»Stimmt auch wieder.«

»Es gäbe natürlich eine Lösung«, sagte Suko nach einer Weile.

Tief atmete ich ein. »Ich weiß, Alter, was du sagen willst. Wir müssten uns trennen.«

»Darauf wollte ich hinaus. Einer bleibt hier, während sich der andere auf die Suche nach dem Hexenwürger begibt.«

»Und wer wird das sein?«

»Losen wir.«

Es war verrückt. Da standen wir inmitten eines von Hexen überfallenen Dorfes und losten darum, wer etwas gegen wen unternahm. Das war der helle Wahnsinn.

Suko hielt bereits eine Münze in der Hand. »Zahl?«, fragte er mich.

»Ja.«

Mein Freund warf die Münze in die Luft, schaute ihr nach, fing sie auf, schloss die Hand und streckte mir die Faust entgegen.

»Öffnen.«

»Wenn die Zahl oben liegt, gehst du?«

»So ist es.«

Suko öffnete die Faust. Wir beide starrten auf die Münze und sahen die Zahl.

»Mist«, murmelte mein Partner. »Ich wäre gerne gegangen. So aber kann ich dir nur viel Glück wünschen.«

»Danke, das kann ich brauchen.«

»Vielleicht ist es besser, wenn ich mich um die Mehrzahl der Hexen kümmere. Ich habe die Dämonenpeitsche und brauche keine Munition zu verschwenden. Ich kann mir nämlich nicht vorstellen, dass sie der Peitsche etwas entgegenzusetzen haben.«

»Das stimmt allerdings.« Ich gab Suko einen Schlag auf die Schulter, dann machte ich mich auf den Weg.

Seltsamerweise griffen mich keine Hexen an, als ich in die engen Gassen zwischen den Häusern eintauchte. Den Grund wusste ich nicht. Ich konnte nur raten. Wahrscheinlich wollten sie warten, bis sich die Menschen im Dorf versammelt hatten.

Auf kleinen Umwegen lief ich den Weg zurück, den wir gekommen waren. Es half alles nichts, aber ich musste durch das Moor, denn irgendwie hatte ich das Gefühl, dass die Ruine des Schlosses in diesem Fall eine große Rolle spielte.

Bisher hatte ich den Hexenwürger nicht gesehen. Auch als ich die Häuser endlich hinter mir gelassen hatte, war von ihm nichts zu entdecken. Dafür hörte ich die Stimmen der Einwohner. Am Rand des Dorfes hatten sich die Menschen versammelt.

Sie redeten heftig miteinander. Ich wollte gern wissen, um welche Themen sich die Gespräche drehten, und näherte mich den Leuten in Deckung eines Schuppens.

»Die Hexen sind da, Freunde. Sie waren schon immer da und haben uns beobachtet.«

»Als Vögel«, sagte ein anderer.

»Genau.«

»Und jetzt?«

»Wir müssen sie vernichten«, erklärte der erste Sprecher. »Das wird uns doch wohl gelingen.«

»Du hast Humor.«

»Habe ich auch. Oder habt ihr vergessen, dass wir Mason Cordtland auf unserer Seite haben? Er ist doch der große Meister, er hat uns die Kraft gegeben, und er wird dafür sorgen, dass alles in die richtigen Bahnen gelenkt wird.«

»Wo steckt er denn?«

Jetzt spitzte ich die Ohren. Vielleicht konnte ich mehr erfahren. »Er wird den Hexenstein holen. Und wenn er damit zurückkommt, haben die verdammten Furien keine Chance mehr.«

»Das hoffen wir.«

»Verlasst euch drauf.«

»Sollen wir hier auf ihn warten?«, mischte sich eine Frau mit zitternder Stimme ein.

»Eigentlich nicht.«

»Aber wenn wir ins Dorf gehen, dann überfallen uns die Hexen und töten uns. Wir haben Kinder dabei. Nur einige, die kleinsten, sind zurückgeblieben.«

»Das ist wirklich ein Problem.« Die Menschen diskutierten hin und her. Ich konnte nicht so lange warten, bis sie eine Entscheidung getroffen hatten, ich wollte zur Schlossruine.

Meinem Freund drückte ich die Daumen, dass er mit den Hexen und den Bewohnern fertig würde. Wenn sie etwas erreichen wollten, mussten sie sich zusammentun.

Das Moor sah ich vor mir. Es war gefährlich, tückisch und unheimlich. Wer es nicht kannte und vom Weg abkam, war rettungslos verloren.

Ich suchte nach Hinweisschildern, die mir zeigten, wo es vielleicht einen Pfad durch das Moor gab. Es war reiner Optimismus, ich sah nämlich nichts. Die Einwohner hatten es nicht nötig, so etwas aufzustellen, sie kannten den Sumpf schließlich, und Fremde wollten sie sowieso nicht haben.

Ich lief weiter. Vorbei an Bäumen, Büschen und Sträuchern. Dabei stellte ich fest, dass der Boden unter meinen Füßen weicher geworden war. Schwammiger, Zäher. Manchmal hatte ich Mühe, meine Füße wieder hervorzuziehen.

Nein, diesen Weg konnte ich nicht nehmen. Er würde mich direkt ins Verderben führen.

Eine seltsame Stille umgab mich, die, so paradox es klingt, trotzdem eine Geräuschkulisse aufwies. Es war das ewige Schmatzen, das geheimnisvolle Glucksen und lockende Rascheln des Sumpfgrases, das die Opfer ins Moor holen wollte.

Ich gab jetzt genau Acht, wohin ich meine Schritte setzte. Leider trug ich keine starke Lampe bei mir, die Bleistiftleuchte wollte ich schonen. Schräg über mir stand der Mond. Sein Licht warf einen fahlen Teppich auf den Sumpf, sodass ich mich wenigstens einigermaßen orientieren konnte.

Ich sah die abgestorbenen, verkrüppelten Bäume manchmal wie Scherenschnitte über der schwarzen Fläche schweben, und mir wehte der faulige Geruch entgegen, der ebenfalls so typisch für das Moor oder den Sumpf ist.

Die Bewohner von Blackmoor waren aus dem Sumpf gekommen. Es musste demnach einen Weg geben.

Ich wollte ihn finden.

Und ich fand ihn.

Es war wirklich Glück, dass ich so schnell auf ihn stieß, denn unter meinem rechten Fuß hörte ich kein klatschendes oder schmatzendes Geräusch mehr, sondern ein hohl und dumpf klingendes.

Ich war auf eine Bohle getreten.

Und wo sich eine befand, mussten auch noch weitere in der Nähe sein. Es stimmte. Als ich weiterging, da merkte ich den Widerstand und war sicher, einen der Wege durch das Moor gefunden zu haben.

Die Ruine, mein Ziel, rückte in greifbare Nähe.

Ich brauchte keine Furcht mehr zu haben, einzusinken, der Bohlenweg war wirklich gut angelegt worden und erleichterte mir meinen Marsch durch das unbekannte Gelände sehr.

Trotzdem schwankte der Weg. Manchmal hatte ich das Gefühl, auf einer aus Holz und Strickleitern gefertigten Brücke über eine Schlucht zu laufen. Wenn ich nach rechts und links blickte, sah ich nur die schwarzbraune, sumpfige Fläche.

Manchmal bewegte sie sich. Hin und wieder stiegen Gasblasen an die Oberfläche.

Tiere lebten ebenfalls im Sumpf: Hin und wieder hörte ich das Quaken der Frösche und manchmal einen seltsamen Schrei, der sich wie der eines Menschen anhörte, jedoch von einem Tier stammte.

Geisterhaft tanzten die Nebelstreifen über die Fläche. Hin und wieder wurden sie so dicht, dass sie mir den Blick auf die Ruine nahmen. Sie lag doch weiter entfernt, als ich angenommen hatte. Aber in der Dunkelheit täuschten die Entfernungen sehr. Da glaubte man, etwas nahe zu sehen, was in Wirklichkeit ziemlich weit entfernt ist. So erging es mir mit der Ruine.

Plötzlich blieb ich stehen. Ich hatte meinen Blick mal wieder auf die Ruine gerichtet, und ich war jetzt sicher, dass sie sich verändert hatte. Sie sah plötzlich anders aus, nicht mehr so zerfallen. Da gab es keine Lücken mehr zwischen den Mauern. Fest und starr hoben sie sich vom Erdboden ab.

Und es schimmerten Lichter. Wie kantige Augen glühten sie hinter den Öffnungen in den Türmen und Zinnen auf. Ich sah Fackelschein und glaubte sogar, Stimmen zu vernehmen.

Was war geschehen?

Eine Erklärung dafür zu geben war nicht einfach, dennoch versuchte ich es.

Wir waren schließlich auch bei unserer Ankunft in der Vergangenheit gelandet, weshalb sollte das gleiche nicht mit der Schlossruine passiert sein?

Vielleicht erlebte ich sie jetzt so, wie sie einmal in der Vergangenheit gewesen war! Damit musste ich rechnen. Abermals hatte ein Wechsel der Zeiten stattgefunden. Ich war wieder hineingeraten, erlebte die Vergangenheit und gleichzeitig die Gegenwart.

Unwahrscheinlich, so etwas.

Das musste man sich mal vorstellen. Zum Greifen nahe und dicht vor mir lag die Vergangenheit, während ich mich in der Gegenwart bewegte, so hoffte ich wenigstens.

War das Science-Fiction?

Ja und nein. Ich glaubte eher an schwarze Magie, denn sie war in der Lage, die Gesetze der normalen Physik aufzuheben. Schon des Öfteren hatte ich so etwas erlebt.

Ich wunderte mich nur, dass sich mein Kreuz nicht bemerkbar machte. Wahrscheinlich drohte noch keine unmittelbare Gefahr für Leib und Seele, sodass ich erst einmal weiterging.

Die Bohlen hielten. Zwar schwankten sie manchmal ein wenig, und mich durchfuhr dann immer ein Schreck, doch sie sanken unter meinem Gewicht niemals ein.

Weiterhin vertraute ich auf die Festigkeit des Weges und ging sogar schneller.

Trotzdem dauerte es noch ziemlich lange, bis ich wieder festen Boden unter den Füßen hatte, als ich den Vorplatz der Burg erreichte. Ich legte eine Pause ein und schaute mich um.

Mein Blick flog zurück über die schwarze Fläche. Da rührte und bewegte sich nichts. Glatt lag sie vor meinen Augen, nur der leichte Nachtwind kämmte hin und wieder das Gras.

Ich sah keine Spur von Mason Cordtland, dem Hexenwürger. Wo konnte er sich verborgen halten?

Wahrscheinlich im Schloss. Oder aber im Dorf.

Das Schloss übte auf mich eine magische Anziehungskraft aus. Ich wollte und musste es betreten. Und wahrscheinlich würde ich wieder in der Vergangenheit landen.

Es war mir egal!

All meine guten Vorsätze wurden durch die weiteren Ereignisse über den Haufen geworfen, denn etwas geschah, womit ich nie gerechnet hatte.

Aus dem obersten Turm des Schlosses schlugen urplötzlich lange Flammenzungen.

Die Burg brannte!

Wikka, die Oberhexe, war von den zurückgeworfenen Strahlen des Hexensteins voll getroffen worden. Sie, die Mächtige, konnte keinen Gegenzauber aufbauen, und dabei hatte sie noch Glück im Unglück gehabt, denn sie hatte den Stein nicht berührt. Wäre dies geschehen, gäbe es keine Wikka mehr.

Das wusste sie, und deshalb war sie froh, noch am Leben zu sein, wenn auch unter veränderten Bedingungen. Dies allerdings merkte sie nicht sofort, als wieder Leben in ihren Hexenkörper geriet.

Es begann mit einem Zucken der Arme. Dann schlugen die Finger auf den Boden. Sie krallten sich in dem Teppich fest, und aus dem offenen Mund in dem verbrannten Gesicht der Hexe löste sich ein Stöhnen.

Wikka erwachte. Sie hatte zwar nichts vergessen, die letzten Ereignisse standen noch klar vor ihren Augen, aber sie wusste im Augenblick nicht, wo sie sich befand.

Als sie den Kopf hob, stieß sie mit der verbrannten Stirn gegen das Unterteil des Betts.

Erst jetzt stellte Wikka fest, dass sie sich nicht so frei

bewegen konnte, wie sie gern gewollt hätte, aber rechts und links spürte sie keinen Widerstand. Dort war alles frei.

Wikka konnte sich die Richtung aussuchen, in der sie unter dem Bett hervorkriechen wollte, und sie entschied sich für die von ihr aus gesehen linke Seite.

Sie rollte sich über den Teppich und drückte sich auch an den offenen Schranktüren vorbei. Endlich hatte sie den Platz, den sie benötigte, um auf die Beine zu gelangen.

Dabei fiel ihr Blick zum ersten Mal in den an der Innentür des Schrankes angebrachten Spiegel.

Sie sah sich!

Selten in ihrer Existenz war Wikka so überrascht gewesen wie in diesen Augenblicken. Nicht mehr das Gesicht mit den beiden Schlangen an der Stirn starrte ihr entgegen, auch nicht die weiße Haut, sondern das Gegenteil davon.

Schwarz, verbrannt, verkohlt …

Der Hexenstein hatte sie gezeichnet.

Weiß schimmerten ihre Augäpfel, während die Pupillen nach wie vor dunkel waren, und als sie die Hände hob, da sah sie die langen, verbrannten Krallen, die einmal ihre Finger gewesen waren.

Ihr Gesicht verzerrte sich. Für einen Moment wirkte es so, als wollte Wikka anfangen zu weinen. Es war keine Trauer, die sie durchflutete, sondern die reine Wut und der kalte Hass.

Hass auf ihre Feinde – Hass auf den Hexenstein – Hass auf den verfluchten Hexenwürger!

Und sie erinnerte sich an Jane Collins. »Verdammt!«, flüsterte sie. »Verdammt, weshalb hast du mir nicht geholfen, du verfluchtes Rattenbiest? Wo steckst du überhaupt? Jane!« Sie schrie den Namen und drehte sich kniend um.

Eine Antwort erhielt sie nicht. Das Zimmer war leer. Keine Spur von Jane Collins. Dafür sah sie, dass die Tür offen stand. Zwar nur einen Spalt, das reichte ihr aber.

»Nein!«, flüsterte sie. »Nein, noch habt ihr mich nicht, ihr Lumpenhunde. Ich lebe, und ich werde kämpfen, darauf könnt ihr euch verlassen. Ich vernichte euch. Ich radiere euch aus. Ihr sollt die echte Wikka kennen lernen. Meine Rache wird fürchterlich sein!« Sie begann schrill zu lachen und stellte sich mit einem Ruck hin. Ihre Blicke glitten über die Einrichtung des Zimmers. »Alles ist so prächtig!«, flüsterte sie. »So herrlich, so wunderbar. Ihr habt viel Geld hineingesteckt, aber es wird euch nichts nutzen. Ich lebe noch, und ich werde euch zeigen, wie sehr ich lebe!«

Nach dem letzten Wort drehte sie sich um, streckte ihren Arm aus und fegte die erste Kerze aus dem Bett. Das Glas zerbrach nicht, aber der Zylinder rutschte aus der Fassung, sodass sich die nicht erloschene Flamme über das Bett tasten konnte und augenblicklich Nahrung fand. Die trockene Decke war ideal dafür. Als die ersten Feuerzungen hochleckten, trat ein unheimlicher Glanz in die dunklen Augen des Hexenmonsters. Wikka hatte noch nicht genug. Durch den Hitzeschleier lief sie um das Bett herum, nahm die zweite Kerze und schleuderte sie an der anderen Seite zu Boden. Danach öffnete sie hastig zwei Lukenfenster. Die schweren Riegel ließen sich leicht zurückschieben.

Jetzt hatte sie genau den Durchzug, den sie benötigte. Nach wenigen Schritten erreichte sie die Tür, stieß sie auf und blieb vor der Wendeltreppe stehen.

Noch hatte niemand bemerkt, dass sich innerhalb des höchsten Turmzimmers Feuer ausbreitete. Außer dem Fauchen der Flammen war nichts zu hören. Wikka befürchtete gleichzeitig, dass sich das Feuer nur in dem Turmzimmer hielt und die starken Steinmauern die Flammen abhalten würden. Dagegen wollte sie etwas unternehmen, denn in der Nähe sah sie einen Behälter mit dunklem Öl.

Sie lachte girrend auf, rollte ihn bis dicht an die Tür und kippte ihn dort um.

Das Öl lief aus. Sie hatte den Behälter so gedreht, dass sich die dicke, brennbare Flüssigkeit in Richtung Brandherd bewegte.

Im Turmzimmer brannte fast alles. Das Bett, die spanische Wand, der Schrank und natürlich die in ihm hängenden Kleidungsstücke. Gerade sie gaben den Flammen die nötige Nahrung.

Von der Hitze dampfte es bereits. Wikka ließ sich noch ein wenig Zeit. Sie sah, wie es die Stufen der Treppe hinunterfloss, und ihre Augen leuchteten noch stärker.

Dieses verdammte Schloss würde und sollte brennen. Dafür wollte sie sorgen.

Dann rannte sie los.

Mit geschmeidigen Bewegungen nahm sie die ersten Treppenabsätze, auf denen ihr niemand begegnete. So konnte sie ohne Schwierigkeiten weiterlaufen.

Unendlich lang erschien ihr die Treppe. Und während sie lief, dachte sie auch an Jane Collins.

Lebte sie noch?

Wikka wollte es wissen, blieb stehen und konzentrierte ihre Kräfte auf die ehemalige Detektivin.

Ja, Jane war nicht vernichtet. Aber man hatte sie verschleppt.

Jane steckte im Folterkeller der Burg.

Ein Schrei drang aus Wikkas Kehle. Ihre Wut kannte keine Grenzen mehr. Sie dachte an das Feuer über sich, schaute hoch zu den düsteren Wolken, sah und roch den widerlichen Qualm, deren schwarze Wolken allmählich nach unten trieben.

Jane in Gefahr!

Wikka fühlte die Solidarität mit ihrer Schülerin, und sie wollte sie aus dem Folterkeller holen.

Da hörte sie die Schreie.

Das Feuer war entdeckt worden. Irgendwo im Schloss schlugen Türen. Sie hörte Schritte auf dem nächsten Treppenabsatz, und sie baute sich an der obersten Stufe auf.

Drei Männer rannten hoch. Sie waren bewaffnet, und sie liefen in Wikkas Falle.

Das Aussehen hatte ihr der Hexenstein genommen, nicht aber die magische Kraft.

Und die spielte sie aus.

Wikka liebte das Feuer. Sie beherrschte es sogar und konnte es auch produzieren. Das wurde den drei

Männern in den nächsten Sekunden drastisch vorgeführt.

Plötzlich wurde aus der Hexe ein flammender Komet, der auf sie zuraste, zwischen sie fuhr und sie im Nu in Brand steckte.

Wikkas Rache war fürchterlich.

Die Männer rollten die Treppenstufen hinab, während ihre Schreie Musik in den Ohren der Oberhexe waren. Sie war durch nichts mehr aufzuhalten. Huschte weiter nach unten. Durch Bannsprüche zauberte sie in der Luft stehen bleibende Feuerspiralen, die diejenigen erfassten, die sich ihnen in den Weg stellten und auch weitere Teile des Schlosses in Brand setzten. Wie ein feuriger Irrwisch brannte der Holzboden an einigen Stellen, und wenig später flogen brennende Möbelstücke durch die Luft.

Die schwarz gefärbte Wikka war in ihrem Element. In diesen Augenblicken bewies sie, welche Kräfte in ihr steckten.

Im Schloss gab es eine Panik.

Die Bewohner waren aufgescheucht worden, versuchten, das Feuer zu löschen, aber das schafften sie nicht. Die Flammen hatten sich schon zu weit ausgebreitet.

Für Wikka war der Keller wichtig.

In Windeseile gelangte sie in die Tiefe. Manchmal berührte sie die Stufen nicht, dann flog sie, eingehüllt in einen rotgrünen Feuermantel, dicht über sie hinweg und landete schließlich in den Gewölben.

Dort tötete sie zwei Wächter auf schreckliche Art und Weise und verschaffte sich freien Weg.

Sie hörte das Wimmern der gefangenen Hexen in den Verliesen der Gänge. Darum kümmerte sie sich nicht.

Sie wollte Jane.

Und sie hörte den Schrei.

Gellend, grauenhaft. Trotz der dicken Mauern zu vernehmen. Er war hinter der großen Tür aufgeklungen, die sich vor Wikka befand.

Die Tür war nicht verriegelt. Zu sicher fühlten sich die Folterknechte.

Wikka riss sie auf.

Einen Lidschlag später stand sie in der Folterkammer!

Wikkas
Rache

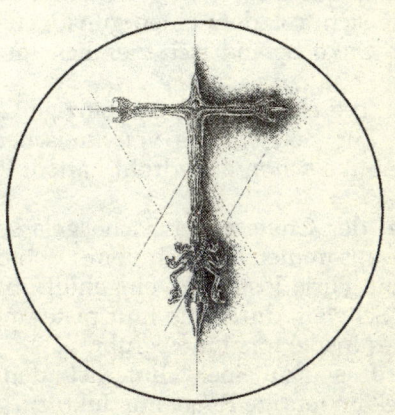

Hexen, wohin Suko auch schaute!

Sie hielten den Ort Blackmoor besetzt und waren in ihn eingefallen wie gierige Raubtiere. In den Häusern hockten sie, auf Dächern, sie lauerten in engen Gassen, in Schuppen, auf Speichern und erfüllten die finstere Nacht mit ihrem gellenden Gelächter.

Und Suko stand allein!

Sein Freund John Sinclair hatte ihn verlassen. Er war gegangen, um den zu suchen, der höchstwahrscheinlich die Verantwortung für den Horror trug.

Mason Cordtland, der Hexenwürger!

Es hatte keine andere Möglichkeit gegeben, als sich die Arbeit zu teilen. So war Suko im Ort geblieben und John in den tückischen Sumpf gegangen, wo die Ruine des alten Schlosses stand.

Noch war der Ort verlassen. Das heißt, die eigentlichen Bewohner hatten ihn nicht wieder in Besitz genommen. Wahrscheinlich warteten sie vor dem Dorfeingang, nachdem sie im Sumpf gewesen waren und ihre Beschwörung durchgeführt hatten.

Der Inspektor stand im Scheitelpunkt einer Kurve, die die Dorfstraße durchschnitt. Deshalb konnte er den eigentlichen Eingang nicht so recht unter Kontrolle halten. Er hatte sich trotzdem einen günstigen Platz ausgesucht, denn Suko befand sich ziemlich im Mittelpunkt des Dorfes.

Genau an dieser Stelle lag das einzige Gasthaus von Blackmoor. Zur Zeit war es von kreischenden Hexen besetzt, die Suko schon angedroht hatten, ihn und John zu töten.

Noch sah der Chinese der Sache gelassen entgegen, zuckte aber zusammen, als sich vom Dach eines Hauses plötzlich eine Furie löste, die, eingehüllt in einen grünflammigen Schweif, durch die Luft raste und dicht über den Kopf des Inspektors hinwegfuhr.

Dabei griff sie zu einer Hinterlist, denn aus ihren Fingern zuckten feurige Ringe auf Suko zu.

Sie waren zum Glück nicht besonders schnell, sodass der Chinese Abwehrmaßnahmen ergreifen konnte.

Seine Dämonenpeitsche hatte er nicht nur gezogen, sondern auch die drei Riemen ausgefahren.

Aus dem Handgelenk schlug er zu. Die Riemen wirbelten in die Höhe und trafen die Ringe.

Sie verpufften wirkungslos.

Die Hexe jagte weiter und hockte sich auf einem Dachfirst nieder, wobei sie dort mit der Dunkelheit verschmolz.

Suko krauste die Stirn. So harmlos, wie sich die Furien noch vor Minuten gegeben hatten, waren sie nicht, aber er wunderte sich trotzdem, weshalb sie nicht konzentrierter angriffen. Es wäre ein Leichtes für sie gewesen, über den Chinesen herzufallen und ihn zu töten.

Dafür musste es Gründe geben!

Wenn Suko genauer darüber nachdachte, gelangte er zu dem Ergebnis, dass die Hexen auf irgendetwas lauerten. Vielleicht brauchten sie eine gewisse Zündung, um ihren Angriff starten zu können. Was das sein konnte, darüber zerbrach sich der Inspektor vergeblich den Kopf.

Sie hatten jedenfalls dafür gesorgt, dass das einzige christliche Zeichen des Dorfes zerstört wurde. Mit glühenden Lassos war das große Kreuz auf dem Kirchturm von ihnen herabgeholt worden. Es lag jetzt irgendwo am Boden.

Im Moment herrschte Ruhe. Selbst die Hexenweiber in der Gaststätte verhielten sich still, sodass Suko sich auf andere Geräusche konzentrieren konnte.

Wenn sich die Dorfbewohner näherten, musste er ihre Schritte hören können, die da zahlreich waren und nicht lautlos marschieren konnten. Aber es blieb still. Die Leute verhielten sich seltsam ruhig.

Auf der Straße wollte Suko nicht länger stehen bleiben.

Der Vergleich mit einer Zielscheibe fiel ihm ein, deshalb wandte er sich dem Eingang der Gastwirtschaft zu, um durch die Scheiben die dort anwesenden Hexen zu beobachten.

Sie hatten es sich ›gemütlich‹ gemacht!

Wie die Vandalen waren sie in den Schankraum eingefallen. Tische und Stühle lagen kreuz und quer durcheinander. Dazwischen zersplitterte Gläser und zerbrochene
Flaschen.

Ein Chaos, sicherlich. Am schlimmsten jedoch waren
die Hexen. Man konnte sie kaum beschreiben, jede sah
irgendwie anders aus, obwohl sie sich im Prinzip glichen.

Die Hexen stammten aus einer anderen Zeit.
Auslaufendes Mittelalter, schätzte Suko. Sie hatten überleben können, weil es ihnen gelungen war, sich in Raben
und Krähen zu verwandeln, in Tiere, die einfach nicht
starben und auf ein großes Ereignis warteten.

Das war nun eingetreten.

Der Hexenwürger, ein alter Feind, war zurückgekehrt
und hatte die Hexen vorgefunden. Die Überlebenden von
damals in ihrer Urgestalt. Diesen Grund begriff Suko
nicht so recht. Weshalb hatten sich die Vögel wieder in
Hexen verwandelt? Sie hätten es sonst viel besser haben
können und wären nicht in die Klauen des Hexenjägers
geraten.

Den Chinesen ritt in diesem Augenblick der Teufel.
Vielleicht würden ihm die Furien Antwort geben. Er
wandte sich zwei Schritte nach links, stand vor der Eingangstür und wuchtete sie mit einem heftigen Fußtritt auf.

Dies geschah so überraschend, dass selbst die Hexen
zusammenzuckten, denn mit dem auf der Türschwelle
stehenden Suko hatten sie nicht gerechnet. Zehn Furien
hatten sich versammelt. Sie alle wandten ihre Blicke der
Tür zu.

Und was für Blicke!

Kalt, hinterlistig, tückisch, lauernd und feindselig.
Aber auch gierig und hasserfüllt. Gleichzeitig abschät-
zend, denn die Hexen sahen in Suko das Opfer.

Der Chinese hatte sich breitbeinig aufgebaut. Die
Dämonenpeitsche hielt er in der rechten Hand, in der linken die Beretta. Das Magazin war mit geweihten Silberkugeln geladen, zwei Ersatzmagazine besaß der
Inspektor ebenfalls. Er war also gerüstet, wenn es hart auf
hart gehen sollte.

Bleiche, manchmal grün wie Schimmel schimmernde Gesichter mit toten, leeren Augen starrten Suko an. Lumpen trugen die Hexen. Die meisten von ihnen waren alte Frauen mit strähnigen Haaren, in denen Läuse und Flöhe ihre Heimat gefunden hatten.

Durch zahlreiche Löcher in der Kleidung schimmerte die welke Haut in einem grauen Ton. Suko sah auch Wunden, die von Folterinstrumenten in der Vergangenheit gerissen worden waren.

Insgesamt boten die Hexen einen scheußlichen Anblick. Nur wenige jüngere befanden sich unter ihnen. Eine hockte auf der Theke. Ihr Haar war ehemals rot gewesen, jetzt überwog der Grauschimmer, zudem war es völlig verfilzt.

Sie rutschte herunter. »Was willst du hier, Mann?«, fragte sie und schleuderte ihr Haar zurück. Dabei wurde das gesamte Gesicht frei, und Suko sah neben dem linken Ohr die offene Wunde, die wohl ein Schlag mit der Peitsche oder eine glühende Zangenbacke hinterlassen hatte.

»Was wird hier gespielt?«

»Wo?«

»Frag nicht so dumm«, erwiderte Suko. »Hier natürlich. Sagt mir, aus welchem Grund ihr euch hier versammelt habt!«

Die Hexe kicherte laut. »Wir haben uns hier versammelt, um Menschen zu töten. Wir bereiten ein Hexenmahl vor. Und mit dir wollen wir den Anfang machen.«

Suko hatte für diese Worte nur ein spöttisches Lächeln übrig. »Möglich«, gab er lässig zurück. »Aber ihr werdet euch wundern, ich bin nämlich unverdaulich. Außerdem halte ich hier Dinge in den Händen, die euch echte Schwierigkeiten bereiten können. Wer von euch möchte denn einmal mit der Dämonenpeitsche oder einer geweihten Silberkugel Bekanntschaft machen?«

Sukos Worte verfehlten ihre Wirkung nicht. Die Sprecherin zog sich zurück.

Eine andere, die auf einem umgekippten Tisch hockte, sagte: »Er blufft, Clara, er blufft!«

Da bewies Suko das Gegenteil. Er konnte auch mit links schießen. Zwar nicht so gut wie mit der rechten Hand, aber um den Körper der Hexe zu treffen, reichte es allemal.

Fast bedächtig hob er den Arm, ließ die widerliche, hässliche Untote für einen kurzen Moment in die Mündung schauen und drückte ab.

Kaum messbar war die Zeitspanne, in der die Hexe in das fahle Mündungslicht stierte. Dass es wieder zusammenfiel, sah sie nicht mehr, denn die geweihte Silberkugel saß.

Die anderen Furien mussten miterleben, wie ihre Hexenschwester verging. Die Kugel schien den mageren Körper auseinanderreißen zu wollen, dies allerdings geschah nicht. Statt dessen pufftte eine Rauchwolke hoch, die widerlich nach Schwefel stank und aus der Hölle selbst zu kommen schien. Von der Hexe blieb nichts mehr zurück.

Vielleicht ein Rest von Staub. Auf den jedoch achtete niemand.

»Das war's dann«, sagte Suko und schwenkte die Beretta im Halbkreis. »Habt ihr auch Lust, meine Peitsche auszuprobieren?« Er bewegte locker den rechten Arm, grinste dabei und blickte in die starren Visagen der Hexen.

»Du hast sie getötet«, sagte die Sprecherin.

»Sehr richtig.«

»Wir könnten dich …«

»Nicht so große Reden. Als Nächste werde ich mir dich vornehmen. Und auch das Spucken von Feuerringen wird euch nicht viel nutzen. Ich bin immer schneller.« Damit übertrieb Suko zwar, doch er sah in seiner Forschheit die große Chance. Tatsächlich überlegten sich die Hexen einen Angriff. Stattdessen wurde Suko nur angestarrt.

»Wer bist du?«, fragte jemand aus dem Hintergrund. »Bist du auch ein Hexenjäger?«

»Nein, mit Mason Cordtland habe ich nichts gemein, das könnt ihr mir glauben. Aber ich bin etwas Ähnliches.

Ihr könnt mich einen Geisterjäger nennen. Ich jage nicht nur Hexen, sondern auch andere Dämonen. Und darin habe ich inzwischen Routine. Zudem bin ich es hier, der die Fragen stellt, und ihr habt meine erste noch nicht beantwortet. Also, noch einmal: Was sucht ihr hier? Auf wen wartet ihr?«

Bisher hatten die dämonischen Wesen ziemlich steif dagesessen. Nun gerieten sie in eine gewisse Unruhe und bewegten sich auf ihren Plätzen hin und her.

»Lange warte ich nicht mehr!«, drohte Suko.

Er erhielt eine Antwort. Wieder war es die Rothaarige, die sie ihm gab. »Wir warten auf unsere Königin!«

Suko hatte einen bestimmten Verdacht. Trotzdem fragte er: »Wer ist es?«

»Wikka!«

Jetzt war der Name heraus. In den Augen des Chinesen blitzte es. Verdammt, also doch.

Wieder Wikka!

»Wieso? Weshalb wartet ihr auf sie?«

»Ihr Ruf erreichte uns. Und sie, die Königin, hat noch eine alte Rechnung mit dem Hexenwürger zu begleichen. Sie wusste, dass er auferstehen würde, denn er hat den Hexenstein. Sie will ihn vernichtet sehen, und durch das magische Kraftfeld des Steins sind wir wieder zu dem geworden, was wir eigentlich waren. Zu echten Hexen. Als Vögel haben wir nun die letzten Jahrhunderte gelebt, nun aber führen wir unser altes Leben weiter, und auch wir werden uns rächen. Der Stein muss vernichtet werden. Gegenwart und Vergangenheit sollen sich nicht mehr kreuzen. Nur noch die Gegenwart zählt, das ist es.«

Suko wurde einiges klar. Nicht der Hexenwürger trug die direkte Schuld am Zeitenwechsel, sondern der Hexenstein. Er hatte die Zustandsebenen durcheinandergebracht.

Kaum zu fassen.

»Wo ist der Stein?«

»Das wissen wir nicht«, wurde Suko geantwortet.

Der Inspektor hob die Schultern und grinste verächtlich. »Ihr wollt mir doch nicht erzählen, dass ihr keine

Ahnung davon habt, wo der Hexenstein steckt. Um ihn dreht sich schließlich alles.«

»Frag doch Wikka!«, zischte eine alte Vettel und entließ eine grünliche Wolke aus ihrem Mund.

»Das werde ich auch«, erwiderte Suko.

Diese Antwort löste bei den anderen ein Lachen aus. »Wikka willst du fragen? Wunderbar, dann hat sie einen, den sie vernichten kann, du komischer Geisterjäger.«

Mit einer Frage unterbrach Suko die Hexe. »Wo hält sich Wikka auf?«

»Das wissen wir nicht.«

Diesmal hatten sie die Wahrheit gesagt. Davon war Suko überzeugt, denn sonst hätten sie nicht so lange auf sie gewartet. »Nun ja«, sagte er und nickte. »Ich werde sie wohl suchen, und ich bin gespannt, was ihr sagt, wenn sie zu meinen Füßen liegt.«

»Nie wird das geschehen, nie!« Alle Hexen kreischten los. Plötzlich war der Schankraum von einem wilden Lärm erfüllt, um den sich Suko nicht weiter kümmerte.

Rückwärtsgehend verließ er die Gaststätte. Der Lärm hinter ihm wurde schwächer, und plötzlich hörte er ein anderes Geräusch.

Ein hohes, schrilles Schreien.

Suko zuckte zusammen.

So jammerte nur ein Kind!

Das Moor lag hinter mir!

Ich hatte es tatsächlich geschafft, es relativ trockenen Fußes zu durchqueren, wobei ich einfach Glück gehabt hatte, dass ich auf einen Weg getroffen war.

Und nun stand ich vor der brennenden Burg!

Aber das war nicht alles. Diese Burg, obwohl zum Greifen nahe, befand sich nicht in meiner Zeit, sondern in der Vergangenheit, während ich mich in der Gegenwart aufhielt.

Unbegreiflich, dennoch eine Tatsache!

Ich stand da und schaute in die Vergangenheit hinein, hörte gellende Schreie, sah die Flammen, die wie lange, gierige Finger aus den Luken und Fenstern leckten, und als Schattenrisse erkannte ich die in Panik versetzten Menschen hinter den Vorhängen aus Feuer. Die Bewohner der Burg hetzten hin und her. Ich hörte keine Schreie und hätte eigentlich die Hitze spüren müssen, da ich mich der Burg ziemlich weit genähert hatte. Das jedoch war nicht der Fall.

Vor mir lief das Geschehen in einer unheimlich wirkenden Lautlosigkeit ab.

Zudem hatte sich das Feuer mit einer kaum messbaren Rasanz ausgebreitet. Die Menschen waren von den Flammen völlig überrascht worden, und ich sah sie sogar als brennende Fackeln auf den Zinnen der Türme stehen. Einige stürzten sich nach unten, weil sie es einfach nicht mehr aushalten konnten.

Was schon Hunderte von Jahren zurücklag, erlebte ich nun mit eigenen Augen.

Dabei war es trotz allem nicht so ungewöhnlich, wenn ich richtig darüber nachdachte. Uns war schließlich das gleiche widerfahren. Suko und ich fuhren nach Blackmoor, weil wir von einem Vogelkundler namens Dr. Barrows auf ein seltsames Phänomen aufmerksam gemacht worden waren. Der Wissenschaftler, der in dieser Gegend die Tierwelt beobachtete und filmte, sah plötzlich, als er sich seinen Streifen anschaute, eine Doppelbelichtung. Er hatte gefilmt, wie ein gefährlich aussehender Mann eine Frau tötete.

Ich wurde informiert, schaute mir den Film an und erkannte eine Szene, die nur in der Vergangenheit spielen konnte. Ein Hexenjäger jagte das Opfer und tötete es.

Natürlich sprangen Suko und ich sofort auf den Fall an. Wir setzten uns in den Wagen und fuhren nach Blackmoor, um diesem Phänomen auf den Grund zu gehen.

Wir erreichten den Ort, aber in der Vergangenheit. Mit dem Wagen überfuhren wir eine Grenze und befanden uns in der Zeit des ausgehenden Mittelalters, wobei wir erlebten, wie die Dorfbewohner eine Hexe töten wollten und dabei von Mason Cordtland, dem Hexenwürger, sprachen. Wir wollten die Frau vor dem Tod retten, schafften es allerdings nicht, denn in diesem Augenblick schlug die Zeit um, und wir befanden uns wieder in der Gegenwart.

Nach einer Auseinandersetzung mit zwei Dorfbewohnern erfuhren wir von einem Mann, der Bing Cordtland hieß. Er, ein Nachkomme des Hexenwürgers, war derjenige, der in Blackmoor das Sagen hatte. Suko und ich waren genau zum richtigen Zeitpunkt in Blackmoor eingetroffen, denn Cordtland hatte die Menschen um sich versammelt, um gemeinsam mit ihnen in das Moor zu ziehen, denn Mason Cordtland, sein Ahnherr, sollte wieder auferstehen.

Wir blieben zurück und durchsuchten Cordtlands Haus. Im Keller trafen wir auf eingesperrte Vögel, die sich plötzlich in Hexen verwandelten und uns angriffen. Wir konnten sie erledigen, gingen wieder nach oben und stöberten in alten Unterlagen, die wir bei Cordtland fanden.

Dort lasen wir etwas über einen Hexenstein und erfuhren noch einige Details. Gestört wurden wir durch die Rückkehr der Bewohner. Sie kamen ohne Cordtland zurück. Auf unsere Fragen hin erklärte man, dass sich Bing Cordtland dem Sumpf geopfert habe, damit dieser seinen Ahnherrn, den Hexenwürger, wieder freigab.

Allerdings standen die Dorfbewohner nicht auf unserer Seite. Sie sahen uns als Eindringlinge und Störenfriede an, wollten, dass wir verschwanden, doch wir kümmerten uns nicht darum, zogen uns allerdings von ihnen zurück und erlebten mit, wie das Dorf von den Hexen besetzt wurde. Denn jeder schwarze Vogel war eine Hexe, die die lange Zeit überlebt hatte, um jetzt gerufen zu werden.

Zu welchem Zweck, das hatten wir noch nicht herausgefunden. Wir waren jedoch zu der Überzeugung gelangt, dass Mason Cordtland uns die Auflösung des Rätsels geben musste, und den wollte ich finden, während Suko in Blackmoor zurückblieb.

Cordtland hatte die Burg gehört. Seine Spur führte

dorthin, und ich fand sie auch, wobei ich nicht damit rechnete, wie ein Kinobesucher zuschauen zu können, wenn das gewaltige Bauwerk abbrannte.

Ein Geschehen, das lange zurücklag, erlebte ich nun und konnte es einfach nicht fassen.

Nur, wo steckte der Hexenwürger?

Ich sah ihn nicht, ich hörte auch seine Rufe nicht und dachte darüber nach, ob ich vielleicht nicht selbst in die Vergangenheit hineintauchen sollte.

Aber konnte ich etwas ändern?

Nein, was geschehen war, das konnte ich nicht mehr rückgängig machen, und so blieb ich weiterhin ein zumindest äußerlich unbeteiligter Zuschauer.

Die Burg explodierte nicht gerade, aber ich sah, wie die Zerstörung an den Zinnen begann. Dort wurden gewaltige Stücke herausgerissen. Sie fielen in die Tiefe, von Rauchschwaden begleitet, krachten zu Boden, und durch die entstandenen Lücken pfiff der Wind.

Dann sah ich Tiere wegrennen. Pferde stoben in wilder Panik davon. Ihre Hufe trommelten ein dumpfes Echo, das selbst das Brausen der Flammen übertönte.

Menschen flohen.

Sie rannten aus der Burg. Ihren Weg nahmen sie in wilder Panik, hatten alles vergessen, und die Söldner oder Soldaten jagten direkt auf mich zu, wobei ich das Gefühl haben konnte, jetzt würden sie mich überrennen. Ich duckte mich schon zusammen, als ich sie auf einmal nicht mehr sah. Sie verschwanden vor meinen Augen, lösten sich auf, und mir wurde klar, dass sie die Grenze zwischen den beiden Zeiten erreicht hatten.

Phänomenal!

Ich fragte mich nur, weshalb der Hexenwürger nicht eingriff. Wir hatten so viel von ihm und seiner Peitsche gehört. Er hätte sie doch eigentlich einsetzen können, das geschah nicht. Die Gestalt, die ich auf dem Film des Vogelkundlers gesehen hatte, blieb verschwunden.

Dafür sah ich eine andere.

Nein, zwei!

Ich traute meinen Augen nicht. Als ich sie erkannte,

hätte ich schreien können, doch mir blieb der Schrei im Halse stecken.

In der Vergangenheit sah ich zwei Geschöpfe aus der Gegenwart.

Wikka und Jane Collins!

Urplötzlich stand Wikka in der unheimlichen Folterkammer, während über ihr die Flammen immer mehr Nahrung fanden, die Schreie der Menschen gellten und sich das Feuer weiter ausbreitete.

Wikka hatte dafür keinen Blick mehr. Sie schaute nach vorn, sah, was vor ihren Augen ablief, und das war grausam genug.

Ohne sie befanden sich noch fünf Menschen in der Folterkammer. Zwei Soldaten, der Hexenwürger, ein verwachsener Folterknecht und Jane Collins!

Ihr ging es dreckig. Und ihre Schreie waren es, die die Stille durchschnitten. Jane befand sich in einer bedauernswerten Lage. Man hatte sie auf ein Folterrad gespannt.

Ihr Rücken war durchgebogen, Arme und Beine gestreckt. Von Stricken wurde sie gehalten, während der Folterknecht an einer Kurbel stand, sie mit der rechten Hand umklammert hielt und das Rad jeweils um ein winziges Stück weiterdrehte.

Der Hexenwürger stand neben der mit Stricken zusätzlich gefesselten Jane Collins und hielt eine glühende Zange in der Hand, mit deren Backen er Jane Collins malträtieren wollte.

Und er hatte es bereits getan. Die Oberhexe sah deutlich die Brandflecken auf der Haut der ehemaligen Detektivin. Sogar Rauch stieg noch in die Höhe.

Wikkas Auftreten hatte die anderen völlig überrascht. Sie wussten plötzlich nicht mehr, was sie tun sollten. Ihre Blicke richteten sich auf eine Gestalt, die einem grässlichen Albtraum entsprungen sein konnte.

Wikka war nicht mehr das, was sie früher einmal gewesen war. Sie hatte sich verändert.

Keine helle Haut mehr, die Schlangen, die aus ihrer Stirn stachen, hatten sich zurückgezogen. Als sie versuchte, den Hexenstein anzugreifen, war es geschehen. Dieser Stein, von dem niemand so genau wusste, wo er herstammte, hatte ihren Angriff nicht nur ab-, sondern auch zurückgeschmettert, und Wikka konnte keinen Gegenzauber aufbauen. Sie wurde voll getroffen.

Die Kraft des Steins ließ Wikka zu einer Bestie werden, einem grauenerregenden Monster mit der Haut einer Mumie, aus der nur die Augäpfel schaurigweiß hervorstachen.

Auch ihre Hände waren in Mitleidenschaft gezogen worden. Sie glichen schwarzen Krallen, die leicht glänzten und sehr lange Nägel hatten. Die einst so mit kalter Schönheit ausgestattete Wikka glich nun einem schrecklichen Monster.

Sie hatte sich den Weg in den Folterkeller regelrecht freigekämpft. Männer, die sie aufhalten wollten, lebten nicht mehr, denn im Gegensatz zu ihrem Äußeren hatte sich an den Hexenkräften nichts geändert.

Die setzte sie voll ein.

Jetzt stand sie in der Folterkammer, während oben die Flammen aus dem Schloss schlugen, und sie wusste die Überraschung auf ihrer Seite.

»Wikka!«

Der Schrei drang aus dem Mund der ans Rad gefesselten Jane Collins. Es war eine Erlösung, ein Schrei in letzter Sekunde, und die ehemalige Detektivin schluchzte befreit auf. Sie war Wikkas Schülerin und wusste genau, dass nur sie ihr helfen konnte.

Die Oberhexe hatte sich vorgenommen, schreckliche Rache zu üben. Niemand außer Jane sollte den Keller lebend verlassen, dafür würde sie sorgen.

Und sie begann.

Zuerst erwischte es die Soldaten. Als Wikka plötzlich Zeichen in die Luft malte, war es für die beiden viel zu spät, noch zu reagieren. Sie sahen noch das rote Flimmern um die schwarzen Finger der Hexe, und im nächsten Augenblick hüllten die flammenden Kreise sie ein.

Ihre Schreie hallten schaurig durch das Verlies.

Und sie waren Musik in Wikkas verbrannten Ohren.

Erst jetzt erwachte der Hexenwürger aus seiner Erstarrung. Er selbst griff noch nicht an, sondern schickte den Folterknecht vor. »Da, pack sie dir! Brenn ihr das Zeichen ein!«

Der Verwachsene fuhr herum. Selbst Wikka war von seiner Schnelligkeit überrascht.

In der rechten Hand hielt er die noch glühende Zange, und Wikka stellte fest, dass dieser heimtückische Zwerg übergroße Hände hatte, da er die Zange mit nur einer Hand festhalten konnte.

Er sprang auf Wikka zu!

Dabei schrie er, seine Augen leuchteten, und er wollte der Oberhexe die Zange in das Gesicht drücken.

Wikka wich geschmeidig aus. Dicht an ihrem Gesicht fuhr die glühende Zange vorbei, und im nächsten Augenblick musste der Zwerg erleben, was es heißt, sich mit einer gefährlichen Hexe anzulegen.

Es hob ihn in die Höhe.

Er verspürte einen Schlag. Unsichtbare Hände rissen ihn vom Boden hoch. Diesen Kräften hatte er nichts entgegenzusetzen, sie schleuderten ihn auf die Wand zu, wo es einen dumpfen Laut gab, als er dagegen krachte.

Wikka lachte und konzentrierte sich weiter auf ihn. Der Zwerg lag jetzt am Boden. Die rechte Hand hielt nach wie vor die Zange mit den glühenden Backen, der Arm war ausgestreckt.

»Foltere dich selbst!«, brüllte die Oberhexe und schlug den Folterknecht in ihren Bann.

Sie machte es hart, und der Verwachsene konnte nichts dagegen tun. Er wollte es nicht, aber sein Arm wurde von einer Kraft, der er nichts entgegensetzen konnte, allmählich in die Höhe gelenkt, dabei gedreht, sodass die glühenden Backen jetzt auf sein Gesicht zeigten.

Nur noch Sekunden würde es dauern, dann musste er das verspüren, was er eigentlich Jane Collins zugedacht hatte.

Der Verwachsene schrie. Er konnte es nicht fassen, ein

Opfer seiner eigenen Folterlust zu werden, und er spürte bereits die Hitze des heißen Metalls, das sich immer mehr seiner weit aufgerissenen Mundhöhle näherte ...

Wikka wandte sich dem neuen Gegner zu.

Die letzten drei hatte sie innerhalb von Sekunden ausschalten können. Es war alles so gelaufen, wie sie es haben wollte, nun stand der härteste und gefährlichste Angreifer vor ihr.

Mason Cordtland!

Und der hatte die Peitsche.

Inzwischen trieben die ersten Rauchwolken durch die offene Tür in das Innere der Folterkammer. Auch Cordtland musste bemerkt haben, was geschehen war, und er war für eine kurze Zeitspanne irritiert. Das reichte Wikka aus, um Jane Collins vom Rad zu lösen. Sie riss die starken Stricke entzwei, die kaum am Boden lagen, als ein fürchterlicher Schrei durch die Folterkammer gellte.

Der Folterknecht hatte ihn ausgestoßen.

Auch ein Zischen war zu hören, aber keiner schaute hin. Wikka wusste, dass sie gewonnen hatte, sie musste nur noch Mason Cordtland packen.

Jane rutschte vom Rad. Auf der schmutzigen und feuchten Erde blieb sie liegen, stöhnte und hatte es schwer, sich aufzustützen.

Wikka kümmerte sich nicht um sie. Der Hexenwürger war für sie wichtiger. »Komm doch«, lockte sie. »Komm her zu mir, wenn du etwas willst. Ich empfange dich schon so, wie es sich gehört, darauf kannst du dich verlassen.«

Cordtland gab keine Antwort. Er schaute nur kurz zur Tür, wo die Rauchwolken immer dicker wurden. Zudem gellten die Schreie der in den anderen Verliesen gefangenen Hexen durch die unteren Gewölbe der Burg. Panik und Grauen waren als Gäste auf dieses Schloss im Moor gekommen.

»Wer bist du?!«, schrie er Wikka an. »Verfluchte Hexe, sag deinen Namen, damit ich weiß, wen ich töten werde!«

»Ich heiße Wikka.«

»Dann stirb, Wikka!« Cordtland schlug zu. Er war ein

Meister seines Fachs, aber auch Wikka reagierte. Sie wollte von der Peitsche nicht getroffen werden, wich aus und bewegte sich auf die Wand zu, wo zahlreiche Waffen hingen.

Plötzlich hielt sie eine lange, leicht angerostete Lanze in den Händen, drehte sich, und die Spitze wies auf den Hexenwürger, der bereits zum zweiten Mal zudrosch.

Wikka riss die Lanze hoch.

Und die Waffe rettete sie, denn die Peitsche wickelte sich um das Eisen.

Die Oberhexe begann gellend zu lachen. Jetzt hatte sie den Hexenwürger da, wo sie ihn haben wollte.

Mit einem plötzlichen Ruck riss sie ihn in ihre Nähe, doch sie war zu eifrig, denn in seiner Panik riss Cordtland seinen rechten Fuß hoch und tat damit genau das Richtige.

Er drückte ihn in den Leib der Hexe.

Körperlicher Kraft hatte Wikka nichts entgegenzusetzen. Sie flog zurück, krachte mit dem Rücken gegen die Wand und verlor für einen Moment die Übersicht. Gleichzeitig machte sie sich Vorwürfe, ihre Hexenkräfte nicht eingesetzt zu haben. Jetzt verlor sie zu viel Zeit, denn Cordtland gelang es, durch eine Drehung die Peitsche von der Lanze zu lösen, und so hatte er seine Waffe wieder.

Und dann tat er etwas, womit Wikka selbst nicht gerechnet hatte. Er machte auf dem Absatz kehrt und floh aus der Folterkammer. Dabei hatte er Glück, dass der durch die offene Tür hereinquellende dicke Rauch ihn schützte und Wikka einen Großteil der Sicht nahm.

Mason Cordtland konnte fliehen.

Wikka sprang auf die Beine. Sie wollte natürlich die Verfolgung aufnehmen, dachte dann allerdings an Jane Collins und sorgte dafür, dass sie ebenfalls aufstand.

»Komm mit!«, brüllte sie.

Jane war zu geschwächt. Wikka schleuderte die Lanze weg und stützte ihre Schülerin, damit sie gemeinsam die brennende Burg verlassen konnten.

Wenig später irrten sie durch die Gänge. Und Wikka

nahm sich sogar noch die Zeit, die schweren Riegel außerhalb der Verliestüren zu öffnen, damit ihre Artgenossinnen aus den Gefängnissen befreit würden und ebenfalls fliehen konnten.

Von Mason Cordtland sahen sie nichts. Sie wussten auch nicht, ob er das Schloss bereits verlassen hatte. Vielleicht war er verschwunden, vielleicht hielt er sich irgendwo versteckt. Niemand konnte etwas Genaues sagen.

Sie rannten die Treppe hoch.

Hinter sich hörten sie das Heulen und Schreien der befreiten Hexen. Der Rauch wurde immer dicker. Manchmal konnten sie die Hand nicht vor Augen sehen.

Hin und wieder huschten fliehende Gestalten wie Gespenster durch den dunklen Vorhang.

Am Ende der Treppe riss Wikka die Tür auf. Endlich konnten sie die unterirdischen Gewölbe verlassen, und sie wandten sich sofort dem Ausgang zu.

Da sahen sie Mason Cordtland. Für einen Moment tauchte er auf, seine Peitsche dabei schwingend.

»Hexenwürger!«, brüllte Wikka.

Cordtland blieb stehen, sah die beiden Hexen, schlug nach ihnen und tauchte weg.

Dann schluckte ihn der Rauchvorhang.

Im nächsten Augenblick spürten sie die kalte Luft, die von draußen in das Schloss drang. Sie befanden sich in der Nähe des Ausgangs und stürmten ins Freie.

Beide hatten Glück, dass sie von den Flammen nicht erfasst worden waren. Anderen erging es schlechter. Sie waren zu brennenden Bündeln geworden, und auch Cordtland hatte die Übersicht verloren. Er rannte in wilder Panik genau auf das Moor zu.

»Er wird versinken!«, schrie Wikka. »Er wird versinken …« Die nächsten Worte wurden ihr von den zerstörten Lippen gerissen, denn die Burg brach zusammen.

Ein donnerndes Getöse, ein Krachen und Bersten.

Zahlreiche Menschen wurden unter den herabfallenden Trümmern begraben, und die befreiten Hexen erwischte es zum Teil auch.

Andere wiederum schafften es. Sie rannten in den Sumpf hinein und versanken ebenso wie Mason Cordtland.

Das Moor fraß alle. Ob es dämonische Wesen oder Menschen waren, da machte es keinen Unterschied.

Den Hexenstein jedoch hatte niemand gefunden. Er konnte die Zeiten überdauern …

Wikka und Jane Collins!

Geahnt hatte ich es ja, ich war trotzdem überrascht. Vor allen Dingen wegen Wikka. Ich sah sie als verbranntes, schwarzes Wesen, das sich deutlich vor den tanzenden Flammen abhob. Und ich sah den in wilder Panik davonlaufenden Hexenwürger Mason Cordtland, der kurzerhand in den Sumpf hineinlief.

Auch andere Hexen flohen ins Moor. Es waren schreckliche Gestalten unter ihnen, ausgemergelt, von der Folter gezeichnet. Sie verschwanden wie Schemen. Entfernt nur hörte ich ihre Schreie, die plötzlich verstummten, sobald auch das Feuer nicht mehr zu sehen war.

Ich spürte kurz einen seltsamen Schwindel, dann war er vorbei, und ich sah die Burg so, wie sie sich mir in der Gegenwart präsentierte. Als ausgebrannte Ruine.

Wie es dazu gekommen war, hatte ich erlebt, nun musste ich mich den Tatsachen stellen.

Noch immer war ich von den Vorgängen sehr beeindruckt.

Obwohl ich in der Gegenwart stand und die Ereignisse der Vergangenheit ausgelöscht waren, kam ich nicht darüber hinweg. Ich hatte Jane und Wikka in der Vergangenheit gesehen, aber wie sah die Oberhexe aus!

Unglaublich, so etwas. Verbrannt, fast vernichtet, und das konnte einfach nicht in der Vergangenheit geschehen sein. Dieser Vorgang musste seinen Platz in der Jetztzeit gehabt haben.

Darüber dachte ich nach, suchte nach Lösungen, gelangte aber zu keinem Ergebnis.

Plötzlich fiel mir etwas auf.

Ich bemerkte ein dunkles Objekt, das vor der Burgruine stand und dort eigentlich gar nicht hingehörte.

Es war ein Auto.

Wegen der Dunkelheit konnte ich die Marke nicht genau erkennen und musste erst näher heran, um zu sehen, dass es sich bei dem Wagen um einen älteren Triumph Spitfire handelte.

Wem gehörte das Auto?

Darüber nachzudenken war müßig, doch das Vorhandensein war für mich eine Warnung. Niemand fuhr einen Wagen an irgendein Ziel und stellte ihn dort einfach ab. Unter Umständen konnte ich davon ausgehen, dass der Fahrer noch irgendwo in der Nähe steckte, falls er nicht ein Opfer des Sumpfs geworden war.

Ich passierte den Wagen und befand mich ziemlich nahe der Burgruine. Von den Ereignissen, die ich als Zuschauer erlebt hatte, merkte ich nun nichts mehr. Es roch nicht verbrannt, ich sah keine Leichen, keinen Hexenjäger und auch keine Hexen.

Nur etwas noch.

Im höchsten Turm, dicht unter der Zinne, brannte ein einsames Licht.

Das musste etwas zu bedeuten haben. Da wollte ich hin, daran konnte mich niemand hindern.

Es gab noch ein Tor oder einen offenen Durchgang. So gelangte ich in das Innere der zerstörten Ruine, drückte mich eng in den Schatten einer Mauer, blieb stehen und lauschte.

Ich wollte erst einmal die Atmosphäre in mich aufnehmen, herumhorchen, ob sich irgendetwas tat, um anschließend die richtigen Schlüsse ziehen zu können.

Auf leisen Sohlen bewegte ich mich weiter.

Ich entdeckte eine Treppe, die wenigstens an ihrem Beginn noch ziemlich stabil aussah.

Ich peilte hoch.

Vor mir verschwanden die Stufen in der Dunkelheit. Nur die ersten konnte ich noch verfolgen, danach war Schluss.

Den Kopf legte ich schief, um in die Höhe zu blicken. Ich sah nichts, nur die wattige Dunkelheit und hin und wieder, wenn ich durch ein Loch in der Mauer peilte, den düsteren Himmel, der an einigen Stellen einen fahlen Schein durch das Licht des Mondes angenommen hatte.

Auch an den Moorgeruch hatte ich mich gewöhnt. Er machte mir nichts mehr aus; irgendwie gehörte der faulige, nach Moder und Tod riechende Gestank zu dieser Ruine. Sie war ja selbst ein Stück Vergänglichkeit. Für die Ewigkeit ist nichts gebaut.

Noch einmal verglich ich und peilte genau die Lage. Danach war ich mir sicher.

Wenn ich die vor mir liegende Treppe nahm und sie bis zu ihrem Ende durchschritt, würde ich das Zimmer oder den Raum erreichen, wo das Licht brannte.

Ich wurde einfach das Gefühl nicht los, mich nicht allein in der Burgruine zu befinden. Einen Beweis dafür hatte ich nicht, doch allein das Gefühl reichte aus, um die kleine Lampe stecken zu lassen, damit mich ihr Schein nicht verriet.

Im Finstern nahm ich die Treppe in Angriff. Ich hielt mich dicht an der Außenmauer, tastete mit der Hand darüber und fand auch einen Halt, denn die Stufen waren nie gleich breit. Manchmal verengten sie sich oder waren nur noch zur Hälfte vorhanden.

Wendeltreppen hinaufzugehen ist kein Vergnügen. Irgendwann verliert man bei solchen Aufgängen die Übersicht. Da weiß man dann nicht, in welch einem Stockwerk man sich befindet, in welcher Höhe und was um einen herum geschieht.

Hinzu kam noch, dass ich nichts sehen konnte. Zwar zeigten die dicken Mauern hin und wieder Öffnungen, die allerdings nicht größer waren als Luken, und entsprechend schmal waren die grauen Streifen, die von draußen hereinfielen.

Vielleicht hatte ich die Hälfte der Strecke hinter mich gebracht, vielleicht auch nicht, jedenfalls hörte ich über mir, und gar nicht mal weit entfernt, zischelnde Geräusche.

Dass jemand Gas aus einer Flasche entweichen ließ, daran wollte ich nicht glauben. Also mussten die Geräusche einen anderen Grund haben. Ich blieb stehen und konzentrierte mich.

Waren es Stimmen?

Fast hatte ich den Eindruck. Als ich jedoch genauer hinhörte, wurde mir klar, dass dort, wo die Geräusche aufklangen, jemand flüsterte.

Sofort dachte ich an den Wagen, der vor der Burg stand. Sprach da jemand mit sich selbst?

Das gibt es natürlich. Hier aber glaubte ich nicht daran und gelangte zu der Überzeugung, dass es zumindest zwei Personen waren, die da miteinander redeten.

Wer konnte das sein?

Als Polizeibeamter muss man eine gewisse Portion Neugierde besitzen, als Geisterjäger erst recht. Wenn ich mich eines Falles annahm, wurde es immer brenzlig, deshalb wollte ich der Sache mit den flüsternden Stimmen auch auf den Grund gehen. Allerdings sollte man mich nicht zu früh entdecken.

Aus diesem Grunde versuchte ich, die nächsten Absätze noch leiser zu überwinden.

Nur mit den Zehenspitzen trat ich auf und erreichte bereits nach sieben Stufen eine Plattform innerhalb des Turms, die noch vollständig erhalten war.

Links von ihr, wo sich früher einmal eine Tür befunden hatte, existierte jetzt nur noch ein offener Durchgang. Ein aus der Mauer herausgebrochenes Loch.

Waren die Stimmen von dort aufgeklungen?

Im Moment hörte ich nichts. Mir kam es vor wie die berühmte Ruhe vor dem Sturm. Ich war auf der Hut, denn ich wollte mich nicht von irgendwelchen Dingen überraschen lassen, die tödlich enden konnten, deshalb verzichtete ich auch bei meinen weiteren Schritten auf die Lampe. Ich hätte ein zu gutes Ziel abgegeben.

»Da kommt jemand!«

Deutlich hatte ich die Worte verstanden, auch wenn sie mehr zischend ausgesprochen waren.

»Willst du ihn packen?«

»Mal sehen.«

»Sei aber vorsichtig!«

Ich zuckte zusammen. Bisher hatte ich mich auf die Stimmen konzentriert, und zwar nur auf die Sätze. Plötzlich aber stellte ich fest, dass es zwei Frauen waren, die da miteinander sprachen.

Frauen, die man auch als Hexen bezeichnen konnte.

Wikka und Jane!

Sie hier in der Burg, ich ebenfalls, das konnte nicht gut gehen. Da konnte eine große Auseinandersetzung nicht ausbleiben. Sie hatten mich gehört, allerdings glaubte ich nicht, dass sie wussten, wer sich ihnen da näherte.

»Jane, verdammt, ich spüre seine Ausstrahlung. Das Gefühl hat mir der Hexenstein nicht nehmen können. Da ist jemand, den wir kennen. John Sinclair!«

Die sehr sensitiv veranlagte Wikka hatte mich bemerkt und es ihrer Schülerin mitgeteilt.

Mit deren Beherrschung war es vorbei. Ich hörte Jane fluchen, als wäre sie bei einem Seemann in die Lehre gegangen.

Noch konnte ich die beiden nicht sehen und wechselte sicherheitshalber meine Stellung. Ich huschte zur Seite, war dabei etwas zu eifrig und stieß gegen einen im Weg liegenden Stein. Der rollte zur Seite.

Verdammt, jetzt wussten die beiden, wo ich mich befand. Ich blieb in der Hocke sitzen und machte mich klein. Mein Kreuz hielt ich griffbereit, denn davor, das wusste ich sehr genau, hatten Wikka und Jane Angst.

Das Kruzifix konnte sie vernichten, wenn sie in seine unmittelbare Nähe gerieten.

Ich dachte darüber nach, ob ich es aktivieren sollte. Wenn ich die Formel rief, wurde das Kreuz zu einem Banner, wobei ich damit rechnen konnte, dass es auch den Hexen die Kraft nahm. Allerdings dachte ich wieder an Jane.

Sie stand auf der gegnerischen Seite, war eine Feindin, hatte durch das Töten sogar schwere Schuld auf sich geladen, dennoch brachte ich es nicht fertig, sie zu vernichten. Ich zögerte einfach davor, sie direkt anzugehen. Einen

Grund dafür gab es natürlich. Ich hatte lange Zeit mit ihr sehr eng zusammengearbeitet, wir waren gute Freunde gewesen und hatten manch intime Stunde miteinander verbracht. So etwas verband, da gab es Erinnerungen, die man nicht einfach beiseite schieben konnte.

Schleichende Schritte entfernten sich von mir.

»Später!«, hörte ich Wikkas verwehendes Flüstern. »Später, das andere ist wichtiger …«

Dann wurde es still.

Ich hörte weder etwas von Wikka noch von Jane Collins. Sie ließen mich allein in der Ruine zurück.

Was war denn wichtiger?

Ich konnte nur raten und dachte daran, dass es eigentlich nur eine Lösung gab.

Der Hexenwürger!

Wenn die beiden schon so offen über ihn redeten, trieb er sich wahrscheinlich in der Nähe herum. Vielleicht in der Ruine. Rechnen musste man mit allem.

Ich drückte mich in die Höhe und schaltete meine Lampe an, wobei ich den rechten Arm seitlich von meinem Körper abgestreckt hielt, sodass ich kein direktes Ziel bot.

Der Strahl stach in einen zerstörten Raum hinein, der mit Schutt übersät war und eine Decke hatte, von der sich nur noch etwa die Hälfte dort befand, wo sie hingehörte. Alles andere lag auf dem Boden, war herausgebrochen worden.

Ich schritt vor, stieg über den Schutt, merkte den kühlen Wind, der durch die Decke fuhr, Staub hochwirbelte, und ich sah die Spuren auf dem Boden.

Sie leuchtete ich an.

Das waren deutliche Abdrücke, die von Frauenschuhen stammten. Sehr genau stachen sie ab. Der übrige Staub hatte sie noch nicht wieder zudecken können.

Ich verfolgte die Spuren, gelangte an eine Wand, entdeckte dort das große Loch und schaute hindurch.

Diesmal traf mich der Wind voll, denn ich konnte von dieser Stelle aus direkt ins Freie schauen. Mein Blick flog nach unten und weit über das Moor hinweg, das einen unheimlichen Eindruck auf mich machte. Durch die über der schwarzen Fläche tanzenden Irrlichter wirkte es geisterhaft und gefährlich, und wenn der Wind das brackige Wasser der tückischen Tümpel bewegte, huschte hin und wieder ein Lichtreflex über die Wellenkämme.

Von Wikka und Jane entdeckte ich nichts. Sie konnten dank ihrer Hexenkunst auch einen Turm in dieser Höhe verlassen, ohne dass ihnen etwas passierte.

Ich zog mich wieder zurück. Noch immer hatte ich den Raum nicht besichtigt, in dem das seltsame Licht flackerte. Das wollte ich so rasch wie möglich nachholen.

Da die anderen sowieso von meinem Eindringen erfahren hatten, brauchte ich nicht darauf zu achten, besonders leise zu sein, und konnte mich so normal bewegen, wie es meine Umwelt zuließ.

Bei einem Blick aus dem Fenster war mir aufgefallen, dass ich mich bereits ziemlich hoch befand. Fast schon so weit, wie die Spitzen der anderen Türme reichten.

Lange war ich nicht mehr unterwegs, dann hatte ich das Turmzimmer erreicht, in dem das Licht leuchtete.

Elektrisches Licht konnte es nicht sein, das war mir klar. Ich hatte mit Kerzenschein oder Ähnlichem gerechnet und peilte zunächst einmal vorsichtig um die Ecke der Türöffnung.

Das Kreuz hatte ich jetzt außen vor meine Brust gehängt, die Beretta steckte griffbereit in der Halfter.

Mir fiel auf, dass der Raum leer war. Und völlig ausgebrannt. Es gab auch keine Überreste des Feuers mehr, keine Asche, keine Holzteile. Die Zeit hatte alles vermodern und verrotten lassen. Nur die innen geschwärzten Mauern erinnerten noch an den Brand.

Natürlich fiel mein Blick auch auf die Lichtquelle. Es war weder eine Kerze noch ein anderer brennender Gegenstand, sondern ein – und das überraschte mich wirklich – Stein.

Jawohl, ein seltsamer Stein, der eine ovale Form zeigte und auch relativ dick war, wobei er etwa die Größe einer Hand besaß. Er lag in einer flachen Schale, die den Abschluss eines Ständers bildete. Der wiederum ragte vom Boden hoch.

Der Hexenstein!

Eine andere Möglichkeit gab es für mich einfach nicht. Und ich hatte ihn gefunden.

Tief atmete ich durch.

Von ihm also ging die rätselhafte Magie aus, die uns so große Sorgen bereitet hatte.

Vorsichtig schritt ich näher.

Der Hexenstein war etwas Besonderes. Er leuchtete rotgelb. Wie ein Feuer. Ich sah allerdings auch die seltsamen Einschlüsse innerhalb des Gefüges. Sie hatten andere Farben. Grün und bläulich, manchmal türkis.

Ich konnte mir noch kein klares Bild über den Stein machen, fühlte auch nichts, anders jedoch mein Kreuz.

Schon einmal hatte ich dieses Phänomen erlebt, und jetzt wurde ich wieder damit konfrontiert.

Das Kreuz verlor seine silberne Farbe. Dafür bildete sich ein giftgrüner Schimmer, umzitterte die Konturen, und ich bekam das Gefühl, als wäre das Kreuz auf einmal wertlos geworden.

Der grüne Schein, das seltsame Leuchten – all das wies auf eine uralte, unheimliche Magie hin, die mich bisher immer nur wie ein Hauch berührt hatte.

Der dunkle Gral!

Das geheimnisvolle Land Aibon, eine Welt für sich, vielleicht der Seher!

Mir rann eine Gänsehaut über den Rücken. Die Überraschung war wirklich gelungen. Dass ich hier in dieser alten Ruine auf die Magie des Dunklen Grals stoßen würde, damit hatte ich nicht gerechnet, und mir wurde klar, dass in dem Hexenstein eine ungeheure Macht stecken musste. Beweis dafür war die Zeitverschiebung, dieses Vermischen von Gegenwart und Vergangenheit. So etwas war kaum begreiflich.

Tief atmete ich aus. Gegen Dämonen und Wesen ähnlicher Art würde er sicherlich ankämpfen, aber ich war kein Dämon, deshalb wollte ich versuchen, ihn an mich zu nehmen. Zudem schien mir der Dunkle Gral als Magie nicht gerade feindlich gesonnen zu sein, sonst hätte er längst versucht, mich zu vernichten.

Das war nicht geschehen!

Ich tastete mich Schritt für Schritt vor. Unter meinen Füßen knirschte der Dreck. Je mehr ich mich dem Stein näherte, umso intensiver leuchtete mein Kreuz.

Die beiden Magien standen sich nicht feindlich gegenüber. Die eine beeinflusste die andere nur stärker.

Noch einen Schritt befand ich mich von meinem Ziel entfernt, streckte bereits den Arm aus, um den Stein an mich zu nehmen, als ich hinter mir eine scharfe, flüsternde Stimme vernahm.

»Lass ihn liegen!«

Es war eine Kinderstimme, deren Schreien da über die Straße gehallt war. Suko hatte sich nicht getäuscht. In diesen Momenten konnten ihm sämtliche Hexen in Blackmoor gestohlen bleiben. Für ihn ging es darum, ein Kind zu retten, das sicherlich in die Klauen der Bestien geraten war. Und die würden keine Gnade kennen.

Die Hexen hielten jedes Haus im Ort besetzt. Suko musste raten, wo der Schrei aufgeklungen war. Jedenfalls auf der gegenüberliegenden Seite der Straße, wo nur hinter wenigen Hausfenstern Licht brannte. Die meisten Gebäude lagen im Dunkeln.

»Neiinnn! Ich will nicht. Lasst mich los!«

Suko stoppte mitten im Lauf, als er den erneuten Hilfeschrei des Kindes vernahm.

Jetzt war er sicherer geworden. Scharf wandte er sich nach rechts. In den ersten beiden Häusern, genau vor ihm, musste sich das Drama abspielen. Bei dem betroffenen Haus stand die Eingangstür offen, entsprechend laut war der Schrei zu hören.

Mit einem gewaltigen Fußtritt stieß er die Tür ganz auf. Sie flog gegen die Wand, wieder zurück, aber da war Suko bereits in den kleinen Flur gehuscht und schaute sich um.

Es war ein älteres Gebäude. Unten befand sich nur die

große Küche, wie er mit einem sicheren Blick feststellen konnte. Das Weinen aber erklang auf der ersten Etage.

Der Inspektor jagte die Stufen der engen Treppe hoch. Seine Sohlen hinterließen bei jedem Schritt dumpfe Geräusche auf dem Bohlenholz. Er fand sich auf einem schmalen Podest wieder und vernahm eine schrille Stimme.

»Hexenkind, Hexenkind! Wir werden dich zu einem Hexenkind machen!«, schrillte die Stimme.

Suko wirbelte herum, sprang in einen schmalen, schrägen Raum hinein und sagte: »Das glaube ich kaum!«

Zwei alte, widerliche Hexenweiber fuhren herum. Sie hatten neben einem Bett gestanden, auf dem ein etwa fünfjähriges Mädchen mit verweinten Augen und wachsbleichem Gesicht lag. Die Arme hielt es ausgestreckt.

Es war eine hilflose Geste, die Suko rührte. Gleichzeitig wuchs sein Zorn auf die dämonischen Weiber.

»Weg da!«, peitschte seine Stimme.

Sie kümmerten sich nicht darum. Kichernd näherten sie sich dem Inspektor von zwei Seiten. »Du kommst auch dran!«, flüsterte die Rechte. »Wir werden dich ebenfalls verhexen, du wirst keine Chance haben, Fremder. Überhaupt keine …«

Suko feuerte.

»Uaahhh!« So hörte sich der überraschte Todesschrei der Hexe an, als die Kugel sie tötete. Aus dem Körper wurde eine grüne Wolke, die sich stinkend ausbreitete.

Die zweite Hexe merkte rasch, dass ihr hier jemand gegenüberstand, dem sie nicht das Wasser reichen konnte. Deshalb wollte sie sich an Suko vorbeidrücken und aus dem Zimmer fliehen.

Der Chinese ließ sie bis auf seine Höhe kommen. Dann schlug er mit der Peitsche zu.

Drei Riemen trafen.

Die Hexe erhielt einen Schlag, der sie nicht nur durchschüttelte, sondern auch aus dem Zimmer in den Flur hineinschleuderte, wo sie zusammenbrach und sich um die eigene Achse rollte.

Schon jetzt befand sie sich in der Auflösung. Ihr

Heulen verstummte schnell, und Suko kümmerte sich nicht weiter um sie, sondern um das kleine Mädchen.

Es hatte braunes Haar. Große Augen schauten den Chinesen ängstlich an.

Neben dem Bett kniete Suko nieder. »Du brauchst keine Angst zu haben, Kleine, ich bin jetzt bei dir.«

»Ich habe aber Angst.«

Mit dem angewinkelten Zeigefinger wischte ihr Suko die Tränen von der Wange. »Nein, mein Schatz, wirklich nicht. Dir tut jetzt niemand mehr etwas.«

»Woher kommst du?«, fragte sie. »Du gehörst nicht ins Dorf.«

»Nein, ich bin von weit her gekommen.«

»Aber du siehst so komisch aus.«

»Das kommt dir nur so vor.«

»Deine Augen sind anders.«

Da lachte Suko. »Klar, mein Schatz. Nicht jeder kann so schöne Augen haben wie du. Wie heißt du eigentlich?«

»Susan.«

»Und wo sind deine Eltern?«

»Tot.«

Suko schluckte. »Wohnst du allein hier?«

»Bei meinen Großeltern.«

Ein wenig erinnerte den Inspektor die Szene an die aus Darkwater, wo er in einem magisch verseuchten Ort ein kleines Mädchen gefunden hatte, das hinterher ein Verbindungsglied zu der geheimnisvollen und gefährlichen Leichenstadt gewesen war, wo die Gräber der Großen Alten lagen. Daran wollte Suko jetzt nicht denken. Er zog Susan hoch und fragte: »Kannst du laufen?«

»Klar. Ich bin schon groß.«

»Oh, entschuldige.«

Susan trug ein blaues Kleid, Söckchen und Schuhe. Sie legte den Kopf in den Nacken und schaute Suko ins Gesicht. »Wie heißt du eigentlich, Mister?«

»Nenn mich Suko.«

»Das ist aber ein komischer Name.«

Suko nahm die Hand der Kleinen. »Wieso? Gefällt er dir nicht?«

Susan nickte eifrig. »Das schon, klar, aber ich habe ihn noch nie vorher gehört. Nennt man bei euch zu Hause die Jungen so?«

»Manchmal.«

Inzwischen hatten Suko und Susan das Zimmer verlassen, befanden sich im Flur und standen am Rand der Treppe. Während Suko noch lauschte, schaute das Kind auf die Überreste der Hexe.

Ein paar Kleidungsfetzen lagen auf den Bohlen, mehr nicht ...

Suko drückte den Kopf des Mädchens herum, sodass es nach vorn und nicht zurückschaute. »Komm jetzt, Susan, wir wollen nach draußen gehen!«

Sie nickte. »Sind noch mehr von diesen Hexen da?«

»Leider.«

»Hast du keine Angst?«

Suko lächelte. »Ich habe Angst.«

»Toll, dass du so etwas sagst.«

Sie schritten gemeinsam die Stufen hinab, und Suko fühlte Susans kleine Hand in der seinen.

Wenig später standen sie auf der Straße. Schon im Haus hatte der Inspektor das Schreien der Hexen vernommen. Sie waren wie wild, reagierten wie aufgedreht, heulten, jaulten und flogen, eingehüllt in kometenartige Streifen, durch die Luft.

Suko drückte Susan gegen die Hauswand, als zwei kreischende Furien in Kopfhöhe über die Straße huschten und schließlich auf einem Hausdach zur Ruhe kamen.

Etwas hatte sie aufgeschreckt. Allerdings wusste der Chinese nicht, was es gewesen war. Dabei brauchte er nicht lange zu raten, denn als er einen Blick nach rechts warf, sah er die Bewohner von Blackmoor.

In einer langen Reihe schritten sie die Straße hinunter. Manche marschierten zu dritt nebeneinander, andere wiederum zu zweit, die meisten Männer waren bewaffnet. Sie ließen Frau und Kinder in der Mitte gehen, wobei sie sie mit den Gewehren oder Schlagwaffen zu schützen versuchten. Ob sie damit etwas gegen die Hexen ausrichten konnten, war fraglich. Suko konnte es nicht glauben.

»Da sind auch meine Großeltern bei«, sagte Susan mit leiser Stimme und löste ihre Hand. Sie rannte weg. Der Inspektor hatte sie rasch wieder eingeholt und hielt sie fest.

»Ich will aber …«

»Klar, Susan, da gehen wir jetzt gemeinsam hin«, beruhigte sie der Chinese.

Auch sie waren entdeckt worden. Zwei Männer an der Spitze lösten sich von den anderen und rannten auf Suko und das Mädchen zu. Die beiden waren mit Gewehren bewaffnet. Suko erkannte den rothaarigen Rodney wieder, dessen Gesicht einen verzerrten Ausdruck angenommen hatte.

»Wenn du das Kind nicht loslässt, pumpe ich dir den Balg mit Blei voll!« Er war stehen geblieben und zielte auf den Inspektor.

Suko hob einen Arm. »Augenblick«, sagte er. »Ich will das Kind nicht entführen, ich …«

»Er hat mich gerettet, Rod!«

Der Rothaarige zuckte zusammen. Sein Blick wurde unsicher, und er wusste nicht, was er erwidern sollte.

Suko nickte. »Es stimmt tatsächlich, was Susan gesagt hat. Zwei Hexen konnte ich erledigen …«

»Susan!« Ein Schrei gellte plötzlich über die Straße. »Mein Gott, Susan!«

Der Inspektor hob den Blick. Ein älterer Mann lief auf sie zu und winkte mit beiden Armen.

»Großvater!«, schrie das Mädchen. Jetzt war es nicht mehr zu halten und warf sich in die Arme des Mannes.

»Hat er dir nichts getan?«, fragte der Alte und streichelte ihr Haar. »Hat er dir nichts getan?«

»Nein, Großvater, er …«

Suko schüttelte den Kopf, bevor er zu Rodney gewandt sagte: »Wann begreifen Sie endlich, dass mein Freund und ich auf Ihrer Seite stehen und wir nur hier sind, um die Hexen zu vernichten? Geht das in Ihren Schädel nicht rein?«

»Halt dein Maul, Mensch!«

Jetzt traten auch die anderen näher. Suko sah sich von

mehreren Gewehrmündungen bedroht, kümmerte sich allerdings nicht darum. Die Hexen waren für ihn wichtiger.

Sie beobachteten nur. Hinter den Fenstern hockten die Gestalten und schauten aus gierigen Augen auf die Menschen.

Auch von den Dächern blickten sie herab.

Die Falle war so aufgebaut, dass ihr kein Mensch mehr entrinnen konnte. Selbst am Ende der Straße standen die Hexen und hielten Wache.

Die würden keinen mehr rauslassen.

Für Suko war jetzt wichtig, dass er mit den Dorfbewohnern gemeinsam arbeitete. Sie mussten sich zusammentun und nicht gegeneinander kämpfen.

Der Inspektor hoffte, dass diese Dickschädel die alten Vorurteile endlich über Bord werfen würden.

Und auf den Hexenwürger Mason Cordtland konnten sie sich nicht verlassen. Der hatte sich bisher nicht blicken lassen, befand sich wahrscheinlich noch in der Ruine und war dort mit John Sinclair zusammengetroffen.

Die kleine Susan hatte schnell geredet. Ihre Stimme war laut gewesen, fast alle hatten die Worte vernommen. Suko bemerkte, wie sich die angespannten Gesichter allmählich entzerrten.

Die Bewohner von Blackmoor hatten sich wieder beruhigt. Auch Rodney, der Hitzkopf, senkte den Waffenlauf.

»Das wurde auch Zeit«, sagte Suko. Ohne weiter auf den Rothaarigen zu achten, begab er sich zu den anderen und baute sich neben Susan und ihrem Großvater auf.

»Darf ich jetzt einmal für wenige Minuten um Gehör bitten?«, fragte er laut und deutlich.

Die Stimmen verstummten. Suko sah die erwartungsvollen Blicke der Menschen auf sich gerichtet, holte noch einmal tief Luft und begann mit seinem Bericht. Er erzählte von dem, was er bisher erfahren hatte. Er machte den Menschen klar, dass alle zusammen in einer verdammten Falle steckten und ihnen auch ein Hexenwürger nicht mehr helfen konnte. Jetzt nicht mehr.

»Aber was sollen wir denn machen?!«, schrie eine Frau mit verzweifelter Stimme.

»Vor allen Dingen nicht in Panik geraten«, sagte Suko ruhig.

»Das sind wir schon.«

»Wir hätten die Kreuze nicht wegwerfen sollen«, sagte ein anderer und erntete ein bestätigendes Nicken.

»Es ist nicht zu ändern«, meinte Suko. »Auch auf der Kirche befindet sich kein Kreuz mehr. Die Hexen haben es abgerissen. Aber«, so fuhr er fort, »die Kirche ist noch immer der sicherste Platz, an dem wir uns aufhalten können.«

»Ja, das stimmt.«

Alle anderen nickten ebenfalls.

»Gibt es dort noch geweihte Dinge?«, wollte Suko wissen.

»Das müsste es …«

Der Inspektor wunderte sich und schaute in die Runde. »Ist denn kein Pfarrer hier?«

»Nein, der befindet sich bei Verwandten.«

Suko lachte auf, als er die Antwort vernahm. »Sehr gut haben sich die Hexen den Zeitpunkt ausgesucht, wirklich.«

»Wir kommen trotzdem rein!«, sagte Rodney.

»Sicher.«

»Aber weshalb greifen die verfluchten Hexen nicht an?«, rief ein älterer Mann und schaute Suko so scharf an, als wollte er ihm schon vorher die Antwort von den Lippen ablesen.

»Weil sie noch auf ihre Anführerin warten. Das ist Wikka, die Oberhexe. Wenn die erst im Dorf ist, gibt es keinen Pardon mehr. Niemand weiß, wann sie kommt, deshalb müssen wir uns so beeilen, damit wir vor ihrem Erscheinen in der Kirche sind.«

Das sah jeder ein. Suko erntete keinen Widerspruch, und Rodney übernahm die Führung.

Suko hatte gesehen, wie das Kreuz von der Kirche gefallen war. Er wusste ungefähr, wo das Gotteshaus lag, und sie gingen jetzt den kürzesten Weg. Die Menschen stampften durch Gärten und kletterten über Zäune, das war ihnen egal, sie wollten nur so rasch wie möglich den Schlupfwinkel erreichen.

Die Hexen begleiteten sie.

Diese dämonischen Furien blieben stets an ihrer Seite. Außerdem hockten sie auch nahe der Kirche. Zwei saßen in den Astgabeln eines Baumes und lachten schrill, während grüner Qualm aus ihren offenen Mäulern drang.

Suko hatte seine Blicke überall. Er schritt an der Spitze, schaute nach vorn, nach links und rechts. Er sah jede Hexe und auch die beiden im Geäst der alten Ulme.

Bisher war alles glatt verlaufen. Die Menschen hatten sich gut unter Kontrolle, dennoch wunderte sich Suko, dass es noch keine Zwischenfälle gegeben hatte. Er konnte an den Gesichtern und Haltungen der Dorfbewohner erkennen, wie sehr sie unter Druck standen, und irgendwie musste sich dieser Stress einmal Luft verschaffen.

Bei Rodney fing es an.

Dass er stehen geblieben war, merkte Suko erst, als er an ihm vorbeigelaufen war. Der Chinese hatte sofort eine böse Ahnung, drehte sich um und sah noch, wie der Rothaarige sein Gewehr hochriss und auf die Hexen in der Ulme zielte.

»Verdammtes Pack!«, brüllte Rodney. In seine laute Stimme hinein krachte der Schuss.

Dass Rodney nicht nur schießen, sondern auch treffen konnte, sahen Suko und die anderen im nächsten Moment. Das Geschoss traf die Hexe in die Brust. Die Wucht des Treffers trieb sie aus dem Geäst des Baumes, und sie fiel nach unten, wo sie zu Boden klatschte.

»So ergeht es euch allen. So …« Rodney verstummte, denn die Hexe stand auf.

»Du Narr!«, schrie sie. »Du …«

Da feuerte Suko.

Er traf sie sicher. Ein stinkender Qualmschwaden war alles, was von ihr übrig blieb. Doch die eigentliche Gefahr drohte von der zweiten, noch auf dem Baum sitzenden Hexe.

Die griff Rodney an.

Sie schrie eine Zauberformel, die niemand verstand, doch Rodney bekam das Grauen zu spüren. Einen winzigen Moment später puffte etwas vor seinem Gesicht auf, und er spürte die Zähne und Krallen einer Ratte, die sich bei ihm festgebissen hatte.

Rodney schrie wie ein Wahnsinniger und taumelte zurück. Das Gewehr ließ er fallen und versuchte mit beiden Händen, die Ratte von seinem Gesicht zu reißen.

Es gelang ihm nicht.

In seinem Schrei ging das Klatschen der Dämonenpeitsche unter. Suko hatte zugeschlagen. Er war dabei in die Höhe gesprungen, und die Riemen der Peitsche klatschten gegen die Beine der auf dem Baum hockenden Hexe.

Schreiend und mit ausgebreiteten Armen fiel sie nach unten. Vor Sukos Füßen blieb sie liegen und starb einen qualvollen Dämonentod.

Sofort kreiselte der Inspektor herum, um nach dem rothaarigen Mann zu sehen.

Er lag am Boden. Die Ratte gab es nicht mehr. Sie hatte sich ebenfalls aufgelöst.

Neben Rodney kniete Suko nieder, während die anderen einen Kreis um die beiden bildeten.

Den Mann hatte es schwer erwischt. Er blutete stark und stöhnte vor Schmerzen.

»Reißen Sie sich zusammmen!«, fuhr ihn Suko an. »Sie haben Mist gebaut und müssen dafür büßen.« Er drehte den Kopf. »Trägt einer zufällig einen Verbandskasten bei sich?«

Kopfschütteln.

»Vielleicht in der Sakristei der Kirche«, sagte Rodneys Vater mit zitternder Stimme.

»Gut, sehen wir nach.« Suko wies zwei kräftige Männer an, den Verletzten in das Gotteshaus zu tragen.

Wenig später entdeckten sie das Kreuz, das vom Dach der Kirche gefallen war. Es war auf dem weichen Boden gelandet und tief eingesackt. Dabei stand es schräg.

Einer hatte das große Portal schon geöffnet. Nacheinander drängten die Menschen schutzsuchend in das Gotteshaus.

Suko blieb noch stehen. Er wartete ab, bis alle drinnen waren.

In seinem Gesicht regte sich kein Muskel. Sein besorgter Blick jedoch sprach Bände!

Ich hatte die Stimme noch nie gehört, war allerdings sicher, den Hexenwürger in meinem Rücken zu wissen.

Kein gutes Gefühl, obwohl es in meiner Hand zuckte und ich den Stein liebend gern an mich genommen hätte.

Nein, es war besser, wenn ich gehorchte, obwohl es mir verdammt schwer fiel. Dieser Stein hätte mir sicherlich auf seine Art und Weise etwas über Aibon oder den Seher berichten können, doch ich wusste nicht, welche Tricks der hinter mir Stehende noch in der Hinterhand hielt.

Langsam, sehr langsam drehte ich mich. Ich wollte ihm zeigen, dass ich keinen Grund sah, ihn anzugreifen.

Dann starrten wir uns an.

Der Stein gab genügend Licht ab, sodass wir uns gegenseitig mustern konnten.

Ich hatte ihn schon einmal gesehen, er mich sicherlich nicht. Und er sah genauso wie auf dem seltsamen Film aus, den Dr. Barrows mir vorgeführt hatte.

»Mason Cordtland, der Hexenwürger?«, fragte ich trotzdem.

»Sehr richtig.«

»Ich bin John Sinclair.«

»Kenne ich nicht.«

»Ich lebe auch in dieser Zeit. Man nennt mich den Geisterjäger. Ich jage Dämonen. Unter anderem auch Hexen.«

Er hörte meine Worte und schwieg zunächst einmal, sodass ich Zeit und Muße hatte, ihn zu betrachten.

Er trug die gleiche Kleidung wie auf dem Film. Einen langen Mantel mit Schulterüberwurf. Sein Haar war fahlblond, das Gesicht sehr hart und hölzern geschnitten, und er hielt eine Waffe in der Hand, die Sukos Peitsche ähnelte. Auch sie hatte einen relativ kurzen Griff, und die drei geflochtenen Schnüre, die daran befestigt waren, schimmerten silberfarben.

Für mich eigentlich ein Beweis, dass ich es nicht mit einem Schwarzblüter zu tun hatte.

»Du jagst Hexen?«, fragte er mich und verzog die Mundwinkel. »Ich würde es nicht raten, denn es ist meine Sache. Ich bin der Hexenwürger und werde sie vernichten.«

»Weshalb hast du das nicht in der Vergangenheit getan?«

»Da war ich nicht stark genug.«

»Heute denn?«

»Ja, ich habe lange genug im Moor gelegen und Kräfte sammeln können. Denn ich wartete darauf, dass der Stein wieder erschien und die Menschen in meinem Sinne beeinflusste. Das hat er getan, denn sie haben mich aus dem Sumpf geholt.«

Seine Angaben stimmten. Daran gab es nichts zu rütteln. »Welche Bewandtnis hat es mit dem Stein?«, wollte ich wissen. »Woher stammt er, wo ist seine Heimat?«

Da streckte der Hexenwürger seinen freien Arm aus. »Er ist geheimnisvoll und alt.«

»Das kann ich mir denken. Stammt er vielleicht aus dem Lande Aibon?«

Genau mit dieser Frage hatte ich ins Schwarze getroffen. Das hölzern wirkende Gesicht des Hexenwürgers zeigte so etwas wie Regung. »Du kennst das Land?«

»Ja, ich habe davon gehört.«

Der Hexenwürger nickte. »Aber hier ist nicht Aibon«, sagte er, »und der Stein ist trotzdem da.«

»Du wirst ihn geholt haben.«

»Nein, das habe ich nicht. Ein anderer hat ihn für mich besorgt, denn ich gab ihm den Auftrag.«

»War es Bing Cordtland?«

»Ja, er war es.«

»Ich hatte es mir schon gedacht. Du hast Bing Cordtland beeinflusst. Und der Stein verschiebt die Zeiten. Ist es nicht so?«

»Richtig, Geisterjäger.«

»Macht er dich denn unbesiegbar?«

Der Hexenwürger schaute zuerst mich an und blickte danach auf seine Peitsche. »Ich hoffe es zumindest. Wenn ich ihn habe, kann ich dort anfangen, wo ich vor langer Zeit aufhörte. Als das Schloss brannte, musste ich fliehen. Der Sumpf hat mich geschluckt, die Burg brannte aus, und die Menschen, die in ihr wohnten, flohen ebenfalls ins Moor. Viele Hexen waren darunter. Einige von ihnen haben sich nicht mehr rechtzeitig genug verwandeln können. Sie flohen in ihrer menschlichen Gestalt. Der Sumpf fraß sie ebenso wie mich, aber ich weiß, dass sie nicht tot sind. Sie werden zurückkehren, die Moorleichen der lebenden Hexen warten auf Rache. Und sie tun sich mit denen zusammen, die im Dorf bereits warten, sodass sie eine unschlagbare Armee bilden.«

»Muss ich damit rechnen, dass sie aus dem Moor steigen und als lebende Tote umherspuken?«

»Ja, das musst du, Geisterjäger!«

»Wann?«

»Vielleicht schon in dieser Nacht. Alle Zeichen deuten darauf hin. Aber dies wird auch die Nacht der Rache und der Vergeltung. Meine Rache. Ich räume fürchterlich unter den Hexen auf, darauf kannst du dich verlassen. Nicht umsonst habe ich so lange warten müssen.«

»Traust du dir zu, es mit allen Hexen aufzunehmen?«, erkundigte ich mich spöttisch.

»Wäre ich sonst zurückgekehrt?«

»Sicher, aber da ist noch jemand, der dir gefährlich werden könnte. Eine sehr starke Hexe. Sie ist die Königin, und sie hört auf den Namen Wikka. Du wirst sie kennen, denn als der Stein die Zeiten durcheinanderbrachte, erlebte ich mit, wie das Schloss brannte. Da habe ich dich sowie Wikka in der Vergangenheit gesehen. Ich sah euch aus dem Schloss in das Moor flüchten. Und Wikka lauerte nur darauf, dir den Garaus zu machen. Sie will dich ebenso vernichten wie du sie. Ich weiß nicht, wer in diesem Kampf Sieger bleiben wird.«

Der Hexenwürger lachte. »Ich natürlich. Meiner

Peitsche entgeht niemand. Zudem werde ich den Stein an mich nehmen, denn er sorgt für die Vernichtung von Wikka und ihren Helfershelfern.«

Trotz seiner großen Worte zweifelte ich an ihm. Er war ein Hexenjäger, jemand, der in der Vergangenheit gnadenlos Menschen getötet hatte. Dabei hatte es ihn nicht gekümmert, ob sie schuldig oder unschuldig waren. Sobald eine Frau oder ein Mädchen denunziert wurden, hatte er sich der Person ›angenommen‹.

Und mir fiel noch etwas ein. Ich dachte an die Bewohner aus Blackmoor. Sie waren zum Sumpf gegangen und hatten den Hexenwürger aus dem zähen Schlamm geholt. Doch er hatte ihnen befohlen, die christlichen Symbole in den Sumpf zu werfen. Er konnte also nicht auf meiner Seite stehen, wenigstens nicht so, wie ich es haben wollte.

»Wikka wartet schon auf dich«, fuhr ich fort. »Sie befand sich hier in der Burg, ich habe sie gesehen, und sie ist nicht ohne Verstärkung gekommen. Ihre beste Schülerin befindet sich bei ihr. Jane Collins. Du wirst auch gegen sie kämpfen müssen.«

»Ich fürchte mich vor keiner Hexe!« Er trat noch einen Schritt näher. »Und jetzt will ich den Stein.«

Sollte ich ihm den Hexenstein überlassen? Ich wusste es noch immer nicht.

»Geh weg!«, zischte er.

Blitzschnell entschloss ich mich.

»Nein!«, sagte ich mit harter Stimme. »Ich werde den Stein an mich nehmen!«

Zuerst wollte er es nicht glauben. Sein Gesicht verzog sich ungläubig. So etwas wie ein Lächeln breitete sich auf seinen Lippen aus.

»Das hast du doch nicht im Ernst gemeint?«

»Sicher ist es mir ernst.«

»Dann werden wir um den Stein kämpfen, und ich werde dich töten!«, erwiderte er.

Das Moor lag still, das Moor lag ruhig!

Nichts regte sich. Doch die Ruhe und Stille waren trügerisch. Die Schwärze der Fläche verbarg die unheimlichen Dinge, die noch tief in ihr ruhten.

Wäre die Oberfläche zu einem Spiegel geworden und hätte man hindurchschauen können, wäre dem Betrachter das Grauen aufgefallen. Denn tief im Sumpf lauerte nicht nur etwas, da bewegte sich auch was.

Es waren die Hexen, die vor langer Zeit, als die Burg in Flammen stand, in den Sumpf geflüchtet und von ihm gefressen worden waren.

Auf der Lauer hatten sie gelegen und gewartet, bis die Zeit reif war. Nun brach ihre Stunde an.

Die Moorgräber öffneten sich …

Irgendwann hatte sie ihr gewohntes Leben einfach satt. Da wollte sie aussteigen und dem verdammten Alltag entfliehen. Keinen Stress mehr im Büro, keinen Ärger, keine Hetze, keine neidischen Kolleginnen, die sie trotzdem mit falscher Freundlichkeit überhäuften, und nicht mehr das ewige Lächeln auf dem Gesicht, das eben zu einer Chefsekretärin gehörte.

Lydia Barrows machte Schluss.

Knall auf Fall sprach sie die Kündigung aus. Damit überraschte sie alle in der Firma. Man versuchte mit Engelsgeduld, sie zu überreden, doch Lydia hatte die Nase voll. Sie wollte einfach nicht mehr. Vielleicht später mal, aber in den folgenden zwei Jahren sah sie sich schon als Aussteigerin.

Irgendwie imponierte es ihr, wie ihr Onkel, der bekannte Wissenschaftler, es geschafft hatte, seinen Uni-Schreibtisch zu umgehen. Er konzentrierte sich nur noch auf die Natur, fuhr wochenlang in die Einsamkeit und führte dort seine Beobachtungen durch.

Ihm wollte sich Lydia anschließen.

Seit dem Tod ihrer Eltern hatte sie eigentlich nur mit dem Onkel Verbindung gehabt. Es war der einzige Verwandte, der ihr überhaupt nahe stand, und die beiden kamen auch prächtig miteinander aus, obwohl sie sich so wenig sahen. Lydia interessierte sich für die Arbeit ihres Onkels. Sie schrieben sich lange Briefe. Vor allen Dingen Dr. Barrows berichtete von seinen großen Erfolgen und auch langwierigen Beobachtungen in den englischen Moor- und Sumpfgegenden.

Aus diesem Grunde war Lydia immer darüber informiert, wo sich der Ornithologe aufhielt.

Sie hatte in ihren Briefen die Absicht einer Kündigung des Öfteren anklingen lassen und eigentlich nie ein negatives Urteil gehört. Im Gegenteil, Dr. Barrows hatte ihr oft genug geraten, die Brocken hinzuschmeißen und ein Aussteigerleben zu führen.

Gerade dieser Rat hatte dazu beigetragen, dass Lydia in ihrem Entschluss gefestigt wurde. Allerdings hatte sie ihrem Onkel nichts davon gesagt, als es wirklich soweit war. Sie wollte ihn überraschen.

Aus dem letzten Brief wusste sie, dass sich Dr. Barrows die nächsten Wochen in Mittelengland aufhalten wollte. Dort existierte das Blackmoor. Eine unheimliche Gegend, aber ein Paradies für Vögel. Und manche von ihnen waren inzwischen sehr selten, dafür hatte der Mensch mit seiner Umweltverschmutzung gesorgt.

Ihr Onkel würde sicherlich nichts dagegen haben, wenn sie ein paar Tage bei ihm blieb und ihn unterstützte. Er hatte sich immer gefreut, wenn er seine Nichte sah, und er würde sich auch freuen, wenn sie so plötzlich vor ihm stand, das war sicher.

Deshalb hatte sie ihn auch nicht benachrichtigt und war einfach losgefahren.

Ihren Austin Allegro hatte sie verkauft und sich einen Geländewagen zugelegt. Es war ein Daihatsu Wildcat, ein kleiner Japaner mit Planenverdeck. Als Sonderanfertigung waren zwei feste Türen eingebaut worden; diesen Aufschlag hatte sie gern bezahlt. Und sie kam auch sehr gut mit dem Wagen zurecht.

Auf den Straßen waren ihr die normalen Fahrzeuge natürlich überlegen, aber in der Sumpf- und Moorgegend würde der Wildcat seine Qualitäten schon beweisen.

Sie lebte nicht in London, sondern in Manchester und hatte von dieser Stadt aus keinen sehr weiten Weg, um ihr Ziel zu erreichen.

Sehr oft huschte ein Lächeln über ihr Gesicht, wenn sie daran dachte, wie ihr Onkel wohl staunen würde. Bestimmt kriegte er den Mund nicht mehr zu, denn wer fuhr schon freiwillig in eine Sumpfgegend, in der es keinen Komfort gab?

Die fünfundzwanzigjährige Lydia Barrows hatte sich mit Lebensmitteln eingedeckt, sodass sie in den ersten Tagen bestimmt nicht zu hungern brauchte. Später wollte sie dann in der nächsten größeren Ortschaft etwas kaufen, denn in Blackmoor selbst sollten Hund und Katze begraben sein, wie ihr Onkel schrieb.

Eine sehr gute Karte hatte sie sich ebenfalls gekauft. Sie lag neben ihr auf dem Beifahrersitz. Hin und wieder hielt Lydia an und warf einen Blick darauf. Mit Befriedigung stellte sie jedesmal fest, dass sie sich nicht verfahren hatte, und die Hoffnung, ihren Zielort sicher zu erreichen, wuchs.

Es war eine Landschaft, die ihren besonderen Reiz hatte. Melancholie ausströmend und gleichzeitig in voller Blüte stehend, denn der Frühling ging auch an den Sümpfen und Mooren nicht vorbei.

Noch fuhr sie durch kultiviertes Gelände, sah Bauernhöfe, Weiden, Felder und Menschen, die auf ihrem Land arbeiteten. Ein wenig vorwurfsvoll dachte sie daran, dass sie ihren Onkel nicht vorher informiert hatte. Das hätte sie wohl doch besser tun sollen, denn sie wusste nie, womit er gerade beschäftigt war. Zudem hoffte sie, dass er sich nicht schon nach London abgesetzt hatte, um seine Forschungen auszuwerten. Das schlechte Gewissen nagte in ihr, und es wurde immer stärker, während sie weiter der dunkelrot untergehenden Sonne entgegenfuhr. Es war einer der prachtvollsten Sonnenuntergänge, die Lydia je erlebt hatte.

Dieses Naturschauspiel lenkte sie von den eigentlichen Problemen ab. Sie konnte ihren Blick nicht mehr vom Himmel lösen, zudem hatte sie das Gefühl, genau hineinzufahren.

Lydia Barrows hatte zwar alles gut berechnet, dennoch nicht gut genug. Die Zeit rann ihr nämlich unter den Fingern weg. Sie hatte vorgehabt, ihr Ziel noch vor der einbrechenden Dunkelheit zu erreichen, aber das war nicht mehr möglich. Wenn sie in Blackmoor eintraf und sich auf die Suche nach ihrem Onkel machte, würde es längst dunkel sein.

Lydia war ein hübsches Mädchen. Das braune Haar hatte sie von ihrer Mutter geerbt. Ihr Gesicht zeigte einen weichen Zug. Die Lippen waren voll und reif, und ihre Augen blickten stets hellwach. Dieser jungen Frau konnte man so leicht kein X für ein U vormachen.

Zudem verspürte sie Hunger. Zwar hatte sie Lebensmittel mitgenommen, doch sie wollte die Konserven nicht öffnen, solange sie noch auf anderem Wege etwas in den Magen bekommen konnte. Dabei dachte sie an einen Gasthof, wo sie anhalten konnte, um eine kurze Pause einzulegen. Die bei der letzten Tankstelle hatte ihr nicht gereicht. Die lange Strecke mit dem ungewohnten Wagen zu fahren war doch anstrengend gewesen.

Als sie in den nächsten Ort einfuhr, senkte sie die Geschwindigkeit. Ihre Blicke glitten rechts und links der Straße an den Fassaden der kleinen Häuser entlang, und sie sah auch bald ein Schild, das auf ein Gasthaus hinwies. Die letzten Strahlen der untergehenden Sonne fielen auf das neben einem Fenster hängende Oval, doch Lydia konnte den Namen darauf nicht erkennen.

Sie hielt trotzdem.

Als sie ausstieg, blieben einige junge Männer stehen und nickten bewundernd. Lydia trug eine ziemlich enge Hose, die ihre Figur genau nachzeichnete. Die Bluse war lang und weiß. Sie hatte einen weit geschwungenen Schalkragen. Darüber hatte sie eine grüne Jacke gestreift, die zwei gelbe Querstreifen in Schulterhöhe aufwies.

Lydia gehörte zu den Frauen, die auch allein in Gaststätten gingen. Das war noch immer ein wenig verpönt. Eine alleinstehende Frau ging nicht in ein Lokal, vor allen Dingen nicht in den kleinen Orten, wo die alten Gebräuche noch fest verwurzelt waren.

Als sie die Tür aufstieß und eintrat, drehten sich ihr prompt zahlreiche Köpfe zu, und in die Blicke der männlichen Gäste trat eine gewisse Überraschung. Einige Dorfbewohner hatten sich versammelt, um einen Feierabendschluck zu nehmen. Sie waren fast konsterniert, als sie die Frau sahen, die ihnen einen fröhlichen guten Abend wünschte.

Selbst der Wirt erwiderte den Gruß nicht. Wie die anderen schaute auch er sprachlos zu, wie sich Lydia einen Tisch am Fenster aussuchte und dort Platz nahm.

Durch die Scheibe fiel ein Restlicht der versinkenden Sonne und malte einen breiten Streifen auf den runden Tisch.

»He, bedien die Lady mal«, sagte ein Mann an der Theke und nickte Lydia grinsend zu. Er sah aus wie der große Dorf-Casanova, doch die junge Frau nahm ihn überhaupt nicht zur Kenntnis.

Sie bestellte sich ein Ale und etwas zu essen. Schinken, Eier, dazu Kartoffeln, das hatte der Wirt anzubieten. Lange brauchte sie nicht zu warten. Das Gericht dampfte noch in der Pfanne. Sie erhielt einen großen Teller und begann zu essen. Hin und wieder trank sie von dem dunklen Bier. Die Gäste hatten sich inzwischen an die Anwesenheit der Frau gewöhnt und gingen ihrem üblichen Dorfklatsch nach.

Lydia aß ziemlich schnell. Sie schaffte die Portion aber nicht. Als sie den Teller zur Seite schob, trat der Wirt an ihren Tisch. Er wollte wissen, ob es nicht geschmeckt habe.

»Doch, doch, aber es war zu viel.«

»Sie kommen aus der Stadt, nicht?«

»Sieht man das?«

»Klar, Miss. Das merkt man auch. Hier essen die Leute größere Portionen. Muss wohl irgendwie mit der Arbeit zusammenhängen.«

»Kann sein«, erwiderte Lydia und schaute zu, wie der Wirt den Teller und die Pfanne hochnahm. »Eine Frage hätte ich noch. Sagen Sie mal, ist es eigentlich weit bis Blackmoor?«

Fast wäre dem Mann das Geschirr vom Unterarm gerutscht. »Wie?«, fragte er, »Sie wollen nach Blackmoor?«

»Ja. Ist das so ungewöhnlich?«

»Und wie, Miss. Blackmoor liegt doch am Ende der Welt. Wir hier sind sozusagen die letzte Bastion der Zivilisation. Dahinter ist nur Sumpf. Alles verdammt menschenfeindlich.«

»Aber nicht ohne Reiz.«

»Das sagen Sie.«

»Ich werde es mir auf jeden Fall ansehen.«

Der Wirt legte seine breite Stirn in Falten. »Sie werden es vor der Dunkelheit nicht mehr schaffen, Miss. Ich weiß nicht, ob sie schon im Finstern durch ein Moor gefahren sind. Ein Vergnügen ist das nicht, kann ich Ihnen sagen.«

»Da gibt es doch eine Straße!«, warf Lydia ein.

»Klar gibt es die. Das heißt, Straße können Sie dazu nicht sagen. Ist mehr ein matschiger Feldweg.« Er schaute zur Tür hin. »Was haben Sie überhaupt für einen Wagen?«

»Einen Wildcat.«

»Kenne ich nicht.«

»Ist ein Geländewagen!«, rief jemand von der Theke her, denn dort hörten die Männer den Dialog der beiden mit.

»Na ja«, sagte der Wirt, »damit kommen Sie vielleicht durch. Bleibt immer noch die Finsternis.«

Lydia lächelte. »Das Auto hat Scheinwerfer.«

»Die nutzen Ihnen nicht viel. Übernachten Sie lieber hier, und fahren Sie erst morgen nach Blackmoor. Das ist sicherlich besser.«

»Danke für den Rat, aber ich werde mich schon zurechtfinden. Die fünfzehn Meilen packe ich noch.«

»Wie Sie wollen, Miss. Sagen Sie hinterher nur nicht, dass ich Sie nicht gewarnt hätte.«

»Wie viel habe ich zu zahlen?«

Der Wirt nannte den Betrag.

Lydia Barrows legte noch ein Trinkgeld hinzu. »Für Ihre Warnungen, Mister.«

»Oh, das wäre aber nicht nötig gewesen.« Der Wirt sah so aus, als wollte er noch etwas sagen, verkniff sich die Bemerkung jedoch. Er hatte inzwischen festgestellt, dass er die Frau doch nicht umstimmen konnte. Die hatte einen Dickkopf.

Lydia Barrows verließ die Gaststätte und sah schon die langen Schatten der Dämmerung, die dem Ort einen völlig anderen Anstrich gaben. Die Häuser verschwammen irgendwie. Zwischenräume wurden verkürzt, es gab nur noch wenige Flecken, die hell waren.

Lydia startete. Sie schaltete das Licht ein, und einige Minuten später, als sie das Dorf hinter sich gelassen hatte, tanzten die hellen Scheinwerfer über einen Weg, der immer mehr Sumpfcharakter annahm, allerdings noch gut zu befahren war. Sie war von der normalen Straße abgebogen, weil sie einem Hinweisschild nach Blackmoor gefolgt war.

Obwohl sie sich in der Gaststube noch ziemlich optimistisch gezeigt hatte, blieb ein unruhiges Gefühl. Die Warnungen des Wirts waren nicht wirkungslos verpufft, zudem trug die Gegend die Schuld daran, dass sie immer daran denken musste.

Die Landschaft wurde immer unheimlicher.

Je mehr die Dunkelheit zunahm, umso weniger sah Lydia von der Gegend.

Da waren plötzlich gewaltige Schatten, die alles umarmten. Von den Bäumen oder Büschen, die auf dem Moor wuchsen, war nichts mehr zu sehen, dafür entdeckte sie andere Dinge. Tanzende Gestalten, die aussahen wie Menschen und sich erst bei näherem Hinsehen auflösten, sodass Lydia merkte, es hier mit Nebelschwaden zu tun zu haben, die lautlos über das Moor strichen.

Lydia war eine Frau, die einen Sinn für die Realitäten des Lebens besaß. Das musste sie bei ihrem Job. Unheimliche Dinge waren ihr fremd. Sie glaubte nicht an Geister, nicht an Dämonen und auch nicht an die Interpretation der Irrlichter, dass es die Geister der im Moor verschwundenen Toten waren, denn sie sah die Lichter, die hin und wieder über die dunkle Fläche tanzten.

Wie kleine Raketen erschienen sie ihr, die im Nichts starteten und einen Zickzackkurs einnahmen, bevor sie wieder erlöschten.

In dieser Gegend also fühlte sich ihr Onkel wohl. Davon hatte er in seinen Briefen immer geschwärmt. Begreifen konnte Lydia das nicht so recht, redete sich allerdings ein, dass wohl alles nur Gewohnheitssache war. Wenn sie sich länger im Moor aufhielt, würde sie sicherlich auch Gefallen daran finden.

Der Wagen spielte gut mit. Lydia hatte sich an die nicht alltägliche Schaltung gewöhnt, sodass sie alle Hindernisse, die sich ihr in den Weg stellten, mit Bravour meisterte.

Wie eine dunkle Schlange ringelte sich der Weg durch den Sumpf. Manchmal war er zugewachsen, dann wiederum hatte man ihn durch Bohlen verstärkt, sodass der Wagen nicht einsackte.

Inzwischen zeigte sich auch der Mond.

Rechts von Lydia Barrows leuchtete er am Firmament. Der Erdtrabant erinnerte sie an eine flache Zitronenscheibe, die jemand mit einem großen Pinsel an den Himmel gemalt hatte.

Und noch etwas sah sie, wenn sie in Richtung des Mondes schaute. Davor, jedoch in Sumpfhöhe, stand eine Ruine.

Sie erinnerte sich, dass ihr Onkel davon einmal geschrieben hatte. Es war ein altes Schloss, vor Jahrhunderten schon ausgebrannt, und es hatte mal einem Hexenjäger gehört.

So schrieb es die Geschichte.

Und die Geschichte schrieb weiter, dass in dieser Gegend ungeheuerliche Bluttaten geschehen waren. Der Hexenjäger war bekannt für seine grausamen Foltermethoden, er tötete zumeist mit seiner Peitsche. Ihr hatten die Hexen nichts entgegenzusetzen. Wie viele unschuldige Opfer er damit umgebracht hatte, daran wollte Lydia erst gar nicht denken. Noch heute sprachen die Menschen von dem geheimnisvollen Hexenwürger, und sie redeten auch von seiner Rückkehr, denn angeblich sollte er gar nicht richtig umgekommen sein. Das wusste sie von ihrem Onkel.

Schauermärchen. Wer glaubte schon daran? Lydia Barrows jedenfalls nicht. Und auch nicht ihr Onkel. Sonst hätte er es nicht so lange im Moor aushalten können.

Sicher, die Stimmung war unheimlich, und wenn man sich so ganz in die herrschende Atmosphäre hineinversetzte, konnten einem schon seltsame Gedanken durch den Kopf schießen.

Lydia hatte keine Zeit dafür. Sie musste zu sehr auf die Strecke achten, denn sie wollte keinesfalls in die Gefahr geraten, vom Weg abzukommen und rechts oder links im tiefen Schlamm zu landen, denn daraus hätte sie sich auch mit ihrem Geländewagen kaum befreien können.

Hoffentlich befand sich ihr Onkel in Blackmoor. Er konnte manchmal sehr seltsam sein. Wenn es ihn packte, verzichtete er auf jegliche Zivilisation, übernachtete im Moor und ging völlig in seiner Arbeit auf.

Die Strecke wurde schlechter. Es gab zahlreiche Wellen im Boden, über die der Wildcat schaukelte. Hin und wieder kratzten die Zweige an den Weg heranwachsender Büsche über die Karosserie des Geländewagens. Auch peitschten sie gegen die Frontscheibe, der diese Schläge allerdings nichts anhaben konnten.

Das Moor lag schweigend. Jetzt war der Mond voll aufgegangen. Er schickte sein fahles Licht auf die Erde, und der silbrige Schein legte sich still über das Moor.

An den fauligen Geruch hatte sich Lydia inzwischen gewöhnt. Er gehörte eben dazu.

Geisterhaft tanzten und bewegten sich die Nebelschwaden innerhalb des Lichtteppichs. Der Wind trieb sie von beiden Seiten auf den Weg, formte sie zu Figuren, um sie dann zu flatterhaften Gebilden wieder auseinanderzutreiben.

Die Fahrt im Zehn-Meilen-Tempo war anstrengend.

Nach einer weit geschwungenen Rechtskurve hatte die junge Frau das Gefühl, direkt in das schwarze Moor hineinzufahren. Zuerst bekam sie Angst, sie glaubte daran, dass die Räder es nicht packen würden, doch wenn sie einmal stecken blieb und vorsichtig mit dem Gas spielte, kam sie immer frei.

Bis sie den Schlag an ihrer Kühlerhaube spürte. Der Wagen wurde durchgerüttelt. Lydia war irgendwo gegen gefahren, hatte allerdings nicht genau gesehen, um was es sich dabei handelte, denn ihr Blick war für eine Sekunde abgeschweift.

Jetzt durchfuhr sie der heiße Schreck, und sie trat automatisch auf das Bremspedal.

Der Wagen stand.

Zudem hatte sich Lydia so erschreckt, dass sie den Motor abwürgte. Kein Geräusch unterbrach mehr die Stille.

Die Ruhe war ihr unheimlich.

Lydia blieb sitzen, obwohl sie am liebsten den Zündschlüssel wieder herumgedreht hätte, um den Motor zu starten. Sie konnte es einfach nicht, denn sie wollte wissen, was da gegen das Vorderteil des Wagens geschlagen war.

Ihre Hände lagen am Lenkrad. Sie spürte den Schweiß auf ihren Handflächen. Im Gegensatz dazu wurde ihr Mund pulvertrocken. Der Speichel schien zu Staub zu werden.

Ein paarmal hustete sie.

Das Auto wurde von den Dunstschleiern umweht. Sie erinnerten Lydia Barrows an lange Fahnen, die unsichtbare Hände lautlos voranschoben und die auch träge über den parkenden Wagen strichen. Der Blick der Fahrerin war starr nach vorn gerichtet. Sie versuchte, über die Kühlerhaube zu schauen und die Ursache für den Zusammenstoß zu finden. Leider war ihr Blickwinkel zu ungünstig, sodass sie sich aufseufzend und ein wenig enttäuscht zurücklehnte.

Bisher hatte ihr die Fahrt in den Sumpf nichts ausgemacht. Nun aber spürte sie die Furcht. Sie traute sich nicht, den Wagen zu verlassen, obwohl es nicht lebensgefährlich war, denn die Bohlen hatten eine genügende Breite.

Schließlich gab sie sich einen Ruck und machte sich

durch Worte selbst Mut. »So geht das nicht weiter«, murmelte sie. »Nein, so nicht.« Sie öffnete die Tür an der Fahrerseite und spürte die kühle Luft, die in das Innere des Wagens drang. Auch die Nebelschleier fanden ihren Weg und legten sich wie feuchte Tücher auf ihre Haut.

Die junge Frau atmete tief durch. Sie drehte sich nach rechts, schwang die Beine aus dem Wildcat, fühlte unter den Sohlen der Schuhe den weichen Boden und hatte für einen Moment Angst, einzusinken. Die Angst verging, als sie feststellte, dass der Untergrund sie trug.

Lydia ging ein paar Schritte vor.

Sie hatte die Kühlerschnauze schnell erreicht, schaute nach links und wollte sehen, gegen was sie da gefahren war, als sie plötzlich etwas hörte.

Gesang …

Zuerst glaubte sie an eine Täuschung. Wer schlich hier nachts durch den Sumpf und sang ein Lied? Das musste Einbildung gewesen sein. Lydia schüttelte den Kopf. Sie lauschte aber weiter und hörte tatsächlich Stimmen, die sich zu einem Singsang vereinigten.

Es war kein normales Singen, sondern ein seltsames. Sie hatte es mal in einem Film gehört, der in einem Spukschloss spielte. Dort hatte es Geister gegeben, die ebenfalls gesungen hatten.

Hier war es gleich …

Sie schaute in die Richtung, aus der sie die Geräusche vernommen hatte.

Viel sah sie nicht. Träge wallte der Nebel. Er schien mit seinen Enden an der schwarzen Fläche festzukleben.

Lydia schluckte.

Noch immer spürte sie den Schweiß auf der Stirn. Ihr Atem ging heftig. Und dann sah sie plötzlich die Bewegung. Zuerst dachte sie, es wären die Nebelschleier, doch wenig später wurde sie eines Besseren belehrt, denn sie vernahm auch Stimmen.

Geisterhaft, unheimlich drangen sie durch die Stille und wurden zum Teil vom Nebel verschluckt. Trotzdem konnte Lydia einige Worte verstehen.

»Die Gräber haben sich geöffnet. Die Zeit der Hexen ist

da. Jahrhunderte sind vergangen, doch die Toten konnten nicht ruhen. Nicht ruhen, nicht ruhen …«

Lydia Barrows glaubte, verrückt zu werden. Das war Wahnsinn, was sie da erlebte. Sie schüttelte den Kopf, ging noch einen Schritt näher, bis sie dicht am Rand der Straße stand, und riss die Augen weit auf, um besser sehen zu können.

Sie kamen aus dem Nebel.

Und sie schwebten über dem Moor.

Unheimliche Gestalten, eingehüllt in dunkle Säcke oder Kutten, die Gesichter geisterhaft blass unter dem Oval der Kapuzen.

Lebende Tote.

Zombie-Hexen!

Wie festgenagelt stand die junge Frau auf dem Fleck. Ihr Mund bewegte sich, ohne dass ein Wort über ihre Lippen drang. Der Atem ging keuchend, sie ging wieder zurück. Zaudernd, ängstlich und zögernd.

Dabei sah sie nicht, dass sich unter dem Fahrzeug etwas bewegte. Eine Hand kroch hervor und näherte sich langsam Lydias rechtem Fußknöchel …

Für den verletzten Rodney war gesorgt worden. Suko hatte inzwischen auch dessen Nachnamen erfahren.

Spiker hieß er. Rodney Spiker.

Er lag auf einer Kirchenbank, und zwei Frauen kümmerten sich um ihn. In der Sakristei hatten sie tatsächlich einen Verbandskasten gefunden. Pflaster, Salben und auch Mullbinden waren in ausreichender Menge vorhanden. Trotzdem gingen die Frauen sparsam mit dem Material um. Sie wussten ja nicht, was noch alles auf sie zukommen würde.

Die Szene erinnerte Suko an einen Fall, der schon einige Zeit zurücklag. Damals waren er und John Sinclair zum ersten Mal dem Todesnebel begegnet. Um ihm zu entgehen, hatten sie sich mit den Dorfbewohnern zusammen in einer Kirche versteckt. Dem Todesnebel war es trotzdem gelungen, in die Kirche Einlass zu finden, was Suko wiederum zu der Annahme veranlasste, dass sie sich in dieser Kirche hier auch nicht hundertprozentig sicher fühlen konnten. Die Hexen hatten ja schon dafür gesorgt, dass das Kreuz entfernt wurde.

Die Einwohner von Blackmoor hatten Platz in den langen Bankreihen gefunden. Sie hockten darin wie eine Herde verängstigter Schafe. Ein jeder schaute den anderen fragend an, als könnte er aus dem Gesicht seines Nachbarn die Antwort auf eine Frage erhalten, die alle Versammelten am meisten beschäftigte.

Können wir es schaffen?

Das stand wie ein großes Fragezeichen über ihnen. Konnten sie es tatsächlich schaffen?

Suko war nicht gefragt worden. Keiner traute sich, man warf ihm nur Blicke zu.

Der Inspektor wanderte durch das Kirchenschiff. Er inspizierte es, suchte nach Verstecken und betrat auch die kleine Sakristei, wo das Licht brannte.

Einen weiteren Raum gab es hier nicht. Der Pfarrer wohnte zwar nahe der Kirche, es existierte allerdings keine Verbindung zu seinem Haus. Suko schob einen schmalen Holztisch zur Seite und blieb vor einem hohen Sakristeifenster stehen. Durch die Scheibe schaute er nach draußen in die Dunkelheit. Er hörte sie zwar nicht, er sah sie nur …

Hin und wieder huschten sie am Fenster vorbei. Da glichen sie feurigen Kometen, wenn sie ihre Hexenkräfte ausspielten, und sie waren wieder im Nu verschwunden.

Noch konnte Suko die Kirche mit einer Festung vergleichen. Er fragte sich dennoch, wie lange sie halten würde. Als er hinter sich Schritte vernahm, drehte er sich um.

Der alte Spiker trat auf ihn zu. Ein kleiner Mensch, jedoch voller Energie. »Nun, wie sieht es aus?«

Suko schaute den Alten an. »Es geht.«

»Wir sitzen tief drin, nicht?«

»Noch tiefer.«

Spiker nickte. »Es ist der verdammte Fluch, der über Blackmoor liegt. Die ganze Gegend ist verseucht, grauenhaft, das können Sie mir glauben. Wir werden die Vergangenheit einfach nicht los. Das Erbe des Hexenjägers verfolgt uns.«

»Wobei Sie sich nicht dagegen gewehrt haben«, stellte Suko fest.

Spiker schaute ihn an. Nach einer Weile nickte er. »Ja, Sir, das stimmt. Wir haben uns nicht dagegen gewehrt.«

»Und weshalb nicht?«

Spiker hob die Schultern. »Keine Ahnung. Wir haben es einfach hingenommen. Es hat uns getroffen, und damit finden wir uns ab. Hier gehen die Uhren eben anders als bei Ihnen in der Stadt, Sir. Wir leben nicht nur in der Natur, sondern auch mit der Natur. Und zwar mit allen Konsequenzen. Das Moor, wissen Sie, verbirgt seine schaurigen Geheimnisse. Unter der dunklen Oberfläche ist das Grauen zu Hause. Da lauert es, da will es an die Oberfläche.«

»Was lauert da?«

Spiker gab keine Antwort. Stattdessen bückte er sich und öffnete eine Schranktür. Er holte eine Flasche mit Messwein und zwei Gläser hervor. »Einen Schluck können wir vertragen«, erklärte er und stellte die Flasche auf den Tisch, den Suko zur Seite geschoben hatte.

»Für mich nicht.«

»Aber ich …«

»Sicher, trinken Sie nur.«

Spiker zog den Korken aus der Öffnung und schenkte das Glas fast bis zum Rand voll. Er nahm einen großen Schluck. Auf seinem Gesicht ging dabei die Sonne auf. »Das tat gut«, flüsterte er, als er das Glas absetzte.

»Sagen Sie mir, was im Moor lauert!«, verlangte Suko.

»Ich weiß es selbst nicht genau«, erklärte der Alte. »Aber man spricht da von geheimnisvollen Zombie-Hexen, die gar nicht tot sind, sondern eigentlich nur schlafen.«

»Sie sollen wach werden?«

»Ja. In einer alten Chronik habe ich mal folgenden Satz gelesen: Flieh, wenn sich die Gräber öffnen! Damit, so glaube ich, sind die Gräber im Moor gemeint.«

»Wirklich?«

»Ja, Sir.«

Suko trat wieder an das Fenster und schaute hinaus.
Von Zombie-Hexen hatte der Mann gesprochen. Von
Wesen, die vor Jahrhunderten im Moor versunken waren
und darauf lauerten, wieder dem Sumpf entsteigen zu
können. Verdammt, wenn das stimmte, dann vergrößerte
sich die Gefahr, das Grauen wuchs, wurde so immens
groß, dass Suko kaum eine Chance sah, noch etwas zu
retten. Wenn sich die Zombies mit den zurückverwandel-
ten Hexen im Dorf zusammentaten, konnte dies zu einem
Chaos führen, in dem die Menschen untergingen.

Scharf drehte er sich um.

Der Alte stand mit dem Weinglas in der Hand da und
schaute ihn an. »Und Sie haben sich nicht getäuscht?«,
fragte Suko.

»Nein!«

»Können Sie mit einer ungefähren Zahl dienen?«, wollte
Suko wissen.

»Tut mir Leid. Niemand weiß, wie viele Hexen im
Moor versunken sind. Außerdem ist es sehr lange her,
müssen Sie wissen, und die Angaben waren auch nur
unvollständig.«

»Weshalb wurde Bing Cordtland getötet?«

»Er wollte es so.«

»Mason?«

»Ja. Ein Opfer für ihn. Damit er sieht, dass wir auf seiner Seite stehen.«

Suko runzelte die Stirn. »Sie haben alle mitgemacht«,
murmelte er. »Verdammt, schämen Sie sich eigentlich
nicht? Ihr seid für den Tod dieses Mannes verantwortlich.«

Spiker leerte sein Glas und verteidigte sich. »Was hätten wir denn tun sollen? Wäre das nicht geschehen,
wären wir ja noch schutzloser. So können wir wenigstens
auf Mason Cordtland vertrauen.«

»Lachhaft«, kommentierte Suko. »Wo ist er denn, euer
Mason Cordtland? Nirgendwo. Er lässt sich ja nicht
blicken. Ihn könnt ihr abschreiben. Wenn ihr jemandem

vertrauen wollt, dann vertraut euch, eurer Kraft und vielleicht auch John Sinclair und mir.«

»Können Sie es denn schaffen, Sir?«

Suko lächelte, als er das Vertrauen sah, das der Mann in seinen Blick gelegt hatte. »Ich weiß es nicht, Mr. Spiker. Wir werden aber alles tun, um die Gefahr abzuwenden.«

»Dann helfe ich Ihnen.«

»Wenn es den Hexen allerdings gelingt, die Kirche zu stürmen, sind wir verloren.«

Die Worte schockten den Mann. Er senkte den Blick, atmete tief ein und hob die Schultern. »Wahrscheinlich soll es so sein. Die Vergangenheit holt uns ein, der Fluch ist nicht zu stoppen.«

»Erst einmal abwarten«, erklärte Suko und deutete auf die Tür. »Wir gehen wieder zu den anderen.«

»Eine Frage hätte ich noch.«

»Bitte.«

»Die Sache mit der Ratte vorhin. Das kann doch jedem von uns passieren, nicht wahr?«

»Schon, wenn wir nicht aufpassen. Die Hexen besitzen Kraft. Magische Kraft, meinetwegen auch Zauberkraft. So ist das nun einmal. Hier werden schaurige Märchen leider zu einer Tatsache, Mr. Spiker«, erklärte Suko.

Der Alte schüttelte sich. Suko sah die Gänsehaut auf seinem Gesicht. »Vielleicht halten sie die dicken Mauern der Kirche trotzdem noch ab«, flüsterte er.

»Ja, vielleicht.«

»Wollen Sie den anderen das gleiche sagen wie mir?«

Der Chinese schüttelte den Kopf. »Nein, Mr. Spiker. Da brauchen Sie keine Sorge zu haben.«

Er atmete beruhigt aus und schlug ein Kreuzzeichen.

Der Alte ging wieder mit Suko zurück in die Kirche.

Das Innere des Kirchenschiffes bot ein düsteres Bild. Da keine Lampen brannten, waren die Gestalten nur schemenhaft zu erkennen. Die Frauen saßen in den Bänken, ihre Rücken waren gebeugt, die Hände hatten sie zum Gebet gefaltet. Manche Lippen zuckten. Die Frauen beteten leise. Niemand sollte sie hören, nur ein zischendes Flüstern wehte durch das Kirchenschiff.

Bis auf den Verletzten standen alle Männer außerhalb der Bänke. Ihre Blicke richteten sich auf die Seitenwände der Kirche, wo sich die Fenster befanden.

Hindurchschauen konnte niemand. Das Glas war dunkel, zum Teil auch bunt eingefärbt. Jedes Fenster war ein kleines Mosaik, ein Kunstwerk. Doch niemand hatte einen Blick dafür.

Suko und Spiker wurden beobachtet, als sie durch die Kirche liefen. Nur ihre Schritte waren zu hören. Sie wurden von den kahlen Wänden als Echo zurückgeworfen.

Der Inspektor wollte sich den Verletzten anschauen. Neben ihm kniete er nieder.

Rodney lag auf einer Bank. Er war bei Bewusstsein, hatte jedoch Schmerzen; sein Gesicht war verzogen. An einer Hälfte war er verpflastert und verbunden.

Suko nickte ihm zu. »Wie geht es Ihnen?«, fragte er.

»Mies.«

»Es wird schon wieder.«

»Sind Sie schon mal von einer Ratte gebissen worden?«

»Ja, leider.«

»Dann können Sie es ja nachfühlen. Verdammt, wenn ich diese Hexenweiber erwische, werde ich …«

»Gar nichts tun«, sagte Suko. »Sie sind verletzt. Überlassen Sie alles andere uns.«

»Aber ich kann doch kämpfen!«

»Womit?«

Da schlug der Mann mit seiner flachen Hand auf den Oberschenkel. »Ach, verdammt, Sie haben ja Recht. Womit kann ich schon gegen die Brut angehen? Mit nichts, verflucht, mit gar nichts.« Er schickte noch einen Fluch hinterher.

»Sie sind in der Kirche, Rod«, erklärte Suko. »Da sollten Sie das Fluchen lassen.

»Ja, schon gut.«

Der Inspektor stand wieder auf. Die anderen hatten ihn umkreist, und Suko schaute in die ängstlichen und fragenden Gesichter der Dorfbewohner.

»Ich kann euch keine Patentlösung anbieten«, erklärte er ehrlich. »Wir müssen warten.«

»Auf was?«, fragte jemand laut. »Darauf, dass sie uns alle umbringen?«

»Beten Sie, dass es nicht soweit kommt.«

»Und was tun Sie? Sie sind doch der Einzige, der Waffen besitzt. Sie müssen sie einsetzen, Sie …«

»Ich werde einen Blick nach draußen werfen«, erwiderte der Inspektor.

»Sie wollen …?«

»Nur schauen, Sir. Bitte, lassen Sie mich durch!« Suko drängte sich an den Leuten vorbei, wandte sich nach links und ging in Richtung Tür. Sein Gesicht war unbewegt. Er wusste selbst, welch eine schwere Aufgabe er da übernommen hatte. Wenn er nicht aufpasste und eine Hexe in die Kirche eindrang, würden andere folgen.

Bevor er die Tür öffnete, bedeutete er den anderen, zurückzubleiben. Das taten sie nur ungern, doch der Inspektor ließ keinerlei Proteste zu. Er legte seine Hand auf die Klinke, drückte sie nach unten und zog die Tür vorsichtig auf.

Kühle Luft traf ihn, und er schaute direkt in die Dunkelheit hinein. Hexen konnte er noch nicht sehen, weder als Vögel noch in normaler Gestalt. Vor der Kirche lauerte eine nahezu trügerische Ruhe, die sich aber sehr schnell in ein Chaos verwandeln konnte.

Suko vergrößerte den Spalt. Jetzt konnte er mehr erkennen. Er sah wieder die Bäume, und plötzlich löste sich aus dem Schatten eines Baumstamms eine Gestalt. Sie huschte quer über den Kirchvorplatz. Suko hätte jetzt die Chance gehabt, die Hexe zu vernichten. Er ließ es bleiben, denn diese Gestalt war nur der Anfang. Andere folgten und gerieten dabei in eine regelrechte Raserei.

Nichts hielt sie mehr.

Sie sprangen von den Ästen, jagten raketengleich durch die Luft, stießen ein gellendes, geiferndes Gelächter aus, und Suko hatte auf einmal einen schrecklichen Verdacht, der sich wenig später schon bestätigte.

Für die Hexen war die Stunde der Wahrheit angebrochen.

Plötzlich stimmten sie ein unheimliches Geschrei an.

Zuerst konnte Suko nichts verstehen, dann aber kristallisierte sich ein einziges Wort aus dem Schreien hervor.

Wikka!

Sie war da und sammelte ihre Dienerinnen.

Rasch zog sich der Chinese zurück. Er rammte die Tür zu. Als er sich umdrehte und die anderen Menschen anschaute, war sein Gesicht mit dem eines Zombies zu vergleichen.

So bleich …

Es war klar, dass der Hexenwürger um den Stein kämpfen würde. Schließlich hatte er zu lange auf ihn gewartet, und er setzte die Waffe ein, die er am besten beherrschte.

Seine Peitsche!

Aus dem Handgelenk schlug er zu. Die drei Riemen pfiffen von unten nach oben auf mich zu. Gleichzeitig streckte er seinen rechten Arm, und er erwischte mich auch.

Zwar nahm ich den Kopf noch zur Seite, weil ich mein Gesicht schützen wollte, doch ein äußerer Riemen klatschte trotzdem gegen meine linke Wange. Es war ein ziehender, durch meinen Kopf zuckender Schmerz, und ich spürte, dass die Haut aufplatzte.

Ich musste zurückweichen.

Der Hexenwürger lachte. Er sah sich bereits auf der Siegerstraße, und er schlug wieder zu.

Diesmal viel härter und wuchtiger. Ich allerdings war auf diesen Schlag vorbereitet, tauchte zur Seite, und diesmal fehlten die drei Riemen. Sie hieben mit einem klatschenden Laut gegen die Wand. Ich wollte noch zuschnappen, doch der Hexenwürger zog die Riemen so rasch zur Seite, dass ich ins Leere griff.

Meine Waffe setzte ich bewusst nicht ein. Mason Cordtland konnte ich zwar als meinen Feind bezeichnen, gleichzeitig aber war er ein Gegner der Hexen. Dies wiederum gab uns eine gemeinsame Plattform, und so wollte ich, dass er am Leben blieb.

Das Kreuz half mir im Moment auch nicht. Seine

Kräfte waren durch die des Steins neutralisiert worden. Ich hatte diese Art von Magie ja nicht zum ersten Mal erlebt, und gerade der Stein war für Mason Cordtland am wichtigsten.

Als er sah, dass ich gegen die Wand gekracht war, vergaß er mich und dachte nur noch an seinen Erfolg. Er sprang vor, um mit der freien Hand den Stein an sich zu nehmen.

Zu mächtig wollte ich ihn auch nicht werden lassen. Seinen Sprung sah ich voraus und reagierte.

Als er sich in Bewegung befand, stieß auch ich mich ab. Und ich setzte viel Kraft hinter meine Aktion. Man hätte meine Reaktion schon filmen können, so gut gelang sie mir. Dicht an der Schale vorbei wischte ich und prallte genau in dem Augenblick gegen den Hexenwürger, als er die Hand nach dem Stein ausstreckte.

Er bekam ihn nicht, seine Finger rutschten ab, ich hörte noch den wütenden Schrei, dann fielen wir beide nach hinten, und knallten zu Boden, wobei ich einen Vorteil hatte, denn mein Gegner kam unter mir zu liegen.

Ein erster Pluspunkt.

Mit der Faust schlug ich zu.

Ich hörte ihn knurren, als mein Treffer in seinem Gesicht landete. Ihm aber gelang es, seine Knie anzuziehen und mir in den Leib zu stoßen. Plötzlich wurde mir die Luft genommen. Ich konnte den Griff nicht mehr halten, lockerte ihn zwangsläufig und schüttelte den Kopf, als ich nach hinten gedrückt wurde.

Wie gut er seine Peitsche beherrschte, bemerkte ich im nächsten Augenblick, als die drei Riemen, kurz geschlagen, wieder auf meinen Hals zielten.

Diesmal hatte er Glück.

So schnell, wie sie sich um meine Kehle wickelten, konnte ich nicht reagieren. Im Nu wurde mir die Luft abgeschnürt. Cordtland sprang in die Höhe, ließ den Griff nicht los und wollte mich auf die Beine ziehen.

Ich folgte der Bewegung, denn wenn ich nachgab, würde es ihm nicht so leicht gelingen, mich zu erwürgen. Trotzdem befand ich mich in einer verfluchten Lage.

Der Kerl beherrschte seine Peitsche meisterhaft, und als lebender Toter besaß er die Kraft der Hölle. Er wollte mich zu sich heranziehen. Das ließ ich auch zu, stolperte dabei und hob gleichzeitig meine Arme, um die Riemen, die um meine Kehle lagen, zu lösen.

Sie schnürten verdammt tief ins Fleisch. Luft kriegte ich keine mehr. Es war ein verzweifeltes Ringen, und als ich gegen den Hexenwürger prallte, da hatte ich erst einen Riemen gelöst. Wir taumelten beide zurück. Mein Gegner war der Erste, der mit dem Rücken gegen die Wand hieb und seinen Kopf vorstieß.

Ich rammte das Knie hoch.

Es war ein Volltreffer. Einen Schrei hörte ich nicht. Dieser Untote steckte alles weg. Der gelöste Riemen baumelte an meiner rechten Schulter nach unten, und während Cordtland für einen Moment mit sich selbst beschäftigt war, versuchte ich die beiden anderen Würgeschnüre zu lösen.

Es wurde allmählich Zeit, dass ich wieder Luft bekam, denn die Riemen schnitten gefährlich tief in meinen Hals.

Ich zerrte so heftig, dass mir etwas gelang, womit ich eigentlich nicht gerechnet hatte. Durch den plötzlichen Ruck riss ich dem Hexenwürger die Peitsche aus den Fingern. Als Folge des Schwungs knallte mir der Griff gegen den Körper, und bevor mein Gegner es richtig begriff, lief ich schon zurück und damit aus seiner Reichweite.

Jetzt konnte ich die Riemen von der Kehle lösen.

Luft!

Endlich.

Ich saugte sie tief in meine Lungenflügel. Meine Freude währte nur kurz, denn der andere griff erneut an. Aufgeben kannte er nicht. Ein wilder Fluch entrang sich seiner Kehle, als er sich auf mich stürzte. Nur mich, den Feind, sah er, den Stein hatte er zum Glück vergessen.

Jetzt allerdings hatte ich die Peitsche. Und ich konnte mit so einer Waffe umgehen, schließlich hatte ich lange genug mit der Dämonenpeitsche geübt.

Diesmal schlug ich.

Den drei Riemen konnte er nicht mehr ausweichen. Cordtland stolperte direkt hinein. Er wurde erfasst und herumgeschleudert, wobei er gegen die in der Mitte des Turmzimmers stehende Schale prallte und blitzschnell nach dem Stein griff.

Ich zog.

Wieder fasste er ins Leere, denn die Gewalt des plötzlichen Rucks schleuderte ihn herum. Er konnte sich nicht mehr auf den Beinen halten, fiel zu Boden, vollführte eine Rolle und fesselte sich durch die Bewegung noch mehr.

Zu spät bemerkte ich, dass es ein Trick gewesen war. Sein linker Arm geriet gefährlich nahe an meinen Fußknöchel. Die Hand griff sofort zu. Kaum spürte ich den Druck, als ich bereits von den Beinen geholt wurde. Ich wäre verdammt hart auf den Rücken gefallen. Im letzten Augenblick ließ ich den Griff der Peitsche los, hatte die rechte Hand frei und stützte mich am Rand der Schale ab.

So hielt ich mich einigermaßen und hörte Mason Cordtland lachen. Beim Kampf ging es nur um den Stein. Und plötzlich, während ich noch in der Schräglage hing, hatte ich eine fantastische Idee. Ich wuchtete mich wieder hoch, schnappte mir den Stein, torkelte ein paar Schritte vor und schleuderte den Hexenstein, so weit es ging, aus dem Fenster in die Schwärze der Nacht.

Für einen Moment konnte ich seinen Weg noch verfolgen. Ich sah ein grünes Leuchten, das verschwand, als der Stein aus meinem Blickfeld geriet.

Jetzt würde es sich zeigen, wie der Hexenwürger reagierte.

Zunächst einmal blieb er liegen. Aus der Peitsche hatte er sich gewickelt. Er hielt sie wieder fest, starrte mich an und erhob sich langsam auf die Füße. Seine Bewegungen wirkten eckig.

Er schaute zum Fenster, drehte den Kopf und stierte mich aus fast farblosen Augen an. »Verdammt!«, keuchte er. »Was hast du getan, du Idiot? Du Mistkerl!«

»Er ist weg!«, sagte ich.

»Ja!«, schrie er. »Der Stein ist weg. Das Moor hat ihn,

das Moor wird ihn behalten, aber damit ist die Gefahr nicht gebannt. Du wirst erfahren, dass es ein Fehler gewesen ist. Der Hexenstein sollte mir die Kraft geben, er hätte es geschafft, er ...«

»Nein!«, erwiderte ich hart. »Du wärst mir zu mächtig geworden, Hexenwürger. Du lebst nicht mehr im ausgehenden Mittelalter, sondern in einer anderen Zeit.«

»Das spielt keine Rolle!« Mason Cordtland zitterte. Dies übertrug sich auf seine Peitsche, sodass sich deren Riemen bewegten wie drei Schlangen.

»Werde dir endlich darüber klar, dass du nicht in diese Zeit gehörst«, hielt ich ihm wieder entgegen. »Du bist ein Relikt aus dem Mittelalter. Du musst wieder in dein Grab. Ich werde mit den Hexen allein fertig!«

»Dann schau doch hinaus!«, schrie er. »Los, geh zum Fenster, und schau in den Sumpf. Dann kannst du genau erkennen, was du angerichtet hast, Geisterjäger!«

Zuerst wollte ich nicht. Aber seine Stimme war so drängend gewesen, dass es mir ratsam erschien, der Aufforderung zu folgen. Vielleicht hatte der Stein wirklich etwas bewegt.

Ich lief zum Fenster. Dabei musste ich mich etwas recken, um den Sumpf erkennen zu können.

Schwarz hatte ich die Fläche in Erinnerung. Schwarz und von Dunstschleiern umweht. Das war nicht mehr der Fall. Das gesamte Moor schimmerte in einem grünen Ton.

Und nicht nur das. Auch die Oberfläche hatte sich verändert. Sie war nicht mehr düster und schlammig, sondern schien aus grünem Rauchglas zu bestehen, das einen Blick in die unergründlichen Tiefen des Sumpfs freigab.

Sekundenlang war ich regelrecht sprachlos. Damit hätte ich nicht gerechnet. War es doch ein Fehler von mir gewesen, den Hexenstein aus dem Fenster zu schleudern?

Hinter mir hörte ich Cordlands Schritte und vernahm auch seine Stimme, die eine düstere Prophezeiung aussprach.

»Flieh, wenn sich die Gräber öffnen! So steht es geschrieben, und die Gräber haben sich geöffnet, Geisterjäger. Schau ganz genau hin.«

Das tat ich, konnte jedoch bis auf die weite grüne Fläche nichts erkennen und sagte es auch. »Ich sehe nichts.«

»Ja, wer es nicht sehen will, der lässt es auch«, erwiderte der Hexenwürger orakelhaft.

Im Umdrehen fragte ich: »Weshalb gehen wir nicht hinunter und schauen uns die Sache mal aus der Nähe an?«

Seine Augen vereisten. Vielleicht sollte es Erstaunen ausdrücken, ich wusste es nicht. »Du willst dich den Hexen stellen, den lebenden Toten?«

»Das hatte ich vor!«

Da lachte er rau. »Weißt du eigentlich, von was die sich ernähren, Geisterjäger? Das sind die schlimmsten Hexen, die es je in dieser Gegend gegeben hat. Sie ernähren sich von …«

»Stopp!«, rief ich. »Ich kann es mir denken. Du brauchst nicht mehr weiterzureden.«

»Und dennoch willst du in den Sumpf?«

»Ja!«

»Gut, dann geh.«

»Bleibst du hier oben?«

»Nein, ich werde dich begleiten, aber meine Aufgabe liegt im Dorf, nicht nur im Sumpf. Ich hatte mit dem Hexenstein einen magischen Riegel vorschieben wollen, das ist mir nicht gelungen, weil du es verhindert hast. Die Folgen musst du tragen, und ich schaue zu, wenn dich die Hexen qualvoll töten.«

»Meinetwegen!« Ich nickte und verzog die Lippen zu einem Grinsen. Ohne mich noch weiter um ihn zu kümmern, verließ ich das Turmzimmer und wandte mich der Treppe zu.

Ob er mir folgte oder nicht, war mir egal. Ich würde mich den Zombie-Hexen stellen.

Der Weg nach unten erschien mir verdammt lang. Vielleicht auch deshalb, weil ich es so eilig hatte. Mittlerweile hatten sich die Anstrengungen des Kampfes abgeschwächt. Ich konnte wieder normal durchatmen. Auch das Brennen an meiner Kehle ließ nach.

Unterwegs hielt ich Ausschau nach meinen beiden besonderen Freundinnen Wikka und Jane Collins.

Von ihnen sah ich nichts. Ob sie sich ebenfalls im Moor aufhielten und darauf warteten, dass die Hexen zurückkehrten?

Alles war möglich, deshalb beschloss ich, doppelt auf der Hut zu sein.

Der grüne Schimmer reichte bis an die alte Ruine. Er überdeckte die Steine und die zerbrochenen Gemäuer mit einem geisterhaft fahlen Schein und hatte den des Mondes längst zurückgedrängt. Als ich nach oben schaute, hatte ich das Gefühl, dass sogar der Erdtrabant eine andere Farbe angenommen hatte.

Auch er schimmerte grün …

»Du kannst jetzt in den Sumpf hineingehen«, erklärte mir der Hexenwürger.

»Und soll versinken, wie?«

»Es gibt einen Pfad.«

»Wo?«

In seinem Gesicht rührte sich nichts. Er stand da, und der Wind spielte mit seinem halblangen Haar. In der rechten Hand hielt er nach wie vor die Peitsche. Die drei Riemen berührten mit ihren Spitzen den weichen Boden. Mason Cordtland gab ein unheimliches Bild ab. Eine gespenstische Gestalt aus einer längst vergessenen Zeit. Er war zurückgekehrt, doch er passte nicht in unsere Welt. Die war inzwischen eine andere geworden, das musste er kapieren.

»Ich werde ihn dir zeigen«, erklärte er. »Du kannst den Weg gehen und gleich sehen. Komm mit!«

Ohne sich um meine Reaktion zu kümmern, ging er an mir vorbei und damit auch vor. Er schaute nicht zurück, ich folgte ihm sowieso, weil ich neugierig war.

Der Boden wurde immer weicher, sodass ich allmählich das Gefühl hatte, auf einem schwankenden Brett zu gehen. Wollte mich der Hexenwürger vielleicht reinlegen?

Ich blieb stehen.

Er bemerkte es und schaute sich um. »Weshalb gehst du nicht weiter?«, fragte er.

»Führst du mich ins Verderben?«

Da lachte er laut. »Verdient hättest du es, Geisterjäger. Aber das habe ich nicht nötig. Du wirst sowieso dein Leben verlieren, denn die Zombie-Hexen warten auf dich.«

»Wo ist der Weg?«

»Wir sind gleich da, nur ein paar Schritte noch. Dann lasse ich dich allein.«

Mir kam es so vor, als habe er in den letzten Minuten seine Meinung geändert. Er schien mich loswerden zu wollen, und ich fragte mich, ob es wirklich richtig war, wenn ich jetzt allein in das Moor hineinschritt, statt noch eine Weile zu warten.

»Da!« Der Hexenwürger streckte seinen Arm aus und deutete mit dem Zeigefinger schräg nach unten. »Du kannst genau sehen, wo der Weg anfängt. Gib aber Acht, er wird an einigen Stellen sehr schmal. Da musst du aufpassen …«

»Danke!« Ich schaute über den Sumpf. Es war ein seltsames Bild. Die dunkle Fläche schien zu grünem Glas geschmolzen zu sein und war leicht durchsichtig.

Von Zombie-Hexen war die Rede gewesen. Noch sah ich sie nicht und konnte auch keine Bewegung unter der Oberfläche erkennen, die auf sie hingedeutet hätte.

»Willst du nicht gehen, Geisterjäger?«, fragte mich der Hexenwürger.

»Ich denke noch darüber nach, ob es wirklich besser ist, wenn ich in den Sumpf laufe oder dich nicht lieber in den Ort begleite.«

»Angst?« Seine Stimme klang höhnisch.

Ich stand da, schaute auf den Nebel, der ebenfalls eine grünliche Färbung angenommen hatte, und schüttelte den Kopf. »Nein, ich habe keine Angst.«

»Weshalb gehst du dann nicht?«

Ich wollte ihm die Antwort geben, kam aber leider nicht mehr dazu. Etwas geschah, das meinen Vorsatz, nicht zu gehen, über den Haufen warf.

Ich hörte gellende Hilfeschreie!

Schaurig klangen sie über den Sumpf, und mir wurde klar, dass sich ein Mensch in höchster Not befand ...

Eisenhart griff die Hand zu!

Lydia Barrows hatte nichts gehört und nichts gesehen. Deshalb traf sie die Überraschung so schlimm. Sie schrie auf, als sich die kalte Klaue um ihr Hosenbein spannte und eisern festhielt.

Noch hatte Lydia nicht gesehen, was sie da festhielt. Instinktiv jedoch wollte sie diesem Griff entfliehen, und sie warf dabei ihren Oberkörper nach vorn.

Es war genau die falsche Reaktion.

Die unter dem Wagen lauernde Gestalt hatte auf so etwas nur gewartet. Während sich die Frau nach vorn warf, zog die Klaue sie nach hinten. Das konnte nicht gut gehen und ging auch nicht gut. Lydia ruderte noch mit den Armen in der Luft, als sie sich bereits auf dem Weg nach unten befand und im nächsten Augenblick auf den weichen Untergrund klatschte. Plötzlich hörte sie auch das Schmatzen des Wassers. Ein Arm war weit vorgestreckt, und die flache Hand hieb in ein sich nahe am Wegrand befindliches Wasserloch, sodass die Flüssigkeit in die Höhe spritzte. Die Angst, zu versinken, war schrecklich. Lydia begriff im Moment nicht, dass sie noch auf dem Weg lag, und sie kroch zurück, wobei sie der Gestalt unter dem Wagen mit dieser Bewegung entgegenkam.

Erst als sie merkte, dass die erste Gefahr gebannt war, wurde Lydia bewusst, dass da jemand war, der ihren Knöchel mit hartem Griff umklammert hielt.

Der erste Schreck war allerdings so stark gewesen, dass sie diese Tatsache kaum registrierte und sich herumwarf.

Jetzt konnte sie unter den Wagen schauen.

Im ersten Moment wollte sie nicht glauben, was sich ihren Augen bot. Es war unfassbar, einfach grauenhaft, doch sie konnte die Realität nicht leugnen.

Lydia sah die Hand und dahinter – wie eine Fratze aus einem schrecklichen Film – das Gesicht.

Bleich, verzerrt, mit strähnigen Haaren und fast leeren Augenhöhlen.

Eine Zombie-Hexe!

Jetzt riß sie ihr Maul auf. Ein gurgelnder Laut drang dem Mädchen entgegen, zwischendurch ein widerlich anzuhörendes Schmatzen und Knirschen der Zähne.

Jetzt wusste sie, wer da gegen ihren Wagen gelaufen war. Und sie dachte auch an die anderen Gestalten, die fast schwerelos über die dunkle Moorfläche geschwebt waren.

Wieder hörte sie den Singsang!

Er klang jetzt hinter ihr auf. Es war der Gesang lebender Leichen. Melodien, die aus dem Totenreich stammten, und Lydia verging fast vor Angst und Grauen.

»Komm her, mein Täubchen!«, hauchte die Gestalt vor ihr. »Komm her, auf so etwas wie dich habe ich gewartet!«

Es waren genau die Worte, die Lydia wieder Kraft gaben. Sie überwand ihre Angst innerhalb einer Sekunde, winkelte das freie Bein an und trat wuchtig zu, wobei ihr Körper noch in die Höhe schnellte.

Zum Glück hatte der Wildcat genügend Bodenfreiheit. Lydia hatte also Platz, und sie traf das von ihr anvisierte Ziel.

Sie hörte noch das Klatschen, trat noch einmal zu, und sofort löste sich der Druck von ihrem Bein.

Frei!

Rasch zog die junge Frau beide Beine an und entfernte sich auf dem Bauch kriechend aus der unmittelbaren Gefahrenzone und auf den Wegrand zu.

Kurz bevor sie ihn erreichte, drehte sie sich und gelangte mit einem Schwung auf die Füße. Wenn es noch eine Chance gab zu fliehen, dann jetzt und nicht zu Fuß, sondern mit ihrem Wagen.

Als sie einsteigen wollte, warf sie einen Blick vor ihre Füße. Die unheimliche Horrorgestalt kroch unter dem Wildcat hervor. Mit dem Oberkörper hatte sie es fast geschafft, und sie schob sich immer weiter aus der Deckung.

»Bestie!«, brüllte Lydia. Sie sprang über die zuschnappende Hand und den sich allmählich aufrichtenden Oberkörper hinweg in den Wagen hinein. Schwer fiel sie auf den Sitz.

Der Zündschlüssel steckte. Lydia bekam ihn zu packen, und sie hoffte, dass ihr nicht das Gleiche widerfuhr wie manchen Schauspielerinnen in Gruselfilmen.

Ihr Wagen sprang sofort an. Kupplung, Gang, Gas.

Anfahren!

In diesem Augenblick richtete sich das schreckliche Wesen an der Fahrertür auf. Die Gestalt erschien wie ein Geist. Hände drückten gegen die Scheiben, dazwischen zeichnete sich die schreckliche Fratze ab und verschwand, als der Wagen anfuhr.

Die Räder schleuderten Dreck, Gras und Schlamm hoch und zur Seite, sie wühlten sich vor, und ausgerechnet jetzt musste wieder ein Gefühl der Panik Lydia überfallen, denn es gelang ihr kaum, mit ihren schweißfeuchten Händen das Lenkrad zu halten. Es schlug von einer Seite auf die andere, wobei es ihr Glück war, dass sie sich nur im Schritttempo weiterbewegte, sonst wäre sie unweigerlich im Sumpf gelandet und nicht mehr zu retten gewesen.

Lydia Barrows bekam das Fahrzeug endlich wieder unter Kontrolle.

Dann fuhr sie schneller.

Die Lichter der beiden Scheinwerfer tanzten auf und nieder; jede Bodenwelle zeichneten sie nach, und Lydia sah die Umgebung nur verschwommen durch ihren Tränenvorhang.

Etwas fiel ihr trotzdem auf: Das Moor hatte sich verändert. War es vorhin noch schwarz wie Teer gewesen, so schimmerte es jetzt in einem seltsam dunklen Grün, das trotzdem durchsichtig wie Glas wirkte.

Sie hatte allerdings keine Zeit und auch nicht die Nerven, um rechts und links in das Moor zu schauen. Lydia wollte nur so rasch wie möglich weg.

Sie wusste, dass es nicht mehr weit bis Blackmoor sein konnte. Dort hoffte sie, Schutz und Sicherheit zu finden.

Es war ihr auch gelungen, den Wildcat wieder besser unter Kontrolle zu bekommen. Sie hielt das Lenkrad an den mittleren Speichen, hatte sich auf dem Sitz, so weit es ging, vorgebeugt und starrte durch die Scheibe auf den hüpfenden Lichtteppich.

Bis dieser unterbrochen wurde!

Der gellende Angstschrei der Frau verhallte im Wagen. Als schauriges Echo klang er an ihre Ohren.

Sie löste die Hände vom Lenkrad und schlug sie vors Gesicht.

Lydia Barrows konnte einfach nicht mehr. Was sie da im Licht der Scheinwerfer gesehen hatte, war nicht nur eine Gestalt, sondern ein halbes Dutzend.

Sie standen vor ihr, und jede von ihnen sah ebenso schrecklich aus wie die, die zuerst aus dem Sumpf gekrochen war.

Vielleicht wäre der Wildcat noch in den Pulk hineingefahren, doch ein Loch im Boden versetzte das Fahrzeug in einen Linksdrall.

Der Wildcat fuhr weiter, geriet an den Rand des Weges und darüber hinaus.

Plötzlich steckten die beiden Vorderräder im Sumpf. Sie drehten sich noch, wirbelten den zähen Schlamm hoch, bis es einen Ruck gab und der Wildcat in Höhe der Stoßstangen einsackte.

Jetzt hing Lydia Barrows endgültig fest.

Sie wusste es, wollte es jedoch nicht wahrhaben. Sie saß da, presste die Hände weiterhin gegen ihr Gesicht, um nichts sehen zu müssen. Aus diesem Alptraum jedoch konnte sie nicht erwachen, weil sie sich in der Realität befand.

Die Zombie-Hexen wollten ihr Opfer, und sie würden es sich holen.

Lydia erwachte aus ihrem tranceähnlichen Zustand, als Fäuste gegen den Wagen hämmerten. Die Schläge dröhnten dumpf gegen die Tür, denn von außen begehrte man Einlass.

Die junge Frau ließ die Hände sinken. Ihre Arme fielen nach unten, die Finger klatschten auf den Lenkradring. Doch all das interessierte sie nicht, denn sie sah die unheimlichen Gestalten direkt an der Wagentür. Sie drückten sich dagegen, die eine schob die andere zur Seite, jede wollte als Erste an das Opfer.

Erst jetzt sah Lydia, dass diese Geschöpfe keine Kleidung trugen. Was sie als sackähnliche Gewänder angesehen hatte, war zäher Schlamm, der allmählich an ihren Oberkörpern entlang zu Boden rann und dort Lachen bildete.

Es war nur eine Frage der Zeit, wann die Sumpfwesen die Tür aufgerissen hatten. So lange wollte Lydia nicht warten.

Sie verging fast vor Angst, deshalb entschloss sie sich, selbst die Initiative zu übernehmen.

Sie beugte sich nach rechts, holte noch einmal schluchzend Luft, fasste nach dem Innenriegel der Tür, löste ihn aus der Sperre und rammte die Tür auf.

Sie hatte mit einem gewissen Überraschungseffekt gerechnet. Und der gelang ihr auch.

Durch die Wucht wurden von den sechs Gestalten drei erwischt und zurückgetrieben. Zudem fielen sie nicht nur zu Boden, sondern auch gegen ihre Artgenossen, brachten diese aus dem Gleichgewicht, sodass es ein kleines Chaos bei den Hexen-Zombies gab.

Lydia hatte Luft.

Der Wagen nutzte ihr nichts. Er würde in den nächsten Minuten vom Sumpf verschlungen werden. Jetzt konnte sie nur noch zu Fuß weiter, wobei sie hoffte, dass sie schneller war als ihre Gegner. Die bewegten sich sehr langsam, fast im Zeitlupentempo.

Sie fiel auf die Knie, als sie den Wagen verließ, da sie ihren eigenen Schwung nicht mehr richtig abfangen konnte. Aber sie stemmte sich sofort wieder in die Höhe, stand auf den Füßen und wandte sich nach links, um den Verfolgern zu entfliehen.

Und sie rannte.

Noch nie in ihrem Leben hatte sie eine so große Angst

verspürt. Sie wollte weg, dem Grauen entrinnen, doch auf dem weichen Boden war es sehr schwer.

Einige Zombie-Hexen griffen nach ihr. Sie hatten sich halb aufgerichtet, ihre Arme ausgestreckt und die Hände gespreizt. Es sah schaurig aus, wie sich die Finger bewegten und aus den aufgerissenen Mäulern der heulende Totengesang drang.

Lydia schlug Haken.

Das geschah nicht einmal bewusst, aber der Überlebenswille trieb sie dazu. Sie durfte den Häschern auf keinen Fall in die Klauen geraten, dann war sie endgültig verloren.

Eine Hand klatschte gegen ihren Oberschenkel. Die Finger krümmten sich, und sie spürte für einen Moment den harten Druck in ihrem Fleisch, riss sich aber los und jagte weiter.

Ihr Atem rasselte. Die Lungen blähten sich, die ganze Umgebung tanzte vor ihren Augen wie ein verwaschenes grünes Meer. Doch es gelang ihr tatsächlich, die unheimlichen Gestalten hinter sich zu lassen.

Konnte sie hoffen?

Lydia gab nicht auf. Sie rannte weiter, forderte sich selbst und holte alles aus ihrem Körper heraus. Es war kein leichtes Laufen. Der Boden erwies sich als zu weich und nachgiebig. Sie hatte Mühe, die Beine immer wieder anzuheben, und schon sehr bald klebten Gras und Schlamm unter ihren Sohlen.

Sie rutschte auch, denn die Beschaffenheit des Untergrunds wechselte stetig. Manchmal war er sogar seifig.

Den Kopf hatte sie mal in den Nacken geworfen, mal nach vorn gebeugt, während der schaurige Gesang hinter ihr allmählich abklang, weil die Distanz zu den Verfolgern von Sekunde zu Sekunde größer wurde.

Leider änderte sich der Weg. Es blieb nicht bei der anfänglichen Breite, er wurde plötzlich enger und gleichzeitig glatt, weil sich die Ausläufer eines Tümpels bis auf den Pfad ausbreiteten.

Das wurde Lydia zum Verhängnis!

Sie sah diese Wasserlache nicht nur zu spät, sie sah sie überhaupt nicht. Und mit dem rechten Fuß trat sie voll hinein.

Das Ausrutschen war eine normale Folge davon. Erst als sie mit dem Rücken zuerst auf den weichen Untergrund fiel, drang ein Schrei aus ihrem Mund.

Dann blieb sie einfach liegen.

Lydia war zu erschöpft, um sich wieder auf die Beine quälen zu können. Sie wollte nicht mehr, spürte die Kühle des Wassers, die sie überschwemmte und auf ihrer heißen Haut gut tat. Eigentlich hätte sie so liegen bleiben können, während sich ihre Brust unter den schweren Atemzügen hob und senkte und sie ihren Magen spürte, der allmählich in die Kehle zu wandern schien.

Die Übelkeit war ein Beweis der völligen Erschöpfung. Auch wenn sie es gewollt hätte, sie hätte es nicht geschafft, sich so einfach und locker wieder zu erheben.

Der Gesang warnte sie.

Sie vernahm ihn, und er wurde lauter. Für sie ein Beweis, dass sie nicht mehr liegen bleiben durfte, denn dann hätten die verfluchten Sumpfhexen sie schnell erreicht.

Lydia Barrows rollte sich auf die Seite. Dabei winkelte sie ihren Arm an, um sich in die Höhe zu stemmen, aber sie brach wieder zusammen.

Sie schaute den Weg zurück.

Grün eingefärbte Nebelschwaden trieben vom Moor her über den Pfad. Geisterhaft umschmeichelten sie die unheimlichen Hexen, die sich ihr näherten.

Sie gingen wie Gestalten, die durch dünne Fäden gehalten und unregelmäßig gezogen wurden. Mal hoben sie die rechten, dann wieder die linken Arme, auch schleuderten sie die Beine seltsam vor, und mit den Fußspitzen kickten sie Schlamm in die Höhe.

Lydia begann zu weinen. Ihr Gesicht war mit dem Schmutz des Moors bedeckt. Tränen flossen aus ihren Augen und zeichneten Spuren in die braune Schicht auf der Haut.

Lydia kroch zurück.

Yard für Yard legte sie zurück, hatte das Gefühl, manchmal einzusinken, fing sich aber immer wieder.

Bis zu dem Widerstand!

Ihn spürte sie plötzlich an ihren Schuhen. Zunächst wurde sie starr. Sie glaubte an kein lebendes Wesen. Vielleicht war sie gegen einen quer über dem Weg liegenden Baumstamm gestoßen oder ähnliches, doch als sie den Kopf drehte, erkannte sie die Wahrheit.

Vor ihr stand ein Mann.

Ein Mensch!

Das wurde ihr plötzlich klar, und der Schrei, zu dem sie bereits angesetzt hatte, erstickte in ihrer Kehle. Einen Lidschlag später vernahm sie die ruhige Stimme, und ihr Herzschlag normalisierte sich wieder ein wenig.

»Bitte, kommen Sie hoch!« Der Mann streckte ihr die Hand entgegen, die Lydia dankbar ergriff. Wenn sie einer aus dem Sumpf und von den Bestien wegholen konnte, dann er.

Während sie sich erhob, schaute sie den Retter an. Er trug moderne Kleidung, der seltsame Schein aus dem Moor ließ auch sie grün aussehen. Was Lydia allerdings auffiel, war der Schlamm, der an den Kleidungsstücken nach unten rann.

»Wer sind Sie?«, fragte Lydia. »Kommen Sie aus Blackmoor?«

»Ja, mein Name ist Bing Cordtland.«

»Sie sind …« Ihre Augen wurden groß, und Lydia musste schlucken. »Mein Onkel hat von Ihnen geschrieben. Mein Gott, dass ich Sie hier treffe! Sie hat der Himmel geschickt!« Lydia konnte nicht mehr und warf sich gegen die Brust des Mannes. Deshalb sah sie nicht, wie sich dessen Gesicht zu einem bösartigen Grinsen verzog.

Erst als sie die kalten Hände an ihrem Hals spürte und die folgenden Worte hörte, traf es sie wie ein Blitzschlag.

»Meinst du wirklich, Kleine?«

Lydia zuckte zurück, und es gelang ihr gerade noch, Hilferufe auszustoßen.

Dann packte der Untote zu!

Ich kam mir vor wie auf einem schwankenden Brett. Der Weg, den mir der Hexenwürger durch den Sumpf gewiesen hatte, war schon eine Zumutung.

Nicht nur einmal wurde er sehr schmal, sondern ziemlich oft. Teilweise war er auch überschwemmt, auf ihm schimmerte dann das grünliche Sumpfwasser, und meine Füße klatschten hindurch, sodass die Spritzer hochflogen.

Es war für mich nicht einfach gewesen, die Hilfeschreie zu lokalisieren, doch ich glaubte, dass sie von der rechten Seite aufgeklungen waren.

Sehen konnte ich nichts. Die verdammten Nebelschleier nahmen mir einen Großteil der Sicht. Nur hin und wieder zuckte ein Irrlicht seltsam verschwommen durch den Dunst.

Oft genug ging ich an den dicht bis an den Pfad heranwachsenden Bäumen vorbei. Manchmal streiften mich die Zweige, und wenn sie zu weit wuchsen, brach ich diese braunen Arme einfach ab.

Auf einmal wurde der Untergrund besser. Ich sank nicht mehr ganz bis zu den Knöcheln ein und stellte mit Freude fest, dass ich auf einen etwas breiteren Weg gestoßen war.

Wie viele Minuten ich unterwegs war, wusste ich nicht zu sagen. Die Zeit interessierte mich nicht. Ich hoffte nur, schnell genug am Ort des Geschehens zu sein, denn ein Mensch war in Gefahr.

Wohin jetzt?

Mir standen zwei Seiten zur Auswahl.

Zuerst schaute ich nach links, und ich sah tatsächlich eine Bewegung. Schwer nur zu erkennen, fast eine Fata Morgana. Das allerdings wollte ich genau wissen und lief diesmal schneller los.

Der Weg ließ es zu, ich konnte es mir leisten, war aber nach wie vor von diesem seltsam grünen, leicht durchsichtigen Sumpf umgeben, und wenn ich einen Blick hineinwarf, konnte ich all das erkennen, was das Moor einmal verschlungen hatte.

Da waren Pflanzen zu sehen, Äste, Zweige, dann quallenartige Zusammenballungen irgendwelcher Algen oder tangähnlicher Gewächse. Sogar Abfall war vorhanden. Modernder Müll, den irgendwelche Umweltsünder kurzerhand in den Sumpf gekippt hatten.

Das Moor würde ihn konservieren.

Je weiter ich lief, umso besser konnte ich etwas sehen und auch hören. Ein seltsamer Singsang schallte mir entgegen. Es hörte sich an wie das Leiern eines Totenliedes, und plötzlich schälten sich vor mir aus den grünen Dunststreifen unheimlich anzusehende Gestalten.

Flieh, wenn sich die Gräber öffnen! Das hatte man mir gesagt. Mit den Gräbern musste der Sumpf gemeint sein, und er hatte sich geöffnet, um die schrecklichen Gestalten zu entlassen, denen ich nun entgegenging.

Aber ich sah noch mehr.

Links von mir und nicht so weit entfernt wie die Gestalten hörte ich die dumpf klingenden Schreie. Ich sah auch die heftigen Bewegungen, die darauf schließen ließen, dass sich jemand gegen einen anderen wehrte.

Sofort wusste ich Bescheid.

Hier kämpfte die Person, die so gellend um Hilfe geschrien hatte. Und sie war noch am Leben.

Aber sie befand sich nicht mehr auf dem Weg, sondern abseits von ihm, schon im Sumpf.

Und da konnte ich nicht hin!

Ich nahm jetzt keine Rücksicht mehr. Sollten die anderen mich sehen, das Leben des normalen Menschen war wichtiger. Meine Beretta schien mir in die Hand zu fliegen, und ich brauchte nur wenige Schritte, um den Schauplatz des Geschehens zu erreichen. Am Wegrand blieb ich stehen. Von der linken Seite her näherten sich die Hexen-Zombies, und etwa zwei bis drei Yards vor mir sah ich die beiden Gestalten. Die eine hielt die andere umklammert.

»Lass sie los!«, brüllte ich verzweifelt.

Dieser Ruf wurde gehört. Es war der Mann, der sich umdrehte und mir sein Gesicht zuwandte.

Es war finster. Hinzu kam der Dunst. Nur der aus dem Sumpf steigende grüne Schein gab ein wenig Helligkeit, die ausreichte, um den Mann erkennen zu können.

Es traf mich hart.

Denn derjenige, der die Frau umklammert hielt, war mir bekannt. Ich hatte schon in Blackmoor mit ihm gesprochen. Angeblich hatten sie ihn Mason Cordtland geopfert.

Jetzt war er als Zombie zurückgekehrt.

Bing Cordtland!

»Was ist los?«

Irgendjemand hatte die Frage gestellt, und Suko hob nur die Schultern. »Sie sind da!«

»Wer?«

»Diese Wikka!«, rief der alte Spiker.

Suko nickte. »Ja, genau. Wikka ist da, und sie wird Verstärkung mitgebracht haben.«

»Mein Gott, was tun wir jetzt?« Eine Frau rief es voller Panik. Ihre Stimme hallte durch die Kirche.

Da konnte ihr Suko auch keinen Rat geben, aber er hatte etwas anderes gesehen, über das er nachdenken wollte. Um sich davon zu überzeugen, öffnete er die Tür abermals und peilte nach draußen.

Wikka stand noch immer auf dem Vorplatz. Sie lachte laut und rief mit gellender Stimme: »Kommt alle her zu mir! Eure Zeit ist angebrochen, die Rache der Hexen wird sich erfüllen!«

Als die Worte verklangen, hatte Suko gesehen, was er sehen wollte. Diese Wikka sah nicht mehr so aus wie die von früher. Sie hatte sich auf schaurige Weise verändert. Was Suko da gesehen hatte, war ein grässliches, verbranntes Monster, das trotzdem lebte.

Er zog sich wieder zurück und schaute seine Schützlinge an. »Sie sammeln sich noch«, erklärte er.

»Haben wir eine Frist?«

»Ja.«

»Wie lange?«

Suko hob die Schultern. Eine Antwort darauf konnte er wirklich nicht geben.

Für Dämonen oder Wesen der Finsternis spielte die

Zeit eine geringe Rolle. Oft nahmen sie sich bewusst lange Zeit, um die Qual der Menschen zu verlängern.

Suko steckte in einem Zwiespalt. Wenn er hier in der Kirche blieb, überließ er den Hexen die Initiative. Ging er aber hinaus, waren die Menschen schutzlos.

Was sollte er tun?

Eine Antwort konnte ihm niemand geben, deshalb musste er sich ganz allein entscheiden.

Das tat er auch. »Ich werde jetzt hinausgehen«, erklärte er den anderen mit lauter Stimme. »Und ich versuche, dem Spuk ein Ende zu bereiten. Jede Hexe, die ich erledige, kann euch nicht mehr schaden.«

»Und wenn Sie es nicht schaffen?«

»Daran wollen wir nicht denken«, erwiderte der Inspektor.

»Ja, Sie nicht, aber wir.«

»Richtig, nur möchte ich Ihnen eins sagen: Wenn ich hier bleibe und die Hexen konzentriert angreifen, nutze ich euch ebenso viel wie draußen. Die Chancen stehen also gleich.«

»Dann bleiben Sie doch hier, verdammt!«

»Nein«, erwiderte Suko. »Draußen kann ich Eigeninitiative entwickeln. Hier muss ich zu viel Rücksicht nehmen.«

»Der will uns verrecken lassen!«, schrie jemand, und dieser Satz wirkte wie eine Initialzündung. Plötzlich hatte Suko alle gegen sich. Jetzt musste er raus, wollte er nicht den völlig durchgedrehten Menschen in die Hände fallen.

Bevor ihn die ersten Kerle packen konnten, hatte Suko bereits die Tür aufgezogen und sich verdrückt. Rasch rammte er sie wieder hinter sich zu und stellte zufrieden fest, dass man ihm nicht folgte. Das trauten sich die Menschen wohl nicht.

Es war auch besser so.

Nur – sah Suko die Hexen nicht. Das überraschte ihn wirklich. Er hatte damit gerechnet, sie vor der Kirche versammelt zu sehen, weil sich darin ja die Menschen befanden. Sie hatten es sich anders überlegt. Weder auf den

Bäumen hockten sie, noch lauerten sie in irgendwelchen anderen Verstecken in der Nähe.

Aber sie hatten das Dorf nicht verlassen. Suko hörte deutlich ihr Schreien und Kreischen.

Der Wind wehte es vom Dorf her zu ihm herüber, und wenn er den Kopf hob, um über die Dächer zu blicken, dann sah er hin und wieder die rasch vorbeihuschenden Streifen, wenn die Hexen dank ihrer Kräfte durch die Lüfte jagten.

Wikka und Jane hatten sich ebenfalls verflüchtigt. Wenn Suko an Wikka dachte, sah er wieder das verbrannte Etwas vor sich. Sie hatte mit der früheren Hexe kaum etwas gemein. Was musste nur geschehen sein, dass so etwas eintreten konnte?

War Wikka vielleicht auf John Sinclair getroffen, und hatte dieser sie mit dem Kreuz attackiert?

Damit musste man durchaus rechnen. Aber das Kreuz hätte sie nicht mehr am Leben gelassen, sondern zerstört, dessen war Suko sicher. Deshalb musste es noch eine andere Magie geben, die so stark war, um die Oberhexe zu schwächen.

Der Hexenwürger!

Für Suko kam kein anderer in Frage. Er hatte ihn bisher noch nicht gesehen, die Menschen warteten nur auf ihn, doch anscheinend wollte er nicht zu ihnen stoßen.

Der Inspektor beschloss, sich von der Kirche zu entfernen. Er wollte dorthin, wo sich auch die Hexen befanden, dann versäumte er keinesfalls das Finale.

Den Weg, den sie gekommen waren, hatte sich der Inspektor gemerkt. Deshalb bereitete es ihm auch keinerlei Schwierigkeiten, ihn wiederzufinden.

Suko war sehr gespannt, als er sich zwischen den alten Häusern hindurchschlängelte, über Wiesen ging, Zäune überkletterte und sich so seinem Ziel näherte.

Immer war er wachsam, stets auf der Hut. Hexen zeigten für ihn kein Interesse. Er sah sie selbst auch nicht. Sie mussten sich dort versammelt haben, wo sich Wikka und Jane Collins befanden.

Je mehr sich der Inspektor der Hauptstraße näherte,

umso vorsichtiger wurde er. Das Kreischen und Schreien der Hexen hatte sich gesteigert. Wenn Suko nach oben schaute, sah er, wie sie ihren wilden Reigen tanzten. Wie Irrwische jagten sie durch die Lüfte, waren kaum zu verfolgen, und ihre Schreie gellten spitz an Sukos Ohren.

An der Wand eines schuppenartigen Anbaus drückte sich Suko weiter. Er blieb erst stehen, als er einen freien Blick auf die Straße erhaschte.

Da sah er sie.

Sie hatten sich tatsächlich auf der Hauptstraße versammelt. Keine der Hexen hockte mehr auf dem Dach irgendeines Hauses, sie befanden sich auf der Hauptstraße und verdeckten Suko den Blick auf ihre Königin. Um Wikka hatten die Hexen einen Kreis gebildet.

Suko, der unwillkürlich den Atem angehalten hatte, versuchte sie zu zählen.

Genau schaffte er es nicht. Zwanzig schienen es ihm allerdings zu sein. Das waren entschieden zu viele Gegner.

Sie redeten durcheinander. Ihre Stimmen gellten, überschlugen sich manchmal, jede wollte der Königin etwas sagen, doch diese schüttelte nur den Kopf. Das sah Suko, als ihre dunklen Haare flogen. Kurz danach entstand eine Lücke im Hexenpulk. Sukos Blick konnte Wikka treffen.

Er hatte sie zwar schon einmal gesehen, nun aber sah er sie deutlicher. Es versetzte ihm einen Stich. Das war eine völlig verbrannte Oberhexe, die vom Äußerlichen her wenig mit der zu tun hatte, die Suko von früher her kannte.

Er sah auch Jane Collins.

Sie war normal. Und sie hielt sich an Wikkas Seite, schrie die übrigen Hexen an und wollte für Ordnung sorgen.

Noch waren die widerlichen Gestalten mit sich selbst beschäftigt. Auf Suko achteten sie nicht. Wahrscheinlich wussten sie überhaupt nicht, dass sie schon beobachtet wurden, und der Chinese wollte die Gunst der Stunde nutzen, um sich einen besseren Sichtplatz zu verschaffen. Für ihn war es kein Problem, auf das Schuppendach zu steigen, zumal er eine kleine Leiter entdeckte, die an der Schuppenwand lehnte und so stabil aussah, dass sie Sukos Gewicht trug.

Der Chinese überlegte nicht mehr länger. Geschmeidig kletterte er die Sprossen hoch, erreichte wenig später das Schuppendach, prüfte durch Druck dessen Festigkeit und nickte zufrieden, als er sicher war, dass die Unterlage ihn tragen würde.

Dann schwang er sich auf das Dach. Dort legte er sich flach hin und kroch langsam weiter. Er wandte sich nach rechts, dem Rand zu, der zur Straße zeigte.

Es dauerte nur Sekunden, bis Suko seinen Beobachtungsplatz erreicht hatte.

Flach blieb er liegen, schob den Kopf ein wenig vor und schaute auf die Straße.

Die Hexen standen vor und unter ihm wie auf dem Präsentierteller. Wenn es hart auf hart ging, konnte er die Beretta nehmen und einige von ihnen erledigen.

Noch immer redeten sie, bis sich Jane Collins – sie stach durch ihr blondes Haar deutlich von den anderen ab – herumdrehte, den Arm ausstreckte und zum anderen Ende der Straße deutete.

»Da kommt er!«

Plötzlich war bei den Hexen jeglicher Streit vergessen. Sie schauten nur in die von Jane angezeigte Richtung, und auch Suko beugte sich ein wenig weiter vor und drehte den Kopf nach links, um alles erkennen zu können.

Es war noch immer keine klare Sicht. Zwar stand der Mond am Himmel, sein Licht jedoch reichte kaum aus, um etwas genau sehen zu können.

Suko musste schon sehr scharf hinschauen. Eine Gestalt hob sich vom Boden ab. Sie wurde deutlicher, denn sie schritt in das Dorf hinein. Und sie hielt etwas in der Hand.

Eine Peitsche!

Die drei Riemen schimmerten. Sie wiesen nach unten. Mit ihren Spitzen hinterließen sie Spuren im Staub der Straße.

Wikka sprach das aus, was alle anderen dachten: »Der Hexenwürger kommt …«

Es war ein Zombie!

Sie hatten Bing Cordtland dem Sumpf geopfert. Der jedoch wollte ihn nicht haben, spie ihn wieder aus und ließ ihn als grauenvolles Monster zurückkehren.

Als lebenden Toten!

Ich sah ihn, er sah mich.

Aber ich konnte nicht an ihn heran. Die Distanz war einfach zu groß. Wenn ich auf ihn zuging, würde mich der Sumpf festhalten und in die Tiefe zerren.

Zudem kamen die Zombie-Hexen immer näher. Ich achtete aber nicht auf sie, hörte nur ihren Gesang, der sich steigerte.

Dann sah ich die Frau!

Selbst auf diese Entfernung hin konnte ich die Todesangst erkennen, die ihr Gesicht gezeichnet hatte. Irgendwie hatte sie es geschafft, den Kopf zu drehen. Sie starrte in meine Richtung, aber ob sie mich wahrnahm, wusste ich nicht.

»Bring sie her!«, schrie ich Cordtland zu.

»Nie!«

»Ich schieße dir den Schädel entzwei! In meiner Waffe stecken geweihte Silberkugeln, die töten auch dich Unhold!«

Für einen Moment zögerte er. Ich durfte hier keine weitere Zeit mehr verlieren, denn der Sumpf war gierig wie ein ausgehungertes Ungeheuer. Er fraß alles.

»Gut«, antwortete Cordtland mir. »Ich lasse sie los. Du sollst deinen Willen haben!«

In den nächsten Augenblicken erlebte ich, welch eine Kraft in dem Monster steckte. Seine Pranken umfassten die Frau in Hüfthöhe. Und dann zog er die Person, die fast bis zu den Knien im Schlamm steckte, mit einer so spielerisch anmutenden Leichtigkeit aus dem Moor, die mich erschreckte.

Ich kannte die Kräfte des Sumpfes, wusste genau, wie

gierig sie waren. Es war praktisch unmöglich, ihnen ein Opfer zu entreißen.

Der Zombie Bing Cordtland schaffte es nahezu ohne Anstrengung. Dabei wandte er sich um, und ich ließ ihn keine Sekunde aus den Augen. Nur einmal drehte ich für einen winzigen Moment den Kopf zur Seite, weil ich nach den unheimlichen Zombie-Hexen sehen wollte, die sich meinem Standort stetig näherten.

Wie weit sie noch von mir entfernt waren, konnte ich schlecht schätzen, da die grün schimmernden Nebelschwaden meine Sichtweite leider verringerten, aber sehr viel näher durfte ich diese Bestien nicht herankommen lassen.

Dann hörte ich den Schrei. Er schreckte mich auf. Bing Cordtland hatte ihn ausgestoßen.

Er wuchtete dabei sein Opfer in die Höhe, von dessen Füßen der Schlamm tropfte. Sogar das Gesicht des Untoten verzerrte sich, als er sich mir zuwandte, und ich wusste, was er wollte. Er würde mir die Frau entgegenschleudern.

Ich stemmte mich mit den Hacken ein. Wenn der Anprall erfolgte, wollte ich ihm wenigstens Widerstand entgegensetzen.

Bing Cordtland legte mich rein.

Er schleuderte den Körper der Frau nicht auf mich zu, sondern wesentlich höher und schräg an mir vorbei. Sie würde, und das war seine Absicht, auf der anderen Seite des Wegs im Sumpf aufklatschen und dort versinken.

Die Aktion wurde von seinem schrecklichen Lachen begleitet. Er fühlte sich auf der Siegerstraße, doch ich hörte sein Lachen nicht und achtete auch nicht auf die anderen.

Nur die Frau zählte.

Als sie durch die Luft flog, startete ich. Dabei lief ich zwei Schritte auf die Zombie-Hexen zu und stieß mich so wuchtig und kraftvoll ab, wie es der Boden zuließ. Meine Arme schnellten in die Höhe, ich ließ die Beretta fallen. Meine Hände waren zu Greifklauen geöffnet, doch es war kein Ball, den ich zu fangen hatte, sondern ein Mensch.

Es war ein Zufall, dass ich die Frau erwischte. Normalerweise wäre sie über meine ausgestreckten Arme hinweggeflogen, doch eines ihrer Beine fiel nach unten, und ich bekam einen Fuß sowie einen Knöchel zu fassen.

Eisern hielt ich fest.

Die Frau knallte zu Boden.

Und nicht nur sie. Ich wurde von ihrem Körper getroffen, und er begrub mich unter sich.

Ich konnte einen Laut des Schmerzes nicht vermeiden, hörte ein Klatschen und hatte schon Angst, dass die Frau dennoch versinken würde, deshalb glichen meine Hände schon Stahlklammern, mit denen ich die Frau hielt.

Hatte ich es geschafft?

Ich rollte mich zur Seite, drückte auch die Frau herum, schaute auf und sah, dass sie nicht im Sumpf gelandet war. Ich hatte sie tatsächlich retten können. Ich zerrte noch an ihr, damit sie völlig aufs Trockene geriet, und drehte mich dann um, weil ich die Wutschreie des Zombies deutlich vernahm.

Bing Cordtland hatte noch nicht aufgegeben. Er sank nicht im Moor ein. Die Magie hielt ihn auf der Oberfläche, und er walzte durch den grünlich schillernden Sumpf, wobei er fast bis zu den Knien in der Brühe steckte.

Mich übermannte die Wut. Ich suchte meine Beretta, fand sie ein Stück entfernt, kroch auf die Waffe zu und nahm sie an mich.

Soeben hatte der Zombie den Wegrand erreicht.

Ich schoss.

Zwei geweihte Silberkugeln jagte ich ihm entgegen. Beide schlugen in seine Brust. Sie trieben den Unhold zurück. Er riss seine Arme hoch, taumelte nach hinten und stieß Laute aus, die ein Mittelding aus Grunzen und Schreien waren.

Dann fiel er.

Mit dem Rücken zuerst klatschte er in die grüne Brühe. Zunächst sah es so aus, als wollte er sich noch einmal erheben. Er brachte den Oberkörper auch in die Höhe, dann jedoch sackte er zusammen, und der zähe Schlamm zog ihn in die Tiefe.

Es gab keinen Bing Cordtland mehr.

Dafür aber die Hexen!

Ich fuhr herum.

Der Schatten erschien dicht vor mir. Er fiel gegen mich.

Es war die erste Hexe, die mich erreicht hatte und mich umbringen wollte. Ich drückte ab.

Die Silberkugel blieb in dem ausgemergelten Körper stecken. Die Hexe erhielt einen Drall nach links und fiel zur Seite. Mit einem Fußtritt rollte ich den Körper vom Weg.

Die Schreie waren nicht zu überhören. Drei Hexen hatten sich auf die Frau gestürzt, zwei andere rannten auf mich zu. Sie befanden sich zwischen mir und der Frau. Um die Fremde zu retten, musste ich erst die anderen ausschalten.

Zombies sind in der Regel dumm. Sie können nicht denken. Die aus dem Moor gestiegenen Hexen bildeten keine Ausnahme. Sie waren nur auf Angriff gedrillt, auf Vernichtung programmiert. Sie ahnten nicht, dass es etwas gab, das sie vernichten konnte.

Geweihte Kugeln, zum Beispiel.

Die setzte ich ein.

Meine Beretta spie die Vernichtung. Wie Puppen wurden die Hexen zur Seite gestoßen, als die Kugeln ihre grässlichen Köpfe trafen und sie zerstörten.

Für mich war der Weg zu der Frau frei. Es wurde auch höchste Eisenbahn, denn die drei Hexen-Zombies knieten neben ihr. Eine hielt die Arme der Frau fest, die zweite die Beine, und die dritte wollte ihre Zähne in den Hals hacken.

Dieses Wesen erwischte ich zuerst. Meine Kugel fegte sie zur Seite, und bei den anderen beiden verwendete ich meinen Dolch.

Ich kam über sie wie ein Gewitter.

Eine wollte mich noch packen. Es gelang ihr auch, ihre Hände in meine Kleidung zu schlagen und mich festzuhalten, doch ich hielt den Dolch in meiner rechten Hand und fuhr herum.

Es war eine blitzschnelle Drehung. Vor der

Waffenspitze tauchte das Gesicht der Zombie-Hexe auf. Einen Gedankenblitz später war es verschwunden.

Das andere Wesen wurde von der jungen Frau zur Seite geschleudert. Sie hatte ihre Angst und ihre Lethargie überwunden und drückte den Körper von sich weg.

Er fiel mir genau ins Messer.

Wenig später schleuderte ich die Überreste der Zombie-Hexen zurück in den Sumpf. Sie sollten dort bleiben, wo sie hergekommen waren.

Schwer atmend blieb ich stehen. Die letzten Aktionen waren verdammt an meine Kraft gegangen, auch schmerzten mir die Arme in Höhe der Schultern, denn es war nicht einfach gewesen, die Frau aufzufangen. Jetzt hatte ich sie endlich aus den Klauen der Hexen befreit.

Die Unbekannte lag am Boden, hatte sich auf ihre Hände gestützt und schaute mich an. »Sind, sind wir frei?«, hörte ich ihre krächzende Stimme.

Ich nickte nur.

Danach half ich ihr hoch. Diesmal fiel sie in meine Arme. Ich spürte ihr Zittern. Sie hatte ungemein viel durchgemacht. Deshalb war ihre Reaktion verständlich.

Ich wäre gern länger stehen geblieben, doch die Zeit drängte. Ich musste unbedingt nach Blackmoor, denn noch befanden sich Wikka, Jane Collins und zahlreiche andere Hexenweiber auf freiem Fuß. Zudem dachte ich an Suko, der im Ort völlig allein auf sich gestellt die Stellung hielt.

»Wer sind Sie?«, fragte mich die Frau.

»Mein Name ist John Sinclair.«

Ich war überrascht, wie sehr sie nach dieser Antwort zusammenzuckte. Sie drückte sich sogar von mir weg und flüsterte: »Sie sind der Geisterjäger?«

»Ja.«

»Mein Gott!« Tief atmete sie durch. »Wenn das kein Zufall oder eine Fügung des Schicksals ist ...«

Ich verstand noch immer nicht. »Wie meinen Sie das?«

Sie schluckte ein paarmal. »Wissen Sie, wie ich heiße?« Dann lachte sie. »Nein, das können Sie gar nicht. Ich bin Lydia Barrows. Dr. Barrows ist mein Onkel.«

Jetzt war ich der Überraschte. »Das gibt es doch nicht«, flüsterte ich.

»Doch es stimmt, Mr. Sinclair. Ich bin Dr. Barrows Nichte, und ich wollte meinen Onkel mit meinem Besuch überraschen.«

»Aber er ist nicht hier.«

»Das habe ich ja nicht gewusst!«, rief sie. »Es sollte doch eine Überraschung werden.«

Ich nickte. »Ja, das ist es auch. Trotzdem, wir müssen hier jetzt verschwinden und nach Blackmoor, denn der Fall ist längst nicht beendet.«

»Ich gehe mit!«

Was sollte ich da sagen? Sie wäre hier vielleicht sicherer gewesen. Doch wer konnte das mit Bestimmtheit sagen? Deshalb nickte ich und sagte: »Ist schon recht, ich nehme Sie mit nach Blackmoor.«

Wir gingen. Ich hatte es ziemlich eilig, doch Lydia hielt mich plötzlich fest. »Da, sehen Sie doch!«

Ich schaute nach rechts, denn dort hatte sie hingedeutet. Wir konnten die Reste des Zombies erkennen. Sie schwammen dicht unter der Oberfläche, schienen zum Greifen nahe zu sein und dennoch weit entfernt. Er lag auf dem Bauch, und der Sumpf zog ihn immer wieder in die Tiefe.

Der Sumpf holte ihn wieder zurück.

»Schauen Sie nicht zur Seite, Lydia, sondern nach vorn«, sagte ich. »Das ist jetzt wichtiger.«

Sie begriff den Doppelsinn der Worte. »Haben wir denn noch eine Zukunft, Mr. Sinclair?«

»Das hoffe ich doch sehr, meine Liebe …«

Suko fühlte sich wie in einem Western. Zwei feindliche Parteien lauerten aufeinander, wobei die eine Partei in der Überzahl war. Der Hexenwürger stand allein. Er hatte nur seine Peitsche, während sich auf der anderen Seite Jane Collins, Wikka und ungefähr zwanzig ihrer Dienerinnen aufhielten.

Zwischen ihnen war die Straße leer. Suko konnte alles

gut beobachten, denn der Mond schien sich mit den Mächten der Finsternis verbündet zu haben.

Er war soeben hinter einer dicken Wolke hervorgekrochen und warf sein Licht genau auf den kleinen Ort Blackmoor.

Der Hexenwürger schritt weiter. Er ließ sich nicht beirren. Manchmal schien es Suko, als würde er an Fäden hängen, die jemand zog, so gleichmäßig waren seine Schritte.

Stille hatte sich über die Szene gelegt. Niemand sprach ein Wort. Alles wirkte wie eingefroren.

Die Hexenbrut hielt sich erstaunlicherweise zurück.

Sie hatten ihre Stellung verändert. Wikka und Jane standen jetzt an der Spitze. Hinter den beiden, etwa zwei Schritte entfernt, hatte sich ihre Gefolgschaft aufgebaut. Zwanzig Hexen, die die gesamte Breite der Straße einnahmen.

Die widerlichsten und schrecklichsten Gestalten befanden sich unter ihnen. Alte Vetteln und Weiber, die an Märchenfiguren erinnerten. Manche mit Höcker, andere mit kurzen Haaren und verschrumpelten Gesichtern, aus denen nur die Nasen lang und spitz hervorstanden. Ihre Hände befanden sich in dauernder Bewegung, sie waren unruhig. Manchmal drang auch ein Laut aus ihren Mäulern, dann wurde es wieder still, sodass Suko die Schritte des Hexenwürgers hören konnte.

»Halt!« Wikkas Stimme unterbrach die Stille. »Keinen Schritt weiter, Mason Cordtland!«

Was Suko nicht für möglich gehalten hatte, trat ein. Der Hexenwürger blieb stehen.

Nur Wikka regte sich. Einen halben Schritt ging sie vor und schleuderte ihre Haarflut nach hinten. »Ich wundere mich, Mason Cordtland, dass du es tatsächlich wagst, in diesen Ort und damit zu mir zu kommen. Wir sind in der Überzahl.«

»Das war immer so.«

»Soll ich deinen Worten entnehmen, dass du dort weitermachen willst, wo du aufgehört hast?«

»Das kannst du!«

Wikka lachte schrill auf. »Nie wird dies geschehen!«, schrie sie. »Nie. Die Zeiten haben sich geändert. Auch für dich, Mason Cordtland. Wir schreiben kein Mittelalter mehr. Vieles ist vergangen, aber wir Hexen haben überlebt. Wir werden immer überleben, denn die Kraft der Hölle, die Macht des Teufels, steht hinter uns. Deshalb wirst du hier dein Ende finden, Hexenwürger. Zudem steht noch eine Rechnung zwischen uns offen. Dir ›verdanke‹ ich mein Aussehen!«

Cordtland schüttelte den Kopf. »Nein, nicht mir. Es war der Hexenstein. Du hättest es nicht versuchen sollen. Was aus dem Lande Aibon stammt, ist für Hexen tödlich. Weißt du das nicht, Wikka?«

»Ja, ich habe es gemerkt. Doch auch der Stein wird dir nichts nützen. Ich werde siegen.«

»Ich habe den Stein nicht!«

Mit dieser Antwort hatte Wikka nicht gerechnet. Und auch Jane Collins nicht. Suko hörte, wie die beiden miteinander flüsterten. Leider konnte er nichts verstehen.

»Du hast ihn nicht?«, fragte Wikka noch einmal nach, nachdem sie sich Mason Cordtland wieder zugewandt hatte.

»So ist es!«

»Wer besitzt ihn dann?«

»Sinclair!«, zischte Jane Collins. »Verdammt, er wird den Hexenstein haben.«

»Auch ein Irrtum!«, klärte sie der Hexenwürger auf. »John Sinclair besitzt den Stein ebensowenig wie ich. Er hat ihn zwar berührt, dann aber beging er einen großen Fehler. Er schleuderte den Hexenstein aus dem Fenster in den Sumpf hinein, wo er untergetaucht ist.«

»Und Sinclair?«, keifte Wikka.

»Ich weiß nicht, was mit ihm geschehen ist. Als ich ihn zum letzten Mal sah, wollte er in den Sumpf, denn dort hat sich etwas getan. Die uralten Hexen sind wieder auferstanden. Sie konnten dies durch die Hilfe des Steins schaffen. Er bringt nicht nur die Zeiten durcheinander, sondern auch die Magien. In diesem Fall hat er sich nicht gegen die Hexen-Zombies gestellt.«

»Dann steckt Sinclair im Sumpf?«

»Ja. Wahrscheinlich haben ihn die Hexen-Zombies getötet. Aber das interessiert mich nicht. Ich werde mir den Stein holen. Irgendwie gelangt er schon in meine Hände, darauf kannst du dich verlassen, Wikka!«

»Das glaube ich nicht«, erklärte die Oberhexe eiskalt. »Nein, so einfach werden wir es dir nicht machen. Der Stein ist und bleibt für dich tabu. Er darf nicht in andere Hände fallen, dafür werden wir sorgen.« Sie hob den rechten Arm und schnippte mit den verbrannten Fingern. »Jetzt zeig mal, was du kannst, Mason Cordtland.«

Dieses Fingerschnippen war für zwei Hexen ein Zeichen. Blitzschnell lösten sie sich aus dem Pulk, wurden eingehüllt in einen grünen Schleier und jagten kreischend über die Straße.

Ihr Ziel war Mason Cordtland!

Der wartete eiskalt ab. Mason Cordtland reagierte in dem Augenblick, der für ihn am günstigsten war.

Bevor die beiden Hexen ihn berühren konnten, wirbelte plötzlich die Peitsche durch die Luft. Ein jeder hörte das Klatschen der Riemen, als sie trafen, und dann wurde die Sicht von den grüngelben, stinkenden Wolken verdeckt, die den Schauplatz des Geschehens umgaben.

Aus dem Rauch erklangen die Schreie.

Schrille, gellende Todesrufe, denn die Hexen waren der Magie der Peitsche nicht gewachsen.

Als sich die Wolken verzogen, lagen vor den Füßen des Hexenwürgers nur noch Reste.

Suko nickte anerkennend. Was Cordtland geleistet hatte, war nicht schlecht. Das konnte der Inspektor selbst gut beurteilen, schließlich besaß er eine ähnliche Peitsche und war ebenfalls zu einem Meister in ihrer Handhabung geworden.

Cordtland lachte laut und triumphierend. »Ich habe nichts vergessen, Wikka. Gar nichts!«

Sie winkte ab. »Bilde dir darauf nichts ein. Es war nur ein kleiner Test. Auf die beiden Hexendienerinnen kann ich verzichten. Ich wollte nur mehr über die Magie der Peitsche wissen.«

»Weißt du es jetzt?«

»Sicher!«

»Und nun kommst du selbst, wie?«

»Nein.« Wikka wollte sich ausschütten vor Lachen. »Ich kämpfe nur gegen große Gegner, und wenn es sich nicht vermeiden lässt. Bei dir trifft nichts von beiden zu. Ich werde meine Magie einsetzen, um dich zu vernichten. Die Hexen und ich zeigen dir …«

»Dann kommt her!«, schrie Mason Cordtland und schwenkte drohend seine Peitsche. »Los, verdammt!«

Suko hatte längst festgestellt, dass sich die Lage zuspitzte. Er wollte eingreifen, und es gab verschiedene Möglichkeiten. Er hätte die Hexen von seinem Standort aus mit der Beretta beschießen können. Einige wären unter den geweihten Geschossen vergangen, aber damit hatte er Wikka noch nicht. Sie zeigte sich gegen Silbergeschosse widerstandsfähig und konnte ebenso schnell wie der Flug einer Kugel einen Gegenzauber aufbauen.

Aber Suko hätte auch seinen Stab einsetzen können. Wenn er das Wort Topar rief, blieb die Zeit für fünf Sekunden stehen. Und nicht nur das. Die sich in Rufweite befindlichen Wesen konnten nicht mehr reagieren, sie verfielen in eine Starre. Nur der Rufer selbst bewegte sich. Erreichen konnte Suko damit aber nicht viel, denn er durfte seinen Gegner nicht töten, damit wäre die Magie des Stabs aufgehoben worden.

Noch eine dritte Möglichkeit blieb ihm. Sich an die Seite des Hexenwürgers zu stellen.

Das gefiel dem Inspektor zwar nicht besonders, aber diese Alternative war noch immer die beste von allen.

Deshalb blieb er nicht mehr auf seinem Platz hocken, sondern drehte seinen Oberkörper nach links und robbte wie ein Rekrut über das flache Dach, dem Hexenwürger entgegen.

Vom Ende des Schuppens hatte er es nicht mehr weit. Als Suko die Stelle erreichte, blieb er für einen Moment liegen, bevor er den Kopf hob, über den Dachrand peilte und auf die Straße hinuntersah. Sein Blick saugte sich an dem Hexenwürger fest.

Mason Cordtland hatte sich breitbeinig aufgebaut. Mit der rechten Hand umklammerte er die Peitsche. Seine Augen leuchteten in einem unheimlichen Feuer, der Mund war zusammengepresst, das Gesicht schimmerte in einem kalkigen Farbton.

»Was ist?«, schrie Cordtland. »Fürchtet ihr euch, ihr verdammten Hexenweiber?«

Er reizte sie noch mehr, wollte sie wahrscheinlich zu Unvorsichtigkeiten verleiten. Das war genau der Moment, in dem sich Suko erhob. Seine Gestalt zeichnete sich klar und deutlich auf dem Schuppendach ab, bevor er in die Tiefe sprang.

Nicht Mason Cordtland entdeckte ihn zuerst, sondern Jane Collins. Ihre Stimme hörte Suko genau unter den anderen heraus. »Verdammt, der Chinese!«

Da lief Suko schon auf den überraschten Cordtland zu, der sich gegen ihn wandte und seine Peitsche hob.

»Nicht!«, schrie der Inspektor. »Wir werden uns gemeinsam gegen die Brut stellen!«

»Los jetzt!« Wikkas Befehl machte die beiden ungleichen Personen in den nächsten Sekunden zu Partnern. Als Suko und Cordtland sich den Hexen zuwandten, hatten diese bereits reagiert und einen unheimlichen Zauber entfacht.

Den Rattenzauber!

Ich hatte es verständlicherweise sehr eilig.

Aber auch Lydia Barrows wollte so rasch wie möglich dem Sumpf entfliehen. Doch sie hatte ein großes Handicap. Ihre Kraftlosigkeit.

Bei der Flucht vor den Zombie-Hexen hatte sie sich völlig verausgabt. Es war ihr manchmal nicht möglich, sich auf den Beinen zu halten. Zudem war der Boden durch seine Unebenheiten das reinste Gift für sie, sodass ich gezwungen war, sie oftmals zu stützen und sie kurzerhand hinter mir her zu schleifen.

Es war eine verdammte Lage. Mir rannen die Minuten zwischen den Fingern hindurch. Allein wäre ich schon längst in Blackmoor gewesen, aber ich musste auf Lydia Barrows Rücksicht nehmen. Sie durfte auf keinen Fall allein zurückbleiben.

Und weiter ging es.

Rechts von uns lag die ausgebrannte Ruine. Wir hatten sie schon fast passiert. Es war also nicht mehr so weit bis zu unserem Ziel. Ich munterte Lydia mit einigen Sätzen auf.

»Bitte, machen Sie weiter, Mädchen! Geben Sie um Himmels willen nicht auf. Machen Sie nicht schlapp! Ich flehe Sie an!«

»Ich versuche es, Mr. Sinclair.« Sie schüttelte den Kopf und begann zu weinen. Wahrscheinlich auch vor Erschöpfung.

Mir blieb noch eine Möglichkeit. Ich fasste Lydia unter, bückte mich und hievte sie auf meine Schulter, wobei ich ihr Gewicht möglichst gleichmäßig verteilte.

Jetzt kam ich besser voran, und es gelang mir, in einem trabähnlichen Gang weiterzulaufen. Der Boden wurde unter meinen Füßen fester. Für mich ein Beweis, dass ich den Moorpfad bald hinter mir gelassen hatte.

Ich atmete auf.

Wenig später sah ich schon das Dorf.

Dunkel hoben sich die Umrisse der Häuser vor dem Mondlicht ab. Der Ort Blackmoor wirkte wie die gespenstische Silhouette eines Horrorfilms.

Und den Horror würde ich erleben.

Schon jetzt hörte ich die kreischenden Stimmen und auch die eines Mannes.

Es war Mason Cordtland, der Hexenwürger. In Blackmoor schien das Finale bevorzustehen.

Ich blieb stehen und ließ die Frau von meiner Schulter gleiten. »Suchen Sie sich ein Versteck«, flüsterte ich ihr zu, »und rühren Sie sich erst, wenn alles vorbei ist. Klar?«

Sie nickte und schaute mich an. »Aber was tun Sie?«

Ich grinste bissig. »Das, meine Liebe, werden Sie gleich erleben …«

Die schwarzverbrannte Gestalt der Wikka schien erstarrt und am Boden festgewachsen zu sein. Sie hatte den linken Arm erhoben, die Hände gespreizt, und aus ihren Fingern zuckten nicht nur Blitze, es tanzten auch zahlreiche kleine Wolken hervor. Gleichzeitig schrie sie mehrere abgehackt klingende Zauberformeln, und aus den Wolken wurden noch in der Luft gefährliche Ratten, die sich mitten im Sprung befanden und ihre Körper vorwuchteten.

Dicht vor Suko und dem Hexenwürger prallten sie zu Boden. Es waren sicherlich zehn Tiere, flink und schnell, die sofort wild ihre Gegner angriffen.

Die ersten sprangen hoch, und das Lachen der Hexen begleitete diesen Angriff.

Aus den Augenwinkeln bemerkte Suko, wie der Hexenwürger seine Peitsche bewegte. Sicher schlug er zu. Der Inspektor vernahm das Klatschen, wenn die Rattenkörper getroffen wurden, konnte aber nicht sehen, was genau geschah, denn er musste sich selbst um diese wütenden Biester kümmern. Wie gefährlich sie waren, hatte er bei Rodney Spiker erlebt. Suko hatte nicht nur den Vorteil seiner Waffen, er wusste auch, wie man mit den Biestern fertig wurde, denn nicht zum ersten Mal kämpfte er gegen die gefräßigen Nager.

Zunächst einmal wich er nach links aus, um sich Platz zu verschaffen.

Sofort folgten ihm drei Tiere, die sich Suko allerdings mit gezielten Tritten vom Leibe hielt.

Zwei erwischte er, das dritte sprang ihn an.

Mit der Peitsche schlug der Inspektor zu und traf das Biest in der Drehung.

Die Ratte schrie nicht einmal. Sie löste sich auf, kaum dass die Peitsche sie berührt hatte.

Die von seinen Tritten getroffenen Tiere räumte er auf die gleiche Art und Weise aus dem Weg. Danach wollte er seinen unfreiwilligen Partner unterstützen. Es war nicht mehr nötig. Der Hexenwürger gab eine Demonstration seines Könnens. Er hatte sich hingehockt und schlug in dieser Stellung mit der Peitsche zu.

Immer wieder traf er die Körper. Jedesmal wenn die Peitsche Kontakt hatte, blitzten die Riemen für den Bruchteil einer Sekunde auf. Dann strahlten sie die Magie ab, und Mason Cordtland gelang es, weiter gegen die Tiere zu schlagen.

Er lachte dabei und hatte bis auf zwei Ratten alle erledigt. Die letzten beiden erwischte Suko mit nur einem gezielten Schlag. Sie vergingen, und Mason Cordtland schaute den Inspektor finster an. »Du hättest sie mir lassen sollen!«

»Da kommen noch genug«, erwiderte Suko, drehte sich um und sollte Recht behalten.

Die Hexen waren verschwunden!

Nicht einmal Wikka und Jane Collins waren noch zu sehen. In der Zeit, als Suko und Cordtland damit beschäftigt gewesen waren, die Ratten zu vernichten, hatten sie das Weite gesucht.

Waren sie wirklich geflohen?

»So leicht geben die nicht auf«, sagte Cordtland und sprach Suko damit aus der Seele.

Sie waren noch da. Nur hockten sie jetzt in Deckungen. Auf den Dächern und in den Häusern hatten sie Platz gefunden und versuchten von dort aus, ihren Zauber anzubringen.

Auf einmal war das Feuer da!

Suko kannte Wikka lange genug, um zu wissen, dass sie gern mit dem Feuer spielte. Wenn diese Ringe auf sie zuwirbelten, dann ging das auf ihre Initiative zurück.

Und sie waren schnell.

Zudem kamen sie nicht aus einer Richtung, sondern von überall her. Suko und sein Kampfgefährte konnten gar nicht so schnell schauen, denn immer mehr Ringe erschienen.

»Weg!«, schrie der Inspektor.

Er selbst rannte los, ohne sich um den anderen zu kümmern. Geduckt hetzte er über die Straße, sah eine offene Tür und huschte durch den Eingang in ein Haus.

Der Chinese war nicht in einem Flur gelandet, sondern direkt in der Wohnung. Den Möbeln nach zu schließen, wurde dieser Raum als Küche benutzt. Sofort wandte sich Suko dem Fenster zu, drückte sich dabei an die Wand und peilte nach draußen.

Auf groteske Art war die Straße erhellt. Die Feuerringe gaben genügend Licht ab, während sie sich wie Kreisel drehten und dabei weiterhuschten.

Von Cordtland konnte Suko nichts erkennen. Der Blickwinkel war zu schlecht. Suko ging etwas vor und sah den Hexenwürger auf der gegenüberliegenden Seite.

Er hatte zu lange gewartet und nicht in einem Haus Schutz finden können. Mit dem Rücken lehnte er an einer Wand zwischen zwei Fenstern und kämpfte um seine Existenz. Die Peitsche sollte sein Leben retten. Den kurzen Stiel hielt er jetzt mit beiden Händen fest. Seine Arme waren in dauernder Bewegung. Er schlug rechts und links, zielte auf die gefährlichen Feuerkreise, und es gelang ihm, einige von ihnen zu erwischen.

Es war ein magisches Feuer, ebenso magisch wie die Peitsche. Nur steckte in ihr eine stärkere Kraft, und es gelang ihr, die Flammenringe zu zerstören, wenn sie von den Riemen berührt wurden. Dann standen jeweils kleine Wolken in der Luft, die aber sehr schnell zerfaserten.

Suko wusste nicht, ob Cordtland es jemals schaffen konnte, denn die Ringe wurden immer zahlreicher. Er sah auch die Hexen. Sie hatte es nicht mehr in ihren Verstecken gehalten. Jetzt jagten sie wieder durch die Lüfte, angetrieben von den schrillen Schreien ihrer Meisterin Wikka.

Ein Schrei war besonders laut. Der konnte nicht draußen aufgeklungen sein, zudem hörte Suko ihn in seinem Rücken.

Er kreiselte herum.

Es waren zwei Hexen, die in das Haus und damit auch in die Küche gehuscht waren. Schrill lachende Furien, die ihre Arme ausbreiteten und wie gespenstische Wesen über den Chinesen herfallen wollten. In die Zange nahmen sie ihn. Aus ihren Fingern zuckten Feuerblitze. Suko ging gedankenschnell zu Boden. Die gefährlichen Waffen

verfehlten ihn. Sie hieben gegen die Scheibe, die zersplitterte, dann stand der Inspektor wieder und kreiselte mit
der schlagbereiten Peitsche herum.

Durch die Fliehkraft stellten sich die drei Riemen waa-
gerecht, und das triumphierende Kreischen der ersten
Hexe wurde zu einem widerlichen Heulen, als sie getroffen und vernichtet wurden. Vor Sukos Augen platzte sie
auseinander, während sich der Chinese die zweite Hexe
mit einem gezielten Schuss vom Leib hielt.

Sie wirbelte hoch bis zur Decke, prallte dagegen, und
wurde auseinandergerissen, bevor der graue Staub zu
Boden rieselte.

Zwei weniger!

Da hörte Suko die Schreie.

Mason Cordtland lag am Boden. Er berührte mit der
Seite die Hauswand, so dicht wurde er dagegengepresst.
Vor und neben ihm standen Wikka sowie Jane Collins,
begleitet und umringt von sechs ihrer Dienerinnen, die
sich diebisch freuten, denn Mason Cordtland konnte sich
nicht mehr bewegen, weil glühende Fesseln ihn hielten,
ohne ihn jedoch zu verbrennen. Wikka hatte ihre Macht
ausgespielt. Diesem verbrannten Monster war die Rache
zum Schluss doch noch gelungen.

Und sie besaß noch etwas.

Die Peitsche.

Durch sie waren zahlreiche ihrer Dienerinnen vernichtet worden. Jetzt hatte sie die Waffe an sich genommen.
Ein großer Triumph. In der rechten Hand hielt sie sie fest,
und die drei Riemen schwangen über dem Kopf des
Mason Cordtland.

Selten hatte Suko Wikka so nah vor sich gehabt, und
selten war sie auch von anderen Ereignissen so stark
abgelenkt worden. Suko wollte sich dies verbrannte
Monster von Hexe holen und vernichten. Dabei dachte er
nicht an Jane Collins, ihn interessierte momentan nur
Wikka.

Suko huschte an die Tür. Sie war wieder ins Schloss
gefallen, deshalb musste er sie erst aufziehen.

Kaum stand sie einen Spalt offen, als der Inspektor die

grelle Stimme der Oberhexe vernahm. »Du wolltest die Vergangenheit wieder aufleben lassen. Du wolltest so weitermachen wie vor Hunderten von Jahren. Ein Irrtum, Hexenwürger, ein tödlicher Irrtum. Ich gebe zu, dass ich zuerst geschockt war, als mich der Hexenstein so plötzlich traf, nun aber hat sich das Blatt gewendet. Jetzt bin ich es, die dir die Zähne zeigen wird. Ich werde mich furchtbar rächen, darauf kannst du dich verlassen. – Packt ihn!«

Der Befehl galt den sie umringenden Hexen. Diese bückten sich und hoben den mit glühenden Feuerringen gefesselten Hexenwürger in die Höhe. Anschließend trugen sie ihn mitten auf die Straße und blieben dort auf Wikkas Befehl hin stehen.

Die Oberhexe folgte langsam. Neben ihr ging Jane Collins. Der Wind bewegte ihre langen Haare. Sie behielt die unmittelbare Umgebung im Auge.

Suko stand noch immer im Haus. Zweimal bereits hatte Janes Blick auch die Tür getroffen, allerdings war sie auf den Inspektor nicht aufmerksam geworden, weil Suko sich jedesmal blitzschnell zurückzog.

Als er zum dritten Mal die Tür aufschob, bot sich ihm ein groteskes Bild.

Vier Hexen hielten Cordtland umklammert. Zwei von ihnen an den Fuß-, die beiden anderen an den Handgelenken. Und sie hatten dabei ihre Arme hochgereckt, sodass die Gestalt des Hexenwürgers ein großes C bildete.

Wikka stand neben seinem Körper. Sie hatte sich dabei so aufgebaut, dass ihr Gesicht zu dem Haus zeigte, in dem sich Suko versteckt hielt.

Und sie hob die Peitsche.

Dann schlug sie zu.

Es waren harte, gnadenlose Schläge. Jeden einzelnen begleitete sie mit einem Schrei.

Der Hexenwürger schrie nicht. Kein Laut drang über seine zusammengepressten Lippen, obwohl er die doppelten Schmerzen verspüren musste, denn da waren nicht nur die Feuerringe, die seinen Körper hielten.

Wikka war abgelenkt.

Vorsichtig öffnete Suko die Tür. Er schuf einen Spalt, der breit genug war, um ihn hindurchzulassen.

Wie ein Schlangenmensch schaffte Suko die Lücke, spürte den kühlen Wind in seinem Gesicht und startete.

Wieder hatte er Pech!

Genau in diesem Augenblick drehte sich Jane Collins um. Sie schaute in die Richtung, sah Suko und stieß einen gellenden Warnschrei aus, bevor sie ihm entgegenjagte, bereit, den Chinesen zu vernichten …

In diesem Augenblick griff ich ein!

Ich hatte schon lange die Stimmen gehört. Zuletzt hatte mir das Klatschen der Peitschenschläge den Weg gewiesen, und ich erkannte, in welch einer Lage sich der Hexenwürger befand.

Wikka nahm furchtbare Rache!

Dieses verbrannte Hexenwesen stand neben der hocherhobenen Gestalt und schlug erbarmungslos auf sie ein.

Mit dem Hexenstein hätte ich es vielleicht geschafft. Doch den besaß ich nicht: Dafür das Kreuz.

Und ich wusste den Spruch, um es zu aktivieren.

»Terra pestem teneto – Salus hic maneto!« So rief ich mit einer wahren Stentorstimme und hielt mein Kreuz mit beiden Händen umklammert, während ich selbst mitten auf der Straße stand.

Die geballte Kraft, die der Prophet Hesekiel in das Kreuz hineingelegt hatte, gelangte zur vollen Entfaltung. Von einem Augenblick zum anderen sah ich keine Flammenringe mehr. Auch keine magischen Feuer, denn die hellen, jetzt wieder silbrig glänzenden Strahlen des Kreuzes breiteten sich aus, und sie sponnen ein gewaltiges Netz über den kleinen Ort Blackmoor. Ein Netz aus weißer Magie, in dem die andere, die schwarze, unterlegen war.

Die Sicht war trotzdem klar. Ich stand da und konnte alles beobachten. Wie auf einer großen Leinwand lief die Szene vor meinen Augen ab, und ich erlebte den Niedergang der mörderischen Hexenkultur mit.

Die meisten von ihnen hatten noch versucht zu fliehen. Sie jagten in die Luft, bis sie ihre Grenzen auf tödliche Art und Weise erkannten. Als sie gegen die andere Magie stießen, da explodierten sie, wurden zu Staub und rieselten zu Boden.

Ich erlebte eine selten gekannte Genugtuung. Diesmal konnte ich das Kreuz voll aktivieren, und nichts, aber auch gar nichts wirkte sich als störender Faktor aus.

Wikka verlor ihre Dienerinnen.

Sie selbst begriff es nicht. Als das Licht aufstrahlte, hatte sie ihren rechten Arm erhoben. Die verbrannten Finger umklammerten den Peitschenstiel, doch sie schlug nicht zu. Die Waffe schien in der Luft hängen zu bleiben.

»Sinclair!«, heulte sie auf und verließ schnell wie ein Schatten ihren Platz.

Auch Suko hatte gestoppt, als er mich sah. Er schaute nach rechts, sah mich mit dem Kreuz, und das gab Jane Collins Gelegenheit, auf ihn zuzustürzen.

Sie konnte kämpfen, das hatte sie bereits als Detektivin bewiesen, und sie trat im Sprung zu.

Der Aufprall riss Suko von den Beinen. Er kippte weg wie ein gefällter Baum, während sich Jane Collins über ihn warf, blitzschnell nach seiner Beretta griff und dem Chinesen die Mündung gegen die Schläfe presste.

Das geschah zu dem Zeitpunkt, als die vier Hexen, die Mason Cordtland hielten, vergingen. Sie lösten sich auf. Staub blieb zurück; der Hexenwürger hatte keinen Halt mehr und prallte ebenfalls zu Boden.

Kein Flammenring umschnürte mehr seinen Körper. Die Magie des Kreuzes hatte auch sie gelöscht.

Wikka, Jane, Suko und ich waren zurückgeblieben. Und sie konnten unter dieser magischen Glocke nur deshalb existieren, weil Wikka einen Gegenzauber aufrecht erhielt.

Sie und Jane Collins befanden sich wie auf Inseln, denn um ihre Körper zuckte, so paradox es sich anhörte, ein schwarzes Licht.

Ja, es war dunkel, und es zeichnete die Konturen der beiden Hexen genau nach.

Ich sah, wie sie sich anstrengten, um ihren Gegenzauber zu erhalten. Ihre Gesichter waren verzerrt. Am schlimmsten sah die verbrannte Haut der Wikka aus, und ihr schwarzes Gesicht erinnerte mich an ein Puzzle, das aus wenigen lappenartigen Teilen zusammengesetzt worden war.

»Wirf dein verdammtes Kreuz weg!«, brüllte Jane mit sich überschlagender Stimme. »Sonst ist er tot!«

Ich zögerte.

Sie hatte mir das Gesicht zugedreht. Ich erkannte all den Abscheu, den sie mir gegenüber empfand. Es war wie damals auf der kleinen Insel, als ich ihr, der Mörderin, gegenüberstand.

»Los, du Hund!«, kreischte sie.

Ja, sie würde es tun. Sie würde meinen Freund Suko erschießen, und in diesem Augenblick hatte sie trotz allem die besseren Karten. Nur – konnte ich ihr trauen?

»Schieß endlich!«, schrie Wikka.

»Dann seid ihr erledigt!«, brüllte ich dagegen.

Noch zögerte Jane. Hin und her war sie gerissen. Ich konnte sie verstehen. Es war ungeheuer schwer, sich zu entscheiden.

Und Wikka drängte. »Tu es! Wir haben auch den anderen geschafft, dann werden wir den Chinesen …«

Da tat ich etwas, das eigentlich Wahnsinn war. Ich gab meine stärkste Waffe aus der Hand und schleuderte das Kreuz auf Jane Collins zu, weil ich mit einer bestimmten Reaktion bei ihr rechnete.

Die Rechnung ging auf.

Jeder Mensch, jede Kreatur, war sie auch noch so angespannt, reagiert auf irgendeine Art und Weise, wenn ein anderes Ereignis urplötzlich eintritt.

Das war bei Jane nicht anders. Sie gehorchte einfach ihren Reflexen und zuckte zur Seite, wobei sich die Mündung von Sukos Kopf löste und plötzlich ein Schuss ertönte.

Die geweihte Silberkugel hieb in den Boden, während ich mich mit gewaltigen Sätzen auf dem Weg zu Jane Collins befand.

Mit der Beretta!

Jane kreiselte herum.

Noch immer hielt sie die Waffe. Für den Bruchteil einer Sekunde sah ich beide überdeutlich. Groß kristallisierten sie sich hervor, und es kam darauf an, wer schneller schoss.

Ich feuerte.

Ja, ich schoss auf Jane Collins und hörte im selben Moment das Fauchen, als Jane von einem Sog gepackt und aus der Gefahrenzone gerissen wurde.

Meine Kugel pfiff ins Leere.

Sie konnte Jane nicht mehr treffen, und auch gegen Wikka brauchte ich nicht anzugehen, denn sie hatte ebenfalls das Weite gesucht und Blackmoor im Stich gelassen.

Dass ich nicht geträumt hatte, bewies mir die Beretta, die einen Schritt von dem bewusstlosen Suko entfernt mitten auf der Straße lag. Und auch die zitternde Stimme der jungen Frau bewies mir dies, denn Lydia Barrows fragte: »Ist jetzt alles vorbei?«

»Ja«, sagte ich und lächelte, »das ist es …«

Auch der Hexenwürger hatte es nicht überstanden. Wikkas Rache traf ihn zum Schluss doch. Die Flammenringe hatten sich in seinen untoten Körper gefressen und ihn dabei aufgelöst, sodass von Mason Cordtland nur brauner Staub zurückblieb.

Und ein skelettierter bleicher Schädel …

Als Suko wieder zu sich gekommen war und er seinen Brummschädel mit Wasser ein wenig gekühlt hatte, machte er mir Vorwürfe wegen des Hexensteins.

»Du hättest ihn nicht aus dem Turm werfen sollen, John«, sagte er. »Wir haben eine große Chance verpasst.«

Ich schaute auf das Moor, das wieder schwarz und geheimnisvoll vor mir lag. »Vielleicht, Suko. Möglicherweise habe ich auch richtig gehandelt. Wer kann das schon wissen?«

»Ich habe das Gefühl, dass wir es später noch erfahren werden. Dieser Sumpf und der Hexenstein werden uns nicht zum letzten Mal beschäftigt haben. So, und jetzt will ich nach Hause. Von Blackmoor, den Hexen und den Menschen hier habe ich nämlich die Nase voll.«

Das konnte Suko keiner verdenken ...

Killer-Bienen

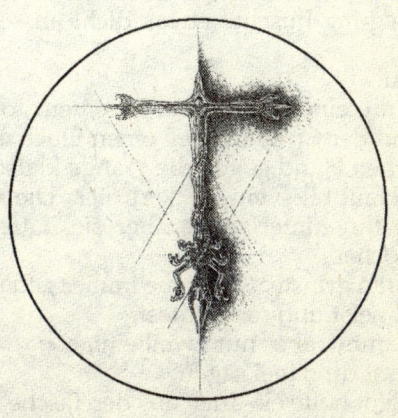

Das Grauen schlägt oft zu wie ein Blitz aus heiterem Himmel. Im Nu verändert es die Gegebenheiten, erfasst die Menschen und reißt sie in den tödlichen Strudel aus Schrecken und Chaos.

Dabei nutzt es eiskalt die Hilflosigkeit der Menschen aus und führt sie hinein in die große Katastrophe.

Keiner der Passagiere machte sich darüber Gedanken, als sich die Maschine aus Paris allmählich dem riesigen Areal des Heathrow Airport näherte.

Das Zeichen zum Anschnallen war bereits gegeben worden, und auch die Stewardessen hatten auf ihren Sitzen Platz genommen. Zwei unterhielten sich noch über die neueste Mode, die sie in Paris gesehen hatten, und waren übereinstimmend der Meinung, dass die Preise zu hoch waren.

Im Cockpit lief alles normal. Der Kapitän, sein Co-Pilot und der Bordingenieur beobachteten die Instrumente und waren zufrieden. Auch das Wetter war freundlich: Klare Sicht bei hoher Bewölkung. Als sie die große Schleife flogen, erkannten sie unter sich das graue Band der Themse.

Ein Routineflug, mehr nicht.

Der Kapitän bemerkte es zuerst. Es war ein leises Summen, das überhaupt nicht in das Cockpit passte. Der Mann zeigte sich verwundert, drehte den Kopf, und noch in der Bewegung huschte etwas dicht an seinen Augen vorbei.

Ein Insekt.

»Verdammt, eine Biene!« Der Ingenieur formulierte es genauer, und der Co-Pilot stieß einen Fluch aus, bevor er mit der flachen Hand gegen die Wange klatschte.

Auf der Haut blieb ein Fleck zurück. Die zerquetschte Biene hatte ihn hinterlassen, aber sie hatte den Mann bereits gestochen.

Der Kapitän grinste. »Ich habe immer gedacht, dass du Bienen sammelst und nicht tötest.«

»Ja, verdammt, aber nur zweibeinige.«

»Das musst du dabei sagen.«

Der Co-Pilot holte ein Tuch aus der Tasche und wischte

damit über seine Wange. Es gelang ihm, die Reste des Insekts wegzuputzen.

»Da ist noch eine«, sagte der Bordingenieur.

»Wo?«

Der Funker deutete in die Höhe, wobei der Co-Pilot mit seinen Blicken der Zeigefingerspitze folgte.

»Macht sie kaputt«, sagte der Kapitän. »Das Tier stört mich.«

»Erst mal haben.« Ingenieur Hobson stand auf. Er verfolgte den Flug des Insekts genau, hörte auch das Summen, und es gefiel ihm überhaupt nicht, denn irgendwie klang es anders als normal. Viel aggressiver, wie er meinte.

Dann sah er das Tier wieder. Es hockte auf der Konsole, starrte in seine Richtung und schien zu überlegen, ob es angreifen sollte.

Hobson hob den Arm. Mit der flachen Hand wollte er zuschlagen, doch es sollte nicht so weit kommen.

Er hörte ein Stöhnen.

Auf seinem Sitz fuhr Hobson herum und sah den Co-Piloten, der sich zur Seite gebeugt hatte, wobei er einen Arm nach unten pendeln ließ, sodass die ausgestreckten Fingerspitzen den Boden berührten. Hobson sah auch das Gesicht des Mannes, erkannte deutlich die linke Seite und eine Beule auf der Wange.

Rot schimmerte sie, in der Größe glich sie einer Kirsche, während sie allmählich wuchs.

Zuerst war Hobson sprachlos, dann sprang er auf, riss sich den Hörer vom Kopf, warf ihn auf das Pult, packte seinen Kollegen unter den Achseln und wuchtete ihn wieder hoch, während die Maschine im Landeanflug rasch an Höhe verlor.

Vom Tower her hatte die Crew das Okay erhalten. Alles war für die Landung klar, und ausgerechnet jetzt passierte dieses verdammte Missgeschick.

»Ernie, reiß dich zusammen!«, fuhr Hobson den Mann an. »Was ist nur mit dir los, Mensch?«

An die Biene dachte er nicht mehr. Auch nicht an die zweite, die noch immer auf der Lauer lag.

Ernie, der Co-Pilot, hörte die Worte zwar, doch er reagierte nicht. Matt und erschlafft hing er in seinem Sessel, die Augen und den Mund weit geöffnet. Speichel rann über die Lippen. Er hatte eine seltsame Färbung angenommen und leuchtete in einem intensiven Gelb.

Hobson erschrak. Ihm war plötzlich bewusst, dass da etwas nicht stimmte. So konnte sich ein Mensch innerhalb von Minuten nicht verändern, das war unfassbar.

»Wie ist es, Hobson?«, hörte der Ingenieur die Stimme des Kapitäns.

»Seltsam.«

»Was?«

»Das mit Ernie. Er hat sich verändert. Dieser Bienenstich muss schlimme Folgen haben. Der ist fast hin.«

»Machen Sie keinen Quatsch!«

Hobson hob den Blick. »Wenn ich es Ihnen sage, Sir. Er braucht dringend ärztliche Behandlung.«

»Ich setze mich mit dem Tower in Verbindung.«

»Das wäre gut, Sir.«

Während der Kapitän sprach, kümmerte sich Hobson um seinen Kollegen. Er redete auf ihn ein, hob ihn wieder an und setzte ihn zurück auf den Sessel.

Der Kopf des Mannes kippte nach hinten. Mit dem Nacken blieb er auf dem oberen Ende der Lehne. Hobson erkannte, dass Ernie dicht vor einem Kollaps stand. Sein Atem ging röchelnd, und in seinen Augen stand ein seltsam gelbes Licht, das sogar ein Muster innerhalb der Pupillen bildete.

Hobson zuckte zurück. Plötzlich fürchtete er sich vor diesem Mann, und er sah nicht die zweite Biene, die ihn in seinem Rücken anflog, ihren Platz auf seinem Nacken fand und zustach.

»Ahhh!« Hobson fuhr noch mehr in die Höhe, drehte sich, hörte das Summen und sah die Biene davonfliegen. Sein Schlag puffte ins Leere. »Verdammt, die hat mich auch gestochen!«

Der Kapitän wurde grau im Gesicht. »Hobson, machen Sie keinen Mist, Mensch! Wir sind noch nicht unten.«

»Das weiß ich, Sir.« Hobson taumelte zu seinem Sitz und ließ sich schwer nieder.

Selbst den abgebrühten Flugkapitän durchfuhr es kalt, als er seine beiden Männer sah. Auch Hobson hatte es erwischt. Von einer Sekunde zur anderen hatte er sich verändert. Lethargisch hockte er auf seinem Platz, die Augen aufgerissen, den Mund ebenfalls, und über seine Lippen drang ein abgehacktes Keuchen.

»Hobson!«, schrie der Kapitän den Ingenieur an. »Reißen Sie sich zusammen. Sie können doch nicht …«

»Mir ist so heiß, verflucht! Ich spüre mein Blut. Es, es kocht. Da ist alles anders.«

»Warten Sie noch ein paar Minuten!«, drängte der Kapitän. »Noch ein paar Minuten, dann ist der Arzt da.«

»Okay, okay.«

Der Chefpilot musste sich wieder um seine Maschine kümmern. Er dachte an die zahlreichen Passagiere. Die Maschine war fast bis auf den letzten Platz besetzt. Zumeist Geschäftsleute, die in Paris zu tun gehabt hatten.

Der Tower meldete sich. Eine Stimme fragte quäkend, ob alles okay wäre.

Nichts ist okay, gar nichts. Das allerdings sprach der Pilot nicht aus, er gab eine positive Meldung durch.

Danach konzentrierte er sich auf die Landung. Ein Kinderspiel für ihn, den erfahrenen Flugzeugführer. Er sah die Beleuchtung bereits. Sie brannte auch am Tage. Und wie eine gewaltige Straße öffnete sich vor und unter ihm die Landebahn.

Ein riesiger grauer Streifen, der in die Unendlichkeit zu führen schien und an beiden Seiten von grün schimmerndem Rasen flankiert wurde.

Das Fahrwerk war ausgefahren, die Maschine zur Landung bereit. Alles lief normal, wäre da nicht die Biene gewesen.

Sie schwirrte vor den Augen des Flugkapitäns. Er schlug nach ihr, hatte Glück und schloss die Faust.

»Verdammtes Biest, jetzt habe ich – ahhh …« Der Schrei war nur kurz, fast so kurz wie der Stich, aber beides reichte aus, um den Flugkapitän wissen zu lassen, dass er nun an der Reihe war.

Ihn hatte es als Letzten erwischt.

Für einen Moment starrte er auf seine Hand und schaute sich die Stichstelle an.

Sie wurde rasch größer. Innerhalb von Sekunden wuchs sie an und hatte bereits die Ausmaße eines Kirschkerns. Auch leuchtete sie rot mit einem gelben Kranz darin. Sie sah furchtbar aus. Der Kapitän hatte sich auch erschreckt und stellte danach fest, dass er bereits über der Piste schwebte.

Er musste runter.

Die Bewegungen, die den Landevorgang einleiteten, waren tausendmal und mehr geübt. Da konnte er sich überhaupt nicht verkalkulieren. Es gab höchstens mal eine unsanfte Landung, wenn starker Wind im Spiel war.

Bodenkontakt!

Diesmal packte es die Maschine. Sie war doch sehr hart aufgekommen, und der Vogel aus Metall schüttelte sich unwillig, als wollte er wieder in die Höhe steigen.

Das Gesicht des Piloten verzerrte sich. »Bleib schön unten«, flüsterte er und stierte durch die große Scheibe nach draußen. Dort huschte die Piste wie ein grauer Schleier unter ihm weg. Er war viel zu schnell. Es bestand die Gefahr, die Maschine nicht mehr rechtzeitig genug stoppen zu können.

Auch vom Tower machte man ihn darauf aufmerksam. Aus den Lautsprechern seines Kopfhörers schallten die quäkenden Stimmen, denen der Pilot keinerlei Beachtung schenkte.

Er konnte es auch nicht mehr, denn in seinen Adern toste das Blut, als wäre es erhitzt worden. Längst perlte dicker Schweiß auf seiner Stirn. Er reagierte nicht mehr normal, und vor seinen Augen begann die Rollbahn zu tanzen.

Die Passagiere schwebten plötzlich in Lebensgefahr.

Noch einmal drehte er sich um, als er hinter sich einen dumpfen Aufschlag hörte.

Der Co-Pilot war von seinem Sitz gerutscht. Er lag auf dem Boden, sein Gesicht war dem Kapitän zugewandt, und dieser sah, dass es sich verändert hatte.

Die Augen hatten fast das Dreifache ihrer ursprünglichen Größe angenommen. Die Nase war völlig verschwunden; kleine Fühler wuchsen aus der Haut, und winzige Härchen zitterten.

Aus dem Mund rann eine gelbe Flüssigkeit. Sie hatte bereits eine Lache neben dem Gesicht gebildet.

Der Kapitän drehte sich unter Mühen wieder um. Er schaute auf seine Handfläche.

Um das Doppelte war sie angewachsen. Der kleine Hügel wuchs aus dem Ballen, und er konnte die Finger nicht mehr bewegen. Schmerzen durchzuckten sie.

Die Maschine raste weiter.

Im Tower spielten die Helfer verrückt. Sie riefen den Piloten. Ihre Stimmen hallten als quäkende Echos durch das Cockpit, und der Kapitän riss sich noch einmal zusammen.

»Bienen!«, keuchte er. »Wir werden zu Bienen. Helft uns! Helft ...« Es waren seine letzten Worte. Danach fiel sein Kopf nach vorn. Mit dem Gesicht zuerst prallte er auf die Instrumente.

Er spürte es nicht mehr. Aber die Passagiere hatten festgestellt, dass etwas nicht stimmte.

Einer nur schrie es.

Blitzschnell war die Panik da. Man schnallte sich los, sprang von den Sitzen hoch, und das Chaos breitete sich blitzschnell aus.

Eine Stewardess fasste den Mut und rannte auf das Cockpit zu. Sie öffnete die Tür, schaute hinein und konnte nur mit Mühe einen Schrei unterdrücken, als sie die Besatzung liegen sah.

Die toten Bienen nahm sie nicht wahr.

Aber sie tat etwas, das sie später als Heldin dastehen lassen sollte. Man hatte oft über sie gelästert, weil sie ihre Freunde wechselte. Zu denen gehörten nicht selten Flugkapitäne, und mit ihnen hatte sie nicht nur im Bett gelegen, sondern sich hin und wieder die Funktionen eines Düsenjets erklären lassen.

Sie kannte die Bedeutung vieler Griffe und Instrumente, und sie wusste auch, dass die Maschine viel zu schnell rollte.

Das Mädchen schob den leblosen Kapitän zur Seite. Ihr Blick flog über die Kontrollinstrumente. Im ersten Augenblick wusste sie nicht, wie sie reagieren sollte, sie war zu durcheinander, aber sie sah das Ende der Rollbahn schon in greifbarer Nähe und glaubte auch das Jaulen der Feuerwehrwagen zu hören.

Es war fast Panik, was sie da überfallen hatte. Dennoch gelang es ihr, das Richtige zu tun.

Die Stewardess schaffte es, den Jet abzubremsen. Allerdings zu hastig. Gegenkräfte kamen voll zur Wirkung. Die Stewardess wurde durch das Cockpit geschleudert, im Passagierraum herrschte Chaos, die Menschen fielen übereinander und erlebten im nächsten Moment eine mörderische Fliehkraft, als sich die Maschine drehte.

Sie wirbelte um die eigene Achse, während sie noch weitergetrieben wurde.

Dann knickte ein Fahrgestell ab.

Und plötzlich war der Teufel los. Mit dem Bauch rasierte der Jet über die Rollbahn, geriet abermals mit einer wahnsinnigen Geschwindigkeit im Neunzig-Grad-Winkel zur Rollbahn über den Grasteppich.

Dann schlugen die ersten Flammen aus dem Cockpit.

Es waren nur kleine tanzende Feuerfinger, die aber konnten sich in Sekundenschnelle ausbreiten und die Katastrophe noch vergrößern. Geistesgegenwärtig warf sich die Stewardess aus dem Cockpit und hämmerte die Tür zu.

Sie geriet in eine Vorhölle.

Nichts befand sich mehr auf seinem Platz. Das Handgepäck der Passagiere war zu gefährlichen Geschossen geworden und hatte einige Menschen verletzt.

Durcheinander, Wahnsinn, Angst. Die Menschen saßen in der Falle. Kräfte spielten mit ihnen, schleuderten und packten sie, warfen sie hoch, pressten sie gegen die Wände und drückten ihre Mägen bis in die Kehlen, wo sich das Essen Platz schaffte.

Es war der mutigen Stewardess gelungen, sich ein wenig in die Höhe zu stemmen. Zwischen zwei Sitzen kam sie hoch, fühlte sich dennoch eingeklemmt, aber sie kämpfte weiter. Und ihr Blick erfasste den Teilausschnitt eines Fensters.

Eine wirbelnde, tosende Welt draußen, in der sich die Maschine drehte und lange Funkenspuren wie Grüße aus der Hölle an der Außenhaut hochstoben.

Dazwischen der Rauch. Sie roch ihn nicht, sie sah ihn für einen Moment, bevor der Wind ihn zerflatterte.

Die Stewardess betete, ohne die Hände zu falten. Sie verdrehte die Augen, starrte an die Decke und wartete auf den alles zerstörenden Krach. Sie sah nicht die zahlreichen Wagen, die von allen Seiten heranjagten und die großen Schaumteppiche ausbreiteten.

Plötzlich brach die linke Tragfläche ab.

Es gab einen Ruck, den keiner der Passagiere mehr auffangen konnte. Die Maschine kippte hart auf die Seite, während sie sich noch drehte und Teile des Leitwerks wie gewaltige Meißel in den weichen Boden stießen.

Ein Krachen, Splittern und Knirschen erfüllten die Luft. Vom Cockpit wurde ein Teil abgerissen, eines der Räder jagte in den Himmel und war eingehüllt von Dreck und Staub.

Endlich kam die Maschine zur Ruhe.

Nur die Flammen schlugen höher; und jetzt erst bemerkten die Passagiere, dass sie noch längst nicht gerettet waren. Sie steckten in der Feuerhölle!

Menschen wurden zu Tieren.

Es gab nur wenige Besonnene unter ihnen, doch sie bekamen die Fäuste und Füße der anderen zu spüren. Niemand konnte den Notausstieg öffnen, etwas hatte sich verklemmt, doch die Menschen hatten Glück im Unglück.

Die Flughafenfeuerwehr reagierte und handelte sehr entschlossen.

Bevor sich das Feuer weiter ausbreiten konnte, jagten die unter hohem Druck ausgestoßenen Schaumfahnen gegen die halb zerstörte Maschine und zischten wie Geysire auf, wenn sie das heiße Metall und die züngelnden Flammen trafen.

Die Rettungsaktion blieb nicht ohne Erfolg. Alle Passagiere konnte herausgeholt werden. Es gab zwar Verletzte, das jedoch zählte in der Bilanz nicht.

Hätte die Stewardess nicht die Geistesgegenwart besessen und die Tür zum Cockpit geschlossen, wäre alles anders gekommen, und es hätte mehr als drei Tote gegeben.

Über die Crew schrieben die Gazetten weniger. Sie kümmerten sich um Helen Age, die große Heldin von Heathrow.

Die Experten aber machten sich Gedanken. Besonders über einige Funksprüche, die aufgefangen worden waren. Scotland Yard wurde eingeschaltet, auch der Geheimdienst mischte mit. Man stritt sich um Kompetenzen, und so dauerte es Tage, bis jemand auf den Tisch haute und eine Entscheidung traf.

Der Mann, der dies zu verantworten hatte, war vor Jahren mal geadelt worden und hörte auf den Namen Sir James Powell, denn ihm war als Einzigem etwas Gravierendes aufgefallen.

Glenda Perkins wurde nicht nur rot, sondern auch ein wenig nervös. Dabei achtete sie nicht auf ihren Löffel, auf dem das Eis schmolz, herunterlief und auf dem Rock einen Fleck hinterließ.

Ich wollte noch warnen, da war es schon passiert.

»Pech«, sagte ich.

Glenda nahm die Serviette und machte sich an dem Fleck zu schaffen.

»Du bist schuld.«

»Wieso ich?«

»Weil du mich so angestarrt hast.«

Ich grinste. »Das hatte auch seinen Grund.«

»Und welchen?«

Da ich meinen Becher bereits geleert hatte, schob ich ihn zur Tischmitte hin und lehnte mich auf dem schmalen Eisdielenstuhl zurück. »Du hattest mich gefragt, wie es in Blackmoor war. Da sich dort zahlreiche Hexen aufhielten, habe ich überlegt, ob du nicht gut dazwischen gepasst hättest, und deshalb habe ich dich so angeschaut, um …«

»Passe ich nun?«

»Nein.«

Glenda lächelte hinterlistig. »Eine reicht ja auch, nicht wahr?«

»Meinst du Jane?«

»Wen sonst?«

»Ja, sie hat auch mitgemischt. Wie Wikka.«

»Ich weiß. Schließlich habe ich deinen Bericht gelesen. Wikka wird es übrigens schwer haben, so wie sie jetzt aussieht. Schwarz und verbrannt. Es wird ihr nicht passen.«

»Mir kann's nur recht sein.«

Ich hatte Glenda zu einem Eis eingeladen. Die Mittagspause wollten wir ausnutzen. Draußen vor dem italienischen Eiscafé trugen die Menschen ihre Frühlingsgarderobe zur Schau, und ich sah auch die allmählich wieder in Mode kommenden Miniröcke. Soeben betraten zwei junge Mädchen die Eisdiele. Sie trugen ebenfalls Röcke in dieser Länge. Oder musste man da besser Kürze sagen?

Ich riskierte einen Blick, dann noch einen.

»Gefallen sie dir?«, fragte Glenda spitz.

»Wer?«

»Tu nicht so, du Lüstling. Die Röcke und die Mädchen.«

»Da ich kein Greis bin, kann ich deine Frage mit einem ehrlichen Ja beantworten und gleichzeitig eine hinterhersetzen: Hast du auch schon so einen Rock?«

Glenda löffelte ihr Eis und erwiderte: »Rate mal!«

Ich wiegte den Kopf. »Bei deiner Figur müsstest du eigentlich einen haben.«

»Was soll das denn heißen?«

Ich grinste leicht. »Schließlich kenne ich dich. Wir waren zusammen in deiner Wohnung und haben dort …«

»Das ist bekannt.«

»Also? War meine Folgerung so verkehrt?«

»Das war sie nicht«, antwortete Glenda Perkins und konnte nicht vermeiden, dass eine leichte Röte in ihr hüb-

sches Gesicht stieg. Ich mochte sie. Glenda war ein frau-
licher Typ, etwas weich vielleicht, nicht burschikos, dennoch wusste sie sich durchzusetzen. Am vorherigen Tag
war sie beim Friseur gewesen. Schwarze Locken um-
rahmten jetzt ihren Kopf.

»Du könntest mir den Rock ja mal vorführen«, sagte
ich so ganz nebenbei.

»Im Büro?« Sie schüttelte den Kopf. »Was meinst du,
was Sir James dazu sagt.«

»Ich glaube kaum, dass er weggucken wird«, erwiderte
ich grinsend.

»Das sicherlich nicht, aber er würde auf dich verwei-
sen und mir erzählen, dass das Tragen kurzer Röcke
einen negativen Einfluss auf die Arbeitsmoral ausübt.«

»Dann muss ich mir den Rock eben bei dir zu Hause
ansehen.«

»Lädst du dich selbst ein?«

»Wenn du es nicht tust, ja.«

Glenda lächelte, und ihr Gesicht nahm einen noch wei-
cheren Zug an. »Darüber könnte man reden. Allerdings«,
sie warf einen Blick auf die Uhr, »jetzt nicht mehr, denn
die Pause ist vorbei.«

»Es bleibt aber bei der Einladung?«

»Erst die Arbeit, dann das Vergnügen.«

»Damit fange ich gleich an«, erwiderte ich und winkte
der Bedienung, um die Rechnung zu begleichen.

Glenda hatte Recht. Offiziell hatten wir die Pause
längst überzogen, aber das störte mich nicht. Den Urlaub,
den ich zu bekommen hatte, der reichte fast für ein halbes
Jahr. Sollten sie die paar Minuten davon abziehen, wenn
sie wollten.

Die Eisdiele, wo es original italienisches Eis gab, lag
nur eine Steinwurfweite vom Yard Building entfernt. Wir
waren zu Fuß hingegangen, und als wir im Büro eintrafen, da hockte Suko auf Glendas Platz und grinste.

»Na, ihr Turteltäubchen, wie war's?«

»Besser als hier«, erwiderte ich. »Und eigentlich hätten
wir noch bleiben können. Wie ich sehe, hast du Glenda
wirklich glänzend vertreten, Alter.«

»Das scheint nur so. Jemand hat Sehnsucht nach dir.«

»Der Alte?«

»Genau der.«

Ich stand schon an der Tür. »Wenn du Schreie hörst, hat er uns gefoltert.«

Sie lachte. »Womit denn?«

»Sir James wird manchmal zum Tiger …«

Ein Tiger war der Superintendent zwar nicht, er zog trotzdem ein mürrisches Gesicht, als wir eintraten. »Der Frühling bekommt Ihnen wohl nicht, John.«

»Wieso?«

»Sie haben sich verspätet.«

»Soll ich Urlaub nehmen?«

»Das könnte Ihnen so passen«, schmunzelte unser Chef. »Urlaub habe ich auch nicht.«

»Dafür ein Magengeschwür.« Die Bemerkung konnte ich mir einfach nicht verkneifen.

»Kommen wir zur Sache«, sagte Sir James. »Haben Sie bereits von dem Unglück auf dem Airport gehört?«

»Die Beinahekatastrophe?«

»Genau die.«

»Sicher.« Ich nickte. »Aber das ist wohl kaum ein Fall für uns, Sir. Ich bin …«

»Warten Sie es ab«, unterbrach mich mein Chef und legte einen Bleistift zurecht, den er zwischen zwei Finger genommen hatte. »Es gibt da einige sehr interessante Fakten, die man nicht außer Acht lassen darf. Jedenfalls ist nichts davon in die Presse gelangt, das finde ich auch gut so. Für die Öffentlichkeit ist Helen Age, die Stewardess, die große Heldin. Sie hat durch ihre Geistesgegenwart ein Ausbreiten des Brandes verhindert. Der Polizei und den zuständigen Männern stellte sich die Frage, wie es dazu kommen konnte. Wie war es möglich, dass eine Cockpit-Besatzung total ausfiel?«

Suko und ich schauten uns an.

»Was sagten Sie da, Sir?«, fragte der Inspektor. »Die komplette Besatzung ist ausgefallen?«

»Ja. Alle drei Männer waren nicht mehr in der Lage, die Maschine zu führen.«

»Das gibt es doch nicht.«

Sir James schaute mich bedauernd an. »Das aus Ihrem Munde zu hören, John, wundert mich. Gerade Sie sollten wissen, dass das Unmögliche möglich ist.«

»Gebe ich zu, Sir, aber nicht bei einem Flugzeugabsturz. Das hat doch nichts mit Dämonen zu tun.«

»Oder doch.«

»Gibt es Zeugen?«, fragte Suko.

»Nein, nicht für das Cockpit. Die drei Männer sind alle in dem Feuer umgekommen.«

Das war schon eine schlimme Sache, doch Sir James sollte allmählich die Katze aus dem Sack lassen, denn ich wollte wissen, weshalb er uns gerufen hatte. Lange brauchten wir nicht mehr zu warten, der Superintendent bequemte sich endlich zu einer Erklärung.

»Man hat natürlich genaue Untersuchungen durchgeführt. Unter anderem ist der Funkverkehr zwischen dem Flugkapitän und dem Tower aufgezeichnet worden. Bis zur Landung ging alles glatt. Die Maschine hatte bereits ihr Okay, als sich der Kapitän meldete und einen Arzt ans Rollfeld verlangte. Sein Co-Pilot war plötzlich erkrankt. Das Gleiche geschah mit dem Bordingenieur, und auch den Kapitän erwischte es kurz darauf.«

»Alles während der Landung?«, fragte ich.

»So ist es.«

»Das kann ich kaum fassen.« Ich blickte Suko an, und der hob seine Schultern.

»Leider müssen wir davon ausgehen«, erklärte Sir James, »und wir wissen auch, was geschehen ist, John. Der Flugkapitän sprach nämlich von einem seltsamen Phänomen.« Sir James machte es spannend. Er legte eine kurze Pause ein und rückte seine Brille zurecht. »Er redete von Bienen, die sich im Cockpit befanden und dort ihre Kreise zogen. Diese Bienen haben die Männer gestochen. Und zwar alle drei.«

Nach diesen Worten schwiegen wir. Das war ein echter Hammer. Mit allem hätten wir gerechnet, allerdings nicht mit dieser Eröffnung.

»Stimmt das auch?«, fragte Suko.

420

Sir James hob die Schultern. »Wir konnten es natürlich nicht genau nachprüfen. Die Bienen haben das Feuer verständlicherweise nicht überstanden. Aber ich gehe davon aus, dass sich der Pilot nicht geirrt hat.«

»Was macht Sie so sicher, Sir?«

Sir James nahm einen Schluck von seinem kohlensäurefreien Wasser. »Ganz einfach. Während sich die Techniker mit den normalen Absturzursachen beschäftigten und diese Probleme durchgingen, nahm ich einen anderen Weg. Ich schaute mir einmal die Passagierliste genauer an. Und da machte ich eine Entdeckung, Gentlemen.«

»Welche, Sir? Spannen Sie uns nicht so auf die Folter.«

Der Superintendent machte es diesmal besonders spannend. Endlich konnte er uns einmal ein wenig vorführen. Er wusste mehr als wir, und er spielte dieses Wissen auch aus. »Ich entdeckte einen Namen auf der Liste, der mir irgendwie bekannt vorkam. Es war ein Frauenname. Er lautet: Linda Whiteside.«

Ich saß da und rührte mich nicht. Auch bei Suko regte sich nichts. Wir beide überlegten, aber unseren Gesichtern merkte man nichts an. Sie blieben glatt.

Linda Whiteside!

»Fällt der Penny?«, fragte Sir James.

»Er befindet sich noch auf dem Weg«, erwiderte ich wahrheitsgemäß. »Tut mir Leid, Sir, ich kann mit diesem Namen im Augenblick wirklich nichts anfangen.«

»Denken Sie mal an den Fall des Shawn Braddock. Ein dämonischer Imker, der es geschafft hatte …«

»Natürlich!«, rief Suko. »Linda Whiteside. Das ist die Frau, die ihr Kind und ihren Mann durch die verdammten Killer-Bienen verloren hat, John. Wir waren bei ihr in der Wohnung und haben dort den totalen Horror erlebt!«

»Ja, ich weiß«, murmelte ich. »Jetzt, wo du es sagst, fällt es mir wieder ein. Die Mordinsekten. Linda Whiteside, der kleine Billy, der plötzlich eine Biene war, dann der Überfall der Killer-Bienen auf das Penthouse, in dem die Party gefeiert wurde. Mir ist alles wieder klar geworden.« Ich schluckte. »Steckt Shawn Braddock nicht in der Anstalt?«

»Ja«, antwortete unser Chef.

Ich holte tief Luft. »Ich dachte dabei an Rocky Koch, den Rattenkönig. Er hat ebenfalls aus einer Anstalt die dämonischen Ratten geleitet. Vielleicht erleben wir bei Braddock das Gleiche.«

»Möglich«, meinte Sir James, »wenn auch nicht sehr wahrscheinlich. Allerdings müssen Sie davon ausgehen, dass nicht alle Bienen vernichtet worden sind. Es haben einige von ihnen den Winter überlebt und kommen nun hervor.«

»Das ist fast nicht möglich.« Ich schüttelte den Kopf. »Und was sollte Linda Whiteside damit zu tun haben? Sie hat ihre Familie verloren, die Bienen …«

»Möglicherweise war sie stärker in den Fall verwickelt, als wir annahmen«, gab Sir James zu bedenken. »Man sollte sich mit der Frau beschäftigen.«

»Haben Sie das nicht schon getan, Sir?«

»Auch. Die Maschine kam aus Paris. Was Linda Whiteside dort zu suchen gehabt hatte, ist mir allerdings unklar. Sie weiß nicht, dass wir uns für Sie interessieren. Sie beide sollten mit ihr reden. Vielleicht haben wir damals etwas übersehen.«

»Allerdings ist Linda Whiteside inzwischen umgezogen«, fuhr Sir James fort. »Sie wollte nicht mehr in ihrer alten Wohnung leben. Verständlich, die Erinnerungen. Sie ist jetzt in die City gezogen. Hier haben Sie ihre Anschrift.«

Sir James übergab uns einen Zettel. Er hatte auf dem Papier die wichtigsten Dinge notiert.

»Da werden wir wohl die alte Salbe wieder mitnehmen müssen«, meinte Suko.

»Welche Salbe?«

»Das Antibienenzeug, das uns die Frau gegeben hat, als wir gegen die Killer-Bienen kämpften.«

Suko brauchte nichts zu erklären. Ich erinnerte mich wieder an die stinkende Salbe. »Weggeworfen habe ich sie nicht«, sagte ich. »Die muss noch im Bad liegen.«

»Finden Sie die Bienen!«, forderte uns Sir James auf. »Der erste Fall hat genügend Opfer gekostet. Ich möchte nicht, dass noch welche hinzukommen. Die drei Männer aus dem Cockpit sollen die Letzten gewesen sein.«

»Wir tun unser Bestes, Sir«, versprachen wir beide. Es waren unsere letzten Worte. Anschließend verließen wir das Büro unseres Chefs.

»Killer-Bienen«, sagte Suko und runzelte die Stirn. »Wenn das nur gut geht.«

»Hast du Angst?«

Der Chinese hob die Schultern. »Ebenso viel wie du, John. Da kann man halt nichts machen. Ich stehe lieber einem Vampir oder Ghoul gegenüber als einer Killer-Biene.«

»Da hast du Recht.«

»Na, habt ihr die Zigarre weg?«, empfing uns Glenda. »Hat ziemlich lange gedauert, euer Anschiss.«

»Welch hässliches Wort aus so einem hübschen Mund«, hielt ich Glenda vor. »Aber du weißt ja, Mädchen. Wir leben nach der Devise: hart gegen uns selbst und brutal gegen andere.«

»Aha. Und – lebt Sir James noch?«

»Ja. Er muss nur aufpassen, dass er nicht gestochen wird.«

»Von wem?«

»Von einer Biene, von wem sonst?«

Sauna – Solarium – Sonnenbank – Whirlpool – das alles war in dem Center untergebracht, vor dem wir standen. Es nahm die gesamte Hausbreite ein und schien Hochkonjunktur zu haben, denn auf dem Parkplatz hatten wir keine freie Lücke mehr finden können.

Wir wollten uns nicht bräunen lassen und auch nicht saunieren, sondern ganz einfach zu Linda Whiteside. Sie hatte hier nämlich einen Job gefunden. Das war uns von einer Nachbarin erzählt worden.

Der gesamte Komplex hatte auch einen Namen. Er stand groß über dem Eingang.

TROPICAL

»Dann auf in die Tropen«, sagte Suko und meinte gleichzeitig: »Vielleicht werden wir von Hula-Mädchen empfangen, die uns Kränze um den Hals hängen.«

»Aber aus Knoblauch«, erwiderte ich. »Schließlich wissen die, was sie uns schuldig sind.«

Die Tür war nicht verschlossen. Dahinter empfing uns ein lächelndes junges Mädchen in einem Kassenhäuschen. Die kleine Halle war tropisch aufgemacht. Wir sahen die Palmen auf den Tapeten und die echten Agaven, die in großen Kübeln standen.

Freundlich wurden wir begrüßt. Die Kleine trug einen sonnengelben Kittel, der an der Vorderseite eine rote Blüte zeigte. Sie hatte sich genau auf ihrem Busen verteilt.

»Guten Tag, die Gentlemen. Möchten Sie saunieren, bräunen, entspannen oder schwimmen?«

Wir schüttelten die Köpfe, und ihr Lächeln erstarb auf den Lippen.

»Was dann?«

»Mit jemandem sprechen.«

»Wer soll das sein, bitte sehr?«

»Linda Whiteside. Sie arbeitet doch bei Ihnen.«

Das Mädchen schaute mich an. »Schon, aber wie Sie sagten, sie arbeitet bei uns und ist sehr beschäftigt.«

»Das haben wir uns gedacht. Wir müssen trotzdem mit ihr reden.«

»Sie hat in drei Stunden Schluss. Dann können Sie …«

Das Mädchen verstummte, denn Suko und ich hatten unsere Ausweise gezückt.

»Sie sind von der Polizei?«

»Sehr richtig.«

Jetzt wurde die Kleine blass. »Wir haben hier nichts zu verbergen. Wir sind keine Sauna, die, die …« Sie begann zu stottern.

»Das hat auch niemand behauptet«, meinte Suko lächelnd. »Uns geht es allein um Linda Whiteside.«

Sie nickte. »Ich lasse sie rufen.«

»Nein, danke«, erklärte ich. »Es reicht, wenn Sie uns sagen, wo Mrs. Whiteside arbeitet. Damit ist uns schon geholfen. Schließlich wollen wir niemanden beim Saunieren stören.«

»Linda arbeitet in unserem Tropical-Bad an der Bar.«

»Und was müssen wir unter dem Begriff Tropical-Bad verstehen?«, erkundigte ich mich.

»Die große Palmenhalle mit dem Schwimmbad. Dort können Sie schwimmen, entspannen …«

»Danke, das reicht. Wir werden es schon finden«, sagte Suko und zog mich herum.

Der Inspektor hatte bereits die Wegweiser zum Bad entdeckt.

Wir mussten uns links halten, gelangten in einen Gang, der hinter einer breiten Glastür lag, und schritten über dicke blaue Teppiche geradeaus.

Rechts und links ging es zu den anderen Ruhe- und Entspannungsräumen. Ein leichter Schwimmbadgeruch, angereichert mit exotischen Düften, lag in der Luft. Leise Musik ertönte. Und zwei Mädchen, die nur mit winzigen zitronengelben Bikinis bekleidet waren, schwebten auf die vor uns liegende Tür zu und öffneten sie.

Natürlich ließen wir unsere Blicke über die Körper streifen. Die Girls jedoch verzogen nur die Mundwinkel. Ohne uns überhaupt zur Kenntnis zu nehmen, gingen sie vorbei.

»Du bist ihnen eben nicht schön genug«, erklärte Suko.

»Und du?«

»Bei mir kommt es auf Schönheit nicht an. Ich habe innere Werte, mein Lieber.«

»Aha, das wusste ich nicht.«

Wir hatten mittlerweile den Eingang zum Bad erreicht. Die Glastür schwang auf Fußkontakt zurück, und wir konnten das Bad betreten.

Das war schon ein Hammer!

Staunend blieben wir dicht hinter dem Eingang stehen. Wir waren beide von der Größe überrascht. Diese Poollandschaft wurde von einem Becken beherrscht, das als riesiges Oval vor uns lag. Das Wasser schimmerte blaugrün. Wir hörten leise Musik. Künstlicher, warmer Wind wurde erzeugt, der die ebenfalls künstlichen Wedel der aufgestellten Palmen bewegte. Die langen Wände an den Breitseiten zeigten Motive aus der Südsee. Und Musik aus dieser Gegend rundete den Gesamteindruck ab.

Mir kam das alles etwas kitschig vor. Auch Suko verzog die Mundwinkel, denn er schien die gleichen Gedanken zu haben wie ich.

Rechts und links des großen Pools wuchsen breite Stufen terrassenförmig in die Höhe.

Auf den Stufen standen Liegestühle. Die meisten waren belegt.

Oberhalb der Stufen hatte man die Sonnenbänke aufgestellt. Über ihnen befanden sich die Anlagen mit dem seltsam roten Licht, das der Haut die nötige Bräune gab.

Und darauf waren zahlreiche Frauen und Mädchen scharf. Wie träge Katzen räkelten sie sich auf den Liegen oder lagen nur unbeweglich da. Die meisten von ihnen hatten die Oberteile ihrer Bikinis zur Seite gelegt, trugen nur die handbreiten Slips und wollten nahtlos braun werden.

»Das ist doch was«, sagte Suko.

»Wieso?«

»So viele Mädchen auf einmal. Wo findest du das schon, John? Du hast die freie Auswahl als Junggeselle.«

»Mich interessiert nur eine«, sagte ich.

»Glenda?«

»Nein. Linda Whiteside.«

»O ja, natürlich, ich vergaß, weshalb wir hergekommen sind. Wo steckt sie denn?«

Die Bar befand sich an einer der kleinen Schmalseiten, und zwar links von uns, im rechten Winkel zur Eingangstür. Zwischen der Bar und dem Pool gab es einen Platz, auf dem einige Tische und Stühle aufgestellt werden konnten. Einige waren besetzt. Meist junge Leute oder welche, die sich dafür hielten, schlürften ihre Mixdrinks. Ein weißlich schimmerndes Zeug, das in hohen Gläsern schwappte.

Auch die Bar hatte einen Südsee-Touch, und die Lampen mit dem gedämpften Licht waren so zwischen den unter der Decke hängenden, künstlichen Wedeln verteilt, dass sie kaum auffielen.

Es gab genügend freie Plätze. Das Leder der Hocker schimmerte in einem hellen Rot. Zwei Frauen und ein Mann bedienten hinter der Bar. Der Knabe war sehr schön. Er trug sein blondes Haar lockig, das Gesicht zeigte eine künstliche Bräune, die braunen Augen einen träumerischen Ausdruck, und es hätte nicht erst der zahlreichen Goldkettchen bedurft, um zu wissen, dass der Bursche sein Lächeln eher einem Mann schenkte als einer Frau.

Auch uns lächelte er zu. Wir aber enttäuschten ihn und nahmen dort Platz, wo die Frauen bedienten.

Linda Whiteside putzte Gläser. Noch wandte sie uns den Rücken zu. Wir erkannten sie trotzdem. Allerdings hatte sie ihr Haar anders geschnitten. Sie trug es jetzt kürzer, auch ein wenig lockiger.

Wir räusperten uns.

Linda musste es gehört haben, denn sie drehte sich um. Bevor sie eine Frage stellen konnte, erstarrten ihre Gesichtszüge. Das Lächeln vereiste ein wenig, sie legte die Stirn in Falten, überlegte und trat dabei zögernd näher.

»Kennen wir uns nicht?«, fragte sie.

»Sicher, Mrs. Whiteside.«

»Sie sind doch …«

»Genau die.«

»John Sinclair. Oberinspektor bei Scotland Yard. Und das ist Ihr Kollege Suko.«

»Sehr richtig kombiniert.«

»Na dann …« Sie wusste nicht, was sie nun sagen sollte, und ich überbrückte ihre Verlegenheit, indem ich einen Cocodrink bestellte.

»Sofort«, sagte sie. »Zweimal?«

»Ja.« Während sie die Drinks mixte, hatte ich Zeit, sie zu betrachten. Linda trug ebenfalls eine gelbe Kluft. Auch sehr freizügig. Ein knappes Oberteil, dafür unter dem Bauchnabel einen langen Rock, und um ihren Hals hatte sie einen Kranz aus Blüten gehängt. Sie sollte eben wie ein Südsee-Mädchen aussehen. So ganz kam es nicht hin.

Sie schien mir in dem knappen Jahr ziemlich gealtert zu sein. Ihre Mundwinkel zeigten scharfe Falten, das Lächeln wirkte aufgesetzt und wie eingefroren. Aus dem Mixapparat goss sie den milchigen Drink in zwei hohe Gläser mit gezuckertem Rand und tauchte zwei Strohhalme hinein, bevor sie uns die Drinks rüberschob.

Wir dankten nickend und nahmen die ersten Schlucke. Das Getränk schmeckte nicht schlecht, mir aber war es ein wenig zu süß. Es machte nur noch mehr Durst.

Linda Whiteside wollte sich wieder entfernen, aber ich bat sie, noch zu bleiben. Ihr Lächeln wirkte unecht, als sie fragte: »Sie sind doch nicht privat hier?«

»Sieht man das?«, fragte Suko.

»Natürlich. So wie Sie angezogen sind, sitzt man normalerweise nicht an der Bar.«

»Richtig beobachtet, Mrs. Whiteside. Wir haben tatsächlich einen Grund für unser Kommen. Und der sind Sie.«

»Das habe ich mir gedacht.« Sie schaute Suko und mich an, bevor sie fragte: »Um was geht es denn? Immer noch um die alte Sache? Ich hoffe nicht, denn es hat lange gedauert, bis ich darüber hinweg war, und ganz geschafft habe ich es noch immer nicht. Nachts wache ich oft schweißgebadet auf. Es verfolgen mich die Ereignisse der Vergangenheit bis in die Träume hinein, da kann ich nicht mehr schlafen.«

»Sie waren in Paris?«, unterbrach ich ihren Redefluss.

»Das wissen Sie?«

»Ja, es ergab sich so«, erwiderte ich locker. »Hatten Sie einen besonderen Grund?«

»Ich wollte einfach mal etwas anderes sehen und die Stadt kennen lernen. Es war ein Billigangebot, auf das ich zurückgriff. Fünf Tage Paris. Die haben mir gut getan.«

»Das glaube ich Ihnen, Mrs. Whiteside«, sagte ich und nahm noch einen Schluck. »Die Landung war weniger schön, nicht wahr?«

Sofort wurde sie blass. »Hören Sie damit auf, Sir! Es war der zweite große Schrecken in meinem Leben. Ich habe wirklich gedacht, es nicht mehr zu schaffen. Ich schloss mit meinem Leben ab. Dass ich trotzdem noch gerettet wurde, kommt mir heute wie ein kleines Wunder vor.«

»Es war sogar ein großes«, sagte ich.

»Stimmt.«

»Sie haben keine Ahnung, wie das alles passiert sein könnte?«, hakte ich nach.

»Nein, ich habe zwischen den Passagieren gesessen und las später in der Zeitung, dass es die Cockpit-Besatzung erwischt hat. Von ihr hat keiner überlebt.«

»Das ist auch unser Problem, und wir dachten, dass Sie uns unter Umständen helfen könnten.«

»Ich?« Erstaunt öffnete sie die Augen. »Das ist so gut wie unmöglich. Ich sagte Ihnen schon ...«

»Wissen Sie, wie die Leute ihr Leben verloren haben? Oder was das auslösende Moment war?«

Suko hatte die Frage gestellt und erhielt ebenfalls eine negative Antwort. »Dann will ich es Ihnen sagen, Mrs. Whiteside, wobei ich Sie gleichzeitig darauf aufmerksam machen möchte, dass dies unter uns bleibt und Sie nichts weitersagen dürfen.«

»Ich verspreche es.«

»Es waren die Stiche von Bienen!«

»Nein!« Linda gab die Antwort so laut, dass ihre Kollegin aufmerksam wurde und zu uns schaute. »Das kann doch nicht möglich sein.« Linda presste ihre Hand in Herzhöhe gegen die Brust.

Ich nickte. »Es ist aber so. Vor seinem Tod oder seiner Bewusstlosigkeit sprach der Pilot von einer Biene, die ihn und seine Kollegen gestochen hatte. Keiner der Männer konnte die Maschine heil nach unten bringen, und wir können von ihnen auch nichts mehr erfahren, denn alle drei sind bis zur Unkenntlichkeit verbrannt. Wir haben allerdings Grund zu der Annahme, dass die Meldung keine Ente, sondern echt war. In das Cockpit müssen sich Bienen verirrt haben. Und diese Bienen setzen wir mit denen gleich, die Sie so in Schrecken und Panik ...«

Plötzlich schimmerten Tränen in ihren Augen. Linda

hatte Mühe, ihre Fassung zu bewahren. »Geht das denn schon wieder los?«, fragte sie verzweifelt. »Kann man nicht seine Ruhe haben?«

»Ich fürchte, nein.«

»Aber ich habe damit nichts zu tun!«, rief sie.

»Das glauben wir Ihnen gern, Mrs. Whiteside. Obwohl es seltsam ist, dass sich die Bienen gerade dort aufgehalten haben, wo auch Sie waren. Das bereitet uns Sorgen.«

Sie beugte ihren Oberkörper nach vorn und stützte die Hände auf die Bar. »Tut mir Leid, aber ich habe keine Erklärung dafür. Ich wusste auch vorher keine, ich will nur in Ruhe gelassen werden. Einen Mann und ein Kind habe ich verloren, und ich versuche jetzt, mir ein neues Leben aufzubauen. Nein, Mr. Sinclair, nicht mit mir. Ich weiß nichts, ich kann einfach nichts wissen.«

»Das verstehen wir. Dennoch …« Ich wiegte den Kopf. »Es muss meiner Ansicht nach einen Zusammenhang zwischen Ihnen und den Bienen geben.«

»Aber die sind doch vernichtet!«

»Sind sie das wirklich?«, fragte Suko.

»Wieso, ich …«

»Denken Sie mal nach, Mrs. Whiteside. Wie war es denn, als Sie Ihren Mann fanden und wir uns ebenfalls in Ihrer Wohnung aufhielten? Wir waren in die Küche geflüchtet. Aus dem Körper Ihres Mannes krochen die Bienen und verfolgten uns.«

»Ja, ja«, flüsterte sie. »Wir haben sie dann angegriffen und getötet.«

»Wobei sich die Frage stellt, ob wir alle erwischt haben«, sagte ich. »Und daran kann ich jetzt nicht mehr glauben.«

»Sie rechnen also damit, dass weitere Bienen frei umherfliegen«, stellte Linda fest.

»So ist es.«

»Und wo?«

»Das müssen wir noch herausfinden. Es kann sein, dass Sie Dreh- und Angelpunkt der Geschichte werden. Tut mir Leid für Sie, aber so müssen wir das leider sehen.«

Linda Whiteside nickte. »Dann beginnt dieser grausame Horror wieder von vorn.«

»So weit wollen wir es nicht kommen lassen.«

Sie schüttelte den Kopf und zog ein verzweifeltes Gesicht. »Weshalb gerade ich? Aus welchem Grunde haben sich diese Bienen mich ausgesucht? Ich habe ihnen doch nichts getan!«

»Kann es mit Ihrem Mann zusammenhängen?«, fragte Suko.

»Wieso?«

»Aus seinem Körper sind die Bienen gekrochen. Bitte, es ist nur eine Vermutung, aber wir dürfen sie nicht außer Acht lassen.«

Linda schlug die Hände vors Gesicht. »Ich begreife das nicht, wirklich nicht.«

Ich versuchte, ihr Mut zu machen. »Sehen Sie die ganze Sache nicht so schlimm. Wir geben auf Sie Acht. Deshalb sind wir hier. Und jetzt bedienen Sie mal die beiden neuen Gäste, sonst kriegen Sie noch Ärger.«

Es waren zwei Männer, die links von uns Platz genommen hatten. Schaumacher- und Anheiztypen. Um die dreißig, muskulöse Körper, über die sie lässig die roten Bademäntel gehängt hatten. Das waren genau die Knaben, die die Werbung immer vorführte und als sehr männlich hinstellte.

Für uns hatten sie nur ein müdes Grinsen übrig.

»Was meinst du?«, fragte Suko. »Ob sie tatsächlich nichts mit der Sache zu tun hat?«

»Nicht bewusst.«

»Sie kann aber der springende Punkt in diesem Fall sein«, gab mein Partner zu bedenken.

»Ich nickte.

»Genau. Deshalb werden wir ein Auge auf sie haben.«

»Willst du sie rund um die Uhr bewachen?«

»Wenn es nicht anders geht, auch das.« Ich schlug leicht mit der flachen Hand auf die Bar. »Suko, ich habe die Nase voll. Ich will den Horror nicht noch einmal mitmachen. Erinnere dich an die Party, die dieser Werbehengst damals gegeben hat. Das war Schrecken hoch drei.

Nein, mein Lieber, wir lassen uns diesmal nicht ins zweite Glied schieben.«

»Ich denke dabei auch an Shawn Braddock. Wir sollten ihm vielleicht auch einen Besuch abstatten.«

Ich verzog die Mundwinkel. »Wieder in die Anstalt?«

»Leider.«

Da das Rauchen hier erlaubt war, zündete ich mir eine Zigarette an. Durch den blaugrauen Rauch schaute ich in die Höhe und sah dort ein Insekt umhersummen.

Normalerweise hätte ich weggeblickt, doch seit einigen Stunden war ich allergisch gegen alles kleine Getier, was umherflog. Ich verfolgte das Insekt mit meinen Blicken, es summte einige Kreise, und gerade dieses Summen machte mich misstrauisch.

So hörte sich keine Fliege an – eher eine Biene.

Biene!

Ich spannte mich. Auch Suko war aufmerksam geworden. Als ich meine Zigarette ausdrückte, fragte er: »Was ist denn los mit dir, Alter?«

»Schau mal hoch.«

Zwei Sekunden später hatte auch Suko das Tier entdeckt. Und wir sahen, wie es zur Landung ansetzte. Dabei flog es haargenau unsere Plätze an.

Zwischen unseren beiden Drinkgläsern kam es zur Ruhe. Im selben Augenblick zuckten wir erschrocken zurück. Wir sahen den gestreiften Bienenkörper, das Zittern der ausgebreiteten Flügel, die feinen Härchen, und im nächsten Augenblick traf uns der Schock.

Das Tier hatte ein menschliches Gesicht.

Es trug den Kopf von Sam Whiteside!

Wir taten nichts. Saßen nur da und umklammerten mit den Händen den Handlauf der Bar. Ab und zu schielte ich zu Linda Whiteside hinüber. Sie war beschäftigt, hatte von allem nichts bemerkt, und es war gut so. Wahrscheinlich hätte sie geschrien.

Mich aber überfielen schreckliche Erinnerungen. Ich dachte an den Satan Jason Kongre, der seine Manipulationen mit Menschen durchgeführt hatte. Ein widerlicher Wissenschaftler, ein grausamer, perverser Mensch, der seine Genialität dazu missbrauchte, um aus Menschen Monster zu machen. Schlimme Mutationen. Er selbst hatte ebenfalls Insekten mit Menschenköpfen hergestellt. Damals hatte es mich ebenfalls erwischt, und nur Suko verdankte ich, dass ich jetzt noch hier saß.

Vor uns sahen wir nun das gleiche Phänomen. Eine Biene mit einem menschlichen Kopf.

Gab es etwas Grausameres?

Ich atmete durch die Nase. In meiner Kehle steckte plötzlich ein dicker Kloß.

Als ich zu Suko hinüberschielte, hob er sein Glas und leerte es bis auf den letzten Rest. Für einen Moment behielt er es noch zwischen den Fingern, dann kippte er es gedankenvoll um und traf auch genau, denn er stülpte die Öffnung über die Biene.

Jetzt war sie gefangen.

»Die hätten wir«, sagte der Inspektor.

Ich schielte zu Linda Whiteside. Sie schaute auch zu uns, bemerkte jedoch nichts und setzte ihre Arbeit fort.

Die Biene war erregt. Ihr Summen drang durch die Glaswände. Noch lief sie über den Boden, dann versuchte sie an den Innenwänden hochzukrabbeln, was gar nicht so einfach war, denn sie geriet in die Schlieren des nachlaufenden Cocodrinks und wurde immer wieder zurückgespült.

»Es hat keinen Sinn«, sagte ich zu Suko. »Nachher töten wir sie noch.«

»Hast du etwas anderes mit ihr vor?«

Ich verstummte abrupt, denn ich hatte mich dicht über das Glas gebeugt, schaute nach unten und sah die Biene auf dem Rücken liegen. Ihre Flügel waren verklebt, sie konnte sich nicht mehr bewegen. Wir starrten in das winzige Gesicht, das alle Züge trug, die zu Sam Whiteside gehört hatten.

Jetzt wirkte sie erstarrt – leblos ...

Das Insekt war tot.

Linda kam zu uns. Sie rang sich ein Lächeln ab, als sie

vor uns stehen blieb. »Nun?«, fragte sie. »Haben Sie eine Entscheidung treffen können?«

Suko umklammerte das auf dem Kopf stehende Glas mit beiden Händen. Er deckte so viel ab, dass Linda Whiteside Mühe hatte, wenn sie etwas erkennen wollte. Allein die Tatsache, dass das Glas auf dem Kopf stand, machte sie misstrauisch.

»Was ist das denn?«, fragte sie.

Suko winkte ab. »Eine Spielerei.«

Linda schaute meinen Partner groß an. Dann schüttelte sie den Kopf. »Nein, das ist nicht möglich.«

»Was?«, fragte ich.

»Es kam mir vor, als hätten Sie ein Insekt gefangen. Das macht man ja so, wenn …«

Jetzt mussten wir ihr reinen Wein einschenken. Sie stand vor uns, blass das Gesicht, steif die Haltung, und ihre Mundwinkel zitterten.

Linda Whiteside wusste nicht so recht, wie sie noch reagieren sollte. Sie zitterte, schüttelte sich und hob die Schultern an. »Da stimmt doch was nicht!«, flüsterte sie.

»He, Linda!«, rief einer der Gäste. »Willst du mich verdursten lassen, Mädchen?«

»Ich komme gleich.«

»Oder sind die beiden da schöner?« Es waren die Anmachtypen in ihren Bademänteln, die sich da beschwerten, und derjenige, der uns am nächsten saß, rutschte bereits von seinem Hocker. Er reckte seinen Körper, fühlte sich wie ein Bodybuilder und schlenderte näher.

»Bedienen Sie die Leute!«, drängte ich die Frau.

Sie blieb stur. »Erst will ich wissen, was Sie da vor mir verbergen. Ich habe ein Recht darauf.«

Neben mir blieb der Knabe stehen. Sein Kumpel schaute grinsend zu uns rüber. Er würde dem anderen beistehen, zudem wollten die beiden ausprobieren, ob sie noch Chancen hatten. Es gibt ja Frauen, die sich solchen Typen an den Hals werfen.

»Bitte!«, flüsterte Linda.

»Soll ich?«

Ich nickte, als ich Sukos Frage vernahm, und er nahm die Hände weg, wobei Linda freie Sicht bekam.

Der Typ neben mir wollte etwas sagen, doch Lindas Ruf stoppte die Worte, bevor sie noch ausgesprochen waren. »Eine Biene!«, rief sie. »Himmel, eine Biene!«

Damit hatte der Knabe neben mir nicht gerechnet. Er begann zu lachen. »Und davor hast du Angst, Süße?«

Linda kümmerte sich nicht weiter um ihn. Auch mir war der Mann völlig egal. Ich schaute nur auf das Glas und anschließend in Linda Whitesides Gesicht.

Es war blass geworden.

»Mein Gott«, flüsterte sie. »Mein Gott.« Sie wankte so weit zurück, dass sie mit dem Rücken gegen das Regal stieß. Dann schüttelte sie den Kopf. »Sie hat ein Gesicht …«

»Ja«, sagte Suko.

»Sammy?« Linda stieß den Namen ihres Mannes fragend hervor. Sie ahnte und wusste es, aber sie wollte trotz ihrer Angst eine Bestätigung haben.

Die gab Suko ihr, wobei er gleichzeitig nach ihrer Hand fasste und sie stützte. »Es ist Ihr Mann, Linda. Sammy mit einem Bienenkörper. Tut mir Leid.«

»Ist er – ist er …?«

»Sie lebt nicht mehr«, erwiderte der Inspektor.

Linda begann zu weinen. Die Tränen rannen aus ihren Augen und kullerten über die Wangen. Ihr Mund zuckte. Schluchzende Geräusche drangen hervor, das hörten auch andere. Ihre Kollegin kam, der Mixer ebenfalls, und der zweite Typ löste sich auch vom Barhocker.

»Gibt es Probleme?«, rief er großspurig.

»Keine, die wir nicht allein lösen könnten«, erklärte ich.

Es war die falsche Antwort, denn der Mann neben mir plusterte sich auf. »Es reicht, du Pfeife«, sagte er. »Wir haben es nicht gern, wenn Leute hier hereinspazieren und die Angestellten zur Sau machen. Ihr haut jetzt ab, und die Sache ist vergessen. Wenn nicht, dann verhelfen wir euch zu einem Vollbad im Pool. Aber angezogen, klar?«

»Gehen Sie«, erwiderte sie ruhig.

»Nein, verdammt!« Er holte schon aus und klatschte seine Hand auf meine Schulter.

Wahrscheinlich hatte er mal in einem Film gesehen, dass der Held so reagierte und einen ihm nicht genehmen Typ auf diese Art vom Hocker holte.

Bei mir hatte er sich geschnitten. Ich drückte dagegen, packte dann sein Gelenk und drehte es blitzschnell.

»Reicht es?«, fragte ich.

»Ja, verdammt!«

Ich ließ ihn also los. Er kam wieder in die Höhe. In seinen Augen blitzte die Wut. Die anderen standen da und staunten. Es war mir klar, dass der Bursche es noch einmal versuchen wollte, deshalb warnte ich ihn sehr deutlich.

»Polizei«, sagte ich nur.

Dieses eine Wort ließ seine Wut etwas erkalten. »Wieso?«

Als er auf meinen Ausweis starrte, wurde er wieder ruhiger und nickte ein paarmal. »Na ja«, sagte er und versuchte zu grinsen. »Hier muss man sich eben an gewisse Regeln halten.«

Ich grinste. »Sicher, aber das sollten Sie auch.«

»Mache ich.«

»Davon habe ich nichts bemerkt.«

Er hob die breiten Schultern und drehte ab. Sein Bademantel war verrutscht, ein Teil des Rückens lag frei. Auch ich wollte mich wieder den eigentlichen Vorgängen zuwenden, als ich das Summen hörte.

Ich wirbelte zur Seite.

Sie schoss wie eine winzige Rakete heran. Dieser Vergleich fiel mir ein, als ich die Biene sah, die direkt angriff und sich den Mann als Ziel ausgesucht hatte, den ich zusammengestaucht hatte.

Frei lag der Nacken.

Ein ideales Ziel.

Die Biene landete dort, krallte sich fest, und sofort stach sie zu!

Jetzt hatten wir genau das, was wir eigentlich nicht wollten. Die Bienen verspritzten ihr magisches Gift vor unseren Augen. Sie waren wirklich abgebrüht wie kleine Killer.

Der Mann vor mir zuckte in die Höhe und drehte sich gleichzeitig zur Seite, wobei sich sein Gesicht verzerrte und er gegen den Handlauf der Bar stieß. Sein linker Arm schnellte hoch. Die Hand schwenkte über die Schulter und klatschte auf die Stelle am Rücken, wo die Biene zugestochen hatte.

Ich blieb nicht stehen, sondern packte den Mann und wuchtete ihn herum.

Sehr genau konnte ich den Stich erkennen. Dort befand sich die Biene sogar noch, allerdings war sie kaum mehr zu identifizieren. Nur noch eine gelbe, zähe, schleimige Masse, die dort klebte.

»Was war das?«, fragte mich der Mann.

»Eine Biene.«

»Shit, wie kommt die hier rein?«

»Kann ich Ihnen auch nicht sagen. Auf jeden Fall werden Sie mich jetzt begleiten. Wir müssen zu einem Arzt. Und dies ziemlich schnell, bevor etwas passiert. Befindet sich einer in der Nähe?«

Er wich zurück. »Ich gehe doch nicht wegen 'nem Bienenstich zum Arzt, Mann.«

»Sie müssen …«

»Mach keinen Ärger, Rudy«, sagte sein Freund. »Es ist besser. Bienenstiche können gefährlich sein.«

»Halt dich da raus, Mensch. Bienenstiche! So etwas isst man doch.« Er lachte hart, doch sein Gesicht verzerrte sich im nächsten Augenblick.

Er musste zurück, klammerte sich an der Bar fest, und jeder sah den Schweißfilm auf seinem Gesicht.

»He, was ist mit dir, Rudy?«, rief sein Freund erschreckt. »Mann, mach keinen Ärger!«

»Erwischt, mich hat's erwischt! Mir ist plötzlich so komisch. Ich, ich weiß auch nicht, wie …«

Da nutzten keine langen Reden. Hier musste gehandelt werden. Ich scheuchte den zweiten Mann zur Seite, sah, dass Suko ebenfalls herbeikam und vernahm das schreckliche Stöhnen. Bevor ich noch zufassen konnte, brach Rudy zusammen.

Er schaute mich von unten her an. Sein Gesicht hatte nur noch äußerlich menschliche Züge, der Ausdruck darin war unbeschreiblich. Rudy musste Schlimmes durchmachen; aus dem offenen Mund drang das abgehackte Stöhnen, und die Zunge stieß hervor.

Wir waren machtlos. Es hatte auch keinen Sinn, jetzt einen Arzt zu rufen. Diese dämonischen Bienen verspritzten ihr magisches Gift, und es wirkte innerhalb von Sekunden. Ein Schüttelfrost durchlief seinen Körper. Es ließ keine Stelle aus, und die Zähne des Mannes klapperten aufeinander.

Plötzlich füllte sich sein Mund. Ein gelber Schleim breitete sich aus und drang über die Lippen, verdeckte dabei die Zunge und rann am Kinn entlang nach unten.

Ich ekelte mich. Es sah schaurig aus, und es war meine Hilflosigkeit, die mich so verrückt machte.

So ähnlich musste es auch der Cockpit-Besatzung im Jet ergangen sein. Klar, dass da keine Chance bestanden hatte, den Vogel heil auf die Erde zu bringen.

Suko stand neben mir. Auch er starrte mit bleichem Gesicht nach unten. Seine Lippen waren hart zusammengekniffen, und plötzlich fiel er auf die Knie.

Im ersten Augenblick bekam ich Angst. Ich sah auch andere Gäste herbeilaufen, das störte mich im Moment nicht. Ich wollte sehen, was Suko tat. Er kniete neben dem Mann. Nein, gestochen worden war er nicht. Aber er hatte vor mir etwas gesehen. In der Mundhöhle entdeckte ich es ebenfalls. Dort krabbelte und wimmelte es.

Bienen – Killertiere …

»Dein Kreuz, schnell!«

Das schrie Suko, und es war auch unsere einzige Chance. Wenn die Bienen den Mund des Mannes verließen und sich auf die hier versammelten Menschen stürzten, war alles verloren.

Während Suko blitzschnell sein Jackett auszog, es zusammenwickelte und gegen den Mund des am Boden liegenden Mannes drückte, streifte ich in fieberhafter Eile mein Kreuz über den Kopf. Fast hätte sich die Kette noch verhakt, mein linkes Ohrläppchen wurde in Mitleidenschaft gezogen, das allerdings kümmerte mich nicht.

Ich fiel ebenfalls auf die Knie.

»Die Hand weg!«, rief ich.

Suko zog sie und die Jacke zurück.

Im nächsten Augenblick rammte ich meinen rechten Arm nach unten. Da der Mund sehr weit aufgerissen war, konnte ich die Höhle nicht verfehlen. In sie stieß ich das Kreuz hinein.

Mit dem langen Ende zuerst, und ich hoffte, dass die Bienen zerstört wurden, sodass sie nicht mehr in der Lage waren, an dem Kreuz vorbeizukriechen und mich zu stechen.

Das Summen und Brummen innerhalb der Mundhöhle verstummte. Ein erstickt klingender Laut drang mir noch entgegen, die Wangen des Mannes bewegten sich ein letztes Mal, dann lag er still.

Die Bienen gab es ebenfalls nicht mehr.

Nur sehr schwach hatte ich das Leuchten innerhalb der Mundhöhle gesehen. Für mich ein Zeichen, dass mein Kreuz seine Kraft ausspielte und dieses Grauen zerstörte.

Ich zog das Kreuz wieder aus dem Mund hervor. Unser Blick war frei, und wir sahen die bewegungslose Maske, die zurückgeblieben war und geleeartig schimmerte.

Gefahr bestand nicht mehr.

Es war auch keine Biene entkommen, aber sie hatten wieder ein Opfer gefordert. Als ich nach dem Herzschlag des Mannes fühlte, spürte ich nichts.

Ich schaute hoch.

Nackte Beine umringten mich. Männerbeine und die von Frauen. Als ich mich wieder aufrichtete, sah ich die Gesichter. In allen zeichnete sich der Schrecken ab, den diese Menschen erlebt und leider so direkt mitbekommen hatten.

»Ist er tot?« Diese Frage stellte der Mann, der mit ihm an der Bar gesessen hatte.

»Ja!«

Meine Antwort klang hart. Ich hoffte, dass niemand die Nerven verlor, und die Leute zeigten sich vernünftig. Nur ein leises Weinen war zu hören, aber es näherten sich alle, die in der Halle versammelt waren. Der Ruf nach Polizei wurde laut, bis ich erklärte, dass wir vom Yard waren.

War die Gefahr gebannt?

Ich glaubte nicht so recht daran, und es gab nur eine Alternative. Ich musste die Gäste dazu bringen, dass sie das tropische Bad so rasch wie möglich verließen.

Suko hatte dieselbe Idee. Er stieß mich an und flüsterte es mir ins Ohr.

Der schöne Barmixer schaute entsetzt und schlug die Hände über dem Kopf zusammen, als ich auf die blank polierte Fläche der Bar kletterte. Jetzt konnte mich jeder sehen.

Mit lauter Stimme hielt ich meine Rede. Ich machte den Leuten klar, dass sie nicht bleiben konnten.

Die wenigsten von ihnen zeigten sich uneinsichtig. Ihre Proteste wurden von den anderen schnell erstickt. Schweigend die meisten und die anderen sich nur flüsternd unterhaltend, gingen sie davon.

Linda Whiteside gehörte zu den letzten. Vor uns blieb sie noch einmal stehen. »Soll ich nicht …?«

»Sie warten auf uns«, erklärte ich.

»Wo?«

»Draußen.«

»Mein Wagen steht auf dem Parkplatz.«

»Okay, wir kommen hin.«

Sie ging. Ihr Gesicht zeigte eine wachsbleiche Farbe. Sie schüttelte den Kopf. Irgendwie schien sie zu fühlen, dass sie im Zentrum des Schreckens stand.

Ich schnappte mir das Telefon, während Suko die Umgebung genau im Auge behielt.

Sir James wollte ich zuerst informieren. Der Superintendent zeigte sich nach meinem Bericht geschockt, versprach dann, alles Nötige sofort in die Wege zu leiten. Er wollte einen Spezialistentrupp zur Ausräucherung schicken.

»Tun Sie das, Sir. Und bitte, so rasch wie möglich.«

»Natürlich.« Sir James räusperte sich. Dann sagte er noch etwas, das nicht als Vorwurf gedacht war, mich dennoch traf. »Der vierte Tote, John, geben Sie Acht.«

»Wir tun alles.«

»Das weiß ich.«

Als ich den Hörer auflegte, blieb auf der äußeren Hülle ein Schweißfilm zurück. Tief atmete ich durch. Es nimmt mich immer stark mit, wenn ich es nicht schaffe, jemanden zu retten.

Suko stand nahe des Pools und drehte sich auf dem Fleck. Immer öfter schaute er an die Decke, sein Blick glitt auch an die Wänden entlang. Mit Argusaugen suchte er nach irgendwelchen Killer-Bienen, doch bisher waren wir davon verschont geblieben.

»Was hat Sir James gesagt?«, fragte er mich.

Ich hob die Schultern und schaute auf die blauen Wellen, die allmählich zur Ruhe kamen, weil sich niemand mehr in dem ovalen Pool aufhielt. »Er ist geschockt, aber wir können nichts ändern.«

Suko atmete tief ein. »Ich hoffe stark, dass es die einzige Biene war, die einen menschlichen Kopf hatte.«

»Wenn du dich da mal nicht irrst.«

»Dann gib mir eine Erklärung.«

»Die habe ich leider auch nicht. Denk doch mal zurück, als wir uns in der Wohnung der Whitesides befanden. Da sind wir von zahlreichen Bienen angegriffen worden, die aus dem Körper des toten Sam Whiteside krochen. Wir haben viele erledigen können, aber nicht alle. Whiteside ist weggeschafft und begraben worden. Unter Umständen befanden sich noch Bienen in seinem Körper, die nun frei wurden.«

»Mit seinem Kopf?«

»So ist es.«

»John, wenn deine Annahme stimmt, stehen uns haarige Zeiten bevor. Geh mal davon aus, dass wir zehn

Bienen übersehen haben. Das kann eine Katastrophe geben.«

»Eine Biene reicht schon, Suko, eine.«

Irgendwie machte diese leere Kulisse auf mich einen seltsamen Eindruck. Die Musik lief noch weiter, sämtliche Lichter brannten, trotzdem fehlte einfach etwas, um dem Ganzen die nötige Atmosphäre zu geben. Es waren die Menschen.

Als wir hastige Schritte vernahmen, drehten wir uns um. Ein schwarzhaariger Mann lief auf uns zu. Er war ziemlich klein, hatte einen dicken Kopf, und unter seiner Nase schimmerte ein schwarzer Schnäuzer.

»Meine Güte!«, rief er. »Sind Sie wahnsinnig? Was ist hier überhaupt los? Reden Sie!«

Der Knabe trug einen gestreiften Anzug. Er stemmte seine Hände in die Seiten und funkelte uns böse an. »Sie sind doch die beiden Polizisten?«

»Das sind wir«, antwortete ich und zeigte ihm meinen Ausweis. »Und wer sind Sie?«

»Mein Name ist Roscoe Craig. Ich habe den Laden hier aufgebaut. Mir gehört er.«

»Dann verschwinden Sie schnell!«, forderte ich.

»Wieso? Sie können mich nicht aus meinem eigenen Geschäft hinauswerfen. Mit den Kunden haben Sie es bereits getan. Ich werde Schadensersatzforderungen an Sie stellen. Was meinen Sie, was dies für einen Verdienstausfall für mich bedeutet.«

»Halten Sie den Mund!«, fuhr ich ihn an und deutete auf die Bar. »Da liegt ein Toter. Wollen Sie als Leiche daneben liegen, Mann?«

Er schaute hin. Bisher hatte er den Toten noch nicht entdeckt gehabt. Jetzt allerdings wurde er blass. »Stimmt das?«

»Mit solchen Dingen scherzen wir nicht, Mr. Craig.«

»Aber was ist passiert?« Er hob die Schultern. »Verdammt, geben Sie mir doch Antwort!«

»Sie werden es später erfahren«, erwiderte ich. »Vielleicht auch aus der Presse.«

»Das ist, das ist …«

Ich ließ den Mann nicht ausreden, sondern schob ihn in Richtung Ausgang. Er störte in diesen Augenblicken nur, wo es hart zur Sache ging. Auf dem Weg protestierte er weiter. Ich hörte nicht auf ihn, denn ich vernahm die Sirenen.

Die Männer vom Katastrophenschutz rückten an. Craigs Augen wurden groß, als er die vermummten Gestalten sah. »Was soll das denn?«

»Wir räuchern den Laden aus«, erklärte ich.

»Himmel, das ist …« Plötzlich rannte er weg. Sein Ziel war ein kaffeebrauner Mercedes, in den er einstieg und davonfuhr. Wahrscheinlich würde er seinen Anwalt alarmieren. Um solche Dinge kümmerte ich mich nicht. Damit konnte sich mein Chef, Sir James, herumschlagen.

Die Truppe hatte auch einen Einsatzleiter, und der kannte mich. Er schob sein Sichtvisier hoch und fragte: »Sind die Räume leer?«

»Ja, alle Menschen sind weg.«

»Gut, dann fangen wir an.«

»Und was spritzen Sie?«

Er nannte mir einen Namen, der sich sehr kompliziert anhörte. Ich wusste nichts damit anzufangen, hoffte jedoch, dass es ein wirksames Mittel war und eventuelle Überbleibsel dieser Killer-Bienen radikal zerstörte.

Inzwischen war auch Suko angekommen. Der Inspektor erinnerte mich wieder an Linda Whiteside.

Ich schlug mir gegen die Stirn. »Verflixt, die hatte ich ganz vergessen. Komm, wir müssen zu ihr.«

Sie wollte da warten, wo wir keinen Parkplatz gefunden hatten. Ein Auto stand dort. Ein italienisches Modell der Marke Lancia. Ich konnte mir nicht vorstellen, dass Linda Whiteside einen so teuren Wagen fuhr, schaute hinein und fand ihn leer.

»Das wird er wohl nicht sein«, sagte Suko.

Ich ballte die Hände. Ein merkwürdiges Gefühl breitete sich in meinem Inneren aus. »Verflixt, wo kann sie nur stecken?«

Suko gab mir eine andere Antwort. »Hoffentlich lebt sie noch«, sagte er leise.

In fieberhafter Eile hatte sich Linda Whiteside umgezogen und verließ mit den anderen die Stätte des Schreckens. Die Menschen redeten aufeinander ein, ohne überhaupt zu verstehen, was der Nachbar mit seinen Worten meinte.

Eins hatten sie gemeinsam: Angst!

Was sie da erlebt hatte, konnte niemand erklären. Auch Linda nicht, obwohl sie es eigentlich hätte wissen müssen, dennoch weigerte sie sich einfach, darüber nachzudenken. Sie schaltete gewissermaßen eine geistige Sperre ein.

Ihr Wagen stand in der hinteren Reihe. Es war ein kleiner Morris. Soeben noch zu bezahlen.

Als sie die Tür aufschloss, sprach sie eine Kollegin an. Linda drehte sich der Frau zu und ließ die Tür offen.

»Kannst du mich mitnehmen?«, fragte die ältere Frau. Sie arbeitete in den Umkleideräumen und sorgte dort für die nötige Sauberkeit.

Linda schüttelte bedauernd den Kopf. »Nein, Jennifer, tut mir Leid, heute geht es nicht.«

»Aber ich …«

»Bitte, sei mir nicht böse. Ich habe noch eine dringende Verabredung. Das musst du verstehen.«

»Natürlich. Viel Spaß.« Die Frau drehte ab und ging davon.

Linda drückte ihr die Daumen, dass sie von einem anderen Kollegen mitgenommen wurde. Dann stieg sie in den Wagen. Allmählich erst kam sie zur Besinnung.

Und sie dachte darüber nach, was sie alles hinter sich hatte. Die letzte Stunde war für sie zu einem wahren Horrortrip geworden. Sie hatte wirklich gedacht, dass es vorbei war, doch dieser Irrtum war für einen der Gäste tödlich ausgegangen.

Linda schüttelte sich. Sie fühlte sich mies, denn sie glaubte, dass es erst der Beginn zahlreicher Schrecken war.

Eine tote Biene, die den Kopf ihres Mannes hatte! Wenn sie darüber nachdachte, wäre sie am liebsten aufgesprungen und fortgerannt. Sie wusste, dass es keinen

Sinn hatte. Derjenige, der sie erreichen wollte, hätte das überall geschafft. Sie erinnerte sich wieder an die schreckliche Szene in ihrer Wohnung. Sie hatte ihren Sohn Billy als Riesenbiene gesehen, und er war es gewesen, der das Blut seines Vaters getrunken hatte.

Grauenhaft ...

John Sinclair hatte die Biene dann mit einer geweihten Silberkugel erschossen. Kurz bevor sie sich endgültig auflöste, war noch das Gesicht des Kleinen zu sehen gewesen. Und aus dem Körper ihres Mannes waren dann die toten Bienen geströmt.

Linda schüttelte sich. Sie fror und schwitzte gleichzeitig, als sie daran dachte. Nein, das durfte nicht wahr sein, es sollte sich nicht wiederholen.

Mit Schrecken dachte sie an die Beerdigung. Sam Whiteside war begraben worden, als wäre nichts geschehen. Niemand hatte sich den Körper angesehen, und die wenigen Menschen, die Sam auf seinem letzten Weg begleiteten, interessierten sich sowieso nicht dafür.

Ob die Bienen vielleicht aus dem Grab ihres Mannes gekrochen waren? Diese Vorstellung verursachte bei ihr eine Gänsehaut. Sie konnte sich einfach nicht mehr beherrschen, und vor Angst klapperten ihre Zähne aufeinander. Mit starrem Blick schaute sie durch die Scheibe. Allmählich leerte sich der Parkplatz. Die Leute hatten es eilig, die Nähe dieser Schreckensstätte zu verlassen. Sie behinderten sich gegenseitig bei der Abfahrt. Es war ein Wunder, dass es keinen Zusammenstoß gab.

Linda blieb sitzen. Sie dachte daran, dass im Handschuhfach noch Zigaretten lagen. Die Frau beugte sich nach links, öffnete die Klappe und fand eine zerknautschte Packung.

Zwei Stäbchen befanden sich in ihr. Linda holte eins hervor, strich es glatt, steckte es zwischen die Lippen und zündete es an.

Sie blies den Rauch gegen die Scheibe und schaute zu, wie er sich verteilte. Ihr Blick war starr. Die Augen hatten jeglichen Glanz verloren.

Zu viel war passiert, und der fast schon vergessene

Schrecken stieg noch einmal an die Oberfläche. Die Motorengeräusche wurden leiser. Allmählich leerte sich der Parkplatz. Nur ein Lancia blieb noch stehen.

Linda Whiteside drückte ihre Zigarette aus. Sie schaute zu, wie die Glut allmählich verlosch, und schob den Ascher wieder zu.

Da hörte sie das Summen.

Noch in der Bewegung verharrte sie, den Oberkörper leicht nach vorn gebeugt und angespannt lauschend. Da stimmte etwas nicht, das Summen passte einfach nicht in die übrige Geräuschkulisse.

Linda wollte es nicht wahrhaben, dennoch musste sie sich mit der Tatsache abfinden, und sie stellte fest, dass sie sich nicht allein in dem Wagen befand.

Sie hatte noch einen Gast.

Einen ungebetenen.

Die Killer-Biene!

Es rann ihr kalt den Rücken hinab. Die Haut bekam ein Muster, und Linda hatte große Mühe, nicht in Panik loszuschreien. Du darfst jetzt nicht die Nerven verlieren! hämmerte sie sich ein. Du musst cool bleiben, sonst ist alles aus. Und keine hastigen Bewegungen, die die Killer-Biene reizen könnten!

Vielleicht ist es auch nur eine Fliege, machte sie sich selbst Mut. Es muss ja nicht die Biene sein. Gesehen hatte sie das Tier schließlich nicht.

Allmählich drückte sie ihren Oberkörper wieder nach hinten, bis sie gegen die Lehne stieß. Von draußen her hörte sie Sirenen. Die anfahrenden Wagen hielten jedoch nicht auf dem Parkplatz, sondern wurden woanders abgestellt.

Linda Whiteside dachte an die beiden Polizisten. Sie hoffte stark, dass John Sinclair und dessen Kollege bald auftauchen würden, um sie abzuholen. Und sie sollten sich beeilen, denn allein fühlte sie sich ziemlich hilflos.

Linda wurde enttäuscht. Die beiden Männer ließen sich nicht blicken. Dafür sah sie das Insekt.

Es war tatsächlich eine Biene. Als sie gegen die Frontscheibe flog, konnte Linda sie genau erkennen. Der

Körper hatte gelbe und dunkle Streifen, und das Summen hörte sich für Linda aggressiv an.

Ihre Angst nahm zu.

Flach nur atmete sie. Zumeist durch die Nase, während ihre rechte Hand nach dem Innengriff der Tür tastete. Wenn es noch eine Chance gab, dann wollte sie so schnell wie möglich raus. Draußen konnte sie dem Tier vielleicht entkommen und wieder zurück in das Bad fliehen, wo sich auch John Sinclair und dessen Freund befanden.

Die Biene flog weg. Blitzschnell geschah dies. Linda fühlte sich ertappt; hastig zog sie ihren Arm zurück und blieb steif sitzen. Im selben Augenblick sah sie das Insekt dicht vor sich. Es stand in der Luft, starrte sie an.

Und es hatte das Gesicht von Sammy Whiteside!

Beim ersten Mal, als Linda das Insekt innerhalb des Glases gesehen hatte, wollte sie es kaum glauben. Nun aber sah sie die Biene direkt vor sich, und sie schaute in das Gesicht hinein, in dem jede Falte zu erkennen war, die auch ihr Mann gehabt hatte.

Nur eben verkleinert!

Sie holte tief Luft. Es war ein pfeifender Atemzug. Der Mund blieb offen, und allmählich wurde ihr klar, dass es wohl nicht nur eine Biene mit dem Gesicht ihres Mannes gegeben hatte.

Eine furchtbare Tatsache, die sie da zu verkraften hatte und – es nicht schaffte.

Bedrohlich kam ihr das Summen vor. Die kleinen Flügel waren ausgebreitet, sie standen und zitterten gleichzeitig in der Luft. Ein nie abreißendes Schwirren, und dann bewegte sich das Insekt so rasch, dass Linda es erst merkte, als es bereits einen neuen Landeplatz gefunden hatte.

Auf ihrer Stirn!

An den Schweißtropfen schien sich die kleine Biene festzuklammern. Die Frau spürte ein leichtes Kitzeln. Ein an sich nicht unangenehmes Gefühl. In ihrem Fall jedoch empfand sie es als schlimm, aber sie kam nicht weg. Die kleine Biene mit dem Kopf ihres Mannes hielt sie in ihrer Gewalt.

War da nicht eine Stimme zu hören?

Linda glaubte, dem Wahnsinn zu verfallen, als sie die Stimme ihres toten Mannes vernahm. Er sprach zu ihr, oder war es die Biene?

»Ich freue mich, dass ich dich gefunden habe, kleine Linda. Ich habe lange nach dir gesucht, dich endlich entdeckt und bin stets in deiner Nähe geblieben. Darum war ich auch im Flugzeug, in dem du gesessen hast. Ich habe dich in Paris beobachtet und auch hier in London.«

Lindas Lippen öffneten sich langsam. Nur allmählich formten sie ein Wort.

»Nein!«

»Doch, kleine Linda. Doch.«

»Aber wie …?«

»Lass mich ausreden, Linda. Ich will dir sagen, wie alles geschehen ist – und was du noch zu tun hast. Denn ich habe dich nicht ohne Grund beobachtet. Du wirst mir helfen, denn das Werk des Shawn Braddock darf nicht umsonst gewesen sein. Hast du mich verstanden?«

»Das habe ich.«

»Gut, dann hör genau zu.«

»Was ist, wenn ich mich weigere?«

Sogar lachen konnte die Biene. Linda hörte es, und sie hatte schreckliche Angst. »Wenn du dich weigerst, ist dir der Tod sicher. Noch halte ich dich am Leben, aber ich will, dass du auf meiner Seite stehst. Hast du begriffen?«

»Natürlich.«

»Du weißt doch, wo ich begraben wurde, kleine Linda – oder nicht?«

»Natürlich. Ich habe dein Grab oft genug besucht.«

»Das sah ich, und dafür danke ich dir. Aber ich will mehr. Ich will wieder aus dem Grab heraus.«

Linda zuckte zusammen. Dabei bewegte sie auch ihren Kopf und hatte Furcht, dass der andere diese Bewegung falsch verstehen konnte, das allerdings geschah nicht. Die Biene blieb auf der Stirn und rührte sich nicht.

»Hast du dich wieder beruhigt?«, hörte sie das kleine Tiermonstrum fragen.

Sie nickte sogar. Die Biene blieb. »Es ist gut, kleine Linda. Du wirst also auf den Friedhof gehen, dir eine Schaufel nehmen und das Grab öffnen. Den Sarg öffnest du ebenfalls.«

»Was passiert danach?«

»Das wird meine Überraschung.«

»Wie kann es sein, dass du frei sein willst und doch schon frei bist?«

»Ich bin die letzte Biene mit einem Menschenkopf. Die anderen habt ihr alle getötet. Wir sind vor der Beerdigung damals entkommen und haben den Winter überstanden. Jetzt ist es wärmer geworden, und ich will, dass du das Grab öffnest.«

»Wann denn?«

»Sobald die Dämmerung eingetreten ist, machst du dich auf den Weg zum Friedhof. Er ist nicht groß. Du wirst bestimmt keine Leute dort treffen. Wenn doch, kannst du dich verstecken. Auf keinen Fall darfst du gesehen werden, du würdest nicht nur dich, sondern auch andere in Gefahr bringen.«

»Ja, ich habe verstanden.«

»Und zu keinem ein Wort! Vor allen Dingen nicht zu deinen beiden Polizistenfreunden.«

Linda erschrak. »Davon weißt du auch?«

»Sicher. Ich habe dich lange genug beobachten können. Und ich habe versprochen, sie zu töten. Ich werde Rache an ihnen nehmen, denn sie haben auch mich verändert, und ich vergesse nicht, was sie dem großen Meister Shawn Braddock angetan haben.«

»Ist er auch noch im Spiel?«, flüsterte Linda.

»Darauf, mein Liebling, kannst du dich verlassen. Er wird wieder ins Spiel kommen.«

Linda Whiteside hatte schreckliche Angst. Sie wurde damit nicht fertig, und sie hütete sich, nur einen Gedanken an John Sinclair und den Chinesen zu verschwenden. Wenn die Bienenmutation Gedanken las, durfte sie nichts, aber auch gar nichts erfahren.

Links neben dem Fahrersitz und auf dem Armaturenbrett fand die Biene ihren Platz. Sie ließ Linda Whiteside keine Sekunde aus den Augen, während diese den Motor anließ und das Fahrzeug startete …

Wir waren besorgt!

Dass Linda Whiteside verschwinden würde, damit hatten wir einfach nicht rechnen können. Es war jedoch eine Tatsache, daran gab es nichts zu rütteln, und wir hatten das Nachsehen.

Wir waren wieder zu ihrer Wohnung gefahren, und dort zerplatzte auch unsere letzte Hoffnung.

Linda war nicht zurückgekehrt. Die Nachbarin hatte sie auch nicht gesehen, sodass uns nichts anderes übrig blieb, als unverrichteter Dinge wieder abzuziehen.

Wohin?

Das war natürlich die große Frage. Wir sprachen darüber im Bentley. »Ich könnte mir vorstellen«, sagte Suko, »dass unser alter Freund Shawn Braddock die Finger im Spiel hat.«

»Dich lässt der Rattenkönig nicht los, wie?«

»So ungefähr«, gab der Inspektor zu.

»Aber es gibt nicht immer Parallelen.«

»Wir können trotzdem versuchen, ihn in der Klinik zu sprechen.« Suko blieb bei seiner Meinung. »Ich sehe ihn noch genau vor mir. Dem leuchtete der Wahnsinn aus den Augen. Braddock war besessen, man wird ihn sicherlich nicht heilen können, denn er ist nicht dem normalen Wahnsinn verfallen.«

»Was ist an einem Wahnsinnigen schon normal?«

»Ich meine es auch nur im übertragenen Sinne.«

Ein Lächeln konnte ich mir nicht verkneifen, als ich zum Hörer des Autotelefons griff. Wo man Shawn Braddock untergebracht hatte, wusste ich nicht auswendig. Die Kollegen würden mir sicherlich darüber Auskunft geben können. Nach einigem Hin und Her erhielt ich endlich die gewünschte Information. Wir hatten einen weiten Weg vor uns, denn die Klinik lag in Somerstown.

»Da war ich noch nie«, gab Suko zu.

»Dann wird es Zeit, dass du dich dort mal umschaust«, sagte ich und startete.

Nördlich der Uni erreichten wir die Eversholt Street, die uns nach Somerstown führte.

Die Anstalt oder das Krankenhaus war dem E. Garrett Anderson Hospital angegliedert und von dem Komplex des normalen Krankenhauses nur durch eine hohe Mauer getrennt. Um sie mussten wir herumfahren. Von den Steinen war kaum etwas zu sehen, da der Efeu und das Weinlaub so dicht rankten, dass sie sogar fast das große Eingangstor verdeckten. Es war ein Gittertor und hatte dicke Stäbe.

Rechts in der Mauer entdeckte Suko einen Knopf und eine Sprechanlage. Mein Freund stieg aus, klingelte, beugte sich ein wenig hinab und sprach in die Rillen.

Was er sagte, konnte ich nicht verstehen. Seine Worte hatten jedoch Erfolg, das Tor wurde ihm geöffnet. Suko drückte gegen die rechte Seite, die zurückschwang und eine so breite Schneise hinterließ, dass ich mit dem Bentley hindurchfahren konnte.

Wenig später rollten wir über einen Kiesweg, der direkt auf das Haus zuführte.

Hohe Bäume, deren frisches Laub hellgrün glänzte, begleiteten unseren Weg bis zum Haus. Es war ein ziemlich altes Gebäude. Die Fassade sah grau aus. Wir konnten auch einige Risse erkennen, die meisten allerdings waren von den Efeuranken überwachsen. In den oberen Stockwerken waren die Fenster vergittert, unten hatte man auf diese Sicherung verzichtet. Neben einem Krankenwagen stoppte ich den Bentley.

Abermals mussten wir klingeln. Diesmal wurde uns persönlich geöffnet. Eine Frau stand vor uns. Ich stufte sie als Typ Oberschwester ein. Mit ihr wollte ich keinen Ringkampf anfangen. Die hatte regelrecht Muskelpakete aufzuweisen, und ihr Blick hatte die Schärfe eines Skalpells.

»Sind Sie die Polizisten?«, fragte sie mit einer seltsam weichen Stimme, die nicht zu ihrem Äußeren passte.

»In Lebensgröße«, erwiderte ich.

Für diese Antwort hatte sie nur ein müdes Grinsen übrig. Humor schien nicht ihre starke Seite zu sein. Bei dem Job verständlich.

Sie machte uns Platz. Wir traten ein und wurden sofort an eine alte Schule erinnert.

Kahle Wände, hohe Decken, alles ein wenig düster. Ein breites Treppenhaus lag vor uns, und an einer Wand sahen wir zahlreiche Wegweiser.

»Dr. Prentiss wird Sie empfangen«, erklärte sie.

»Danke.«

Der Arzt hatte sein Büro im ersten Stock. Er war ein großer, hagerer Mann mit grauen Haaren. Seine Mundwinkel hingen traurig nach unten, sodass er aussah, als würde er jeden Augenblick anfangen zu weinen.

Nach der Begrüßung deutete er auf einen dünnen Schnellhefter. »Ich habe die Akte Shawn Braddock hervorholen lassen«, erklärte er. »Viel ist es nicht.«

»Was heißt das?«, wollte ich wissen.

Der Arzt hob die Hand und ließ sie wieder sinken. »Es gab keine besonderen Vorkommnisse. Der Patient war gefügig. Natürlich haben wir ihn nicht heilen können, seinen Tick hat er behalten.

»Welchen Tick?«

»Er träumt und spricht nur von seinen Bienen. Manchmal läuft er in seinem Zimmer umher und denkt selbst, dass er eine Biene ist. Er summt, imitiert diese Tiere. Es ist oft erschreckend, aber wir haben uns daran gewöhnt, zudem ist er nicht gemeingefährlich und auch nicht zerstörungswütig.«

»Wir hätten ihn natürlich gern gesehen«, sagte ich.

»Sicher, das können Sie auch. Bitte, folgen Sie mir!«

Wieder begann ein Marsch durch den langen Gang einer Anstalt. Ich mochte die Gänge nicht. Sie spiegelten zumeist das Bild dieses Hauses wider. Leer, kalt, ohne Gefühl.

Wir waren mit dem Fahrstuhl in das oberste Stockwerk gefahren. Dort befanden sich die vergitterten Fenster. Ich sprach Dr. Prentiss darauf an.

»Ja, das stimmt, wir haben ihn in eine ausbruchssichere Zelle gesteckt.«

»Also doch nicht so harmlos«, meinte Suko.

»Das kann man auch nicht so sagen.«

Vor einer grauen Tür blieben wir stehen. Das Schloss war ein wenig kompliziert. Der Arzt holte den passenden Schlüssel hervor und öffnete. »Bitte!« Er ließ uns den Vortritt.

Wir betraten den Raum.

Ein menschliches Wesen hielt sich nicht dort auf. Das sahen wir auf den ersten Blick. Wir erkannten das Bett, den Tisch, einen Stuhl und ein Regal.

Von Shawn Braddock keine Spur.

Ich fuhr zu Dr. Prentiss herum. »Ist er geflohen?«

»Nein, ich …«

Da hörten wir das Summen. Dieses Geräusch kam uns verdammt bekannt vor. Automatisch flogen unsere Blicke in die Höhe. Alle drei suchten wir die Biene, aber wir sahen sie nicht. Kein Insekt kreiste durch die Luft. Da wir uns das Summen nicht eingebildet hatten, mussten wir uns umsehen.

Suko ging einen Schritt in den Raum hinein, drehte sich und deutete mit dem Finger in den toten Winkel hinter der Tür.

Dort sahen wir ihn.

Zuerst erschrak ich. Wir hatten mit vielem gerechnet, doch dieser Anblick ging unter die Haut. Ich muss vorwegschicken, dass aus Shawn Braddock keine Biene geworden war. Kein Rieseninsekt hockte auf dem Boden, doch wie hatte sich der Forscher verändert!

Braddock war mit einem Häufchen Elend zu vergleichen, so wie er auf dem Boden saß. Seine Haare hatte er verloren. Der Kopf schimmerte spiegelblank, das Gesicht war eingefallen, kleiner geworden, und am meisten hatte sich die Haut verändert.

Sie schimmerte in einem bleichen, gleichzeitig kräftigen Gelb, zu vergleichen mit der Farbe des Mondes, wenn auch etwas intensiver. Wie es dazu gekommen war, wussten wir nicht zu sagen. Die Pigmente seiner Haut mussten sich verändert haben. Er trug einen weißen Kittel und eine ebenfalls weiße Hose. Zusammengeduckt hockte er vor uns am Boden, die dünnen Arme waren vorgestreckt, die Finger bewegten sich so schnell wie die Beine von Spinnen, wenn sie liefen.

Der Mund war in dem kleiner gewordenen Kopf kaum zu sehen, dennoch drang aus ihm das Summen.

Ich musste mich zusammenreißen und auch schlucken. Mit einer Drehung wandte ich mich an den Arzt. »Ist dieser Zustand bei ihm normal? Ich meine, haben Sie ihn schon des Öfteren so erlebt?«

»Sicher.«

»Und was tun Sie dagegen?«

»Fast nichts. Wir behandeln ihn mit Medikamenten.«

»Deshalb also die gelbe Färbung seiner Haut«, meinte Suko.

Dr. Prentiss schüttelte den Kopf. »Nein, das hat damit nichts zu tun. Diese Färbung ist von allein gekommen, und sie wird, da bin ich ehrlich, von Tag zu Tag stärker.«

»Wie ist das möglich?«

»Es gibt Dinge, wo auch wir Ärzte ratlos sind. Vor so einem Problem stehen wir hier.«

Ratlos. Das war das richtige Wort. Uns erging es ähnlich. Auch wir waren ratlos, denn eine Lösung fanden wir nicht. Wir mussten, wenn wir etwas erreichen wollten, woanders forschen, und zwar in einem Gebiet, dem auch ein Arzt fassungslos gegenüberstand.

Auf dem Gebiet der Magie.

»Bleiben die Fenster eigentlich immer geschlossen?«, wollte ich wissen.

Dr. Prentiss schüttelte den Kopf. »Natürlich nicht. Schließlich schützen die Gitter.«

»Er hat auch noch keinen Ausbruch versucht?«, hakte ich nach.

»Nein. Jedenfalls haben wir nichts bemerkt.«

Plötzlich meldete sich Shawn Braddock.

»Du bist es!«, zischte er und schaute mich dabei an. »Und du bist auch da!«, sagte er zu Suko, wobei er sich nach vorn beugte und begann, über den Boden zu kriechen. Hektisch bewegte er seine Hände. Er stützte sich seltsamerweise nur mit den Spitzen der gekrümmten Finger ab. Eine schwierige Sache, und er krabbelte auf mich zu.

Dicht vor mir hielt er für einen Moment inne, bevor er seine Arme weiter vorstreckte und mit den Fingern über das Außenleder meiner Schuhe tastete, um die Hände danach weiter nach oben zu führen. Ich spürte die Fingerspitzen auf meiner Haut. Er hatte dabei die Hosenbeine hochgeschoben.

Ich tat nichts, blieb steif stehen und schaute nur auf seinen glatten Kopf.

»Spürst du nichts?«, fragte er, als er den Blick hob und mich aus seltsam gelben Augen anblickte. »Spürst du meine Finger? Sie sind wie die Beine meiner kleinen Freunde. Die Bienen kriechen höher; sie krabbeln, sie werden auch dich nicht verschonen, denn ihre Zeit ist da. Der Fluch ist nicht gelöscht, die Magie kehrt zurück. Ich warte hier auf die Bienen.«

»Was weißt du über sie?«, erkundigte ich mich.

»Das will ich dir sagen. Du hast es nicht geschafft, alle zu erledigen. Einige leben noch. Sie warten auf dich. Sie wollen mich rächen. Ich merke es genau, sie sind da. Ich habe sie gesehen, denn sie kamen zu mir. Ich und Sam Whiteside, wir werden es allen zeigen. Allen, verstehst ihr?«

Ich zuckte zurück und hörte Sukos Stimme: »Sam Whiteside, John, er ist tot!«

»Wirklich?« Shawn Braddock schrie dies, bevor ein seltsames Kichern und gleichzeitig ein Summen aus seiner Kehle drang. »Glaubt ihr das wirklich, ihr Narren?«

Suko stieß mich an. »John, der Kerl könnte Recht haben.«

»Aber Whiteside gibt es nicht mehr!«

»Narren!«

Dieses eine Wort versetzte mich in eine Alarmstimmung. Bei der Beerdigung waren wir nicht zugegen gewesen. Auch das wäre kein Beweis gewesen, dass man ihn tatsächlich begraben hatte. Im Sarg hätte alles Mögliche liegen können, und mir wurde plötzlich ganz anders.

»Haben Sie noch Fragen?«, hörten wir die Stimme des Arztes.

Sicher hatten wir welche. Aber dazu war jetzt nicht der richtige Zeitpunkt.

»Später vielleicht, Doc«, sagte ich und nickte Suko zu.

Ziemlich hastig verließen wir das Zimmer. Dr. Prentiss schloss die Tür ab. Er holte uns am Fahrstuhl ein. Mit einer knappen Geste wischte er sein Haar aus der Stirn. »Was ist denn in Sie gefahren? So plötzlich wollen Sie weg?«

»Ja, Doc, uns ist da etwas eingefallen. Shawn Braddock hat uns auf eine Spur gebracht.«

»Und welche?«

»Vielleicht sehen wir uns noch. Jetzt aber haben wir es eilig. Sie entschuldigen uns.«

»Sicher, sicher ...«

Unterwegs holte ich bereits die Wagenschlüssel aus der Tasche. Als ich die Tür öffnete, fielen nicht nur die ersten Regentropfen, wir hörten auch eine kreischende Stimme.

Suko und ich schauten an der Fassade hoch. Im letzten Stock schimmerte ein schmales Gesicht hinter den Gitterstäben. Dort stand Shawn Braddock.

»Rache!«, brüllte er. »Rache! Die Bienen werden sich rächen. Sie kommen in der Nacht zurück.« Nach diesen Worten begann er gellend zu lachen, und ich musste ehrlich zugeben, dass mir bei seinen Worten verdammt unwohl wurde.

Suko erging es ebenso. Sein Gesicht wirkte wie eine steinerne Maske, während ich startete.

Zum Glück trug Linda Whiteside genügend Geld bei sich, um das Werkzeug kaufen zu können, das sie brauchte. Sie holte einen Spaten und eine Schaufel. Bei beiden roch der Lack noch frisch. Zudem hatte sie Mühe, die Dinge in ihrem kleinen Wagen zu verstauen. Sie musste ein paar

Möglichkeiten durchprobieren, dann klappte es schließlich.

Es begann zu regnen. Das richtige Wetter für einen Besuch auf dem Friedhof, dachte Linda.

Ihre Stimmung war entsprechend, eine Mischung aus leiser Furcht und einer gewissen Spannung vor dem Kommenden.

Fliehen konnte sie nicht. Die Biene mit dem Kopf ihres verstorbenen Mannes verhinderte das bereits durch ihre Anwesenheit.

Innerlich bebte Linda. Sie versuchte zu raten, was sich in dem Sarg befand. Hatte man ihren Mann vielleicht nicht beerdigt? War es ein anderer gewesen?

Die Frau würde bald Gewissheit erhalten.

Den kleinen Friedhof erreichte sie ziemlich schnell. Unterwegs hatte der Regen zugenommen. In langen Fäden rann er jetzt aus den tief hängenden Wolken. Die Straßen glänzten vor Nässe. Beim Bremsen bestand Rutschgefahr.

Bekannt und auffällig war der Kirchturm. Er überragte noch die Bäume des kleinen Gräberfelds. Der Friedhof lag sehr malerisch, durch eine Straße getrennt von einem Park und Spielplatz. In der Straße gab es auch Parktaschen. Die weißen Striche glänzten auf dem dunklen Boden. Linda lenkte ihr Fahrzeug in eine der kleinen Haltebuchten und stieg aus. Für einen Moment glaubte sie wieder, das Summen zu hören, und etwas sirrte auch an ihren Augen vorbei. Sie war sicher, dass die Biene ebenfalls den Wagen verlassen hatte.

Schaufel und Spaten nahm Linda mit. Beides klemmte sie sich unter den Arm, als sie auf das kleine Tor zuschritt, das um diese Zeit natürlich geschlossen war.

Bevor Linda über den Zaun kletterte, schaute sie sich um, Menschen waren nicht unterwegs, und die Fahrer der vorbeirasenden Autos interessierten sich nicht für das, was rechts und links der Fahrbahn passierte.

Zuerst schleuderte Linda ihr Werkzeug über den Zaun. Es fiel auf der anderen Seite ins Gebüsch. Anschließend kletterte sie selbst hinüber.

Sie war froh, eine Hose zu tragen, so fiel es ihr ziemlich leicht, das Hindernis zu überwinden. Die senkrecht wachsenden Stäbe waren an ihren Enden gekrümmt. Die Spitzen zeigten zum Friedhof hin.

Linda sprang und landete neben dem Spaten.

Sie blieb erst einmal stehen und lauschte. Dabei schaute sie zurück. Es war niemand da, der ihre Ankunft bemerkt hatte. Unbesorgt konnte sie Spaten und Schaufel aufnehmen. Das Rauschen des Regens begleitete sie, als sie ihren Weg durch das Gebüsch fand. Nasse Blätter streiften ihr Gesicht und hinterließen auf der Haut glänzende Spuren. Hinter den Büschen erreichte sie einen Weg.

Dort blieb sie wieder stehen und schaute sich um. Linda sah die kleine Trauerhalle und erinnerte sich wieder. In dieser Halle hatte die Feier stattgefunden, bevor der Sarg über diesen Weg zum Grab getragen wurde.

Linda musste sich in die andere Richtung wenden. Sie trug ihre Werkzeuge in der rechten und linken Hand. Die beiden Metallblätter schleiften dabei über den Boden.

Im letzten Licht des Tages schritt sie über den Friedhof. Die Dämmerung war noch nicht völlig über die Stadt hereingebrochen. Ein seltsamer Himmel präsentierte sich ihren Blicken. Über den Bäumen sah sie einen noch breiten hellen Streifen. Zu ihr hin grenzte er die dunkelgraue Dunkelheit ab. Zwei Extreme, die sich am Himmel zeigten, wobei das hellere immer weiter zurückgedrängt wurde, die Nacht verlangte ihr Recht.

Es dauerte nicht lange, bis sie ihr Ziel erreicht hatte. Es war ein relativ kleines Gräberfeld, begrenzt durch hohe Hecken, die so dicht wuchsen, dass man kaum hindurchschauen konnte.

Es gab schmale Wege, die an den Gräbern vorbeiführten. Es war Sams Glück gewesen, dass er in einer Familiengruft beigesetzt werden konnte, sonst hätte er auf diesem Friedhof keinen Platz gefunden.

Zwischen den alten Grabsteinen ging sie hindurch. Dann bog sie in einen schmalen Pfad ein, der vor einer Hecke endete. Dort befand sich das Grab ihres Mannes. Es war das Letzte in der kleinen Reihe.

Wieder hörte Linda das Summen.

Die Biene hatte ihren Weg begleitet. Sie wusste genau, wo sie hinwollte. Linda strengte sich an und sah, wie das kleine Insekt auf das Grab zuflog. Wo es Platz nahm, konnte sie nicht mehr sehen.

Vor dem Grab blieb sie stehen, schaute darüber hinweg und sah den dunklen Stein, der ziemlich breit war und an seinem oberen Ende zu einem Halbbogen zusammenlief.

Hier waren die Eltern von Sam Whiteside zusammen mit ihrem Sohn begraben.

Linda schüttelte sich, als sie an ihre Aufgabe dachte. Sie kam sich vor wie ein Dieb, denn sie störte die heilige Ruhe der Toten. Dabei hoffte sie, dass sie nicht auch noch auf die Särge der Eltern ihres Mannes traf.

Linda schluckte, als sie den Spaten nahm und ihn in die feuchte Erde stach.

Noch immer rann der Regen vom Himmel. Er war mehr zu einem Sprühregen geworden, nässte die Kleidung, die bereits an Lindas Körper klebte. Die Erde war schwer und nass. Es fiel Linda nicht leicht, den Spaten anzuheben. Sie zerstörte auch die eingepflanzten Blumen und schleuderte die nasse Erde nach links. Auf dem Grab ihrer Schwiegereltern bildete sich bald ein Hügel.

Für eine Frau wie Linda war diese Arbeit ungewohnt. Schon bald fühlte sie die Mattheit. Ihre Arme schienen mit Blei gefüllt zu sein, der Atem ging keuchend, und manchmal, wenn sie sich zu schnell drehte, wurde ihr schwindlig. Dann begann der Boden zu tanzen, und Linda musste eine Pause einlegen.

Schwer atmend stand sie da und schaute auf den Boden, wo sich allmählich kleine Pfützen ausbreiteten. Die Regentropfen sorgten darin für kreisende Wellen.

Viel hatte sie noch nicht geschafft. Linda fragte sich, ob sie es überhaupt je schaffen würde, das Grab so weit auszuschaufeln, bis sie die nötige Tiefe erreichte.

Dann vernahm sie wieder das Summen.

Zuerst zuckte sie zurück, bis sie einsah, dass es keinen Zweck hatte, als sich die Biene auf ihre Stirn setzte. Einen Augenblick später hörte sie bereits die Stimme.

»Weiter, du darfst nicht zögern, du musst es tun!«

»Ich kann nicht«, flüsterte Linda.

»Gib nicht auf. Ich warne dich!«

Sie nickte. »Ja, ja!«, keuchte sie, bückte sich und griff abermals zum Spaten. Von der ungewohnten Arbeit spürte sie bereits ihre Hände nicht mehr, trotzdem machte Linda weiter. Gebeugt stand sie bereits auf dem Grab. Ihre Füße versanken im nassen Lehm. Hin und wieder fuhr ein Windstoß über den Friedhof. Er brachte noch mehr Regen mit, und Linda spürte, wie das Wasser ihren Rücken hinablief. Es vermischte sich mit ihrem Schweiß.

Der nasse Lehm kam ihr so schwer vor wie Eisen. Ihre Bewegungen wirkten kraftlos. Sie liefen in einem Zeitlupentempo ab. Linda hatte einfach nicht die Kraft, die schwere Erde zur Seite zu werfen.

Längst war es dunkel geworden. Eine Finsternis, die von keinem Lichtstrahl erhellt wurde, denn hier in der Nähe brannte keine Laterne. Nur ein Stück weiter, wo der Weg begann, leuchtete in halber Baumhöhe ein rundes Licht, dessen Schein nicht einmal mehr den Boden erreichte.

Bald stand sie in der Grube. Längst war Wasser in ihre Schuhe gedrungen. Nass und kalt waren ihre Füße, das Haar lag auf ihrem Kopf wie eine glänzende Schicht.

Am liebsten hätte sie alles hingeworfen und wäre liegen geblieben, doch da gab es den inneren Motor der Angst, der sie immer wieder vorantrieb. Wenn sie die Aufgabe nicht erfüllte, würde etwas Schreckliches geschehen, das spürte sie.

Also grub sie weiter.

Sie wechselte zwischen Spaten und Schaufel, wuchtete den Lehm in die Höhe und versuchte, ihn auf den neben dem Grab wachsenden Hügel zu schleudern.

Nicht immer gelang ihr dies. Manchmal rutschte die nasse Erde zurück und fiel ihr wieder entgegen.

Himmel, so tief lag ihr Mann doch nicht in der Erde! Er musste doch zu finden sein.

Sie hatte den Gedanken kaum ausgedacht, als sie einen ersten Erfolg erzielte.

Linda spürte Widerstand.

Das Ende der Schaufel hatte den Sargdeckel getroffen. Die Frau stieß noch einmal nach und hörte jetzt ein dumpfes Geräusch.

Plötzlich durchzuckte ein Kraftstrom ihren Körper. Der erste Erfolg beflügelte sie, und Linda Whiteside grub verbissen weiter. Sie ging ein wenig zurück. Unter ihren Füßen spürte sie noch den Lehm, doch vor sich sah sie bereits den nass glänzenden Sargdeckel, von dem sie eine matschige Erdschicht schob.

Endlich konnte sie an die Totenkiste. Für einen Moment musste sie verschnaufen. Linda lehnte sich zurück. Sie berührte mit den Schultern den Grabrand, atmete schwer und merkte das Zittern, das sich über ihren gesamten Körper ausgebreitet hatte.

Sie rechnete damit, dass sie abermals von der Biene angeflogen werden würde, doch das geschah nicht.

Stattdessen erlebte sie eine andere Überraschung. Mit der hatte sie nicht im Traum gerechnet.

Plötzlich traf sie der Strahl einer Lampe. Von der Seite her drang er auf sie zu, zielte auf ihr Gesicht und blendete sie.

Gleichzeitig hörte sie eine Stimme! »Was machen Sie denn hier, zum Henker?«

Linda Whiteside erstarrte. Ihr Blut schien zu Eis zu werden. Sie wagte nicht mal, den Kopf zu drehen. Steif blieb sie stehen, das Gesicht zu einer Maske erstarrt, über das die Wassertropfen in langen Bahnen rannen.

Alles umsonst! Sie haben dich entdeckt! Jetzt ist es aus!

»He, Madam, ich will eine Antwort.« Der Lampenstrahl bewegte sich hektisch. »Wie kommen Sie dazu, hier mitten in der Nacht ein Grab auszuheben? Und wahrscheinlich wollen Sie auch den Sarg öffnen, wie?«

Linda atmete tief durch. Sie fühlte sich nicht in der Lage zu reden, musste sich erst ein wenig beruhigen. Langsam drehte sie den Kopf. Sie hob dabei die lehmverschmierten Hände und wandte sich dem Unbekannten zu. »Gehen Sie, Mister. Gehen Sie schnell! Sonst kommen Sie hier nicht mehr lebend weg.«

Der Mann lachte nur. »Was bildest du dir ein, Süße! Steig nur aus dem Loch raus, dann reden wir weiter!«

»Nein, ich …«

»Komm raus, Mensch!« Die Stimme hatte so geklungen, als würde sie keinen Widerspruch dulden. Linda blieb nichts anderes übrig, als zu gehorchen. Schwerfällig drehte sie sich um, reckte die Arme und fühlte, wie sich eine kräftige Hand um die ihre legte.

»Ich helfe Ihnen!«

Es war wirklich nötig. Aus eigener Kraft hätte es Linda kaum geschafft, die Grube zu verlassen, und als sie endlich vor dem Grab stand, zitterte sie so sehr, dass der Mann sie stützen musste, damit sie nicht wieder in das Grab zurückfiel.

»Mein Gott, Sie sind ja am Ende.« Der Mann räusperte sich. »Was haben Sie nur?«

Unter Mühen drehte Linda Whiteside den Kopf. Ihr Mund stand offen, sie saugte pfeifend den Atem ein, und da der Unbekannte die Lampe nicht mehr so hielt, dass Linda geblendet wurde, konnte die Frau jetzt mehr von ihm erkennen.

Beim ersten Hinsehen machte er einen unheimlichen Eindruck. Sein Regenmantel reichte bis über die Schienbeine. Die Kapuze war hochgestellt, ihr Rand bedeckte einen Teil der Stirn, sodass das Gesicht des Mannes nicht genau zu erkennen war. Es lag zu sehr im Schatten. Und seine Kleidung glänzte vor Nässe.

»Wer sind Sie?« Linda rang sich die Worte beinahe mühsam ab.

»Das könnte ich Sie fragen, Madam. Ich gehöre hierher. Mein Job ist es, am Abend über den Friedhof zu gehen und nachzuschauen, ob sich jemand an fremden Gräbern zu schaffen macht.«

»Das glaube ich Ihnen nicht.«

Der Mann lachte. »Eigentlich haben Sie Recht. Aber dieses Gelände ist in letzter Zeit ein wenig in Verruf geraten. Verstecke für Rauschgift und so, wissen Sie?«

»Ja, ja, ich verstehe.«

»Und jetzt zu Ihnen. Leider müssen Sie mit zur Polizei. Es kann ja sein, dass Sie ebenfalls mit den Leuten unter einer Decke stecken.«

»Sie wollen doch nicht behaupten, dass ich …?« Eine Welle der Empörung schoss in Linda Whiteside hoch.

»Bis zum Beweis des Gegenteils muss ich es annehmen«, erklärte der Mann kalt.

Da nickte Linda. »Ja, sicher, ist schon okay. Aber ich gebe Ihnen einen Rat: Fliehen Sie, Mister. Fliehen Sie so rasch wie möglich. Hier sind Sie des Lebens nicht mehr sicher.«

»Oh, die Toten tun mir nichts.«

»Es sind nicht die Toten.«

»Wer denn? Doch Rauschgiftdealer?«

»Nein, ich kann es Ihnen nicht so recht erklären. Aber Sie befinden sich in Gefahr. Lassen Sie mich in Ruhe!«

Der Mann wurde sauer. »Verdammt, was erzählen Sie mir da alles! Ich bin dafür verantwortlich, dass alles stimmt. Und hier stimmt nichts. Deshalb werde ich Sie jetzt mitnehmen.«

»Ich bleibe.«

»Madam, machen Sie keinen Unsinn. Sie …«

»Gehen Sie schnell, Mister!«

Der Mann hörte nicht. Er blieb, und das war sein Verderben, denn die Killer-Biene hatte schon seit seinem Auftauchen auf der Lauer gelegen. Jetzt griff sie ein.

Mit jeder Gefahr rechnete der Aufpasser, sogar mit einer Kugel aus dem Hinterhalt, aber nicht mit dem Angriff eines Insekts.

Die Biene war schnell. Viel schneller, als er reagieren konnte. Und sie fand ihren Platz.

Es war das Gesicht des Mannes.

Für einen Moment tauchte sie noch vor seinen Augen auf, er hörte das scharfe, irgendwie aggressiv klingende Summen, dann landete die Biene genau zwischen seinen Augen.

Der Mann fluchte, wischte mit der Hand durch sein Gesicht, wollte das Insekt verscheuchen.

Zu spät hatte er reagiert.

Der Stich war längst erfolgt. Als seine freie Hand die Stelle berührte, war die Biene verschwunden.

Erst jetzt zuckte der Mann zusammen. Einen Schritt ging er zurück und schaute in das entsetzte Gesicht der jungen Frau vor ihm.

»Es ist passiert!«, flüsterte Linda. »Sie hätten gehen sollen. Nun kann Ihnen keiner mehr helfen.«

»Verdammt, was ist …?«

»Die Biene, sie hat Sie gestochen. Sie werden sterben!«

»Nein, nie! Das ist …«

»Spüren Sie denn nichts?«

Der Mann schüttelte den Kopf. Er öffnete den Mund, um zu antworten, da verzerrte sich schon sein Gesicht.

Gleichzeitig verfärbte sich die Stelle, wo die Biene zugestochen hatte. Das konnte Linda trotz der schlechten Lichtverhältnisse erkennen.

Auf der Stirn wuchs eine Beule!

Zuerst trat sie hervor wie ein dicker Pickel, aber sie wurde rasch größer, und der Mann spürte, dass mit ihm etwas nicht stimmte. Er schüttelte sich, als hätte ihm jemand kalte, tote Fische in den Nacken gekippt. Aus seinem Mund drang ein Ächzen, und er stierte Linda Whiteside mit starrem Blick an.

»Was habt ihr mit mir gemacht?«, brachte er mühsam hervor. »Verdammt, was ist passiert?«

Er erhielt die passende Antwort. Lindas Stimme klang hart, als sie erwiderte: »Ich habe Sie gewarnt, Mister. Sie wollten nicht auf mich hören. Jetzt müssen Sie die Konsequenzen tragen. Sie werden sterben. Der Stich war tödlich!«

Er würgte.

Im nächsten Augenblick gaben seine Beine nach. Vor Lindas Füßen fiel er auf die Knie, hielt sich noch und warf den Kopf zurück. Linda konnte erkennen, dass die Stelle an seiner Stirn aufplatzte, wo der Stich ihn getroffen hatte.

Etwas sickerte daraus hervor.

Ein heller, gelblich schimmernder Schleim, der seinen

Weg fand und am Rücken der Nase herabrann. Auch aus den Nasenlöchern rann die Masse, und Linda glaubte, dass sich innerhalb der Wunde etwas bewegte. Dann fiel der Mann nach vorn.

Die Frau sprang rasch zur Seite, damit sie nicht getroffen wurde. Direkt neben dem Grabesrand lag der Kopf. Das Gesicht drückte gegen die feuchte Erde.

Linda schüttelte sich. Sie hatte gesehen, wie die Killer-Biene ihr Versprechen hielt und tötete. Wenn sie nicht gehorchte, würde ihr das gleiche Schicksal widerfahren.

Das Killer-Insekt kannte keinen Pardon!

Der Mann war noch nicht tot. Mit letzter Anstrengung gelang es ihm, seine Arme auszubreiten. Er wollte sich in die Höhe stemmen, brachte sein Gesicht auch noch für einen Augenblick aus dem Lehm, fiel aber gleich wieder zurück. Ein letztes Ächzen drang aus seinem Mund, bevor das Gesicht zum letzten Mal im nassen Lehm verschwand.

Linda Whiteside starrte auf den Toten. Sie fühlte überhaupt nichts. Keine Furcht, weder Angst noch Triumph, nur eine Leere, die sich in ihrem Innern ausgebreitet hatte.

Das Summen schreckte sie aus ihrem lethargischen Zustand hoch. Im nächsten Augenblick spürte sie wieder den leichten Druck auf ihrem Gesicht. Die Biene mit dem Kopf ihres Mannes war gelandet.

Und sie sprach mit ihr. »Hast du es gesehen?«, fragte sie. »So gehe ich mit denen um, die mir nicht gehorchen.«

»Ja, ich habe alles gesehen«, flüsterte Linda.

»Dann geh wieder an deine Arbeit.«

»Was werde ich finden?« Endlich traute sie sich, die alles entscheidende Frage zu stellen.

Die Killer-Biene lachte nur. »Noch sage ich nichts. Aber du hast mich doch geliebt.«

»Ja.«

»Dann wirst du mich auch weiterhin lieben. Die Magie des alten Shawn Braddock ist nicht gestorben, du wirst es sehen. Und jetzt zerstöre den Sarg. Nimm den Spaten, und stoße damit den Deckel ein.«

Linda nickte. Noch während dieser Bewegung flog die kleine Biene wieder davon.

Dicht trat die Frau an den Rand der Grube, blickte sich noch einmal scheu um, ging dann in die Knie, stützte sich mit einer Hand ab und ließ sich nach unten rutschen.

Mit dem linken Fuß berührte sie den Sargdeckel, der rechte geriet zwischen Sarg und Wand. In dieser Haltung blieb sie erst einmal stehen, wischte ihr klatschnasses Haar aus der Stirn und drehte sich dann, um nach dem Spaten zu fassen.

Sie hob ihn hoch. Mit beiden Händen hielt sie den Stiel umklammert. Inzwischen war es ihr gelungen, wieder Kräfte zu sammeln. Die setzte sie ein, als sie das Spatenblatt nach unten rammte.

Die scharfe Schneide hieb gegen den Deckel. Das Holz war nicht sehr stabil. Es dröhnte dumpf, dann splitterte es und brach schließlich auseinander.

Für einen Moment pausierte sie. Danach kam es über sie wie ein Rausch. Sie hämmerte und wuchtete den Spaten nach unten. In einem wahren Anfall zerfetzte sie das Holz des Deckels. Das Knirschen und Brechen klang wie Musik in ihren Ohren.

Ja, sie schaffte es.

Der Deckel hielt nicht stand. Er ging zu Bruch, die Öffnung weitete sich von Sekunde zu Sekunde. Lange Splitter wirbelten zur Seite, blieben sogar in den nassen, weichen und feuchten Grabwänden stecken oder wirbelten von der Wucht hoch, um wieder auf Linda Whiteside niederzufallen.

Geschafft!

Sie schleuderte mit einer letzten Anstrengung den Spaten aus dem Grab, senkte den Kopf und starrte auf den jetzt offenen Sarg.

Viel war nicht zu erkennen. Es lag auch kein Mensch in der Totenkiste.

Dennoch war sie nicht leer.

Irgendetwas befand sich in ihr. Es bewegte sich. Eine seltsame Masse, die nie ruhig sein konnte und zitterte. Plötzlich summte auch die Biene mit dem Gesicht ihres

Mannes wieder vor Lindas Augen, und die Frau hatte das Gefühl, als wäre die Biene ungemein erregt.

Auch für sie ging es um alles.

Linda beugte sich weiter vor. Sie wollte sehen, was in dem Sarg lag, aber das Licht war zu schlecht.

»Die Lampe!«, flüsterte sie. »Ich muss mir die Lampe holen.« Ungemein erregt war sie, drehte sich um, hob die Arme, und ihre Finger gruben sich in den Rand des Grabes. Zwei Nägel brachen ab, es machte ihr nichts aus. Verdreckt und völlig durchnässt zog sie sich hoch, stützte sich mit dem rechten Knie am Grabesrand auf und streckte ihren Arm aus. Sie konnte die Lampe soeben erreichen. Sie lag am Boden, brannte noch. Linda zog sie zu sich heran und ließ sich wieder in das Grab hineinrutschen.

Dabei trat sie auf eine Holzlatte vom Sargdeckel. Das Stück kantete so, dass es durch den Stoff ihrer Hose drang und im Fleisch eine kleine Wunde hinterließ.

Linda achtete nicht darauf. Der offene Sarg war wichtiger. Sie dachte an ihren Mann, während sie sich umdrehte. Würde sie ihn sehen? Was war mit ihm geschehen?

Linda drehte den rechten Arm so, dass sie in den Sarg hineinleuchten konnte.

Der gelbe Lichtarm zitterte, als er sich vortastete und einen Atemzug später traf, was innerhalb des Sargs zu sehen war.

Lindas Gesicht verzerrte sich in panischem Schrecken. Es wurde zu einer Fratze der Angst, und zum ersten Mal drang ein Schrei über ihre zitternden Lippen.

Im Sarg lag etwas, für das es nur eine Bezeichnung gab.

Entsetzlich!

War es ein Mensch?

Vielleicht. Es konnte ebenso ein Tier sein, das menschliche Umrisse zeigte.

Linda Whiteside konnte die Lampe nicht ruhig halten. Der Strahl zitterte ebenso wie sie. In dem Lichtkegel sah sie es nur so wimmeln.

Bienen waren dort zu erkennen!

Hunderte, vielleicht sogar Tausende. Sie hockten und klebten übereinander, waren von einer seltsamen Unruhe befallen, stiegen manchmal kurz auf, um sofort wieder in dem Pulk zu landen.

Es war schaurig.

Sie schluckte ein paarmal und ließ den Lampenstrahl weiterwandern. Den größten Teil des Körpers hatte sie inzwischen gesehen, jetzt tastete sich der helle Lichtstrahl über die Brust und näherte sich bereits dem Kopf.

Davor hatte Linda Angst!

Wie würde der Kopf aussehen? Bestand er ebenfalls aus einem Gewimmel von Bienen?

Sie erfuhr es eine Sekunde später.

Bleich und blass war die Haut. Keine einzige Biene hockte auf dem Gesicht, aber es zeigte zahlreiche Einstichstellen, die wie kleine Hügel aufgequollen waren.

Seltsam starr lagen die Augen in den Höhlen. Sie wirkten wie verdrehte Kreise, wobei sie zu einer geleeartigen Masse erstarrt zu sein schienen.

Ja, das war Sam Whiteside!

Ein Toter und ein Monstrum!

War er tatsächlich nicht mehr am Leben? Linda rechnete mit dem Schlimmsten, und ihre Befürchtungen bewahrheiteten sich. In das Gesicht geriet Bewegung. Da spielten Muskeln unter der Haut, sogar die Mundwinkel zuckten, und mit einem Ruck fuhr der Kopf in die Höhe.

Die Leiche lebte.

Starr vor Grauen blieb die Frau stehen. Es war für sie nicht mehr zu fassen, unbegreiflich. Damals mussten sie einen lebendigen Menschen begraben haben, der dennoch prall gefüllt mit schwarzer Magie gewesen war, wobei er nur auf das auslösende Moment gewartet hatte.

Dies war nun eingetreten!

Der Tote richtete sich auf. Und die Bienen blieben an seinem Körper. Sie zeichneten die Konturen genau nach, zitterten, schwirrten, bewegten ihre Flügel. Es war ein Gekrabbel und Gewimmel, das sich da auf der Haut abspielte.

Bisher hatte der Unheimliche tief in der Erde gelegen. Das war nun vorbei. Und Linda hatte dafür gesorgt, dass er geweckt worden war. Sie gab sich die Schuld und wäre am liebsten geflohen, doch sie kam einfach nicht weg und blieb stehen, als wäre sie mit der Rückwand des Grabes verwachsen.

Unter den Füßen der lebenden Leiche zerbrachen die Reste der Totenkiste. Diese Geräusche zerrissen die Stille.

Mit fast komisch wirkenden Bewegungen näherte sich das Monstrum dem Grabesrand. Seine Arme hielt es ausgestreckt, das Gesicht befand sich jetzt wieder im Schatten, und Linda glaubte, dass die Masse innerhalb der Augenhöhlen grünlich schillerte und bei jedem Schritt wie Pudding zitterte.

Gerade diese Dinge waren es, die sie so fertig machten. Hätte die Grabwand in ihrem Rücken sie nicht gestützt, wäre Linda schon längst zusammengebrochen. So aber hielt sie sich auf den Beinen und musste feststellen, dass ihr ›Mann‹ keinerlei Notiz von ihr nahm, während er aus dem Grab zu klettern begann. Obwohl auf seinen Fingern ebenfalls zahlreiche Bienen hockten, gelang es ihm, sich am Grabesrand festzuklammern und sich in die Höhe zu ziehen. Bei dieser Bewegung verrutschten einige zusammenklebende Bienen, sodass es Linda für einen winzigen Moment gelang, die Fingerspitzen der lebenden Leiche zu sehen.

Sie erschrak.

Die Finger waren nicht mehr normal. Weiß und bleich leuchteten die Spitzen, als wären es skelettierte Klauen, die sich da in der feuchten Erde festklammerten.

Linda konnte die einzelnen Vorgänge nicht begreifen. Für sie war es der Schrecken an sich. Mit blicklosen Augen schaute sie zu, wie das Monstrum aus dem Grab kletterte und oben dicht am Rand für einen Moment stehen blieb.

Im selben Augenblick vernahm Linda wieder das laute Summen. Sie wusste sofort, wer da etwas von ihr wollte. Es war die Killer-Biene mit dem Gesicht ihres Mannes, und sie landete auch wieder auf Lindas Stirn.

»Du hast mich gesehen, nicht?«

Linda nickte. Gleichzeitig drangen Töne aus ihrem Mund, die eine Mischung zwischen Lachen und Weinen darstellten.

»Willst du nichts sagen?«

»Ich begreife es nicht. Ich kann es nicht fassen!«, hauchte sie mit tonloser Stimme. »Es tut mir Leid, ich …«

»Das macht nichts, kleine Linda. Das macht überhaupt nichts. Du brauchst es auch nicht zu verstehen. Die Zeit der Rache ist da. Shawn Braddock und mich verbindet das Band des Schreckens. Wir werden abrechnen. Lange genug haben wir gewartet. Die Zeit ist um!«

»Wie, wie kann es dich zweimal geben?«, flüsterte Linda. »Wie ist das möglich?« Sie schluchzte endlich auf. Tränen rannen über ihr Gesicht und vermischten sich mit der Nässe.

»Magie, meine kleine Linda. Nur Magie. Shawn Braddock hat die Formeln gefunden. Er hat die Bienen genau studiert und seine Mutationen erschaffen. Es gelang ihm, den Tod zu überwinden. Er hielt die Menschen am Leben und die Bienen ebenfalls. Und er schuf die Mutation zwischen Mensch und Tier. Als ich damals gestochen wurde, legte er bereits den Keim. Ich wusste, dass ich sterben würde, aber er sagte mir, dass es nicht schlimm wäre. Ich brauchte keine Angst zu haben, wenn man mich begraben würde. Das hatte ich auch nicht. Und während ich in der kühlen, feuchten Erde lag, veränderte sich mein Körper. Aus allen Öffnungen krochen die Bienen. Erst waren es nur wenige, im Laufe der Zeit wurden es immer mehr, und sie ernährten sich von meinem Körper. Nur das Gesicht ließen sie verschont, doch eine finstere Magie schaffte es, dass meine Gesichtszüge und mein Kopf auf die Bienen übergingen, die das große Chaos überlebt hatten. Es waren einige wenige, doch es reichte, um sie mit meinem Gesicht auszustatten. Wir konnten überleben und alles beobachten, wobei wir Shawn immer Bescheid gaben. Verstehst du nun?

Ich bin die letzte Biene mit dem Gesicht deines

Mannes; die anderen sind umgekommen, aber ich werde ihm alles berichten.«

»Fliegst du zu Braddock?«, hauchte Linda.

»Ja, er ist mein Ziel.«

»Und der andere?«

»Auch er wird ihn besuchen, denn er soll das Grab nicht umsonst verlassen haben.«

Linda schüttelte den Kopf. Das war alles so schrecklich, so unbegreiflich für sie, ein Albtraum und dennoch Realität.

Als sie das hämische Lachen vernahm und gleichzeitig das Summen hörte, spürte sie auch nicht mehr die leichte Berührung des Tieres auf ihrer Stirn.

Die Biene war verschwunden!

Zurück blieb eine völlig apathische Linda Whiteside, von der allmählich die Spannung wich. Sie allein hatte dafür gesorgt, dass sich Linda auf den Beinen halten konnte.

Das war nun vorbei.

Im nächsten Augenblick begann sich die Welt um sie herum zu drehen. Das Grab, der zerstörte Sarg, die Wände, die Splitter, der rauschende Regen, all das wurde zu einem furiosen Kreisel und Strudel, in den Linda Whiteside hineingezogen wurde.

Sie merkte nicht mehr, dass sie eine unbekannte Kraft nach vorn schob. Linda fiel und krachte zwischen die Trümmer der Totenkiste.

Regungslos blieb sie liegen.

Wir hatten den Friedhof gefunden und fluchten erst einmal über das Wetter.

Wind war aufgekommen, die Temperatur sank, und der Regen wehte in mächtigen Schleiern von der Seite her gegen uns. Als Suko ausstieg und ich die Tür des Bentley abschloss, hörte ich die Stimme meines Freundes.

»John, sie ist da.«

»Wer?«

»Stell dich nicht so an. Linda Whiteside natürlich.«

»Woher willst du das wissen?«, fragte ich, als ich um den Silbergrauen herumging.

»Das sagt mir mein Gefühl – und der einsame Wagen, der hier parkt, mein Lieber.«

»Vielleicht hast du Recht.«

Es war klar, dass wir nicht auf dem normalen Wege den Friedhof betreten konnten. Wir mussten das tun, was wir schon öfter getan hatten.

Über den Zaun klettern.

Suko machte den Anfang. Geschmeidig zog er sich hoch, ich folgte ihm und sprang wie er in nasses Gebüsch. Ich landete auf weichem Untergrund.

»Wie bei Rocky Koch«, murmelte mein Freund.

»Himmel, Amor und Zwirn, lass mich doch mit diesem Rattenkerl in Ruhe. Den gibt es nicht mehr.«

»Ich sehe nur die Parallelen.«

»Nein, dieser Fall läuft anders.«

»Aber Braddock sitzt auch in einer Anstalt. Das darfst du nicht vergessen.«

»Okay, du hast Recht.«

»Fehlt nur noch eine Krankenschwester wie diese Stella.« Suko konnte sich von dem Thema nicht lösen. Ich ließ ihn reden und auch vorgehen. Auf einem Weg trafen wir wieder zusammen.

»Wohin jetzt?«, fragte Suko.

Beide schauten wir uns um. Hinter uns lag das Gebäude der Leichenhalle. Die Umrisse hoben sich schwach gegen die Dunkelheit und den herabfallenden Regen ab.

»Da sind wir wohl falsch«, sagte ich. »Nehmen wir die andere Richtung.«

»Wir müssten mal eine Besichtigung aller Londoner Friedhöfe vornehmen«, meinte der Inspektor, »dann kennen wir uns auch besser aus. Das sind wir unserem Job schuldig!«

Ich schielte ihn von der Seite her an. »Den Vorschlag kannst du dem Alten machen. Betriebsausflug zu den Friedhöfen. Da kriegen wir den Tag noch bezahlt.«

»Klasse, deine Idee, John.«

Ich konnte mir etwas Besseres vorstellen, als freiwillig über einen Friedhof zu spazieren. Da wir diesen hier ebenfalls nicht kannten, würde es nicht einfach sein, das entsprechende Grab zu finden, wobei wir beide hofften, auch Linda Whiteside zu sehen.

Wir erreichten das Gräberfeld.

Hecken nahmen uns die Sicht. In der Dunkelheit wirkten sie wie abgegrenzte Schatten.

Der Wind bewegte nur die Zweige. Ein Lebewesen konnten wir nicht erkennen. Mensch und Tier hielten sich zurück.

Suko und ich kamen überein, die Grabreihen nach einem gewissen System zu durchkämmen. Wir wollten uns trennen und am Ende wieder zusammentreffen.

Wenig später ging ich allein. Kein Laut, der nicht hierher gehörte, war festzustellen. Ich vernahm meine knirschenden Schritte. Das monotone Geräusch des Regens begleitete mich ebenfalls, ansonsten umgab mich die Stille des Friedhofs.

Es schwirrten auch keine Bienen umher. Weder normale noch dämonische. Ich erlebte auf meinem Weg eine nahezu trügerische Ruhe.

Und doch meldete sich wieder mein Sinn für Gefahr. Ich hatte das Gefühl, dass einiges auf diesem Friedhof nicht stimmte. Irgendwo lauerte etwas, das sich nicht zeigte.

Stumm und gespenstisch wirkten die Grabsteine. Wie mahnende Wächter der Toten. Der Regen hatte einen nassen Film über die Steine gelegt; manche glänzten wie dunkle Spiegel.

Dann hörte ich Schritte.

Sofort blieb ich stehen, meine Hand lag auf dem Griff der Beretta. Überraschen lassen wollte ich mich nicht. Suko konnte es nicht sein, der da in meiner Nähe vorbeiging, er hatte eine andere Richtung eingeschlagen.

Ich wurde leider vom Pech verfolgt, denn ausgerechnet dort, wo ich die Schritte hörte, befand sich eine dichte Hecke. Es war unmöglich, sie schnell zu durchbrechen.

Vielleicht konnte ich darüber hinwegschauen.

Über den rutschigen Pfad zwischen zwei Gräbern schritt ich, erreichte die Hecke und blieb vor ihr stehen.

Wenn ich hinüber wollte, musste ich springen.

Das tat ich auch.

Federnd stieß ich mich in die Höhe, erhaschte einen Blick jenseits der Hecke, sah jedoch auf der anderen Seite keine Bewegung mehr, sondern das gleiche Bild wie auf meiner.

Gräber und Steine.

Hatte ich mich doch getäuscht? Möglich war es, obwohl ich nicht so recht dran glauben wollte.

Ich ging weiter.

Die Geräusche hörte ich nicht mehr. Ich möchte mich kurz fassen und nur sagen, dass auch Suko Pech gehabt hatte. Wir trafen wieder zusammen. Mein Freund hob die Schultern. »Alles eine große Pleite.«

»Und den Namen Whiteside?«, fragte ich.

»Hast du auf den Grabsteinen alles genau erkennen können?«, wollte er wissen.

»Nein.«

»Na bitte«, kommentierte Suko.

»Aber ich glaube, dass irgendjemand hier war.«

»Was macht dich so sicher?«, wollte Suko wissen.

Ich wischte mir den Regen aus dem Gesicht. »Ich hörte Schritte. Von dir stammten sie nicht.«

»Hast du etwas sehen können?«

»Nein, die Hecken waren zu hoch. Außerdem …« Was ich noch hinzufügen wollte, verschluckte ich, denn beide vernahmen wir das Geräusch, das überhaupt nicht zum Friedhof passte.

Es war ein Stöhnen.

Suko blieb nicht stehen. Er kreiselte auf der Stelle herum und sprang über die nächsten beiden Gräber mit einem gewaltigen Satz hinweg. Dann hatte er einen schmalen Weg erreicht, der in gerader Linie auf die hintere Begrenzung des Friedhofs zustach.

Von dort hatten wir das Stöhnen gehört.

Neben einem offenen Grab traf ich meinen Freund wieder. Ich sah seine Gestalt nur für einen Moment, dann sprang er in das Grab hinein, war verschwunden, und ich vernahm nur noch das Knirschen und Brechen von Holz, als Suko aufkam.

Ich schaute in die Tiefe.

Mein Partner hatte sich gebückt. Er war dabei, eine Frau hochzuheben. Ich konnte sie nicht erkennen, erhielt jedoch schnell eine Erklärung. »Es ist Linda Whiteside!«, rief Suko.

Ich wollte schon eine Antwort geben, als ich stutzte. Erst jetzt sah ich den leblosen Körper am Boden. Er war ein wenig durch den Hügel der aufgeworfenen Erde verdeckt worden.

»Schaffst du es allein?«

»Ja«, rief Suko zurück.

Ich kümmerte mich um den Mann. Er lag auf dem Bauch. Sein Gesicht war in die feuchte, lehmige Erde gedrückt. Es war mir klar, dass er nicht mehr lebte. So etwas fühlte ich einfach. Ich fasste ihn an den Schultern und rollte ihn herum.

Als er auf dem Rücken lag, blickte ich in ein verzerrtes, bleiches Gesicht, das genau zwischen den Augen eine seltsame Platzwunde aufwies. Ich kannte sie. Ein Stich der Killer-Biene hinterließ diese Wunden. Und ich sah noch mehr.

Aus seinen Nasenlöchern und der Mundhöhle war dieser gelbe Schleim geflossen. Auf dem Gesicht hatte er sich verteilt. Mit dem Lehm und der Feuchtigkeit zusammen bildete er einen regelrechten Film und gab dem leblosen Gesicht ein seltsam makabres Aussehen.

Hier hatte die Killer-Biene wieder voll zugeschlagen. Abermals nahm ich mein Kreuz und presste es in die offene Stelle an der Stirn. Ich hatte das Zittern der kleinen Bienen innerhalb des Kopfes gesehen. Bevor sie sich vermehrten und größer wurden, tötete ich sie ab.

Als das erledigt war, wandte ich mich meinem Partner zu.

Suko hatte es geschafft und Linda Whiteside aus dem Grab geholt. Sie konnte nicht allein stehen. Auf der Erde wollte Suko sie auch nicht liegen lassen, er stützte sie ab.

»Was ist mit dem Mann?«, fragte Suko.

»Tot.«

Er nickte. »Ich hatte es mir gedacht. Linda lebt zum Glück noch, scheint aber einen Schock erlitten zu haben.«

»Hast du sie angesprochen?«

»Ja, sie erwiderte aber nichts.«

»Okay, dann bringen wir sie zum Wagen.«

»Schau dir erst einmal das Grab an.«

Verflixt, das hätte ich fast vergessen. Am Rand blieb ich stehen. Die unten liegende Lampe gab genügend Licht, um auch Einzelheiten erkennen zu können.

Vor mir lag ein total zerstörter Sarg. Der Deckel war eingeschlagen worden. Die Tatwerkzeuge, einen Spaten und eine Schaufel, lagen neben der Totenkiste. Wahrscheinlich trug Linda Whiteside für diese Zerstörung die Verantwortung.

Von der Leiche, die sicherlich im Sarg gelegen hatte, war nichts mehr zu sehen.

Sofort dachte ich an Zombies. Vielleicht war Lindas Mann zu einem Zombie geworden und hatte den Sarg verlassen können.

Die Frau selbst konnte ich nicht fragen. Sie machte einen zu erschöpften Eindruck. Apathisch hing sie in Sukos Griff, den Kopf nach unten gesenkt und auf den Boden stierend.

»Wir schaffen Sie zum Wagen«, entschied ich.

Wir hatten die Frau in die Mitte genommen. Ihre Arme lagen über unseren Schultern. Wir schleiften sie förmlich weiter; ihre Beine bewegten sich nicht. Die Schuhspitzen hinterließen auf dem Lehmboden lange Streifen.

Ich hoffte, dass sich Linda Whiteside ein wenig fangen würde, wenn wir den Wagen erreicht hatten. Im Handschuhfach lag noch eine Flasche Whisky, in Lindas Fall sollte der Alkohol als Medizin wirken. Niemand sah uns, als wir über den nachtdunklen Friedhof schritten. Monoton rauschte der Regen. Die Tropfen klatschten gegen die Blätter, und oft genug kriegten wir Spritzer ab.

Der Zaun bot das erste Hindernis. Suko und ich mussten Linda hinüberhieven.

Mit Ach und Krach schafften wir es, wobei Linda plötzlich Angst bekam und sich an der anderen Seite kräftig festkrallte. Gewaltsam mussten Suko und ich ihre Fäuste öffnen.

Wir waren heilfroh, als Linda schließlich im Fond des Bentley hockte und ich die Flasche aus dem Handschuhfach holte, sie aufschraubte, in den Schraubverschluss etwas Whisky goss und Linda den provisorischen Becher an die zitternden Lippen setzte.

»Trinken Sie«, sagte ich, »bitte!«

Sie spürte den Alkohol auf ihren Lippen. Die Zunge tastete sich vor, dann öffnete sie den Mund und schluckte automatisch. Vorsichtig kantete ich den Becher und zog ihn hastig zurück, als Linda von einem Hustenanfall geschüttelt wurde.

Ein Teil der Flüssigkeit drang wieder aus ihrem Mund und spritzte über meine Jacke, aber das Zeug weckte ihre Lebensgeister.

Der Hustenanfall schüttelte ihren Körper. In ihr Gesicht kehrte wieder Farbe zurück, die Augen füllten sich mit Tränen, und Suko klopfte leicht auf ihren Rücken.

»Geht es wieder, Mrs. Whiteside?«, fragte ich sie.

Die Frau schaute mich an, als wäre sie aus einem tiefen Traum erwacht. Dabei bewegte sie schüttelnd den Kopf, holte ein paarmal tief Luft, hustete wieder und fragte flüsternd: »Sie, Mr. Sinclair?«

»Ja, genau.«

»Aber wie komme ich zu Ihnen? Wo bin ich hier?«

»In Sicherheit.«

Das letzte Wort musste bei ihr einen erlösenden Eindruck hinterlassen haben, denn sie atmete hörbar auf. Es war noch etwas Whisky im Becher. Den gab ich ihr zu trinken, und sie konnte das Gefäß diesmal allein in den Händen halten.

»Es ist alles so schrecklich«, sagte sie nach seiner Weile und schüttelte den Kopf. Aus ihrem Haar lösten sich dabei einige Tropfen, die in unsere Gesichter klatschten.

»Was ist passiert?« Suko stellte die Frage.

Linda hob die Schultern. Mehr tat sie nicht. Wir ließen sie einen Augenblick in Ruhe, während der Regen auf das Dach und gegen die Scheiben trommelte.

»Er ist weg«, sagte sie.

»Ihr Mann?«

»Ja, ja.« Sie schüttelte sich. »Stellen Sie sich vor, er war nicht tot. Ich habe den Sarg geöffnet, und er stieg heraus.«

»Wie sah er aus?«

Vielleicht hätte ich diese Frage nicht stellen sollen. Linda hob ihren Arm und presste den Handballen der Linken gegen ihre Lippen. Angst zeichnete ihre Pupillen.

»Waren Bienen dabei?«

Sie nickte zögernd.

Ich warf Suko einen Blick zu. Auch mein Partner hatte verstanden. Unauffällig deutete er auf seine Uhr.

Klar, uns saß die Zeit im Nacken, aber wir durften nichts überstürzen, sonst drehte Linda durch.

Schließlich ließ sie die Arme sinken. »Ja«, antwortete sie leise und war kaum zu verstehen. »Es waren Bienen dabei. Hunderte, vielleicht Tausende. Sie klebten an seinem Körper, nur nicht am Gesicht. Es lag frei, war aber zerstochen.«

Diese Beschreibung reichte aus, um auch bei uns eine Gänsehaut hervorzurufen. Himmel, was musste diese Frau durchgemacht haben! Am Grab ihres Mannes stehend und ihn als lebende Leiche zu sehen.

Das war zu viel.

Ich konnte sie sehr gut verstehen, auch Suko nickte dazu, aber wir bohrten weiter, mussten es, denn dieser lebende Tote bedeutete eine kaum fassbare Gefahr.

»Haben Sie mit ihm gesprochen?«

Linda nickte.

»Und?«

Mit stockenden Worten berichtete sie. Die Frau hatte die Erklärung noch gut behalten, und so erfuhren wir mehr über diese unheimliche Magie, mit der wir es zu tun hatten.

Es war tatsächlich wie bei dem Rattenkönig Rocky Koch. Auch Shawn Braddock wirkte aus der Anstalt heraus. Er war so mit den Bienen verwachsen, dass er einfach nicht anders konnte.

»Und Sam Whiteside geht zu ihm«, murmelte Suko. »Wie lange ist er schon weg?«, wandte er sich an Linda.

Da konnte sie keine Antwort geben.

Ich verließ den Wagen und stieg vorn ein. Während ich startete, griff ich zum Telefon und alarmierte die Kollegen von der Mordkommision. Sie sollten sich um den Toten auf dem Friedhof kümmern und ihn genau untersuchen.

Dann fuhren wir ab.

Aus dem Fond hörte ich Lindas Stimme. »Wohin fahren wir?«

Suko gab die Antwort. »Zu Shawn Braddock und auch zu Ihrem Mann, Linda.«

Erst als ich bereits auf der Straße ein Stück gefahren war, erklang Lindas Antwort. »Ich habe Angst.«

»Ich auch«, erwiderte Suko.

Das Niederschlagsgebiet hatte sich ausgeweitet. Ein dunkler und gleichzeitig wolkenverhangener Himmel lag über London und Umgebung, sodass die Lichter Mühe hatten, den Dunst zu durchbrechen.

Auch über der Klinik lagen die dicken Regenwolken. Aus ihnen rann das Wasser, klatschte gegen die Mauern, tropfte auf den Efeu-Bewuchs und prasselte gegen die Scheiben.

Die Kranken hockten in ihren Zellen und lauschten dieser Monotonie. Manche blickten verstört zum Fenster, als würden sie dort gespenstische Wesen sehen, die in ihre Zellen eindringen wollten, um sie zu Tode zu erschrecken.

Ein Fenster stand offen, und so wurde die innere Fensterbank nass. Wegen der Dunkelheit war von außen nichts erkennbar, dass Shawn Braddock das Fenster seines Zimmers geöffnet hatte und in den Regen starrte. Er musste sich auf die Zehenspitzen stellen. Seine Hände umklammerten die Gitterstäbe, und die dünne, gelblich schimmernde Haut spannte um seine Knöchel.

Die Augen glänzten.

Fieber war es nicht. Eher Wahnsinn und das Wissen um eine unheimliche Macht, die auf dem Weg in die Klinik war. Die schlechten Zeiten waren vorbei, es konnte sich nur noch um Minuten handeln, dann würde seine Arbeit Früchte tragen.

Braddock zog sich höher. Er ächzte dabei, und der Klimmzug brachte sein Gesicht so nahe an die Scheibe, dass er es dagegenpressen konnte. Die Gitter drückten in die Haut. Hätte jemand von außen zugesehen, wäre ihm nur ein breiter, gelber Fleck aufgefallen, der sich hinter den Stäben abzeichnete.

Plötzlich verschwanden die Hände, als hätte man sie abgeschnitten. Braddock hatte sich nicht mehr halten können. Er prallte auf, verlor das Gleichgewicht und kippte nach hinten. Auf den Rücken fiel er, zog seine Beine an, wobei sein Körper fast eine Kugel bildete, als er sich zusammenrollte.

Für einen Moment blieb er liegen. Seine Augen leuchteten in einem seltsamen Gelb. Er schüttelte den Kopf, drehte sich danach auf die Seite und stellte sich wieder hin.

Aus seinem Mund drangen hechelnde Laute, die gelbe Haut auf dem Gesicht bewegte sich, sie spannte sich manchmal, bevor sie an einigen Stellen wieder zusammenfiel, wobei sie zahlreiche Falten bildete.

Braddock war nervös.

Angst hatte er nicht, aber er spürte, dass ihn jetzt keiner stören durfte. Wenn jemand das Zimmer betrat, garantierte er für nichts. Diesmal ließ er sich nichts mehr vorschreiben.

Es war soweit …

Und dann hörte er die Schritte.

Lautlos huschte er zurück, blieb dicht unter dem Fenster stehen, drückte sich mit dem Rücken gegen die Wand und starrte auf die Tür. Er wusste, wer kam.

Es war die Nachtschwester.

Sie sollte sich wundern.

Zwischen ihm und der Tür hing eine Lampe unter der

Decke. Ein viereckiger Kunststoffkasten, der die Leucht-stoffröhre verbarg. Sie brachte so wenig Licht, dass nur ein Teil des Zimmers beleuchtet wurde. Drei der vier Ecken lagen im Schatten.

Die Tür allerdings wurde erfasst, und dort steckte jemand einen Schlüssel in das Schloss, drehte ihn zwei-mal herum, bevor der Besucher die Tür aufdrückte.

Es war tatsächlich die Schwester. Ausgerechnet die, die Braddock nicht mochte.

Sie hatte eine so weiche Stimme, aber die Figur eines Ringers. An den stämmigen Füßen trug sie Clocks, win-kelte ein Bein an und trat die Tür zu.

Bei dem Knall erzitterte alles.

Dann starrte die Frau an Braddock vorbei auf das offene Fenster. Die Arme stemmte sie in ihre speckigen Hüften, das Gesicht verzog sich, und Shawn wusste, was kam.

»Wie oft habe ich dir gesagt, dass du das Fenster geschlossen lassen sollst. Besonders, wenn es regnet. Los, mach es zu!«

Braddock dachte nicht daran, diesem Befehl Folge zu leisten. Nein, nicht mehr. Sie hatten ihn lange genug her-umkommandieren können, damit war jetzt Schluss.

Er schüttelte den Kopf. »Ich schließe es nicht. Das Fenster bleibt offen!«

Die Augen der Krankenschwester wurden zu Schlitzen. »Du willst nicht?«

»Nein!«

Jetzt lachte sie. Es hörte sich seltsam hoch und schrill an, stoppte jedoch, als das Brummen erklang.

Braddock hatte es ausgestoßen. Er kniete, hielt seine Arme ausgestreckt und bewegte sie, als wären es Flügel, während aus seinem dünnen Mund das seltsame Geräusch drang.

»Damit kannst du mich nicht erschrecken«, erklärte die Frau kalt. Sie gab sich einen Ruck und schritt auf das Fenster zu, um es zu schließen.

Auch der Mann bewegte sich. Bevor die Schwester sich versah, hatte er die Beine der Frau umklammert. Er wollte sie zu Boden reißen, aber die Frau konnte sich wehren. Sie streckte ihre Arme aus, die Hand fand den glatten Kopf des Mannes und drückte ihn dem blankpolierten Kunststoffboden zu.

Shawn Braddock stieß dabei Laute aus, die eher ins Tierreich gepasst hätten. Aus seinem offenen Mund rann eine gelbe, sirupdicke Flüssigkeit und klatschte zu Boden.

»Lass los, du Bastard!«

Er musste es tun, denn der Druck wurde zu stark. Die Schwester kam frei und blieb geduckt sowie mit geballten Händen vor dem Mann stehen, wobei sie ihn hart anfunkelte. »Mach das nicht noch mal, Bastard!«, zischte sie, drehte sich abrupt um und ging die beiden letzten Schritte bis zum Fenster. Sie hatte bereits den Arm erhoben, um die Flügel zu schließen, als sie mitten in der Bewegung verharrte.

Ihr Blick fiel durch das Gitter nach draußen. Dicht vor dem Fenster hörte sie das überlaute Summen unzähliger Bienen.

Bienen, die den Körper eines Menschen nachzeichneten.

Sam Whiteside war gekommen!

Auch Shawn Braddock hatte das Summen gehört. Aus seiner Kehle drang ein gellendes, irres Kichern. Er kam auf die Beine, tanzte und breitete die Arme aus.

»Sie sind da!«, keuchte er. »Sie sind da!«

Die Schwester fuhr herum. Bleich war sie geworden. »Was soll das bedeuten?«, fuhr sie den Mann an. »Antworte!«

»Die Stunde der Rache. Die Stunde der Rache …«

Die Frau hielt es nicht mehr aus. Sie war einiges gewohnt, doch das hier ging über ihr Begreifen. Sie sprang auf den Mann zu und bekam Braddock zu fassen, denn so schnell konnte dieser nicht ausweichen. Die Schwester drehte den Kragen seines Kittels zusammen, schüttelte ihn durch und fasste auch in sein Gesicht.

Sofort zog sie die Hand zurück, denn die Haut fühlte

sich weich und schwammig an. Gleichzeitig spürte sie unter ihren Fingern die feinen Härchen, die auf dem Gesicht wuchsen.

Dem Fenster wandte sie den Rücken zu. Deshalb sah sie nicht, wie die Riesenbiene mit dem Gesicht verschwand, dafür eine kleine, einzelne in den Raum flog.

Sie hatte ebenfalls ein menschliches Gesicht, und sie setzte sich zwischen Haaransatz und Kittelkragen der Krankenschwester fest.

Dann stach sie zu!

Die Frau merkte den Stich genau!

Sie zuckte zusammen, ging zurück und ließ Shawn Braddock dabei los. Der sprang ebenfalls nach hinten, drehte den Kopf und verfolgte mit seinen seltsamen Augen den Flug der kleinen Biene.

»Willkommen!«, rief er. »Willkommen bei mir!«

Summend zog die Biene ihre Kreise, während die Krankenschwester fluchte, ihre Arme erhoben und gleichzeitig etwas gedreht hatte, damit sie die flache Hand gegen die getroffene Stelle im Nacken pressen konnte.

Und sie hörte die Stimme des Shawn Braddock. »Du bist verloren«, sagte er mit einem gemeinen Lachen. »Verloren.«

Die Schwester verzog das Gesicht. Sie holte stockend Atem. »Verdammt, was ist das gewesen?«

Braddock hob seinen dünnen Arm, streckte den Zeigefinger aus und deutete auf die Biene, die ihre Kreise unter der Decke zog. »Sie!«, zischelte er. »Sie hat dich gestochen.«

Bösartig kam der Frau das Brummen vor. Obwohl das Tier nur sehr klein war, eigentlich unbedeutend, spürte die Schwester dennoch ein gewisses Unbehagen ihm gegenüber. Sie konnte es sich nicht erklären. Vielleicht dachte sie auch noch zu sehr an das Monstrum vor dem Fenster.

»Sie hat ein Gesicht«, flüsterte Shawn Braddock. »Ein kleines Gesicht. Schau genau hin, dann kannst du es erkennen.«

Bisher hatte sich die Krankenschwester immer als realistisch eingestuft. Sie betrieb diese Arbeit schon jahrelang und hatte immer gedacht, dass nichts sie erschüttern konnte. Das stellte sich nun als Irrtum heraus. Es war verdammt schwer, hier die Nerven zu bewahren, und als die kleine Biene im Sturzflug nach unten raste, da erkannte die Frau, dass der andere nicht gelogen hatte.

Die Biene hatte den Kopf eines Menschen!

Für einen Moment sah sie nur dies, danach war das Insekt schon wieder verschwunden, doch die Folgen des ersten Stiches spürte sie deutlich. Sie hatte sich zu Shawn Braddock umgedreht, wollte ihn ansprechen, als sie in der Bewegung verharrte.

Hitzewellen durchrasten ihren Körper. Sie schüttelte sich, sah die Bewegungen des Zimmers und kam sich vor wie auf einem schwankenden Boot. Aus den Poren drang der Schweiß. Mit letzter Kraft formulierte sie eine Frage: »Was hast du mit mir gemacht, du Teufel?«

»Ich nichts«, erwiderte Braddock kalt. »Ich habe nichts getan. Das war die Biene. Sie hat ihr Zeichen bei dir hinterlassen.«

»Verdammt, warum?«

Sie erhielt keine Antwort mehr auf die Frage. Im Nacken fühlte sie ein Reißen. Sie wusste nicht, was es war, und sie konnte auch nicht sehen, dass sich die Wunde öffnete.

Vor Shawn Braddock fiel sie auf die Knie. Der schaute grinsend zu. Sein Gesicht mit der gelblichen Haut hatte sich in die Breite gezogen. Die Augen strahlten, als er seinen Arm hob und der kleinen Biene ein Zeichen gab.

Das Insekt mit dem Kopf des Sam Whiteside fand seinen Platz auf Braddocks Schulter. Es hockte dort wie eine kleine, gelbschwarz gestreifte Rakete.

»Er ist gekommen!«, flüsterte Braddock. »Er ist da! Wir haben ihn gesehen. Jetzt werden wir losgehen und ihn empfangen. Alles ist bereit, und die Türen stehen offen!« Das war in der Tat so, denn die Krankenschwester hatte nicht abgeschlossen.

Shawn Braddock konnte den Raum ungehindert verlassen. Zum ersten Mal, seit er in diese Klinik eingeliefert worden war. Und er war entschlossen, es allen heimzuzahlen, auch denjenigen, die ihn in die Klinik gebracht hatten.

Helfer hatte er genug ...

Das Bienenmonstrum war da!

Ganz kurz nur hatte es durch das Zellenfenster in den Raum geschaut, um sich zu überzeugen. Es hatte Shawn Braddock gesehen und war sehr zufrieden.

Jetzt konnte nichts mehr schief laufen. Mit diesem Gefühl verließ es die Höhe und segelte langsam dem Erdboden entgegen. Die zahlreichen Bienen blieben zusammen. Sie umgaben ein Skelett und zeichneten haargenau die Körperformen nach, sodass der Betrachter das Gefühl haben konnte, vor einem Menschen zu stehen, der von unzähligen tanzenden Bienen umschwirrt wurde.

Nur das Gesicht war noch menschlich. Aber auch hier hatten die Bienen ihre Spuren hinterlassen, sodass auf der Haut Hügel wuchsen, die sich rot von dem übrigen bleichen Gesicht abhoben.

Weich landete das Monstrum.

Der Regen störte diese Mutation nicht. Sie war in der Nähe einer Laterne aufgekommen, durch deren Lichtkreis ebenfalls der Regen strömte und dabei aussah wie nie abreißende Schnüre.

Sie klatschte auf den Boden, peitschte in die großen Pfützen, schlug gegen die Blätter und hatte auch die Stufen der Treppe mit einem nassen, glitschigen Film überzogen.

Das Monstrum bewegte sich weiter. Man konnte das Gefühl haben, es würde über den Boden schweben, so leicht ging es, und es blieb im Schatten der Eingangstür stehen.

Hier wartete es ab.

Hinter der Tür und im Flur der Klinik brannte eine Lampe. Das Neonlicht leuchtete die Diele aus. Es erreichte auch die kleine abgetrennte Bude mit der Glaswand.

Dahinter saß der Nachtportier. Er schlief. Zurückgelehnt hockte er in seinem Stuhl. Sein Kopf lag auf der Lehne, und er bemerkte nicht, wie sich nahe des Aufzugs jemand bewegte.

Eine Gestalt stand dort.

Shawn Braddock!

Er hatte seinen Weg durch die nachtstille Klinik gefunden. Niemand war da, der ihn aufhielt. Das Personal hatte sich in den Bereitschaftsräumen zur Ruhe gelegt, die Kranken schliefen ebenfalls; keiner drehte durch, erlitt einen Anfall oder schrie vor Schmerzen. Es blieb in der Klinik gespenstisch ruhig.

Geräuschlos konnte sich Braddock bewegen. Nicht ein Laut entstand, als er sich aus dem Schatten der Wand löste und quer durch die Halle auf die Eingangstür zuschritt.

Er brauchte sie nicht erst aufzuschließen. Sie war zwar verschlossen, allerdings von innen nur durch einen Riegel gesichert, und den musste Braddock zurückschieben, dann hatte er die Tür offen.

Der Nachtwächter bemerkte nichts. Seine leisen Schnarchtöne waren Musik in den Ohren des Shawn Braddock, als dieser weiterging und sich durch nichts stören ließ. Vor der Tür blieb er stehen.

Einen Moment nur wartete er ab, schaute nach draußen, sah den Regen in langen Schleiern durch den Lichtkreis der Laterne fallen und entdeckte das Bienenmonstrum.

Braddock hob die Arme, presste die Hände gegen die Scheibe des Sichtfensters und tastete anschließend nach dem Riegel. Es bereitete ihm keine Mühe, ihn zurückzuschieben. Das geschah fast lautlos, der Nachtwächter hörte nichts.

Man war in dieser Klinik ziemlich sorglos, auch was Alarmanlagen anging, nur deshalb war es Braddock gelungen, unbemerkt zu bleiben.

Dann hörte er Schritte.

Sofort huschte er von der Tür weg, baute sich woanders auf und war beruhigt, als die Schritte verklangen.

Vorsichtig öffnete er die Tür. Er brauchte sie nicht ganz aufzuziehen, das Bienenmonstrum reagierte sofort und betrat durch den entstandenen Spalt das Haus.

»Es ist alles in Ordnung!«, hauchte Shawn Braddock. »Wir haben die Sache wunderbar vorbereitet.« Er kicherte leise und trat dicht an das Monstrum heran. Seine Hände fuhren leicht die Umrisse des Körpers nach. Er streichelte die Bienen, die über seine Finger tanzten und bei ihm ein wohliges Gefühl hinterließen.

»Jaaaa«, sagte er langgezogen. »So und nicht anders muss das sein. Ich habe gewartet, jetzt ist Schluss damit. Wir werden uns hier im Haus umsehen. Es gibt zahlreiche Opfer, und ich habe nicht vor, auch nur einen entkommen zu lassen.« Er drehte sich um und schaute auf den Nachtwächter. »Mit diesem fangen wir an!«

Im selben Augenblick drang von draußen ein Geräusch an ihre Ohren.

Es waren die typischen Laute eines fahrenden Wagens, und einen Moment später huschten lange Lichtlanzen durch das Sichtfenster der Tür.

Da kam jemand, mit dem Shawn Braddock nicht gerechnet hatte. Er konnte es sich auch nicht vorstellen, wer da noch mitten in der Nacht etwas wollte, jedenfalls stellte er seine Pläne zunächst einmal zurück.

»Weg!«, flüsterte er. »Wir müssen uns verstecken!«

Das Bienenmonstrum war einverstanden. Wenig später waren beide in die Dunkelheit des Ganges getaucht …

Die beiden gelben Lichtfinger gehörten zu meinem silbergrauen Bentley. Sie huschten durch die Büsche, berührten die Baumstämme und strichen geisterhaft über das mit Efeu und wildem Wein bewachsene Mauerwerk. Der Regen hatte nicht nachgelassen. Seine Tropfen glitzerten im Schein der Lichtlanzen wie Diamanten. Als die beiden Scheinwerfer Kreise auf das Mauerwerk warfen, stoppte ich.

»Das wär's«, sagte Suko und schaute im Fond sitzend nach vorn. »Sieht ja alles harmlos aus.«

»Die Ruhe vor dem Sturm«, erwiderte ich und löste den Sicherheitsgurt.

»Kann ich mit?«

Linda Whiteside hatte sich aus dem Fond gemeldet.

Ich drehte den Kopf. Ihr Gesicht war blass. Die Augen wirkten darin sehr groß. Sie machte einen ängstlichen Eindruck. Da ich wusste, wie gefährlich unser Vorhaben werden konnte, hatte ich etwas dagegen und schüttelte den Kopf. »Nein, Linda, Sie bleiben im Wagen.«

»Aber ich …«

»Sie können uns jetzt nicht mehr helfen. Wir wissen genug, Linda. Verlassen Sie nicht den Wagen. Begeben Sie sich nicht in Gefahr. Hier kommt keine Biene herein.«

»Ich weiß nicht.«

»Doch, glauben Sie mir.« Ich nickte ihr zu. »Und wenn Sie dennoch irgendetwas sehen sollten, dann hupen Sie bitte!«

»Ja, gut.« Sie spielte mit ihren Händen. »Wollen Sie wirklich zu Braddock?«

»Natürlich. Diesmal allerdings ohne Begleitung. Er muss uns einige Antworten geben.«

Noch einmal schärfte ich der Frau ein, sich auf alle Fälle ruhig zu verhalten, dann stiegen Suko und ich aus. Mein Partner schaute sich um. Der kleine Park lag ruhig vor uns. Nichts rührte sich, nichts griff uns an, nur der strömende Regen überdeckte die Landschaft wie ein trüber Vorhang.

Wir schauten zum Eingang hin. Dort brannte die Lampe. Ein heller Fleck im Regen, mehr nicht.

Vielleicht hatten wir Glück und waren vor unseren Gegnern eingetroffen. Deshalb durften wir auch keine Zeit verlieren und mussten so rasch wie möglich ins Haus.

Die Treppe überwanden wir mit wenigen Schritten. Suko war schon ein paar Sekunden früher an der Tür als ich, streckte seinen Arm aus und wollte »anklopfen«, als ihm auffiel, dass der Eingang nicht verschlossen war.

»John, es ist offen!« Seine Stimme klang gespannt. Auch ich stand plötzlich wie unter Strom. Ich hatte meine

Hände zu Fäusten geballt und warf einen Blick zurück, als würde hinter mir ein Gegner lauern oder sich versteckt halten, aber ich schaute nur in den nach wie vor strömenden Regen.

Wir hatten bewusst nicht geschellt, und jetzt sahen wir auch durch ein Sichtfenster den Nachtportier oder Nachtwächter, der in seiner Loge hockte und schlief.

Oder war er tot?

Suko drückte die Tür auf. Wir schlüpften hinein und hörten das Schnarchen.

Normalerweise regt mich so etwas auf. In diesem Fall jedoch beruhigte es mich.

Der Mann lebte.

Ich winkte Suko zu. Zum Glück kannten wir uns in der Klinik aus, brauchten die Treppe nicht erst zu suchen und liefen geradewegs darauf zu.

Kein Geräusch war zu vernehmen. Nur unsere eigenen Schritte hörten wir. Suko schüttelte den Kopf, als er flüsterte: »Eine komische Klinik ist das hier. Die haben wohl alle Nachtruhe.«

»Ich kann mir auch etwas anderes vorstellen«, gab ich gepresst zurück.

»Mal den Teufel nicht an die Wand.«

So leise wie möglich überwanden wir den ersten Treppenabsatz. Leider mussten wir bis nach oben, und so verging wieder Zeit. Ein wenig atemlos erreichten wir den letzten Gang und liefen ihn entlang. Natürlich hatten wir uns eingeprägt, wo sich das Zimmer des Shawn Braddock befand. Wir passierten wieder einige Türen und hörten hinter manchen von ihnen Geräusche.

Manchmal ein dumpfes Klopfen, dann wieder leise Stimmen oder ein schweres Atmen.

Ich verspürte ein unruhiges Gefühl. Diese ganze Atmosphäre des Ganges heizte mich auf. Vielleicht trug auch das trübe Licht dazu bei, dass ich so reagierte.

Obwohl wir damit hatten rechnen müssen, waren wir dennoch überrascht, plötzlich vor der offenen Tür des Shawn Braddock zu stehen. Das war die Bestätigung.

Er hatte es geschafft!

Gleichzeitig sprangen wir über die Schwelle, tauchten nach links und rechts weg und zogen unsere Waffen.

Wir brauchten sie nicht, denn von Shawn Braddock sahen wir nichts mehr.

Dafür entdeckten wir die Krankenschwester, die wir schon bei unserem ersten Besuch gesehen hatten.

Sie lag auf dem Boden.

Ihr Körper war dabei ein wenig zur Seite gedreht. Wir sahen den Nacken und auch die Wunde, die sich ausgebreitet hatte. Fast so groß wie die Hälfte einer Hand. Aus ihr rann gelber Schleim. Bienen wimmelten darin.

Ich gab Suko ein Zeichen.

Der Inspektor nickte nur. Mit dem Kreuz sorgte ich dafür, dass dieses dämonische Bienenwachstum gestoppt wurde.

»Braddock?«, fragte Suko.

Ich hob die Schultern. »Keine Ahnung, ob er es gewesen ist. Auf jeden Fall müssen wir mit dem Schlimmsten rechnen. Diese Frau wird nicht das einzige Opfer bleiben. Braddock geht auf Jagd. Er wird keinerlei Unterschiede machen, das ist sicher. Ich kenne ihn.«

»Fragt sich nur, wo wir ihn finden.«

Da hatte Suko ein wahres Wort gesprochen. Wir redeten flüsternd darüber, ob wir Alarm geben sollten. Schließlich waren wir beide dagegen. Eine Panik hätten wir am allerwenigsten gebrauchen können.

Wenn wir nur gewusst hätten, wo Dr. Prentiss sein Büro hatte. Wir hatten keine Schilder gesehen. Zudem stellte sich die Frage, ob er überhaupt in der Klinik übernachtete.

»Dann fragen wir den Portier«, schlug Suko vor.

Es war momentan die beste Idee.

Wir verließen das Zimmer. Ab jetzt waren wir doppelt auf der Hut, und der lange, düstere Flur kam uns noch unheimlicher vor.

Es gab mehr Schatten als Licht. Sicherheitshalber probierten wir an den Türen die Klinken und Drehknäufe.

Keine war offen.

Einmal nur wurden wir bemerkt. Jemand schlug von

innen gegen das Holz und zischte: »Lasst mich raus hier! Lasst mich raus!«

Wir gingen weiter.

An der Treppe blieben wir stehen. Über das Geländer hinweg schauten wir in den tiefen Schacht.

Da kein Licht brannte, verlor sich unser Blick sehr bald in der Dunkelheit. Nur von den Gängen her strahlte der fahle Rest einer Helligkeit an die Schachtränder.

Wir liefen nach unten.

Sehr wachsam, ungeheuer gespannt, und wir hörten plötzlich das uns allseits bekannte Summen.

Mitten auf der Treppe blieben wir stehen, wirbelten herum und suchten den kleinen gefährlichen Feind.

Da schlechtes Licht herrschte, war es ungemein schwer, die Killer-Biene zu entdecken. Wir sahen sie auch nicht, hörten nur das Brummen, das sich schließlich entfernte, sodass es wieder ruhig wurde.

Nur für einen Moment.

Im nächsten Augenblick wurden wir von einem Türgeräusch aufgeschreckt. Das geschah unter uns, und wir hörten auch ein leises, hämisches Lachen.

An der Stimme erkannten wir Shawn Braddock!

Er brauchte nichts zu sagen. Allein dieses Lachen bewies uns, dass er Bescheid wusste.

»Ich freue mich auf euch!«, hörten wir ihn heiser sprechen. »Ich freue mich sehr. Die Nacht der Killer-Bienen ist angebrochen. Die Zeit der Rache. Nichts habe ich vergessen – nichts!«

Noch während er redete, jagten wir los. Mit gewaltigen Sätzen überwanden wir mehrere Stufen auf einmal, erreichten die nächste Etage, drehten uns in den Gang hinein und fanden ihn leer.

»Er hat von hier gesprochen«, sagte Suko. »Da bin ich mir sicher.«

»Möglich …«

»Dieser Hundesohn spielt Katz und Maus mit uns«, kommentierte mein Partner und ging ein paar Schritte vor.

Wir waren tatsächlich in der ersten Etage eingetroffen.

Hier sahen die Türen anders aus. Sie glichen denen von normalen Büros. Von unten her hörten wir die Stimme eines Mannes. Wahrscheinlich der Nachtportier, der doch noch wach geworden war. Er wollte wissen, was über ihm vorging. Wir gaben ihm keine Antwort.

Aber auch andere hatten den Lärm gehört. Bevor wir uns versahen, schwangen gleich zwei Türen in dieser Etage auf, und zwei Krankenschwestern betraten den Gang.

Sie machten einen verstörten Eindruck, trugen Nachthemden und hatten sich ihre Morgenmäntel nur locker über die Schultern gehängt.

Bevor sie etwas sagen konnten, hielt ich ihnen bereits meine Legitimation entgegen.

»Von der Polizei sind Sie?«

»Ja, und jetzt gehen Sie in Ihre Zimmer zurück!«

»Aber wieso …?«

»Keine Fragen, bitte! Verschwinden Sie in Ihren Zimmern, und halten Sie die Fenster geschlossen.«

»Natürlich.«

Als sie schon auf dem Weg waren, fiel mir noch ein, sie nach dem Büro von Dr. Prentiss zu fragen.

Die Antwort erhielt ich prompt.

»Ist der Doktor noch da?«

»Er schläft meist in der Klinik.«

Suko hatte mitgehört. Er stand bereits an der Tür, wartete auf mich, doch als ich klopfte, antwortete niemand.

»Entweder schläft er oder aber …«

Ich ließ meinen Freund nicht ausreden, legte meine Hand auf die Klinke und öffnete die Tür.

Sicherheitshalber nur einen Spalt. Das Summen hörte sich überlaut an. Wir brauchten erst gar nicht weiter in den Raum hineinzugehen. Der eine Blick reichte uns.

Es war die Hölle.

Hunderte von Bienen schwirrten durchs Zimmer, und zwischen ihnen stand bleich ein Skelett mit menschlichem Kopf. Bevor ich die Tür wieder zuwarf, hatte ich noch einen Blick auf den Boden werfen können. Eine verkrümmte Gestalt in einem weißen Kittelanzug lag dort.

Dr. Prentiss!

Ich war blass geworden, als ich mich von außen her wieder an die Tür lehnte. Suko erging es nicht anders. Beiden war uns klar, dass wir kaum eine Chance gegen die Bienen hatten. Sie deckten ihren Herrn und Meister, wir konnten nicht rein.

Dann hörten wir das irre Lachen. Am Klang erkannten wir abermals Shawn Braddock. Er hatte uns gesehen, das bewiesen seine nächsten Worte. »Ihr seid da, Freunde. Wie schön, wie schön.«

»Für ihn ja«, murmelte Suko. »Nur, John, was machen wir jetzt?«

Ich überlegte einen Moment. Dann hatte ich die Antwort gefunden. »Ich gehe telefonieren«, erklärte ich, wandte mich ab, rannte die Treppen hinunter und ließ einen sprachlosen Suko zurück.

Sie saß im Wagen und wartete darauf, dass etwas passierte. Linda Whiteside begriff sich selbst nicht, aber die Stille, die sie umgab, zerrte mehr an ihren Nerven als Hektik und Action. Sie hatte John Sinclair und seinen Kollegen Suko im Haus verschwinden sehen, und sie drückte den beiden Männern die Daumen, dass sie es schafften, das Monstrum zu besiegen.

Ein Monstrum, das einmal ihr Mann gewesen war und das sie aus dem Grab geholt hatte.

Genau da hakten ihre Gedanken. Es störte Linda, dass sie dazu beigetragen hatte. Wäre sie dem Befehl nicht gefolgt, hätte sie den Schrecken verhindern können.

Linda Whiteside dachte an ein Wort, das Wiedergutmachung hieß, denn sie fühlte sich plötzlich schuldig.

Ihretwegen war das alles passiert, hatte das Grauen kommen können, und deshalb wollte sie mithelfen, es zu stoppen.

John Sinclair hatte ihr zwar eingeschärft, im Wagen zu bleiben, aber er konnte sie nicht zwingen. Zudem hatte er das Fahrzeug nicht abgeschlossen.

Durch ihr Nicken machte sie sich selbst Mut. Für Linda gab es keine andere Entscheidung mehr. Sie zuckte nur noch einmal zurück, als sie die Tür geöffnet hatte und sie die ersten kalten Regenschleier im Gesicht trafen.

Sehr vorsichtig stieg sie aus dem Bentley, blieb für einen Moment in dessen Schlagschatten hocken und schaute über die breite Kühlerhaube hinweg in Richtung Haus.

Dort tat sich nichts. Eine nahezu trügerische Ruhe umgab das große Gebäude. Hinter keinem Fenster schimmerte Helligkeit; die Vierecke waren scharf abgegrenzt wie dunkle Augen.

Obwohl Linda noch nicht den Beweis hatte, war sie sicher, dass sich die Mutation im Haus aufhielt. Es gab für sie keine andere Möglichkeit. Deshalb behielt sie auch die Tür im Auge, als sie die ersten Schritte vorging.

Der Irrtum fiel ihr Sekunden später auf. Sie sah die Bienen nicht, dafür hörte sie das so typische Geräusch.

Zuerst war es nur ein Summen, und es erklang hoch über ihr. Linda duckte sich zusammen, legte den Kopf in den Nacken und schaute an der Hauswand hoch.

In Höhe der ersten Etage und vom Schein der Laterne nicht mehr erreichbar, glaubte sie, in der Dunkelheit eine Bewegung zu sehen. Eine zitternde tanzende Insel innerhalb der Finsternis, und ihr war plötzlich klar, dass ein Bienenschwarm dafür verantwortlich war.

Er hatte das Haus verlassen. Da gab es nur eine Möglichkeit. Durch ein offenes Fenster.

Gleichzeitig hörte sie das schrille Lachen. Sie wusste nicht, wer es ausgestoßen hatte, glaubte jedoch an Shawn Braddock. Das war seine Nacht, die Nacht der Rache, die Nacht der Killer-Bienen.

Und sie waren frei!

Linda erstarrte fast vor Angst. Ihr Blick glitt wieder zurück, sie suchte den Wagen; die Distanz war zwar gering, dennoch sehr groß, denn sie durfte die Schnelligkeit der Bienen keinesfalls unterschätzen.

Kaum hatte sie den Gedanken beendet, als sich das Summen verstärkte.

Innerhalb kurzer Zeit schwoll es zu einem gewaltigen Brausen an, was Linda veranlasste, den Kopf in den Nacken zu legen und in die Höhe zu starren.

Die Bienen hatten ein Ziel.

Sie!

Das erkannte Linda Whiteside innerhalb eines Sekundenbruchteils, und ihr blieb nur noch die Chance zur Flucht. Dabei konnte sie zwischen dem Wagen und dem Haus wählen. Sie entschied sich für das Haus. Es hätte zu lange gedauert, die Tür des Bentley erst noch zu öffnen, zudem befanden sich im Haus die beiden Männer, die sie unter Umständen beschützen konnten.

Linda rannte wie noch nie in ihrem Leben. Ihre Schritte waren gewaltig, die Füße schienen den Boden kaum zu berühren, das Gesicht zeigte einen verzerrten Ausdruck, sie wollte weg, diesem verdammten Horror entfliehen.

Sie jagte die Treppe hoch, nahm fast die gesamten Stufen mit einem Sprung und hörte hinter sich das gefährliche Brausen des heraneilenden Bienenschwarms.

Konnte sie es noch schaffen?

Die letzte Stufe! Sie übersah die Kante, stolperte, fiel und krachte gegen die Tür.

Ein gellender Angstschrei drang aus ihrem Mund!

Der Portier machte Augen wie ein Weihnachtsmann, der plötzlich dem Osterhasen begegnet, als ich so mir nichts dir nichts vor ihm auftauchte und ihn einfach zur Seite drängte. Das schwarze Telefon in der Kabine hatte ich längst erkannt, riss den Hörer hoch und spürte plötzlich die Hand des Mannes auf meiner Schulter. Der Kerl wollte mich herumziehen. Ich schüttelte seine Hand ab und fuhr ihn an: »Polizei, verdammt! Verschwinden Sie!«

»Wie? Ich …«

Um ihn konnte ich mich nicht mehr kümmern. Der Anruf war jetzt wichtig. Schon einmal hatte ich die modernen Kammerjäger bemüht, jetzt mussten sie wieder eingreifen, und diesmal kam es wirklich auf jede Sekunde an.

Der Mann beschwerte sich zwar noch, ich kümmerte mich aber nicht um ihn, sondern gab Alarm.

Ich rief meinen Chef an, meldete mich knapp und erklärte in Stichworten, was geschehen war und wen ich jetzt am dringendsten brauchte.

Sir James hatte verstanden.

Als ich den Hörer auflegte, war ich zwar schweißgebadet, dennoch ging es mir besser. Der Nachtportier schaute mich verständnislos an. »Was ist denn los, Mister?«

»Das werden Sie hoffentlich nie erfahren«, erwiderte ich, hob sogar die Hand und drohte ihm mit dem Finger. »Bleiben Sie um Himmels willen in Ihrer Bude.«

»Ja, warum?«

Den Schrei hörten wir beide. Nur ich reagierte, jagte nach draußen in den Flur und sah das Schreckliche durch das Sichtfenster der Eingangstür …

Der letzte Schritt, das Stolpern und das Fallen – für Linda Whiteside brach damit eine Welt zusammen. Zum Orkan steigerte sich das Brausen der Bienen. Es dröhnte in ihrem Kopf, und sie hatte das Gefühl, ihr Schädel würde zerspringen.

Dann erfolgte der Aufprall.

Sie hatte den Stolperschritt nicht mehr abfangen können, jetzt wuchtete sie gegen die Tür, stieß sich das Gesicht, die Schultern und den rechten Hüftknochen.

Dann waren die Bienen über ihr.

Sie hörte sich selbst schreien. Ihre gellenden Rufe übertönten das Schwirren und Summen; die kleinen Tiere waren überall an ihrem Körper, versuchten in jede Öffnung hineinzuklettern, und Linda merkte, dass sie gestochen wurde.

Nicht einmal, nicht zweimal, sondern so oft, dass sie es schon nicht zählen konnte.

Sekunden wurden für sie zu Zeitspannen der Folter, und sie merkte nicht einmal, dass der Widerstand vor ihr einfach verschwand. Jemand hatte die Tür aufgerissen.

Das war ich!

Ich brauchte nur einen Blick nach unten zu werfen, dann wusste ich Bescheid. Es war allerhöchste Zeit, einzugreifen, denn Linda Whiteside war am Ende.

Mit einer matten, kraftlosen Bewegung hob sie den Arm, während sie von Bienen umschwirrt wurde.

Ich stieß ebenfalls hinein in den Bienenschwarm, spürte sie an meinem Körper, sah diese wilden, huschenden, zuckenden Bewegungen der Tiere vor meinem Gesicht und fasste hart zu.

Wie oft und ob ich überhaupt gestochen wurde, wusste und spürte ich nicht. Für mich zählte nur, dass ich Linda ins Haus holte. Das gelang mir zum Glück. Der Türspalt war so breit, dass ich sie hindurchschleppen konnte. An der Kleidung gepackt, schleifte ich sie weiter, bevor ich die Tür zurammte.

Einige Bienen hatten es geschafft und waren ebenfalls durch den Türspalt geflogen. Ich schlug nach ihnen, erwischte auch welche. Sie fielen betäubt zu Boden, wo ich sie zertrat.

»Bienen, verdammt! Das sind ja Bienen!«, hörte ich die Stimme des Nachtportiers und kreiselte herum.

Der Mann stand vor seiner Loge. Sein Gesicht war abwehrend verzogen, als hätte er Essig getrunken. Zudem schüttelte er sich und erschrak heftig, als ich ihm erklärte, dass draußen noch zahlreiche Bienen umherschwirrten.

»Aber wieso denn?«

»Kümmern Sie sich um die Frau«, erklärte ich ihm. »In erster Hilfe werden Sie sich ja auskennen.«

»Natürlich. Nur Bienenstiche.«

»Machen Sie schon!« Ich warf noch einen Blick auf Linda Whiteside. Es sah nicht gut aus. Sie hatte einiges abgekriegt, ihr Gesicht war geschwollen, dennoch hoffte ich stark, dass wir sie durchbringen würden.

Mich hatten die Bienen an den Händen und am Hals erwischt. Als ich nachfühlte und zählte, kam ich auf drei Stiche. Die ließen sich ertragen. Der Portier kümmerte sich tatsächlich um Linda. Er zog sie in seine Loge und redete auf sie ein, während sie leise vor sich hin wimmerte.

Die meisten Bienen des Schwarms waren draußen geblieben. Ich hoffte, dass dies auch weiter so sein würde und jagte wieder hoch in die erste Etage.

Suko empfing mich am Ende der Treppe. »Was war los?«, fragte er.

Ich berichtete ihm in Stichworten.

Er schaute mich prüfend an. »Dich hat es auch erwischt?«

»Leider.« Ich hob die Schultern. »Aber das hält mich nicht davon ab, mich mit unserem Freund zu beschäftigen.« Ich deutete auf die Tür. »Ist er noch dahinter?«

»Klar.«

Mir war eine Idee gekommen. Suko sah es meinem gespannten Gesicht an. »Was hast du, John?«

»Wir stürmen das Zimmer. Die Bienen sind draußen. Wenigstens die meisten von ihnen. Dann hätten wir freie Bahn.«

Suko grinste. »Ich bin dabei.«

»Und einer von uns wird sofort das Fenster schließen, wenn wir den Raum gestürmt haben.«

»Das übernehme ich.«

»Okay, abgemacht!«

Wir brauchten nicht mehr viel zu sagen. Einer konnte sich auf den anderen verlassen. Beide legten wir noch unsere Ohren gegen das Türholz, hörten allerdings nichts.

Ich hörte wieder das Summen der Bienen. Die Tiere hatten mich bis in diese Etage verfolgt. Eine geriet so nahe an Suko heran, dass er sie erwischen konnte. Mit einem Schlag war sie erledigt.

Meine Hand lag bereits auf der Klinke. Ein kurzer Blick zu meinem Freund. Er war bereit. Nur meinte er noch: »Wir hätten uns doch einschmieren sollen.«

»Dazu ist es jetzt zu spät!«

»Leider.«

Nach dieser Antwort rannte ich die Tür ein!«

Wir hatten zuvor einen Blick in das Büro werfen können und wussten, was uns erwartete.

Dennoch waren wir überrascht.

Als Suko an mir vorbei in den Raum hineinstürmte, nach links weghuschte und ich ebenfalls über die Schwelle sprang, wobei ich sofort die Tür wieder zuschlug, da sahen wir die Bescherung.

Shawn Braddock war verschwunden!

Wir hatten damit gerechnet, ihn zu sehen, und einen Angriff erwartet, doch nur Dr. Prentiss lag auf dem Boden.

Während Suko mir den Rücken deckte, beugte ich mich zu Dr. Prentiss hinab und sah sofort, dass ihm nicht mehr zu helfen war. Die Bienen hatten ihn getötet.

Es waren jedoch nicht die dämonischen Tiere gewesen, sondern die normalen, die auch Linda und mich angegriffen hatten. Nur waren sie über den Mann hergefallen, der sich nicht mehr wehren konnte, und sie hatten ihn grausam getötet.

Sein Gesicht war völlig zerstochen und aufgequollen, und das Gleiche sahen wir an den Händen und den Armen.

Wo steckte Braddock?

Suko hatte die zweite Tür entdeckt. Er machte mich darauf aufmerksam. »John, da muss er raus sein!«

Die Tür befand sich schräg hinter mir, dem offenen Fenster direkt gegenüber.

Bevor Suko sie aufriss, schloss er das Fenster, rannte wieder zurück und öffnete die Tür.

Ich war bereit, sofort zu schießen. Meinem Freund erging es nicht anders, und kaum hatten wir die Tür offen, als wir das hohe Summen vernahmen.

Leider konnten wir kaum etwas erkennen, denn wir schauten in einen dunklen Raum hinein, doch das aus dem ersten Zimmer fallende Licht erhellte ihn schließlich so weit, dass wir plötzlich die Gestalt sahen, die sich uns näherte.

Es war Shawn Braddock.

Er schien noch kleiner geworden zu sein. Zudem ging

er geduckt. Dabei hatte er die Arme vorgestreckt, bewegte seine Finger, und er war es, der das Brummen ausstieß.

Täuschend echt imitierte er die Bienen, bewegte sich seltsam, hob die Schultern, und seine gelben, leuchtenden Augen waren direkt auf uns gerichtet.

Kälte strömte uns entgegen. Im Hintergrund des Raumes hob sich ein graues Viereck ab. Dort stand ein Fenster offen. Es kümmerte uns nicht mehr, wir hatten Braddock und waren entschlossen, ihn nicht mehr fliehen zu lassen.

»Die Nacht der Killer-Bienen ist angebrochen!«, zischte er. »Keiner kann entkommen!«

»Auch du nicht«, ergänzte ich und ging auf ihn zu.

»John, gib Acht!«

Suko warnte mich. Ich sprang zur Seite, und im selben Moment geschahen zwei Dinge gleichzeitig.

Shawn Braddock stieß sich ab. Geschmeidig wuchtete er sich auf mich zu. Ich kam nicht so schnell weg, und gleichzeitig tauchte sein Helfer auf. Es war das Wesen mit dem zerstochenen Kopf und dem Skelett als Körper.

Ein Mensch, der einmal Sam Whiteside geheißen hatte. Und er kümmerte sich um Suko.

Ich wurde nach hinten gefegt. Braddock rammte mir seinen Kopf dicht über der Gürtelschnalle in den Magen. Über die Türschwelle und aus dem Zimmer gerieten wir. Während ich zu Boden krachte, klatschten seine Hände in mein Gesicht. Ich hörte das triumphierende Schreien, musste einen schmerzhaften Tritt hinnehmen, danach ließ er mich in Ruhe und rannte auf die Bürotür zu.

Entkommen durfte er mir nicht. Ich rollte mich auf die Seite, jagte wieder in die Höhe und rannte hinter ihm her. Um Suko konnte ich mich nicht kümmern, er musste mit dem ehemaligen Sam Whiteside allein fertig werden.

Der Chinese kämpfte.

Er hatte ebenfalls gesehen, dass sich Braddock bei seinem Freund in guten Händen befand und hämmerte dem Monstrum seine Handkante gegen den Schädel.

Suko glaubte, in eine weiche Masse geschlagen zu haben. Es gab ein klatschendes Geräusch.

500

Bei einem Menschen hätte dieser Hieb ausgereicht, ihn von den Beinen zu holen, nicht so bei dieser dämonischen Mutation.

Sie torkelte nur zur Seite, drehte sich dabei und streckte die skelettierten Klauen aus. Aus dem Maul drangen seltsame Laute. Suko kamen sie vor wie Brumm- und Lockrufe, sodass er innerhalb weniger Sekunden begriff. Er drehte sich, ließ das Monstrum stehen, schnellte auf das Fenster zu und schloss es.

Dies war wirklich im letzten Augenblick geschehen, denn kaum hatte Suko das Fenster geschlossen, als der in der Tiefe lauernde Bienenschwarm blitzschnell nach oben stieg. Sie prallten jedoch gegen die Glasscheibe, und es hörte sich an, als würden Hagelkörner gegen die Scheibe prasseln.

Wie kleine Raketen flogen die Bienen gegen das Fenster an. Sie waren gereizt, sie ahnten, dass sich ihr Herr und Meister in großer Gefahr befand, doch die Scheibe verwehrte ihnen den Einflug in den Raum.

Es sah erschreckend aus und gleichzeitig gefährlich, wie sie auf der Scheibe herumkrabbelten. Suko aber kümmerte sich nicht darum. Er drehte dem Fenster den Rücken zu und wandte sich gegen das, was einmal Sam Whiteside gewesen war.

Sam hatte mit der Hilfe seiner Bienen gerechnet, jetzt erkannte er, dass sie ihm nicht zur Seite stehen konnten, und er sah noch mehr.

Sein Widersacher zog eine Peitsche.

Es war die Dämonenpeitsche, die Suko aus seinem Gürtel hervorholte, einmal einen Kreis über den Boden schlug, sodass die drei Riemen ausfahren konnten.

Diese Waffe bedeutete für Suko den Sieg.

Zweimal schlug er zu.

Einmal von links, dann von rechts. Kreuzförmig führte er die Schläge, und er zielte dabei nicht auf das Skelett, sondern auf den Schädel des widerlichen Monstrums.

Es gab ein Geräusch, als hätte der Chinese in Teig gedroschen. Nicht nur der Kopf wurde durchgeschüttelt, sondern der gesamte Körper des Wesens. Einmal kippte er nach rechts, dann wieder nach links, und Suko brauchte kein drittes Mal zuzuschlagen, die beiden ersten Treffer hatten gereicht.

Der Kopf war zerstört.

Er löste sich auf.

Eine gelbe, sirupartige und schleimige Masse lief allmählich an den Knochen des Skeletts nach unten. Vor Sukos Augen zerfielen die Gesichtszüge des Monstrums, und auch der gesamte Körperbau des Skeletts verlor seine Festigkeit.

Das Monstrum brach zusammen.

Als es den Boden berührte, war es nur mehr eine Schleimlache, die sich allmählich ausbreitete.

Suko schaute zum Fenster.

Dort schwirrten noch immer die Bienen. Sie schienen aufgeregt zu sein, blieben nicht mehr so dicht zusammen, sondern summten in der Dunkelheit etwa eine Armlänge von der Scheibe entfernt.

Das war erledigt.

Blieb noch Braddock.

Plötzlich hörte Suko den irren Schrei. Vom Flur her war er aufgeklungen. Suko fragte sich, wer ihn ausgestoßen haben konnte.

John Sinclair oder Shawn Braddock?

Ich war so rasch wie möglich wieder auf den Beinen. Fehlte noch, dass mir dieser verfluchte Braddock entkam!

Wie der Blitz jagte ich durch das Zimmer, gelangte in den Flur und sah meinen Gegner, der sich nach links, zur Treppe hin, gewandt hatte. Er lief seltsam grotesk, hatte seine Arme seitlich ausgestreckt und bewegte sie wie Flügel auf und nieder.

Ich brüllte ihn an.

Meine Stimme hallte durch den gewaltigen Flur und musste als Echo durch die Etagen schwingen. Trotzdem stoppte Braddock nicht. Er wollte die Treppe erreichen und nach unten fliehen.

Fliegen konnte er nicht.

Und ich war schneller.

Bevor er seinen Fuß auf die erste Stufe gesetzt hatte, war ich bei ihm. Ich streckte meinen rechten Arm aus, die Hand klatschte auf seine Schulter, dann hebelte ich ihn herum. Er schrie.

Es war kein direktes Schreien, eher ein Brummen, und dabei stieß er seine Arme vor, um mit den Fingern in meine Augen zu stechen. Gedankenschnell nahm ich den Kopf zur Seite, und meine nächste Reaktion war mehr ein Reflex.

Die rechte Faust schoss vor. Ich zog sie dabei nach oben. Das Gesicht des Shawn Braddock war nicht zu verfehlen. Der Treffer landete unter seinem Kinn.

Ich merkte den Zusammenprall bis in die Schulter und wunderte mich gleichzeitig darüber, wie leicht Braddock war, denn die Wucht des Treffers riss ihn nicht nur hoch, sondern warf ihn auch gleichzeitig nach hinten.

Da war das Geländer.

Leider nicht so hoch, dass es Braddock hätte auffangen können. Ich reagierte auch zu spät. Meine zupackenden Hände griffen an seinem plötzlich hochstehenden Bein vorbei, und dann hörte ich nur noch den hallenden Schrei.

Shawn Braddock war in den Treppenschacht gefallen.

Der Schrei schwang durch das Treppenhaus. Sein Echo traf mich noch, als Braddock bereits unten auf den harten Boden geklatscht war.

Ich schaute hinunter.

Er war nur eine Etage tief gefallen, doch an der verkrümmten Haltung erkannte ich, was geschehen war.

Shawn Braddock hatte sich das Genick gebrochen!

Dies erkannten Suko und ich sofort, als wir neben der Leiche standen.

Nein, da war nichts mehr zu machen.

Dann tauchte der Nachtportier auf. Schreckensbleich war er im Gesicht. Als er etwas sagen wollte, hörten wir den lauten Hilferuf.

Linda!

Mein Gott, an sie hatte ich überhaupt nicht mehr gedacht. Ich erreichte die kleine Loge noch vor Suko und sah Linda auf einem Stuhl hocken. Verzerrt war ihr Gesicht, weit aufgerissen die Augen. Sie zitterte und röchelte fortlaufend: »Ich sterbe, ich sterbe ...«

»Nein, Linda, Sie ...«

Meine Augen wurden groß, Fieber wollte mich schütteln, denn ich hatte etwas gesehen.

Auf ihrer Stirn saß so ein Killer-Insekt.

Die letzte mutierte Biene.

Und sie trug den Kopf des Sam Whiteside.

»Aaahhgggrrr!« Das hörten wir noch von Linda Whiteside, als die Biene plötzlich zustach. Sukos und meine Reaktion kamen viel zu spät. Wir konnten nichts mehr ändern, die gefährliche Biene war schneller.

Aber Suko schlug zu.

Mit der flachen Hand erwischte er das Tier, tötete es, und es blieb auf der Stirn kleben, in die es den magischen Keim gelegt hatte.

Mein Gesicht war starr, als ich das Kreuz hervorholte und die Kette über meinen Kopf streifte.

Es gab nur diese eine Möglichkeit, Linda Whiteside zu erlösen. Ich selbst schämte mich dafür, in meinem Innern kochte es, und Sukos Stimme vernahm ich wie aus weiter Ferne.

»Soll ich es tun, John?«

Ich schüttelte den Kopf.

Wenig später war alles vorbei. Als ich mich abwandte, fing Suko die tote Linda Whiteside auf.

Sie war das letzte Opfer in der Kette grausamer Ereignisse geworden. Zuerst ihr kleiner Sohn, danach ihr Mann, jetzt sie.

So grausam kann das Schicksal sein.

Einen Abend später.

Gegen zwanzig Uhr stand ich vor der Tür einer gewissen Glenda Perkins. Ich hatte ihr nichts davon gesagt, und ihre Augen wurden groß, als sie mein lächelndes Gesicht hinter dem Blumenstrauß auftauchen sah.

»Du?«, fragte sie.

»Ja, ich. Hast du vergessen, was du mir versprochen hast?«

»Nein, nein, komm rein!«

Eine halbe Stunde später, nachdem wir Kaffee getrunken hatten, verschwand Glenda lächelnd im Schlafzimmer. Ich lehnte mich im Sessel zurück.

Lange brauchte ich nicht zu warten.

Glenda kehrte zurück. Ich riss die Augen auf. Sie trug tatsächlich einen Minirock. Knallrot und mit feinen weißen Streifen. Hervorragend brachte er ihre schlanken Beine zur Geltung.

Ich war sprachlos.

Was sollte ich auch sagen? Mein Blick war höher geglitten, denn Glenda trug auch die zum Rock passende Bluse. Im Gegenlicht war der Stoff durchsichtig, und auf einen Büstenhalter hatte Glenda verzichtet. Sie konnte es sich leisten.

Der Stoff war nicht nur durchsichtig, sondern auch federleicht. Ich stellte es wenig später fest, als ich die Bluse von Glendas Schultern streifte und sie zu Boden flattern ließ.

Was dann folgte, Freunde, ist Privatsache …

Geistertanz der Teufels- mönche

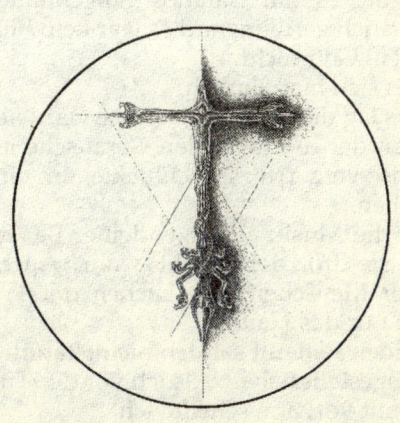

Ich hatte Angst!

Es war keine unmittelbare und körperliche Bedrohung, vor der ich mich fürchtete, sondern die Situation an sich. Irgendwie war alles anders – stiller, obwohl der Montmartre im Mai als Mekka für Touristen aus aller Welt galt.

Ich sah davon nichts. Außerdem hatte ich nur Augen für das schmale Haus mit der grauen Fassade, in dem sie wohnte.

Sie, das war Tanith, die Wahrsagerin!

Ich konnte sie als gute Freundin bezeichnen, denn sie hatte uns einige Male geholfen. Tanith war auf gewisse Weise unvergleichbar. Sich über sie Gedanken zu machen, lohnte sich nicht, weil man sowieso zu keinem Ergebnis kam.

Tanith war immer für eine Überraschung gut, und ihr Anruf bei mir hatte wie ein Hilfeschrei geklungen.

›Du musst sofort kommen, John! Ich bin einem schrecklichen Geheimnis auf der Spur!‹

Einem Geheimnis …

Was hatte es damit auf sich? Natürlich hatte ich sie gefragt, aber sie wollte mir am Telefon nichts sagen. Ich sollte so rasch wie möglich nach Paris kommen. Das hatte ich getan und stand nun vor ihrem Haus. Ich dachte an den Fall in New York.

Damals ging es um Gatanos Galgenhand. Da hatte mich Tanith auch gerufen, und es war kein blinder Alarm gewesen, weiß Gott nicht.

Verhielt es sich hier ähnlich?

Über Paris lag die Dämmerung. Sie war wie ein gewaltiger Schleier, der die normalen Geräusche auf seltsame Art und Weise verzerrte, sie schluckte, um einen Teil nur wiederzugeben.

Ich hörte die Musik aus irgendeiner Bar in der Nähe und nahm sie trotzdem nicht wahr. Auch nicht die Stimmen der Menschen, das Lachen der Frauen, mich interessierte nur das Haus.

Ihren kleinen Renault sah ich nicht. Tanith musste ihn woanders abgestellt haben. Als ich vor der Tür stand, die mir so bekannt vorkam, schellte ich.

Deutlich hörte ich im Hausinnern die Glocke. Geöffnet wurde mir allerdings nicht.

Darüber wunderte ich mich, und das Gefühl der Furcht nahm allmählich beklemmende Formen an. Wenn Tanith sich nicht rührte, hatte dies einen Grund, den ich herausfinden musste. Ich kannte das Haus zwar von innen, wie es aber auf der Rückseite aussah, wusste ich nicht. Zudem war mir nicht bekannt, wie ich dorthin gelangen sollte.

Die Tür war verschlossen. Ein Blick auf das Schloss sagte mir, dass es nicht schwer sein würde, es zu öffnen. Ein gewisses Besteck trug ich bei mir.

Man sollte mich bei dieser Arbeit nur nicht sehen, deshalb überzeugte ich mich, ob die Luft rein war.

Es befanden sich zwar Menschen auf der Straße, aber sie nahmen von mir keinerlei Notiz. Die Leute waren mit sich selbst beschäftigt, lachten und scherzten.

Mein Öffner passte. Wie geschmiert glitt er in das Schloss, und ich bewegte ihn vorsichtig nach rechts und links. Es war doch schwieriger, als ich angenommen hatte. Das Schloss setzte mir Widerstand entgegen, dennoch bekam ich es auf.

Die Tür zitterte ein wenig mit, als ich mit der Schulter dagegendrückte und sie dann nach innen in den Flur schwang.

Er lag im Dunkeln.

Ich wusste genau, wohin ich mich zu wenden hatte, huschte in den Flur hinein und schloss die Tür hinter mir. Danach blieb ich stehen und horchte.

Eine nahezu greifbare Stille beherrschte das Haus. Sie gefiel mir überhaupt nicht, denn nichts rührte sich in der Wohnung. Alles blieb so seltsam verwaschen, wie unter Watte verpackt, und die Geräusche der Straße wurden von den Mauern geschluckt.

War Tanith nicht zu Hause?

Eigentlich wäre es nicht ihre Art gewesen. Sie hatte mir zugesichert, abwarten zu wollen, nun allerdings stand ich in einem stockfinsteren Haus.

Ich hatte Tanith schon mehrere Male einen Besuch

abgestattet, dennoch wollte ich mich nicht im Finstern weiterbewegen und knipste das Licht an.

Madame Tanith hatte, ihrem Beruf entsprechend, immer ein wenig Wert auf Schau gelegt, und die bot sie ihren Kunden auch. So sprang das Licht nicht plötzlich, sondern allmählich an.

Ich glaubte mich in ein Kino versetzt. Mehrere Lampen leuchteten auf, sie tauchten die Diele in ein geheimnisvolles Licht.

Ich kam mir noch immer wie ein Eindringling vor. »Tanith?«, rief ich, auch um meine eigene Verlegenheit zu überbrücken.

Keine Antwort.

Nur das Summen einer Fliege hörte ich, schlug mit der Hand nach ihr und hätte sie fast erwischt. Gegen Insekten war ich momentan allergisch. Der letzte Fall mit den Killerbienen hatte mir gereicht.

Rechts lag das Arbeitszimmer. Dieser geheimnisvolle Raum, in dem eine ganz andere Atmosphäre herrschte als in einem gewöhnlichen Zimmer. Eine Stimmung, wie sie die Kunden liebten. Ein wenig düster das Äußere, gleichzeitig geheimnisvoll und irgendwie prickelnd.

Ich öffnete die Tür.

Dahinter lag die Dunkelheit. Die Vorhänge waren zugezogen worden. Durch die Fenster fiel nicht der kleinste Streifen Licht.

»Tanith?« Als ich dies fragte, stand ich auf der Türschwelle, und mein Körper hob sich als Schattenriss vor dem hinter mir liegenden Raum ab.

Es blieb still. Ich war nicht einmal überrascht und suchte erneut nach dem Lichtschalter.

Auch in diesem Raum wurde es allmählich hell.

Da stand ein leerer runder Tisch. Ich sah den violetten Vorhang, der bis zum Boden reichte, die Couch, auf der oft Kunden lagen und sich von Tanith in andere Sphären entführen ließen.

Zwei Schritte tat ich in den Raum hinein.

Deshalb wurde mein Blickwinkel günstiger. Fast wäre ich noch über die Beine gestolpert. Ich sah sie im letzten

Augenblick, denn sie ragten seitlich am Kopfende hinter der Couch hervor.

Es waren Frauenbeine!

Auf einmal zog sich mein Magen zusammen. Das geschah blitzschnell, und der Schweiß brach mir aus allen Poren.

Ich ahnte das Schreckliche, ja, ich wusste es und schaute trotzdem nach, weil ich wie unter einem Zwang stand.

Tanith lag neben der Couch auf dem Rücken.

In ihrer Kehle steckte die Klinge eines Messers!

Ich sah die große Blutlache, die zum Teil vom Teppich aufgesaugt worden war und die das Gesicht der Frau noch bleicher erscheinen ließ. Die Augen darin wirkten wie gläserne Kugeln, weit aufgerissen, leer und tot.

Wie immer waren ihre Fingernägel grün lackiert. Sie trug dieses Markenzeichen auch noch in der Stunde des Todes.

»Tanith …« Ich flüsterte ihren Namen, obwohl es sinnlos war, sie würde mir nicht antworten. Sie konnte es einfach nicht. Jemand, der stärker war als wir alle, hatte Taniths Mund für immer und alle Zeiten verschlossen.

Sagen konnte ich nichts. Ich stand da und starrte. Die Zeit war bedeutungslos geworden. In meinen Augen brannte es, der Klumpen hatte sich im Magen festgesetzt, ich zitterte gleichzeitig und dachte darüber nach, wie endgültig der Tod war.

Das rote Haar hatte sich um ihren Kopf ausgebreitet. Es lag dort wie ein herrliches Vlies, der Mund stand offen, wie zum letzten Schrei, und ein paar Blutspritzer bedeckten das Kinn wie dunkelrote Sommersprossen.

Tanith lebte nicht mehr!

Damit musste ich mich abfinden. Es war ein tiefer, quälender Atemzug, der sich meiner Kehle entrang, während ich zur Seite ging und mich auf die Couch fallen ließ.

Wieder einmal hatte mir der Tod bewiesen, wie grausam er zuschlagen konnte. Ich würde nie mehr Taniths

Stimme hören, dazu ihr leises Lachen oder die geheimnisvollen, geflüsterten Worte. Ihr lockendes Lächeln würde ich ebenfalls entbehren.

Alles war vorbei.

Der Tod löscht die Spuren! Daran musste ich denken, während ich mein Kinn auf die Handflächen stützte und vor mir auf den Boden starrte. Ich war zu spät gekommen. Vielleicht hätte ich sie noch retten können, doch die Chance war vertan.

Ich hockte da, und die Stille des Todes umgab mich. Damit hätte ich nicht gerechnet, deshalb war ich wie vor den Kopf geschlagen, und ich spürte mein eigenes Herz überlaut schlagen.

Wer war der Mörder?

Diese Frage stellte sich automatisch. Wer hatte ein Interesse daran gehabt, Tanith zu töten? Ich brauchte nicht erst lange zu überlegen, da gab es viele, denn Tanith war dank ihrer Fähigkeiten in Gebiete eingedrungen, die den Gesetzen schwarzer Magie gehorchten. Sie hatte diese leider nicht genug überblicken können und dafür teuer bezahlen müssen.

Ich spürte die Feuchtigkeit in meinen Augen, die Trauer, die mich durchflutete und die klaren Gedanken verscheuchte. Ich starrte auf ihren Körper, ohne ihn richtig zu sehen.

Sie trug ein langes Kleid. Die drei obersten Knöpfe unter der Halswunde standen offen, die Hände lagen flach auf dem Boden, die grün lackierten Fingernägel schimmerten dunkel.

Irgendwann stand ich auf. Mir wurde klar, dass ich die Polizei anrufen musste. Kommissar Fleuvee sollte sich um den Mordfall kümmern. Ich kannte ihn. Bereits ein paarmal hatte ich mit ihm zu tun gehabt, zuletzt, als es gegen Belphégor, den Hexer mit der Flammenpeitsche, ging. Belphégor hatte damals versucht, Paris unter seine Knute zu bringen.

Ich stand auf, ohne es eigentlich zu merken. Danach schritt ich im Zimmer umher, drehte meine Runden und wusste selbst nicht genau, was ich suchte.

Vielleicht Spuren, Anhaltspunkte, die auf den Mörder hindeuteten. Obwohl ich glaubte, dass Tanith keinem normalen Mord zum Opfer gefallen war. Das Verbrechen hatte Hintergründe, die mich auch als Geisterjäger interessierten.

Schwarze Magie!

Ich blieb neben der Couch stehen. Viel hatte ich gesehen und dennoch keinen Durchblick gewonnen. Ich kam mir dumm vor, der Denkprozess war reduziert, auf ein Minimum herabgesetzt. Ich sah einfach keine Möglichkeit und ließ mich langsam wieder auf die Couch sinken. Vielleicht hätte mir jetzt Suko helfen können, aber mein Freund befand sich in London. Dieser Flug nach Paris ging auf mein Privatkonto, und ich musste allein mit den Tatsachen fertig werden.

Etwas streifte mein Gesicht!

Ein kühler Hauch, der irgendwo in den Raum hineingeweht worden war. Ich zuckte zusammen. Dabei glitt mein Blick auf den langen Vorhang zu, dessen Falten sich bewegten, als würde eine unsichtbare Hand über sie hinwegstreichen.

War jemand gekommen? Befand ich mich nicht mehr allein im Raum? Ich erhob mich. Ein Schauer rann über meinen Rücken, während ich angespannt war und auf den Vorhang schaute.

Plötzlich hatte ich das Gefühl, dass hinter ihm jemand lauerte. Vielleicht noch der Mörder, den ich durch mein Eindringen überrascht hatte.

Zum Glück trug ich eine Waffe bei mir. Wenn mich jemand töten wollte, musste er erst einmal die Beretta überwinden. Seitlich schritt ich auf den Vorhang zu. Ich behielt ihn genau im Auge. Die Bewegungen waren schwächer geworden, hatten jedoch nicht aufgehört.

Leider war nicht zu erkennen, wo sich der Spalt befand und ich ihn auseinanderziehen musste, deshalb blieb mir nichts anderes übrig, als es auf gut Glück zu versuchen.

Sehr nahe schob ich mich an den Vorhang heran, wandte ihm die Seite zu und schritt parallel zu ihm weiter.

Meinen Blick hielt ich sehr genau auf die Falten gerichtet. Das war mein Glück, denn dicht vor mir bewegte er sich stärker. Ich blieb stehen und vernahm das ratschende Geräusch.

Im nächsten Moment sah ich die Klinge!

Es war ein Messer, das von der anderen Seite her durch den Vorhang gestoßen wurde und nur um Fingerbreite an meiner Gürtelschnalle entlangfuhr.

Die Hand sah ich nicht, nur die Klinge, aber hinter dem Vorhang musste jemand lauern.

Ich holte aus, ballte die rechte Hand und schlug zu. Die Faust wuchtete ich in den Vorhangstoff, etwa in Kopfhöhe hatte ich gezielt und auch getroffen.

Die Klinge verschwand. Noch einmal hämmerte ich zu. Diesmal verfing sich meine Faust nur im Stoff, einen möglichen Gegner traf ich nicht.

Ein dumpfer Aufprall.

Durch den Stoff wurde er gedämpft. Wahrscheinlich hatte ich den anderen voll erwischt, und das beflügelte mich und meine Aktionen. Vielleicht konnte ich den Killer noch packen. Inzwischen war ich überzeugt, mit Taniths Mörder gekämpft zu haben.

Wertvolle Sekunden gingen mir verloren, bevor ich endlich den Durchschlupf gefunden hatte. Auch hinter dem Vorhang brannte Licht. Ich hätte den Killer sehen müssen und – starrte auf eine leere Fläche!

Die Person war verschwunden.

Auf den Boden schaute ich, wischte über meine Augen, schüttelte den Kopf und konnte alles nicht fassen. Es war unbegreiflich, ich hatte ihn erwischt, und er war mir entkommen. Wie war so etwas möglich?

Kein Messer, kein Mörder. Ich hätte an Einbildung glauben können, wäre da nicht der Schnitt im Stoff gewesen, den die Klinge hinterlassen hatte.

Alles vorbei …

Ich schüttelte mich, wurde wütend, durchsuchte diesen hinteren Teil, der noch eine Wand hatte. Eine große, schwarze Fläche. Von ihr hoben sich die heller schimmernden Symbole der Astrologie deutlich ab. Es waren die Zeichen der Gestirne, aber auch sie konnten mir nicht sagen, wer der Angreifer gewesen war.

Es war zum Verzweifeln.

Ich ging wieder zurück. Durch den Spalt schob ich mich, war ungeheuer wachsam und sah den geheimnisvollen Killer trotzdem nicht. Er hielt sich sehr gut versteckt, vielleicht hatte er sich auch in Luft aufgelöst, je nachdem, mit welch einem magischen Phänomen ich es hier zu tun hatte. Auf diesem Gebiet war eben alles möglich.

Allmählich hatte ich meinen Schock überwunden. Der Anblick der toten Tanith traf mich zwar noch immer bis ins Mark, Ich durfte mich jetzt nicht von meinen Gefühlen leiten lassen und musste das tun, was unbedingt nötig war. Spurensicherung!

Ich hatte einen großen Vorteil. Ich war vor der Polizei da und konnte mich demnach ungehindert umschauen.

Tanith war eine besondere Frau gewesen. Eine Hellseherin, eine Wahrsagerin und eine Warnerin. Den Kontakt mit anderen Mächten hatte sie mit Hilfe der geheimnisvollen Kugel hergestellt, die genau in den Kelch des Feuers passte, den ich einmal vor langer Zeit aus Schottland geholt hatte.

Die Kugel …

Plötzlich stockten meine Gedanken. Jetzt wusste ich, was mich die ganze Zeit über gestört hatte.

Die Kugel war verschwunden!

Mein Gott, warum hatte ich nicht eher auf dieses Indiz geachtet! Aber hinterher ist man ja immer schlauer als zuvor, zudem hatte mich der Anblick der Toten so geschockt, dass ich nicht mehr klar denken konnte.

Die Kugel war verschwunden. Und wahrscheinlich auch der Kelch des Feuers. Ihn hatte ich Tanith überlassen.

War sie deshalb umgebracht worden?

Noch gab ich die Hoffnung nicht auf. Ich durchsuchte die Wohnung, stöberte sogar durch die Küche, riss dort die Türen der Schränke auf, schaute in jedes Regal und fand alles, nur die Kugel und den Kelch des Feuers nicht.

Beide Dinge blieben verschwunden!

Da war nichts zu machen. Ich ließ mich auf einen Stuhl fallen und dachte nach. Hatte es noch Sinn, weiterzusuchen? Eigentlich nicht, und dennoch wollte ich nicht aufgeben. Möglicherweise hatte jemand etwas übersehen. Vielleicht gab es außer der Kugel und dem Kelch auch andere Spuren oder Hinweise.

Ich fuhr mit der Durchsuchung fort. Diesmal allerdings nahm ich mir den persönlichen Bereich der Toten vor. Ich stöberte im Schlafzimmer herum und fand tatsächlich etwas.

In der Schublade des Nachttisches lag ein kleines Buch. Als ich es in die Hand nahm, strichen meine Finger über den schwarzen Leineneinband. Ich drehte das Buch herum und fand an der anderen Seite einen Aufkleber. Darauf stand: Tagebuch.

Ich schluckte und konnte das Zittern meiner Hände nicht mehr unterdrücken.

Hielt ich hier vielleicht die Lösung des Rätsels in der Hand?

Bisher hatte Tanith nichts davon berichtet, dass sie ein Tagebuch führte, es wäre auch für mich nicht interessant gewesen. Nach ihrem Ableben aber erhielt das Tagebuch eine völlig andere Bedeutung.

Ich sank auf das Bett nieder, stellte die Lampe so, dass ihr Schein auf die Seiten fiel, und schlug das Buch auf.

Die erste Enttäuschung erlebte ich bereits auf den Anfangsseiten. Dort war nichts niedergeschrieben, was auf irgendeine Weise mit dem Tod der Frau in Zusammenhang stand. Allgemeine Eintragungen über das Wohlbefinden der entsprechenden Person.

Ich blätterte weiter.

Und dann hatte ich es.

Meine Reise in die Bretagne, las ich. Davon hatte mir Tanith nichts berichtet, aber dieser Ausflug schien interessant für sie gewesen zu sein, denn sie hatte viel über Landschaft und Menschen niedergeschrieben. Ich überflog die Zeilen und stutzte dann.

Auf einer Seite war ein Name notiert worden.

Fedora!

Dahinter stand ein dickes Fragezeichen, es war zweimal nachgezeichnet. Ich ließ das Buch sinken und dachte nach. Hatte Tanith mir gegenüber den Namen schon einmal erwähnt?

Nein, daran konnte ich mich nicht erinnern. Demnach musste sie die Frau erst vor kurzem kennen gelernt haben, vielleicht während ihrer Reise in die Bretagne.

Rasch blätterte ich weiter.

Immer wieder hatte Tanith den Namen Fedora aufgeschrieben. Diese Frau musste sie fasziniert haben. Ich entnahm dem Text, dass Fedora Malerin sein musste.

Ihre Bilder sind so geheimnisvoll, las ich da. Sie drücken etwas aus, das schwer zu erklären ist. Trauer, Wehmut, Vergänglichkeit. Und dennoch faszinierend. Einige Seiten später stand ein Satz, der mir am wichtigsten erschien.

Weshalb will sie mir das Bild nicht zeigen?

Ich ließ das Buch sinken. Es ging also um ein Bild, das Tanith nicht gesehen hatte. Man wollte es ihr nicht zeigen, und das musste seinen Grund haben.

Welcher war es?

Was hatte diese geheimnisvolle Fedora zu verbergen? Ich stand auf und blätterte dabei weiter. Nur leeres Papier. Die Eintragungen waren mit dieser letzten Frage beendet worden.

Meiner Ansicht nach hatten das Bild, diese Fedora und der Tod Taniths unmittelbar miteinander zu tun. Ich musste nur die Verbindungslinien in diesem Dreieck finden.

Dennoch – war es tatsächlich so einfach? Eigentlich wollte ich daran nicht glauben. Die Erfahrung hatte mich gelehrt, dass gerade die Fälle, die so einfach aussahen, oftmals die schwierigsten sind. Auch in diesem Fall glaubte ich, auf einen Widerspruch zu stoßen. Das kleine Buch steckte ich nicht ein. Ich schrieb mir nur die wichtigen Informationen ab, verließ das Schlafzimmer und betrat den Raum, in dem Tanith lag.

Nichts hatte sich verändert. Noch immer lag Tanith auf dem Boden, und das Messer steckte in ihrer Kehle.

Auch wurde ich nicht angegriffen, deshalb tat ich das, was jetzt wichtig war.

Ich rief die französischen Kollegen an.

»Sie sind mein Schicksal, Monsieur Sinclair«, sagte Kommissar Fleuvee, schaute mich aus rot geäderten Augen an und schüttelte den Kopf, wobei sein Bartgestrüpp in Bewegung geriet. »Immer wenn Sie in Paris sind, gibt es Ärger.«

Damit hatte er den Nagel auf den Kopf getroffen, ändern konnte ich es nicht.

Auch Fleuvee war der Fall an die Nerven gegangen. Er kannte Tanith seit unserem letzten gemeinsamen Einsatz gegen Belphégor und hatte ihr am Beginn sehr skeptisch gegenübergestanden. Nun aber sah die Sache anders aus.

Ein brutaler Killer hatte den Lebensfaden der Frau zerschnitten, und der Kommissar stellte eine Frage, auf die ich eigentlich schon lange gewartet hatte.

»Ist das nun ein Fall für Sie oder für uns?«

Da wir uns in der Küche aufhielten, ließ ich mich auf den Stuhl fallen und hob die Schultern. »Eigentlich für mich.«

»Das ist gut.«

»Wieso?«

»Was meinen Sie, wie überlastet wir sind? Ich komme hinten und vorn nicht mehr hoch. Die normalen Fälle reichen, da will ich mich auch nicht noch um Ihren Geisterkram kümmern.«

»Verständlich, Monsieur«, erwiderte ich und dachte weiter nach. In Paris würde ich die Spur kaum verfolgen können. Ich musste zuerst diese Malerin finden.

»Was knobeln Sie?«, fragte mich Fleuvee.

Ich hob die Schultern. »Wahrscheinlich können Sie den Fall zu den Akten legen. Hier in Paris werden Sie keine Lösung finden.«

»Wissen Sie mehr?«

»Nein, aber ich ahne etwas. Dabei muss ich abwarten. Die Spur kann auch ins Nichts führen.«

»Worum geht es denn?«

»Um die Kugel.«

Fleuvee schlug sich gegen die Stirn. »Verdammt, die habe ich ganz vergessen. Und?«

»Sie ist verschwunden.«

Fleuvee stach seinen nikotingelben Zeigefinger vor. »Und die wollen Sie finden.«

»Wenn es geht.«

»Wissen Sie schon, wie?«

Ich hätte es ihm sagen können. Stattdessen ließ ich mir eine Ausrede einfallen und hoffte darauf, dass sie gut genug klang. »Ich werde mein Kreuz aktivieren. Möglicherweise finde ich da einen Hinweis auf die Kugel.«

»Und auf den Mörder.«

»Das hoffe ich stark.«

Fleuvee winkte mit der rechten Hand. »Wissen Sie, Monsieur, wir kennen uns schon seit einiger Zeit. Am Anfang habe ich Sie für einen Spinner gehalten, aber jetzt lege ich Wert auf Ihr Urteil. Deshalb frage ich Sie allen Ernstes, besteht wirklich keine Gefahr für diese Stadt?«

»Nein!«

Er atmete auf. »Das ist gut. Belphégor und seine Schergen haben mir gereicht.« Er drehte sich um und ließ aus dem Kran Wasser in ein Glas laufen, das er in langen Schlucken trank. Sein Gesicht nahm wieder Farbe an. Verständlich, dass sich der gute Kommissar Sorgen gemacht hatte, mir wäre es nicht anders ergangen.

»Gehen wir wieder zurück!«, schlug er vor.

Als wir das Mordzimmer betraten, traf mich die gesamte Grausamkeit des Augenblicks noch einmal schockartig. Ich musste mit ansehen, wie man Tanith in die Kunststoffwanne legte und den Deckel schloss. Das war mein letzter Blick auf diese geheimnisumwitterte, schöne und gleichzeitig rätselhafte Frau gewesen.

»Wollen Sie noch bleiben?«, erkundigte sich Fleuvee.

Ich verneinte. »In Paris hält mich nichts mehr.«

Fleuvee lächelte. »Seltsam, Ihr schnelles Verschwinden. Ich glaube, dass Sie mir etwas verschweigen, aber ich nehme es Ihnen trotzdem nicht übel.« Er reichte mir die Hand. »Machen Sie es gut, und wenn Sie den Fall gelöst haben, lassen Sie es mich wissen.«

Im Haus war es warm gewesen. Draußen traf mich der kühle Abendwind und trocknete den Schweiß auf meinem erhitzten Gesicht.

»Tanith!«, flüsterte ich. »Diesen Mord werde ich aufklären, das verspreche ich …«

Meine Stimme wurde rau. Heiß stieg es in meiner Kehle hoch, dann drehte ich mich um und ging schnell davon …

»Hallo, Mama!«, grüßte das Mädchen lachend und warf seine Schultasche quer durch die Küche.

Die Frau, die am Herd stand, drehte sich überrascht um. »Du bist schon da, Lisa?«

»Ja, wir hatten keine Schule mehr.«

»Aber wieso nicht?«

Lisa klaubte zwei große Erdbeeren aus der Schüssel, steckte sie in den Mund und kaute mit vollen Wangen. Dabei wollte sie sprechen, schaffte es nicht, und es drangen nur seltsame Laute aus ihrem Mund. Schließlich, als sie geschluckt hatte, erklärte sie: »Die Lehrer halten eine Konferenz ab, deshalb.«

»Und was machst du jetzt?«, fragte ihre Mutter.

»Keine Schularbeiten. Die haben wir nämlich nicht aufbekommen. Ich werde an den Strand gehen.«

Fedora Golon nickte. »Ja, mein Schatz, tu das. Es dauert noch eine Stunde, bis ich fertig bin.«

»Was gibt es denn?«, fragte Lisa.

»Eine kräftige Fischsuppe.«

»Das lässt sich hören. Tschau, denn …« Sie lief aus der Tür und betrat die Terrasse. Von dort aus hatte sie es nicht mehr weit bis zum Strand, wo die gewaltigen Kreidefelsen emporragten.

Fedora Golon schaute ihrer fünfzehnjährigen Tochter nach. Der Wind erfasste das lange Haar des Mädchens und wehte es in die Höhe. Ja, sie hatte die gleichen Haare wie ihre Mutter. Eine satte, braune Farbe, kräftig und voll.

Und sie würde eine Schönheit werden, das war jetzt schon zu erkennen.

Die Gestalt des Mädchens wurde kleiner.

Lisa schien direkt in die anrollenden Wellen hineinlaufen zu wollen, stoppte jedoch kurz vorher und streifte ihr T-Shirt über den Kopf. Dann stieg sie aus den Jeans, im nächsten Augenblick flog der Slip zur Seite, und Lisa rannte nackt in die Wellen hinein.

Die Familie zog nie etwas an, wenn sie baden ging. Diese kleine Bucht war so herrlich einsam, zudem war Nacktheit in ihren Augen nichts Verrufenes.

Raymond, ihr Mann und Lisas Vater, war wieder unterwegs. Er würde erst gegen Abend heimkehren, und sicherlich hatte er dann wieder einige Grundstücke verkauft, denn damit handelte er.

Fedora hatte dafür kein Verständnis. Ihr waren diese Geschäfte zuwider. Sie liebte es, ihre Gedanken und Stimmungen auf die Leinwand zu bringen. Die Malerei bedeutete alles für sie. Darin ging sie auf, dies war etwas, das sie ungemein faszinierte. Jede freie Minute widmete sie ihren Bildern, und auch jetzt dachte sie darüber nach, sich damit wieder zu beschäftigen. Lisa badete, und wie sie ihre Tochter kannte, würde sie bestimmt eine Stunde unten am Strand verbringen. Die Zeit konnte sie nutzen. Die Suppe musste währenddessen auf dem Herd stehen.

Fedora verließ die Küche. Sie schritt durch den breiten Gang und betrachtete sich dabei im Spiegel. Sie gefiel sich.

Fünfunddreißig Jahre zählte sie, und man sah ihr das Alter nicht an. Sie war noch immer eine schöne Frau, zwar kein junges Mädchen, aber voll erblüht. Unter dem weiten Kleid waren die Formen des Körpers nur mehr zu ahnen, doch sie wusste genau, dass sie sich noch immer zeigen konnte.

Ein wenig öffnete sie die vollen Lippen. Die Augen verengten sich dabei, und sie spürte einen wohligen Schauer über die Haut rinnen. Ihr Blut pulste plötzlich schneller durch die Adern, es schien erhitzt zu sein, und der Blick nahm eine trübe Färbung an.

Sie musste es tun.

Sie wollte es tun.

Jetzt!

Tief atmete sie ein. Das Gesicht zeigte plötzlich einen etwas verwirrten Ausdruck, als sie in die Kitteltasche griff und sich die Finger um das kühle Metall eines Schlüssels schoben. Sie nickte zufrieden, ging ein paar Schritte vor und drehte sich nach rechts, wo sich in der Mauernische die Tür befand.

Sie war nicht abgeschlossen. Jedes Familienmitglied konnte den Keller betreten.

Das neue Haus hatten die Golons über einem alten Keller errichtet. Deshalb existierte noch eine alte Steintreppe, ein leicht verbogenes Geländer und die rauen Wände, die mit zahlreichen Spinnweben bedeckt waren.

Aus dem Keller hatte ihr Mann in mühevoller Arbeit ein herrliches Weinlager gebaut. Die Flaschen lagen in Tonröhren und schauten nur mit den Hälsen hervor.

Der Keller hatte eine gewölbte Decke, verengte sich im Hintergrund und schien in ein geheimnisvolles Dunkel zu führen. Das war Fedoras Ziel.

Aus dem Dunkel schälten sich die Umrisse einer Tür hervor. Diese Tür hatte es in sich, und als Fedora sie aufschließen wollte, schwang sie bereits nach innen.

Die Frau verhielt ihren Schritt. Auf einmal klopfte ihr Herz schneller. Das Aufschwingen der Tür hatte etwas zu bedeuten. Er war da, er wartete auf sie. Deshalb hatte sie das Gefühl verspürt, und sie wusste, dass es wieder soweit sein würde.

Sie begab sich völlig in die Hände eines anderen!

Fedora atmete heftig. Schauer rannen über ihre Haut, das Prickeln war vorhanden, ein süßes Gefühl, und von alldem ahnte die Familie nichts. Wenn sie es gewusst hätte, vielleicht wäre der Wahnsinn über sie hergefallen.

»Willst du nicht hereinkommen, Fedora?« Die Stimme hatte einen vollen Klang. Sie erinnerte Fedora immer an die ihres Vaters, aber der war längst tot. Wer da auf sie wartete, war ein anderer.

»Ja, ich komme«, sagte sie leise, schob sich vor, trat

über die Schwelle und tauchte ein in den geheimnisvollen Kellerraum, dessen Tür augenblicklich geschlossen wurde.

Damit hatte sie sich in die Hand des anderen begeben. Sie wusste es und tat nichts dagegen.

Rotes Licht umhüllte sie wie ein Gespinst. In einer Ecke stand die weiche Liege, auf der schon so viel passiert war. Davor jedoch, und das war das Wichtigste, befand sich das Bild.

Ein gewaltiges Stück Leinwand, von einem Tuch verdeckt und fast so breit wie der Keller. Die Leinwand war auf eine ebenfalls sehr breite Staffelei gestellt worden. Vor ihr standen die kleinen Farbeimer, lagen Tuben und Döschen neben den zahlreichen Pinseln.

»Wie geht es dir?«

Die Stimme hörte sie hinter sich. Fedora legte den Kopf in den Nacken, bevor sie antwortete. »Mir geht es gut.«

»Das freut mich. Meinen Dienern soll es immer gut gehen …«

Jetzt drehte Fedora den Kopf. Aus dem Schlagschatten der Tür löste sich eine Gestalt.

Es war ein Mann. Hochgewachsen, dunkelhaarig. Er trug einen schwarzen Bart, der von seinem Gesicht nicht viel sehen ließ, deshalb stach nur die Stirn ins Auge.

Die Kleidung des Mannes konnte sie nicht genau erkennen, auch die Lippen nicht, dennoch glaubte sie, dass er lächelte.

Hinter ihr blieb der Mann stehen. Fedora verkrampfte sich, als sie seine Hände auf ihren Schultern spürte und auch den Geruch des anderen wahrnahm.

Er war so seltsam. Er roch anders als die normalen Menschen. Irgendwie scharf, ätzend oder auch verbrannt. Genau hatte sie es nicht herausfinden können.

Seltsamerweise war ihr der Geruch nicht gleichgültig, sie spürte einfach, dass er dazugehörte.

Während sie auf dem Fleck stand und sich zurücklehnte, wobei sie den warmen Körper des anderen spürte, kehrten ihre Gedanken zu dem Augenblick zurück, als alles begonnen hatte.

Er war eines Tages aufgetaucht. Lisa befand sich in der Schule, ihr Mann war unterwegs gewesen. Sie hatte ihn nicht kommen hören, er stand mit einemmal in der Küche. Fedora hatte schreien wollen, als sie sein Blick traf. Da blieb ihr der Schrei in der Kehle stecken. Er war auf sie zugetreten, hatte sie entkleidet und in das Schlafzimmer geführt. Sie waren auf das Bett gesunken, und Fedora erlebte die nächsten Minuten wie in einem Traum.

Als es vorbei gewesen war, lag sie auf dem Bett, und von dem Mann sah sie nichts. So geheimnisvoll, wie er erschienen war, hatte er sich auch zurückgezogen.

In den nächsten Tagen war Fedora völlig verwirrt gewesen. Raymond, ihr Mann, hatte sie mit Fragen gequält, doch eine konkrete Antwort gab sie ihm nicht. Obwohl sie darüber reden wollte, brachte sie einfach kein Wort hervor. Sie litt und wartete gleichzeitig, denn sie war sicher, dass er zurückkehren würde.

Und er kam …

Wieder war es Tag, als er plötzlich erschien. Wie aus dem Nichts stand er vor ihr, aber diesmal führte er sie nicht in das Schlafzimmer, sondern in den ältesten Keller. Und dort zeigte er ihr alles. Er wusste von ihrem Hobby, und er erklärte ihr, dass sie nur das zu malen hatte, was er ihr eingab. Fedora zeigte sich einverstanden. Sie geriet unter seinen Einfluss; sein Bann nagelte sie fest, er löschte ihren Willen aus. Immer dann, wenn sie zum Pinsel griff, malte sie Figuren und Personen, die sie eigentlich selbst nicht wollte. So entstand allmählich ein Bild. Es sollte das beste und schönste Werk ihres Lebens werden und nur ihm geweiht sein.

Als sich die Hände bewegten, erwachte sie wie aus einem tiefen Traum. »Nun?«, hörte sie die flüsternde Stimme dicht an ihrem Ohr. »Willst du es dir nicht einmal ansehen?«

»Ich kenne es doch.«

»Nicht ganz, schöne Fedora. Es ist etwas hinzugekommen, und somit befindet sich das Bild in seinem Endzustand.«

Fedora zuckte zusammen. Ihr wurde schwindlig. Hätte der Mann sie nicht gehalten, wäre sie wahrscheinlich gestürzt. »Hast du es geschafft?«, hauchte sie.

»Natürlich.«

»Dann – leben sie?«

»Du kannst nachschauen.«

»Nein, ich will nicht!« Sie schüttelte den Kopf. Ihre Haare mussten dabei das Gesicht des Mannes streifen, es machte ihm nichts aus. Sanft, aber sehr bestimmend schob er sie auf die verdeckte Leinwand zu.

Fedora kam sich vor wie auf Wolken schwebend. Dieser Keller mit seinen rohen Wänden schien plötzlich voller Leben zu stecken. Etwas geschah hier, das sie nicht überblicken konnte, und sie wusste, dass sie kurz vor dem Ziel stand.

Wenn der andere sein Versprechen tatsächlich eingelöst hatte, dann musste sie gleich etwas erleben, für das es keine rationale Erklärung gab.

Der Mann hatte ihr Zögern bemerkt.

»Soll ich es tun?«, erkundigte er sich.

»Ja, bitte …«

Seine Hände verschwanden von ihren Schultern. Links schritt er an Fedora vorbei, stellte sich neben die abgedeckte Leinwand, streckte seinen Arm aus und ergriff einen Zipfel des Tuchs.

Mit einem Ruck zog er die Decke ab.

Fedora starrte auf das Bild.

Zwei, drei Sekunden stand sie unbeweglich. Dann schlug sie die Hände vor ihr Gesicht und begann zu ächzen.

Was sie sah, war unfassbar!

Meine Freunde in London zeigten sich durch Taniths Tod geschockt. Ich hatte mit ihnen telefoniert, und natürlich war die Frage aufgetaucht, ob ich Verstärkung brauchte.

Davon wollte ich erst einmal absehen, aber ich hatte hinterlassen, wo man mich finden konnte.

Der Landstrich, den man in Frankreich als die Bretagne

bezeichnete, hat im Westen eine Steilküste. Dort treten die seltsamsten Steinformationen auf, gewaltige Felsen, die sich wie ein Wall gegen die heranrollenden Wellen aufbauen. Ähnliches kannte ich aus Cornwall, und auch die Bretagne war ebenso schwach besiedelt wie ihr Gegenstück in England. Es gab weite Küstenstreifen, wo sich überhaupt kein Dorf befand, höchstens ein einsam stehendes Gehöft sowie die Ruinen einer alten Burg oder Festung. Für Naturliebhaber ein herrlicher Streifen Erde. Verlassen, vom Westwind gezeichnet. Ein Land der Legenden und Sagen.

Ich hatte mir in Paris einen Leihwagen genommen und war nach Westen gefahren.

Ein großes Problem gab es. Ich musste das Haus finden, in dem die Malerin lebte. Ein Ort oder eine Stadt war es nicht. Wahrscheinlich wohnte die Frau einsam, auf den Klippen, um sich völlig ihrer Arbeit hingeben zu können.

Der kleine Renault tat seine Pflicht, aber ich wurde müde und übernachtete nach einigen Stunden Fahrt in einem Ort, dessen Namen ich vergessen habe.

Er musste sich auf halber Strecke befinden. Ich schlief nicht gut. Taniths Tod hatte mich zu sehr mitgenommen, und so kam es, dass ich mich nach dem guten Frühstück nicht gerade sehr ausgeruht an die Weiterfahrt machte.

Das Wetter spielte mit. Eigentlich hatte ich Regen erwartet, stattdessen klärte sich der Himmel auf, je weiter ich mich in Richtung Westen bewegte.

Die Gegend wurde einsamer. Ich passierte immer weniger Orte, dafür breitete sich das Land manchmal bis zum Horizont hin bretteben aus.

Schafe entdeckte ich, Kühe und große Getreidefelder, deren Halme sich wie ein gewaltiges Meer wellenförmig im Wind bewegten. Jetzt tauchte auch die Sonne auf. Prächtig stand sie am Himmel. Ihre Strahlen stachen in den kleinen Renault.

Der Ort, den ich mir gemerkt hatte, hieß Pont-Aven. Es war derjenige, der dem Gehöft am nächsten lag. Dort wollte ich mich nach dem Weg erkundigen.

Über eine alte Steinbrücke und anschließend auf Kopfsteinpflaster rollte ich in Pont-Aven ein.

Die Menschen hier waren kernig und verschlossen. Das merkte ich, als ich in ein Bistro ging. Man erwiderte meinen Gruß kaum und kümmerte sich um seine Speisen und Getränke.

Ich bestellte einen großen Kaffee. Dreimal musste ich fragen, bevor man mir den Weg beschrieb.

Die Antwort des Kellners war ziemlich brummig, die Malerin schien nicht beliebt zu sein.

Ich fragte nach dem Grund.

»Es sind Fremde«, wurde mir gesagt. Und das musste als Argument reichen. Wenig später zahlte ich und fuhr wieder los.

Eine Ortschaft erreichte ich nicht mehr. Der Weg führte wie ein schmales Band durch die grüne Landschaft, die immer mehr von der Nähe des Meeres geprägt wurde.

Das Gras sah nicht mehr so saftig aus. Es erinnerte mich mehr an Stroh.

Allmählich stieg das Gelände an. Ich hatte ein Fenster geöffnet. Die Luft roch anders. Irgendwie frischer, salziger. Zudem glaubte ich, das Tosen der Brandung zu hören.

Der Renault holperte über einen Feldweg. Asphalt war ein Luxus, den man hier nicht kannte. Manchmal entdeckte ich gewaltige Steine. Haushohe, hellgraue Klötze, die von der Hand eines Titanen mitten in die Gegend geschleudert zu sein schienen.

Der Wagen rollte einem Plateau entgegen.

Das Sommerlicht tauchte die Landschaft in ein unwirkliches Licht. Sein Widerschein lag auf dem Braungrün des Dünengrases wie das lange, fahlblonde Haar eines jungen Mädchens, das nicht von einer Bürste, sondern vom Wind gekämmt wurde.

Schon bald wurde es mühselig. Sandiger Boden, bei dem die Räder es schwer hatten, sich weiterzudrehen. Der Frontantrieb aber tat seine Pflicht, und ich gelangte auf das Hochplateau.

In der Größe mit einem Fußballfeld zu vergleichen.

Viel weiter konnte ich nicht fahren, deshalb stoppte ich und verließ den Leihwagen. Sofort erfasste mich der Wind. Er kam von vorn, wühlte mein Haar zurück und brachte feinen Sand mit, der körnig gegen mein Gesicht schlug und sich auf der Haut absetzte.

Ich roch diese Landschaft förmlich, nahm sie in mich auf und trat bis an den Rand der Klippe.

Bei jedem Schritt hatte sich das Brausen und Donnern der Brandung verstärkt. Als ich nach unten schaute, sah ich die schäumende Brandung. Sie wütete gegen die Felsen, wobei sie mir wie ein Raubtier vorkam, das immer wieder einen Angriff versuchte und dennoch jedesmal gestoppt wurde. Hoch schleuderten die langen Gischtfahnen, und wenn das Licht der Sonne hindurchschien, bildete sich ein schwacher Regenbogen.

Ein Bild für Fotografen. Und hinter mir lag der Atlantik. Eine unendliche Wasserwüste. Grau, wogend, manchmal mit Schaumkämmen versehen.

Aber wo befand sich das Haus?

Als ich einen Blick nach rechts warf, sah ich die kleine Bucht. Zwei vorspringende, breite Felsmauern schützten sie gegen die Unbilden des Meeres und nahmen der Brandung einen Großteil der Wucht, sodass die Wellen relativ ruhig auf dem feinen Sandstrand auslaufen konnten.

Winzig sah die Gestalt von meinem Punkt aus. Ich sah sie auf den Wellen laufen und sich in den Sand legen. Nur bei genauerem Hinsehen und wegen der langen Haare konnte ich erkennen, dass es sich dabei um eine Frau handelte.

Sollte das Fedora sein?

Wahrscheinlich. Jetzt suchte ich nach einem Abstieg, fand jedoch keinen und ging wieder zurück zum Wagen. Ich war mir sicher, den falschen Weg genommen zu haben, fuhr ein Stück zurück und fand tatsächlich einen zweiten Pfad, der in den ersten mündete.

Einer ersten Schätzung nach musste der neue Weg ungefähr dorthin führen, wo ich die Bucht und den feinen Sandstrand gesehen hatte.

Ich hatte mich nicht geirrt. Der Weg stieg auch nicht auf ein Plateau hinauf, sondern lief flach und eben weiter. Er wand sich wie eine Schlange dem Meer entgegen, und vor mir öffnete sich zum ersten Mal die kleine Bucht.

Dabei sah ich auch das Haus. Mit einem alten Gebäude hatte ich eigentlich gerechnet. Überrascht war ich von der nahezu futuristischen Form. Holz hatte man als Grundmaterial verwendet. Zu mir hin, also zur Rückseite, stieg die Hälfte eines Dachgiebels steil an. Dahinter knickte sie ab, und die Form ähnelte der eines normalen Bungalows. Ich sah es, als ich daran vorbeifuhr und einen kleinen Garten passierte.

Der Weg zum Strand endete im feinen Sand. Dort, wo ein hoher Felsen das Haus gegen den Wind schützte, stellte ich meinen Wagen ab. Ich stieg aus und näherte mich dem Gebäude. Die Terrasse lag zum Meer hin, die Tür stand offen. Ich konnte hineinschauen und sah eine Küche und den großen, rustikal eingerichteten Wohnraum.

Von den Bewohnern entdeckte ich nichts.

Wieder dachte ich an die Frau, die ich aus großer Höhe gesehen hatte. Wahrscheinlich befand sie sich noch am Strand. Ich wollte zu ihr gehen und sie fragen, denn so einfach als Fremder das Haus zu betreten war doch nicht mein Fall.

Durch den Sand schlenderte ich und entdeckte neben einem pilzförmig aufgebauten Sonnenschutz aus Holz und Stroh einige Kleidungsstücke. Von der Frau sah ich nichts.

Erst als die auslaufenden Wellen mich fast berührten, blieb ich stehen. Mein Blick glitt über das Wasser, auf dessen Wogen sich die Sonnenstrahlen spiegelten und mich blendeten. Der winkende Arm war kaum zu erkennen, als er aus dem Wasser stach.

»He, Monsieur, wo wollen Sie hin?« Es war eine helle Stimme, die mir die Frage entgegenrief, und wenig später kletterte ein Mädchen aus dem Wasser. Lachend kam es auf mich zu, und es machte ihm nichts aus, dass ich als Fremder es unbekleidet sah.

Schwer atmend blieb es vor mir stehen und wrang sich das Haar aus. »Wollen Sie zu uns, Monsieur?«

»Ja, ich suche Fedora …«

»Das ist meine Mutter«, sagte sie schnell und reichte mir ihre nasse Hand. »Ich bin Lisa Golon, die Tochter.«

»Mein Name ist John.«

»Hört sich englisch an.«

»Ist es auch.« Ich sah die Gänsehaut auf ihrem Körper. »Willst du dir nicht etwas überziehen?«

»Wäre besser.« Sie lachte und rannte an mir vorbei und auf den Sonnenpilz zu, wo ihr Handtuch lag, damit trocknete sie sich ab. Dann zog sie sich an.

»Was wollen Sie denn von meiner Mutter?«, fragte sie, als ich unter den Sonnenpilz trat.

»Mit ihr reden.«

»Und worüber?« Sie lachte plötzlich. »Ich kann es mir denken, Monsieur, sicher interessieren Sie sich für die Bilder. Habe ich Recht?«

»Teilweise.«

Sie hob die schmalen Schultern. »Oder geht es um Geschäfte, die Sie mit meinem Vater machen wollen? Da müssen Sie noch warten. Er kommt erst gegen Abend.«

»Nein, nein, ich möchte schon mit deiner Mutter reden. Auch über Paris!«, schloss ich den nächsten Satz ab.

»Herrlich, diese Stadt. Mutter war übrigens vor kurzem dort.«

»Ich weiß.«

»Haben Sie Mama dort getroffen?«

»Nein, aber wir haben eine gemeinsame Bekannte. Sie heißt Tanith. Hast du den Namen schon einmal gehört?«

Lisa trug keine Schuhe. Mit dem rechten großen Zeh wühlte sie den Sand auf und dachte nach. »Nein, Tanith kenne ich nicht. Wo soll die denn wohnen? In Pont-Aven?«

»In Paris.«

»Ach so.« Sie lachte. »Wissen Sie, John, ich interessiere mich nicht so sehr für Mamas Arbeiten. Die Bilder mag ich nicht.«

»Und weshalb magst du sie nicht?«

Sie rührte weiter im Sand. »Sie sind mir einfach zu düster und pessimistisch.«

»Ist deine Mutter denn auch so ein Typ?«

»Meine Mutter kann man als introvertiert bezeichnen. Jedenfalls wenn sie malt. Ansonsten ist sie normal.« Lisa lachte. »Waren Sie eigentlich schon im Haus?«, fragte sie dann.

»Nein, ich sah deine Mutter nicht.«

Das Mädchen drehte sich um. »Komisch. Sie wollte dableiben und das Essen kochen.«

»Ich habe auch nur über die Terrasse geschaut.«

»Dann hält sie sich bestimmt in einem anderen Raum auf. Kommen Sie, John, wir gehen!« Sie winkte mir zu und schritt vor mir her.

Ich schaute auf ihren Rücken. Die Arme bewegte sie im Rhythmus der Schritte, und plötzlich sah ich etwas Dunkles an ihren Händen. Es rann an den Fingern herab, sammelte sich, wurde schwer, und einen Augenblick später klatschten die Tropfen in den Sand.

Rote Spuren blieben zurück. Blut!

»Lisa!« Mein scharfer Ruf erreichte das Mädchen und ließ es stoppen. Auf einmal hatte ich das Gefühl einer seltsamen Veränderung. Zwar befand ich mich noch immer am Strand, aber die Bewegungen waren stark verlangsamt worden.

Ich merkte es daran, wie Lisa herumschwang. Der gesamte Ablauf war gestört. Sie kam mir vor wie eine Tänzerin, die auf einer Wolke schwebte und die Arme dabei ausgestreckt hielt, wobei das Blut an ihren Händen durch die Fliehkraft zur Seite geweht wurde und tropfenweise im Sand versickerte.

Im nächsten Augenblick war wieder alles normal. Lisa schaute mich an. Ihr Gesicht glich einem Fragezeichen, als sie sagte: »Weshalb haben Sie mich gerufen?«

Ich deutete auf ihre Hände, wollte etwas sagen und verschluckte die Worte. Es hatte keinen Sinn. Die Hände sahen normal aus. Ich hätte mich lächerlich gemacht.

»Schon gut«, sagte ich leise.

»Nein, da war doch was.«

»Eine Täuschung. Ich glaubte, etwas gesehen zu haben. Vergiss es, Mädchen.«

»Wenn Sie meinen. Komisch ist es schon.«

»Das allerdings.« Diese Antwort gab ich mehr mir selbst, denn ich wusste genau, dass ich mich nicht geirrt hatte. Das Blut war vorhanden gewesen, auch die andere Magie, denn mein Kreuz hatte sich auf der Brust erwärmt. Es war von einem schwarzmagischen Strom getroffen worden. Für mich ein Beweis, dass ich diese Reise nicht umsonst hinter mich gebracht hatte.

Wir gingen über die Terrasse. Sie hatte ein Dach, sodass die Familie auch bei schlechtem Wetter draußen sitzen konnte. Die Umrandung der Terrasse bestand aus weiß lackierten Holzstäben. Die aufgeklappten Liegestühle sowie die Sessel mit den dicken Polstern deuteten darauf hin, dass die Familie Golon bei diesen Möbeln nicht auf den Franc geschaut hatte.

Der Wind hatte Sand auf die Bohlen geweht. Er knirschte unter unseren Schritten.

Das Mädchen betrat als Erste das Haus. In der perfekten Einbauküche blieb es stehen und rief seine Mutter.

Die Stimme musste bis in die obere Etage zu hören sein, so laut rief Lisa.

Aber sie erhielt keine Antwort. Sie drehte sich zu mir um, hob die Schultern und meinte: »Ich weiß auch nicht, was geschehen ist.« Lisa schaute zum Herd. »Die Suppe kocht jedenfalls noch«, sagte sie, ging hin und stellte den Herd ab. »Kann sein, dass meine Mutter malt.«

»Aber du hast laut genug gerufen.«

Lisa winkte ab. »Da vergisst sie Gott und die Welt. Soll ich mal nachschauen?«

»Das wäre mir recht.«

Sie wollte schon abdrehen, als wir die Erschütterung spürten. Sie kam urplötzlich. Unter unseren Füßen begann es zu beben. In Wellen rannen die Stöße an, das Geschirr in den Schränken klapperte. Lisa schrie auf und warf sich in meine Arme.

Ich hielt sie fest. Und zwar so lange, bis die Erschütterungen vorbei waren.

Auch Lisa drückte sich wieder von mir. »Entschuldigen Sie«, flüsterte das Mädchen, »aber das verstehe ich nicht. Irgendwas stimmt hier nicht.«

»Ist das schon öfter passiert?«, fragte ich.

»Nein, noch nie.«

»Ich glaube, es ist besser, wenn wir deine Mutter suchen. Mir scheint, hier läuft einiges durcheinander.«

»Das glaube ich auch«, gab sie ehrlich zu und schluckte ein paarmal. Ich hatte das Mädchen genau beobachtet. Seinen Reaktionen konnte ich entnehmen, dass es tatsächlich nichts wusste. Auch ihr Bluten hatte sie nicht bemerkt, wobei ich das Gefühl hatte, allmählich in einen gefährlichen, schwarzmagischen Kreislauf hineinzugeraten.

»Komm«, sagte ich, »führ mich mal in ihr Zimmer …«

Lisa nickte und ging vor. Auf ihren Armen entdeckte ich die Gänsehaut. Die Fröhlichkeit hatte das Mädchen verloren.

Wir verließen die Küche, gelangten in einen schmalen Flur, an dessen Ende ich eine Holztreppe sah. Sie führte in die obere Etage. Lisa war schnell. Ihre nackten Füße platschten auf die Stufen, ich folgte ihr langsamer.

Wenn sich ihre Mutter oben befand, hatte Lisa noch Zeit, sie auf meinen Besuch vorzubereiten.

Das geschah nicht.

Sie war bereits in einem Zimmer verschwunden, als sie mich rief. »Kommen Sie, Monsieur Sinclair.«

Eine Tür stand offen. Es war der Eingang zu einem Atelier. Es lag an der Rückseite des Hauses. Das breite Fenster zeigte zum Meer. Wer vor der großen Scheibe stand, konnte über den Strand und weit in die Bucht hineinschauen.

Von Fedora Golon entdeckten wir beide keine Spur. Dafür konnte ich zum ersten Mal ihre Bilder bewundern. An zwei fensterlosen Wänden hingen sie. Manche standen auch darunter auf dem Fußboden. Ich schritt langsam an ihnen vorbei und schaute mir die Motive an.

Das Mädchen hatte Recht gehabt. Für optimistische, fröhliche Menschen war das nichts.

Fedora Golon arbeitete mit düsteren Farben. Sie zeichnete zumeist Landschaften, die ein herbstliches Aussehen hatten. Sturmgepeitschte Bäume, knorrige Äste, Zweige, die sich im Wind bogen, und dichte, über den Himmel jagende Wolkenberge.

Andere Bilder wirkten wie Szenen aus düsteren Märchen. Da rannten Menschen in panischer Angst vor irgendwelchen dämonischen Wesen davon oder flohen in Feuerhöllen hinein, wo sie verbrannten. Ein Bild erinnerte mich an eine Dimension, in die es mich einmal verschlagen hatte. An das Land, das nicht sein durfte. Ähnlich wie ich sie dort erlebt hatte, sahen auch die Vögel auf den Bildern aus. Drachenähnliche Geschöpfe, die über einen dunklen Himmel segelten.

Lisa schaute mich an. »Mögen Sie diese Bilder, John?«

»Nein, eigentlich …« Das nächste Wort wurde mir durch einen Knall von den Lippen gerissen. Wir schraken beide zusammen. Es bestand jedoch keine Gefahr. Nur die Tür war wegen des Durchzugs zugefallen.

Lisa presste eine Hand gegen die Brust. »Meine Güte, habe ich mich erschreckt. Ich bin wohl etwas nervös geworden.«

Ich wechselte das Thema. »Wo könnte deine Mutter denn noch stecken?«

»Vielleicht im Keller.«

»Malt sie da auch?«

»Nicht, dass ich wüsste. Aber wenn wir sie unten und hier nicht gefunden haben, bleibt nur der Keller.«

Da hatte sie eigentlich Recht.

»Vor dem habe ich mich immer gefürchtet«, erklärte sie mir mit leiser Stimme.

»Du und Angst?«

»Ja, der Keller ist etwas ganz anderes. So unheimlich. Wissen Sie, Monsieur, der gehört eigentlich gar nicht zu dem Haus, sondern war schon viel früher da. Wenigstens die Mauern. Als wir das Haus bauten, haben meine Eltern sie stehen lassen.«

»Und jetzt?«

»Lagert darin Wein.«

Mir lag die Frage auf der Zunge, ob Madame vielleicht heimlich eine Freundin des guten Tropfens war, aber ich verschluckte die Bemerkung.

»Dann wollen wir uns den Keller mal ansehen. Oder hast du vor mir auch Angst?«

»Nein, Monsieur.«

»Wie komme ich zu der Ehre?«

Lisa wurde rot. »Wissen Sie, Monsieur, das sehe ich den Leuten oft an den Augen an. Wie Sie vorhin geschaut haben, als ich aus dem Wasser stieg, das war nicht so, wie es andere Jungen oder Männer tun. Irgendwie ...« Sie hob die Schultern. »Eigentlich ganz natürlich.«

Ich musste lachen. »Du bist gut, Lisa, wirklich.«

Da hatte sie sich schon abgewandt, war an der Tür, zog sie auf, während ich noch einen letzten Blick auf die Bilder warf.

In diesem Moment alarmierte mich ihr Schrei!

Das Bild war erschreckend!

Realistisch, unheimlich, düster und auf eine gewisse Art und Weise grauenvoll.

Und sie hatte es gemalt.

Fedora Golon konnte es kaum glauben. Mit weichen Knien stand sie da und zitterte. Ihre Augen wurden feucht. Sie wusste nicht, ob sie weinen oder schreien sollte, sie sah nur das Bild, das dieser Mann enthüllt hatte.

Der Hintergrund war düster gehalten. Er zeigte einen offenen Eingang, ein graues Tor, gestützt von zwei dicken Säulen.

Hinter dem Tor begann ein finsterer Gang. Fedora hatte sich bei ihm besonders viel Mühe gegeben, um die Tiefe des Ganges auf das Bild zu übertragen. Auf den Betrachter wirkte er so, als würde er in die Unendlichkeit führen – oder in die Hölle.

Der Vordergrund des großen Gemäldes zeigte die Personen, um die es eigentlich ging.

Die Mönche!

Fünf waren es insgesamt. Sie trugen hellgraue Kutten, hielten sich an den Händen gefasst und bildeten einen Reigen. Dabei standen sie so, als wollten sie um einen Tisch herum tanzen, der eine ovale Form aufwies. Auf ihm lag eine dunkelrote Decke.

Das war aber nicht alles, was die Frau so faszinierte und gleichzeitig erschreckte. Angst verspürte sie vor den Dingen, die auf dem Tisch standen und die sie überhaupt nicht gemalt hatte.

Es waren ein Kelch und eine rote Kugel!

Beides kannte sie. Deshalb war sie auch nach Paris gefahren, denn dort hatte sie die Dinge gestohlen. Der Kelch und die Kugel waren der Grund ihrer Reise gewesen und auch der Grund für die Bekanntschaft mit einer geheimnisvollen Frau, die sich Tanith nannte.

Beide Dinge hatte sie mitgebracht, in den Keller geschafft, und sie standen nun innerhalb des Bildes.

Ein Phänomen …

Das Gemälde sah so echt aus, dass der Betrachter jeden Augenblick damit rechnen konnte, dass sich die Mönche wieder in Bewegung setzten und nur für kurze Zeit erstarrt waren. Allein an ihren Körperhaltungen war zu erkennen, welch eine hervorragende und naturalistische Malerin die Frau war.

Fedora konnte sich ohne Übertreibung als große Künstlerin bezeichnen.

»Nun?«, hörte sie wieder die Stimme des Bärtigen. »Wie gefällt dir das Bild?«

Fedora konnte kaum sprechen. Sie atmete ein paarmal tief durch, schüttelte den Kopf und hob dabei die Schultern. »Ich weiß nicht so recht.«

»Die Dinge sind echt.«

»Du sprichst von dem Kelch und der Kugel?«, vergewisserte sich Fedora.

»Genau.«

»Aber wie ist das möglich? Ich habe sie nicht gezeichnet. Wie können sie dann in das Bild kommen?«

»Dafür habe ich gesorgt!«

Die Malerin hatte die Antwort erwartet. Dennoch war sie geschockt und überrascht, und sie schüttelte den Kopf, weil sie es nicht glauben wollte.

»Ja, du hast schon richtig gesehen«, flüsterte der Mann. »Es sind die echten Dinge, die du aus der Stadt mitgebracht hast. Und sie passen genau ins Bild.«

»Das verstehe ich nicht«, hauchte die Malerin. »Ich kann es wirklich nicht fassen.«

»Nimm es einfach hin.«

Das muss ich wohl, dachte Fedora und zog ein gequältes Gesicht. Für sie war alles so schlimm, so anders. Sie befand sich zwar in ihrem Haus, lebte mit der Familie zusammen und glaubte trotzdem, innerhalb eines Vakuums zu existieren. Wenn sie näher darüber nachdachte, waren die Tatsachen einfach verrückt. Da malte sie ein Bild, das sie eigentlich gar nicht malen wollte. Zudem gerieten plötzlich normale Gegenstände in das Bild hinein, die sie aus Paris mitgebracht hatte.

Und dann gab es da noch einen geheimnisvollen Mann, der in ihrem Leben einen Platz eingenommen hatte, der eigentlich nur ihrem Gatten zustand. Der Mann und das Bild mussten in einem unmittelbaren Zusammenhang stehen. Sie hatte sich diesem Mann hingegeben, und es wurde ihr erst jetzt bewusst, dass sie nicht einmal seinen Namen kannte.

Wieder spürte sie seine Hände und erschauderte. Die Finger blieben nicht auf ihrer Schulter liegen, jetzt umschlossen sie seine Arme, wobei sie das Gefühl hatte, als wäre der Stoff des Kleides überhaupt nicht vorhanden und die Hände würden auf der blanken Haut liegen.

Fedora konnte ihren Blick nicht von dem Bild lösen. Sie hatte zahlreiche Bilder gemalt, aber keines war so realistisch und gut geworden wie dieses hier. Es erinnerte schon an die alten Meister früherer Jahrhunderte, von denen heute noch die Experten behaupteten, dass diese Bilder so genau gemalt worden wären, als würden die Figuren leben.

»Jetzt ist dein Kunstwerk fertig!«, hauchte der Mann in ihr rechtes Ohr. »Du hast es gut gemacht.«

»Und was soll das bedeuten?«

»Oh, das wirst du noch sehen. Du hast hier etwas Großes geleistet. Du bist vor allen Dingen nach Paris gefahren und hast die Dinge geholt, die ich unbedingt brauchte und die sie auch brauchten. Die Kugel und den Kelch.«

»Wer brauchte die Sachen? Wer sind sie?«

»Die Mönche!«

Fedora schüttelte den Kopf. »Sie können den Kelch und die Kugel nicht gebrauchen. Es sind keine Menschen, es sind Figuren auf einem Bild ...«

»Das schon, meine Liebe. Aber bist du dir sicher, dass es tatsächlich keine Menschen sind?«

»Wieso? Ich ...«

Da lachte der andere nur, zuckte jedoch im nächsten Augenblick zusammen.

»Was ist?«, fragte Fedora.

»Ein Feind ist da!«

»Wieso?«

Der Mann löste sich vor ihr. »Ich spüre es!«, flüsterte er. »Ich spüre es genau ...«

»Aber wer soll gekommen sein?«

Der andere lachte. »Wer? Das kann ich dir genau sagen, meine Liebe, aber ich lasse es. Der Mord in Paris hat Aufsehen erregt. Man wird deine Spur gefunden haben, und ausgerechnet er ist gekommen. Aber das wird ihm auch nicht mehr helfen ...«

Fedora war überrascht. Sie begriff die Vorgänge nicht so recht, wandte ihren Blick vom Gemälde ab und schaute zu dem hin, dem sie hörig geworden war.

Er stand neben der Tür.

Von einer Sekunde zur anderen veränderte sich seine Gestalt. Plötzlich flammte grünes Licht um sie herum und zeichnete die Formen des Körpers genau nach. Aber noch etwas entdeckte Fedora. Einen zweiten Körper. Er hatte sich über den ersten gelegt, war allerdings nicht existent, sondern nur eine Scheingestalt.

Sie tanzte über dem Originalkörper und hatte ein widerliches Aussehen. Ein dreieckiges Gesicht in der Art eines Ziegenbocks, dazu glühende Augen und einen breiten Mund mit bleckenden, stiftartigen Zähnen.

Sah so der Teufel aus?

Die Frau schüttelte sich und erlitt den nächsten Schock, als plötzlich innerhalb des Bildes die Gestalt ihrer Tochter erschien. Sie überlagerte die fünf Mönche, und Fedora konnte erkennen, dass sich die Tochter am Strand aufhielt und aus ihren Händen Blut quoll.

Dann war der Eindruck weg. Auch der Mann sah wieder normal aus, als er ihr ins Gesicht schaute.

Die Malerin trat zurück. Ihre Beine zitterten, in den Knien hatte sie ein Gummigefühl, und als sie über ihr Gesicht wischte, stellte sie fest, dass es schweißnass war.

»Was war das?« Nur mit großer Mühe brachte sie die Frage hervor.

Der Bärtige lachte, während seine Augen seltsam leuchteten. »Magie«, hauchte er. »Höllenmagie …«

Fedora fasste es nicht. Sie stand da und ballte die Hände. Noch einmal erinnerte sie sich daran, was sie gesehen hatte. Es war ihre eigene Tochter gewesen, ein Teil ihrer Familie, an der sie trotz allem sehr hing. In diesen Augenblicken kam sie sich vor wie eine Raubtiermutter, die ihre Jungen verteidigt, und sie schüttelte wild den Kopf. »Lass sie aus dem Spiel!«, fuhr sie den Mann an. »Es reicht, wenn du mich in deinen Bann gezogen hast. Lisa hat damit nichts zu tun. Das alles geht nur uns beide an!«

»Närrin!«, erwiderte der Bärtige kalt. »Du Närrin. Glaubst du wirklich, die anderen heraushalten zu können? Nein, da hast du dich geirrt. Sogar schwer geirrt. Was ich einmal habe, das werde ich nie mehr loslassen, daran musst du dich gewöhnen. Ich gebe nichts freiwillig zurück, und der Kreis hat sich geschlossen, denn du hast die beiden Dinge aus Paris geholt, die mir fehlten.«

»Aber ich habe sie nicht …«

»Was hast du nicht?«, höhnte der andere.

Fedora winkte ab. »Schon gut, lass es. Es hat sowieso keinen Sinn, wenn ich weiterrede.«

Der andere hörte ihr nicht zu. Er hatte eine gespannte

Haltung angenommen und schaute in die Höhe. Sein Blick schien sich an der Decke festzufressen, als gäbe es dort etwas Besonderes zu sehen.

»Was hast du?«, fragte Fedora.

Die Antwort erfolgte auf eine Art und Weise, mit der sie nie gerechnet hätte. Plötzlich zitterte der Boden unter ihren Füßen. Es waren Schwingungen, die sich durch das Haus fortpflanzten und die Mauern sowie den Boden erschütterten. Einem leichten Erdbeben glich dies, und die Frau taumelte bis zur Wand zurück, um sich an ihr abzustützen.

So rasch, wie die Erdstöße gekommen waren, so schnell verschwanden sie auch wieder.

Alles war normal.

Die Frau atmete auf, lauschte gleichzeitig nach oben, um zu hören, ob irgendetwas einstürzte.

Es war nicht der Fall.

»Jetzt werden sie sich gewundert haben«, erklärte der Mann und rieb seine Hände.

»Worüber?«

»Über die Reaktionen, die ihr Kommen ausgelöst hat«, erklärte er. »Aber du kannst hochgehen, meine Liebe. Geh zu deiner Tochter und zu ihm. Wirf ihn raus, sag ihm, dass er hier nicht gelitten ist. Und verlass dich dabei auf mich. Du kannst immer auf meine Hilfe rechnen, Fedora. Ich stehe dir zur Seite. Vergiss das nie!«

»Du lässt mich gehen?«

»Ja.«

»Und das Bild? Ich wollte weitermalen.«

»Nein«, erwiderte der Bärtige. »Das brauchst du nicht. Es ist fertig.«

Fedora war überrascht. »Kriege ich von dir keinerlei Anweisungen mehr?«

»Wenn ich dir gesagt habe, dass du nicht mehr zu malen brauchst, dann bleibt es dabei.«

Fedora nickte. Der andere hatte ihr Bild angesprochen. Damit vergaß sie all die übrigen Dinge und flüsterte: »Es ist wirklich ein Kunstwerk geworden.«

»Ja, ein ganz besonderes«, erklärte der Bärtige.

Ein Lächeln glitt über die Lippen der Frau, das im nächsten Moment jedoch erstarrte. Ungläubig schaute sie sich das Bild an, wischte über ihre Augen, aber der Eindruck blieb.

Sie hatte sich nicht getäuscht.

Die von ihr gemalten Mönche standen nicht mehr still. Sie bewegten sich und tanzten um den ovalen Tisch herum einen geisterhaften Reigen …

Fedora traute ihren Augen nicht. Mit vielem hatte sie gerechnet, was sie da jedoch sah, überstieg ihr Vorstellungsvermögen. Sie konnte es nicht fassen, denn seit wann gab es gemalte Figuren, die lebten?

Unmöglich …

Die Mönche standen nicht still. Sie wirbelten in einer Richtung um den Tisch herum, schwangen dabei ihre Arme hoch, senkten sie wieder und öffneten den Mund. Dabei bewegten sie sich weiterhin lautlos, aber in einem gewissen Rhythmus, den irgendjemand angab.

Es war ein Tanz um das Goldene Kalb. Nur dass die Mönche um einen Tisch sowie um einen Kelch und eine Kugel tanzten, als wollten sie diese Dinge verehren.

»Sie leben!«, flüsterte die Malerin. »Sie leben …« Über ihren Rücken lief ein Schauer nach dem anderen. Sie hatte sich zusammengeduckt, starrte das Gemälde an, das sie geschaffen hatte, und konnte es nicht fassen, dass es so etwas überhaupt gab.

»Ja, sie leben«, erwiderte der Bärtige. »Und dieses Leben verdanken sie dir.«

Fedora fuhr herum. »Mir?«

»Natürlich.«

»Das kann nicht sein, ich …«

»Bist du nicht für mich nach Paris gefahren?«

»Doch, aber …«

»Kein Widerspruch.« Der Mann deutete auf das Gemälde. »Der Höllentanz der Teufelsmönche war der Grund dafür. Sie werden tanzen, und sie können noch mehr, verlass dich drauf.«

»Was denn?«

»Warte es ab, meine Liebe.« Der Mann verbeugte sich spöttisch. »Jedenfalls danke ich dir, dass du es geschafft hast. Großes Kompliment, wirklich …« Er lächelte noch einmal, drehte sich dann um und ging.

Es war kein normales Gehen, sondern ein plötzliches Verschwinden. Von einem Augenblick zum anderen war er nicht mehr zu sehen. Der Bärtige schien sich in Luft aufgelöst zu haben.

Fedora befand sich allein im Keller. Sie stand auf dem Fleck, starrte zunächst ins Leere, drehte den Kopf und schaute abermals ihr Bild an.

Nichts rührte sich dort.

Es sah aus wie zuvor. Kein Mönch tanzte. Kugel und Kelch standen bewegungslos auf dem Tisch. Und die gezeichneten Figuren hatten die gleiche Haltung angenommen wie zuvor.

Die Malerin wischte über ihre Augen. Zwangsläufig stellte sie sich die Frage, ob sie das alles nur geträumt hatte. War der geisterhafte Tanz der von ihr geschaffenen Figuren in Wirklichkeit nur eine Illusion gewesen?

Nein, nein! Dann wäre ja auch der Bärtige nicht existent. Aber er war es, denn er kam immer wieder zu ihr, um sie … Die Frau dachte nicht mehr weiter. Sie schluchzte auf, schüttelte den Kopf und ging zur Tür. Allmählich begriff sie, dass sie in einem Teufelskreis steckte, aus dem es so leicht kein Entrinnen für sie gab. Unsichtbare Fesseln hielten sie umklammert und veränderten ihre Persönlichkeit.

Wo sollte das noch alles enden?

Das fragte sie sich und wusste keine Antwort darauf. Aber der Mann hatte ihr gesagt, was sie tun sollte, deshalb öffnete sie die Tür und verließ den Raum.

Ihre Tochter war jetzt wichtiger.

Als ich herumwirbelte, kam mir Lisa schon entgegen. Sie fiel in meine Arme, zitterte wie Espenlaub und deutete auf die Tür. »Da«, sagte sie nur, »da hat er gestanden!«

»Wer?« Ihr Kopf drehte sich schnell. Die großen Augen starrten mich an. »Wer, fragen Sie? Der Teufel! Ich habe den Teufel gesehen!«

Die meisten Menschen hätten über die Antwort laut gelacht oder wären mit einem Achselzucken darüber hinweggegangen. Ich allerdings hütete mich, so zu reagieren. Das Mädchen konnte Recht haben, denn es gab den Teufel. Das wusste ich genau. Schließlich hatte ich oft genug mit ihm zu tun gehabt, und er war ein Dämon, der alle Tricks kannte.

Ich drängte das Mädchen zur Seite, schärfte ihm ein, stehen zu bleiben, und lief auf die Tür zu, die wieder zurückgeschwungen war.

Hart riss ich sie auf.

Vor mir stand jemand.

Nicht der Teufel, sondern eine Frau!

Ich war so überrascht, dass ich zunächst einmal kein Wort hervorbrachte. Dafür hörte ich Lisas Stimme.

»Mama!«, rief sie. »Meine Güte, Mama!« Sie drängte sich an mir vorbei und fiel ihrer Mutter in die Arme.

Das also war Fedora Golon.

Eine schöne Frau, wie ich anerkennend feststellte. Irgendwie hatte sie sogar Ähnlichkeit mit der toten Tanith, wenn ihr Gesicht auch nicht den feinen Schnitt zeigte. Sie und Lisa hatten dieselbe Haarfarbe. Die braune Pracht fiel bis auf die Schultern, und auch die Farbe der Augen war bei Mutter und Tochter gleich.

Sie presste ihre Tochter an sich, streichelte sie sogar, doch sie schaute mich dabei an.

Ich hielt dem Blick stand. Bei ihr las ich keinen Funken Sympathie, sondern das Gegenteil.

Abneigung, vielleicht sogar Hass …

»Mama, ich – ich …« Lisa begann zu stottern und schüttelte sich dann.

»Was hast du denn, Kind?«

»Sie hat den Teufel gesehen, sagt sie!«, mischte ich mich ein.

Für den Bruchteil einer Sekunde flammte es in den Augen der Frau auf. Diese Reaktion bewies mir, dass sie unter Strom stand und ich vielleicht mit meiner Frage genau ins Schwarze getroffen hatte.

Der Satan mischte hier mit. Dessen war ich sicher.

Dann überspielte Fedora Golon die Sache. Ihre Lippen verzogen sich zu einem Lächeln. »Wie kannst du so etwas Dummes behaupten, meine Kleine? Du musst geträumt haben.«

»Das habe ich nicht!« Lisa schrie ihre Mutter an und wand sich aus ihrem Griff. Sie deutete mit dem ausgestreckten Zeigefinger auf die Tür. »Als ich sie aufriss, habe ich ihn gesehen. Ich schrie, aber plötzlich standest du vor mir, und der Teufel löste sich auf. So und nicht anders ist es gewesen!«

Fedora Golon schüttelte den Kopf. »Das kann ich nicht glauben, Kleines. Wirklich nicht. Du musst dich geirrt haben. Es gibt keinen Teufel, nicht in diesem Haus.«

»Gerade hier!«, fauchte die Tochter. »Was ich gesehen habe, das habe ich gesehen, und dabei bleibe ich.« Sie trat vor Wut mit dem Fuß auf und wurde zu einer richtigen Wildkatze.

Die Malerin zeigte sich verändert. »Benimm dich jetzt, Lisa, und geh bitte nach unten.«

»Was soll ich da?«

»Ich habe mit diesem Herrn hier etwas zu besprechen.«

»Mit John?« Lisa lachte. »Da wirst du dich geschnitten haben. Er ist nämlich mein Freund.«

»Geh endlich!« Die Stimme der Frau klang scharf. Sie wollte jetzt keinen Widerspruch. Das merkte nicht nur ich, sondern auch ihre Tochter. Lisa nickte, warf mir noch einen Blick zu, sah mein Lächeln, drehte sich dann um und schritt davon.

Wir hörten ihre nackten Füße auf den Stufen der Holztreppe.

Die Malerin wartete, bis die Schritte nicht mehr zu hören waren, verschränkte die Arme vor der Brust und wandte sich mir zu. »Wer sind Sie, Monsieur?«

»Mein Name ist John Sinclair.«

»Bon, aber das sagt mir nichts.«

»Ich komme aus London.«

»Dann fahren Sie da wieder hin.«

»Lassen Sie mich ausreden«, bat ich. »Ich komme zwar aus London, aber ich habe einen Umweg über Paris gemacht, weil mich eine Freundin um Hilfe gebeten hat. Eine Freundin, Madame, deren Name Ihnen nicht unbekannt sein dürfte.«

»Sagen Sie ihn!«, forderte sie mich mit kühl klingender Stimme auf.

»Tanith!«

Es lag auf der Hand, wie sie reagieren würde. Und ich wurde auch nicht enttäuscht, als sie erwiderte: »Tut mir Leid, Monsieur Sinclair. Von einer Tanith habe ich noch nie etwas gehört.«

»Aber Sie waren in Paris?«

»Das streite ich nicht ab.«

»Wann?«

Die Frau lächelte spöttisch.

»Ich durchschaue Sie, Monsieur Sinclair. Wahrscheinlich haben Sie schon mit meiner Tochter gesprochen und wissen längst Bescheid. Ich bin erst gestern zurückgekehrt. Der Besuch hat sich für mich gelohnt.«

»Bei Tanith?«

»Ich habe Ihnen schon einmal gesagt, dass ich diese Person nicht kenne. Meine Reise hatte einen anderen Grund. Die Stadt Paris ist ein Mekka für Künstler. Nirgendwo auf der Welt findet man derart viele Eindrücke. Paris ist Balsam für die Inspiration eines Künstlers. Auch eines aus der Provinz, zu denen ich mich zähle.«

»Ja, Sie malen gut«, erklärte ich. »Nur wundert es mich, dass Ihre Bilder Stimmungen wiedergeben, die einen pessimistischen Eindruck vermitteln. Die Farben sind düster, da ist keine Freundlichkeit vorhanden, keine Sonne. Wie kommt das? Leiden Sie an Depressionen?«

»Nie!«

»Dann erklären Sie mir den Grund.«

»Dazu sehe ich keinerlei Veranlassung, Monsieur

Sinclair. Was erlauben Sie sich überhaupt? Sie kommen in mein Haus, sind völlig fremd hier und stellen mir Fragen. Man könnte wirklich meinen, Sie wären von der Polizei.«

»Vielleicht bin ich das.«

»Von der französischen?«

»Nein. Mein Name klingt, wie Sie sicherlich gehört haben, englisch. Ich komme aus London.«

»Von Scotland Yard?«

»Richtig kombiniert, Madame. Ich bin bei dieser Behörde angestellt.«

»Dann haben Sie hier nichts zu melden.«

»Das ist im Prinzip korrekt. Nur wenn es dabei um Leib und Leben eines Menschen geht, sehe ich mich gezwungen, einzugreifen. Dies ist gewissermaßen eine Bürgerpflicht.«

»Sehe ich ein«, erwiderte sie. »Allerdings frage ich mich, um wessen Leben es hier geht.«

»Vielleicht um das Ihrer Tochter?«

Sie lachte schallend. »Glauben Sie auch an den Quatsch, den sie erzählt hat?«

»Beweisen Sie mir, dass es kein Quatsch ist.«

Fedora Golon ließ ihre Arme sinken und schlug gegen die Stirn. »Das ist doch Blödsinn. Es gibt keinen Teufel, deshalb kann sie ihn auch nicht gesehen haben. Fertig.«

»Davon bin ich nicht überzeugt.«

»Daran kann ich auch nichts ändern.« Sie drehte sich und deutete auf die Tür. »Und jetzt tun Sie mir einen Gefallen, verlassen Sie unser Haus! Ihr Auftauchen hat genügend Unruhe gebracht. Die kann ich keinesfalls brauchen. Ich will in Ruhe meine Bilder malen können. Bitte, Monsieur, gehen Sie!«

Die Aufforderung war deutlich. Im Prinzip hatte sie Recht, aber ich wollte mich nicht so einfach an die Luft setzen lassen.

Deshalb tat ich so, als hätte ich ihre Aufforderung überhört. »Wir haben Sie gesucht, Madame, aber nicht gefunden. Ihre Tochter wollte mit Ihnen reden.«

»Das hat sie getan.«

»Wo haben Sie eigentlich gesteckt?«, wollte ich wissen.

Ihr Lächeln wirkte überheblich. »Glauben Sie im Ernst, dass ich Ihnen darauf eine Antwort gebe, Monsieur Sinclair? Ich kann in meinem Haus tun und lassen, was ich will. Ich brauche niemandem Rechenschaft darüber abzulegen.«

»Da haben Sie Recht.«

»Dann akzeptieren Sie es, und verlassen Sie dieses Haus. Sie haben hier nichts zu suchen!«

Ich ging auf sie zu. Dabei trat die Malerin einen Schritt zur Seite, um mir den Weg zur Tür freizugeben. »Ich möchte Sie warnen, Madame«, sagte ich mit leiser, dennoch scharfer Stimme. »Es kann sein, dass Sie sich auf irgendetwas eingelassen haben, das Sie nicht begreifen. Tun Sie sich und Ihrer Familie den Gefallen, und hören Sie auf! Mit den finsteren Mächten lässt sich kein Pakt schließen. Alle, die es bisher versucht haben, sind daran zugrunde gegangen. Diesen Rat gebe ich Ihnen.«

»Sie reden Unsinn!«

»Nein, Madame, das glaube ich nicht. Übrigens ist meine Freundin Tanith ermordet worden. Jemand hat ihr einen Dolch in die Kehle gestoßen. Auch mich griff man mit einem Messer an. Ich konnte dem Anschlag entkommen. Der Mörder meiner Freundin ist noch nicht gefunden worden. Es kann sein, dass er sich außerhalb der Stadt aufhält.«

»Na und?«

»Ich meine nur.«

»Sie halten mich anscheinend für den Täter, wie?«

Ich hob die Schultern. »Das haben Sie gesagt. Aber kann ich es ausschließen?« Nach dieser Frage schaute ich ihr in die Augen, denn ich wollte ihre Reaktion sehen.

»Ja«, sagte sie mit fester Stimme. »Das können Sie, Monsieur, Sie können es ausschließen. Ich habe Ihre Freundin nicht getötet.«

»Aber Sie kannten Tanith?«

»Auch das nicht!«

Bei der ersten Antwort hatte sie vielleicht die Wahrheit gesagt, die zweite war für mich eine Lüge gewesen. »Ich glaube Ihnen nicht, Madame. Das hat seinen Grund, denn ich fand in einem Tagebuch der Verstorbenen genau Ihren Namen und auch Ihre Adresse. Die Spur zu Ihnen ist heiß, sehr heiß sogar. Lassen Sie sich etwas einfallen, wie Sie diesem Teufelskreis entkommen wollen.«

»Gehen Sie!«, zischte die Golon. »Verlassen Sie mein Haus, Sinclair!« Ihr Gesicht verzerrte sich vor Wut. »Sonst ...«

»Reden Sie weiter, Madame«, forderte ich sie spöttisch auf.

Sie drehte sich abrupt um. »Nein!«

Es war endgültig, und ich richtete mich danach. Ich drehte mich um und verließ den Raum. Über die Holztreppe schritt ich zurück. Als ich sie hinter mir gelassen hatte, drehte ich mich noch einmal um und schaute die Stufen wieder hoch.

Sie war mir nicht gefolgt. Dafür hatte sie die Tür zu ihrem Atelier geschlossen.

Den Weg durch die Küche kannte ich. Nachdem ich den Raum durchquert hatte, blieb ich auf der Terrasse stehen und schaute über den Strand hinaus auf das Meer.

Die Wellen machten einen beruhigenden Eindruck. Sie vermittelten ein Gefühl der Ausgeglichenheit. Es war schwer vorstellbar, dass sich unter dieser Strandidylle das Grauen verbarg. Aber es lauerte im Verborgenen, sämtliche Anzeichen sprachen dafür, ich musste es nur noch hervorlocken.

Man hatte mich des Hauses verwiesen. Okay, daran konnte ich nichts ändern, denn ich musste mich an die Gesetze halten. Privateigentum ist heilig, aber ich war fest entschlossen, zurückzukehren. Das Haus und die Menschen sollten nicht ohne Schutz bleiben, dies schwor ich mir. Und ich würde schon einen Weg finden, um dem Satan ein Schnippchen zu schlagen, das stand fest.

Durch den weichen Sand schritt ich und schaute mich dabei um, denn ich suchte das Mädchen. Für mich schwebte Lisa in Gefahr. Sie wusste nicht, welch ein Spiel ihre Mutter trieb, deshalb wollte ich sie noch einmal warnen und vielleicht auch mitnehmen und in Sicherheit bringen, wenn sie es wollte.

Von Lisa entdeckte ich nichts. Wahrscheinlich hatte sie, wie fast jeder Jugendliche in ihrem Alter es tat, trotzig reagiert und sich in ihrem Zimmer eingeschlossen.

Den Weg, den ich gekommen war, ging ich auch wieder zurück. Ich würde mich in meinen Wagen setzen und abwarten, bis die Dämmerung hereinbrach. Das dauerte einige Stunden. Als Polizeibeamter hat man allerdings gelernt, Geduld und noch mehr Geduld zu zeigen.

An der Schmalseite des Hauses schritt ich entlang. Ich sah noch meine Spuren im Sand. Sie stammten von meiner Ankunft.

Das Rauschen der Wellen begleitete mich. Aus der Ferne hörte ich das harte Klatschen der Brandung gegen den Fels. Eine Geräuschkulisse, die zum Meer passte.

Das leise Pfeifen passte nicht dazu. Es war auch nicht der schrille Ruf eines Vogels, ein Mädchen hatte es ausgestoßen.

Lisa!

Ich sah sie in der Deckung eines Holzstapels hocken, und sie winkte mir zu. Sie trug inzwischen Turnschuhe, deren Blau sich vom hellen Untergrund deutlich abhob.

Ich war stehen geblieben, warf noch einen schnellen Blick in die Runde, fühlte mich unbeobachtet und huschte auf das Mädchen zu.

»Ducken Sie sich!«

Das tat ich auch. »Was ist los?«, fragte ich.

Sie grinste. »Meine Mutter hat Ihnen Pfeffer gegeben, wie?«

»Sie ist die Hausherrin.«

»Klar, John, klar. Aber was ich gesehen habe, das habe ich gesehen. Darauf können Sie sich verlassen, und ich weiß auch, dass meine Mutter im Keller gewesen ist.« Sie schaute mich bei dem letzten Satz so auffordernd an, als erwarte sie von mir die Antwort.

»Na und?«

Ihr junges Gesicht nahm einen pfiffigen Ausdruck an. »Es wäre doch interessant zu erfahren, was sich im Keller abspielt.«

»Nichts, hast du doch gesagt.«

»Das stimmt schon, John, aber ich habe da so ein komisches Gefühl, wissen Sie?« Lisa drängte sich zurück und presste ihren Rücken gegen die Hauswand, während sie ihre Arme um die Knie spannte.

»Was für ein Gefühl?«

Sie senkte ihre Stimme. »Der Keller ist ja uralt und irgendwie geheimnisvoll, aber er ist nicht so, dass man Angst vor ihm haben könnte, verstehen Sie?«

»Natürlich.«

»Dann will ich Ihnen sagen, John, dass es dort doch etwas Geheimnisvolles gibt. Nämlich eine Tür, die angeblich zu einem Raum führt, der in Gefahr steht, einzustürzen. Aber daran glaube ich nicht.«

»Wieso nicht?«

»Kann ich auch nicht sagen. Hängt vielleicht mit den letzten Ereignissen zusammen.«

»Das kann sein.«

Sie fragte mich jetzt direkt, während ich nach vorn schaute und den Sandschleiern zusah, die vom Wind hochgetrieben und als lange Fahnen über den Strand geweht wurden. »Wir könnten uns den Keller ja mal gemeinsam anschauen.«

Ich ließ mir Zeit mit der Antwort. Dieser Vorschlag war gut, der Keller interessierte mich. Wenn sich allerdings dort etwas Schlimmes, Grauenvolles verbarg, wollte ich lieber allein gehen und Lisa nicht in Gefahr bringen.

Das sagte ich ihr auch.

Sie lachte nur und konterte: »Ohne mich kommen Sie da nicht rein, John. Bedenken Sie, dass meine Mutter Sie hinausgeworfen hat.«

»Sie wird uns trotzdem sehen.«

»Irrtum, Mann aus London, das wird sie nicht. Es gibt noch einen zweiten Zugang.«

»Du kennst dich gut aus.«

»Ja, ich habe den Durchblick. Sollen wir gehen?« Sie traf Anstalten, aufzustehen.

»Und wo befindet sich der Eingang?«

Lisa blieb geduckt stehen. »Nur ein paar Schritte von hier entfernt«, erklärte sie.

»Okay, dann gehen wir.«

»Aber leise.« Lisa legte einen Finger auf ihre Lippen. Ich nickte.

Das Mädchen schlich vor mir her. Wir hielten uns eng an der Hauswand, wobei ich mir tatsächlich in diesen Augenblicken wie ein Dieb vorkam. Die einfache Holztür hatte ich bei meiner Ankunft übersehen, da sie sich kaum von der Hauswand abhob. Erst als Lisa vor ihr stehen blieb, fiel sie mir auf. Das Mädchen griff in die rechte Tasche ihrer Jeans und holte einen flachen Schlüssel hervor. »Den habe ich mir eingesteckt.« Dabei grinste sie verschmitzt.

Von ihrer Mutter hörten wir nichts. Lisa steckte den Schlüssel in das Türschloss und öffnete.

Die Tür knarrte ein wenig, als sie aufgezogen wurde. Das Geräusch vernahmen nur wir.

Lisa ging vor. Auf der Schwelle drehte sie sich halb und gab mir mit der Hand ein Zeichen, mich zu ducken.

Das tat ich.

Ich musste meinen Körper tiefer beugen als das Mädchen. Wir tauchten in ein Dunkel ein und sahen vor uns eine schmale Wendeltreppe, die in die Tiefe führte.

So enge Treppen hatte ich bisher nur in Holland erlebt. Da musste man schon aufpassen. Da ich die Tür wieder zugezogen hatte und Lisa auch kein Licht machte, nahm ich die Taschenlampe. Der helle Strahl zerschnitt die Finsternis; ich erkannte ein Geländer aus Holz und hielt mich daran fest. Zum Keller hin wurde die Treppe noch enger.

»Hier bin ich auch lange nicht mehr hergegangen«, flüsterte Lisa vor mir.

»Wo landen wir denn?«

Das Mädchen blieb stehen. »Hinter den Weinfässern.«

Lisa hatte Recht. Durch einen Spalt im Mauerwerk mussten wir uns quetschen und standen schließlich in einer stockdunklen Nische. Ich hatte die Lampe ausgeschaltet und fühlte Lisas Hand, die über meinen Arm tastete.

»Bleiben Sie hier, John. Ich gehe vor und mache Licht.«

»Ist das nicht zu gefährlich? Man wird uns sehen können.«

»Unsinn.« Sie lachte leise. »Meine Mutter glaubt mich am Strand, und Sie sind längst auf dem Weg nach Hause.«

»Da wäre ich mir nicht so sicher.«

Lisa ließ sich nicht beirren, löste sich von mir und verschwand im Dunkel des Kellers. Es roch feucht. Ein wenig nach Schimmel und alten Mauern. Auch Weingeruch nahm ich wahr.

Wenig später wurde es hell. Ich sah Lisa neben dem Schalter stehen und durchforschte meine unmittelbare Umgebung. Dieser Keller enthielt in der Tat ein großes Weinlager. Die Flaschen steckten in Tonröhren, welche wiederum in die Wand hineinstachen. Dort lagerte der Wein am besten. Aber wo befand sich die andere Tür, die normalerweise verschlossen war?

Lisa deutete in die Richtung. Jetzt sah ich sie auch. Sie lag diagonal zu der nach oben führenden Steintreppe.

»Und die ist immer verschlossen?«, fragte ich leise.

Das Mädchen nickte.

»Dann wollen wir mal«, sagte ich, wobei ich vorging, an der Tür stehen blieb und mir das Schloss anschaute.

Ich hatte Hoffnung, es mit meinem Spezialwerkzeug öffnen zu können. Das sagte ich Lisa und fügte hinzu: »Was wir hier machen, ist eigentlich Einbruch!«

»Wieso? Ich erlaube es Ihnen doch.«

Ich musste lächeln. »Das stimmt.«

Nach einigen angespannten Minuten hatte ich es geschafft, mit dem Dietrich die Tür zu öffnen. Das leise Klicken verriet mir den Erfolg.

»Jetzt können wir mal schauen!«, hauchte Lisa und wollte vorgehen. Ich hielt sie an der Schulter zurück.

»Nein, bleiben sie besser hinter mir«, sagte ich.

»Rechnen Sie …?«

»Pssst!«, machte ich und ging vor. Nur meine Schritte waren in der Stille zu hören. Es knirschte, wenn ich auftrat.

Einen Lichtschalter suchte ich vergebens. So ließen wir

die Tür offen, damit Helligkeit aus dem anderen Kellerraum fiel und wir uns umschauen konnten.

Ein seltsames Verlies. Ich hatte mit bösen Überraschungen gerechnet, die zum Glück nicht eintrafen, denn in diesem Raum mit seiner niedrigen Decke stand nur eine Staffelei.

Und die darauf stehende Leinwand war noch jungfräulich. Auch nicht der erste Ansatz eines Malvorgangs war zu erkennen. Nur vor der Staffelei entdeckten wir ein Tuch. Wahrscheinlich war einmal mit ihm die Leinwand abgedeckt worden.

»Das verstehe ich nicht!«, hauchte Lisa, die neben mir stehen geblieben war. »Weshalb hat meine Mutter um diesen Raum immer so ein großes Geheimnis gemacht?«

Genau dies fragte ich mich auch.

Lisa hob die Schultern. »Ich kann mir nur erklären, dass sie vielleicht anfangen wollte zu malen.« Sie deutete auf die kleinen Farbtöpfe und Pinsel. »Liegt ja alles bereit.«

»Da kannst du Recht haben.«

Ich hörte ein leises Lachen. »Jetzt war alles umsonst, wie?«

»Möglich.« Wegen der miserablen Lichtverhältnisse trat ich dicht an die Leinwand heran. Mit den Fingern strich ich darüber. Ich wollte sie fühlen und merkte schon sehr bald, dass dies kein Stoff oder Papier war. Die Leinwand fühlte sich seltsam weich an, gleichzeitig auch straff, sodass sie mich an die Bespannung einer Trommel erinnerte.

Aber auch die war anders.

»Was haben Sie?«, fragte Lisa.

»Eigentlich nichts«, murmelte ich.

»Stört Sie die Leinwand?«

»Ja.«

»Mich nicht. Die ist normal, das kenne ich.«

»Fühl selbst einmal nach. Vielleicht fällt dir was auf. Du bist ja routiniert, Lisa.«

»Meinen Sie das spöttisch?«

»Nein.«

Lisa tat das Gleiche wie ich. Kaum hatten ihre Finger die Leinwand berührt, da zuckte sie zurück. »Au, verflixt, Sie haben Recht, Monsieur. Die fühlt sich anders an.«

»Wie denn?«

»Weiß ich auch nicht.« Sie schaute mich an und verzog dabei die Mundwinkel. »Wenn es nicht so komisch wäre, würde ich sagen, wie ...«

»Rede schon.«

»Ja, wie Haut!«

Lisa hatte das ausgesprochen, was ich dachte. In der Tat war mir nach längerem Tasten ebenfalls der Verdacht gekommen, es hier mit Haut zu tun zu haben. Wenn es stimmte, war das grauenvoll.

Auch Lisa hatte der Schock getroffen. Wahrscheinlich bekam sie Angst vor ihrer eigenen Courage, denn sie war einen Schritt zurückgewichen und schüttelte sich. »Das kann ich einfach nicht glauben«, hauchte sie. »So etwas tut meine Mutter doch nicht.«

Ich schwieg zu dieser Vermutung und fragte stattdessen: »Wie sind denn die Bilder oben?«

»Auf normaler Leinwand.«

»Bist du sicher?«

»Klar. Rau, nicht so glatt wie die hier. Man könnte meinen, die Haut wäre eingeölt worden.« Und dann sagte sie etwas, das mir einen Schauer über den Rücken trieb. »Vielleicht ist das sogar die Haut von einem Menschen!«

»Lisa!«, fuhr ich sie an. »Um Himmels willen, beherrsche dich! Nein«, ich drehte mich wieder der Leinwand zu. »Hier ist einiges im ...«

»John, da!«

Ihr Ruf ließ mich herumfahren. Lisa stand in angespannter Haltung auf dem Fleck. Sie hatte den Arm ausgestreckt, wies auf die Treppe. Ich schaute ebenfalls hoch, sah aber nichts.

»Da ist doch nichts«, erklärte ich lächelnd, doch sie schüttelte den Kopf.

»Ich, ich habe ihn gesehen, John!«

»War es wieder der Teufel?«

»Nein, diesmal nicht. Es war – es war ...« Sie holte ein

paarmal Luft. »Eine komische Gestalt in einer Kutte. Sie sah aus wie ein Mönch!«

Nach dieser Antwort wurde es still. Beide schwiegen wir. Und diese Stille wurde plötzlich von einem knackenden und gleichzeitig pfeifenden Geräusch unterbrochen.

Ich schaute hoch.

Über uns, an der Decke, schimmerte etwas Blankes.

Die Schneide einer Axt!

Die Absicht war klar. Man wollte uns killen!

Hätte ich eine halbe Sekunde später in die Höhe geschaut, wäre alles zu spät gewesen. So aber konnte ich noch reagieren.

Ich katapultierte mich auf Lisa zu, packte sie und schleuderte sie zur Seite. Wir beide krachten auf den Boden, und ich begrub sie unter meinem Körper.

Dann fiel das Beil!

Wieder vernahm ich das Pfeifen, und im nächsten Augenblick wuchtete hinter uns etwas zu Boden.

Ich lag längst nicht mehr still, sondern schnellte hoch und drückte Lisa zur Seite.

Sie sah ihn eher als ich und begann zu zittern. »Da, da ist er«, flüsterte sie voller Panik. »Der Mönch!«

Das Mädchen hatte Recht. Nicht nur eine normale Axt war von der Decke gefallen, nein, es gab jemanden, der sie festhielt.

Eben dieser Mönch.

Er hatte ebenfalls dort oben gelauert. Wie, das war mir egal, mich interessierte allein seine Anwesenheit und auch sein unheimlicher Mordwille.

Ein Mensch hätte diesen Sprung kaum ohne Knochenbrüche überstanden. Wohl aber dieser Mönch, der sich allmählich erhob.

Man konnte ihn im ersten Augenblick für einen Menschen halten, bei genauem Hinsehen jedoch zeigte das Gesicht unter seiner Kapuze einen bräunlichen Schimmer, als hätte jemand die Haut mit Erde eingerieben. Von den Augen sah ich so gut wie nichts, weil der

Rand der Kapuze sie verdeckte und zudem noch der Schatten bis an die Nasenwurzel fiel.

Die Axt hatte er auch beim Sprung nicht losgelassen. Seine rechte Hand umklammerte den Stiel.

Die Absicht war klar. Er wollte mich töten!

Ich hätte es mit der Beretta versuchen können. Wahrscheinlich wäre es auch das Beste gewesen, aber da störte mich etwas. Bisher tappte ich in diesem Fall wie ein Blinder umher. Ich wusste nicht, wer mir etwas sagen sollte oder wollte. Wenn es mir gelang, den Kuttenträger zu überwältigen, konnte ich ihn vielleicht dazu zwingen.

Dabei hätte ich daran denken sollen, dass Lisa ihn schon zuvor gesehen hatte. Und zwar an einem anderen Ort als unter der Decke. Einen Atemzug später fiel er dann von oben herab. Wie er dahin gekommen war, wusste keiner von uns, doch das vergaß ich leider.

Ich stellte mich also auf einen relativ normalen Kampf ein. Dabei musste ich nur Lisa aus der Gefahrenzone bringen. Sie stand an der offenen Tür. Von ihrem Gesicht sah ich nur die obere Hälfte. Gegen Mund und Nase hatte sie beide Hände gepresst, so unterdrückte sie den Angstschrei, der sich bestimmt aus ihrer Kehle gelöst hätte.

»Geh weg!«, zischte ich ihr zu. »Raus aus dem Raum und in den anderen Keller!«

Sie verstand mich zum Glück, machte auf dem Absatz kehrt und verschwand. Als die Tür mit einem Krachen zufiel, war das gleichzeitig das Startsignal für den Angriff des Mönchs.

Er war schnell wie ein Wirbelwind, schlug auch nicht von oben nach unten zu, sondern seitlich.

Die Klinge zerschnitt die Luft, und ich hörte ein fauchendes Geräusch, das eine Todesmelodie für mich werden konnte, doch ich reagierte nicht weniger schnell.

Die Klinge war nur ein huschender, blanker Schatten, als sie an meinem Gesicht vorbeiwischte. Der Mönch in seiner langen Kutte wurde von dem eigenen Schwung nach vorn getragen, wobei die Axt fast noch in der Leinwand gelandet wäre.

Er lief in meinen Hieb.

Die gekrümmte Handkante traf genau seinen Nacken. Ich spürte einen harten, fast eisenfesten Widerstand und sprang zurück, während der Mönch zu Boden fiel.

Sofort zog ich den Dolch.

Nicht sein Herz war mein Ziel, sondern der Arm. Dieser Mönch war brandgefährlich, ein Geschöpf der Hölle, das eine schreckliche Waffe besaß, die ich ihm entreißen wollte.

In dem Augenblick drehte er sich auf den Rücken.

Er sah mich, er sah den Dolch, schaute von unten gegen die Spitze der Klinge und erkannte einen Augenblick später, wie sie auf ihn zuraste.

Und da verschwand er!

Im Bruchteil einer Sekunde löste er sich vor meinen Augen auf. Der Platz, wo er gelegen hatte, war plötzlich leer, ich sah kein Ziel mehr und drehte mich noch im Sprung, um nicht den Silberdolch in den Boden zu stoßen.

Den Arm bekam ich noch weg, meine Schulter allerdings nicht mehr. Ein ziehender Schmerz jagte durch meinen Arm bis zum Handgelenk hin, als ich zu Boden krachte und mich dabei ein paarmal um die eigene Achse drehte.

Ein höhnisches Gelächter drang aus der anderen Ecke des Verlieses. Dort sah ich die unheimliche Gestalt des Mönches. Er hatte sich nahe der Wand verkrochen. Sehr deutlich erkannte ich das helle Metall der Axt und natürlich die blanke Schnittstelle.

Damit konnte er einem Tiger mit nur einem Hieb den Kopf abhacken. Einem Menschen erst recht.

Behutsam schritt ich vor. Ich zog meine Pistole. Jetzt konnte ich keine Rücksicht mehr nehmen, auch nicht auf die Bewohner des Hauses, die den Schuss vielleicht vernahmen. Aber es sollte nicht dazu kommen.

An der Wand stellte ich ein seltsames Flimmern fest, dann war der Mönch verschwunden.

Ich befand mich allein im Raum.

Ein unheimlicher, aber lebensgefährlicher Spuk hatte

mich genarrt. Endlich war es mir auch gelungen, meinen Gegner zu erkennen. Zumindest einen.

Dieser Mönch gab mir zu denken.

Als ich zum ersten Mal mit dem Kelch des Feuers in Berührung gekommen war, hatte ich gegen die Teufelsmönche gekämpft. Es lag Jahre zurück, der Fall hatte mich ebenfalls nach Frankreich geführt, ins Elsass. Dort waren die Teufelsmönche erwacht, wobei ich den Kelch des Feuers allerdings aus Schottland hatte holen müssen. Um diesen Kelch ging es.

Lange Zeit hatte er sich in meiner Wohnung befunden. Er war mir ein Rätsel geblieben, ich wusste nicht, was ich mit ihm hatte anfangen sollen, bis ich die Wahrsagerin Tanith kennen lernte und auch ihre geheimnisvolle Kugel.

Diese Kugel, die wahrscheinlich von dem großen Seher des Mittelalters, Nostradamus, stammte, passte genau in die Öffnung des Kelchs. Sie schien dafür geschaffen zu sein. Welch einen genauen Zusammenhang es zwischen den beiden so unterschiedlichen Dingen gab, war mir nicht bekannt. Das hatte Tanith noch alles herausfinden wollen. Leider war es ihr nicht mehr gelungen; die Gegenseite schlug vorher zu.

Nun sah ich hier diese Mönche. Irgendwie hatten sie Ähnlichkeit mit den damaligen untoten Wesen, doch wie die Fäden im Einzelnen zusammenliefen, war mir unbekannt. Außerdem wusste ich nicht, wo sich der Kelch und die Kugel befanden, glaubte jedoch, dass sie innerhalb dieses Hauses versteckt sein mussten.

Bestimmt wusste Fedora mehr!

Sie hatte mich, was auch ihr gutes Recht war, hinausgeworfen. Das hatte ich hingenommen, aber ich konnte nicht mehr akzeptieren, von einem Unhold mit einer Axt angegriffen zu werden. So etwas durfte ich einfach nicht zulassen.

Ich wollte dieser Frau einige Fragen stellen.

Vorsichtig bewegte ich mich auf die Tür zu. Ich ging schräg, sodass ich einen Großteil des Kellerverlieses im Auge behalten konnte. Kurz bevor ich die Tür erreichte, fiel mir das Mädchen ein. Himmel, wenn ihm nur nichts passiert war!

Ich stieß die angelehnte Tür zum normalen Keller auf, sah das Licht und erkannte im nächsten Augenblick die ganze grausame Wahrheit.

Lisa Golon lag auf dem Boden.

In ihrem Kopf steckte die Axt!

Fedora lag mehr auf der Couch, als dass sie saß. Den Kopf hatte sie an die Lehne gedrückt, auf ihren Lippen lag ein seltsames Lächeln, und die Musik aus dem Radio klang leise und erinnerte manchmal beim Spiel der Geigen an das Rauschen des Meeres.

Fedora Golon war zufrieden.

Sehr zufrieden sogar, denn sie hatte es endlich hinter sich gebracht. Das Bild war fertig, und es war genauso geworden, wie sie es sich vorgestellt hatte.

Fünf Mönche, die um einen halbrunden Tisch tanzten. Und auf dem Tisch stand der Kelch mit der Kugel.

Bisher war Fedora Golon noch nicht darüber informiert worden, was es nun eigentlich mit der Kugel und dem Kelch auf sich hatte. Der Unbekannte hatte ihr bisher nur geraten, nach Paris zu fahren und die Dinge zu holen. Es war leicht gewesen, die Bekanntschaft dieser Tanith zu machen. Fedora hatte sich als eine Kundin ausgegeben und beim ersten Besuch schon das Vertrauen der Frau gewonnen. Jedenfalls glaubte sie das. Sie hatte sogar einen zweiten Besuch vereinbart, und da war es dann geschehen. Mit Hilfe eines Schlafmittels war es Fedora gelungen, die andere zu überlisten. In aller Ruhe konnte sie die gewünschten Gegenstände an sich nehmen und verschwinden. Alles Weitere interessierte sie nicht.

Nun hatte sie erfahren, dass Tanith nicht mehr lebte. Bedauerte sie dies? Nein, sie dachte darüber nach, aber seltsamerweise stieg kein Gefühl dieser Art in ihr auf. Der Tod dieser Frau hatte sein müssen, um Großes zu vollbringen und zu beenden.

So einfach war das.

Über ihre Lippen glitt ein Lächeln, als sie daran dachte. Auch dieser Engländer konnte ihr nicht gefährlich werden, da war sie ganz sicher. Sie hatte ihn kalt abfahren lassen, und er war wieder gegangen. In ihrem Haus war sie die Herrin.

Allerdings würde es schwer sein, ihre Handlung vor dem Rest der Familie zu verbergen. Lisa hatte schon etwas bemerkt, und Raymond, ihr Mann, lief schließlich auch nicht auf den Ohren herum, obwohl er sich nach Feierabend meist um schriftlichen Kram kümmerte, den er tagsüber nicht hatte erledigen können.

Sie bedauerte es, dass Raymond an diesem Tag nach Hause kommen wollte. Er hätte ihretwegen woanders übernachten können.

Die Mittagszeit war längst vorüber. An das Essen dachte sie auch nicht, sondern nur an die Ereignisse der Vergangenheit. Entscheidendes war geschehen, und noch Entscheidenderes würde geschehen, daran glaubte sie fest.

Es musste ihr nur gelingen, Lisa aus dem mörderischen Spiel herauszuhalten. Fragte sich nur, wie sie das anstellen sollte. Ob der Mann, der nicht einmal seinen Namen genannt hatte, etwas wusste?

Sie konnte darüber keine endgültige Auskunft geben, räkelte sich wohlig und erschrak zutiefst, als sie das leise Lachen hinter sich hörte.

Er war gekommen!

Gemessenen Schrittes durchquerte er das Zimmer, den Blick auf die halb liegende Frau gerichtet, die sich aufrichten wollte, es aber ließ, als der andere sagte: »Bleib so …«

Da ließ sie sich wieder zurücksinken.

Er trat bis dicht an die Couch, blieb stehen und schaute auf sie herab. Die Arme hatte er auf dem Rücken verschränkt, die Hände waren nicht zu sehen.

»Es ist alles in Ordnung«, erklärte Fedora.

Der Bärtige schüttelte den Kopf.

»Nein?«, fragte die Malerin erstaunt. »Aber er ist doch verschwunden, dieser Engländer.«

»Er ist nicht weg!«

Jetzt hielt die Frau nichts mehr in ihrer liegenden Haltung. Sie stemmte sich hoch. Ihr Gesicht bildete ein großes Fragezeichen, und sie sagte: »Ich habe ihn hinausgeschickt und weggehen sehen.«

»Bis zu seinem Wagen?«

»Nein.«

»Siehst du, meine Liebe. Er hat sich von deiner Tochter Lisa überreden und in den Keller führen lassen, wo sich dein Bild befindet.«

»Das ist nicht wahr!«

»Doch, es stimmt. Lisa war sehr neugierig, und beide halten zusammen wie Pech und Schwefel.«

»Das muss ich sehen.« Fedora wollte die Couch verlassen, doch der andere hatte etwas dagegen.

»Nur nicht so eilig, wir werden gemeinsam überlegen, was wir tun.«

»Aber nichts gegen Lisa.«

Da hob der Mann nur die Schultern. Ansonsten enthielt er sich einer Antwort.

»Sind denn die beiden noch im Keller?«, wollte die Malerin wissen.

»Ja, dort haben sie einige Überraschungen hinter sich.«

»Wieso?«

»Die Mönche«, sagte der Mann nur.

Fedora Golon ging darauf nicht ein. Sie wollte allerdings wissen, was sie unternehmen sollte.

»Du musst in den Keller gehen«, erklärte der Mann, »und zwar jetzt!«

»Was soll ich da? Weitermalen?«

»Nein, töten!«

Für einen winzigen Augenblick zuckte es in den Augen der Frau auf. »Töten?«, wiederholte sie. »Wen?«

»Einen Mörder!«

Fedora lächelte. »Ich verstehe dich nicht. Willst du damit sagen, dass sich in meinem Keller ein Mörder verbirgt?«

»Ja, das will ich.«

Fedora überlegte. Die Stirn legte sie dabei in Falten.

»Moment mal«, murmelte sie. »Wenn sich im Keller ein Killer versteckt und meine Tochter es nicht ist, dann kann es nur John Sinclair sein, dieser verdammte Engländer. Habe ich Recht?«

»Genau. Und ihn sollst du töten!«

Sie lachte schrill. »Gern, wenn du es verlangst. Aber womit?«

»Hiermit«, erwiderte der Mann. Seine Hände kamen hinter dem Rücken hervor. Fedora konnte sehen, was er die ganze Zeit über festgehalten hatte.

Es war eine Axt mit blutiger Klinge …

Erst Tanith, jetzt das Mädchen. Fast noch ein Kind, aber darauf nahmen Dämonen und Schwarzblüter keinerlei Rücksicht, wenn es um ihre Vorteile ging. Ihre Grausamkeit war grenzenlos, und das bewiesen sie immer wieder.

Mir versagte die Stimme. Selbst meine Gedanken stockten. Ich starrte auf das abscheuliche Bild und schüttelte mich. In diesen Augenblicken überkam mich die Wut auf diese Gegner wie eine Woge. Ich sah tatsächlich rot, denn eine rote Welle wallte vor meinen Augen.

Lisa lag auf dem Rücken, als würde sie schlafen. Wenn nur nicht die verfluchte Killeraxt gewesen wäre.

Sie hatte mir helfen wollen und diesen Vorsatz mit dem Leben bezahlen müssen. Natürlich machte ich mir Vorwürfe. Ich hätte diesen Mönch nicht schonen dürfen, sondern ihm das geben müssen, was er verdient hatte. Den endgültigen Tod.

Ich wusste nicht, wie lange ich vor der Leiche gestanden hatte, Zeit war für mich bedeutungslos geworden. Irgendwann einmal bückte ich mich und hob das tote Mädchen an.

Ich konnte es nicht hier im Keller liegen lassen, sondern musste es hoch zu seiner Mutter bringen.

Diese Fedora Golon sollte sehen, was sie da angerichtet hatte. Irgendwie glaubte ich bei ihr an eine Mitschuld. Die Frau hatte den gefährlichen Kreislauf überhaupt erst in Bewegung gesetzt, sie bildete den Schlüssel zu all diesen Rätseln.

Wieder einmal fiel mir auf, wie leicht manchmal gerade Frauen von dämonischen Wesen zu bannen waren. Da brauchte ich nicht nur die Hexen wie Wikka oder Jane Collins als Beispiel zu nehmen, in diesem Hause erlebte ich es abermals.

Lisa war leicht.

Sie lag auf meinen ausgebreiteten Armen. Zur rechten Seite hingen die Beine herab. Ihr Hinterkopf stützte sich in meine Ellbogenbeuge. Ich wagte nicht, ihr ins Gesicht zu schauen, sondern blickte stur geradeaus, direkt zur Treppe hin.

Ich hoffte, dass Fedora ihr Haus noch nicht verlassen hatte, und war gespannt auf ihre Reaktion.

Meine Schritte scheuerten über die abgetretenen Steinstufen. Unbewegt war mein Gesicht. Eine Maske hätte nicht weniger Leben zeigen können. In meinen Augen brannte es. Ich selbst fühlte in diesen Momenten nichts, nur diese unheimliche Leere, die mich des Öfteren überkommt, wenn ich dem Tod gegenüberstehe.

Es waren nicht sehr viele Stufen, die ich hochzugehen hatte. Etwa zehn.

Ungefähr die Hälfte lag schon hinter mir, und mein Blick war bereits auf die Kellertür fixiert, als ich hinter ihr Schritte vernahm. Im nächsten Augenblick wurde die Tür heftig aufgerissen, ein helles Rechteck entstand, und in dessen Mitte sah ich sie.

Fedora Golon!

Wie eine Rächerin stand sie dort. In der rechten Hand hielt sie eine Axt mit blutiger Klinge.

Sie starrte mich an.

Ich schaute ihr über den Körper ihrer toten Tochter hinweg entgegen, wollte etwas sagen, doch meine Stimme versagte.

Dafür öffnete sie den Mund.

Im nächsten Augenblick drang ein gellender Ruf aus ihrer Kehle, der schaurig durch den Keller schallte. »Mörder!!!«, hallte es mir entgegen. Und wieder. »Mörder!!!«

Dann hob sie den rechten Arm.

Innerhalb einer Sekunde schwebte ich in Lebensgefahr. Sie wollte die Waffe schleudern. Ich kam auf der engen Treppe nicht schnell genug weg, zudem behinderte mich die Tote. Ich suchte noch nach einem Ausweg, als Fedora die Axt losließ.

Sie wirbelte auf mich zu.

Diesmal konnte ich nicht ausweichen, und die Waffe traf mich …

Raymond Golon war zufrieden. Das zeigte sich an seinem Lächeln, das auf seinen Lippen lag. Er hatte an diesem Tag gute Geschäfte gemacht, und das war in einer Zeit der Rezession gar nicht einfach. Er hatte Glück gehabt und ein großes Baugelände vermitteln können.

Nach einem guten Mittagessen war alles erledigt, und er konnte wieder nach Hause fahren. Dort wollte er die Konditionen noch schriftlich niederlegen und einen Bericht schreiben.

Leider kam er durch keine größere Stadt. Dann hätte er seiner Frau und der Tochter noch etwas mitgebracht. So nahm er sich vor, die beiden in den nächsten Tagen einzuladen und groß mit ihnen auszugehen. Besonders wegen Fedora. Sosehr sie zu Beginn die Einsamkeit geliebt hatte, so stark fiel sie ihr an manchen Tagen auf die Nerven, und da musste sie einfach mal raus. Wie vor kurzem die Reise nach Paris. Sie hatte mehr einer Flucht entsprochen.

Raymond Golon hatte das Autoradio laut gestellt und pfiff die gängigen Schlagermelodien mit. Seine Laune besserte sich von Minute zu Minute. Die Spannung der Verhandlungsstunden bröckelte ab, er fühlte sich frei und wohl wie selten, und er freute sich auf sein Zuhause.

Längst fuhr er durch die Einsamkeit. Entspannt hockte er hinter dem Lenkrad. In diese Gegend verirrten sich kaum Menschen. Wenn sie einmal kamen, war es im wahrsten Sinne des Wortes auch ein Verirren.

Der Mann befand sich im besten Alter, wie er immer

sagte. Vor drei Wochen war er vierzig geworden. Sein Haar hatte einen ersten Grauschimmer, der in der blonden Mähne jedoch kaum auffiel. Man musste schon sehr genau hinschauen, um die Streifen zu erkennen. Das Gesicht war braun gebrannt.

Raymond wirkte auf andere wie ein älterer Hippie. Er trug die Haare ziemlich lang, aber er war nicht unsympathisch und hatte irgendwie ein gewinnendes Wesen, wie es gute Verkäufer eben brauchen.

Die Wege waren schmal. Er sah bereits die langen Dünen, und seine Laune stieg weiter. Wenn sie in seinem Blickfeld erschienen, war das für ihn ein Zeichen, nicht mehr weit von seinem Haus entfernt zu sein.

Höchstens noch eine Viertelstunde Fahrt, dann hatte er die Sache hinter sich.

Raymond wollte in einer Tour durchfahren. Diesen Vorsatz strich er, als er plötzlich den dunklen R 5 sah, der genau dort parkte, wo der Weg abzweigte und zu seinem Haus führte.

Auch Golon stoppte.

Jetzt gab es zwei Möglichkeiten. Dass es wieder Leute waren, die sich verfahren oder verlaufen hatten oder welche, die sich die kleine Bucht als Badeplatz ausgesucht hatten, was die Golons nicht zuließen. Sie hatten das Gelände gekauft und wollten ihre Ruhe haben. Fremde sollten sie nicht stören.

An einen Besuch dachte er nicht. Wer von den Freunden und Bekannten zu ihnen kam, der fuhr direkt bis ans Haus und stellte dort seinen Wagen ab.

Beunruhigt war der Mann zwar nicht, dennoch fuhr er schneller und erreichte den Weg, den er selbst angelegt hatte. Der große Peugeot schaffte auch diese Strecke, und als Raymond Golon freie Sicht auf den Strand hatte, wunderte er sich, dass er keinen Menschen sah.

Sollte der Fahrer des Renault überhaupt kein Interesse daran gezeigt haben, hier zu baden? Weshalb war er dann gekommen? Möglicherweise waren es auch mehrere Personen. Jedenfalls keimte so etwas wie Misstrauen in dem Mann hoch.

Er nahm seine Tasche, legte den leichten Mantel über den Arm und schlug die Wagentür zu.

Der Wind brachte den feinen Sand mit, der gegen seinen hellen Anzug geweht wurde. Es kümmerte Raymond nicht. Das war er längst gewöhnt. Auch als er einen anderen Blickwinkel hatte, erkannte er, dass sich niemand am Strand aufhielt.

Wie leergefegt wirkte er.

Golon hob die Schultern, steuerte die Terrasse an, betrat sie und sah die breite Tür offen. Nicht auf normalem Wege ging er ins Haus, sondern durch die Küche, wo noch ein schwacher Fischgeruch in der Luft lag.

Golon sah einen Topf auf dem Herd stehen, hob den Deckel an und schaute hinein.

Die Fischsuppe zeigte auf ihrer Oberfläche bereits eine dicke Schicht aus kaltem Fett. Gegessen hatten seine Frau und seine Tochter also auch noch nicht.

Das kam ihm alles sehr seltsam vor. Mit wenigen Schritten hatte er das Wohnzimmer erreicht, legte dort seine Tasche sowie den Mantel ab, aber er fand auch hier von seiner Familie keine Spur.

Etwas seltsam wurde ihm zu Mute. Besonders deshalb, weil er den fremden Wagen gesehen hatte.

»Fedora!« Laut rief er den Namen seiner Frau. Er erhielt keine Antwort, auch dann nicht, als er nach seiner Tochter rief.

Da das Haus ziemlich offen gebaut war, musste seine Stimme auch oben im Atelier zu hören gewesen sein, falls seine Frau sich in dem Raum aufhielt und malte.

Nichts geschah. Nach weiterem zweimaligen Rufen war er es leid und schaute selbst nach. Federnd lief er die Treppe hoch, öffnete die Tür zum Atelier, sah die zahlreichen Bilder, aber keine Spur von Fedora. Sie schien sich in Luft aufgelöst zu haben.

Raymond Golon schüttelte den Kopf. »Das gibt es doch nicht«, murmelte er. »Wo kann sie nur stecken?« Er überlegte, wo er noch überall nachschauen konnte, und dachte an den Keller. Vielleicht befand sie sich dort und hatte etwas zu erledigen.

Raymond lief die Treppe wieder hinunter. Er konnte ins Wohnzimmer schauen, sah dort eine Bewegung, ging schnell in den Raum und wollte etwas sagen, als ihm das Wort in der Kehle stecken blieb.

Neben der Couch stand ein Mann.

Ein Fremder!

Raymond blieb stehen, als wäre er gegen ein Hindernis geprallt. Er dachte sofort an den Wagen. Der Fremde war wahrscheinlich mit dem Renault gekommen und trieb sich nun in seinem Haus herum.

Die sonst so verbindlichen Gesichtszüge des Maklers vereisten allmählich, als er den Bärtigen anschaute. Die Musterung dauerte nur Sekunden, dann fragte Golon: »Wer sind Sie, und was machen Sie allein in meinem Haus?«

Der Bärtige lächelte. »Sie kennen mich nicht?«

»Nein.«

»Und Ihre Frau hat Ihnen auch nie von mir erzählt?«

»Nicht, dass ich wüsste.«

»Nun, Sie haben Recht, wenn Sie von Ihrem Haus sprechen. Es gehört Ihnen. Sie haben es gebaut, aber Sie haben etwas dabei vergessen, Monsieur Golon.«

»Und was?«

»Dass Sie das Haus teilen müssen.«

Raymond begann spöttisch zu lächeln. »Wollen Sie mich auf den Arm nehmen, Monsieur? Ich brauche das Haus nicht zu teilen, weil es, wie Sie sagten, mir gehört.«

»Sie müssen sich leider damit abfinden.«

»Reden Sie hier keinen Mist!« Raymond wurde allmählich sauer. »Wer sind Sie?«

»Nennen Sie mich René.«

»Gut, René. Und weiter? Was wollen Sie hier?«

»Ich habe Ihnen doch gesagt, dass ich zumindest als Teil zu Ihrer Familie gehöre. Ich kenne sie sehr gut, vor allen Dingen kenne ich Ihre Frau, Monsieur.«

»Was hat Fedora damit zu tun?«

Der Bärtige schüttelte den Kopf. »Seltsam, seltsam«, murmelte er, »dass Ihnen die gute Fedora nie von mir erzählt hat. Ja, Monsieur, Sie sind oft auf Reisen, man darf seine Gattin nie zu lange allein lassen. Sie verstehen, nicht wahr?«

Allmählich begann der Mann zu begreifen. Das Blut verschwand aus seinem Gesicht. Die Haut wurde fahl. Er verstand sehr wohl, dass er diesen René als Liebhaber seiner Frau ansehen sollte. Diesmal war er zufällig früher nach Hause gekommen und hatte den Mann überrascht. Das war eine Szene wie aus einem blöden Witz. Der gehörnte Ehemann steht plötzlich seinem Widerpart gegenüber.

Fast nicht zu glauben …

Er musste sich räuspern. Die Sicherheit des anderen machte ihn nervös. Sein klares Denken wurde in den Hintergrund gedrängt, dennoch dachte er an seine Tochter.

Sie war meist im Haus. Wenn Lisa anwesend war, konnte Fedora doch keinen Liebhaber empfangen.

Aber Lisa musste auch zur Schule …

»Ich will mit meiner Frau reden!«, verlangte Raymond. »Wo steckt sie?«

»Im Haus!«

Golon wandte sich ab. »Dann gehe ich zu ihr!«

»Nein, warten Sie!« Die Stimme hatte einen befehlenden Klang angenommen, und Golon wunderte sich, dass er ihr sogar gehorchte.

Der Bärtige lächelte. »Es wäre nicht gut für Sie, wenn Sie jetzt Ärger machen und durchdrehen. Ihre Frau befindet sich momentan, sagen wir, in einer Stresslage.«

»Das ist mir egal.«

»Seien Sie kein Narr. Es würde auch Lisa nicht bekommen!«

Raymond zuckte zusammen. »Lisa?«, flüsterte er. »Was hat sie damit zu tun? Kennen Sie meine Tochter auch?«

»Das bleibt nicht aus.« Der andere lächelte.

Raymond starrte ihn an. Allmählich stieg die Wut in ihm hoch. Die Sicherheit des anderen machte ihn wahnsinnig. Der Kerl benahm sich, als würde ihm das Haus gehören. Golon kam sich vor wie ein dummer Junge.

»Sind Sie eigentlich verrückt?«, flüsterte er. »Das ist mein Haus. Da kann ich tun und lassen, was ich will!« Dann überkam ihn die Wut. Mit zwei Schritten überbrückte er die Distanz zu seinem Nebenbuhler, packte ihn und wollte ihm die Faust ins Gesicht schmettern.

Der andere tat nichts. Er blieb einfach stehen, lächelte nur, und das machte Raymond noch wütender.

Er stoppte den Schlag nicht.

Dafür wurde er gestoppt.

Bevor die Faust den anderen berühren konnte, erhielt er einen Schlag, der ihn von innen her regelrecht aufwühlte. Sein Blut schien zu einer kochenden Masse geworden zu sein und dabei wie zahlreiche Pfeile in seinen Kopf zu spritzen, wobei eine nie erlebte Wucht ihn nach hinten schleuderte.

Golon wollte sich noch fangen. Es gelang ihm nicht. Er hob vom Boden ab und krachte auf die Couch, deren Sitzfläche sich unter seinem Gewicht zusammendrückte.

Die Beine schleuderten hoch. Fast wäre die schwere Couch durch den plötzlichen Druck nach hinten gekippt, aber Golon konnte sich gerade noch halten.

Aufgeben wollte er nicht. Dieser Typ hatte nur einen Überraschungsangriff gestartet. Beim nächsten Mal war Raymond besser vorbereitet, das nahm er sich vor.

Er versuchte hochzuschnellen.

Raymond schaffte es nicht.

Da war plötzlich eine unheimliche Kraft, die ihn in den Sessel zurückdrückte und die ferner dafür sorgte, dass er keinen Finger rühren konnte.

Er blieb sitzen.

Steif, unbeweglich, gelähmt!

Dennoch nahm er wahr, was um ihn herum vorging. Er erkannte seinen Gegner, und er sah auch das Lächeln dieses Mannes, das er mit dem Begriff teuflisch umschrieb.

Ja, es war ein satanisches, diabolisches Lächeln, das die Lippen des anderen spaltete. Raymond Golons Augen wurden groß, als er erkannte, was mit ihm geschah.

Aus seinen Händen quoll Blut!

Die Handflächen schienen sich geöffnet zu haben. Wie

aus kleinen Brunnen sprudelte der rote Lebenssaft und bildete in seinen leicht gekrümmten Flächen winzige Teiche.

René aber stand da und lächelte. Er bewies dem anderen, welch eine Kraft in ihm steckte, und er zeigte plötzlich sein wahres Gesicht.

Raymond Golon sah, wie sich der Mann veränderte. Zuerst hüllte ihn ein dünner Schleier ein, der ihn wie ein durchsichtiger Wattebausch umtanzte.

Hinter dem Schleier geschah die Veränderung. Die Augen wurden zu glühenden Kohlestücken, das Gesicht nahm eine andere Form an. Zu einer gewissen Breite veränderte sich die Stirn, aus ihr wuchs eine dreieckige Form, wobei sie zum Kinn hin spitz zulief.

Der Mund wurde zu einem ebenfalls in die Breite gezogenen Rechteck. Seltsam stinkende Dämpfe drangen aus ihm hervor, und die Hände des Mannes verwandelten sich zu dunklen Raubtierklauen.

Raymond erlebte dies alles mit, als befände er sich in einem unheimlichen Albtraum.

Aber das Blut war echt, die Gestalt auch.

Dann war die Verwandlung abgeschlossen. Für einen Moment blieb dieser René noch stehen, dann setzte er sich in Bewegung.

Und er hinkte dabei, als wäre ein Bein kürzer als das andere.

Ein schrecklicher Verdacht keimte in Raymond Golon hoch. Ein irrsinniger, verrückter Verdacht, den er kaum auszusprechen wagte, es aber dennoch versuchte.

Und er wunderte sich darüber, dass ihm die Worte normal über die Lippen kamen, obwohl er weiterhin dieser unheimlichen, unerklärlichen Starre verfallen war.

»Wer bist du?«

Der andere blieb stehen. Seine Stimme klang rauh, als er die Antwort gab. »Ich bin der Teufel, Raymond Golon. Der Satan, und ich bin schon lange Gast in deinem Haus. Auch deine Frau konnte mir nicht widerstehen. Sie hat sich mit mir eingelassen ...«

Das den Worten folgende schallende Gelächter hörte Golon kaum. Mit dem Teufel hatte sich Fedora eingelassen. Sie war von dem Höllenfürsten verführt worden.

Das konnte nicht sein, das …

Er brauchte die Gestalt nur anzusehen, um zu wissen, dass es stimmte. Vor ihm stand der Satan, und seine Frau war dem Höllenfürsten hörig.

Buhlen mit dem Teufel!

Da fielen ihm die alten Hexengeschichten ein, die er einmal gelesen hatte.

Der Satan lachte diesmal leise. Er schien die Gedanken des Mannes genau zu kennen, als er sagte: »Sie konnte gar nicht anders. Satan ist eben unwiderstehlich. Wenn ich will, schaffe ich alles. Das beste Beispiel ist deine Frau. Sie war von mir hingerissen, fasziniert. Sie wollte mich immer wieder …«

»Hör auf, verdammt!«, brüllte Raymond und wunderte sich, dass seine Stimme noch diese Kraft hatte. »Ich will es nicht mehr hören. Ich …« Er stoppte seinen Redefluss und starrte auf seine beiden Handflächen, wo das Blut verschwunden war.

Spuk, Teufelswerk – genau das war es. Wie sollte es auch anders sein, wenn der Satan vor ihm stand?

Raymond war fertig. Er schluchzte auf. Trotz seiner schlechten Lage dachte er an Fedora. Wenn sie wirklich in die Klauen des Höllenfürsten geraten war, konnte er ihr nicht einmal einen Vorwurf machen, denn der Teufel besaß die Gabe, die Menschen zu beherrschen. Das hatte er schon immer gekonnt, und es würde auch immer so bleiben.

Leider siegte das Böse oft genug …

»Ich will sie sehen«, ächzte Raymond. »Ich will zu meiner Frau!« Er selbst wollte sich von der Couch drücken, aber dagegen hatte der Satan etwas. Nach wie vor hielt er seinen Bann aufrecht, sodass sich Raymond nicht bewegen konnte.

»Deine Frau willst du sehen?«, höhnte der Höllenfürst. »Nein, mein Lieber. Sie bekommst du nicht mehr. Fedora gehört jetzt mir. Sie hat mir bewiesen, dass sie an meiner

Seite steht, denn sie hat genau die Befehle ausgeführt, die ich ihr eingegeben habe. Sie ist für mich nach Paris gefahren und hat dort meinen Auftrag ausgeführt. Sie malte ein Bild nach meinen Vorstellungen, sie wollte mir gehören, und sie gehört mir auch, Raymond. Du wirst nie mehr über sie bestimmen, denn was ich einmal besitze, gebe ich nicht wieder her. Aber ich habe gesehen, dass du nicht auf meiner Seite stehst. Ebenso wie deine Tochter …«

»Lisa?«

»Ja«, erwiderte der Teufel. »Lisa …«

»Was hast du mit ihr gemacht?!«, schrie Raymond. »Los, gib Antwort! Ich will es wissen!«

»Ich selbst habe nichts mit ihr gemacht, das kann ich dir versichern. Für diese Dinge habe ich Helfer. Sie werden gleich kommen und sich deiner annehmen. Freu dich darauf, damit du auch die kennen lernst, die bei dir gewohnt haben.«

»Wer hat bei mir gewohnt?«

»Die fünf Mönche!«

Raymond Golon riss Mund und Augen auf. Er begriff nicht. Fünf Mönche sollten bei ihm gewohnt haben? Nie, die hätte er sehen müssen. Seine Familie und er hatten das Haus allein bewohnt. Die Mönche konnten nicht da gewesen sein!

Dennoch – welchen Grund sollte der Satan gehabt haben, ihn anzulügen? Keinen! Also musste es auf eine gewisse Art und Weise stimmen. Die Mönche waren vorhanden!

»Ich werde sie dir zeigen«, erklärte der Satan. »Und sie werden genau das tun, was ich will. Deine Frau hat sie gemalt, und ihre Seelen sind in die Körper zurückgekehrt. Aus den gemalten Figuren wurden lebende Wesen. Schau dich um!«

Kaum hatte der Satan die Worte ausgesprochen, als der Bann von Raymond Golon wich. Er konnte sich endlich wieder bewegen, und er nutzte die Chance.

Wie vom Katapult gezogen, sprang er in die Höhe, blieb neben der Couch stehen und drehte den Kopf.

Aus der Ecke drang das Grauen!

Der Satan hatte von fünf Mönchen gesprochen. Und fünf dieser schrecklichen, unheimlichen Gestalten waren es, die ihre Plätze verließen. Sie schienen aus dem Nichts gekommen zu sein und verbreiteten eine Aura der Angst, die auch den Mann erfasste.

Zudem hatte er das Gefühl, dass es dunkler geworden war. Ein seltsam graues Licht schien über dem Raum zu liegen und aus dem Boden zu steigen. Es hüllte die Mönche zwar ein, ließ ihre Konturen dennoch scharf hervorstechen.

Fünf unheimliche, mordgierige Gestalten hatten Raymond Golon eingekreist. In ihren Händen, über die sich eine straffe, braune Haut spannte, hielten sie die Waffen.

Es waren Äxte!

Da die unheimlichen Gestalten die Arme angewinkelt und dabei leicht erhoben hatten, zeigten die Vorderkanten der fünf Schneiden direkt auf Raymond Golon.

Jede Axt konnte ihn töten.

Dieses Wissen peitschte die Angst noch weiter in ihm hoch. Er stand in seinem Zimmer und schaute in die Runde. Die Mönche sahen alle gleich aus. Maskenhaft starre Gesichter, düstere Augen, offene Mundhöhlen, aus denen nicht ein Laut drang, und jeder Mönch trug eine graue Kutte, die fast bis auf den Boden reichte.

Die Kapuzen hatten sie über ihre Köpfe gestreift. Dabei fielen die Ränder so weit in die Stirnen, dass sie einen Teil der Augen völlig verdeckten.

Synchron schritten die unheimlichen Spukgestalten auf ihr Opfer zu. Die Distanz blieb immer gleich, und auf einen zischenden Befehl des Satans hin stoppten sie plötzlich.

Sie hatten einen Kreis um ihr Opfer gebildet und streckten ihre freien Arme aus.

Ihre Hände fanden sich. Da griffen Finger mit dünner Haut ineinander, verhakten sich und bildeten regelrechte Klammern, die nur von den Mönchen selbst zu lösen waren.

Bisher hatte Raymond noch keinen Laut vernommen. Das änderte sich in den nächsten Sekunden, als die Mönche den Befehl erhielten, mit ihrem Tanz zu beginnen.

Der Teufel hatte ihn ausgestoßen, und er schrie ihnen dabei die Worte entgegen.

Die Mönche tanzten!

Zunächst bewegten sie nur ihre Arme, wobei sich die Hände nicht voneinander lösten. Es war ein Auf- und Niederschwingen, als würden sie sich im Takt einer nur für sie hörbaren Musik bewegen. Aus ihren Mäulern drang dabei kein Laut, die Mönche behielten während des Tanzes eine gespenstisch anmutende Stummheit bei.

Nach einigen Sekunden bewegten sie auch ihre Körper. Die ausgemergelten Gestalten gerieten in Schwingungen, der Stoff der Kutten wurde ebenfalls in die Höhe geweht, fiel wieder zurück, wobei die Kordeln in der Körpermitte wie Lassos schwangen.

Kein Laut entstand, als die Mönche ihren geisterhaften Reigen fortsetzten.

Sie schienen den Boden überhaupt nicht zu berühren. Ihre hässlichen Gesichter in den Öffnungen der Kutten blieben völlig ausdruckslos, und Raymond Golon spürte nur den Luftzug über sein Gesicht streichen, den die Kutten verursachten.

Der Tanz wurde immer wilder.

Schon bald gingen die Gestalten der Mönche ineinander über. Sie verschmolzen, sodass Raymond nur noch Schattenwesen erkannte, die ihn umkreisten.

Und hinter ihnen stand der Teufel in all seiner hässlichen Pracht. Sein dreieckiges Gesicht war zu einem Grinsen verzerrt. Es fehlte nur noch ein Taktstock in seiner schwarzen Klaue, dann wäre er ein höllischer Dirigent gewesen.

Er hatte es geschafft und ihnen den Stempel aufgedrückt. Er begann zu klatschen.

Es hörte sich seltsam dumpf an, wenn die Klauen gegeneinander schlugen. Irgendwie schmatzend, als würden beide Handflächen im nächsten Moment kleben bleiben.

Ein Irrtum. Der Teufel klatschte weiter. Er steigerte den Rhythmus. In immer kürzeren Abständen hieb er die Flächen seiner Pranken gegeneinander. Die Mönche gehorchten diesem vorgegebenen Takt. Ihr Tanz wurde noch hektischer, zu einem rasenden, lautlosen und erschreckenden Wirbel, der Raymond Golon fast um den Verstand brachte.

Das begriff er nicht, das konnte er nicht fassen. Er erlebte hier eine wahre Hölle, wobei er sich als Mittelpunkt empfand. Er konnte die einzelnen Mönche nicht mehr auseinanderhalten. Die Körper bildeten inzwischen eine Einheit, waren zu einer Schlange geworden, die einen Kreis gezogen hatte und zusammengewachsen war.

Furchtbar …

Und der Tanz ging weiter.

Noch schneller, noch wilder …

Dabei ließ keiner der teuflischen Mönche seine Waffe los. Nach wie vor zeigten die Schneiden der Äxte auf den sich in der Mitte des Reigens befindlichen Menschen.

Raymond Golon erlebte einen Horror ohnegleichen. Und er konnte nichts dagegen tun. Dieser um ihn herum stattfindende Wirbel machte ihn verrückt. Er glaubte, selbst in den gefährlichen Sog gerissen zu werden, und fühlte sich seltsam und leicht.

Der furiose Wirbel steigerte sich weiter.

Für ihn war es der reinste Horror. So etwas hatte er noch nie erlebt. Raymond streckte die Arme aus, er suchte nach einer Lücke. Es war ein verzweifeltes Bemühen, denn als er einen heftigen Schmerz an der rechten Hand spürte, da war ihm klar, dass er einer der Äxte zu nahe gekommen war.

Sofort zog er sich zurück.

Und die Mönche tanzten weiter.

Sie zogen den Kreis enger. Manchmal, wenn ihre Bewegungen besonders wild wurden, dann schwangen die Kutten und deren Gürtel so hoch, dass sie Raymond streiften.

»Jetzt!«

Es war ein Brüllen, das der Satan ausstieß. Raymond hatte Mühe, das Wort zu verstehen, doch als ihm aufging, was der Satan damit gemeint haben könnte, war es bereits zu spät.

Die Mönche griffen an.

Alle fünf stürzten sich auf ihn.

Sie ließen sich dabei nicht einmal los. Während Raymond Golon auf die Couch zurückfiel, hoben die Mönche ihre Arme mit den Waffen. Raymond sah über sich den Tod schweben und blitzen. Er wusste, dass die letzten Sekunden seines Lebens angebrochen waren.

Er hatte sich nicht geirrt.

Gleichzeitig jagten fünf Äxte nach unten, wurden für ihn zu riesengroßen Waffen, und im nächsten Augenblick versank die Welt in einem blutroten Nebel …

Der Teufel hatte sein Ziel wieder einmal erreicht. Jetzt gehörte ihm und den Mönchen alles!

Es waren Sekunden in meinem Leben, die man mit dem Begriff schrecklich umschreiben konnte.

Ich wusste, dass ich der Axt nicht mehr ausweichen konnte, trotzdem versuchte ich es. Irgendwie schaffte ich es, den Kopf zur Seite zu reißen, dann schleuderte mich der Schlag zurück.

Dass dabei das tote Mädchen aus meinen Armen rutschte, merkte ich nicht. Auch nicht, dass ich mein Gleichgewicht verlor, die Stufen wieder nach unten segelte und zu Boden schlug.

Der Treffer hatte mich regelrecht paralysiert – aber nicht getötet! Wenn jemand zum ersten Mal in seinem Leben eine Axt schleudert, also nicht geübt darin ist, kann es durchaus sein, dass er nicht mit der Schneide trifft, wie er es eigentlich wollte, sondern mit dem Stiel.

Ich hatte nun mal das Glück gehabt, dass die Axt mich nicht mit der Schneide erwischte.

Trotzdem reichte der Treffer.

Auf den Rücken hatte er mich geschleudert. Ich lag da mit ausgestreckten Armen und Beinen. In meinem

Schädel tobten die Schmerzen, der Magen wollte rebellieren, und sosehr ich mich bemühte, ich konnte mich einfach nicht erheben.

Sehen konnte ich allerdings.

Und ich schaute nach vorn.

Die Treppe lag genau in meinem Sichtfeld. Bisher hatte sich Fedora nicht bewegt. Auf der von mir aus gesehen zweitobersten Stufe stand sie wie ein Denkmal und starrte mich an.

In ihrem Gesicht rührte sich nichts. Licht fiel auf die Hautfläche und gab ihr einen seltsam bleichen Schimmer. Das dunkle Haar sah im Gegensatz dazu aus wie ein unten offener schwarzer Kranz.

Hielt sie mich für tot?

Nein, das konnte sie einfach nicht. Und sie bewies in den nächsten Augenblicken, dass sie die Lage genau richtig einschätzte. Sie setzte sich in Bewegung.

»Mörder!«, sprach sie mich dabei an. »Verfluchter Mörder! Was du mir und meiner Tochter angetan hast, werde ich dir zurückzahlen. Du wirst unter meinen Händen sterben, das allein habe ich mir vorgenommen, und davor weiche ich auch nicht zurück!«

Während dieser Worte kam sie Stufe für Stufe die Treppe herab.

Ich wollte etwas erwidern, ihr erklären, dass alles nicht stimmte, dass nicht ich der Mörder ihrer Tochter war, sondern ein anderer, aber ich schaffte es nicht.

Zwar bewegte ich meinen Mund. Ein Wort oder auch nur ein Laut drang nicht daraus hervor.

Ich blieb stumm.

Sie ging weiter.

Wie eine finstere Rachegöttin schritt die Malerin Fedora die Treppe hinab. Manchmal raschelte das lange Kleid, wenn sie sich etwas hastiger bewegte. Ich sah sehr deutlich, wie sich bei jedem Schritt die Knie unter dem Stoff abzeichneten.

Noch konnte ich nichts tun.

Es war schwer für mich, überhaupt einen Weg zu finden. Ich musste mich auf zwei Dinge konzentrieren.

Zunächst auf Fedora, dann auf mich selbst, denn ich wollte den Zustand der Lethargie endlich überwinden. Wenn ich noch länger bewegungslos liegen blieb, war ich dieser Frau hilflos ausgeliefert.

Noch drei Stufen.

Auf der drittletzten blieb sie für einen Moment stehen und drehte den Kopf nach rechts.

Ich wusste nicht genau, was sie suchte, aber ich schielte in diese Richtung.

Dann sah ich es.

Fedoras Blick war haargenau auf die am Boden liegende von ihr geworfene Axt gerichtet.

Damit wollte sie es ein zweites Mal versuchen, wobei alle Vorteile auf ihrer Seite lagen.

Huschte nicht ein kurzes, zuckendes und wissendes Lächeln um ihre Mundwinkel?

Ja, ich hatte mich nicht geirrt. Sie lächelte. Es war der Ausdruck des Triumphes und gleichzeitiger Vorfreude.

Vorfreude auf einen Mord!

Ein Ruck ging durch ihre Gestalt, als sie die zweitletzte Stufe betrat, diese hinter sich ließ und ihren Fuß auf die letzte setzte. Mit dem nächsten Schritt erreichte sie den Kellerboden.

Jetzt hatte sie es nicht mehr weit bis zu mir!

Fedora drehte ab. Sie musste dies tun, um die Mörderaxt zu erreichen. Dabei ließ sie sich Zeit. Diesmal überstürzte sie nichts, sie wollte sichergehen.

Ich versuchte inzwischen verzweifelt, meine Energie wieder zurückzugewinnen. Schon oft hatte ich Schläge einstecken müssen. Man hatte es mir verdammt nicht leicht gemacht, sodass ich mich in einer Art Training befand, was gewisse Niederschläge anging. Aber dieser Treffer musste etwas in meinem Körper lahmgelegt haben, das sämtliche Reaktionen für eine Weile einfror.

Sicher, nach einer gewissen Zeit war alles normal, aber für mich würde es zu spät sein. Dann hatte mir die Malerin in ihrem Hass längst den Schädel gespalten.

Verdammt, wie sollte das enden?

Ein kratzendes Geräusch vernahm ich. Es drang durch

den Schleier aus Schmerzen in meinem Kopf und war entstanden, als Fedora Golon die Axt aufgehoben hatte. Dabei war die Klinge über den Steinboden gefahren, deshalb das Geräusch.

Ich schielte wieder zur Seite. Mein Blickwinkel war nicht besonders, da ich mit dem Hinterkopf den Boden berührte. Ich musste die Augen sehr verdrehen, wenn ich mehr sehen wollte.

Fedora wandte mir die Seite zu. Sie wirkte wie ein Dreieck in ihrer Hocke, und aus diesem stach die Hand hervor, deren Finger sich um den Stiel der Axt geklammert hatten.

Als sie die Waffe zu sich heranzog, stand sie auch gleichzeitig auf. Das genoss sie, denn sie schraubte sich nur allmählich in die Höhe und drehte sich ebenso langsam um.

Von der Seite her starrte sie auf mich.

Ich hielt ihrem Blick stand.

Sekunden verstrichen. Unsere Blicke schienen sich ineinander festzusaugen, bis sich Fedora regte und den Mund öffnete. Nur ein Wort drang dabei über ihre blassen Lippen.

»Mörder!«

Es traf mich hart. Sie hatte mich einen Mörder genannt, obwohl ich unschuldig war. Verdammt, wie konnte ich diese Frau nur davon überzeugen, dass sie sich im Unrecht befand?

Endlich konnte ich einen Laut ausstoßen. Mehr war es allerdings auch nicht.

Nur ein Krächzen, das aus meinem Mund drang ...

Danach vereiste das Gesicht der Frau. Es war erschreckend für mich anzusehen, wie es innerhalb von Sekunden regelrecht alterte. Die Haut wurde grau, gleichzeitig schlaff, sie warf Falten, die einen Kranz um ihre Augen bildeten.

Fedora hatte sich entschlossen.

Durch nichts konnte ich sie überzeugen. Verzweifelt war ich bemüht, meinen Körper und damit auch die Reaktionen unter Kontrolle zu bekommen. Und wenn ich mich nur einmal um die eigene Achse drehte, konnte ich schon ein wenig Hoffnung fassen.

Es klappte nichts.

Ich blieb paralysiert auf dem Boden liegen, und die intervallweise aufzuckenden Schmerzen in meinem Kopf betäubten jeden klaren Gedanken.

Es war die Hölle!

An meine Waffen konnte ich ebenfalls nicht heran. Die Beretta steckte im Halfter, den Dolch hatte ich ebenfalls wieder verschwinden lassen, nur das Kreuz hing noch vor meiner Brust.

»Jetzt!«, flüsterte sie.

Kaum hatte Fedora das Wort ausgesprochen, als sie sich auf die Knie fallen ließ.

Für einen Moment hatte ich schreckliche Angst, dass sie noch aus der Bewegung heraus zuschlagen wollte, das jedoch geschah nicht. Sie hielt den rechten Arm und damit das Beil weiterhin erhoben.

Der Aufprall musste sie durchgeschüttelt und ihr Schmerzen zugefügt haben, dennoch rührte sich in ihrem Gesicht kein einziger Muskel.

Es blieb eine Maske!

Sie starrte mich wieder an.

Jetzt war es nur noch eine Armlänge, die uns trennte.

»Du entgehst deinem Schicksal nicht, Mörder!«, flüsterte sie und hob die Waffe ein wenig an.

»Nicht!«, krächzte ich noch, während mich ein Gefühl der Todesangst überfiel.

Sie schüttelte den Kopf, fixierte mich genau. Ich sah es in ihren Augen aufblitzen, dann schlug sie zu …

Satan war der Sieger!

Wieder einmal hatte er gewonnen. Es war zwar nicht der ganz große, entscheidende Sieg gewesen, aber der würde noch folgen. Nicht heute, nicht morgen, vielleicht in Tausenden von Jahren. Was spielte Zeit schon für eine Rolle?

Überhaupt keine.

Die Mönche hatten die Klingen wieder zurückgezogen. An den Waffen klebte Blut.

Das Blut eines unschuldigen Menschen.

Dem Teufel war es egal. Den fünf Monstern ebenfalls. Sie taten das, was man ihnen sagte.

Wieder hatte der Satan ein Hindernis überwunden. Jetzt brauchte er nur noch zuzugreifen, denn er wollte das in die Hände bekommen, wovon er schon lange geträumt hatte.

Die Kugel!

Geheimnisvoll war sie. Rätselhaft ihr Ursprung. Der Teufel selbst hatte sich bisher nicht an sie herangetraut, denn die Kugel wurde durch den Kelch des Feuers geschützt, und er war eine starke weißmagische Waffe, an die sich selbst der Teufel nicht heranwagte.

Bei der Kugel war es etwas anderes. Wenn er sie besaß, konnte er möglicherweise einer anderen Waffe Paroli bieten.

Dem Würfel des Unheils!

Er hatte auf der Suchliste des Satans ebenfalls sehr weit oben gestanden. Nur war es ihm nie gelungen, den Würfel in die Klauen zu bekommen, weil andere starke Dämonen ebenfalls hinter ihm her waren und ihn gut versteckt hielten.

Momentan besaß ihn Vampiro-del-mar. Wo der sich allerdings aufhielt, wusste der Teufel nicht. Und da sich viele Dämonen um den Würfel des Unheils stritten, Lady X seinetwegen sogar ihre Existenz verloren hatte, konnte Asmodis ungestört im Hintergrund nach der geheimnisvollen Kugel forschen.

Tanith, das erste Hindernis, war erledigt. Und John Sinclair würde auch nicht mehr lange leben. Der Teufel hatte sein Spiel so raffiniert eingefädelt, dass nichts schief gehen konnte. Fedora Golon stand voll auf seiner Seite. Sie tat genau das, was er wollte, und er hatte ihr weisgemacht, dass John Sinclair der Mörder ihrer heißgeliebten Tochter war. Und kein anderer.

So lief alles wunderbar. Ja, er war mit sich zufrieden. Die Fäden hatte er fantastisch gezogen.

Nun brauchte er nur zuzugreifen!

Er schaute seine Helfer an. Sie würden ihm zur Seite stehen, wenn es trotzdem noch Schwierigkeiten geben sollte. Schließlich hatte er ihre gefangenen Geister befreit.

»Wir müssen die Kugel haben«, flüsterte er. »Und wenn es geht, auch den Kelch zerstören …«

Die Mönche nickten nur.

Keine Chance für mich!

Die Axt raste auf mich nieder, dabei zielte ihre scharfe Seite auf meine Stirn. Mit solcher Wucht geschlagen, würde sie mir den Schädel in zwei Teile spalten.

Seltsam, wie lang plötzlich eine halbe Sekunde sein konnte, wenn man unter Todesangst stand. Ich starrte in die Höhe, hielt die Augen nicht geschlossen und sah die Klinge noch immer über meinem Gesicht schweben.

Das begriff ich nicht.

Vielleicht hatte Fedora Spaß daran, meinen Tod hinauszuzögern und sich gleichzeitig an meiner Hilflosigkeit zu weiden. Die Frau reagierte nicht normal, das konnte sie gar nicht, denn sie hatte Schweres hinter sich, und in so einem Zustand tut man oft Dinge, die der normale Verstand ablehnt.

Ihr Gesicht blieb weiterhin ausdruckslos. Auch ihre Augen zeigten kein Gefühl. Dennoch musste in ihrem Kopf etwas vorgehen, sonst hätte sie nicht gezögert.

Sekunden atemloser Spannung rannen dahin.

Mein Herz hörte ich dumpf pochen. Ich merkte die Schläge sogar in meinem Gehirn und fragte mich, wie das alles noch enden sollte.

Da bewegte sie die Lippen.

Zuerst war es nur ein Zucken der Mundwinkel. An beiden Seiten geschah dies gleichzeitig. Sie klimperte auch mit den Augendeckeln, und auf der Stirn bildeten sich Falten.

Irgendetwas ging in ihr vor. Es beunruhigte sie, das stellte ich mit einem Blick fest.

Einen Moment später sah ich den dunklen Spalt zwischen ihren Lippen. Sie hielt jetzt den Mund geöffnet; ich hörte den leisen Atem und spürte ihn in meinem Gesicht.

Meine Spannung wuchs ins Unerträgliche. Gleichzeitig stellte ich fest, dass die Paralyse allmählich schwächer wurde. Meine Fingerspitzen konnte ich wieder bewegen, und dann hörte ich ihre gezischelten Worte.

»Er hat das Kreuz!«

Ich verstand sie genau, aber ich begriff den Sinn nicht. Was wollte sie damit sagen?

Wenig später sprach sie weiter, wobei sie diesmal meinen wertvollen Talisman anschaute.

»Er kämpft für die andere Seite, denn er hat das Kreuz. Er kann nicht schlecht sein. Er ist kein Mörder. Wer das Kreuz trägt, mordet nicht. Das hat es nie gegeben …« Zur Bestätigung ihrer Worte nickte sie heftig.

Ich war perplex. Damit hätte ich nicht im Traum gerechnet. Gleichzeitig wurde mir bewusst, dass ich nun nicht mehr in akuter Lebensgefahr schwebte. Diese Rettung hatte ich einzig und allein meinem Kreuz zu verdanken, obwohl ich es nicht aktiviert hatte.

Unvorstellbar …

Noch immer schwebte die Klinge über meinem Gesicht. Die Drohung war nicht fortgenommen worden. Ich zitterte innerlich, denn eine schwere Bewegung würde mich schon für alle Zeiten zeichnen oder aber töten.

Wenig später wich meine Angst. Die Malerin drehte ihren Arm zur Seite.

Die Klinge verschwand.

Ich hätte schreien können vor Glück. Denn das, was ich in den letzten Sekunden durchgemacht hatte, wünschte ich keinem Feind. Noch einmal zuckte ich zusammen, als die Axt zu Boden fiel und mit ihrer Schneide zuerst die Steine berührte.

Der seelische Druck wich endgültig. Und auch meine Paralyse war mittlerweile verschwunden.

Mit der linken Hand fasste die Frau nach meinem Kreuz und hob es an. Ihre Finger spielten damit; sie sah die eingravierten Zeichen und schüttelte den Kopf. Dann setzte sie sich aufrecht hin, als würde sie aus einer tiefen Trance erwachen, und ein langer, seufzender Atemzug verließ ihren Mund.

Auch ich wollte nicht mehr liegen bleiben. Ich atmete tief durch und stemmte meinen Oberkörper in die Höhe, sodass ich in eine sitzende Stellung geriet.

Augenblicklich begann es in meinem Kopf zu hämmern und zu schlagen. Ich verzog das Gesicht, weil ich das Gefühl hatte, die Schmerzen würden meinen Schädel auseinandertreiben. Zudem floss das Blut wieder normal durch die Adern, und ich musste mich mit beiden Händen rechts und links des Körpers abstützen, um nicht zu fallen.

Ich überwand den Schwächeanfall. Meine gute Kondition machte sich dabei bemerkbar, und ich drehte den Kopf nach rechts.

Wieder trafen sich unsere Blicke.

»Ich habe Ihre Tochter wirklich nicht umgebracht«, sagte ich leise zu der Malerin.

Fedora nickte. »Ich weiß es, denn du trägst das Kreuz.«

»Hat es Sie so beeindruckt?«

»Ja«, hauchte sie, »sehr sogar …«

Wir schwiegen. Ich wusste genau, dass jetzt weitere Worte unangebracht waren. Jeder musste erst einmal seine Gedanken sortieren. Da erging es mir nicht anders als Fedora.

»Sie ist aber tot, nicht?«, fragte sie nach einer Weile mit tonloser Stimme.

»Ich konnte es nicht verhindern.«

Fedora Golon starrte für einen Moment ins Leere, bevor sie die Arme hob und ihre Hände vors Gesicht schlug. Sie begann hemmungslos zu schluchzen. Ich war in gewisser Hinsicht froh darüber, denn das Weinen verschaffte ihr Luft. Vielleicht spülten die Tränen auch einen Teil ihrer jüngsten Vergangenheit weg.

Während die Malerin weinte, probierte ich meine Reflexe und Reaktionen aus. Es war ein verflucht harter Treffer gewesen, nicht einfach zu verdauen. Ich würde noch lange unter den Nachwirkungen zu leiden haben.

Gehen lassen durfte ich mich nicht. Dabei brauchte ich nur an die beiden Toten zu denken, um wieder Kraft zu schöpfen. Die Mönche hatten zumindest Lisa auf dem Gewissen und wahrscheinlich auch Tanith.

Die Malerin ließ die Hände sinken. Aus verweinten Augen blickte sie mir ins Gesicht. Ich merkte, dass sie etwas sagen wollte. »Sprechen Sie, Fedora«, munterte ich sie auf.

»Ja, ja …« Sie verzerrte den Mund und krampfte die Hände zusammen. »Ich allein trage die Schuld an den Vorgängen«, flüsterte sie. »Ich allein. Kein Fremder, nicht Sie, nicht meine Tochter oder mein Mann, nur ich. Dabei hätte alles nicht zu sein brauchen, aber ich habe mich nicht gewehrt, als er zum ersten Mal erschien.«

»Wer erschien?«

»Es war ein Mann. Ich kannte nicht einmal seinen Namen. Eines Morgens stand er im Haus, und ich war, das gebe ich ehrlich zu, von ihm fasziniert. Er sah nicht einmal besonders gut aus, es war etwas anderes, das mich regelrecht blendete. Seine Art, seine Haltung, seine Gedanken, sein Wesen, er war eben anders.«

»Dann passierte es, nicht wahr?«, fragte ich.

»Ja, es geschah«, hauchte sie. »Sogar am ersten Tag. Ich ließ mich von ihm verführen.«

Nach diesen Worten war es still. Ich ahnte, wie es im Innern der Frau jetzt aussah, wo die Erinnerung zurückkehrte und ihr klar geworden war, dass sie alles falsch gemacht hatte.

Es musste schrecklich sein.

»Damals bereute ich es nicht, Mr. Sinclair. Nein, überhaupt nicht. Es war herrlich gewesen, und er schlug mir vor, ein Bild zu malen. Das war nichts Besonderes, ich sagte es ihm auch, aber er wollte ein bestimmtes Motiv haben, und das Bild sollte auch von keinem gesehen werden, deshalb machte ich mich auch nicht in meinem normalen Atelier an die Arbeit, sondern im Keller.«

»Da habe ich die leere Leinwand gesehen«, erklärte ich.

»Sicher«, erwiderte sie, als wäre es die normalste Sache der Welt.

»Sie haben aber gemalt?«

»Natürlich. Und zwar auf einer Leinwand, die er mitgebracht hatte. Es war Haut.«

»Von wem?«

»Ich kann es Ihnen nicht sagen. Er erzählte, dass sie von einem Tier stamme. Jetzt glaube ich nichts mehr. Nun, ich begann zu zeichnen. Was auf der Leinwand entstand, das geschah nie aus meinem freien Willen heraus. Er gab mir alles ein. Ich zeichnete den Hintergrund, einen geheimnisvollen düsteren Gang, dann malte ich den Tisch und schließlich die fünf Mönche!«

»Was?«, rief ich. »Fünf?«

»Ja, es waren fünf!«

Gut, dass ich dies erfahren hatte. Bisher hatte ich nur einen gesehen. Ich musste mich also umstellen und hatte es mit fünf Gegnern zu tun. Eigentlich mit sechs, wenn ich den Teufel hinzurechnete.

Ich wechselte das Thema, weil ich merkte, dass die Frau einen kleinen Anstoß benötigte. »Sie waren in Paris, nicht wahr?«

»Das stimmt.«

»Dann kannten Sie Tanith?«

Sie nickte.

»Haben Sie die Frau umgebracht?«

»Nein!«, flüsterte Fedora und schaute mir gerade ins Gesicht. »Ich schwöre Ihnen, dass ich sie nicht …«

»Schon gut«, sagte ich und winkte ab. »Ich glaube Ihnen. Was geschah noch in Paris?«

»Ich hatte den Auftrag, mich an diese Tanith heranzumachen«, erzählte die Frau weiter. »Das schaffte ich auch. Wir vereinbarten nach dem ersten Termin noch einen zweiten. Ich hatte mich gut präpariert. Das Schlafpulver trug ich bei mir und mixte es ihr in ein Getränk. Vor meinen Augen schlief sie ein. Ich konnte den Kelch und die Kugel an mich nehmen. Was danach geschah, das wollte ich nicht. Ich wusste ja nicht, mit wem es zu tun hatte.«

»Sie nahmen die beiden Dinge mit?«

»Natürlich. Das hat er ja von mir verlangt. Ich brachte

sie hierher in das Haus und wollte sie ihm geben, aber er nahm sie nicht.«

»Weshalb nicht?«

»Ich weiß es nicht. Er sagte nur, dass ich sie vor das Bild stellen sollte. Das tat ich.«

»Und dann?«

»Am heutigen Morgen ging ich wieder in den Keller. Er hatte mich da schon erwartet, zog das Tuch von der Leinwand, und ich sah Kelch und Kugel auf dem von mir gemalten Tisch stehen. Diese beiden existenten Dinge sind in das Bild gelangt …«

» … und haben die Mönche zu einem höllischen Leben erweckt«, fuhr ich fort.

Es war schon schlimm. Asmodis hatte da verdammt gut seine Fäden gezogen. Wieder einmal wurde mir bewiesen, was es heißt, teuflisch raffiniert zu sein. Es war der Frau gar nichts anderes übrig geblieben, als sich innerhalb dieses Netzes zu verstricken.

»Wo sind die beiden Dinge jetzt?«, wollte ich von der Malerin wissen.

»Ich weiß es nicht!«, flüsterte sie.

Den Platz hätte ich wirklich gern erfahren. Die Mönche konnten sie meiner Ansicht nach nicht besitzen. Die Kugel eventuell, aber nicht den Kelch. Er konnte für sie zu einem Bumerang werden, denn wenn ich mich richtig erinnerte, waren in die Außenwände des Kelchs christliche Symbole eingraviert.

»Hat der Teufel sie mal berührt?«

»Ich sagte Ihnen schon, Monsieur Sinclair, ich habe keine Ahnung. Wir müssten die Dinge suchen.«

Ich nickte. »Ja, meiner Ansicht nach können sie nur hier im Haus sein.« Mit einem Ruck stand ich auf.

Das hätte ich nicht tun sollen. Die Schwäche war noch nicht verschwunden. Ich geriet in einen regelrechten Taumel, wankte einmal nach links, dann wieder nach rechts und hatte große Mühe, mein Gleichgewicht zu halten.

»Monsieur Sinclair, ist Ihnen nicht gut?«

»Es geht schon, Madame«, krächzte ich und lehnte mich mit dem Rücken gegen die Wand. Ich brauchte und ließ mir auch die Zeit, mich zu erholen. Der Gang nach oben würde verdammt hart werden. Irgendwie spürte ich, dass ich mich beeilen musste.

Ich schaute zur Treppe.

Die Frau erriet meine Gedanken und sagte nur: »Ich werde mit Ihnen gehen.«

»Das kann gefährlich werden.«

Sie lachte bitter auf. »Was soll ich hier? Meine tote Tochter anstarren? Nein, ich habe mit dem Teufel noch eine Rechnung zu begleichen, und die werde ich ihm präsentieren.«

Sie hasste den Satan jetzt. Aber sie war waffenlos, und so konnte sie ihm nicht gegenübertreten. Das hielt ich ihr vor.

»Vielleicht schaffe ich ihn auch so«, erklärte sie in ihrem unerschütterlichen Optimismus.

»Nein, gegen den Teufel kommen Sie nicht an!«

»Aber ich bleibe nicht hier«, antwortete sie trotzig.

Ich hatte mich längst entschlossen und wollte mich von einer Waffe trennen.

Dem Kreuz!

Als ich die Kette über den Kopf streifte, wurden die Augen der Malerin groß, denn sie hatte verstanden.

»Das kann ich nicht annehmen«, flüsterte sie.

»Doch, nehmen Sie.«

»Und Sie, Monsieur Sinclair? Sie wären waffenlos.«

Ich schüttelte den Kopf. »Auf keinen Fall, Madame. Ich habe noch einiges in der Hinterhand.«

Fedora Golon streckte zögernd die Hand aus. Sie zuckte noch einmal zurück, als sie das geweihte Metall berührte. Dann flog ein Lächeln um ihre Lippen, und sie griff zu.

»Danke!«, hauchte sie. »Vielen Dank!«

Ich nickte nur. »Wenn wir gemeinsam hinaufgehen, drehen Sie um Himmels willen nicht durch. Am besten wird es sein, wenn Sie sich irgendwo verstecken und das Kreuz auf keinen Fall aus der Hand geben, was immer auch geschieht. Haben wir uns verstanden?«

»Ja, Monsieur Sinclair. Schon allein ihretwegen …«

Beim letzten Wort versagte die Stimme, denn Fedora

hatte sich umgedreht und schaute auf ihre tote Tochter.

Ich ließ sie, obwohl die Zeit eigentlich drängte. Da wollte jemand von einem geliebten Menschen Abschied nehmen, und diese Zeit musste ich ihr einfach geben.

»Wir können«, sagte sie mit bebenden Lippen, als sie sich scharf umdrehte.

Die Treppe war nicht so breit, als dass wir nebeneinander hergehen konnten. Wir mussten hintereinander bleiben, wobei ich die Führung übernahm.

Ich hatte natürlich nicht vor, wie ein Berserker in die Wohnung zu stürmen. Auch der Teufel war nicht zu unterschätzen. Sicherlich hatte er seine Falle aufgebaut, und er würde uns bestimmt irgendwo erwarten.

Ich musste mich auf meine Beretta, den Dolch, die Gemme und die magische Kreide verlassen. Vielleicht konnten mir diese Waffen gegen die Teufelsmönche helfen.

Meine Hand lag auf der Klinke, das Gesicht war angespannt, als ich sie vorsichtig nach unten drückte. Bewusst vermied ich jedes Geräusch, hielt sogar den Atem an, und auch von Fedora Golon war nichts zu hören.

Spaltbreit öffnete ich die Tür, peilte in den dahinterliegenden schmalen Gang und fand ihn leer. Ich riskierte es, vergrößerte den Zwischenraum, mein Blickwinkel änderte sich, sodass ich jetzt bis zum Wohnraum sehen konnte.

Auf den ersten Blick schien er mir leer zu sein. Uns blieb keine andere Möglichkeit, als es genau zu erforschen, deshalb verließen wir den Keller. Erst jetzt dachte ich daran, dass wir auf dem gleichen Weg hätten zurückgehen können, den ich gekommen war. Bestimmt rechneten unsere Gegner auch mit dieser Möglichkeit und hatten sich entsprechend darauf eingestellt.

»Ist alles frei?«, wisperte die Malerin.

Ich nickte. Gleichzeitig öffnete ich die Tür so weit, dass ich mich nach draußen schieben konnte. Fedora Golon folgte mir, und wenig später standen wir in dem leeren Verbindungsgang, der zum Wohnraum führte.

Eine trügerische Ruhe empfing uns.

Auf Zehenspitzen schlichen wir weiter, sodass von uns kaum etwas zu hören war.

Meine Nerven waren angespannt. Ich hatte die Beretta gezogen und war bereit, sofort zu schießen, sollte irgendeiner der Mönche auftauchen.

Vorläufig geschah dies nicht, und wir erreichten unangefochten den großen Wohnraum.

Hier blieben wir stehen, schauten uns um, und ich war es, der das Blut neben der Couch entdeckte.

Da uns dieses Möbelstück seine Rückseite zudrehte, konnte ich nicht sehen, wer für die Blutlache verantwortlich war.

Wahrscheinlich lag oder saß er auf der Couch.

Auch Fedora war dieser Anblick nicht verborgen gewesen. Bevor ich es verhindern konnte, huschte sie an mir vorbei, blieb vor der Couch abrupt stehen, und ich sah deutlich, wie sie vereiste.

Das Entsetzen machte sie stumm. Sie stand einfach da und war unfähig, ein Wort zu sprechen.

Rasch stand ich neben ihr.

Mein Blick fiel nach unten. Auch ich wurde geschockt. Der Tote bewies mir, wie brutal seine Mörder vorgegangen waren. Sie hatten keine Gnade gekannt und den Mann mit ihren schrecklichen Waffen vom Leben in den Tod befördert.

Ich ahnte, wer dieser Tote war. Und gleich darauf erhielt ich die Bestätigung.

Mit kaum zu verstehender Stimme flüsterte Fedora: »Es ist mein Mann Raymond …«

Ich legte ihr eine Hand auf die Schulter. Eine Geste des Trostes, mehr konnte ich nicht tun. Geahnt hatte ich so etwas. Diese Bestien kannten keinen Pardon. Eiskalt schlugen sie zu, und sie nahmen keinerlei Rücksicht auf irgendwelche Personen. Wer ihnen im Weg stand, wurde ausgeschaltet.

Ich griff in die Tasche und holte die magische Kreide hervor. Aus Tierfetten bestand sie. Die Fette waren gekocht und magisch behandelt worden.

Die Frau ließ ich stehen. Ich konnte ihr nicht helfen, aber ich wollte meine Grenzen legen.

An der Treppe zog ich einen Strich und versah ihn mit

einigen magischen Zeichen. Dabei hoffte ich stark, dass die Barriere ausreichte, um die Mönche erst einmal zu stoppen.

An allen Eingängen und Fenstern zeichnete ich Stoppzeichen auf den gefliesten Boden, wobei ich auch Kreuze malte und sie miteinander verband. Die Arbeit nahm etwa eine Minute in Anspruch, da ich mich sehr beeilte. Dabei schielte ich immer wieder zu Fedora Golon hin, die wie eine Statue vor der Leiche ihres Mannes stand.

Noch hatte sie sich in der Gewalt.

Auch von unseren Gegnern zeigte sich niemand. Es herrschte eine trügerische, gefährliche Ruhe, wobei ich mir sicher war, dass wir unter Beobachtung standen.

Jetzt brauchte ich nur noch ein Versteck für die Frau. Oder einen Ort, wo sie einigermaßen sicher war.

»Kommen Sie«, sagte ich leise.

Fedora nickte und drehte sich zu mir um. Ich freute mich, dass sie sich so vernünftig zeigte. Noch in der Bewegung erkannte ich, dass sich ihr Gesichtsausdruck veränderte. Die Augen wurden groß, jähes Entsetzen stand in den Pupillen zu lesen, und mir wurde klar, dass die Gefahr in meinem Rücken lauerte …

Mit der linken Hand wuchtete ich die Frau von mir weg, während ich gleichzeitig zur Seite sprang, mich herumdrehte und meinen Blick dorthin richtete, wo Fedora den Feind gesehen hatte.

Der Mönch stand auf der Treppe.

Seinen rechten Arm hielt er halb erhoben, die Axt lag wurfbereit in der Faust, und ich feuerte meine erste Silberkugel ab.

Fedora erschrak, als der Schuss aufpeitschte.

Im nächsten Augenblick wurde die unheimliche Gestalt von dem Einschlag durchgeschüttelt und stieß einen röhrenden Schrei aus. Diesmal war es dem Mönch nicht gelungen, auszuweichen, meine Kugel hatte ihn erwischt.

Er polterte auf die Treppe, rollte die Stufen nach unten,

schlug dabei um sich und kam der von mir gezogenen magischen Grenze sehr nahe. Er verkraftete sie nicht.

Das geweihte Silber in seinem Körper und die magische Sperre zerstörten ihn.

Ein Blitz spaltete ihn. Er drang allerdings nicht von oben her in seinen Körper, sondern zuckte von unten auf.

Fedora und ich sahen das Muster, das der Blitz hinterließ, und es grub sich tief in den Balg des anderen ein. Zurück blieb Staub, der als Wolke hochpuffte.

Ein Gegner weniger!

Ich schaute die Frau an. Sie hielt den Kopf gesenkt und starrte auf das Kreuz.

Als sie schwankte, ging ich zu ihr, wollte sie stützen. Sie aber schüttelte meine Hände ab und sagte mit rau klingender Stimme: »So ist es richtig, Sinclair. So müssen wir die verfluchte Brut vernichten, die das Leben meiner Familie zerstört hat.« Dann verzerrte sich ihr Gesicht, und sie brüllte: »Satan, verdammter Satan, zeig dich! Ich will dich sehen! Komm hervor ...!«

Der Teufel blieb verschwunden.

»Es hat keinen Sinn«, redete ich auf sie ein. »So schaffen wir das nicht. Der Teufel lässt sich nicht manipulieren ...«

»Doch, doch! Er ist doch immer gekommen. Soll er auch jetzt erscheinen. Ich erwarte dich, Satan!« Sie umklammerte mit beiden Händen mein Kreuz und hielt es hoch.

Asmodis hielt sich zurück.

Es wurde wieder still. Nach einer Zeitspanne von ungefähr zwei Minuten, in denen nichts geschah, hörten wir ein Geräusch. Aus dem Zimmer drang es nicht, es klang über uns auf, und da gab es nur eine Möglichkeit.

Das Dach!

Ja, er war oben!

War es der Teufel oder einer der Mönche? Ich legte den Kopf in den Nacken und schaute in die Höhe.

Auf dem Dach schritt jemand hin und her. Es waren schwere Schritte, als würde die Person immer aufstampfen.

Zuerst glaubte ich, dass sie von einem Dachrand zum anderen gehen würde, das stellte sich rasch als Irrtum heraus, denn der andere ging einen Kreis.

Und zwar über unseren Köpfen.

»Das ist er!«, hauchte Fedora und schaute mich an, als wollte sie eine Bestätigung für ihre Annahme.

Ich nickte, denn inzwischen glaubte auch ich daran, dass sich einer meiner größten Todfeinde über uns aufhalten würde.

Urplötzlich verstummten die Schritte.

Atemlos warteten wir ab, was weiterhin geschehen würde. Der Teufel hatte ja zahlreiche Möglichkeiten. Er besaß eine unbegrenzte Macht, konnte mit dem Bösen und der Magie spielen, aber ich hoffte, dass meine magischen Zeichen ihn wenigstens ein wenig zurückhielten.

Die Decke war mit dunklem Holz verkleidet. Durch einen Schutzanstrich glänzte sie ein wenig gläsern.

Und sie bewegte sich.

Es war unheimlich anzusehen, wie die Decke plötzlich in Schwingungen geriet. Für einen Moment sah es so aus, als würde sie einstürzen, und wir sprangen sicherheitshalber zurück.

Das hätten wir nicht gebraucht, denn etwas geschah, was man nur mit schwarzer Magie umschreiben konnte.

Die Kraft des Teufels veränderte die Decke. Ihre Struktur wurde eine andere, und mir schien es, als würde sich ein Teil zu einem gewaltigen durchsichtigen Brennglas verändern.

Tatsächlich entstand ein Kreis, der meiner Ansicht nach die Abmessungen hatte, die der Teufel vorhin gegangen war.

Er konnte nun in das Zimmer hineinschauen, und wir konnten ihn ebenfalls sehen.

Übergroß und durch das Glas perspektivisch verzerrt starrte uns sein Gesicht an. Er hatte sich hingekniet und seinen Körper dabei so weit vorgebeugt, dass sein Gesicht dicht über dem durchsichtigen Glaskreis schwebte.

Ein hässliches Gesicht, eine widerliche Fratze, die ich bis aufs Blut hasste.

»Das ist er!«, hauchte die Frau. »Das ist der Satan, den ich einmal … Oh, nein!« Sie schüttelte sich, als wieder die Erinnerung mit der Gewalt eines Sturmes über sie kam.

Ja, er zeigte sich in seiner ganzen Hässlichkeit und verzog sein Gesicht zu einem breiten Grinsen.

»Willkommen, John Sinclair!«, giftete er. »Es ist doch seltsam, dass sich unsere Wege immer wieder kreuzen, nicht wahr?«

»Schicksal«, erwiderte ich.

»Ja, das glaube ich auch. Aber ich werde dafür sorgen, dass du irgendwann das Schicksal nicht mehr beeinflussen kannst. Du musst weg, Geisterjäger. Wenn nicht jetzt, dann später.«

Die Worte kannte ich. Während sie Fedora entsetzten, störte ich mich nicht daran, ich wollte endlich wissen, was genau hier gespielt wurde.

»Wo steckt die Kugel?«

»Willst du sie sehen?«, höhnte Asmodis.

»Sonst hätte ich nicht gefragt.«

»Ja, ich zeige sie dir«, erklärte er mir und bewegte sich, ohne die Haltung zu verändern. Bisher hatte ich seine Hände nicht gesehen, nun aber zeigte er sie uns, und er hielt damit einen Gegenstand, der dunkelrot schimmerte.

Die Kugel!

Ich muss ehrlich gestehen, dass ich damit nicht gerechnet hatte. Der Teufel besaß also die Kugel, er hatte sie Tanith weggenommen und zeigte sie triumphierend.

»So ist das, Geisterjäger, wenn man gewinnt! Ich habe die Kugel und gebe sie nicht mehr her!«

»Und wo ist der Kelch?«

Da verzog sich sein Gesicht. »Ihn schenke ich dir, Sinclair!«

Ich lachte. »Das heißt, du bist nicht in der Lage, ihn an dich zu nehmen – oder?«

»Was interessiert es mich! Die Kugel ist für mich sehr viel wertvoller.«

Das konnte ich mir vorstellen. Auch für Tanith hatte sie einen großen Wert besessen. Diese Kugel hatte der Wahrsagerin gewisse magische Fähigkeiten gegeben. Die

Dinge, die sie in der Kugel gesehen und in Aussagen gekleidet hatte, trafen meist ein, und durch die Kugel war ihr auch hin und wieder ein Blick in andere Dimensionen und Zeiten gestattet worden. In Verbindung mit dem Kelch des Feuers wurde sie noch stärker. Allerdings war die Kugel selbst ein Neutrum. Deshalb konnte sie der Satan auch anfassen, im Gegensatz zum Kelch, der einer christlichen Mythologie entstammte.

»Weshalb hast du damit so viele Umstände gemacht?«, wollte ich wissen. »Du hättest zu Tanith gehen und die Kugel an dich nehmen können. Dann wäre alles erledigt gewesen, aber du hast Menschen in dein höllisches Spiel mit hineingerissen, unschuldige Menschen ...«

»Unschuldig?«, kreischte er. »Nein, sie waren nicht unschuldig. Sie haben hier ihr Haus gebaut!«

»Na und?«

»Dies hier ist ein alter mystischer Platz. Es waren die Teufelsmönche, deren Geister sich hier zurückgezogen hatten. Dieser Ort war vor langer Zeit einmal ein Wohnsitz finsterer Dämonen gewesen. Man hat Menschenopfer dargebracht, denn hier stand einmal ein Kloster. Die alten Mauern sind noch da, sie fanden als Kellermauern Verwendung. Und in ihnen nistete das Böse. Die Geister der Mönche lebten in ihnen, sie durchdrangen das Gestein und warteten nur auf ihre Befreiung. Es waren Mönche, die zu denen gehörten, die du, John Sinclair, vor Jahren einmal erledigt hast. Kannst du dich noch an die Bruderschaft des Satans erinnern? Es war auch in Frankreich gewesen, aber du hast nicht damit gerechnet, dass es noch andere Mönche gab, die hier ihren Platz fanden. Es waren die Brüder derjenigen, die der Kelch des Feuers vernichtet hatte. Sie brauchten nur befreit zu werden, um ihre Rache vollenden zu können. In Fedora Golon fand ich die richtige Helferin. Sie war seelisch ziemlich unten, setzte mir keinen Widerstand entgegen, als ich mich ihr in einer Verkleidung zeigte, und sie malte das, was ich ihr vorgab. Als sie das Bild fertig gestellt hatte, konnten sich die Geister der Mönche befreien, und sie drangen in die Figuren ein, um sie mit dem Leben zu erfüllen, das ich wollte. Nun sind sie frei und gehorchen mir. Sie haben die Kugel und den Kelch gesehen, konnten beides umtanzen, ohne dass ihnen etwas passierte. Damit war klar, dass sie keine Angst zu haben brauchten. Ich zeigte ihnen, dass ich die Kugel anfassen konnte, ohne dass etwas geschah. Sie bekamen Mut, und ich gab ihnen den Auftrag, die Spuren zu löschen.«

»Das heißt, du hast sie zum Mord angestiftet.«

»Meinetwegen auch das.«

»Und wer brachte Tanith um?«

»Dieses Vergnügen gönnte ich mir selbst!«

Ich zuckte zusammen. Vergnügen hatte er gesagt! Vergnügen! Meine Güte, diese Gestalt verkörperte tatsächlich das absolut Böse. Wer sprach bei einem Mord schon von Vergnügen.

»Du siehst, Geisterjäger, dass ich allmählich wieder Oberwasser gewinne. Den Würfel des Unheils habe ich leider nicht bekommen, das gebe ich zu, aber die Kugel ist auch nicht zu verachten …«

»Wo ist der Kelch?«, fragte ich mit rauer Stimme.

»Es interessiert mich nicht.«

»Also im Haus.«

»Vielleicht.«

»Töten Sie ihn!«, hörte ich die Stimme der Malerin. »Töten Sie diese verdammte Bestie! Sie müssen …«

»Nein, nein!« Der Satan lachte schallend. »Ihr könnt mich nicht vernichten. Ihr nicht …«

Zu schießen wäre sinnlos gewesen, aber ich dachte daran, das Kreuz gegen ihn einzusetzen. Es war ungeheuer stark, sogar der Satan fürchtete sich vor ihm, denn in uralter Zeit, als der große Kampf zwischen dem Guten und dem Bösen begonnen hatte, war das Böse schon einmal auf der Strecke geblieben.

Doch Asmodis war schlau. Er dachte genau richtig, und er zog sich zurück.

Das ging blitzschnell. Die gläserne Öffnung an der Decke verschwand, und sie lag wieder völlig normal vor uns, sodass es mir nicht gelang, meine stärkste Waffe einzusetzen. Nur noch ein Schwefelhauch traf uns. Das war

Satans letzter Gruß, denn er hatte sein Ziel erreicht und besaß die Kugel.

Noch blieben die Mönche übrig.

Von ihnen hatten wir bisher nichts gesehen, wobei ich glaubte, dass sie sich im Haus aufhielten.

Die Erklärung des Satans hatte mich überrascht. Ich wusste bisher nicht, dass es zwei Gruppen von Teufelsmönchen gegeben hatte. Eine hatte ich vor Jahren vernichtet, die andere hatte überleben können und war nun zurückgekehrt, weil der Satan es so wollte.

Fedora sprach mich an. »Sie wollen den Kelch, nicht wahr?«

»Ja.«

»Ich weiß nicht, wo er sich befindet. Ich holte ihn nur aus Paris, und dann geriet er in das Bild.«

»Das weiß ich. Vielleicht finden wir ihn da, wo sich die restlichen Mönche befinden.«

»Haben die nicht Angst vor dem Kelch?«

»Bestimmt, und sie werden sich hüten, ihn auch nur zu berühren. Wir sollten dennoch nachschauen.«

Fedora Golon warf einen ängstlichen Blick gegen die Decke. »Meinen Sie denn, dass sich der Satan zurückgezogen hat?«

»Das hat er. Sie müssen wissen, dass der Teufel im Prinzip feige und hinterlistig ist. Wenn er etwas unternimmt, sucht er sich bei den Menschen immer die Schwachstellen, wie bei Ihnen. Hat er dann sein Ziel erreicht, ist ihm alles andere egal. Wobei er natürlich hofft, dass die Mönche uns besiegen werden.«

»Und weshalb hat er uns nicht angegriffen?«

Ich deutete auf das Kreuz. »Deshalb.«

»Ist es so mächtig?«, fragte die Frau staunend.

»Sicher.«

Im Keller hatten sich die Mönche nicht mehr aufgehalten. In der unmittelbaren Nähe sahen wir sie auch nicht. Wenn sie nicht draußen lauerten, dann versteckten sie sich bestimmt in der ersten Etage, wo sich das Atelier der Malerin befand. Nicht umsonst war einer der Mönche so plötzlich an der Treppe erschienen.

Ich berichtete Fedora von meinem Verdacht.

Sie erschrak. »Wollen Sie da hoch?«

»Wird mir nichts anderes übrig bleiben«, erklärte ich.

»Aber wir sind allein und die Mönche zu viert.«

»Vergessen Sie unsere Waffen nicht«, erwiderte ich und setzte mich bereits in Bewegung.

Fedora Golon folgte mir langsamer. Es kam mir überhaupt nicht in den Sinn, jetzt zu kneifen. Sicher, wir hätten wegfahren können, aber ich wollte den Fall erledigen.

Zudem stand noch eine Rechnung offen. Indirekt gab ich den höllischen Mönchen auch die Schuld an Taniths Tod.

Das sollten sie mir büßen.

Ich erreichte die nach oben führende Holztreppe und schritt sie so leise wie möglich hoch.

Fedora blieb dicht hinter mir. Vor der Tür stoppte ich meinen Schritt. Schon jetzt spürte ich, dass sie dahinter lauerten. So etwas wie mein sechster Sinn sagte mir dies, und ich nickte der Malerin zu, die mich verstand.

Ich drückte sie ein wenig zurück, sodass sie mehr im toten Winkel stand, hielt die Waffe schussbereit und öffnete vorsichtig die Tür zum Atelier. In diesen Augenblicken hätten sie mich mit ihren Äxten erwischen können, doch die Zeitspanne ging vorbei, ohne dass etwas in dieser Richtung geschah.

Ich peilte in den Raum.

Zuerst wollte ich nicht glauben, was ich sah. Die Mönche standen dort wie Statuen. Sie rührten sich nicht, denn in der Mitte des Raumes befand sich der Kelch des Feuers.

Er stand auf dem Boden, und von ihm strahlte ein schwaches goldenes Leuchten ab.

Es hatte die Mönche gebannt.

Behutsam zog ich die Tür wieder zu, sah den fragenden Blick der Frau und erklärte ihr flüsternd, was ich gesehen hatte.

»Dann haben wir gewonnen?«

»Noch nicht. Ich werde allerdings dafür sorgen. Geben Sie mir bitte das Kreuz zurück.«

Sie erschrak. »Dann bin ich schutzlos.«

»Im Prinzip ja. Nur wird Ihnen von den Mönchen keine Gefahr drohen, der Kelch hält sie im Bann.«

»Warum zerstört er sie nicht?«

»Das möchte ich ja gerade herausfinden.«

Gern gab die Frau das Kreuz nicht ab, dies war ihr deutlich genug anzusehen, aber ich brauchte es einfach.

Es tat gut, es wieder in der Hand zu haben. »Bitte bleiben Sie unten«, bat ich die Malerin. »Warten Sie dort oder draußen, bis alles vorbei ist.«

Sie schaute mir ins Gesicht. Prüfend und ernst. Und dann sagte sie etwas, das ich nicht richtig begriff. »Ich danke Ihnen, John Sinclair. Ich danke Ihnen für alles, was Sie getan haben …« Sie nickte mir zu, drehte sich um und ging, ohne noch einmal zurückzuschauen.

Ich wunderte mich nur, wurde allerdings nicht misstrauisch, weil ich zu sehr an die Mönche dachte.

Mit der flachen Hand drückte ich die Tür auf und betrat langsam das Atelier …

Die unheimlichen Gestalten hatten ein Viereck gebildet. Ein jeder Mönch wirkte auf mich wie eine Statue. Die rechten Arme hatten die untoten Wesen halb erhoben. Ihre Finger umklammerten die Stiele der Äxte, und die Schneiden wiesen dorthin, wo sich der geheimnisvolle Kelch des Feuers befand.

Er stand ruhig auf dem Boden!

Tief atmete ich ein. Dieses Atmen unterbrach als einziges Geräusch die lastende Stille, die ich mit dem Ausdruck ›gespenstisch‹ umschreiben möchte. Da mir von den Mönchen momentan keinerlei Gefahr drohte, konnte ich mich auf den Kelch des Feuers konzentrieren.

Lange Zeit hatte er in meiner Wohnung gestanden, bevor ich ihn Tanith übergeben hatte. Nun sah es so aus, als würde ich ihn mir wieder zurückholen können. Ich setzte ein Bein vor, tat den nächsten Schritt und merkte gleichzeitig die heftige Bewegung des Kreuzes. Es geriet ins Pendeln, als wäre es von einer unsichtbaren Hand angestoßen worden, und im nächsten Augenblick leuchtete es auf, wobei es einen goldfarbenen Schimmer annahm.

Ich stutzte. Bisher hatte mein Kreuz meist silberfarben gestrahlt, seltener auch grünlich, wenn es mit der Magie des Dunklen Grals in Berührung kam.

Nun dieser goldene Schimmer.

Sollte das Kreuz vielleicht mit dem Kelch des Feuers eine Verbindung eingegangen sein?

Es konnte möglich sein, und ich schritt weiter auf den Kelch des Feuers zu.

Ich wusste, dass er aus kostbarem Gold bestand. Seine Seitenwand war mit kleinen Ringen aus erlesenen Edelsteinen besetzt. Tief hinein in das Gold waren alte christliche Symbole eingraviert worden, unter anderem erkannte ich ein Kreuz wie die Buchstaben Alpha und Omega.

Es war dennoch ein Risiko für mich, so allein das Atelier zu betreten. Die Mönche zeigten sich zwar gebannt, dennoch wusste ich nicht, wie lange dieser Bann noch aufrechterhalten werden konnte. Wenn sich Satan in der Nähe aufhielt, würde es ihm vielleicht gelingen, den Bann zu lösen.

Sie schauten über die Schneiden ihrer Äxte hinweg, die mit ihren scharfen Kanten direkt auf mich gerichtet waren. Und ich zögerte nicht länger, sondern betrat das Viereck zwischen den Mönchen.

Mein Ziel war der Kelch.

Noch einen Schritt musste ich gehen, um ihn zu erreichen. Ich wollte, dass der Kelch die Mönche vernichtete. Er sollte mir, zusammen mit meinem Kreuz, die Kraft dazu geben.

Noch lag alles in der Schwebe.

Neben dem Kelch verharrte ich und ging dann in die Hocke. Über meine Lippen zuckte ein Lächeln, als ich ihn so dicht vor mir sah. Wie lange hatte ich ihn vermisst, aber ich hatte ihn bei Tanith in guten Händen gewusst.

Mit der linken Hand berührte ich ihn, während ich in der rechten Hand mein Kreuz hielt.

Noch zögerte ich, den Kelch und das Kreuz zusammenzubringen, aber ich wollte den Versuch wagen. Das goldene Schimmern meiner stärksten Waffe hatte mich darauf hingewiesen.

Ich schaute noch einmal auf die Mönche. Unheimlich sahen sie aus. Sie trugen die seltsamen, hellen Kutten, ihre Haut wirkte im Verhältnis dazu unnatürlich dunkel, und die Schneiden der Äxte leuchteten in einer kalten, stählernen Pracht.

Ein unangenehmes Gefühl kroch über meinen Nacken. Zwar standen die Mönche noch bewegungslos, dennoch musste ich damit rechnen, dass sie von einer Sekunde zur anderen regelrecht explodierten.

Deshalb wollte ich mich beeilen.

Ich hob den Arm mit dem Kreuz ein wenig an. Gleichzeitig drehte ich meinen Körper und zielte mit der Beretta auf die schräg vor mir stehenden Monster.

Sollten sie auch nur eine verkehrte Bewegung machen, würde ich sofort abdrücken.

Sie verhielten sich ruhig.

Nur mein Kreuz bewegte sich. Ich hielt die Kette zwischen zwei Fingern fest. Langsam ließ ich das Kruzifix nach unten sinken, auf die Öffnung des Kelchs zu.

Würden diese beiden Dinge eine Verbindung eingehen? Das war die große Frage.

Da hörte ich das Brodeln.

Diesmal entstand es unter mir, der Boden vibrierte, und plötzlich breitete sich über seine gesamte Fläche ein roter Schein aus.

Der Satan griff ein.

Durch die Mönche ging ein Ruck.

Nicht nur vor mir standen sie, auch in meinem Rücken.

Keine Sekunde durfte ich mir Zeit lassen, hechtete zur Seite, ließ dabei das Kreuz los, hörte, wie es in den Kelch fiel, dann flogen die Äxte, aber auch die Gegenmagie wirkte.

Das Atelier des Hauses verwandelte sich gedankenschnell in eine magische Hölle …

Ich sah das Blitzen und hörte das Pfeifen der mörderischen Waffen, als die Mönche sie schleuderten. Diesmal hätten sie mich nicht mit den Stielen getroffen, aber ich hatte Glück.

Flach lag ich auf dem Boden. Deshalb wischten die halbhoch geworfenen Äxte über meinen Körper hinweg, und ich hörte die Einschläge, als sie in die Ziele hieben.

Die vier Mönche bekämpften sich gegenseitig.

Sie dachten überhaupt nicht daran, auszuweichen. Zudem standen sie sich direkt gegenüber, und es war klar, dass die Waffen treffen mussten.

Dumpfe Schläge erklangen, als die Äxte in den Körpern der Mönche stecken blieben.

Plötzlich wurden die Untoten zurückgewirbelt. Die Wucht der Einschläge trieb sie bis gegen die Wände, wo sie zur Ruhe kamen und sich ihre Gesichter verzerrten.

Sie waren nicht tot, aber für die nächsten Sekunden so abgelenkt, dass ich Gegenmaßnahmen ergreifen konnte.

Das brauchte ich nicht, denn nun reagierten die beiden stärksten Waffen gemeinsam.

Kreuz und Kelch!

Ich hatte den Kelch schon einmal in Aktion erlebt. Vor Jahren vernichtete er die Teufelsmönche, indem aus seiner Öffnung gewaltige Flammen schlugen, die die schrecklichen Gestalten regelrecht fraßen.

Hier war es ähnlich.

Die Feuersäule, die aus der Öffnung raste, war dick wie ein Arm, erreichte die Decke und breitete sich dort blitzschnell aus, während sich der Boden unter mir allmählich in seine normale Farbe zurückverwandelte.

Die Magie des Kelchs hatte die der Hölle verdrängt.

Noch etwas geschah.

Mein Kreuz stieg aus dem Kelch. Inmitten der kalten Feuersäule hielt es sich auf und glitt allmählich höher, sodass es bald die Decke erreicht haben musste, wo sich das Feuer noch weiter ausbreitete. Doch nicht diese kalten Flammen griffen die Mönche an, sondern das Kreuz.

Aus den Ecken schlugen Blitze.

Vier Mönche waren es, und vier Ecken hatte das Kreuz.

Dort hatten die Erzengel ihre Insignien hinterlassen. Aus jedem Buchstaben schoss ein eigenartig gekrümmter, goldfarbener Blitz.

Vier Mönche, vier Blitze – und vier Treffer!

Für einen Moment hatte ich den Eindruck, als würden die untoten Gestalten an der Wand festgenagelt. Jedenfalls konnten sie sich nicht bewegen, blieben zitternd hinter einer Flammensäule stehen, bevor sämtliche Kraft ihre Körper verließ und sie zusammensackten.

Dann schlugen Flammen hoch. Sie waren wie gefräßige Untiere.

Die Flammen zerstörten, die Flammen lösten auf. Sie vernichteten radikal. Nicht einmal Schreie hörte ich. Die untoten Gestalten führten noch einen kurzen, gespenstischen Tanz auf, dann war es mit ihnen vorbei, und sie brachen zusammen.

Allmählich ausglühend blieben sie liegen, sodass zum Schluss vier Aschehäufchen zurückblieben.

Gleichzeitig sackte auch die Feuersäule zusammen, als hätte eine Hand von oben auf sie gedrückt. Der Kelch schluckte das Feuer, und er nahm auch das Kreuz wieder an sich, das er zuerst in die Höhe getrieben hatte.

Ich hatte bisher auf dem Boden gelegen und vor allen Dingen nicht in den Kampf eingegriffen. Nun aber stemmte ich mich allmählich hoch und konnte ein Zittern nicht unterdrücken. Um Haaresbreite war ich dem Tod entronnen, und der Teufel hatte es wieder einmal nicht geschafft, mich zu überlisten.

Ich näherte mich dem Kelch.

In ihm steckte mein Kreuz. Es sah wieder völlig normal aus und schaute aus der Öffnung hervor.

Lächelnd nahm ich es an mich, streifte mir die Kette über den Kopf und hängte das wertvolle Kruzifix wieder um. Das war erledigt. Bevor ich den Raum verließ, hob ich auch den Kelch an. Lange hatte ich ihn nicht mehr zwischen meinen Händen gehalten. Es war ein gutes Gefühl, ihn wieder in Besitz zu nehmen. Als ich jedoch an den Preis dachte, der dafür gezahlt worden war, hätte ich den Kelch liebend gern wieder abgegeben. Eine Tanith, eine Lisa und ihren Vater Raymond holte niemand mehr ins Leben zurück.

Meine Schritte glichen der staksigen Gangart eines Cowboys, als ich die Treppe nach unten ging. Ich wollte Fedora erklären, dass wieder alles in Ordnung war. Überrascht blieb ich im Wohnraum stehen, als ich die Malerin nicht vorfand.

Ich rief ihren Namen.

Nicht einmal, sondern gleich dreimal, ohne allerdings eine Antwort zu erhalten.

Wo konnte sie nur stecken? Sie hatte doch nicht irgendwelche Dummheiten gemacht? Mir fiel ein, wie seltsam sie sich von mir verabschiedet hatte, und ich stellte den Kelch hastig auf den nächsten Tisch.

Dann rannte ich nach draußen. Über die Terrasse jagte ich, sprang in den Sand, blieb stehen, schaute mich um und sah die Frau weit von mir entfernt.

Sie befand sich fast dort oben, wo ich bei der Hinfahrt angehalten hatte.

Direkt am Rand des Abgrunds.

In diesem Augenblick wurde mir klar, was sie vorhatte, und die Verzweiflung zeichnete mein Gesicht. Fedora hatte angehalten, drehte sich und sah mich jetzt.

Sie winkte mir zu.

Abschiedswinken …

»Fedoraaa …!«, brüllte ich so laut, wie ich konnte, aber sie hörte nicht. Die Malerin kletterte noch ein Stück höher, bis sie den ihrer Ansicht nach richtigen Punkt erreicht hatte. Dort blieb sie stehen und schaute in die Sonne.

Langsam breitete sie die Arme aus.

Der letzte Schrei erstickte auf meinen Lippen, als Fedora sich abstieß, ihr Kleid vom Aufwind erfasst wurde und sie für einen Moment wie ein großer Vogel in der Luft schwebte.

Dann fiel sie.

Den Aufschlag hörte ich nicht. Er ging im Tosen der Brandung unter.

Ich erreichte den Ort wenig später. Fedora lag auf einem Felsblock und sah aus, als würde sie schlafen. Nur die gebrochenen Augen und der dünne Blutfaden, der aus ihrem Mundwinkel sickerte, erinnerte mich daran, dass sie nicht mehr lebte.

So hatte der Satan auch das letzte Opfer bekommen.

Vor Wut ballte ich die Hände.

Ich merkte die Gischt und den Wind nicht, die meinen Körper trafen, ich stand nur da und starrte in eine unerreichbare Ferne ...

Mit den obersten französischen Polizeidienststellen hatte ich mich in Verbindung gesetzt. Noch am Abend wimmelte es von Polizisten, hohen Beamten und auch Geheimdienstleuten. Telefondrähte liefen zwischen London und Paris heiß. Auf höchster Ebene wurde die Sache geklärt.

Ich wäre gern nach Paris gefahren, denn ich wollte Tanith das letzte Geleit geben.

Leider kam etwas dazwischen.

Aus London erreichte mich die dringende Meldung. Ich wurde dort unverzüglich gebraucht.

Ich erfuhr nur so viel, dass es sich um eine neuartige, unheimliche Dämonenart handelte.

Um Horror-Parasiten.

Aber davon berichte ich in meinem nächsten Fall ...

Ghoul-Parasiten

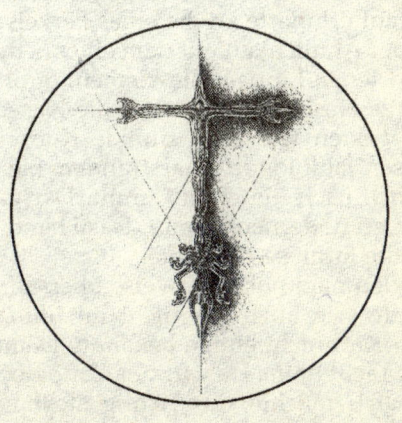

Auf dem sonst so glatten Betongesicht des Mannes breitete sich ein ungläubiges Staunen aus. »Ist das wirklich wahr? Wollen Sie mir keinen Bären aufbinden?«

Nein, Mister!« Logan Costello, der Mafiaboss, grinste kalt. »Wenn Sie mich leimen, bedeutet das Ihren Tod.«

»Ich weiß.«

»Dann zeigen Sie mir, was Sie mitgebracht haben. Und nennen Sie mir endlich Ihren Namen!«

Der Mann schüttelte den Kopf. »Nein«, erklärte er und lächelte dabei. »Den brauchen Sie nicht zu wissen.«

»Und wie soll ich Sie anreden?«

»Nennen Sie mich einfach Mister X!«

Logan Costello zuckte zusammen. »In Anlehnung an Lady X?«

»So ungefähr.«

»Aber sie lebt nicht mehr.« Costello stellte dies mit großer Befriedigung fest, denn er hatte Lady X auf den Tod nicht ausstehen können. Die Vampirin war ihm verhasst bis aufs Blut gewesen. Er musste von ihr Befehle annehmen, da sie sich nach dem Ende des Dr. Tod als Führerin der Mordliga aufgespielt hatte! »Und wenn Sie versuchen wollen, mich reinzulegen, ergeht es Ihnen ähnlich!«

Der Mann lächelte nur. Er war ein unscheinbarer Typ. Klein von Gestalt, ein wenig dicklich. Sein Gesicht war glatt. Die Haut erinnerte an die eines Ferkels. Überhaupt hatte der Kopf Ähnlichkeit mit dem eines Schweins. Auch die aufgeworfenen Lippen, die kleinen, farblosen Augen und die kurze Nase, wo besonders die Nasenlöcher auffielen. Sie wirkten wie zwei dunkle Knöpfe. Auf dem Kopf wuchsen fahlblonde Haarsträhnen. Sie waren glatt und sehr flach nach hinten gekämmt. Der ganze Anzug zeigte einen unmodernen Schnitt. Das Hemd war ebenso fleckig wie die farblose Krawatte.

Ein Typ, den man normalerweise übersah, und Logan Costello hätte sich auch gar nicht mit ihm abgegeben, wenn dieser Kerl nicht einige bekannte Dämonennamen ins Spiel gebracht hätte. Da war der Capo doch neugierig geworden. »Ich möchte nur richtig stellen«, sagte der

Mann, »dass Sie Lady X nicht getötet haben. Außerdem sollten Sie nicht zu früh triumphieren, denn bisher hat Ihnen die Scott noch einen gewissen Schutz gegeben, oder irre ich mich da?«

»Ja, Sie irren sich. Was konnte Sie schon tun? Gar nichts? Ich halte auch ohne Ihre Hilfe das Zepter der Londoner Unterwelt fest in meiner Hand. Und nun zeigen Sie mir endlich, weshalb ich hier mit Ihnen meine Zeit vertrödle.«

»Sie werden gleich anders denken.«

»Hoffentlich.«

Mister X drehte sich um. Er wandte dem Capo den Rücken zu und bückte sich einem Stuhl entgegen. Auf ihm hatte er seinen schwarzen Diplomatenkoffer abgestellt. Der Koffer hatte ein Sicherheitsschloss. Es war mit einer Zahlenkombination versehen, die der Mann erst noch einstellte.

Costello schaute dabei auf die Hände seines Besuchers. Es waren seltsame Finger. Sie passten nicht zu dem übrigen Körper, denn sie waren verhältnismäßig lang. Wie die Hände eines Klavierspielers.

Der Mann stellte die Zahlenkombination ein und ließ durch Druck die Verschlüsse in die Höhe schnellen. Dann legte er den Koffer auf den Stuhl und klappte den Deckel hoch.

Es war ein spannender Anblick. Selbst Costello beugte sich hinunter und schaute nach, welch einen Inhalt der Koffer barg.

Nur ein Gegenstand lag darin.

Eine Pistole!

Logan Costello hielt den Atem an, als er die Waffe erkannte. Das war keine normale Pistole, sondern eine Sonderanfertigung. Sie hatte einen grünen Griff, eckige Konturen, und all die übrigen Teile, wie Lauf, Schloss, Abzugsbügel, bestanden aus einem sehr wertvollen Metall. Aus Gold.

Vorsichtig hob der Mann, der sich Mister X nannte, die Waffe aus dem Koffer. Seine Augen begannen zu glänzen. Der Mund war zu einem Lächeln verzogen, und wie unabsichtlich richtete er die Mündung auf den Mafioso Logan Costello.

»Hüten Sie sich«, sagte dieser.

Mister X ließ sich nicht beirren. »Nein, Costello, Sie können nichts machen. Wenn ich abdrücke, geschieht etwas Grauenhaftes. Und es gibt keine Macht der Welt, die Sie noch retten kann.«

Die Sätze waren zwar leise gesprochen worden. Dennoch glaubte Costello nicht an einen Bluff. Das hatte der Mann nicht nötig.

Die beiden Männer fixierten sich.

»Und deshalb wollten Sie mich sprechen?«, fragte Costello nach einer Weile.

»Ja.«

Der Mafioso lachte leise. »Wenn ich will, kann ich mir so eine Waffe ebenfalls herstellen lassen. Sie ist nichts Besonderes, Mann.«

»Da irren Sie sich. Diese Pistole ist einmalig. Und so alt wie …« Da stockte er, lächelte nur und hob seine runden Schultern. »Wir hatten doch verabredet, dass Sie alles vorbereiten. Haben Sie das geschafft? Können wir jetzt?«

»Natürlich«, brummte Costello, dem es überhaupt nicht passte, dass er nur die zweite Geige spielte. Dennoch gehorchte er aus Neugierde. Er wandte sich ab und ging zu dem Telefon, das neben der Tür an der Wand hing. Ansonsten war der Raum bis auf den Stuhl leer. Er lag unter der Erde. Erhellt wurde er vom kalten Licht einer großen Leuchtstoffröhre. Die Betonwände waren glatt wie Seife.

Nur das Telefon verband den Mafioso mit der Ober- und Außenwelt. Er hob den Hörer ab, presste ihn ans Ohr und wählte nur eine Zahl. Als er Verbindung hatte, sagte er: »Du kannst kommen, Serge!«

Mister X wartete. Er stand da, als wäre überhaupt kein Leben mehr in ihm. Sein rechter Arm hing an der Seite nach unten, die Mündung der Waffe wies zu Boden.

Costello warnte noch einmal. »Wenn Sie versuchen, mich reinzulegen, ergeht es Ihnen dreckig.«

»Merken Sie sich endlich, dass ich nicht zu Ihren

Leuten gehöre. Sie können mich nicht herumkommandieren. Es muss für Sie eine Ehre sein, dass ich Sie aufgesucht habe.«

»Gleich kommen mir die Tränen.«

»Sparen Sie sich diese Dinge auf!«

Der schmucklose Raum hatte eine gut gesicherte, fast schalldichte Tür; sie bestand aus Stahlblech. Dennoch hörten die beiden Männer das wilde Knurren hinter der Tür.

»Der Bluthund?«, fragte Mister X.

»Ja, wie Sie es wünschten.«

»Dann lassen Sie ihn mal herein!«

Logan Costello ging zur Tür. Er besaß den Schlüssel und sperrte auf. Kaum hatte er die Tür geöffnet, als die Männer das Knurren und Bellen vernahmen.

Eine deutsche Dogge sprang über die Schwelle und wurde von Serge hart zurückgerissen, sodass sich der Hund auf seine Hinterpfoten stellte und mit den Vorderfüßen in der Luft umherschlug. Sein wütendes, aggressives Bellen hallte durch den Raum. Er riss und zerrte an der Leine. Das Maul stand offen. Die Zunge glitt wie ein dünn geschnittenes Filetstück hervor, die Zähne glänzten vor Geifer.

Nur ein kräftiger Mann wie Serge konnte dieses Tier halten. Fragend schaute er seinen Boss an.

Costello deutete auf die gegenüberliegende Wand. »Stellt euch dorthin!«, befahl er.

Serge hob die breiten Schultern und ging. Der Hund scharrte mit seinen Pfoten über den glatten Boden. Er schlug um sich, keuchte, riss und zog. Seinen Kopf schleuderte er dabei von einer Seite auf die andere. Hecheln und Bellen gingen ineinander über, der kurze Schwanz führte peitschende Bewegungen durch.

Serge musste ihn jetzt hinter sich herziehen, um die Stelle an der Wand einzunehmen, denn der Hund hatte den Fremden gesehen, und zu ihm wollte er.

Mister X verzog seine Lippen. Er benetzte sie mit Speichel, der seltsam gelb schimmerte, und sie nahmen einen matten Glanz an.

»Bleibt da stehen«, erklärte er, »und sehen Sie zu, Serge, dass Ihnen der Hund nicht zu nahe kommt, sonst erwischt es Sie auch.«

Serge schaute seinen Boss an.

Erst als Costello nickte, war der andere zufrieden. Noch immer hatte er mit dem Hund seine Mühe. Die Dogge wollte nicht ruhig bleiben. Allerdings ging sie nicht auf ihn zu, sondern schräg von Serge weg, wobei sich die Leine straff wie eine Geigensaite spannte.

»Bleibt so!«, erklärte Mister X und hob die geladene Pistole. Er schwenkte die Waffe und richtete die Mündung auf den Hund.

»He!«, protestierte Serge. »Ich …«

»Dir passiert nichts«, erklärte Costello kalt.

»Und jetzt gebt Acht«, sagte Mister X. Er trat noch einen winzigen Schritt zur Seite, um eine optimale Schussposition einzunehmen und krümmte langsam den Zeigefinger.

Logan Costello konnte die Bewegung genau verfolgen. Er und auch Serge erwarteten einen Schuss, den peitschenden Knall oder ein donnerndes Dröhnen. Nichts in der Richtung geschah.

Aus der Waffenmündung schoss eine seltsam rötliche Flüssigkeit. Herausgetrieben wurde sie von einem gewaltigen Druck und klatschte voll gegen die an der Leine zerrende Dogge.

Was dann geschah, verschlug zumindest den Mafiosi den Atem!

Die Flüssigkeit breitete sich gedankenschnell aus. Innerhalb von einer Sekunde entstand die doppelte Menge, wurde weiter aufgebläht und nahm die Form einer Kugel an, die den Hund umspannte. Er befand sich jetzt im Innern der Kugel. Sein Bellen wurde leiser, verstummte völlig, denn die Kugel schluckte die Geräusche.

Gleichzeitig wuchsen aus diesem neu entstandenen Wesen dünne Beine, die den Boden berührten und die Kugel langsam in die Höhe stemmten.

»Schaut genau hin!«, durchdrang die Stimme des geheimnisvollen Mannes das Schweigen.

Das taten die beiden Mafiosi. Serge hatte die Leine losgelassen. Sie schaute noch aus der Kugel hervor und peitschte über den Boden, wenn diese zu stark bewegt wurde.

Ein unheimlicher Vorgang bot sich den Augen der Menschen.

Der Hund verendete. Seine Bewegungen wurden schwächer und schwächer. Zwar warf er sich noch gegen die Kugel, doch er prallte von der dünnen, dennoch so festen Haut ab und wurde immer wieder zurückgeschleudert. Auch mit seinen Zähnen schnappte er zu, hackte sie hinein in den elastischen Widerstand, erreichte damit aber nichts.

Die Kugel hielt dicht. Und sie sonderte ein seltsames Sekret ab, das von der Innenfläche der dünnen Haut auf den Körper des Hundes tropfte.

Den Zuschauern schien es, als hätte das Tier Hiebe bekommen, so sehr zuckte es, fiel auf den Boden der Kugel, drehte sich dort auf den Rücken und schlug mit den Pfoten um sich.

Waren es tatsächlich Pfoten?

Nein, nicht mehr. Denn die Haut löste sich auf. Sie wurde flüssig. Eine gelblich schimmernde Masse, die wie flüssiges Wachs wirkte, sich in der Kugel sammelte, zu einer Lache anwuchs und dabei immer mehr Haut vom Körper des Hundes löste.

Die Masse brodelte auf. Sie wirkte wie eine Säure; die Knochen jedoch griff sie nicht an. Das gesamte Skelett wurde als ein einziger Körper ausgestoßen und fiel neben der Blase zu Boden. Dort blieb es liegen.

Die Blase aber wanderte weiter. Sie hatte einen neuen Gegner gesehen. Es war Serge.

Der stand wie angewachsen. Er schaute auf das hässliche Ding mit den dünnen Füßen, die den Körper schaukelnd trugen und in seine Richtung drehten.

Costello blickte zu dem Unbekannten mit der goldenen Waffe in der Hand. Selbst dem Mafioso war es unheimlich zu Mute. Er gab es ja nicht gern zu, aber eine Gänsehaut rann dennoch über seinen Rücken.

Mister X tat nichts, um die Blase zu stoppen. Er ließ sie weiterlaufen, und Serge musste zurück. »Boss!«, keuchte er. »Verdammt, was soll das? Bin ich an der Reihe?«

Er erhielt keine Antwort.

Mit einem gewaltigen Sprung brachte sich der Mann aus der unmittelbaren Gefahrenzone. Er übersah die Wand und prallte gegen sie, wobei er sich die Schulter stieß.

Sein Gesicht verzerrte sich. Blitzschnell verschwand seine rechte Hand unter dem Jackett. Der kurzläufige Revolver schien ihm zwischen die Finger zu springen.

Serge zielte kurz und drückte ab. Er wollte die unheimliche Kugel zerschießen. Ein jeder sah, wie das Projektil gegen die Haut hieb, sie jedoch nicht zerstörte. Das Geschoss pfiff als Querschläger zurück und klatschte gegen eine der Betonwände, wo es deformiert wurde.

Noch zweimal feuerte Serge.

Abermals erzielte er keinen Erfolg. Sein Gesicht verzerrte sich dabei. Er begann zu schreien, und dieses Brüllen vermischte sich mit den Echos der nächsten Schüsse.

Zudem hatte er noch Pech.

Einem gefährlichen Querschläger konnte er nicht mehr ausweichen. Die Kugel jagte in seinen Oberschenkel und hinterließ dort eine daumenlange Fleischwunde.

Jetzt knickte Serge zusammen.

Und die dämonische, alles verzehrende Kugel näherte sich langsam. Sie wippte auf ihren dünnen Beinen heran, eine gefährliche, unheimliche Waffe, die Serge in Todesangst versetzte, denn aus seiner Perspektive erschien sie ihm übergroß.

»So tut doch was!«, brüllte er verzweifelt. »Verdammt, seht endlich zu, dass das Ding stehen bleibt!« Er warf sich herum, kroch über den Boden, aber diesmal war die Kugel schneller.

Costello war ein Menschenleben im Prinzip egal, aber Serge brauchte er noch. Deshalb wandte er sich an Mister X. »Ich will nicht, dass die Kugel ihn frisst!«

»Natürlich nicht!«, wurde ihm geantwortet. Als wäre

es die selbstverständlichste Sache der Welt, schritt der Mann auf sein Geschöpf zu. Dann drückte er wieder ab.

Er musste diesmal einen anderen Kontakt betätigt haben, denn aus der Waffe schoss ein winziger blauer Pfeil.

Als er in die Kugel hineinhieb, zerplatzte sie mit einem Geräusch, das entsteht, wenn aus einem Ballon die Luft gelassen wird. Alles an ihr löste sich auf.

Zurück blieb nur ein feuchter Fleck!

Man hörte das Aufatmen des Verletzten. Er lag auf der linken Seite, während er seine rechte Hand gegen den Oberschenkel gepresst hielt, wo die Kugel die Wunde hinterlassen hatte. Zwischen den Fingern schimmerte es feucht.

Schwer und keuchend atmete er. Schweiß lag auf seinem Gesicht, das glänzte, als wäre es mit Öl bestrichen worden.

»Wir werden dich gleich versorgen«, sagte Logan Costello kalt und wandte sich dem geheimnisvollen Mister X zu. »Ich bin beeindruckt«, erklärte der Mafioso, »damit hätte ich nicht gerechnet!«

»Das wusste ich.«

Costello knetete sein Granitkinn. »Ich würde gern wissen, wohin ich Sie stecken soll. Da Sie es mir nicht sagen werden, frage ich einmal anders. Diese Flüssigkeit kommt mir vor, als hätte sie eine gewisse Ähnlichkeit mit dem Todesnebel. Stimmt das?«

»In etwa ja«, wurde ihm geantwortet. »Dabei möchte ich hinzufügen, dass die Masse nicht nur eine Ähnlichkeit besitzt, sondern der direkte Todesnebel ist. Nur eben in einem anderen Aggregatzustand, in flüssiger Form, mein Lieber …«

Seine Annahme so direkt bestätigt zu bekommen, war für Logan Costello der absolute Hammer. Er, der König der Unterwelt wurde sogar ein wenig bleich.

Mister X lächelte nur und blickte auf seine goldene Waffe. Auch Costello schaute sie an, schüttelte den Kopf, war fasziniert und kümmerte sich nicht um das Stöhnen seines verletzten Leibwächters. So etwas empfand er momentan als störend oder zweitrangig.

»Und das ist der Todesnebel?«, hauchte er.

»Wenn ich es dir sage.«

Costello schüttelte den Kopf. Er begann mit einer Wanderung, wobei er hin und wieder einen Blick auf die feuchte Lache am Boden warf. Als er stehen blieb und den Unbekannten anschaute, hatte sich auf seiner Stirn ein Faltenmuster gebildet. »Wenn das so ist, brauche ich mich um den Würfel des Unheils nicht mehr zu kümmern«, erklärte er.

»So ist es.«

»Und wer besitzt den Würfel jetzt?«

»Ich dachte, du wolltest dich darum nicht mehr kümmern.«

»Ich hätte es doch gern gewusst.«

Mister X hob die Schultern. Er leckte seine Lippen und ließ die Waffe wieder verschwinden. Costello registrierte dies genau. Es gefiel ihm überhaupt nicht, denn er hätte die Pistole gern besessen. Deshalb fragte er: »Du nimmst sie wieder mit?«

»Natürlich.«

»Weshalb bist du dann zu mir gekommen?«

Der Mann mit dem Schweinsgesicht lächelte widerlich. »Ich wollte dir damit demonstrieren, dass es noch mächtigere Wesen gibt, als Lady X es war, in deren Besitz sich schließlich der Würfel des Unheils befand.«

Costello kniff die Augen leicht zusammen. Sein Blick wurde lauernd. »Dann hast du die Nachfolge der Lady X in der Mordliga übernommen? Verstehe ich das richtig?«

Mister X schüttelte den Kopf. Hinzu kam noch seine abwertende Handbewegung. »Wer ist schon die Mordliga?«, fragte er. »Die kann man vergessen. Es gibt sie nicht mehr. Finde dich endlich damit ab, Costello. Es hat sich wirklich einiges geändert.«

»Sie sind doch nicht alle hin!«

»Nein! Vampiro-del-mar und Xorron existieren nach wie vor. Aber die kannst du vergessen.«

»Ich glaube, du unterschätzt sie.«

Mister X lächelte spöttisch. »Glaubst du denn, dass sie sich bei dir zeigen werden?«

»Eigentlich nicht.«

»Na also.« Der Unbekannte deutete auf die Tür. »Und ich werde ebenfalls gehen.«

»Wieso? Weshalb bist du denn gekommen, wenn du schon …?«

»Ich lasse mich nicht vor deinen Karren spannen, Costello. Ich habe mein eigenes Ziel.«

Jetzt wurde der Mafioso nervös. »Das kannst du nicht machen. Du brauchst ja nicht in meine Dienste zu treten, aber diese Waffe in unseren Händen ist Gold wert. Wir könnten damit einigen Gegnern Paroli bieten. Überlege doch mal, Mister X. Allein diese Pistole gewährleistet uns die absolute Machtfülle. London gehört …«

»Ich weiß, was du alles denkst, Costello. Und du liegst damit gar nicht mal so falsch. Auch ich verfolge meine Pläne. Ich wollte dir nur gezeigt haben, was ich besitze. Mehr nicht. Wir hören wieder voneinander.«

Costello ging hastig auf den Unbekannten zu und blieb einen Schritt von ihm entfernt stehen. »Lass dich doch beraten, Mann! Überlege mal. Wir müssen uns zusammenschließen. Mit dieser Waffe kann ich ihn endlich leicht besiegen.«

»Wen meinst du?«

Costello war klar, dass der andere Bescheid wusste. Er sah es dessen Grinsen an. Trotzdem sprach er es aus.

»Wir müssen die Pistole gegen John Sinclair und seine Freunde einsetzen.«

»Du hast es erfasst«, erklärte der andere. »Und deshalb bin ich zu dir gekommen.«

Nun verstand Costello gar nichts mehr. Er sagte auch nichts, sondern hörte in den nächsten Minuten nur noch zu. Sein Gesicht, das wieder glatt und ausdruckslos geworden war, veränderte sich von Sekunde zu Sekunde. Zum Schluss zeichnete ein kaltes Grinsen seine Züge, und als Zeichen seines Einverständnisses rieb er sich die Hände.

Die Stimmung war gedrückt. Als Suko am Morgen das Büro betrat und seinen Freund John Sinclair nicht vorfand, wurde er wieder an den Anruf erinnert, der ihn am vorherigen Abend aus Frankreich erreicht hatte. John hatte vom Tod seiner Mitstreiterin berichtet.

Tanith, die Hellseherin, war ermordet worden!

Es hatte auch den Chinesen hart getroffen, und er drückte John Sinclair beide Daumen, dass dieser den Fall aufklären konnte. Sollte Not am Mann sein, so hatten sie vereinbart, würde Suko ebenfalls nach Frankreich fliegen und seinem Freund zur Seite stehen.

Aber das waren vage Thesen. Zudem hatte er von Sir James keinen Auftrag erhalten.

Als Glenda Perkins eintraf, merkte sie natürlich, dass mit Suko etwas nicht stimmte. Sie erkundigte sich sofort nach dem Grund, und der Chinese hielt mit einer Antwort nicht lange hinter dem Berg.

Auch Glenda war geschockt. Sie wurde blass und ließ sich auf einen Stuhl in Sukos Büro fallen. Die Nachricht hatte sie sehr hart getroffen. Beide schwiegen.

Nach einer Weile hob Glenda den Kopf. Sie nagte an ihrer Unterlippe, schob einen Locher zur Seite und stützte ihren Ellbogen auf die Schreibtischplatte. »Es war in letzter Zeit ein wenig viel«, sagte sie leise. »Nadine Berger, Jane Collins, jetzt Tanith. Und fällt dir dabei etwas auf, Suko?«

»Ja, immer nur Frauen.«

»Genau.« Glenda stand auf. »Aber was ist der Grund?«

»Ich kann mir nur vorstellen, dass Frauen das schwächste Glied in der Kette sind. Das hat nichts mit Arroganz der Männer oder deren Vorherrschaft zu tun. Die Frauen sind einfach schwächer und zeigen mehr Gefühl, was ja kein Nachteil ist.«

Glenda nickte. »Wenn man es so sieht, gebe ich dir Recht. Nur frage ich mich, wann Sheila, Shao oder ich an der Reihe sind. Ein paarmal haben sie es versucht, bisher allerdings nicht geschafft. Doch ist das eine Garantie?«

Suko schüttelte den Kopf. »Das kann es natürlich nicht sein. Trotzdem solltest du nicht so pessimistisch denken.

Dann kannst du dich gleich irgendwo verkriechen, wobei auch nicht sicher ist, dass dich deine Gegner nicht finden werden.«

»Ja, das stimmt.«

Suko hob die Schultern. »Wir haben uns nun mal für diesen Job entschieden und werden dabei bleiben müssen. Aussteigen ist nicht mehr drin. Das würde die andere Seite nicht nur als Schwäche, sondern auch als den Anfang vom Ende ansehen. Wir müssen weitermachen, Mädchen, ob wir nun wollen oder nicht. Auch du.«

»Ja, ich habe ebenfalls Feinde«, bestätigte Glenda. Dabei dachte sie besonders an Jane Collins. Die ehemalige Detektivin hatte bereits ein paarmal versucht, ihr an den Kragen zu gehen. In letzter Zeit allerdings war sie ruhiger geworden. Glenda konnte aufatmen.

»Weiß es Sir James schon?«, fragte sie.

Suko nickte. »Ja, natürlich. Wir sprachen noch am Abend über den Fall.«

»Dann wundert es mich, dass er noch nicht eingetroffen ist«, meinte Glenda mit einem Blick auf ihre Uhr.

»Der kommt noch.«

Und wie er kam. Der Superintendent rief gar nicht erst an, öffnete die Bürotür und stürmte durch das Vorzimmer in den Raum, den sich Suko und John Sinclair teilten.

Für einen Moment blieb Sir James stehen und ballte die Fäuste. Die Augen hinter seiner Brille funkelten. Den Morgengruß hatte er vergessen. Er nickte nur kurz und fragte: »Was Neues von John Sinclair?«

»Nein, Sir«, erwiderte Suko. »John wird sich um Taniths Mörder kümmern.«

Der Superintendent nickte. »Ich hätte Sie ja gern zu ihm geschickt«, wandte er sich an den Inspektor, »aber da gibt es etwas, um das Sie sich kümmern müssen.«

»Eine heiße Sache?«

»Könnte es werden. Kommen Sie bitte mit, Suko!«

»In Ihr Büro?«

»Nein, wir machen eine kleine Spazierfahrt.«

Suko hob die Schultern und nickte Glenda Perkins zum Abschied noch einmal zu. Dann verließ er mit Sir

James das Büro. Im Flur wandten sie sich den Fahrstühlen zu, ließen sich nach unten bringen und traten hinaus in den Regen.

Ja, es regnete mal wieder in London. Seit dreißig Tagen, so hatten sie im Radio gesagt, obwohl das ein wenig übertrieben war, denn hin und wieder hatte schon die Sonne geschienen. Aber der Frühling war dieses Jahr buchstäblich ins Wasser gefallen.

Der Fahrer wartete bereits in der dunklen Limousine. Suko und Sir James nahmen im Fond Platz.

Ohne dass der Superintendent ein Ziel angegeben hätte, rollte der Wagen an. Der Fahrer war bereits vorher informiert worden. Natürlich war der Inspektor neugierig, aber er, der Chef, gab ihm keine Information. Sir James blieb verschlossen.

Sie rollten durch London, fuhren auf die andere Seite der Themse, gelangten an den Rand des Stadtteils Southwark und blieben nahe der Waterloo Road stehen.

Suko entdeckte mehrere Polizeiwagen. Das sah schon nach einem mittleren Aufgebot aus, und er fragte sich wirklich, was da los war.

Durch eine Einfahrt betraten sie einen Hinterhof. Dort stand ein barackenähnliches Haus, dessen Eingangstür geöffnet war. Zwei Polizisten hielten Wache.

Sie grüßten, als sie den Superintendenten erkannten.

Auch andere Beamte machten schweigend Platz, als die beiden Männer die Wohnung betraten.

Der Weg führte sie in ein Schlafzimmer. Sukos Spannung wuchs. Kaum hatte er den Raum betreten, als er den Grund erkannte.

Vor dem Bett lag jemand.

Ein Skelett!

Suko hatte es gelernt, seine Überraschung nicht zu zeigen. Auch hier hielt er sich zurück und schwieg wie die anderen.

Nur Sir James fragte: »Das ist er also?«

»Ja, Sir«, antwortete ihm ein älterer Mann.

»Wer ist es?«, wollte Suko wissen.

»Der Mann heißt Efrin Rusk!«

»Kenne ich nicht.«

»Ich auch nicht«, gab Sir James zu. »Aber man hat ihn am heutigen Morgen gefunden. Oder vielmehr sein Skelett.«

»Sind Sie sicher, dass es Rusk ist?«

»Zumindest hat er das Haus hier bewohnt. Ein stadtbekannter Dealer, ein kleiner Rauschgifthändler, der immer seinen Schnitt machte. Und nun sind nur die Knochen von ihm zurückgeblieben. Ich frage mich, was das zu bedeuten hat.«

Suko gab keine akustische Antwort. Er bückte sich, schaute sich das Skelett genau an, sah den knöchernen Schädel und suchte noch nach Hautresten.

Nichts zu sehen. Die Knochen waren völlig blank.

»Haben Sie eine Erklärung?«, fragte Sir James.

»So rasch nicht.«

»Aber das Skelett kommt nicht von ungefähr hierher. Es muss etwas zu bedeuten haben, und Sie wissen selbst, Suko, was dahinterstecken könnte.«

»Ich wage es kaum auszusprechen, Sir.«

»Sagen Sir nur, dass Sie den Todesnebel meinen.«

»Genau, Sir.« Suko erhob sich wieder. Er schaute sich im Zimmer um. Es beherbergte nur das Bett, einen Schrank und zwei Stühle. Und natürlich den Toten.

Der Chef der Mordkommission räusperte sich. »Sie erwähnten einen Todesnebel, Sir. Was haben Sie genau damit gemeint?«

Der Superintendent hob die Schultern. Es ist ein Problem, mit dem ich Sie nicht belasten will. Wir knacken daran, aber die Spuren hier weisen eindeutig darauf hin. Ist er der erste Fund, den Sie gemacht haben?«

»Ja, Sir.«

»Wer hat ihn gefunden?«

»Ein Girl, Sir.«

»Wo ist es?«

»Im Nebenraum.«

»Können wir uns mit der Zeugin unterhalten?«

»Selbstverständlich. Der Beamte nickte. »Kommen Sie mit!«

Nicht nur Sir James ging, Suko natürlich auch. Sie betraten den schmalen Flur und wandten sich scharf nach links, wo sie hinter einer Tür ein leises Schluchzen hörten. Es wurde lauter, als sie die Tür aufzogen. Auf einem gepolsterten Stuhl hockte ein schwarzhaariges Mädchen und weinte. Es trug einen Minirock in knallroter Farbe und eine Bluse mit weiten Ärmeln. Als die Tür geöffnet wurde, hob das Mädchen den Kopf und schaute den beiden Männern aus roten Augen entgegen.

Mit einer Handbewegung machte Sir James dem wachhabenden Beamten klar, dass er den Raum verlassen konnte.

Das Mädchen ließ die Arme sinken, zog die Nase hoch und fragte: »Wer sind Sie?«

»Wir sind vom Yard«, erklärte Sir James, »und möchten Ihnen einige Fragen stellen.«

»Ich weiß nicht viel.«

»Das wird sich herausstellen. Wie heißen Sie denn?«

»Helen Page.«

»Okay, Helen. In welch einem Verhältnis standen Sie zu Efrin Rusk?«

»Er war ein Freund!«

»Wirklich?«

Sie nickte heftig. »Ja, das war er. Ich wollte ihn besuchen, um …« Sie stockte.

Sir James hatte den richtigen Riecher. »Wollten Sie bei ihm Geld abliefern?«

Wäre Helen in einer anderen Verfassung gewesen, hätte sie es sicherlich abgestritten. So aber nickte sie.

»Das heißt, Sie haben für Rusk angeschafft!«, drückte sich Suko sehr klar aus.

Helen bejahte.

»Erzählen Sie mal weiter!«, forderte Sir James. »Sie sind also gekommen, um Geld abzugeben. Was geschah genau?«

Helen schluchzte. Sie legte die Arme zusammen, als würde sie frieren. »Ich fand die Tür offen. Das hat mich misstrauisch gemacht, denn Efrin hat immer abgeschlossen. Sofort dachte ich an Einbrecher. Im Flur rief ich seinen Namen. Er meldete sich aber nicht, also ging ich ins Schlafzimmer. Da, da …« Sie begann zu schluchzen. »Er lag vor dem Bett, vielmehr das, was von ihm übrig geblieben war. Ein Skelett!«

Suko und Sir James legten vor der nächsten Frage eine kleine Pause ein. Als sich Helen Page wieder beruhigt hatte, fragte Suko leise: »Was haben Sie dann gemacht?«

»Geschrien!«

»Wo? Im Zimmer?«

»Auch. Ich bin nach draußen gerannt und habe andere Leute alarmiert. Die riefen dann die Polizei.«

»Wenn wir davon ausgehen, dass es sich bei dem Skelett wirklich um Efrin Rusk handelt«, sagte Sir James, »müsste man natürlich das Motiv dieses schrecklichen Mordes kennen. Hatte er Feinde?«

Helen lachte. Ihr Lippenstift war durch das Weinen verschmiert. Ebenso die Schminke. Deshalb glich ihr Gesicht fast der Maske eines Clowns. »Natürlich hatte er Feinde.«

»Ich meine, Todfeinde.«

»In diesem Job hat man auch die«, erklärte das Mädchen.

»Sie kannten ihn gut, nicht?«

Helen nickte.

»Kannten Sie auch die Männer, die ihm an den Kragen wollten? Er war ja ein Einzelgänger und …«

Sie sprang plötzlich auf. »Ich habe ihm immer gesagt, dass er vorsichtig sein soll, aber er hat nicht auf mich gehört. Ich kann und will es Ihnen sagen. Er war nicht nur Zuhälter, sondern auch Dealer. Und er ist an verdammt billigen Stoff herangekommen. Heroin! Er hat es gestohlen.«

»Wem gestohlen?«

»Einem Mann namens Costello, wie er sagte!«

Das war natürlich für beide ein Begriff. Logan Costello, König der Londoner Unterwelt. Der Boss, bei dem alle Fäden zusammenliefen. Ob es sich dabei nun um Rauschgift, Prostitution, organisiertes Verbrechen oder anderes mehr handelte. Es gab nichts, wo Costello nicht mitmischte. Und er hatte mit den Mächten der Finsternis einen Pakt geschlossen. Er war der große Informant der Mordliga gewesen und die rechte Hand von Solo Morasso hier in London. Als Lady X die Nachfolge übernahm, stand er auf ihrer Seite. Nun, Lady X gab es nicht mehr, aber es existierte nach wie vor der Würfel des Unheils. Sollte er von Vampiro-del-mar aus in die Hände von Logan Costello geraten sein?

Suko warf seinem Chef einen langen Blick zu. Beide Männer dachten das Gleiche.

Sir James schaute Helen scharf an. Sie duckte sich unter seinem Blick zusammen und hörte die nächste Frage. »Gingen Sie eigentlich auf den Straßenstrich, oder hatten Sie ein Lokal, in dem Sie abschleppten?«

Beides, Sir.«

»Wie heißt das Lokal?«

»›Disco Palace‹.«

Sir James nickte. Auch Suko hatte sich den Namen bereits im Geiste notiert.

»Wo hat er das Heroin gefunden?«, erkundigte sich der Inspektor.

Helen schüttelte den Kopf. »Darüber sprach er nie mit mir. Er war nur immer guter Laune und erklärte, dass er dem Großen endlich mal einen Streich gespielt habe.«

»Besitzt er das Zeug noch?«

»Ich weiß nicht. Vielleicht hat er es schon unter die Fixer gebracht. Ich habe in der Wohnung noch nicht nachgeschaut.«

Sir James nickte. Für ihn war die Sache erledigt. Mehr wusste das Mädchen bestimmt nicht. Wenn sie den Fall aufklären wollten, mussten sie den Hebel woanders ansetzen.

Bei Logan Costello!

Das sagte Sir James, als sie den Raum verlassen hatten und im Flur standen.

Suko war der gleichen Meinung. »Sollen wir direkt zu ihm hin?«

»Das wäre eine Möglichkeit«, gab Sir James zu. »Und ich werde mit am Ball bleiben.«

»Tatsächlich, Sir?«

»Ja, mein Lieber. Dieser verdammte Todesnebel darf sich nicht über London ausbreiten. Überlegen Sie mal, was geschieht, wenn Costello den Würfel des Unheils besitzt. Wir sind erpressbar. Er kann sich ein Wohnhaus mit zahlreichen Menschen vornehmen. Was dann geschieht, daran dürfen wir gar nicht erst denken!«

Da gab Suko seinem Chef Recht.

»Man müsste John Bescheid geben«, schlug er vor.

»Natürlich. Ich werde das in die Wege leiten. Er muss so rasch wie möglich zurückkehren.«

»Falls er den Fall erledigt hat.«

»Sicher, sicher. Aber dies hier ist wichtiger. Und er kann auch nicht zur Beerdigung bleiben.«

Job ist Job! Das stellte Suko wieder einmal fest. Manchmal lief es so verzwickt, dass man auf die Gefühle der Menschen keinerlei Rücksicht nehmen konnte. Auch wenn es Freunde waren.

»Wollen Sie sofort zu Costello?«, fragte Suko.

»Nein, wir lassen ihn noch schmoren.«

»Zum Yard?«

»Sicher. Und ich werde versuchen, John Sinclair aufzutreiben. Ich will ihn heute noch haben.«

Der Fahrer wartete. Als die beiden Männer erschienen, öffnete er die Tür. Suko und sein Chef waren viel zu sehr mit dem eben Erlebten beschäftigt, als dass sie Zeit gefunden hätten, auf die Straße und die unmittelbare Umgebung zu achten.

So fiel ihnen auch der Mann nicht auf, der sich in eine Hausnische gedrückt hatte. In seinem Schweinsgesicht rührte sich nichts. Allerdings hatte er die rechte Hand in seine Jackentasche gesteckt. Dort umklammerten die Finger den Griff der goldenen Pistole.

Kaum war der Wagen aus seinem Sichtfeld verschwunden, löste sich der Mann aus seiner Deckung.

Wie ein Spaziergänger schlenderte er dahin.

Niemand ahnte Böses, und keiner wusste, dass der Tod unterwegs war, um erneut zuzuschlagen …

Der Berufsverkehr war abgeflaut. Dennoch bekam man in den Wagen der U-Bahn kaum einen Sitzplatz. Viele Londoner ließen ihre Autos neuerdings in den Garagen stehen, um nicht im Verkehr regelrecht zu ersticken.

Der Mann, der sich Mister X nannte, war zu Fuß die Strecke bis zur Station Lambeth North gegangen. Sie lag an der Westminster Bridge Road. Hier stiegen viele Fahrgäste ein, die auf die andere Seite der Themse wollten. Dementsprechend stark war der Betrieb. An den Bahnsteigen drängten sich die Menschen.

Der Mann hielt sich etwas abseits von den übrigen Fahrgästen. In seinem Gesicht regte sich nichts. Glatt wie eine Maske blieb es. Nur die Augen lebten. Sie bewegten sich. Die Blicke schweiften überall hin. Nichts entging ihm.

Er war immer auf der Lauer.

Doch es kümmerte sich niemand um ihn. Er hatte nach seiner letzten Tat ein wenig entspannen wollen, doch es war über ihn gekommen wie ein unheilvoller Trieb. Er musste es tun, vor allen Dingen wollte es auch Logan Costello.

Nach dem Tod des Dealers Efrin Rusk war Costello endgültig überzeugt. Jetzt konnte er seine großen Pläne schmieden, und er war um den Unbekannten herumgewieselt wie ein Diener um seinen Herrn.

Mister X hatte sich alles angeschaut und war gegangen. Er würde sich nichts sagen lassen und die Dinge allein durchführen. Wichtig waren für ihn John Sinclair und dessen Freunde.

Zwei Züge hatte er fahren lassen. Er schaute zu, wie die Menschen einstiegen, prägte sich alles sehr genau ein, denn es war neu für ihn. Er musste sich erst mit dem Großstadtleben vertraut machen, und er begriff schnell.

Er hatte ein Ticket bis zum Trafalgar Square gelöst. Wenn die Bahn dort stoppte, sollte das Grauen perfekt sein. Nur zwei Stationen brauchte er zu fahren.

Die Schlange der Wartenden war etwas kürzer geworden, und der Mann beschloss, in den nächsten Zug zu steigen.

Neben ihm standen zwei Frauen, die zum Einkaufen in die City wollten. Sie unterhielten sich über die neueste Mode.

Der Mann mit dem Schweinsgesicht lächelte. Als ob das interessant wäre! Die beiden sollten sich wundern.

Schon hörte er das harte Brausen und Stampfen. Der nächste Zug kam. Auch die anderen Wartenden reagierten und drängten sich an der Bahnsteigkante näher zusammen.

Mister X hielt sich zurück. Er ließ auch die beiden Frauen vorgehen. Eine stieß ihn noch an. Sie drehte den Kopf, lächelte entschuldigend und drängte weiter.

Das Gesicht des Mannes blieb unbewegt. Er sah zu, dass ihm die Frauen nicht verloren gingen, und sie suchten sich zum Glück einen Wagen aus, der noch einige Fahrgäste fassen konnte.

Auch der Verfolger stieg ein.

Nach wie vor behielt er seine rechte Hand in der Tasche. Mit der linken umklammerte er eine Haltestange, drehte sich um sie herum, stand im Gang und schritt weiter.

Die Sitzplätze waren bis auf zwei belegt. Da sich der Mann nicht sonderlich beeilte, wurden sie vor ihm besetzt. So ging er durch und baute sich im hinteren Teil des Wagens auf. Mit dem Rücken lehnte er sich gegen die Scheibe.

Es stieg niemand mehr ein. Er richtete seinen Blick auf die offene Tür rechts neben ihm, die gerade zuschwang.

Ein Lächeln glitt für einen winzigen Augenblick über die dicken Lippen des Mannes. Seine Augen glitzerten kalt, die Nasenflügel vibrierten. Der Zug fuhr an und beschleunigte rasch.

Schon bald würden sie die Themse erreicht haben und unter dem Fluss herfahren.

Davon merkte man in den Wagen nichts. Wie ein Geschoss war der Zug in die düstere Tunnelröhre hineingerast, und wenn man durch die Scheiben schaute, sah man die Mauern geisterhaft vorbeihuschen. Im Tunnel brannte nur an den Notrufsäulen Licht. Die Wagen waren dagegen gut ausgeleuchtet. Das kalte Licht der Neon-röhren ließ die Gesichter der Menschen maskenhaft erscheinen.

Doch gerade die Gesichter interessierten den geheimnisvollen Mann, der sich Mister X nannte.

Soweit es ihm möglich war, schaute er sich die Menschen an, die ihn umstanden.

Die meisten waren Frauen. Einige starrten dumpf zu Boden. Es war ihnen anzumerken, dass sie Sorgen hatten. Und die schlichte Kleidung dieser Leute verriet, dass sie sich nicht sehr viel leisten konnten. Andere wiederum unterhielten sich. Die jüngeren besonders lautstark. Schicke Mädchen standen zusammen. Sie waren poppig und bunt gekleidet. Die neueste Mode hatte auch in London einen großen Durchbruch gefeiert.

Von den Querstangen herabhängende Haltegriffe schwangen wie Galgenschlingen hin und her. Auch die Passagiere bewegten sich im Rhythmus der Fahrt.

Das Rauschen wurde monoton. Man hatte sich inzwischen an die Geräusche gewöhnt. Vermutlich war es allen egal, wo sie sich befanden, nicht aber dem Mann mit dem Schweinsgesicht.

Er dachte darüber nach, ob er jetzt schon angreifen sollte oder erst später.

Er gab den Menschen noch eine Galgenfrist.

Zudem war er sich nicht sicher, wen er nehmen sollte. Die Wahl fiel ihm schwer, denn er wollte provozieren und schocken.

Die beiden Hausfrauen hatte er sich bereits am Bahnsteig ausgesucht, aber die jungen Dinger, die sich so fröhlich unterhielten und manchmal provozierende Reden führten, waren auch nicht schlecht.

Da musste er noch auswählen.

Die Zeit verging rasch.

Die Station nach der Themse-Unterquerung hieß Westminster. Dort herrschte immer Betrieb, die Wagen würden sich bis zum Bersten füllen.

Schon griffen die Bremsen. Rasch verlor der Zug an Fahrt, und viele Hände tasteten nach den Haltegriffen.

Mister X presste sich härter mit dem Rücken gegen die Scheibe, stellte sich breitbeiniger hin und behielt sein Gleichgewicht.

Die ersten Lampen warfen ihr Licht in die Röhre. Schon erkannte er die gefliesten Wände.

Der taghelle Bahnsteig tauchte auf.

Jetzt hatten es die Bremsen geschafft, den Zug zum Stehen zu bringen.

Zischend öffneten sich die Türen.

Einige Fahrgäste erhoben sich. Unter anderem auch die beiden Frauen, die sich der Mann aufs Korn genommen hatte.

Dass die Londoner diszipliniert sind, merkte der Mann, als Ein- und Ausstieg reibungslos abliefen.

Allerdings stiegen mehr Fahrgäste ein, der Wagen füllte sich stärker, und auch in der Nähe des Mannes blieben Fahrgäste stehen. Ein gemischtes Publikum.

Er hatte die große Auswahl. Dabei stach ihm ein Punker-Paar besonders ins Auge.

Ja, das wollte er nehmen!

Dieses Pärchen erinnerte ihn an zweibeinige bunte Vögel. An den Haaren begann es.

Sie trug die kurzen Stoppeln rosa gefärbt, während er sich zu einem satten Grün entschlossen hatte. Beide waren in Leder gekleidet. An ihren Ohren baumelten dicke Ringe, und auf der Lederkleidung glänzten die Nieten wie kleine Silbersterne. Die Hosen saßen so eng, dass man sich wundern musste, wie sie überhaupt in diese Röhren hineingekommen waren. Wahrscheinlich waren sie am Körper maßgeschneidert worden.

Das Mädchen hatte zudem sein Gesicht bemalt. Die roten und grünen Streifen ließen die Kleine aussehen wie eine Squaw, die zum Totentanz gerufen wird.

Die Fahrgäste waren eingestiegen. Die Türen klappten zu.

Jetzt stecken sie in einem fahrenden Sarg!, dachte der Mann mit dem Schweinsgesicht und lächelte kaum merklich.

Trotzdem war es bemerkt worden. Der Punker bezog

es auf sich und machte Mister X an. »He, du Typ! Grinst du etwa über uns?«

»Wieso?«

»Frag nicht so dämlich«, sagte der junge Mann laut. »Du hast uns schon die ganze Zeit beobachtet.«

»Das stimmt.«

Der Zug donnerte durch die Tunnelröhre der nächsten Station, Trafalgar Square entgegen.

»Willst du 'n Foto?«, fragte das Mädchen.

Beide sprachen ziemlich laut, sodass die herumstehenden Fahrgäste dem Dialog ohne weiteres folgen konnten. Auf einigen Gesichtern breitete sich Unmut aus, andere wiederum grinsten und betrachteten die Auseinandersetzung als willkommene Abwechslung.

Aber die Lage spitzte sich zu. Dafür sorgte der Punker, der unbedingt die große Schau machen wollte. »Du Spießer siehst aus wie ein Schwein. Haste mal in den Spiegel geschaut?«

Jetzt lachte das Mädchen schrill und schlug seinem Freund auf die Schulter.

»Schwein, sagst du?«

»Ja, Spießer, wie ein Schwein.«

Mister X lächelte. »Pech für euch, dass ihr kein Schwein mehr habt«, erwiderte er ruhig.

»Wieso?«

»Das werdet ihr gleich sehen.« Der Mann nickte zu seinen eigenen Worten, als er langsam die Hand aus der Tasche zog. Im ersten Augenblick achtete keiner auf die Bewegung. Die Pistole fiel zuerst dem Punker auf, aber er nahm sie nicht ernst.

»Was ist das denn für eine Kanone? Stammt die aus ›Star Wars‹?«

»Nein, aus der Vergangenheit.«

»Ach so.« Der Punker lachte meckernd, hörte jedoch auf mit dem Gelächter, als der Mann die Mündung auf ihn richtete. »He, Spießer, das habe ich nicht so gerne. Bist wohl irre, wie? Ich mag es nicht, wenn Kanonen auf mich zeigen.«

»Tut mir Leid«, erwiderte Mister X, »aber ihr seid dran.«

Dann drückte er ab.

Zahlreiche Zeugen erlebten mit, wie aus der Mündung eine rötlich schimmernde, dicke, sirupartige Flüssigkeit schoss, die haargenau den Punker in der Körpermitte traf.

Um die Reaktionen der übrigen Mitreisenden kümmerte sich der Mann nicht. Er schwenkte seine Waffe und richtete die Mündung auf das Mädchen.

Wieder schoss er.

Abermals erzielte er einen Volltreffer, und bei dem Mädchen begann der gleiche Vorgang, wie er Sekunden zuvor bei dem Jungen angefangen hatte.

Entgegen aller physikalischen Gesetze rann die Flüssigkeit nicht nur nach unten, sondern breitete sich blitzschnell nach allen Seiten hin über den Körper aus.

Die Punker konnten überhaupt nicht so schnell handeln. Als sie ihre Arme hochhoben, bedeckte der Schleim bereits ihre Körper.

Die Punker bekamen Angst. Sie wollten um sich schlagen. Es wurden nur kurze Hiebe. Ihre Fäuste prallten bereits gegen die sehr widerstandsfähige Haut der beiden Kugeln, und die Gegenreaktion erfolgte sofort, denn die Arme wurden wieder zurückgewuchtet.

Die Haut blähte sich auf. Eine Kugel wuchs heran vor den sehr interessierten Augen von Mister X.

Es machte ihm Spaß, mit anzusehen, wie sehr sich die beiden wehrten, wie sich ihre Gefühle auf den Gesichtern zeigten und die Angst sie in den Krallen hielt.

Es wurde ein verzweifelter und lautloser Kampf, den die jungen Leute gegen diese widerlichen Horrorwesen führten, bis der Junge ein Messer zog.

Obwohl er Mühe mit dem Gleichgewicht hatte, wuchtete er sich nach vorn und hieb mit der Klinge zu. Er zog sie von oben nach unten, wollte die Haut auftrennen, doch was eine Pistolenkugel nicht schaffte, das gelang auch nicht dem Messer.

Die Haut hielt.

Jetzt begriffen die übrigen in der Nähe stehenden Fahrgäste überhaupt erst richtig, was sich da vor ihren

Augen abspielte. Ein Vorgang, den sie sich nicht erklären konnten, und die Angst weilte plötzlich unsichtbar zwischen ihnen.

Sie fühlten sich in die Enge getrieben. Jeder wusste, dass er jetzt nicht aus der U-Bahn herauskam, denn sie würde auf freier Strecke nicht anhalten.

Die Gefahr wuchs ...

Und auch die Kugeln.

Wieder drangen aus ihnen die langen, dünnen Beine. Sie erinnerten an schwankende Antennen, auf denen die Kugeln standen.

Die Gefangenen hatten sich nicht mehr auf den Beinen halten können. Der junge Mann mit dem Messer war in die Hocke gerutscht. Er hämmerte und stach die Klinge gegen die Innenhaut, ohne einen Erfolg zu erzielen.

Das Mädchen versuchte es mit den Fingernägeln. Sie waren sehr lang, violett lackiert und kratzten wie kleine Speerspitzen über die Haut, ohne sie allerdings beschädigen zu können. Der Widerstand war nicht zu brechen.

Das Wippen der Kugeln übertrug sich auch auf die Körper der im Innern hockenden Menschen. Nie kamen sie zur Ruhe. Von einer Seite auf die andere wurden sie geschleudert und erlebten den absoluten Horror sowie den Sprung vom Leben in den Tod.

Die Kugeln waren mittlerweile so weit, dass sie ihre schreckliche Flüssigkeit absondern konnten.

Der erste dicke Tropfen klatschte lautlos auf den Kopf und damit auch in das Gesicht des Mädchens.

Die Flüssigkeit löste ihr Gesicht auf.

Da gellten die ersten Schreie. Es waren seltsamerweise Männer, die sie ausgestoßen hatten. Plötzlich brach Panik aus. Niemand wusste mehr ein noch aus. Keiner kannte einen Ausweg aus der Klemme.

Die Fahrgäste drängten in den Gang. Sie fielen über die Passagiere, die auf den Bänken saßen, und das Chaos wurde noch schlimmer.

Fäuste hämmerten gegen die Scheiben. Jemand brüllte nach der Notbremse, doch niemand hatte in diesen schrecklichen Augenblicken die Nerven, sie zu ziehen.

Inzwischen starben zwei junge Menschen auf unvorstellbar schreckliche Art und Weise.

Zum Teil waren sie bereits zu Skeletten geworden. Durch die sich allmählich auflösende Kleidung schimmerten weißgelb die Knochen, während die unheimlichen Kugeln im Rhythmus des fahrenden Zuges schaukelten.

Der junge Mann lebte bereits nicht mehr, während seine Freundin noch immer zusammengesunken auf dem Boden hockte und die Arme ausgestreckt hielt.

Es waren keine normalen Hände mehr.

Nur noch knöcherne Klauen …

Dann sackten auch sie weg, als das Mädchen zusammenfiel und in die am Boden der Kugel gesammelte Lache eintauchte.

Sie gab ihr den Rest …

Mister X schaute mit unbewegtem Gesicht zu. Nur seine blassen Augenbrauen hatte er ein wenig in die Höhe geschoben. Ein Zeichen bei ihm, dass er sehr zufrieden war.

Zwischen dem hinteren Teil des Wagens und dem, wo sich die Fahrgäste zusammengedrängt hatten, befand sich ein Leerraum.

Ein Vakuum der Angst!

Niemand wollte es durchschreiten, nicht die verängstigten Fahrgäste und auch nicht der Mann mit dem schütteren Blondhaar. Breitbeinig hatte er sich aufgebaut, fing die Stöße des Wagens gut ab und hielt seine goldene Pistole nach wie vor in der Hand. Hin und wieder sahen die Menschen die Mündung auf sich gerichtet. Dann steigerte sich ihre Furcht noch.

Eine ältere Frau war zusammengebrochen. Die Angst hatte bei ihr einen Infarkt ausgelöst.

Mister X hätte noch mehr Grauen produzieren können. Er nahm davon jedoch Abstand. Die beiden jungen Leute reichten ihm vorläufig aus. Und wenn er auf die Kugeln schaute, sah er blanke Skelette in der Lache schwimmen.

Dennoch schoss er.

Als die beiden blauen Pfeile die Waffe kurz hintereinander verließen, hallten Schreie durch den Wagen, weil einige Menschen damit rechneten, ebenfalls getötet zu werden.

Sie kamen davon, denn der Mann hatte nur auf die Ballons gezielt und auch getroffen.

Sie platzten auf, und die Flüssigkeit strömte aus den entstandenen Löchern zu Boden, wo sie verdunstete.

Zurück blieben die Skelette.

In grotesker und verkrümmter Haltung blieben die Knöchernen liegen. Durch einen plötzlichen Ruck beim Bremsen prallten sie noch gegeneinander, danach lagen sie wieder so, dass sie nur noch leicht mitvibrierten.

Trafalgar Square!

Der Zug fuhr bereits die nächste Station an, ohne dass jemand die Notbremse gezogen hätte. Hinter den Scheiben wurde es heller. Ab und zu blitzte der Widerschein gelber Lampen durch die Fenster, und nach wie vor drängten sich die geschockten Menschen im vorderen Teil des Wagens zusammen.

Das Fauchen der Bremsen und das Kreischen der Metallräder auf den Schienen hörte sich für alle an wie Musik aus der Hölle. Und eine Hölle hatten sie hinter sich.

Dann rollte der Zug in den Bahnhof.

Die ersten Gesichter wartender Fahrgäste erschienen. Es waren bleiche, verschwommene Flecken in einer Landschaft aus Licht und Dunkelheit.

Erst jetzt wandte sich Mister X ab.

Er trat direkt vor die Tür, denn er wollte als Erster den Wagen verlassen.

Der Stopp geschah mit einem Ruck.

Noch einmal zitterten die Wagen, schüttelten sich, danach standen sie ruhig.

Die Türen klappten auf. Der Mann mit der seltsamen Waffe warf noch einen Blick zurück, bevor er mit einem Satz auf den Bahnsteig sprang und sich durch die wartenden Menschen drängte.

Er befand sich bereits nahe der Treppe, als er die gellenden Schreie vernahm.

Plötzlich erklangen auch Sirenen, jagten die schrillen Töne der Trillerpfeifen durch die unterirdisch gelegene Halle. Das alles kümmerte Mister X nicht.

Er hatte seine Pflicht getan. Der Köder war gelegt.

Er rannte auch nicht fluchtartig weg, denn nun sollte sein Plan in die heiße Phase treten ...

Ich konnte Tanith nicht vergessen!

Noch immer sah ich sie in ihrer Pariser Wohnung liegen. Mit einem Dolch in der Kehle.

Der Teufel hatte sie umgebracht, um an die geheimnisvolle Kugel zu gelangen, die ihr gehörte.

Nun ja, er hatte sie bekommen. Allerdings nicht den Kelch des Feuers. Der befand sich in meinem Besitz. Ihn wollte ich wieder mit nach London nehmen und ihm einen Ehrenplatz in meiner Wohnung geben.

Und London erwartete mich.

Nicht die Stadt, sondern mein Job. Da musste etwas Schreckliches geschehen sein. Man hatte mir nicht die Zeit gelassen, mich um Taniths Beerdigung zu kümmern. Stattdessen hatte man mich so rasch wie möglich wieder in die Stadt an der Themse zurückgeholt.

Im Flugzeug hatte ich Zeit genug, darüber nachzudenken, aber der letzte Fall beschäftigte mich so sehr, dass ich an die Zukunft einfach nicht denken konnte.

Als unter mir der Heathrow Airport auftauchte, überkam mich so etwas wie ein heimatliches Gefühl. Ich hatte vor, mir ein Taxi zu nehmen und damit zum Yard zu fahren, aber es kam alles ganz anders.

Man erwartete mich bereits. Ich erfuhr, mit welcher Dringlichkeitsstufe man mich erwartet hatte, denn es stand bereits ein Hubschrauber bereit.

Der Pilot wartete im Cockpit. Ich hatte mich kaum angeschnallt, als die Maschine bereits in den grauen Himmel aufstieg.

An der französischen Küste hatte ich besseres Wetter gehabt. Hier regnete es dagegen.

Ich war auf den Landeplatz gespannt und rechnete

damit, dass man mich direkt zum Einsatzort bringen würde. Ich irrte mich. Wir flogen das Yard Building an, auf dessen Dach der Pilot eine saubere Landung produzierte.

Ich verabschiedete mich von ihm und sah bereits auf dem Dach einen Chauffeur warten. Er hielt mir die Lifttür auf, und zum ersten Mal konnte ich eine Frage nach dem Grund dieser Eile stellen.

»Das weiß ich auch nicht, Sir«, erklärte mir der Mann. »Ich habe Sie nur zum Einsatzort zu bringen.«

»Wo liegt der?«

»Trafalgar Square.«

Mit allem hatte ich gerechnet. Mit einem einsamen Schloss, einem alten Friedhof oder finsteren Grüften, aber nicht mit diesem Ziel, das zu den verkehrsreichsten Plätzen Londons gehörte.

Der Wagen stand bereit. Es war ein Austin. Ich nahm neben dem Fahrer Platz.

Mit heulender Sirene ging es los. In London herrscht immer Verkehr. Bei Regenwetter ist es noch schlimmer. Und gerade in der City stauen sich die Fahrzeuge. Da nutzte auch die Sirene nicht sehr viel. Wir kamen dennoch gut voran und erreichten in relativ kurzer Zeit den Schauplatz des Geschehens. Allen Verkehrsregeln zum Trotz fuhr der Fahrer bis dicht vor eine U-Bahn-Treppe.

Da der Eingang abgesperrt war, zwei Polizisten standen am Ende der Treppe, ahnte ich schon, wo es hinging.

»Man erwartet Sie unten, Sir.«

»Danke.« Ich rauschte ab. Immer zwei bis drei Stufen auf einmal nehmend, lief ich die Treppe hinab.

Fast nur Polizisten hielten sich dort auf. Das sah mir nach einer Katastrophe aus. Meine Blicke glitten über den Bahnsteig. Ich betrachtete den abgestellten Zug, in dem ich auch Uniformierte entdeckte. Ebenso liefen hohe Beamte in Zivil herum. Hier musste wirklich der Teufel losgewesen sein.

Ich sah Sir James neben einem ranghohen Vertreter unserer Stadt stehen. Als mich der Superintendent sah, ließ er den Mann stehen und kam zu mir. »Endlich, John.«

»Es ging leider nicht schneller, Sir.«

»Klar, das weiß ich. Alles okay?«

»So ziemlich.«

»Gut, dann können Sie sich um diese Sache kümmern.«

»Um was geht es denn?«

»Das werden Sie gleich sehen.«

Sir James dirigierte mich auf einen Wagen zu, der sich ungefähr im Mittelteil des Zuges befand. Ich entdeckte hinter den Scheiben die Köpfe unserer Spezialisten, und besonders stach mir ein Mann ins Auge.

Es war Suko.

Als ich den Wagen bestieg, erwartete er mich bereits. Über sein Gesicht glitt ein knappes Lächeln. Er reichte mir die Hand und schlug mir auf die Schulter. »Ich freue mich, dass du wieder da bist.«

»War keine gute Sache«, murmelte ich.

»Kann ich mir vorstellen.«

»Machen Sie bitte Platz!« Sir James wollte ebenfalls einsteigen. Ich drückte mich zur Seite. Zusammen mit ihm und Suko gingen wir in den Mittelteil des Wagens, wo zwischen den Sitzreihen die makabren Beweisstücke lagen.

Zwei Skelette!

Ich stoppte abrupt. Damit hatte ich nicht gerechnet und starrte aus brennenden Augen auf die wie abgewaschen wirkenden Knochen.

»Eine Frau und ein Mann«, hörte ich hinter mir die Stimme meines Chefs. »Vor einigen Stunden haben sie noch gelebt. Es waren Punker, wie uns Zeugen berichteten.«

Ich drehte mich um.

»Sprechen Sie Ihren Verdacht aus«, sagte Sir James.

»Der Todesnebel!«

»Davon sind wir auch ausgegangen, als wir den ersten Fund machten. Dies hier ist bereits der zweite. Im Unterschied zum ersten haben wir diesmal Zeugenaussagen.«

»Auf die wir uns auch verlassen können«, fügte mein Freund und Kollege Suko hinzu.

»Demnach steht fest, dass wir es mit einer völlig neuen Art zu tun haben, obwohl uns die Folgen durch den Todesnebel bekannt sind«, sagte Sir James und berichtete nun Einzelheiten, wobei er auch die Aussagen der Zeugen zitierte.

Was mir mein Chef da erzählte, hörte sich alles ziemlich unwahrscheinlich an. Ich hatte auch meine berechtigten Zweifel und fragte: »Hat dieser Mann tatsächlich mit einer goldenen Pistole geschossen?«

»Das sagen sämtliche Zeugen übereinstimmend aus.«

»Zudem soll die Waffe sehr komisch ausgesehen haben«, fügte Suko noch hinzu.

»Wie?«

Mein Freund hob die Schultern. »Ziemlich eckig. Der Punker hat sogar noch kurz vor seinem Tod gefragt, ob das Ding aus dem Film ›Star Wars‹ stammen würde. Man hat ihm geantwortet, es käme aus der Vergangenheit.«

Da stutzte ich. »Atlantis vielleicht?«

»Kann sein«, antwortete Suko.

»Nun glaube ich nicht mehr an den Todesnebel«, erklärte ich. »Das muss eine magische Säure sein, die unglaublich schnell reagiert und die gleichen Eigenschaften besitzt wie der Nebel.«

»Wobei sie ebenso gefährlich ist«, fügte Sir James noch hinzu.

»Das steht außer Frage.«

Ich runzelte die Stirn. »Was machen wir nun?«

»Da wir eine detaillierte Beschreibung haben, dachte ich an eine Großfahndung«, erwiderte mein Chef. »Ich habe sie übrigens schon eingeleitet.«

Das war nicht schlecht. Die Erfahrung allerdings sprach gegen Großfahndungen.

Wir hatten noch nie einen Dämon oder dessen Helfer durch eine Großfahndung geschnappt.

»Außerdem bleibt uns noch Logan Costello«, sagte Superintendent Sir James Powell. »Ihm werde ich auf den Zahn fühlen.«

»Sir, bei dem beißen Sie auf Granit.«

Suko hatte den Satz gesagt. »Vielleicht. Aber wir werden ihm Schwierigkeiten machen, sodass er sich aus einigen Geschäften zurückziehen muss. Eine Razzia wird der anderen folgen. Wenn wir Unruhe in die Unterwelt bringen, wird er auspacken.«

»Das haben Sie doch schon mal versucht, Sir.«

»Ja. Damals ging es um Sie, John. Er zeigte sich leider nicht kooperativ. Nehmen Sie es mir nicht krumm, aber diesmal steht wesentlich mehr auf dem Spiel.«

»Das weiß ich selbst, Sir.« Ich ging in die Knie und schaute mir noch einmal die beiden Skelette an. »Kaum zu glauben!«, flüsterte ich. »Das darf es doch nicht geben. Am hellichten Tag dieses Grauen. Furchtbar. Wie beim Todesnebel.«

»Kann uns Myxin nicht weiterhelfen?«, fragte Sir James. »Wenn diese Waffe aus der Vergangenheit stammt, spielt unter Umständen Atlantis eine Rolle.«

Ich nickte. »Sicher. Aber Myxin und Kara haben in letzter Zeit mehrere Nackenschläge hinnehmen müssen. Ich denke nur an Arkonada.«

»Richten Sie die beiden moralisch wieder auf«, verlangte mein Chef.

»Wenn das so einfach wäre.« Ich schnippte mit den Fingern. »Da fällt mir noch etwas ein. Ich habe den Kelch des Feuers wieder zurückbekommen. Nur die Kugel, die hat der Teufel.«

Sir James verzog das Gesicht. »Konnten Sie es nicht verhindern?«

»Nein. Ebensowenig wie den Mord an Tanith. Allmählich wird mir die andere Seite zu gefährlich«, gab ich zu. »Die kennen keinen Pardon mehr. Sie teilen jetzt Rundumschläge aus und treffen verdammt gut, Sir.«

»Und ein Rädchen greift ins andere«, erklärte unser Chef noch, wobei er warnend den Zeigefinger hob. »Ich habe Sie nicht umsonst zurückgerufen, John. Setzen Sie alles ein, um diesen Terror zu stoppen. Wir müssen den Blonden finden.«

»Hat man von einem Alter gesprochen?«

Suko antwortete mir. »Nein, nicht einmal ungefähr.

Nur eine Frau meinte, dass das Gesicht des Mannes Ähnlichkeit mit dem eines Schweines gehabt haben soll.«

Ich grinste schief. »Immerhin etwas.«

Sir James schaute auf seine Uhr, bevor er sich an uns wandte. Hinter den dicken Gläsern der Brille funkelten seine Augen. »Ich werde mich persönlich um Costello kümmern. Versuchen Sie bitte, die Spur aus einer anderen Richtung aufzunehmen.«

»Klar, Sir.«

Vor uns verließ Sir James den Wagen. Suko und ich standen noch beieinander. Mein Freund wollte wissen, was es in Frankreich gegeben hatte, und ich berichtete ihm in Stichworten alles Wesentliche.

»Und es hat keiner überlebt?«, fragte er leise.

»Nein, nur ich. Asmodis war wie von Sinnen. Er hat sein wahres Gesicht mal wieder gezeigt. Die Seiten, Suko, haben sich herauskristallisiert. Einmal der Teufel mit allen aus seiner finsteren Umgebung, zum anderen die Dinge um die Großen Alten, wobei ich Atlantis noch dazuzähle.«

»Und wo stehen Lupina sowie der Dunkle Graf?«

Ich winkte ab. »Hör auf, daran will ich erst gar nicht denken! Komm, wir haben hier nichts mehr zu suchen.«

Nacheinander verließen wir den Wagen. Es hatte sich natürlich herumgesprochen, dass etwas vorgefallen war. Die uniformierten Polizisten hatten Mühe, die Absperrung zu sichern. Wo die Reporter und Gaffer hergekommen waren, wusste ich auch nicht. Auf jeden Fall drängten sie sich vor den Drehkreuzen. Ein breiter Pulk stand dort, und immer wieder flammten Blitzlichter auf.

Ich blieb vor dem Zugwagen stehen und zog ein mieses Gesicht. »Die Fotografiererei habe ich gar nicht gern.«

»Leider können wir nicht fliegen«, sagte Suko.

»Das wäre noch etwas.«

Wir mussten hindurch. Natürlich wurden wir erkannt. Auch angesprochen. Beide gaben wir keine Antwort. Irgendwie gelang es uns, die Treppe zu erreichen, und wir hetzten sie auch nach oben.

Bald traf uns wieder der Nieselregen. Dennoch atmeten wir beide auf. »Wie willst du nach Hause oder ins Büro kommen?«, fragte Suko.

»Taxi.«

»Dann fahre ich mit.«

Wir drehten uns gerade um, als es geschah. Ich sah die Person noch nicht, sondern hörte nur das Klappern der Absätze. Im nächsten Augenblick stand sie schon vor mir und strahlte mich an.

»Mein Name ist Su Danning, Sir. Ich bin Polizeireporterin auf Probe und möchte nur ein paar Fragen an Sie stellen, Mr. Sinclair.«

Ich hörte ihre Worte und wusste wirklich nicht, ob ich lachen oder weinen sollte. War es Frechheit von dieser Person, Initiative, Mut oder einfach Selbstvertrauen sowie Zivilcourage? Irgendwie imponierte mir diese Person.

Suko dagegen war sauer. Das zeigte sein böses Gesicht. Er winkte auch mit dem Kopf, ein Zeichen, dass er weitergehen wollte, ich jedoch blieb stehen. Dabei schaute ich mir die Frau genauer an.

Su Danning war eine schmale Person. Sie trug das schwarze Haar so kurz, als säße auf ihrem Kopf eine flache Haube. Das Gesicht hatte etwas Puppenhaftes an sich, die Augen hatten dieselbe Farbe wie das Haar, die Figur war schlank, beinahe knabenhaft. Der dünne Regenmantel saß fast so eng wie ein Kleid. Er hatte eine Farbe zwischen Grün und Beige.

Su bemerkte mein Zögern und zauberte blitzschnell einen kleinen Notizblock nebst Bleistift hervor. »Nur einige wenige Fragen, Mr. Sinclair«, bat sie mich, wobei sie sogar einen flehenden Blick produzierte. »Wenn ich eine Story bringe, ist meine Zukunft gesichert. Dann kriege ich einen festen Job.«

»Woher kennen Sie mich überhaupt?«

»Ich habe einiges von Ihnen gehört. Es hat sich herumgesprochen, was Sie jagen.«

»So? Was denn?«

»Na, Geister und Dämonen. Deshalb meine erste Frage: Haben Sie davon welche in der U-Bahn entdeckt?«

»Nein.«

»Gut.« Sie lächelte. »Dann hätte ich gern gewusst, was Sie dort unten gesucht haben.«

»Es hat ein Verbrechen gegeben.«

»Wer ist umgekommen?«

»Zwei junge Leute. Ein Punker-Pärchen.« Während ich sprach, stenographierte sie mit. Sie arbeitete noch auf die alte Art und Weise, ohne Recorder.

»Weshalb hat man sie umgebracht?«

»Das weiß ich nicht.«

»Aber es muss ein Motiv geben.«

»Sicher. Wir werden es auch herausfinden.«

Sie lachte auf und zeigte mit der Bleistiftspitze auf mich. »Damit haben Sie zugegeben, dass Sie an dem Fall interessiert sind.«

»Sonst wäre ich nicht hier.«

»Also doch Geister und Dämonen.«

»Ich habe keine gesehen, wirklich.«

»John – komm endlich!«, drängte Suko. »Wir müssen ins Büro. Es gibt doch sicherlich eine Pressekonferenz.«

»Aber Sie können mich doch jetzt nicht hängen lassen«, beschwerte sich Su Danning.

Ich wandte mich um und winkte Suko zu. »Besorg du schon mal ein Taxi. Ich komme dann.«

»Ihr Freund, nicht?«, fragte sie.

»Ja.«

»Ist er immer so unausstehlich?«

»Wieso? Er ist doch in Ordnung.«

Su zog die kleine Nase kraus. »Allerdings hat er es immer eilig, wie mir scheint.«

»Das ist bei uns nun mal so.«

»Und Sie haben keine Spuren gefunden, Mr. Sinclair?«

»Wenn wir welche gefunden hätten, würde ich es Ihnen nicht sagen, Miss Danning«, erwiderte ich freundlich lächelnd und drehte mich um.

Die Reporterin wollte mehr erfahren und hielt mich an der Jacke fest.

Dabei warf ich zufällig einen Blick auf den Mann, der in meiner Nähe stand und etwas in der Hand hielt ...

Es war eine Pistole.

Sogar eine goldene ...

Schlagartig schrillten bei mir die Alarmglocken!

Ich wollte mich noch zur Seite werfen, aber es gelang mir nicht mehr, denn der Kerl mit dem Schweinsgesicht drückte ab, und nicht nur ich wurde von der Ladung getroffen, sondern auch Su Danning ...

Mister X war zufrieden.

Sogar mehr als das. Er war in den Waggon gestiegen, hatte sich in aller Ruhe zwei Opfer aussuchen können und war anschließend in der allgemeinen Panik verschwunden.

Niemand achtete mehr auf ihn, und keiner sah, wie er eine der zahlreichen roten Telefonzellen am Trafalgar Square betrat, den Hörer abhob und eine Münze einwarf.

Er war eben mit allem ausgerüstet, das zu einem Leben auf der Erde gehörte. Und auch die Telefonnummer, die er wählte, kannte er auswendig. Jetzt rief er bei Logan Costello an. Es war eine der Geheimnummern. So konnte er sicher sein, sofort zu dem Mafioso vorzudringen.

»Ich bin es«, sagte er nur, als Costello abgehoben und sich mit einem brummigen »Ja« gemeldet hatte.

»Und?«

»Es hat alles geklappt.«

»Wie?«

»In einem U-Bahnwagen liegen zwei Skelette.«

Als Costello dies hörte, verschlug es ihm erst einmal die Sprache. Danach drang ein Schnauben durch den Hörer und anschließend ein meckerndes Lachen. »Das ist gut, das ist sogar sehr gut«, sagte er nach diesem Gelächter, und prustend fragte er: »Was machen denn jetzt die dämlichen Bullen?«

»Im Moment herrscht Chaos«, erklärte Mister X.

»Dann werden die Bullen noch antanzen«, versicherte der Mafioso.

»Auch dieser Sinclair?«

Costello lachte. »Was glaubst du denn? Der wird sogar

fliegen, wenn er so etwas hört.« Als Costello die Antwort gab, ahnte er nicht, wie Recht er damit hatte.

»Bleibt es bei dem Plan?«

»Natürlich. Du wartest, und ich schicke dir meine beiden Männer. Sie haben deine Beschreibung. Sie werden dich erkennen, und wenn Sinclair erscheint, dann handelst du.«

»Sicher.«

»Kennst du ihn?«

»Deine Männer können ihn mir ja sicherheitshalber noch einmal zeigen«, erklärte Mister X.

»Das wäre gut.«

Costello wollte etwas hinzufügen und kündigte es durch ein Schnauben an. »Bisher weiß ich noch immer nicht, wer du bist. Als Mensch stufe ich dich nicht ein. Du bist ein Dämon – oder?«

»Vielleicht werde ich es dir irgendwann einmal sagen. Nur so viel möchte ich mitteilen. Die Verhältnisse haben sich geändert. Und jetzt wird es Zeit für mich.«

Mister X legte auf. Für ihn war die Sache erledigt. Er wollte sich nur noch um John Sinclair kümmern, der sicherlich irgendwann eintraf, denn er konnte gar nicht anders. Was in der U-Bahn hinterlassen worden war, das musste für John Sinclair reichen, um einzugreifen.

Als der Mann die Telefonzelle verließ, sprühte nicht nur der Regen vom Himmel, die Luft war auch vom Heulen der Sirenen erfüllt, denn zahlreiche Polizeiwagen rollten heran.

Hinzu kamen die Neugierigen, die von überall her zusammenströmten.

Wagen stoppten. Ihre Fahrer verließen die Autos, um zu schauen, was es am Trafalgar Square gegeben hatte.

Der Mann mit dem Schweinsgesicht hatte Zeit. Seine rechte Hand hielt er in der Tasche vergraben. Die Finger umklammerten den Lauf der Waffe. Er sah zahlreiche Menschen. Einen jeden Spaziergänger stufte er als Opfer ein. Am liebsten hätte er zwischen sie gehalten und eine Stadt voller Skelette hinterlassen, aber das war jetzt zweitrangig. Zunächst einmal wollte er Sinclair.

Und dies mit allen Konsequenzen. Er würde dem Strahl aus der Waffe nicht entgehen können, und danach lief alles automatisch ab.

Die Zeit verging.

Noch mehr Polizei rückte an. Der U-Bahnschacht war längst abgesperrt worden. Keiner konnte mehr durch, und auch der Mann mit dem Schweinsgesicht hatte keinerlei Interesse daran, den Ort des Grauens zu besuchen.

Die meisten Menschen kümmerten sich nicht um ihn. Es gab nur wenige, die ihm einen Blick gönnten. Deshalb fiel ihm der Mann in einem schwarzen Regentrench auf, der ihn auffordernd anstarrte.

Mister X ging näher.

»Costello schickt mich«, sagte der Kerl im dunklen Trench, bog die Krempe seines Huts und schüttelte Wasser ab.

»Wo steht dein Wagen?«

»Nicht weit, komm mit!«

Die beiden Mafiosi hatten tatsächlich einen Parkplatz gefunden. Das grenzte schon an ein Wunder. Der zweite hockte hinter dem Lenkrad und kaute auf einem Streichholz, dessen Spitze wie eine hölzerne, dünne Zunge zwischen seinen Lippen hervorstach.

Mister X setzte sich auf die hintere Sitzbank. Er schaute nach rechts. In seinem Blickwinkel lag der Eingangsschacht der U-Bahn. Zu weit entfernt, wie er bemerkte.

»Dem kann abgeholfen werden«, wurde ihm erwidert. Der Fahrer drehte sich und reichte ihm ein Fernglas.

Mit einem Nicken nahm Mister X es an, presste es gegen die Augen und stellte durch einige Drehungen die richtige Optik ein. Ja, der Eingang schälte sich besser heraus, zwar vom Regen etwas verwischt, dennoch waren die Menschen gut zu erkennen.

Viele Beamte in Zivil schritten die Treppe hinab und verschwanden in der Unterwelt.

Von John Sinclair sah der Mann nichts. Dafür erschien jemand, von dem er auch gehört hatte. Es war kein Europäer, sondern ein Chinese. Er stieg zusammen mit einem älteren Mann aus einer dunklen Limousine. Die

Männer schritten rasch die Treppe hinab und verschwanden aus dem Blickfeld der drei Beobachter.

Wo steckte Sinclair?

Auch die Mafiosi wurden nervös. Sie besaßen ebenfalls ein Glas und wechselten sich mit der Beobachtung ab.

»Kann er etwas gemerkt haben?«, fragte Mister X.

»Nein, keinesfalls.«

»Warum kommt er nicht?«

»Keine Ahnung, Mann.«

»Aber er ist in London?«

»Wissen wir nicht.«

Um die Lippen von Mister X zuckte es. Am liebsten hätte er anders reagiert, aber er riss sich zusammen. Die Spuren, die er bisher gelegt hatte, reichten.

Der Fahrer rauchte. Dicker Qualm aus der schwarzen Zigarre zog träge durch den Wagen. Dann wurde das Fenster geöffnet, und der Qualm zog in langen Bahnen ab.

Plötzlich war Sinclair da. Der Mann mit dem Schweinsgesicht entdeckte ihn zuerst. Sein Körper spannte sich, aus dem Mund drang ein Zischlaut, und die schlanken Finger tasteten nach dem Türgriff, um im nächsten Augenblick den Wagenschlag aufzustoßen.

»Sollen wir verschwinden?«, fragte der Fahrer.

»Nicht wegfahren.«

»Okay, Mann. Du bist der Boss, hat Logan gesagt. Bring's hinter dich, dann geben wir dir einen aus.«

Das hörte Mister X nicht. Er hatte die Tür zugerammt, zog den Kopf ein wenig ein, ließ die Hände in den Taschen und steuerte den U-Bahn-Eingang an.

Die Nelson-Siegessäule ließ er links liegen. Er widmete dieser touristischen Attraktion keinen Blick, sondern dachte nur an sein Ziel. Sinclair musste weg.

Dennoch dauerte es lange, bis er wieder aus der Unterwelt erschien. Jetzt war Sinclair verloren.

Dann passierte das Missgeschick mit der Frau. Sie sprach Sinclair an. Er und sein chinesischer Kollege blieben stehen. Zudem unterhielt sich Sinclair noch mit der Frau, und alles verzögerte sich.

Mister X wollte nicht mehr warten.

Er ging noch einige Schritte näher an den Geisterjäger heran. Jetzt hatte er die günstigste Position erreicht, als sich Sinclair umdrehte.

Zurück konnte er nicht mehr.

Mister X schoss. Zweimal …

Was ich in diesen schrecklichen Sekunden alles dachte, erlebte und durchmachte, wusste ich nicht. Die Welt um mich herum schien anders zu werden. Ich sah die Menschen kaum mehr, auch meinen Freund Suko nicht, und alle Bewegungen schienen sich zu verlangsamen. Für mich existierte einzig und allein der Mann mit dem Schweinsgesicht, und ich wusste, dass er mich mit der goldenen Pistole getroffen hatte.

Volle Ladung!

Was das bedeutete, hatte ich bei den zwei Skeletten im Wagen gesehen, und mir würde das gleiche Schicksal bevorstehen.

Aber nicht nur mir. Auch Su Danning war nicht verschont worden, denn ich hörte ihren entsetzt klingenden Ruf.

»Hi«!, rief sie. »Was ist das denn für eine Schweinerei? Das Zeug klebt ja …«

Ich glaubte, von einem Pferd getreten zu werden. Ausgerechnet die Frau hatte es mit mir zusammen erwischt. Es blieb mir keine Zeit, um großartige Vorwürfe zu produzieren. Ich musste sehen, dass wir beide aus dieser verdammten Zwickmühle herauskamen.

Und das war schwer genug.

Den Zeitvorsprung der Überraschung hatte unser Gegner auf seiner Seite. Bevor mir klar wurde, was alles passiert war, hatte sich der Schleim bereits ausgebreitet. Entgegen den Gesetzen der Erdanziehung stieg er nach oben. Gleichzeitig breitete er sich zur Seite hin aus, und er rann auch nach unten, sodass er unsere Körper sehr rasch einhüllte.

Ich konnte zusehen, wie sich die Masse ausbreitete und

sich zu einer Kugel formte, die uns beide umschloss. Su Danning und ich waren in dieser Kugel gefangen.

Die Reporterin drehte mir ihr Gesicht zu. Der Schrecken stand in den Zügen zu lesen. Diese Frau ahnte, was passiert war. Sie hatte instinktiv eine schreckliche Wahrheit erfasst, klammerte sich an mir fest und behinderte mich in meinen Aktionen.

Was in meiner Erzählung so lange dauert, nahm tatsächlich nur wenige Sekunden in Anspruch. Denn so rasch breitete sich die verdammte Flüssigkeit aus, die zwar eine Sicht nach draußen zuließ, sie jedoch seltsam verzerrte, sodass unser Gegner wie ein Mensch wirkte, dessen Körperteile man falsch und schief zusammengesetzt hatte.

Auch die übrigen Zuschauer und Gaffer erschienen mir so, nur Su Danning sah ich normal.

Sie schwankte. Und als sie mir entgegenfiel, bemerkte ich, dass meine Füße nicht mehr fest auf dem Boden standen. Ich geriet ebenfalls in Schwingungen, wollte Su noch festhalten, wurde jedoch nach hinten gedrückt und fiel mit dem Rücken zuerst gegen die dünne Haut, die mich wieder nach vorn katapultierte, auf Su zu.

Ihr Gesicht war für ein Moment so dicht vor mir, dass wir uns berührten. Die Haut war noch kalt und nass, und die Stimme hörte ich dicht an meinem Ohr.

»Meine Güte, was geschieht jetzt?«

Das hätte ich ihr zwar sagen können, ließ es jedoch bleiben. Sie würde es früh genug merken.

Wie konnten wir uns retten?

Während wir beide von einer Seite auf die andere schaukelten, dachte ich scharf darüber nach. Wir waren bisher davon ausgegangen, dass diese Flüssigkeit irgendwas mit dem Todesnebel zu tun haben musste, und gegen den gab es keine Rettung.

Höchstens mein Kreuz bot ihm Paroli!

Da half kein langes Überlegen, ich musste es wagen. Während Su Danning zu Boden fiel, auf dem Grund der Kugel blieb und sich im Hocken drehte, streifte ich mir hastig die Kette über den Kopf.

Nun hielt ich das Kreuz in der Hand.

Ich spürte bereits seine Reaktion. Es zitterte zwischen meinen Fingern, wehrte sich gegen die fremde Magie, und ich spürte so etwas wie Hoffnung, während ich ebenfalls fiel und auf Su Danning prallte.

Ihr Körper dämpfte meinen Aufprall, die Kugel drehte sich. Mit der freien Hand hielt ich Su fest und sah dabei, wie sich am oberen Rand der Kugel ein dicker, schleimiger Tropfen bildete, von der Anziehungskraft in die Länge gezogen.

Er würde auf uns niederfallen.

»Umklammere das Kreuz!«, brüllte ich Su Danning an. Als sie nicht gehorchte oder mich nicht verstand, nahm ich ihre Hand und presste sie auf den Teil des Kreuzes, der aus meiner geschlossenen Faust hervorragte.

Der Tropfen wurde noch länger. Neben ihm bildete sich schon ein zweiter. Beide schimmerten rötlich gelb, und ich merkte das Schaukeln, das die Kugel und auch uns erfasste.

Dabei konnte ich nicht sehen, dass sich die Beine gebildet hatten und wie Antennen aus dem Unterteil hervorschauten. Ich hatte nur Augen für die beiden langen Schleimstücke, die über uns zitterten und uns gar nicht verfehlen konnten.

Su Danning hatte furchtbare Angst. Sie stammelte und rief Worte, die ich nicht verstand, doch meine Stimme übertönte alles, als ich das Kreuz aktivierte.

»Terra pestem teneto – Salus hic maneto!«

Danach wurde alles anders!

Suko war sauer. Er ärgerte sich über seinen Freund John Sinclair, der sich tatsächlich von dieser Reporterin aufhalten ließ und deren Neugierde befriedigte.

Für Suko war es unbegreiflich. Er dachte nur an die Lösung des Falles, wollte John von der Frau weglotsen. Das war nicht möglich.

So machte er sich zähneknirschend daran, nach einem Taxi Ausschau zu halten. In London fahren so viele Taxis, dass es sehr einfach ist, einen Wagen zu bekommen. Das merkte auch Suko wieder einmal, und er hatte schon die Hand gehoben, um einem Fahrer zu winken, als er noch einmal einen Blick über die Schulter zurückwarf.

Das geschah in dem Augenblick, als der andere abdrückte.

Hätte die Sonne geschienen, hätten sich ihre Strahlen vielleicht im Gold der Waffe gebrochen, und Suko wäre gewarnt worden. So aber sah er nur ein seltsames Schimmern, zwar heller als normal, doch er machte sich keine Gedanken.

Der Inspektor sah nur den Mann und erinnerte sich an die Beschreibung, die man ihm gegeben hatte.

Jemand mit einem Schweinsgesicht.

Der hier hatte eins.

Suko war nicht mehr zu halten. Er begriff und reagierte sofort.

Er stürmte vor, zog dabei seine Waffe, wollte John Sinclair und auch die Reporterin noch wegreißen, als er, wie vor eine Wand gelaufen, stehen blieb.

Vergessen war der Mann mit der goldenen Pistole. Suko sah nur noch John.

In einer Kugel!

Die aus der Pistole abgeschossene Flüssigkeit hatte sich gedankenschnell ausgebreitet und eine gewaltige Kugel mit dünner, dennoch sehr widerstandsfähiger Haut gebildet, die John Sinclair und auch die Reporterin umschloss.

Die beiden kamen nicht heraus, sosehr sie sich auch bemühten. Zudem wuchsen dünne, antennenartige Beine aus der Kugel, sodass diese samt ihres Inhalts getragen und geschaukelt wurde.

Der Inspektor brauchte keine lange Erklärung. Ihm war klar, was sich da abspielte. Er wusste genau, welche Bewandtnis es mit der Kugel hatte. Wer in ihr steckte und sich nicht mehr befreien konnte, wurde automatisch zu einem Skelett.

Wie beim Todesnebel!

Mit einem blitzschnellen und tausendmal geübten

Griff hielt Suko seine Beretta in der Hand. Sie war mit geweihten Kugeln geladen. Er hoffte, die Haut der Kugel durchschießen zu können, ohne dabei die Personen zu verletzen.

Der Chinese schoss.

Normalerweise kann man den Flug einer Kugel nicht verfolgen. Suko jedoch glaubte zu sehen, wie sie gegen die Haut hieb, ohne sie zu zerstören.

Die Horror-Kugel blieb als Ganzes bestehen.

Noch einmal schoss Suko.

Abermals erzielte er keinen Erfolg. Er sah ein, dass es so nicht weiterging. Wenn er etwas retten wollte, musste er näher an die Kugel heran, und als er startete, da hatte John Sinclair bereits sein Kreuz gezogen.

Der Inspektor kannte die Bewegung. Er sah noch, wie die Reporterin das Kreuz ebenfalls umklammerte und wie sich John Sinclairs Mund bewegte.

Von den Lippen konnte Suko den Bannspruch ablesen. John hatte die Gefahr richtig eingeschätzt und setzte jetzt alle Mittel ein, um die Frau und sich zu retten.

Es geschah auch etwas.

Die Kugel verschwand.

Nicht nur sie, Auch John und Su Danning waren nicht mehr zu sehen.

Für Suko, der ansonsten immer sehr schnell reagierte, war es ein Schock. Er stand auf dem Fleck und schaute dorthin, wo sich eben noch die Kugel mit den beiden Personen befunden hatte. Wie vom Erdboden waren sie verschwunden, wobei Suko das Gefühl haben konnte, als hätte es sie nie zuvor gegeben.

Nicht nur er hatte das seltsame Phänomen gesehen, auch andere Menschen, die sich in der Nähe aufhielten, waren Zeugen dieses unbegreiflichen und unheimlichen Vorfalls geworden.

Eine Erklärung wusste keiner von ihnen. Suko stand für einige Sekunden unbeweglich auf dem Fleck, schüttelte den Kopf und spürte die Gänsehaut, die sich auf seinem Rücken gebildet hatte. Er war hier in eine Magie hineingeraten, die er weder fassen noch überblicken konnte.

Der Mann mit der goldenen Pistole!

Plötzlich fiel er ihm wieder ein. Er war schließlich der Initiator des Ganzen, an ihn musste er sich halten. Suko hob den Kopf. Er suchte ihn, sah aber nur die Neugierigen, die sich am Ort des unheimlichen Geschehens zusammendrängten, und keine Spur mehr von dem Kerl mit dem Schweinsgesicht.

Der Chinese lief einige Schritte vor. Sein Blick glitt immer suchend in die Runde. Er musste den Mann finden, sonst war vielleicht alles verloren.

Suko hatte Glück im Unglück. Zwar sah er den Kerl nicht, dafür hörte er die wütenden Schreie einiger Zuschauer und sah, wie zwei Männer auf den feuchten Boden fielen.

Im nächsten Moment entdeckte er den Unbekannten. Der bahnte sich rücksichtslos seinen Weg, als er floh. Welches Ziel er hatte, war Suko nicht bekannt. Er wollte es auch nicht wissen. Für ihn allein zählte, dass er den Typ zwischen die Finger bekam, bevor er weiteres Unheil anrichtete.

Deshalb nahm er die Verfolgung auf.

Waren die Zuschauer vorhin überrascht worden, als sich jemand rücksichtslos seinen Weg bahnte, so erlebten sie dies innerhalb kurzer Zeit ein zweites Mal.

Wieder eilte jemand heran, der keine Rücksicht kannte. Suko huschte wie ein Schatten über den glänzenden Asphalt. Er sah die Gesichter der Menschen wie Blitzlichter auftauchen, wühlte sich weiter und sorgte dafür, dass sie verschwanden.

Nicht weit von der Nelson-Säule entfernt entdeckte er den Unbekannten wieder.

Der hatte es ebenfalls eilig, drehte sich dabei um, und Suko duckte sich. Er wusste nicht, ob der andere ihn gesehen hatte. Es spielte auch keine Rolle. Hauptsache, der Kerl blieb nicht stehen und setzte seine Waffe ein.

Nein, er rannte zu einem dunklen Wagen. Bevor er ihn erreicht hatte, winkte er mit beiden Armen. Eine Fondtür wurde aufgestoßen, und Sekunden später hechtete der andere in den Austin.

Er knallte die Tür zu. Gleichzeitig startete der Fahrer. Suko vernahm das Quietschen der Reifen, so hart wurde das Fahrzeug beschleunigt.

Der Chinese blieb stehen.

Er hatte das Nachsehen und hätte sich vor Wut irgendwohin beißen können.

Manchmal findet auch ein blindes Huhn ein Korn. So heißt das Sprichwort. Und Suko kam sich in diesem Moment wie ein blindes Huhn vor. Allerdings fand er kein Korn, sondern ein Motorrad. Er gehörte einem Polizisten, der heranbrauste.

Suko handelte blitzschnell. Er stellte sich auf die Fahrbahn, zwang den uniformierten Kollegen zu einer geschleuderten Bremsaktion und zeigte seinen Ausweis, noch bevor sich der Beamte beschweren konnte.

»Ich brauche Ihre Maschine«, sagte der Chinese und warf sich auf die Triumph.

Mit Motorrädern kannte sich der Inspektor aus. Er fuhr selbst eine Harley, aber auch mit anderen Maschinen kam er zurecht. Suko hatte sich trotz aller Hektik genau gemerkt, in welche Richtung der Austin losgebraust war.

Richtung Süden, die Parliament Street hinunter und dabei in Richtung Westminster Bridge. Eine geschichtsträchtige und mit touristischen Attraktionen bestückte Strecke wie Downing Street und Westminster Abbey.

Das alles kümmerte Suko nicht. Er wollte den Mann, auch wenn er es mit mehreren Gegnern zu tun hatte, wie ihm diese Flucht im Austin bewies, denn die Freunde des Kerls hatten auf ihn gewartet.

Suko gab Gas.

Er wusste, dass es sehr riskant war, ohne Helm und ohne die richtige Kleidung bei diesem Wetter zu fahren. Aber er hatte keine andere Wahl.

London im Regen. Das bedeutete Dunst, schlechte Sicht, auch am Tage nie eine richtige Helligkeit, aber nassen Teer und glitschiges Pflaster, das vor allen Dingen für Motorradfahrer zu einer tückischen Falle werden konnte.

Zudem nahmen Autofahrer zumeist keine Rücksicht auf die Zweiräder. Suko musste sich voll konzentrieren. Es war verflixt schwer, denn der Regen klatschte ihm ins Gesicht. Er kam von vorn. Die Feuchtigkeit klebte auf der Haut, sodass Suko große Mühe mit der Sicht hatte.

Er musste sich oft über die Augen wischen, um für kurze Zeit wenigstens einigermaßen klar sehen zu können. Eigentlich war es Wahnsinn, was er da tat, aber er dachte an John Sinclair und all die anderen Menschen, die in tödlicher Gefahr schwebten, wenn es dem Unbekannten gelang zu entkommen.

Die Straße war ziemlich breit. Suko fuhr konstant auf der rechten Seite und sah zu, dass er alles überholte.

Aber die Männer mit dem Austin mussten bemerkt haben, dass sie verfolgt wurden, denn der Fahrer steigerte die Geschwindigkeit.

Suko drehte noch mehr auf.

Er hatte dabei das Gefühl, auf einer glänzenden Fläche zu fahren, denn die Straße vor ihm wirkte wie ein Spiegel, der die Lichter der zahlreichen Wagen reflektierte.

Es war eine verzweifelte Aufholjagd, zu der Suko gestartet war. Er hatte seinen Körper weit nach vorn gebeugt, das Gesicht war verzerrt. So wenig Widerstand wie möglich wollte er dem kalten und schneidenden Fahrtwind bieten, und er atmete zischend durch die fest zusammengebissenen Zähne.

Am Parliament Square jagte der dunkle Austin geradeaus. Die Straße führte jetzt im ziemlich spitzen Winkel auf die Themse zu und änderte an der Auffahrt zur Lambeth Bridge ihren Namen.

Die historische Fassade des House of Parliament huschte an Suko vorbei. Dann begann links vor ihm ein parkähnlicher Grünstreifen, der mit seiner Ostseite direkt an den Fluss grenzte.

Die Triumph röhrte, Suko spürte das Zittern der schweren Maschine. Die Vibration ging auch über auf seinen Körper. Sie gab ihm ein Gefühl der Freiheit – aber er wusste auch von der Gefahr, in der er steckte. Ein Ausrutscher, und es war vorbei.

Vor ihm raste ein Jaguar. Der Fahrer wollte sich nicht überholen lassen, gab Stoff und glitt an dem Austin vorbei.

Jetzt waren es ungefähr noch fünfzig Yards, die Suko von dem schwarzen Wagen trennten.

Regenschleier peitschten von der Seite her auf den einsamen Motorradfahrer zu. Bis auf die Haut war der Chinese durchnässt. Aber verbissen hielt er die Spur, denn er wusste genau, was alles auf dem Spiel stand. Auf keinen Fall durfte er die anderen entkommen lassen.

Sie hatten bereits den Stadtteil Westminster erreicht und fuhren noch immer an der Themse entlang, deren Wasser kaum zu sehen war, weil der Fluss in Dunst und Regen verschwand.

Auch an dem Austin waren die Scheinwerfer eingeschaltet worden. Die Heckleuchten glänzten wie glühende Kohlen, und plötzlich leuchteten sie stärker auf.

Der andere bremste.

Jetzt wurde es gefährlich. Suko wusste genau, dass ein Wagen besser auf nasser Straße in der Spur blieb, wenn er abgebremst wurde, aber ihm blieb keine andere Möglichkeit.

Auch er musste mit der Geschwindigkeit runter.

Suko bremste stotternd und dennoch hart.

Danach erfuhr er, wie gefährlich es war, auf nasser Straße zu fahren. Der Austin vor ihm begann plötzlich zu tanzen. Aber nicht dessen Heck schwänzelte hin und her, es war Suko, der seine Maschine nicht mehr in der Spur halten konnte und deshalb dieser Täuschung erlegen war.

Viele Fahrer hätten aufgegeben und wären vielleicht trotz des großen Risikos von der Maschine gesprungen. Nicht Suko. Er kämpfte gegen die Tücken der Physik.

Als die Fliehkraft die Maschine nach links wegzog, lenkte Suko stark gegen. Er wollte die Triumph in der Spur halten, doch die Fahrbahn war wie mit Seife beschmiert. Das Motorrad ließ sich nicht lenken, sosehr sich der Chinese auch bemühte, und es kam, wie es kommen musste.

Suko ging ›baden‹. Auf die linke Seite geriet er. Die

Schräglage wurde so schlimm, dass er mit dem Bein über den glatten Boden glitt und in eine Kreiselbewegung geriet.

Zwei, drei Umdrehungen erlebte der Inspektor mit. Er hielt noch immer den Lenker fest, wobei er wusste, dass er sich dennoch lösen musste, um nicht mitgerissen zu werden. Wie leicht konnte die schwere Maschine ihn unter sich begraben oder gegen ein hartes Hindernis schmettern.

Suko ließ die Triumph los.

Von dem Druck befreit, schmierte sie regelrecht ab, sauste über die nasse Fahrbahn, zog trotz der Feuchtigkeit noch eine Funkenspur hoch, und Suko hörte hinter sich das dröhnende Hupen und sah sich von mehreren Scheinwerfern aus- und angeleuchtet.

Er selbst nahm all diese Dinge nur am Rande wahr. Für ihn allein zählte es, dass er mit heilen Knochen die unfreiwillige Rutschfahrt überstand.

Quer über die Straße wurde der Chinese geschleudert. Er überschlug sich mehrmals. Sein Körper wurde durchgeschüttelt. Suko verlor die Orientierung.

Was die Männer in dem Austin taten, war für ihn im Augenblick uninteressant. Der Chinese war allein mit sich selbst beschäftigt und wollte, dass er diesen Unfall heil überstand.

Suko war ein harter, durchtrainierter Knochen. Er hatte schon einiges überstanden. Sein Training machte sich jetzt bezahlt. Angst hatte Suko nur davor, dass die nachfolgenden Wagen nicht schnell genug stoppen konnten.

Was mit der Maschine geschah, interessierte ihn nicht. Sie war in die andere Richtung gejagt, gegen die Bordsteinkante geprallt und hatte sich durch das Auftauchen des Hindernisses noch zweimal überschlagen.

Der Austin stand leicht schräg. Während sich Suko noch in Bewegung befand, wurde die linke Hintertür aufgestoßen.

Mister X verließ den Wagen.

Die goldene Pistole hielt er in der Hand. Seine dicken Lippen hatten sich zu einem diabolischen Grinsen verzogen. Unter der Wangenhaut zuckte es, denn der Mann wollte ein Ende machen.

Den Geisterjäger hatte er erwischt, nun wollte Mister X den zweitwichtigsten Mann aus der Welt schaffen.

Er hörte nicht auf den Schrei des Fahrers. »Komm zurück, verdammt! Los, Mann, ich …«

Mister X hetzte weiter.

Und Suko war noch immer nicht zur Ruhe gekommen. Zwar überschlug er sich nicht. Er rutschte jetzt auf dem Rücken weiter, wobei er eine Gischtspur in die Höhe schleuderte. Endlich blieb er liegen.

Trotz seiner schmerzenden Glieder richtete er sich auf und sah, dass jemand auf ihn zurannte.

Der Mann mit der goldenen Pistole!

Wie ein Gespenst tauchte er aus den Regenschleiern auf. Sein Lachen erreichte den Chinesen, der genau wusste, dass er nicht mehr schnell genug sein würde, um der gefährlichen Ladung zu entgehen …

Mit der Kraft der Verzweiflung hatte ich mein Kreuz aktiviert. Gegen den unheimlichen Todesnebel war es eine starke Waffe, und ich hoffte, dass es uns auch vor dieser mörderischen Säure retten würde.

Als letzte Eindrücke nahm ich Szenen mit, die Filmbildern glichen. Den erstarrt dastehenden Suko, den Mann mit der goldenen Pistole, die Neugierigen, die Fahrzeuge, und dann schienen sie von einer gewaltigen Hand weggewischt zu werden.

Alles änderte sich.

Wir schwebten.

Ich fühlte mich so leicht wie eine Feder, die vom Wind durch die Lüfte getragen wird. So mussten sich die ersten Menschen vorgekommen sein, als sie das Fliegen lernten.

So frei, so herrlich unbeschwert …

Wirklich unbeschwert?

Nein, da war die Angst, die nach wie vor in mir steckte. Nicht umsonst umklammerte ich mein Kreuz, als wäre es der letzte Rettungsanker, und auch Su Danning wusste instinktiv, was die Glocke geschlagen hatte. Sie ließ das Kreuz ebenfalls nicht los.

Manchmal sah ich ihr Gesicht. Leider nicht klar. Uns schienen Meilen zu trennen, wobei sich zwischen den Gesichtern zahlreiche Schlieren bewegten, die aussahen wie armdicke Nebelstreifen.

Ich glaubte daran, dass uns die Aktivierung des Kreuzes eine Dimensionsreise bescherte.

Wo würden wir landen?

Das schmale Gesicht der Reporterin zuckte. Es schien so, als wollte sie etwas sagen. Sie öffnete auch den Mund, formte Worte, dennoch konnte ich nichts verstehen.

Alles war anders geworden. Wir bewegten uns in einer Sphäre, wo sich der eine dem anderen nicht verständlich machen konnte. Um uns herum herrschte zudem eine seltsame Stille. Keine Geräusche, kein Sprechen, kein Brausen, wir waren eingeschlossen in einem lautlosen Kreislauf.

Bis auf einmal alles anders wurde.

Plötzlich konnten wir wieder frei atmen, sahen alles klarer, und wie im Zeitlupentempo gingen wir auseinander, während sich unsere Hände wie auf einen geheimen Befehl hin vom Kreuz lösten.

Da standen wir und schauten uns an.

Keiner von uns sagte etwas.

Ich hielt das Kreuz in der Hand. Es hatte zwar seine silbrige Farbe behalten, an einigen Stellen jedoch pulsierte es. Im Rhythmus unserer Herzschläge zuckte es auf. Es war ein rötliches Leuchten, das ich mir nicht erklären konnte.

Su Danning stand vor mir wie eine Statue. Sie schien mit ihren Gedanken weit weg zu sein, das Gesicht zeigte einen träumerischen Ausdruck, und sie sah, obwohl sie nichts erkannte.

»Su!«, sprach ich sie an.

Die Frau hörte mich. Sie reagierte nicht.

Ich tippte gegen ihre Schulter. Unter dem dünnen Mantel spürte ich den Stoff des Kleides und auch die Wärme der Haut. Nach dieser Berührung wandte sie mir ihr Gesicht zu, wobei sie so etwas wie ein Lächeln versuchte.

»Wir leben, Su!«

Da atmete sie tief ein, als hätte es nur dieses einen Satzes bedurft, um sie wieder normal werden zu lassen. Ein Ruck ging durch ihre Gestalt. Die Lippen verzogen sich zu einem Lächeln, in die Augen strömte wieder Leben, und sie fragte noch einmal nach. »Geschafft?«

»Ja, Su!« Ich nickte heftig. »Wir leben.«

»Leben«, flüsterte sie, »ist etwas Herrliches, John.«

Da hatte sie Recht. Und ich wollte alles daransetzen, um es auch zu erhalten. Deshalb ging ich auf sie zu, fasste sie am Arm und bat sie, mit mir zu kommen.

»Wohin?«

Die Frage war gut. Eine Antwort konnte ich ihr nicht geben. Wenigstens keine direkte. Ich sagte nur: »Wir müssen uns in dieser anderen Welt zurechtfinden, Su. Sie erkunden wie zwei Pfadfinder.«

»Andere Welt?«

»Ja, alles deutet darauf hin.« Ich hob die Schultern. »Es ist schwer, das genau zu erklären, aber seien Sie gewiss, Su, dass wir uns nicht mehr auf der Erde befinden. Ich würde da von einer Dimensionsreise sprechen.«

»Gibt es das?«, fragte sie mich, nachdem sie erstaunt in mein Gesicht gesehen hatte.

»Ja, wir haben es hinter uns.«

Über ihre Lippen zuckte ein Lächeln. »Das alles begreife ich nicht, John. Es ist so unwahrscheinlich für mich …« Sie schüttelte den Kopf. »Das kann ich nicht glauben. Bisher habe ich davon nur gelesen. Dimensionsreisen, das Verschwinden von Menschen und Gegenständen; das gehört ins Bermuda-Dreieck.«

»Das Bermuda-Dreieck ist fast überall!«

»Auch hier?«

»Vielleicht.«

»Die Erklärung reicht mir nicht, John«, sagte sie ehrlich. »Suchen wir eine andere.« Nach diesen Worten nickte sie entschlossen, und ich war froh darüber, dass sie so reagierte.

Ja, ich wollte die richtige Antwort suchen. Dass ich Su Danning dabei auf meiner Seite wusste, kam mir entgegen. Sie war keine Frau, die aufgab, sich hinhockte und schluchzte, sondern fest mit anpackte.

Bisher waren wir nicht dazu gekommen, uns umzuschauen. Das holten wir nun nach.

Wir waren in einer völlig anderen Welt gelandet. Schon beim ersten Blick konnte ich dies feststellen.

Es war eine Welt voller schroffer Gegensätze. Zunächst sah ich den Himmel. Im Grundton hatte er eine dunkle, etwas unheimliche Farbe, die einen Blauton aufwies. Dazwischen jedoch schoben sich, wie abgetrennt, dunkelrote Streifen hinein, sodass der Himmel ein unregelmäßiges Muster zeigte.

Vor uns wuchsen Felsen hoch. Sie schimmerten in einem satten Rot, wobei ich innerhalb des Gesteins blaue Einschlüsse erkannte. Es war eine seltsame Gesteinformation. An einigen Stellen sah es so aus, als wäre mit einem großen, scharfen Messer eine Treppe hineingeschnitten worden. Die Stufen waren sehr breit, fast schon plateauartig, aber glatt.

Ich hatte das Gefühl, auf dem breiten Boden einer Schlucht zu stehen, und sagte auch nichts dagegen, als sich Su Danning einige Schritte von mir trennte und selbst auf Entdeckungsreise ging.

Ich schaute dabei nach links, denn dort öffnete sich die Schlucht zu einem freien Gelände.

Bis mich Sus Schrei alarmierte. Hastig zuckte ich herum, sah sie auf dem Fleck stehen, wobei sie die Arme erhoben hatte und ihre Hände gegen die Ohren presste.

Mit wenigen Schritten überbrückte ich die Distanz, blieb bei ihr stehen und sah, was sie so erschreckt hatte.

Es war ein Skelett.

Vor ihren Füßen lag der Knöcherne in einer seltsamen Haltung. Als hätte er noch versucht, sich zu retten, wobei der linke Arm weiter als der rechte reichte. Die knöchernen Finger gruben sich in den Boden, ohne jedoch etwas zu erreichen. Sie hatten das Unheil nicht aufhalten können.

Ich schob Su Danning mit sanfter Gewalt zur Seite, kniete nieder und schaute mir das Skelett an.

Dabei erinnerte ich mich wieder an die Szene in dem U-Bahnwagen.

Das Skelett vor meinen Füßen sah ebenso aus. Mit anderen Worten: Es war auf die gleiche schlimme Weise getötet worden wie die Menschen in der U-Bahn.

Also mussten wir es hier mit dem gleichen Phänomen zu tun haben. Vielleicht hatte diese furchtbare Magie hier sogar ihren Ursprung. Alles war möglich.

Ohne es zu wollen, waren wir im Zentrum dieser furchtbaren Magie gelandet, in einer Welt, von der ich noch nie gehört hatte und auch nicht wusste, ob und von welchen Dämonenarten sie bewohnt war.

Eine schlimme Sache.

»Was machen wir?«, fragte Susan, als sie den ersten Schrecken überwunden hatte.

Ich schaute sie an. Auf ihrem schmalen Gesicht hatte sich eine Gänsehaut gebildet. Sie zeugte von ihrer Furcht.

Um sie nicht zu enttäuschen und allzu pessimistisch zu antworten, sagte ich: »Nun ja, meine Liebe, zunächst stellen wir einmal fest, dass wir noch leben.«

Nach dieser Antwort zuckte ein Lächeln um ihre Lippen. »Danke, dass Sie es mir so leicht machen wollen, John, aber ich habe noch nie ein Skelett gesehen, und ich möchte Sie fragen, ob es echt ist.«

»Darauf können Sie Gift nehmen.«

»Wie kann das sein?«

Diesmal lächelte ich. »Wissen Sie, Su, es ist so: Sie haben mich am Trafalgar Square angesprochen, weil Sie wissen wollten, was es in der U-Bahn gegeben hatte. Ich konnte und durfte Ihnen nichts sagen. Nun sollen Sie die Wahrheit erfahren. In der U-Bahn sind zwei Skelette gefunden worden, und sie sahen beide so wie dieses hier aus. Begreifen Sie nun?«

Su warf mir einen Blick zu, schaute danach das Skelett an und schluckte.

»Gibt es einen Zusammenhang zwischen den Opfern?«

»Alles deutet darauf hin.«

»Wie ist das möglich?«

Da hob ich die Schultern. »Um das herauszufinden, sind wir hier, Su. Und wir werden es herausfinden, dessen bin ich sicher.«

»Falls man uns lässt.«

»Seien Sie doch nicht so pessimistisch. Ich finde, dass wir schon viel erreicht haben. Wir leben noch!«

»Sie geben wohl nie auf?«

»Nicht, solange ich lebe.«

»Die Einstellung finde ich toll.«

»Richten Sie sich ebenfalls danach. Man muss immer das Beste aus seiner Situation machen, und das werden wir jetzt tun. Folgen Sie mir, Su!«

»Wohin?«

»Wir werden uns ein wenig umschauen. Die Welt durchforsten und erkunden.«

»Suchen Sie nach einer Chance zur Rückkehr?«

»Das außerdem.«

Su Danning war noch immer nicht überzeugt. Ich konnte es ihr auch nicht verdenken. Ich fasste sie in Höhe des Ellbogens am Arm und zog sie weiter.

Wir gingen über den rötlich schimmernden Boden auf das andere Ende der Schlucht zu. Es war nicht einmal weit entfernt. Vielleicht zweihundert Schritte.

Su Danning hielt sich dabei dicht an meiner Seite, während ich mich permanent umschaute, um eine Gefahr schon im Ansatz erkennen zu können. Ob uns jemand belauerte, war nicht zu erkennen, offen jedenfalls zeigte sich kein Gegner.

Dennoch glaubte ich daran, dass diese Welt bewohnt war. Vielleicht von Wesen, die ebenfalls die Kugel produzieren konnten. Dies jedoch konnte ich nicht beweisen.

Wir rechneten natürlich mit Überraschungen, waren immer auf der Hut. Was uns dann jedoch geboten wurde, das haute uns beide um.

Dabei war es Su Danning, die den Gegenstand zuerst sah, da ich mich in dem Moment gerade umgeschaut hatte.

»John, da! Ich werde verrückt!«

Sofort flog mein Blick in die Richtung, die sie mir wies. Jetzt wurden auch meine Augen groß, denn dort, wo sich die Schlucht öffnete, sahen wir beide einen metallenen Gegenstand, der aussah wie eine dicke Zigarre. Er ragte schief in die Höhe, wobei dicht an seinem Ende noch eine dreieckige Flosse wie ein Stummel in den Himmel stach.

Lange brauchten wir nicht zu raten. Was wir da entdeckt hatten, passte nicht in diese Welt.

Es war das Heck eines Flugzeugs!

»Jetzt fällt mir gar nichts mehr ein«, flüsterte Su Danning und blieb stehen.

Ich stoppte ebenfalls meinen Schritt und war erstaunt. »Da können wir uns zusammentun.«

»Wieso?«

»Ich habe ebenfalls keine Erklärung.«

»Toll, dass auch ein Geisterjäger mal ratlos ist. Macht Sie richtig sympathisch.«

»So etwas kommt öfter vor.«

Su lachte leise. »Ein Polizist, der Fehler zugibt? Das ist selten genug. Ich jedenfalls habe noch keinen erlebt. Die meisten halten sich ja für Halbgötter.«

Su schien Polizisten nicht leiden zu können. Jedenfalls machte sie ihrem Ärger Luft. Mich aber störte dies nicht. Ich ließ sie stehen und trat näher an die Maschine heran, um sie genauer in Augenschein zu nehmen.

Vor uns lag ein Düsenjet. Im ersten Augenblick sah es so aus, als wäre er gelandet, bis ich an der Maschine vorbeigegangen war und die Nase entdeckte, die in einem schrägen Winkel in den Boden stach. So ganz astrein war die Landung doch nicht gewesen. Und von allein flog so eine Maschine auch nicht. Die hatte zumindest eine Besatzung. Wo steckte der Pilot?

Ich trat ein wenig zurück, sah Su Danning von der Seite her kommen und winkte ihr.

Die Reporterin ließ sich Zeit und schaute sich die Maschine sehr genau an.

»He, John!«, rief die Frau dann. »Ich glaube, ich habe eine Erklärung.«

»Wieso?«

»Kann sein, dass ich weiß, was das für ein Vogel ist.«

»Dann wissen Sie mehr als ich.«

»Da ist doch ein Flugzeug verschwunden. Stand in allen Zeitungen. In Wien startete die Maschine, kam vom Kurs ab und verschwand irgendwo über dem Atlantik.«

Su hatte Recht. Auch ich kannte die Geschichte. Sie war tatsächlich durch zahlreiche Zeitungen gegangen. Einige Reporter sprachen bereits von einem zweiten Bermuda-Dreieck. Man hatte große Suchaktionen gestartet, aber nichts gefunden.

Sollte das Flugzeug wirklich von einer anderen Dimension geschluckt worden sein?

Fast unwahrscheinlich. Dennoch durfte ich diese Möglichkeit nicht von der Hand weisen.

»Ich schaue mal nach der Besatzung«, sagte ich.

»Man hat von drei Piloten gesprochen.«

»Mal sehen.«

Ich fand das Cockpit leer vor. Zerstörungen entdeckte ich ebenfalls nicht. Da war irgendetwas faul, und ich konnte wirklich nicht behaupten, dass mir das gefiel.

»Und?«

Su stand jetzt neben mir und schaute mich fragend an.

Ich hob die Schultern. »Kein Mensch zu sehen.«

Die Reporterin legte die Stirn in Falten. »Ob da etwas passiert ist? Ich meine, vielleicht leben die Männer nicht mehr und …«

»Warten wir es ab«, beruhigte ich sie und drehte um das Flugzeug eine Runde.

Ich sah keine Spuren. Zudem war der Felsboden unter uns so glatt, dass sich auch nichts abzeichnen konnte.

»Ich begreife das nicht«, erklärte Su, wobei sie ihren Kopf schüttelte. »Leider verstehe ich überhaupt nichts mehr, das können Sie mir glauben. Es ist alles so seltsam, so unwahrscheinlich …«

»Damit müssen wir uns abfinden«, gab ich zur Antwort, blieb stehen und dachte nach.

Da tauchte plötzlich in London ein Unbekannter auf, der eine Pistole besaß, die aus Gold bestand und eine säureartige Flüssigkeit verschoss. Sie reagierte wie unser bekannter Todesnebel, sie ließ nur Skelette zurück! Mein Kreuz wehrte sich gegen diese Flüssigkeit. Es gelang uns, die Blase zu zerstören, wir aber wurden in eine andere Welt oder Dimension geschleudert. Hier fanden wir ein verschwundenes Flugzeug. Wie kam es in diese Welt?

»Die Besatzung ist bestimmt tot«, hörte ich Su Dannings Stimme.

»Das ist anzunehmen.«

»Sollen wir sie nicht suchen?«

»Natürlich, Su.« Ich deutete in die Runde. »Allerdings frage ich mich, wo wir anfangen sollen.«

»Das weiß ich auch nicht.«

Ich lächelte. »Sie sind wenigstens ehrlich. Das finde ich gut.«

»Aber was anderes, John. Hören Sie nichts?«

»Nein.«

»Lauschen Sie mal«, flüsterte Susan und beugte sich vor. »Ich habe das Gefühl, dass unter der Erde etwas nicht stimmt. Da vibriert und rumort es.«

Vielleicht hatte die Reporterin bessere Ohren als ich. Jedenfalls wollte ich es genau wissen. Ich legte mich hin und presste mein Ohr gegen den Boden.

Jetzt spürte auch ich das Zittern und hörte ein Rauschen. In der Tiefe tat sich etwas, für das ich im Moment keine Erklärung wusste.

»Haben Sie es gehört?«

Ich stand wieder auf und nickte.

»Was kann das sein?«

»Keine Ahnung. Möglicherweise ein unterirdischer Fluss. Wer kann das schon sagen? Jedenfalls hat es keinen Sinn, hier auf dem Fleck stehen zu bleiben. Wir werden uns einmal genauer umschauen.«

»Und wo soll das sein?«

»Kommen Sie mit«, sagte ich und fasste nach ihrem Arm.

Vor uns lag ein relativ flaches Gelände. In der Ferne

sahen wir einen dunklen Schatten, der wie eine riesige, erstarrte Welle aussah. Wahrscheinlich lagen dort ebenfalls Berge. Vor uns jedoch zog sich die Ebene hin.

Sie zu durchwandern, hätte keinen Sinn gehabt. Wahrscheinlich hätten wir uns die Füße wund gelaufen. So nahmen wir erst einmal unsere nähere Umgebung in Augenschein.

Für mich war die Ruhe trügerisch. Obwohl wir nicht angegriffen wurden, hatte ich das Gefühl, als würden uns zahlreiche Augen beobachten, und ich gab sehr genau Acht, als wir weitergingen. Dabei schärfte ich Susan Danning ein, sich immer an meiner Seite zu halten.

»Ja, ja, ich verschwinde schon nicht.«

Diese terrassenförmigen Berge vor uns kamen mir nicht ganz geheuer vor. Ich rechnete damit, dass in ihnen etwas auf Opfer lauerte.

Dieses Geheimnis konnte das Rätsel sein, das die Welt hier für uns bereithielt. Gefährlich für den, der es lösen wollte, vielleicht auch tödlich. Alles war möglich. Ich hatte meine Erfahrungen bei zahlreichen Exkursionen durch andere Dimensionen sammeln können.

Susan hatte ein wenig Mühe, meinen Schritt mitzuhalten. Deshalb nahm ich auf die Frau Rücksicht und ging langsamer. Die düsteren Felsen bildeten manchmal seltsame Formationen und Figuren. Einige kamen mir vor wie Menschen mit gewaltigen Nasen, die aus dem Gestein stachen. Manchmal nach unten hängend, dann wieder eckig und in die Luft stechend wie gekrümmte Arme.

Es war nicht einfach, voranzukommen. Es gab keine Wege oder Pfade, und wir mussten uns wie Bergsteiger immer die günstigsten Stellen aussuchen.

Ich suchte nach einem Einstieg, nach einer Höhle, denn ich wollte diesem seltsamen Brausen auf den Grund gehen. Es musste eine Ursache haben, und vielleicht verbarg sich dahinter das Rätsel dieser geheimnisvollen Welt.

Geheimnisvoll waren die Schatten, die von den vorhängenden Felsen produziert wurden. Unheimliche, blauschwarze Gebilde, die alles überdeckten und uns, wenn wir sie durchquerten, zu schlucken schienen wie gierige Mäuler.

»Meinen Sie, dass wir hier etwas finden?«, fragte mich Su.

»Ich hoffe es.«

»Was suchen Sie überhaupt?«

»Einen Einstieg nach unten.«

Susan erschrak. »Sie wollen in den Berg?«

»Was bleibt uns anderes übrig? Bisher haben wir keine Feinde gesehen, aber diese Welt ist feindlich, und ich bin fest davon überzeugt, dass die seltsame Flüssigkeit, deren Ursprung ich feststellen will, sich hier irgendwo bildet.«

»Von allein?«

»Das ist die Frage. Zudem beschäftigt mich das Schicksal der Besatzung. Vielleicht finden wir die Piloten noch.«

»Oder ihre Skelette.«

»Das kann auch sein«, gab ich zu. Dabei dachte ich an das erste Skelett, das wir entdeckt hatten. Ob es einer der Piloten gewesen war, der dort in die Falle …?

Meine Gedanken führte ich nicht zu Ende. Es hatte zudem keinen Sinn, denn ich wurde eines Besseren belehrt.

Plötzlich sah ich den ersten.

Er trug noch seine Fliegerkleidung und löste sich aus einem tiefschwarzen Schatten.

Langsam kam er näher. Er ging wie eine Aufziehpuppe, so eckig, aber zielstrebig.

Die beiden anderen wurden von Susan entdeckt. »Da, John«, rief sie, »schräg vor uns!« Ich drehte den Kopf in beide Richtungen.

Su Danning hatte sich nicht getäuscht. Nicht nur vor uns stand ein Pilot, auch rechts und links, während die letzteren einen leicht erhöhten Platz eingenommen hatten.

Sie wirkten wie Denkmäler und starrten auf uns.

Im ersten Augenblick empfand ich Erleichterung, fühlte aber wenig später ein gewisses Unbehagen, denn die Piloten reagierten nicht. Dabei waren wir Menschen wie sie. Zudem trafen wir uns in einer unheimlichen Dimension, einer Welt, die wahrscheinlich von dämonischen Existenzen bedroht wurde.

Hier stimmte etwas nicht.

»Fragen Sie die Typen doch mal!«, wisperte Susan.

»Das werde ich auch«, sagte ich und wollte die Frage stellen, als sich die drei bewegten. Bisher hatte ich nicht auf die Hände achten können, weil die Männer sie auf dem Rücken versteckt hielten. Das änderte sich. Wir sahen ihre Arme und auch die Hände, die goldfarben schimmerten. Nur waren es nicht deren Finger, sondern die Waffen, die sie umklammert hielten, und wir standen genau im Kreuzfeuer dieser gefährlichen Pistolen …

Der Mann mit dem Schweinsgesicht kam Suko vor wie ein unheimlicher Geistertänzer. Zudem war er größer geworden. Er bewegte seinen freien linken Arm auf und nieder, die Regenschleier verzerrten seine Gestalt, und er senkte den rechten Arm, um mit der Mündung der goldenen Pistole auf den Inspektor zu zielen.

Es war für eine Reaktion zu spät, aber Suko hatte noch eine Chance. Er trug den Stab bei sich. Wenn er ihn richtig einsetzte, konnte er die Zeit für fünf Sekunden anhalten.

Gedankenschnell glitt seine Hand unter die Jacke. Sukos Bewegungen waren fließend. Er konnte den Stab schneller ziehen als ein geübter Schießer seine Waffe und hatte ihn kaum berührt, als er das bewusste Wort dem anderen entgegenrief.

»Topar!«

Das genau war es. Der Stab entfaltete seine Magie. Was der große Buddha einmal gesät hatte, konnte Suko ernten.

In Rufweite erstarrte die Welt um ihn herum.

Auch sein Gegner!

Er schien plötzlich festgefroren zu sein, konnte kein Glied mehr rühren, auch nicht seinen Finger, der sichtlich schon am Abzugsbügel lag.

Das war Sukos große Chance. Er jagte in die Höhe, achtete nicht auf seine malträtierten Knochen, sondern stürmte auf den Kerl mit der goldenen Pistole zu.

Weit brauchte Suko nicht zu laufen. Nur wenige Schritte, dann hatte er ihn erreicht.

Bevor der andere sich versah, hatte ihm Suko die Hand zur Seite geschlagen und die Waffe an sich gerissen. Zum ersten Mal sah er den Kerl aus der Nähe. Der Mann hatte tatsächlich ein Schweinsgesicht, das vor Nässe glänzte.

Suko sprang wieder zurück. Dabei richtete er die Waffe auf seinen Gegner, und schon war die Zeit um.

Die Menschen bewegten sich. Sie führten ihre Reaktionen genau da fort, wo sie gestoppt worden waren, und auch der Mann mit dem Schweinsgesicht stand nicht mehr starr.

Ungläubig starrte er auf Suko und dann auf seine Waffe, die sich jetzt in den Händen eines anderen befand.

»Rühr dich nicht!«, zischte der Inspektor. »Bleib nur stehen, mein Freund!«

Der andere ahnte, was auf ihn zukommen würde, und er ging tatsächlich nicht weg.

Mitten auf der Straße und im strömenden Regen standen die beiden. Um sie herum hatte sich die Szene verändert. Es hatten sich Autoschlangen gebildet. Ein wildes Hupkonzert brandete auf, das Suko zwar hörte, aber nicht zur Kenntnis nahm.

Er hatte den Mann!

Zwei Mafiosi hockten in dem Austin. Sie hatten ihren Auftrag, den Logan Costello ihnen eingebleut hatte, nicht vergessen! Die Gangster sollten Mister X schützen.

Noch war die Zeit günstig, und so reagierten sie auf ihre Art.

Bei ihnen wurden die Probleme durch Gewalt gelöst. Und das waren Kugeln. Zweimal schossen sie.

Suko hörte das Krachen der Waffen und hatte zwei große Vorteile. Das Wetter und die Entfernung. Ein genaues Zielen war sehr schwer. Deshalb hechtete er auch nicht zu Boden, sondern warf sich nach vorn und umklammerte den Mann mit dem Schweinsgesicht. Der wurde von dieser Aktion überrascht. Er knallte ebenfalls hin, wobei er versuchte, sich aus dem Griff zu drehen, doch Suko war ein Meister seines Fachs. Mit einer Hand hielt er ihn in einem eisenharten Griff und presste ihm die Mündung der goldenen Pistole gegen den Schädel.

»Ich schieße, wenn du dich rührst!«

Kaum hatte er die Worte ausgesprochen, als er die schrillen Töne der Pfeifen hörte. Für ihn ein Zeichen, dass die Londoner Bobbys anrückten. Sie waren von dem Verkehrsstau und dem ganzen Drumherum alarmiert worden, und nun hielt sie nichts mehr.

Das sahen auch die Mafiosi. Suko vernahm einen dumpfen Schlag, als die Wagentür zugeworfen wurde, ein Motor heulte auf, dann startete der Austin.

Die Killer rasten weg.

Suko hatte es geschafft. In seinen Händen befand sich der Mann mit dem Schweinsgesicht, und er hatte die goldene Pistole an sich nehmen können.

»Rühr dich nur nicht!«, flüsterte Suko und drückte die Mündung der Waffe in den offenen Mund des Mannes. Suko sah die weit aufgerissenen Augen. Selbst jetzt wirkten sie noch klein, und mit der freien Hand tastete er über die Haut im Gesicht, die sich seltsam schwammig anfühlte, zudem weich wie alter Teig war.

Lange konnte er so nicht liegen bleiben. Dafür sorgten schon die Polizisten, die herbeieilten. Ihre Absätze hackten auf dem Asphalt. Wasser spritzte hoch, wenn sie in Pfützen traten. Auch Suko und seine Geisel wurden besprüht.

Die Bobbys kreisten den Inspektor ein. »Rühren Sie sich nicht«, hörte Suko eine drohende Stimme, »und lassen Sie den Mann los!«

»Das werde ich nicht«, erwiderte der Chinese. »Geben Sie mir nur Handschellen.«

Die Bobbys wussten nicht, was sich zuvor alles abgespielt hatte. Einer bückte sich und legte seine Hand auf Sukos rechte Schulter. Er wollte ihn hochziehen.

»Verdammt, lassen Sie mich! Scotland Yard!«

Selten hatte man Suko so schreien hören. Und die beiden letzten Worte verfehlten den Eindruck nicht. Die Bobbys zögerten.

»Wo bleiben die Handschellen, zum Henker?« Der Inspektor war jetzt sauer. Er merkte, dass sich sein Gegner unter ihm bewegte, zog blitzschnell die Waffe zurück und hämmerte dann ihren Lauf gegen den Kopf des anderen.

Der Kerl mit dem Schweinsgesicht zuckte zusammen. Allerdings hatte Suko ihn nicht bewusstlos schlagen können. Dafür stellte er fest, dass sich der andere unter ihm so seltsam bewegte und er mit seiner freien Hand auch tief in den Körper drücken konnte.

Die Erklärung war schnell gefunden.

Der Mann mit dem Schweinsgesicht löste sich auf. Er wurde zu einer wabbeligen Masse, zu einem schleimigen Etwas, und Suko wusste, was das bedeutete.

Einen Menschen hatte er nicht vor sich, sondern einen Dämon, einen der widerlichsten Sorte.

Einen Ghoul!

Sie ernährten sich von Leichen und hausten zumeist auf Friedhöfen, wo sie immer Nahrung fanden. In der letzten Zeit hatte Suko wenig mit dieser ekelhaften Dämonenart zu tun gehabt, nun aber merkte er schnell, wen er vor sich hatte.

Er sprang in die Höhe!

Das geschah so heftig, dass selbst die Polizisten davon überrascht wurden und hastig zurücktraten, um dem Chinesen Platz zu schaffen. Wie Suko starrten auch sie auf das, was vor ihnen über den feuchten Asphalt kroch.

Der Ghoul schlängelte sich über den feuchten Boden. Auf den Rücken hatte er sich gelegt, und seine Gesichtszüge verschwammen, als würden unsichtbare Finger in die Hautreste hineinstechen und sie weiter zusammendrücken.

Die drei Polizisten beobachteten das Wesen vor ihnen und blickten auch Suko fragend an.

Der Chinese gab ihnen keine Antwort. Er sah zu, wie

der Ghoul versuchte, das Weite zu finden. Dabei bewegte er sich auf den Straßenrand zu. Vielleicht wollte er einen Gully als Fluchtweg benützen. So etwas konnte gelingen, denn die schleimigen Ghouls waren in der Lage, die Körperform so zu verändern, dass sie selbst durch schmale Spalten schlüpfen konnten.

Über den nassen Asphalt glitt ein längliches Etwas. Fast ein wurmartiges, leicht durchsichtiges Gebilde, das sogar aus seiner Kleidung gerutscht war.

Gelblich weiß schimmernde Schlangenarme und Augen wie dicke Perlen, die innerhalb des Kopfes saßen, wobei sie bei jeder Bewegung des Ghouls hoch- oder niedergedrückt wurden.

Suko folgte ihm.

Die Polizisten blieben zurück. Sie flüsterten miteinander, waren ratlos, und Suko wusste, dass er dieses Wesen töten musste. Ein Ghoul durfte nicht überleben. Er stellte eine zu große Gefahr dar, wobei er zu den Wesen gehörte, die selbst von anderen Dämonen oft nicht akzeptiert wurden.

Der Gully war tatsächlich nicht mehr weit von ihm entfernt. Das Metall schimmerte, weil sich der Schein einer einsam brennenden Lampe auf ihm spiegelte.

Dem Inspektor war klar, dass er von ihm nichts mehr erfahren konnte. Deshalb zog er seine Waffe.

Es war die Silberkugel-Beretta.

Er hielt sie leicht schräg, zielte auf den schleimigen Ghoul, der in diesem Augenblick noch einmal seinen Schädel hob, oder das, was man als Schädel bezeichnete.

Es war nur mehr ein birnenförmiges Etwas, in die Länge gezogen und nach unten dicker zulaufend. Die Augen saßen auch nicht mehr an den normalen Stellen, ebenso waren Mund und Nase verschoben, außerdem zugeklebt.

Suko feuerte.

Er hörte sogar das Platschen der Kugel, als sie in den Schleim drang. Für einen Moment schien es, als würde es die Gestalt noch einmal schaffen, in die Höhe zu kommen, doch diese Bewegung war nur ein Strohfeuer. Der

Ghoul sackte wieder zurück. Er breitete sich auf dem feuchten Boden aus und löste sich allmählich auf.

Zurück blieb eine stinkende Lache, die durch das leichte Gefälle in Richtung Gully floss und darin verschwand.

Erledigt!

Suko ging hin und hob die Silberkugel auf, die kaum deformiert war. Er steckte das Geschoss ein und schaute zu, wie die Reste des Ghouls weggespült wurden.

Selbst die wenigen Haare schwammen mit und verschwanden im Gully.

So endete ein Dämon.

Der Inspektor drehte sich um. Er blickte in die fragenden Gesichter der Polizisten, sah sich jedoch nicht veranlasst, eine Erklärung abzugeben. Er zeigte den Männern nur seinen Ausweis, damit sie beruhigt sein konnten.

Suko ärgerte sich. Jetzt hatte er zwar die goldene Pistole, aber er wusste nicht, woher sie stammte, wer sie gebaut hatte und aus welch einer Welt sie kam.

Eines jedoch war sicher. Diese Waffe musste so rasch wie möglich von den Spezialisten beim Yard untersucht werden. Und irgendwie schien auch Logan Costello mit in der Sache zu stecken.

Abrupt drehte sich Suko um. Bevor er wieder von den Polizisten angesprochen werden konnte, bat Suko einen der Männer, für einen fahrbaren Untersatz zu sorgen, und zwar so rasch wie möglich, denn er hatte nichts mehr zu verlieren.

Vor allen Dingen keine Zeit …

Drei Piloten hielten uns umkreist. Sie trugen noch ihre Kluft, nur die Helme hatten sie abgenommen. Das alles war unwichtig, für uns zählten die Waffen.

Drei goldene Pistolen. In jeder von ihnen lauerte das Grauen. Wenn sie uns erwischten, wusste ich nicht, ob uns das Kreuz auch in dieser Welt noch half.

Neben mir stand Su Danning. Sie merkte ebenfalls, in welch einer Gefahr wir uns befanden.

Ich spürte ihr Zittern und sagte einige beruhigende

Worte. »Keine Panik jetzt. Lassen Sie alles auf sich zukommen, Su!«

»Das sagen Sie so leicht.« Sie atmete scharf. »Ich, ich kann mich nicht an sie gewöhnen. Sind das Feinde …?«

»Wir werden es bald festgestellt haben«, antwortete ich, denn ich hatte mich entschlossen, die drei Piloten anzurufen.

Es ist schwer, in solchen Situationen die richtigen Worte zu finden. Ich wusste auch nicht, ob ich mich lächerlich machte und ob ich überhaupt eine Antwort bekommen würde.

»Woher habt ihr die Waffen?«, rief ich. Das interessierte mich besonders, denn sie waren meiner Ansicht nach der Schlüssel zur Lösung des Rätsels.

Ich erhielt keine Antwort. Die drei Piloten gingen stattdessen weiter vor und kletterten geschickt die Felsen hinab, wobei sich Susan und ich immer im Zielkreis der goldenen Pistolen befanden.

Ich wollte nicht als Erster schießen, hielt mich deshalb zurück und beobachtete nur.

Die drei zogen den Ring dichter. Damit erhöhte sich auch die Trefferwahrscheinlichkeit, und für uns wurde es noch gefährlicher.

Warum sprachen sie nicht?

Wenn sie Menschen waren, hatten sie uns verstanden und mussten einfach eine Antwort geben.

Neben mir atmete Su Danning heftig. Sie sah aus, als würde sie die Spannung kaum mehr aushalten. Sie sah ihr Leben bedroht, obwohl die drei noch nichts taten, aber sie musste einfach eine Antwort finden. Damit tat sie genau das Verkehrte.

Ich hätte sie festhalten sollen, aber Su Danning riss sich los und rannte auf denjenigen zu, der ihr am nächsten stand. »Hören Sie!«, schrie die Reporterin. »Was hat Sie in diese Welt getrieben? Sind Sie …?«

Der andere hob seine Waffe.

»Su, zurück!«, brüllte ich.

Sie hörte nicht, stolperte weiter und hielt nur mühsam das Gleichgewicht.

Meine Hand wischte zur Beretta. Ich zog, zielte und drückte ab. Drei Abläufe, die sich zu einem einzigen vereinigten, wobei ich hoffte, dass meine Silberkugel den anderen stoppte.

Haarscharf sirrte das Geschoss an Su Danning vorbei, und es hieb schräg in den Körper des Piloten, der herumgerissen wurde, dann abdrückte und die seltsame Schleimladung über die Felsen spritzte.

Im nächsten Augenblick fiel er.

Ich konnte mich nicht um ihn kümmern, wechselte gedankenschnell meine Position, tauchte zu Boden, drehte mich um die eigene Achse und feuerte auf den nächsten.

Dessen Ladung befand sich bereits auf dem Weg. Sie klatschte dorthin, wo ich gestanden hatte, und bildete einen feinen Nebel. Der Pilot sprang nach rechts. Ich hatte ihn verfehlt, hörte Susans Schreien und schoss noch einmal.

Wieder sprang der andere. Diesmal in den Flug der Silberkugel hinein, die seinen Sprung nicht nur stoppte, sondern ihn auch gegen einen Felsen schmetterte. Langsam rutschte er tiefer. Ich gelangte auf die Knie, suchte den dritten Gegner und sah ihn nicht mehr.

Er hatte das Weite gesucht.

»Wo ist er?«, schrie ich Susan zu. Vielleicht hatte sie ihn gesehen.

Die Reporterin nickte. Sie deutet schräg an mir vorbei, wo die Plateaustufe ein wenig anstieg.

Ich nahm sofort die Verfolgung auf. Ich musste es tun, denn ich liebte keine halben Sachen.

»John!«

Als ich Sus Schrei vernahm, drehte ich mich um. Sie rannte hinter mir her. »Nehmen Sie mich mit, John!«

Ich wartete, bis sie ankam. Ihr Gesicht zeigte Angst. Atemlos warf sie sich in meine Arme und flüsterte: »Ich habe durchgedreht, verdammt, ich habe durchgedreht.«

»Schon gut, schon gut«, beruhigte ich sie, wobei ich über ihren Kopf hinwegschaute und nach dem Letzten suchte.

Der hatte sich verkrochen.

Ich wollte die Verfolgung erst einmal stoppen und nach den beiden anderen Piloten sehen. Vielleicht waren sie verletzt, denn ich rechnete mittlerweile mit allem.

Die beiden lebten nicht mehr. Als Menschen hätten sie noch existiert. Die Treffer waren nicht tödlich gewesen, aber vor mir lagen keine Menschen, sondern dämonische Wesen, und die lösten sich vor unseren Augen auf.

Sie wurden zu Schleim.

Ich wusste sofort Bescheid, auch ohne den Leichengeruch wahrzunehmen. Meine Silberkugeln hatten hier zwei gefährliche Ghouls erledigt. Aus den Menschen waren Ghouls geworden.

Wodurch, konnte ich nicht sagen. Jedenfalls musste ich mich damit abfinden.

»Schauen Sie weg!«, sagte ich zu Susan Danning, die neben mir stand und schluchzte.

Ich aber bückte mich und nahm die beiden goldenen Waffen an mich. Gern hätte ich sie genauer untersucht, dafür jedoch fehlte mir einfach die Zeit. So steckte ich die Pistolen nur in meinen Gürtel, wobei ich mich über deren Leichtigkeit wunderte.

Ich wusste, dass der Reporterin zahlreiche Fragen auf der Zunge brannten. Meiner Ansicht nach war jetzt nicht der richtige Zeitpunkt, sie aufzuklären. Deshalb fasste ich nach ihrer Hand und zog sie mit.

»Wohin denn?«, fragte sie verzweifelt.

»Das werden wir schon sehen. Zunächst einmal müssen wir uns den dritten Piloten vornehmen.«

»Vielleicht ist er nicht mehr da!«

»Das hoffe ich im Endeffekt auch. Ist aber nicht sehr wahrscheinlich, meine Liebe.«

Wir gingen in die Richtung, wohin er verschwunden war. Noch immer konnte ich es nicht fassen. Diese Eskalation der Gewalt war urplötzlich über uns hereingebrochen. Ich hatte nicht anders handeln können, als die beiden zu töten. Sie hätten Su Danning unter Garantie erwischt.

Woher kamen sie?

Diese große, alles entscheidende Frage wollte ich beantwortet haben, und ich war mir sicher, dass sich die Ghouls nicht weit entfernt aufgehalten hatten.

Irgendwo in der Nähe mussten sie ihren Schlupfwinkel haben. Wir beide tauchten ein in die Finsternis der dunkelblauen Schatten, die von den Felswänden produziert wurden.

Auf jedes Geräusch achteten wir, hörten jedoch nichts. Manchmal wurde es heller, wenn die Gesteinsdächer über uns verschwanden, und dann standen wir vor einem schmalen Gang, der wie mit einem Werkzeug in eine Felswand hineingesägt zu sein schien.

»Haben Sie auch Angst?«, fragte mich Su leise.

»Sehr wohl ist mir nicht«, gab ich ehrlich zu. »Aber was soll's? Wir müssen durch.«

»Ich, ich weiß nicht …«

Es war jetzt wirklich nicht einfach für mich, hier eine Entscheidung zu treffen, aber zurücklassen konnte ich Susan auf keinen Fall. Deshalb flüsterte ich ihr zu: »Halten Sie sich dicht an meiner Seite, dann kann nichts passieren.«

Sie lachte nur bitter auf.

Ich ging jetzt vor und spürte Susans Hand an meiner Hüfte. Der Körperkontakt schien ihr Mut zu machen, denn sie beschwerte sich nicht mehr, sondern folgte mir schweigend.

Unheimlich war es schon. Rechts und links waren wir von den glatten Wänden umgeben, nur weiter vor uns hörten wir wieder das seltsame Geräusch, das wir schon einmal vernommen hatten.

Befand sich dort das Ziel?

Meine Spannung wuchs.

Ich schielte auf mein Kreuz, das nach wie vor vor meiner Brust baumelte. Noch verhielt es sich ruhig, aber es saugte die andere Atmosphäre in sich auf, denn seine Farbe veränderte sich ein wenig. Zudem fanden an den Enden immer wieder kleine Explosionen statt.

Wir näherten uns dem Zentrum.

Noch immer hatten wir keine Spur von dem letzten

Piloten entdeckt. Wenn er sich verborgen hielt, dann hatte er wirklich ein gutes Versteck gefunden.

Weiter vor uns änderten sich die Lichtverhältnisse. Die Finsternis trat zurück. Wir sahen ein schwaches rotes Leuchten, das durch die Felsen auf einen bestimmten Punkt begrenzt war und mir vorkam wie ein unheimliches Glosen.

Es konnte einem Angst einjagen, was im Dunkeln lauerte, und Su Danning spürte etwas von dieser Furcht, sie fragte mich mit zitternder Stimme: »Was ist das?«

»Ich weiß es noch nicht.«

»Ob die anderen sich da verbergen?«

»Kann sein.«

Danach schwieg ich, weil ich mich auf den Weg konzentrieren musste. Schritt für Schritt näherten wir uns dem Ziel. Ich hatte das Gefühl, es jetzt mit einer veränderten Luft zu tun zu haben. Sie wurde irgendwie wärmer, gleichzeitig hatte sie auch einen stechenden Geruch, der sich beim Atmen schwer auf die Lungen legte.

Ich rechnete mit jeder Überraschung, aber man ließ uns in Ruhe, sodass wir ungehindert bis zum Zentrum des rötlichen Scheins gelangen konnten.

Jetzt erkannte ich auch, dass sich dieser Schein veränderte.

Einmal war er dunkler, dann wieder heller. Etwas sehr Geheimnisvolles musste sich dort abspielen. Wahrscheinlich lag vor uns das Zentrum dieser Welt. Ich wäre gern allein gewesen, so aber musste ich zu sehr auf Susan Danning Rücksicht nehmen, die ich leider nicht wegzaubern konnte.

Vor uns öffnete sich der schmale Gang. Meine Sicht wurde besser, der Widerschein des auf- und abschwellenden Lichts trat stärker hervor, drängte sogar in die Schlucht hinein und streifte uns mit seinen Ausläufern.

Unsere Gesichtshaut wurde von einem rötlichen Muster überzogen. Wir selbst glichen Geistern.

Die nächsten Schritte würden uns die Lösung des Rätsels bringen. Ich wollte Su ein wenig zurückhalten, stoppte und flüsterte ihr meinen Wunsch zu.

Sie nickte heftig. Deutlich konnte ich erkennen, wie verkrampft sie war. Sie hatte Angst, und die stand ihr ins Gesicht geschrieben. Mit der flachen Hand strich ich über ihre Wange, wobei ich aufmunternd lächelte. »Lassen Sie es gut sein, Susan, wir packen es schon! Bisher haben wir alles geschafft.«

»Klar, John, klar«, antwortete sie gepresst.

Mein Blick wurde besser. Ich sah das Ende der schmalen Schlucht und blieb überrascht stehen, denn nun konnte ich das gesamte Ausmaß des Schreckens sehen.

Unter mir befand sich ein Krater. Er war nicht sehr groß. Im Durchmesser konnte man ihn mit dem eines normalen Parkteichs vergleichen. Von allen Seiten schirmten ihn hohe Felswände ab, sodass er in einer geschützten Mulde lag.

Die Oberfläche schimmerte rötlich. Gleichzeitig auch hellgelb, sodass sich auf dieser Fläche regelrechte Inseln gebildet hatten.

Und darüber schwebte das, was ich schon einmal gesehen hatte. Diese seltsamen, unheimlich anzusehenden Kugeln mit den antennenartigen Beinen, die sich wie Schlangen bewegten.

Obwohl ich in einer Kugel eingeschlossen gewesen war, sahen diese etwas anders aus. Sie zeigten an ihren Vorderseiten kleine, zusammengedrückte Gesichter, die allesamt einen bösartigen Ausdruck hatten und mich immer dann anstarrten, wenn sich die Kugeln in der Luft drehten.

Diese bösen, stechenden Blicke brannten auf meiner Haut. Ich verspürte ein ungutes Gefühl. So etwas wie Furcht durchflutete mich, aber es sollte noch schlimmer kommen.

In der Mitte des Sees ragte ein Pfahl wie ein langer Zeigefinger aus der trägen, siruppartigen Masse hervor.

Mit Stricken war ein Mann an dem Pfahl festgebunden. Ich konnte ihn nicht genau erkennen, das Licht war zu schlecht, aber er sah mich, denn er begrüßte mich mit folgenden Worten: »Willkommen im Reich der Ghouls …«

Die krächzende, erschöpft klingende Stimme schwang mir entgegen, und ich glaubte im ersten Moment, mich verhört zu haben.

Aber es war keine Täuschung.

Dieser Fremde hatte mich im Reich der Ghouls willkommen geheißen. Also musste diese Welt den Ghouls gehören. Und die Piloten waren ebenfalls zu Ghouls geworden, obwohl sie das menschliche Aussehen behalten hatten.

Ein Zipfel des Geheimnisses war nun gelüftet worden, mehr aber auch nicht.

Ich starrte auf den Krater, sah die schwappende Flüssigkeit und ließ den Pfahl nicht aus meinem Blickfeld. Der Mann daran wusste mehr. Er konnte mir sicherlich einiges sagen, obwohl ich selbst nicht wusste, wo ich ihn hinstecken sollte.

Nicht immer konnte ich ihn sehen. Oft versperrten mir die von der Oberfläche hochsteigenden Kugelwesen den Blick, sodass ich ein wenig nach links trat, um ein besseres Sichtfeld zu haben. Dabei ging ich sehr vorsichtig und hütete mich, dem Rand des Kraters zu nahe zu kommen.

Ein widerlicher Geruch schwängerte die Luft. Es stank nach Verwesung. Ein Beweis für die Existenz der Ghouls, die sich schließlich von Aas ernährten.

Aber wo hielten sich diese ekligen Dämonen versteckt?

Befanden sie sich vielleicht im See?

Das alles waren offene Fragen, die ich dem Mann am Pfahl stellen wollte.

Er erinnerte mich an einen Weißen, der von Indianern an den Marterpfahl gebunden worden war. Um seine Qualen zu verlängern, ließ man ihn zuerst leben, aber es würde die Zeit kommen, wo man ihn tötete. Es sei denn, mir gelang es, ihn zu retten.

Durch meinen Standortwechsel hatte ich ein wesentlich besseres Blickfeld. Ich konnte sogar das Gesicht des am Pfahl hängenden Mannes erkennen.

Es zeigte einen leidenden Ausdruck. Der Mund war verzerrt, weit aufgerissen die Augen, und seine Kleidung konnte man nur noch als zerfetzte Lumpen bezeichnen.

»Wer sind Sie?«, rief ich laut über den seltsamen Teich hinweg.

»Ich heiße Chandler.«

Schwach nur war die Antwort, aber mit diesem Namen wusste ich nichts anzufangen.

»Tut mir Leid, ich kenne Sie nicht.«

Da lachte er krächzend. Der Rest des Lachens erstickte in einem Hustenanfall.

»Haben Sie noch nie etwas von Professor Chandler gehört, Mister?«

»Der Chandler?«

»Genau der!«

Natürlich wusste ich jetzt Bescheid. Chandler, der Spinner, der geniale Wissenschaftler. Über ihn stritten sich die Experten. Ebenso über seine beiden Bücher, die er verfasst hatte. Das eine beschäftigte sich mit der Dimensionstheorie und war streng mathematisch abgefasst. Das andere Buch – obwohl inhaltlich über das gleiche Thema geschrieben – eröffnete Perspektiven, wie man diese Dimensionen überwinden konnte. Allerdings nicht auf mathematische Art, sondern auf magische. Ich kannte keines seiner Werke, wusste nur, dass sie existierten, aber mir hatte einfach die Zeit gefehlt, sie zu lesen.

Soviel mir bekannt war, lebte Chandler seit Jahren schon auf dem Festland. Und zwar in der Nähe von Wien. Dort hatte er sich ein verfallenes Schloss gekauft, mehr wusste ich im Moment nicht über ihn.

Wie kam er in diese Welt?

Er schien meine Gedanken erraten zu haben. Bevor er die nächsten Worte sprach, lachte er. »Ich weiß, was Sie denken, Mister. Ich kann doch Mister sagen, oder?«

»Ja, ich bin Engländer und heiße John Sinclair.«

»Der Geisterjäger?«

»Sie haben es erfasst.«

Er lachte wieder und musste abermals husten. »Willkommen bei den Verlorenen, John Sinclair. Die Dimension der Ghouls gibt nichts mehr her, was sie einmal in den Klauen hat. Und mich wollen sie besonders lange quälen, weil ich den Weg zu ihnen entdeckt habe.«

»Was bedeutet die Dimension?«, rief ich ihm entgegen.

»Das weißt du nicht, Geisterjäger? Ich merke schon, dass ich dir voraus bin. Die Ghouls werden hier geboren. Das hier ist die Geburtsstätte, und ich habe den Weg gefunden, um in diese verdammte Welt zu gelangen. Hätte ich nur auf die Spötter und Ignoranten gehört, die mich auslachten … So aber ist es dann geschehen.«

»Wie sind Sie hergekommen, Professor?«, wollte ich wissen. Ich musste jetzt einfach die Fragen stellen, denn noch blieb mir genügend Zeit übrig.

»Kannst du dir das nicht denken, Sinclair?«

»Nein.«

»Mit einem Flugzeug!«

Ich schluckte. Mit dieser Antwort hatte ich nun nicht gerechnet. Ein Flugzeug hatte ihn in diese Dimension gebracht? Dann musste es die Maschine gewesen sein, die ich auch gesehen hatte. Aber da war immer nur die Rede von drei Piloten gewesen. Ein Passagier wurde nicht erwähnt.

Sehr schnell erhielt ich die Erklärung, denn der Professor rief: »Hör zu, Sinclair! Ich habe mich in der Maschine versteckt gehabt. Die drei Piloten konnte ich dazu überreden, den Flug anzutreten. Sie haben keinem gesagt, dass noch ein Vierter in der Maschine hockte, und wir flogen nach meinen Koordinaten.«

»Was bedeutet das?«

»Ich habe errechnet, wo es einen Punkt über der Schottischen See gibt, der mir genau entgegenkam. Eine Kreuzung der Dimensionen. Gewissermaßen ein magisches Loch. Da sind wir hineingeflogen. Der Riss zwischen diesen Dimensionen besteht nicht sehr lange. Ich weiß nicht mal, ob er jetzt auch noch geöffnet ist, aber ich bereue es nicht, in diese Welt gekommen zu sein. Trotz allem, denn ich sehe endlich meine Theorien bestätigt.«

»Auf Kosten der Piloten!«, hielt ich ihm entgegen.

»Ich habe sie bezahlt. Zudem wussten sie genau, auf was sie sich einließen. Sie haben mir nur nicht geglaubt, wollten alles besser wissen.« Er hustete wieder. »Ich gebe zu, dass ich einen Fehler gemacht habe, denn es gelang einem Ghoul, auf die Erde zu kommen. Er ist von seinem Herrn geschickt worden.«

»Wer hat es getan?«

Eigentlich ahnte ich die Wahrheit, doch ich wollte sie aus dem Mund des anderen hören.

»Xorron natürlich!«, rief er. »Der Herr der Ghouls und Zombies. Das hier ist seine Welt.«

Da konnte er Recht haben. Alles deutete darauf hin. Wahrscheinlich hatte sich Xorron hierher zurückgezogen, um neue Kräfte für den großen Kampf zu sammeln, der unweigerlich bevorstand.

Denn er war noch als Einziger übrig geblieben. Die sonstigen Mitglieder der Mordliga existierten nicht mehr.

Weder Lady X noch Vampiro-del-mar. Den Kaiser der Vampire hatte es zum Schluss erwischt, und dieser Sieg ging auf mein Konto.

Jetzt aber stand ich in Xorrons Welt. Ob ich dann noch siegen würde, war fraglich.

Ich schaute wieder nach unten, wo immer weitere Wesen aus dem gefüllten Krater stiegen und über der Oberfläche schwebten. Geheimnisvolle Kugeln mit fratzenhaften Gesichtern. Schaurig anzusehen und aus dem Schleim geboren, der auch für Ghouls so typisch ist.

Wieder hörte ich Chandlers Stimme. »Ja, Geisterjäger, es ist alles ein wenig kompliziert, aber Dämonen sind nun mal nicht einfach zu begreifen. Vor allen Dingen diese Welt nicht. Hier werden die Ghouls hergestellt, und von hier gelingt es ihnen, in die Welt der anderen zu reisen. Aus Kugeln werden Menschen, denn sie besitzen in ihrem Innern einen Stoff, der diese Umwandlung durchführt. Und sie haben die goldenen Pistolen, die sie mit der Flüssigkeit aus dem Vulkan füllen, denn sie allein sorgt dafür, dass Menschen zerstört werden.«

»Wer hat die goldenen Pistolen mitgebracht?«, wollte ich wissen. »Stammen sie auch von dir?«

»Nein, man hat sie hier gefunden.«

»Und wer ließ sie zurück?«

»Eine andere Rasse. Woher sie kam, weiß ich nicht. Niemand weiß es wohl. Ich habe Skelette gesehen und auch die Pistolen. Wahrscheinlich stammen sie von diesen Wesen, die aus einer anderen Galaxis den Weg in diese Dimension gefunden haben. Jedenfalls konnten die Ghouls die Waffen sehr gut gebrauchen. Sie waren für sie wie geschaffen, während die Besucher längst vermoderten und nur noch die bleichen Knochen von ihnen übrig blieben. Uns wird es nicht anders ergehen, Geisterjäger. Auch unsere Knochen bleiben als Reste zurück.«

Es war, wie ich zugeben musste, ein verdammt harter Stoff, den man mir da zum Verdauen gab. Aber weshalb sollte mich Chandler angelogen haben? Es gab keinen Grund für ihn. Diese seltsamen Pistolen konnten durchaus von anderen Wesen stammen, und ein Skelett hatte ich ebenfalls entdeckt. So schloss sich allmählich der Kreislauf, und ich wusste jetzt auch, wie der Mann mit dem Schweinsgesicht, der sicherlich ein Ghoul war, auf die Erde kam.

»Trotz allem gratuliere ich dir, Geisterjäger!«, rief mir der Professor zu.

»Und weshalb?«

»Dass du noch lebst.«

»Ich bin zäh«, erwiderte ich trocken.

Er lachte schallend. »Es hätte leicht ins Auge gehen können, mein Lieber. Xorron wollte dich vernichten. Er schickte einen seiner Diener mit der goldenen Waffe auf die Erde, um dir und deinen Freunden den Garaus zu machen. Wie hast du es geschafft?«

»Ich habe ein Kreuz!«

»Und das widersteht?«

»Du kannst es sehen.«

»Dann werden sich die anderen etwas einfallen lassen müssen. Eine Störung ihrer Welt wäre für sie katastrophal, das will ich dir auch sagen. Und noch einen Rat möchte ich dir geben. Geh wieder zurück, solange noch Zeit ist. Verschwinde, John Sinclair, hier hast du nichts zu suchen. Du kannst diese Welt nicht besiegen.«

»Natürlich gehe ich zurück!«, rief ich laut und deutlich. »Wenn es mir passt, und ich möchte Sie, Professor, gern mitnehmen. Wir könnten uns unterhalten.«

»Junge!«, rief er. »Entschuldige, dass ich dich so nenne. Ich finde es nett, dass du so etwas tun willst, aber es hat keinen Sinn. Du würdest immer verlieren. Nein, flieh! Noch hat sich Xorron nicht gezeigt. Noch lassen dich diese Ghoul-Parasiten in Ruhe, aber wehe, wenn sie angreifen, wehe, wenn …«

Er verstummte.

Wie auch ich hatte der Professor ebenfalls den grässlichen Schrei vernommen.

Ich wusste, wer gerufen hatte.

Su Danning!

Blitzschnell flirrte ich herum.

Aus dem Schlagschatten der Schlucht trat sie. Aber nicht allein. Der dritte und letzte Pilot hatte sie gepackt und presste ihr die Mündung der goldenen Pistole in den Nacken …

Ich hatte es um alles in der Welt vermeiden wollen, doch der letzte Pilot war raffinierter gewesen. Er kannte diese Welt, auch das Gelände, und er hatte sich diese Kenntnisse zu Nutze gemacht.

Sein Trumpf hieß Su Danning!

Wenn er abdrückte und sie einmal von der Kugel umfasst wurde, gab es keine Chance.

Ich schaute auf die beiden und ließ mir meinen Ärger nicht anmerken. Auch Professor Chandler sah, wie sehr sich die Lage verändert hatte, und er schrie uns seine Meinung entgegen.

»Geisterjäger John Sinclair! Wie kann man nur so dumm sein und eine Frau mit in diese Welt nehmen? Wie kann man nur?«

Er hatte Recht. Aber, zum Henker, er kannte die Umstände nicht, die dazu geführt hatten. Ich musste mich mit den Tatsachen abfinden, ob ich wollte oder nicht.

Wir starrten uns an.

Angst hatte Su Danning. Sie hing verkrampft im Griff des Piloten, der nur dem Äußeren nach ein Mensch war. Ansonsten steckte in ihm ein unheimlicher, dämonischer

Keim. Wenn ich ihn angriff, würde er seine Drohung wahr machen, das stand fest.

Zudem würde es mir niemals gelingen, schnell genug zu sein. Bevor ich meine Waffe hervorgeholt hatte, hätte er bereits geschossen. Von seinem Gesicht sah ich nur einen Teil. Die andere Hälfte war hinter dem Kopf der Reporterin verborgen. Ich war gespannt auf seine Bedingungen, die unabänderlich folgen würden.

»Xorron!«, flüsterte er. »Wir gehören zu Xorron. Er lebt in dieser Welt, und hier werden wir unsere Stellung halten und ausbauen. Niemand kann uns daran hindern, auch du nicht!«

»Was hast du mit Xorron zu tun?«

»Alles, denn er hat mich zu einem Ghoul gemacht. Er wollte mich auch wieder zurückschicken. Mich und meine beiden Freunde. Dann jedoch bist du erschienen und hast sie getötet. Dafür wirst du bezahlen, denn so, wie du die beiden umgebracht hast, werde ich sie töten, und niemand kann mich daran hindern.«

Ich streckte den Arm aus. In Susans Gesicht zuckte es. Sie hatte große Angst. Auch mir war nicht wohl. Ich setzte alles auf eine Karte.

Es war keine große Distanz, die ich zu überbrücken hatte. Drei schnelle Schritte brauchte ich, tauchte vor den beiden wie ein rächender Geist auf und sah, wie die Mündung der goldenen Pistole vom Hals der Frau weg und zur Seite zuckte, wobei sie sich auf mich einpendeln wollte.

Da trat ich schon zu.

Mein Fuß wuchtete dicht an der Hüfte der Reporterin vorbei und fand sein Ziel.

Der ehemalige Pilot flog nach hinten. Er ließ die Frau los, die ich zur Seite schleuderte und dem anderen nachsprang.

Er hatte sich noch nicht unter Kontrolle, sah mich dann dicht vor seinen Augen, und mit den Füßen zuerst landete ich auf seiner Brust, die sich seltsam weich anfühlte und unter den Sohlen nachgab, als bestünde sie aus einer gummiartigen Masse.

Mein nächster Tritt fegte gegen seinen Arm. Die Hand

wurde zurückgeschleudert, aber nicht nur sie. Der Tritt prellte auch die Waffe aus den Fingern.

Wo sie liegen blieb, konnte ich nicht sehen. Ich hatte genug mit mir und meinem Gegner zu tun.

Das Kreuz hätte ihn sicherlich erledigt. Bevor ich es allerdings einsetzen konnte, bekam der Pilot meine Fußknöchel zu fassen und riss mich um.

Ich fiel halb auf und gleichzeitig neben ihn, drehte den Kopf und sah sein schleimiges Gesicht, dessen Züge allmählich auseinanderliefen. Gleichzeitig umklammerten mich seine Arme wie die Fänge eines Kraken. Er drehte sich mit mir im Griff herum, und bevor ich zu einer Gegenreaktion starten konnte, erreichten wir den Kraterrand des Vulkans, rollten ineinander verschlungen hinüber und verschwanden in der sirupartigen Flüssigkeit.

Su Danning schrie markerschütternd auf!

Die Spur führte zu Costello. Und sie war heiß, verdammt heiß sogar. Das hatte Suko seinem Chef, Sir James, auch klarmachen können, sodass dieser nichts dagegen hatte, dem Mafioso auf den Zahn zu fühlen.

Costello wollte sogar kommen.

Irgendwie waren die beiden Männer misstrauisch, denn diese Bereitwilligkeit ließ bei einem Gangsterboss, wie er einer war, tief blicken. Logan Costello musste Trümpfe in der Hinterhand haben, sonst wäre er nicht bereit gewesen, Sir James einen Besuch abzustatten.

Die Fahndung nach dem Austin hatte nichts ergeben. Wahrscheinlich war der Wagen längst in irgendeinem Unterschlupf abgestellt worden. Wer auf ihn gefeuert hatte, konnte Suko auch nicht sagen. Er hatte keinen der Männer genau gesehen, nur das fahle Mündungslicht.

Glenda hatte Tee gekocht. Sie war gekommen, hatte sich mit fragendem Gesicht umgeschaut, aber keine Antwort erhalten. Sir James und Suko wussten beide nicht, was mit John Sinclair geschehen war. Deshalb konnten sie auch Glenda nichts sagen.

Leise schloss sie die Tür.

Suko trank von seinem Tee. Die Beutewaffe lag vor ihm. Techniker hatten sie einer kurzen Prüfung unterzogen, sie jedoch rat- und ergebnislos wieder zurückgegeben.

Die Experten waren sich darin einig, dass es kein Modell auf der Welt gab, das Ähnlichkeit mit dieser Waffe gehabt hätte.

Sie standen vor einem Rätsel.

Suko hatte die Waffe wieder zurückgenommen, weil er Costello damit konfrontieren wollte.

»Die Zeit ist überschritten«, stellte Sir James fest, wobei er die Stirn runzelte, denn er hasste es, wenn jemand unpünktlich war.

»Von Costello kann man nichts anderes erwarten«, erwiderte Suko.

»Möglich …«

Dann wurde er doch gemeldet. Glenda Perkins sagte Bescheid, und Sir James schickte Suko, um den Mafioso in Empfang zu nehmen. Sicher war sicher.

Suko jagte mit dem Expresslift nach unten und sah nicht nur einen elegant gekleideten Logan Costello vor sich, sondern auch dessen Anwalt namens Sorvino.

»Ich dachte, Sie hätten den Mut gehabt, allein zu kommen«, sagte Suko zur Begrüßung.

Costello grinste nicht mal bei der Antwort. »Man kann euch nicht trauen. Deshalb habe ich meinen Rechtsberater mitgebracht. Sie kennen ja Mr. Sorvino.«

»Zur Genüge«, erwiderte Suko und dachte dabei an manche Auseinandersetzung, die es mit dem Anwalt gegeben hatte. Es fiel dem Inspektor schwer, höflich zu sein. Er hatte hier einen Mann vor sich, der damals nicht nur die Mordliga unterstützt hatte, sondern auch Chef der Londoner Unterwelt war, auf dessen Konto unzählige Verbrechen gingen.

»Man erwartet Sie bereits«, sagte Suko und deutete auf den Expresslift.

Sie gingen nebeneinander, doch zwischen ihnen schien eine Wand aus Eis hochzuwachsen.

Sie wussten, dass sie Feinde waren.

Costello und Sorvino hätten John Sinclair liebend gern tot gesehen und Suko dazu. Auch Sorvino hatte persönliche Aggressionen gegen den Geisterjäger, weil er Sinclair den Tod eines seiner Kinder in die Schuhe schob. Obwohl John alles getan hatte, um den Jungen zu retten.

Im Lift beobachtete Suko die beiden. Sie gaben sich sehr gelassen, auch irgendwie siegessicher, aber Suko war fest entschlossen, ihnen die Maske vom Gesicht zu reißen.

Sir James begrüßte die beiden mit kühler Distanz. Hinter den Gläsern seiner Brille funkelten die Augen. Er ließ die Besucher nie aus den Augen, nachdem sie auf der kleinen Sitzgruppe Platz genommen hatten.

Paul Sorvino zündete sich ein dünnes Zigarillo an, platzierte das Streichholz im Ascher und schlug die Beine übereinander. Er gab sich ein wenig desinteressiert, doch ihm entging nichts. Seine Blicke waren scharf wie die eines Falken.

Costello lächelte schmal. »Sie wollen mich sprechen, Powell. Gut, hier bin ich. Sagen Sir mir, worum es geht, denn meine Geschäfte warten.«

Sir James nickte. »Ich weiß, dass Sie ein vielbeschäftiger Mann sind, Mr. Costello, aber wir haben da ein Problem.«

»Scotland Yard hat ein Problem?«, höhnte Costello. »Kann ich mir kaum vorstellen.«

»Das gibt es«, bestätigte der Superintendent und wandte sich an Suko. »Erklären Sie es ihm.«

Die beiden Männer hatten sich vorher genau abgesprochen, wie die Sache laufen sollte. Suko saß so, dass er die Besucher schräg im Blickfeld hatte. Hinter seinem Rücken und dicht an der Sessellehne befand sich ein Kissen. Es verdeckte die Waffe, die der Inspektor plötzlich darunter wegzog. Wie zufällig wies die Mündung auf Logan Costello.

Der Mafioso wurde bleich. Plötzlich krampfte er seine Hände um die Sessellehne. Er presste die Lippen zusammen, und das kantige Gesicht zeigte noch härtere Züge.

»Was soll das?«, zischte er.

Suko hatte das Erschrecken des Mafioso sehr wohl gesehen und einen kleinen Triumph gespürt. Costello wusste also Bescheid, was es mit der Waffe auf sich hatte, sonst hätte er nicht so ängstlich reagiert.

Anders Paul Sorvino. Er fühlte sich verpflichtet, dem Mann beizustehen, der ihn bezahlte.

Wie ein Stehaufmännchen sprang er in die Höhe. »Sind Sie eigentlich wahnsinnig?«, zischte er. »Wir kommen freiwillig zu Ihnen, und Sie bedrohen uns mit einer Waffe.«

»Bedrohen?«, fragte Suko.

»Jawohl, das ist eine Bedrohung!«

»Nein!« Der Inspektor schüttelte den Kopf. »Diese Pistole stellt für Sie keine Bedrohung dar. Sie ist ein Indiz, das ich vorführen wollte. Ihr Mandant Logan Costello scheint die Waffe zu kennen, sonst hätte er nicht so entsetzt reagiert.« Suko lächelte und behielt die goldene Pistole in der rechten Hand. »Eine wirklich ausgezeichnete Arbeit, nicht wahr, Mr. Costello?«

»Das kann ich nicht beurteilen.«

»Aber Sie kennen die Waffe!«, stellte Sir James fest.

»Du brauchst nicht zu antworten, Logan!«, mischte sich der Anwalt ein. »Es liegt an dir.«

»Ich weiß, Paul, danke!« In dem Betongesicht des Mannes zuckte kein Muskel. »Ich sehe so ein Ding heute zum ersten Mal. Jeder Mensch wird doch unruhig, wenn man ihn mit einer Waffe bedroht. Da mache auch ich keine Ausnahme.«

»Sie kennen die Pistole also nicht?«, hakte Suko noch einmal nach.

»Nein.«

»Dann frage ich mich, wie es kommt, dass ich die Pistole jemandem abgenommen habe, der mit Ihren Männern zusammen in einem Wagen saß.«

Für einen Moment sah es so aus, als wollte Costello protestieren. Auch der Anwalt hatte schon zu einer Antwort angesetzt, als der Mafioso die Schultern hob. Diese Geste sollte resignierend wirken. Die nächsten Worte jedoch entlarvten sie als Trick. »Gut, wenn Sie schon soweit sind, stellen Sie mich dem Mann gegenüber, dem Sie die Waffe abgenommen haben, Inspektor.«

Suko holte tief Luft. Für einen Moment verzog sich sein Gesicht ungläubig. Er bemerkte auch das Funkeln in den Augen des Mannes und stellte fest, dass Logan Costello genau Bescheid wusste. Deshalb konnte er sich so sicher geben und Suko auf diese Weise sogar auf den Arm nehmen.

»Der Mann lebt leider nicht mehr«, erklärte Sir James.

»Das tut mir Leid.« Die Stimme des Mafioso troff vor Hohn und Spott. »Wenn das so ist, müssen Sie sich schon auf meine Angaben verlassen, nicht wahr, Gentlemen?«

»Es sieht so aus.« Sir James nickte. »Da wären nur noch die beiden Männer, die mit dem Toten in einem Wagen gesessen haben. Leute von Ihnen, Mr. Costello.«

»Wenn Sie mir die Namen nennen, werde ich das überprüfen lassen.«

»Sie fuhren einen Austin.«

Costello hob die Schultern. »Tut mir Leid, Powell, ich brauche schon die Namen.«

»Der Wagen müsste reichen«, sagte Suko.

Paul Sorvino lachte auf. »Woher soll mein Mandant wissen, welchen Wagen seine Angestellten fahren? Nein, damit kommen Sie nicht durch. Sie haben keine Handhabe gegen Mr. Costello. Das möchte ich einmal festhalten. Sie haben ihn eingeladen und sprechen ungeheure Verdächtigungen aus. Ich werde mir überlegen, ob wir Schritte einleiten.«

»Seien Sie jetzt mal ruhig!«, fuhr Sir James den Mann an. »Ich rede mit Mr. Costello.«

Suko wunderte sich. So hatte er den Alten selten erlebt. Der Fall schien ihm unter die Haut zu gehen. Sir James nahm einen Schluck von seinem Wasser.

»Es geht hier um eine verdammt wichtige Sache«, erklärte der Superintendent. »Diese Pistole beinhaltet das Grauen. Sie ist nicht mit normalen Kugeln geladen, sondern mit einer Flüssigkeit, die den Menschen die Haut vom Körper löst und sie zu Skeletten macht. Haben Sie mich verstanden, Mr. Costello?«

»Ja, sehr gut.«

»Dann weiter. Ich kenne Sie, und ich kenne Ihren Job. Ich weiß, dass Sie mit dämonischen Wesen paktieren und von ihnen auch immer Schutz erhalten haben. Ich würde es mir an Ihrer Stelle genau überlegen, ob Sie diesen Weg weitergehen. Die Mordliga ist auseinandergefallen. Die meisten existieren nicht mehr. Es gibt keine Lady X und auch keinen Vampiro-del-mar mehr. Sie stehen also ziemlich allein da. Rückendeckung bekommen Sie nicht mehr.«

»Wer sagt das?«

»Ich.«

Costello winkte ab. »Ich weiß nicht, was Sie mir alles anhängen wollen. Bisher geht es mir sehr gut.«

»Das kann sich ändern, Mr. Costello. Die Mordliga hatte auch unter den Schwarzblütern nicht nur Freunde. Es gab mehr Feinde. Und die werden sich daran erinnern, wer der Mordliga geholfen hat. Rechnen Sie nicht so stark mit der Unterstützung durch Schwarzblüter. Das wollte ich Ihnen nur einmal gesagt haben. Und wenn Sie schlau sind, sagen Sie uns, woher diese goldene Pistole stammt.«

Sir James hatte sehr eindringlich gesprochen. In den kurzen Sätzen war zusammengefasst, was wichtig sein konnte. Das wusste auch Logan Costello. Er senkte den Blick und dachte nach.

Nach einer Weile hob er den Kopf. »Wie meinen Sie das mit der Feindschaft?«

»So, wie ich es Ihnen gesagt habe.«

»Du brauchst nicht zu antworten!«, mischte sich Sorvino ein.

Costello unterbrach ihn mit einer knappen Handbewegung. Plötzlich redete er. »Ich kenne den Mann nicht. Er tauchte bei mir auf und wollte mir etwas demonstrieren. Ich war zuerst dagegen, er ließ jedoch nicht locker. Dann traf ich mich mit ihm, und er zeigte mir die goldene Pistole. Damit zielte er in meinem Beisein auf einen Hund, und wir konnten sehen, wie sich Fell und Fleisch von den Knochen des Tieres lösten. Zurück blieb ein Skelett.«

»Und der Mord an Efrin Rusk?«

Costello schaute Sir James aus schmalen Augen an. »Damit habe ich nichts zu tun. Er geht allein auf das Konto des Mannes mit dem Schweinsgesicht. Ich hielt mich da raus.«

Es lag auf der Hand, dass er log, doch wer sollte ihm diese Lüge beweisen? Das konnten weder Suko noch Sir James.

»Der Mann, von dem Sie gesprochen haben, Costello, existiert nicht mehr«, erklärte Sir James. »Wir haben nur die Waffe. Allerdings frage ich mich, wie viele dieser Wesen noch herumlaufen und mit einer solchen Pistole bestückt sind?«

»Woher soll ich das wissen?«

»Dann wissen Sie auch nicht, dass es ein Ghoul gewesen ist?«

»Nein.«

»Was können Sie uns sonst noch sagen?«

»Nichts.«

»Hat der Mann mit dem Schweinsgesicht sich nicht ausgelassen?« Sir James funkelte den Mafiaboss an. »Mensch, Costello, reden Sie, machen Sie Ihren Mund auf, verdammt! Es geht hier um sehr viel. Vielleicht sogar um alles. Deshalb …«

»Kennen Sie Xorron?«

»Natürlich!«

»Halten Sie sich an ihn und an die Geburtsstätte der Ghouls, wie man mir sagte.« Nach diesen Worten erhob sich Costello aus dem Sessel. »Jetzt habe ich Ihnen verdammt viel gesagt, Powell. Das können Sie überhaupt nicht wieder gutmachen.«

»Aber Sie wissen noch mehr!«

Der Mafioso lachte. »Das sagen Sie, mein Lieber. Ich halte mich da raus und warte ab.«

Auch Sorvino hatte sich erhoben. Logan Costello gab das Zeichen. Als die beiden Männer an der Tür standen, drehte sich der Mafioso noch einmal um. Er verzog die schmalen Lippen zu einem Lächeln. »Gentlemen, wo steckt eigentlich mein besonderer Freund John Sinclair?«

»Gehen Sie!«, sagte Sir James hart.

»Haben Sie ihn verloren?« Sorvino fragte dies und lachte meckernd, bevor er seinem Chef die Tür aufzog.

Dann gingen sie und ließen zwei Männer zurück, die nicht viel schlauer waren als zuvor.

»Ich hätte ihm mehr Grips zugetraut«, murmelte Suko. »Er weiß doch, welch eine Gefahr auch auf ihn zukommt. Den Schwarzblütern ist nicht zu trauen. Das müsste er doch wissen.«

Sir James nickte zu Sukos Worten. »Costello versucht es eben immer wieder. Aber ich prophezeie Ihnen, Suko: Ohne die Mordliga im Rücken wird er es verdammt schwer haben.«

»Und Xorron?«

»Ist ein Zerstörer, kein Planer.«

Da gab Suko seinem Chef Recht. Er fragte sich nur, wie sich John Sinclair aus seiner Lage befreien wollte. Niemand wusste, wo er sich befand. Auch Costello nicht. Dass er in diesem Punkt die Wahrheit gesagt hatte, glaubten ihm sogar Suko und Sir James.

Alles hätte passieren können, nur das nicht. Ich bekam einen gewaltigen Schreck, als ich, an meinen Gegner geklammert, die Schräge hinunterrutschte, mich dabei überschlug und einen Augenblick später in die Flüssigkeit rutschte.

Dass sie nicht so dünnflüssig wie Wasser war, hatte ich längst bemerkt. Sie zeigte sich aber zum Glück nicht so zäh, wie ich befürchtet hatte, sodass ich mich mit Schwimmbewegungen halten konnte.

Ja, ich schwamm.

Verantwortlich dafür war mein Kreuz. Es hatte mich von meinem Gegner befreit. Der Ghoul war mit dem ungemein wertvollen Kruzifix in Berührung geraten, ohne dessen Magie etwas entgegensetzen zu können. Hatte er zuvor noch wie ein normaler Mensch ausgesehen, so löste er sich nun durch die weiße Magie allmählich auf.

Aus ihm wurde ein schleimiges Wesen, das in langen Schlieren hinein in die Flüssigkeit tauchte und allmählich verging. Ich sah seine Körperteile, die von mir wegschwammen und sich allmählich auflösten, sodass zum Schluss nur noch ein paar Haare auf der Oberfläche schaukelten.

Über mir schrie noch immer Susan Danning. Sie musste einen Schock erlitten haben, und ich rief in ihr Brüllen hinein: »Es ist alles in Ordnung, Su! Bleiben Sie um Himmels willen da, wo Sie sind!«

Sie hörte mich, trat dicht an den Rand und schaute nach unten, wobei sich unsere Blicke trafen.

Su war von der Angst gezeichnet. Eine Schweißschicht glänzte auf ihrem Gesicht. Die Augen leuchteten, und sie nickte heftig. Im Augenblick befand sie sich außerhalb der unmittelbaren Gefahrenzone, was sich leider sehr schnell änderte.

Wir hatten beide die seltsamen Kugeln vergessen, die über der Oberfläche schwammen. Die Ghouls in ihrer widerlichen, schleimigen Urform, sogar mit verzerrten Gesichtern in der Haut und den langen, dünnen Beinen.

Immer wieder schwebten sie nach unten, berührten mit den Beinen die Oberfläche, wurden in die Höhe gedrückt, und das Spiel begann von vorn. Sie waren ebenfalls meine Feinde. Bisher hatten sie nicht angegriffen. Ich hoffte, dass es auch so bleiben würde, aber das stellte sich sehr rasch als Irrtum heraus.

Mich wollten sie nicht, sondern Su Danning.

Gleich drei von ihnen drehten sich, als wären sie von einem Windstoß erfasst worden. Dicht nebeneinander schwebten sie dahin. Die zusammengedrückten, fratzenhaften Gesichter waren der Reporterin zugedreht, die genau wusste, was ihr bevorstand.

Wie die Tentakel eines Kraken schwangen die dünnen Beine vor, als wären sie Sensoren oder Fühler, um zu prüfen, ob sie einen Angriff starten konnten oder nicht.

Su Danning war waffenlos. Flucht hätte für sie auch keinen Sinn gehabt. In dieser Welt befanden sich die Ghoul-Parasiten immer im Vorteil.

Susan musste kämpfen.

Ich schrie sie an. Sie hatte sich bis an die Felswand zurückgedrückt und starrte der Kugel entgegen. Erst beim zweiten Rufen hörte sie mich, drehte ihren Körper, sah meinen winkenden Arm und auch die Beretta in der Hand, während ich gleichzeitig Wasser trat und dazu noch weit ausholte.

»Ich werfe Ihnen die Pistole zu. Achtung!«

Viel Zeit ließ ich ihr nicht. Die Waffe löste sich aus meiner Hand, schlug einen Halbbogen und fiel Susan Danning genau vor die Füße. Jetzt hoffte ich stark darauf, dass sie auch mit einer Pistole umgehen konnte.

Sie bückte sich. Das sah ich noch.

Alles Weitere musste ich raten oder ahnen.

Die drei Kugelwesen waren schon verdammt nahe. Als Ghoul-Parasiten hatte sie der Professor bezeichnet, und das war der richtige Ausdruck. Wenn es ihnen gelang, Susan zu umfangen, hatte sie keine Chance.

Wie Musik kam mir der peitschende Klang der Beretta vor, als Susan abdrückte.

Das geweihte Silbergeschoss traf ein Ziel, das wegen seiner Größe einfach nicht zu verfehlen war. Es hieb in die große Kugel. Ich hörte noch ein platzendes Geräusch. Ein Teil fiel auch in den Vulkan, wobei es auf die Oberfläche klatschte.

Ich atmete auf.

Wieder peitschten Schüsse.

Mit einer kräftigen Beinbewegung stieß ich mich ab und schwamm auf die Mitte des seltsamen Teichs zu. Da ich schräg lag, konnte ich einen Blick hinter mich werfen.

Su Danning stand da wie ein Revolverheld. Den rechten Arm weit vorgestreckt. Ihre Finger umklammerten die Waffe hart, und sie hatte mit den letzten beiden Schüssen auch die restlichen Ghoul-Parasiten vernichtet.

Andere griffen nicht an. Sie schwebten weiter über dem Wasser und kamen in meine Nähe.

»Gut so, Susan!«, lobte ich sie. »Sie haben das fantastisch gemacht. Wenn Ihnen eine Kugel zu nahe kommt, schießen Sie! Immer draufhalten, haben Sie gehört?«

»Ja, ja …« Schwach klang ihre Antwort.

Zunächst einmal hatte sie Ruhe, denn kein anderer Ghoul-Parasit griff sie an.

Dafür schwebten sie über mir. Lautlos segelten sie dahin. Manchmal rissen sie weit ihre Mäuler auf, und ich sah die gefährlichen Zähne blitzen.

Das also waren Ghouls in ihrer Urform. Gefährliche Kugeln, die auch eine andere Gestalt annehmen konnten.

Die eines Menschen!

Oft genug hatte ich das erlebt. Ich hatte auch zahlreiche Ghouls getötet und dabei immer beobachtet, dass sie zu widerlichen Schleimklumpen wurden, wenn sich die Kraft des Silbers ausbreitete.

Irgendwie schienen sie zu ahnen, dass sie mir nicht so einfach beikommen konnten. Deshalb hielten sie sich zurück.

Ich schwamm weiter.

Mein Ziel war der Pfahl, denn ich wollte den Professor befreien. Ihn musste ich einfach haben. Sicherlich konnte er mir wertvolle Informationen geben, und ich wunderte mich darüber, wie leicht es mir fiel, die Flüssigkeit zu teilen.

Das hatte seinen Grund.

Mein Kreuz sorgte für eine gewisse Klarheit der Flüssigkeit, und ich glaubte daran, dass es sie allmählich verdünnte. Es hing nach wie vor offen. Die Kette schlang sich um meinen Hals. Das Kreuz hing senkrecht nach unten, da es durch sein Eigengewicht gezogen wurde.

Gut kam ich durch.

Als ich mit der rechten Hand gegen den Pfahl klatschte, lachte Chandler auf.

»Bleiben Sie ruhig, ich bin gleich da!«, erklärte ich und kletterte an dem Pfahl hoch. Ich kam mir vor wie früher in der Turnhalle, wenn wir das Stangenklettern übten.

Dass alles so einfach sein sollte, wunderte mich. Ich hatte mit größeren Schwierigkeiten gerechnet. Schließlich befanden sich die Gegner in der Nähe und beobachteten mich.

Schon bald hatte ich die Füße des Professors erreicht.

»Können Sie schwimmen, Chandler?«, keuchte ich.

»Nein.«

»Versuchen Sie es trotzdem.«

»Sicher, das schaffe ich schon.«

Um die Stricke durchzusäbeln, musste ich eine Waffe haben. Ich nahm den Dolch.

»Schneiden Sie mir nicht die Hände ab«, sagte der Professor.

»Keine Bange, ich lasse noch einen Finger dran«, erwiderte ich verbissen und säbelte an den Stricken.

Die Schneide des Dolches war zwar nicht stumpf, aber auch nicht gerade besonders scharf. Deshalb dauerte es länger, bis ich die Stricke an den Füßen durchgesäbelt hatte.

»Verdammt, ist das ein Gefühl«, krächzte der Professor.

Ich konnte ihm nicht antworten, denn ich musste mich auf meine weitere Arbeit konzentrieren. Das war gar nicht einfach. Mit einer Hand musste ich den Pfahl umklammern, das kostete Kraft. Ein paarmal hackte ich daneben, traf aber zum Glück nicht die Hände des Mannes, sondern schlitzte nur die Kleidung auf.

»Sinclair, beeilen Sie sich!«

»Immer mit der Ruhe.«

»Nein, keine Ruhe. Wir werden angegriffen. Die Ghoul-Parasiten haben Lunte gerochen.«

Auch das noch. Ich warf einen raschen Blick über die Schulter und erkannte, dass der Professor Recht gehabt hatte.

Diese verdammten Ghoul-Parasiten schwebten heran. Ihre dünnen Tentakel zuckten. Sie peitschten wie Arme vor und zurück, sodass es den Wesen gelang, sich durch diese Bewegungen vorwärts zu katapultieren.

Rötlich schillerten sie. Dabei sah die Haut aus, als bestünde sie aus dünnem Gummi, wobei ein Maler einige Flecken darauf gezeichnet hatte, die sich zu fratzenhaften Gebilden verzerrten, wenn sich das Maul der jeweiligen Wesen bewegte.

Köpfe, Kugeln, Ghoul-Parasiten – mir war es egal, als

was man sie bezeichnete, für mich waren es gefährliche Feinde, und ich besaß meine Beretta nicht mehr.

Die Gefahr verdichtete sich von Sekunde zu Sekunde, denn die verdammten Parasiten kamen näher. Lautlos schwebten sie heran. Ich hörte nicht einmal ein Geräusch, als sich ihre dünnen Beine bewegten, und ich musste mich entscheiden.

Der Professor oder sie!

Ich entschied mich für den Professor. Wie ein Tier klammerte ich mich an dem Pfahl fest. Mein Gesicht war vor Anstrengung verzerrt, und ich säbelte verzweifelt mit dem Dolch an den Stricken herum, die die Handgelenke des Professors hielten.

Die Stricke fielen. Endlich!

Gleichzeitig schrie Chandler auf, denn ich hatte in der Eile auch seine Hand getroffen. Das aus der Wunde quellende Blut sah ich noch, dann rutschte der Mann nach unten und fiel in die Flüssigkeit.

Ich drehte den Kopf.

Drei waren so nahe, dass sie mich berühren konnten. Ich wollte ebenfalls nach unten gleiten, als der Schuss fiel.

Der Schuss und die Reaktion erfolgten in derselben Sekunde. Die geweihte Silberkugel hieb in die Kugel hinein und zerriss sie vor meinen Augen. Für einen Moment war meine Sicht nicht mehr versperrt. Ich konnte zum Rand schauen, sah dort Su Danning stehen, die meine Beretta im Anschlag hielt und gefeuert hatte.

Ein wunderbarer Treffer.

Aber die Gefahr war noch nicht gebannt. Noch befanden sich zwei Ghoul-Parasiten in meiner unmittelbaren Nähe. Mit dem geweihten Silberdolch hatte ich die Stricke des Mannes zerschnitten. Im Prinzip war er dazu geschaffen, mir dämonische Wesen vom Leibe zu halten.

Das tat ich auch.

Den rechten Arm schwang ich herum, sodass er einen Halbkreis bildete. Die Klinge blitzte auf, bevor sie mit traumwandlerischer Sicherheit ihr Ziel traf.

Den ersten Parasiten schlitzte ich auf. Ein schleimiger Sprüh wallte vor mir hoch und regnete nach unten. Dem zweiten Ghoul-Parasiten erging es nicht anders. Auch er verlor durch die Kraft des Silberdolchs seine Existenz.

War der Weg frei?

Ich schaute mich um.

Im Moment ja, denn die anderen waren ziemlich weit von mir entfernt.

Mein Blick fiel auch nach unten.

Dort hatte sich der Professor um den Pfahl geklammert. Verzerrt war sein Gesicht. Anscheinend konnte er wirklich nicht schwimmen.

Ich löste mich.

Gleichzeitig hatte ich mir Schwung gegeben, sodass ich hinter dem Professor in die Flüssigkeit klatschte, aus der auf einmal dicke Kugeln hervorschwebten und sich in die Luft erhoben.

Der Schreck durchfuhr meine Glieder. Jeder Ghoul-Parasit, den ich erledigt hatte, wurde durch einen anderen ausgetauscht. Mein Kampf würde nie einen Erfolg bringen. Es war wie bei der Hydra. Schlug ich einen Kopf ab, wuchsen gleich mehrere nach.

Für Chandler und mich war es jetzt wichtig, das andere Ufer zu erreichen, um diesem verfluchten Teich oder See entkommen zu können.

»Schwimmen Sie!«, brüllte ich ihn an.

Er wollte etwas sagen. Sein Gesicht verzerrte sich dabei, aber ich konnte nicht auf ihn hören. Mit hartem Griff packte ich seine Schultern und zog ihn vom Pfahl weg in die Flüssigkeit.

Er schwamm nicht, er paddelte. Mit abgehackten Kraulbewegungen kam er weiter und näherte sich tatsächlich dem Ufer.

Auf halber Strecke hörte ich das Brodeln. Es erinnerte mich an das Geräusch, das Su und ich schon einmal vernommen hatten. Sofort schlug mein Herz schneller, denn ich glaubte daran, dass wir in einem Vulkansee schwammen, der allmählich anfing zu kochen.

»Beeilen Sie sich!«, brüllte ich Chandler zu, schnellte hoch, schleuderte meinen rechten Arm höher und erwischte mit dem Dolch einen weiteren Ghoul-Parasiten.

Über mir zerplatzte er. Als seine Reste zurückfielen, wurde ich von einer Welle gepackt und zur Seite geschwemmt. Damit hatte ich nicht gerechnet. Die Flüssigkeit schwappte über. Mein Gesicht verschwand, und als ich wieder auftauchte, mir die Haare nach hinten warf, hörte ich die ängstlichen Schreie der Reporterin.

Sie stand am Ufer und zeigte auf die Oberfläche. Rechts von mir deutete ihr Finger hin.

Ich drehte den Kopf, schaute in die Richtung und sah plötzlich den Grund für die Welle.

Das durfte nicht wahr sein, denn die unheimliche Gestalt, die aus dem Teich stieg, war ein alter Bekannter von mir.

Xorron!

Mit allem hätte ich gerechnet, nur nicht mit ihm, diesem widerlichen Ungeheuer, das mir fast als unbesiegbar erschien.

Dabei hatte sein Auftauchen eigentlich auf der Hand gelegen. Xorron bezeichnete sich als Herr der Zombies und Ghouls. Er hatte zwar zur Mordliga gehört, doch nach deren Vernichtung war er auf sich allein gestellt. Er konnte keinem mehr gehorchen, musste selbst Entscheidungen treffen, und es war klar, dass er sich dorthin zurückzog, wo er sich am wohlsten fühlte.

Unter seinesgleichen.

Xorron war ein Novum. Ein Gigant, ein nicht zu erfassendes Ungeheuer. Er hatte einen gewaltigen, glatten Körper, der milchig weiß leuchtete und durch dessen feste Haut bei genauerem Hinsehen ein grünliches Skelett schimmerte. Dieser Körper widerstand allem, was ich bisher kannte. Selbst die Strahlen meines Kreuzes konnten ihm nichts anhaben, auch wenn ich es aktivierte.

Auch die Herkunft dieses Giganten lag im Dunkeln. Er stammte aus einer Zeit, die für Menschen nicht messbar war. Zudem hatte er etwas mit der japanischen und gleichzeitig griechischen Mythologie zu tun. Genaue Zusammenhänge mussten noch geklärt werden.

Sein Gesicht war konturlos, sah man einmal von den Schlitzen ab, die Augen, Nase und Mund darstellen sollten. Wenn er den Mund allerdings öffnete, präsentierte er ein Gebiss, das den Betrachter an mörderische Stahlstifte oder abgebrochene Lanzenspitzen erinnerte.

Und nun stand er vor mir.

Ich trat die Flüssigkeit, hielt mich so an der Oberfläche, schaute zum Ufer hin und gleichzeitig zu Xorron. Dabei schätzte ich beide Entfernungen ab und kam zu dem Ergebnis, dass Xorron mich immer erwischen würde, bevor ich das rettende Ufer erreicht hatte.

Dies war inzwischen dem Professor gelungen. Er hatte sich festgekrallt und streckte Su Danning einen Arm entgegen. Sie fasste seine Hand, um ihm auf der letzten Strecke behilflich zu sein.

Chandler kletterte hoch.

So konnte ich mich auf meinen neuen Gegner konzentrieren. Und Xorron ging vor.

Wieder rollte mir eine Welle entgegen. Ich streckte mich, sodass sie mich diesmal nicht überspülte, und vernahm ein drohendes Knurren, das mein Feind ausstieß.

Er hatte seine mächtigen Arme ausgestreckt. Über seinem glatten Schädel sammelten sich die Ghoul-Parasiten und begleiteten ihn auf seinem weiteren Weg.

Wie konnte ich ihn stoppen?

Mit der Beretta war es nicht möglich. Da hätte ich auch Erbsen gegen ihn schleudern können. Der Dolch schaffte es auch nicht, und die Strahlen meines Kreuzes glitten ab.

Je mehr Sekunden vergingen, umso größer wurde die Gefahr. Lange konnte ich mich nicht mehr mit Überlegungen aufhalten, ich musste handeln. Es blieb wirklich nur eine Chance.

Die Aktivierung des Kreuzes.

Vielleicht wurde Xorron geschwächt. Möglicherweise war die Magie so stark, dass sie etwas in dieser unheimlichen Ghoul-Welt veränderte. Spekulationen hatten keinen Sinn. Ich stand unter Erfolgsdruck und schrie die Formel.

»Terra pestem teneto – Salus hic maneto!«

Dabei hielt ich das Kreuz in der Hand, wartete auf eine Reaktion und sah, wie Xorron zu einem gewaltigen Sprung ansetzte, um mich mit seinem Körper unter sich zu begraben ...

Das Kreuz ließ mich nicht im Stich!

Eine unfassbare weiße Magie, die in ihm steckte, war durch die Worte in Bewegung gesetzt worden und trotzte der Vernichtung. Xorron, der sich hatte auf mich werfen wollen, kam nicht mehr richtig hoch, denn etwas geschah, mit dem ich nicht gerechnet hatte.

Der See erstarrte.

Die Magie strahlte von meinem Kreuz ab. Gezackte Linien, Blitze und helle Pfeile rutschten über die Oberfläche des Schleimsees, zeichneten ein helles Muster aus weißer Magie und glitten auch gleichzeitig in die Tiefe, wo sie meinen Blicken entschwanden.

Der See erstarrte.

Von einer Sekunde zur anderen war er zu einer festen Masse geworden, die Kraft wie ein Felsen hatte und Xorron in seiner halb schrägen Haltung einschloss.

Der Druck war so hart, dass sich der Herr der Zombies und Ghouls nicht mehr bewegen konnte.

Er hing in einer seltsam gekrümmten Haltung vor mir. Sein Oberkörper war gestreckt und bildete einen Halbbogen, wenn ich die langen Arme noch hinzurechnete. Bis zur Hüfte reichte ihm die erstarrte Masse, und sie hielt ihn fest, als wollte sie ihn nicht mehr loslassen.

Ich konnte es zuerst nicht fassen. So etwas war unmöglich. Xorron bewegungslos, das gab es nicht.

Dennoch täuschten mich meine Augen nicht. Die Kraft des aktivierten Kreuzes hatte den Schleimsee erstarren lassen, und die Kugeln, die sonst über ihm schwebten, wie ein Sturmwind hinweggefegt.

Hätte Xorron normal vor mir gestanden, wäre ich ihm so nie beigekommen. Diesmal, in seiner ureigensten Welt, war er von der Gegenmagie überrascht worden.

Ich aber kam weg.

Wo ich mich hinwandte, konnte ich mich durch eine schmale Rinne bewegen und gelangte an das Ufer, an dem zwei Menschen standen, die mich aus großen Augen anstarrten.

Ich kletterte in Sicherheit.

Obwohl ich so rasch wie möglich dieser Welt entfliehen wollte, warf ich dennoch einen Blick zurück. Ich musste Xorron einfach sehen, der wie festgeklemmt in der Masse steckte und den unteren Teil seines Körpers nicht rühren konnte.

Aber er drehte den Kopf.

Sein sonst so flächiges Gesicht verzerrte sich zu einer wütenden Fratze, als er mir entgegenschaute. Für ihn musste es eine gewaltige Enttäuschung gewesen sein. Er hatte geglaubt, mich sicher zu haben, ich aber war schneller gewesen.

Professor Chandler stieß mich an. »Wir müssen hier weg, Sinclair!«

Ich erwachte aus meinen Gedanken, denn das Bild war eben zu faszinierend gewesen. »Natürlich. Nur wie?«

»Ich kenne die Koordinaten, kommen Sie!«

So etwas war Balsam für meine Psyche. Ich packte Su Danning, die bisher nichts gesagt hatte und wohl auch nichts begriff. Gemeinsam liefen wir hinter Chandler her.

Es ging den gleichen Weg zurück. Diesmal wurden wir nicht angegriffen. Als wir wieder in die etwas breitere Schlucht eintauchten, stellte ich fest, dass ich meine beiden Beutewaffen verloren hatte. Sie jetzt zu suchen war unnötig. So hetzte und stolperte ich mit Su Danning weiter, bis die Umrisse des Flugzeugs vor uns erschienen.

Daneben blieb der Professor stehen. »Hier«, sagte er schwer atmend. »Hier ist es.«

»Was?«

»Ich habe Ihnen doch gesagt, dass ich es durch Mathematik und Magie geschafft habe, die richtigen Koordinaten zu finden, um das Loch oder den Riss in den Dimensionen erreichen zu können. Beeilen Sie sich! Noch ist nicht alles verloren.«

Wir mussten ihm vertrauen.

Der Professor führte uns um die Maschine herum. Fast wäre ich über die goldene Pistole gestolpert, die auf dem Boden lag. Chandler konnte sie gerade noch aufheben.

Blitzschnell richtete er die Mündung auf uns. »So«, sagte er, drückte ab und sprang uns an. »Die Reise kann beginnen ...«

Sekunden später steckten wir in der Kugel, hoben ab, und ich aktivierte abermals mein Kreuz ...

Eine Kugel hatte uns in diese Welt geschafft, sie brachte uns auch wieder zurück.

Innerhalb einer kaum messbaren Zeitspanne veränderte sich die Umgebung. Wir sahen nicht mehr die seltsam scharfkantigen Felsen, auch nicht den bläulich scheinenden Himmel, sondern befanden uns inmitten eines Verkehrstrubels.

In meiner Hand strahlte das Kreuz, und es zerstörte die Kugel in dem Augenblick, als sie uns gefährlich werden konnte.

Da standen wir und schauten uns an.

Trafalgar Square!

Dort war der Start gewesen, hier befand sich das Ziel. Irgendwie kam ich mir vor wie ein Mensch, der von einem anderen Stern zum ersten Mal die Erde besucht, denn im Nu waren wir von Zuschauern umringt, die uns anstarrten, als hätten wir die Pest an uns.

Der Professor sprach von seinen Berechnungen. Su Danning weinte vor Freude. Ich fasste mich als Erster, drängte mich durch den Ring aus Menschen und steuerte die nächstbeste Telefonzelle an. Sie wurde soeben frei. Bevor ein Jugendlicher sie betreten konnte, schob ich mich an ihm vorbei, nahm den Hörer ab, warf eine Münze in den Schlitz und wählte eine bestimmte Nummer.

Als Glenda Perkins meinen Namen hörte, stieß sie einen Jubelschrei aus.

»Bist du es wirklich?«, fragte sie.

»Und wie«, erwiderte ich grinsend. Dann ließ ich mir eine Verbindung mit Suko und Sir James geben.

Zahlreiche Fragen waren unbeantwortet geblieben. Uns interessierte auch der geheimnisvolle Professor Chandler, der in der Nähe von Wien lebte und seinen Forschungen nachging, die sich mit Magie beschäftigten. Sein Schloss sollte unser nächstes Ziel sein, denn ich wollte unbedingt mehr über die Welt der Ghouls und damit vielleicht auch über Xorron erfahren, denn bei unserem Kampf gegen die Mordliga mussten wir jetzt unsere Kräfte auf ihn konzentrieren. Wir wussten nun, dass es eine Welt der Ghouls gab. Und dass Xorron bereit war, sie in Bewegung zu bringen, auch wenn er im Augenblick durch mein Kreuz gebannt war. Wie lange die Starre allerdings anhielt, wussten wir nicht zu sagen. Deshalb wurde es Zeit, dass wir etwas unternahmen.

Chandler hatte London sehr schnell verlassen. Er wollte in seinem Schloss weiterforschen. Wir flogen zwei Tage später, begleitet von den guten Wünschen unserer Freunde.

Die konnten wir auch brauchen, denn ein Spaziergang stand uns bestimmt nicht bevor ...

Der Dämonen-jäger

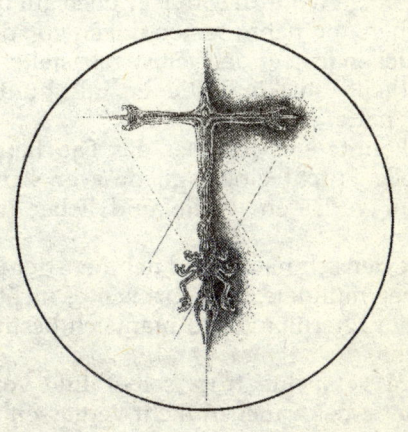

Allmählich verschwand die Helligkeit des Tages und wich den langen Schatten der Dämmerung. In den Tälern bildeten sich die ersten Abendnebel, während die abgerundeten Kuppen der Berge noch vom letzten Rest der versinkenden Sonne bestrahlt wurden.

Ein Tag neigte sich dem Ende entgegen, und die Natur bereitete sich auf die Nacht vor.

Nicht so der kleine achtjährige Junge. Er wollte nicht nach Hause, denn der Wald war seine Heimat. Hier fand er alles, was er brauchte. Er konnte toben, spielen, und kein Zaun beengte seinen Tatendrang.

Dafür hörte er die Geräusche.

Es war ein drohendes, unheimlich klingendes Fauchen, das durch den Wald hallte und die Blätter an den Bäumen so erzittern ließ, als hätten sie Angst bekommen.

Zweimal hatte Peter Kugler das Fauchen schon gehört. Beim ersten Mal hatte er es für eine Täuschung gehalten, doch das zweite Fauchen hatte ihm klargemacht, dass etwas nicht stimmte.

Er hatte auch die Tiere gesehen, die fluchtartig Reißaus nahmen. Die Vögel stoben aus den Kronen der Bäume davon, ihre schrillen Warnschreie gellten in den Himmel, bevor sie sich in Sicherheit brachten.

Peter war nicht wohl zu Mute. Er blieb auf dem schmalen Pfad stehen und nahm seinen Bogen von der Schulter. Auf dem Rücken trug er den selbst gebastelten Köcher, in dem vier Pfeile steckten, die er mit bunten Federn geschmückt hatte.

Wehren konnte er sich, aber das Fauchen hatte ihm eine so große Furcht eingejagt, dass er sich auf seine ›Waffe‹ nicht verlassen wollte und lieber nach Hause rannte.

Er musste den schmalen Pfad nehmen, der in den alten Holzfällerweg mündete. Von dort war es nicht mehr weit bis zu seinem Elternhaus, wo man sich bestimmt schon Sorgen machte.

Der Junge versuchte trotz seiner Eile vorsichtig zu gehen. Er hatte das Fauchen nicht vergessen und wollte sich nicht überraschen lassen. Die biegsamen Sohlen der Turnschuhe schluckten die Schrittgeräusche, sodass Peter beinahe lautlos über den Weg eilte.

Der Wald, den er so gut kannte, kam ihm plötzlich anders vor. Geheimnisvoller, auch gespenstischer, ein richtiger Zauberwald. Dieses Wort hatte seine Großmutter immer gebraucht. Für sie war der Wald eine verzauberte Gegend, in der am Abend und in der Nacht die geheimnisvollen Wesen erwachten, die Elfen und Gnome zusammen tanzten und die Wurzelmännchen raschelnd durch die hohen Gräser huschten.

Die Großmutter kannte viele Geschichten über den Wald. Er sollte schon bestanden haben, als es noch keine Menschen gab. Dafür jedoch hatten andere in dem Wald gewohnt.

Die Drachenkrieger!

An sie musste der kleine Peter denken, als er weiterging und die Schatten um ihn herum immer dunkler wurden. Die Drachenkrieger waren ein Volk, das nicht von dieser Erde stammte. Es kannte sich aus in böser Magie. Seine Männer waren gefährlich. Sie ritten auf drachenähnlichen Wesen und töteten alles, was sich ihnen in den Weg stellte.

Alte, unglaubwürdige Geschichten, hatten Peters Eltern immer dazu gesagt. Aber Peter wollte es nicht abstreiten. Er glaubte an die Geschichten und den geheimnisvollen Zauber, der unsichtbar über den Hügeln und Wäldern nahe der Donau lag.

Manchmal musste sich der Junge tief ducken, um den bis auf den Weg wachsenden Zweigen ausweichen zu können. Hin und wieder berührten sie ihn auch. Dann hatte er das Gefühl, von kalten Händen angefasst worden zu sein, und er zuckte jedes Mal zusammen.

Zwischen den Bäumen lauerten die Schatten. Wie dunkle Wände standen sie da, verwehrten den Blick, und wenn Peter es dennoch einmal schaffte, glaubte er, hinter den Schatten geisterhafte Gestalten zu sehen, die ihm zuwinkten.

Schnell rannte er weiter.

Abermals fielen ihm die Worte seiner Großmutter ein, die sie oft gesprochen hatte, wenn sie an seinem Bett saß und ihm die alten Geschichten erzählte.

»Hüte dich vor Graax!«, hatte sie gesagt. Auf seine Frage hin erfuhr Peter, dass Graax der Schlimmste der Drachenkrieger gewesen war und furchtbar gewütet hatte.

Leider wusste Peter nicht, wie er gestorben war, denn darüber schwieg sich die Großmutter aus.

Sie hob nur immer die Schultern und lächelte geheimnisvoll. Wahrscheinlich wusste sie mehr, aber sie wollte nie etwas richtig sagen. Das fand Peter nicht gut. Vielleicht hatte auch Großmutter Angst, denn der Wald war sehr schlimm gewesen.

Da vernahm er das Fauchen zum dritten Mal. Und jetzt so laut, dass der Junge heftig erschrak. Er blieb stehen, atmete durch den offenen Mund und hörte das Blut in seinem Kopf rauschen. Es hämmerte hinter den Schläfen. In seinem Magen schienen mehrere Steine zu liegen, und mit der rechten Hand umklammerte er den Bogen fester.

Peter traute sich nicht, weiter zu laufen. Er blieb auf dem Weg stehen und schaute nach vorn, wo das Geräusch aufgeklungen war.

Der Wald schwieg.

Düster war es. Auch der Himmel hatte längst eine dunkelgraue Farbe angenommen. Wenn Peter den Kopf hob, konnte er ihn nicht sehen. Das dichte Laub der Baumwipfel nahm ihm die Sicht.

Still war es nicht.

Von allen Seiten fühlte er sich belauert und beobachtet. Irgendwo knackte immer etwas. Ob es nur ein Zweig war oder ein Strauch, wo die Zweige gegeneinander rieben, wenn sie vom Wind bewegt wurden. Die Luft um ihn herum schien sich ebenfalls verändert zu haben. Sie war mit einem seltsamen Leben erfüllt. Er glaubte, Stimmen zu hören, ein fernes, leises Lachen, zu vergleichen mit dem Klang einer Glocke.

Die Großmutter hatte immer von den Elfengeistern gesprochen. Wenn sie lachten, hörte es sich an wie Glockenklingeln.

Ob die Elfen jetzt da waren?

Schon oft hatte er sich bei anbrechender Dunkelheit durch den Wald bewegt, und er war auch auf der Suche nach den Geistern gewesen, gesehen hatte er sie jedoch nie.

Heute war alles anders …

Peter Kugler zog den Kopf ein, und über seinen Rücken rieselte eine Gänsehaut, als er die nächsten Schritte ging. Ihm war klar, dass es keinen Sinn hatte, einfach stehen zu bleiben. Er wollte sehen, welch eine Gefahr da auf ihn lauerte.

Wieder dachte er an die Bücher, die er gelesen hatte. Geschichten, in denen es von geheimnisvollen Fabelwesen und Märchenfiguren nur so wimmelte. Geisterhafte Wälder kamen darin ebenso vor wie verwunschene Burgen und Schlösser.

Auch wenn andere darüber lachten, Peter hatte immer an die Geschichten geglaubt. An diesem Abend intensiver denn je, denn der Wald um ihn herum zeigte sich lebendig. In ihm lauerte ein Leben, das erst in der Finsternis erwachte.

Vielleicht waren es auch gute Geister, die ihm da einen guten Abend wünschen wollten?

Peter lächelte, als er daran dachte. Auf einmal fand er, dass die Umgebung nicht mehr so schlimm und gefährlich war, eher beschützend, denn vor den guten Geistern brauchte man keine Angst zu haben. Das hatte ihm die Großmutter oft gesagt. Zudem stand es in den Büchern. Zu jedem Kind gehörte ein guter Geist, der auf ihn aufpasste.

Der Schutzengel!

Darauf vertraute der kleine Peter Kugler. Er war ein netter Junge. Das dunkelblonde Haar trug er halblang. Die Augen hatten einen verträumten Ausdruck, als würden sie nicht die Welt sehen, die ihn umgab, sondern eine andere, fremde und nur für ihn sichtbare, die irgendwo hinter den Wolken lag.

Mit diesem Gefühl einer Sicherheit ging der Junge weiter. Er wusste, dass bald der große Stapel Holz am rechten Rand auftauchen würde. Sein Vater hatte die Bäume gefällt und sie entsprechend zurechtgeschnitten, bevor er die Stämme aufeinander stapelte. Vom Stapel waren es nur ein paar Schritte bis zum Holzfällerweg, und dort wurde der Wald etwas lichter. Da war das Gebüsch nicht mehr so verfilzt. Es wuchsen weniger Fichten und Tannen, deren Zweige oft so dicht waren, dass sie eine regelrechte Wand bildeten, die ein Durchkommen so gut wie unmöglich machten.

Peter Kugler lief jetzt schneller. Seine Arme bewegten sich im Takt des Laufs. Auch der Bogen machte diesen Rhythmus mit. Einmal verfing sich die straff gespannte Sehne an mehreren Zweigen, und Peter hatte Mühe, sie wieder loszureißen.

Die Schatten verfolgten ihn. Sie waren überall, lauerten, schienen zu leben, zu flüstern und geheimnisvoll zu raunen.

Der Wald steckte voller Gespenster. Die Geister der Natur begleiteten den Jungen. Er sah überall im Unterholz winzige, leuchtende Augen, glaubte, Hände zu erkennen, die ihm zuwinkten und ihn herbeiholen wollten in eine finstere, unheimliche Welt.

Es war die Angst, die den Kleinen überfiel und bei ihm in gewisse Wahnvorstellungen mündete.

Er lief noch schneller, war dabei äußerst sicher und sprang manchmal geschickt wie eine Katze über auf dem Weg wachsende Baumwurzeln hinweg.

Sein Gang glich mehr einem Schweben, und Peter tauchte geduckt in eine Rechtskurve ein, die der Weg schlug. Am Ende der Kurve verbreiterte er sich, bevor er dicht dahinter auf den Holzfällerweg traf.

Dort stand der Schatten.

Zuerst glaubte der Junge an eine Täuschung, bis er näher kam und genauer hinschaute.

Ein gelbes, glühendes Augenpaar starrte ihn aus einer Höhe an, die fast bis zur Hälfte eines Baumes reichte.

Erschreckt blieb Peter stehen.

Sein Herz krampfte sich zusammen. Der Schlag verdoppelte sich gleichzeitig. Stiche zogen durch seine Brust, das Gesicht des Jungen zeigte einen überraschten und ängstlichen Ausdruck, und die Augen wurden noch größer, als er das bläuliche Licht sah, das aus dem Boden drang und eine Gestalt umschmeichelte, wie sie Peter Kugler bisher nur aus seinen Geschichten kannte.

Es war ein unheimliches Geschöpf. Eine Mischung zwischen Drache und Schlange.

Auf seinem Rücken aber saß, eine Streitaxt schwingend, ein finsterer Krieger.

Graax!

Stoßartig fuhr der Wind unter den Stoff und blähte das Unterteil des Mantels hoch wie einen Pilz. Die ältere Frau schüttelte sich, während sie gleichzeitig ihren Körper nach vorn beugte und sich gegen die plötzliche Bö anstemmte.

Nur noch ein paar Schritte musste sie gehen, dann hatte sie ihr Ziel erreicht.

Hier auf der Höhe des Bergkamms wehte immer ein kühler Wind. Er frischte besonders gegen Abend auf und wurde regelrecht schneidend. Von der herrlichen Umgebung konnte die Frau nichts erkennen. Sie hätte auch nicht darauf geachtet, denn sie kannte sie. Maria Kugler interessierte sich nur für die Burg, deren Westflügel noch völlig erhalten war und den Stürmen der Zeit getrotzt hatte.

Sie schritt durch das hohe Unkraut, erreichte die Tür, hob ihren Arm und ballte die Hand zur Faust. Über ihr schaukelte eine alte gusseiserne Laterne. Der Wind hatte die Flamme ausgeblasen. Das Hämmern der Faust gegen das Holz hörte sich an wie Donnerschläge. Dreimal dröhnte die Hand dagegen. Es war für den in der Burg wohnenden Mann das Zeichen, und er konnte öffnen.

Die alte Tür bewegte sich quietschend in den rostigen Angeln, als sie nach innen aufgezogen wurde. Im flackernden Licht einer Pechfackel erschien die Gestalt des Mannes seltsam verzerrt und irgendwie verschoben, als würden andere Geister von ihm Besitz ergreifen.

»Du bist pünktlich, Maria.«

Die Frau huschte über die Schwelle. »Was ich versprochen habe, halte ich, Professor.«

»Ja, das weiß ich.«

Maria Kugler streifte das Kopftuch ab und schaute in die Runde. »Weshalb kein elektrisches Licht?«, fragte sie verwundert.

»Es würde nur stören, Maria. Das Kerzen- oder Fackellicht passt besser zu dem, was wir vorhaben.«

»Du bist schon seltsam, Professor.«

Der Mann lächelte. »Das habe ich nie abgestritten. Aber jetzt komm, es wird Zeit!« Er räusperte sich. »Weiß man, dass du hier bei mir auf der Burg bist?«

»Nein, ich habe es meinen Kindern nicht gesagt. Sie glauben, dass ich einen Spaziergang mache.«

»Und sie gehen auch nicht aus dem Haus?«

»Bestimmt nicht.«

Der Mann wiegte den Kopf. »Hoffentlich«, sagte er leise. »Hoffentlich bleiben sie da, denn diese Nacht kann gefährlich werden, das spüre ich. Ich bin dem Geheimnis auf der Spur.«

»Stimmen die Geschichten?«

Der Professor lächelte sphinxhaft.

»Das werden wir gleich erleben, Maria. Auf jeden Fall habe ich etwas hinter mir, das dich in Erstaunen versetzen wird.«

»Du machst mich neugierig.«

»Warte es ab.« Professor Chandler streckte die Arme aus. Es war eine einladende Geste, der Maria folgte. Sie war schon öfter auf der Burg gewesen und kannte sich dementsprechend gut aus. Vor ihnen lag ein Gang mit kahlen Wänden. In zwei Kehren stach er tiefer in die Burg hinein. Vor einer Treppe endete er.

Auch hier leuchteten Fackeln. Die nackten Glühbirnen an der Decke wirkten ausgeschaltet wie graue Eier.

Hinter den vier breiten Treppenstufen begann eine Mauer. Sie wurde von einer Doppeltür unterbrochen. Der Professor hatte den rechten Flügel nicht geschlossen, sodass Maria Kugler in den dahinter liegenden großen

Raum schauen konnte, wo der Widerschein eines Kaminfeuers über den glatten Parkettboden tanzte und das hallenähnliche Zimmer mit seinem gemütlichen Schein ausfüllte.

Die alten Möbel hätten jeden Antiquitätenhändler vor Freude jauchzen lassen, doch der Professor verkaufte die Schränke nicht. Einige von ihnen waren mehr als vierhundert Jahre alt. Damals hatte man die Beschläge noch auf den Türen angebracht. Über das blanke Eisen huschte ebenfalls der Widerschein des Feuers.

Die drei hohen Fenster des Raumes lagen an der Rückseite. Hier war das Glas erneuert worden. Man sah es nur, wenn man genauer hinschaute und gleichzeitig auch noch Fachmann war.

Der große Schreibtisch stand nicht weit vom Kamin entfernt. Auf seiner Platte stapelten sich Bücher, Unterlagen und Aufzeichnungen. Der Professor hatte hart gearbeitet, das war zu sehen. Überall im Zimmer verteilt standen mehrere eiserne Leuchter. Weiße Kerzen steckten in den kleinen Schalen. Als der Professor die Tür schloss und die Flammen nicht mehr vom Durchzug gestreichelt wurden, brannten sie ruhig weiter.

Auch nahe des runden Tisches standen die Kerzen. Sie ragten wie bleiche Finger aus den schwarzen Haltern des Leuchters und gaben so viel Licht, dass ihr Schein auch auf die Platte fiel, wobei sie ein rötliches Muster erhielt.

Zudem stand eine Kerze mitten auf dem Tisch. Ihr Widerschein leuchtete bis an den runden Rand. Die Stühle standen dabei im Dunkeln.

»Bitte, nimm dort Platz, Maria!«, sagte der Professor leise und streckte seinen Arm aus.

Die Frau nickte, schritt auf den runden Tisch zu und ließ sich auf einen der beiden Stühle nieder.

Der Professor folgte ihr, hüstelte und fragte: »Möchtest du etwas trinken? Ich habe einen guten Wein im Haus.«

»Gern.«

»Moment, bitte!« Chandler verschwand. Seine Schritte wurden leiser. Die Schatten saugten den Mann auf, und Maria hörte, wie eine zweite Tür geöffnet wurde.

Danach wurde es wieder still, sodass die Frau ihren Gedanken nachhängen konnte.

Auf diesen Abend und auf das folgende Gespräch hatte sie lange gewartet. In intensiven Diskussionen hatte sie Professor Chandler auf das vorbereitet, was bald folgen sollte.

Der Professor war ein seltsamer Mann. Mochte die Welt ihn auch für einen Spinner halten, Maria glaubte ihm, denn sie war zudem die einzige Vertraute des Gelehrten.

Er war ein Genie.

Wenigstens für Maria, denn er beherrschte zwei Gebiete. Das der Mathematik und das der Magie. Mit beiden hatte er sich gleich intensiv beschäftigt und war zu einem wahren Magister geworden. So nannte er sich selbst. Magister Chandler, eine kleine Ehrung an die großen Meister des Mittelalters, die für den Professor Vorbilder gewesen waren, was ihre intensiven Forschungen anging, die sich mit einer anderen Welt beschäftigten als der, auf der sie lebten.

Im Mittelalter, als sich die Menschen noch nicht so aufgeklärt und überheblich gaben, wusste man eben mehr über diese Dinge, die der Professor jetzt wieder durch geheimnisvolle Beschwörungen ans Tageslicht holte. Er hatte etwas entdeckt, das andere für unmöglich und unglaublich hielten, so wie sie in dem Gelehrten auch einen Spinner sahen.

Das tat Maria nicht.

Sie lauschte in die Stille hinein und hörte die Schritte, als Chandler zurückkehrte.

»Ich habe einen wunderbaren Rotwein im Keller gefunden«, erklärte der Mann im Näherkommen. »Er ist wirklich ausgezeichnet zu trinken. Du solltest ihn probieren, Maria.«

»Aber bitte nur ein Glas.«

»Sicher.« Chandler bewegte seine rechte Hand, und die beiden Gläser klangen hell, als sie aneinander stießen. Mit geschicktem Schwung stellte er sie auf den Tisch und begab sich daran, die dunkle Flasche zu entkorken.

Maria hatte Zeit, ihn zu beobachten. Schräg fiel das Kerzenlicht auf seine Gestalt. Das Haar war grauer geworden, die Falten in seinem Gesicht tiefer. Aber die Augen blickten so klar wie die eines jungen Mannes. Sie hatten keinen trüben Schleier, wie man ihn oft bei Sechzigjährigen erlebt, denn dieses Alter hatte der Professor mittlerweile auch schon erreicht. Auf Kleidung hatte er nie viel Wert gelegt. Er fühlte sich in seiner Hausjacke am wohlsten, und wenn er dazu noch die alte Cordhose tragen konnte, war alles perfekt.

Mit einem ›Plopp‹ sprang der Korken aus der Flaschenöffnung. Der Professor schenkte zuerst sich einen kleinen Schluck ein, probierte, nickte zufrieden und bediente dann die Frau.

»Ja, der Wein ist gut«, sagte er und verfolgte den Weg des duftenden Getränks vom Flaschenhals in das Glas. »Er hat auch die richtige Temperatur.«

»Dabei sieht er aus wie Blut«, bemerkte Maria leise.

»Es ist tatsächlich Blut, meine Liebe«, erwiderte er, trat zur Seite und schenkte sich etwas ein. »Das Blut der Trauben, denn jede Traube ist ein Stück Natur, und sie leidet, wenn sie gepresst wird. Leider schmeckt uns ihr Blut so hervorragend, deshalb wird sie immer leiden müssen, solange es Menschen gibt.«

»Das haben Sie wunderbar gesagt, Professor«, flüsterte Maria und hob ihr Glas.

»Du kannst mich aber weiterhin duzen«, sagte Chandler und lachte.

»Ich weiß nicht. Sie – du bist ein gebildeter Mensch. Ich habe gerade nur schreiben und lesen gelernt …«

»Und weißt dennoch so viel«, unterbrach der Professor die Frau. »Viel mehr als die meisten Menschen.«

Maria Kugler winkte ab. »Ach, das sagst du nur so.«

Chandler schüttelte den Kopf. »Nein, nein, meine Liebe. Wenn du dich da nicht irrst. Es ist in der Tat so, dass du ein größeres Wissen als mancher Doktor hast. Und ein Wissen, das nicht nur in den Büchern steht, weil man es vom Leben als ein Geschenk mit auf den Weg bekommt.«

Die Augen der Frau begannen zu glänzen. Der Kerzenschein gab ihrem Gesicht einen seltsam weichen Zug. Der rote Wein funkelte in den Gläsern, und beide Menschen genossen die Stimmung des Augenblicks, der nie vergehen sollte und dennoch so schnell vorbei war.

Maria Kugler schüttelte den Kopf, als würde sie aus einem Traum erwachen, und ihr Gegenüber lächelte.

»Ja, so ist das nun mal«, sagte er, wobei er sein Glas hob. »Ich möchte auf uns trinken und darauf hoffen, dass das, was auf uns zukommt, nicht so schlimm sein wird.«

Maria brannte die Frage nach dem Grund auf der Zunge. Sie schluckte sie jedoch herunter, probierte von dem Wein und fand ihn köstlich, was sie auch mit einem Nicken bestätigte.

Auch der Professor hatte getrunken. Er stellte sein Glas ab, schaute hinein und runzelte die Stirn. Es entstand eine Schweigeminute. Nur das Knistern des Kaminfeuers war zu hören sowie hin und wieder das Säuseln des Windes, wenn ein besonders harter Stoß an den Außenmauern entlangstrich, der im Innern der Burg nur gedämpft zu vernehmen war.

Ruckartig hob der Professor den Kopf. »Ich weiß nicht so recht, Maria, wie ich es dir erklären soll, aber ich habe, so glaube ich zumindest, die Lösung des Rätsels gefunden und werde bei meiner Erzählung damit beginnen.«

»Was hast du herausgefunden?«, fragte die Frau leise.

Der Gelehrte ließ sich wieder Zeit mit der Antwort. Dann sagte er leise: »Ich habe schon einmal gelebt!«

»Frage an Radio Eriwan«, sagte Suko, »macht man in Österreich nicht immer Urlaub?«

»Im Prinzip ja«, erwiderte ich. »Falls die Dämonen es zulassen.«

»Und was machen wir?«

»Weiß ich noch nicht.«

»Bis jetzt jedenfalls gefällt mir die Autobahn Wien-Salzburg überhaupt nicht«, beschwerte sich Suko.

»Wieso?«

»Ich sehe keine Berge.«

»Die liegen rechts von uns und treten immer weiter zurück, je mehr sie dich sehen.«

»Dann wird es Zeit, dass wir ihnen nachfahren.«

»Gedulde dich noch ein wenig. Die Wachau läuft dir nicht fort.«

»Hat dieser Chandler nicht von Wien gesprochen?«

»Bei Wien, mein Lieber. Und damit meinen die Österreicher alles, was nicht gerade Salzburg ist.«

»Schade. Ich hatte mich schon auf die Pestkeller gefreut.«

»Danke, das hatten wir schon mal.«

Muntere Gespräche versuchten unsere Stimmung aufzuheitern. Das war auch nötig, denn wer das Wetter beobachtete, konnte schon trübsinnig werden. Es regnete ununterbrochen. Das Wasser fiel vom Himmel, als sprühe es aus Duschdüsen. Die Wischer des Leih-Opels arbeiteten unter Stress, um die Massen von der Frontscheibe wegzuwischen. Da waren wir in einen widerlichen Schauer hineingeraten.

Am Wiener Flughafen waren wir losgefahren. Der Regen hatte uns erst kurz hinter Wien erwischt, gewissermaßen im Wienerwald, jetzt fuhren wir in Richtung Wachau, wo sich die Burg des Professor Chandler befand.

Ich hatte den Mann während unseres letzten Falls kennen gelernt. Ihm war es durch mathematische Berechnung und gleichzeitig durch Beschwörung gelungen, den Weg in eine andere Dimension zu finden. Ich traf ihn, festgebunden an einen Pfahl, inmitten der Welt der Ghouls. In dieser Dimension entstanden und bildeten sich die Schleimwesen, die man als die Aasvertilger unter den Schwarzblütern bezeichnen konnte. Wir waren der Dimension auf seltsame Art und Weise entkommen und damit auch Xorron, der von einem erstarrten See festgehalten wurde und sich so leicht nicht befreien konnte.

Längst waren nicht alle Rätsel gelöst. Mich interessierte vor allen Dingen der Professor. Man hatte von ihm einiges gehört. Er war ein Mann, der sich gleichzeitig mit

Mathematik und Magie beschäftigte. Intensive Forschungen hatte er betrieben, auch zwei Bücher geschrieben und war ausgelacht worden. Die Fachwelt hielt ihn für einen Spinner, einen Phantasten, der seine Thesen durch nichts beweisen konnte. Auch nicht durch die Mathematik.

Ich hatte in seine Bücher mal hineingeschaut. Das war auch alles. Ganz hatte ich kein Werk von ihm gelesen, denn die Behauptungen rissen mich nicht gerade vom Stuhl. Der Professor versuchte mich trotzdem für seine Thesen zu gewinnen.

Nun wollte ich mehr wissen. Suko war begierig darauf, den Mann kennen zu lernen und Neues zu erfahren. Deshalb auch dieser Besuch auf seinem Schloss, zu dem er uns eingeladen hatte.

Sir James, unser Chef, hatte sehr schnell zugestimmt. Auch er glaubte, dass mehr hinter der Sache steckte und wir erst die Spitze eines Eisbergs entdeckt hatten.

Interessant war auch die Waffe, die wir mitgenommen hatten. Eine goldene Pistole.

Es war Suko gelungen, sie einem Ghoul in London abzunehmen, bevor dieser damit weiteres Unheil anrichten konnte. Diese Pistole war mit einer schleimigen Flüssigkeit geladen, die die fatale Eigenschaft hatte, Menschen die Haut vom Körper zu lösen und sie als Skelette zu hinterlassen. Die Herkunft der Waffe war unbekannt. Professor Chandler meinte, dass sie von einem anderen Volk zurückgelassen worden war, das einmal die Dimension der Ghouls besucht hatte und vernichtet worden war.

Auf Chandler war ich gespannt. Wir hatten drei Tage für den Besuch angesetzt und konnten vielleicht einen Verbündeten in unserem Kampf gegen die Schwarzblüter gewinnen.

Als wir den Wienerwald hinter uns ließen, klarte das Wetter auf. Der Regen wurde schwächer, bis er ganz verschwunden war und die ersten blauen Flecken am Himmel erschienen. Sogar die Sonne sahen wir. Sie schien sehr hell und stach in unseren Wagen.

»Wenn Engel reisen, lacht der Himmel!«, zitierte mein Freund.

»Ich sehe nur einen Engel.«

»Ja, mich.«

»Ha, ha. Du bist der berühmte Engel mit dem B davor.«

»Schäm dich.«

»Klar, wenn ich Zeit habe.«

Bei Ybbs fuhren wir ab. Wir sahen die Raststätte bereits, die auf einem kleinen Hügel neben der Autobahn lag, und lenkten den Opel in die Ausfahrt hinein.

Nicht weit entfernt schob sich die nicht mehr blaue Donau durch ihr Bett, und selbst vom Wagen aus erkannten wir die ersten Burgen und kleinen Schlösser, mit denen dieser Landstrich reich gesegnet ist. Wir fuhren in ein bergiges Gelände hinein, das mich an englische und schottische Hügellandschaften erinnerte.

Die Straßen waren wieder trocken geworden. Es blies ein kühler Wind. Wir hörten ihn, wenn er an unserem Wagen entlangstrich.

Die Dörfer und kleinen Ortschaften, die wir passierten, sahen hübsch und malerisch aus. Namen habe ich jedoch vergessen.

Schließlich rollten wir über eine Brücke, als wir die Donau überquerten. Ausflugsdampfer schoben sich durch den grauen Strom in Richtung Osten und Westen.

Der Professor wohnte in keinem Dorf, sondern ziemlich weit abgelegen auf seiner Burg.

Ich wollte nicht noch übernachten, deshalb hoffte ich, vor dem Dunkelwerden die Burg erreichen zu können.

Das war leichter gesagt als getan.

Wenn wir fragten, erhielten wir als Antwort meist ein Schulterzucken. Einen Professor Chandler kannte keiner.

So gondelten wir von Dorf zu Dorf und ernteten immer nur negative Antworten.

»Das gibt es doch nicht«, beschwerte sich Suko. »Hat der Knabe dich geleimt?«

Ich schüttelte den Kopf. »Nein, das glaube ich nicht. Aber ich bin es leid. Wir setzen uns mit der Polizei in

Verbindung.« Während ich das sagte, rollten wir in ein Tal hinein. Die Straße war ziemlich eng. Sie führte in Windungen nach unten. Zu beiden Seiten wuchsen die Hänge in die Höhe. Sie waren mit dichtem Wald bewachsen. Wenn er mal zurücktrat und wir freie Sicht hatten, sahen wir die entfernter stehenden Berge mit ihren runden Kuppen. Dazwischen die satten, grünen Hänge, auf denen Kühe weideten.

Manchmal hatte ein Bauer Wein angebaut. Die Rebstöcke fielen wegen ihres geometrischen Musters auf.

Suko deutete auf das blauweiße Dorfeingangsschild. »Den Namen hat man dir doch gesagt.«

»Ja.«

»Das ist die letzte Hoffnung, sonst fahren wir wieder zurück.«

»Du gibst aber schnell auf.«

»London ist mir wichtiger.«

Ich grinste. »Sag doch lieber Shao.«

»Die sowieso.«

In dem Ort gab es eine Polizeistation. Davor fanden wir einen Parkplatz, stiegen aus und sahen den Dorfpolizisten auf der Treppe, der uns fragend anschaute.

Wir grüßten höflich und erklärten unser Problem.

Der Polizist strich durch sein dunkles Kraushaar und wischte eine Fliege zur Seite. »Tut mir Leid, da kann ich Ihnen auch nicht helfen. Hier ist kein Professor Chandler bekannt.«

Ich stand dicht vor der Verzweiflung. »Den muss es aber geben!«, rief ich. »Er hat uns nicht reingelegt. Der Mann ist ziemlich bekannt. Hat zwei Bücher geschrieben, beschäftigt sich mit unerklärlichen Dingen …«

»Ach, den meinen Sie.«

»Ja, genau.«

»Das ist Joschi«, sagte der Polizist.

Suko und ich schauten uns erstaunt an. »Wie heißt er hier?«, fragte ich. »Joschi?«

»So nennen wir ihn.«

»Moment«, sagte ich und hob die Hand. »Sind sie sicher, dass wir von demselben Mann reden?«

Der Beamte nickte. »Bestimmt.«

»Dann können Sie ihn auch beschreiben.«

»Klar.« Der Mann begann damit. Schon nach den ersten Worten unterbrach ich ihn. »Okay, das ist er. Und dieser Joschi hat uns auf seine Burg eingeladen. Wo finden wir sie?«

»Etwa fünf Kilometer von hier. Sie müssen den Berg hoch.«

»Zu Fuß?«

»Wenn der Weg nicht verschlammt ist, schaffen Sie es auch mit dem Wagen«, erklärte er.

»Wir versuchen es.«

»Es hat in der letzten Zeit viel geregnet.«

»In England war es noch schlimmer. Jedenfalls danken wir Ihnen für diese Information.«

»Bitte, gern geschehen.«

Ich ärgerte mich. »Das hätte uns auch schon früher einfallen können«, erklärte ich, als wir wieder im Wagen saßen.

Der Polizist trat an die Fahrerseite. »Sie müssen folgendermaßen fahren …«

Konzentriert hörten wir zu. Schließlich bewegten wir uns in einer fremden Gegend und waren auf exakte Information angewiesen. Der Mann erklärte den Weg gut, so wie ich es beurteilen konnte. Danach war alles okay.

Es war ein netter kleiner Ort, den wir durchfuhren. Als die Häuser zurückblieben, sahen wir den schmalen Weg, der nach links abzweigte und in hügeliges Gelände führte. An einem Restaurant kamen wir vorbei, fuhren in einen Wald und blieben auf dieser Höhe.

Der Asphalt war holprig. Die Winterschäden hatte man noch nicht beseitigt. So manches Mal rollte der Opel durch Schlaglöcher.

Es wurde dunkel.

Das gefiel mir überhaupt nicht. Weil wir uns verfahren hatten, hatten wir ziemlich viel Zeit vertrödelt, sodass unsere Chancen sanken, den Wohnsitz des Professors noch vor der Dunkelheit zu erreichen.

Ich hatte die Scheinwerfer eingeschaltet. Die gelben

Augen stachen in die graue Dämmerung, deren Schatten immer dichter wurden, sodass der Wald rechts und links zu einer dunklen Masse verschmolz.

Ein Hinweisschild auf die Burg entdeckten wir nicht. Zudem kamen uns vor wie die einzigen Menschen in dieser Gegend, und der Wald erinnerte mich an ein gespenstisches, verwunschenes Gelände.

»Hast du was?«, fragte ich Suko. Er saß neben mir und hatte seine Augen leicht verengt.

Der Chinese hob die Schultern. »Eigentlich nicht. Aber seltsam ist es schon. Mir gefällt die Gegend nicht.«

»Hast du einen Grund?«

»Nein, nur so.«

Ich schaute wieder nach vorn. Der Lichtteppich huschte über die Fahrbahn. Er zeigte ein geisterhaftes Gelb und berührte manchmal die aus dem Straßengraben wachsenden Büsche und Gräser, sodass diese aussahen, wie mit einer fahlen Farbe überpinselt.

Vom Himmel konnten wir nicht viel sehen. Er verschwamm zu einem seltsamen Grau, das an manchen Stellen heller wirkte, weil noch letzte Sonnenstrahlen hineinstachen.

»Jetzt müsste eigentlich die Abzweigung kommen«, sagte Suko, »vorausgesetzt, der Kollege hat nicht gelogen.«

»Weshalb sollte er?« Ich wollte noch etwas hinzufügen, verschluckte das Wort jedoch, denn ein Ereignis trat ein, das mich völlig überraschte und aus der Bahn warf.

Suko erging es ähnlich. Das jedenfalls hat er mir hinterher erzählt.

Wir hatten das Gefühl, als wäre unser Wagen geschüttelt worden. Unsichtbare Hände wollten ihn zurückhalten, drückten von vorn gegen ihn, sodass ich ein wenig mehr Gas gab. Eine zwangsläufige Reaktion, und der Opel sprang förmlich vor.

Ein Hindernis war nicht zu sehen, und wir befanden uns auch weiterhin in einem Wald.

Nur hatte sich der Weg verändert.

Vorhin waren wir über Asphalt gerollt. Den sahen wir

nicht mehr vor uns, sondern einen schlammigen Pfad, der in den Wald hineinstach und so schmal wurde, dass ein Durchkommen nicht mehr möglich war.

Ich stoppte.

Den Motor brauchte ich nicht erst auszustellen. Er verstummte von allein. Ein leises Blubbern vernahmen wir noch, dann war es zu Ende. Auch die Scheinwerfer verlöschten.

Zunächst blieben wir sitzen. Beide hatte uns dieser Vorgang überrascht. Wir suchten nach einer Erklärung, waren im Moment ratlos. Suko öffnete die Tür.

Als er ausgestiegen war, saß ich noch im Wagen und fragte ihn: »Was ist los?«

»Nichts.«

»Wieso?«

»Die gleiche Luft, die gleiche Temperatur, vielleicht ein wenig frischer. Dennoch habe ich das Gefühl, nicht mehr dort zu sein, wo wir uns noch vor einigen Minuten befanden.«

Da gab ich meinem Freund Recht. Auch mich hielt nichts mehr in dem Leihwagen, und ich verließ ihn ebenfalls.

Mein Freund hatte sich nicht geirrt. Auch mir kam die Umgebung verändert vor. Auf gewisse Weise beeinflusst. Da kannte ich eigentlich nur eine Antwort.

Magie!

Mein Kreuz musste mir helfen. Ich zog es unter dem Hemd hervor, ließ es auf der Handfläche liegen und schaute es an.

Es zeigte nicht mehr den Silberglanz, den ich von ihm gewohnt war. Das Silber schien matter zu sein als normal. Möglicherweise ein Zeichen dafür, dass wir es mit schwarzer Magie zu tun hatten.

»Gehen wir weiter«, schlug Suko vor.

Ich deutete nach vorn. »Hast du eine Machete? Zu Fuß kommen wir kaum durch.«

»Und stehen bleiben können wir auch nicht.«

»Okay, gehen wir.«

Wir machten uns auf den Weg.

Schon nach ein paar Schritten hatte ich das Gefühl, in einem Dschungel zu stecken.

Einen so dichten Wald hatte ich in Mitteleuropa noch nicht gesehen. Zwar wuchsen hier keine tropischen Pflanzen, aber die Bäume und Sträucher, die wir sahen, gehörten nicht in die Flora, die uns bekannt war.

Mit den Händen schlugen wir um uns. Die Luft war dabei seltsam klar und kalt, selbst innerhalb dieses dichten, beinahe undurchdringlichen Waldes.

Es gab überhaupt keine Wege oder Pfade. Wir mussten uns weiterhin regelrecht durchschlagen.

Dann hörten wir das Brüllen.

Wie Schlag und Echo eines gewaltigen Donnerns hallte es uns entgegen. Irgendwo rechts von uns war es aufgeklungen, sodass wir das Gefühl hatten, die Bäume würden anfangen zu zittern.

Suko schaute mich an und hob die Schultern. Eine Erklärung hatte er auch nicht.

Ich dachte darüber nach und formulierte die nächsten Worte ziemlich vorsichtig und mit einem dicken Fragezeichen versehen. »Sollten wir in einer anderen Zeit stecken?«

Suko nahm den Ball sofort auf. »Meinst du die Vergangenheit?«

»Ja.«

»Das ist gar nicht mal so abwegig. Schließlich spielte unser Professor mit den Zeiten. Er kann ja auch andere Dimensionen bereisen, die er berechnet hat.«

»Das wäre wirklich ein Ding.«

»Aber nichts ist unmöglich, John.«

Da hatte mein Partner Recht. Sollten wir wirklich in eine ferne Vergangenheit geschleudert worden sein, gab es die Burg sicherlich noch nicht, und wir irrten durch den Wald, ohne etwas zu entdecken. Allerdings hatte uns das donnernde Geräusch aufmerksam gemacht. Wahrscheinlich war es von einem Tier ausgestoßen worden, und dieser Spur wollten wir nachgehen, deshalb mussten wir uns nach rechts wenden.

Suko war einverstanden.

Auch der Boden hatte sich verändert. Er war weicher geworden. Seine Beschaffenheit wies auf einen Sumpf hin. Wahrscheinlich lag er in der Nähe. Wir mussten aufpassen, dass wir nicht stecken blieben.

Die Luft blieb kühl. Manchmal raschelte es über uns in den hohen Kronen der Bäume. Wahrscheinlich waren es Tiere, die sich durch unsere Bewegungen gestört fühlten.

Wieder vernahmen wir das Brüllen.

Diesmal schon lauter. Beide hatten wir das Gefühl, als würde der Boden unter unseren Füßen zittern.

Baumstämme, höher als Häuser, versperrten uns den Weg. Wir mussten über sie klettern und rutschten manchmal auf der dicken Rinde aus. Wenn wir dann zu Boden sprangen, landeten wir nicht nur auf der weichen Erde, sondern verschwanden fast völlig zwischen den hohen Farnen, die ebenfalls so seltsam fremd wirkten. Jedenfalls hatte ich so etwas noch nie gesehen.

Doch einmal.

Als es uns an den Südpol verschlagen hatte. Dort waren wir nicht nur auf dem Friedhof am Ende der Welt gelandet, sondern auch in der Urzeit der Erde.

Hier fanden wir seltsame Parallelen …

Suko hatte den gleichen Gedanken wie ich. Auch er erinnerte sich an das Abenteuer Antarktis.

»Wenn unsere Annahme stimmt, Alter«, keuchte ich, »müssten wir dem Professor einige Fragen stellen.«

»Vorausgesetzt, wir finden ihn.«

»Das hoffe ich doch.«

Sicher war es nicht, denn wir bewegten uns in einer völlig anderen Landschaft, zudem in einer anderen Zeit, in der es vielleicht noch keine Menschen gegeben hatte.

Wir hätten schon wieder in die unsrige zurückgemusst, um den Professor zu treffen. Es sei denn, er hätte ebenfalls diesen Sprung mitgemacht.

Einem Weg folgten wir nicht, sondern einem Pfad, vielleicht war es auch nur ein Wildwechsel, denn anders sah diese Lücke nicht aus.

Im nächsten Augenblick vernahmen wir das Brüllen sehr nah. Wir blieben erschreckt stehen. Unsere Hände

rasten in Richtung Waffen, um sie hervorzureißen, doch
es war nicht nötig, da wir keinen Feind entdeckten.

Dafür vernahmen wir noch etwas anderes.

Einen dünnen, ängstlichen Schrei!

Graax stand vor ihm!

Peter Kugler, der achtjährige Junge, wusste sofort
Bescheid. Seine Großmutter hatte ihm so oft davon
erzählt, dass es keine andere Möglichkeit gab.

Das musste Graax sein!

Seltsamerweise glaubte Peter nicht an eine
Verkleidung, er nahm diese Gestalt als tatsächlich existie-
rend hin, die auf einem Tier hockte, das es eigentlich nur
in Märchen und Legenden gab. Das Wesen ähnelte wirklich mehr einer Schlange, aber es hatte einen Körper, der
dicker war als ein Baumstamm, sodass Graax auf ihm rei-
ten konnte. Das Maul hatte die Superschlange weit aufgerissen. Peter sah nur zwei Zähne, die aus dem oberen
Kiefer wie weiße Lanzen hervorstachen und mit ihren
Spitzen fast die lange Zunge berührten, die aus dem aufgerissenen Maul peitschte.

Graax selbst sah noch gefährlicher aus als die
Schlange. Er trug Teile einer goldfarben schimmernden
Rüstung, die seine Beine bis hinauf zu den Knien bedeckte,
Arme und Schultern ebenfalls, und überging in einen
›goldenen‹ Helm, der seinen Kopf von drei Seiten
umschloss und nur das Gesicht freiließ.

In der Körpermitte war Graax durch einen Gürtel
geschützt. Er wies eine Schnalle von der Größe eines
Kinderkopfes auf.

Der Krieger selbst sah zwar aus wie ein Mensch, doch
seine Haut war anders. Sie hatte keinen hellen Farbton.
Dafür schimmerte sie in einem dunklen Violett, und diese
Farbe setzte sich auch auf dem Gesicht fort, dessen untere
Hälfte von dem dunklen Bart völlig eingenommen
wurde.

Graax hatte seinen Mund weit aufgerissen, darin glich
er der Schlange, und er hielt sich mit der linken Hand an

deren Hals fest, während die Finger seiner Rechten den Griff des Kriegsbeils umklammerten.

Für den Jungen war diese Gestalt furchterregend, und Peter glaubte, dass der andere ihn töten wollte. Sogar die Umgebung hatte sich verändert. Was von Peter gar nicht mal so sehr wahrgenommen worden war, denn sein Blick fraß sich zu sehr an Graax und der Schlange fest.

Jetzt bewegte sie sich.

Der Körper schien zu wandern, die Schuppen auf der Haut reagierten dabei wie Pailletten, nur dass sie eben lautlos gegeneinander stießen. Da die Schlange dem Jungen jetzt ihre Seite zudrehte, erkannte Peter, dass sie nicht nur diesen grünlichen Körper hatte, sondern von innen her in einem rötlichen Ton schimmerte, als bestünde sie hier nur aus rohem Fleisch.

Der Junge durchlebte schreckliche Sekunden. Die Angst hielt ihn in ihren Klauen, und allmählich sank auch das bläuliche Licht zusammen, das Untier und Reiter umfangen gehalten hatte.

Die Luft war seltsam klar und rein. Wenn Peter an der Monstergestalt vorbeischaute, sah er den verfilzten, unheimlich wirkenden Wald, in den die Axt eine Schneise geschlagen hatte, damit sich Graax einen Weg bahnen konnte.

Für Peter Kugler wurden in diesen schrecklichen Augenblicken alle Albträume, die er erlebt hatte, zu einer kaum fassbaren Wahrheit. Das war keine Illusion, Graax gab es tatsächlich, und er beugte sich ein wenig weiter vor, um den Jungen besser sehen zu können. Dabei hielt er die Axt nach wie vor schlagbereit in der rechten Hand.

Peter wurde angesprochen.

Er vernahm die dumpfen, gleichzeitig kehlig klingenden Laute, verstand sie allerdings nicht, sondern ging zitternd zurück, winkelte seinen linken Arm an und hob ihn als Deckung vor sein Gesicht.

Wieder sprach Graax. In seinen düsteren Augen glomm dabei ein gefährliches Leuchten, und sein Blick nahm die durchbohrende Schärfe eines Messers an.

Peter schüttelte den Kopf.

Am liebsten hätte er sich weit weggewünscht, und er rief nach seinen Eltern, wobei seine dünne Stimme von niemandem gehört wurde.

Graax grinste bösartig.

Ein wenig drehte er die gewaltige Streitaxt noch nach außen, damit die Klinge schräg nach unten fahren konnte und den Hals des Jungen zielsicher traf.

Graax kannte nur seine Gesetze. Die Regeln einer furchtbaren, einer grausamen Welt.

Wie gebannt blieb Peter stehen. Er richtete seinen Blick auf die Waffe, begriff die Gefahr nicht so recht und vernahm nur hinter sich die aufgeregten Schreie.

Im nächsten Augenblick fuhr der Arm des Kriegers mit tödlicher Zielsicherheit nach unten …

Dieser dünne Schrei hatte uns alarmiert. Obwohl er nicht in unserer unmittelbaren Nähe erklungen war, wussten wir dennoch Bescheid. Da befand sich jemand in großer Not, und wir mussten ihm helfen.

Schneller als zuvor versuchten wir, das Dickicht zu durchdringen. Es war nicht einfach. Zu viele Hindernisse wurden uns in den Weg gelegt. Von den Ästen der hohen Bäume hingen lianenartige Fäden nach unten, peitschten gegen unsere Körper, waren selbst feucht und versuchten, uns zurückzuhalten.

In der Düsternis konnten wir kaum etwas erkennen. Mancher Schritt wurde zu einem Fehltritt, sodass wir oftmals um – und dabei auch zur Seite knickten.

Macheten hätten uns wirklich geholfen. Mit den nackten Händen kamen wir kaum durch.

Dann sahen wir das Licht.

Ein geheimnisvolles blaues Schimmern, das hinter den Bäumen lag, in der Mitte sehr intensiv war und sich zu den Rändern hin allmählich abschwächte.

Das war unser Ziel.

Suko stürmte an mir vorbei. Er drosch und schlug sich mit seinen eisenharten Handkanten den Weg frei.

Ich stolperte durch einen Tümpel, zog mich an quer

wachsenden Ästen weiter und stellte fest, dass das blaue Licht allmählich zusammensank.

Wir waren bereits nah.

Da passierte es.

Ich hatte nach einem Ast greifen wollen, um mich weiterzuschwingen, als ich ins Leere fasste. Der Ast war plötzlich verschwunden. Das Gleichgewicht konnte ich nicht mehr halten, mein Körper kippte, sodass ich zu Boden fiel.

Suko erging es nicht anders. Ich hörte sein Schimpfen und spürte in Magenhöhe einen Schmerz, weil ich genau auf eine aus dem Boden ragende Astwurzel gefallen war.

Im Liegen hob ich den Kopf.

Mein Blick weitete sich. Fassungslosigkeit breitete sich aus. Ich sah den Körper einer Riesenschlange und auf ihm hockend einen furchtbaren Menschen, der eine Streitaxt erhoben hatte und damit auf einen kleinen Jungen zielte.

Als er zuschlug, verschwand auch er.

Nur der Junge stand noch da!

Ich wischte mir über die Augen, das Bild blieb! Ich sah nur den Jungen, sonst keinen.

Und eine normale Umgebung!

Kein Dschungel mehr, kein verfilztes, zusammengewachsenes Unterholz, auch nicht die fremden, hohen Bäume, dafür dicht neben mir einen Holzstapel aus sorgfältig aufeinander geschichteten Stämmen.

Und eine Wegkreuzung, auf der mein Freund Suko stand und sich ratlos umschaute.

Ebenso ratlos war der kleine Junge.

Noch wandte er mir den Rücken zu. Er hatte schmale Schultern. Auf dem Rücken trug er einen Köcher mit Pfeilen. In der linken Hand hielt er einen selbstgebastelten Bogen, und der Junge drehte jetzt langsam den Kopf und schaute zu Suko hin.

»Graax?«, fragte er.

Suko lächelte. Er hob dabei die Schultern, weil er ebenso überrascht war wie ich.

»Wo ist Graax?« Die Stimme des Kindes zitterte. Der

Kleine stand dicht vor dem Durchdrehen. Das merkte auch mein Partner. Er lief rasch hin und fasste ihn an.

»Es gibt keinen Graax«, sagte er schnell.

Ich erhob mich. Der Junge vernahm meine Schritte, drehte sich um, sah mich und wurde noch bleicher.

Ich lächelte ihn an. »Keine Sorge, mein Kleiner. Wir tun dir nichts und sind ebenso überrascht wie du.«

Sein bereits zum Schrei geöffneter Mund schloss sich wieder. Er hatte anscheinend Vertrauen zu uns gefasst, schluckte ein paarmal und flüsterte: »Ihr habt ihn doch auch gesehen, nicht?«

Wir stimmten ihm beide zu.

»Dann gibt es ihn also«, sagte er weiter.

»Du kennst ihn?«, fragte ich und setzte mich auf drei aufeinander liegende Baumstämme.

»Ja, ich habe ihn gesehen und auch davon gehört.« Der Junge schüttelte den Kopf. »Es ist nämlich so. Meine Großmutter hat mir von ihm erzählt. Sie wusste Bescheid. Die anderen lachten nur.«

»Wie heißt denn deine Großmutter?«, wollte ich wissen.

»Kugler Maria. Und ich bin der Peter!«

»Okay, Peter. Ich heiße John. Das ist mein Freund Suko.«

Wir reichten uns die Hände. Peter freute sich, nicht mehr allein zu sein. Wir allerdings hatten zahlreiche Fragen an ihn und hielten auch nicht damit zurück.

In den nächsten Minuten erfuhren wir die Geschichte des Jungen. Das Kind stand noch immer unter dem Eindruck des Erlebten; seine Stimme klang rau, manchmal verhaspelte es sich auch und fiel dabei in einen Dialekt, den ich kaum verstehen konnte. Ein paarmal mussten wir nachhaken und konnten uns schließlich ein ziemlich genaues Bild von den vergangenen Ereignissen machen.

»Und du hast wirklich in den Büchern über Graax gelesen?«, fragte Suko.

»Ja.« Der Junge nickte heftig. »Da war er so beschrieben, wie ich ihn gesehen habe.«

»Was stand denn noch alles darin?«, wollte ich wissen.

»Geschichten über ihn. Dass er sehr grausam gewesen ist und alle tötete.«

»War er allein?«

»Nein, da gab es noch welche. Seine Diener. Sie ritten aber nicht, sondern gingen zu Fuß.«

»Hast du auch gelesen, ob er gestorben oder umgekommen ist?«

Peter schaute mich an. »Das weiß ich nicht genau«, erwiderte er dann. »Aber da muss es einen gegeben haben, der gegen diesen Graax gekämpft hat. Ich weiß sogar den Namen.«

»Und?«

»Bandor. In den Büchern schrieb man von ihm. Bandor, der Dämonenjäger.«

»Das ist interessant«, erklärte ich und nickte. »Woher hast du die Bücher? Gekauft?«

»Nein. Die hat mir meine Großmutter gegeben.«

»Und sie hat sie auch geschenkt bekommen?« Es war ein Versuchsballon, den ich mit dieser Frage startete, und ich traf damit ins Schwarze.

»Das stimmt. Meine Großmutter hat die Bücher mitgebracht. Aus einem Schloss, wie sie sagte. Ihr Freund hat sie ihr geschenkt.«

»Kennst du auch seinen Namen?«

»Er heißt …« Der Junge schüttelte den Kopf. »Wir nennen ihn nur immer Joschi.«

Diesmal pfiff ich durch die Zähne. Sieh an, sieh an, der Kreis schließt sich. Plötzlich hatten wir die Verbindung zu unserem Professor, einem Mann, der sich mit Dimensionen und Zeitabläufen beschäftigte. Sollte es ihm gelungen sein, Vergangenheit und Gegenwart miteinander zu mischen? Ein fantastischer Gedanke, jedoch nicht so einfach von der Hand zu weisen, da wir in dieser Richtung schon einiges hinter uns hatten. Auf jeden Fall war ein Gespräch mit Chandler dringend nötig.

»Kennst du Joschi denn?«

Der Junge schaute mich an, als hätte ich etwas Verbotenes gesagt. »Natürlich kenne ich ihn. Joschi ist mein

Freund. Er hat uns besucht, ich war auch auf seiner Burg.«

»Dann könntest du uns hinführen?«

»Klar. Wollen Sie denn zu ihm?«

»Sehr gern. Wir waren schon auf dem Weg, als uns diese Überraschung traf und wir das Ungeheuer mit dem Krieger Graax sahen.«

»Wann wollen Sie denn hin?«, fragte uns Peter.

»Noch heute.«

Der Junge erschrak. »Es ist aber dunkel«, sagte er und schaute sich ängstlich um. »Ich muss nach Hause. Meine Eltern warten auf mich. Sie haben …«

»Du brauchst uns nur den Weg zu beschreiben«, sagte Suko. »Wir bringen dich vorher nach Hause und gehen allein zu dem Professor.«

»Joschi ist Professor?«

»Ja. Hast du das nicht gewusst?«

»Nein.«

»Wie weit ist es denn noch?«, fragte ich ihn.

»Nicht mehr weit. Wir wohnen allein. Mein Vater ist Förster.« Der Junge deutete nach rechts. »Wo dieser Weg zu Ende ist, da wohnen wir.«

Ich nickte. »Gut, dann wollen wir mal gehen.«

»Haben Sie keine Angst?« Peter schaute mich an, während ich mich von dem Holzstapel erhob.

»Jetzt nicht mehr.«

»Und wenn Graax wiederkommt?«

»Müssen wir mal sehen.« Ich wollte dem Jungen nicht den Mut rauben, deshalb gab ich vor ihm nicht zu, dass auch ich mich fürchtete. Wir waren tatsächlich hier in einen Fall hineingeraten, den man mit Worten kaum beschreiben konnte. So unheimlich und unvorstellbar war alles. Meiner Ansicht nach wurde hier eine blutige Vergangenheit der Erde wieder zu einem schaurigen Leben erweckt.

Der Weg war gut zu gehen.

An einigen Stellen schimmerten lange Pfützen, die wir überspringen mussten, kamen ansonsten ziemlich schnell und sicher voran.

Bald sahen wir das Licht. Geheimnisvoll schimmerte es durch die Dunkelheit. Beim Näherkommen stellten wir fest, dass es sich um mehrere Lichter handelte. In dem Haus waren die Fenster in der ersten Etage erhellt.

Ein Hund schlug an. Peter freute sich. »Das ist Putzi, unser Dackel. Er hat uns schon gehört.«

Der Junge war nicht mehr zu halten. Bisher hatte ich ihn an der Hand gefasst. Nun riss er sich los und rannte auf das Haus zu, dessen Eingangstür geöffnet wurde, sodass ein breiter Lichtbalken nach draußen fallen konnte.

In diesem hellen Streifen zeichneten sich wenig später die Umrisse einer Männergestalt ab, und wir vernahmen die an den Jungen gerichtete vorwurfsvolle Stimme.

»Wo kommst du jetzt erst her, Peter? Ich habe dir doch gesagt …«

»Vati, ich habe ihn gesehen«, unterbrach Peter den Mann. »Wirklich, er war da.«

»Wer?«

»Graax!« Peter sprach den Namen mit Bestimmtheit aus, und sein Vater zeigte sich sprachlos. Als er nichts sagte, fuhr der Junge fort. »Auch die beiden Männer haben ihn gesehen.

»Welche Männer?«

»Wir, Herr Kugler«, sagte ich, beschleunigte meine Schritte und geriet wenig später an den Rand des Lichtscheins, sodass mich der Mann erkennen konnte.

Er nahm eine steife Haltung an. »Was wollen Sie hier, und was haben Sie mit meinem Jungen gemacht?«

Jetzt zu langen Erklärungen anzusetzen, hatte keinen Sinn, deshalb griff ich zu einem Trick, der aufkeimendes Misstrauen stoppte und sich immer als sehr wirkungsvoll erwiesen hatte.

»Wir sind von der Polizei, Herr Kugler.«

Der Mann erstarrte. Seine Gesichtszüge veränderten sich. Wir sahen, dass sich sein Adamsapfel bewegte, als er schluckte, dann die Schultern hob und eine Frage stellte. »Aber wieso denn? Was habe ich mit der Polizei zu tun?«

»Nichts, Herr Kugler«, erwiderte ich und hielt ihm meinen Ausweis hin, den er auch nahm.

Er las, schaute mich an und schüttelte den Kopf. »Aber, das ist ja Scotland Yard.«

»Sehr richtig.«

»Wir sind hier in Österreich …«

»Das spielt in diesem Fall keine Rolle, Herr Kugler. Dürfen wir Ihnen das im Haus erklären?«

»Na ja.« Er war ein wenig unsicher. »Wenn Sie schon mal da sind, bitte, kommen Sie herein!«

»Pa, die beiden sind wirklich in Ordnung«, erklärte der Junge. »Glaube es mir …«

»Ist schon gut.« Wir nahmen die einladende Bewegung nickend an und ließen uns in eine große Diele führen, die zu diesem Haus genau passte. Sie war rustikal eingerichtet. Schwere Holzmöbel, Geweihe an den Wänden, ein Leuchter unter der Decke, dessen Eisengestell auch zu denen der Wandleuchten passte.

Einen Kamin sahen wir ebenfalls. Aus rohen Steinen war er gemauert worden; das Feuer brannte auf kleiner Flamme. Aus einem Eisenkorb nahm der Förster einige Scheite und warf sie in die Flammen, die sich funkensprühend ausbreiteten, als sie die frische Nahrung bekamen.

Wir nahmen in einer wuchtigen Sitzgarnitur Platz, und der Förster stellte die Lampe über dem rustikalen Holztisch höher, damit wir uns ansehen konnten. Er bot Wein an, den wir nicht ablehnten.

Der Mann war etwa in meinem Alter, allerdings ein wenig kräftiger. Zudem trug er einen Bart, der, wie auch sein Haar, erste graue Strähnen zeigte. Bekleidet war er mit einer derben grünen Cordhose, und dazu trug er ein Hemd in der passenden Farbe.

»Leider besitze ich keinen eigenen Weinberg«, erklärte er bedauernd, als er die Pokale voll schenkte, »aber diesen Wein kann man gut trinken. Ein Freund baut ihn an.«

Peter hatte sich zwischen Suko und mich gestellt. Sein Gesicht zeigte nicht mehr den ängstlichen Ausdruck, sondern eine entspannte Mimik. Er war froh, dem Horror entgangen zu sein.

Nachdem wir von dem Wein gekostet hatten, brachte

ich das Gespräch schnell in die Richtung, die ich haben wollte. Ich berichtete für Peter gleich mit, und sein Vater bekam Kugelaugen, als er hörte, was uns da widerfahren war.

Zum Schluss lachte er sogar. »Nein, das kann doch nicht stimmen. Entschuldigen Sie, aber ich muss Sie einfach für Fantasten halten.«

»Leider haben wir die Wahrheit gesagt.«

Herr Kugler griff nach seinem Glas und schüttelte den Kopf. Er ließ sich auch von seinem Sohn nicht überzeugen.

»Dann frag doch mal die Oma!«, rief der Junge.

»Das kann ich leider nicht. Sie macht einen Spaziergang.«

»Vielleicht zum Schloss?«, fragte ich. »Dann wüsste sie mehr über die Sagengestalt.«

Der Mann lehnte sich zurück und lachte hart auf. »Nichts gegen meine Mutter, aber sie lässt sich zu leicht beeinflussen. Sie glaubt noch an Geister und andere Gestalten. Unterstützt wird sie dabei von Joschi. Der hockt in seiner Burg und beschäftigt sich ebenfalls mit seltsamen Forschungen. Alle Menschen hier in der Gegend halten ihn für einen harmlosen Spinner.«

Ich runzelte die Stirn. »Harmlos ist er, das kann ich bestätigen. Aber ein Spinner ist er nicht. Mein Freund und ich haben erlebt, zu welchen Taten er fähig ist und was er alles herausgefunden hat. Ich muss ehrlich zugeben, dass man dies mit dem Wort phänomenal umschreiben kann. Glauben Sie mir, Herr Kugler.«

»Ihre Worte sind gut gemeint, Herr Sinclair, aber Sie können mich nicht überzeugen. Ich möchte auch nicht mehr«, jetzt warf er Peter einen scharfen Blick zu, »dass sich mein Sohn mit diesen Dingen beschäftigt. Ich bin kein Patriarch, doch in diesem Fall ist es besser, wenn ich dir die Bücher wegnehme.«

»Trotzdem gibt es Graax.«

»Hör doch mit dem Unsinn …« Er hielt ein, denn die Tür im Hintergrund war geöffnet worden.

Frau Kugler erschien. Sie war eine nette Person. Ein

wenig dick und mit großen, hellen Augen. Das Haar trug sie zurückgesteckt. Im Nacken bildete es einen blonden Knoten. Die Augenbrauen wirkten in dem Gesicht mit den rosigen Wangen wie dünne, blasse Pinselstriche.

Ihr Mund war zu einem Lächeln verzogen, als sie auf uns zuschritt, doch dieses Lächeln zerbrach unterwegs, und das Gesicht nahm einen erstaunten Ausdruck an.

Kugler sprang auf. »Was hast du, Elke?«

»Mir ist so komisch. Mein Gott, ich falle. Alles wird so anders. Das Haus, die Wände ...«

Einen Moment später spürten auch wir es.

Suko und ich saßen. Kugler aber fiel zur Seite und prallte auf den Boden. Sein Sohn klammerte sich an Suko fest, und einen Moment später befanden wir uns in einer völlig anderen Gegend und Zeit ...

Marias Gesicht zog sich in die Länge. Das Blut wich aus ihren Wangen, sodass die Haut im Kerzenschein seltsam bleich wirkte. Ein paarmal schluckte die Frau und schüttelte dabei den Kopf. »Was haben, ich meine, was hast du gesagt?«

Chandler lächelte dünn. »Ich bin der festen Meinung, dass ich bereits einmal gelebt habe.«

»Das kann ich nicht glauben!« Maria war über die Aussage des Mannes so schockiert, dass sich eine Gänsehaut auf ihrem Körper bildete und wanderte. Über die Flamme der Kerze hinweg schaute sie den Professor an, in dessen Gesicht sich nichts regte. Nur seine Fingerspitzen bewegten sich, sie lagen zu beiden Seiten des Weinglases.

»Soll ich es dir beweisen?«, fragte der Mann in die lastende Stille hinein.

Maria atmete tief ein. Sie hatte zuerst ein kräftiges Ja sagen wollen, fürchtete sich plötzlich davor, denn ein Beweis dessen, was der Professor gesagt hatte, konnte ein schlimmer Einschnitt werden und ihre Welt quasi auf den Kopf stellen.

»Maria«, sprach Chandler mit leiser Stimme, »wie lange kennen wir uns jetzt? Sind es zehn Jahre?«

»Bestimmt.«

»Gut, wir sind also Freunde. Da ist viel geschehen, du hast von meinen Forschungen einiges mitbekommen. Das Wichtigste jedoch habe ich dir verschwiegen. Mir ist es tatsächlich gelungen, die Dimensionen zu berechnen und durch magische Formeln so zu beeinflussen, dass ein Hineintauchen für mich keine Schwierigkeiten mehr bedeutet. Ich habe es geschafft, Maria. Wie du dich erinnern kannst, war ich in den letzten Tagen nicht hier. Ich befand mich in einer anderen Welt, in den Dimensionen der Ghouls, einer schrecklichen Abart der Schwarzblüter, und ich war dort, wo sie geboren wurde. Da habe ich zwei Männer persönlich kennen gelernt, die ich zu mir eingeladen habe. Sie werden irgendwann hier eintreffen. Die beiden sind Engländer. Der eine heißt John Sinclair, der andere Suko. Aber nur Sinclair befand sich in meiner Dimension, und er rettete mich. Als ich gefangen genommen war und mit meinem Leben schon so gut wie abgeschlossen hatte, da veränderte sich mein Bewusstsein. Ich konnte dieses Bewusstsein sogar schärfen, und es entstanden vor meinem geistigen Auge Bilder. Szenen, die den Schrecken zeigten, und ich sah immer nur einen Mann im Mittelpunkt. Einen muskulösen Kämpfer mit langen, schwarzen Haaren, der ein Schwert ausgezeichnet zu führen verstand. Dieser Mann faszinierte mich, ich sah ihn immer deutlicher und hatte auf einmal das Gefühl, dass in seinem Körper meine Seele stecken würde. Begreifst du das, Maria?«

»Nein«, hauchte die Frau.

Der Professor lehnte sich zurück. »Ich habe es erst auch nicht verstanden«, erklärte er. »Aber die Zeit gab mir Aufschluss. Je öfter ich den Mann sah, umso intensiver wurde die Bekanntschaft mit ihm. Ich möchte da von einer regelrechten Seelenverwandtschaft ausgehen, und es gelang mir, die Gedanken des anderen aufzunehmen und sie zu verstehen. Ich erfuhr seinen Namen. Er heißt Bandor, der Dämonenjäger. Gelebt hat er zu einer Zeit, als es auf der Erde allein das magische Spiel der Kräfte gab und noch keine Menschen in diesem Sinne umherliefen. Dennoch existierte das Gute und das Böse, wobei die Grenzen, das gebe ich zu, manchmal fließend waren. Aber ich habe erkannt, dass Seelen unsterblich sind, und auch Bandors Seele irrte umher, bis sie einen neuen Körper gefunden hatte, nämlich mich. Ich war Bandor, der Dämonenjäger, Maria! Ich und kein anderer. Hast du gehört?«

»Das habe ich, Joschi!«

Der Professor lächelte, als sie ihn so nannte. Das tat Maria immer, wenn sie Angst um ihn hatte. »Bisher habe ich keinem davon erzählt, Maria, nur eben dir, und ich habe inzwischen auch schon ein gewisses Experiment durchgeführt.«

»Ein Experiment?«

»Ja, es ist sogar gelungen, wie ich meine. Und ich möchte es vor dir wiederholen.«

»Was ist es?«, flüsterte die Frau.

Ebenso leise gab der Professor zurück. »Ich manipuliere mit den Zeiten, spiele mit ihnen …«

Diesmal erfolgte die Reaktion spontan. »Nein, das kannst du nicht. Um Himmels willen, du greifst in die Geschichte des Herrn ein, zerstörst das Gefüge der Welt!«

»Nicht doch, meine Liebe. Ich zerstöre nicht, ich will erhalten, und ich will aus der Zukunft kommend meine Aufgabe in der Vergangenheit zu Ende bringen.«

»Was willst du zu Ende bringen?«, fragte die Frau.

Ein etwas rätselhaftes und gleichzeitig wissendes Lächeln zuckte um die Lippen des Mannes. »Ich kämpfte damals gegen wilde Horden«, erklärte der Professor. »Es waren schreckliche Krieger. Eindringlinge aus irgendwelchen fernen Ländern. Einer ihrer Anführer hieß Graax. Er war mein Todfeind, aber mir gelang es nicht, ihn zu töten. Das muss ich in der Zukunft nachholen. Graax lebt. Ich will ihn aus der Vergangenheit in die Gegenwart holen und auch Bandor, mich selbst, wenn ich das mal so sagen darf. Verstehst du nun?«

»Nein, Joschi, nein! Ich weiß nur, dass es gefährlich ist. Du kannst dabei dein Leben verlieren.«

»Das ist möglich. Aber auch Graax wird nicht überleben, denn diesmal kämpfe ich nicht allein. Die beiden Männer aus England werden mir zur Seite stehen. Und sie sollen mit mir zusammen in die Vergangenheit geworfen werden.«

»Kannst du das denn? Ist es wirklich so einfach, die Zeiten zu manipulieren und aus der Vergangenheit eine Gegenwart zu machen?«

Der Mann nickte ernst. »Das geht sehr gut, wenn man den Schlüssel dazu besitzt. Ich habe ihn, Maria. Mein langes, intensives Suchen und Forschen hat sich gelohnt.« Er stand auf. »Es ist mir bereits gelungen, die Zeiten zu vermischen. Kurz bevor du kamst, habe ich das Experiment durchgeführt. Ich sah ihn zwar nicht, dennoch war ich sicher, dass sich Graax gezeigt hat. Er war hier in der Gegenwart.«

»Und Bandor?«

Da hob der Gelehrte die Schultern.

Maria hatte er durch seine Worte noch immer nicht überzeugen können. Sie schüttelte den Kopf, rang die Hände und flehte ihren Freund an. »Bitte, tu es nicht, Joschi. Du wirst nur Unglück über die Menschen bringen. Lass die Welt und lass die Zeiten.«

»Ich kann es nicht. Denn wenn ich nicht auf eine Entscheidung dränge und sie jetzt treffe, wird irgendwann einmal das Grauen zurückkehren, und dann ist niemand da, der ihm Einhalt gebietet. So und nicht anders musst du das sehen, Maria!«

»Überzeugen hast du mich nicht können, Joschi. Tut mir Leid.«

»Willst du gehen?«

Maria hob den Kopf. Dabei lächelte sie. Der Blick saugte sich an den Augen des Professors fest. »Weißt du, Joschi, ich wäre am liebsten gegangen, aber wir beide kennen uns schon sehr gut, wie du selbst gesagt hast. Deshalb will ich sehen, was du machst.«

»Das ist gut«, flüsterte der Professor. »So habe ich mir

das vorgestellt. Und du wirst es nicht bereuen, denn du kannst einen Blick in eine Zeit werfen, die …« Er hob die Schultern, denn es fehlten ihm die treffenden Worte, »… die so schlimm und barbarisch ist, dass niemand dort lange überleben konnte.«

»Dann lass sie doch!«

»Nein, Maria. Graax wird wiederkommen, das weiß ich genau. Aber diesmal bestimme ich den Tag, die Stunde und den Ort seiner Rückkehr. Ich führe das zu Ende, was vor langer Zeit einmal begonnen hat. Mehr möchte ich dazu nicht sagen.«

»Dickkopf!«, flüsterte die Frau. »Verfluchter Dickkopf. Aber so kenne ich dich. Ich hätte mich auch gewundert, wenn es anders gewesen wäre.« Mit einem heftigen Ruck stand sie auf und schob den Stuhl zurück. »Ich werde dich begleiten, Joschi.«

»Das freut mich sehr.«

Maria Kugler fürchtete sich. Man sah es ihrem Gesicht an. Die Blicke wieselten ängstlich durch den Raum. Überall suchten sie nach geheimnisvollen Gegnern, nach versteckten Dingen, einer Gefahr, aber sie sah nichts. Es war alles normal.

Der Professor schritt vor. Er ging dabei in den Hintergrund des Raumes und steuerte eine Tür an, die in sein eigentliches Reich führte. Hinter dieser Tür lag ein großer Saal. Chandler hatte Wände ausreißen und wegstemmen lassen, um sich dieses Labor, wie er es nannte, einrichten zu können. Dort führte er seine magischen Experimente durch, kümmerte sich um Beschwörungen und bemalte den Boden mit geheimnisvollen Zeichen sowie Formeln, die Maria nicht verstand.

Abgeschlossen hatte der Mann nicht. Er zog die Tür auf und nahm Maria mit in sein Reich.

Die Frau glaubte, eine andere Welt betreten zu haben. War das hinter ihr liegende Zimmer schon mit einer seltsamen Atmosphäre gefüllt, so verdichtete sich diese in dem vor ihr liegenden Raum zu einem rätselhaften Flair, das aus dem Unsichtbaren hochgestiegen war und die Mauern durchdrang.

Hier spürte der sensible Mensch, dass etwas geschah. Auch die Äußerlichkeiten passten haargenau hinein.

Da war die schwarz angestrichene Decke, auf der sich nur die hellen Flammenkreise der brennenden Kerzen abzeichneten. Der Boden zeigte ein tiefes Rot. Ein Stehpult war noch vorhanden. In einer kleinen Mulde lagen bunte Kreidestücke. Mit ihnen war der Mittelpunkt und der eigentliche zentrale magische Kern des Raumes aufgezeichnet worden.

Ein geheimnisvolles Fünfeck aus schwarzen Kreidestrichen, deren breite Linien glänzten, als wären sie mit Öl lackiert worden. Fünf Ecken hat ein Pentagramm, und diese geometrische Figur bildet oft die Basis der Magie. Jede Seite hatte die Länge eines Menschen, und direkt neben die Striche hatte der Professor geheimnisvolle Zeichen und Formeln gemalt, deren Sinn nur er selbst kannte, nicht aber Maria. Seltsamerweise war die Farbe innerhalb des Fünfecks nicht mehr zu sehen. Das Rot des übrigen Bodens war einem stumpfen Grau gewichen. Eine Erklärung wusste die Frau nicht, sie wagte auch nicht, danach zu fragen.

Der Professor hatte sie vorgehen lassen und schloss hinter ihr behutsam die Tür. Nur ein leises Geräusch war zu vernehmen, aber Maria fühlte sich eingesperrt.

Sie fröstelte. Das lag nicht nur an der Kühle, die in dem Raum herrschte, sondern auch an ihrem Zustand. Von innen her kroch ein beklemmendes Gefühl in ihr hoch, das Licht der zahlreichen Kerzen empfand sie ebenfalls als kalt, und in ihrem Widerschein wirkte das Gesicht des Professors seltsam bleich.

»Du bleibst an der Tür stehen!«, sagte er flüsternd zu seiner alten Freundin, lächelte knapp, sah Marias Nicken und schritt auf das Fünfeck in der Mitte des Raumes zu.

In der Mitte dieser Figur blieb er stehen. Die Arme hatte er vor seine Brust gelegt, und er griff in die Tasche, um etwas hervorzuholen. Es war ein Zirkel.

Er bestand aus dunklem Holz, ließ sich auseinanderschieben, und mit ihm zeichnete der Professor um seine eigene Gestalt einen Kreis auf den Boden.

Maria Kugler wunderte sich, dass die Rundung rot schimmerte und den Farbton von Menschenblut annahm. Als der Kreis geschlossen war, drückte sich Chandler in die Höhe, nickte Maria zu und legte den Zirkel zur Seite.

»Was geschieht jetzt?«, hauchte die Frau.

»Lass dich überraschen, meine Liebe«, erklärte der Mann mit einem rätselhaften Lächeln. »Ich bitte dich nur um eins: Schau mich an, und präge dir mein Aussehen genau ein!«

»Ja, natürlich …«

Chandler hob beide Hände. Er drehte die Flächen nach außen zu Maria hin. »Ich möchte dir noch sagen, liebe Freundin, dass du keine Angst zu haben brauchst. Dir kann nichts passieren, aber du wirst erleben, dass die alten Legenden nicht gelogen haben, sondern die reine Wahrheit sind.«

Dies waren die vorerst letzten Worte, die der Mann verständlich für Maria von sich gegeben hatte, danach erklang zwar auch noch seine Stimme, jedoch verlor sie sich in einem für die Frau unverständlichen Gemurmel.

Woher sollte sie auch wissen, dass dies magische Formeln waren, die über die Lippen des Gelehrten drangen?

Aber sie sah die Wirkung!

Hatte zuvor der Kreis nur an seinem äußeren Rand eine rote Farbe gezeigt, so wanderte diese nun nach innen und füllte den auf den Boden gezeichneten Kreis aus. Das Rot und das Grau gingen ineinander über, beide Farben vermischten sich und bildeten eine neue.

Es war ein intensives Blau!

Eigentlich ein fast normaler Vorgang, trotzdem war Maria Kugler beeindruckt. Die Frau stand vorgebeugt und hatte ihre Hände zu Fäusten geballt. Noch nie war sie so direkt mit der Magie des Professors konfrontiert worden. Bisher hatte ihr der Mann nur immer von seinen Forschungen berichtet, alles war für sie nur graue Theorie gewesen. Nun aber erlebte sie die ganze Szene mit. Ihr Blick tauchte förmlich ein in die magische Umwandlung, und sie spürte dabei, dass andere Kräfte aus unergründlichen Tiefen und Weiten eines nicht erfassbaren Raumes frei wurden und allmählich von dem Besitz ergriffen, was Maria als ihre nähere Umgebung bezeichnete.

An den Rändern des Pentagramms begannen die Zeichen zu leuchten. Sie strahlten nicht auf einmal auf, sondern hintereinander und intervallweise. Manchmal erinnerte es Maria an das Flackern von Glühbirnen, die eingeschaltet wurden, für wenige Sekunden ihr Licht verstreuten und dann wieder verlöschten.

Auch der Professor bewegte seine Lippen. Er sprach die magischen Worte, geheimnisvolle Formeln, irgendwann einmal in ferner Zeit aufgeschrieben und für die Ewigkeit verwahrt.

Chandler kannte sie. Aus seinem Munde hörten sie sich für Maria völlig normal an, als hätte dieser Mann nichts anderes getan, als nur so etwas zu üben.

Immer wenn eine Formel aus seinem Mund drang, wurde das entsprechende Zeichen am Rand des Fünfecks lebendig. Dann nahm er das geheimnisvolle Leuchten an, und Maria Kugler sah, dass ein feiner Nebel aus den Rändern stieg.

Als würde von außen her Wind gegen ihn drücken, so wurden die dünnen Nebelschleier in das Innere des Pentagramms geweht, damit sie ihr Ziel finden konnten.

Wie lange, geisterhafte Figuren umwoben sie den Gelehrten, stiegen an ihm hoch, als wollten sie sich in seiner Kleidung festkrallen und ihn nie mehr loslassen.

Rauch und Magie. Wo beides sich vereinte, entstand der Zugang in eine andere Welt.

Bisher hatte der Professor die Frau immer ein wenig überragt. Plötzlich stellte Maria fest, dass sie ihm in die Augen sehen konnte, ohne ihren Kopf heben zu müssen.

War der Mann kleiner geworden?

Maria Kugler wollte nicht daran glauben. Sie rechnete mit einer Täuschung, aber als sie zum zweiten Mal hinschaute, bekam sie das alles bestätigt. Sie war tatsächlich größer als der Professor, und sie sah auch im nächsten Augenblick den Grund.

Dabei hatte sie Mühe, einen Schrei zu unterdrücken,

denn der Professor war nicht kleiner geworden, er sank allmählich in den Boden. Die Frau hatte das Gefühl, als würde auf dem Kopf des Professors ein Gewicht liegen, das genug Kraft hatte, um den Mann in die Erde zu drücken.

Zentimeterweise sackte der Professor tiefer. Seine Füße waren längst nicht mehr zu sehen, inzwischen verschwanden bereits die Knie des Mannes.

Die Erde nahm ihn auf.

Marias Atem drang stoßweise aus ihrem Mund. Sie konnte es nicht begreifen, was da vor sich ging. Es war zudem müßig, nach einer Erklärung zu suchen, gefunden hätte sie sowieso keine, denn schwarze Magie war für sie ein Buch mit sieben Siegeln.

Sie hatte dem Professor versprochen, dazubleiben. Und dieses Versprechen wollte sie auch halten. Deshalb blieb sie stehen, den Blick starr auf das Pentagramm gerichtet, und schaute weiter zu, wie der Professor tiefer in den Schacht hineinglitt.

Er saugte ihn auf.

Unbewegt blieb dabei der Blick des Mannes. Kein Muskel zuckte, keine Fingerspitze bewegte sich bei dem Mann, der seine Hände vor der Brust verschränkt hatte, dabei wie auf Wolken schwebte und noch tiefer in den Schacht hineingepresst wurde.

Maria beugte sich ein wenig weiter vor. Nun konnte sie einen Blick in den kreisrunden Schacht werfen. Die alten Geschichten fielen ihr ein. Von einer Hölle, die in der Erde lag, hatte ihre Mutter immer gesprochen. Vielleicht war es die Hölle, der der Professor einen Besuch abstatten wollte, doch vergeblich suchte sie nach dem roten, unheimlichen Leuchten des höllischen Feuers.

Sie sah nur das blaue, geheimnisvolle Licht, das den Schacht von Rand zu Rand ausfüllte.

Maria hatte sich so dicht an das Pentagramm herangetraut, dass ihre Fußspitzen es fast berührten. Nun zuckte sie wieder aus Angst vor ihrer eigenen Courage zurück und wartete ab, wie der unheimliche Vorgang weiterlief.

Ein Ende hatte der Schacht. Es befand sich vor ihren

Augen. Doch wo er einmündete, war ihr unbekannt. Vielleicht war die Hölle tatsächlich sein Ziel, obwohl sie keine Anzeichen dafür entdeckte. Aber wer konnte schon mit Bestimmtheit sagen, wie die Hölle wirklich aussah? Höchstens der Teufel.

Die Magie verstärkte sich. Plötzlich verschoben sich die Linien des Pentagramms. Manchmal überdeckten sie sogar die aufgeschriebenen Formeln und Buchstaben, während gleichzeitig immer mehr Dampf und Nebel aus dem Schacht quollen.

Stoßweise pufften die Wolken in die Höhe. Die Frau schaute in den bläulich schimmernden Rauch, der mittlerweile so kräftig und dicht geworden war, dass er ihr die Sicht raubte.

Sie trat zurück, denn eine instinktive Furcht vor diesem Rauch trieb sie dazu.

Der Professor war nicht mehr zu sehen. Wie ein geheimnisvolles Orakel war er hinter dem Schleier verschwunden und hatte sich den Blicken der Wartenden entzogen.

Maria hätte niemals gedacht, dass sie so etwas, was sie hier geboten bekam, auch durchstehen würde. Noch vor Tagen wäre sie vor Angst vergangen, hätte ihr jemand erzählt, was sie erleben sollte.

Durch den Professor war sie in eine Welt hineingeführt worden, die den meisten Menschen versagt blieb und vor der sie auch Furcht hatten. Magie, Zauberei, Hexenkunst, finstere Beschwörungen – Dinge, die zusammengefasst, die Urfurcht des Menschen ausmachten, wurden aus finsteren Tiefen fremder Dimensionen wieder an die Oberfläche gezerrt. Dem Professor waren die Beschwörungen gelungen. Er vereinigte all das, was sich Magier und Medizinmänner fremder Völker auch immer zu eigen machten. Und er spielte diese Trumpfkarten aus.

Für eine Frau wie Maria war dies besonders überzeugend. Sie hatte den Legenden und Sagen der Vergangenheit immer geglaubt. Ihr war klar gewesen, dass etwas im Verborgenen lauerte, das nur die Chance erhalten musste, geweckt zu werden.

Der Professor hatte es getan.

Und weil Maria immer fest davon überzeugt gewesen war, spürte sie auch nicht die Furcht, die ein anderer Mensch vielleicht gehabt hätte. Es war mehr eine Gespanntheit, die in ihr lauerte, und sie wollte wissen, wie es weiterging.

Träge wallten die Rauchschwaden durch den großen Raum. Sie erreichten die Wände kaum, denn kurz zuvor lösten sie sich auf. Als geisterhafte Gebilde stoben sie davon.

Dennoch quoll Rauch nach.

Aus Tiefen, die für Maria nicht einsichtig waren, drang er hervor, und der Schacht stieß ihn aus, als wäre er ein gieriges Maul, das sich intervallweise öffnete und schloss.

Fast übergangslos stoppte der Rauch. Als hätte jemand einen Deckel auf den Schacht gestülpt, was allerdings nicht der Fall war. Maria schaute auf die normale runde Öffnung innerhalb des Pentagramms, und sie sah innerhalb des Schachts das Zirkulieren des blauen Lichts. Ein geheimnisvolles Blitzen und Flimmern, von winzigen kleinen Lichtexplosionen durchdrungen, die wie auf- und verglühende Sterne wirkten.

Der Professor war verschwunden!

Keine Spur sah sie mehr von ihm. Der Schacht hatte ihn verschlungen, als wollte er ihn nie wieder hergeben.

Daran dachte auch Maria Kugler. Sie erschrak sehr. Für eine winzige Zeitspanne glaubte sie, dass Chandler sie genarrt haben könnte und einfach verschwunden war.

Aber welch einen Grund sollte er gehabt haben? Hätte er ihr dann alles noch zu erklären brauchen, was Dinge wie Vergangenheit und Gegenwart anging und die Relation der Zeiten betraf?

Nein, sie wollte einfach nicht glauben, dass Joschi ein falsches Spiel trieb. Er hatte sich sie als Verbündete oder Geheimnisträgerin ausgesucht, um ihr zu beweisen, zu welchen Leistungen er durch seine Forschungen fähig war.

Das Pentagramm glühte weiter.

Die einzelnen Seiten befanden sich in Bewegung,

obwohl sie an der Stelle blieben, wo sie auf den Boden eingezeichnet waren. Die Bewegung huschte im Innern der Seiten entlang, sodass dies für die Frau wie eine sich bewegende optische Täuschung war, wenn sie hin und wieder aufzuckten und danach wieder zurückglitten. Manchmal wurde sie an die Leuchtreklamen erinnert, die sie schon öfter in Wien gesehen hatte.

Noch tat sich nichts.

Maria war sehr dicht an die geheimnisvolle Zeichnung herangetreten, streckte ihren Kopf vor und warf einen Blick in die Schachtöffnung.

Sie konnte sich täuschen, dennoch hatte sie das Gefühl, als wäre das blaue Flimmern stärker geworden.

Der Begriff eines lautlosen Brodelns kam ihr in den Sinn, denn so wirkte das Flimmern innerhalb des Schachts.

Sie hätte gern erfahren, was sich genau dort abspielte, und ihre Gedanken glitten wieder zu dem zurück, was ihr der Professor gesagt hatte. Von der Vergangenheit und der Gegenwart hatte er gesprochen. Mathematisch und magisch hatte er sich mit dem Phänomen der Zeiten beschäftigt. Setzte er dieses Wissen nun in die Praxis um?

Maria wartete.

Ihr Körper zitterte. Die Erregung nahm von Sekunde zu Sekunde zu. Wenn sie zurückdachte, mit welch einer Monotonie ihr bisheriges Leben verlaufen war, das sich aus Arbeit und nichts als Arbeit zusammengesetzt hatte, da stand sie nun an der Schwelle zu Dingen, die weder sie noch andere Menschen begriffen. Vielleicht gab es ganz wenige Ausnahmen, die aber waren so dünn gesät, dass man sie nicht finden konnte.

Nun war ihr klar geworden, dass sie am Beginn eines epochalen Ereignisses stand, und sie sollte die Erste sein, die es sah und begriff.

Kaum merkte sie die Erschütterung, die durch ihren Körper lief. Es war wie ein kurzer, heftiger Stoß, der ebenso rasch vorbeiging, wie er gekommen war. Danach war wieder alles ruhig, völlig normal und auch in Ordnung.

Sie konnte sich keinen Reim auf diese Veränderung

machen, wie sollte sie auch? Als sie die Erschütterung gespürt hatte, war das innerhalb des Schachts geschehen, was man vielleicht mit dem Begriff Zeitumwandlung beschreiben konnte.

Seltsamerweise blieb die Burg verschont. Hier geschah nichts. Das Zimmer blieb normal, es stürzten keine Mauern ein, es gab keine Veränderung.

Alles blieb …

Maria wartete weiter. Kein Laut drang aus dem Schacht. Das Licht gab ihr keine Botschaft, auch die Seiten des Pentagramms bewegten sich nicht mehr.

Sie waren zu einer seltsamen Ruhe erstarrt und hatten dabei einen stumpfen, leicht grauen Farbton angenommen, als wären sie jeglicher magischer Kraft beraubt worden.

Maria verspürte wieder Furcht. Hatte sich der Professor vielleicht übernommen? War es ihm nicht gelungen, das durchzuführen, was er wollte?

Sie zuckte zusammen. Allein die Vorstellung machte ihr Angst, und plötzlich kam ihr die Burg wie ein mittelalterliches Gefängnis vor, sodass sie sich kurz entschlossen umdrehte und zur Tür lief. Maria wusste, dass diese nicht abgeschlossen worden war. Sie schlug ihre Hand auf die schwere Klinke, riss die Tür auf, taumelte in den Gang und lief ihn entlang, bis sie das Arbeitszimmer erreicht hatte.

Dort rannte sie am Schreibtisch vorbei und riss die langen Vorhänge am Fenster zur Seite.

Sie wollte nach draußen schauen.

Maria presste ihr Gesicht gegen die Scheibe. Auf ihrer Haut hatte sich ein Schweißfilm gebildet. Als sie mit der Stirn über die Scheibe fuhr, vermischten sich Schmutz und Schweiß zu einem regelrechten Schmier, doch darauf achtete sie nicht.

Etwas anderes war viel schlimmer.

Normalerweise konnte sie, wenn sie aus dem Fenster schaute, die Berge und Hügel der Umgebung erkennen. Davon sah sie diesmal nichts. Die Landschaft hatte sich völlig verändert. Sie entdeckte zwar auch Bergbuckel, aber die sahen anders aus. Nicht mehr so abgerundet, sondern steiler, hatten die Form von Kratern, und die Frau entdeckte sogar die dünnen Rauchsäulen, die über den Kuppen dieser Berge standen.

Vulkane in Österreich?

Maria begann zu zittern. Sie schluckte, ihr Mund öffnete sich, stoßweise drang der Atem über ihre Lippen, und sie zuckte zurück, als ein gewaltiger Schatten dicht an dem Fenster vorbeiflog.

Ein Vogel!

Doch wie groß!

Der musste mindestens die Spannweite eines Adlers gehabt haben, wenn nicht noch größer.

Maria bebte vor Furcht. Die Angst steigerte sich noch mehr. Sie wollte es einfach nicht begreifen, dass die Magie so gewirkt hatte, wie der Professor es versprach.

Die Frau konnte den Blick einfach nicht vom düsteren Himmel und den Konturen der Berge lösen. Und sie sah genau, wie der Vogel eine Schleife flog und zurückkehrte.

Er rauschte heran. Fast glaubte sie, das Brausen der gewaltigen, dunklen Flügel zu hören, und jetzt sah sie auch, dass es kein normaler Vogel war, sondern ein Untier.

Ein grauenvolles Fabelwesen, das sich der Burg näherte, die in der Vergangenheit als Relikt der Zukunft stand.

Ein glühendes Augenpaar war direkt auf das Fenster gerichtet. Zwei kleine, rote Kreise, die der Frau Angst machten, wobei sie glaubte, dass der unheimliche Vogel mit seinem langen Schnabel die Scheibe zertrümmern wollte, denn sein Flug führte ihn geradewegs auf das Fenster zu.

Schreiend wich Maria zurück. Sie sah noch, wie die Augen größer wurden und in gewisser Weise auseinander wuchsen, als es schon passierte.

Wie eine Lanze hackte der lange, spitze Schnabel die Scheibe entzwei. Gewaltige Glasstücke wirbelten wie ein Splitterregen in den Raum hinein, übergossen den Schreibtisch und erreichten beinahe die angststarre Frau.

Das Fenster selbst war zu schmal, um den unheimlichen Vogel schon beim ersten Anflug hindurchzulassen. Nur der lange Schnabel stach in das Zimmer hinein, wurde aufgeklappt, und die rötlich schimmernde Zunge zuckte hervor.

Gleichzeitig bewegte der Vogel seine großen Schwingen, um sich zu halten. Eine seltsame Luft drang in den Raum. Sie roch verbrannt, nach schwelenden Steinen, Rauch und Feuer. Auch war sie wesentlich wärmer, und der unheimliche Vogel kratzte mit seinen Krallen am Mauerwerk, um den entsprechenden Halt zu finden, bevor er sich ins Zimmer schob, wo er ein Opfer sah.

Maria wich zurück. Sie bewegte ihren Mund. Flüsterlaute drangen über ihre Lippen und zeugten von der Angst, die sie spürte.

»Geh weg, du Bestie!«, hauchte sie. »Verflucht, geh weg!«

Der Vogel dachte nicht daran. Er bemühte sich weiter, drehte seinen Körper mit der lederartigen Haut und würde es irgendwann schaffen, sich in das Zimmer zu schieben.

Da hörte Maria hinter sich Schritte, dumpfe, stampfende Laute.

Sie drehte sich um.

Ihre Augen weiteten sich entsetzt, denn vor ihr stand ein Fremder. Ein unheimliches Wesen, vielleicht ein Mensch.

Es war Bandor, der Dämonenjäger!

Der Übergang war nicht fließend. Er hatte uns blitzschnell getroffen und so überrascht, dass wir zunächst alle ratlos waren und uns nicht zurechtfanden.

Ich hörte den kleinen Peter entsetzt aufschreien und dazwischen Sukos beruhigende Stimme, denn er hielt den Jungen fest. Auch Herr Kugler dokumentierte seine Überraschung durch einen entsetzten Schrei, während sich seine Frau Elke an ihrem Mann festklammerte und immer seinen Vornamen Hans rief.

Wir standen noch unter dem Eindruck des schnellen Zeitwechsels.

Erst einmal blieben wir in unseren Positionen. So konnten wir uns einen Überblick verschaffen.

Keine Wände, kein Dach und keine Mauern schützten uns. Wir befanden uns in der freien Natur und einer gleichzeitig feindlichen Umwelt. Es hatte sich keiner von uns auf den Beinen halten können. Wir alle lagen auf einem feuchten Boden, der seltsam faulig roch, was allerdings auch vom Wasser herrühren konnte, das einen Abhang hinabfloss. Auch hier war es dunkel, allerdings stand oben am Himmel ein seltsam bleich schimmernder Mond, dessen Strahlen einen kalten, farblosen Glanz auf die Erde warfen.

Wir hatten den Schock des Zeitwechsels bereits einmal erlebt und fanden uns deshalb besser zurecht. Auch wenn dies an unserer physischen Kraft zehrte, mussten wir uns damit abfinden und das Beste aus unserer Lage machen.

Am härtesten hatte die Veränderung Elke Kugler getroffen. Während sich ihr Mann einigermaßen hielt und sich nur fassungslos umschaute, wobei sein Gesicht immer blasser wurde, kniete sie am Boden, hob in einer verzweifelten Geste die Schultern und flüsterte sinnlose Worte. Ihr Mann war momentan nicht in der Lage, sie zu trösten. Deshalb ging ich zu ihr und legte ihr meine Hand auf die Schulter.

»Frau Kugler«, sagte ich leise zu ihr. »Bitte, Frau Kugler, hören Sie mir zu!«

Sie warf den Kopf zurück. Mit beiden Händen fuhr sie sich durchs Haar, der Knoten löste sich auf, und die langen, blonden Strähnen fielen zu beiden Seiten des Gesichts nach unten. »Was soll ich hören?«, fragte sie erstickt. »Dass wir dem Tod geweiht sind? Dass es keine Chance mehr für uns gibt? Dass man mich aus dem normalen Leben gerissen hat und dass Sie dafür die Schuld tragen? Wenn Sie mir das sagen wollen, dann bitte! Sagen Sie es! Sagen sie mir, dass Sie mich und meine Familie vernichten wollen, durch welchen Trick auch immer!«

»Frau Kugler, bitte …«

»Nein, nein, nein!« Sie schüttelte den Kopf und schlug gegen meinen Arm, sodass ich meine Hand nicht mehr auf ihrer Schulter lassen konnte. »Ich will wieder zurück!«, rief sie plötzlich, drehte sich und fasste meine Beine in Höhe der Knie. »Hören Sie, ich will zurück! Sorgen Sie dafür, so wie Sie dafür gesorgt haben, dass die Welt um uns herum eine andere wurde. Wie immer Sie es angestellt haben, denken Sie auch an unseren Sohn. Sie, ich hasse Sie!«

Was sollte ich darauf erwidern? Irgendwie konnte ich ihre Reaktion sogar verstehen. Ja, sie war verständlich. Vielleicht hätte ich an ihrer Stelle nicht anders gehandelt, und ich warf meinem Freund Suko einen Hilfe suchenden Blick zu.

Der hielt noch immer den Jungen fest, der am besten mit diesem mörderischen Zeitwechsel fertig wurde und sich jetzt aus Sukos Griff befreite.

Ein wenig schwankend lief er auf seine Mutter zu, und ich ließ ihn. Vielleicht war er es, der seiner Mutter am besten über die ersten Minuten hinweghelfen konnte.

Die Frau verstand, streckte die Arme aus und umfing ihren Sohn. Hans Kugler stand neben den beiden und schaute zu. Er wusste manchmal nicht, wohin er den Blick richten sollte. Einmal starrte er uns an, dann wieder seine Familie.

»Mami!«, flüsterte Peter. »Mami, ich kenne das, ich habe es schon einmal erlebt. Wir sind in einer anderen Zeit, wo die Geschichten spielen, die Oma immer erzählt.«

Das Lachen der Frau klang schrill. »Nein, Peterle, das ist nicht möglich. So etwas gibt es nicht. Das sind doch alles Sagen und Legenden. In den Büchern ...«

»Doch, Mami. Ich habe ihn doch gesehen.«

»Wen?«

»Graax!«

Zischend holte Hans Kugler Atem. »Hör auf damit, Peter! Ich habe dir verboten, darüber zu sprechen. Es gibt keinen Graax, es ...«

»Moment, Herr Kugler«, unterbrach ich ihn mit leiser,

dennoch scharfer Stimme. »Sie müssen lernen, umzuden-
ken, und sich darauf gefasst machen, dass ein Krieger
namens Graax existiert. Wir sind in einer fernen Epoche
der Erde gelandet, und dort hat es diese Völker gegeben,
die längst ausgestorben sind und die waren, bevor noch
der alte Kontinent Atlantis entstand.«

Kugler wollte lächeln. Seine Mundwinkel verschoben
sich schon, dann froren sie ein, und das Lächeln verzerrte
sich zu einer Grimasse. »Was sagen Sie da?«

»Sie haben mich genau verstanden!«

»Ja, aber nicht begriffen!«

Ich hob die Schultern. »Es tut mir Leid, aber gehen Sie
bitte davon aus, dass es für uns keine andere Möglichkeit
gibt. Wir sind in einem Stadium der Geschichte gefangen,
in dem die Erde sich praktisch erst entwickelte. Ich würde
schätzen, dass gerade eine Eiszeit vorbei ist. Vielleicht
liegt England sogar noch unter gewaltigen Gletschern
begraben und ist keine Insel wie in der Gegenwart.
Gehen Sie bitte davon aus. Machen Sie sich mit dem
Gedanken vertraut, und behalten Sie auf alle Fälle die
Nerven, denn nur gemeinsam sind wir stark genug, um
uns gegen diese feindliche Umwelt behaupten zu können.«

Meine Worte hatten einen Nerv bei ihm getroffen.
Hans Kugler schwieg. Er starrte auf seine Hände. Die
Finger waren in Bewegung. Dann hob er ruckartig den
Kopf und blieb so stramm stehen wie ein Soldat vor sei-
nem Vorgesetzten. »Meinen Sie das, was Sie da gesagt
haben, wirklich so?«

»Es ist mein voller Ernst, Herr Kugler!«

Der Förster wandte sich ab. Wütend stampfte er dabei
mit dem Fuß auf. Vielleicht wollte er noch etwas sagen,
aber ihm fehlten einfach die Worte.

Mutter und Sohn redeten miteinander. Der kleine Peter
hielt sich wirklich tapfer. Mit geflüsterten Worten erklärte
er seiner Mutter, dass man auch in dieser Welt leben
könnte. In seinen Büchern hatte er alles gelesen, und
wenn man sich vor Graax versteckte, war alles gar nicht
so schlimm.

Ich musste lächeln, als ich die Worte hörte. Vor dem Kleinen konnte man als Erwachsener den Hut ziehen. Aber vielleicht musste man in der Abenteuerwelt des Kindes leben, um diese Gefahr zu begreifen und auch mit der Zeitumwandlung so fertig zu werden, wie Peter es geschafft hatte. Anders konnte ich es mir nicht vorstellen.

Ich wollte mit Suko reden. Als ich mich umschaute, war mein Partner verschwunden. Großen Grund zur Besorgnis hatte ich nicht. Der Inspektor würde schon wieder zurückkehren. Bestimmt schaute er sich nur die nähere Umgebung an.

Schließlich hörte ich ihn. Er war zunächst den Hang hinaufgelaufen, jetzt rutschte er wieder herunter. Sein Schatten tauchte zwischen den mit dichtem Moos bewachsenen Felsbrocken auf, die den Hang bedeckten. Hin und wieder stützte er sich ab.

Schweiß glänzte auf der Stirn meines Freundes, als er neben mir stehen blieb und in mein fragendes Gesicht schaute.

»Ich habe mich ein wenig umgeschaut«, erklärte er.

Auch Hans Kugler hatte die Worte gehört und trat neugierig näher. Neben Suko blieb er stehen.

»Und?«

Mein Freund lächelte. »Du wirst es kaum glauben, John, aber was ich entdeckt habe, ist irre.«

»Los, Alter, red schon!«

Suko drehte sich um. Er deutete den Abhang hoch. »Oben auf dem Kamm hast du einen guten Blick. Der Mond scheint, und das Licht ist seltsam klar. Deshalb hob sich das Gemäuer so deutlich vor dem Hintergrund ab.«

»Welches Gemäuer?«, fragte ich überrascht.

»Das weiß ich auch nicht.«

»Moment mal«, sagte Hans Kugler. »Können Sie es vielleicht beschreiben?«

»Natürlich.« Suko erklärte ihm mit präzisen Worten, was er da gesehen hatte.

Noch während er sprach, nickte der Mann. Er ließ Suko auch nicht zu Ende reden, sondern sagte: »Mein Verdacht hat sich bestätigt. Während unser Haus in der

Gegenwart zurückgeblieben ist, wurde die Burg des Professors mit in die Vergangenheit geschleudert. Das ist eigentlich alles, meine Herren.«

Es war verdammt viel. Mehr jedenfalls, als wir gedacht hatten. Suko und ich waren platt. Damit hätte nun keiner von uns gerechnet. Eine Burg aus der Gegenwart in der Vergangenheit zu sehen. So etwas war unwahrscheinlich.

»Was sagst du, John?«

»Wir haben also ein Ziel!«, stellte ich fest. »Und vielleicht finden wir dort Professor Chandler. Ich kann mir gut vorstellen, dass er mehr weiß als wir.«

»Das ist möglich.«

Ich wandte mich wieder an meinen Freund. »Gesehen hast du ihn nicht zufällig – oder?«

»Nein, das nicht. Ich entdeckte nur einen schwachen Lichtschein, bin mir allerdings nicht hundertprozentig sicher.« Suko legte eine kurze Pause ein, bevor er die nächsten Worte sprach. »Und dann sah ich noch etwas. Es waren große Schatten am Himmel, die sich bewegten. Ich tippe auf Vögel.«

»Oder Drachen. Fliegende Drachen.«

»Auch möglich.«

Kugler schüttelte den Kopf. »Was reden Sie denn da, zum Henker? Fliegende Drachen?«

»Wir müssen damit rechnen.«

»Ja, Paps, ja. Sie kamen auch in meinen Büchern vor.« Die Worte rief der kleine Peter. Nickend rannte er auf uns zu. »Ich habe oft darüber gelesen. Richtige Drachen. Ehrlich.«

Hans Kugler zog ein Gesicht, als hätte er Essig getrunken. Er sagte nichts weiter, denn er schien mittlerweile einzusehen, dass er mit den normalen Erklärungen keine Chance hatte, diese furchtbare Welt zu begreifen.

»Und was hast du noch alles gelesen?«, wollte ich wissen. Peter konnte mir eine wertvolle Hilfe sein, wenn er von dieser vergangenen Epoche berichtete.

Der Junge war jetzt in seinem Element. Endlich gab es Erwachsene, die ihn ernst nahmen. Er berichtete von dem unheimlichen Graax, von gefährlichen Barbaren, kriegerischen Stämmen und fliegenden Ungeheuern. Sein Vater wurde immer blasser, dennoch war der Unglaube aus seinem Gesicht verschwunden, schließlich hatte Suko ebenfalls von den großen Vögeln berichtet, die über der Burg hoch am Himmel kreisten.

»Richten wir uns also darauf ein«, erklärte ich.

Suko dachte ebenfalls praktisch, als er sagte: »Haben wir entsprechende Waffen?«

»Ich hoffe.«

»Was heißt das?«, fragte mich Hans Kugler, während er seinen Arm um die Schultern seiner Frau legte. Sie hatte sich inzwischen zu uns gesellt.

»Wir tragen Pistolen bei uns. Zudem noch einen Dolch, eine Dämonenpeitsche, magische Kreide, eine Gnostische Gemme und mein Kreuz.«

Hans Kugler meinte: »Das wird Ihnen wohl kaum etwas nutzen.«

»Meinen Sie das Kreuz?«

»Sicher.«

Ich wiegte den Kopf. »Da könnten Sie leider Recht haben. Davon einmal abgesehen, sollten wir uns tatsächlich auf den Weg machen und versuchen, die Burg zu erreichen. Vielleicht finden wir dort den Professor.«

»Ich habe auch noch meine Pfeile und den Bogen«, erklärte Peter. »Damit kann ich schießen. Ich habe es oft geübt.«

Ich streichelte sein Haar. »Na prima, mein Kleiner, dann kann uns ja nichts passieren.«

»Ich bin gar nicht so schwach.«

»Hat auch niemand behauptet.«

»Komm an meine Hand!«, sagte Hans Kugler. »Der Weg zur Burg ist weit, und ich will, dass du in meiner Nähe bleibst.«

Peter schaute erst mich an. Als ich nickte, lief er zu seinem Vater.

Suko und ich übernahmen die Führung. Ich ging ein wenig schneller, während der Inspektor nahe der Familie blieb.

Der Boden war ziemlich glatt. Es wuchs kein Gras auf

ihm, sondern dichte Flechten, die ein moosartiges Aussehen hatten.

Manchmal war der Untergrund weich wie ein dichter Teppich. Meine Sohlen sanken ein, und wenn ich die Füße wieder zurückzog, sammelte sich Wasser in den Druckstellen.

An den Felsen, die den Hang bedeckten, hielt ich mich fest. Auch diese Steine zeigten eine dunkle Moosschicht, und ich blieb erst stehen, als ich die Kuppe des Abhangs erreicht hatte.

Diesmal sah ich die Burg.

Sie stand wie vergessen in einer seltsamen Urwelt, die überhaupt nicht zu diesem Bauwerk passte. Da war alles verkehrt. Es existierten weder Wege, Straßen noch Pfade. Nur ein wilder, wuchernder Wald, durchzogen von Sümpfen, kleinen Bächen und bedeckt mit winzigen Seen, auf deren Oberfläche das Mondlicht einen bleiernen Schimmer gelegt hatte.

An dieser vor mir liegenden Seite mussten wir den Hügel wieder hinunter, erreichten dann eine Senke und konnten uns anschließend auf den Weg zur Burg begeben, hinter der ich die seltsamen abgeschnittenen Kraterkuppen der Vulkane entdeckte.

Ich sah auch die dunklen Punkte in der Luft. Das also waren die geheimnisvollen Vögel, und einer von ihnen schwebte sogar dicht an die Mauern der Burg heran.

Die Senke sah mir nicht vertrauenerweckend aus. Dort wuchs und wucherte ein dichtes, dschungelartiges Gestrüpp. Bäume mit seltsam breiten Kronen standen so dicht, dass ihr Blattwerk miteinander verflochten war. Und über der Senke lag ein feiner Dunstschleier. Bewegungslos wie ein Tuch stand er in der Luft.

Mittlerweile hatten mich auch die anderen erreicht, blieben neben mir stehen und schauten sich die Landschaft an.

Ich hörte die Stimme der Frau. »Mein Gott, Hans, das werden wir nie schaffen.«

»Warten Sie es ab« sagte ich. »Solange man lebt, sollte man niemals aufgeben.«

Die Frau schwieg.

Dafür hörten wir ein anderes Geräusch.

Es war zwar noch weit entfernt, doch zudem trug die Luft den Schall sehr gut zu uns herüber.

Ein dumpfes, unheimlich klingendes Grollen, und der kleine Peter sprach aus, was wir dachten.

»Das ist Graax!«

Natürlich suchten wir ihn. Vergeblich. Trotz des relativ hellen Mondlichts war von dem Untier nichts zu entdecken. Es blieb im dichten Dschungel verborgen, wobei ich das Gefühl hatte, als würde es sich der Burg nähern.

Wenn es stimmte, konnten wir dort unter Umständen die Lösung dieses Rätsels finden.

»Können wir?«, fragte ich über die Schulter gewandt und schaute dabei in sehr blasse Gesichter.

Die Antwort war ein Nicken.

Wenig später machten wir uns an den Abstieg. Schräg liefen wir den Hang hinab und der Senke entgegen. Immer wieder mussten wir Acht geben, nicht auszurutschen. Schon bald erreichten wir die Region, wo der dünne Dunst über der Erde lag. Zwangsläufig atmeten wir ihn ein. Er stank nach Schwefel oder Verbranntem. Irgendwie passte er in diese Luft, die ziemlich feucht und gleichzeitig auch noch warm war, obwohl keine Sonne am Himmel stand.

Das unendlich erscheinende Firmament zeigte einen seltsam dunkelgrauen Ton. Verwaschen wirkend, aber dennoch klar.

Suko war vorgegangen. Er wand sich als Erster zwischen die hohen Farne, die am Ende der Senke wie lange Arme aus dem Boden wuchsen und nach oben hin zu sehr breiten Blättern auseinander fächerten.

Peter Kugler hatte ja nicht nur von Graax gesprochen, sondern auch von anderen Barbaren, die angeblich dieses Land auf ihren Beutezügen durchstreiften.

Wir mussten also mit jeder Überraschung rechnen.

Suko kam zurück. »Wir müssen einen Bogen schlagen«, sagte er und deutete auf seine Hosenbeine, die nass schimmerten. »Vor uns liegt ein heimtückischer Sumpf.«

»Wie groß ist er?«

Suko wiegte den Kopf. »Jedenfalls können wir ihn nicht überspringen. Wir gehen rechts an ihm vorbei.«

Dagegen hatte niemand etwas einzuwenden.

Das Wort gehen passte nicht zu dem, was wir nun vor uns hatten. Wir tasteten und kämpften uns weiter, brachen Äste ab, wehrten uns gegen dünne, aber sehr biegsame Zweige und hatten bereits nach wenigen Sekunden das Gefühl, mitten in einem Treibhaus zu stecken. So feucht und stickig war die Luft.

Als ständige Begleitmusik hörten wir das Schwirren der Insekten. Es waren ziemlich große, fliegenähnliche Bestien, die sich auf der Haut festsetzen und stechen wollten.

Die Familie Kugler hielt sich erstaunlich tapfer. Auch Elke klagte nicht. Sie biss, tapfer wie ihr Sohn, die Zähne zusammen und schritt weiter.

Sehr weich war der Boden. An manchen Stellen federte er, dann wieder sanken wir ein und hatten Mühe, die Füße aus dem feuchten Schlamm zu ziehen.

Suko räumte aus dem Weg, was wegzuräumen war. Als er einmal innehielt und die Hände anhob, sah ich die dunklen Streifen auf den Innenflächen. Es war Blut!

»Verdammt scharf, diese Gräser!«, schimpfte mein Freund, aber er machte weiter. Aufgeben gab es für ihn nicht.

Wir kamen nur sehr langsam voran. Bisher hatten wir nur mit einer feindlichen Umwelt zu kämpfen. Ich hoffte, dass es so blieb, deshalb ging Suko weiterhin vorn. Ich ließ mich zurückfallen, und die Familie Kugler nahmen wir in die Mitte.

Kein Mondlicht durchbrach die ineinander verfilzten Kronen der gewaltigen Bäume über uns. Wir kamen uns vor wie in einem dunklen Kasten, der angefüllt war mit schwüler, stickig warmer Luft. Hin und wieder schaltete ich meine Bleistiftleuchte ein, um wenigstens etwas sehen zu können. Der schmale Strahl zitterte durch die Dunkelheit, und ich sah nur die dicken Stängel der hohen Gewächse vor mir.

»Es wird besser!«, meldete Suko von vorn. Er bewegte sich schneller, und plötzlich befanden wir uns auf einer kleinen Lichtung. Ich brauchte nicht erst stehen zu bleiben, um erkennen zu können, dass dieser freie Flecken keinen natürlichen Ursprung hatte. Jemand hatte ihn geschaffen und die Pflanzen dieses Urwaldes mit Brachialgewalt weggeräumt.

Deutlich waren Schnittstellen zu erkennen, wo eine Machete oder ein Schwert den Weg durch die grüne Wand gebahnt hatten.

Von der Burg sahen wir nichts. Wahrscheinlich befanden wir uns jetzt an der tiefsten Stelle der Senke.

Ich sah die Erschöpfung auf den Gesichtern der Familie Kugler. Wir waren schweißnass. Unsere Haut schimmerte in der Dunkelheit wie glänzendes Metall.

Ruhig konnten wir nicht stehen bleiben. Permanent wurden wir von den verdammten Insekten attackiert, die im Sturzflug auf uns zujagten.

Suko wischte seine blutigen Handflächen an der Hose ab, bevor er die Schultern hob. »Verdammt«, sagte er, »mir gefällt das alles nicht. Die Ruhe ist trügerisch.« Er drehte sich dabei auf der Stelle und blickte sich witternd um.

»Rechnest du mit einer Gefahr?«

Mein Freund nickte.

Auch Elke Kugler hatte die Worte gehört. Sie presste sich noch dichter an ihren Mann und barg den Kopf an seiner Schulter.

Der kleine Peter hatte die Hand seines Vaters losgelassen, einen Pfeil auf den Bogen gelegt und die Sehne gespannt.

»Damit kann ich sogar Füchse erschießen«, erklärte er.

Ich schaute kurz auf die Spitze. In der Tat. Sie glänzte – und schien aus Metall zu sein. Eigentlich hätte der Junge nicht mit dieser Waffe herumlaufen dürfen, aber es war müßig, jetzt darüber nachzudenken. Wir hatten andere Probleme.

Sukos Gesicht nahm einen immer besorgteren Ausdruck an. Ich kannte meinen Freund lange genug, um zu wissen, dass er die Gefahr gespürt hatte, die in der Nähe lauerte.

Meine Blicke tasteten den Rand der Lichtung ab. Wenn jemand irgendwo lauerte und uns beobachtete, dann nur dort.

Und ich sah die Bewegung zuerst.

Es war ein Schatten, der das Unterholz zur Seite drückte, sich löste und auf die Lichtung sprang.

Kein Ungeheuer, kein Raubtier, sondern ein Mann, bewaffnet mit einem Schwert.

Er war fast nackt, trug nur einen eisernen Lendenschurz und einen ebensolchen Helm auf dem Kopf. Sein Schreien steigerte sich zu einem wilden Gebrüll, und es übertönte die anderen Geräusche, die entstanden, als zwei weitere Barbaren hinter unserem Rücken aus den Büschen brachen und sich mit gezückten Waffen auf uns stürzten. Ich hörte noch den Schrei Elke Kuglers und sah im nächsten Augenblick etwas Unglaubliches ...

Der Professor hatte Maria von Bandor erzählt. Auch ohne ihn je gesehen zu haben, wusste sie genau, wer da vor ihr stand. Es gab einfach keine andere Möglichkeit.

Das musste er sein!

Eine Figur aus der Vergangenheit der Erde. Er war damals nicht getötet worden, sondern verschollen. Nun hatte man ihn durch Magie zurückgeholt, und er war der gleiche geblieben. Er wollte seine Feinde vernichten.

Starr blieb er vor ihr stehen. Auch Maria wagte nicht, sich zu rühren. Sie dachte nicht mehr an die Gefahr in ihrem Rücken, sondern sah nur Bandor, den Dämonenjäger.

Eine finstere Gestalt stand vor ihr. Sein Haar war pechschwarz und lang. Es reichte bis auf die Schultern, war aber hinter die Ohren gedrückt worden, sodass Maria sein ganzes Gesicht sehen konnte. Es war sehr breit. Die Wangenknochen sprangen hart hervor, und die Haut glänzte, als wäre sie mit einer fetten Flüssigkeit eingerieben worden. Die Brauen der Augen wuchsen dicht über der Nasenwurzel zusammen, eine Oberlippe war kaum zu sehen. Dafür stach die Nase aus dem Gesicht hervor wie ein gekrümmter Säbel.

Sein Oberkörper war nackt. Auch dort glänzte die Haut. Seine Beine steckten in einer Hose, von der nur mehr Fetzen übrig waren. Sie endete in Wadenhöhe. Schuhe trug der Kämpfer überhaupt nicht. Seine nackten Füße waren mit einer dicken Hornhaut überzogen.

Aber er war bewaffnet.

In der rechten Hand hielt er ein Schwert, das eine seltsame Klinge zeigte. In Griffhöhe begann sie relativ schmal, wurde zur Mitte hin breiter und lief dann vorn zu einer gefährlichen Spitze zusammen. Der Stahl schimmerte bläulich, und Maria sah auch einige eingetrocknete Flecken auf der Klinge.

Wahrscheinlich Blut.

Nur wenige Sekunden hatte die Musterung gedauert. Niemand wagte zu reden. Maria blieb ebenso stumm wie der Dämonenjäger, durch dessen Gestalt plötzlich ein Ruck ging. Er hob seine Schultern, und dann lief die Szene, die für Maria wie eingefroren gewirkt hatte, plötzlich weiter.

Bandor stürmte vor.

Maria stand im Weg. Wie in einem Film kam ihr die nächste Sekunde vor, als der Mann das Schwert hob, aus der Klinge ein flirrendes Schemen wurde und sich Maria schon geköpft sah.

Sie erhielt nur einen Stoß, der sie aus dem Weg und bis gegen die Wand katapultierte, wobei sie noch eine Kerze umriss, die zu Boden fiel, jedoch verlöschte.

Danach konnte sie nur noch zuschauen, wie Bandor kämpfte und wie hart er gegen seinen Gegner vorging.

Dem unheimlichen Drachenvogel war es bisher nicht gelungen, in das Zimmer zu dringen. Noch setzte ihm das Fenster einen zu großen Widerstand entgegen. Er schaffte es einfach nicht, sich durch die für ihn zu enge Lücke zu zwängen. Er saß für den einsamen und wilden Kämpfer wie auf dem Präsentierteller.

Mit den nackten Füßen rannte dieser durch die

Glasscherben. Maria hörte noch das Knirschen, sah jedoch kein Blut an den Füßen des Mannes, dafür spritzte der dunkle Lebenssaft des Drachenungeheuers, als die Klinge ihm mit einem einzigen Hieb den Kopf vom Rumpf trennte.

Der kippte in das Zimmer hinein, während der Torso draußen in die Tiefe des Schlossgrabens fiel und auf dessen Grund klatschte.

Bandor beugte sich aus dem Fensterloch, schaute nach unten und drehte sich wieder um.

Sein Mund verzog sich, als er mit einem Tritt die Reste des Drachenvogels zur Seite räumte. Für Maria hatte er keinen Blick übrig. Er marschierte durch das Zimmer, schaute in allen Ecken nach und drehte sich danach abrupt um, wobei er dicht vor der angststarren Frau stehen blieb, seinen rechten Arm hob und mit der Spitze der Klinge auf Marias Hals zielte.

Die Furcht der Frau steigerte sich zur Panik. Sie konnte nicht mehr an sich halten, und ihre Zähne klapperten aufeinander.

Über die Klinge hinweg bohrte sich ihr Blick in das Gesicht des Kämpfers.

Die klare Sicht der Frau war getrübt. Sie sah den Kopf nur verschwommen, in dem ihr die Augen wie zwei düstere Perlen vorkamen. Ein Monstrum hatte der Krieger getötet. Würde er auch sie aus dem Weg schaffen oder Gnade walten lassen?

Es kostete Maria eine ungeheure Überwindung, den Mund zu öffnen und den Mann vor ihr anzusprechen.

»Bandor!«, hauchte sie. »Du bist Bandor, der Dämonenjäger ...«

Das Schwert zuckte.

Für einen Moment durchflutete Maria die wahnsinnige Furcht, dass der andere zustoßen könnte, doch er überlegte es sich. Er brachte die Spitze dicht an den Hals der Frau, dass sie die Haut berührte, eine winzige Wunde riss, aus der eine Blutperle quoll, die allmählich am Hals hinabbrann und vom Kragenstoff des Kleides aufgefangen wurde.

Der Wilde hatte die Worte zwar nicht verstanden, jedoch seinen Namen. Denn er flüsterte: »Bandor ...«

Maria glaubte, die erste Gefahr hinter sich zu haben. Deshalb sprach sie weiter. »Ich kenne dich. Ich habe von dir gehört. Du bist ein guter Mensch. Du vernichtest nur das Böse, das andere lässt du leben, und ich weiß, dass du mich nicht töten wirst. Hast du verstanden, Bandor? Du darfst nicht töten – niemals ...«

Sie hatte die Sätze so ruhig wie möglich gesprochen, und sie erhoffte sich durch ihre Worte eine ebenfalls beruhigende Wirkung auf den Wilden. Sie sollten sein Temperament zügeln. Wenn er wirklich auf der besseren Seite stand, dann würde er nicht grundlos töten, auch nicht in einer Welt der Barbarei.

Und sie hatte Recht.

Unmerklich senkte sich die schwere Schwertklinge dem Boden zu, bis der rechte Arm des Wilden einknickte und die Klingenspitze zu Boden zeigte. Aber noch blieb Bandor stehen und starrte Maria an.

Die alte Frau hatte Mühe, sich auf den Beinen zu halten. Ihre Knie wollten nachgeben; am liebsten hätte sie sich zu Boden fallen lassen und wäre eingeschlafen. Woher sie dennoch die Kraft nahm, auf den Beinen zu bleiben, wusste sie selbst nicht zu sagen.

Vielleicht war es auch der Halt, den ihr die Wand gab, und so blieb sie stehen.

Bandor ließ sie nicht aus dem Blick. Maria glaubte, dass er ihre Seele durchforschen wollte, so sehr starrte er sie an. Bis er seinen Kopf bewegte, sich umdrehte und ihr den Rücken zuwandte.

Dann ging er.

Er hatte einen schwerfälligen, gleichzeitig auch geschmeidigen Gang, und Maria ahnte etwas von der Kraft, die in diesem wilden Menschen steckte.

War er ein Mensch?

Jedenfalls sah er so aus. Woher er kam und welchem Volk er angehörte, das wusste niemand. Sie erinnerte sich wieder an das Buch, in dem die Sagen und Legenden standen. Eine Zeit hatte man dort nicht angegeben. Es hieß dort nur immer: Bevor die Menschen noch waren, gab es sie, die Barbaren. Und Graax gehörte zu den gefährlichsten unter ihnen, während Bandor ihn bekämpfte, die Geister der Finsternis jagte und sie tötete, wo er sie treffen konnte.

Die Schritte verklangen. Maria kamen die letzten Minuten wie ein Traum vor, doch sie wusste, dass sie nicht geträumt hatte, denn sie brauchte nur auf die Reste des Drachenvogels zu schauen, die im Zimmer lagen. Der spitze Schnabel war auf sie gerichtet. Er sah aus, als wollte er sie noch im Tode aufspießen.

Sie schüttelte sich, löste sich von der Wand und wunderte sich darüber, dass sie noch laufen konnte. Der kalte Schweiß bedeckte ihren Körper, als sie auf das zerstörte Fenster zuging, so viele Scherben wie möglich umrundete und durch die zerstörte Scheibe nach draußen starrte.

Zunächst einmal wunderte sie sich über die Luft. Sie war anders als noch vorhin. Viel wärmer, schwüler, und der Wind trug den Geruch von Fäulnis und Verbranntem heran.

Ein düsterer, dunkelgrauer Himmel spannte sich endlos über der Burg, den Bergen und dieser gesamten fremden, so unwirklich erscheinenden Landschaft.

In der Ferne schienen die offenen Kratertrichter der Berge zu glühen, und über den Öffnungen standen dünne Rauchfahnen, die wie helle, zitternde Finger in die Dunkelheit stachen.

Konnte man als Mensch in dieser Welt und dieser Zeit überhaupt leben? Maria wollte nicht daran glauben, und sie hatte auch nicht vor, die Burg zu verlassen, denn sie fühlte irgendwie, dass ihr die Mauern einen gewissen Schutz gaben, obwohl sie wieder die dunklen Punkte am Himmel erkannte.

Die Riesenvögel lauerten ...

Im nächsten Augenblick stürzten sie wie Pfeile nach unten, denn aus der Tiefe war ein mörderisch klingendes Grollen an die Ohren der Frau geklungen.

Graax war unterwegs.

Und die Vögel wollten ihr Opfer!

Die Riesenschlange, deren Oberkörper wie der Rücken eines Pferdes wirkte, fand ihren Weg durch den Dschungel. Graax, der Barbar, brauchte ihr nicht zu erklären, wohin sie sich zu wenden hatte. Sie kannte das Ziel ebenso wie er.

Es war Bandor, der Dämonenjäger!

Mit einem untrüglichen Instinkt hatte Graax erkannt, dass sich Bandor in seiner Nähe aufhielt. Er musste ihn unbedingt finden. Denn einer von ihnen war zu viel auf dieser Welt.

Der Dschungel nahm sie auf. Hoch und kräftig waren die Bäume. Selbst die Schlange wirkte gegen diese Gewächse klein, beinahe zierlich. Und wie eine Puppe sah der Krieger auf dem Rücken des Tieres aus.

Natürlich hatte die Schlange auch Feinde. Diese allerdings hüteten sich, das Tier anzugreifen. Schon manches Ungeheuer war von ihr zerdrückt und zermalmt worden, denn den Kräften des Tieres konnten selbst Baumstämme nicht widerstehen.

Graax hielt sich mit dem linken Arm fest. Aus der rechten Faust stach der Stiel seiner Streitaxt mit der mörderisch scharfen Klinge, und damit räumte er die Hindernisse aus dem Weg. Der Arm war immer in Bewegung. Präzise führte er die Schläge, trennte Lianen und Äste ab und schlug sich den Weg durch die hohen Blätter der Farne.

Irgendwo vor ihm musste Bandor lauern. Graax war sicher, dass dieser längst wusste, wer da zu ihm auf dem Weg war. Aber das sollte er auch. Er würde sich dem endgültigen Zweikampf stellen.

Durch Tümpel und kleine Moore wand die Riesenschlange ihren Körper. Sie glitt über die handdicken Rinden der Baumstämme hinweg und tauchte wieder ein in den undurchdringlichen Filz des Urwelt-Dschungels.

Immer fand sie ihren Weg. Es war gefährlich für einen Menschen, den Dschungel zu durchqueren, nicht aber für die Schlange. Und Graax, der Krieger, war so etwas gewohnt. Er schlug und hämmerte sich den Weg frei, wenn Äste oder Zweige sein Gesicht peitschen wollten.

Schließlich ließen sie den Dschungel hinter sich. Sie gelangten in ein Tal, das sich zu einer Ebene weitete und erst in der Ferne von Bergen umschlossen war.

Und Graax sah die Burg.

Ein grollender Kampfschrei drang aus seinem weit aufgerissenen Maul. Er wusste, dass sich dort sein Gegner versteckt hielt, und nun hatte er es nicht mehr weit bis zu seinem Ziel.

Die Schlange bäumte sich auf. Auch sie spürte, dass die Entscheidung dicht bevorstand, aber sie witterte auch die Gefahr, in der sie plötzlich schwebte.

Es gab zahlreiche Feinde, die schlimmsten jedoch waren die gefährlichen Drachenvögel mit ihren langen Schnäbeln. Ihnen war es gelungen, so manche Riesenschlange zu töten, und auch diese hatten sie mit ihren scharfen Augen entdeckt.

Noch schwebten sie weit oben, aber im nächsten Augenblick jagten die drei gefährlichen Tiere dem Boden und damit ihrem Ziel zu.

Bisher hatte Graax sie noch nicht bemerkt. Erst das Rauschen der gewaltigen Flügel alarmierte ihn.

Er fuhr auf dem Rücken der Schlange sitzend herum und ließ sich sofort zu Boden fallen. Geschickt rollte er sich über die rechte Schulter ab, kam wieder auf die Füße und stellte sich den drei fliegenden Monstern zum Kampf.

Hätte es in dieser Zeit Düsenjäger gegeben, so hätte man die Vögel mit ihnen vergleichen können. Sie waren blitzschnell, und sie flogen in einer Formation. Dabei bildeten sie ein Dreieck.

Etwa in doppelter Manneshöhe jagten sie über den flachen Untergrund. Wenn sie ihre Schwingen bewegten, streichelten sie mit den Rändern das Gras und brachten es in Wallung. Es sah so aus, als würden sie auf einer gewaltigen Woge dahingleiten. Die spitzen Schnäbel stachen wie lange Lanzen vor; die rötlich schimmernden Augen hatten das Ziel längst ins Visier genommen.

Graax bewies Todesmut, dass er sich diesen Bestien entgegenstellte. Er hatte seine Füße hart in den Boden eingestemmt. Der Oberkörper war etwas nach vorn gebeugt. Unter der violetten Haut spielten die Muskeln. Die Schneide der Axt schaute zusammen mit einem Stück Griff aus seiner geschlossenen Faust hervor. Hart umklammerten seine Finger den Griff, wobei die Knöchel hervorsprangen wie kleine, spitze Hügel.

Graax war bereit.

Die Schlange hatte sich ein wenig entfernt. Noch Sekunden zuvor war aus ihrem weit aufgerissenen Maul ein donnerndes Grollen geklungen und hineingepeitscht in diese Urweltlandschaft, wobei es die am Himmel kreisenden Vögel gelockt hatte.

Kurz bevor der erste Flugdrache den einsamen Kämpfer erreichte, bewegte er wie nickend seinen Schnabel nach unten. Er wollte dem Wilden mit einem Hieb den Kopf spalten, doch der Mann stand längst nicht mehr da, wo er sich noch vor einem Augenblick aufgehalten hatte. Er lag am Boden, hatte sich auf den Rücken gerollt, und die Bewegung seines rechten Arms war kaum zu verfolgen, als er die scharfe Axt in die Höhe schlug und den Unterkörper der Bestie nicht nur traf, sondern gleichzeitig aufriss.

Der dunkle Blutstrom floss erst wie ein gewaltiger Wasserfall aus der Wunde, als das Tier bereits vorbei war. Den Todeskampf beobachtete Graax nicht mehr. Er hatte abermals seine Stellung gewechselt und robbte wieselflink durch das hohe Gras.

Es war eine Angewohnheit dieser Bestien, ihre Gegner während des Fluges zu schlagen. Ansonsten waren sie relativ hilflos, und auch die beiden anderen mussten erst an Graax vorbei, bevor sie sich wieder drehten und zu einem erneuten Angriff starteten.

Da stand Graax wieder.

Sein Gesicht hatte sich verzerrt. Aus den Augen leuchtete wilder Kampfeseifer. Dieser erste Teilsieg hatte ihm den Mut zu weiteren Kämpfen gegeben, und er schaute zu, als sich die beiden Vögel trennten, um ihn in die Zange zu nehmen.

Von zwei Seiten griffen sie an. Diesmal ging Graax das

volle Risiko ein. Er zuckte nicht zur Seite, als der erste ihn packen wollte, sondern riss seinen rechten Arm hoch und klemmte ihn zwischen die beiden zuschnappenden Schnabelhälften.

Diese trafen nicht auf Fleisch, sondern auf den gelb-gold schimmernden Rüstungsschutz. Er bestand aus bestem Metall, hergestellt von den Schmieden eines urwelthaften Volkes, und einen Augenblick später wurde Graax von den Beinen gerissen, da ihn der unheimliche Vogel einfach nicht losließ.

Plötzlich befand sich der Krieger in der Luft. Er schwebte über dem Gras und hämmerte mit der Axt zu, bevor er zu hoch in den dunklen Himmel gezogen werden konnte.

Diesmal fiel das dunkelrote Blut wie ein Regen auf ihn herab. Der Axthieb hatte die gesamte Körperlänge des widerlichen Vogels aufgerissen und im Abgleiten noch den rechten Flügel verletzt.

Das Untier sackte durch.

Gleichzeitig öffneten sich die beiden Schnabelhälften, und Graax krachte zu Boden.

Dumpf schlug er auf, doch er war solche Stürze gewohnt. Er drehte sich gedankenschnell um die eigene Achse und sah den dritten Vogel direkt über sich.

Keine Chance mehr für Graax. Fast jeder hätte aufgegeben, doch nicht dieser Wilde, der gelernt hatte, sich in einer feindlichen Umwelt zu behaupten.

Diesmal schleuderte er die Waffe. Sie überschlug sich einmal und traf genau dort, wo sie auch treffen sollte. An der Stelle, wo Hals und Körper ineinander übergingen und die Grenze fließend war.

Diese Stelle gehörte zu den absolut schwächsten. Wenn der Vogel dort verletzt wurde, überlebte er nicht mehr.

Trotz allem war dessen Reaktion noch sehr gefährlich für Graax.

Er wuchtete sich zur Seite, und es war sein Glück, dass er es getan hatte, denn dicht neben seinem Rücken stach die Schnabelspitze wie ein Speer in den Boden.

Tief blieb sie stecken. Bis zur Hälfte war sie verschwunden, während die Flügel des Vogels wahllos umherschlugen, ohne jedoch irgendeinen Schaden anzurichten.

Mit einem geschmeidigen Sprung gelangte Graax wieder auf die Füße. Er sah den tödlich verletzten Vogel dicht vor sich, sein Gesicht verzerrte sich, und dann schlug er zu.

Immer wieder ließ er die Axt auf das Monstertier hinabsausen. Die Klinge durchdrang die Haut, als wäre sie aus einem weichen Material gefertigt und nicht aus harter Panzerhaut.

Das Tier verendete mit letzten Zuckungen. Seine Reste blieben in einer gewaltigen Blutlache liegen.

Graax gönnte dem Gegner keinen Blick mehr. Er schaute zu, was die anderen beiden machten.

Auch sie waren nicht in der Lage, noch einmal zu kämpfen. Die Treffer der Axt waren absolut tödlich gewesen.

Langsam schritt der Wilde einen Kreis ab. Triumph spiegelte sich auf seinem Gesicht wider. Die dicken Lippen waren zu einem Grinsen verzogen, und im nächsten Augenblick stieß er einen so lauten und irren Siegesschrei aus, dass dieser bis zum Schloss zu hören sein musste.

Er sollte es auch, denn sein großer Gegner sollte wissen, dass Graax auf ihn wartete.

Diesmal würde er nicht entkommen. Die endgültige Entscheidung war fällig.

Der Wilde wandte sich wieder seinem seltsamen Reittier zu. Die Schlange hatte im dichten Gras gelegen und so lange gewartet, bis der Kampf vorbei war. Ihr wäre es nicht so leicht gefallen, auch nur einen der Flugdrachen zu besiegen, denn oft genug war es passiert, dass die Drachen schneller waren als die Schlange.

Auf ihrem Körper nahm Graax wieder Platz.

Noch einmal schrie er seinen Triumph hinaus in die Nacht. Dann ließ er sich weitertragen.

Sein Ziel war die Burg ...

Peter Kugler stand, im Verhältnis zum ersten Angreifer gesehen, am günstigsten. Und der Junge hielt den Bogen in der Hand, hatte den Pfeil auf die straffe Sehne gelegt und zielte.

Ich befand mich in einer so ungünstigen Position, dass ich Peter nicht mehr hätte wegkriegen können, denn der unheimliche Barbar war schon viel zu nah.

Aber der Junge half sich selbst.

In einer reflexhaften Reaktion ließ er die Sehne los. Ich glaubte noch, das Sirren des Pfeils zu hören, dann stieß ich den Jungen zu Boden, um ihn aus der Gefahrenzone zu haben.

Vor mir hörte ich einen urigen Schrei. Ich kümmerte mich nicht mehr um Peter, sondern starrte nach vorn.

Der Krieger bot ein groteskes Bild. Er hatte den Pfeil genau in die Stirn bekommen, so platziert geschossen, dass er zwischen den Augen steckte.

Ein absoluter Treffer, denn der andere kam nicht mehr dazu, sein Schwert nach vorn zu wuchten. Die Kraft verließ ihn, die Klinge rutschte aus seiner Hand, dann krachte er zu Boden und blieb liegen.

Ich aber riss seine Waffe an mich. Im ersten Augenblick wunderte ich mich über das Gewicht. Mit beiden Händen musste ich den Griff umklammern, um die Klinge überhaupt kampfbereit halten zu können.

Mit zwei gefährlichen Angreifern hatten wir es noch zu tun. Im Moment versuchte Suko, sie sich vom Leib zu halten. Man ließ ihm keine Zeit, die Beretta zu ziehen, denn einer der Kerle hatte ihn in die Enge getrieben.

Er stand vor ihm, die beiden Arme gestreckt, und in den Händen hielt er zwei Kurzschwerter.

Überlange Messer. Sie zielten jeweils abwechselnd auf den Chinesen, der sich zu einem Schlangenmenschen verändern musste, wenn er den Stichen entgehen wollte.

Der andere wandte sich der Familie Kugler zu. Er drang auf sie ein, und die beiden zogen sich immer weiter zurück, während sich Hans schützend vor seine Frau gestellt hatte.

Ich musste mich schnell entscheiden, wen ich mir vornehmen sollte. Die Familie. Die Menschen waren nicht so kampferprobt wie mein Freund, von dem ich glaubte, dass er es trotz der Bedrohung schaffen würde.

Einem gewaltigen Schwertstreich konnte Hans Kugler nicht mehr völlig ausweichen. Der Barbar hatte den Schlag schräg angesetzt, von oben nach unten fuhr er auf den Familienvater zu. Ich hörte nicht nur seinen Schrei, sondern auch den seiner Frau und des Jungen.

Am Arm und an der Schulter war Hans Kugler getroffen worden. Dort hing die Kleidung in Fetzen, während aus der langen Wunde das Blut strömte. Der Mann taumelte und sank zu Boden.

Ich schleuderte das Schwert, als sich der Wilde über Hans Kugler beugte.

Von der Seite her wirbelte die Waffe auf ihn zu. Sie traf nicht mit der Spitze, sondern hieb mit der flachen Seite gegen seinen Körper. Der Treffer warf ihn zu Boden.

Als er sich drehte, um wieder auf die Beine zu kommen, hatte ich die Distanz mit zwei gewaltigen Sprüngen überbrückt, stand neben ihm und holte zu einem Fußtritt aus, der ihn am Kinn traf.

Fast schien es, als würde er aus dem Gras gehoben werden. Ein röchelnder Laut drang aus seinem Mund, seine Augen nahmen einen glasigen Ausdruck an, und er blieb in verkrümmter Haltung bewusstlos liegen.

Frau Kugler hatte die Arme um den Hals ihres Mannes geschlungen. Daneben stand Peter. Er weinte ebenso wie seine Mutter.

Suko hatte den anderen noch immer nicht überwältigen können. Die beiden schritten über die Lichtung. Der Wilde ging vor, und in dem gleichen Tempo zog sich mein Freund zurück.

Plötzlich tat Suko etwas Wahnsinniges. Für mich jedenfalls sah es so aus. Er wirbelte vor und passte genau in die Lücke zwischen den beiden Kurzschwertern.

Dann war er am Mann.

Seine Hände wurden ebenfalls zu Waffen, und sie trafen den wilden Krieger zweimal.

Ich hörte noch das Klatschen der Schläge, als der Kerl

bereits zusammenbrach und nicht mehr an seine Waffen dachte. Vor Sukos Füßen blieb er liegen.

Der Inspektor bückte sich, nahm die beiden Kurzschwerter an sich und klemmte sie hinter seinen Hosengürtel. »Willst du auch eins?«, fragte er mich.

Ich nahm Sukos Angebot gern an. Es war zwar leichter als das große Schwert, dennoch ein gewisser Ballast. Ich wollte aber nicht auf die Waffe verzichten. Wer konnte denn voraussagen, was uns noch alles bevorstand?

Die drei waren besiegt. Wir lebten noch. Doch um Hans Kugler mussten wir uns kümmern.

Als ich mir die Wunde anschaute, verzog sich mein Gesicht bedenklich. Das sah böse aus. Der Mann musste zu einem Arzt, denn der Schwerthieb hatte ihm den Arm von oben nach unten aufgeschnitten. Zwar nicht sehr tief, dennoch musste die Wunde verarztet werden.

»Er wird verbluten«, flüsterte Elke Kugler. Sie schaute uns aus bittenden Augen an. »Tun Sie was, ich …«

Suko nickte. »Klar, wir werden etwas tun«, erwiderte er, packte das Hemd des Mannes am Kragen und riss es in zwei lange Fetzen. »Damit können wir ihm einen Notverband anlegen.«

»Und der hält?«

»Das will ich hoffen.« Suko lächelte, bevor er sich an die Arbeit machte.

Das Gesicht des Mannes war verzogen. Er musste ungeheure Schmerzen haben. Das Gesicht glänzte nass. Die Finger der Frau strichen über seine Wangen, und Elke sprach beruhigend auf ihren Mann ein. Mit einem Hemd kam Suko nicht aus. Ich spendierte meines ebenfalls, und auch der Chinese riss das seine in Streifen.

Er wischte sich über die Stirn und schaute zufrieden auf sein Werk. »Das wird hoffentlich reichen«, sagte er. »Wenigstens für eine Weile.«

»Und dann?«, fragte die Frau.

Suko hob die Schultern. »Was soll ich dazu sagen? Wir müssen erst einmal abwarten.«

Sie schüttelte den Kopf. »Abwarten? Wie denn? Bis sich die Zeiten wieder geändert haben?«

»Zum Beispiel.«

»Können Sie das steuern?«

Darauf wusste Suko keine Antwort. Er warf mir einen Hilfe suchenden Blick zu, doch etwas anderes konnte ich auch nicht sagen.

»Vielleicht sollten wir so rasch wie möglich zur Burg gehen«, schlug ich vor. »Sie ist ja in der Gegenwart mit in diese Zeit hineingeschleudert worden, und auch ihr Inventar. Dort werden wir bestimmt etwas finden, um Ihrem Mann helfen zu können.«

Elke Kugler nickte. »Sicher, das hört sich gut an. Ich frage mich nur, ob diese Barbaren nicht auch auf der Burg hocken. Ich rechne inzwischen mit allem.«

»Wir schauen uns auf jeden Fall die Sache mal an.«

Peter hatte bisher geschwiegen. Nun aber meldete er sich zu Wort. »Da oben, die Vögel, sie sehen mir so seltsam aus und beobachten uns wohl.«

Wir schauten hoch.

Der Junge hatte sich nicht getäuscht. Vor dem dunkelgrauen Himmel hoben sich in der Tat die schwarzen Punkte scharf ab. Ich zählte nach und kam auf fünf.

»Drei sind weg«, sagte Peter.

»Wieso?«

»Ich habe gesehen, wie sie vorhin zu Boden geflogen sind. Da habt ihr aber gekämpft.«

»Und sie sind nicht wieder aufgestiegen?«, fragte Suko.

»Nein, ich habe sie nicht gesehen.«

Alle Anzeichen deuteten darauf hin, dass wir unbedingt die Burg erreichen mussten. Sie würde uns keine absolute Sicherheit bieten, aber hinter den Mauern konnte man sich wohler fühlen als inmitten der feindlichen Umwelt.

Hans Kugler saß noch immer auf dem Boden und stöhnte. Ich fragte ihn, ob er laufen könne.

»Muss ich versuchen!«

»Kommen Sie!«

Suko und ich halfen ihm hoch. Er hatte Mühe, auf die Beine zu gelangen, knickte auch sofort ein, sodass wir ihn stützen mussten, damit er überhaupt auf den Füßen blieb.

Elke Kugler verharrte ängstlich in unserer Nähe. Immer wieder schaute sie ihren Mann an, aber sie wagte nicht, irgendwelche Fragen zu stellen.

Der Junge hatte seinen Bogen umgehängt. Keiner von uns hatte mit ihm über den tödlichen Treffer gesprochen. Wir wollten es erst einmal dahingestellt sein lassen und nichts sagen. Wenn er selbst die Sprache darauf brachte, würde ich ihm eine Antwort geben.

Und so marschierten wir weiter.

Die Burg immer vor Augen und umgeben von einer unheimlichen, fremden und gefährlichen Landschaft.

Hin und wieder hörten wir das markerschütternde Fauchen.

Die Riesenschlange und ihr gefährlicher Reiter schienen den gleichen Weg zu haben wie wir.

Eine Tatsache, die mir überhaupt nicht gefiel.

Maria Kugler stand am Fenster. Sie hatte nach unten geschaut, wollte sehen, wo die unheimlichen Vögel blieben, doch sie tauchten nicht mehr auf.

Keine der Bestien stieg in die Höhe, dafür vernahm sie wenig später einen irren Schrei, der ihr entgegenzitterte. Wer ihn ausgestoßen hatte, wusste sie nicht, aber sie war sicher, dass er nicht von den Drachenvögeln stammte.

Sie dachte wieder an Bandor. Er hatte den Raum verlassen, und sie wusste nicht, wo sie ihn suchen sollte. Dabei war sie froh gewesen, dass er sie am Leben gelassen hatte, aber welch ein Leben war das überhaupt? Verschollen in einer anderen Zeit, in tiefster Vergangenheit der Erde, wo eine Rückkehr in die Gegenwart fast unwahrscheinlich war.

Maria Kugler wollte zurück. Tief atmete sie ein, als sich der Entschluss gefestigt hatte. Aus eigener Kraft würde sie es sicherlich nicht schaffen, ein anderer musste ihr dabei helfen.

Bandor!

Nur – wo fand sie ihn? Er war gegangen, ohne ihr ein Ziel genannt zu haben, und deshalb musste sie sich auf die Suche nach ihm machen. Einen letzten Blick warf sie aus dem Fenster. Sie nahm noch einmal die schaurige, unheimliche Atmosphäre in sich auf, die sie trotz allem auf eine gewisse Art und Weise kannte, denn wer die alten Geschichten und Legenden richtig zu lesen verstand, der konnte sich schon bei der Lektüre der Bücher in diese Zeit hineinversetzen.

Maria wusste auch, dass die Burg so etwas wie eine Schlüsselposition in dem rätselhaften Fall einnahm. Sie war als Teil der Gegenwart mit in die Vergangenheit gerissen worden, nur ihre Umgebung hatte sich verändert, und daran trug allein Bandor die Schuld.

Maria Kugler drehte sich um. Sie schaute in das leere Zimmer und sah die offene Tür, durch die Bandor verschwunden war.

Ob er in seinem Experimentierraum steckte? Sein Raum, das stimmte wohl nicht ganz, er gehörte schließlich dem Professor Chandler. Wenn es eine Chance gab, wieder in die normale Zeit zurückzukehren, dann durch den geheimnisvollen Schacht, denn Maria Kugler fragte sich mit Recht, ob diese Magie nicht auch umgekehrt funktionierte.

Eine seltsame Ruhe lag innerhalb der Mauern. Die Ruhe vor dem Sturm. Maria kam sich vor wie auf einer Bühne stehend, nur gehörte sie nicht zu den Schauspielern, sondern nur zu den Statisten.

Andere führten Regie.

Auf der Schwelle des nächsten Raumes blieb sie stehen. Dort hatte der Professor experimentiert.

Es hatte sich nichts verändert. Noch immer befand sich das geheimnisvolle Fünfeck auf dem Boden, und noch immer leuchteten die einzelnen Seiten, sodass Maria das Gefühl hatte, sie wären in einer immerwährenden Bewegung und würden die Umrisse des Fünfecks genau nachzeichnen.

Von Bandor sah sie nichts.

In den alten Sagen hatte sie über ihn gelesen. Er war als

Dämonenjäger bekannt und ging sicherlich dieser Pflicht nach.

Zauberei, Hexerei, Magie – in dieser Urwelt gehörte dies einfach dazu. Die normalen Menschen lebten noch nicht. Ihre Entwicklung hatte nicht einmal begonnen, und dennoch existierten Völker.

Woher kamen sie? Wer waren sie? Darauf wusste Maria keine Antwort zu geben. Man hatte mal von Sternenvölkern gesprochen, von anderen Zivilisationen. Ob Graax und Bandor vielleicht dazugehörten?

Der Schacht interessierte die ältere Frau besonders. Als wäre er ein Magnet und ihre Augen kleine Eisenstücke, so sehr wurden sie von diesem geheimnisvollen Zauber angezogen.

Ein Schacht in die Tiefe! In welche aber? Konnte es ein Tunnel in die Dimensionen sein? Vielleicht ein Zeittunnel? Eine fantastische Vorstellung, und Maria Kugler erregte sich darüber. Sie kreiste diese Vermutung mit ihren Gedanken ein, denn falls sie einem Zeittunnel gegenüberstand, war das natürlich der absolute Hammer. So etwas gab es sonst nicht mehr.

Mit vorsichtigen Schritten und dabei nur auf den Zehenspitzen gehend, näherte sie sich dem geheimnisvollen Schacht. Aus seiner Öffnung flutete ein unheimlicher Widerschein. Dieses blaue fluoreszierende Licht, das auch sie erfasste und ihre Haut mit einem fahlen Schein bedeckte. Am Rande des Pentagramms blieb sie stehen. Intensiv dachte sie an Bandor. Er hatte die Zeiten manipulieren können und Voraussetzungen geschaffen. Die jahrelangen Forschungen des Professors waren auf fruchtbaren Boden gefallen. Vielleicht brauchte diese Magie noch ein auslösendes Moment, um die Zeiten wieder wechseln zu können.

Der Entschluss, in den Tunnel hineinzusteigen, reifte immer stärker in der Frau.

Sie wollte es wagen, obwohl sie ahnte, dass sie Professor Chandler alias Bandor keinen Gefallen damit tat. Aber es gab für sie keinen anderen Weg. Lange genug hatte sie schließlich darüber nachgedacht.

Geheimnisvoll leuchteten die Seiten des Fünfecks. Hin und wieder glühten die von Chandler aufgeschriebenen Formeln an den Seiten auf. Sie mussten die Garanten dafür sein, dass die Vergangenheit existent blieb und die Zeiten nicht mehr wechselten.

Was würde sie erwarten?

Obwohl sie es nicht gern zugab, hatte sie dennoch Angst, sich in den Schacht zu zwängen.

Ihr Herz klopfte überlaut, die Hände zitterten, das Gesicht war angespannt, als sie den rechten Fuß vorsetzte und ihn über eine Linie des Pentagramms schob.

Kaum hatte die Fußspitze den Boden berührt, als sie die Reaktion bereits spürte. Der Kontakt ließ einen Kraftstrom fließen. Er drang in ihren Fuß ein und stieg durch das Bein immer höher, bis er den Arm erfasste und die Schulter erreichte.

Hastig zuckte der Fuß der Frau wieder zurück, und das Kribbeln stoppte sofort.

Maria Kugler schluckte hart. So hatte sie es sich nicht vorgestellt. Bei ihrem Versuch hatte sie einen ersten Eindruck der Kräfte erhalten, die innerhalb des magischen Fünfecks wohnten, und sie fürchtete sich plötzlich davor.

Nein, da hatte sie sich zu viel vorgenommen. Mit dieser Magie musste jemand fertig werden, der sie beherrschte, und das war nicht sie. Es gab nur eine Chance für Maria Kugler.

Bandor, der Dämonenjäger!

Er allein war in der Lage, die Magie zu beherrschen und sie zu manipulieren. Maria hatte ihm einmal gegenübergestanden. Sie war mit dem Leben davongekommen, und sie glaubte fest daran, dass ihr dies auch ein zweites Mal gelingen würde, deshalb musste sie den Dämonenjäger finden. Im Schloss hielt er sich nicht auf. Wahrscheinlich lauerte er draußen in der feindlichen Umwelt, die so gefährlich für den Menschen war, dass er kaum überleben konnte.

Dschungel, wilde Tiere, grausame Kämpfer, das alles erwartete Maria, wenn sie das Schloss verließ.

Es war trotzdem ihre einzige Chance. Sie würde Bandor holen und wieder in ihre Zeit zurückkehren.

Maria nickte entschlossen, als sie sich umwandte. Sie befand sich noch in der Bewegung, als sie den Laut hörte.

Es war ein langgezogenes Schaben und drang aus der Richtung, aus der sie gekommen war. Freude durchzuckte sie, denn sie glaubte an Bandors Rückkehr, lief einige Schritte vor, erreichte den Gang, schaute hinein und versteinerte.

Nicht Bandor stand vor ihr. Sondern ein anderer.

Graax!

Wir hatten es geschafft!

Unter ungemein schweren Strapazen war es uns gelungen, die Burg zu erreichen.

Dabei hatten wir uns nicht nur durch einen dichten Dschungel schlagen müssen, sondern auch unsere liebe Not und Mühe mit Hans Kugler, dem es nach jedem Schritt schwerer fiel, sich auf den Beinen zu halten. Suko und ich stützten ihn abwechselnd. Manchmal schleiften wir ihn auch nur weiter, weil er nicht in der Lage war, seine Beine zu heben.

Als wir die Mauern der Burg vor uns sahen, verhielten wir unsere Schritte.

Es sah unheimlich aus, denn in Bodenhöhe dampften die Dunstwolken und krochen wie Qualm am Mauerwerk allmählich in die Höhe, um irgendwann zu zerflattern.

Mir kam es vor wie eine Tropenhölle. So feucht und heiß war die Luft. Unsere Kleidung klebte am Körper, das Luftholen wurde zu einer Qual, aber wir hatten jetzt endlich ein Ziel.

Die Burg war für uns wie ein Hoffnungsschimmer, und ich hörte Hans Kugler lachen.

»Was ist los?«, fragte ich.

Erschöpft hing der Mann in Sukos Griff. Sein Gesicht war verzerrt. Es bereitete ihm Mühe, den rechten Arm zu heben und mit dem Finger auf das Gemäuer zu weisen.

»Verdammt!«, keuchte er. »Das ist sie. Das ist die Burg aus unserem Land. Sie gehört – dem Professor …«

»Stimmt das?« Diese Frage richtete ich an Elke Kugler.

»Ja«, flüsterte sie.

»Lass uns doch hineingehen!« Peter war plötzlich wieder aufgeregt. Den Weg über hatte er sich still verhalten, jetzt war es mit seiner Ruhe vorbei. Wie wir alle spürte auch er, dass wir vor einer Entscheidung standen.

Die Burg war tatsächlich mit in diese geheimnisvolle Urzeit der Erde geschafft worden. Wenn sich Professor Chandler in ihr aufgehalten haben sollte, musste er ebenfalls anwesend sein und konnte uns vielleicht helfen.

Noch mussten wir den Weg zum Eingang ein Stück hochgehen, das jedoch taten wir gern. Zudem hatte uns die Hoffnung beflügelt, und auch Hans Kugler riss sich zusammen.

»Das schaffen wir«, machte ich ihm Mut. »Sie werden sehen, bald ist alles nur ein böser Traum.«

»Für mich ist es das jetzt schon!«, keuchte Kugler.

»Ich freue mich, dass Sie es so sehen«, sagte ich ehrlich. »Nehmen Sie es wie einen Traum hin, dann ist dieses verdammte Leben besser zu ertragen.«

Danach redeten wir nicht mehr. Ein jeder wollte seine Kräfte schonen. Die Burg kam immer näher. Von den großen Vögeln hatten wir nichts mehr gesehen. Zum Glück waren sie nicht auf die Idee gekommen, uns anzugreifen, denn diese Tiere waren mehr als gefährlich, das wusste ich aus anderen Abenteuern.

Suko schob sich an meine Seite. »Ich frage mich die ganze Zeit, John, ob wir tatsächlich noch in unserer Welt stecken oder in irgendeine Dimension geschleudert worden sind, aus der eine Rückkehr so gut wie unmöglich ist.«

»Mal den Teufel nicht an die Wand«, erwiderte ich. »Mir reicht diese Welt schon.«

»War ja nur eine Vermutung, die mir so durch den Kopf ging.«

Wir hatten zum Schluss Schwierigkeiten mit dem Gelände. Es ging steiler zum Tor hinauf, als wir gedacht hatten. Auch Hans Kugler konnte sich nicht mehr auf den Beinen halten.

Suko packte kurz entschlossen zu, bückte sich und warf den Mann über seine Schulter.

Elke hatte Angst um ihren Gatten. Mit bangen Worten beschwor sie meinen Freund, doch vorsichtig zu sein, und Suko nickte ihr beruhigend zu.

»Es ist wirklich besser für Paps«, sagte Peter und sprach dabei wie ein Erwachsener.

Ich musste über die Worte lächeln, aber der junge Mann hatte wirklich Recht.

Im nächsten Moment verging mir das Lachen.

Keiner von uns hatte ihn bemerkt. Er tauchte auf wie ein Schatten, der sich gedankenschnell zu einer Gestalt hervorkristallisierte und uns den Weg versperrte.

Er sprach kein Wort, doch seine Haltung sagte genug. Keinen Schritt weiter, bedeutete dies. Diese stumme, finstere Drohung unterstrich er mit seiner Waffe, einem langen Schwert, das er in der rechten Hand hielt und dessen Spitze auf uns zeigte.

Ich fühlte plötzlich die Hand des kleinen Peter Kugler an meiner Hüfte und hörte auch seine Stimme.

»Das ist er!«, flüsterte der Junge. »Das ist Bandor ...«

War er ein Feind? Diese Frage stellte sich uns automatisch, doch keiner von uns reagierte.

Wir blieben stehen und starrten den Krieger an. Ein Wilder aus tiefster Vergangenheit, der schon gelebt und existiert hatte, als es die normalen Menschen noch nicht gab. Also vor der großen Entwicklung, in einem Zeitabschnitt, der noch tiefer im Dunkel der Geschichte versunken war als der Komplex Atlantis.

Wild sah er aus. Er präsentierte sich uns mit nacktem, sehnigem Oberkörper, zerfledderten Hosen und einem Gürtel, in den er sein Schwert stecken konnte.

Schuhe brauchte er nicht, denn die Füße waren mit so starker Hornhaut bedeckt, dass sie die Schuhe ersetzten. Sein Haar war pechschwarz und lang, und wohl niemand wünschte sich diesen Kämpfer zum Feind. Trotz seiner Wildheit verspürte ich keine Angst. Auch den anderen schien es so zu gehen, vor allen Dingen auch dem kleinen Jungen, denn er flüsterte mir zu: »Das ist der Dämonenjäger Bandor. Ich habe über ihn gelesen. Er will das Böse vernichten.«

Ich musste lächeln. Da schienen wir den gleichen Job zu haben. Bandor war so etwas wie ein Vorgänger von mir, und ich hob grüßend die Hand, indem ich die Fläche nach außen drehte, ein Zeichen meiner Friedfertigkeit. Ich hoffte, dass Bandor diese Geste verstand.

Er rührte sich nicht. Nur an der Bewegung seiner Augen stellte ich fest, dass er meine Geste überhaupt wahrgenommen hatte. Ansonsten verhielt er sich still.

Elke Kugler verlor zwar nicht die Nerven, doch ihre Angst drückte sich in den nächsten Worten aus. »Er wird uns töten!«, keuchte sie. »Schauen Sie ihn sich an. Er ...«

»Halten Sie den Mund!«, zischte ich. Die Frau musste ich scharf anfahren, denn ich wollte nicht, dass Bandor durch ihre emotionalen und überängstlichen Reaktionen falsche Schlüsse zog.

Elke wollte etwas erwidern, verstummte jedoch, als sie in mein Gesicht sah. Sehr deutlich hatte sie die unausgesprochene Warnung darin erkannt.

Ich wollte mit Bandor reden. Wenn er meine Worte nicht verstand, dann vielleicht die Gesten, die meine friedliche Absicht dokumentieren sollten.

Über die Situation als Ganzes dachte ich nicht nach.

Es wäre auch verrückt gewesen, nach einer Erklärung zu suchen. Wir alle mussten diese Zeit und Umgebung so hinnehmen, wie sie war. Daran gab es nichts zu rütteln.

Einen Schritt vor Bandor blieb ich stehen. Nicht freiwillig, denn der Wilde senkte seinen Arm, damit auch das Schwert, und die Spitze zeigte auf meine Brust.

Ich traute mich nicht, eine Bewegung zu machen. Wie eingefroren stand ich da. Mein Atem ging flach, selbst das Zucken der Augendeckel vermied ich.

Die anderen hinter mir taten es mir nach. Es rührte sich keiner. Dennoch wusste ich, dass Suko trotz seiner menschlichen Last, die er auf seiner Schulter trug, auf dem Sprung stand. Auch sein Eingreifen würde zu spät kommen, denn Bandor war immer schneller, wenn die Schwertklinge vorzuckte.

Sekunden vergingen.

Sie kamen mir vor wie kleine Ewigkeiten, während über meinen Rücken der kalte Schweiß in kleinen Bächen rann.

Wie würde sich Bandor entscheiden? Hatte meine Geste etwas genutzt? Wusste er von unseren friedlichen Absichten? Er war ein Dämonenjäger – und ich ebenfalls.

Ich schaute in seine Augen.

Sie waren ebenso dunkel wie das Haar. Nichts las ich aus seinem Blick.

Der Wilde hatte sich hervorragend in der Gewalt. Sein breitflächiges Gesicht schien aus Marmor zu bestehen, nur an den Lippen erkannte ich ein winziges Zucken.

Im nächsten Augenblick glaubte ich, am Ende meines Weges angelangt zu sein. Ohne mich irgendwie vorzuwarnen, bewegte er seinen rechten Arm und damit auch das Schwert. Plötzlich spürte ich die Spitze auf meiner nackten Brust, merkte den leichten ziehenden Schmerz, als das Schwert die Wunde hinterließ, schielte nach unten und sah eine dünne, rote Spur in Richtung Bauch laufen.

War das der Anfang?

Scharf flüsterte Suko meinen Namen.

»Sei ruhig«, quetschte ich hervor.

Kaum hatte ich die Worte ausgesprochen, als sich das Gesicht des Wilden verzerrte. Die Augen wuchsen dabei; er senkte seinen Blick und stierte auf eine bestimmte Stelle an meiner Brust.

Ich wusste, was ihn so interessierte.

Das Kreuz!

Wie war das möglich?

Er konnte es nicht kennen. Es war erst viel, viel später hergestellt worden, dennoch war es für ihn etwas Besonderes, denn es fiel ihm schwer, seinen Blick davon zu lösen. Von dem Kreuz musste eine Faszination ausgehen, die auch ihn in ihren Bann schlug.

Er bewegte den Mund. Irgendetwas wollte er sagen, vielleicht sogar Worte formulieren, doch er brachte keine hervor. Nur dumpfe, irgendwie urig klingende Laute, die ich nicht verstand.

Was interessierte ihn so an meinem Kreuz?

Er kam näher. Dabei verschwand der leichte Druck der Schwertspitze nicht von meiner Brust, nur sein rechter Arm winkelte sich dabei an, ansonsten blieb alles normal.

Plötzlich streckte er seine linke Hand aus. Ich zuckte leicht zusammen, als ich die Berührung seiner Fingerspitzen auf meiner Haut spürte. Sie waren warm, feucht, ein wenig schweißig, und ich nahm jetzt auch den scharfen Geruch auf, den er ausströmte. Es war ein strenger, wilder Geruch, der in diese Zeit und in dieses Land passte.

Längst kamen mir seine Augen nicht mehr so dunkel vor. Etwas wie eine Erinnerung schien darin zu stehen. Erinnerung an die Zukunft vielleicht?

Paradox, dennoch nicht von der Hand zu weisen.

Eine winzige Bewegung nur, und er schaffte es, mein Kreuz zu berühren. Im selben Augenblick löste sich ein heller Schrei aus seinem Mund, er zuckte zurück, hob die Hände und wollte etwas sagen, aber wir verstanden die kehligen Laute nicht. Zudem hörten wir auch ein anderes Geräusch.

Es drang aus dem Schloss, und es glich dem Donnern und Fauchen, das wir schon mehrere Male vernommen hatten.

Graax!

Plötzlich schrie der kleine Peter: »Er ist da! Graax mit der Schlange, jetzt …«

Seine nächsten Worte gingen in einem rasenden Wirbel unter. Ich sah noch das entsetzte Gesicht des Dämonenjägers, dann packte auch uns ein gewaltiger Strudel, dem wir nichts entgegenzusetzen hatten.

Wir wurden zu Opfern der Zeiten …

Vor ihr stand Graax, der Barbar. Daran gab es nichts zu zweifeln und zu rütteln!

Maria Kugler spürte die unheimliche Angst, die sie umfangen hielt. Ihr Atem ging für einen Moment so flach, dass ihr Herzschlag wesentlich lauter klang.

Die alten Legenden und Sagen hatten nicht gelogen. Der Autor oder Erzähler, der von Graax geschrieben hatte, musste ihn gesehen haben, anders konnte sich Maria die detailgenaue Beschreibung nicht erklären.

Sein Reittier war die Schlange.

Eine Riesenschlange mit einem Körper so hoch wie die Hälfte eines ausgewachsenen Menschen. Schuppig die Haut, an der Seite rötlich schimmernd und an der zweiten Hälfte des Körpers mit einem Kamm versehen.

Graax selbst sah ebenfalls zum Fürchten aus. Die Teile der Rüstung schienen an seinem Körper zu kleben. In der rechten Hand hielt er die Streitaxt, und Maria Kugler erkannte, dass von der Klinge etwas in dicken Tropfen zu Boden fiel.

Es war Blut!

Allerdings schimmerte es nicht so rot wie das der Menschen, sondern wesentlich dunkler, als wäre es mit einer schwarzen Flüssigkeit gefärbt worden.

Graax hatte getötet.

Aber wen?

Maria Kugler dachte an die großen Vögel, die sie so steil nach unten fliegen gesehen hatte. Wahrscheinlich war Graax im Kampf gegen sie der große Sieger geblieben. Dass er es geschafft hatte und sein Körper auch keine Verletzungen oder Schrammen zeigte, bewies der Frau, wie gefährlich er sich wehren konnte.

Dem konnten auch drei Monstervögel nichts anhaben. Hinzu kam die Schlange, dieses grausame Untier, das sein Maul weit aufgerissen hatte, sodass Maria die beiden scharfen Zähne und auch die Zunge erkennen konnte.

Gehört hatte sie den anderen leider nicht. Er konnte sich nahezu lautlos bewegen und wurde von der Schlange unterstützt, die trotz ihrer Größe die Geschmeidigkeit ihrer Nachfahren hatte.

Bandor war ein Dämonentöter gewesen. Einer der das Böse jagte, doch dieser Krieger hier verkörperte es. Er wollte töten, seine Streitaxt mit der blutigen Klinge bewies es.

Maria sah, wie seine Beinmuskeln zuckten. Für einen Moment klemmten sich die Oberschenkel härter um den Leib der Schlange, und das war für sie ein Zeichen.

Sie bewegte sich.

Der gesamte Körper schien einzurollen, und er hatte sich als Ziel Maria Kugler ausgesucht.

Das bärtige Gesicht des Kriegers verzog sich. Aus seinem offenen Mund, der wie eine helle Höhle innerhalb des schwarzen Barts klaffte, drangen urige Laute.

Kampfschreie!

Und die galten ihr.

Maria wusste nicht, wohin sie sich wenden sollte. Sie konnte nicht nach vorn in den Gang fliehen, denn dort versperrte ihr die Riesenschlange den Weg.

Was blieb ihr?

Zurück!

Ja, sie musste zurück. Wenn sie in das andere Zimmer floh, dann überlebte sie ein paar Minuten länger. Unter Umständen konnte sie auch aus dem Fenster klettern. Doch sie war inzwischen eine alte Frau geworden. Die Gelenke wollten nicht mehr so wie früher, sie hatten längst den größten Teil der Geschmeidigkeit verloren.

Nein sie konnte Graax nicht entrinnen.

Noch weiter öffnete die Schlange ihr Maul. Der Wilde schwang seinen Arm. Er drehte sich dabei, und die Waffe zog pfeifende Kreise durch die Luft. Mit einem Ruck beugte sich Graax vor und schlug über dem Kopf der Schlange hinweg, sodass die Streitaxt in die gefährliche Nähe von Marias Gesicht geriet.

Das gab den Ausschlag.

Die Frau sprang zurück. Mit einem zweiten Schritt trat sie über die Grenze des Fünfecks. Das wurde ihr erst bewusst, als sie das Kribbeln bemerkte, das wie elektrischer Strom durch ihren Körper rann, und die Schlange im selben Augenblick ein furchtbares Grollen ausstieß.

Dieser Laut erschreckte die Frau derart, dass sie noch einen Schritt zurücktrat.

Mit dem linken Fuß zuerst.

Da war die Schachtöffnung.

Plötzlich war der Widerstand verschwunden. Ihr Gesicht verzerrte sich in namenlosem Schrecken. Sie hörte noch ein fauchendes, hell klingendes Geräusch, dann war von ihr nichts mehr zu sehen.

Die Magie aber reagierte!

Jemand berührte mich an der Schulter, und ich hörte im nächsten Moment die scharf geflüsterten Worte an meinem rechten Ohr.

»Komm hoch, John!« Suko drängte.

Ich kniete auf dem Boden und wusste nicht, aus welchem Grund. Keine Ahnung, wie ich in die Haltung gelangt war. Die letzten Sekunden – oder waren es Minuten? – konnte ich sowieso nicht nachvollziehen. Das kam mir vor wie ein Film, der angehalten und dem Betrachter entzogen worden war.

Ich spürte die kalte Luft. Sie wirkte doppelt kalt nach dieser unnatürlichen und widerlichen Schwüle, die wir hinter uns hatten. Aber kalte Luft hatte es in der Urzeit nicht gegeben, also mussten wir uns in der Gegenwart befinden. Schlagartig war ich wieder »da«. Wenn wir tatsächlich in der Gegenwart steckten, war auch die Familie Kugler mit hinübergeschleift worden, zudem Bandor, der Dämonenjäger, und vielleicht auch Graax?

Ich streifte Sukos Hand ab, als mir der Inspektor auf die Füße helfen wollte. »Danke, Alter, das schaffe ich allein.«

Ich stemmte mich hoch, blieb stehen und schüttelte den Kopf. Ja, wir befanden uns wieder in der Gegenwart. In einer Zeit, die auch ihre Tücken hatte, doch nicht mit dieser unheimlichen Vergangenheit zu vergleichen war, die hinter uns lag.

Trotzdem war die Umgebung für mich fremd. Wir lagen nicht mehr im Gras, sondern sahen einen normalen

Weg der sich in Windungen dem Schloss entgegenschraubte und erst vor den Mauern sein Ende fand.

Rechts und links sah ich den dichten Wald. Die Kronen der Bäume bewegten sich im Nachtwind. Auch in dieser Zeit stand ein Mond hoch oben am Himmel, und hinter mir hörte ich die Stimmen der Kuglers.

»Paps, Mama, wir sind wieder da. Juh, wir sind wieder da!« Der kleine Peter sang die Sätze und tanzte wie ein Irrwisch umher. Er freute sich für sein Leben.

Auch ich musste lächeln. Ja, wir hatten es endlich geschafft.

»Bandor ist nicht da!« Mit diesen Worten riss mich Suko aus meinen Überlegungen wieder in die Gegenwart hinein.

Auch die Kuglers hatten seine Worte verstanden. »Vielleicht ist er dageblieben«, vermutete Hans. Er sprach gepresst. Seine Verletzung machte ihm schwer zu schaffen.

»Das glaube ich nicht«, sagte ich und nickte meinem Freund zu. »Los, Alter, wir suchen ihn!«

Bevor wir uns in Bewegung setzten, hörten wir bereits das Knirschen und Kratzen. Es war dort aufgeklungen, wo sich das Tor befand.

Da keiner von uns dorthin gegangen war, gab es nur eine Möglichkeit, dass Bandor die Burg bereits erreicht und sie betreten hatte.

Das war ein Ding.

Peter wollte an mir vorbeilaufen. Ich jedoch bekam ihn an der Schulter zu fassen und riss ihn herum. »Nein, mein Kleiner«, sagte ich sehr deutlich, »für dich ist jetzt Schluss. Du gehst fort von hier. Am besten nach Hause.«

Dagegen hatten auch seine Eltern nichts. Besonders Elke Kugler griff ein und redete ihrem Sohn ins Gewissen. Peter maulte zwar, musste sich aber schließlich fügen.

Suko sprach noch mit Hans Kugler. Wir hatten Angst, dass er es nicht schaffen würde, doch er winkte ab und sagte, dass der Weg nach Hause nicht so weit wäre.

»Dann viel Glück«, wünschten wir ihnen noch.

»Danke, euch auch«, sagte Elke leise.

Das konnten wir brauchen. Obwohl wir uns in der Jetztzeit befanden, waren Gefahren nicht auszuschließen, denn wir hatten etwas aus der Vergangenheit mitgenommen, das unberechenbar war.

Als die Kuglers um die letzte Wegbiegung verschwunden waren, atmeten wir auf.

Uns hielt auch nichts mehr, und wir liefen den Weg zur Burg hoch. Es war nicht mehr weit. Nur einige Kehren, danach sahen wir schon das Tor.

Es gab vor dem Gemäuer keinen Hof oder freien Platz, und es sah mir auch nicht so aus, als würde es hinter dem Tor existieren. Wahrscheinlich gelangten wir direkt in den Bau hinein, wenn wir das Tor aufstießen.

Bandor hatte es geschafft, also mussten wir es auch packen. Als Suko zweimal an der Klinke rüttelte, war uns klar geworden, dass die Tür nicht so einfach zu öffnen war. Der Wilde musste sie von innen verschlossen haben.

Jetzt war guter Rat teuer.

Ich schaute mich um und ging dabei drei Schritte zurück.

Mein Blick flog an der rauen Steinmauer hoch. Ich entdeckte einige Fenster, und als ich mich weiter nach rechts wandte, glaubte ich hinter wenigen Fenstern Licht zu sehen.

»Da scheint jemand zu wohnen«, erklärte ich Suko.

»Der Professor.«

»Und der Wilde ist bei ihm.«

Der Inspektor schwieg. Da auch ich nichts mehr sagte, hörten wir das Furcht erregende Grollen doppelt laut. Die Mauern schienen zu erzittern, und da wussten wir, dass nicht nur Bandor allein aus der Urwelt mit in diese Zeit hinübergeschleift worden war, sondern auch das andere Untier namens Graax.

Diese Burg war praktisch ein Platz, der zwischen den Zeiten wandern konnte, ohne sich zu verändern. Wir dachten nicht länger darüber nach, sondern nahmen die Tatsache einfach hin.

Wir schauten uns das Schloss an.

Da war nicht viel zu machen. Es sah ziemlich stabil

aus, wir hätten es sicherlich irgendwann einmal ge-
knackt, dies jedoch hätte viel Zeit in Anspruch genommen, und die hatten wir nun überhaupt nicht.

Suko hatte den gleichen Gedanken wie ich. »Vielleicht
gibt es noch eine andere Möglichkeit, in die Burg zu
gelangen«, meinte er und war schon verschwunden.

Es gab sie tatsächlich. Da wir uns nahe der Mauer hielten, sahen wir im Gras plötzlich das matte Blinken. Bei
genauerem Hinsehen stellten wir fest, dass es sich um
Glas handelte. Gar nicht mal so hoch über uns war ein
Fenster!

»Kommen wir da rauf?«, fragte ich.

Suko gab mir ein Zeichen als Antwort. Er legte beide
Hände zusammen, und ich begriff sofort.

Meinen Fuß setzte ich in Sukos gefaltete Hände, federte ein wenig nach und nickte dem Chinesen zu. Er schleuderte mich förmlich in die Höhe, sodass es mir gelang,
mit den Händen meiner ausgestreckten Arme den Rand
des Fensters zu erreichen.

Dort klammerte ich mich fest, hatte für einen Moment
die Angst, dennoch abzurutschen, musste nachgreifen
und bekam die Kante zu packen. Jetzt ging es besser.

Wir hatten abgesprochen, dass ich, wenn ich erst ein-
mal in der Burg war, zur Tür lief und sie aufschloss, denn
Suko hätte schon ein Affe sein müssen, wollte er die
Mauer hochklettern. Sie war einfach zu glatt.

Von außen hatte jemand die Scheibe zerstört. Daran zu
erkennen, dass die meisten Scherben im Innern lagen. Vor
der Burgmauer hatten wir nur wenige gesehen.

Im Zimmer dahinter brannten Kerzen. Sie leuchteten
es so weit aus, dass ich Einzelheiten erkennen konnte. Ich
sah die Reste eines Untiers auf dem Boden liegen.

Diese großen Vögel hatte ich zwar nie aus der Nähe
gesehen, aber der lange Schnabel, der noch zu erkennen
war, erinnerte mich daran, dass es sich nur um dieses Tier
handeln konnte.

Es war durch einen Hieb in zwei Hälften geschlagen
worden, wobei sich die Frage stellte, wer dies getan hatte.

Ich drehte mich wieder um, schaute aus dem Fenster

und starrte nach unten, wo mir Sukos Gesicht entgegen-
leuchtete, denn er hatte seinen Kopf in den Nacken
gelegt.

»Ich versuche die Tür zu ...«

Das letzte Wort ging in dem gewaltigen Grollen unter,
das durch die Burg hallte. Ich zuckte zusammen, wirbelte
herum, sah allerdings keinen Gegner vor mir. Dafür hörte
ich Sukos Stimme von unten.

»John, lass es sein. Der Weg zur Tür wird sicherlich
nicht leicht sein.«

Da hatte mein Partner Recht. Er konnte mir jetzt nur
die Daumen drücken, und das tat er sicherlich auch, als
ich mich abwandte und das Zimmer durchquerte.

Die Tür lag in meinem Blickfeld. So leise wie möglich
huschte ich auf sie zu, vernahm wieder das Brüllen des
urwelthaften Tieres und sah einen Augenblick später, wie
die schwere Tür von der anderen Seite her einen gewaltigen Schlag erhielt, dem sie nichts mehr entgegenzusetzen hatte. Sie wurde aus dem Rahmen gefetzt.

Die Splitter flogen mir um die Ohren. Ich sprang hastig
zurück und warf mich zur Seite, denn etwas schleuderte
wuchtig auf mich zu. Als ich zu Boden prallte, sah ich den
Teil des schuppigen Körpers und wusste nun genau, dass
Graax und die Riesenschlange ebenfalls den Weg in die
Burg gefunden hatten ...

Auch Bandor hatte den Zeitenwechsel gut überstanden.
Sogar besser als alle anderen, denn er war schon nach
wenigen Sekunden klar, fand sich neben einem Weg liegend wieder, sprang auf die Füße und schaute sich um.

Natürlich war ihm diese Umgebung fremd. Er musste
sich erst eingewöhnen. Mit dem sicheren Instinkt eines
Urmenschen erkannte er rasch, wo sich der Gegner befand.

In dem Gemäuer, das er in einer anderen Zeit bereits
einmal betreten hatte.

Jetzt war es wieder sein Ziel. Und er wusste, dass sein
Feind in der Burg lauerte.

Es gab einfach keine andere Möglichkeit. Über Bandors Gesicht glitt ein Grinsen. Diesmal würde ihm Graax nicht mehr entkommen, das war sicher. Er wollte eine endgültige Entscheidung erzwingen, und er jagte mit großen Sprüngen auf das Tor der Burg zu. Um die anderen Menschen kümmerte er sich nicht, erreichte sein Ziel und drückte den Eingang zur Burg auf.

Das Tor quietschte in den Angeln, was ihn nicht weiter irritierte. Er betrat die Burg, drehte sich um und drückte die Tür wieder zu. Da fiel ihm der Schlüssel auf.

Bandor wusste nicht, welche Bedeutung er hatte. Seine linke Hand tastete nach ihm, er zog und drehte ein paarmal, wobei er hörte, dass sich innerhalb der Tür etwas bewegte.

Dass er mit seiner Bewegung ein Schloss gesperrt hatte, wurde ihm nicht bewusst. Er war auch zu sehr auf seinen Gegner fixiert und machte sich auf die Suche nach ihm.

Bandor stand in dem kahlen Gang. Vom Licht der Fackeln wurde er ausgeleuchtet, und das Spiel von Hell und Dunkel malte seltsame Figuren auf seinen nackten Oberkörper. Es ließ den Mann erscheinen wie einen Geist. Fast nichts war zu hören, als er weiter in den Gang hineinhuschte, dabei sein Schwert zog und die beiden Kurven nahm, die vor den Treppenstufen endeten.

Er kannte sich hier aus. Die große Doppeltür in dem Mauergefüge stand weit offen, selbst das Kaminfeuer flackerte noch schwach, und es brannten auch noch einige Kerzen.

Für einen Moment blieb Bandor stehen, obwohl er es so eilig hatte. Er krauste die Stirn, schüttelte den Kopf, und in sein Gesicht strömte so etwas wie eine gewisse Nachdenklichkeit.

Er durchwanderte den Raum, passierte das Feuer, sah die Möbel und strich manchmal mit den Händen darüber, als wollte er etwas ertasten, was ihm irgendwie gehörte und dennoch so fremd war.

Bandor fand sich nicht zurecht.

Erst an dem runden Tisch mit der brennenden Kerze

verhielt er seinen Schritt, und er sah auch die offene Tür, die in den anderen Raum führte, wo Chandler immer experimentiert hatte.

Dort lauerte der Schatten.

Abermals hörte er das gewaltige Grollen. Noch während dieses Lauts bewegte sich der Schatten. Was es genau war, konnte Bandor nicht erkennen, er wusste jedoch, dass sein Gegner auf ihn lauerte.

Und der kam.

Nicht Graax selbst griff ihn an, sondern die Riesenschlange. Sie passte soeben durch die Tür, befand sich mit dem hinteren Teil des Körpers noch in Bewegung und schob sich schlängelnd auf den Dämonenjäger zu. Dabei peitschte aus dem weit aufgerissenen Maul ihre Zunge. Sie fuhr dicht über den Boden, wobei Bandor genau wusste, wie gefährlich sie war, denn er sprang hastig in die Höhe, sodass ihn die Zunge verfehlte.

Graax aber lachte.

Wütend schwang er seine Streitaxt. Ein pfeifendes Geräusch erklang, als die Waffe, ungemein wuchtig geschlagen, durch die Luft schnitt. Bandor musste zurück, und er ging auch weiter nach hinten, als die Schlange sich so heftig bewegte, dass sie einige Möbelstücke zertrümmerte, die innerhalb des Raumes standen.

Bandor wurde so weit weg gedrängt, dass er in die Nähe des Kamins geriet. Noch war die Entfernung für ihn sehr ungünstig. Er konnte seine Waffe nicht direkt gegen Graax einsetzen, dafür drehte er sich um, griff nach hinten und bekam die glühenden Kaminscheite zu packen. Mit der nackten Hand riss er einen an sich, holte kurz aus und schleuderte den Scheit auf Graax und die Schlange zu.

Der Barbar duckte sich. Dabei dröhnte ein Lachen aus seinem weit aufgerissenen Maul. In diesem Geräusch ging das Poltern unter, mit dem der Scheit zuerst gegen die Wand und danach zu Boden krachte, wobei einige Funken in die Höhe stoben.

Der nächste Scheit war besser gezielt. Und auch mit

ungeheurer Wucht geworfen. Bandors Körper streckte sich, das glühende Teil verließ seine Hand und hätte Graax am Kopf getroffen, aber der Wilde zeigte sich von der reaktionsschnellen Seite.

Er riss den rechten Arm mit der Axt hoch, eine kurze Bewegung, und die Klinge traf das Holz.

Plötzlich bestand der glimmende Scheit aus zwei Teilen, die rechts und links der Schlange zu Boden prallten.

Damit hatte Bandor nicht gerechnet. Für einen Moment stand er starr auf dem Fleck und sah danach, dass nun Graax ihn wieder angriff. Durch die Bewegungen seiner Oberschenkel trieb er sein unheimliches Reittier an, und die Schlange wurde so schnell, dass Bandor ihr erst im letzten Moment durch einen Sprung nach links ausweichen konnte. Er wurde zurück durch die offene Tür und in den Gang hineingetrieben, wobei ihm die Schlange sofort folgte.

Bandor sah nicht mehr, dass ein Mann durch das zerstörte Fenster kletterte, er befand sich auf dem Rückzug.

Er wusste nur, dass er einem Kampf nicht mehr ausweichen konnte, und innerhalb des kahlen Ganges, wo die Pechfackeln ihr unheimliches Licht verbreiteten, stellte er sich.

Zwei Gegner aus einer fernen Vergangenheit der Erde standen sich, aus ihrer Perspektive gesehen, in der Zukunft gegenüber, um ein für alle Mal abzurechnen …

Im Zimmer herrschte ein regelrechtes Chaos. Zuletzt war die Tür zerstört worden, aber Graax musste schon vorher dagewesen sein, denn ich sah die umgekippten Möbelstücke. An einigen Stellen hatte sich das Feuer der Kerzen bereits ausgebreitet. Die Flammen waren nicht erloschen, und es bestand die große Gefahr eines Brandes.

Die gefährlichsten Flammenherde konnte ich durch hastiges Trampeln löschen. Ich entdeckte auch zwei glühende Holzscheite, sie lagen allerdings außerhalb der Gefahrenzone. Einer dicht an einer offenen Tür, die in den Nebenraum führte.

Eigentlich hatte ich die beiden Kämpfer verfolgen wollen, doch durch die Tür schimmerte ein seltsam blauer Widerschein. Ein fluoreszierendes Leuchten, das aufflackerte, dann wieder erlosch, erneut heller wurde und sich anschließend wieder verdunkelte.

Irgendetwas ging in diesem Raum vor. Es kam nicht auf die Sekunde an, und ich wollte genau wissen, was sich jenseits der Schwelle abspielte. Schnell war ich da, blieb in Höhe der Tür stehen und schaute überrascht nach vorn.

Auf dem Boden sah ich das Fünfeck. Ein magisches Zeichen, in dessen Mitte sich eine runde Öffnung befand, aus der das bläuliche Leuchten drang. Ich hatte das Gefühl, auf einen Schacht zu blicken und sah auch die aufgezeichneten Formeln an den Seiten des Pentagramms. Sie waren es, die immer wieder aufleuchteten, etwas schwächer wurden und danach stärker. Der Schein dieses Intervalls hatte sich mit dem blauen Licht vermischt und war bis in den Nebenraum gedrungen.

Irgendwo hinter mir hörte ich Kampfgeräusche. Wahrscheinlich hatten sich die beiden Feinde getroffen und trieben es bis zur Entscheidung. Ich hätte mich gern eingemischt, aber auch die magische Zone interessierte mich, denn ich war mir sicher, hier vor dem Zentrum aller Magie zu stehen, mit der die Burg erfüllt war.

Unruhig bewegte ich meine Hände. Ich sah auch, dass mein Kreuz reagierte.

Es begann ebenfalls zu funkeln und zu gleißen und verstärkte sich noch, je mehr ich an den Rand des Pentagramms herantrat.

Jetzt konnte ich direkt auf den Schacht schauen.

Mein Blick blieb an der Oberfläche hängen. Das blaue Vibrieren war trotz der zahlreichen Bewegungen der Partikel als glatt zu bezeichnen und so dicht, dass mir ein tieferer Blick in den Schacht verwehrt wurde. Wie seine Magie nun genau funktionierte, war mir ebenfalls unbekannt, da hätte ich schon den Professor fragen müssen, doch der war nicht zu sehen.

Mir juckte es in den Fingern, die Magie des Fünfecks

zu manipulieren. Aber ich hatte Angst, dass die Zeiten wieder durcheinandergerieten, und so schaute ich mir die Formeln an den Seiten an.

Geheimnisvolle Zeichen.

Vergeblich kramte ich in meinem Gedächtnis nach, doch den Sinn verstand ich auch nach langem Überlegen nicht. Diese Formeln hatte es auch nicht in atlantischer Zeit gegeben, sie mussten viel früher entstanden sein, es war keine regelrechte Schrift, sondern nur Zeichen.

Ich sah Halbbögen, Vierecke und dazwischen so etwas, das man vielleicht als einen Buchstaben hätte bezeichnen können.

Um Genaueres zu erfahren, hätte ich Chandler fragen müssen.

Vielleicht sah ich ihn noch. Dann musste er mir eine Erklärung geben.

Bisher hatte ich daran geglaubt, einen leeren Schacht vor mir zu sehen. Das stellte sich als Irrtum heraus, denn dicht unter der Oberfläche bemerkte ich eine Bewegung.

Noch schärfer schaute ich nach, beugte mich auch weiter nach vorn und entdeckte einen Schatten.

Er war dunkler als das blaue Flimmern. Konturen erkannte ich nicht, zudem veränderte sich dieser Schatten laufend. Einmal war er länglich, dann schob er sich in die Breite, sodass er die Ränder berührte.

Je länger ich stand und schaute, umso mehr wurde mir klar, dass sich möglicherweise ein Mensch innerhalb dieses mit praller Magie gefüllten Schachts befand.

Sollte Chandler eingetaucht sein?

Ich riskierte einen Versuch und streckte meinen Fuß vor. Augenblicklich verspürte ich ein seltsames Kribbeln, das durch meinen Körper schoss, sodass ich den Fuß hastig wieder zurückzog.

Einen Moment später erschien der Schatten deutlich. Ja, es handelte sich bei ihm um einen Menschen. Sehr gut war er zu erkennen. Die Umrisse stachen hervor, wurden deutlicher, und einen Herzschlag später schob sich etwas aus dem Schacht hervor.

Es sah schaurig aus, und ich wurde an Szenen erinnert,

wie ich sie schon bei Gräbern gesehen hatte, wo lebende Tote ihre letzten Ruhestätten verließen.

So auch hier.

Eine Hand drang aus dem Schacht.

Die Finger waren gespreizt. Deutlich erkannte ich die straffe Haut, die einige Altersflecken zeigte.

Professor Chandler hatte ich kennen gelernt. Ich wusste genau, wie er aussah, und mir war sofort klar, dass es sich bei dieser Hand nicht um seine handeln konnte.

Die gehörte jemand anderem.

Aber wem?

Gespannt wartete ich ab. Immer höher schob sich die Hand.

Der Kleiderstoff fiel zurück und bildete dabei Falten, und im nächsten Augenblick erschien der Kopf.

Das Gesicht einer alten Frau!

Meine Augen wurden groß. Damit hatte ich nicht gerechnet. Die Frau drehte während ihrer Vorwärtsbewegung den Kopf, sodass sie mich anschauen konnte. Ich las die Qualen und die Angst von ihrem Gesicht ab.

Sie öffnete den Mund, ihr Gesicht verzerrte sich dabei zu einer Grimasse, und sie flüsterte: »Bitte, bitte helfen Sie mir! Ich kann nicht mehr …«

»Wer sind Sie?«

»Kugler. Maria Kugler!«

War das eine Überraschung! Mir wurde vieles klar. Das musste die Großmutter sein. Peter hatte viel von ihr gesprochen. Von dieser Frau hatte er die Bücher bekommen, in denen so viel über die längst vergessene und versunkene Welt geschrieben stand.

Wie sie in den Schacht geraten war, wusste ich nicht. Auf jeden Fall war es leichter für sie, rein- als wieder rauszukommen. Sie hatte mich um Hilfe gebeten. Ich wollte sie ihr nicht abschlagen, beugte mich vor und streckte dabei meinen Arm aus.

Unsere Finger fanden sich.

Es war nur eine kurze Berührung, ich musste härter zugreifen, meine Stellung auch ein wenig verändern. Da ich mein Kreuz um den Hals hängen hatte und ich jetzt gebückt dastand, geschah es zwangsläufig, dass es über die Linien des Pentagramms geriet.

Das Kruzifix, ebenfalls mit einer großen Magie aufgeladen, befand sich nun im Zentrum dieser anderen fremden Kraft.

Vielleicht hätte eine Zehntelsekunde der Berührung ausgereicht, meine Reaktion dauerte natürlich länger, und so kam es zu dem längeren Zusammenprall zweier Magien.

Und es erfolgte die Reaktion.

Ich merkte noch den Ruck, der mich erfasste, als ich die Frau aus dem Schacht zog. Im nächsten Augenblick wurde ich nach hinten katapultiert. Etwas blitzte, ein grelles Licht strahlte auf. Dann krachte ich zu Boden, während ich Maria Kugler mit mir zog, ihre Schreie hörte und merkte, dass sie auf mich fiel.

Im nächsten Moment hüllte uns das Licht wie eine Wolke ein. Ich hatte die schreckliche Befürchtung, wieder in eine andere Zeit geschleudert zu werden. Das geschah nicht, denn die beiden Magien hatten sich aufgehoben und damit auch den geheimnisvollen Zeittunnel zerstört.

Es dauerte nicht sehr lange, bis ich wieder klar sah. Als ich nach vorn schaute, war nichts mehr zu entdecken.

Kein Pentagramm, kein Schacht, keine Formeln. Der normale Boden lag vor mir.

Ich vernahm tiefe Atemzüge. Maria Kugler stieß sie aus. Sie lag neben mir, drückte ihren Oberkörper hoch und stützte sich auf ihren Ellenbogen ab.

Als sie den Kopf drehte, sah ich die großen, ängstlichen Augen. Die Mundwinkel zuckten, sie wollte mir etwas sagen.

»Nicht jetzt«, flüsterte ich, obwohl mir die Neugierde auf den Nägeln brannte.

»Doch!«, stieß sie hervor. »Doch, ich muss es …«

Ich half ihr hoch. Mit zitternden Beinen blieb sie stehen, krallte sich an meinen Schultern fest und flüsterte: »Der Professor. Er ist verschwunden, in den Schacht gegangen.«

Ich erschrak. Die Frau hatte ich zurückholen können. Dabei war die Magie wirkungslos geworden, und ich glaubte auch nicht daran, dass es mir gelingen würde, Chandler wieder in die normale Welt zu transportieren. Die Verbindung war leider gerissen.

»Ist er dageblieben?«

»Ja und nein«, schluchzte die Frau. »Ein anderer ist stattdessen zurückgekehrt. Der Wechsel der Zeiten – es ist alles so schwierig. Der Professor sagte mir, dass er schon einmal gelebt hat. In einer fernen Zeit als wilder Krieger. Man nannte ihn Bandor ...«

Also doch! Chandler und Bandor waren ein- und dieselbe Person. Ich hatte es geahnt, nun erhielt ich die Bestätigung, und ich presste für einen Moment beide Handflächen gegen die Stirn. Bandor hatten wir gesehen, er existierte, der Professor nicht. Also war er im Tunnel der Zeiten verschwunden. Es hatte einen Seelenaustausch gegeben, denn Chandler war wieder in seine erste Gestalt zurückgekehrt und würde als Mensch aus der Urzeit vielleicht hier weiterleben.

Mein Gott, wie schrecklich!

»Begreifen Sie, mein Herr? Begreifen Sie das?« Die Stimme der Frau klang drängend.

Ich ließ die Hände sinken. »Ich habe es kapiert«, flüsterte ich. »Verdammt gut sogar.«

»Wollten Sie denn zu ihm?«

»Natürlich.«

»Dann sind Sie sicherlich dieser Engländer, von dem er immer gesprochen hat?«

»Das bin ich tatsächlich.«

Maria Kugler begann zu weinen. »Sie werden ihn nicht wiedersehen. Aber er hat alles gewusst. Er schrieb auch die Bücher. Viele lachten ihn aus. Es waren keine Sagen oder Legenden, er hatte sich nur erinnert und sein erstes Leben nacherzählt. Nun ich ...« Die Stimme der Frau erstickte.

Ich hätte Maria Kugler gern getröstet, doch mir blieb nicht die Zeit. Bandor und Graax kämpften. Sie wollten eine Entscheidung, wobei ich nicht mit Bestimmtheit behaupten konnte, dass Bandor auch Sieger blieb. Zu gefährlich war der andere.

»Bleiben Sie hier«, sagte ich zu Maria Kugler. »Rühren Sie sich nicht vom Fleck! Alles andere erledige ich.«

»Und wo wollen Sie hin?« Ihre Stimme zitterte, als sie mir die Frage stellte.

»Ich will Bandor helfen.«

Dann war ich weg und hörte die urigen Kampfschreie sowie das wilde Grollen wie eine Höllenmusik ...

Bandor hatte sich zurücktreiben lassen. Bis in den Gang hinein, doch dort war Schluss.

Jetzt würde er sich stellen und dem anderen seine Trumpfkarten auf die Hand legen.

Das Schwert hatte er gezogen. Breitbeinig stand er vor der Treppe und schaute zu, wie sich die gewaltige Schlange mit dem Barbaren auf dem Rücken allmählich durch die offene Tür zwängte.

Ein jeder der Gegner vertraute auf seine Waffen. Bandor auf das Schwert, Graax auf seine Streitaxt, in deren Handhabung er es zu einer wahren Meisterschaft gebracht hatte.

Schwert gegen Axt! Wer würde siegen?

Auch die Schlange wusste, dass jetzt die Entscheidung bevorstand, denn sie bewegte sich schneller.

Aus dem Maul des Graax drangen urige Kampf-schreie. Er schlug bereits mit seiner Axt Wellen und Kreise in die Luft. Das Pfeifen sollte seinen Gegner nervös machen, und die Klinge rauschte jedesmal dicht über den Kopf der Schlange hinweg.

Bandor hielt das Schwert waagrecht. Mit einer Hand hatte er den Griff umklammert, die anderen Finger lagen um die Spitze der Waffe. Er bog den Stahl etwas durch, ein Zeichen seiner Kraft, aber er wollte auch die Geschmeidigkeit der Klinge prüfen.

Das Haar war zurückgestreift, es fiel nicht mehr in die Augen, und er lauschte mit einem Ohr nach hinten, wo dumpfe Schläge gegen die Tür hämmerten.

Dort verlangte jemand Eintritt. Es war Suko, der versuchte, in das Schloss zu gelangen. Doch Bandor dachte nicht daran, zu öffnen, ihn interessierte nur der Kampf gegen Graax.

Plötzlich ließ die linke Hand die Klinge los. Er hatte sie zuvor ein wenig gebogen, sie schnellte förmlich nach vorn, und genau in dem Augenblick verließ die Zunge der Schlange peitschengleich das weit aufgerissene Maul.

Sie erinnerte an eine klebrige, lederne Schnur, die dem Mann entgegenfegte, aber das Schwert befand sich bereits auf dem Weg. Ein mit den Augen kaum zu verfolgender Hieb, ein gedankenschnelles Drehen, und die Zunge war abgetrennt.

Sie klatschte zu Boden, wo sie noch zweimal zuckte und dann still dalag.

Das Untier drehte durch.

Auf die doppelte Lautstärke wuchs das Schreien an. Es brandete gegen die kahlen Mauern, schien sie einreißen zu wollen, und das Licht der Fackeln geriet in heftige Bewegungen. Es flackerte auf und nieder, ein heißer Hauch streifte den Kopf des Dämonenjägers, der nicht aufgab und sich mit gezücktem Schwert nach vorn warf, wobei er es in den Rachen der Schlange stoßen wollte, während Graax vorgerutscht war und seinen rechten Arm hochhielt, um mit der Axt seinem Gegner den Schädel zu spalten.

Bandor wäre schneller gewesen, aber er hatte Pech. Von den Fackeln war flüssiges Pech zu Boden getropft, und darauf rutschte der Angreifer aus. Sein rechtes Bein wurde lang, nahm bereits die Spagatform an, dann fiel Bandor hin, prallte fast auf den Rücken, doch er drehte sich sofort wieder zur Seite, um seinem Gegner nicht wehrlos gegenüberzustehen.

Mit einem Sprung kam er hoch, kniete plötzlich vor dem Ungeheuer, das die Gunst des Augenblicks nutzte und Bandor zerschmettern wollte.

Weit hatte der Dämonenjäger seine Arme erhoben. Jetzt umklammerten beide Hände den Griff der Waffe, bis er die linke losließ, sie in die Höhe streckte und mit der rechten noch im selben Augenblick das Schwert nach oben wuchtete.

Er stach wie ein metallener Strahl der unheimlichen Schlange entgegen, die sich in einem regelrechten Angriffstaumel befand und ihr Maul nicht mehr so rasch schließen konnte.

Bandors Waffe drang voll hinein. Sie jagte schräg in den Oberkiefer, trat an der anderen Seite wieder hervor und schleuderte in einer Wolke von Schleim auch ein Auge der Riesenschlange in die Höhe.

Es klatschte irgendwo zu Boden, während die Schlange ihren Oberkörper gegen die Decke wuchtete, sich so aufbäumte, dass selbst Graax das Gleichgewicht nicht halten konnte und von dem glatten Körper zu Boden geschleudert wurde.

Bandor, der seine Waffe eisern festhielt und sie jetzt aus der Wunde riss, schrie triumphierend auf. Dann sprang er zurück, weil er nicht wollte, dass ihn die Riesenschlange während ihres Todeskampfes zerquetschte.

Fast bis zur Tür rannte der Dämonenjäger und vernahm weiterhin von außen her die Schläge.

Schwer atmend stand er da. Sein Oberkörper glänzte, die Augen leuchteten wild, denn nun hatte er Graax am Boden, der sich vor der eigenen Schlange in Sicherheit bringen musste, damit sie ihn nicht durch ihr gewaltiges Gewicht zermalmte.

Er tat dies auf seine ureigenste Art und Weise, indem er mit seiner Axt zuhieb.

Graax hackte den Körper seines Reittieres buchstäblich in Fetzen. Er glich dabei einer Maschine. Bandor sah immer nur, wie Graax' Arm in die Höhe fuhr. Er konnte die Streitaxt erkennen, die Hand und einen Teil des Unterarms. Alles andere wurde vom Körper des Riesentieres verdeckt.

Die Schlange kam nicht mehr dazu, Graax zur Seite zu schleudern. Die harten, erbarmungslosen Schläge gaben dem Ungeheuer den Rest, und Bandor vernahm Graax' gewaltigen Triumphschrei, als er das verendete Tier gekrümmt vor sich liegen sah.

Jetzt hatte er freie Bahn!

Mit einem gewaltigen Satz sprang er über den Körper der Schlange hinweg. Aus dem weit aufgerissenen Mund drang ein uriger Schrei des Triumphs. Die Augen blitzten; in ihnen stand der Siegeswille wie festgeschrieben, und er wurde auch nicht schwächer, als Bandor startete und ebenfalls auf ihn zurannte.

Beide schwangen ihre Waffen.

Wie gespenstische Gestalten tauchten sie in den flackernden Widerschein der Pechfackeln, atmeten keuchend, und eine Sekunde später klirrten die Waffen gegeneinander.

Der Dämonenjäger hatte mit dem Schwert zugeschlagen, Graax mit seiner Streitaxt.

Metall hieb gegen Metall. Da sprühten Funken und zogen ihre Bahnen wie winzige Kometen.

Niemand wollte aufgeben. Jeder war von seinem Sieg überzeugt. Für einen Moment standen sie sich gegenüber, die Waffen gekreuzt, bis sich die Feinde durch kräftige Schübe voneinander lösten und in verschiedene Richtungen taumelten.

Sie drangen erneut aufeinander ein.

Wieder klirrten die Waffen. Keiner gewann einen Vorteil. Graax beherrschte seine Streitaxt wie ein Künstler. Er hatte keine Angst vor dem wesentlich längeren Schwert und egalisierte diesen Vorteil durch seine Behändigkeit.

Stach Bandor zu, tauchte und glitt er geschmeidig zur Seite. Mehrmals wischte die blanke Klinge dicht an seiner Hüfte vorbei, ohne ihn zu verletzen.

Bandor fightete verbissen. Er gab nicht auf, setzte seine Kräfte ein, und die Klinge fauchte durch die Luft. Die Schläge wurden schräg angesetzt, von oben nach unten rasten sie auf Graax zu, der immer wieder auswich.

Einmal lachte er hart auf, als die scharfe Schwertspitze schnell wie ein Schatten durch den Flammenkranz der Fackel huschte und mit einem hässlichen Laut an der Wand entlangratschte.

Für einen Moment war Bandor nicht Herr der Lage.

Graax schlug zu. Plötzlich wuchtete seine Streitaxt nach vorn. Die durch das Schlangenblut dunkel gewordene Klinge geriet in die gefährliche Nähe des Gesichts seines Feindes, und Bandor schwebte plötzlich in akuter Lebensgefahr.

Er ließ sich fallen.

Fast hätte ihm die Schneide ein Ohr abgehackt. So aber fehlte sie um Haaresbreite, aber sie streifte die Schulter des Dämonenjägers und hinterließ nicht nur gewaltige Schmerzen, sondern auch eine klaffende Wunde, aus der sofort ein Blutstrom schoss.

Trotzdem gab Bandor nicht auf.

Er war auf die Knie gefallen, sah, dass der andere zu einem erneuten Schlag ausholte und brachte trotz der Schmerzen seine Waffe blitzschnell in die Höhe.

Gegen den Kopf des anderen hatte er gezielt. Er wollte ihn zerstören, aber die Klinge traf mit einem hell singenden Geräusch nur den goldfarben schimmernden Helm, ratschte an der Seite entlang und schlug danach gegen die Armrüstung, die diesen Treffer aushielt.

Graax brüllte auf.

War das der Sieg?

Er trat zu.

Damit hatte Bandor nicht gerechnet. In seinem Gesicht explodierte der Tritt. Es war ein Kampf ohne Pardon, zwei Todfeinde standen sich gegenüber, einer nur sollte übrig bleiben, und Bandor fiel durch die Wucht des Trittes zurück.

Aus seiner Nase strömte das Blut. An der Stirn war ebenfalls eine Wunde zu erkennen, und der rote Lebenssaft rann ihm in die Augen, sodass er sekundenlang nichts sehen konnte.

Dieses Handicap war bei einem Kampf wie diesem absolut tödlich. Das wusste Graax. Er schnellte hoch, warf sich nach vorn und ließ mit seinem rechten Arm die Klinge der Axt nach unten sausen, auf den Kopf des Dämonenjägers zu ...

Da fielen die Schüsse.

Zweimal hatte ich abgedrückt, und die beiden Detonationen vereinigten sich zu einer einzigen. Die geweihten Silberkugeln hieben in den Körper des sich in Bewegung befindlichen Kriegers, rissen ihn herum. Er geriet aus der ursprünglichen Richtung und krachte gegen die Wand, wobei er mit seiner Streitaxt noch gegen das Mauerwerk hieb und eine lange Funkenspur hinterließ.

Ich stand da, hielt die Beretta schussbereit und schaute über die tote Riesenschlange auf die beiden Kämpfer.

Graax hatte es voll erwischt.

Er lag auf dem Bauch. Zwei rote Rinnsale liefen aus seinem Körper. Genau dort, wo ihn meine Geschosse erwischt hatten. Aber es hatte keine andere Möglichkeit für mich gegeben, um Bandors Leben zu retten.

Ein letztes Zucken durchrann den Körper des Barbaren, dann lag er endgültig still.

Ich stieg über die tote Riesenschlange hinweg und hörte draußen vor der Tür die Stimme Sukos.

»Verdammt, John, die Tür!«

Ich schloss sie auf.

Suko stürmte in den Gang, blieb nach zwei Schritten stehen und schaute sich um. Er schüttelte dabei den Kopf, und auch ich erlaubte mir diese Reaktion.

Das Finale dieses Kampfes war zum größten Teil ohne unsere Mitwirkung über die Bühne gelaufen. Es hatte vielleicht auch so sein müssen, weil es im Reich der Dämonen ungeschriebene Gesetze gab.

Wir kümmerten uns um Bandor. Er hatte nichts dagegen, dass wir ihm das Blut aus dem Gesicht wuschen. Er starrte uns nur an. In seinen Augen leuchtete kein Kampfeswille mehr, sondern Verständnislosigkeit und offene Fragen.

Dann kam Maria Kugler. Sie schrie leise auf, als sie Bandor erblickte. Ich aber beruhigte die Frau. »Er ist nicht tot, meine Liebe.«

»Dann hat er sich retten können«, flüsterte sie. »Aber was ist mit dem Professor?«

Eine gute Frage, auf die wir leider keine Antwort wussten, obwohl wir gern eine gehabt hätten. Der Wissenschaftler war und blieb verschwunden. Vielleicht steckte er für alle Ewigkeiten im Tunnel der Zeiten.

Suko deutete auf den toten Graax. »Ich werde ihn draußen begraben«, erklärte er.

Dagegen hatte ich nichts. Später, als es Bandor besser ging, gesellte auch ich mich zu meinem Partner. Er hatte den Toten schon weggeschafft. »Es ist nicht einfach«, sagte er zu mir. »Denn wir haben Bandor, und ich frage mich, wohin mit einem Menschen, der vor vielen Jahrtausenden mal gelebt hat und …«

Ich winkte ab. »Wir nehmen ihn mit nach London. Möglicherweise erinnert er sich wieder. Vielleicht kreuzen sich auch der Geist des Professors und seiner, sodass wir eine großartige Mischung bekämen. Wir packen die Unterlagen ein, alles muss hier verschwinden.«

»So sang- und klanglos?«

»Ja, mein Lieber. Sang- und klanglos. Und ich hoffe, dass auch die Kuglers nichts sagen.«

»Das hoffe ich auch.«

Die Familie Kugler zeigte sich kooperativ. Als wir sie besuchten, graute schon längst der Tag. Der Arzt war auch bei ihnen gewesen und hatte Hans Kugler einen dicken Verband verpasst.

Natürlich wollte jeder wissen, ob diese schreckliche Magie noch einmal zurückkehren würde.

Eine konkrete Antwort konnten wir ihnen nicht geben, waren jedoch guter Hoffnung, dass es nicht passierte.

Es würde ein Problem werden, Bandor nach London zu schaffen, aber so mancher hat schon eine Reise in einer großen Kiste überlebt. Weshalb sollte dieser Dämonenjäger aus der Urzeit da eine Ausnahme machen? Außerdem wollten wir wissen, welches Leben er geführt hatte und wie diese Zeit damals gewesen war.

Eins stand fest: Die Zukunft würde nicht nur gefährlich werden, sondern auch sehr interessant …

ENDE

Hexenpest

Mit einer Gesamtauflage von 250 Millionen ist ›Geisterjäger John Sinclair‹ die erfolgreichste Horror-Serie der
Welt, und Jason Dark zählt zu den meistgelesenen
Autoren deutscher Sprache. In dieser Taschenbuchausgabe erscheinen acht seiner atemberaubenden Romane:

Der Schädel des Hexers
Die Totenkopf-Brigade
Ich stürmte den rollenden Sarg
Ein Totenopfer für Clarissa
Vom Teufel besessen
Belphégors Höllentunnel
Das gläserne Grauen
Nachts, wenn der Wahnsinn kommt

ISBN 3–404–73933–7

GEISTERJÄGER
JOHN SINCLAIR

**WOLFS-
TRANK**

Die große Horror-Serie
von Jason Dark

Wolfstrank

Als Marlene King ihre Enkelin betrachtete, da bemerkte sie, dass der Zwölfjährigen ein dünnes Fell gewachsen war. Sie fragte entsetzt nach, und Lucy berichtete von einem Wolf, mit dem sie Freundschaft geschlossen hatte.
Zur gleichen Zeit geriet in London ein Werwolf in ein ausgelegtes Fangeisen. Es war ein Fall für Suko und mich, dessen Recherchen uns schließlich in die Einsamkeit eines Waldes trieben. Hin zu einer Großmutter und deren Enkelin, die beide bereits den Wolfstrank zu sich genommen hatten ...

ISBN 3–404–73248–0

BASTEI
LÜBBE

GEISTERJÄGER
JOHN SINCLAIR

DIE RUNDE DER RÄCHER

**Die große Horror-Serie
von Jason Dark**

Die Runde der Rächer

Ethan Haycock, reich, verwöhnt, von Beruf Sohn und
Partygänger. Ihn und seine Freundin erwischte es in
einer Nacht, als der Jaguar seinen Geist aufgab.
Vier Street-Banditen wollten sie fertig machen. Sie hätten
es auch fast geschafft. Plötzlich erschienen die Retter.
Monsterhafte Kreaturen, die zwei Tote hinterließen und
sich, bevor sie verschwanden, vor Ethan verneigten.
Ethan lebte. Er atmete auf. Er war der König. Das im
wahrsten Sinne des Wortes. Denn er war ausgesucht
worden, den echten König zu erlösen und in der Runde
der Rächer zu sitzen. Nur zwei Männer hatten etwas
dagegen – Suko und ich ...

ISBN 3–404–73249–9

BASTEI
LÜBBE

**Der Super-Schocker des neuen
›King of Crime‹ aus Irland**

In Kilbride, einem Dorf in der Nähe von Dublin, wird ein
junges Mädchen ermordet auf dem Altar einer Kirche
gefunden. In ihrer Wange steckt eine keltische Brosche.
Der Priester Liam Lavelle, ein Spezialist für moderne
Sekten, sieht Verbindungen zu christlichen und alten kel-
tischen Reinigungsrituale; für ihn ist die Leiche eine
Warnung vor kommenden Greueln. Unterstützung er-
fährt er von Seiten der Kunstjournalistin Jane Ward.
Deren Schwester hat sich vor einigen Jahren von der
Familie losgesagt und in der selben Gegend einer Sekte
angeschlossen, die sich die Hüter des Siebten Siegels
nennt. Und genau zu dieser Sekte, die die Welt mit
Gewalt neu ordnen will, führen Lavelles Nachforschungen ...

3–404–14645–X

JOHN F. CASE

Das erste der
sieben Siegel

Thriller

›Dann sah ich: Das Lamm öffnete das erste der sieben Siegel ...‹ *Offenbarung des Johannes*

Im Hudson Valley nahe New York werden ein Mann und eine Frau brutal ermordet. – In Nordkorea wird ein Dorf buchstäblich von der Erdoberfläche gebombt. Als der einzige Überlebende Tage später aufgegriffen wird, stammelt er etwas von einer Frau. – In der norwegischen See bahnt sich ein Eisbrecher den Weg zu einer kleinen Insel. An Bord ist ein Wissenschaftlerteam, das die Leichen von fünf lange verstorbenen Bergleuten exhumieren will. Aber als sie an ihr Ziel kommen, finden sie die Gräber bereits geöffnet vor ...
Frank Daly, Reporter der *Washington Post*, wittert die Story seines Lebens, als er den Zusammenhang zwischen diesen drei unheimlichen Ereignissen erkennt. Doch überall stößt er auf eine Mauer aus Schweigen. In einem atemlosen Wettlauf gegen die Zeit führt ihn die Spur schließlich zu einer fanatischen Gruppe, deren Glaubensbekenntnis Apokalypse heißt ...

ISBN 3–404–14565–8

BASTEI
LÜBBE

Auf den ersten Blick scheint die elfjährige Max ein
normales Mädchen zu sein. Doch sie hat ganz besondere Fähigkeiten, die sie von anderen Menschen
unterscheiden – und sie ist auf der Flucht. Sie flieht
vor einer Horde Männer, die nur ein Ziel haben: sie zu
töten. Als sie auf eine junge Tierärztin und einen
FBI-Agenten trifft, die ihr zur Seite stehen, ahnt Max,
dass sie damit auch die beiden in tödliche Gefahr
bringt ...

›Das beste Leseerlebnis seit über zehn Jahren.‹
NEW YORK TIMES

ISBN 3–404–14609–3

Paul
Carson

Das
Skalpell

Thriller

BASTEI
LÜBBE

In der Dubliner Entbindungsklinik bringt Sandra
O'Brien, die Ehefrau eines irischen Industriellen, ihr
lange ersehntes Baby zur Welt. Zur gleichen Zeit
geschieht in der Klinik ein rätselhafter Mord. Die
Tatwaffe, ein Skalpell, deutet auf einen Täter aus dem
Umfeld des Krankenhauses hin. Steht die Bluttat in
einem Zusammenhang mit der Geburt des jüngsten
Sprosses der einflußreichen Familie? Während die
Polizei sich verzweifelt bemüht, den Skalpell-Mörder
zu finden, beginnt ein Albtraum, der die gesamte
irische Öffentlichkeit elf Tage lang in Atem hält.

›Hochspannung pur. Ein Glanzstück aus der Gattung
der Thriller.‹ *FRANKFURTER RUNDSCHAU*

ISBN 3–404–14595–X

BASTEI
LÜBBE

SYLVIAN HAMILTON

DER
KNOCHEN-
HÄNDLER

HISTORISCHER
ROMAN

Im Jahre 1209 stellen Reliquien ein einträgliches
Geschäft dar: Sie werden gekauft, verkauft, ge-
tauscht, häufig gestohlen und finden Interesse bei
Königen und Herzögen, Bischöfen und Äbten. Der
ehemalige Kreuzfahrer Sir Richard Straccan gilt als
Experte für die Wiederbeschaffung entwendeter
Reliquien. Im Auftrag eines Bischofs macht er sich auf
die Suche nach einer gestohlenen Ikone und begibt
sich dabei in große Gefahr ...

ISBN 3-404-14581-X

BASTEI
LÜBBE